权臣之女

福多多 著

上海社会科学院出版社
SHANGHAI ACADEMY OF SOCIAL SCIENCES PRESS

图书在版编目(CIP)数据

权臣之女 / 福多多著. —上海：上海社会科学院出版社，2018

ISBN 978-7-5520-2521-7

Ⅰ.①权… Ⅱ.①福… Ⅲ.①长篇小说-中国-当代 Ⅳ.①I247.5

中国版本图书馆 CIP 数据核字(2018)第 254165 号

权臣之女

著　　者：福多多
责任编辑：霍　覃
装帧设计：夏艺堂艺术设计＋夏商 xytang@vip.sina.com
出版发行：上海社会科学院出版社
　　　　　上海市顺昌路 622 号　邮编 200025
　　　　　电话总机 021-63315900　销售热线 021-53063735
　　　　　http://www.sassp.org.cn　E-mail:sassp@sass.org.cn
印　　刷：上海新文印刷厂
开　　本：710 毫米×1010 毫米　1/16 开
印　　张：53.25
字　　数：1223 千字
版　　次：2019 年 5 月第 1 版　2019 年 5 月第 1 次印刷

ISBN 978-7-5520-2521-7/I·304　　定价：88.00 元

目录

01 怎么是你?

一辆装饰华丽宽敞的乌盖马车行驶在山间的官道上。

外面淅淅沥沥地下着初春的雨,雨丝绵密,将乌盖马车的顶棚冲刷得油亮油亮的。车棚四角垂挂下的琉璃角铃,随着马车的颠簸发出叮叮咚咚的声音。声音不算大,倒也抹去了几分这路途中的单调与清寡。

车内摆放着一张金丝楠木的翘首桌几,上面放着银盘,里面装着几样新鲜的瓜果和精美的糕点,还有几本用来解闷的札记小说,一瓠泡好的百花蜂蜜水。桌案之后瘫坐着一名妙龄少女,桌案边的香炉之上袅绕着淡淡的青烟,让少女绝美的容颜若隐若现。美人美在骨不在皮,卫箬衣是骨相与皮相皆美的美人儿,不笑时眼梢眉角带着几分让人不可靠近的清冷孤高;笑起来之后就如同换了一个人一样,非常美艳生动,如同阳光直入人心,还带着一点点柔媚入骨的味道。像她这样的美人儿本应该举止高雅端方,才更能衬托出她高贵的身份与不凡的美丽,不过她却如同一摊烂泥瘫靠在桌案之后的软垫之中。

一双黑水银丸子一样的眼眸看着华丽的车顶棚,空洞无物,卫箬衣正在神游天外。

旁边跪坐着的两名侍女绿蕊与绿萼在一旁交换着眼色——县主又在发呆了……

自从县主撞到头醒来之后,就常常会进入这种状态。开始大家还以为县主是因为脑袋撞得狠了,所以落下了病根。不过经过大夫反复验证,县主的身体是极好的,即便那一撞让她昏迷了两个时辰,但是醒来便无碍了。

车内一片平静,毫无征兆地,马车忽然猛晃了一下。

咚,卫箬衣猝不及防,人朝边上一歪,头又撞在了车壁上。

卫箬衣……

她本来就很头疼,现在更想掀桌!再撞她就真要变傻子了!

两名侍女也被这突如其来的摇晃甩去一边,滚在了一起。

“发生什么事情了?”卫箬衣捂着脑袋高声问道,只觉得眼冒金星,头被撞得有点嗡嗡作响。

她这厢话音才落,就听到外面的护卫们高声惊呼:“来者何人!”

“大胆!”

“保护县主!”

卫箬衣……

混乱之间,卫箬衣脑子一片空白。

外面杂乱之声纷至沓来,已经是乱成一团。

马车的颠簸加剧,这路上因为雨水变得更加的油滑,车轮如飞,遇到凸出的石块,整个车身都像要颠飞起来一样。

车里的人和物件都因为惯性统统朝后滑去，桌案上的那些瓜果还有蜂蜜水飞洒了出来，糊了卫箬衣一脸一身。蜂蜜水沿着她的襟口朝下，濡湿了衣衫。

就在卫箬衣狼狈之时，车壁不知怎的裂开，她的身子直飞了出去，还来不及惊呼出声，就跌入一个怀抱，随后被人朝上一提，身子腾起，避免了落地摔扁的厄运。

仓皇之中，卫箬衣被雨丝迷了双眼，也看不清楚那个救了自己的人是谁。她努力地睁开眼睛，冒着不断落下的雨水，瞥见了一片藏青色的衣角，衣角上有用五彩丝线绣的江海纹理图案，大气华丽。

他的手劲极大，即便美人在怀也没有丝毫的怜惜之意，动作十分简单粗暴。

卫箬衣被人抱着飞起，随后落下，什么都没看清楚就跌落在泥泞之中，沿着山林之中的斜坡滚下。此时，男人身上的味道铺天盖地而来，席卷住她，她被那人带着滚了几圈，这才止住了跌落的势头。

好不容易停下来，卫箬衣被压在草地上，等她睁开眼睛的时候，映入眼帘的便是那人的胸膛，藏青的衫子上，一条龙鱼出没在云海之间——飞鱼服！

锦衣卫！？

"你的手！"因为背着光，雨丝又密，卫箬衣看不清楚那人的样子，只是觉得男子一只大手按在了自己的胸上。即便知道情急之中顾不得许多，但是她依然烦躁地低声吼道："撒手！摸得可还过瘾？"

男子的目光终于汇集到了被他压着的人身上。

他不曾言语，只是迅速地撤掉了自己的手，眼底依然一片清冷。

卫箬衣用力地推开了他，一骨碌从地上爬了起来。等站起来了，她才看清楚那人的样貌。

帅气，漂亮！

清俊的容貌，长眉斜飞，带着蓬勃的英气。他的眼帘低垂，纤长的睫毛在眼下落了两道深邃的暗影，让人看不到他的眼波。唇色略显艳丽，左眼下有一颗淡红色的泪痣，小如米粒，却平添了几分妖娆。这样的姝色，放在一个男子的身上，并没显得十分的娘气，却被他浑身散发出来的疏离的气息所覆盖，反而带着一种让人无法抵抗的诱惑。

卫箬衣原本烦躁的心情，在目光一碰触到他的面容之时就被扔去了九霄之外。她赶紧朝边上一滚，手脚并用地爬了起来，也不管自己的姿势十分不雅加狼狈。

"你你你！"她后退了两步，指着尚未起身的那个男人，结结巴巴地问道，"怎么是你？"

男子的眼底流过了一丝不耐烦。很意外吗？这些不是她所盼望着的吗？现在如愿以偿了，还来装什么正经！？

他利落地起身，抬眸瞥了一眼站在雨中的卫箬衣。

她的衣襟本就被蜂蜜水给打湿了，紧贴在身上，发丝凌乱，糊在了脸颊上，饶是她平时美艳，不过现在的样子除了狼狈，根本没有半点美感可言。这身材却是十分不错，衣衫打湿，曲线毕露，丰胸纤腰长腿，引人遐想。

想到刚才自己的手落在了她半边的浑圆之上，男子的眼底就闪起一片暗光。

他飞快地拽下了自己的披风扔了过去，兜头落在了卫箬衣的头脸之上。

卫箬衣眼前顿时一黑，视线被披风遮挡。她惊叫着将披风扯下。"你有毛病啊！"她怒气腾腾地瞪着男子。

“你不介意在其他人面前展露身体，我也不会介意。”那男子冷笑了一声说道。

卫箬衣捏着披风，低头一看，顿时大窘，忙不迭地将披风给罩上。

“适才情急，多有冒犯。崇安县主就只当什么都没发生过吧，”他走过来，在与卫箬衣擦肩的时候顿住脚步，压低声音说道，“若是你想以此为由，要挟我娶你，我劝你趁早灭了这个心思。”

卫箬衣的嘴角抽搐了一下，猛然瞪向了他，眼底又晕开了怒意——去你的！

“殿下放心！”卫箬衣脖子一梗，“之前迷恋不过是少不更事之时的心血来潮。如今我已经长大了，也得了殿下的教训，自是收了对殿下的心思。今日之事如果殿下不说，我也会当从没发生过。我卫箬衣还没那么卑贱到用这种手段强人所难，也请殿下将今日之事保密才是。日后回京，我们再无瓜葛。”说完，她的眸光骤冷，昂起了自己的头，狠狠地瞪着眼前那俊美无殇的男子。

虽然嘴上说得狠，卫箬衣还是觉得这男人长得漂亮。

不过漂亮有什么用？这人真的会要她的命啊！

美色与小命相比，卫箬衣还是觉得自己的命金贵点。

她说完就偏过头去，不再看他，默默握拳，表示自己坚决不被这男人的美色所软化！

她完全没注意到那男子的眉头稍稍地皱了一下。

萧瑾不知道卫箬衣又在耍什么花样，这人对他一直都是死缠烂打的，就连这次出行，也是她不知道从哪里打探到了消息，得知自己在这一带公干，所以一路从燕京城追踪而来。

卫大将军府的崇安县主打从十岁起就爱慕五皇子萧瑾已经是燕京城里面的一个笑话了。

如今，这么好的机会可以逼迫自己娶她，她居然轻易地放弃了？萧瑾总觉得这事情有点诡异。

马厢的危机解除，卫箬衣的两名侍女跌跌撞撞地顺着山坡寻来，将她搀扶走。

马车被毁，卫大将军府上的侍卫长与萧瑾商量，看能不能一起上路，反正都是回京，顺道。

萧瑾再度看了看被侍女们簇拥着站在路边冻得瑟瑟发抖的卫箬衣，虽然心有不耐烦，但还是点了点头。

她是卫大将军府的嫡长女，又是父皇亲封的崇安县主，怎么说也不能将她就这么撇在这荒郊野外的山林之中。

夜间，山林破庙。

卫箬衣捧着一碗热汤坐在软垫之上，侧耳听着自己的侍女们唠唠叨叨地讲述着白天的险境，心思却有点飘飞。

萧瑾是当今的五皇子，亦在锦衣卫北镇抚司任职，是锦衣卫的十四千户之一。

锦衣卫乃是大梁皇帝的私兵，皇子入锦衣卫也无可厚非。

此番萧瑾出京，就是抓捕定州流寇。白天卫箬衣的车马遇袭，便是那些流寇的同伙不知道怎么打听到了她的身份，所以决定劫掠卫箬衣用以交换他们被抓的同党。他们虽然算准了卫箬衣回京要经过的路，却不知道萧瑾所带领的锦衣卫就跟在后面。

螳螂捕蝉，黄雀在后。如今，这些人正好被萧瑾一网打尽，顺路一同押解回京。

卫箬衣的眼皮子一跳，骤然回过神来，这个混蛋！

白天她的侍卫长去求萧瑾带他们一起回京的时候，萧瑾那一脸的不耐烦，好像吃了多大的亏一样。

明明吃了大亏的是她才对！

什么狗屁的螳螂捕蝉，黄雀在后？堂堂锦衣卫北镇抚司千户会不知道流寇的动向？

他分明就是将自己扔出去当了个诱饵，这才轻易地将那些散落的流寇归拢到一处，方便他尽数抓捕。

本来早前萧瑾救她的时候被她吼了一声“滚”，她尚在心底有点愧疚之意，现在那点点愧疚全数被她的怒意给蒸发得一干二净。

这个黑心肝的！如果不是因为他，自己现在尚在华丽宽敞的马车里舒适过夜，哪里需要这么狼狈地窝在这破了半边的庙里？

更有可能她的行踪便是这个黑心肝的人泄露出去的，真是不要脸到了极致，不然她走她的阳关道，他干吗就偏偏跟在了身后。

他不是讨厌她也是出了名的吗？唯恐避之不及吗？

她气得差点将手里的碗给扔出去！

卫箬衣一扭头，瞪向了这破落的大殿另外一侧坐着的一群人。

萧瑾的身影在这群人里面显得十分突出。混蛋都混蛋得比别人好看得不止一点半点，真是气人！

同样都是穿着飞鱼服的，即便是在一群身材高挑的年轻男子中，萧瑾也丝毫没有被埋没的意思。一身官服虽然在救她的时候滚在地上沾了泥泞，但是依然称身，无损于他的气质。火光融融，映出他近乎完美的侧颜，橘色的火焰给他原本清正疏离的面容染了一层淡淡的金色，显得比白天稍加柔和了一点，不那么棱角分明。他正在与自己的属下浅谈之中，时不时地从那边传来几声笑语。他的眉底浅笑，褪去了素有的冷寒之气，倒有了几分温柔，更加媚人了。

原来他也是会笑的？卫箬衣只当他从来都是板着脸的，至少书里描绘的萧瑾便是整天板着一张扑克脸的男人。

原著的作者骗人。

许是感觉到了卫箬衣的目光所向，萧瑾缓缓地侧过脸来，骤然清冷地扫向了卫箬衣。

他的目光冷冽如刀。

卫箬衣秒怂，缩了一下自己的脖子，忙低下头，还是当起了鹌鹑。

五皇子萧瑾为人清冷，十二岁隐藏姓名进入锦衣卫，这么多年下来，练就得十分铁血。平日里只要一个眼神，就能让关押在诏狱里的穷凶极恶之徒抖上三抖，更何况是寻常的姑娘家。如果不是卫箬衣不知死活、死缠烂打的胡闹，他的真实身份只怕到现在还没暴露出来，旁人只道他是一个冷冽的锦衣卫罢了，却不知道他还是皇子之尊。

两年前，他的身份因为卫箬衣而被曝光的时候，着实让整个锦衣卫都震惊了。

这人真心是很恐怖啊。

卫箬衣放下了热汤，不住地用手摩挲着自己的胳膊，怎么被他看了一眼，她浑身的肉都在痛呢？

02 她不小心穿入了一本书里

卫箬衣是穿越来的。

半个月之前，她尚在家中，刚刚洗过澡，捧着一杯热茶，开着电脑找书看。这日子不知道是有多惬意。一个她常看的作者在推书，还附上了传送门，她手欠，就点了进去。

那是一本扫一眼简介就感觉十分玛丽苏的小说。

卫箬衣本来想点掉的，不过视线一滑就停手了。因为，这本书的女配名单里面出现了一个和她一模一样的名字。

卫箬衣赶紧倒回去又仔细地看了一遍简介，赫然发现那个与她名字一模一样的角色居然是个恶毒的女配。

大爷的！

卫箬衣又将鼠标下拉，看到文下的留言。留言不算少，其中排前的留言之中大部分是咒骂那个女配卫箬衣的。

呵呵！

卫箬衣顿时就来了兴致，翻看了一下开头的几章，觉着有点不耐烦。她又看了一下文章的目录，赫然看到了标有“卫箬衣领盒饭”的章节，还是收费的章节。卫箬衣撸了撸袖子，一冲动就买了全部的 VIP 章节，然后点了那一章阅读。

她这一看，就哭笑不得起来。

这一章节写的是文中的卫箬衣作死陷害女主不成，被睿智的男主识破，然后被皇帝陛下判了死罪。死就死吧，偏生文中的卫箬衣死得极其惨烈，男主当着女主的面将她给千刀万剐了……

好吧，这是一篇女主复仇的苏爽文。

女主是人见人爱，文章之中卫箬衣却是鬼见鬼烦的。要说是被烦到什么程度，就是她只要一出场，文章下面就有留言问她什么时候去死的那种。

卫箬衣匆匆忙忙地倒回去稍稍浏览了一下文章，唉，她忍不住捂脸。

随后，她就在文章中“卫箬衣领盒饭”那一章节下留言：“我来看你们了。作者你想咋滴？辱骂我的各位，你们看看你们身后……”她在网站注册的名字就是自己的真名，这一留言颇有一种在文章里面见鬼了的感觉。

等她打完字，感觉出了一口恶气，于是笑得十分欢快，结果乐极生悲了。她本是想抬手去抓自己的杯子喝水的，哪里知道手抓得太猛，杯子一翻，水流了出来，正好泼在了键盘上。

卫箬衣记得自己买的是防水键盘的，所以赶紧将键盘拎起来，可是她的手才一碰触到键盘,就有一阵舒爽的感觉传来。

键盘漏电了！卫箬衣在失去意识之前的最后一个念头就是以后再也不相信“某宝”卖家的满嘴跑火车了！贪便宜害死人啊！

等她醒来之后,就被装入了这个身体了,脑袋上还包着白布。

她足足用了十天的时间去养好额头上的伤,顺便慢慢消化了自己已经穿越成书中恶毒女配的事实……

键盘侠当不得啊！恶作剧做不得啊！便宜货不能买啊！还有不要手欠啊！这就是卫箬衣总结出来的几条血淋淋的教训。

早知道要穿越到这本书里,她就应该将整本书好好地拜读一番！现在好了,她看书都是跳着看的,什么细节都不知道,只是知道一个大概的发展……简直是被自己坑得不要不要的了。

她甚至连结局都不知道是什么……只是知道自己的命运会非常悲惨,文章中卫箬衣所依仗的卫大将军府会衰败下去……

所以,她刚才被身为男主的萧瑾扫了那么一眼,就觉得浑身的皮肉都在痛,没办法不痛……

这篇苏爽复仇文,苏爽的是女主,倒霉的是她好不好！千刀万剐啊,那是怎么样痛的领悟啊？

这是有多大仇？

察觉到卫箬衣明显的改变,就连萧瑾都忍不住稍稍地皱了一下眉。

若是按照往常,见自己看她,她定然是搔首弄姿,马上贴过来,现在怎么感觉到她在刻意地回避自己。就连她回京都是不吭不哈地套上马车说走就走,幸亏他派人暗中监视了她的行踪,并且适当地将她走的路线透露了出去,这才没耽误了他的大事。

看着她现在不吵不闹安安静静地坐在破庙的那边,萧瑾的心底反而生出了几分亏欠之意。

其实,想想她痴缠了自己几年,倒也没做出什么太过分的举动。这次他出来,她悄然地也出京随行,却是被自己害得撞到了脑袋,晕了两个多时辰。

不过这点点亏欠之意很快就被萧瑾打消掉了。

终归他们不是一路人,多一事不如少一事,希望她真的能做到如她所说的那样与自己再无什么瓜葛才好。

卫大将军府,呵呵,萧瑾的眼底划过了几分冷意,他收敛了自己的目光。

卫箬衣抱着自己的脑袋,自己怎么才能躲开恶毒女配的命运,千刀万剐真心是伤不起的。

卫家是燕京城的名门望族,开国皇帝敕封的紫衣侯,有着上百年的根基。到了她父亲卫毅手里达到鼎盛。她的父亲不光承继了紫衣侯的爵位,更是赫赫有名的镇国大将军,战功彪炳,手握重兵,乃武将之首。他镇国将军之名已经盖过了紫衣侯的爵位,所以世人提及他只尊称他为大将军,却都淡忘了他紫衣侯的身份。

说起来卫大将军也算是一个传奇人物。

少时,他也算是一个恶霸级别的熊孩子,打架斗殴,惹是生非。

卫老侯爷实在是被他闹得吃不消了,只能拜托了自己的好友靖国公秦镇将他送去了军中历练加管教。哪知道这家伙好像天生就是为作战而生的一样。生与死的考验与洗涤,愣是将一棵眼看就要长歪了的小树苗给拨正了。

他参加过大大小小战役无数,扫平了漠北,打服了柔然,威震四海。

当今陛下大梁景帝说过,只要有卫卿在,可保边疆二十年无战事,由此可见卫大将军是有多勇猛善战。

并且他还深得景帝的器重,景帝几年前生病,所以就将京畿范围的守备防务全数交给了卫毅,如此也就等于将皇室命脉都交给了他。

所以,卫箬衣很庆幸,以她的身份,现在就算是在燕京城横着爬也没人敢说上一二。

卫毅十分疼爱卫箬衣。

当年卫毅出征归来,就将出生不久的卫箬衣抱回了那时候的紫衣侯府,当众宣称这就是他的女儿,并且终生不再娶妻,只守着这个女儿过日子。

卫毅此语一出,顿时将那时候尚在人世的卫老侯爷给愁死了！怎么问都问不出卫箬衣的母亲是谁,卫毅也发了好大的一通脾气,之后才没人敢再在卫毅的面前提及卫箬衣的身世和母亲。谁都知道那是卫毅的逆鳞。

卫毅对卫箬衣的宠爱到了令人不可思议的地步。

他虽然宣布不再娶妻,但是这么多年下来,卫老侯爷刻意地安排,再加上旁人的赠送,家中还是有几个姬妾的。姬妾各有所出,但是没有一个能分走卫毅对卫箬衣的宠爱。卫大将军将卫箬衣当成嫡女来养,其他的子女皆为庶出。

卫箬衣在府里并不是年纪最大的,她还有一个哥哥。那是当年卫大将军一次受伤归来,卫老侯爷怕自己儿子真的死了,卫家绝后,所以就从丫鬟里面选了一个老实忠厚的,用药让卫大将军与她同房。那丫鬟也算是争气,一举得男。

这孩子是用药得来的,所以卫毅心底总是疙疙瘩瘩,这么多年下来,始终不能入了他的眼。

他只当卫箬衣是他的嫡长女。为了怕自己不在府里的时候有人会欺负卫箬衣,他还用自己的军功替卫箬衣向陛下求了一个崇安县主的封号。这样一来,即便他不在家里,也断然没人敢动他的宝贝女儿。

卫大将军的溺爱,再加上府中各位姨娘刻意的纵容,原著之中的卫箬衣就撒开腿在作死的道路上一路狂奔。

卫箬衣虽然看书不认真,不过关于卫家的介绍还是看了的。

她尚庆幸自己穿越的时间还算比较好,现在的卫箬衣虽然比较作,但是还没开始作死,等到她开始作死了,自己再接手她的身体那才叫坑上加坑。

按照她仅存的一点点记忆,原著中的女主就是在这次萧瑾回京之后出现在燕京城的。

随后的卫箬衣因为羡慕嫉妒恨,求而不得,所以才开始逐渐黑化的。

幸好,幸好,卫箬衣摸了摸自己的胸口,长舒了一口气——一切都还有转圜的余地。

现在的卫箬衣才刚刚过及笈之年,不过这身体却是发育得极好。卫箬衣一摸自己的胸口就摸到了自己胸前汹涌澎湃的软肉。

唉,她有点担忧地低头看了看自己的胸口。

这孩子也长得太妖孽了，想她十五岁的时候还是一个搓衣板身材，现在真是一点都不适应地说。真不知道会不会因为地心引力，这两坨很快下垂什么的。不行了，等回到燕京城，一定要弄个什么出来兜住才好。说真的，养得这么好的白兔今天白白地给萧瑾给摸了，好肉痛地说！

卫箬衣顺手抓了一下自己的胸，一抬头看到了自己两个丫鬟如同见鬼了一样地看着自己，她这才醒悟到自己的举动颇为猥琐。

卫箬衣马上嘴一瘪："胸口好难受，应该是摔的时候伤到了。"她凄苦地蹙眉。

要说她现在的形象可是和所有书里描绘的恶毒女配都一样，美艳动人，身姿妖娆，反正所有形容美人的词汇放在她身上都不为过。这算是穿越大神看她这么苦憋屈，所以附送的一项福利了吧。

美人蹙眉，别有一番风致，也就淡然翻过了自己刚才类似变态的举动。不过却惹得两个侍女过来替她又是拍后背又是递热茶的，也惹得那边的锦衣卫频频地朝这边偷看。

卫大将军的女儿崇安县主生得真美，大家的念头纷纷浮现，只除一个人冷眼看着。

果然小小年纪还是喜欢搔首弄姿。这次是装柔弱？别人不知道，他却是知道这位卫大小姐是天生的神力，不然白天怎么能轻易地将他推开。

"大人，崇安县主许是病了。那边风大，您看是不是让她们挪到里面来。"终于有人看不得美人受苦，开口朝萧瑾求道。

他虽然是高高在上的皇子，看起来十分清冷，但是在锦衣卫这些年，与自己的属下已经十分亲近，并没什么架子可言，大家也都实打实地尊称他为大人，并非殿下。

萧瑾的眸光微闪。"你这么好心，自己和她说去。"

"属下不敢。"那人低下头。这是实情……谁都知道这位千户大人和崇安县主不对付，没得他的应允，谁敢让崇安县主过来。

卫箬衣不知道这边人在讨论她，她今天淋了雨，进了破庙，萧瑾那个黑心肝的人又只肯让她坐在门口这到处窜风的地方，即便是生了火也抵抗不住身体上的寒意，适时地就打了一个喷嚏。

绿蕊摸了摸卫箬衣的额头，惊呼了一声："不好了，县主发热了。"

发热了？卫箬衣有点茫然地抬手摸了摸自己的额头，果然滚烫滚烫的。原来全身的皮肉酸痛是发热的缘故啊，她还以为是因为萧瑾在一边呢。

这下误会大了。

被绿蕊这么一咋呼，破庙另外一边的锦衣卫都看了过来。

火光的映照下，大美人儿卫箬衣的娥眉轻锁，仔细地看来，双颊果然是带着不正常的潮红。她的眼睛也有点红，水水润润的，怎么看都是一副楚楚可怜的样子。即便是平日里锦衣卫们管教甚严，见到卫箬衣生得这样的绝色，也纷纷动了恻隐之心。

美人儿都病成那样了，还在门口忍着吹风，没有蛮横地要求躲避进来，这叫大家怎么都觉得眼前的崇安县主与大家平日里在燕京城听到的崇安县主着实有点不太一样。

要知道平日里燕京城所传的卫箬衣那是相当飞扬跋扈，不讲道理到了极致。现在看来，完全就不是那么一回事啊。

萧瑾也觉得有点奇怪，若是在以前，她哪里会有那么老实，肯这样委屈了自己。

他本以为卫箬衣用的是哀兵之计,不过很快他就推翻了这个念头。依照他对这位娇贵大小姐的了解,卫箬衣性子就是那种直来直去,没有那么多弯弯绕绕,她就是被人宠坏了的丫头。

她是真的醒悟,不再纠缠自己了?所以宁可自己吹风到生病,也不肯挪进来靠近自己?

想到之前她气鼓鼓地对自己说的那些话,萧瑾的心底就是微微地一滞——看来这次她是真得到了教训了。

也好,没了这大小姐的整日痴缠,他的耳根也会清静许多。

萧瑾忽略了心头淡淡涌起的一份不适。"让她们挪进来吧。"萧瑾说道,随后他就斜靠在了墙壁上,闭上眼睛假寐。

马上就有锦衣卫起身过去,想要帮着卫箬衣她们挪进来,还有人去将他们身侧的一个角落清理干净。

卫箬衣得了萧瑾那边传来的信,稍稍撇了一下嘴,她也是有傲气和脾气的好不好?

那个黑心鬼不是很嫌弃她的吗?靠近一下都觉得自己会脏了他的衣服,现在也不需要他来假好心!

她瞥了一眼萧瑾,见他靠墙闭眼休息,完全就是一副眼不见为净的样子,得意什么啊?你不待见本姑娘,本姑娘还不想待见你呢。

不就是长得妖孽了点吗?本姑娘不会回家自己照镜子吗?要知道现在的卫箬衣也是肤白,人美,大长腿!

"不用了。"卫箬衣淡然地拒绝了那些锦衣卫的好意,又狠瞪了靠在墙角假寐的萧瑾一眼。

珍爱生命,远离萧瑾!

众多锦衣卫有点失望,见卫箬衣是下定决心不肯过来,他们就帮忙想办法,纷纷将自己的披风脱下,在卫箬衣的身侧拉起了一道帷帐用以挡风。

看着这些年轻的小伙子对自己这么好,卫箬衣即便是被萧瑾气得够呛心底也暖融融的。

她招呼着绿蕊和绿萼拿出从破败的马车里拯救出来的食物,招呼大家坐下一起食用。

锦衣卫规矩严苛,出行在外,吃的都是干粮清水,而卫箬衣素来奢侈,吃穿用度皆是上乘,就算是出行也不会亏待了自己。

这么多鲜美的食物一摆出来,大家顿时就开心得不得了。

渐渐地,原本围拢在萧瑾附近的人纷纷围去了卫箬衣的身边。为了感念卫箬衣的招待,还有人冒雨出去在山林之中挖了两个野姜回来,让绿萼和绿蕊煮了水给卫箬衣服下,借以驱寒。

大家和乐融融,说说笑笑的,这寂静悠长的雨夜似乎也变得不那么难熬了,倒是真的将一边假寐的萧瑾给晒着了。

萧瑾稍稍地睁眼,只看了一眼,便再度合上眼睛。

长夜漫漫,吃喝完毕,说笑也够了,逐渐地大家都进入了梦乡之中。

03 人贵自救

黑暗之中，萧瑾猛地睁开眼，起身而立。他这一动，一众的锦衣卫纷纷起身。

萧瑾瞥了一眼门口睡得正沉的卫箬衣，随后低声问道："她们的水里加东西了吗？"

"回大人，加了。"一名锦衣卫抱拳说道，"一时半会儿不会醒来。"

"很好，你们两个护住她们，不要让她们出事。"萧瑾对身侧的两名锦衣卫说道 。

"是。"两人走到了卫箬衣的身侧，如标杆一样站着。

萧瑾这边有响动，跟在卫箬衣身侧的八名卫府侍卫也都惊醒了过来，纷纷不解地看着萧瑾。

"护好你们的主子，一会儿可能会有一场恶战。"萧瑾淡然地嘱咐道。

卫大将军府的侍卫们一听顿时都围拢在了卫箬衣的周围，紧张地看着破庙之外。

萧瑾安排人将囚车里面的囚犯转移到一边躲藏起来，又命一部分锦衣卫换上了囚犯的衣服假扮囚犯进入囚车之中。

等一切安排妥当之后，大家纷纷坐下假寐。

雨不住地落下，山中就连动物的叫声都听不到，唯有雨声淋淋漓漓，不绝于耳，更让整个破庙显得气氛凝重。

萧瑾抬眸轻看了睡梦之中的卫箬衣一眼，她团在一圈软靠垫里面，没了平日里的张扬，倒显得十分寂静乖巧。

看她作甚？萧瑾觉得自己实在是无聊到顶了，才会多看那个人几眼。

等他挪开眸光，意识外放，终于听到了细微的马蹄的声响。那些人十分聪明，在马蹄上包裹了软物，踩在山路上声响极小。

果然来了！

这破庙是那些流寇救出自己老大最后的机会了，要是等到明天天亮，大家出了这片山林便再无崎岖山路，想要劫人难上加难。

萧瑾示警，所有人都警觉了起来。

果然随着一声爆裂之声传来，火光倏然而起，马蹄声随后传来。

竟然还带了火药，萧瑾面色一郁。火药是在破庙门口炸裂的，而卫家的侍卫将他们的县主围在那边。这火药扔来，刚刚好落在了卫家侍卫那边，巨响和硝烟过后，卫家侍卫伤亡惨重。卫箬衣和绿蕊还有绿萼缩在一堆软垫之中，又有侍卫们挡了一挡，所以虽然被震飞了少许，却是平安的。

冲杀之声随后传来，萧瑾的身形乍起，如同大鹏一样飞出了破庙。

他凭借己力挡掉了大部分射来的火箭，那些流寇趁着混乱冲入破庙的院落打开了囚车,却也中了萧瑾的埋伏。黑夜无影,看不真切,等那些流寇以为将自己的同伙救出的时候,却被那些他们以为的同伴横刀相向。

萧瑾以极小的代价瞬间翻盘,掌控住了此间的局面。

为首的流寇二统领一看情况不妙,长臂一探,抓向了还在睡梦之中的卫箬衣。

他认得这华服姑娘,知道她是崇安县主,原本劫掠她用来交换大哥的点子就是他出的。

"你们的县主在我的手里,看你们谁敢前来?"他将半梦半醒的卫箬衣朝前一挡。

卫箬衣中了萧瑾下的迷药本是睡得沉沉的,但是刚才有火药在身边炸裂,炸飞了保护她的人,现在又被人抓着淋了雨,迷药的效力减退。她昏昏沉沉地睁开眼睛,怎么回事?

她一脸茫然。

她这不会是又穿越了吧?

朦胧之中,院落里面亮起了火把,她堪堪地看到了站立在雨中的萧瑾,一身的肃杀之气,双眸冰冷如刀,雨丝在他的身周环绕,让他如同暗夜鬼魅一般。

剧情到了他要剐自己的时候了?进度条还能被拉快的吗?不带这样的!

一脸茫然的卫箬衣大惊,药力瞬间又减退了不少,怎么看都觉得萧瑾手里的刀随时都会落在自己的身上一样。

"想要她的命,就给我们全数退下,"抓住卫箬衣的流寇二统领狞笑着,"放开我大哥。"

"做梦,"萧瑾红艳的唇轻轻地一碰,两个字如金玉相击,从唇齿之中蹦了出来,"我劝你们赶紧投降,不然杀无赦。"

他的声音冷冽,整个人如同浸透了寒霜一样,寒气逼人。

卫箬衣觉得自己被人抓得手臂生疼,这一痛更是让她又清醒了几分。

这是什么情况?

卫箬衣总算是回过神来了。

原来还没到萧瑾活剐她的时候,只是她被那群流寇的同伙给劫持过来当人质了。

她不由将目光落在了萧瑾的身上。

求助他?

呃,算了!卫箬衣只觉得这种事情求助萧瑾实在是太不靠谱。

即便她是个县主没错,可萧瑾是个皇子!两相对比下来,萧瑾为了抓住乱贼的头子而牺牲掉一个在他眼底什么都不是的县主大概也没什么大不了的。书中的萧瑾就是那种除了女主,眼底没有别的女人的标准古代霸道冰山总裁类型的男人。

卫箬衣这念头才落,就见萧瑾手一挥,他的身侧骤然跳出来二十名身穿深蓝色飞鱼服的弓箭手。他们分立在萧瑾的身侧,一字排开,手中的弓弦已经拉成了满月,箭在弦上,蓄势待发。

雨丝纷乱,箭尖凝水,滴落,气氛瞬间就凝重了起来。

紫衣侯府的侍卫们都被流寇之前的火药炸死或者炸伤,卫箬衣的两名丫鬟也在昏睡之中,不知道此间发生的事情。

"你们的县主,也是不顾了吗?"流寇的二统领显然没想到萧瑾竟是连朝廷敕封的县主性命都不管不顾，心底也是骇然。他再度高喝，声音里面已经带了一丝不确定和心虚之意。

为了增加自己的气势，他还顺手将手里的刀朝前虚劈了一下借以加强他的语气和决心，好像他虚虚地砍出这一刀就能让萧瑾害怕了一样。

卫箬衣见那刀离了自己的脖子，眸光一闪，抬起了腿，狠狠地一脚跺了下去，正踩在了二统领的脚趾上。二统领吃痛，闷哼了一声，身体稍稍一弯，卫箬衣马上跟上来就是一记胳膊肘后顶，正顶在那二统领腰腹的软肋之上。“啊”，又是一声闷哼，谁能想到已经被自己抓在手里，如同小白兔一样的姑娘会忽然使出这么凌厉有效的攻击手段？他抓着卫箬衣的手稍稍地一松，卫箬衣就一个转身，抬起自己的膝盖重重地踢在了那个贼人的双腿之间——男人最最脆弱的地方。

“啊！”一声惨叫，二统领手中刀铛的一声落地，他白着脸捂住自己不可言说的地方后退了两步。

嘶……

在场的众多锦衣卫显然都被眼前这一幕给惊呆了，一个个都不由自主地夹紧了自己的双腿，侧目以对。县主刚才一下顶的，他们看在眼底都替那个贼人感觉到痛啊！

流寇的二统领痛得脸都白了，卫箬衣那可是用了吃奶的力气。

依照她在这一瞬间脑子里面的想法是，即便她今日在劫难逃了，也要弄那人一个半残！敢抓她当人质！真当她吃素的吗？

“嗖”，一声破空之音飞过，卫箬衣猛然看到刚刚还劫持着自己的贼人眉心上已经钉了一枚玄黑色的羽箭。他脸上痛苦之色未褪，显得更加狰狞，却是已经一箭毙命，轰然倒地。

卫箬衣回眸，暗夜雨中，萧瑾手持玄色长弓，肃身凝立，不动如山。

那一排弓箭手中，只有他手里的弓上无箭。

“放箭！”在卫箬衣回眸的瞬间，萧瑾一声令下，嗖嗖嗖，箭头划破了雨丝，直奔卫箬衣的方向而来。

“妈呀！”卫箬衣惊叫了一声，顿时抱头蹲下。

秒怂！

卫箬衣抱头蹲在地上，一边吓得瑟瑟发抖，一边默默地在心底将萧瑾从头发丝到脚后跟全数暗骂了一个遍。

这王八蛋，还真的是不顾她的死活！

要是这些锦衣卫手里的箭没什么准头的话，她的小命也不用等到以后作死被萧瑾当涮火锅的羊肉片剐了，今天就能交代在这里！

“好了！”不知道什么时候，箭矢声落，萧瑾走到了她的身侧，对依然抱头缩在地上的卫箬衣说道，“贼匪们都已经伏诛了。你安全了。”

“我安全了？你大爷！”卫箬衣真心是忍不住了，猛然站了起来，双眸喷火。是谁下令让箭矢在她身边乱飞的！她此生最不安全的因素就是眼前的这个混蛋！想她真正安全，除非他死！

萧瑾似笑非笑地看着她。

卫箬衣骂完了才惊觉，这位是个皇子。

“你大爷可好?”卫箬衣秒变脸，“很久没见他老人家了!”

擦擦擦！萧瑾的大爷是景亲王!

“日后到了燕京城，你若见到他，记得替我带好!”卫箬衣努力地挤出笑容。

哼哼，她这也算是变相地问候了萧瑾的大爷了!

卫箬衣觉得自己笑得春光灿烂，但是在萧瑾的眼底却是一副惨不忍睹的样子。

“县主有心了。”萧瑾忽然很想笑，关于这孩子摔坏脑袋的事情多半是真的，这表情可真够……萧瑾一时找不出什么形容词来恰当地形容卫箬衣了。

她大概不知道自己是个什么样子。不过萧瑾也懒得说。

反正不管她什么样子，都与他没什么关系。

这会儿，其他的锦衣卫们已经在打扫战场了。

“哇!”有人去检查了那贼匪的尸体，惊呼了一声，“这贼匪的脚趾骨断了，肋骨也断了两根。谁打的?”

他这么一说，大家都纷纷看向卫箬衣。

刚才……众目睽睽之下，好像是崇安县主胖揍了那贼人一顿。

“看我干吗?”卫箬衣一瞪眼，“我就一弱女子!”

哼，她才不会当众承认她天生神力呢。

卫箬衣真的好忧伤，穿越成了一个长腿大胸的怪力萝莉，貌似也没什么值得炫耀的吧。

她已经够出名的了，不需要在人家的茶余饭后再加上这一条。

卫箬衣一扭头，好死不死地又对上了萧瑾那双眼眸。

又来!

卫箬衣不甘示弱地瞪回去，眼底带了几分警告之意。

不准将她的老底抖出去。

萧瑾这下是真的忍不住了，他背过身去，嘴角上翘了起来。

这人多半有病，卫箬衣看到萧瑾背过身去，肩膀似乎稍稍地颤抖了一下，忍不住翻了一个白眼。真不知道原著里原来的卫箬衣为啥会看上那个萧瑾，除了长得好，她现在基本找不出他的优点。

作者脑残。

卫箬衣仔细地想了想，只能下了这么一个定论：文中的卫箬衣更加脑残!

已经有人去将她的两个尚在昏睡之中的侍女给弄醒，绿蕊和绿萼一脸茫然地站起来，看到周围遍布了打斗的痕迹和死尸之后，两个人尖叫着抱在一起。

“县主呢?”两名丫鬟还算是反应快的，马上就回过神来，惊慌失措地问道。

“我在这里!”卫箬衣抬手，虚弱地叫道。

再三确定自己家县主完好无损，两个丫鬟这才算是放下心来，她们陪县主一起出来，若是她们回京了，县主弄没了，等大将军回府之后，不剐了她们才怪。

谁都知道崇安县主就是卫大将军心尖尖上的那块肉。

萧瑾眼角余光看着卫箬衣像没骨头一样靠在两个丫鬟身上，嘴角就是一抽，这人忒会装，眨眼的工夫便是一副娇弱到不行的样子，刚才一脚踩断贼匪脚趾骨，一拳打崩了人家肋骨的气势哪里去了？

左右就是一个不知所谓，被宠坏了的人，随她去吧，只要她回京，不再纠缠自己，便好了。

其实卫箬衣刚才是被人劫持，肾上腺素飙升才显得精神得不得了，现在危机解除，安全了，她是真的浑身难受。原本就病着，这一吹风，一淋雨，还被吓了一下，现在完全是强弩之末。一个十五岁的姑娘，就算力气大是天生的，随了她爹，但是精力还是有限的，爆发过后也就蔫了。

萧瑾才一转身，就听到了两个侍女的尖叫声，他不耐烦地转过头来，却看到卫箬衣已经倒在了地上。两名丫鬟试图叫醒她，可是怎么折腾都没有半点反应。

装！继续装！

看到也当没看到，萧瑾大踏步地准备朝外走，才经过卫箬衣的身侧，就被绿蕊冲过来跪在了他的面前，拦住了他的去路："大人，求求您想想办法救救我们县主。"

"让开。"萧瑾一皱眉，不悦地说道。

"我们县主晕倒了！浑身发烫。求求您，这里荒郊野外的，我们卫家的侍卫死伤惨重。奴婢实在是没办法了。"绿蕊急得脸都白了，想伸手去抓住萧瑾的衣摆，但是想到他的尊贵身份，伸出去的手很快就缩了回来。

萧瑾是皇子，她一个小小的丫鬟伸手去扯皇子的衣摆，被人剁了手也是活该。但是在这种情况下，她们不求助萧瑾也实在是找不到人求助了。

县主不能出事，县主出事，她们也活不了。

卫箬衣从五年前就花样百出地惹他注意，都五年了，还用这种晕倒的老土招式，光长个子和力气去了，却是一点脑子都不长。萧瑾厌恶地一挥手："她一会儿就会自己爬起来的。"

小时候卫箬衣就是这么无赖。

躺地上的招数又不是第一次用了，前两次他还会去看看，后面用得多了，他看都懒得多看一眼。

只要是不理她，她自己觉得没意思，也就拍拍屁股爬起来了。这种招式小时候用，或许还能给人几分她比较可爱的错觉，但是现在这么大了，还用？只能用恶心来形容。

绿蕊想解释，但是看到萧瑾已经露出明显厌恶的表情，目光清冷如刀，骇得绿蕊一个激灵，还是将后面请求他的话给吞了回去。

她又去找别的锦衣卫帮忙，但他们都是萧瑾的手下，一个个都面露难色，若是他们头儿不松口，谁敢乱伸手，况且现在他们也很忙。

等破庙里外都收拾停当了，将尸体都搬出去，登记在册，再将自己这边受伤的人处置好，把抓获的剩余的流寇都投入囚车之中，时间已经过去了一个时辰。

"头儿，那崇安县主看起来真的不好了。"陈一凡小声对冒雨站在囚车边上清点人数的萧瑾说道。

陈一凡是萧瑾的手下，锦衣卫的百户。

"还没爬起来？"萧瑾不经意地问道，这次倒是有耐心了，也算是一大进步。萧瑾说完，嘴角露出一丝不屑的笑意。

“看起来是真的晕了。”陈一凡说道。他刚才被绿萼拉住了，去看了一下，县主真没装。

毕竟是紫衣侯府的嫡女，在锦衣卫的眼皮子下面出了事情，卫大将军闹起来，大家也吃不消。

萧瑾的表情微微地一滞，这次不是她在闹幺蛾子？

04 无福消受的美人恩

萧瑾快步回到破庙之中。

绿蕊和绿萼一个抱住卫箬衣，一个在笨手笨脚地朝不知道是谁好心替她们燃起的一个小篝火里添柴。她们已经挪到了墙脚背风的地方，但是山中秋夜雨寒，这破庙又是连个门板都没有的地方，四处窜风，即便是生了火也不见得有多暖。

绿萼的眼睛都哭红了，瞥见一个人影站在了自己的身侧。她抬眸说道："殿下，求求您了。我们家县主真的没有假装生病。她受过您的教训了，已经不止一次在奴婢们的面前说过以后再也不会纠缠殿下的话。求殿下开恩，帮帮我们，救救县主。"她手脚并用，爬了两步，重重地拜倒在萧瑾的身前。

萧瑾连看都没看绿萼一眼，直接将目光落在了卫箬衣的身上。篝火被风吹得飘摇，明暗不定的。

卫箬衣那张原本艳丽的面容如今已经失去了原本的光润鲜亮，显得十分暗沉，她的双眸紧闭，被雨水打湿的乱发还带着点微潮，贴在她的腮边，十分落魄狼狈。她的双颊因为高热而带着一种不正常的红，本应红艳艳的唇却呈现出一种灰白。没有了平日里的张扬与跋扈，现在的卫箬衣多了几分脆弱之意。

萧瑾的眉头稍皱了一下，目光暗沉。"陈一凡。"他沉声呵斥道，浑然不觉自己的声音之中已经夹杂了几分焦灼之意。

"在。"陈一凡马上小跑着从外面进来。

"去叫罗旭过来给县主看看。"萧瑾说道。

"是。"

卫箬衣再度醒来已经是第二天的傍晚时分。

高烧虽然已经退了，但是人还是有点发虚。

"这是哪里？"卫箬衣睁开眼睛，看到守在自己身侧的绿萼，舔了一下发干的唇，虚弱地问道。

绿萼惊喜地看着卫箬衣。"县主你可终于醒来了。这里是临川镇的客栈。你都已经晕了那么久了，可真是吓死奴婢们了。"

卫箬衣一怔，定了一阵子的神，这才回想起昨天晚上发生的事情。

王八蛋萧瑾！卫箬衣就是一阵腹诽，想到自己居然十分没气节地在他的面前晕倒，就更加懊恼。

她又被那混球看热闹了！

她稍稍地动了一下自己的身体，只感觉到浑身的骨头缝里都透着一股子酸软无力的劲儿。

绿萼赶紧扶着卫箬衣坐起来,并且拿软枕垫在她的后腰之处。

卫箬衣醒了,她的小命算是保下了。

“绿蕊在替县主熬粥呢,一会儿就来。县主可有什么想要的？喝水吗？”绿萼问道。

“来点水吧。”卫箬衣点了点头。

发烧烧得她喉咙就像冒烟了一样,现在烧退了,喉咙也是十分难受。

绿萼马上转身,去拿桌子上的杯子,冲泡了一杯蜂蜜水过来。

“县主,咱们的东西都丢在山里了,这杯子是难看了点,您先凑合用着吧。”绿萼将粗瓷的杯子递给卫箬衣说道。

卫箬衣当然不讲究这个,喝了一口,水温不冷不热,刚刚好。绿蕊和绿萼年纪虽然不大,但是都是非常细心的。她们两个能在原来的卫箬衣手下过日子自然都是十分了解卫箬衣的喜好。

“居然是蜂蜜水？”卫箬衣笑道,“咱们的东西不是都被扔在山上了吗？你们倒是有心了。”

“回县主,这蜂蜜是千户大人找人送来的。”绿萼说道。

卫箬衣……

完了,他一定下毒了！卫箬衣脑海之中瞬时闪过了一个念头。

美人恩消受不起,更何况是萧瑾那个“蛇蝎美人”。

卫箬衣赶紧坐直了身体。“赶紧看看我没有中毒的迹象吧？”她丢开了水杯,一把握住了绿萼的肩膀。

县主又犯病了……

“县主只是受寒发热了,哪里有中毒！”绿萼都被问懵了。

“你你你,赶紧地,将这蜂蜜还回去。”卫箬衣嫌弃地挥手,“以后他的东西不准要！咱们要彻底和他划清界限,知道吗？”

“哦。”绿萼点了点头。

“那你还杵着？”卫箬衣催促道,“赶紧去。”

“是。”绿萼忙不迭地将放在桌子上的那个瓷瓶子拿起来,一溜烟地跑了出去。

卫箬衣顿时像没了骨头一样重新靠回了床上,嘴角微微一撇,害她变成这个样子还不够吗？谁知道那蜂蜜里面加了什么东西！糟糕了,不知道现在吐能不能将刚才喝下去的那一口给吐出来！

整个客栈都被锦衣卫包了下来。

这一群人还带着囚车,附近的百姓自是不敢靠近,所以现在客栈里面十分清静。

萧瑾就在一边的院子里坐着。

他已经换过了一身衣裳,脱下了飞鱼服,换上了一袭月白色的长袍,浑身上下透着一股子清爽利落的气息。在落日余晖下,更是透着几分阡陌无双,公子如玉的劲头。

“大人,绿萼姑娘求见。”站在门口的护卫过来抱拳行礼。

“让她进来吧。”萧瑾的面前摆着一个棋盘,正在独弈。

绿萼被人带进来,屈膝行了一礼。“见过殿下。”

“你们家县主又要闹什么?”萧瑾眉眼都没抬,缓声问道。他抬手在棋盘上落下了一个黑子,显得十分漫不经心。

“回殿下的话。”绿萼有点紧张,萧瑾怎么看都冷冷的,她将瓷瓶子紧握在手中,随后飞快地放在了石头桌子上,“我们家县主让奴婢将蜂蜜还回来。”

换上了白子的手在空中稍稍地停滞了片刻,萧瑾还是没有动眉眼,随后手缓缓地落下,将那枚被夹在指间的白子落在了该落的地方。

“她怎么说?”

“啊?”绿萼一愣。

“我问你们县主叫你还这个回来,说什么了?”萧瑾这才显露出了一丝不耐烦。

“哦。我们家县主说以后不准奴婢们再拿殿下的东西。还说……”绿萼迟疑了一下,还是将卫箬衣的原话说了出来,“县主还说以后要和殿下彻底划清界限。”

“呵。”萧瑾轻笑了起来,再度落下一黑子,“你去回了你们县主,但愿她能说到做到,我可不希望等到了燕京城,她再度闹出什么别的事情来。”

“是。”绿萼一低头,告退出去。她走得极快,怎么总感觉皇子殿下笑得冷飕飕的,叫人不寒而栗。

划清界限?

萧瑾再度将卫箬衣的话琢磨了一下,终于抬起了目光,看了看那瓶子——他刚才去镇子上买回来的蜂蜜。

“来人!”

“在。”门口的锦衣卫进来,抱拳,“大人有什么吩咐?”

“将这个拿去喂狗,”萧瑾寒声说道,“别放在这里戳眼睛。”

真是给狗吃,都不给那个不知好歹的人吃!

究竟是真要和他划清界限,还是换了一种方式来引起他的注意?

萧瑾冷笑,既然这是她想的,那好,就如她所愿,他还真的很想知道她是如何与他划清界限的。

这里距离燕京城尚有好几天的路程,山林破庙一役,她卫家侍卫死的死,伤的伤,若是不依仗了他和他手下的锦衣卫,单凭着她带着两个什么都不懂的丫鬟,身无分文,准备怎么回燕京城?

说大话的时候过过脑子,也要看看自己有没有这个本事。

萧瑾投下一枚黑子,棋盘上的白子顿时大片被围,再无拼杀出路。

无趣。

与己搏杀,所走每一步都了然于胸,没劲得紧,日子过得这么无聊,不如找点有趣的。

“陈一凡。”萧瑾高声喊道。

“在。”陈一凡快步走来。

“去和店家说,住在天字一号房的那三位,与咱们锦衣卫也没什么关系,”萧瑾缓声说道,“她们的吃穿用度咱们自是不会管,请大夫、用药所耗费的银两不用走咱们的账。对了,卫府的那些受伤侍卫现在不是在医馆里面吗?那些钱咱也不用管,叫店家直接找她们要去。”不是说划清界限吗?那他就先来一个彻底点的。

陈一凡的嘴角微微地抽了抽，这位是和县主又闹翻了吗？

明明在山中看到县主晕倒的时候，他还蛮紧张的，也不避讳什么男女了，先带着昏迷了的县主飞马下山。

那会儿千户的举动让大家都以为崇安县主金诚所至，让千户大人金石为开了呢，现在看来，完全不是那么一回事啊。

“还杵着做什么？”萧瑾抬眸，见陈一凡依然犹豫着，没有挪动脚步，略带不悦地说道。

“县主她们好像东西都丢在山林之中了。若是此刻和店家说明，只怕店家要找她们索要房款。属下不知……”陈一凡觉得自己跟着的主儿喜怒无常的，总要问问清楚再说。

“那是她们的事情，与咱们又有什么关系？”萧瑾冷声说道，“你若是觉得县主可怜，自己掏腰包帮她去。”随后他又凉凉地加了一句：“人朝高处走，你若是帮了崇安县主，没准紫衣侯卫大将军也会对你青睐有加。”

陈一凡瞥见了萧瑾眸光中的寒意，忍不住打了一个寒战。

开什么玩笑，紫衣侯就是权倾朝野，那也只是一个臣子，而这位的真实身份却是皇子。即便当今圣上似乎对他并不是十分重视，但难保以后不会看重他。况且俗话说，县官不如现管，紫衣侯卫大将军抓的是兵权，可是他的命却是捏在自家千户的手里。

“属下马上去办。”陈一凡干脆利落地应了一声，转身离去。

这位多半又是和崇安县主闹了别扭了。

唉，崇安县主也是，都落这个田地了，怎么就学不会老实点呢，就不能顺着点千户大人，一切等回京之后再说。

不过崇安县主脾气臭也是出了名的……

上面神仙打架，倒霉的是他们这些小鬼。

陈一凡才刚刚和店家说完，店家就郁闷了。

给那姑娘看病请的是城里最好的大夫，用的也是城里最好的药，如今她住的也是整个客栈里面最好的房间，还有她来的时候身上衣衫又湿又脏，给她专门去镇子上的成衣店里买的最贵的衣衫，至于那些受伤的人，都是从这个客栈送去医馆的，谁知道到现在已经花了多少钱了？旁的不说，光是这姑娘用掉的药钱和衣服钱加起来也有十两银子了。这些都是先赊欠着的，只等这些锦衣卫大爷们将账结了，他再去和别人结账。如果再算上那些受伤的人，简直不敢想。

现在好了！

掌柜急忙打发了小二前去敲卫箬衣的房门。

他是开客栈的，可不是开善堂的。

况且贴点房钱，那是他自己的，他贴得起，但是医药费和衣服的钱都是别人的，他可贴不起。

卫箬衣一听绿蕊和绿萼说客栈老板前来要债，便知道是萧瑾搞的鬼了。

真是一分钱难死英雄汉，自从到了这书中的世界，卫箬衣又是那样的身份，还从没在钱上纠结和为难过，这还是第一次。

她身上没戴什么首饰，腰间的玉佩什么的也都丢在了山林之中，不知道哪里去了。发钗、步摇等物品都悉数随着马车散落在山里。倒是两个丫鬟身上还有几件首饰，临时拿出来去找了一个地方典当了，凑了凑，算是还清了自己的账务。

萧瑾以为这样就能逼死她了？

做梦！

萧瑾这厮这么混球，真是想想和他住在一个屋檐下都觉得糟心！

卫箬衣让两个丫鬟拿着典当了首饰剩下的一点银子去镇子上租了一辆马车，即便她卫府的侍卫都死绝了，她也绝对不在萧瑾的鼻息之下生活，不承蒙他给予的那点点恩惠。她卫箬衣这点骨气还是有的。

况且，他还真以为她就是一个被宠坏了的大小姐，离了旁人便活不下去了？

真是不好意思，让他失望了！

翌日清晨，卫箬衣挺起自己的胸在众多锦衣卫诧异的目光之中，昂首踏上了入京的马车。

想看她的笑话？没门！

“头儿。”陈一凡马上去和萧瑾汇报，“崇安县主自己租了辆马车回京了！”

萧瑾略一敛眉，嘴角旋出了一丝似有若无的轻笑，“那你还愣着？人家一个姑娘家都一清早赶路了，身为锦衣卫，居然连个姑娘家都比不上，你还好意思站在这里？”

陈一凡马上跑出去，下令锦衣卫也马上出发。

一连几天锦衣卫都跟在崇安县主租下的马车之后。

陈一凡瞥了自己家千户一眼，心底默默地叹息，既然还是担心崇安县主的安全，为何却要那样对崇安县主？非要逼着崇安县主上路后，自己带人在后面默默地跟随？大家一起走不就是了？搞得这么复杂！

千户大人的心思真难猜。

等到了燕京城，马车安安稳稳地停在了紫衣侯府的门前，卫箬衣一直提着的心总算是放下了。

她虽然了解过这一路回来除了那片山路之外都是通坦的大道，但是毕竟是人生地不熟的，她一个初来乍到的姑娘，身边又只剩下了两个丫鬟相伴，这一路回来不免还是有点担心的。

卫府中人得知县主回来了，纷纷出来相迎。

穿越来这里这么久，卫箬衣总算是见到了自己的“家人”了。

05 初次归家

卫箬衣在外脑袋受伤，不记得大部分事情的消息早就传了回来，卫大将军出征在外尚未回府，可是吓坏家里的各位了。

“原想着是要去接县主回来，可是县主又不让。现在县主回来了，可是叫人心头一块大石落地了。”在出来迎接的一大群人里，打头走来的一名妇人穿着一件湖蓝色的对襟长裙，头发梳拢得一丝不苟，发髻边别着翡翠兰花簪子，玉色上乘，苍翠欲滴。她整个人亦是眉清目秀，一副大气端庄的样子。她话才说完，看到卫箬衣那寒酸的模样就是一惊。“县主怎么会这样？咱们卫府的侍卫们呢？”

这一路上，卫箬衣没少和自己的丫鬟恶补家里的事情，所以一看到打头的这位，便知道她就是如今在侯府主持中馈的兰姨娘了。

说起来，自己的父亲卫毅那就是一介武夫，不过家中的姨娘却是按照“梅兰竹菊”这个顺序排的，也算是附庸风雅了一把。

兰姨娘虽然是排行第二，不过她出身侯府，即便只是一个庶出，但是这门第也比其他几个姨娘要高出一头来。

所以卫大将军不在，祖母又身子不好，不管事了，这家中的庶务便由兰姨娘来接掌。

卫箬衣看过一点点原著，虽然是从前面直接跳去了后面看，中间漏下了一大截，也知道原著之中的卫箬衣在家里是集万千宠爱于一身，但是身边却是围绕着不少的魑魅魍魉。

卫箬衣仰天长叹，要是她知道自己会作死地穿越到书里面，那时候就是不睡觉、不吃饭也要将原著给仔仔细细地从头到尾拜读上一遍。

现在可是坑大了，明明知道这个府里有不少人要等着坑她，偏生她站在这里两眼一抹黑什么都不知道，生是有了一种捏了一手好牌，愣是不知道怎么打才好的感觉。明明是可以开金手指的，现在金手指没开到，倒开成了睁眼瞎了。

一种强烈的心碎感油然而生。

更叫她心疼的是，她还买了全部的 VIP 部分！能不能退钱啊！

卫箬衣拿目光扫过前来迎接她的人，她身份尊贵，又是受到卫毅极度宠爱，所以回府有这么大阵仗也是应该的。在人群之中没见到老人家，卫箬衣的祖母应该是没有出来。

也对，她再怎么受宠，人家也是她的祖母，断是没有长辈出来迎接小辈的道理。

“说来话长，进去再说吧。”卫箬衣现在对府里的情况不是很明了，所以只能淡淡地应了一声。

“瞧我这脑子，见了县主如今的模样光顾着急去了，来来来，县主赶紧里面请。”兰姨娘忙招呼着让开了一条路。卫箬衣也不客气，带着绿萼和绿蕊昂首走了进去。

反正原著里面的卫箬衣就是一个飞扬跋扈的主儿，所以她现在表现得再怎么傲慢都不为过。

“县主的院子已经打扫好了，老祖宗在心兰苑里，县主是现在去见老祖宗还是先回回澜阁去换身衣裳再去？”兰姨娘跟在卫箬衣的身后问道，“老祖宗这几天身子不爽利，所以县主在外受伤的事情，我就先做主没和老祖宗说。县主莫要见怪。”

卫箬衣脚步稍稍地一顿，她回眸扫了兰姨娘一眼，兰姨娘那秀丽的脸庞上滑过了几分慌乱之色。

她略带讨好地笑着：“县主也知道老祖宗是最最疼爱县主的，若是县主在外出事的事情让老祖宗知道了，就怕她病上加病。”

“兰姨娘思虑得真周到。”卫箬衣笑了起来。

兰姨娘的神色有点诡异，这位县主娘娘素来都是唯她独尊的，从不会说这样的客套话。

卫箬衣也察觉到兰姨娘略带审视的眸光，马上就补了一句：“我这次在外面撞了头，很多事情都不太记得了，所以兰姨娘要多帮我想想。其实说真的，就连兰姨娘的样貌容颜也是绿萼和绿蕊在回来的马车上说了，我才知道的。”

“县主真是受苦了，”兰姨娘眼底流露出了几分哀色，她疼惜地拉住卫箬衣的手，轻轻地拍了拍她的手背，随后稍稍地拉起了她的衣袖，“看看，县主这才出去几天，都瘦了一大圈了。这手腕现在细的啊。”

她将卫箬衣的手腕翻转过来，赫然看到卫箬衣手腕内侧有一朵桃花花瓣一样的胎记，随后她还用手轻抚了一下。

“是啊，”卫箬衣轻轻地一笑，“兰姨娘不说，我还不觉得，现在看看真的瘦了，”她将手抽了回来，随后脸色一落，“不过兰姨娘以后还是少碰我，我不喜欢被人这样拉着手揉来揉去的。”

兰姨娘哪里是看她到底瘦没瘦，而是看她手腕上胎记在不在了！

这姨娘倒是真的有心了，卫箬衣心底冷笑了一下。

被人簇拥着去了回澜阁之中，卫箬衣就借口自己累了要沐浴更衣，将所有人驱散。

关上了房门，卫箬衣坐下，目光扫向了自己的两个贴身丫鬟。

“之前在外面，咱们也算是共患难了。”卫箬衣缓声说道，“我脑子坏了的事情你们是最清楚不过了，一会若是兰姨娘以及家里其他的人问及此事，你们可以将事情的原委一五一十地告诉她们，不用遮挡什么。但是，我还是要提醒你们两个一下，你们是我的丫鬟，在这个家里，只需要听我一个人的话便是了。想想你们在这个家里的地位，若是被我发现你们做出什么对不起我的事情，休怪我手下无情。我虽只是一个小小的县主，发卖一个半个丫鬟什么的，也还是绰绰有余的。”

绿蕊和绿萼对看了一眼，诚惶诚恐地跪了下去：“县主放心，奴婢们都是侯爷买回来放在县主身侧的。所以奴婢们只会和县主一条心。”

“那就好了。”卫箬衣这才缓缓地一笑，她亲自起身将跪在地上的两个人扶了起来，“只要你们对我好，我自是会好好地待你们。”她放缓了自己的声音说道。

这两个丫鬟是她眼睛一闭一睁到这个世界之后最先接触的两个人，在卫箬衣的潜意识里也不希望这两个人做出什么背叛自己的事情。

其实，她平日里也是一个马大哈，过得大大咧咧的，但是现在她穿越到这本该死的书里面，变成了人人喊打喊杀的恶毒女配，就不得不多加一点心眼，事关小命啊！在原著之中，她是被萧瑾千刀万剐的，唉，只要想想，卫箬衣都觉得自己浑身的皮肉都在发紧发疼。

这可不是开玩笑的。

她是一个看书不认真的主儿，知道有人想要害她，但是又不知道是谁，这种总有刁民想要害朕的念头叫嚣尘上，还真是如芒在背，一点都不好受。

适才兰姨娘说话的时候，她仔细地看过了，兰姨娘借口说她变瘦了，翻看了她手腕上的胎记，便是疑心她是不是被人调包了，所以一会若是空闲下来，兰姨娘必定会将绿蕊和绿萼两个人叫去问个究竟。

只要绿蕊和绿萼照实话说，不用替她做什么遮掩，就一点破绽都不会有。

况且她撞坏脑子的事情，就连那个将来会将她千刀万剐的萧瑾也可以替她作证。

在这上面，没人敢兴风作浪。

卫箬衣想要提防兰姨娘，并不是因为她怀疑自己，而是因为她刚才言辞闪烁了一下。

卫箬衣是备受大将军疼爱的主儿，也是老祖宗的心肝宝贝。卫大将军常常出征在外，所以当年她被抱回紫衣侯府的时候，是放在老祖宗身边的。

可以这么说，卫箬衣就是由老夫人亲手带大的，这种感情可是府中任何一个孩子都比不了的。

按照道理，她在外面出这么大的事情，兰姨娘怎么敢不告诉老祖宗呢？

所以卫箬衣想来想去，觉得这府里的人，大概除了自己的父亲和祖母之外，其他人可能大多数都希望她就这么死在外面算了。

联合起来将老祖宗瞒了个严严实实的，这事情也就过去了……

况且虽然兰姨娘说了一声当时想要派人去接的，就因为她一句话说不用了，所以这边就没再派人去。

卫箬衣怎么不记得自己有说过不用了的话？

这是欺负她脑子真的不好还是在试探她？

或者两者兼而有之吧……

卫箬衣瞬间又感觉到心疼了。

话再说回来，如果府里的人真的担心她的话，哪里会因为她说了一句不用了，就真的不派人去接了？谁家都不会放心将一个受了伤的大姑娘放在外面不管的。

卫箬衣思来想去都觉得不对劲。

沐浴过后，卫箬衣换了衣衫，重新梳妆了一番，这才走出了房门。

才一出门，就见兰姨娘等在门外。

“县主这是要去给老夫人请安吗？”兰姨娘迎了过来，手里捧着一只盒子。

“是啊。”卫箬衣也不隐瞒，笑道，“兰姨娘是要和我一起去吗？”

“就是在这里等着县主出来呢。”兰姨娘仔细地看了看卫箬衣的表情，紧紧揪着的心似乎稍稍地落下去几分。刚才卫箬衣在沐浴的时候，她已经抓去绿萼问过话了。

这姑娘还是原来的姑娘，只是脑子坏了之后，人倒是变了不少。

“这是专门给县主准备的。”兰姨娘将手里的盒子打开，里面是一条红宝石项链。宝石鲜红如血，在阳光的映照下光芒夺目。就算是卫箬衣不懂行情，一看也知道是好东西。

“前几日，按照惯例，珍宝斋来府上送了些新造的珠宝样式来，我一眼就看中了这条项链。看看这颜色，阖府上下也只有县主此等容光才能压得住了。”兰姨娘将项链拿起来，热络地替卫箬衣戴上，“瞧瞧，我说得不错吧。这样的宝石必须配咱们县主这样的美人！”

卫箬衣……

她刚才沐浴之后已经“膜拜”过了原主的衣橱了，那一衣橱的金光璀璨，生怕别人不知道她是土豪一样。

真不知道原本的卫箬衣年纪不大，哪里来的那么老气横秋的眼光，如今她算是有点明白了。

这宝石的确好，够大，也够亮，只是她现在的年纪才十五岁而已，难道不觉得脖子上挂了这么一串东西实在是有点累赘吗？只是穿着家常的衣衫，又不是盛装。

偏生兰姨娘还一个劲儿地赞叹。

卫箬衣只能眉飞色舞地对跟在她们身边的丫鬟笑道：“真的好看吗？”

“真的好看！”

“只有这等高贵的东西才能配得上县主的身份。”

兰姨娘身侧的丫鬟们自是不遗余力地夸赞她。

卫箬衣现在算是服了。

原来原主那扭曲至极的审美便是从这里来的……

卫箬衣心底在滴血，脸上却是乐得傻乎乎的，一副智商重灾区的模样。

“我也觉得甚好。”她傻乐地说道。

“县主喜欢就好，”兰姨娘暗自松了口气，笑道，“县主一会去了老夫人那边，请了安，就不要再提外面的事情了可好？县主平日里最是孝敬老夫人了，如今老夫人身子不爽利，县主也平安回来了，莫要再提一些糟心的事情让老夫人心情不好。县主这也是尽孝了。”

“好啊，对祖母不好的事，当然不会提了。”卫箬衣喜滋滋地一边抚摸着脖子上的宝石项链，一边咧嘴说道。

就知道这宝石不是白拿的，原来在这里等着她呢。

嘿嘿，现在不提，以后不会提吗？

真的是！

兰姨娘见卫箬衣脸上那傻乎乎的笑容，眼底流过了一丝淡淡的鄙夷。

虽然说是坏了脑子不记得之前很多事情了，不过这脾气性子倒是没怎么变，甚好甚好。

不过，她还是有点不放心，跟着卫箬衣一起去见老夫人，只要卫箬衣稍稍有一点说岔了，她就要想办法给圆回来。

这一路上，兰姨娘不住地夸赞卫箬衣，就连卫箬衣听了都觉得有点太假了……不过她也不能表现出来，只能一直抬着眼眉受用着，一副你越夸我，我就越开心的样子。

一路到了心兰苑，那是老夫人的住所，因为老夫人爱兰，名字里又带了一个兰字，所以住的地方也就改成了心兰苑。

一进院子，便清香扑鼻，让人精神一震。这院子一看就是用了大心思布置的，兰花喜潮又不能多浇水，院子里有一个大的假山，下面装了水车用竹筒引了水到假山顶，再倾泻下来，做了一个人工的小瀑布，瀑布周围种了一圈名贵的兰草。卫箬衣扫了一眼，大部分她都叫不上名字来。不过这院子设计之精巧，却是叫人咋舌，花了不少钱吧！

走过了一处回廊，她被引到了心兰苑的正厅。

有丫鬟进去回了话，卫箬衣马上就被人带了进去。

在里屋的软榻上半卧着一名老夫人，年纪也不是特别的大，看起来十分端庄慈祥，不过面容上的确带了几分病恹恹的气息。她一见卫箬衣进来，就马上朝卫箬衣伸出手去说："我的心肝儿啊，你可是回来了！出去了这些天，可是将祖母给急坏了。"

"见过祖母，给祖母请安。"卫箬衣之前问过了绿萼和绿蕊了，所以这回她也不至于将礼节搞错。

"好好好，赶紧过来，"卫老夫人对卫箬衣招着手，卫箬衣起身就走了过去，挨着老夫人的床边坐下，"祖母，我好想你啊。"

说来奇怪，卫箬衣一看到这卫老夫人就是鼻子稍稍地一酸。

在家里，最最疼爱她的就是奶奶了，她小时候也是放在奶奶家长大的，她奶奶还因为救她被一个醉酒驾驶的司机开车给撞死了。

所以，卫箬衣现在看到卫老夫人的样子就想起了自己的奶奶，又叫了她一声祖母，眼眶就泛红了。

这可不是装出来的。

"好了好了，这孩子，可是在外面受了什么委屈了？"卫老夫人一看心爱的孙女一副要哭的样子，顿时心疼得不得了，忙拉着她的手问道。

"哪能呢。"兰姨娘马上跟着笑道，"咱们家的姑娘那是陛下亲封的县主，谁敢欺负她去？"

卫老夫人不悦地横了兰姨娘一眼，兰姨娘也警觉到自己有点心急了，所以她马上闭嘴，低下头去。

"我是被人欺负了！"卫箬衣接着话头说道。

兰姨娘一惊，捏着帕子的手紧了一紧。

怎么那串红宝石还堵不住这蠢丫头的嘴吗？

"孙女是被那个萧瑾给气到了！"卫箬衣一噘嘴说道，"祖母，以后我再也不要理他了！"

她半撒娇地靠入了卫老夫人的怀里。

卫老夫人自是知道自己孙女那荒唐的劲头，放眼整个燕京城，也只有卫箬衣敢五年如一日地追着一个男人跑，愣是从扎着两个小辫子的豆丁给追成了现在亭亭玉立的模样。

"以前总是劝你，你就是不听！现在自己倒是想明白了。"老夫人叹息了一声，抬手揽住了卫箬衣的肩膀，轻轻地摇晃了两下，"想开就好。你喜欢他那么多年，就是一块石头，也应该被捂热了，这些年他对你那般不管不顾，甚至一点情面都不给你留，也是真的够冷血的。你能放下那便是再好不过的了。在这方面你倒是比你那顽固的爹要好一些。"

说完，老夫人忍不住又长叹了一声，孙女是一根筋，上杆子地去喜欢人家，她的儿子何尝又不是？这么多年，就是老死不肯娶妻，就是为了这丫头的亲生娘。

老夫人端详了卫箬衣一番，这姑娘越长越是艳丽，颇有点红颜祸水的感觉，想来她的母亲当年也必定是一个倾国倾城的大美人，否则怎么能叫自己的儿子死心塌地成那样？

只可惜就连她都没见过那传说中的儿媳妇一眼。

兰姨娘悄悄地敛下了眼眉，不免心底一阵的怨怒。

这满院子的女人估计没有一个不是在心底嫉恨卫箬衣的娘的。

一个连紫衣侯府家门都没进过的女人，居然霸占住侯爷的心那么多年！若是有个真人在也成啊，她们这些当姨娘的也算是输个心服口服。可是现在那女人就是一个影子，生死不明，却依然生压着她们这些当姨娘的不能翻身，这叫一个什么事情？

不光是她独占了侯爷的心，就连她的女儿也牢牢地霸占住嫡女的位置，在侯爷的眼底，大概也只有卫箬衣是他的骨肉，至于她们生的孩子那都是摆设！

真是越想心底越是发酸发怨。

她好歹也是一个侯府的庶出小姐，嫁过来当个正妻也是可以的，现在却在紫衣侯府里不尴不尬的。心底发苦，可是脸上却要一直陪着笑脸，兰姨娘益发地捏紧自己的帕子。

卫箬衣在老夫人那边腻了好长时间，她是真的一眼就喜欢上这个祖母了。那慈祥宽容的表情、疼惜的语调都是装不出来的，卫箬衣看得出来。只要一被她拉住，卫箬衣就想起了自己的奶奶，在最最危急的时候，是奶奶将她推了出去，用她的命换回了自己的命。

每每卫箬衣想到这里，就忍不住热泪盈眶。

“你这孩子，还真是出去一圈碰点钉子，人就多愁善感了，”老夫人见卫箬衣又要哭，忙不迭地给她按着眼角的泪，“行了，行了，祖母知道你还是有点舍不得五皇子，不过你也说要放下了，就不要总是掉眼泪了。祖母这里有宫里送来的帖子，你没回来的时候本是想让三丫头去的，但是你现在回来了，就还是你去参加，两日后宸妃娘娘会办一个红叶大会，请的都是京中贵女与名门望族的公子。我琢磨着，宸妃娘娘这是想给四皇子相看相看了。你去散散心也好。”

卫箬衣……

祖母误会了！

她掉眼泪真不是因为萧瑾那个混球，而是真的将祖母当成自己的亲奶奶才会这么情绪激动。

唉，这下误会大了！

06 卫府的姐妹

卫箬衣动了动唇,刚刚想要推脱不去的,但是一转眸瞥见了兰姨娘眼底闪过的一丝不自在的眸光,她就改变主意了。

“好啊,”她轻轻地靠在了祖母的怀里,“还是祖母疼爱箬衣。”

从祖母那边出来,卫箬衣就回了自己的回澜阁之中。

兰姨娘回了瑞祥居,才终于将一直憋着的一口气给吐了出来,脸色阴沉。

“母亲这是怎么了?”卫兰衣奉上了一杯上好的白眉茶,柔声道,“是长姐给母亲难堪了吗?”卫府没有当家主母,卫毅又长期不在家,老夫人不想去管闲事,所以各个姨娘的孩子关起门来都依着自己的母亲称呼,倒也相安无事。

兰姨娘抬眼,看着自己亭亭玉立又文雅贤淑的女儿,那怒气就压不住地朝上窜。

老夫人也是欺人太甚,她的女儿就算是样貌上稍稍逊了卫箬衣一些,但是其他方面怎么看都比那个飞扬跋扈的县主强吧,怎么偏生卫箬衣一回来,老夫人就将已经准备给卫兰衣的帖子又给了卫箬衣了呢!

“她想给我难堪,还嫩了点。”兰姨娘冷声说道,眸光犀利。随后,她上下打量了一下卫兰衣,多漂亮细致的人儿,哪里输那个卫箬衣?

老夫人想要让卫箬衣去?呵呵,这个家现在是她在管着,就偏要让自己的女儿去才是。

“上次让珍宝阁给你做的首饰都送来了吗?”兰姨娘放柔了声音问道。

“多谢母亲,都送来了,女儿都试过了,戴着正好。”卫兰衣轻笑了起来。

“那就好,”兰姨娘点了点头,“过两日正好用上。”她拉过来自己的女儿,轻轻地抚摸了一下她纤白细嫩的手,“谢什么?哪一个做母亲的不想将最好的留给自己的女儿?”她的笑含在唇角,不过却是带了几分寒意。

卫箬衣回到自己的房间里,拉开了衣橱,再度被原主那扭曲的审美给震撼了,真是要闪瞎了她的眼。

卫箬衣随手拿了一件衣服在自己身上比划了一下,她本是想从里面找出一件稍微素雅一点的,不过她转念想了想,就将这个念头给掐灭了。

她不能一下子转变太多,即便现在不可能有人怀疑她的身份,但是也不得不加一个心眼。

刚才祖母叫她去赴那个什么红叶大会的时候,她明显瞥见兰姨娘不开心了。其实,她也不是真的要去,不过就是想看看自己答应了祖母之后,那兰姨娘会不会闹什么幺蛾子出来。

毕竟在原著中,围绕在原主身边的蛇虫鼠蚁太多了,她当时看书是直接跳着看的,现在也分辨不出哪一个是真心对她,哪一个是表面奉承,所以只能悄悄地试探一下。

原著中的卫箬衣就是在一大家子人的连坑带蒙之中,撒开双腿在作死的道路上一路欢快地狂奔不止。其实,大家在看书的时候都说书中的卫箬衣是个愚蠢的恶毒女配,但是卫箬衣只是一个十几岁的小姑娘,又是被家里别有用心的人刻意给捧坏了的,走上那条路,也不能全怪她不是?

要怪就怪她爹卫大将军也总不着家!所以心肝宝贝女儿才会被人给拐歪了。

这大概便是传说中的捧杀了。

卫箬衣欢乐地看着那一衣橱的金光璀璨,本着独乐乐不如众乐乐的国际主义精神,她都要被闪瞎眼睛了,没道理不去闪瞎别人!总不能光是自己瞎吧!所以她决定,两天后一定要挑一件最能显现她土豪气质的衣裙。

就在卫箬衣对着一柜子衣服傻乐的时候,绿萼前来回禀:“县主,府里分下了谢芳斋的胭脂水粉。这是县主的一份。”她的手里还托着一个托盘。

托盘里放着五只精美的小盒子,白瓷的底儿,上面镶嵌了一圈的珐琅,还点缀着各色宝石。光看这盒子都知道价值不菲了。

卫箬衣觉得好笑,大将军府上上下下大概都知道她喜欢这些动不动就能闪瞎人眼的玩意儿,所以就连装胭脂水粉的盒子都投其所好。

“是府里每个姑娘都有吗?”卫箬衣拿起托盘上的一只粉盒,打开,放到了鼻下嗅了嗅,一股浓郁的花香袭来,好闻是好闻,不过过于甜腻和浓郁了,闻了之后反而带着叫人有点头晕想吐的感觉。

卫箬衣忙不迭地将盒子从自己的鼻子下面挪开。

“回县主的话,是的,”那丫鬟笑着说道,“只是每次给县主的都是最好的。”

“行了。我知道了,你放下就出去吧,”卫箬衣笑道,“既然是最好的,正好留着后天用。”

“是。”丫鬟告退。她才走不久,就听到门口有个略带娇憨的声音传来,“我就知道什么好东西都是先送来给长姐”。

卫箬衣转眸看向了门口。

院门口进来了一名粉衣姑娘,比自己略矮一点,长了一张巴掌大的小脸,看起来十分的明丽。

卫箬衣忙看了一眼站在自己身边的绿萼,绿萼暗中比划了一下,做了一个数字“四”的手势。卫箬衣顿时明白了。

“四妹来了。”卫箬衣将粉盒放下。

来的人叫卫华衣,是竹姨娘的女儿。

说起来,卫箬衣的老子紫衣侯卫大将军也是有点搞笑的。

当年,他得胜还朝,深得陛下的荣宠,一时间不少人动了朝他房里塞人的念头。这些人大概也就是看着紫衣侯夫人的位置一直悬着,想着只要自己塞进紫衣侯府的人能生下一男半女的话,没准未来紫衣侯夫人和大将军夫人的头衔就会落在自家人的手上。

所以,卫大将军能推就推,最后实在是推不掉的几个,他索性一次性全数收纳回房中,一天睡一个，轮番一个月下来，这几个姨娘竟然都有了身孕……这下家里又平衡了，没有人因为怀有身孕而独自尊大。

所以，卫箬衣的几个弟弟妹妹几乎都是同时降生的，年纪上也就相差几天而已。

卫箬衣总结了一下，这世上男女之间的破事没有什么是睡一觉解决不了的，实在不行就睡两次、三次……看她爹就是用这种方法将家里家外都摆平了！

当然这也是需要相当的体力的……

如今的卫大将军府里，有两男，五女。

卫箬衣有一个哥哥，叫卫静雪，那是之前的老侯爷怕卫大将军死了，卫家无后，所以用药得来的，是梅姨娘所出。兰姨娘有一女卫兰衣，现在来的这位便是竹姨娘生的卫华衣了。竹姨娘肚子争气，生的是龙凤胎，所以卫华衣还有一个双生弟弟叫卫静霜。菊姨娘生了两个女儿，分别是排行老五的卫简衣和排行老六的卫红衣，也是双胞胎。

卫府一下子出了两对双胞胎，当年在燕京城也是相当的轰动。还有不少贵妇前来秘密地和卫箬衣的祖母讨教，看看卫家是不是有什么生双胞胎的秘方。

说话间，卫华衣已经走了进来。"长姐回府还没和我说过话呢。都说长姐在外面吃了点苦，现在看来长姐是安然无恙的。"

这孩子真会说话，这是盼着她有事吗？

虽然这话是没什么毛病，怎么卫箬衣听在耳朵里总觉得泛着一股子酸气呢。

"运气略好，就是受了点皮肉伤而已。"卫箬衣笑道。

卫华衣见没刺激到卫箬衣，虽然脸上还带着一副恬适的笑容，但嘴角还是稍稍地撇了一下。都说她在外面伤了脑子，看来倒是真的了，不然以她原来那种眼高于顶的劲头，早就拿鼻孔看自己了。

卫华衣的目光落在了桌子上放置的那些胭脂水粉上，以前卫箬衣的东西，她们是万万不敢动的，不过现在不是说她脑子坏了吗？

卫华衣眼睛一滑，抬眸笑着对卫箬衣说："长姐，你这些盒子可真漂亮！"

"你喜欢？"卫箬衣也没多想，顺嘴问道。

"是喜欢，长姐能不能将这些送点给我？"卫华衣试探地问道。

本着都是自家姐妹，能搞好关系就搞好关系的想法，卫箬衣几乎想都没想就点了点头，"你要是喜欢就都拿去吧，反正都是刚刚送来的，连动都没动过。"

这可是天上掉馅饼的事情了！

素来骄傲小气的卫箬衣居然这么大方？

卫华衣深看了卫箬衣两眼，看来这人的脑子是真的坏了！

"真的吗？"卫华衣还是适当地推辞了一下，"这可是专门为长姐特制的呢！长姐不是后天要去参加红叶大会的吗？不用这些东西好好地打扮一番？长姐你是不知道，你没回来的时候，大家都说去参加红叶大会的是三姐，三姐可是早早地就做了新衣服还去打了新首饰呢。你一回来，她可就傻眼了！"

卫箬衣……

这姑娘还真是在兢兢业业地挑拨离间，若是现在站在这里的是原主的话，只怕是已经炸开了吧。

不好发表什么评论，卫箬衣只能憨笑了一下，借以掩饰。事实上也的确是她抢了卫兰衣的帖子，若是刚才她推托一下的话，去的人也依然是卫兰衣。

她也就是想要借这件事情试试水，探探路的，没想到还真的给探出点水花来。

“那她岂不是要生我的气了？”卫箬衣略带吃惊地一捂唇。

“她要生气就气她的去呗，谁理她啊？”卫华衣的嘴巴就好像抹了蜜一样，“谁不知道咱们卫府里面最漂亮的就是长姐了，长姐又有县主的头衔，这种宴会自是长姐去最为合适。”

卫箬衣又干巴巴地笑了两声，这孩子真会说话。

若是换成原来的卫箬衣估计听了这话是十分受用的，但是在职场上打滚那么多年的卫箬衣却觉得这姑娘既然能当着她的面去贬低卫华衣，也同样能当着卫华衣的面来贬低自己。

她的话可是不能听的。

得了卫箬衣的东西，卫华衣喜滋滋地让自己的丫鬟过来将东西收好，又和卫箬衣寒暄了几句，这才心满意足地离开了。

卫箬衣这才松了一口气。

哎呀妈呀，她怎么觉得回到这个家比她去公司上班还要累上三分呢？

卫箬衣让绿萼和绿蕊去关了门，自己则乱没形象地呈大字形倒在了自己的床铺上。

“县主，您晚上想吃点什么？”绿蕊过来问话，“刚才老祖宗那边打发人过来传话，说县主刚从外面回来，一定是很乏了，所以就不用过去陪她用晚膳了。”

“吃猪脑！”卫箬衣咬牙切齿地说道。

绿蕊……

“那东西……”绿萼小心翼翼地回道，“怪恶心的，咱们换点别的吃行不行？”

“以形补形！”卫箬衣咬着牙恨声说道，“我现在脑子不够用了！”

绿萼和绿蕊对看了一眼，不知道卫箬衣说的是什么……自打县主撞过脑子之后，她们经常听不懂县主的话。

见自己两个侍女傻愣愣地站着，卫箬衣就泄了气。“得了，吃豆腐吧！就当猪脑来吃了！”

猪脑那东西炖出来是挺吓唬人的……

翌日，卫箬衣起身之后就去了心兰苑。

她爹不在家，这府里除了祖母就是她一个人独大，所以只要来给祖母问个安便是了。卫箬衣是真的喜欢这个慈祥的奶奶，人家现在又是在病中，能多陪就多陪一点。

老夫人今天的气色看起来要比昨天好点，或许是见到了宝贝孙女的缘故。

“年纪大了，就是不太中用，你看看一个风寒都能将人折腾上大半个月，”老夫人用过膳之后就拉着卫箬衣的手笑道，“也是难为你了，一回来就要陪着我这个老婆子。”

“您是箬衣的祖母，陪着您是天经地义的事情，哪里有什么难为不难为。”卫箬衣笑靥如花。她的声音十分甜美，这些年职场历练更是圆滑了许多，况且现在又是真心地喜欢这位奶奶，嘴甜得让老夫人都快笑成一朵花了。

不管外人怎么说自己的孙女不是，反正在老太太眼里，卫箬衣就是一个好孩子。只可惜啊,老夫人的眼底流过了一丝淡淡的愁绪,只是她适时地垂眸,遮掩住了她真实的情绪。

"明儿去红叶大会的衣服可选好了?"老夫人收敛好自己的心思,随后抬眸端详了一下卫箬衣,见她今日穿得素净了点,于是问道。

"那红叶大会反正我去了也是一个陪衬。"卫箬衣一边帮老夫人捶着腿一边笑道,"宸妃娘娘应该看不上我吧。"

"我们家箬衣长得这么漂亮,宸妃娘娘怎么会看不上你?"老夫人轻啐了一下卫箬衣笑道。

最好别看上,卫箬衣犯着嘀咕,谁知道这里的皇族是个什么状况?她一个外来户,什么都还没弄清楚就一脑袋栽进去,回头死都不知道怎么死的!

况且这是给萧瑾的哥哥相看,还不知道萧瑾去不去呢……

所以,她明日就还是保持原状就好,穿件闪瞎人眼的衣服去,然后低调地找个犄角旮旯蹲着就是了。

卫箬衣正和老夫人说笑着,丫鬟进来通传:"老夫人,竹姨娘带着四姐儿来了,说要请老夫人做主。"

老夫人的眉头稍稍地皱了一下。"家里的事情不是都交给兰姨娘去管了吗?怎么跑我这里来了?你让她进来吧,且看看是怎么回事要闹到这里来。"

老夫人略坐起身子,卫箬衣赶紧在她的腰后塞了两个垫子让她舒服地靠着。

没一会儿,一名身穿浅紫色绣粉兰花对襟百褶裙的妇人进来,面容姣好,身段妖娆。她的身后跟着一名娇俏的姑娘,看身形就是昨天去找卫箬衣的卫华衣。

只是今日她脸上戴了一块纱,遮住了大半个面孔,只留了一双眼睛在外面。

竹姨娘一进来就看到卫箬衣站在老夫人的面前,马上狠狠地瞪了卫箬衣一眼,瞪得卫箬衣有点莫名其妙。她好像也没惹这位姨娘吧,况且她的身份在府里非同一般,就是这些姨娘在她的面前也要收敛着点,如今能这样狠剜她一眼,想来也是气到了一定的境界了,所以才有点不管不顾的。

卫箬衣寻思着自己也没挖她家的祖坟啊!至于吗?

竹姨娘一进来就跪在了老夫人的面前,一口一个老祖宗地叫着,眼泪跟不要钱一样噼里啪啦地朝下掉。

"有事说事!"老夫人看着不耐烦,"你跑这里来,话都没说一句,就先哭上了,这叫什么事情?"

"老祖宗,你看看华衣的脸。"竹姨娘将卫华衣拉到了自己的身边,小心地揭开了卫华衣的面纱,将她的面容露了出来。

卫箬衣一看,顿时"哇"的一声惊呼出来。

这……

昨天还好好的一张巴掌小脸,现在肿得和猪头一样,满脸的大红疹子,就连嘴唇都肿得翻起来了,和两根香肠一样。

"哎呦,这是怎么回事?"老夫人一看也吓了一大跳。紫衣侯府家的姑娘一个个的都是水灵漂亮的,这在整个燕京城都是出了名的,都说是紫衣侯府的水养人。

卫华衣委屈地"哇"的一声哭了出来。"老祖宗,华衣的脸毁了,以后不能见人了,还不如就死了算了！”

“胡说八道的。”老夫人呵斥了一声，“可请人来看了？”

“肿成这样，一般的大夫哪里看得好啊！”竹姨娘马上哭诉道，“还请老祖宗做主，请宫里的太医来给瞧瞧吧。”

“好好好，”老夫人忙对自己的贴身嬷嬷李嬷嬷说道，“你去拿了我的帖子到太医院请尹院正过来给四姐儿瞧瞧。”

“是。”李嬷嬷不敢耽搁，马上取了老夫人的帖子赶了出去。

“都起来说话。”老夫人让人将竹姨娘和卫华衣都搀扶起来，“怎么回事啊？可是吃了什么不该吃的？”

“哪能呢！”竹姨娘哭得眼睛红通通的，委屈地说道，“华衣就是去了一次县主的院子，回来后不久脸上就开始痒了，到了今天早上就变成这样子了。”

猛然被点名的卫箬衣一脸茫然，怎么这也扯上了她？

很快她就回过神来，难怪刚才竹姨娘进来就狠狠地瞪了她一眼，合着竹姨娘是觉得自己女儿脸变成这样是被她给害的？

“竹姨娘这话可就有点过了。听你那意思华衣的脸是因为去了我那里才变成这样的。”卫箬衣缓声说道，“可我一直在自己的院子里呆着，不是没事吗？”

“可就是奇在这里！”竹姨娘恨声说道，“你们都是好好的，唯独就华衣的脸坏了。华衣昨儿哪里都没去，就去了一次县主的院子。那县主倒是说说看，华衣是怎么了？”

卫箬衣简直无语，什么叫欲加之罪何患无辞？

“别乱说。”老夫人蹙眉道，“许是吃了什么？”

“回祖母的话，我可什么都没敢乱吃。”卫华衣说道，“昨天就在母亲那边用了点米粥，况且母亲和我吃的一样，怎么单单就我出事了？”

“昨天去我院子的人多了，也没见别人这样啊。”卫箬衣撇了撇嘴。卫华衣一夜之间肿成猪头了，她也蛮同情卫华衣的，但是眼瞅着脏水朝她的脑袋上泼，那卫箬衣可不乐意了。

卫华衣一听，眼泪就哗哗地流。“祖母，求您给孙女做主啊。”

卫箬衣一听，嘿，小丫头片子！这是赖她身上了？

你会哭，我就不会哭吗？

卫箬衣一寻思，也啪嗒朝老夫人面前一跪。“祖母，竹姨娘和四妹心急孙女理解，但是什么事情都没查明，不能直接将脏水就朝孙女的头上泼啊。四妹这脸能恢复倒也好，若是真的恢复不了，那这罪名我可担待不起，还请祖母明断。”

卫箬衣故意恶心卫华衣，卫华衣一听自己的脸被卫箬衣说得可能恢复不了，这下可是真的慌了神了。

“哇”的一声哭得更凶了。

卫箬衣挑眉，这孩子心理还真是脆弱，这就受不了了？看看她这恶人当的，一回家就弄哭了一个。

07 桃花癣

卫华衣哭得伤心，老夫人也觉得这孩子怪可怜的，忙柔声安慰了两句。

"箬衣啊，你妹妹没在你那边吃什么吗？"老夫人一边安慰卫华衣，一边问道。

"没有啊。"卫箬衣忙摇了摇头，这幸亏是没吃什么，要是真的吃了什么的话，她可是跳进黄河都洗不清了。

知道原著中的卫箬衣在家里看似花团锦簇，尊贵无比，实际上是危机四伏，但卫箬衣还真是没想到事情来得这么快，她这才回家一天的时间而已，就闹出这种事情来。

现世报大概就是用来形容她的。

卫箬衣双眼炯炯有神。

"对了，昨儿府里不是发下了胭脂水粉吗？"卫箬衣忽然想起了一件事情来，"我那份刚刚送来的时候，可巧四妹就来了。四妹瞧着分给我的那些瓶瓶罐罐好看，就问我要来着。我想我那边还有些胭脂水粉没用完，看四妹喜欢就将我那份送给四妹了。会不会是那些东西引得四妹变成这副样子？"

要说卫华衣在她那边动的，也就只有这些东西了。

竹姨娘的脸色骤变。"县主，您这是故意的吗？"

"竹姨娘你什么意思？你意思是我故意拿东西来害四妹？"卫箬衣也不是一个好脾气的人，不是她做的，这种锅她可不背，"东西是前院的丫鬟送来的，原封不动，我就是打开闻了一下而已，你若是想说我在里面动了什么手脚，那还真对不起，我没那么大的本事。况且，我与四妹没仇没怨的，四妹喜欢我的东西，我高兴还来不及，我倒不知道送人东西倒送出个怨怼来了。"卫箬衣落下了脸来，寒声说道，"四妹的脸这样了，你不赶紧找大夫给她看，却揪着她跑这里来和我牵扯不清，我若真想害四妹，四妹的脸只怕现在已经没了！"

"莫要胡说！"老夫人一听卫箬衣的言辞，也是瞪了竹姨娘一眼，"来人，去将那些胭脂水粉都拿来。"

得了老夫人的命令，马上就有丫鬟挑帘出去。

没过多久，太医院的尹院正也匆忙地赶来。老夫人有一品诰命在身，卫箬衣又有县主的头衔，尹院正是一点都不敢耽搁。过来行礼之后，尹院正仔细地给卫华衣诊看了一番。

"四小姐这是长了桃花癣了，所以才变成这样。"尹院正十分肯定地说道。

"能治好吗？"老夫人担心地问道。

"能，不用担心，肿得是厉害了点，但是只要服药，过两天就会消下去了。"尹院正笑道，"姑娘家总是爱美的，只是现在是秋日，得桃花癣的人少，要是春季，那便是多了。"

"尹院正，请帮忙看看，是不是因为这些东西，四妹的脸才会变成那样的。"卫箬衣指了指被人取过来的那些胭脂水粉说道。

尹院正打开那些盒子，仔细地端详了一下，又用银针挑了点嗅了嗅，随后点了点头。"不错，这里面加了大量的桃花粉，还有一些发物，味道是甜腻了些，但是若是一些对桃花敏感的人用了便会长桃花癣。"

卫箬衣的脑子转得也快，瞬间明白尹院正口中的桃花癣便是对桃花过敏了。

"你瞧瞧！"老夫人这算是将心放下了，她拍了拍胸脯笑道，"还劳请尹院正帮忙开个方子。"她让人将尹院正送出去，又拿了银子包了过去。等人走了，她才对竹姨娘说道："你啊，年纪也不算轻了，入府这么多年，还是这么毛毛躁躁的，桃花癣这种事情能怪在箬衣的头上吗？这粉又不是她制的，她也是刚刚拿到手，是四丫头觉得箬衣的东西好才开口要的，人家箬衣也是好心，怎么到了你这里就变成了箬衣要害四丫头了呢！"

竹姨娘脸色微微地一愠，忙福了一福。"对不起，老祖宗，我这也是着急，所以就没问青红皂白了。"

随后，她马上就对卫箬衣说道："县主，你也别朝心里去。"

"幸亏不是我的错，"卫箬衣假装作出一副惊魂未定的模样，也抬手拍了拍胸脯，"竹姨娘刚刚可真是要吓死我了！"

卫华衣心底恼得要死，早上她发现自己变成这样，急得都要撞墙。回想自己哪里都没去，就去了一次卫箬衣那边，所以就一口赖在了卫箬衣的头上。竹姨娘听了她的话，也不管不顾地带着她就来了。

其实，卫华衣也不知道自己究竟为什么会变这个样子，她也是想来激一下卫箬衣。

卫箬衣那脾气，只要你说这事情是她干的，那驴脾气一上来，便会挑着眼梢说："就是我干的，你能拿我怎么样啊！"嚣张得很。哪里知道卫箬衣出去转了一圈回来，这脾气性子却是变了……变得会替自己申辩了。

原本卫华衣就是想随便拉卫箬衣过来背锅，只要卫箬衣那臭脾气上来，承认是她干的，就是祖母也要责难她几句。

她就是看不得卫箬衣处处在祖母面前讨好，让祖母看看她的飞扬跋扈，杀杀她的威风也是好的。

弄了半天，是她自己弄巧成拙，自己去要了卫箬衣的东西，结果自作自受了。

"谢芳斋这些年做胭脂水粉已经这么有名了，居然会出这种纰漏。"卫箬衣轻声说道，她撒娇着挽起了老祖宗的手臂，轻轻地摇晃了一下，"祖母，以后咱们不用他们家的东西了！咱们换另外一家，这东西多吓人啊。今儿是四妹脸上起了桃花癣，明儿就不知道是谁脸上起了，万一再起点别的什么，那岂不是坏了？咱们府上的人还要不要出门了？"

其实，卫箬衣也不知道谢芳斋是个什么地方，不过她想起那天丫鬟来送胭脂水粉的时候特地强调了一下是谢芳斋的，她就觉得这谢芳斋在这里应该是大品牌了！

"是是是，箬衣说得有道理！"老夫人一边拍着卫箬衣的手一边对站在身侧的李嬷嬷说道，"去和前面的管家说一声，以后咱们侯府不再用谢芳斋的东西了！"

"老祖宗就是英明。"卫箬衣扫了一眼那些胭脂水粉，对绿萼说道，"还不赶紧将这些东西都收了去，放在这里吓唬谁啊？"

"是。"绿萼赶紧过来又将那些东西给收了起来。

等从老夫人那边出来,卫箬衣带着绿蕊和绿萼直朝大门外走去。

“县主,咱们这是去哪里啊?”绿萼忙跟着问道,“要不要先将这些东西放回去?”

“放什么?”卫箬衣一撇嘴,“咱们去大闹谢芳斋!替四妹讨个公道去!”

“啊?”绿萼完全不明白卫箬衣的意思,一脸茫然。

“你傻啊。这是谢芳斋出的东西,将四妹的脸都弄坏了!又有尹院正作证,谢芳斋这回可是吃不了兜着走。”卫箬衣抬手揽住了绿萼的小细腰,奸笑了两声,“想不想赚点外快啊?”

绿萼被自己家县主的流氓行径弄得脸蛋一红,随后还是点了点头。“奴婢们听县主的。”

“那一会就看情况来帮腔!”卫箬衣豪气地将袖子一挽,抬手在空中虚弹了两下,乐呵呵地带着绿萼和绿蕊出了大将军府的大门。

老夫人那边的事情很快就传到了兰姨娘那边,兰姨娘的手几不可见地略抖了一下,随后她十分镇定地挥了挥手。“行了,你去回了老夫人那边,就说咱们府里以后不会再用谢芳斋的东西了。”

“是。”过来传话的嬷嬷离开。

兰姨娘的眼神略定了一定,随后还是懊恼地一跺脚。

倒是便宜了卫箬衣了!运气怎么会这么好,偏生那东西就被卫华衣给拿去用了。

若今日满脸长桃花癣的是卫箬衣的话,那明日的红叶大会可不就只有卫兰衣去了吗?

她素是知道卫箬衣和卫华衣两个在春季见到桃花迎风都会打喷嚏的。

好在府里没人再将这件事情追究下去,只是归罪在了谢芳斋的头上。兰姨娘算是稍稍地松了口气。不过她马上就又觉得不对劲了,那些东西呢?兰姨娘忙叫了自己的贴身丫鬟去老夫人那边将剩下的胭脂水粉给拿回来,只说她这边处理掉。

过了一会,丫鬟回来回道,剩下的胭脂水粉被县主的贴身丫鬟绿萼给收走了。

兰姨娘呆了呆,顺口问了句:“那县主现在人呢?”

“似乎是上街去了。”丫鬟回道。

这府里卫箬衣就是小霸王一样的存在,她说要出门,也没人敢拦她,就依照卫大将军对她的纵容,就算卫箬衣说要上天,大概卫大将军都会找个梯子来扶着。

“县主有没有说去哪里?”兰姨娘急急地问道。

“没有。”丫鬟摇了摇头。

“许是出去玩了吧。”兰姨娘定了定神。

反正卫箬衣喜欢到处去玩,这倒也没什么奇怪的。

但是东西被绿萼收走了……难不成她们带着那些东西上街了?

兰姨娘又是一惊,她们不会是去了谢芳斋了吧!

越想越不对劲,兰姨娘忙将身边的心腹嬷嬷叫来,耳语了一番。

卫箬衣走得十分欢快,那些胭脂水粉是送来给她的,要不是卫华衣忽然杀出来帮她挡了这么一下,那么中招的肯定是她了。

她是穿越来的,哪里有那么多巧合?偏生在她要去参加什么红叶大会的前夕闹出这种事情来,如果中招的不是卫华衣,那就是她了。她顶着满脸的大红疹子是肯定不能去见人的,这府里能去的人是谁?

这世上没有无缘无故的恨,必是有所图,才会下手。

她带着丫鬟去谢芳斋闹上一闹,就是想看看,府里到底是谁会最着急。

若真的是谢芳斋自身的毛病,其他的都是巧合的话,那她就狠狠地敲诈谢芳斋一下,害她差点背锅,这笔账怎么也要算一算的。

卫箬衣在职场那可是出了名的补刀小天后。

08 他乡遇老乡

燕京城的大街,卫箬衣是第一次来,之前乘坐马车经过一次,所以出来也不至于和没见过世面的土包子一样。

燕京城十分繁华,远远超出了卫箬衣的预期。主街道十分宽阔,可以供四架马车并驾齐驱,皇城的气派彰显无遗。

谢芳斋就矗立在朱雀大街最繁华的路段上,三层高的小楼,门前高高地挑着写有谢芳斋三个大字的灯笼,就连匾额上的大字都是描了金的,十分气派。

门前有不少车马行过,也停了几顶精致的轿子,一看就是有钱人家才能用得起的。

高端大气上档次,这是卫箬衣对谢芳斋的评价。

进了门就有穿着十分素雅干净的伙计前来。

卫箬衣一瞅就乐了,这谢芳斋的老板莫不是穿越来的吧,里面的伙计的衣服样式居然是统一的,均在衣领上绣着玉兰的图案,还是一水的清秀佳人,均是上着淡妆,让人一看就觉得舒服。

有制服,有LOGO,怎么看都像是小说之中的穿越人士的手笔。

不得不说,这里的生意非常好。

"你们掌柜的呢?"卫箬衣见有人过来招呼她,马上拿出她崇安县主的霸道劲头,大马金刀地朝店里一横,嚷嚷了一嗓子。

她这一嗓子,真是将店里其他人的注意力给吸引过来了。

卫箬衣故意双手抱胸,脚尖点地,十分嘚瑟地斜上四十五度抬起脸来,就差拿着鼻孔对着人家喷气了。

崇安县主嚣张的气焰顿时显露了出来。

她今儿就是来砸场子的,要是拿出一种文雅恭顺的劲头,那才叫有病……

"头儿,对面的是不是崇安县主?"谢芳斋斜对着的茶馆里,陈一凡吃惊地看着谢芳斋大堂,抬手一指,对萧瑾说道。

萧瑾缓缓地抬眸,瞥了一眼,正巧看到卫箬衣双手抱胸那痞气的样子,忍不住眉头稍稍地一蹙。放眼整个燕京城的贵女圈里,如此嘚瑟又如此嚣张跋扈、目中无人的除了卫箬衣还能有谁?

"嗯。"萧瑾缓声应了一下。

"她在干吗?"陈一凡探了探身子,想要看得更清楚一点。

"你很闲?"萧瑾寒声问道。

"不是。"陈一凡一听,马上坐了回去,规规矩矩地喝茶。

今日,他们都经过了乔装易容,如今就是普通的贩夫走卒的模样,坐在这边饮茶不过就是为了监视二楼的情况。

他们接到密报,今年秋闱的题目似乎被泄露了出去,今日可能有人在茶馆的二楼买卖秋闱的试题。

京畿地区的秋闱就设在国子监,而秋闱三场考试的试题均由国子监的博士所出。试题出好之后就封存在国子监中。

能将试题弄出来的,多半就是国子监之中有人监守自盗了。

试卷层层把守,若是想揪出幕后贩卖试卷的黑手必定要放长线钓大鱼。

今日,锦衣卫之中已经有人假扮成应试的秀才前来接头了,人就在上面等,但是那传说中贩卖试卷的人却还没有出现。

虽然吼了陈一凡,但是萧瑾的目光却忍不住朝那边看了过去。他选的这个位置十分的好,自己隐蔽,但是能纵观全局,不光能将整个茶楼的一层收纳于眼底,就连对面也都看得一清二楚。

萧瑾的武功很高,耳目清明,只要他想听,对面的谈话只要不是刻意的小声,这种距离,他都能听到。

看来这丫头的病是全好了,一副中气十足的模样。

"这位姑娘,不知道你找我们掌柜的有什么事情?"谢芳斋的伙计素质很好,即便卫箬衣横眉冷眼的,她也是笑语嫣然。

"绿萼。"卫箬衣对绿萼一甩头,绿萼马上明白,将那些装着胭脂水粉的盒子拿了过来,摆在了谢芳斋的桌子上。

"这……"伙计不明就里地看着卫箬衣。

"你且看看这些东西是不是你们这里出的!"卫箬衣叉腰问道。

伙计将盒子一一拿起,看了看底部,又打开挑了一点,在指尖捻开,随后点了点头。"粉质细腻,盒子底也有我们谢芳斋的标识,的确是我们这边定制的一批上等货色。"

"是你们的就好!"卫箬衣冷冷地一笑,她抬手拿起了桌子上一只盒子,"就怕你们不认,如今认了,我倒要好好地和你们说道说道了。谢芳斋在燕京城也算是有名的脂粉斋,这些东西价格不菲吧?"

"是,"那伙计点了点头,"姑娘手里拿的便是小店为紫衣侯府特别定制的款式,价格自然是比寻常的高了许多。"

"你们特制的这种东西既然价格不菲,那就一定是做工精湛讲究的了?"卫箬衣又问道。

"是,"伙计又点了点头,"所有的特制品都是经过专人特别监管的。"

"那就好笑了,"卫箬衣冷笑道,"照你这么说,这种东西一定十分的好,不会出什么岔子对不对?"

"一般是不会的。"伙计见卫箬衣冷笑连连,也不敢打了诳语,只能模棱两可地说道。

"一般不会?那你意思就是我紫衣侯府特别倒霉,偏生就遇到了一个会出岔子的东西?"卫箬衣掐腰道,"大家来看看,这么价格不菲的东西,可千万不要用,用了就会和我四妹一样,脸都肿成猪头!各位,这谢芳斋挂羊头卖狗肉,我四妹那脸用了这些东西之后,啧啧,简直没办法见人了,大家若是不信,自可以去问太医院的尹院正。我就呸了！偌大的一个谢芳斋,居然卖出能用坏人的东西来。”

卫箬衣一说,店里其他人显得十分惊讶,更有人忙不迭地将手里已经拿着的瓶瓶罐罐悉数放下。来这里的人谁不是爱美的,又有哪一个希望自己用了谢芳斋的东西之后会变成一张猪头脸?

伙计们被卫箬衣一顿胡搅蛮缠的,都慌了神。

她们都已经事先承认这些东西是从她们这里卖出去的,现在就是想抵赖也没的说辞。

有伶俐的伙计赶忙跑上楼去叫人。

还有人端了茶过来想要让卫箬衣到里面去谈。

“别,我可不敢喝你们谢芳斋的茶水。”卫箬衣义正辞严地给拒绝了,“我妹妹都成那副样子了,我今日来就是想给她讨回一个公道！叫你们老板出来!”

给妹妹讨回公道?

萧瑾就觉得好笑,他认识卫箬衣那么多年了,这丫头是个什么性子他难道不知道吗?她能想着别人?做梦呢吧！看来在定州撞的那一下,可是真的将她的脑壳给撞坏了。

卫箬衣嗓门大,又穿着一身能亮瞎人眼的翠绿色长裙,裙摆坠着一层闪亮的水晶,整个人就如同一根碧绿通透还放着光的大葱一样,想要低调都低调不起来。引得门外的人也纷纷驻足朝谢芳斋里投来探究的目光,不知道这里到底是发生了什么事情。

打从谢芳斋的二楼走下了一名白衣女子,看年纪应该是比卫箬衣大了几岁,二十岁上下,眉眼如画,翩然如仙,行走间裙摆如同行云流水,文雅娟秀。

“见过崇安县主。”那女子走到卫箬衣的面前,缓施一礼。

“你是谁啊?你认识我?”卫箬衣诧异地看着她。

“小女子正是此间的老板,名林亦如,之前去侯府送货的时候有幸见过县主,”女子侃侃而谈,看起来十分亲切,“县主容貌艳丽无双,是罕见的美人胚子,只是一眼就能记住了。”

唉,太会夸人了,卫箬衣都觉得自己的老脸有点红了起来。这女人好会说话,卫箬衣这样纵横职场的老油条都被她一句话说得心情大好。

这要是换成原本的卫箬衣来,估计能被这女人三言两语就给哄跑了。

“别和我套近乎!”卫箬衣一撇头,“我今日是来替我四妹讨回公道的！我四妹用了你家的东西,现在都不能见人了!”

“邢嬷嬷,去看看那些东西是不是真的有问题。”林亦如不急不躁地对身后跟着的一名嬷嬷说道。随后,她对卫箬衣展颜一笑。“县主少安毋躁,总要先看看到底是为什么会让府上的四小姐用了之后就不好了吧。若是小店的错,小店会一力承担侯府的损失。”

邢嬷嬷仔细地将胭脂看过了之后,马上对那女子低语了两句。

女子笑容不变,随后款款地对着卫箬衣一福。“县主明鉴,这东西虽然是我们谢芳斋的,但是里面却被人加了料了。原本我们这里卖出去的胭脂水粉是一定不会加那些大剂量的生桃花粉,就是怕别人过敏。”

“过敏?”卫箬衣的眸光一亮。

就连尹院正说的都是桃花癣,而这位林亦如开口就说了一声过敏。

"慢着!"卫箬衣眼睛一闪,"天王盖地虎!"

林亦如浑身一震,顿时瞪大了眼睛,上下将卫箬衣打量了一番,"宝塔镇河妖!"她也吼了一声,顿时将刚才温婉秀丽的形象抛诸脑后。

"为人民服务!"卫箬衣一激动,高声喊道!

09 原来她是原著女主

“同志！2016啊！”林亦如抢上前一步，握住了卫箬衣的手，双眸瞬间饱含泪花。

“可是找到组织了！我也2016！”卫箬衣瞬时明白她的意思，也激动得不得了。她这副身体天生神力，这一激动可就有点忘形了，大力一拽，生将握住她手的林亦如给拖到了自己的面前，随后一把将林亦如抱起来原地转了好几个圈。

林亦如……

在场围观的吃瓜群众一个个目瞪口呆。

绿蕊与绿萼捂脸，完了，县主的脑子更坏了……

陈一凡看得眼睛差点从眼眶里掉出来，呆了半晌才默默地看了坐在角落里表情阴晴不定的萧瑾一眼。

难怪崇安县主说以后与头儿再无瓜葛了，原来她是看中了谢芳斋的老板娘了……

头儿真可怜，居然输给一个女人！不过这崇安县主的口味可真独特……

“你想什么就说！”萧瑾觉得陈一凡眼神不对，冷声说道。

“头儿，没看出来，崇安县主居然有那种癖好，”陈一凡压低了声音对自家千户说道，“头儿，您别朝心里去，反正您也不待见崇安县主，她能移情别恋，对您来说也是好事。”

萧瑾……

“我看你真的是太闲了！”萧瑾面无表情地说道，“等回去，你便去将近几年都没能破解掉的无头公案拿出来，一一地再核查一番。”

陈一凡一怔，随后整个人趴在桌子上，哀求道：“我错了，我真的错了，不要啊！千户大人。”

萧瑾面色一寒，横了他一眼，陈一凡马上噤声，头垂得更低了。

这回他真的错了，他们正在乔装之中，却不小心喊出了千户大人……完蛋了……

等卫箬衣激动够了，这才将林亦如给放了下来，林亦如已经被卫箬衣转成了蚊香眼，落地之后一个趔趄差点没倒下，还是邢嬷嬷过来扶了她一把，她才没至于当场出丑。

卫箬衣却和个没事人一样。“唉，太高兴了！一时忘形了！”她兴奋地搓了搓自己的手，“找个地方坐下来谈！”她回眸一瞥，看到了对面的茶馆，于是一抬手，“就那边！走走走！我请你喝茶。”说完她热情地拉起了林亦如的手。

林亦如定下神来，也乐呵呵地跟着卫箬衣双双走出了谢芳斋。

围观的吃瓜群众掉了一地的眼珠子，这是什么情况？

刚刚崇安县主来谢芳斋，怎么看都像是来砸场子的，哪里知道这眨眼的工夫风向就变了……

人群之中混了一个不起眼的小厮,见到这种情形,马上一溜烟地跑开。

陈一凡眼见着卫箬衣和林亦如携手走来,头就一缩,不过想起自己经过了乔装易容了,他又将身体坐直了一些。

燕京城或许有人不认识皇子公主,但是朱雀大街上的大部分老店家却是都认识卫箬衣。这姑娘从小就不受什么拘束,满大街地跑。

见崇安县主来了,茶馆里的伙计自然是笑成了一朵花,忙不迭地迎上去。"县主楼上请。"

卫箬衣应该感觉到庆幸,大梁朝的男女大防不是那么的严苛,甚至允许女子出仕。否则这走一步都要截上面纱,被人碰一下衣角就要哭爹喊娘去上吊的日子她可过不来。

卫箬衣不知道萧瑾就在楼下的大堂之中盯着她,开开心心地与林亦如携手上楼。

"头儿……"陈一凡迟疑地压低声音对萧瑾说道,"咱们都已经等了好久了,怎么那个贩卖东西的人还不来?如今县主也上去了,若是一会打起来的话,伤了她……"

"你废话真多!"萧瑾蹙眉,横了陈一凡一眼,"平时不见你这么罗嗦!"

"我这不是担心吗。"陈一凡面色一晒,挠头道。

他们已经在这里等了很久了,早就过了相约的时辰。

萧瑾也是觉得有点奇怪。

按说那人应该早就来了。

"再等等吧。"萧瑾耐下性子说道。

卫箬衣和林亦如进了一个雅间,好巧,就在乔装成秀才的锦衣卫所包下雅间的隔壁。

等上了茶点之后,卫箬衣让自己的侍女出去看着门口,随后就热络地拉起了林亦如的手。"赶紧和我说说,你是怎么来的!"

林亦如的表情有点古怪,好像憋着笑。"那你先和我说说,你是怎么来的?"

卫箬衣倒是留了一个心眼。

"你先说!"卫箬衣笑道。

她看书的时候只看了开头,然后就直接翻到了书里面卫箬衣死的时候,萧瑾当着林诗瑶的面将她给活剐了……

她和林亦如同穿越到这本书里,林亦如在这书里是个什么角色,卫箬衣可是一点都不知道。因为,她根本就没看前面,只知道女主大概是在萧瑾平定了定州流寇之后出现的。

太坑了。

林诗瑶姓林,而林亦如也姓林,两个人是不是有什么关系?

她甚至都有点后悔,刚刚暴露得太快。要是被别有用心的人利用了,她倒是有点自作自受的感觉了。不过好在林亦如也暴露了她穿越的事实,大家算是各有把柄捏在对方手里,这一回合扯平。

卫箬衣笑得有点高深莫测,可千万不能让林亦如看出来其实她基本算是没看过那本书……

林亦如轻叹了一声:"你可知道林亦如不过就是一个化名,其实我还有一个名字,叫做林诗瑶?"

噗!

卫箬衣本来还能装得十分镇定,听了这话,一口茶水刚好含在嘴里,忍不住朝前喷了出来,瞬间喷了林亦如一脸。

林亦如……

茶水沿着她的脸颊蜿蜒朝下……

“对不起,对不起!”卫箬衣忙一抹自己的嘴,拿起帕子来手忙脚乱地替林亦如,不!本书最大女BOSS,也就是万众瞩目的女主林诗瑶擦着脸上的水珠。

完蛋了!

卫箬衣现在想死的心都有了……

作为本书最恶毒、死得最惨烈的女配,卫箬衣真的很想给林诗瑶跪下。

求放过!

卫箬衣现在心里就好像有一万头神兽呼啸而过一样,那酸爽……

唉,要不要这么坑爹啊!

真是怕什么来什么……林亦如就是林诗瑶!

原著作者你过来,老娘保证不打死你!

她的脑袋现在已经是一团浆糊了,不要问她现在在想什么,因为她也不知道!

同样都是穿越女!凭啥她就要落一个被人千刀万剐的下场,而这位则是万人瞩目,轻松就能拿下几个皇子的爱慕,所有好男人都恨不得天天围着她转,将她捧上天去!

别的皇子是怎么和女主混在一起的,卫箬衣是不清楚,事实上她连萧瑾是怎么和女主混在一起的都不甚了解。反正她扫了一眼评论区,那里面是这么说的,还有人为了CP站队争辩过。其中,萧瑾的呼声是最高的。当时,那文算是比较冷的,不过那是相对于卫箬衣看的那些大红文来说的,评论区里摸着良心说,还是有不少的留言。

“没事,没事。”林亦如将脸上的茶渍清理干净之后,拍了拍卫箬衣的肩膀,十分同情地看着她。

“你别这么看着我!”卫箬衣捧住自己的小心脏,“我怕!”

怎么感觉林亦如看她的眼神带着无限的同情,也就等同于带着无限的恐怖啊!

她现在就是连续剧里面活不过三集就要领盒饭的。

“你应该是没怎么看完那本书吧?”林亦如问道。

卫箬衣……

“从你刚才在谢芳斋里见到我没有任何反应我就猜到了,”林亦如叹息着说道,“你若是穿越来的,又是看完整本书的话,不可能不知道谢芳斋的老板林亦如就是林诗瑶。”

算你狠!

卫箬衣憋气。

是啊,这么大的一个破绽,有点脑子的都能猜到了。

“你看完了整本书?”卫箬衣问道。

“也不是看得太全,前面看了,那个作者断更好久,我就没再追了,后来她又重新更新,完结后我就直接看了一个结尾……”林亦如摇头道,她还是十分同情地看着卫箬衣,“我看到你挂了!”

不带这么补刀的!

卫箬衣哀嚎了一声，真想满地打滚。

"萧瑾也挂了，"林亦如悄声说道，"所以，你也算是大仇得报了！"

"啊？"卫箬衣一脸的呆滞，"啥意思？"

萧瑾不是男主吗？男主会挂吗？

主角光环呢！

那光环不是强大到中毒不死，跳崖不灭，就算是被人剁成肉酱了，只要作者一高兴，金手指一开，能抓住八荒虚无的一缕幽魂，随便找个什么花花草草的捏巴捏巴都能重生的地步。

"意思就是林诗瑶最后当了女皇，皇子们全灭，包括掏心掏肺对她好的萧瑾。"林亦如摇头晃脑地说道，随后，她咂了咂嘴，"真是可怜，那些人不过就是女主实现她最终目标的踏板而已。"

"那男主是谁啊？"卫箬衣忍不住八卦地问道。

"这本书到最后没有男主！"林亦如叹息道，"唯林诗瑶独尊。"

卫箬衣怒了，一拍桌子："没有男主还敢挂一个古代言情的标签！退钱！"亏她还订阅了全本！

很快卫箬衣就偃旗息鼓了，如果真的按照书里的走向的话，那她对面坐着的就是活生生一个未来的女皇啊！

唉，怎么办，卫箬衣又很不争气地想给林亦如跪了……

金灿灿的一条大腿就杵在眼前，要不赶紧扑上去当个挂件？

见卫箬衣神情古怪地看着自己，林亦如掩唇一笑，她生得的确清秀如兰，正如原著中所描绘的那样，十分耐看，属于越看越好看的那种。而且整个人都带着一股子淡然的仙气，就是这种气息才引得无数美男为了她前赴后继的吧。

这便是女主与女配的差别了，卫箬衣捶胸，老天给了她一副足以倾城的容貌，艳丽无双，却依然抵不过清雅如仙的女主，人家天生一副正妻脸，她就天生一副狐狸精、小三容貌……

太不公平了……

"你放心。我可没那么大的野心，"林亦如笑道，"我能重新活一回，就已经十分谢天谢地的了，哪里会去想那么多。什么血海深仇，什么人生理想，对于我来说，都不如踏踏实实认认真真地活一回。所以，我只想安安稳稳地把日子过好了，赚点钱，找个好男人嫁了便是，至于其他的我一概不想。"

她的脸上露出了恬适的笑容，静谧优雅。

"真的？"卫箬衣表示有点怀疑。林亦如就算没看完全文，也是知道大概故事走向的，肯定是比她强太多了，她的金手指开成了睁眼瞎了，但是林亦如的金手指就算没开全了，至少也有个大半根了。

明明知道自己脚踩女主光环，却想安稳过日子，这不符合穿越定律啊。

"你不知道我以前过的是什么日子。"林亦如淡然地一笑，神色就变得有点迷茫起来，"我从小就多病，四岁起就开始住院，一直住到了二十岁病死。如果你的一生是在病床上度过的，再给你机会重新活一次，你是选择踏入无穷尽的纷争之中，还是选择安稳太平健康祥和地生活？”

“这……”卫箬衣略吃了一惊，她仔细地想了想，觉得林亦如说得也有道理啊。即便每个人可能选择都不一样，但是无论选择什么都是有根据的。

“况且，女主的仇和我又有什么关系？”林亦如一耸肩笑道，“不过就是一本书虚构的故事罢了。我曾经想过，要不要按照原著的线索和走向，但后来我想通了，如果按照那样安排好的路线再继续走，又与我躺在病床上任人摆布有什么区别？都是走别人安排好的路。我要过我自己的日子，即便可能走不长远，那也是我自己的选择，并非是被他人安排好的人生。”

“说得好！”卫箬衣心有戚戚焉，她大力地拍了一下手，“我就喜欢你这样的！”既然女主都不按照原著走了，那她还担心个什么鬼？

林亦如要过属于她自己的日子，卫箬衣又哪里愿意被人牵着鼻子走呢！

“我也很喜欢你，一见如故。”林亦如笑道。

“嘿嘿。”卫箬衣忽然奸笑了两声，“你说女主和女配都和解了，手拉手成了好朋友，凑到一起过日子了，原著的这个世界会不会崩塌掉，毁灭了？”

10 女主和女配握手言和的日子

“应该不会，”林亦如笑道，“我已经没有按照原著走了，还不是一切如常？况且，什么女主女配，只是角度不一样罢了，在你的世界里，你就是女主。”

“唉，太有哲理了！”卫箬衣一把拉住了林亦如的手，“那也就是说以后我不用担心你联合某个人灭了我呗？”

“放心，我只想找一个无拘无束，能带我看遍山川河岳的男人。最好是武艺高强的江湖侠客什么的，我最喜欢这样的男人了。至于其他什么皇子皇孙的，和我又有什么关系？”林亦如笑道，“不过你要是还像书里那样作死的话，即便我不管你，也会有别人代替我灭了你的。”

卫箬衣顿时讪笑了起来。“今日这事情，其实吧，我就是来砸个场子，想看看到底在侯府是谁坑我的。你想啊，那些东西本来是为我定制的，我若是用了，现在就顶着一脸大疹子，哪里还能见人。我虽然大概猜到了是谁干的，但是不能没有一点证据就随便地指证人家，我来谢芳斋的目的就是为了逼迫你们承认受了谁的指使。”

“这事情我帮你留意看看，”林亦如点了点头，“你那环境也是够复杂的，可惜书上提及的不多，我帮不了你什么忙，只能靠你自己慢慢地摸索了。若是真的是我谢芳斋里有人与你府上什么人勾结做出这种事情的话，我也不会轻饶了她，这不是在砸我的招牌吗？”

“我让祖母以后不再定你家的东西了。我错了！一会回去我就和祖母说，咱们家以后的胭脂水粉必须全部在你家买。”卫箬衣十分不好意思地说道。

林亦如“噗哧”一声笑了出来。“那可是要多谢你了。说起来，大将军府在燕京城还是十分有影响力的。若是你真的嚷嚷开了，别说，对我谢芳斋还真是一个大危机呢。”

“头儿，都这么晚了，他们到底来不来？”坐在一楼的陈一凡看了看外面的天色，已经日暮西垂，他们都在这里等了一个下午了。

“应该是不会来了。”萧瑾略一皱眉。

难道是锦衣卫内部出了什么问题，泄密了吗？所以那贩卖试题的人才不出现。

若是这样的话，那就真的有点闹心了。

“走吧。上楼看看去，问问花锦堂那边可曾有见到什么可疑的人。”萧瑾沉声说道。

“好。”

陈一凡与萧瑾两人起身，走上了二楼。

一拐弯就看到了花锦堂包下的那个雅间旁边的一间门口站着绿蕊和绿萼。

卫箬衣也不知道在和谢芳斋的老板娘谈些什么，居然谈了这么久。

他的耳目是清明，刚才卫箬衣在对面的时候大声嚷嚷，他自是能听得清清楚楚，但是自从卫箬衣与林亦如上了楼之后,门窗紧闭,两个人说话声音又小,再加上大堂里面人来人往,十分嘈杂,所以萧瑾也听不到她们说的是什么了。

不过走到这里就不一样了。

花锦堂包下的雅间与隔壁就一墙之隔,若是萧瑾有心,还是能听得清楚的。

“头儿。”花锦堂装扮成文弱书生的模样坐在雅间之中,见萧瑾和陈一凡进来,忙起身行礼。

“可有异常?”萧瑾问道。

“没有。”花锦堂摇了摇头,“属下在这里枯坐了两个时辰了,一个人都不曾来过。”

“左右隔壁可有什么异动?”萧瑾又问道。

“左边那雅间一直都是空着的,右边在一个时辰前进了两名女子,一直在说话。属下稍稍地听了一下,听得不是太清楚,她们说话声音时大时小。”花锦堂深深地看了萧瑾一眼,随后压低了声音说道,“不过属下好像听到她们谈论到千户的名字,具体内容属下听得不是太清楚。还听到她们提及什么皇子皇孙。”

“是吗?”萧瑾一蹙眉。

卫箬衣胆子肥了!

现在不光要提及他了,还提及他的兄弟与侄子?

萧瑾走到墙壁边,将耳朵贴在了墙壁上。

陈一凡和花锦堂一看,也依葫芦画瓢,将耳朵都凑了过来。

也是巧了,萧瑾他们将耳朵贴过来的时候,刚好林亦如正在好奇地问卫箬衣话。

“你对那个五皇子萧瑾到底如何?”林亦如问道,“燕京城可是传遍了你追着他满世界跑的事情。”

“你别听那些。”卫箬衣满不在乎地一挥手,“我对他怎么可能有兴趣?他除了长得还能看以外,其他有什么好的?”

“我可是听说燕京城里,不光是你喜欢他,还有不少皇亲贵胄家的姑娘也喜欢他,只是他为人太过清冷,其他的姑娘都被吓跑了,唯独你还在锲而不舍。拜你所赐,他那锦衣卫千户的马甲早就被扒开了。”林亦如揶揄道,“听说这次你是被他护送着回来的哦。不知道有多少贵胄小姐们羡慕嫉妒你呢。”

“我的天!”卫箬衣夸张地一拍胸脯,瞪大了眼睛,“那她们怎么不说我被他坑得有多苦?我怎么也算是娇滴滴、胸大腿长腰细的大美人一个,他居然拿我放出去当诱饵,要不是我力气大,一胳膊肘撞碎那贼人的肋骨,估计到明年的现在,我的坟头都长草了!谁喜欢他,谁去追啊!最讨厌那种风靡万千少女的人了!从头发丝到脚后跟都被人肖想过了,有什么好的?”

林亦如也正在喝茶,闻言差点一口茶水喷出来,好在她比卫箬衣文雅多了,忙抬袖子遮住自己的嘴:“快别胡说八道的,这里是燕京城,小心隔墙有耳。”

“怕什么?”卫箬衣满不在乎地翘起了二郎腿,“就算现在萧瑾站在我的面前,我也敢这么说!他只是皇子,却无爵位,我怎么说也算是县主,他也就是一个锦衣卫的千户,我怕他作甚?等他当了王爷,我再夹着尾巴做人也不迟。”

萧瑾的脸都黑了,好在脸上有易容,旁人看不出他的脸色来,只是他的眸光已经寒得能冻死人。

陈一凡和花锦堂听到卫箬衣说萧瑾坏话，忍俊不禁，两个人都“噗哧”一声笑了出来，等笑完了，才觉得身周的气压骤然降低，一股寒气从后颈处悄然爬升。

他们两个都不约而同地看向了萧瑾，随后笑容顿时凝固在了唇角。

完了，大人怒了。

两个人嗖的一下都站直了自己的身体，清咳了一声，各自别开脸去，表示他们什么都不知道，什么都没听见。

卫箬衣现在的心情是无比的舒畅。

她穿越过来最大的危机便是本书的男主和女主，现在她已经和女主变成了朋友，而且女主明确表示不参与各种纷争，那萧瑾还蹦跶啥？

哦哈哈哈！卫箬衣现在只想仰天大笑三声，以后见了萧瑾也不用绕道走了。只要她不去害林亦如，不去招惹萧瑾，那她还有什么好怕的？

卫箬衣现在翘着脚直嘚瑟。

世界如此美好！

“对了，箬衣啊，我要先回店里去，你那些脂粉的事情，我会替你查明，顶多后天便会给你一个答复，到时候我去你们府上便是，”林亦如起身道，“以后你就叫我亦如吧，这也是我的本名。”

“我本来也叫卫箬衣，”卫箬衣也起身相送，“你去忙，我也该回府了，毕竟看起来天色不早了。”

两个人相携出来，热络地说着话，出了茶馆。

等人走远了，萧瑾才冷冷地哼了一声，摔袖出门。

兰姨娘一直找人在门上看着，所以卫箬衣一回来，她就得了消息。

她十分忐忑地在房中走来走去，帕子在她的手里绞得快没了样子。

“母亲怎么看起来如此的心烦？”卫兰衣端着一盘子瓜果走了进来，见自己母亲的脸色不对，所以关切地问道。

“没什么，只是家中的琐事过多，你父亲又不在府上，所以思虑多了些。兰衣啊，”兰姨娘抬眸，见到是自己那个温婉美丽的女儿，皱在一起的眉头就轻轻地舒展开来，“这些事情不用你来做，不是有下人吗？”

“侍奉母亲，怎么能假手于人？”卫兰衣笑道。

兰姨娘心头一暖，不由长叹了一声。她是侯府的庶出之女不假，可是嫁来紫衣侯府这么多年，一直都恪守自己的本分，为了这个家里外操持，本想着能凭着自己一颗真心去将卫大将军的那颗心给捂热了，将她扶正立为嫡妻。哪里知道都十多年了，她还是敌不过一个已经死了的人。

侯府夫人的位置一直悬着，她的女儿如此的美丽温柔，知书达理，却依然只能是一个庶出的身份。

这不公平，兰衣哪里比那个卫箬衣差了？

兰姨娘抬手抚摸了一下自己女儿的脸，都是花容月貌的姑娘家，怎么所有的好事都落在卫箬衣一个人的头上？

她的女儿，打小就是按照嫡女的规矩教养着的，琴棋书画样样皆精。她不惜代价，请的都是最好的师傅，这么多年琢磨下来，女儿就如同明珠一样熠熠生辉。不要说是给什么豪门贵胄当个嫡妻，就是嫁入皇家，当个王妃都不在话下。可是这燕京城里却只知道卫箬衣，不知道卫兰衣。原是想着凭借明日的红叶大会，让自己的女儿去崭露头角的，哪里知道卫箬衣又在这个节骨眼上杀了回来，抢了她女儿的帖子。

这难道就是命?

兰姨娘在心底冷冷地笑了一下，什么命不命的，卫箬衣不过就是会投胎罢了。

这么多年下来，在她刻意的纵容之下，卫箬衣除了会满燕京城追着萧瑾跑之外，还会什么?文不成，武不就，肚子里面没有三滴墨水的货，除了长相之外，简直一无是处，性子也是十分的恶劣，不知道天高地厚。

明日的红叶大会即便是让卫箬衣去了又能如何?她都可以预见后果，那便是卫箬衣除了丢卫大将军的脸面之外，也做不出别的什么事情来。

她现在担心的是卫箬衣下午真的跑去了谢芳斋，胡搅蛮缠了一顿，好在后来也没闹出什么事情来。不过那谢芳斋的老板娘却是一个精明的人，又与卫箬衣在茶楼里独处了好长时间，就怕那老板娘那边出了什么幺蛾子。

兰姨娘很快也就镇定下来。

卫箬衣那性子是属炮仗的，一点就炸，若是被她知道在那些送去给她的胭脂花粉里面动手脚的人是兰姨娘所指派的话，现在应该已经炸了。

卫箬衣回府这么久都是风平浪静的，便是应该没有察觉出什么来。

如此甚幸。

“母亲就是觉得委屈你了。”兰姨娘叹息道，拉着卫兰衣的手坐下，“女儿啊，你放心，母亲这一生也就指望一个你了，母亲是断然不会让你再走我老路，嫁人为妾。那些低门小户咱们自是看不上，母亲会想办法让你嫁入皇家的，断然不会让那个卫箬衣处处都压在你的头上。”

“母亲。”卫兰衣没说什么，只是笑着轻轻地靠在了兰姨娘的身上。

兰姨娘的眸光轻闪。

当今陛下皇子甚多，却尚未册立太子，所有皇子之中暗潮涌动，表面看起来风光无限，其实私下都有各自的打算。

若是按照长幼有序的话，那便是大皇子了，可惜他已娶妻，所以不做思量。

若按照嫡庶的话，那就应该是三皇子了，只是皇后素来不待见卫家，皇后母族曾经在朝堂上弹劾过紫衣侯府，这门亲事多半是结不成的。

明日的红叶大会是宸妃所办，虽然邀请了众多皇子前来参加，其实主要还是为了宸妃自己所出的四皇子相看。四皇子芝兰玉树，十分讨陛下的欢心，宸妃娘娘以贤德之名享誉天下，所以将来太子之位花落谁家还未为可知。

再就是淑妃娘娘所出的十二皇子了，只是十二皇子如今尚且年幼，才不过八岁稚龄，这可是等不来的。不过，淑妃娘娘入宫这么多年，宠冠六宫，也不容小觑。

宸妃与卫家有亲，思来想去，最佳的人选便是四皇子。

明日是多好的一个机会啊，偏生就叫卫箬衣给占了去了!

11 红叶大会我来了

兰姨娘现在担心的是明日卫箬衣真的被宸妃看中的话，那可怎么办？岂不是兰衣一点机会都没有了？

原本卫箬衣一门心思追着萧瑾跑，她还不担心这些，但是卫箬衣这次回来哭着喊着说以后要和萧瑾一刀两断，这就麻烦了！

不行，以后还是要让卫箬衣继续痴迷萧瑾才是，即便她不痴迷，也要创造机会让她与萧瑾混在一起。如此，宸妃厌恶卫箬衣名声不佳，也不会将她列为儿媳的人选。

宸妃娘娘明日只是相看，并不会马上决定人选，而是在靠谱的人里面再筛选一番，所以即便明日卫箬衣被看中了，日后也要让宸妃娘娘觉得卫箬衣德行有缺，将她从名单之中去除才是。

至于那个萧瑾，从小就住在冷宫之中，不受待见。

试问又有几个皇子如他一样成为朝廷鹰犬的？哪一个皇子不是养尊处优被人伺候着，唯独只有萧瑾一人，十几岁便已经加入了锦衣卫，估计这些年，他连进皇宫大门的次数都不如卫箬衣多吧。

卫箬衣看中那么一个卑微的皇子，还闹得满城风雨，将来也是没什么出息了。

兰姨娘思及于此，心情才稍稍地舒缓了一点。卫大将军护卫箬衣实在是护得紧，再加上老夫人又特别地宠爱卫箬衣，她若是想卫箬衣长歪了，这便是最好的法子了。在潜移默化之中，神不知鬼不觉地就坏了卫箬衣的名声。

现在外面提及卫箬衣，大概都是嗤之以鼻的。

她的女儿现在是不如卫箬衣那般风光，可是一辈子还长着呢，将来谁是人上人，都是未知之数。

翌日，卫箬衣就被绿萼和绿蕊早早从被窝里给挖了出来。

顶着鸟窝头，卫箬衣迷迷糊糊地揉了揉眼睛。“今儿是什么日子啊？”自她穿越到现在，除了要赶路之外，从来都是早上睡到自然醒。

“今儿是宸妃娘娘举办的红叶大会。”绿蕊和绿萼将水打来一边替卫箬衣洗漱，一边回道，“县主可不能迟到了。”

“不是还早吗？”卫箬衣架不住床铺那个磨人的小妖精的撩拨，闭着眼睛就要朝床上倒。

她昨日刚刚解决了人生之中最大的难题，身心愉悦，就连睡眠都比平日好了许多。

不要拽她，她要和床铺这个缠人的小东西再缠绵一番。

“不早了，等上妆完毕，时间就不多了。”绿蕊和绿萼见自己家县主如此的无赖，也是哭笑不得。

虽然县主自打撞坏了脑子之后经常会说很多她们都听不懂的话，但是这性子却是十分的惹人喜爱，也没有再乱朝她们发过脾气了。

“好了好了。”卫箬衣只能屈服，起床。

绿萼打开了衣橱，让卫箬衣挑选衣服。

“宸妃娘娘喜欢什么颜色？”卫箬衣顺嘴问道。

“宸妃娘娘素以贤德美誉天下。”绿萼笑道，“她比较喜欢一些素净的颜色，例如浅蓝色、白色这些。她不喜欢夸张和花哨的东西。”

绿萼说完就和绿蕊对看了一眼，她们的县主真是长大了，知道投其所好了。

这是好事啊。

“行，那就那件！”卫箬衣顺手一指。

绿萼和绿蕊一看，下巴顿时掉了一地。

“县主，是这件吗？”绿蕊还唯恐自己看错了，忙去将那件取了过来，拎在手里问道。

“就它了！”卫箬衣打了一个大哈欠。

绿蕊和绿萼再度对看了一眼，彼此都十分泄气地垂下了肩膀……好吧，她们的想法果然和县主不在一个点儿上……

卫箬衣选的是一件桃红色的长裙。

其实卫箬衣皮肤白，身材好，穿这种桃红色的裙子并不难看，反而会更加映衬出她的如雪肌肤。但是坏就坏在这桃红色的裙子上还滚着一道天雷滚滚的绿边，还是葱心绿那种的。桃红瞬间就艳俗起来，红配绿真是叫人一见忘忧。

原主的审美就是这么的扭曲……

卫箬衣摊手表示，她也没办法。

早说了不能光是自己瞎，所以卫箬衣就选了这一件出来，好好地让其他人也跟着她一起瞎上那么一回。

将衣裙穿好，绿蕊开始给卫箬衣上妆。

“再加点！”卫箬衣觉得绿蕊涂得还不够白，于是自己拿起了粉刷子在脸上一顿好刷，足足上了三层的粉，这才罢休。

不错不错。卫箬衣端详了一下镜子之中的自己，这粉刷得够厚，厚到她一咧嘴，差不多会掉粉渣子的地步。

“县主……”绿蕊颤巍巍地问道，“这样真的好吗？”

“好！够白！”卫箬衣笑道，“一白遮三丑，这句话你没听过？”她挑眉，唉，粉要掉了，再补点……

绿蕊和绿萼两个人无语地看着奋力与自己脸上白色粉末拼搏的县主。

县主的脑子果然不好了……亏着她们还以为自己家县主问及了宸妃娘娘的喜好，就是想按照宸妃娘娘欢喜的那个样子来打扮，哪里知道自己家县主撒开腿朝着反方向一去不复返！

绿萼选了一支桃红色绕枝盘丝玲珑桃花步摇给卫箬衣戴上，卫箬衣顺手从梳妆盒里抓出了好几枚簪子，胡乱地朝自己发髻上插了下去。

“县主，县主！”绿蕊实在是看不下去，忙按住了卫箬衣的手，“够多了。”

也对啊，卫箬衣看了看镜子之中的自己，满头的珠钗，都已经插出了孔雀开屏的效果，行了，不插了，这脑袋重得，她走道都要打晃了。

卫箬衣觉得脖子有点酸，所以又取下了几枚偏重的，这才松了一口气。

她站起来，在铜镜前转了一圈，很满意地点了点头。

够艳俗！够土豪！

浑身上下都散发出一种我有钱，快来打劫我的嚣张气焰。

这样的自己，若是宸妃娘娘还能看中的话，那卫箬衣只能去太医院给她找个眼科大夫了。

“走！”卫箬衣打了一个响指，带着绿蕊和绿萼，拿着帖子，抬头挺胸地走出了自己的回澜阁。

兰姨娘早就在出府的必经之路上站着等。

远远地见一坨金灿灿、粉嘟嘟，外加绿油油的人形生物走过来，她悬着的心这才算放下。

等她看清楚卫箬衣的脸，差点没被憋乐了。

不过兰姨娘还是堪堪地忍住，迎着卫箬衣走了过去。“县主去赴会？”

“是啊，兰姨娘。”卫箬衣心情好，拎着裙摆在兰姨娘的面前转了一圈，“我好看吗？”

“县主天生丽质，自是怎么穿都好看的。”兰姨娘笑道，她是真的很开心。原本她还带来了两样首饰，若是看到卫箬衣穿得太素净的话，就给她戴上。

宸妃娘娘不喜欢铺张奢华，若是被她看到那两样首饰的话，必定会对卫箬衣的印象大打折扣。

若是宸妃真的想借助卫大将军在朝中的势力，要与卫家亲上加亲的话，抛弃了卫箬衣，便会从卫家其他的女儿之中抽取人选，那时候她的女儿就有希望了。

如今看来，她是多虑了，正好，那两件首饰本就是卫大将军早几年带回来的战利品，奢华无比，就这样白白地送给了卫箬衣她还觉得心疼呢。

“县主赶紧去吧。若是迟到了，宫里的贵人们该不高兴了。”兰姨娘热络地对卫箬衣说道。

“好啊。那我走了啊。”卫箬衣开心地与兰姨娘挥别。

等背过身去，卫箬衣做了一个鬼脸，心底默叹，她都这副尊容了，兰姨娘愣是能看出一个天生丽质，真是厉害！

红叶大会设在拱北王府。

拱北王是当今陛下的堂兄。

他的拱北王府占地甚大，四季皆有美景。

所谓红叶大会，便是在他家的红叶院中举办，深秋时分，那院子里红叶如火如荼，乃是胜景之一。

卫箬衣到的时候，拱北王府门前已经车马云集，各府的贵女和公子们都是经过精心打扮的。

虽然说是给四皇子相看，不代表他们彼此之间不能相看一番，大梁朝男女之防并不是十分的严苛，所以这也算是变相的贵族之间的相亲大会了，绝对的高规格、上档次。

卫箬衣下了马车之后看到周围那些衣着颇为素净的贵女们，就想发笑，这些人的心思一看便知，宸妃就是喜欢素净的颜色，这些人就选了素净的颜色来参加红叶大会。

所以，卫箬衣朝前一走，顿时将所有的人的目光都吸引了过来。

偏生她还不知道什么是低调，走得可欢快了。

时不时就有低低的嗤笑声传来，院子里早就到了的姑娘和少年们三五成群，目光朝卫箬衣这边飘过来，丝毫不掩饰自己眼底的不屑与轻蔑之意。

满院子的清雅高华，愣是被卫箬衣闯进来破坏了格调。

看卫箬衣那一身的打扮，还有那一头的金光璀璨，外加白得快和墙面一样的脸，真是丑人多作怪。

"听说她脑子坏了！"

"我也听说了，还说是被五皇子给弄的。"

"我要是五皇子，也不愿意那么一个人天天追着自己跑。"

"你们看她那打扮，可不就是脑子有问题。"

卫箬衣耳朵又不聋，多多少少的总能听到一点点别人的议论。她非但没有生气，反而笑眯眯地高昂起自己的脑袋，耀武扬威地从人群前走过。

等走到人群之中，大家纷纷让开了一条路给她，她却停住了脚步："哎呀，也不知道我爹爹什么时候凯旋?!"

说完，她就继续昂首前行。

在场听到她话语的贵女们皆是一脸的尴尬。

她们光顾着诋毁卫箬衣去了，却是忘记了她是紫衣侯卫大将军的掌上明珠。卫大将军手握重兵，还担负京畿守卫，是个不折不扣的权臣加重臣。

卫箬衣本人又有封号在身……

得罪谁，也不能得罪她……

果然刚刚那些不绝于耳的闲言碎语戛然而止，卫箬衣就走得更加欢快了，脚步轻快，神情嘚瑟，从头到脚都散发着一种王霸之气！

等进了院子深处，卫箬衣就找了一个僻静的地方一屁股坐下，唉，忒累了！

她这满头的珠钗可真不是虚的！实打实的金块顶在脑袋上。

卫箬衣顺手又拔下了几枚簪子放在了绿蕊的手里，叮嘱她送出去放在自家的随从那边。

"绿萼，你去帮我找杯水来吧。"卫箬衣揉了揉自己酸痛的脖子，对绿萼说道。

绿萼应声去了。

卫箬衣等侍女们都走了，这才放松地转了转自己的脖子，随后伸了一个大大的懒腰。

她的懒腰才伸了一半，就从另外一边滚过来一个球。

球碰触到了她的裙摆之后停下，堪堪地就停在了她的脚边。

卫箬衣弯腰将球捡了起来，放在手里把玩了一下，还是牛皮缝制的呢，里面不知道塞了什么硬邦邦的。卫箬衣还是第一次见古代的皮球，所以觉得好玩，就试着拍了一下，结果扔到地上之后实打实地砸在了地上，根本弹不起来……

卫箬衣窘了,这里面大概填的是沙子……

“喂!那个丑八怪!你不要动我的东西!”一个头戴金冠的小男孩从一边的树丛里钻了出来。

他生得眉清目秀,身穿着天蓝色织锦衫子,领口点缀着珍珠,唇红齿白,就是表情有点气急败坏,活像是被人抢了心爱之物一样。

“丑八怪叫谁?”卫箬衣觉得好笑,于是逗弄道,“一言不合就进行人身攻击的小朋友没礼貌哦。”

“叫你!”那小男孩马上怒气腾腾地说道。

“哦,对哦。丑八怪刚刚叫我。叫我做什么?”卫箬衣眯起了眼睛,笑嘻嘻地说道。

她这一笑不要紧,脸上的粉刷刷地掉。

小男孩这才恍然自己被坑了,饶他是十分的聪慧也一时半会想不出来要怎么应对。

“你敢拿我的球,还敢辱骂我,你等着,我去叫我堂叔来打你!他武功可高了!”小男孩憋了半天,终于憋出了一句话,随后气冲冲地就跑了。

“好啊好啊。我等着,你要是叫不来人,你就是我儿子!”卫箬衣哈哈一笑,说道。

小男孩一个趔趄,回头狠狠地瞪了卫箬衣一眼。

12 熊孩子萧玉

等小男孩跑了，卫箬衣这才起身拍了拍自己的裙摆。她又不傻，干吗在这里等那孩子去叫人来……

那孩子穿得如此富贵，一看就是身份高贵的。这里又是拱北王府，她嘴巴上占了人家的便宜，难道还要在这里等人家大人找过来吗，回头人家吵吵起来，她又落一个欺负小孩子的骂名。倒不如一走了之，反正那孩子身上没有任何损伤，她占了那孩子一点点口头上的便宜算是对他小小年纪就出言不逊、没有礼貌的小惩戒。

她将那皮球放在了自己刚才坐的地方，一猫腰溜了。

反正都在这个院子里，一会她去找绿萼和绿蕊就好了，那两个丫头老实得很，肯定走不丢的。

卫箬衣一边沿着小路后退，一边朝回张望，退着退着就到了一处僻静的池塘边。

她在树丛边停住脚步，这么远，那孩子应该看不到她了。

正准备拐到大路上离开，就听到身后不远的地方发出了一声惊叫，随后就是“噗通”的落水声。

什么情况？卫箬衣从树丛里探出头去，朝着声音传来的方向看了一眼，就见一名丫鬟打扮的姑娘站在水边急得又是落泪，又是呼叫救命。水塘里自然是还又扑腾了一个，沉沉浮浮的，身周的水花拍得极大。因为挣扎得厉害，所以看不清样子，应该是个姑娘家。

卫箬衣……

真是活久见……

这周围什么都没有，难道是那丫鬟将人给推下去的？看起来不太像啊。

算了不管了，救人要紧！

卫箬衣也没多想，直接从树丛里冲了出来，跑去了河边，甩掉了脚上的鞋，“噗通”一下就跳了进去，动作潇洒流畅，一气呵成……

我去！真冷啊！

卫箬衣一进水就一口气差点没憋在肺里，被冷水给激的。已经是深秋，即便今日的阳光再怎么明媚，也架不住到冷水里泡着。

卫箬衣游得非常快，在大学的时候她可是出名的“美人鱼”，横扫大学游泳联赛。不一会就到了那个求救的姑娘身侧，站住，一伸手，直接将那姑娘给拽了起来。

“嚷嚷个鬼啊！”卫箬衣咬牙切齿地说道，“你站好！别挣扎了，脚能踩到底！”

这池塘里的水根本不深好不好！卫箬衣一跳下来就知道了……太坑了！早知道水就这么深，说什么她也不跳啊……这真是冻死人的节奏。

她这么高的个子站在水里,水就到她的肩膀。那姑娘应该是比她矮一点,但是也不至于灭顶。

卫箬衣天生就力气大,拽住那姑娘,那姑娘根本反抗不得,生被卫箬衣从水里给拔了出去,然后还真的稳稳地站在了水塘之中。她个子比卫箬衣小巧,水刚刚淹没到她的下巴处。

姑娘终于安静了下来,愣了愣神,眨巴了一下自己的眼睛。等看清楚卫箬衣之后,吓得一缩头,又尖叫了起来:"鬼啊!"

"鬼你妹啊!"卫箬衣被她陡然尖叫了一下,刺得耳朵生疼。她一偏头,皱了一下眉头,刚刚在水里挣扎都没见她叫得这么大声……

"你是人?"那姑娘颤巍巍伸出手来,用指尖点了一下卫箬衣的手臂。

卫箬衣翻白眼。

"废话!大白天的,你觉得呢?"她毫不客气地说道,"赶紧上岸去,没事跳什么池塘玩?你多大啊?"

说完,她拉着那姑娘的手,将她直接朝岸边拽去,并且对一边傻愣愣站着的丫鬟说道:"还愣着干吗?赶紧过来帮你们家小姐一把啊。"

丫鬟如梦方醒,忙不迭地伸手下来去拽自己家的小姐。

卫箬衣将那落水的姑娘交给她家的丫鬟,就自己朝岸边爬去。

唉,古代的衣服好看是好看,就是穿得太繁琐,里三层外三层的,湿了水之后,更是重得不得了。池塘边的青石沾湿了水之后又是滑溜溜的,卫箬衣一开始没在意,愣是没爬上去,又"噗通"一下重新掉回了水里。

卫箬衣……

反观刚刚那狼狈不堪的姑娘,倒是在自己家丫鬟的帮助下慢吞吞地爬上了岸去。

卫箬衣一咬牙,再爬!

她的手刚扒在石头边上,就听到一边传来了淡淡地轻笑:"呵呵。"

声音暧昧不明,也听不出是真心的笑还是带着几分轻蔑之意,亦或者兼而有之。

卫箬衣回头,就见刚才她冲出来的树丛,枝桠被人分开,从里面走出了一个身材修长的玄衣男子,他墨发束起用一顶鎏金冠固定着,在阳光下熠熠生辉。男子脸上的表情似笑非笑,一双美眸涌动着暗色的光,朱砂色的泪痣在左眼之下益发显得殷红如血,唇色如樱染,如今微微地弯成一个朝上的弧度,整个人都瑰丽得不可方物。他缓步行来,腰间束着黑色织金纹腰带显得腰身更加的窄紧,腿部更加的修长。

他的手里还抱着一个小男孩,头戴紫金冠,身穿天蓝色织金衫子,粉妆玉琢的。

好漂亮的男人!好漂亮的孩子!

他们一起走来,身后是层层叠叠的红叶,宛若画中一般。

卫箬衣发出了一声赞叹,不过很快就回过神来,呵呵你妹啊!再漂亮也是蛇蝎!

眼下有朱砂泪痣的,不是萧瑾还有谁!

他手里的那个小男孩不就是刚才被自己坑了的那个?

唉!原来他说的堂叔就是萧瑾啊!

冤家路窄!

卫箬衣一缩头,今日出门一定是没看黄历……

“五殿下。”还没等卫箬衣开口,就听到那已经上了岸的姑娘委屈地叫了一声。

萧瑾的目光这才从水里的卫箬衣挪到了那个被她自己家丫鬟抱在怀里,在路上瑟瑟发抖可怜兮兮的姑娘身上。

“陈小姐。”萧瑾微微地一颔首,算是打了一个招呼。

卫箬衣……

这人是眼瞎还是怎么的?没见人家姑娘一副楚楚可怜的样子,作为男人现在他不是应该表现得更加的热情一点,嘘寒问暖一点吗?忒没风度!

不过说到可怜,好像她更可怜一点吧……她到现在还在水里泡着呢。

一阵风过,吹在卫箬衣湿透的衣衫上,她不由打了一个寒战,唉,好冷!

不行了,再泡下去非生病不可。

卫箬衣还没行动呢,那个被萧瑾抱在手里的小男孩就朝着卫箬衣嚷嚷起来:“五堂叔,就是她刚刚说我若是叫不来你,我就是她儿子的!”

嘿,这熊孩子!

那小男孩一嚷嚷,成功地将萧瑾的视线再度拉回到卫箬衣的身上。

嘴角那一抹笑容似乎比刚才浓郁了一分,不过卫箬衣怎么感觉到更冷了!

“别!你别这么看着我!”卫箬衣马上又朝水里缩了缩,恨不得将脸也埋进水里去。

萧瑾将手里的孩子放了下来,迈开长腿朝卫箬衣走了过来。

唉,你别过来!卫箬衣忙不迭地朝边上让了两步。

“五殿下。”岸上的姑娘适时地又救卫箬衣一次,她虚虚地叫了一声,又将萧瑾的视线扭转过去。

“陈小姐还有什么事情?”萧瑾面无表情地问道。

卫箬衣也看向了她,好一副柔弱佳人楚楚可怜的模样,就这样瑟瑟地被她自己家丫鬟半抱着,那纤弱的小身板,更能激起男人的保护欲。

卫箬衣就觉得奇怪了,都上了岸了,还不赶紧找地方换衣服去?这么湿着不冷吗?左一句“五殿下”,右一句“五殿下”,这是在喊魂呢?

卫箬衣很快就回过神来。

她想你抱抱,然后安慰一下呗!卫箬衣翻了一个白眼,不过这话她可是没敢说出来。

她就觉得奇怪嘛!这地方这么僻静,这位陈小姐是怎么过来的,还在这里落水……合着是已经找人去叫了萧瑾,算准时间等着萧瑾来救人……

唉,好像她破坏了什么了不得的事情。

她刚才和那熊孩子斗嘴,气得熊孩子去找萧瑾来打她,这一走,可不是走岔了!原本应该奋勇跳下水救人的萧瑾就变成了她了……

真倒霉!卫箬衣现在恨不得给自己两个耳光。叫你嘴欠!你说和一个熊孩子置什么气,被骂两句丑八怪又不会怀孕!现在好了……平白将萧瑾这个瘟神给招了过来……还被人家堵在水里,想跑都没地方跑。

对了!现在不跑更待何时?

眼见着萧瑾的目光驻留在那个白莲花一样的陈小姐身上,卫箬衣就飞快地朝另外一侧的岸边游了过去。

“堂叔,堂叔,那个丑八怪要跑!”

大爷的！卫箬衣听那熊孩子叫唤就觉得脑仁好痛……她游得更快了,就见一路水线,刷刷刷地朝岸边而去,泛着小白浪。卫箬衣身姿矫健得宛若游鱼,劈风破浪。

她发誓,在参加大学联赛的时候都没现在游得这么卖力过!

等她游到岸边,准备爬上去,就见一个黑色的身影翩然落下,不左不右,堪堪正巧落在了卫箬衣的面前,正挡住了她的去路。

卫箬衣的视线之中出现了黑色的衣摆,嘿,布料不错。

沿着衣摆,卫箬衣的视线一路朝上,对上了萧瑾那双漂亮的黑眸。

“嘿嘿。”卫箬衣尴尬地笑了笑。

萧瑾缓缓地蹲下身来。“要不要帮忙,崇安县主?”

“不敢不敢!”卫箬衣秒怂,忙摇了摇头,“我自己能行!”

她才刚说完,就见萧瑾朝她伸过手来,吓得卫箬衣差点一屁股坐水里去。

手在她的面前停住,卫箬衣迟疑地看了看萧瑾。

见他的嘴角忽然荡开了一层瑰丽的笑容,他本就生得十分好看,这一笑更是如同云破日出,有一种光芒万丈的感觉,褪去了平日里周身环绕的清正疏离,这笑容明且媚,花开百里。

好像受了蛊惑一样,卫箬衣愣了愣,还是接受了萧瑾的好意。说起来,她最近也没惹他,他应该不会坑自己吧,想着自己都能和身为本书最大 BOSS 的林亦如女士把臂言欢了,没准和本书之中将自己千刀万剐的这位萧瑾先生能冰释前嫌也说不定。

那就皆大欢喜！HAPPY ENDING!

这次握手是划时代的握手啊!

卫箬衣握住了萧瑾的手。“那就多谢了!”她还朝着萧瑾善意的笑了笑。

“不客气。”萧瑾拉着卫箬衣帮她上岸。

可是等卫箬衣爬到一半的时候,萧瑾忽然手一松,卫箬衣手上忽然就没了力气,失去了借力。卫箬衣不负众望地再度跌回了池塘里。

她本来已经大半个身子都出水了,这一下可是结结实实地又掉了回去,“噗通”一声,水花飞溅,萧瑾潇洒地侧身闪开,双手环胸,眼底的笑容又浓了两分。

偏生旁边还有一个熊孩子拍手叫好。“堂叔好棒！丑八怪变落汤鸡了!”

卫箬衣扑腾了两下,这才站稳。她用手一抹脸上的水,叉腰站在水里。“萧瑾,你是故意的吧!”

她的膝盖好痛,还有脚也痛,刚刚右脚已经踩在了石头边上了,忽然掉下来,好像脚底被石头的边缘割开了一个口子,掉下来的时候膝盖磕在了石头边缘上。

亏她还说刚才那握手是划时代的握手！见鬼了,她是被猪油糊在眼睛上了才会相信萧瑾真的会和她冰释前嫌！她倒忘记了,这人就是一个彻头彻尾的黑心鬼!

见卫箬衣满脸的怒意,萧瑾只觉得心情更加的愉快了。他懒洋洋地一摊手:“我忽然忘记男女授受不亲了。卫大小姐,不好意思了,要不要我去替你叫个人来?”这人不是昨日还很得意地说他被人从头发丝到脚后跟都肖想了吗？现在看看是谁更狼狈一些。

“不劳五殿下费心!”卫箬衣沉闷地说了一声,咬牙道。

她膝盖和脚刺痛得更厉害,不过她还是忍着。

因为疼痛,她的脸色也十分的不好,眼神也没刚才那么清澈明亮,带了几分仓惶与失神。

不行了,真是越来越痛,不知道是不是有什么东西卡在伤口里,现在泡在水里,也看不到是怎么一回事。她瞬间就没什么心情再和萧瑾在这边胡扯。

默默地放下了自己掐在腰间的手,卫箬衣再度走到岸边,抬手扒住了石头的边缘,第三次朝岸上爬。

因为右脚和右腿实在是疼得厉害,所以她刚踩在石头上就忍不住闷哼了一声,人也忍不住抖了一下。

这衣裙实在是讨厌,层层叠叠的,湿了水之后只将她朝水里拖。

萧瑾察觉到了卫箬衣的不对劲,眸光闪了闪。

还没等卫箬衣第三次爬上来,那熊孩子却是斜斜地冲了过来,用力撞在了卫箬衣的身上,还十分恶意地踩在了卫箬衣扒在石头边缘的手指上。

小孩子力气不小,这一踩,卫箬衣“啊”的一声惨叫了起来。

她的腿本就用不上力气,现在手被踩了,下意识地就松开了,石头湿滑,衣服又重,她吃不消地再度跌回了水中。

“哈哈哈,丑八怪又落水了!”那熊孩子闯祸之后还站在岸上拍手叫好。

卫箬衣也没心情理他,手指被那孩子生踩了一下,又蹭在石头上,皮都破了开来。她默不吭声地站在水里捧住自己受伤的右手,默默地检查了一下自己的手指,从食指到无名指全数破皮红肿起来。她试着弯曲了一下,还好,只是皮外伤,骨头没事。

萧瑾的脸色微微地一变,他拉住了在他面前蹦跶得欢实的熊孩子。“玉儿,不要闹了。”他沉声说道。

“堂叔,你看丑八怪的样子真是好笑啊,脸上的白粉都成了白色的泥浆了。”那熊孩子不知道自己闯祸了,兀自兴奋地指着站在水里的卫箬衣对萧瑾说道。

卫箬衣缓缓地抬起头来,扫了萧瑾一眼。

“你满意了?”卫箬衣忍住痛,曼声说道,只是这句话出口,眼泪却是不争气地的在眼眶里打转。

她自问穿越过来已经躲他都来不及了,她也没惹他吧……即便之前有什么对不起的地方,他若是大人有大量,也该烟消云散了才是。在山中破庙,他都已经坑过她两回了,去客栈又坑了一回,还不够吗?

萧瑾看着卫箬衣,嘴角的笑意骤然凝固。

一股不知名的情绪慢慢地在心怀之中弥散开来,有点不好受。

“你先上来再说吧。”萧瑾按压住在自己心头渐渐弥散开来的那种不知名的情绪,沉声对卫箬衣说道。说完,他再度上前,朝卫箬衣伸出了手。

“不敢劳烦五皇子大驾。”卫箬衣淡淡地扫了一眼他伸过来的手。

那熊孩子玉儿还要上前,被萧瑾一把拉住。“够了,别闹了。非要闹出事来才罢休吗?”

玉儿不知道为何一贯疼爱自己的堂叔会忽然这么严苛地对自己说话,也是愣在了当场,呆呆地看着卫箬衣努力地朝岸上爬。

她的膝盖和脚都破了,血已经印了出来,只是她在水里泡着,所以血迹都被冲淡了,看不出来。等她真正上了岸之后,跌坐在草地上,那血就再度沿着湿透并且贴在腿上的裙摆渗了出来。裙子是桃红色的,这血出来并不明显,不过萧瑾的目力是极好的,还是看出了一些端倪。

卫箬衣救人的时候是脱了鞋子的,袜子也在挣扎之中滑落在水里,所以现在是赤着足的。

她一跌坐下来,脚就从裙摆下露了出来。她生得极美,脚也和玉雕的一样,泡了水,更加的水嫩白皙,只是右脚的脚底不断从被石头割伤的口子里朝外渗出血来。鲜红的血被雪白的皮肤一衬,这就十分的明显了,而且有点触目惊心。

外面传来了嘈杂之声,其他听到这边动静的人终于开始朝这里赶来。

萧瑾目光一闪,再度扫了一眼卫箬衣。

衣衫湿透,即便是深秋,穿得多,也都紧贴在她的身上,将她身材的线条勾勒得淋漓尽致。她萎顿地坐在地上,如果不看脸,宛若一条出水的美人鱼一样,裙摆便如鱼尾一般蜿蜒而下。

她的身材是极好的。

萧瑾忽然抬手脱下了自己的外袍,扬起,罩在了卫箬衣的身上。

“你干吗!”卫箬衣现在还火大着呢!

“你若不想明日变成别人的谈资,就不要乱动。”萧瑾不由分说,弯腰将她打横抱了起来,冷声说道。

“你放我下来,我不要你关心!”卫箬衣怒道。

“你能走?”萧瑾挑眉。

“爬也不要你管!”卫箬衣瞪他。没见过这么烦人的家伙!她挣扎了一下,无奈萧瑾的力气太大,她的腿又实在是疼得厉害,所以也没什么效果。

她的神力呢!该用出来的时候又用不出来了!卫箬衣唾弃自己。

她哪里知道萧瑾早就防备好了她的超大力气,所以自然是挣脱不开的。

“闭嘴!你要是想被人看到你现在这副样子被我抱在怀里就继续闹!没准这也合了你的心意了!”萧瑾低吼道,“那些人很快就要过来了。”原本萧瑾是一点都不想和这个人扯上什么关系,可是刚才在电光火石之间,他却选择了将她护起来。

真是见鬼了,萧瑾也懒得去想自己到底是个什么心情,只想将眼前的危机先度过再说。

她不怕别人看到,可是他有点怕。

话一出口,怀里的卫箬衣顿时老实了。

天地良心,她也不想和这个人搅和在一起。

还算是识相,卫箬衣不动了,萧瑾的心情却更加的别扭,她居然也不想这样被人看到,那便是证明,她是真的要和自己划清界限了,之前的卫箬衣可是唯恐天下不知。

想到这个,萧瑾心底那种诡异的情绪就更盛了几分。

他强迫自己转过目光，对玉儿说道："去将她的鞋子捡起来拿着，和我走。"

玉儿是十分听萧瑾的话的，刚刚又被萧瑾吼了一嗓子，所以忙不迭地跑了去将散落在草地上的绣鞋捡了起来，跟在萧瑾的身后。

萧瑾抱着卫箬衣和玉儿快速地从来路离开，临走的时候还瞪了陈家那位小姐一眼。"我不希望在外面听到什么不该听到的话，陈小姐冰雪聪明，应该不会乱说的对不对？"

陈家小姐完全看懵了！

萧瑾原本是她叫来的，要救也应该救她才是，现在抱着卫箬衣跑了是怎么回事……

不过萧瑾刚才看她的目光过冷，过寒，叫人不寒而栗。陈家小姐本就是闺中之人，哪里受得了萧瑾那在锦衣卫之中练就的冷血目光，就连诏狱里面十恶不赦的坏人看到萧瑾有时候都会肝颤，更何况是她这样一个娇滴滴的小姑娘。

她愣是被萧瑾给唬得只剩下点头的份儿了。

等萧瑾带着人迅速地离开，陈家小姐这才反应过来，糟糕了！她全身湿透，等其他人来，她怎么办啊！

完蛋了！

13 总要找个合理的说辞

卫箬衣抿着唇，眼眉低垂，尽量不去看萧瑾。

被一个超级大帅哥这样公开抱在怀里，若是在现代的话，她一定摸出手机好好地自拍几张然后晒到微博和朋友圈去嘚瑟一下。

那是一件叫人身心都愉快的事情。

但是卫箬衣现在却是苦恼得想要哭。

腿和脚的痛就不说了，单单就萧瑾这个人来说，卫箬衣觉得自己遇到他准没好事。

那位素未谋面的陈家姑娘明明构陷的是萧瑾，偏生自己阴差阳错地冲出去坏了那陈家小姐的好事，萧瑾是甩开了一张狗皮臭膏药，她却将自己给赔进去了。

还有，她真的很冷！浑身都湿透了。现在一出水，即便有萧瑾的外衣挂在身上挡风，但是也架不住秋风一过，浑身都快要冷成冰块了。

萧瑾的身体是十分温暖的，好像一块磁石一样，吸引着她要靠过去。不过，她是这么容易屈服的人吗？哼。再怎么暖和，她也嫌弃！不过和本能战斗，的确是一件耗费意志力的事情。

这么沉默？

萧瑾一边挑着无人的小路走，一边时不时地垂眼看着被自己抱在怀里的卫箬衣。

他是什么时候开始讨厌她的？

她十岁那年就已经粘上了他，他也就是顺手救过她一回，却没想这一顺手就顺手给自己找了一个麻烦出来。开始他只是觉得这丫头年纪小，什么都是说说罢了，所以也没朝心里去，只是说等你长大了再说吧。哪里知道这姑娘竟是一根筋的。

五年的时间，可以发生很多事情，她也从一个垂髫少女长成了这副模样，可是唯独不变的就是她一直咋咋呼呼地追逐在自己身后。

从开始的不在乎，渐渐地演变成现在的厌烦。

应该是她莽莽撞撞地在锦衣卫之中揭穿他身份的时候，他开始对她不假言辞的。

她在自己的面前，从来都是各种叽叽喳喳，聒噪得很，所以现在卫箬衣的沉默叫萧瑾十分的不适应。

感觉好像已经习惯的东西正在慢慢地消失。

萧瑾的唇角微微地绷紧。虽然说以后卫箬衣很可能不再痴缠于他对他来说是一件好事，但是只要有这个念头浮起，萧瑾就总觉得有点什么不对劲。

他好像并没想象之中的那么开心。

“去你姑姑那边吧。”感觉到气氛着实有点诡异，萧瑾先开口对玉儿说道。

玉儿的姑姑是德容郡主,早几年已经远嫁离开了燕京城。房间就一直空着,平日里都是关着的,只有两个年事已高的嬷嬷在帮忙照看着,并且负责洒扫。

那院子离这里也不算是太远。

萧瑾是十分熟悉拱北王府的,他平日就住在这里。

“好。”玉儿那个熊孩子很崇拜萧瑾,自是萧瑾说什么就做什么,“堂叔为何对这个丑八怪这么好?”他憋了好久,刚刚萧瑾不说话,他不敢问,现在萧瑾开口了,他才憋气地说道。

明明就是这个丑八怪先拿了他的球,后来又对他出言不逊。

听到那熊孩子的话,窝在萧瑾怀里装死的卫箬衣终于有了一点点的反应,她稍稍地抬眉,瞄了一眼萧瑾。

他对她好?

哈哈哈,卫箬衣只想仰天大笑三声。

怎么她就没看出来他对自己好来着?她又没有白内障、青光眼。

“她都已经丑成那样了,还变成了落汤鸡,现在又受了伤,能帮就帮一把。作为男子汉来说要大度,你说对不对,玉儿?”萧瑾知道卫箬衣瞄了他一眼,那电光火石之间,他能感受到卫箬衣对他的不满。

他故意说的,想看看卫箬衣有什么反应。

若是在平日里,他如此的诋毁,她一定会缠着他夸自己漂亮才行。

卫箬衣在心底冷哼了一声,丑就丑吧,反正今日她扮的就是丑,已经懒得和这熊孩子计较了。

“对哦!”玉儿忽闪了一下大眼睛,笑道,“父亲就说过,做人要有谦和君子之风。”

哈!卫箬衣的心底再度有万头神兽呼啸而过,这熊孩子的父亲没准是个谦和君子,但是这熊孩子可半点没学到君子之风。她稍稍地从萧瑾的臂弯里将脑袋探出去,随后对着玉儿做了一个鬼脸。这熊孩子,刚刚踩得她手指头都差点断了,还一口一个丑八怪地叫她,君子之风在哪里?

卫箬衣的动作很快,做了一个鬼脸之后就迅速恢复成刚才装死的状态。

只是她的动作被一直默默观察她的萧瑾全数纳入了眼底,萧瑾原本紧绷的嘴角似乎有点崩裂的趋势。

三下两下地,萧瑾带着卫箬衣和玉儿到了浩淼阁。这里有一大片的人工湖,浩淼阁就在湖心的人工岛上,岛与岸之间有一座九曲桥相连,这里便是德容郡主未嫁之前的居所。

两个嬷嬷年事已高,正坐在后院里晒着太阳,所以萧瑾他们从前门进去,这两个嬷嬷竟是一点都不知道。

嬷嬷们虽然年岁大了,但是毕竟是在王府里一辈子的老人儿了,干起活来一点都不马虎,感念王府让她们在这里衣食无忧地养老,所以对这浩淼阁也是打扫得十分尽心尽力,里面虽然没有人住,但是窗明几净,就连被褥都是定时地更换浆洗,从不耽搁。

萧瑾将卫箬衣放在了软榻上。

“我去叫人来。”萧瑾对卫箬衣说道。他扫了一眼卫箬衣的脚,血应该是不怎么流了,但是毕竟伤口泡了水,那池塘也不见得就有多干净,总要清理一下,还有她膝盖上的伤也需要找人看看。外面那么冷,她又泡在水里那么久,要及时地喝点驱寒暖胃的东西,免得受了风寒。

卫箬衣慢吞吞地偏过头去:“劳烦五皇子殿下将我的侍女们叫来,其余的就不劳五皇子殿下的大驾了。”她说得很慢,大概由于冷的缘故,所以嘴皮子有点不利索,声音还带着一点颤抖,只是语调疏离清淡,叫萧瑾蹙起了眉头。

“这是拱北王府,不是你卫大将军府,”萧瑾也缓声说道,“容不得你对本皇子发号施令。”

明明可以好好说的,但是不知道为何,一开口,就变成这样了。

萧瑾也表示很无奈,许是厌恶她都已经成了习惯,开口就忍不住怼她两下。

卫箬衣沉默了,萧瑾又觉得难受了。

他再度凝视了她一下,默然地摔袖离去。

绿蕊和绿萼在红叶院里面没找到自己家的县主已经急得快要去跳河了。

所以当被带来浩淼阁见到卫箬衣可怜兮兮地窝在软榻上的时候差点没哭出来。

萧瑾双手抱胸斜倚在门口。“玉儿出来,让她们给崇安县主换衣服。”他对一直坐在浩淼阁里虎视眈眈监视卫箬衣的玉儿说道。

玉儿马上从椅子上跳下来,走到了萧瑾的身侧,萧瑾站直身体拉着玉儿走了出去。

贵女们出行,一般都会带一套衣服备用的。卫箬衣这里也不例外。

绿萼和绿蕊来的时候,已经有王府里的医女过来替卫箬衣看过腿和脚了,好在都只是皮外伤,脚上的口子是很深,不过卫箬衣运气好,没有伤到筋,养一段时间应该就可以好了。膝盖磕得也不轻,不光是破了,还肿得老高,骨头是没事的。

王府的下人送来了热水,还有沐浴用的一切物品。

卫箬衣也很纠结,她要不要在这里洗澡呢?天人交战,最后还是架不住那热水的诱惑,卫箬衣在绿蕊和绿萼的帮助下爬进了宽大的浴桶之中,她真的要冻死了!

当微烫的水包裹住她身体的时候,卫箬衣这才觉得自己好像有点要复活的感觉了。

刚才冷得她已经快要肌肉痉挛了,全身都紧紧地缩在一起,要不是非要硬挺着在萧瑾面前假装无事,她早就抖成筛糠状了。

头上插着的金钗步摇已经集体“阵亡”,只有一枚尚岌岌可危地戳在她的脑袋上。应该是她英勇跳水的时候都掉在了池塘里面了,所以卫箬衣觉得现在的脖子是轻松了不少。

“县主,好好地洗洗脸。”绿萼赶紧取了一块棉布过来要替卫箬衣卸妆。

“别动我的脸。”卫箬衣下意识地偏了一下头,抬手虚掩在脸上,护住自己的妆容,“我早上花了那么长的时间刷的粉……”她才刚说了一半就有点说不下去了,因为她忽然想起来自己刚刚跳水救人,这脸上的粉应该都泡掉了吧……“拿镜子来!”卫箬衣忽然一个激灵,吼道。

“是。”绿萼赶紧找了一个铜镜过来。这里是德容郡主的闺房,自是女孩子的用品应有尽有。

透过古代那照人总是带着几分朦胧感的铜镜,卫箬衣仔细地瞧了瞧自己的脸。这一瞧,差点将手里的铜镜给扔水里去。

这是什么鬼?!

她原本高高束起的发髻早已经没了型，软趴趴地糊在脑袋上，黑黑的，若不是颜色不对，卫箬衣真的以为自己顶了一坨“SHIT”在头上。再看看她的脸，白粉是冲了，只是她早上“刷墙”工作做得实在是太好，这粉刷得太紧实了，所以冲掉了表面那一层，底下的变成了糊状牢固地粘在她的脸上。现在她的脸上是斑斑驳驳的一块加一块，就好像得了白癜风一样……描眉的螺黛是上好的，晕开在那一团团白色的糊糊中间……

卫箬衣窘迫地戳了戳自己的脸，用指甲抠下一块白里透黑的糊糊下来，斑马都没她现在脸上的颜色精彩。

难怪那陈家的姑娘看到自己第一眼就叫了一声鬼……

卫箬衣想象了一下自己刚刚从水里出来的模样，任谁见了都以为是见到水鬼了……

刚刚萧瑾抱着她走了那么远的路，应该也有被她这副尊荣给恶心到吧。

她忍俊不禁，“噗哧”一声笑了起来。能恶心到萧瑾，她忽然觉得还不赖。

绿萼和绿蕊又面面相觑，泡了水，县主的脑子又开始不好了……这是一件忧伤的事情。

好好地将脸和头发都清洗干净，浑身清爽了的卫箬衣老老实实地穿好衣服。绿蕊又叫来了医女给卫箬衣将伤口上了药，包起来，这才算是折腾完毕。

萧瑾带着玉儿在外面已经等了好长时间，玉儿是小孩子心性，早就有点不耐烦了，萧瑾就选了两个招式教给他，让他在院子里慢慢练，这算是哄得玉儿老实地蹲在这里。

医女们出来，就有人将已经熬好的驱寒姜茶送进去。

卫箬衣捧着碗，喝了两口甜中带着火辣辣姜味的姜茶忽然想起了一件很重要的事情。

“完了完了！”她忙丢开了姜茶，扶着桌子站了起来。

绿萼和绿蕊忙过来搀扶。“怎么了？”

“宸妃娘娘来了吗？”卫箬衣慌张地问道。

今日这红叶大会是宸妃主办的，听说她是要亲自来的，不然那些贵女们也不会专门选宸妃娘娘喜好的样子去打扮。

卫箬衣只是县主，若是宸妃娘娘亲临她都不去迎接的话，那便是藐视皇家威仪，这是重罪。

“县主放心，宸妃娘娘出宫没那么容易，要午后才能抵达。”绿萼笑道。

“妈呀，吓死我了！”卫箬衣拍了拍自己的胸，这才定下神来。

她垂眸看了看自己，嘴角就是一抽！

说好的金光灿灿呢？

她这重新换上的衣服是绿萼选了备用的，是素白的底，从上而下的渐变，从白到粉，颜色逐渐加深，直到裙摆变成水红色，裙摆甚大，里面缀着层层叠叠的轻纱。这颜色虽然不是宸妃娘娘喜欢的，但是看起来清丽无双，更是贴合她雪白的肌肤，整个人就如同出水的芙蓉仙子一样，便是稍稍地一抬手，腕间的素白广袖轻舒，都带着一股子难以言表的清秀。

算了，这也是命了。

“你们去将五皇子叫来吧。”卫箬衣偏过脑袋来想了一下，纵然是百般不愿，还是不得不找萧瑾。

她刚才来的时候是什么样子已经在红叶院里面嘚瑟了一番了，来的早的都见过她那一身分分钟击碎三观的装扮，现在再这个样子被人搀扶出去，不免会惹人猜想。

总要有一番说辞才行吧。

叫萧瑾进来，不为别的，就是编也要编出个叫人信服的理由来。

横竖是萧瑾带她来的，这事情推给萧瑾就好了。

反正卫箬衣也不担心萧瑾会乱说。

那个人啊，是这燕京城里最最不想和她扯上关系的人了。

萧瑾再度抱着玉儿进来的时候，一进门就被坐在那边的卫箬衣给惊艳到了。

洗尽铅华的她就端坐在软榻的边缘，换下了那袭能叫人哭笑不得的桃红色衣裙，眼前的少女清新得就好像一朵含苞待放的芙蓉。她坐得很直，腰背挺拔，下颌稍稍地扬起，带着几分少女之中难见的骄傲与自信。她的眼眉浓烈艳丽，洗去了那些贴在脸上乱七八糟的东西，眉目如画。一头乌压压的长发顺着肩膀蜿蜒如瀑布一样披散下来，并非完全的直，而是微微地打着点弯儿，显得极其的俏皮，并带着一种难言的妩媚，浑然天成，不带一点点的雕琢之气。

他素来都没好好地端详过她，因为太习惯她的存在了，今日一见，萧瑾才真正地在心底赞叹了一声，这是真正的美人儿，再过两年，即便是用倾国倾城来形容也不为过。

玉儿都已经看直了眼睛了。

"这是刚才那个丑八怪？"他狐疑地问萧瑾。

"她是崇安县主，"萧瑾对玉儿微微一笑，说道，"不要一口一个丑八怪地叫她。"随后他又对卫箬衣说道："这是我堂侄，名萧玉。"

你家有什么人，我一点都不关心，卫箬衣心底咆哮着，脸上却笑着对萧玉一颔首。

玉儿抿唇了，虽然有所不甘，但是被卫箬衣的容光所射，还是没再说什么，只是鼻孔朝天地"哼"了一声。

"请五皇子殿下恕罪。"卫箬衣轻点了一下头，"箬衣腿脚暂时不方便，不能给殿下行礼。"她一派端庄贤淑的模样，说话也是彬彬有礼，但是言语之中的疏离清晰可见。

萧瑾又浑身不舒服了。

她实在是太有礼貌了，有礼貌得简直让萧瑾觉得自己面前坐着的这位根本就不是崇安县主。

"县主不必多礼。"萧瑾收敛了一下眼眉，"在下无爵位在身，只不过就是一个小小的锦衣卫千户而已，县主对在下行礼，实在是愧不敢当。"

卫箬衣的眉梢轻轻地抖了一下，不过还是被萧瑾收纳入眼底。

我去，这家伙是听到她背后说人了吗？怎么这话听起来是意有所指一样。

卫箬衣刚刚装模作样一派镇定闲适，现在又有点肝儿颤了。

不会吧，她的心思飞转，怎么想都觉得这人不可能知道自己曾经说过的话，明明当时只有林亦如在场的，难道是林亦如表里不一，坑了她？

也或许只是萧瑾误打误撞的，她不过是自己吓唬自己罢了。

卫箬衣这点点不淡定的样子落在了萧瑾的眼中，他才稍稍地感觉到有点好笑。

下次背后说人的时候还要小心隔墙有耳。

卫箬衣将自己忧虑的事情和萧瑾一说，随后就这样眨巴眨巴眼很无辜地看着萧瑾，意思是你想办法。

她跳水到现在归根到底都是因为萧瑾,不将这事情推给他,还能推给谁?

看到卫箬衣那无赖的小眼神,萧瑾这回倒是一点都不觉得生气。

他抬手拍了拍萧玉的后背。"玉儿,你就帮帮崇安县主可好?"

"为何要帮她?"萧玉不开心,她刚刚还绕着弯说他是丑八怪呢。熊孩子一扭头,别扭地说道。

"你若是帮了我,我就送你一个能拍的起来的皮球。"卫箬衣瞬间就明白了萧瑾的意思。萧玉是拱北王的亲孙子,若是因为要救萧玉,那她落水、摔伤,还有换了衣服什么的,这一切就都说得过去了,说到任何地方都没毛病。

况且无形之中,她好像还占了拱北王府的一个便宜,因为这样会让拱北王府欠自己一个人情。

"什么?"萧玉毕竟小孩子心气,听到有新鲜的东西自然是觉得好奇。

"你那皮球是实心的,里面灌着沙子,只能在地上滚,不能拍,你若是帮了我这一回,我就送你一个能拍得起来的皮球,可以弹着玩的新鲜玩意儿。保证燕京城里,你是独一份,其他的小朋友都没见过!"卫箬衣偏头一笑,用极其诱惑小朋友的口吻说道,眉宇间都透着一股子诱拐小孩子的怪阿姨味道。

其实卫箬衣也不知道这个地方有没有那种可以拍的皮球,但是这熊孩子是拱北王的亲孙子,他用的自然都是燕京城里能找到的最好的东西,他刚才的反应便是没见过那种球的样子,所以卫箬衣觉得自己判断得没错。

"真的吗?"萧玉的眸光一亮。

"绝对假不了。"卫箬衣笑得越发的灿烂。看吧,她就知道自己没猜错!

就喜欢你们这种没见过世面的土包子样! 卫箬衣心底的小人儿在掐腰狂笑,一个破皮球而已,能让拱北王府都欠她一个人情,着实的划算!

虽然是玉儿帮了她,但是在拱北王府和其他的大人眼底却是卫箬衣为了帮玉儿受伤的,所以这交易可以做!

"好!"萧玉挣扎着要下来,萧瑾将他放到了地上。他从萧瑾的手里挣脱,跑去了卫箬衣的面前,伸出了自己的小拇指。"拉勾! 你若是骗我,我不会轻饶你!"

"小屁孩,气性还挺大!"卫箬衣笑着抬手摸了摸萧玉的额头,随后伸出自己的右手,她的右手被包上了,只有指尖露在外面,有点尴尬,她马上又换了左手,和萧玉打了一个勾。

萧瑾看到卫箬衣右手上缠绕的纱布,这才想起她的手也是被萧玉踩伤了的。

这边的事情都处理停当了,萧瑾就打发人用软轿抬着卫箬衣返回了红叶院。

红叶院里的人都得了消息,知道卫箬衣为了帮拱北王的孙子伤到了手脚,也就没再议论为何这么长时间没见卫箬衣了。

只有一个人听到传闻差点绞断了自己手里的帕子,那便是大学士陈家的那位陈小姐。

适才萧瑾带着卫箬衣走了,将她独留在水边,她躲都没地方躲,被一群闻声赶来的人撞了一个正着。虽然,她用自己不小心落水给搪塞过去了,但是毕竟那么狼狈的样子都被人纳入了眼底,她的名声算是完蛋了……

14 宸妃驾到

宸妃已经到了拱北王府了。

若是按照辈份来算，宸妃是紫衣侯卫大将军的表姐，也就是卫箬衣的表姨母了。她在当今陛下尚是皇子的时候便已经跟随在陛下的身侧，若非因为只是庶出，身份所限，估计现在的皇后大概也要靠边站。

这便是她心底一辈子的痛。

她是没什么指望了，所以唯一的指望便是自己的儿子，总算还好，她的儿子被她亲自教养得颇受陛下的喜爱。只是皇后那边尚有一个三皇子，乃是劲敌。淑妃入宫这么多年，一直盛宠不断，虽然她的儿子十二皇子尚且年幼，但是实力也不容忽视。

如果说这么多年陪伴在陛下身边，她与陛下之间的感情多半变成了亲情，那陛下对淑妃就很可能真的是喜爱了。宸妃低叹了一声，陛下看淑妃的目光素来都是热辣的，旁人或许察觉不出，但是她与皇后陪伴在陛下身边这么多年，又怎么会感觉不到呢？

这后宫，看起来繁花似锦，一派祥和，可是真正又有谁能做到不争不抢，不妒不恨。

她唯有将自己的贤德之名继续保持下去，凭着陛下这么多年与她之间的情分，才能和皇后还有淑妃一争高下。

她虽然是卫大将军的表姐，只是年轻的时候，往来并不多，不算亲密。那时候的卫毅就是一个人见人烦、鬼见鬼厌的毛头小子，谁曾料想他如今能走到位极人臣的地步。倒是有点失算了，宸妃扼腕，只是她一直不明白为何淑妃那边会与自己这个表弟过从甚密，她已经不止一次听到淑妃在陛下面前说过卫大将军的好话。

若是淑妃已经在紧密地拉拢卫家为自己儿子的未来做铺垫，身为卫大将军的表姐，她似乎更占了一点先机。

当然树大招风的卫家也是陇西谢氏的眼中钉。

谢氏是皇后母族，谢氏祖宅虽不在燕京城，但是能真正历经两朝不倒的世家，大梁朝除了谢氏，也找不到第二家了。无论是前朝，还是如今的大梁，谢氏都有存活的法门。

谢氏子弟惠名传天下，皇后当年也就是占了一个谢氏嫡女的大便宜，才越过了她坐到了正宫娘娘的位置上。若是说宸妃不恨，那怎么可能，只是即便恨，也只能默默地摆在心底，不能表露出来。

她们几人这一生已经定下，但是她们儿子未来的路怎么走尚是未定之数，就看要怎么努力了。

陛下如今迟迟不立太子，也是给了宸妃和淑妃一个希望。陛下自己就不是嫡长子出身，所以皇后现在似乎也不占什么便宜。

可以这么说,今日宸妃便是冲着卫家的姑娘来的。

当然她也听说了不少卫箬衣的传闻,这丫头如何追着五皇子到处跑云云,但是传闻为虚,眼见为实,况且卫箬衣今年也不过是十五的年纪,若是能沉淀两年,她再想想办法,之前的一切也不是不能抹掉。最最重要的是,卫毅是十分看重这个女儿的,所以只要能将卫箬衣抓在手里,便是能将卫毅给拿捏住了。

宸妃娘娘一到拱北王府就得知了卫箬衣因为帮萧玉受了点伤,所以她也没着急让卫箬衣来觐见,而是先见了几名其他府上的贵女。

能得宸妃娘娘的青睐,那些贵女自是一个个喜不自禁。

四皇子如珠如玉,温润内敛,燕京城谁人不知,谁人不晓。

今日,四皇子应该是要亲临的,但是到目前为止,为何只见了宸妃,却没见到四皇子呢?

卫箬衣自回到了红叶院就又找了一个僻静无人的地方窝着了。

她现在是标准的伤残人士,自然要明哲保身,远离是非。

古人真恐怖,她刚刚能遇到一个陈小姐,谁知道出去嘚瑟一下会不会遇到一个什么王小姐,李小姐的,若是每个人都这么折腾一遭,她可是吃不消的,不用等萧瑾下手,她一条小命就交代在红叶院了。

低调,低调最重要,高调被雷劈。

"怎么她们都不用吃午饭的吗?"卫箬衣现在坐在一个回廊下面,哀怨地按着自己已经饿瘪了的肚皮,对自己的侍女嘀咕道:"光喝水能喝饱?"

绿萼笑了起来。"县主,咱们就再忍忍吧,按照惯例,这种聚会在未觐见宸妃娘娘之前是不能进食的,免得弄出什么无礼的事情来,便是不妙了。"

卫箬衣眨巴眨巴眼睛,随后恍然。

"也对,如果对着宸妃行礼的时候,忍不住'噗碴'放了一个屁,或者不小心打了一个充满韭菜味的嗝,那感觉也是很酸爽的。"卫箬衣心有戚戚焉地说道,就如同在电梯里面一样,要是有人不小心放了一个很臭很臭的闷屁,那一电梯的人的眼神和脸色……

卫箬衣想到这里就很不厚道地笑了起来。"你们说有没有人真的在觐见的时候放屁啊?要是昨天晚上吃的是黄豆和萝卜那怎么忍得住?"

绿萼和绿蕊一阵无语,她们是怎么也跟不上自家县主这种诡异念头的。

不过……绿萼和绿蕊也很不厚道地笑了起来。

"所以,若是要觐见,前三天,讲究的人家就已经十分注意饮食了。"一个温和润泽的声音插了进来,卫箬衣和两个侍女吓了一大跳。

她们三人纷纷转头。

回廊尽头转过来一个身着浅紫色长袍的年轻男子。

浅淡的紫色如烟如雾,那男子的眼眉便是笼在这烟雾之中的山水,如同最上乘的技艺才能描绘出的一幅烟雨江南图,润泽清朗之中带着水一样的柔和与山一般的峻峭。他的长发用一顶白玉冠竖着,玉色温和,一如他的面容。

当他注视着你的时候,你能感觉到他独有的专注与温柔,眸光之中含着温柔的水色。

"不请自来,是在下唐突了。"那温润男子走到卫箬衣的面前,拱手行了一礼,谦和的姿态让卫箬衣顿时从凳子上弹了起来。

她这猛地一站不要紧,脚底一阵钻心的疼,"哎呦!"卫箬衣惨叫了一声,又朝回跌了下去。

绿蕊和绿萼还没来得及伸手,就见那抹淡紫已经到了卫箬衣的面前,抬手,轻扶。

卫箬衣身子稳稳地坐下,有点呆愣愣地看着那身穿紫衣的男子。

那男子见卫箬衣安稳地坐下,这才撤开了手臂:"适才情急,怕崇安县主摔倒,所以冒昧相扶,还望崇安县主不要恼怒。"

进退有度,彬彬有礼。

卫箬衣只感觉自己的脸一红,小心肝颤了一下,稍稍地颔首。"是我的不是了,太过鲁莽,却是忘记了曾经受伤,请公子原谅,不能起身行礼。"唉,卫箬衣说完之后都觉得自己整个人萌萌哒,她也是真有急智,居然能说出这么文绉绉的话来,所以说人都是被逼出来的……

"哪里哪里。是在下冒昧唐突,适才经过,只是觉得有人说话与众不同,于是就转过来看看,原来是崇安县主在这里。"男子笑道。他笑起来也很好看,宛若春季的风拂过水面,荡开了一层层的涟漪,朝周围散去,温润细致。

与众不同……

卫箬衣的嘴角抽搐了一下,其实您的意思是粗俗得不同凡响吧……

"县主不认识在下?"男子见卫箬衣一脸呆滞,于是试探地问道。

我应该认识吗?卫箬衣茫然地看向了绿蕊和绿萼。

绿萼忙朝卫箬衣比划了一个四字,卫箬衣更加的茫然了,四什么四?

绿蕊和绿萼忙躬身行礼,随后解释道:"回四皇子的话,实在是对不住了,我们县主早前撞了脑子,所以有些事情记不太清楚了。许是正巧忘记了四皇子殿下的样貌与名讳,还请四皇子殿下见谅。"她们两个过年的时候都会陪着卫箬衣进宫去,自然是认识不少宫里的人。

忘记了?有意思。

男子又是淡淡地一笑,对卫箬衣笑道:"在下姓萧,名晋安。若是论起来,也算是崇安县主的表兄了。县主是真的忘记了吗?"

四皇子?萧晋安?表兄?

卫箬衣才刚刚坐安稳,又弹了起来,"哎呦!"又是一阵痛,这回她一把拉住了绿萼,才没再出丑一次。

萧晋安啊!他就是萧晋安啊!

的确,卫箬衣和萧晋安也算是表兄妹的关系了,毕竟宸妃娘娘和卫大将军是表姐弟。

卫箬衣虽然看书不认真,不过这个萧晋安的名字却是十分熟悉的,评论区不少小姑娘被萧晋安迷得不得了,吵得最凶的CP就是萧瑾×林诗瑶和萧晋安×林诗瑶,当然也有不少人站队萧瑾×萧晋安,高呼同性永远是真爱,兄弟年下CP无敌云云。

果然是温润君子一名,温柔受啊!

卫箬衣自动脑补了一下萧瑾那一身冷冽壁咚一身温润的萧晋安,那场景竟然该死的十分和谐美观。

作为资深腐女一枚的卫箬衣眼底冒起了粉色的泡泡,她忍不住将萧晋安上上下下又仔细地打量了一番。

萧晋安的脾气真的是很好,即便在卫箬衣那般“如狼似虎”的眼神注视下,依然保持着浅浅的微笑,让人如沐春风。

“啪嗒”一声脆响,似是不知道哪里的树枝断裂开来所发出的响动,将卫箬衣的思绪总算是从漫无边际的神游之中拉了回来。

“见过四皇子殿下。”卫箬衣马上被绿萼搀扶着福了一下,又行了一个礼。

唉,人家是皇子呢!虽然已经有萧瑾那个皇子在前,但是眼前这位却是十分受宠的皇子,和萧瑾那个姥姥不疼,舅舅不爱的,完全被当今陛下撒了鸭子的皇子不是一回事好吗!就是手指伸出来也有长有短呢。

不对,四皇子不就是宸妃的儿子?卫箬衣就是再没怎么看书,这点常识还是有的,在侯府的时候,祖母也说过,此次红叶大会便是宸妃办的,意图替自己的儿子选未来的皇子妃。

卫箬衣在心底哀鸣了一声,刚刚她好像没对宸妃娘娘用敬语……

即便是陛下都对宸妃尊重有加,她一个小小的县主提及娘娘竟然不用敬语,一会死都不知道怎么死的。虽然她爹还在打仗没有回来,陛下多半不会因为这个事情惩戒她,但是作死都是一步步,一点点积累的,就等什么时候算总账……

好像书里面的萧晋安也是十分有手腕的,并不是表面看起来如此的温和,至于怎么有手腕,卫箬衣就一点都不知道了,等明天一定要去问问林亦如,她看书看得比自己多,应该多少知道一点。

“看来崇安县主是真的不记得我了。”萧晋安笑道,“那崇安县主可还记得五弟?”

卫箬衣……

不要这样好不好,这样会把天给聊死的。

“不记得!”卫箬衣睁着眼睛说瞎话。

她话音才落,就又听到“啪嗒”一声树枝断裂的声音。

她莫名地抬眸四下看了看,也没看到什么。

萧晋安眼底的笑容浓郁了起来:“原来崇安表妹是什么人都不记得了。”

“那倒不是。”卫箬衣笑道。

“哦?”萧晋安表示十分感兴趣,“崇安表妹记得谁?”

“我自己啊!我叫卫箬衣,我是记得的,还有我爹是卫毅。”卫箬衣很肯定地说道。她不得不强调一下卫毅。

萧晋安先是一怔,随后笑得更加欢畅起来。“崇安表妹如今倒是十分的有趣了。”

呃……卫箬衣一抽嘴角,也干笑了两声。

“听闻崇安表妹的腿和脚都因为萧玉受了伤。母妃刚刚还问及了崇安表妹。”萧晋安说道,“若是崇安表妹行动不便的话,就不要过去了。”

卫箬衣抖了一下。“宸妃娘娘亲临,臣女哪里有不过去的道理。”随后她就对着绿蕊和绿萼说道,“走,扶我去前面。”

“崇安表妹真的不用勉强的。”萧晋安笑道。

“要去的,要去的。不勉强!”卫箬衣被绿蕊和绿萼扶着一瘸一拐地朝前走。

她敢不去吗?萧晋安刚才那句话看似安抚,其实别有深意。

宸妃娘娘什么身份,都问及她了,她就是爬也要爬过去请安啊。卫箬衣在职场混了那么多年,要是连这句话里面的意思都听不出来,那她真是白混了。

卫箬衣在前面慢条斯理地走着,萧晋安便在后面浅笑着跟随着,不紧不慢,不急不躁。

等他们从这僻静的回廊边走出去,走远了,回廊外的一棵树上竟然翩然落下来一个人。

萧瑾嘴里叼了一片红叶,若有所思地看着卫箬衣离去的背影,随后将怀里揣着的几枚秋枣和几块精美的小糕点拿了出来。他冷笑了一下,将那些东西统统扔到了树下,这才拍了拍手上沾着的碎屑,扬长而去。

不记得他了?

她倒是撒谎撒得挺溜啊!气得他顺手折断了好几根树枝!

这算是什么?水性杨花,见一个爱一个,随后再丢一个?年纪不大,花花肠子倒是不少!

亏他还怕她在这里等宸妃娘娘来会饿,加上之前又流了不少血,所以带了秋枣和糕点来给她充饥,顺便补血,哪里知道她就是这么无情又寡意,还满嘴谎言的一个人。

他今日算是认清她的真面目,山高水长,日后再不相见。

如此便是如了她的心意,反正她之前就说了以后两人再无瓜葛!

不记得了?呵呵!亏她说得出口!

卫箬衣走到了红叶院热闹的地方才觉得自己好像有点上当了。

她经过之处,萧晋安亦步亦趋地跟着,瞬间就吸引了所有人的注意力。

这算是什么意思?

她走一步都有四皇子相陪相伴,即便是去找宸妃娘娘请安,四皇子都跟着,那不就是在宣告他们之间有点那啥吗?

不要这样啊!

开始卫箬衣也只是这样猜测一下,她走得慢了,还会听到萧晋安在身后提醒她:"崇安小心点。"

咦!卫箬衣顿时起了一身的鸡皮疙瘩。他刚才在那个僻静的角落还叫她崇安县主,如今就已经自动地将县主两个字给去掉了,只叫崇安,怎么都感觉似乎亲昵了许多。

她真的和他不熟啊!

如果目光真的如刀,卫箬衣觉得自己这一路行来,已经是被戳得千疮百孔了。

那些投注在她身上羡慕嫉妒加恨的小眼刀子,恨不得将她瞬间给戳成个筛子。

今日,这红叶大会是宸妃所办,目的明确,如果四皇子殿下谁都不跟,偏生跟在她的身后,还陪她一起去见宸妃娘娘,这代表什么意思?有眼睛、有脑子的人都会想。

她这是被人不声不响地坑了……

"其实……我刚刚说的是气话!"卫箬衣回眸对跟在她身后的萧晋安说道,"那个,我还是记得五皇子殿下的。我就是和他闹别扭了,所以才不想理他。"

萧晋安的脸上微笑不变。"是吗?他惹崇安生气了?"

"他就那样!"卫箬衣笑道,"反正我气也只是气一会。"

唉,萧瑾如果知道自己又被拉来当垫背的,会不会一怒之下活剐了她?

不管了,萧瑾那人虽然恐怖,但是不会为了这点破事活剐她的,她又没做别的,只是大声宣布对他的爱意罢了,他完全可以不用理会啊,反正这件事情是全燕京城的人都知道的。

相比而言的话，卫箬衣更不愿意被宸妃拿来当枪使。

卫箬衣忽然停住了脚步，转过身来，非常认真而大声地说道：“我就是喜欢五皇子殿下！从很小的时候就喜欢了！”

她的声音很大，几乎可以用振聋发聩来形容，惊得在场的贵女与各府公子少爷们一个个目瞪口呆。

萧晋安稍稍地一愣，脸上的笑容有片刻的凝固，不过很快就再度解冻。

“知道了，你从小不就这样？”他微笑着说道。

知道了就好，卫箬衣这才被绿萼和绿蕊搀扶着继续朝前。

卫箬衣仔细地观察了一下周围，刚刚她那一嗓子喊出去之后，似乎飞到她身上的眼刀子瞬间少了很多，证明这一句话“表白”得还是相当给力的！

贵女们在提及自己心上人的时候哪一个不是羞答答的，即便有也要说成没有，绝对不会像卫箬衣这样咋咋呼呼的唯恐天下不知。要知道一旦将来两人不成，那名声便是一落千丈，再无人敢要。所以，爱惜羽毛的贵女更是连男人的名字提都不会提及，唯恐沾染了什么不好的名声，替家族门楣抹黑。

偏生卫大将军却是一个和旁人不一样的主儿，他年轻的时候就狂傲至极，如今位极人臣，更是除了陛下之外，其他人皆不入他的眼。他的女儿自有他宠上天去，什么家族门楣在他的眼底都是狗屁，只要女儿开心就好。

卫大将军的纵容也造成了现在的状况。

所以，即便卫箬衣站在城门口去高喊她喜欢萧瑾，也不会有人觉得有多惊奇，这不是全大梁朝都知道的事情吗？不需要大惊小怪的。

但是卫箬衣现在当众大声地说，便是表明了，她一点都不想和萧晋安在一起的立场。

而宸妃娘娘那是什么样的人，德容兼备，最见不得的便是这样的姑娘。卫箬衣刚才那举动无疑于当场给了宸妃娘娘一耳光。

宸妃便是再怎么能忍，也断然不会要了卫箬衣这样的姑娘当自己的儿媳妇了。

萧晋安跟在卫箬衣的身后，嘴角的微笑浅淡了几分，眉心几不可见地皱了起来。

这崇安县主到底真的是一根筋，还是在装傻？

能将卫箬衣抓在手中，那便是抓住了大梁朝的数十万雄兵，难道他真的要将这个大礼拱手相让？

这死丫头刚才那一嗓子喊得倒是痛快了，却是扎扎实实地断了他的后路。这一招快刀斩乱麻，真狠！你说她是无意的，为何偏生走到人最多的地方无缘无故喊了那么一嗓子；你若是说她是故意的，她那表情样子看起来却又不像……

适才母妃叫自己去寻她，为的便是先造成一个势头，卫大将军就快要凯旋还朝了，等他回来，若是得知自己与卫箬衣相处甚好，再加上母亲从旁协助，这事情必成，一定能将卫箬衣给定下来。

可是刚刚卫箬衣那一嗓子却是让所有的计划似乎都泡汤了，就连萧晋安也觉得这事情似乎有点无法转圜。

15 留住拱北王府

卫箬衣伤了腿脚，走得慢，一瘸一拐的，好不容易挪到了观叶楼前。

门前有宫里的宫女和太监守着，见到卫箬衣身后跟着的四皇子，大家纷纷行礼，忙朝里面递话。不一会里面就传出消息，宸妃娘娘让四皇子和崇安县主进去觐见。

宸妃出宫，拱北王府也是用了心思的。

这观叶楼里面的物件都是按照宸妃娘娘的喜好重新布置过的。

青砖铺地，上面盖着淡青色的玉兰绕枝地毯，与房内的描银兰花灯相互辉映。

卫箬衣进去的时候，屋子里还有其他人，但是主座上坐着一名身穿宫装端庄典雅的妇人。鹅蛋脸，一双描绘细致的柳叶眉，眉弓温柔地弯起一个弧度。她的脸上没有什么过多的粉黛，看起来十分的清爽宜人，胭脂用得也不多，只是在唇上稍稍地有那么一层。她身上的宫装颜色也淡，浅蓝色的底，几乎没有什么花哨的装饰，但是看起来十分的典雅端庄。她的手自然地搭在身前，没戴戒指，只有腕间一只白玉兰花镯子若隐若现在衣袖之中。发髻亦是十分端庄的样式，一枚珍珠点翠小凤簪子斜插在上，凤嘴里衔着一颗明珠，垂下的流苏用小珍珠串就，底端还点缀着红色的石榴石坠子，浑身上下素雅清爽，唯独这石榴石显露出一点点的亮色，与她的唇色相应。

不得不说这位宸妃娘娘是真的很会穿衣服，也真的很会装扮自己。

卫箬衣只看了一眼，便在心底默默地点了一个赞。她的眼眉清丽，不妖不艳，若是做过多的装饰，她的容光所限，是压不住的，反而会让那些外物喧宾夺主。如此装扮，恰到好处，放大了她原本的清秀。

宫里又有几个简单的女人，能走到这种位置上的，自是在各种方面无一不是细致到了极致。

她的身周还围坐着几名贵妇，卫箬衣反正一个都不认识。

“母妃。”四皇子先朝前两步，对宸妃娘娘行了一礼，随后又对左手的一名宫装妇人行礼，“见过拱北王妃，各位夫人。”

卫箬衣默默地观察着，原来左边那位年纪大的便是拱北王妃了，虽然有了点岁月的痕迹，但是看起来也是一个端庄秀丽的人。

卫箬衣马上也学着四皇子的样子，在绿蕊和绿萼的搀扶下先是对宸妃娘娘行了礼，随后又朝屋子里面其他的女人行礼。

“崇安县主腿脚不便，这些俗礼就免了吧。”宸妃娘娘微微地一笑，“来人，给崇安县主看座，有什么话坐下来说。”

卫箬衣虽然敛眉谢恩，在心底却是一个大写的不屑！

如果这宸妃真心怜惜她的话，就根本不会等她都行完礼了才叫她落座。她这么说，不过也就是在人前彰显一下她的宽厚。如果真心宽厚，有本事就免了她来觐见啊，穷折腾。

屁股挨着绣墩的软垫坐下，卫箬衣才稍稍地松了一口气，说真的，脚走得还真有点痛。

“多谢崇安县主出手相助，才没让我那顽皮的孙子闯出什么祸来。”拱北王妃笑道，“适才实在不知，没有能当面谢谢崇安县主，倒是我的不是了，还望崇安县主不要介意，改日必定登门拜谢。”

“王妃真是客气了，”卫箬衣忙说道，“不过就是举手之劳而已，崇安不敢居功。”

“娘娘，五皇子殿下求见。”门外的宫女进来通传。

“老五来了？”宸妃娘娘又是一笑，“这孩子已经很长时间没见到了。快，赶紧让五皇子殿下进来。”

不一会，门帘打开，萧瑾举步进来。

卫箬衣心底直犯嘀咕，还是让绿蕊与绿蕊搀扶着起身相迎，怎么总能见到他啊！

又是一阵繁琐的行礼，待大家都重新落座之后，萧瑾就坐在了卫箬衣的对面。

萧瑾用眼角的余光扫了一眼规规矩矩坐着的卫箬衣，很少见她这么老实。衣饰淡雅得体，那些她最爱的金灿灿的物件一扫而空，一眼看下来，倒是真有点大家闺秀的端庄样子。

这是又看上了他的四哥了，所以才作此打扮，投其所好吧。

萧瑾越是看，心底的不耐烦与火气就越是大。

他又不是一个物件，好端端的一个人，凭什么她说喜欢的时候，就追着满燕京城的跑；说不喜欢的时候，就掉转身子追着他四哥跑了？

萧晋安也在看着自己的五弟，他与五弟并不算熟。

萧瑾的母亲本是宫里的一个宫女，样貌是很不错，所以才会被醉酒的陛下拉上了龙床，有了一夜的恩宠。那宫女的运气真好，不过一次承恩，便怀了龙种。

应该说，当时陛下对那宫女还不错，封了一个美人的封号。先开始那宫女还知道刻意收敛，小心翼翼地度日，但是等她诞下了皇子之后，她的心思就变了。

总觉得自己姿容美丽不输其他宫妃，又替陛下诞下了龙子，才只有一个美人的位份，所以就起了其他的心思。陛下三番五次地看在她诞下龙子的份上宽恕她，可是她却变本加厉，最后终于惹得陛下不喜，被打入了冷宫。

原本陛下的意思是将萧瑾交给宸妃娘娘教导的，但是萧瑾小时候被那宫女笼络住了，一刻都离不开自己的娘。被送到宸妃那边几次，他就跑了几次，饭不肯吃，病了好几回。陛下恼怒了，索性下旨让萧瑾滚去冷宫陪伴他的母亲。

可是萧瑾去了冷宫之后，那宫女对亲生儿子并不像以前那么好了。

这儿子生下来本就是她朝上爬的工具，如今她落到了那么个下场，便又想出了一个毒计。她竟然在冷宫里悄悄地虐待自己的亲生儿子，弄得他遍体鳞伤，还一直在生病。因为只要萧瑾一生病，毕竟是皇子，就会有人去禀告到陛下那边，她就有机会再见到陛下了。

陛下终于震怒了，下旨封了冷宫，将萧瑾从冷宫里带了出来，永远不许那宫女再见自己的儿子。

而萧瑾那时候年幼，恍然不知自己到底是为了什么让母亲那么记恨他，以至于那样对待他。一段时间里,他是根本不开口说话的,原本陛下对他尚有几分怜惜之情,但是见到自己的儿子那么倔强,也渐渐地拿这个儿子没了办法,干脆将他送到了拱北王府来寄养。父子之间也日渐疏离。

这便是萧瑾为何以皇子的身份却入了锦衣卫的缘由。

“五弟最近过得可好?”四皇子先开口问道。

“还行。”萧瑾不疾不徐地回了一声。

“老五也多入宫来走动走动。”宸妃娘娘笑道。

“是,宸妃娘娘。”萧瑾颔首道。

随后,宸妃就将目光落在了卫箬衣的身上。她如今尚不知卫箬衣在外面喊的那一嗓子,所以看卫箬衣的目光之中多了几分审视,甚至是带着几分慈爱的。

卫箬衣暗自一个激灵,心道您可别这样。卫箬衣是看书不认真,但是凭借她这么多年博览群书,纵横各大小说网站的经验来看,但凡是和皇家沾了边的,多半就没好事。

就连本书最大女BOSS林诗瑶都表示不想和皇室扯上关系了,她就一连续剧出场三集马上领盒饭的恶毒女配更是省省吧。更何况那个在书里面活剐了她的主就在对面坐着,怎么都感觉他的目光不善。

她这是又惹他了?

见鬼!

迎着宸妃娘娘的目光,卫箬衣生将眼神一转,直直地落在了萧瑾的身上,顿时摆出了一副花痴的模样来。

宸妃娘娘……

这卫家的崇安县主也太不知道礼数了吧……

宸妃娘娘的眉心蹙了起来。“崇安。”她不悦地叫了一声卫箬衣。

“啊?”卫箬衣马上表现出了一副回神的模样,忙一颔首,“娘娘。”

看到卫箬衣那副“痴汉”表情,宸妃娘娘更是不悦了几分。

传闻这位崇安县主对五皇子痴心不二,所以她才故意差人将萧瑾叫了过来,想看看卫箬衣到底是个什么反应的。适才她流露出那种痴迷的目光,真心地叫宸妃娘娘有点胆战心惊的。

她看中的是卫大将军手里的雄兵与权势,所以才让自己的儿子想办法定下卫箬衣。适才让萧晋安陪着卫箬衣在红叶院里走了那么一遭就是传递一个信息出去。

可是现在这种状况,她就不得不再想想了。

卫大将军的权势固然重要,但是身为皇子妃,最起码的礼数也是需要周全的。卫箬衣的容貌是没有问题的,她见了大梁朝这么多贵女,没有几个能比得上卫箬衣这等容光,但是这品行方面就另当别论了。

“听闻你之前离京受了点伤?可是真的?”宸妃娘娘故作关切地问道。

“是真的。”卫箬衣忙不迭地点头,随后神秘兮兮地小声对宸妃娘娘说道,“臣女撞了脑子呢!”

在场众人皆……

这姑娘是缺心眼吗?她故作神秘,却不知道房里的人都听到了!

萧瑾忽然很想笑。

你是真傻啊！

撞了脑子这种事情也到处乱说，唯恐别人不知道你是个傻子是不是？

不过不管刚才多生气，萧瑾倒是被卫箬衣刚刚那“痴迷”的注视将心间蕴起的怒意给弄得有点烟消云散开来。

其实就连萧瑾现在都有点看不明白卫箬衣了。

若是她真的看中了萧晋安，刚才为何要当着宸妃娘娘的面那般看自己？难道她不知道宸妃娘娘单独将他叫来的目的所在吗？

萧瑾定了定神，想了想，倒是有点失笑起来。

适才他一进来，见到她难得摆出一副大家闺秀的模样，就莫名地气上了，却是忘记了她为何要换上这么一身衣衫，她原本穿的可是另外一套，脸上的脂粉也是刚刚才冲洗掉的。如今回头一想，萧瑾觉得其实卫箬衣根本就无心萧晋安，更不想入了宸妃娘娘的眼，所以才会这般装扮，只是被陈小姐那横插了一杠子，才换回了这身装扮。

那她刚才还在外面和萧晋安说不认识自己！萧瑾只是转念想想，倒也想明白了，倒不是她表里不一，而是她真正地想和自己撇清关系。

既然想撇清关系，刚才就不要在大家的众目睽睽之下再度对他流露出那么“痴迷”的目光。当他是什么？有用的时候就抓来利用一下？

萧瑾目光之中的暖色骤然消失，他长这么大，最恨的便是被人利用。

小时候的记忆在触及到“利用”这两字的瞬间，便如同暗潮一样翻涌起来。

萧瑾稍稍地换了一个姿势，手暗自在袖袍之下捏成了拳。

他已经努力去遗忘了，那种不好的记忆会在不经意的时候涌动出来。

萧瑾的目光有点阴沉，只是他稍稍地偏过脸去，掩饰掉了自己的不安。

宸妃娘娘已经很想跳脚了。

哪一家的贵女能得了她的青眼不是恭顺有加，文雅端庄，只恨不得将自己最好的一面展露出来，生怕出一点点的错漏，会惹了自己不喜。偏生就遇到卫箬衣这么一个不按常理出牌的家伙。

真不知道自己那个表弟卫大将军到底是哪一根筋搭错了，怎么会教养出这样的闺女，还宝贝地和什么一样。

忍！

宸妃娘娘按压下心头的怒意，微笑了起来。“是吗？那现在应该是全好了吧。”

“也没全好。”卫箬衣憨直地一笑，“有的时候还会犯糊涂，臣女很多事情都不记得了。所以臣女要是说错了什么，做错了什么惹得宸妃娘娘不开心了，您老人家可千万别和臣女计较。臣女这脑子是真的有点不太好使。”她说完还咧嘴嘿嘿一笑。

这回就连上了年纪的拱北王妃都有点憋不住想乐。

卫箬衣这孩子倒是有趣，这一句话就又将宸妃娘娘的后路给堵上了。

谁会真正和一个坏了脑子的姑娘一般见识。况且，宸妃娘娘素以贤德之名传天下，更是不会和一个撞了脑子的县主去斤斤计较了。

这是脑子坏了吗？

拱北王妃目光晶亮,上下地好好地又审视了卫箬衣一番。就见她眼睛眨都不眨地看着宸妃娘娘,一脸的讨好与憨厚,倒是真没看出任何破绽来。

其实,卫箬衣说的真是实话!

她什么都不知道可不就是和脑子坏掉了没什么区别,她是真心不想让宸妃娘娘和她计较什么?她不想嫁入皇家是真,但是也不代表要一天之内将宸妃娘娘给得罪完,是人说话总要留几分余地吧。

所以,她特别特别真诚地希望宸妃娘娘不要和她计较。

瞅她的小眼神便知道了。

宸妃依然保持着一贯的微笑,但是眼神却是有点阴晴不定起来,只是她素来掩饰得好,旁人无从察觉。

"宸妃娘娘,"以免宸妃挂不住,拱北王王妃开了口,"臣妇倒是真的很喜欢崇安县主,如今崇安县主在臣妇的家中受了伤,臣妇想留崇安县主在王府住上两日,等伤养好了,再由臣妇亲自送崇安县主回紫衣侯府,并登门拜谢,也算是偿还崇安县主对玉儿的施救之恩,还望宸妃娘娘恩准。"

WHAT?ARE YOU 开玩笑?

卫箬衣一听有点炸毛了。她为什么要住在这里啊?从这里回大将军府才几步的路啊?她是腿脚不方便,又不是残废了,再说不是还有丫鬟什么的吗?就是抬都能抬回去了。

"嗯。如此也好。"宸妃娘娘扫了萧瑾一眼,见他低着头,神情不明。

"多谢宸妃娘娘恩准。"拱北王妃欠了一下身。

卫箬衣不开心了。

凭啥她住在哪里需要受别人的摆布,她真不明白拱北王妃非要安排自己住在王府又是一个什么意思?

算了,她现在是人在屋檐下,不得不低头。人家三言两语地就将她的去留给定下来了,也容不得她有什么可反驳的。

万恶的旧社会!卫箬衣在心底暗骂了一句。

她今天作死作得已经够多的了,要是在住哪里的问题上再和宸妃娘娘起什么争执,倒也是不值当。

虽然,她爹是卫大将军,她是可以在燕京城的街头横着走,但是在这些人面前多少还是收敛点。她那爹已经够招黑的,别没的再添上她这一笔。

"是。全听娘娘和王妃的。"卫箬衣只能顺从地笑道。

拱北王妃是个行动派,马上就派人引了卫箬衣下去休息。

卫箬衣这才有点明白过来,她能这么快从宸妃娘娘那边脱身,倒是要谢谢拱北王妃了。不然的话,她还不知道要在宸妃娘娘的跟前杵多久才能从那里面逃出来。

心底对拱北王妃多了一点点的感激之意。说什么她救了人家的孙子,那就是子虚乌有的事情,人家却还真的伸手拉了她一把。

由拱北王妃出面邀约,又得宸妃娘娘的恩准,怎么说卫箬衣这一回也算是在众多贵女面前露了脸面了。其他人何曾有这等的荣耀。

陈家那个小姐听闻了这个消息之后，气得差点要去撞墙。

那卫箬衣不知道是走了什么狗屎运了，竟然处处有人帮着。

等在拱北王府住下了，卫箬衣才和王府里面的下人打听了一下，老拱北王十多年前已经将爵位给了自己的儿子，离开了燕京城出去云游天下。现任的拱北王便是萧玉的爷爷，拱北王妃自萧瑾住进拱北王府之后就一直照顾着萧瑾。萧玉的父亲身体不好，母亲又死得早，所以平日里比较粘着萧瑾。

哈，这下好了！

卫箬衣拿头轻轻地撞着床柱子。

她要是知道萧瑾也住在拱北王府，说什么也要拦住宸妃娘娘，不让她点头……

如今却是没了反悔的余地，宸妃娘娘金口已开，她若是不安稳地住下来等到伤好，便是抗宸妃娘娘的懿旨不遵。

人生啊，果然到处都是坑，她好不容易才从一个坑里爬出来，这就马上掉进另外一个坑里。

想着自己要和萧瑾住在一个房檐下，卫箬衣浑身的皮肉都在隐隐作痛之中。

卫箬衣了无生趣地拉住了绿萼。“你快看看我脸上有什么？”

绿萼仔细地端详了一下卫箬衣。“县主容光焕发，什么都没有啊。”

“我脸上都写了那么大的一个衰字了，你都看不出来？”卫箬衣吃惊道。

绿萼低叹：“县主，你这是又发病了吗？”

拱北王府有人去紫衣侯府送信，说了情况。老夫人在得知自己孙女只是受的皮外伤之后，就变得乐呵呵的，自己的宝贝孙女得了这么大的荣耀，在拱北王府住下，这是好事，马上就找人回了拱北王妃，烦请她多多帮忙照顾一下卫箬衣。

兰姨娘顿时坐立不安起来。

她猜不透卫箬衣到底有没有入了宸妃娘娘的眼。思来想去，她决定带着卫兰衣赶紧去一次拱北王府。

她和刚刚来送信的王府众人打听过了，宸妃娘娘今日得了陛下的恩准，会在拱北王府用过晚膳再回宫。所以，这会子是肯定在拱北王府之中。

事不宜迟，这是机会，若是不抓住了，被卫箬衣事事占先，卫兰衣想要出头就不知道等到什么时候了。

她让府中的丫鬟随便收拾了两件卫箬衣的衣物和随身之物，又叫卫兰衣换上了之前做好的那套衣裙，用最快的速度装扮了一番，马上坐上了马车朝拱北王府赶去。

兰姨娘要借着给卫箬衣送衣服的借口，怎么也要让卫兰衣来试上一试。

她知道自己的身份地位是万万不可能直接去求见宸妃娘娘的，但是拱北王妃现在肯定是和宸妃娘娘在一起，她这一路上便盘算了一番：打着求见拱北王妃的旗号，只要能见到拱北王妃，就多半能见到宸妃娘娘。

她在马车里再度审视了自己的女儿一番，瞧不出任何不妥之处，这才稍稍地放心。

只是给她的时间太短了，不然她还能让自己的女儿比现在看起来更加的完美。

她是打着来给卫箬衣送换洗衣服，顺便看看伤势的旗号去的，老夫人自是拿了自己的名帖给她。兰姨娘的分量不够，但是老夫人是朝廷敕封的一品侯夫人，那品阶却是足足的。有了紫衣侯老夫人的帖子在手，兰姨娘一路畅通无阻地进入了拱北王府。

她料想的不错，拱北王妃正是陪着宸妃娘娘在说话。

等守在院子外的宫女将紫衣侯老夫人的名帖送上来的时候，拱北王妃就问了一句："是老夫人来了吗？"

"不是，是紫衣侯府上的一个姨娘。老夫人身子不爽利，歇着呢。那姨娘还带着一名紫衣侯府上的姑娘，说是崇安县主的妹妹。"宫女回道。

"哦，那就让她们暂时去偏厅等候。"拱北王妃一听老夫人没来，就点了点头，说道。

"慢着。"宸妃娘娘却是缓缓地开口，"让她们进来吧。本宫素来只见过崇安县主，却是没见过她的妹妹们，听闻紫衣侯府的姑娘们个个都样貌出众。崇安县主已经是姿容不菲了，本宫今日倒是想见见她的妹妹生的是个什么模样。"

宸妃娘娘都开口了，其他人哪里有不让的道理，拱北王妃马上就叫人将兰姨娘和卫兰衣给请进来。

16 落落大方的卫兰衣

卫兰衣是有点小紧张的。

因为上面有一个卫箬衣压着，不管是过年还是宫中有饮宴，老夫人和卫大将军带出去的总是卫箬衣。她们这几个庶出的妹妹几乎没有机会来这种地方见世面。

不过母亲未入大将军府的时候曾经见过点场面，没事的时候便会说给她听。

她亦是托母族之中其他的姐妹请来了各式各样的人教授她琴棋书画、宫廷礼仪，其中更有几名从宫里出来的老嬷嬷。她知道母亲的心意，今日便是一个机会，她能不能人前露脸就看这回她会不会抓住机会了。

她稍稍地抬眸看了一眼母亲，察觉到她的额角在这种天气仍然渗出了一点点细密的汗珠来，便是知道她比自己还要紧张。

卫兰衣稍稍地拽了一下母亲的衣角。兰姨娘转眸看向自己的女儿，见她朝自己微微地一笑，便是会意。

如此贴心的女儿，即便为她筹谋更多亦是甘心情愿的。

进去通传的宫女出来，福了一下。"两位随奴婢来吧，娘娘让你们进去说话。"

兰姨娘悬着的心终于落了一半，心底掀起了一阵狂喜。她刚才紧张得要死，生怕是拱北王妃知道她只是一个姨娘的身份便叫她们去偏厅恭候着。

兰姨娘已经恨死自己这个身份了。

再度端详了一下自己的女儿，她这才深吸一口气，带着卫兰衣走了进去。

华堂高坐，几名贵妇单就这份气度就已经足以震慑住小门小户的妇人了。

卫兰衣敛眉碎步，紧跟在母亲的身后，不住地提醒自己，千万不要出错。

行过礼后，宸妃娘娘叫了平身。

她直接将目光越过了兰姨娘，落在了卫兰衣的身上。

那姑娘俏生生地站着，肩平腰直，虽然是一副恭顺颔首的模样，倒也一点都不畏缩，似乎是经过了不少的训练。只是她低着头，看不清容貌，不过身上的穿戴倒是自己喜欢的样式，看起来清爽干净，又带着几分娇俏。

"你是紫衣侯府的兰姨娘？"宸妃缓缓地开口。

"是。"兰姨娘忙应了一声。

"哦。你的长姐乃是安国公夫人，本宫没记错吧。"宸妃娘娘笑问道。

"娘娘真是好记性。妾身的长姐当年正是嫁给了安国公世子，如今是安国公夫人。"兰姨娘又应道，心底却是如同打翻了调味铺子似的，酸苦辣咸混在了一起，就是没有甜。

如果她是嫡出，国公夫人的名号又怎么会落在她的长姐头上，同样都是侯府的小姐，她哪一点比长姐差?

她的人生已经如此,但是女儿的才刚刚开始。

“本宫未入宫以前,倒是与你长姐一同出游过,如今年纪大了,反倒是生分了。”宸妃娘娘笑道,“你身后的便是你的女儿吧?”

“是。”终于问到点子上了,兰姨娘的心一皱,躬身说道。

“来,上前,抬起头来让本宫看看。”宸妃娘娘略抬了一下手,召唤道。

心若狂喜啊!兰姨娘在这一瞬间,手心都出了汗。她心心念念的机会终于来了。

卫兰衣朝前走了两步,缓缓地将头抬了起来。

见过了卫箬衣的姿容艳丽,如今这卫兰衣抬眸,高坐上的几位贵妇们倒也不觉得有什么惊艳。不过这姑娘气质甚好,被这身衣饰衬托得,如同空谷幽兰一般,濯濯清雅,带着一股子不骄不傲的气息。

拱北王妃眸光轻闪,笑道:“都说紫衣侯府上的姑娘都是美人儿,今日见了,才知道这传闻一点都不假。看看这姑娘,这副清雅秀丽的模样,还真是叫人看着赏心悦目。”

得了拱北王妃的夸奖,卫兰衣有点不好意思地稍稍一垂头。她垂得颇有水平,即显示了她的羞涩与谦和,又换了一个角度展露出了她的美感来。

卫箬衣那厮在家里都是大咧咧的,一副少教养的模样,出了门更是仗着自己是紫衣侯嫡女,崇安县主的身份,咋咋呼呼,眼高于顶。卫兰衣自觉自己这番表现,与卫箬衣比起来,应该更能得了人家的欢心。

“真是不错的人儿。”宸妃娘娘笑道,“本宫一看就觉得喜欢。你今年多大了?”

“十三了,过了年便是十四岁。”卫兰衣笑道。

“哎呦,瞧瞧这年纪,真真的花儿一样,”拱北王妃笑道,“这声音真好听,就跟黄鹂鸟似的。”

“可有许人家?”宸妃娘娘又问道。

卫兰衣的面容上顿时就起了一层红云,淡淡的,如同飞霞薄雾,更增了几分丽色。

“回娘娘的话,”兰姨娘道,“不曾。家中崇安县主尚未安定,自是轮不到其他的姑娘。”

她这一句话可是一语双关。崇安县主霸道!她不定下,其他人哪里敢动?

“崇安那个皮猴子啊,还没定性子呢,许是再过一岁看看,能不能将那性子给收收。”宸妃娘娘笑道。

兰姨娘一听,狂喜!

若是宸妃真的看中了卫箬衣,便不会这么说了!

只要卫箬衣没被看中,卫兰衣就有机会,她今日这个宝是押对了。

“崇安不是受伤了吗?这样吧,既然她的妹妹也来了,不如就索性一并留下来照顾崇安。王妃觉得这样可好?”宸妃娘娘说道。

“好!好!好!”宸妃开口,拱北王妃哪里有拒绝的道理,“有个熟人在眼前,崇安县主更是能住得自在些。”

这是天上掉馅饼的节奏啊!

兰姨娘若不是因为现在情势所迫,真心能乐得跳起来。

“那便是多谢宸妃娘娘恩典,多谢拱北王妃了。”兰姨娘马上行礼。

“行了,你们去瞧瞧崇安县主吧。她可是伤得不轻。”宸妃笑道。

兰姨娘带着卫兰衣告退出去,一路拉着自己的女儿的手,紧紧得拽着。身边有引路的宫女,她不能说什么,但是她激动的心一直都不能平复下去。

宸妃娘娘将卫兰衣也留下,这便是高看了卫兰衣一眼了!

打从卫箬衣离开了观叶楼,萧晋安与萧瑾也都从里面告退出来,所以兰姨娘带着卫兰衣过来,并没见到他们兄弟二人。

此时,萧晋安正拉着面无表情的萧瑾下棋。

棋盘上棋子黑白分明,正在缠斗之中,稍有不慎,落错一子,便有全军覆没之危。

纵然萧晋安开始并没将自己这个弟弟的棋艺放在眼底,此时都不得不打起精神来,小心应对。

他经过再三思量之后,放下一子,随后抬眸看向了萧瑾。萧晋安忽然发现,他对这个五弟竟然知之甚少,只知他入了锦衣卫,干了刀口舔血的营生,却不知道这冷漠的外表之下,竟也有一种慎思缜密的心。

“五弟这棋艺是跟谁学的?”萧晋安忍不住开口问道。他对自己的棋艺尚有几分自信,如今萧瑾能步步紧逼,将他围堵在一隅,棋艺绝不在他之下。

“子雅堂兄。”萧瑾头都没抬地说道,随后直接落下一子,萧晋安的脸色就有点变了。这一子落下,竟是堵住了他所有的退路,唯有一条路可以冲杀出去,可是前面便有大片黑子压境,即便是他突围,只怕也是落入敌手,全盘覆灭。

萧晋安凝眸沉思,良久,他轻叹了一声:“胜负已分,五弟技艺超群,为兄佩服。”

“并不是我下得好,而是你心思并不在棋盘上。”萧瑾淡淡地说道,“子雅堂兄虽然教我下棋,可是他身子骨向来不好,我也不敢多劳他心神,平日里不过就是自己和自己博弈罢了。四皇兄的棋艺是经过高人指点的,你输给我,输的不在技艺,而是在心。”萧瑾将棋盘一推,这才抬眸说:“四皇兄,意不在下棋,却一直拉着我坐在这里,应该是有事情要问。还是问吧。若是我能答得出来,必定据实以告。”

何必这样猜来猜去呢。

适才那盘棋,起手他就带着一丝的轻慢,只是被自己逼得狠了,才定下心来,可惜起手局势已经破了,以后再怎么挣扎也无力回天。他的心思根本不在下棋上,期间,萧瑾虽然一直没有抬眸看萧晋安,却知道萧晋安不住地在看他。

他自离开皇宫之后,只有逢年过节才会入宫给父皇请安,见到自己兄弟的机会少之又少。若是说他与皇家有什么关系,除了这身体里面流着的血脉,其他的大概也没剩多少了。

如果不是因为卫箬衣那个臭丫头,他现在还隐姓埋名蹲在锦衣卫,并无人知道他的真实身份。

“五弟如今年纪也不小了,我记得我与五弟同年,不过就早五弟半年出生罢了。五弟如今也已年满十八,可曾想过终身大事?”萧晋安试探地问道。

卫箬衣是满大梁朝地吵吵着要嫁萧瑾,但是萧瑾素来都敬而远之。适才卫箬衣觐见,他的母妃特地将萧瑾也叫了过去,他仔细地看过了,萧瑾对卫箬衣的态度似乎并非传闻之中那般，即便眼神之中带着浓郁的厌烦之意，但是萧瑾不觉得他有点太过关注卫箬衣了吗？

若是真心厌恶一个人，便是连看都懒得多看一眼。

“这种事情我们能自己决定？”萧瑾嘴角稍稍一勾，似有若无地冷笑了一下，“即便是四哥，不也要遵从宸妃娘娘的安排？”

今日这大会便是因此而举办的，谁都心知肚明。

萧晋安脸上温和的笑容稍稍地一滞。“终身大事，自古都是父母之命，媒妁之言，违背不得。”

萧瑾不置可否，懒得接话了。

萧晋安目光深邃，他本意欲探听萧瑾的口风，无奈这弟弟竟是回答得滴水不漏。

“那五弟可想回宫居住？”萧晋安问道，“若是五弟有这种心思，为兄可以禀明母妃，让母妃和父皇说说。”

萧瑾在心底冷笑了一声，但是脸上依然冷漠如常。“多谢四哥的关心。这么多年，我住在拱北王府已经习惯了，骤然回宫唯恐不适，再加上我在锦衣卫尚有公职，若是回宫也多有不便。”

如果是真的关心他，都这么多年了，难道宫里人就想不起还有一个皇子是住在宫外王府的吗？

宸妃娘娘那边，他是再也不想去了。

小的时候，陛下曾经让宸妃教养过他。

他那时候虽然是只有三岁，但是已经记事了。他年纪小，依赖自己的母亲是正常的事情，哭闹着要找生母，只要他一哭，宸妃娘娘便会将他所住的宫殿四门紧闭，派了太监围成一圈，将他围在中间，不伸手，更没人出声，就这样死气沉沉地看着他。

宫门紧闭，不点灯火，那种半暗不明的环境之中，森然恐怖油然而生，他到现在都还记得那些太监们死死盯着他的眼神。

呵呵，都说宸妃娘娘贤德，这便是她的贤德了，竟是叫人有口说不出。即便他想要去陛下面前告状，也想不出什么理由可说的，人家不打不骂，给吃好的，穿暖的，什么用品都是让他先选，选剩了的，再给自己的儿子，也就是现在坐在他对面的四哥。

陛下能看到的便是这些，看不到的呢？

谁会相信一个口里哭着喊着要母亲的小孩子的话语。

他偷偷地跑出去很多很多次。

可是宫门深幽，永福宫里戒备森严，内有嬷嬷、太监、宫女看护，外有侍卫把门，他一个孩子，怎么可能在这么多人的眼皮子之下还能跑得出去？

他那时候个子不高，就是永福宫大门的门槛也是要靠爬的才能翻出去。

若非永福宫的宫人得了宸妃娘娘的暗中授意，就凭他？呵呵，再过两年都出不去。

偏生每次他跑出去，哭得最厉害的还是宸妃娘娘。

陛下气急，每次找他回来都想要给他两巴掌，也是宸妃娘娘死死地拉住陛下的手，将他紧紧地护在身后。

那时候他尚心存一份感激。

现在想想，自己也就是小时候人呆，好骗罢了。

总之，那个皇宫，他是不想再回去了，那里面的人表面都是玉屏花开，富贵吉祥，但是背地里是个什么面容，大概这世上没有人比他更能体会和领略到了。即便是他的亲生母亲，为了达到自己的目的，也曾经那样地伤害过他。

试问那种地方，他既然已经出来，又怎么会一头再栽回去！

萧晋安从萧瑾那边问不出任何的口风，便也只能作罢，告别离去。

兰姨娘将卫兰衣送到了卫箬衣现在落脚的芙蕖小筑。

卫箬衣正翘着腿半靠在软榻上啃鸡腿，那鸡腿是她刚刚打发了绿萼出王府去买的。

快要饿死她了好吗？

这里是拱北王府，又不是紫衣侯府，她总不能开口就问人家要吃的吧。

秉着自力更生、丰衣足食的优良传统，卫箬衣干脆不求人家，反正绿萼出门带钱了，买就是了。

见有人进来，卫箬衣唯恐是拱北王妃，一着急，直接将鸡腿插到了自己和软榻之间，用身子挡着。

胡乱地一抹嘴，将嘴里的肉咽下去，又将油光光的手在裙子上蹭了一下，卫箬衣马上闭眼装娇弱。要是让她起身行礼就麻烦了，屁股后面还有一个啃了一半的鸡腿呢。所以娇弱一点，即便是她“挣扎”着想要起身，人家王妃也不好意思是吧，势必要将她按下，那鸡腿就不会露馅了。

“县主，您家里来人看您呢。”拱北王府的侍女前来通禀，卫箬衣这才睁开了眼睛，妈呀，吓死她了，还以为是王妃来了呢。当着人家主人的面，在人家家里啃自己买来的鸡腿，这真是有点不太好，这不等于变相地说人家不给你吃的吗？这是在打脸知道不？虽然人家是真的没给……

倒是她自己吓唬了自己一通，现在太阳才刚刚有点西沉，拱北王妃应该还在陪着宸妃娘娘呢。

毕竟相亲大会要到饭后才会真正结束。

见到兰姨娘和卫兰衣，得知宸妃居然见了卫兰衣还让她住在这里陪自己，卫箬衣的眼睛就瞪得更大了。

“长姐是不欢喜我来陪你吗？”卫兰衣小心翼翼地问道，她不安地拧着自己的衣角。

“不是。”卫箬衣摇了摇头，随后眨了眨眼睛。

真是防不胜防啊！

兰姨娘好本事！

这都能见缝插针地将卫兰衣给带来，还能见到宸妃娘娘！就连卫箬衣都忍不住默默地在心底竖了一下大拇指了。

胭脂水粉的事情，她还没和她们算账呢，虽然目前没有证据说是兰姨娘做的，但是如果她出事，受益最大的是谁？呵呵了。

一会她要和绿萼还有绿蕊说道说道，自己家东西归拢好了，可千万别让卫兰衣累着，要是让卫兰衣经手的东西多了，再弄点什么这个粉，那个末儿的，让自己的伤口十天半个月的都长不好，那她可就要在这里长长久久地住着了，卫兰衣岂不是可以长长久久地在王府陪她？

不是她小人，而是兰姨娘实在是有点不让她放心。

“你来也行，我正愁在这里不认识谁，人生地不熟的呢。”卫箬衣笑道，“你住哪里？王府可有安排？”

“适才王府的管家说就让我住在这个院子里，方便照顾你。”卫兰衣忐忑地说道。

她这个长姐十分的不靠谱，若是真的因为不喜她住在这里，闹起来，她的脸面上也过不去。

“你素来喜欢清静，我那么吵！”卫箬衣果然蹙眉说道，“你和我住在一起，只怕不妥吧！”

“长姐……”卫兰衣顿时一副泫然欲泣的模样。她本就生得清雅秀丽，这一委屈，如同沐了风雨的小兰花一样，楚楚可怜的。

卫箬衣顿时牙疼起来。

她摸了摸自己的下巴，和卫兰衣这小模样一比，自己果然有点小说里那人见人烦，鬼见鬼厌的恶毒女配的模样了。

她就是不想和卫兰衣住在一起啊，凭啥啊！住在一个院子里，自己一举一动都要在卫兰衣的眼皮子下面，那多缩手缩脚啊，虽然她也不想干吗，但是也不喜欢卫兰衣在一边虎视眈眈的。

再说了，卫兰衣来不就是想在拱北王府和四皇子的面前多露露脸吗？

她露脸是她的事情，别扯上自己来当陪衬。

就拿刚才来说，自己和卫兰衣那委屈的模样一比，是个男人都会对卫兰衣心生怜惜。

呵呵，想拽着自己来衬托她的娇弱文静，没门！就不给你这个机会！

说她霸道便是霸道了，爱咋咋地吧！

“县主，这是拱北王府，只怕容不得县主这样。”兰姨娘忙帮腔道。

卫箬衣横了兰姨娘一眼，兰姨娘顿时噤声。她是什么身份，她明白，即便她是卫箬衣的长辈，但是卫箬衣有封号在身，她却只是一个姨娘。

王府总管成公公见到这种情况，知道是崇安县主不喜和人住在一起，忙上前抱拳行礼。“是奴才安排得不妥。隔壁的院子尚且空置着，没有人住，让二小姐住进去便是了。离这里也就一墙之隔，也是十分方便的。”

“多谢成公公体谅。”卫箬衣朝着拱北王府的这个总管太监微微地一笑，“若是王妃问及，你只管说是我睡觉打呼，会闹得二妹休息不好便是了。”

成公公闻言嘴角一抽，还是敛眉应了下来。

兰姨娘将从家里带来的衣服都放下，这才陪着卫兰衣在成公公的带领下去了隔壁的院子先将卫兰衣安置下来。

等人都走光了，卫箬衣这才将被她藏在身子后面的鸡腿拽出来。白瞎了她半个鸡腿了！卫箬衣长叹了一声。

兰姨娘不能在王府久候，只能在成公公看不到的地方拉着卫兰衣耳语了几句，随后马上告退出去。

日暮西垂，王府里的下人们纷纷将早就悬挂在红叶院树上、回廊下的各色彩灯点燃，华灯初上,夕阳余晖,这红叶院更显得一派祥和繁华。

时不时的有丝竹之音夹杂着些许的笑语从红叶院中飘过来。

卫兰衣站在院子里翘首以望,却是什么都看不到,只能看到层层的屋宇房脊。

房门打开,卫箬衣在绿蕊和绿萼的搀扶下换过了一袭衣裳出来。

“想去?”卫箬衣斜靠在门口,看着正在翘首之中的卫兰衣,缓声问道。

卫兰衣一惊,回眸,忙转身垂下头来。“我是来伺候长姐的,哪里会去想那些。”她轻声说道。

“虚伪!”卫箬衣轻笑了一声,说道。

17 卫兰衣的心思

“我真的没有存了那种心思。”卫兰衣忙矢口否认。

卫兰衣暗自咬唇,她怎么会想到腿脚坏了的卫箬衣会忽然出现在门口,而那边传来的声响实在是太诱人了,所以她才会耐不住诱惑抬眸去看,真是太大意了。

只是适才她回眸瞥见卫箬衣已经将身上的衣裙换过来了,而且她进来的时候看到门口停了一顶小轿,多半就是来接卫箬衣的,这里离红叶院并不远。她是过来陪伴长姐的,这是宸妃娘娘都开了口的,即便是长姐多有不愿,也应该还是会带上她。

卫兰衣一阵忐忑,但是还是坚定地上前,对卫箬衣身侧的绿蕊一挥手。绿蕊只能将自己的位置让出,由卫兰衣搀扶住卫箬衣的手臂。

天光尚未全数暗沉下来,如果现在过去,正好能赶上宴会的开始。

她今日的装扮素且雅,刚刚她又重新整理了一下妆容,应该是能见人的。卫兰衣心思飞快。虽然她不曾见过四皇子殿下,但是跟着长姐是一定会见到的,到时候只要见机行事,便能给人留下一个深刻的印象。她如今已经在宸妃娘娘面前露了脸了,若是能让四皇子殿下多看她两眼,这事情没准会成。

“对了。”卫箬衣任由卫兰衣搀扶着,她的确是要去红叶院,适才王府里面的人过来请,还备了软轿停在外面,基本上不需要她走,她端详了一下卫兰衣,“适才姨娘还带了不少首饰过来,我看着都挺喜欢的,有两枚我瞧着摇摆不定,不知应该更偏爱哪一枚,妹妹帮看看?”

宸妃好素,卫箬衣却是喜欢金光灿灿的主儿,为了让卫箬衣陪衬自己的女儿,兰姨娘即便是在那么仓促的时间里还是不忘抓了一大盒子的各种首饰送过来。卫箬衣只是看看兰姨娘送来的东西便知道她的心思。

“嗯。”卫兰衣温柔地点了点头,这才露出了几分笑意。

“三妹笑起来真好看。”卫箬衣赞道,她随后又对绿蕊说道,“去将那两支步摇拿来。”绿蕊应声折返。

卫箬衣尚有一庶出的兄长,所以在府上,她被尊称为大小姐,卫兰衣她们则是从老三开始排行。王府众人不知,适才成公公唤卫兰衣为二小姐,却是唤错了,只是卫箬衣也懒得纠正他,谁叫她那位庶出的兄长存在感实在太低,卫箬衣到家好几天了,都没见过。

绿蕊很快就出来,手里捧着两枚金光灿灿的步摇。

“喜欢哪一个?”卫箬衣对卫兰衣笑道。

“这枚吧。”卫兰衣几乎是想都不想地就选了其中最为耀眼的绕金丝嵌红宝石白玉楼台步摇,硕大的一枚,用极细的金丝捆缚出楼阁的造型,下面又有白玉为云,红宝石点缀,造型十分的夸张,华丽无比,一看便是不知道耗费多少人工才能做成的一枚步摇。步摇下密密的流苏垂挂,还十分匠心地被做成了小铃铛缀着,行走间,金铃相互碰撞,会发出清脆的铃声,东西是好东西,只是太过华丽了。

“你确定喜欢这枚?”卫箬衣捻起了那枚步摇,勾唇一笑,轻轻地挑眉。

“是。”卫兰衣点了点头,长姐让她帮选,她肯定会选最戳人眼球的。

真是不负众望啊!卫箬衣在心底叹息,若是这姑娘真心实意地说一声,其实长姐现在的装扮已经够华丽的,不需要再锦上添花,她也会真心实意地将这姑娘带去宴会上。卫箬衣对那个什么宸妃娘娘,四皇子一点兴趣都没有,她也一点都不介意卫兰衣出风头,甚至是盖过她,她都不会有什么嫉妒之心,大家目标不一样,没什么好攀比的。但是这姑娘却是实心实意地和兰姨娘走一条路,卫箬衣就不得不稍稍地敲打一下她了。

“既然妹妹喜欢,那长姐就送你。”卫箬衣笑得甚是甜美,“妹妹来王府照顾姐姐,你看我这也没什么能拿得出手的。喜欢你就戴上,跟我进红叶院,保管受到万人瞩目。”

卫兰衣的笑容骤然凝结,小脸都有点白,到底是年轻,哪猜到卫箬衣是个不按常理出牌的主儿!她是真的把脑子撞坏了吧!以前的卫箬衣小气又霸道,即便她那边好东西都可以堆成山了,也万万不可能将这种东西送给别人。因为在卫箬衣眼底,她就是独自尊大的。

“不不不。”卫兰衣忙推辞,“长姐,这么好的步摇自是长姐的身份才能配得上。”她今日这一身都是经过仔细装扮的,处处细致,恰到好处,若是真的被这么一枚步摇插在发间,她还要不要见人了?这就好像原本应该插梅花的素白细颈水净瓶里被人插了一大朵牡丹,不能说不好看,但是不相配,而且头大身子细,给人一种摇摇欲坠的感觉。

“怎么?”卫箬衣沉下了面容,“这么不给长姐面子?不是你刚才说喜欢的吗?”

卫兰衣顿时噎住,有口难辩。她是说了喜欢,不过她以为是替卫箬衣选的,哪里知道将自己给绕进去了。现在说不喜欢,不是自己搬石头砸自己的脚吗?

“不敢,很喜欢,只是觉得这枚步摇更配长姐。”卫兰衣都有想哭的冲动了。

“你看我这叫忍痛割爱啊。”卫箬衣这才展唇一笑,说道,“我对你多好!”

这叫好?……卫兰衣有口难言,只能默默地吃下了这么一个哑巴亏。

“来,绿蕊,替妹妹戴上,戴牢一点,免得一会走来走去地走掉了那就不美了。”卫箬衣笑成了一朵花。

绿蕊“嗳”了一声,欢快的接过了步摇,替卫兰衣牢牢地戴在了发间。她是卫箬衣的侍女,可是看不上兰姨娘平日里坑自己家主子的样子,偏生她只是个奴才,有些事情看在眼底却是不能说出口,现在好不容易抓住一个机会可以坑回去了,她哪里肯放过,自是尽心尽力办得漂漂亮亮的。

原本清雅秀丽的发髻,点缀着小巧的兰花簪,忽然被这么大一枚楼台步摇插上来,还插得不左不右,不偏不倚,简直诡异得叫人发笑。偏生那楼台步摇的流苏下还缀着纯金制成的小铃铛,行走间,叮叮咚咚地响,真是想低调都低调不起来。

卫兰衣欲哭无泪。她今日精心装扮的一切就这样被一枚步摇给毁了,这步摇还是她自己选的……

“不错不错。真耀眼!”卫箬衣偏生还补了一刀,“这下妹妹走到哪里都是惹人注目的焦点所在。”

卫箬衣见了卫兰衣那样子,也是暗笑到了内伤。

好好地相处不好吗？非要搞点小动作出来。她若是不适时地回击一下,还真以为她是吃素的。

她插刀小天后的诨名也不是白叫的。

卫箬衣是没有害人之心,不过也不代表随便谁都能到她脑袋上来踩一下。

她的身份高过卫兰衣不知道多少,叫卫兰衣戴着,卫兰衣也不能不从,这便是身份上的碾压了。

原著里面的卫箬衣其实是捏了一手好牌的,只是被她自己给打坏了。

小轿抬着卫箬衣去了红叶院,卫兰衣自是跟随着,离红叶院越是近,适才满怀的期盼就越是变成了想要逃走的冲动。卫兰衣死咬着下唇,如今她这样子哪里能见人！不伦不类的样子,还不如卫箬衣那样素性一身金光璀璨呢,是够俗的,胜在和谐。

果然,她们这姐妹两个一进去,便是极其惹人瞩目的。

宴席已经摆开,就在各色花灯树下,厚毯铺地,即便是秋夜风寒,每隔几步便有取暖用的鎏金双耳炭炉摆放,驱散了夜间的寒气。大家尚未落座,而是三五成群地聚合在一起说笑着。如今大家的目光全数落在卫箬衣和卫兰衣的身上,小扇遮面,任是谁见了这姐妹两个的装扮都不免低眉轻笑。尤其是在看到卫兰衣的时候,那笑声就更大了一点。

她们从没见过卫兰衣,今日的事情大家却是都听说了,知道卫家又来了一个庶出的小姐陪伴受伤的卫箬衣,是以对她特别的关注。有那么一个闻名整个燕京城的长姐,不知道卫家其他的姑娘是个什么样子,如今一见下来,简直让人“大开眼界”。

卫箬衣扫视了一下,昂首朝前,她是不怕人笑的,她本就是一个穿越来的人,用了这么一个不尴不尬的身份,也不需要太过粉饰自己,清者自清。但是卫兰衣却是不行。

她曾经无数次想象过自己第一次出现在这种场合的景象,即便她不是其间最美的,但是至少也不差啊。可如今,她所有的梦想都似乎被头上的那一枚步摇给击打得粉碎。她已经尽力地放缓了自己的脚步了,也竭力地低着头,但是依然能感觉到各色目光落在她的身上。

“被人瞩目的感觉如何?”卫箬衣轻声地问道,她用团扇遮盖住自己的唇,一双大眼睛却是四下滑来滑去。这扇子是绿萼非要塞给她的。卫箬衣也只能拿着,都是秋天了,非要拿着扇子在手里,真是想不明白。不过看着院子里的贵女们几乎都带着,卫箬衣也就释然了,这扇子不是用来扇风,也不是用来拍蚊子苍蝇的,而是用来遮面的。

古人好麻烦。

那冬天怎么办？卫箬衣好奇地想。

卫兰衣都要哭了,她极力地忍住心头的委屈和惊恐了,偏生这时候卫箬衣又来插刀。

这句话就好像尖刺一样直直地戳在卫兰衣的心头上,她骤然升起了无比的怨恨。

都是卫箬衣！如果不是卫箬衣,这应该是她十分惊艳的一次亮相！而现在她却沦为了旁人眼底的小丑。

卫兰衣死死地咬住自己的牙。在家中,她处处占先,事事为尊也就罢了,即便是出来,为何还要如此？明明这么好的一次机会,可是却被卫箬衣生生地给毁掉了。

卫兰衣却是忘记了这机会本就不是她的，那枚步摇本也是她刻意选了想要让卫箬衣来陪衬她自己的。

怨念丛生，卫兰衣死死地咬住自己的后槽牙，忍了又忍，才忍住了一把将卫箬衣推开的冲动。她盯着卫箬衣缀满了红色宝石的裙摆，心念飞转，她并非没有其他的机会。

思及于此，卫兰衣马上睁大了自己的眼睛，她本就心底委屈怨恨，如今眼睛里面瞬间就蕴满了泪水，梨花沾雨，泫然欲泣。

"求长姐原谅我吧。"卫兰衣后退了两步，公然在卫箬衣的身侧跪下。

众人哗然，更是瞩目而向。

卫兰衣今日穿得素雅清秀，浑身上下都带着一丝淡淡的仙气，唯独头上那一枚楼台步摇却是破坏了整个人的清丽，十分的格格不入。

被卫兰衣这么一弄，大家便都看向了卫箬衣。她一袭华丽的红色长裙，袖口与领口皆有金丝线绣成的绕枝番莲的图案，裙摆更是缀上了细碎的红宝石，奢华之中亦是光芒璀璨，夺人眼目。裙子是足够惹人注目了，但是不免装饰过多有点俗气。

可是卫箬衣个子高挑，身材又是出奇得好，姿容更是艳丽，生生将这种俗气给淡化了，却更显得她有一种张扬的美。尤其是她不笑的时候，带着一股子冰冷透人、高高在上的感觉。如今，卫箬衣就没笑，被她这么一衬，那卫兰衣更是有了一种楚楚可怜小白兰模样，惹人怜惜。

众人释然，原来那格格不入的楼台步摇是被卫箬衣愣给安上去的。众人又是一阵轻笑，有这么一个不靠谱的长姐，倒也是为难了卫府这位庶出的姑娘了。其实今日能来的都是各府嫡女，素是看不上庶出之女的，但是她们更乐于看到卫箬衣吃憋，因为她实在是嫡女界的一颗毒瘤，还长在一个恶心的位置，时时刻刻地提醒着你，却除都除不去。

哎呦？

卫箬衣一看这架势，就挑动了一下眉梢。

准备开撕了是不是？

"妹妹这是哪里的话？"卫箬衣以扇遮面，盖住了自己的唇，惊呼道，"你做错了什么？怎么我却是不知？如何原谅？"打她闷棍？素来都是她打人家闷棍的！

卫兰衣只是哭，却是不说话，她本意是想惹得大家更多的怜惜。刚才她咬牙走险，也暗中观察过，效果似乎真的不错，大家多用同情的目光来看她。她特地不说明，便是叫大家去猜想，卫箬衣那脾气是属炮仗的，还属倔驴，素来不挂不顾，旁人冤枉她，她可是会拧着来，摆出一副就是她弄的样子。

"哭哭哭，有什么好哭的？"卫箬衣却是落下了脸来，寒声说道，"别说我委屈你什么，即便是你喜欢我那枚步摇，我都忍痛割爱让给你了。你却跑来这里叫屈喊冤的，还掉眼泪，你掉什么眼泪？我那么大的一枚心爱的步摇都送你了，要掉眼泪也应该是我掉吧？你若是再哭，就回去吧。免得一会宸妃娘娘来了，传入她的耳中，惹得她不喜了。上不了台面就是上不了台面，你却先还哭上了，丢人现眼。"

卫箬衣这番话一出来，卫兰衣已经是肝胆皆裂。她原本就是想引着卫箬衣走上原来的歪路，若是以前的卫箬衣必定会翘着唇对她嗤之以鼻，她便可以借题发挥一通。

哪里知道，现在的卫箬衣居然会反唇相讥，倒是被卫箬衣给借题发挥了一回，并且说得她一无是处。能来这里的都是各家的长子嫡女,一句上不了台面却是说到各家人的心窝里面去了。不用言明,卫箬衣就将卫兰衣的身份给赤裸裸地揭开,展露人前。

便是有不少世家公子见了卫兰衣这副可怜兮兮的模样,心生怜惜,但是也不得不低叹一声,卫家的这位姑娘未免有点小气了。

便是与长姐之间有什么冲突和误会,回去关起门来说便是了,哪里有跑到这种地方说哭就哭,说跪就跪的。有道是家丑不可外扬,即便各家之中都有嫡庶不合的事情,但是谁家不是在外面的时候抹得光滑溜溜的。况且这又是宸妃娘娘主办的大会,跑来这里哭,不是真的下宸妃娘娘的面子吗?

卫箬衣虽然凶悍霸道,但是也不失了风范,看起来似乎也没那么可恶了。

卫箬衣能说这话便是抓住每个在场人的心理了。

世家们谁家不是私底下在嫡庶之间有龃龉,所以即便在外面再怎么样,嫡长还是要维护嫡长的荣誉与地位的,否则又哪里来的君君臣臣,长幼有序,嫡庶有别的说法。这就好像一排光滑溜溜的鸡蛋里面混入了一枚奇异果一样,那枚奇异果即便再怎么好吃,也是受排挤的一个。

训斥完了卫兰衣,卫箬衣见目的达到,马上话锋就一转:“行了,咱们姐妹间的事情回去再说吧。起来。”她弯腰扶住了卫兰衣的手臂。卫兰衣一惊,下意识地朝后缩了一下,仓皇地抬眸对上了卫箬衣的明眸。

“你若是想好好地待在这里,我自是会给你机会,你若是再想出什么幺蛾子,你也看到了,我能让你来,便能让你滚!”卫箬衣压低了嗓子,用只有卫兰衣才能听到的声音飞快地说道。

卫兰衣稍稍地一呆,脸色惨白。

“不想继续丢人现眼,就给我滚起来,照我的话做。”卫箬衣又飞快地加了一句。

卫兰衣脑子一片混乱,也只能按照卫箬衣的话去做,被她给扶了起来。

卫箬衣目光温柔地看向了卫兰衣,卫兰衣却是心惊胆颤地缩了一下肩膀。

卫箬衣抬手将那枚步摇取了下来,唉,等回去之后一定给绿蕊加个鸡腿!这戴得叫一个牢固,轻轻拔还拔不下来,非要用力才行。

“你若是觉得戴着这个不妥,不戴就是了。”卫箬衣柔声道,“你还喜欢吗?”她朝卫兰衣扬了一下手里的步摇。

卫兰衣忙不迭地摇了摇头,她都快有步摇恐惧症了。

拿远点!越远越好!

“你看看,说喜欢的是你,现在说不喜欢的又是你。好了,那就不送你这个了,等回家之后我再选点别的送你。”卫箬衣将步摇交到绿蕊的手上,“收着。”她曼声说道。

“是。”绿蕊都已经要笑到内伤了。

她们县主伤了脑子之后,虽然常常说些听不懂的话,做些出人意表的事情,却是越来越可爱了。这步摇虽然被嫌弃了,但是却是十分的贵重,原本就这么送给卫兰衣,绿蕊都觉得可惜,如今这步摇转了一圈又回来了,她自是乐得合不拢嘴。只是碍于场合,她只能憋着。

卫箬衣又替卫兰衣将头上的发丝抚平,整理好,这才一拍手。“看看多漂亮的一个人儿。”她摸了摸卫兰衣的脸蛋,“我就觉得妹妹如此打扮就好。”

打了一巴掌之后还是要给一个甜枣的,卫箬衣笑的甚是甜美。这姑娘是想坑她来着,但不是被她给反坑回去了吗?况且,凡事留一线,日后好相见,毕竟是要住在一个屋檐下的人,大家都姓卫。

卫兰衣已经很想吐血了!

合着闹了半天,那没眼光的人变成了她自己了,这一身的装扮明明是她自己精心搭配出来的,和卫箬衣有什么关系!

她折腾了半天,却是为卫箬衣做了嫁衣。

就连刚才那些对卫箬衣抱有不屑的人如今见卫箬衣如此的大度不免对这位以骄横跋扈名满燕京城的崇安县主另眼相看。

况且,卫箬衣生得极美,这甜甜的一笑,就好像嘴角灌了蜜糖似的,让人看着都觉得眼前生花。

随着一声“宸妃娘娘到”的唱和之声,众人这才纷纷找到自己的位置,站定,齐齐地朝着声音传来的方向行礼。

红毯之上,宸妃娘娘带着拱北王妃在四皇子和五皇子的陪伴下款款行来。

前有宫娥开道,后有侍卫跟随,端是一派皇家的气象。

等宸妃娘娘上了主座,坐下之后,她一抬手笑道:“都免礼了。坐下吧,今日本就是个放松的场合,若是都这么拘谨反而不美了。”

众人这才谢恩落座。

卫兰衣本就是跟过来的,王府事先并没有安排她的位置,所以大家坐下,她只能与绿蕊和绿萼一样站在一边。

卫兰衣心底那叫一个恨,但宸妃娘娘和四皇子就在不远的地方坐着,她只能将那股子恼意全数压住,老老实实地站在卫箬衣的身侧。

卫箬衣却是不能再管卫兰衣了,这种场合本就没她什么事情。

她今天来看了看,算是看出点门道。

即便是她不能及时地赶回来,这帖子给了卫兰衣,卫兰衣来参加了,在这种场合里面她也是讨不到任何便宜的。

各家来的都是嫡女,她一个庶出杵在这里实在是身份低了。

不过她倒是可以更好地装娇弱,惹人怜惜了,没准就能让四皇子给看上了。

想到这里,卫箬衣就朝坐在一起的四皇子和五皇子看了一眼。

男人嘛,不都是喜欢卫兰衣那样娇弱可人的类型的?

卫兰衣第一次来,没见过四皇子的样子。

她知道坐在宸妃娘娘下手边的两位芝兰玉树一样的男子之中肯定有一个是四皇子,她也偷偷地抬眼看了过去。

18 他居然帮她说话

四皇子素以温文尔雅闻名,卫兰衣只看了一眼便分辨出四皇子与五皇子殿下的区别。

不过她还是好好地打量了一番萧瑾。

毕竟长姐闹得那么凶,就是为了这么一个人。

在卫兰衣看来,那周身上下都散发着生人勿近气息的五皇子殿下比起温雅如玉的萧晋安来,还是差远了。

即便席间并没安排卫兰衣的位置,但是毕竟也是紫衣侯府里面的姑娘,拱北王妃就让人又取了一个铺垫来,将卫兰衣安置在卫箬衣的身侧。

卫兰衣为了显示自己的恭顺,只是小心翼翼地占了桌角一块很小的地方。

这宴会上如此多的人,要如何才能引起四皇子殿下的注意?

"长姐,想用点羹汤吗?"卫兰衣见王府的下人们刚刚上了一份冒着滚滚热气的牛肉粟米羹,便弯下腰轻声问道。

这牛肉粟米羹勾了芡,澄莹透明的,色泽如玉,牛肉粒切得很细,与粟米一起悬于羹中,煞是好看,但是这种勾过芡的汤羹也是最能锁住热力不散的。

卫箬衣从不觉得卫兰衣会对自己有那么好的心。

她坐在那边很久没动了,这一动就是要盛汤给自己,就怕又是要出什么幺蛾子。

"好啊。"卫箬衣笑靥如花,对着卫兰衣一笑。

卫兰衣拿起了汤匙替卫箬衣盛了一碗,在递给卫箬衣的时候故意手腕一抖,眼看着那碗羹汤就要泼洒在卫箬衣的身上,卫箬衣早就防备着卫兰衣,在碗落下的瞬间,抬手一拨,碗口方向调转,虽然也泼了一些出来但是并没洒在她的身上,剩下的大部分连同碗一起全数扣在了卫兰衣的身上。

卫兰衣"啊"的惊呼了一声,倒是真的成功地将所有人的注意力给吸引过来了。

适才的一幕别人没看到,却是落在了萧瑾的眼底。

这种宴会煞是无聊,主角是萧晋安,他就是一个陪衬,所以斜在桌子上,以手支头,漫不经心。他这个角度看过去正巧对的是卫箬衣那边,就多看了她两眼。

卫箬衣腿脚不方便,只能稍稍地挪开一些,但是卫兰衣却是红了眼眸,立马站了起来,将扣过来的碗抖落在地,不住地拿帕子擦拭着自己的衣裙。

"你怎么这么不小心?"卫箬衣忍住笑,说道,"绿萼,绿蕊,去帮三小姐收拾收拾。"

卫兰衣这才猛然发觉自己已经在人前失态,在场所有人的目光都汇集到了她的身上。她有点茫然地看向了宸妃娘娘那边,虽然宸妃娘娘未作什么表情,不过眉峰轻蹙,似是有了一点不喜了。

宛若一盆冷水兜头淋下，卫兰衣呆愣了片刻。

她的本意是将那碗羹汤泼洒在卫箬衣的身上，最好能烫到她，惹得她人前发怒，依照卫箬衣那暴脾气一定会不管不顾地发作。到时候，她就卖乖道歉，摆出一副万分委屈的模样，这样不光能将卫箬衣平日里的跋扈模样展露无遗，也能将自己的委屈无助凸显出来，便是能成功博得四皇子的青睐了。如四皇子那般温雅的人物自是看不得长姐的那副嘴脸的。

如今失态站起来的人却是她自己。

不过卫兰衣心思转得也快，马上用万分委屈的目光看着卫箬衣。“长姐，您纵然不喜我坐在您的身侧，也不要拿羹汤来泼我。”适才觥筹交错，旁人都在对着宸妃娘娘和四皇子殿下说着吉祥话，哪里有谁会在意她们？

卫箬衣一挑眉，心底一乐，这姑娘也算是有点机智的，竟是一计不成再来一计，这睁着眼睛说瞎话的本事是遗传自兰姨娘的吧。

不过卫兰衣本就生了一副清秀隽雅的模样，穿戴得又十分素净，眼角一红，还真是惹人怜惜。卫箬衣暗笑，如果她是男子的话，面对这种场景也会下意识地去相信卫兰衣了。

还未等卫箬衣开口，就听到一个清冷的声音传来：“崇安县主何曾用羹汤来泼你，是你自己手滑拿不稳汤碗罢了。”

原本宴会上笑语盈盈，但是被卫兰衣这么一搅，注意力都被吸引过来，所以止住了交谈，也就显得刚才那个声音特别明晰。

大家又朝声音传来的方向看去，却见说话的人是一直默不吭声的五皇子殿下。

就连卫箬衣都吓了一跳。

打从她到这里开始，就和这个人一直不对付，遇到他就没好事，哪里能想到他会忽然替自己说了一句公道话。

萧瑾不是也穿越了吧！卫箬衣惊悚地想道。

他替自己说话？这事情太玄幻！

萧瑾双手抱胸，目光清冷地落在卫兰衣的身上。这人在锦衣卫多年，周身上下都带着一股子酷吏的阴沉气息。卫兰衣哪里受得了他那种犀利的眼神，抑制不住地手轻轻一抖，就连想要替自己申辩的话都被他那冷冽的气势给压制了下去。

现场瞬间冷了下来。

拱北王妃一见这种情形，知道若是真的闹下去，双方面子都不好看，便笑着出来打了一个圆场：“许是真的手滑了。不过就是一碗羹汤的事情，没什么大不了的。”

萧瑾目光如注，凶悍地盯着卫兰衣，此时听了拱北王妃的话，这才稍稍地将眼帘垂下，嘴角冷冷地一勾。

“是啊，不过就是一碗羹汤罢了。”卫箬衣曼声说道，随后她对宸妃娘娘和拱北王妃一颔首，“还请娘娘恩准臣女陪舍妹回去换过衣衫。”

“准。”宸妃娘娘略带不耐烦地看了一眼卫兰衣，朱唇轻碰。

卫箬衣这才在绿蕊和绿萼的搀扶下起身，一把拉住了卫兰衣的手腕。“好妹妹，咱们走吧。”

卫兰衣被卫箬衣那一句“好妹妹”叫得心底直发慌，众目睽睽之下，她只能低头配合着卫箬衣离开。

等回到了住所，卫箬衣遣散了王府的下人，让绿萼去门口看着，随后一把拽住卫兰衣的手将她拖到了自己的面前。卫箬衣是天生的神力，拽卫兰衣就和拽小鸡崽仔一样，卫兰衣竟是半点都反抗不了。

“我说过，我能让你来，也能让你滚！”卫箬衣再一次警告卫兰衣，“适才那一幕，是最后一次我容忍你，你若再弄出点什么，我定不轻饶了你。”

事不过三，她已经够容忍卫兰衣的了。

“长姐……”卫兰衣被卫箬衣掐得手腕发麻。卫箬衣那手看着纤细嫩白，却如同铁箍子一样地箍在她的手腕上，让她动弹不得。她泪水涟涟，哀声求道：“长姐恕罪，适才在宴会上真的是以为长姐失手所致。事发突然，兰衣没做他想，才惊呼了出来，还请长姐宽恕。”

“就是到了现在你还依然在胡搅蛮缠。”卫箬衣冷哼了一声，手一松，卫兰衣本是朝外挣脱，忽然一脱力，人就朝后一仰，退了好几步，“兰姨娘教你颇多，但是有没有教过你什么是同气连枝的道理？你以为在那样的宴会上打压我对你有利？用用你的猪脑子想想，一个庶出女为了引人注目，将侯府之内的矛盾暴露人前，若是我当众发火，抽你几个耳光，你是会博得大家的同情，但是人家没有脑子吗？人家只会笑话咱们卫大将军府教女无方，长女骄横，庶女小气，这对你便是有利了吗？我骄横有我骄横的资本，至少我也有县主的封号在身，你有什么？你若是真的想引起宸妃娘娘和四皇子的注意，我给你指一条明路！宸妃娘娘以德行名满天下，四皇子又是温雅之名在外，你在他们的面前就必须更显得大气不凡，这样才能将自己的风头盖过其他的嫡女，而不是背后做这些小动作，鬼鬼祟祟，哭哭啼啼，只会贻笑大方！”卫箬衣一口气说完这么一番话之后，冷声对卫兰衣说了一声“滚！”，随后一挥衣袖。

卫兰衣已经是羞臊得面红耳赤，她就好像被卫箬衣生生地将全身的衣服都剥开展露人前一样。

她的那点点龌龊的小心思全数被卫箬衣赤裸裸地揭穿，再加上近日她的举动，即便是现在她回想起来都带着各种上不得台面的猥琐劲头儿。她死死地咬住牙，目光含泪，跌跌撞撞地夺门而逃，没有半点脸面再在卫箬衣的面前站下去。

绿蕊目瞪口呆地看着自己家县主，隔了好一会才回过神来，她惊喜地叫了一声：“县主好棒！”

“怎么样？”卫箬衣略带得意地朝绿蕊一挑眉，“你家县主我帅不帅？”她还顺手撩了一下头发，无比嘚瑟。

果真是帅不过三秒的县主。绿蕊看着自家县主现在的嘚瑟劲头又哪里能将现在的她和刚才的她联系在一起。

不过她还是很捧场地说了一句“帅！”，并且毫不吝啬地对卫箬衣竖起了大拇指。

前一秒还嘚瑟的卫箬衣现在已经瘫软下来，趴在了桌子上，艾艾切切地长叹了一大声。

“县主这是怎么了？”绿蕊忙问道。

“好饿！”卫箬衣捂住自己的肚子，“一天没吃饭了，你出去给我买的那个鸡腿又废了半个！快要饿死了。”刚才在宴会上，她的右手受伤，包着纱布，裹得和粽子一样，哪里能吃什么东西！遭罪！对着一桌子好吃的，偏生只能看过过眼瘾。

“奴婢刚才见这院子里有小厨房。”刚刚在守门的绿萼走了进来，笑道，“一会奴婢去找王府的人要点东西过来，给县主下一碗面，县主看如何？”

“绿萼你就是我的心肝儿！”原本已经奄奄一息的卫箬衣马上弹直了自己的身体，给了绿萼一个飞吻，弄得绿蕊和绿萼笑成了一团。

一室的和乐。

自卫箬衣狠狠地数落了卫兰衣之后，卫兰衣果然是有所收敛，每日过来请安，也是看着卫箬衣的脸色的，见卫箬衣并不怎么待见她，她也就很快地告辞离开了。

拱北王府还是十分的贴心，第二天就找人送来了一个木制的轮椅。卫箬衣腿脚不便，坐上轮椅，绿萼与绿蕊可以推着她去花园转悠转悠。

卫箬衣看了那轮椅好久，感觉自己有点慌，其实她也就是膝盖撞破了，脚底板划破了而已，拱北王府却当她残废了一样地伺候着，会不会有点小题大做了。不过这是人家拱北王妃的好意，不能推辞，况且卫箬衣是个懒人，能坐着绝对不站着，能躺着绝对不坐着，所以也就十分开心地坐在了轮椅上。别说还挺舒服的。

萧瑾很忙，上次秋闱试卷泄露的案子尚未破获。

京畿地区的秋闱因此受了影响，陛下震怒，下旨将京畿地区原本应该在十天后举办的秋闱推后了两个月，之前所有的试题全数作废。并责令锦衣卫北镇抚司督办此案，如查明有人在其中徇私舞弊的，待证据确凿之后，严惩不贷。

卫箬衣在王府蹲得有点抓耳挠腮的。

她是很想问问萧瑾那天晚上为什么忽然开口帮她，但是就这么直接去找萧瑾似乎有点太过刻意了。

所以她就让绿萼和绿蕊去打听萧瑾是住在王府的什么地方，她好没事就去“溜跶”一圈，假装偶遇，不过这都“溜跶”三天了，也没偶遇到一次萧瑾。

卫箬衣本是与林亦如约好宴会结束第二天相见的。

现在她受伤在王府里养着，也出不去，就让绿萼去和林亦如说一声。

又过了两天，也就是卫箬衣在王府居住的第五天，她接到了王府门上送来的一封信。

信是林亦如写给她的。

卫箬衣展开一看，这才知道林亦如已经变卖了谢芳斋，带着银子离开了燕京城了。

她在信里说得很明白，林亦如要过得并非是原著女主的生活，她向往一种自由快乐逍遥的日子，显然原著的女主那种步步算计、到处利用人心的生活并不适合她。

她离开与卫箬衣的存在并没有什么直接的关系，而是她早就想离开了。

只是卫箬衣的出现让她加快了离开的步伐而已。

她也想帮卫箬衣，可惜原著之中对卫家的描写并不算多，只说在卫箬衣死后，卫家也走向了衰落。后来因为他父亲拥立十二皇子起兵逼宫，而被抓住斩首示众，卫家也跟着满门抄斩，抓住他父亲的人是三皇子，也就是当今皇后所出的那位。

所以她在信中提醒卫箬衣以后要当心一点，尽量不要走上那条路。

林亦如十分的小心，所以这段文字是用汉语拼音写就的，即便信落入其他人之手也没人看得明白这一段表达的是什么内容。

卫箬衣呆若木鸡,将信又从头到尾地再看了一遍,这才将信在蜡烛上点燃烧毁。

信中林亦如不光提了卫家以后的惨状,也提了一下萧瑾的身世。她知道卫箬衣几乎等于没看过那本书,所以对萧瑾十分不了解。

因为书中的卫箬衣是死在萧瑾手里的,所以林亦如觉得有必要让卫箬衣对真正的萧瑾有一个大概的了解,以便以后卫箬衣要是再遇到萧瑾,知道要避讳一点什么。

说起来林亦如还是十分仗义的……

原著的女主已经跑了,那这本书还成立吗?卫箬衣呆呆地想了半天,随后也就释然地一笑,管他呢,这本书里的世界如果要崩塌的话,跑不了林亦如,也飞不了自己,但是如果书里面的世界真的变成了现实的世界,那她即便是躲过了萧瑾对她的千刀万剐,也很可能躲不过卫府将来走上覆灭的道路。

卫大将军现在就手握重兵,是朝中重臣,将来谋个反什么的也不是不可能。

卫箬衣现在觉得自己可是要愁死了。

现在避开萧瑾好像都变得不怎么重要了,因为原著的女主已经远走高飞,她这个恶毒女配的角色也就跟着一起不成立了。不作死,便不会死!

反而是如何按住自己的爹,让他不要蠢蠢欲动,才是第一要务啊。

这朝堂上的事情又不是她能说的算的,唯有以后走一步看一步。

不过林亦如也在信里说了,那是好多年以后的事情,至少现在她能安安稳稳地当她的县主。

她尚有几年的时间来观察观察,看看有没有后路什么的。

十二皇子便是淑妃家的那个皇子,现在也不过就八岁的年纪,即便再过上十年,也就是十八岁的年纪,这是什么惊才绝艳的人物能让自己的爹死心塌地地为他起兵逼宫?等以后有机会,一定要去看看十二皇子。

卫箬衣一阵地咬牙切齿,或者干脆现在就找个杀手,将十二皇子掐死算了!

死道友,不死贫道!

不过这也就是想想罢了,人家是皇子,金尊玉贵的,哪里有那么容易挂掉。

原本以为自己是个炮灰,合着搞了半天,大家都是炮灰!

卫箬衣看了信之后一天都没什么精神。

一直到了晚膳用过之后,卫箬衣人都是蔫儿的。

“你们在屋子里等我,我自己出去走走。”卫箬衣说道。

这里是拱北王府,在王府里还是很安全的。所以绿蕊和绿萼也就没说什么,只是替卫箬衣披上了一件厚实的披风,毕竟深秋,风寒露重的。

都已经五天了,卫箬衣脚上划的那个口子已经结痂了,所以稍稍地走动一下不成问题。

其实她都已经很想回侯府了,不过拱北王妃要留她住到结的痂完全脱落才肯让她离去,卫箬衣也不能太过态度坚决,只能在这里再留几天。

卫箬衣知道宸妃娘娘还有点不死心,因为明日还会有一个诗会在拱北王府的红叶院之中举办,这回倒不是宸妃娘娘主办,而是四皇子殿下操持的。

卫兰衣这几天可是有事情做了，卫箬衣是懒得管她在做什么，只希望明日的诗会上，卫兰衣不要再弄出什么丢人的事情才好。至于自己对诗会什么的是一点都不上心。

卫箬衣漫无目的地在王府的院子里走着，边走边想事情，不知不觉地又走到了去往萧瑾住所的必经之路上。

“丑八怪，你答应我的球呢！”从一边的小路上斜斜地冲出了一个熊孩子，径直朝卫箬衣这边撞过来。卫箬衣下意识地伸手去挡，那熊孩子就结结实实地撞在了卫箬衣的胳膊上。

“玉儿！不得无理！”一个如同清泉流淌的声音紧接着就传了过来，呵斥那熊孩子道。

卫箬衣朝着声音传来的方向看去。

就见那熊孩子忽然窜出来的小路上有一名小厮推着一名雪衣男子快步过来。雪衣男子是坐在木制的轮椅上的，木轮碾过小径上铺着的鹅卵石，发出了“咕噜咕噜”的声音。

男子白衣胜雪，在月华之下，如同染了一身的银色霜华，清绝高雅。

都说四皇子萧晋安是温润君子，卫箬衣倒是觉得眼前这位坐在轮椅上的男子即便是与萧晋安站在一起也不遑多让，各有千秋。他的眼眉虽然没有萧瑾那般姝色艳丽，但是也是剑眉星眸，即便比不上萧晋安的写意温柔，也都有一份属于他自己的书卷雅韵在其中。

“父亲！”那熊孩子一指卫箬衣，“堂叔那日就是让我帮这个丑八怪的。”

“见过崇安县主。”轮椅上的男子被推至卫箬衣的面前，微笑颔首。

萧玉这个熊孩子管这男子叫父亲，那他应该就是之前的拱北王世子了。卫箬衣这几天住在拱北王府，也听了点八卦，原本这位世子也是燕京城出了名的翩翩佳公子，只可惜他的命不太好，早前骑马摔了下来，虽然保住了性命，但是双腿皆废，妻子又在生下萧玉之后病逝。

所以萧玉才在王府如此的得宠。

“见过萧世子。”卫箬衣马上颔首一福。

“我已经不是世子了。若是县主不嫌弃，便也叫我萧子雅就是了。”萧子雅淡笑道。

现在的拱北王府的世子是萧玉。

可惜了，卫箬衣略带惋惜地点了点头。如果不是他双腿皆废，哪里轮得到萧玉这个熊孩子当拱北王世子。

“崇安县主小的时候，我曾经在宫里见过县主，没想到时光飞逝，县主如今已经是亭亭玉立的大姑娘，便是玉儿也长了这么大了。”萧子雅伸手将萧玉拉回到自己的身边，轻轻地抚摸了一下他头顶的软发，笑道。

自他腿断之后几乎就没再出过王府，自是见不到卫箬衣。

这姑娘似乎和传闻之中的不一样，不像是那么飞扬跋扈的主儿。

适才玉儿朝她撞过去，她虽下意识抬手去挡却没有朝外推玉儿，而是护住了玉儿，防止他摔倒。

有的时候善恶都只是在一念之间，只是这一瞬息的举动便也能窥视内心所想。

19 撞见小剧场

“子雅大哥。”卫箬衣颔首而笑。

萧子雅给人的感觉便是温润如玉，如沐春风，几句话便让卫箬衣对他有一种莫名的好感。

按照辈份来算，他是四皇子的堂兄，四皇子又算是她的表哥，那么称呼他一声大哥也没什么不对的。

“丑八怪，你说话不算数！”熊孩子萧玉在自己父亲的身边还是对着卫箬衣做了一个鬼脸，叫嚷道。

“你急什么，我这不是还没回府吗？”卫箬衣说道，“等我能回去，一定给你送来一个独一无二的皮球。”

萧玉一仰头，拿鼻孔对着卫箬衣，还重重地哼了一声。

卫箬衣也回了他一个鬼脸。

等鬼脸做完了这才想到这熊孩子的爹还在一边……卫箬衣的脸顿时就是一红，忙垂下头去，完了，她的尴尬症犯了。

萧子雅轻笑了起来，这位县主是个性情中人，有点意思。“好了好了，已经很晚了，玉儿你该回去睡了。”他拉住萧玉，随后对卫箬衣颔首，“就此告辞，县主请便。”

“子雅大哥再见。”卫箬衣赶紧将身子一侧，让到了一边。

随侍在萧子雅身后的小斯忙推动了轮椅，萧玉被萧子雅拽着不情不愿地跟在轮椅的一侧随着父亲离开，他走出去还不忘回头又朝卫箬衣做了一个鬼脸。卫箬衣不甘示弱地也回了一个，无巧不巧，萧子雅回眸来看，卫箬衣那张牙舞爪的样子瞬间被萧子雅再度纳入眼底。

时光宛若凝固，卫箬衣的动作定格，表情呆滞……

萧子雅发出了一声会心的笑音，转回了头去。

直到这对父子消失良久，卫箬衣这才垮下了肩膀，真是丢人都丢到姥姥家去了……

子雅大哥一定觉得她就是一个神精病……

卫箬衣闷头就走，也没看方向，竟是走到了一个墙根处。嗳？这是在王府迷路了？

她看了看周围，右手边有一处假山，外面有一个回廊相连，回廊上悬着灯，也不知道那回廊是通往何处的，反正应该不是通往她所住的地方。卫箬衣正要从原路返回，却看到两个人影从那边回廊下跑来，一前一后，闪入了她身侧的一个假山之中。

墙根下很黑，那两个人并没看到卫箬衣。

卫箬衣刚要走，就听到假山的那边传来了一阵急促的呼吸声。

“心肝儿！我可是等了好些天了！赶紧让哥哥摸摸。”一个男子的声音虽然细微,但是还是清晰地传入了卫箬衣的耳朵里。这假山一点都不隔音好不好……

卫箬衣瞬间瞪大了眼睛马上半蹲下身子,她这是意外撞见了小剧场了！

男子粗重的喘息声之中,还夹杂着女子的嘤咛之声,随后是衣衫相摩发出的悉悉索索的声音。

好激烈！

饶是阅遍小黄书外加AVI后缀小电影的老司机卫箬衣听了也不免有点面红耳赤起来,有点Hold不住啊,这可是现场版的音效……

卫箬衣好纠结,按礼来说她是应该马上离开的,但是忽然之间好想探头去看一眼。她可是正经人,只是想看看那两个人是不是很美型。

卫箬衣纠结了好一会,还是决定赶紧走吧,毕竟她现在的身份是崇安县主,多少还是要给她的老子留点脸面的,要是不小心被人发现她很猥琐地蹲在这里听人家的墙根,那就大大的不妙了。

她猫着腰悄然后退,才不过退了几步,就猛然撞上了一个物体,她不记得来的时候路上有什么啊？

卫箬衣反手一摸,那物体似乎不是树,也不是石头,虽然有些硬,但是硬中带软,软中带韧,怎么她好像摸到了布料？卫箬衣浑身的汗毛都竖了起来,她不会那么倒霉吧……

鬼?！我的妈呀！买彩票从没中过奖的卫箬衣觉得自己可能这回真的中奖了……

卫箬衣猛然回神,差点就“啊”的一声叫出来。那个她撞到的东西动作却是快过她,在她还没发出声响的瞬间,已经捂住了她的唇,害她只能发出了一声“呜呜”的如同小兽呜咽的声音。那人身材高大,是个男子,虽是一手捂住卫箬衣的唇,但是另外一只手已经抓得卫箬衣不能动弹。卫箬衣已经是神力了,挣扎之下,竟是纹丝不动,可见那人的力气更大！

“成哥,你听到了什么没有?”隔壁野鸳鸯的动作明显停滞了一下,一个女子的声音娇滴滴地问道。

卫箬衣猛然被人推到了墙根上,死死地抵住,捂在她唇上的手丝毫没有放开。卫箬衣骤然瞪大了自己的眼睛,这回,她已经看清楚抓住她的人是谁了……

深蓝色的锦衣卫飞鱼服,肩膀上用五彩丝线绣制着龙鱼的图案,虽然此间光线不明,但是依稀可以窥见气势不凡。他的指尖带着一丝淡淡的寒气,应该是在外面待了很久,凉凉地从卫箬衣的皮肤渗入。他的五官虽然是拢在黑暗之中,但是他们离得实在太近,卫箬衣抬眸还是能看到那双深邃幽暗的眸子以及眼下的一滴泪痣。昏暗不明的光线之中,他的面容显得更加的姝丽魅然,如暗夜精魅。

萧瑾！

这就尴尬了！

隔壁一对野鸳鸯正在做着不可描述的事情,而他们这样又算是干吗？

“成哥,咱们还是走吧。总觉得好像有人。”那女子轻声求道。

“我知道另外一个地方。”男子似乎是意犹未尽,说道,“我带你去。”

女子半推半就地嘤咛了两声,接着便是两个人相携离开。

等人走了，卫箬衣这才算是松了一口气。她还被萧瑾钳制着，她朝萧瑾瞪眼，萧瑾面无表情地放开了她。

“你有病啊！”卫箬衣一自由，就炸毛了，“你知不知道大半夜悄无声息地站在人家身后是会吓死人的！我幸亏没心脏病，要是有的话，已经被你给吓得病发了好不好！”

刚刚真的是吓死她了好吗？冷不丁身后就冒出一个东西来，是个人都受不了。

卫箬衣气急败坏地骂着，她的心脏到现在还扑腾扑腾地乱跳之中。

“你也知道是大半夜。”萧瑾冷声说道，“不好好地在你的院子待着，鬼鬼祟祟地在这里偷听别人的墙根，倒是越来越出息了，崇安县主。”他后退了一步，双手抱胸，眼底流过了带着几分讥诮的暗光。

卫箬衣被说得一时语塞，随后她马上反应过来。“你不也一样！大半夜的不睡觉，跑这里来干什么？”

萧瑾冷冷地看着卫箬衣。

他才刚刚从衙门回来，懒得走正门绕上一大圈了，就直接翻墙进来准备抄小路回去，哪里知道一落地就看到这个丫头鬼鬼祟祟猫着腰朝后退，就是这么巧。

“好的不学。”萧瑾冷哼了一声，说道，“专门弄些歪门邪道的。”

说完，他也懒得再理卫箬衣，转身准备离开。

“嘿！这我是不服了，我哪里弄了歪门邪道的了？”卫箬衣被吓得到现在心境还没平复，又被萧瑾冷不丁地数落一通，自是不乐意。

她一把揪住了萧瑾的衣袖。“你们拱北王府有人弄那些乱七八糟的，关我什么事情，我不过就是路过不小心撞见而已，怎么就叫我弄的歪门邪道？”她嘴皮子素来利索，这一生气，语速更如同倒豆子一样噼里啪啦的。

萧瑾无语，没见过哪一个姑娘被人撞见了在听别人的墙根，在这种尴尬的情况下还能像卫箬衣这样理直气壮的，真是恬不知耻。也对，崇安县主要是知道“耻”字是怎么写的，也算是燕京城的一大奇闻了。

萧瑾嫌吵，意图收回自己的衣袖，用力一扯，却是忘记了这姑娘力气大这茬了，撕拉一声，他的衣袖如同破布一样被扯开。

萧瑾……

卫箬衣……

又尴尬了……

卫箬衣忽然觉得好忧伤……锦衣卫的衣服看着好看，怎么这么不结实啊！

她是叫卫箬衣不假，但是不叫卫撕衣，她也不想的。

萧瑾的脸又黑了。

“你还想干什么？”他恶声恶气地低吼了一声。

“我不是故意的。”卫箬衣一缩头，可怜兮兮地说道，毕竟是她扯坏了人家的衣服，心虚是必然的。不过很快那点点心虚就烟消云散了。“你凶什么凶？”她回嘴道。

现在林亦如都走了，原著里面最大的女BOSS都不存在了，她还怕萧瑾干什么？她又不是原著里面的恶毒女配，自己都快要变成步步被构陷的娇柔小女主了！

再说了，她就算是个炮灰命，萧瑾又好到哪里去？那么爱原著里面的女主，最后还不是被女主给利用了？不是也死了吗？

大家炮灰对炮灰，都是一路的。

原著里面她被萧瑾给活剐了是因为她作死作得太多了。处处陷害女主，要置女主于死地而后快，还给萧瑾下药，绑架，用强，无所不用其极。现在她对萧瑾根本就没那个心思，不会将萧瑾逼到一定的份上，所以也就不具备被萧瑾怒而活剐的先行条件了。

如果不是看了林亦如给她的信，卫箬衣还真不知道原著里面的那个她作死作到那种份上，难怪她当初浏览评论区，里面一片对她的骂声。

"不就是扯坏了你的衣衫袖子吗！我补给你还不成吗？"卫箬衣回嘴道。

"你补？你会补？"他不无讥讽地说道。倒不是衣服的事情，只是萧瑾觉得卫箬衣说大话的时候是不是不带脑子。

呃！她不会，她不能找人重新做一件吗？

"我给你重新买一件！"卫箬衣改口道。

"不用！"萧瑾冷声拒绝了。她当买飞鱼服是在菜市场买菜吗？

萧瑾耳目清明，听到了有脚步声传来，应该是王府的侍卫巡逻。

"是你自己不要的，不是我不赔给你。"卫箬衣哼了一声道。

他的眉峰稍稍地一蹙。"闭嘴。"他对卫箬衣说道。他可一点都不想被人发现他大半夜的和卫箬衣在这种阴暗的地方共处，这若是传了出去，他和卫箬衣之间就更是牵扯不清了。

"我干吗要听你的？"卫箬衣翻了一个大白眼丢给萧瑾。

话音才落，卫箬衣感觉自己的嘴又被萧瑾给捂住了。

身子一歪，她再度被萧瑾推到了墙根。

她愤然怒目，他眼眉姝丽淡然冷漠。

两相对视，时间似乎凝结不动。

脚步声踏碎了两人之间流转着的莫名气氛，卫箬衣回过神来，这才知道是王府的巡逻从回廊行过。

两次被他捂住唇，推到墙根，卫箬衣怎么都觉得是自己吃了大亏，两次都撞得她很痛！

她忽然心念一动，张开了嘴，想要去咬一口萧瑾掌心的肉，不过角度不对，没咬上，倒好像是故意在他的掌心舔舐了一下一样。

滑腻柔然的感觉骤然从掌心传来，萧瑾如同被雷电击中，猛然放大了自己的瞳仁。

他迫不及待地撤回自己的手，厌恶地甩着，活像见了鬼一样。

卫箬衣素来都是被萧瑾坑，今日坑了他一回，心情自是舒畅无比，忍不住自己掩唇笑了起来。

可恶！

萧瑾双眸喷火，怒瞪着卫箬衣，偏生卫箬衣就和滚刀肉一样丝毫不惧怕他，还朝他得意洋洋地做了一个鬼脸。

萧瑾骤然按住了自己腰间所悬的绣春刀，忍了又忍，才忍住了自己想要一刀劈死这丫的冲动。

冷哼了一声，萧瑾大踏步离去，卫箬衣站在墙根下笑的花枝乱颤。

"呸呸呸。"卫箬衣等萧瑾走了之后，自己笑够了，这才吐了两下，自言自语道，"好咸！"他一定没洗手！卫箬衣马上又做了一个想吐的动作，完了，自己一冲动，不知道萧瑾摸过什么不该摸的东西没有。

卫箬衣被自己这个念头给恶心到了，扶墙而出，拎着裙摆朝回走，一肚子的蛋花汤。

暗处，萧瑾再度转出，默默护送，一直看到卫箬衣进了她所居住的院子的大门，他这才停住了脚步，转身。不是他关心卫箬衣，而是他不想卫箬衣在王府里面闹出什么别的幺蛾子，弄得没脸没皮的。伤了她自己的名誉萧瑾不在乎，但伤了王府的荣耀，萧瑾就不能不管了。

一定是这样。

萧瑾垂眸看了一下自己的掌心，刚刚被卫箬衣舔过的地方早就已经干了，不过那温热湿滑的感觉却似乎一直留在他的掌心之中。

"咸的吗？"萧瑾觉得奇怪，抬起手掌，意图试一下，但是当手凑到唇边的时候，他猛然醒悟自己这是在干什么，马上无比厌恶地将手掌挪开。

一撇嘴，萧瑾受不了地打了一个寒颤，真是被卫箬衣给弄得自己脑子都抽坏了！

萧瑾决定回去洗手！一定要好好地洗上十七八回才罢休。

翌日，王府又热闹了起来，门前车马不停。

卫箬衣睡到日上三竿，才爬了起来，等梳洗过后用了早膳，她问绿蕊道："怎么没见到卫兰衣？"

今日是诗会，但凡是燕京城里那些名气大的诗文大家都被邀约而来，还有不少名门世家中的才女，总之是才子佳人汇集一堂。

虽然卫箬衣也有请帖，不过她知道自己的骨头有几两重。

一会就是低调再低调，不求出彩，但求无过就对了。

"三姑娘早上来过一次，不过见县主还未起身，她就先去诗会了。"绿蕊说道。

卫兰衣住在王府之中，自是少不了她的一份帖子，其实这回卫兰衣是占了大便宜了。

"三姑娘也真的是，居然不等县主就自己去了。"绿萼不满地说道。

"她也算你半个主子，这话以后少在外面说。"卫箬衣叮嘱道。

"是。"绿萼也自觉背后说人不好，马上垂首道。

"她自己先去也好。"卫箬衣伸了一个懒腰，心情甚是愉悦，"想想上次她闹的那点破事。她现在和咱们不在一起，也是乐得清闲的一件事情。"

"县主说得也在理。"绿蕊笑道。

经过上一次红叶大会，世家之中谁不知道卫大将军府上嫡庶不合？也没必要再做什么遮掩，这样分开了，也省得卫箬衣还要分心去提防那姑娘。

反正今日诗会之后，明日她就去和拱北王妃告别回府了。

想到自己马上就能回家，卫箬衣的心情也是十分美好的。住在人家家里毕竟是客人。

绿萼翻出一套衣裙，给卫箬衣换上，和绿萼替她重新上了点妆。

今日宸妃娘娘不在，卫箬衣不需要做那么夸张的装扮，只是稍稍地让绿蕊施了点粉黛在她的脸上，唇上也抹了一点淡淡的胭脂。

她本就容颜艳丽，只需要稍作勾勒，就已经是明眸皓齿光彩照人了。

有了上次快要饿扁了的教训，这回卫箬衣痛定思痛，叫绿萼包了两块豌豆黄外加两块糖三角带着，这才出了门。

诗会与宸妃娘娘办的那个红叶大会虽然都是在红叶院之中，但是一进来便能感觉到氛围完全不一样。

上一次大家衣饰多为素雅，这一次便是色彩缤纷了。

为了凑兴，红叶院中的树上也挂着不少字谜，若是有人能猜出，便将字谜取下，找到王府安排的下人，答对了，王府还有小礼品赠予。这倒是比宸妃娘娘举办的那个红叶大会大家干巴巴地在红叶院说话要强太多了。

很多贵女都在猜字谜，旁边自有不少才子环绕相助。

每猜出一个来，大家都是面有喜色。被摘掉字谜的地方很快就有人过来再悬挂出新的字谜来，补上之前的空缺。

卫箬衣有那个自知之明，她这个连繁体字都认不全的人就不去凑热闹了。

亏她在现代也是一学霸级别的人物，到了这里，秒变学渣，这感觉真是酸爽透顶。

她寻了一处僻静清幽的地方坐下，这回她带了一本杂记过来，为的就是打发掉无聊的时间。

她想偷闲，但是有人偏不愿意如她所愿，屁股还没坐热，就有人找了过来。

“给崇安县主请安，”来人是一名粉衣宫女，“四皇子殿下有请。”

卫箬衣……

默默地收起了刚刚才打开的书，丢给了绿萼，卫箬衣起身跟在粉衣宫女的身后从僻静的角落里面走了出来。

四皇子殿下在红叶院的一处凉亭之中，周围围了不少人，有男有女，好不热闹。

卫箬衣一来，大家的目光就都转过来落在了她的身上了。

没有经过刻意的“装扮”，卫箬衣姿容之美摄人心魄。

平时那些提到卫箬衣便会嗤之以鼻的世家子弟，在看到款款行来的卫箬衣时也有了几分瞠目结舌的感觉。

这亭子外的风景是极美的。

红叶层层叠叠地铺开，如同红云一般，叶子在阳光的照耀下呈现出深浅不一的色彩，即便是最好的胭脂也染不出这样瑰丽而层次多变的色彩。

而卫箬衣丝毫没有被这种美景夺去了光彩，她身穿一袭朱红的长裙，本是与这红叶撞了颜色，但是却丝毫没有被她身后的红叶所湮灭，反而在红叶的衬托下，她就好像是从林间走出的精魅一般，白玉为骨，冰雪为肌，红叶为衣裙，如瀑布般的长发仿佛是跳跃在她身后的黑色火焰，有一种别样的恣意。

惊艳！

就连萧瑾也稍稍地愣了片刻。

原来去掉了刻意雕琢的卫箬衣竟然美貌如斯。

嘿！都在！

卫箬衣拾阶而上，这才看清楚亭子里的人，不光是萧晋安在，就连萧瑾、萧子雅都在，当然她的那个好妹妹卫兰衣也赫然在列，至于其他的人，她都不认识，也没必要认识。

“见过四皇子殿下，五皇子殿下，子雅大哥。”卫箬衣行礼。

其他人也纷纷见过了县主，寒暄之后马上就有人将自己的位置让给了卫箬衣。

子雅大哥？萧瑾默默地看了一眼自己的子雅堂兄，这两个人是什么时候认识的？看来这几天他忙的时候，卫箬衣没少在王府折腾啊。

想起了昨夜，萧瑾的眸光幽暗，下意识地瞥了一下卫箬衣的唇。

那唇今日只抹了淡淡的一层胭脂，几乎看不出来，她的唇色本就极其的艳丽，如今更是如同沾了水的樱桃一样色泽红润。

“适才大家都在接对子玩。箬衣表妹来了，咱们可以继续。”四皇子殿下笑道。

卫箬衣瞬间慌了。

接对子？您老人家叫一个连繁体字都没认全的人接对子？

她可不可以装死啊！

20 大字不识的县主

卫箬衣眨巴了一下自己无辜的大眼睛，直挺着腰板坐着。

她心底默默念叨着，最好是抢答模式，反正她坚决不抢，乖乖巧巧地当个看客便是了。

卫兰衣敛眉站在贵女里面，嘴角带了一丝淡淡的笑意。

卫箬衣有几两重，不光卫箬衣知道，全卫府的人都知道。

这人从小就不学无术，大字估计都认不全，整日东跑西颠地追着五皇子殿下，市井俗语她张口就来，吟诗作对那基本上就别想了。

她适才撺掇着四皇子殿下将卫箬衣寻来，不过就是想看看她的笑话便是了。

之前让她那般出丑，今日她也要世人看看，这位卫府的嫡长小姐到底是个什么草包货色。

别说在外维护卫府形象这种屁话！自己肚子里面没有二两墨，又能怪得了谁？

这事情，就是今日父亲在这里，只怕也不能怪到她的头上，只会说卫箬衣实在是太没墨水揣在肚子里面了。

萧瑾手里把玩着一只白玉杯，斜靠在椅子上。

他也是被楞拉来的，其实他衙门还有好多事情，原本他是一点都不想来，但是想到今日这城中略带着点才名的人都会汇集于此，就勉为其难地过来了。毕竟试卷泄露的事情尚未查明，而今日的人中便是有几个出题之人，也有几个颇有才名的应试之人，他过来溜达溜达，看看能不能有什么端倪初现。

萧子雅朝卫箬衣友善地一笑，昨天晚上天黑，看得不是那么清楚，刚刚卫箬衣行来，却是看得仔细，这姑娘果然姿容无双，即便是称她为燕京城第一美女也没什么过分的。可惜这名声上有所亏缺，不然喜欢这姑娘的人应该是一抓一大把才是。

“殿下，就容在下先献丑了。”一名蓝衣男子抱拳说道。

萧晋安抬手做了一个请的手势，那人就清了一下喉咙。“今日红叶院内，佳人无数，便以此为题吧，我出的上联便是‘内院佳人，满地风光看不尽’。仇兄，请赐下联。”他对身侧的另外一个男子拱手道。

不好！卫箬衣一看，这不是抢答！这是前面人出上联，后面人跟下联的必答题！完蛋！按照这个次序和方向，她瞅了一下自己的上家，瞬间目瞪口呆，竟然是萧瑾。

完蛋了！卫箬衣瞬间感觉到整个人都不好了。什么是冤家路窄，这便是最好的解释了。

“城关过客，连天烟云叹无穷。”那位姓仇的男子顺利地对出下联，同时又出了一个上联给他的下手边所立之人。

果然是这样……卫箬衣摊手，表示天要亡她。

硬着头皮坐在这里，卫箬衣心思飞转，却也转不出个什么头绪来，早知道有朝一日会穿越，她就应该在大学选修中国古汉语才是。

轮到卫兰衣的时候，上联是“雪满山中高士卧”，出这上联的是一名男子，卫兰衣所对的下联便是“月明林下美人来”。对仗工整，一高士，一美人，怎么都觉得诗情画意，瞬间便是博了一个满堂彩。

卫兰衣谦逊地一笑，略一颔首。

等转了一圈，转到萧瑾的时候，他先是对出了下联，随后眼皮一抬，瞄了一眼卫箬衣，开口道：“怎么感觉崇安县主有点脸色不佳？”

啊？有吗？骤然被点名的卫箬衣肩膀一跳，差点喊了一个到，随后才回过神。“是啊是啊。”她捂住了自己的肚子，摆出了一副痛苦的样子，“我适才一阵绞痛，却是见大家兴致高昂，不敢说。”卫箬衣顿时打蛇随棍上，她的反应是极快的。

众人默然，还有崇安县主不敢说的事情？

“既然身体不适，那就赶紧去休息休息。”萧晋安关切地说道，“需要叫御医来吗？”

“不用不用。”卫箬衣抬手摇了两下，“让绿蕊和绿萼陪着我出去休息片刻便是了。”绿蕊和绿萼忙过来扶住了自己的县主，将她扶出了那个亭子。

卫兰衣一阵的愕然，她等了良久，就是为了等着看卫箬衣出丑的样子，这么好的机会却是被萧瑾一句话给破坏掉了。她暗中死死地捏着自己的帕子，虽然表面上笑颜如常，其实心底却已经是惊涛骇浪。为何一贯对卫箬衣不假颜色的五皇子殿下会忽然对她这么好，两次都是他出面解围！难不成这两个人之间真的有了什么首尾？她的目光追随卫箬衣离去的背影，心思飞转。

等转了一个弯，见四下无人，卫箬衣才直起了身子，长舒了一口气。“我的妈呀，吓死我了！”

绿蕊和绿萼奇道：“县主，你的肚子不痛了吗？”

“就没痛过好不好。”卫箬衣压低了声音，翻了一个白眼道，“不过也快了。要是萧瑾真的给我出一个上联，我看我不光肚子痛，浑身都痛才是。”

可是……那家伙为什么要帮她啊？他不是素来讨厌自己的吗？想起来这家伙已经帮了她两回了。

打翻羹汤那次，她都还没好好地谢过，这一次，又欠了他一个人情了。

等卫箬衣走后，萧瑾出了一个上联给萧子雅，萧子雅轻松地接了下去。这一圈轮完，大家就开始对诗，萧子雅意味深长地看了萧瑾一眼，朝他淡然一笑，萧瑾却全然当没看到，自顾自地继续把玩他手里的那只白玉茶杯。

还没等卫箬衣在外面嘚瑟多少时间，就有宫人过来问安，说是四皇子殿下不放心她，所以叫了太医过来请脉。

请个头啊！卫箬衣翻了一个白眼，她屁事没有，一请脉可不就是露馅了。

卫箬衣寻思了一下，不对啊！刚才对对子她跑个屁啊，不会就是不会，何必去遮遮掩掩的。宸妃娘娘选儿媳妇是想要德才貌身世兼备的姑娘，她虽然是首选，但是身世与貌大概是过关了，可是德才这两项却是卡住了。今日考验的不就是才吗？

忽然想明白这个,卫箬衣觉得自己又掉坑里面了。

卫箬衣打发了那宫人去回话,她这边已经没事了,马上就会过去。

萧瑾这混球!她就说为何他两次替她解围,原来是在这里等着她!

都说女人心是海底针,男人坏起来也是不要不要的。

卫箬衣觉得肚子饿了,就愤然地拿出了揣在怀里的糖三角,泄愤一样地啃了下去,就当是在啃萧瑾的肉。

这混球,第一次替她解围是在宸妃娘娘的宴会上,他证明了那碗羹汤不是她要去泼卫兰衣的,便是证明她的心地一点都不恶毒,德行无缺。刚刚又在亭子里顺手捞了她一回,便是不让她当众出丑,才能上也没什么污点可言。

哈!德才兼备哦!

这是默默地将她朝四皇子身边推的节奏啊!

她就这么不招人待见?

卫箬衣越想越是觉得有这个可能,不是她将人想得太坏,而是她自从穿越到现在,貌似也没遇到什么叫她能舒心的事情。想想萧瑾将她扔出去当诱饵的那回,就丝毫没有顾忌过她的安危,只求抓住那群作乱之人。

卫箬衣就觉得自己可能真的掉萧瑾的坑里面去了。只要将她推给了四皇子殿下,他自己就脱身了。

一箭双雕。

可是萧瑾身为皇子,难道就不想想卫家若是与宸妃娘娘站在了一边,对他也是大大的不利吗?

还是萧瑾根本无心皇位,只想如拱北王一样当一个纯臣,一世逍遥的王爷?

卫箬衣将两个糖三角啃到肚子里面去,觉得自己的脑袋瓜子也和糖三角里面包的糖一样,成了稀泥。

想不明白就索性不想,整理了一下自己的仪容,卫箬衣站了起来。"走!"出丑就出丑,她该是什么样便就是什么样,无需遮遮掩掩的。

人活于世,已经是各种苦难加身了,若是思虑过多,失去了根本,也就失去了自我,粉饰之下的太平又能维持多久?

她无才无能的事情就算是现在瞒得了一时,也瞒不了一世。

倒不如坦白于人前,她不偷不抢,才刚刚穿越过来,这边的繁体字不识有什么可值得自卑的,慢慢学就是了。

在现代,她能拿两个硕士学位;在古代,成不了文豪,将字认全了倒不是大问题。

想到这里,卫箬衣就觉得自己刚才的躲闪慌张显得有点可笑了。

她再度昂首回来,让萧子雅更是觉得眼前一亮。

这姑娘似乎与刚才又有点不同,具体哪里不同他说不上来,只是觉得她更加的神采飞扬,即便是行走之间都带着一股子与众不同的自信与傲然。

年轻真好。

他不由感叹了一声,垂眸落在了自己的双腿上,便是一阵的黯然。

萧瑾却是极度的无语。卫箬衣这家伙真是不知道"死"字是怎么写的对不对?

刚才见卫箬衣抓耳挠腮地坐在那边，目光慌张闪烁，依照他对她的了解，知道这人是个肚子里没半点墨水的蠢材，对对子？她能将字都认全了就不错了。所以，他才顺手帮了她一回。好在她是胸无点墨，但是脑子还算是反应快的，知道马上顺着他的话避开。

别问他为何要帮，他只是看不惯卫兰衣处处利用和构陷卫箬衣这个傻姑娘罢了。

就连他都知道卫箬衣大字不识几个的事情，卫兰衣身为她的妹妹会不知道吗？

他讨厌一切心思深沉，却又不用在正道上的人，厌恶至极。

萧瑾是不喜欢卫箬衣没错，不过至少到现在，这姑娘还没要出什么小心机出来害人。她一根筋，吵着闹着说喜欢自己，也是挺招人烦的，但是至少敢说敢做敢当。要是说害，害的也只有她自己而已，自己的名声如此的狼藉，不就是她的举动所致？

他已经给她指了一条明路出去了，她却一头撞进来，那就是自己作死。

“长姐身体可是无碍了？”见卫箬衣回来，卫兰衣心底一喜，热络地迎了上去。

她刚才虽然是对了两个对子，但是并没有什么特别出彩的地方。围绕在四皇子面前的才女颇多，她想要脱颖而出并不容易。

但是卫箬衣却是众人瞩目焦点所在，只要跟在她身侧，便可以多分一点目光，即便卫兰衣心底再怎么别扭，可这是不争的事实。

“已经好了！”卫箬衣笑道。

卫兰衣不和她出幺蛾子，她也没必要冷面相对。

“没事就好。”四皇子殿下笑若春风，“就怕崇安县主身体有什么不适，倒是我的不周了。”

这话听得别扭，她身体不好，和四皇子殿下又有什么关系……卫箬衣眨了眨眼睛：“多谢四皇子殿下牵挂。现在已经好了。”

“对了，适才你不在，我们可是请了子雅大哥写了两个字，子雅大哥当年才名满燕京，他的字更是一字千金。”萧晋安笑道。

一字千金呢！

卫箬衣两眼放光，看着萧子雅那双素白秀丽的双手，好值钱！

她哪天要是落魄了，就蹲在王府扔垃圾的地方等，没准就能翻出萧子雅写废不要的字出来，卖个千金不行，百金总可以吧。

萧子雅下意识地将自己的手朝衣袖里缩了缩，怎么总感觉这姑娘双眼狼哇哇地盯着他的手看，有点叫人毛骨悚然的。

萧瑾见卫箬衣那副不争气的模样，脸色不由暗沉了下来。

不出丑会死吗？朝哪儿看呢？

“崇安县主要看看吗？”萧晋安问道。

“要。”卫箬衣一听萧子雅的字那般的值钱，顿时兴奋地说道。

萧晋安让人将原本铺在桌子上的纸竖起来，展示给卫箬衣。卫箬衣一瞅，嗳？怎么只有两个字啊。

好家伙！

这两个字她都不认识！

真是绝了！

"瀺灂。"

什么鬼！卫箬衣一脸茫然，瞬间就有一种给学霸子雅大哥跪了的感觉，学霸在上，请收下小妹的膝盖。

虽然她是不认识字，但是能看得出来那两个字写得俊雅秀丽，风骨天成，浑然一体。

"写得真好看！"卫箬衣拍手道，用崇拜的目光看向了萧子雅。

萧子雅被卫箬衣看得不由脸上一红，稍稍地偏开脸去。"见笑了。"他谦逊地说道。

"不不不！"卫箬衣特别真诚地说道，"你就是给我八只手，我也写不成这样！"

"只是随手涂鸦，难登大雅之堂。"萧子雅微笑道。这位崇安县主真的是和别的女子不一样。他活到现在早就听惯了旁人的夸赞，翻来翻去不外乎就是那几个词汇，没有什么新意，听多了也常常觉着是不是刻意地被人敷衍赞颂，或许他的水准并没那么高，只是因为他的身份，旁人不得不赞而已。

但是卫箬衣称赞他的话却是闻所未闻，只是想想崇安县主生出八只手的忙碌样，萧子雅的眼底笑意就更浓了，那不是蜘蛛吗？

崇安县主定是一个乐观之人。虽然，言语是粗鄙了点，不过目光真诚，叫人感觉到十分的舒服。

"箬衣表妹既然如此喜欢，便以此为题，赋诗一首可好？"萧晋安说道。

卫箬衣正在饮茶，闻声，"噗"的一下，差点喷自己一身。

她的人生怎么就这么艰难……

好不容易将含在嘴里的茶水咽下，她瞪着自己那双明媚的大眼睛，无辜地看了看四周。

众人皆是随声附和，卫兰衣更是眼底含笑。

萧瑾的唇虽是紧紧地抿成一条线，目光清冷地注视着她，但是那丝冷绝之中似乎有什么正在崩塌一样，就连唇线也隐隐有上翘的趋势。

其实他很想说，四皇兄您这是故意在为难卫箬衣那丫头吗？

这回就是他也爱莫能助了。

捞了她一回，无奈她又调转头回来撒腿狂奔，萧瑾也很无奈。

卫箬衣清了清嗓子自己站了起来，众人屏息，皆将目光投注过来，就连萧瑾也稍稍地挑眉，看卫箬衣这架势，似乎还真的能说出个一二三来？不会吧……萧瑾表示怀疑。

"四皇子殿下，您这不是为难我吗？"卫箬衣深吸了一口气笑道，"我实在是不会啊。"

萧晋安显然没想到卫箬衣居然这么直白……他略晒了一下，本朝贵女在十一岁便会入女学，平日里即便学得再差，对个对子，作首简单的诗，还是不在话下的，卫箬衣身份显赫，如今也已经十五岁了，应该是从女学之中学成了。

他忽然想起，卫箬衣似乎真的没入过女学！

他不由瞥了萧瑾一眼。难怪刚才轮到他给卫箬衣出题的时候，他却说卫箬衣的面色不佳，这是在让卫箬衣借题脱身，而自己却又将卫箬衣给召了回来。

他并没让卫箬衣当众出丑的意思，只是母妃让他多与卫箬衣接触，他便事事都叫上她，哪里知道倒是办了一件错事了，若是卫箬衣因此而记恨的话，只怕是等卫大将军回来了，也会因此而对他疏离。

卫大将军手握重兵，举重若轻，他急需卫大将军的帮助。

萧晋安忙给卫箬衣和他自己打了一个圆场："绝无此意，许是今日箬衣表妹身体不适之故。"

"四皇子殿下明察，咱们这位县主不光不会作诗，大概连这两个字都不认识吧。"贵女之中有一人不屑地开口。

大家的目光随即转向了声音传来的方向，就见在卫箬衣的对面站着一名粉衣少女，亦是明眸皓齿，翩翩佳人一个。

有不少人认识她，陇西谢氏之女谢敏。

谢氏与卫氏不合已经不是一天两天的了，朝堂之上谢氏曾弹劾过卫氏。所以一见谢敏发话，众人皆有一种要看好戏的感觉。

卫箬衣哪里认识她，自是也不知道什么氏族之间的恩怨纠葛。

只是觉得这姑娘多嘴，瞎说什么大实话，真的是！

萧晋安感到一种莫名的尴尬，他十分不满地瞪了谢敏一眼。

还没等他再度开口替卫箬衣遮掩，谢敏已经上前了一步，青葱一样细质粉嫩的手指着纸上的两个字，笑问道："县主若是能将这两个字读出来，我便给县主斟茶道歉。"

这……

卫箬衣"嘿嘿"一笑，十分坦白地一摊手："对不住了，各位，让大家见笑了，我是真的不知道这两个字读什么，更不知道这两个字是什么意思。"

随后，她看向了谢敏，心道，你满意了？

谢敏神情得意之中又带着几分不屑。

前几日，谢敏的密友陈小姐回去找她哭诉，她才知是卫箬衣坏了陈姑娘的好事，可偏生得了萧瑾的警告，有苦说不出。今日诗会，她是怎么也要找一个机会让卫箬衣当众出丑。不管怎么说，谢氏与卫氏不合已经是满朝皆知的事情，所以即便她得罪了卫箬衣，回去也不会被族人所罚，没准皇后姑姑还会暗中夸赞她一声。

怎么想都觉得是两面讨好的事情，所以这位谢姑娘就义无反顾地站了出来。

卫箬衣话音一落，在场好多看不惯她的贵女们就笑了出来，亦是有不少自命颇有风骨的读书人也掩面而笑。

诗会之中请来的都是在燕京城小有名气的人，自是秉承谈笑有鸿儒，往来无白丁之念。如今，他们之中混入了卫箬衣这个白丁，可不就如同看怪物一样看待卫箬衣。

卫箬衣摊手，看吧，她就连穿越都穿越得这么有个性。

说好的古代女子无才便是德呢？

这大梁朝有那么一个开国皇后，还真是开启了全民教育的新风尚……卫箬衣在看书的时候知道大梁朝的开国皇后也是穿越的，女学便是她所创立，为的就是不让贵族女子只知道相夫教子。况且，大梁不光有女学，更有女子为官。

若是没有这个设定的话，书里的女主林亦如将来也不会那么能折腾了。她可是从后宅一路开挂折腾到朝堂之上，最后问鼎天下，将她的仇家萧氏一族，全数诛杀一个不留。

谢敏闻言更是笑得不可自遏："原来卫府之中均是草包之辈。"

"这位姑娘，这便是你的不对了，我是草包，我承认，但是不代表我们整个卫府都是草包之流。先贤也说过有教无类了，”卫箬衣的眸光一寒，朗声说道，“更说过术业有专攻。我父亲是大梁的大将军，保家卫国，出征在外，立下赫赫战功，哪里是草包两个字可以污蔑的。我既然出身将门，便也有我的过人之处。”她微微地一笑，指着亭子里面放置在大家面前的那个汉白玉桌子说道，“我能将那石头台子搬起来，扔出去，不知道这位小姐是不是也能做到呢？若是你做不到，我不需要你对我认错，只需你对我父亲出征的方向拜上三拜，端茶道歉！”

21 天生神力吓死人

卫箬衣的话掷地有声，说得铿锵有力，即便是在场很多人不喜欢卫箬衣，但是听了这番话之后却对这位名声素来不良的崇安县主有了一番新的审视。

读书人重风骨，骨子里就带着一股子清高之气。

崇安县主不卑不亢，有礼有节，目光清越骄傲，叫在场所有的人都觉得精神一震。若不是因为四皇子、五皇子殿下都在场，碍于礼仪所限，当场就要有人拍手叫好起来。

就连萧瑾都眸光轻闪，撤去了眼底那一丝准备看好戏的讥诮，重新注视着卫箬衣。

阳光下，那红衣少女带着一种高傲的美丽，风过，裙裾微扬，一股华美大气浑然天成。

谢敏本意是想让卫箬衣当众出丑后激得她勃然大怒，更是人前失态，顺带着轻贱一下不可一世的紫衣侯府。只是卫箬衣一番话说完之后，她如今却是脸上一阵红，一阵白。

大家重新投注在她身上的眸光皆带着几分鄙夷与疏离之意，谢敏就知道自己对阵卫箬衣已经是输了。

"不敢吗？"卫箬衣见谢敏局促地站在那边，俏脸上一阵的仓惶之意闪过，随后就一抬下颌挑衅地问道。

谢敏紧张地搓着自己的衣角，一阵的慌乱之后，她稍稍地定了一下心神，眸光落在了那张汉白玉雕成的桌子上。

两块汉白玉，分成桌面与桌腿，桌面厚实，桌腿也十分的粗壮。

卫箬衣能将这桌子搬开？寻常女子便是挪都挪不动。

谢敏就蹙了一下眉头，莫不是这位崇安县主先放出大话来唬大家的吧。再看看卫箬衣身材玲珑，凹凸有致，腰肢也是如拂柳一样的纤细，那汉白玉桌子的腿都快要赶上她的腿粗了。

她能搬动？

"你搬！"谢敏抓住了最后一根救命稻草，勉强地也一抬自己的下颌，假装自己十分的骄傲与自信，"你若是真能搬动，我便按你说的做。"

"即便我不能搬动，只怕也由不得你不道歉。"卫箬衣一边抻着自己的双臂，转了转自己的肩膀，一边看着谢敏轻笑道，"我父亲乃是陛下亲封的镇国大将军。你轻贱他为草包之流，欲将陛下的英明神武置于何地？我大梁难道没人？要一个草包之流来镇国？简直笑话。你不光侮辱了我紫衣侯府卫氏，更是轻慢了整个大梁的文臣武将。"

卫箬衣这一番话出口，谢敏再度脸色惨白，失去了血色。

卫箬衣一句话就已经挤兑得她无地自容了。

谢敏现在只恨刚才图一时之快，说话没有过脑子，不知道见好就收的道理，为何还要加上最后那句?!

大家纷纷让开,让卫箬衣走到那汉白玉的石桌子前。

卫箬衣在家里曾经试过,她也就是想看看自己现在力气到底有多大。

在她的院子里也有一个类似的桌子,大小一样,就是上面的雕花不同。她就曾经将那桌子拽跑,然后又拽回来。

萧瑾是知道卫箬衣的力气有多大的,每次和她角力,都如要扳倒一头强壮的公牛一样。他是一点都不担心,而萧子雅却是有点惴惴不安的。

他被人推着朝后退了一下,担忧地望着卫箬衣,若是不行,就不要逞强了。其实单就刚刚那两番话,已经无人再看轻她与紫衣侯府,为何要这么拼……

在众人的惊呼之中,卫箬衣竟然真的将桌子的面给拽了下来。这桌子本就是由上下两部分拼凑而成的,卫箬衣先是将石桌的桌面给扔出了亭子,接着又将桌面下的石头墩子也给扔了出去。

桌面与墩子相继落地,砸得外面的青石地面砰砰作响,愣是砸出了好几块白痕出来,汉白玉的桌面也摔出了几道裂纹来。

在场之人一片鸦雀无声,都已经看傻。

也曾经有人抱着与谢敏一样的心思,觉得卫箬衣不过是虚张声势,作势吓人,但是现在见她露了这么一手,都惊得嘴都快合不拢了。

卫大将军被封镇国大将军真不是随便说说的,就连崇安县主都有如此的神力!至此,在场所有人再无人敢看轻紫衣侯府。

谢敏在卫箬衣将石头桌面拎起来的时候就已经心如死灰了,如今更是冷汗不住地朝外冒。

卫箬衣轻舒了一口气,回眸看向了谢敏。“这位姑娘,如何啊?”

众目睽睽,谢敏就是想赖也赖不掉。

萧晋安又惊又喜地看着卫箬衣,一抬手,旁边马上就有侍从赶紧将茶壶与茶杯用托盘端了过来。“谢姑娘,请吧。莫要让谢氏因你而蒙羞才是。”他缓声说道。

皇储之争,暗潮涌动,皇后与他的母妃看起来平和友善,实际上已经角力多年。就连他与三皇子之间也是多有交手,各有胜负。但是今日卫箬衣当众扬了紫衣侯府的声威,又灭了谢氏之女的威风,实在是叫人心底大快。看似是二女口舌之争,但实际上亦是紫衣侯府卫氏与陇西谢氏一族的角力,如今紫衣侯府完胜,这就好像渴极了的人在下了火的六月天喝下了一瓢冰水一样令人浑身舒畅。

谢敏差点将自己的唇肉给咬破。

她脸色苍白地接过了茶壶,努力地稳住自己的心神。

她是谢氏之女,即便是在这种情况下也要保持住良好的风仪与举止,这也是她如今能留住的最后一点尊严了。

即便是如此,她的手还是抑制不住地在颤抖,差点将茶水洒在了杯外。

谢敏都不知道自己是怎么朝着西边拜了三拜,又敬上茶杯道歉的,她只知道自己即便是在逃离了那个凉亭亦是能感觉到旁人肆无忌惮耻笑的眸光。

谢敏心底一阵的悲凉,她知道此事若是传回谢氏,她定会被族中所弃,前途全毁。

原本皇后是有意在族中选一女嫁入三皇子府，她已经作为人选之一被提了上去，只是一念之差，想着要更加的出彩一点，能在诸多人选之中脱颖而出，今日才会踏出了那一步，哪里知道却是落了这么一个下场。

卫箬衣等谢敏走了，这才暗自的一呲牙，妈呀！她的手腕好痛！刚才右手用力过猛，似乎崴了一下。还有，她好饿啊！天生神力的后遗症发了！只要一发力，她就想吃东西。

完！

现在满院子的人都在注视着卫箬衣，卫箬衣瞬间感觉自己要完！

说好的低调呢！说好的高调被雷劈呢！

说好的假装娇柔，坚决不将自己是怪力大胸萝莉这个事实展露人前的呢？

现在好了！什么戒条都破除了！

“哎呦。”卫箬衣忙身子摇晃了一下。

绿蕊和绿萼赶紧上前扶住了卫箬衣。

就连萧晋安和萧子雅也都几乎同时伸出手去，但是萧子雅是才刚刚将手伸出去就缩了回来，他略带失神地看了一下自己的双腿，终究还是将手重新放回了身前。

萧晋安是动作没绿蕊和绿萼快，也是怏怏地落了空。

“四皇子殿下，五皇子殿下，子雅大哥，许是刚才用力过猛，现在我有点点头晕。我能先回去休息片刻吗？”卫箬衣单手捧心，被两个侍女扶着，娇弱地说道。

“好好好。”那还有不答应的吗？萧晋安忙点了点头，唤来人帮忙护送着卫箬衣离开。

萧瑾似笑非笑地看着瞬间就如弱风拂柳一般的卫箬衣，忍不住轻哼了一声。

倒是会装！

卫箬衣被搀扶着回了自己的院子，关上门，这才长出了一口气，扑倒在床铺上，呈大字形一瘫。

“县主，您没事啊？”绿蕊和绿萼愕然地看着卫箬衣，压低了声音问道。

“有事啊！”卫箬衣“哼唧”了一声，“我快饿死了。有吃的吗？”幸亏去之前弄了两个糖三角垫了垫肚子……

这王府什么都好，就是规矩略多，吃饭都是定时定量，偏生卫箬衣就是一个不按牌理出牌的主儿，她只要力气用大了很快就会感觉到饿，时刻都想吃东西。

昨夜和萧瑾在墙根撕拉了那么一回，她回来之后就饿得狼哇哇的，恨不得将桌子腿都啃了才甘心。

所以，这也是卫箬衣轻易不用力的原因之一。

后遗症伤不起。

她都已经力拔山兮了，萧瑾却还是能压制着她，真不知道萧瑾的力气到底有多大！

绿蕊很快就去煮了一碗面来，卫箬衣捧着面碗吃掉了大半碗，这才觉得自己又满血复活了。

“县主刚才可真是露脸，”绿萼笑道，“这事情若是传回去，老祖宗肯定高兴。”

“你们觉得是好事？”卫箬衣问道。

“难道不是吗？”绿萼有点不明就里地问道，“只是奴婢不明白，刚刚县主已经大获全胜了，却还要赶紧假装身体不适躲避回来？”

“能不躲吗?”卫箬衣无奈地一摊手,“难道还要留在那边当怪物被人看啊。这边解决掉一个,那边再蹦出来一个,我还要不要活了?我的脑子实在是不够用啊。不过刚刚也蛮爽的,见好就收的道理,别人不懂,咱们可是要记牢了,千万别得意忘形了。”

“是啊,县主刚刚可是灭了那谢氏之女的威风了。”绿蕊抚掌笑道。

“刚刚那个是谢氏之女?”卫箬衣一瞪眼,吃惊地问道。

“是啊。”绿蕊点了点头,“前年过年,奴婢们陪县主入宫时就在皇后娘娘那边见过她一面。那时候,她也不知道是不是故意的,在庭院里踩了县主的裙摆,县主反手就将她推倒了,她还磕坏了眼角。皇后因此申斥了县主,县主都忘记了吗?”

原来还有这段陈芝麻烂谷子的事情在,难怪那谢家的姑娘不遗余力地跳出来诋毁她和卫氏了。

“忘记了!”卫箬衣将嘴里的面条吸溜进去,随后说道。她顿时怨念丛生,不知道这身体的原主还造了哪些孽等着她来收拾烂摊子。

这下子,卫氏和谢氏之间的恩怨算是更加的掰持不明了。

不过这一回,便是皇后也护不住刚刚谢家的那位姑娘。

“咱们明天就回家。”卫箬衣决定了。

经过了卫箬衣这一插曲,诗会更热闹了起来。大家今日亲眼见识了卫箬衣的能耐,便是觉得卫家能到今日的地位,果然是有过人之处。别看平日里崇安县主疯疯癫癫,十分的不靠谱,但是关键时刻,人家那气节,风骨,不是读书人胜似读书人。

卫家的声誉一下子就好了很多,连带着卫兰衣也接收到了许多善意的邀约与目光。

卫兰衣虽然一一地应了,也一直都保持着温婉秀丽的微笑,但是心底却是五味杂陈,原本是巴望着长姐再度出丑的,却没想到愣是被卫箬衣留下了一个美名。就连她现在也是因为受着卫箬衣的名声所托,变得十分的受欢迎。

真是如同吞了一个苍蝇在肚子里,其中的难受和恶心,只有她自己明白。

翌日,卫箬衣真的拜别了拱北王妃,拱北王妃再三挽留都没留住卫箬衣,也只能派了侍卫护送卫箬衣与卫兰衣回紫衣侯府。

卫箬衣在诗会上的事迹只是一夜便已经传遍了整个燕京城。

所以,老夫人见到卫箬衣的时候欢喜得抱着卫箬衣直呼心肝儿。

老夫人的身子骨现在已经大好了,卫箬衣陪着老夫人说了好长时间的话,这才从老夫人那边出来。

兰姨娘讨好地站在门外等候着,见卫箬衣出来,便赶紧过来行了一个礼:“听闻县主可是替咱们侯府露脸了。”

“兰姨娘知道得够快的。”卫箬衣淡然地说道。

在林亦如给她的信里说过,那些胭脂水粉的确是被动了手脚。她查过制作这批货品的师傅,那师傅的房里是翻出了生桃花粉的。只是她怎么都说那些生桃花粉是自己用来调配自己所用的东西的,死都不肯承认自己到底是受了谁的指使。只肯承认当时她是弄混了生桃花粉与熟桃花粉,才会误将生的桃花粉掺到了卫箬衣的胭脂水粉里。

生桃花粉并不难买,所以即便是从源头上查也很难查出什么端倪。

虽然没有什么证据,但是卫箬衣心底却是和明镜一样,这事情,多半是和兰姨娘脱不了什么干系的。

“兰姨娘在这里等我,是有什么事情吗?”卫箬衣觉得兰姨娘不像是专门等在这里向她恭贺的人,于是问道。

“是有事情想麻烦一下县主。”兰姨娘笑道。

“说吧。”卫箬衣道。

“大将军出征已经快一年了,”兰姨娘说道,“也不知道什么时候能回来。原本明日是想去护国寺替大将军祈福的,都已经事先和方丈说过此事了,但是现在家中实在是有各种琐事走不开,不知道县主可愿意代替前往？县主也知道,如今正是收租子的时候,各地送回来的账目多如牛毛,便是整夜地看也看不完。唯恐出错,所以不敢在这个时候所有懈怠。若是县主愿意前往的话,那便是最好不过的了。”她说完,唯恐卫箬衣不乐意,马上加了一句,“护国寺那边现在风景很美,县主一路上不会感觉到无聊的,权当是出去游玩了。”

其实卫箬衣一直对兰姨娘的动机有所怀疑,但是她还是动心了。

现在卫府的仰仗便是她那个尚未谋面,却是位高权重的爹了。她当然不希望紫衣侯卫大将军出事,所以去替他祈福也是应该的。

兰姨娘既然想在这个时候让她离开燕京城,便是有她的目的和打算,不管是什么,她只需要静观其变就是了。因为所有的事情都是躲得过初一,躲不过十五,若是有人成心想害你,总是会想着法子来的,倒不如小心警惕,以不变应万变。

“还有人与我同去吗?”卫箬衣问道。

“大公子是咱们家的长子,虽为庶出,但是这种事情他也要去的。”兰姨娘说道。

“我大哥?”卫箬衣蹙眉,“他不是身体一直都不好吗?”

“是啊,不过总要替卫家做点事情吧。”兰姨娘笑道。

“行了,我知道了,与大哥同行,明日就走是不是?”卫箬衣问道。

“是。”兰姨娘笑道。

“去几天?”卫箬衣又问。

“祈福是九天,县主可以在外玩耍几日,约莫也就是半个月的时间。”兰姨娘说道。

半个月时间的公费旅游啊,感觉不错的样子！去！卫箬衣寻思道。

见卫箬衣答应了下来,兰姨娘算是暗中松了一口气。

经过昨日之事,卫箬衣如今在燕京城风头太劲,就早上这一会儿的时间,她已经收到了少帖子是来邀请卫箬衣的,都是王公贵胄之家举办的各种聚会。她都扣了下来,这种聚会,还是让她的女儿去比较好。至于卫箬衣,只要寻个由头,让她离开一小段时间就是了。人总是健忘的,燕京城里各种事情又多,只要时间稍稍一长,便会平息下来,等卫箬衣再回来的时候,她女儿的名气便也借着这些聚会,慢慢地打出去了。

原本她在想,若是卫箬衣不愿意,她便禀明老祖宗,撺掇老祖宗和卫箬衣一起去。现在卫箬衣应了下来,她倒是省事了。

卫箬衣回来侯府已经见过自己的妹妹了,就是没见过哥哥和弟弟。

长子卫静雪卫燕,因为身体的缘故,是以很少出自己的院子。至于府上另外一个男丁,卫静霜卫荣,正在书院之中,据说是马上要参加秋闱了,所以并不在府上居住。

既然明日要与大哥一起同行,所以卫箬衣想了想,还是带着绿蕊与绿萼去了寒梅苑。

这寒梅苑竟是在侯府最偏僻的角落。

卫箬衣觉得自己快要绕晕了的时候,绿蕊终于说要到了。

寒梅苑从外面看并非是什么华丽的所在,青白色的矮墙,爬满了不知名的藤蔓。现在是深秋,藤蔓的叶子凋零了大半,只剩下深褐色的老藤缠绕在墙壁上,显得十分的萧瑟。

这里离主宅是最远的,所以路上的落叶也多了起来,看起来这边的仆从打扫得并不上心。

一道月门将寒梅苑阻隔开来,门板上的黑漆剥落了不少,有点斑驳。

绿萼上前去敲门,良久,才有人应了一声,又等了一会,才见一名老仆前来将门打开。

老夫佝偻着腰背,定睛看了半晌才认出卫箬衣来,吓得后退了一步,颤颤巍巍地就要行礼。"老奴见过崇安县主。"

还没等他跪下,卫箬衣就搀扶住了他。

若不是刚刚月门上有一块匾额写着"寒梅苑"三个字,卫箬衣几乎都以为自己走错了地方了,她倒是真的没想到这金碧辉煌的紫衣侯府之中竟然也有这么萧瑟之地。

进了寒梅苑之中,这种感觉更盛。

卫箬衣揉了揉眼睛,草庐!

一小片梅林尽头居然是草庐?!

卫箬衣抬步走了过去,正巧一名妇人正开门出来。"爹,是谁来了?"她身着一身半新不旧的碎花长裙,脸上粉黛未施,头发用一方帕子拢在脑后,除了耳边各缀了一颗红玛瑙的耳环之外,周身上下便再无任何的装饰。

她抬眼也看到了卫箬衣,吓得手一抖,差点将手里拿着的笸箩给扔了出去。

"县主……"她结结巴巴地叫了一声,忙垂眸跪下,"罪妾见过崇安县主。"

卫箬衣听她口称罪妾便知道这是梅姨娘了。

她在回来的路上听绿蕊说起过,卫荣小的时候曾经让梅姨娘帮着照看过一段时间,结果出了点事情,弄得卫荣差点小命不保,所以卫大将军一怒之下,差点将梅姨娘给赶出家门。她口称罪妾,大概便是因为这件事情吧。

"梅姨娘请起。"卫箬衣上前搀扶起了梅姨娘,离得近了,这才将她的样貌仔细地看了看。

十分温婉的一名妇人,样貌不差,很是秀丽端方,其实她与兰姨娘应该差不多大的年纪,只是因为这边日子过得苦,眼角已经爬上了细纹,不若另外几个姨娘那样保养得当。她尽力地敛着眉,不敢看卫箬衣。

其实单从样貌上看,卫箬衣一点都感觉不到梅姨娘会有那么恶毒的心肠,要对一个小孩子下手。反而她倒是觉得梅姨娘是个十分怕事软弱的人,现在她拉住梅姨娘的手,都能感觉到梅姨娘在稍稍地颤抖。

"我大哥呢?"卫箬衣放缓了声音问道。

22 大哥卫燕

在卫箬衣问及大哥的时候，梅姨娘的手明显地又颤抖了一下，似乎是在害怕什么。

卫箬衣柔声说道："梅姨不要害怕什么，我非是来找大哥的麻烦，不知道兰姨娘是不是和梅姨说过要去护国寺替父亲祈福一事？"卫箬衣忽然想到梅姨娘如今身份被贬，她称呼姨娘似乎不妥，所以改口称呼她为梅姨，显得比较亲热一点。

梅姨娘当年犯错，差点便被逐出家门，居于寒梅苑，已经很少见外人了，只有每年过年的时候，她才会出了寒梅苑去前面给老夫人请安问好。每年也就能见卫箬衣一回，知道这位县主素来是眼高于顶，连看都懒得多看她一眼的，今日却是如此的热络，反常必有妖，梅姨娘当然害怕。

"说过。"梅姨娘忙点了点头。"罪妾已经在替大公子准备出行的东西。"说到这里，她的眼眉又蒙上了一层哀色。

她姨娘的身份已经被贬，如今只是贱妾，便是连自己的亲生儿子也只能口称公子。

卫箬衣没改口，依然叫她梅姨娘已经是让她诚惶诚恐的。后来又叫她梅姨，这叫梅姨娘心底多少还是稍稍安顺了一点。

大宅门里规矩多，仅仅是一个称呼便已经是蕴藏各种信息在其中。

"既然明日要与大哥同行，我今日便来看看大哥。"卫箬衣说道，"大哥身体不好，路上需要我照顾吗？梅姨不要与我客气，只管将大哥平日里是怎么用药的，要注意点什么，一并告诉我就是了。"

卫箬衣说完，梅姨娘更是抖得厉害。"不敢，不敢。怎么敢劳烦县主。县主里面请。"她忙侧身将卫箬衣让到了屋子里面去。

虽然是草庐，但是进去之后还是让卫箬衣略感欣慰的，里面收拾得不错，干干净净的没有一丝灰尘。里面的桌椅虽然都是旧物，不过都是完好无损的。墙壁上也挂着一些字画，让原本并不起眼的屋子看起来多了一份素雅清华。卫箬衣虽然不懂欣赏，但是也知道那些字画是出自一人之手。

草庐并不小，连成了一个院落，分东西两厢，东厢朝南的屋子窗外便是一株老梅，枝桠横亘而过，古朴清幽。

梅姨娘将卫箬衣让进了那间屋子里面去，这屋子虽然朝南，但是似乎不经常开门开窗通风，屋子里面有一股浓重的药味，窗户纸也糊得比旁的地方要厚，让外面的阳光根本没办法照射进来。屋子里倒是燃着炭炉，用来取暖，只是炭不是什么好炭，反正卫箬衣一进去就觉得十分的压抑难受。

"大哥？"卫箬衣看到房中一张半旧的软榻上半靠着一个人，就试着叫了一声，梅姨娘赶紧将屋子里的火烛点着。

有了火烛的亮光，卫箬衣这才看清楚了软榻上人的样貌。

他只穿着一身灰布的长衫，腰间未曾束上腰带，松松散散的，更是显得整个人羸弱不堪。墨发垂肩，披散于身后，也是未束未绾，一张面容半隐匿在黑暗之中，看得不甚分明。他扶着床榻边缘坐起，似乎是呼吸不畅，卫箬衣听到一声重喘，那扶在床榻边缘的手却是吓了卫箬衣一跳。

苍白得可怕，几近透明，瘦得皮几乎就是贴在骨头上的。

卫箬衣愣住了。

直到男子故意的清咳声起，卫箬衣这才回过神来，缓缓地将视线上移，这才看清楚了他的容颜。

白，病态的白，因为清瘦，显得一双眼睛更加的大，黝黑的眸子若黑丸，幽幽地注视着她。但是他的样貌却是极好的，虽然已经瘦得有点脱型了，可是依然可见其眉目之中的风韵。卫箬衣自穿越过来已经见过不少美男，姝丽冷冽如萧瑾，温润儒雅如萧晋安和萧子雅，但是自己眼前的这位即便是放在他们的身边也不会逊色多少，已经病瘦成如此地步了，却依然带着一种浑然天成的仙气在其中，宛若水中谪仙。

“见过县主。”他缓缓地开口，摇晃了一下站起，双手抱拳说道。

他的声音十分的清冽，宛若清泉过石。

“大哥赶紧坐下。”卫箬衣上前搀扶了他一下，碰触到他的手臂，心底又是一惊，比她想得还要瘦……

卫燕神色怪异地看了一眼卫箬衣。

他与这个妹妹的关系似乎一直都十分的淡漠，从小开始他就不入父亲的眼，与她相比，她是天上的星辰而自己便是塘底沉寂的污泥一样。

尤其这些年，他身子骨益发的不好，更是少出去走动，所以与外界的联系更少。再加上母亲如今就是这种境地，他这里素来清冷，别说是卫箬衣了，就是其他的妹妹弟弟也不会来看他，更不愿多接触他。

“县主来是所为何事？”卫燕也不愿意与卫箬衣多言，直奔主题地问道。

“没事就不能来看看大哥了吗？”卫箬衣知道自己不遭人待见，但是她见到卫燕这样就觉得莫名的心痛。“外面的字画都是出自大哥之手吗？”卫箬衣柔声问道。

“嗯。”不知道卫箬衣问这个做什么，卫燕淡漠地点了点头。

“真的？”卫箬衣眸光一亮，“大哥写的字可真好看，以后能不能教我？”

卫燕的唇角略抽搐了一下。他久病不起，连门都不出，也就这一点点的爱好在手。

他抿唇不语，心底胡乱猜想着这位高高在上的县主大人到底来是为了什么事情。半晌，他才缓缓地问道：“即便我愿意教，县主有空学吗？”

这就尴尬了……卫箬衣就觉得自己脸上又是一热，唉，大哥你真是一针见血啊，瞎说什么大实话，真的是。

“尽量抽时间学呗。我难得来看大哥，今日就在这里陪大哥用膳可好？”卫箬衣脸皮厚，一笑了之。

在这个侯府之中，她虽不惧怕兰姨娘耍花样，但是既然她要生存在这个家里，就不能光靠她一个人，俗话说一个篱笆三个桩，一个好汉三个帮，她怎么也要替自己拉拢点人在身侧才是，不然等到了独力难支的局面，就更加的尴尬了。

卫箬衣相信自己的直觉，她十分看好卫大哥。

因为县主要在这里用膳，梅姨娘就忙碌了起来，她跑去了外间的厨房，一看就发了愁了，几乎是什么都没有啊。

侯府自几年前老夫人将中馈事务都交给兰姨娘之后，寒梅苑的日子就一落千丈。老夫人当家，至少不会短了他们的用度，但是如今兰姨娘当家，就不那么待见他们了。她曾经审核过家中账目，将梅姨娘叫过去，说老夫人还以姨娘的标准给她月钱就不合侯府的规矩。总之说了一大堆话，每月只按照低等奴仆的标准分发月钱给梅姨娘，在她身边伺候的人也撤了。

虽然卫燕侯府大公子的身份不变，月钱不减，但是迟发、拖延的现象十分的严重。

卫燕身体不好，梅姨娘又怕他平日里为这事情担忧，所以这么多年都是瞒着不说。梅姨娘是侯府的家生子，她的父亲便是侯府的仆从，就是刚刚给卫箬衣开门的那一个。卫燕尚有两个小厮伺候着，不过去年，这两人发现跟着大公子实在是没有什么出息，也知道梅姨娘是个绵软的性子，求了她一通，也就自己去谋了高枝，攀上了卫荣，跟了卫荣去。卫燕知道之后要去和兰姨娘理论，却是被梅姨娘给拦了下来，只说是没了那些乱七八糟的人，自己也能过得很好，这才作罢。

如今卫箬衣一来，她就麻爪儿了，好在她在后院偷偷地养了两只鸡，本是指着那些鸡下点蛋的，现在赶紧就去抓了杀了。

卫箬衣是个通透的人，看看周围这环境，也就知道自己的大哥日子过得并不好。她今日死皮赖脸地要留下吃饭，就是想看看，到底这里的日子不好到了一个什么状况。

“你们两个去帮帮梅姨。”卫箬衣对绿蕊和绿萼说道。

“是。”绿蕊和绿萼躬身行礼之后退出。

卫箬衣就在卫燕的屋子里溜达了一圈。书可真多！靠墙的两排柜子上都已经摆满了。卫箬衣随便抽出了一本翻开，看了看就发现卫燕是个看书十分认真的人，书的页眉与页脚上或多或少地都用毛笔写着字，多半都是自己的见解与随感，字迹清秀，一如他的人一样。

“大哥看的书真多。”卫箬衣不无羡慕地说道。

提到这个，卫燕的眼底泛起了星光，唇角也带了几分笑出来。

久病多年，他唯一能做的便也是这些了。书是他的骄傲。

“大哥笑起来也很好看。”卫箬衣抬眸，正巧撞见了卫燕的笑容，于是也展颜笑道。

卫燕的笑容一僵，忙低垂下了眼帘。

他很想抬手去摸摸自己的脸颊，很好看吗？他已经很久很久都没在其他人面前笑过了。他见过镜子之中的自己，消瘦，无神，羸弱到就连他都唾弃自己。卫箬衣却说他很好看……

还真是会安慰人。

卫燕在心底自嘲地一笑。

“县主今日来，只是为了看我？”他缓声问道。卫箬衣不告而来，这事情在卫燕看来总是觉得那么不靠谱。

“明日就要和大哥一起去护国寺，现在正好闲着没事就来了。”卫箬衣笑靥如花，她将书再度插回到原处，随后走到了桌子边，看到桌上放了一个笸箩，里面堆放着一些针头线脑，还有一个尚未完全缝制完的绣球。

“这个可真漂亮！”卫箬衣将绣球拿了起来，很小巧的一个，用五彩丝线结着璎珞，细细地垂下。绣球里面塞了香包，卫箬衣闻了一下，是清淡的甘草香气，带着一点点的甜味。

“是母亲闲来无事做的。”卫燕说道。

“梅姨手可真巧。”卫箬衣羡慕道，“对了，梅姨会做绣球，那可会做皮球？”

“这我倒不知道，一会你问问就是了。”卫燕先是愣了一下，随后摇了摇头。

“嗯。一定。”卫箬衣只是在这屋子里待了一会都觉得沉闷不堪，这种环境，就是好人都要待出毛病来，更何况是大哥这样的身体。屋子里面虽然除了药味之外也没有其他的异味，但是毕竟不通风，又燃着炭盆，好在有烟筒通到屋外，不然卫箬衣觉得在这房间里面都能中毒。

她巡视了一圈，找了一件厚实的披风递给了卫燕。“先披上。”

“怎么了？”卫燕不明就里，不过还是抬手接了过去。

“让你见点阳光。”卫箬衣笑道。

“不用。”卫燕蹙眉，心底一慌，忍不住咳嗽了起来。“若是县主在这里待不惯就出去吧。”他冷下了面容来说道。

若是按照以前的卫箬衣，现在应该已经甩脸子走人了，不过现在的卫箬衣却是狗皮膏药。她既然要拉拢大哥站在自己的身侧，不达目的誓不罢休。

“大哥你不要赶我走嘛。”她走到卫燕的身侧拉起了他宽大的衣袖，轻轻地摇晃了一下。

他面容清寒，她却笑如春风，似乎丝毫没有被他的冷漠与疏离给困扰，反而带着几分小女儿的娇憨在其中。

卫燕惊骇无比地看着卫箬衣的举动，他可不记得自己什么时候和卫箬衣如此的亲近了。

他的眼神略迷茫了起来。

在卫箬衣很小的时候，他们之间的关系还是不错的。那时候，卫箬衣十分的可爱，她打小就漂亮，总是梳着可爱的花苞发髻，喜欢哥哥长哥哥短地叫他。可惜这样的日子并不长久。

母亲出事之后，卫箬衣就渐渐地疏远了他。

开始，他还会主动去找卫箬衣玩儿，但是卫箬衣见到他都眼底带着厌恶。

她不再哥哥长哥哥短地前后环绕着他，缠着他讲故事，捉迷藏，而是拿粉嫩的小手去拍打他。

他捉住她问为何不喜欢哥哥了，她却说出了让他十分心寒的话：“梅姨娘是坏人，她生出来的孩子也是坏人！”

他那时候气急，恶狠狠地的反驳她，许是态度真的太急了，吓到了她，惹得她哇哇大哭了起来，被正巧经过的父亲看到。父亲一把就将他给推开，将卫箬衣从他的手里抱了起来,大声呵斥着他,让他以后不准再靠近卫箬衣。

从那以后,他们几乎再无交集过。

而今日,她却意外地主动寻来。

恍惚间,记忆之中的小女孩的面容与现在的卫箬衣重合了起来,在他的眼前显得越发的清晰。

不知道是不是触及了心底柔软的所在,卫燕的眼角似乎是蒙上了一点点的微红。

卫燕怔怔地看着卫箬衣,良久他才低叹了一声:“县主想做什么便是什么吧。”她是父亲摆在心尖上疼爱的人。

“那大哥以后不要叫我县主好不好?”卫箬衣见自己缠得还是有效果的,于是马上得寸进尺,“叫我箬衣啊。”

卫燕干巴巴地点了点头,卫箬衣笑得更加的灿烂。

她也知道循序渐进的道理,原主平时应该与大哥十分的疏远,今日能取得这点点的成果卫箬衣已经很是满足了。反正她是属狗皮膏药的,以后就贴着大哥便是了,总能将大哥的心给捂热了的。

等午膳用过,卫箬衣从寒梅苑出来的时候正好看到有丫鬟提着一只篮子朝寒梅苑的方向行来。

“见过县主。”那丫鬟看到卫箬衣先是神情一慌,随后赶忙行了一礼。

“这是干什么?”卫箬衣缓声问道。

“回县主,奴婢这是来给大公子送药。”丫鬟忙颔首说道。

“大哥的药是哪里熬制的?是什么药?”卫箬衣觉得奇怪,问道。她在大哥的房里闻到浓重的药味,还以为是梅姨在草庐里自己熬药呢。

“回县主,都是在大厨房弄好的,每天由奴婢送来,一天两回,有的时候是三回。”丫鬟恭顺地答道。

“哦。”卫箬衣若有所思地点了点头,“一直如此吗?”

“奴婢不知,自奴婢接手以来便是如此。”丫鬟回道,“已经有四年的时间了。”

卫箬衣一挥手,让那丫鬟赶紧进去。

她带着绿蕊和绿萼回到自己的院子之后,马上让绿蕊出去打听一下关于大哥的一切,从他到底生的是什么病开始,为何就连药都是大厨房熬好送去的。

之前祖母生病的时候,她见就是祖母院子里的小厨房有人熬药,还以为各院之中,都是如此。

绿蕊出去了好一会才转了回来,将自己打听到的事情一一说给卫箬衣听。

原本寒梅苑里面也是自己熬药给大公子的,但是梅姨娘在一次熬药的时候睡着了,药熬干了不说,还有火星子蹦出来,烧了起来,差点烧毁了半个草庐,就连大公子也差点被烧死在火里,梅姨娘就又遭了责罚。卫大将军震怒,以后大公子的药就再也不经梅姨娘的手了,而是由大厨房做好,每天找人送去。

“那梅姨娘受伤了吗?”卫箬衣问道。

“受伤了。在手臂上留了点疤痕。”绿蕊说道。

“那大哥到底是什么病?”卫箬衣又问道。

“这个奴婢倒是知道的。”绿蕊说道,“起先也只是风寒罢了,后来拖了很长时间,一直都是好好坏坏的。梅姨娘那次烧了草庐,差点将大公子给烧死,咱们大将军震怒,又是提了要赶梅姨娘出去的事情,大公子就在冰天雪地里跪了一天,这病上加病的,从那以后就再没好了。”

“哦。”卫箬衣若有所思地点了点头。

所以他的屋子才会密不透风,而且说上两句话都会咳得很厉害。

这样的人适合在深秋的天气出那样的大远门吗?

卫箬衣蹙眉,总觉得有点不妥。她起身去了一会祖母那边。

兰姨娘不得不防,大哥是那样的身体,根本不适合吹风出远门。偏生她却安排着大哥与她一起出去,这事情她可是要弄明白一点,免得到时候大哥出了点什么事情,却又一股脑地全栽在她的脑袋上。

翌日,车马在府门前都准备停当。

侍卫选了十名,丫鬟仆从也是不少,就连替卫箬衣带着的东西,都装满了几大车。

卫箬衣一看这架势,就明白兰姨娘这是蓄谋已久了。

短短的一天时间之中,她又怎么会准备得如此周全?

应该是她在王府的时候,兰姨娘就有让自己远行之意。

“侍卫不用这些。”兰姨娘将卫箬衣送到门口的时候,卫箬衣看了一下车马前站着的那些人,笑道,“仆从也不需要这么多。”

兰姨娘笑容微阖。“县主,从燕京城到护国寺,路上尚要行上两天的时间,不多带点侍卫,唯恐不妥。”

就是因为路远,所以卫箬衣就更觉得兰姨娘安排的一切都不妥。防人之心不可无。

她昨天去找祖母,为的就是这件事情。

她在祖母那边撒了一圈娇,是去找祖母借人了。

卫箬衣才刚刚回府,手上除了绿蕊和绿萼之外,其他也没什么能用的人。但是祖母那边却不一样,祖母手里可是有人的。卫大将军留有手下在燕京城,都是跟随他在战场上拼杀了多年的老兵,受了点伤,如今退下来了,无处可去,卫大将军便专门建了一个庄子安置他们。平日里卫府没事,他们就在庄子里面做做农活,等老夫人有所调遣,他们便会马上汇集到卫府来。

老夫人昨天已经命人去调集这些人入府。

卫箬衣看了看时辰,应该差不多要到了。

说来还真的来了。

卫箬衣看到侯府前的大街街口远远地行来了两队人马,皆是身穿黑色劲装,骑着一水的黑色骏马,腰间悬着佩刀,虽然未着军服,但策马并行,十分的齐整,一看就是经过了严苛训练的人。

兰姨娘一看是别庄上的人,便知道是老夫人调集过来的,府中他们也只听老夫人的吩咐。

“县主!”等他们行得近了,齐齐地下马,动作干脆利落。虽然是年纪都大了点,还有不同程度的伤病,但是看起来气势不凡 。

“都起来吧，各位叔叔好，有劳各位这一路护送了。”卫箬衣一颔首，笑道。

为首之人哈哈地一笑：“能保护县主是我们这些人的荣耀。”

兰姨娘笑道：“都是别庄上跟着侯爷拼杀过的老兵，带着伤病呢，怎么能比得上府中的侍卫？”

“兰姨娘此话便是不对了，”为首一人面色一沉，“末将怎么说退役之前也是一名校尉，沙场杀敌无数，即便是如今腿瘸了，功夫还在，怎么就不能保护县主了？若是兰姨娘觉得我们都是一把老骨头没有用了，不如就让府上的侍卫与我们练练，看看是谁更厉害一点！”

23 祈福之路

这些人曾经跟着卫大将军在战场上滚过，气质早就被铁血浸染，傲骨铮铮，如今这话说出来，亦是掷地有声。

虽是现在已经过上了安泰祥和的日子，但是这种风骨犹存。只是一抬眼，一举手之中，都带着那种千锤百炼的煞人气息，又哪里是那些平日里在燕京城养尊处优惯的侍卫们所能比拟的。

单就是这份气势已经高了那些侍卫不知道多少出去。

卫箬衣就喜欢这样的汉子，她竖起了大拇指朝刚才说话的孙校尉一晃，孙校尉朝卫箬衣善意地一笑。

兰姨娘的脸色微微地变色。

庄子上的这些人都是野性难驯的，若是真的与府上的侍卫在大门口打起来，那才真真是叫闹了笑话给全大梁的高门贵胄看了。

她忙出来打圆场："孙校尉，别动怒，不过就是担心你们的身体才多说了一句。既然县主觉得没事，又是老夫人叫来的，那便由你们来保护县主和大公子了。"

她对府中侍卫用了一个眼色，那些侍卫即便是心底有所不平，也只能退下。

卫箬衣抿唇而笑，她就猜到兰姨娘没那个胆子，真能让府上的侍卫和别庄这些人比试?

说话间，老夫人已经在众人簇拥之下缓步行来。兰姨娘目光一滑，不光是府里其他两个姨娘带着各自的女儿跟随着，就连久不在人前露面的梅姨娘与大公子亦是被人搀扶着跟在老夫人的身后，她的心底就是暗自一惊。

"老夫人怎么也亲自来了。"兰姨娘忙迎了过去，行了一个福礼。

"本是应该我这把老骨头也一起跟着去护国寺给毅儿祈福的，"老夫人顿了顿，用目光左右一扫，随后说道，"我这大病初愈的，实在不宜行那么远的路，既然箬衣这姑娘有孝心，代替咱们去了，少不得要出来送上一送的。"她看向了兰姨娘，目光之中带着几分不悦之色，"我老婆子虽是不怎么管事，但是不代表老婆子没用了。燕儿那边是个什么情况，回头你和我说道说道。"

兰姨娘一听这话，更是眼皮子一阵猛跳。

这些年，她的确是对大公子的寒梅苑那边多有怠慢，只是老祖宗早就不怎么过问家中之事了，大公子和梅姨娘那样的性子又不会多言，她是怎么知道的。

是卫箬衣!

昨儿她就听人说起卫箬衣去了一次寒梅苑，不过她是觉得卫箬衣那般的傲慢，早就对卫燕不假颜色,即便是去寒梅苑也是去耀武扬威的,所以并没放在心上。真是大意了!现在的崇安县主真是越来越让她摸不到眉目。

兰姨娘垂下头来,不敢吱声,这是在侯府的大门口,不管她说什么都是错。

只有等将卫箬衣和卫燕送走了,关起门来她再解释,认错。如今是她女儿关键的时候,可不能在这种时候出什么岔子,所以兰姨娘寻思着就是一会让她给梅姨娘端茶认错,她都可以忍,断然是不能将手中的权力分出去才行。

什么都是她谋划的,就连将卫箬衣在这种时候送出去都是她想出来的点子,为的就是让自己的女儿李代桃僵,省得这种时候让别人分了权,成全了别人的女儿去。

她又悄悄地扫了一眼竹姨娘和菊姨娘,就见竹姨娘依然是那副清淡的模样,不悲不喜的,看不出什么表情;菊姨娘却是一副幸灾乐祸的表情。兰姨娘眼眉敛下,心底已经有了计较。

"你派的那些人,我是不放心的,就让我院子里的陈嬷嬷带着几个伶俐点的小厮跟着一起去,路上也帮忙照看着点。"老夫人说道。

兰姨娘更是不敢反驳,忙点头称是。

卫箬衣赶紧过去挽住了老夫人的手臂,撒了一通娇,惹得老夫人眉开眼笑的,这才在老夫人的催促下上了马车。

她在马车里坐好之后,掀开了车帘,看着众人将羸弱的卫燕也扶上了她身后的马车,这才与老夫人和府中其他人告别,踏上了前去护国寺的道路。

等马车摇摇晃晃地走远了,卫箬衣这才长松了一口气。

她在马车的软垫之中找了一个舒适的角度摊成一张大饼,毫无形象可言。

"县主为何要让老夫人调来别庄的人,还求了老夫人让李嬷嬷带人跟着。"绿蕊不解地问道。

"我也不知道啊。"卫箬衣摊手,"你们两个不觉得兰姨娘平日里都不管我大哥了,这次却忽然让我大哥也一起跟着去护国寺有点奇怪吗?"

被卫箬衣这么一说,绿蕊和绿萼就都觉出点不对劲的意味来了。

"大哥那身体现在就和瓷器似的,我若是路上不上点心照看着,怕会出了什么意外,"卫箬衣喃喃地说道,"从现在开始,大哥所有的吃食用度皆和我一样,你们两个帮忙看着点。"

"是。"绿蕊和绿萼对看了一眼,也都在彼此的眼底看出了一丝惶恐之色。

是啊,大公子是和县主一起出来的,县主又是那样的跋扈名声在外,如果大公子再出点什么事情,脏水泼在了自己家县主的脑袋上,还真全身长满嘴都说不清楚。

卫箬衣一路走神,也无心去看外面的风景,思来想去的,虽然她无害人之心,但是不能没有防人之心。不管兰姨娘安的是什么心思,她都必须小心应对着。

一路平安无事那是最好的,就怕会出什么幺蛾子。

等着路上停车休息的时候,卫燕就看到绿萼从前面的马车中下来,径直朝他这边走来。

"大公子,"绿萼停在卫燕的面前,朝他行了一礼,"县主说她那马车宽敞舒适,诚心邀约大公子过去与县主同坐。"

卫燕清咳了两声,蹙眉道:"我身子骨不好,别过了病气给你们县主,你去回了,我在这边就好。"

他这边话音才落,就见卫箬衣也从车上下来,扯着裙摆就朝他跑了过来。

"我就知道大哥是绿萼请不动的,"卫箬衣笑道,"我亲自来请。若是大哥实在不愿意过去,那我搬过来和大哥一起。"

她的眼眉在阳光下飞扬着耀目的神采,却是让卫燕眉头蹙得更紧。

几年不接触,这人怎么成了狗皮膏药了……

车马队是暂时停在路边休息的,今日艳阳高照,卫箬衣身上的红衣在眼光下就显得格外的耀眼。

她拎着裙摆跑过来的时候,四匹快马远远地从路的那头赶来。马都十分的神骏,四蹄翻飞扬起了路上的灰尘。

就是在经过车队的时候也丝毫不减速。卫箬衣刚刚走到大哥的身边就听到急促纷乱的马蹄声,抬头只看了一眼,便马上抬起了自己的衣袖,遮在了卫燕的面前。

一阵烟尘,快马飞驰而过,卫箬衣顿时落了一脸一头的烟沙。

咳咳,她忍不住咳嗽了两声,一手捂住了自己的唇,一手还不忘抬袖挥散卫燕面前的烟尘。等烟尘稍稍散去,卫箬衣气得对着那四匹绝尘而去的快马骂道:"有没有功德心!"尘土太大,迷眼,她是连马上的人是谁都没看清楚。

只是那四匹马跑得甚快,一会就拐弯,没了踪影,哪里能听得到她的骂声。

"头儿,属下要是没看错的话,刚才那是不是崇安县主?"陈一凡悄然地回头看了看。就见在渐行渐远之中,红衣少女站在路边掐腰对着这边大吼,他马上回头过来问一边的人。

萧瑾理都没有理他,继续催马朝前。

陈一凡暗暗一耸肩,看向了花锦堂。

"那不明摆着吗?打头的马车上悬着紫衣侯府的徽记,可不就是崇安县主。你说这是不是叫冤家路窄,咱们出京怎么老是能遇到崇安县主?"花锦堂说道。

"听说这位县主倒是转性了。"跟在最末的冯安笑道,"听说她可是给紫衣侯府露脸了。不过她刚刚护住的人是谁啊?倒是奇了,她不是一直追着咱们头儿到处跑的吗?"

冯安话音一落,就听到萧瑾清冷的声音传来:"你不说话,没人当你是哑巴。"

冯安的笑容一僵,立马闭嘴,乖乖地赶路。花锦堂和陈一凡均用幸灾乐祸的眼神瞅他,该,没眼力介,没见刚才头儿的脸都黑了吗?还说!

其实萧瑾也是在想那个被卫箬衣抬手护住的男人是谁?

适才白驹过隙,速度太快,就连他也看得不甚分明,只是在卫箬衣抬袖遮掩的瞬间看到了一张清淡如水却也俊美不凡的面容,可惜只是一眼也能看出那是个病秧子。

那死丫头的眼光真是越来越差了。

卫燕也是神色一阵的别扭。

适才卫箬衣抬手的瞬间,那个被她护住的男人却是惊了一下,大概是以为卫箬衣要抬手打人吗?

真好笑……

当卫箬衣那纤细的身体挡在他面前的一瞬间,他素来平静的心却是有了一丝丝的涟漪。

都说古代环保,可是古代的灰也大啊!被呛了一嘴沙子的卫箬衣正在呸呸呸地吐沙子。

绿萼忙拿来了巾帕,替卫箬衣擦了擦,见她没有被灰尘迷在眼睛里,这才放下心来。

“大哥没事吧。”卫箬衣问道,“大哥身体不好,可不能被呛到。”

“无事。”卫燕稍稍地发愣,随后终于回神,摇了一下头。

卫燕不知道为什么卫箬衣会忽然对他这么好,他们兄妹之间已经疏离了好多年,说她是虚情假意,其实她根本没有必要如此,她在家中地位超然,又何苦来讨好他这都快被遗忘在角落里面发霉发烂的人。

他能活多久都是一个问题。

卫箬衣自是如愿以偿地和卫燕共乘一车。她瞅得卫燕心底直发毛,即便是他闭目养神都能感觉到卫箬衣好像还在看他。

“你干吗一直看我?”实在是被看急眼了的卫燕忍不住在马车上问道。

“因为大哥秀色可餐啊。”卫箬衣嘻嘻哈哈地笑道。

“胡闹!”卫燕落下面容,沉声呵斥,“就连大哥你也调戏?”

就是这样,她都不生气。“大哥不觉得自己脸上表情多了一些,人也生动了好多吗?”卫箬衣嬉笑着贴过来,撒娇道。

卫燕无语,撇头闭目养神,再也懒得搭理她,只是在心底想着,自己真的是生动起来了吗?

良久,他没感觉到身边再有动静,微微地睁开眼睛,却见她竟然已经靠在了车壁的那侧睡着了……

卫燕更是一阵的无语……

他低叹了一声,略有点羡慕地替她扯过了一块软毯搭在身上。

其实像她这么样活得肆无忌惮,没心没肺的,似乎也很是不错。

夜间,马车行至一个镇子就停了下来。

去护国寺尚有半天的路程,夜间不值得赶路了,住上一晚,明晨再走,午后就到。

客栈的掌柜一看门前停了那么几辆华丽的马车,便知道来了贵客,忙出来相迎。他们这个镇子是前往护国寺的必经之路,燕京城常有贵胄豪门出游,在这个镇子落脚。所以掌柜的也是见过世面的人。

陈嬷嬷过去安排,和掌柜的要两间上房,掌柜的却是一脸的为难。“实在对不住,贵人们来晚了一步,小店仅有的四间上房被刚刚四位客官定下了。要不您去和人家商量一下,请人家匀出一间来?”

他说完就朝大堂最角落里面的一张桌子抬手一指。

陈嬷嬷走过去,见礼之后就礼貌地说道:“若是各位肯让出上房,各位的损失紫衣侯府会全数包了,还会给各位诸多补偿。”

陈一凡看了一眼萧瑾,见他纹丝未动,马上开口说道:“我们赶路也是很累,所以不让了。”他们今日都易容而行,穿的是普通学子的儒衫,脸上的容貌也做了改变。

他们是去骊山书院的。

骊山书院与护国寺同在骊山之中,同一条路上山,与护国寺仅仅只有一墙之隔。

因为燕京城的秋闱舞弊案,京畿地区的秋闱延期举行,众多学子便也就汇集在骊山书院附近一边看书,一边等候。应试的学子之中不少是出身富贵人家的,骊山书院名气大,也是世家子弟与文豪常去的地方,所以有很多其他地方来京的学子就选择在书院居住,只要给得起钱,书院便提供暂居的场所。住在那边的好处是消息灵通,还时常能遇到王公贵胄,不管是去护国寺还是去书院的,只要勤快点溜达一圈,总有收获。

骊山书院毗邻燕京城,是大梁闻名遐迩的书院之一,除了国子监,便是骊山书院的名气大了。

燕京城设有国子监和女学,但是能入国子监和女学的都是公侯世家的嫡出公子和嫡出小姐。因为身份所限,很多庶出之子与庶出之女,便是来骊山书院读书了。骊山书院选拔甚是严苛,甚至有传闻说比国子监和女学更难进入。

豪门贵胄的庶出之子若是觉得一点继承爵位的希望都没有,通过科举进入仕途也是一条发展的道路。况且并非所有庶出之子都不被家中重视,很多都是被家族之中刻意培养的,是以,进不了国子监,但是能进骊山书院也是一种荣耀,有的时候骊山书院的学子甚至比国子监的学子更加的张狂几分。

国子监毕竟是在燕京城,在重重看管之下,规矩严苛。

要住骊山书院的人太多了,所以骊山书院也不得不抬高门槛,若是不能通过他们的测试,那便得花钱。倒不是骊山书院的山长有势利眼,实在是顺了郎情,失了嫂意。但是人家也是给贫寒出身并且学识确实出众的人开了方便之门,只要能入了山长的眼,便是免费居住。现在的骊山书院也是鱼龙混杂,乱得很,很可能就有人在其中浑水摸鱼,没准能找到一些线索。

有了上次埋伏失败的教训,这回萧瑾是从中总结了一下。

他这次没以锦衣卫的身份出京,而是先派了一道手令下去,随便找了一个由头,将花锦堂、陈一凡,还有冯安他们三人派出燕京城公干,而自己则是装病休沐在家,然后改头换面悄然出京与那三人汇合再度朝骊山书院而去。

这一回,行动就他们四个人知道,若是再出什么纰漏,那就是这三个人之中有人泄露出去消息了。

此行,萧瑾他们几个都是假扮成来京赶考的富贵人家公子,准备花大价钱在骊山书院里住下来。这回,他们要住的时间稍稍长一点,顺便看看会不会有人看中他们身上的土豪气息,转而向他们兜售什么不该兜售的东西。

谁知道一出京,又遇到了卫箬衣。

陈嬷嬷好说歹说的,萧瑾就是不松口,陈嬷嬷也没了办法,只能回去和卫箬衣回话。出门在外,陈嬷嬷并不想抬出紫衣侯府来压人,她毕竟是老夫人身边的人。

这镇子上也就这一家客栈,镇子又不大,仅有一条街。

卫箬衣就自己下车走了过去。

"四位大哥,出门在外的行个方便。"卫箬衣过来之后笑道,"我知道你们不差钱,只是我们随行的人中有人身体很不好,我不求四位大哥将房间都让出来,只要让出一间便好,供身体不好的人居住就可。拜托各位了。我们会给各位补偿的。”她柔声说道。

她本就生得极美,这温言软语,眸光轻盈如水,一番话说下来,带着几分央求之意,煞是动人。

陈一凡心一软,差点就要点头了,他看向了萧瑾。

萧瑾依然沉默不语,陈一凡就只能将已经到了嘴边的那一个“好”字,再度咽了回去。

真是铁石心肠的!太没一点点同情心了!卫箬衣不住地在心底吐槽。

“箬衣,回来吧。”卫燕被人搀扶着下车,一边走,一边咳嗽着,他坐了一天马车了,只觉得浑身困乏,酸软无力,“不要强人所难。”

“可是你需要好好休息啊。”卫箬衣回眸急道,大哥的脸色很不好,她看得出来,要不她也不会强人所难的。

“无妨的。”卫燕轻轻地展唇一笑,如明月高悬,自有一番清华倾泻。

“不行。你的脸色都不好了!”卫箬衣坚持道。

“我没事。”卫燕说完又是一阵剧烈的咳嗽。卫箬衣心疼地走过去扶住了他,让他在大堂的凳子上坐下。

“都咳成这样了,还说没事!”卫箬衣跺脚道,她轻轻地拍着卫燕的后背,替他顺着气。

萧瑾眸光轻闪,啪的一声,他手中的空杯子竟是裂开了点细纹。

好不容易卫燕咳完了,苍白的脸上泛起了一丝不正常的潮红,原本清淡的颜色却是妍丽了几分。

卫箬衣倒是专门找长得好看的下手,萧瑾在心底冷哼了一声,已经不想再看下去了,他撇开了头。

卫箬衣再度转眸。“你们占了四间上房,只是匀出一间来,对你们来说并无什么损伤,而我大哥身体不好,经不起长途奔波,如果休息再不好的话,他真的是会病倒了的。算我求你们了。我只要一间上房,我出十倍的价钱可好?”

“他是你大哥?”萧瑾忽然开口,淡淡地问道。

“是啊。他是我大哥啊。”卫箬衣点了点头。

这些人都已经易容了,所以容貌上卫箬衣并不认识,只是觉得这几个人穿着打扮都是十分的富贵,但是每个人的样貌却是平平无奇,不难看也不好看。

萧瑾仔细地想了想,也对,卫箬衣的确是有一个长兄的,听说身体不好,原来就是这位啊。

他上下打量了一番卫燕,随后稍稍地挑眉,对冯安说道:“把你的房间让给他们吧。”

“为何是我?”冯安不服,抬手一指花锦堂和陈一凡,“为何不是他们两个?”

“因为就你废话多!”萧瑾凉薄地说道。

陈一凡“噗哧”一声笑喷了出来,忙捂住自己的唇,手忙脚乱地擦掉唇边的水。花锦堂则同情地拍了拍冯安的肩膀,示意他淡定。

千户大人还记得冯安早上胡说八道的事情呢,真是作孽啊。

冯安垂头丧气。“好吧,我的房间让你们就是了。”

“多谢了。”卫箬衣展颜一笑,从陈嬷嬷那便拿来了银子,亲手送到了冯安的面前,“这是给你的补偿。好人会有好报的。”

冯安见真的给十倍的银子，顿时一扫刚才的颓然之色，眉开眼笑起来。

萧瑾可是见不得他这副没见过世面的样子，冷哼了一声，冯安顿时垂下头去。

冯安刚要伸手去接，就听到萧瑾说道："这位姑娘，银子给我便是了。"

冯安手都伸出去了，此刻也不得不缩回来，一脸的茫然，凭什么啊！房间是他让出的好吗！

卫箬衣就再度走到了萧瑾的面前，将银子放在了他手边的桌子上："多谢这位公子了，敢问公子尊姓大名啊？"

24 县主的直觉

花锦堂和陈一凡都憋住了笑,一副一本正经的样子。

“在下苏城。”萧瑾一抱拳,淡淡地说道。

“那便是多谢苏公子了。”卫箬衣颔首,“苏公子心地善良,将来一定会有好报。”

忍笑好痛苦,花锦堂和陈一凡都要憋出内伤来。如果被崇安县主知道她面前的这个苏城便是五皇子殿下的话,不知道是个什么场面。头儿的心地善良?怎么他们都没觉得呢?诏狱里那些见到萧瑾都要尿裤子的罪犯不知道听到这句话之后会做何想。

“姑娘多礼了。”萧瑾说道。

卫箬衣道谢之后就陪着卫燕上楼。她将上房让给了卫燕,自己则住了一间二等房。在路上,大家得了卫箬衣的叮嘱,所以即便适才陈嬷嬷去和萧瑾他们交涉的时候都未曾提及紫衣侯府出门要低调的道理,卫箬衣可是深有体会的。她却不知道自家马车上的徽记早就出卖了自己,她就没在意到马车上尚有那么一个标志。

大家都安顿下来之后,卫燕虽然困乏至极,但是躺下去还是辗转反侧实在难以入眠。

他实在是摸不透他那个妹妹现在到底是怎么想的。这一天下来,她对他的确是维护照顾,就连好不容易匀来的一件上房也让给他,自己纡尊降贵地去住二等房,这房间虽然只是差了一个等级,但是实际上是差了很多的。娇贵如卫箬衣竟是能为了他做到这种地步,着实有点匪夷所思。

他的心有点感动,只是在府中病了那么多年,也受冷遇那么多年,他觉得自己早就如同枯井一般,静静地等待着生命耗尽,即便是现在卫箬衣带来的片刻温暖,对他来说也只是杯水车薪,不足道也。

绿蕊拿着从厨房里拣出来的药渣回到房里。“县主,奴婢将给大公子熬药的那些药渣都拿回来了。”

“嗯。你放好,标上日期,等到了护国寺,咱们就找个大夫来看看。”卫箬衣点了点头。

“是。”绿蕊应道,随后她压低了声音小声地问道,“县主是真的觉得大公子的药里有鬼吗?”

“谁知道呢,”卫箬衣一耸肩,“但是我总觉得大哥病了这么多年,实在是有点诡异。按照你说的,当年大哥只是染了风寒,一直不好,后来又在冰天雪地里冻了,伤了心肺不是不可能,但是咱们侯府也算是地位显赫超然,给大公子看病的都是御医。这病看了这么多年却是一点起色都没有,反而越来越差,如今走上两步都喘得厉害。我让你拿药渣给别的大夫查一下,并非有别的意思,只是想确定一下其中有没有猫腻。”卫箬衣说道,“你拿药渣的时候有人看到吗?”

“县主放心，没人看到。”绿蕊很肯定地说道，“我是看了随行的婆子将药渣埋了之后，等她离开，去从地里刨出来的。”

卫箬衣点了点头。

这就更奇怪了。

若是寻常人的仆从出门都是能偷懒便偷懒，熬药之后的药渣不是随手就倒了吗？干吗要费劲地去掩埋？

只是这话卫箬衣并没说出来，一切都是她的猜测，并没什么真实的凭据在手中。不过大哥这么多年来用药都不曾经过梅姨的手，而是由大厨房直接送去，便是有人做了手脚，大概大哥也不会有所察觉。

如果是这样的话，那当年草庐的火是不是也起得有点凑巧了呢？

梅姨她虽然只接触了一次，但是看得出来她在照顾大哥的时候是十分细致的，如此温柔细致的一个人又怎么会在给自己儿子熬药的时候轻易睡着，还将自己儿子烧伤了。侯府里面的活并不重，梅姨虽是被贬，毕竟也还是一个妾室，更是不会去做什么粗重的体力活，不至于会困到那种地步。

大哥虽然是庶出，但毕竟是侯府长子，不排除有人想要害他的可能。现在她与大哥一起出行，便是捆在一根绳上的蚂蚱了，小心总是没大错的。

哎呀，卫箬衣越想就越觉得大将军府的水好深。

心好累！

卫箬衣无语望天，她自问自己没做过什么坏事啊，坐公交车的时候会让座，更没干过推瞎子入河那种缺德事，怎么就这么命苦……一肚子的糟心。

翌日，卫箬衣一行准备启程的时候正好瞥见萧瑾他们也从客栈出来。

“苏公子，好巧啊。”卫箬衣善意地打着招呼。

“嗯。好巧。”萧瑾略一点头。

真是巧得不能再巧了，他去骊山书院的路上都能遇到卫箬衣。

昨天，陈一凡已经去探听过了，卫箬衣是和她大哥去护国寺的。

这就尴尬了，他是要住在骊山书院，卫箬衣要住在护国寺，两边只有一墙之隔。

总之，这次说什么都不能让她再揭穿自己的身份了。

萧瑾寻思了一下，觉得锦衣卫的易容术不能说到了天衣无缝的地步，但是也十分的精巧，就连表情都能表现得淋漓尽致，糊弄一下寻常人还是绰绰有余的。卫箬衣应该不会那么轻易地看出他是谁来。

萧瑾表情清淡疏离，卫箬衣也看得出来他不想和自己多说什么，颔首之后便上了车。

等她坐好，就听到马蹄声起，卫箬衣揭开车帘看了一眼，只能瞥见那四匹马绝尘离去的背影。

我去！

卫箬衣忽然瞪大眼睛，指着他们，怒道：“这不就是那四个没公德心的家伙！”

“哪四个？”卫燕不解地问道。

“就是来的路上，呛了我一嘴沙子的那几个！”卫箬衣气道，“早知道是这四个，昨天就不给他们十倍的银子了，怎么也要扣一半下来！”

卫箬衣气鼓鼓的表情逗得卫燕忍俊不禁，眼眸一弯，一抹温润的笑就倾泻了出来。"看他们的穿着，均是富贵之人，可能并不在意你那些银子。"

卫燕觉得卫箬衣现在的样子煞是可爱，忍不住抬手去摸了摸卫箬衣额前的软发，猛然意识到自己的动作对卫箬衣十分的亲昵。他骤然僵住，收敛了自己的笑意，又默默地收回了自己的手，垂下眼帘。"走吧。"卫燕轻声说道。

马车入山，秋寒更盛，卫箬衣刚刚留意了一下，骊山脚下是有一个不小的镇子，名为骊山镇。骊山书院闻名遐迩，护国寺香火又盛，所以山下的这个镇子十分的繁华，商铺林立。

卫燕身上的衣衫比较单薄，一定是扛不住山中的秋寒的。

路过镇子的时候，卫箬衣已经让陈嬷嬷带着两个小厮留下，取了一件卫燕的旧衣为样，在镇子上购置一些厚实的衣服带上山来。

侯府早就和护国寺说过，所以卫箬衣到的时候护国寺方丈已经在外相迎。卫箬衣是朝廷敕封的县主，又是镇国大将军的掌上明珠，自然是十分受重视的。

他们被安排在护国寺里一个清幽雅致的禅院之中，独立的一个院子，两进两出，有两个禅意十足的小院子相隔。卫燕住在外面一进院子里，卫箬衣则住在里面，除了贴身丫鬟之外，其他仆从皆住在套院的厢房之中。

这些禅院本就是为了皇亲贵胄所准备的，里面的陈设用品一应俱全，就连地龙都有。卫箬衣怕卫燕冷，就和方丈说了，早早地将地龙烧起，这样至少在房中能让卫燕感觉到温暖如春。

等和方丈详谈了祈福的过程，卫箬衣才发现兰姨娘果然是不负众望地给自己挖了一个大坑。

来的时候，兰姨娘说一来一去半个月足矣，但是等真正到了这里，问过方丈，才知道要将一整套祈福流程做足的话，半个月根本不够。

按照大梁的风俗，首先要选取吉日为祈福起始的日子，祈福前要沐浴焚香，吉日那天要供奉鲜花蔬果，由高僧诵经，连续九日。这还不算完，祈福者要亲自抄写一部经文，供奉于佛像之前。最后，还要种十方善田，广获法益，正善正行，以满所愿。

卫箬衣就呵呵了，这一套繁琐的步骤，就是她听了都觉得头晕，要是换成原来的卫箬衣，估计现在已经是不耐烦地掀了桌子了。

居然还要种田……

只要原主稍稍流露出些许的不耐烦，或者那牛脾气一上来，觉得厌烦，撂了挑子，应该就会马上传回京中。

卫大将军平安倒也算了，只要是在战场上受点伤，出点事，这一切便会归结到卫箬衣祈福的时候对神明不敬，所以神明降罪震怒之上。即便是卫大将军运气好，毫发无损地回来，要是得知自己的宝贝女儿在自己出征的时候祈福一点都不上心，估计也不免会心寒，继而渐渐地疏远吧。

兰姨娘好手段，真是一扣连一扣，连个喘口气的机会都不给……

要是她在这里认认真真地将所有的步骤做完，估计最快也要一个月才能回京。

一个月的时间，都已经入冬了。梅姨做不了主，亦是什么消息都不知，只知卫燕要出门一回，几天便回。兰姨娘心知肚明，却是一件冬衣都不曾替大哥准备，大哥又是那种隐忍不发的性子,只怕便是冻死都不会开口相求。

到时候祈福不利,大哥再出点事情,卫箬衣这是要被人一点点地架在火上烤的节奏。

实在是太阴损了,温水煮青蛙,让卫大将军在潜移默化之中与自己疼爱的女儿离心。

卫箬衣赶紧又问了方丈有没有什么禁忌之事。方丈想了想说,只要在山寺之中不沾染荤腥,除了这个,也没别的什么需要忌讳的。卫箬衣这才稍稍地放下心来,还好还好,总算不需要她一直跪着陪诵经什么的。只要她抄写一部经书,外加不能在寺里吃肉。

等送走了方丈,卫箬衣就一把拽着绿蕊,和没骨头一样靠在了她的身上。

"县主这是怎么了?"绿蕊拍了拍卫箬衣的肩膀,温柔地笑道。

"呜呜呜,我感觉到生活好艰难。"卫箬衣嘴一瘪。

"奴婢感觉到这里很好啊。"绿蕊环顾了一下四周,虽然陈设简单了点,但是住起来并不比在侯府的时候差多少,况且被褥都是从府上带来的。

"为什么我感觉一点都不好?"卫箬衣叹息道。

"哪里不好?县主倒是说说,奴婢去想想办法。"绿蕊笑问道。

"不能吃肉,便是大大的不好。"卫箬衣站直了身体。她是纯正的肉食动物啊,三天不吃肉,她已经觉得很难熬了,想想自己在这里要那么多天不能吃肉,简直就是人间惨剧,惨绝人寰。

绿蕊……

好吧,她和县主的想法永远都不在一个平面上。

绿蕊犹豫了片刻,压低了声音说道:"隔壁便是骊山书院,山下有骊山镇,若是县主真的熬不住,咱们到这两处地方吃……不在护国寺里面,应该不算犯戒吧……"

卫箬衣眸光一亮,再度抱住了绿蕊,狠狠地亲了她一口。"我的好绿蕊,要是我没了你和绿萼两个,这日子可怎么过啊!"

绿蕊这些日子陪伴卫箬衣,即便早就对她诸多惊世骇俗的举动已经见怪不怪,现在也不免满脸通红,笑着挣脱开,跑了出去。

因为经书要供奉在佛前,所以要在吉日之前抄好。卫箬衣不敢怠慢,打发了绿萼去找方丈取了一部经书又取了纸笔过来。

等她把一切都铺开,坐在桌子后面翻开经书这么一看,又惊呆了!

里面的字,愣是没几个能看懂的……

卫箬衣抓耳挠腮的,明明都是字,从现代搬来古代咋就变得那么难……

比照着经书,卫箬衣试着抄写了两张,那种生无可恋的感觉油然而生,恨不得一口老血吐死。她完全用不惯毛笔啊,软塌塌的,都不敢用力,那字写出来比螃蟹爬也好不了多少了。

卫箬衣泄气地趴在了桌子上装死。

绿萼走了进来,见到自家县主这副德性,顿时忍俊不禁:"让县主写这个是难了点。"

一脸呆滞的卫箬衣缓缓地抬起头来。"笑吧,笑吧,尽情地笑吧,你家县主我就是一个不学无术的草包,连写字都不会。"她心底的忧伤已经逆流成河,好好的一个学霸,如今沦落到被自己家丫鬟耻笑的地步。

"可是大公子在啊。"绿萼笑道,"县主何不去找大公子?奴婢记得以前大公子还有神童之名呢！琴棋书画，样样精通啊，还跟着咱们侯爷学过咱们卫家的刀法。”

啪嗒。

毛笔落地，卫箬衣站了起来，双眼放光。“我大哥有神童之名？”

“对啊。”绿萼点了点头，“大公子身体好的时候十分的聪慧，五岁就能作诗……”还没等绿萼说完，卫箬衣已经捧着经书一阵风一样地冲了出去。

唉，是自己蠢了，明明带了一个书画大家在身边，却偏偏给忘记了。

卫燕抄书的样子很好看。

原本卫箬衣是怕卫燕累着，想让他明日再写的，但是卫燕说反正闲着也没什么事情做，抄写经书对他来说只是小菜一碟，卫箬衣这才让人给卫燕铺开笔墨纸砚，自己也坐在一边陪着。

他写的字更好看，一如他的人一样，清秀淡雅，即便卫箬衣这个大学渣也能感觉到其中风骨。

方丈派了一个小沙弥过来传话，吉日已经选定了，五天之后，所以抄写经书的时间是绰绰有余。卫箬衣就更加的不着急了。

陈嬷嬷也带着小厮回来，过来请了安，还将新替卫燕购置的冬衣放下。

“回县主的话，这已经是镇子上能买到的最好的了。”陈嬷嬷说道。

卫箬衣让绿蕊和绿萼帮着将衣服展开，一共是四套崭新的服饰，就连鞋袜都有。陈嬷嬷的眼光极好，选的都是素净秀雅的颜色，与卫燕的气质十分的相配，更有两件厚实的棉披风，素锦的面儿，领口还嵌着一圈黄褐色的貂毛。

卫箬衣看着欢喜，直夸陈嬷嬷会办事，还让绿萼给了赏钱，陈嬷嬷亦是眉开眼笑地告退了出去。

“大哥，以后我每天过来陪着你出去稍稍地走动一下，你也需要见点阳光，活动活动的。”卫箬衣柔声对卫燕说道，“你旧病自然是体虚，但是一点都不动，对身体也没什么好处，咱们多晒晒太阳，没准就能慢慢地好起来呢。”

卫燕抬眸，凝视着卫箬衣半晌，他缓缓地开口：“你……”才说了一个字，便又是一阵剧烈的咳嗽。

卫箬衣忙给他顺气，好一阵子，他才缓过来。

略带虚弱地抬手，卫燕看着卫箬衣的眼睛说道：“你让你的丫鬟先出去一下，我有话要问你。”

“好。”卫箬衣点了点头，遣散了绿蕊和绿萼。

绿蕊和绿萼还细心地替他们将房门关上，并站在了门口看护着。

“坐吧。”卫燕指着自己对面的椅子对卫箬衣说道。

“得，我还是站着吧！”卫箬衣笑道，不知道怎么的，刚才大哥那句坐字，忽然让她生出了几分熟悉感，就好像小时候读书在学校里面调皮捣蛋，被老师拎到办公室去的感觉一样。

“你为何忽然会对我如此的关切？”卫燕说道，“我一久病之人，废人一个，对你而言并无用处。”

“那大哥就太妄自菲薄了。”卫箬衣一撇嘴，“谁说大哥是废人的？”她指着桌子上尚未收起来的经文说道,“看看大哥写的字,就知道大哥一肚子的墨水了。我见过拱北王府子雅大哥的字,我即便不怎么会看,也看得出来大哥的字与子雅大哥的字不遑多让,各有千秋。据说子雅大哥的字一字千金,我大哥的字即便没有那么贵重,百金也是绰绰有余的。所以大哥啊,你不要太沮丧了,你可知道你刚才已经写了一大堆钱出来了。”

卫燕瞬间有种和卫箬衣说不下去的感觉,他只觉得自己唇角似乎在慢慢地崩裂,想笑,但是还要忍着。

为何几年不接触,她忽然像变了一个人一样。

卫燕将卫箬衣上上下下地好好审视了一番,是他的妹妹没错,可是总觉得有点不对。“你想让我写字帮你赚钱?”他不解地问道。

卫箬衣看卫燕的表情就知道他是在审视自己,于是马上走过去,拉住了他的衣袖摇晃。“大哥在笑话我吗?我哪里去要什么钱……之前是我的错,是我不该胡说八道地说你和梅姨的。”她和绿蕊还有绿萼打听过了,亦是知道了大哥与她疏远的原因。只是在她追问到底是谁教了原本的卫箬衣说那些话的时候,绿蕊和绿萼却纷纷摇头,都说不知道原本的卫箬衣是从哪里听来的那些话的。

那时候卫箬衣尚且年幼,一个小孩子,如果不是受人挑唆哪里会说出那么恶毒伤人的话来,偏生说的机会又那么的巧,早不去晚不去,偏偏要等卫大将军经过的时候去刺激卫燕。所以,卫箬衣怎么想都觉得当年是有人刻意在离间她与卫燕之间的感情。

刚刚又听绿萼说卫燕小时候是个神童,琴棋书画样样皆精,还跟着父亲学过卫家刀法,怎么听都是一个能文能武的好苗子。只可惜当年的好苗子到了现在成了一个郁郁寡欢的病秧子。

卫燕的脸色一白,又咳嗽了两声。

“你别生我的气了好吗?”卫箬衣柔声说道,“我从小就喜欢黏着大哥,以后我也会好好地照顾好大哥的。”

卫燕的心底大动,听着自己妹妹那温柔之中带着几分软糯的话语,再看着她那双澄明如清泉流水一样的双眸,他构筑在心底多年的心墙似乎崩塌了一角。

“你真不嫌弃我?”卫燕稍稍地敛眉问道。

“你看你都不嫌弃我,我凭什么嫌弃你啊,”卫箬衣说道,“我还指望大哥教我点东西呢。”

“你若是真的只是想学东西,只管和老夫人说去,她会找人教你。”卫燕不知道怎么了,有点憋气。他希望卫箬衣不带任何目的地亲近他,如果只为了学东西,何必来找他?任何人都可以。

“那些人怎么能比得了大哥你呢,”卫箬衣接下去的一句话,顿时让卫燕心头的恼意一扫而空,“他们又不是我大哥,我只想学大哥和父亲教的东西。”

卫燕的嘴角抑制不住地上翘,他再度抬眸,原本暗沉的眸光之中已经带了几分柔柔的暖意。“几年不见,你倒是学得油嘴滑舌了。”

25 她怀疑那药有问题

翌日,卫箬衣还在呼呼大睡的时候,绿蕊进来悄悄地将卫箬衣唤醒。

迷迷糊糊地睁开眼睛,卫箬衣又翻了一个身。“怎么了?”她顺嘴问道。

“五公子来了。在前院和大公子说着话呢,”绿蕊说道,“他听说县主还没起身就没过来。”

五公子?才刚刚醒的卫箬衣又是一脸的茫然,谁啊?

“就是县主的弟弟,咱们府上的五公子卫静霜,荣哥儿!”绿萼一边卷起纱帐,一边笑说道。

卫箬衣这才反应过来。

大哥卫燕入族谱的名字为卫静雪,她那个还没见面的弟弟就叫卫静霜,只是他们还在幼年的时候,卫大将军又打了一个胜仗,陛下一高兴就给卫府的两个男孩儿赐了字,一为燕,一为荣,所以现在大家反而不怎么称呼他们静雪和静霜,只用当年陛下赐的字了,卫燕和卫荣。

陛下特地为卫大将军府的两个庶出之子赐下字来,也是轰动燕京城的一件事情,虽然说只是陛下上下嘴皮子一碰的事情,但是那也是天大的荣耀!其他府上便是拍马也追不上。

他就是卫华衣的同胞弟弟啊。之前,卫箬衣是听说了卫荣在书院读书不在家中居住,原来就是在隔壁的骊山书院,那就必须要见一见了。

卫箬衣爬了起来,折腾了一番之后,本是想去前面的,但是后来想了想,她还是安安稳稳地在自己的院子里坐着。她是家中嫡女,又是陛下亲封县主,没必要上杆子去见自己的一个弟弟。况且上次卫华衣和竹姨娘还曾为了胭脂水粉的事情去老夫人那边告过她,竹姨娘护女心切她能理解,但是不问青红皂白的,这种她就不喜欢了。

卫荣得了信儿,说是县主已经起了,他就扶着卫燕一起走了过来。

卫家的人长得都漂亮,看看卫华衣的容光便知她的同胞弟弟卫荣不会差。

等卫荣扶着卫燕过来,卫箬衣一看,果然是个粉妆玉琢的少年,唇红齿白的。他遗传了他母亲竹姨娘的一双凤眸,笑起来的时候眼梢是略略地朝上,煞是勾人。

“见过长姐。”他过来行礼,卫箬衣只是淡淡地哼了一声。

卫燕脸色并不好,卫箬衣只看了一眼,就觉得大哥对卫荣并不愿意亲近,适才被卫荣扶着过来的时候,大哥的身体都是僵的,不像是被她扶着的时候那样放松。被卫荣一放开,他就走到一个相对较远的地方坐下,便是连看都不想再看卫荣一眼。不知道刚刚卫荣在前面和卫燕说了点什么,惹得卫燕如此的不开心。

卫燕的身体不好，全燕京城都知道，作为卫燕的弟弟，即便不是很亲近，来探望的时候也应该选点能让他开心的话来说。卫箬衣与卫燕虽然只相处了两三日，也知道卫燕并不是一个小气记仇的人。定是卫荣在背着别人的时候说了什么刺激了卫燕，才会让他神色如此的差。

卫箬衣在观察卫荣，卫荣也在细细地打量卫箬衣。他接着母亲的信了，信里母亲说她曾经试探了这个县主一回，打从她撞了脑子回来似乎性子变了，让他若是见了，小心点应对着。

不过从刚才卫箬衣那般表现来看，卫荣并没发现什么异常的状况，还是那副高高在上不可一世的模样。

“知道长姐要来，我的同窗好友都说要好好地款待长姐一番。”卫荣笑道，“不知道长姐可否赏脸？”

“既然是你的同窗好友，见见也无妨。”卫箬衣点了点头。毕竟是自己的弟弟，面子上面还是要过的去的。大梁朝民风算是比较开放的，并非有那么多的男女之间的限制，便是在骊山书院之中也是有女学子的。

卫荣笑道：“那便是太好了。”他拍了拍手。“骊山书院风景甚好，不知道长姐愿意不愿意随我过去看看呢？”

“等明天再说吧。”卫箬衣点了点头道。

“那我便过去准备准备，等明天再来接长姐过去。”卫荣笑着起身告退出去。

等卫荣出去了，卫燕这才抬眸看了卫箬衣一眼。

“大哥有什么事情便说吧。”卫箬衣一下子就看出卫燕有点欲言又止的感觉，于是笑着说道。

“算了。”卫燕自嘲地一笑，“便是说了你也不一定会去做，反而惹得你不喜了。”

“哪能呢？”卫箬衣赶紧过来挽住了卫燕的手臂，撒娇道，“大哥对我好，我自是会听大哥的话。”

卫燕抬起眸子来，注视着卫箬衣，半晌，他才缓缓地说道：“并非我要离间你与卫荣的关系，但是他的朋友，你最好不要太过接近。”

他虽然久病，足不出户，但是卫荣每次归家，都要去草庐见他，有的时候亦是会带着他的朋友一起去。

卫燕的手紧紧地扣在了椅子的扶手上，眉心轻轻地蹙起，似是想起了什么不愿意想起的事情。

卫箬衣的心隐隐地一痛。

她忍不住抬手轻轻地抚摸在了大哥的眉宇之间，试图抚平他纠结在一起的眉心。他即便是自己的大哥，也不过才十七岁的年纪，这种年纪的人本应该就是张扬外放，而不是如他这般暮气沉沉，一片死气，看着就叫人揪心。

“大哥，”卫箬衣柔声说道，“你蹙眉不好看，我还是喜欢看你笑起来的样子。”

卫燕身子轻轻地一颤，恍然回神，落入眼眉之中的是卫箬衣关怀的柔软眸光。

卫燕勉强地展颜一笑，挥去了心头的阴霾。

“对了，大哥，一会咱们去镇子上吧。”卫箬衣笑道，“你去加件厚实点的衣服，陪我去玩玩。”

要出去见生人啊……卫燕有了片刻的犹豫，不过看着卫箬衣那略带恳求的目光，卫燕便是不忍心去拒绝她了。

“好。”卫燕点了点头。

这时候，绿蕊进来。“回县主的话，曹嬷嬷来给大公子送药了。”

卫箬衣挥了挥手。“让她端进来吧。”随后她又给了绿蕊一个眼色，绿蕊会意。

曹嬷嬷进来，将手里端着的托盘放下，笑道：“给县主和大公子请安。老奴给大公子送药了。”说完她就在一边站着。

“干吗还站着？”卫箬衣看了她一眼，“药不是拿来了吗？”

“大公子药还没喝呢。老奴等着大公子将药喝下去，好收了东西。”曹嬷嬷笑着说道。

卫箬衣眼睛一翻。“我倒不知道我们紫衣侯府什么时候主子要看着奴才的脸色做事情了。我哥爱什么时候喝就什么时候喝，和你有关系吗？你杵在这里做什么？出去！”

素来知道府上的崇安县主是个不好惹的主，那曹嬷嬷刚刚脸上还带着笑立马就僵住了，她忙低下头，福了一福，走了出去。

绿蕊也跟着一并出来。

“绿蕊姑娘，你们县主是个不好处的主子吧。真是凶，”曹嬷嬷出来之后拍了拍胸脯，对绿蕊说道，“可是为难了你们两个了。”

绿蕊只是笑了笑并没搭话，哪知那曹嬷嬷又凑过来说：“绿蕊姑娘，这几天县主怎么总是和大公子在一起？以前县主不是理都不理大公子吗？”

绿蕊朝她翻了一个白眼：“县主和大公子都是主子，主子们出游来此，自然是在一起的，有什么好奇怪的，要是我们县主天天和你混在一起，那才叫奇怪呢。”

绿蕊的话将曹嬷嬷怼得顿时哑口无言，只能干巴巴地笑了两声：“都说跟在主子身后的姑娘们嘴皮子利索，今儿老婆子算是领教了。”

“该管的管，不该管的就不要管。”绿蕊轻哼了一声，“没的白白地被主子刮上一顿，值当吗？”

“绿蕊姑娘说的是。”曹嬷嬷笑道，“老婆子一直在厨房里做事，甚少和主子碰面，是说得多了。以后还要绿蕊姑娘多提点提点。”

“别，你可是府上的老人儿了，主子们都信任着你，要不也不会将你放在厨房里不是。”绿蕊说道，“就是我们县主的脾气你也知道，少说便是。”谁都知道各府的厨房是个肥缺，曹嬷嬷多少也算是大厨房里面的一个小管事，别看每天就帮买个菜什么的，每年积累下来也是手里有不少的油水。

“是是是。”曹嬷嬷连连点头，却是再也不敢和绿蕊打听卫箬衣和卫燕的事情了，而是在一边站着等。

卫燕习惯性地将药碗端了起来，喝了这么多年的药了，都已经麻木了，有的时候他甚至有几分恍惚，喝药似乎只是因为到时候该喝药了，而不是为了治好自己的病。卫燕的心底涌上一丝的酸涩，药很苦，入口之后那种苦味能让他感觉到自己还活着。

一只柔润白皙的手挡在了他的碗口，按住了他都快要送到唇边的药碗。

卫燕不解地抬眸。

“大哥,今日的药就暂时别喝了吧。”卫箬衣说道。

卫燕更是不明白为何卫箬衣会这样说。

“咱们一会去镇子上,找个大夫好好地瞧瞧。”卫箬衣轻声说道。

“我的病一直都是请的太医看的,越看越差,这乡野之间的大夫又怎么能看得好。”卫燕虽然明白卫箬衣是在关心自己,但是一想到自己的病体,他更是沮丧。

“大哥,你看咱们现在就好比在迷宫之中。”卫箬衣轻轻地将药碗从他的手里拿了过来,走到了房中放置的盆栽边上,将药碗里面尚有余温的药汁全数倒在了盆栽的花盆里,“完全不知道前路如何,也不知道该怎么出去,既然一条路已经走了那么久,都没有什么成效,有的时候换条路来走,也未尝不可。”

“你说什么便是什么吧。”卫燕淡然一笑,知道卫箬衣是好心,药都已经被她给倒了,他还怎么喝?

卫燕瞅了一眼那盆盆栽,苦了这棵小树了……

没过多久,绿萼就走了回来,进门之后行礼。“县主,今日的这药渣子也取回来了。”绿萼说道,“绿蕊还在外面看着那曹嬷嬷呢。”绿萼适才一直等候在厨房的附近暗中观察着,等曹嬷嬷将药渣都藏好,端了药走了,她又等到四下无人,这才将被曹嬷嬷藏起来的药渣取了回来。

“让曹嬷嬷进来将空碗收走吧。”卫箬衣说道。

“是。”

不一会,得了信儿的曹嬷嬷进来,见卫燕正在用帕子擦拭自己的唇角,而他手边的碗里已经是一滴不剩了,这才放下心来。

等曹嬷嬷走了之后,卫箬衣给卫燕竖了一下大拇指。大哥好聪明。竟是如此的配合她。

卫燕转眸对卫箬衣勉强地展颜一笑,心底更是惶恐和苦涩。

他是何等的聪慧,只是听了卫箬衣与绿萼的话便是神情一变。

卫箬衣在怀疑他的药有问题!

他病了这么多年,倒是真的不曾想过这些。

如果卫箬衣的猜测是真的……那他这么多年算是什么?

愤怒,不甘,懊恼,压抑纠缠着,似从心底生出了无数的藤蔓紧紧地束缚住了他的心脏,捆得他心尖儿生疼。他忽然重重的一拳砸在了身边的黄花梨桌几上,震得“嗡”的一响,倒是将卫箬衣给吓了一大跳。

“大哥,先别激动。”卫箬衣赶紧说道,“我也只是揣测一下,未经证实,还做不得数。”她赶紧劝说道。

26 小镇回春

卫燕刚才因为情绪激动,所以又是一阵激烈的咳嗽,咳得卫箬衣心惊胆颤的。照他这么咳下去,卫箬衣感觉大哥都要将肺给咳碎了。

好不容易,卫燕才平复了下来,他深吸了一口气,抬眸凝望卫箬衣:“若这事情是真的,我这些年便是活到狗肚子里面去了。”

“没事,大哥还年轻。只要找对病因,找出症结所在,会一点点地好起来的。”卫箬衣柔声说道,“咱们不着急,慢慢地找,总能找到治好你的办法。”

心头似猛然被阳光一照,就连最后的一点点设防也在这瞬间崩塌。卫燕已经很久很久没有哭过了,但是此刻他的眼眶不自觉地就红了起来,适才的愤怒不安与压抑似乎在卫箬衣明媚的眸光之中一点点地被驱散,留下的便是一片春暖花开。

久不出门,在镇子最繁华的街口一下车,卫燕心底便有了几分胆怯之意,就连眸光之中也带了几分彷徨与不安。

他早就已经不适应人多的地方了,看着眼前街道上人来人往,他都有点要晕的感觉。

卫箬衣朝前走了几步,发觉身边除了绿蕊和绿萼之外好像少了什么,再一回头,看到大哥却依然站在路边,有点慌张地看着自己。

卫箬衣赶紧跑了回去,亲昵地拉起了大哥的手,笑道:“你看看咱们兄妹就是与旁人家的不一样,我整天在外面跑,你却被养在深宅之中。大哥,你看起来特别好看,你特别适合穿这样素白的衣服,我刚才一回头,哎呀,就感觉看到了仙人一样。我今儿啊也算是明白了为何你不常出门了,大哥这么漂亮,就是朝这边一站,就已经够引人注目的了,你说那些大姑娘小媳妇要是走路只顾看大哥去了,撞在一起,岂不是我家大哥的罪过了?”

“又胡说!”卫箬衣这么一插科打诨,卫燕心头的胆怯倒是淡了不少。他忍俊不禁,眼底倾泻出一丝淡笑,整个人显得更加的温润俊俏。

感觉到自己略带寒意的手被卫箬衣牵住,卫燕的心底更是有了一份莫名的踏实。他迈开了脚步,跟在了卫箬衣的身侧。

“头儿,看,崇安县主啊!”陈一凡抬手拱了一下萧瑾,指着街对面远远走过来的一对璧人,“还真是奇了,哪儿哪儿都能遇到他们。”

萧瑾早就看到了人群之中卫燕与卫箬衣,没法看不到,实在是太惹眼了。卫箬衣那一身红衣在秋日明媚的阳光下,就如同一团跳跃的火焰,除去了那些多余而累赘的首饰,现在的卫箬衣美得就好像冬日绽放在雪中的红梅,妍丽,高洁。而她身侧牵着的人则是眼眉清离润泽,温雅如玉,即便是子雅堂兄来了这边,只怕也盖不过他的风采,只是这人脸色过于苍白,少了一分生机,却是多了一份让人心碎的脆弱,更是该死的惹人怜惜。看卫箬衣对她大哥呵护备至，萧瑾就觉得卫燕实在是太弱了，居然让一个女人护成那个样子。要是换作他，即便病了也不需要那般的照顾，素来都是挺一下就过去，实在挺不过去，找点药吃也好了。

“崇安县主的大哥当年也有神童之名，几年不见，却落到这种田地，真是叫人感慨，不过看起来他们兄妹感情不错。崇安县主一直拉着她大哥的手，旁人若是不知，还以为他们是一对呢。”花锦堂低声说道，他还没说完，就被陈一凡暗中踢了一脚。花锦堂回眸，看到了萧瑾那张沉静如水的面容，顿时觉得自己多嘴了。

“继续说啊。”萧瑾淡淡地说道。

“不说了。”花锦堂讪笑了一下，“没什么好说的了。”

“他们进了回春堂。”冯安说道，“崇安县主是陪她哥哥看病去了吧。奇怪了，给紫衣侯府看诊的不都是宫里的御医，怎么还要跑来这种乡下地方找大夫？”

陈一凡、花锦堂齐齐地回眸瞪他，大家都看到了，要你多嘴？

冯安摸了摸自己的脑门，闭嘴了，刚刚他好像没说错什么话吧，怎么感觉大家都在针对他一样……日子过得好艰难。

“我看你们都是忘记了自己要来干吗的对不对？”萧瑾略带凉意的声音飘了过来，“一口一个崇安县主，说起他们家的事情如数家珍，是生怕别人不知道你们是认识她的对不对？都是外地来的学子，怎么可能认识那样身份的人？”

三个人闻言齐齐地低头，他们错了……

萧瑾他们已经在书院里住下，现在出来是采买点生活的必需品以及笔墨纸砚等物，却不想在这里又遇到了卫箬衣。

不过冯安刚刚的话说得倒也是在理，萧瑾不由多看了一眼，稍稍地蹙眉，多了几分耐人寻味的眸光夹杂其中。

卫箬衣陪着卫燕进了回春堂，刚刚绿蕊和镇子上的人打听了一下，这镇上就属回春堂最出名了，十里八乡的人有个什么疑难杂症的都来回春堂找一个叫简巡的老大夫看病。他是这附近有名的神医，就连燕京城也有人寻过来找他看诊，可见手里还是有点本事的。

简大夫还真是回春堂里面最忙的大夫。等了好久才轮到他们。

等卫箬衣扶着卫燕进去，简大夫给卫燕把了把脉脸上就略显露出了疑惑。

卫箬衣看着他的表情就紧张了起来，比卫箬衣更加忐忑不安的是卫燕。

“这位公子，伸出舌头来看看。”简大夫说道。

卫燕依言照做。

“倒是奇怪了。”简大夫看过之后低头沉思了片刻，又仔仔细细地询问了一下卫燕的病因，最后摸了摸自己下颌的一缕白须，“公子你这病的确是伤及过心肺，不过老夫总觉得有点诡异。适才从公子的脉象来看，乱中有稳，如鼓槌相碰，连绵不绝。公子以前的身体应该是很好的。”

卫燕点了点头，小时候他的身体是不错，还习过一段时间的武，不过现在也荒废了。

“小孩子是容易被冻伤，但是小孩子长得快。老夫看两位穿着不俗，应该是富贵人家，就是养也能养好了。可是老夫也说不上来到底哪里有不妥之处，”简大夫说道，“从脉象的表面上看，的确是心肺受损，旧伤沉疴，但是这位公子心跳有力，又似乎是在努力地恢复之中。”

“那劳烦大夫帮忙看看这些药。”卫箬衣给了绿蕊一个眼色。

绿蕊点头，将手里拿着的布包放在了桌子上，打开，里面按照时间先后，整齐地排列了好几个纸包，每个纸包上都标注了日期和时辰。

卫燕一看，便知道卫箬衣是用了心的，她是将最近几天他喝过的所有药的药渣都收集了起来，心头更是如同被温水润过了一样的舒适。

谁对他真心，谁对他假意，他能感觉得到，只是他没想到自己那个素来张扬跋扈的妹妹竟然能为自己做到这种地步。他敛下了眼眉遮蔽住了眼底的光。

老大夫将纸包一一地打开，又将里面的东西仔细地分辨了一下，随后从中拿出了一种草药的残渣，说道：“这位公子，许是府上之人弄错了吧，这些药的确都是温养心肺，止咳之药，但是这一种药的剂量偏大了，是正常的两倍。这药不能这样用，用多了便会起到反作用，时间长了，会在体内积累成毒的。”

老大夫的话说完，卫箬衣就赶紧看向了卫燕。

卫燕的脸色比刚才更白了，似乎在这一瞬间全身的血都被老大夫的一句话给抽离。

积累成毒！

良久，卫燕才缓过来，抬起了自己的手，掩住了自己的眼睛，竟是失声笑了起来。

“老先生，不好意思，能不能让我和大哥单独待会？”卫箬衣见大哥情绪失控，赶紧抱歉地对简大夫说道。

简大夫是个慈祥的老者，他活了那么大一把年纪，看多了世间冷暖，自是不再多言，而是做了一个请的手势，起身离开。

卫燕开始还是低低地在笑，越笑便是越厉害，最后竟是带着一丝的悲鸣在其中，如杜鹃泣血，让卫箬衣听得心惊胆颤的。她也有点懵了，不知道该怎么安慰卫燕，只有伤心至极的人才会发出这样悲切的笑声。

“大哥。”良久，卫箬衣才缓缓地张开双臂揽住了卫燕的肩膀。

她能感觉到他单薄的肩在她的手臂中颤抖。

眼眶也不由跟着有点湿润起来，卫箬衣实在不知道自己该说点什么好，只能轻轻地拍着大哥的肩膀，以示安慰。

不知道过了多长时间，卫燕这才缓缓地平复了下来，止住了自己的泪水。他放下了遮掩在自己眼眸上的手，再度看向卫箬衣的时候，双眼已经是赤红一片。

“我是不知道我这几年竟然变成了一个旁人眼中的笑话。”卫燕哑声说道。他反握住了卫箬衣的手，将她的手从自己的肩膀上拉下来，眼底一片死灰。

卫燕眸中的沉寂让卫箬衣更是担忧。

其实她明了卫燕此刻的心情。想他原本小时候就是神童，应该是收获无数的赞誉，父亲又传授过刀法给他，他对未来的憧憬应该是一片光明的，偏生一连遭受这么多的打击，再加上多年的病痛已经将他所有的锐气和心力消耗殆尽，如同行尸走肉，现在忽然有人和他说，你这么多年承受的东西本不该是属于你的，而是被人构陷的，这叫原本就心气高傲又带着一点清高的大哥怎么能承受得住。

“大哥，你别这么消沉。我看那简大夫是真的有点本事的。我陪着你在护国寺住下，先把身体调养好,我们再回燕京城。这件事情的幕后黑手总归跑不出是咱们府上的人。等你好了,咱们慢慢查。大哥,我也是撞坏了脑子的人,之前很多事情我都不记得了。绿蕊和绿萼说你小时候是神童,又曾经跟着父亲习武,本就应是一个文武双全的人。你是我的大哥,便是我的骄傲,我不想看着你如此下去。”

“我是你的骄傲?”卫燕猛地身子颤了一下,暗沉的眸中似是略微燃起了一点点的星光。

“是啊。”卫箬衣轻轻地一笑,“你看你琴棋书画样样皆精,还会咱们卫家的刀法,这些我都不会呢。哪里会不是我的骄傲?”

卫燕凝视着卫箬衣,良久,他才长叹了一声,抬手轻轻地抚摸了一下卫箬衣的额头。“谢谢你。”

不知道为何,这三个简单的字让卫箬衣忽然很想泪奔,眼泪就这么不争气地直接流了下来。

卫箬衣这一哭,倒是真的将卫燕给吓了一跳。

他手忙脚乱地拉起了衣袖轻轻地擦拭着卫箬衣眼角的泪水。“你看看,叫我不要难受,你自己却是在哭。”

“我我我……”卫箬衣结巴了起来,猛然站起来,“大哥你等我一会。”

她说完,嗖的一下就在卫燕愕然的目光之中跑了出去,一直奔到了大门外,绿蕊和绿萼忙跟了过来。卫箬衣拽住了绿萼手里的帕子将自己眼睛一顿猛擦,随后又深吸了一口气,这才将刚刚那股子莫名的情绪给压制下去。

她抬手在自己的眼睛边上扇了扇,这才笑了起来。

平复了心情的卫箬衣骤然转身,又带着绿蕊和绿萼走了进去。

一直在对面书店里的萧瑾看到了刚才抽风一样的卫箬衣那来去无影的样子,更是蹙了蹙眉头。

陈一凡、花锦堂,还有冯安都已经不想说话了。

他们已经在这里站了一个多时辰了,现在就连书店的老板看他们的眼神都有点不对。他们也不知道头儿心底到底想的是什么,也没人敢去问。

“这位客官,你到底是要找点什么?”最后还是掌柜的实在是忍不住了,出言问道。

萧瑾这才缓缓地将眸光收回。他环顾了一下四周,长叹了一声:“我要找的你这里大概也没有。”

掌柜的终于来了一点精神:“客官不妨说说,小店便是在燕京城都有分号,这骊山书院里面的夫子和学子们都知道小店的书不能说是全大梁最齐全的,但是也不会差到哪里去了。只要客官能将书的名字说出来,说不定我可以帮到客官呢。”

“掌柜的你有所不知,我今年是一定要考中的。”萧瑾说道。

“这……”掌柜犹豫了一下,“客官,来这里的人都是想得以高中的。”

“我知道。”萧瑾继续说道,“若是有十拿九稳的办法不是更好,多少钱我都愿意出。掌柜的,家中母亲已经病入膏肓,我在母亲病中远行已经是不孝了,若是不能考中的话,只怕她难以瞑目啊。”

“这,真是帮不了客官了。”掌柜的讪笑起来,“小店可没有能包中的法宝书籍。”

“行了。我也就这么说说罢了,这种好事哪里寻去。”萧瑾苦笑道。

“那客官你再看看吧,需要什么别的时候再叫我。”掌柜说道。

“嗯。”萧瑾颔首。

等卫箬衣再度回转到房里的时候,简大夫已经坐在了卫燕的对面,正在仔细地把脉。

卫箬衣瞪大了眼睛,看着卫燕,卫燕朝卫箬衣缓缓地一笑。

他的眼波清润如水,适才眼底的暗沉如今已经荡然一空,更显得整个人清雅出尘。

卫箬衣不敢多言,怕吵着简大夫看诊。

片刻之后,简大夫对卫燕说道:“你服用这药应该是有三年多了。”

“老大夫神技也。”卫燕拱手抱拳,十分的敬佩。他换这种药就是在三年前。这些年,虽然每年都有御医上门来替他看诊,但是方子万变不离其宗,都是差不多的这几味药,卫燕早就已经能记得住了。

所以现在问题不是出在御医的身上,而是替他熬药人的身上。

卫燕的眼底寒光涌动。

本以为自己的这一生便是在病榻之间缠绵,之所以还苟延残喘地活着,是不希望看到自己的母亲亦失去了希望。

多少日日夜夜,每每午夜梦回,每每咳得就连他自己都唾弃自己,被家人冷落,被昔日好友疏远,渐渐地居于一角,心灰意冷……原来这一切都是源自别人的刻意陷害。

他的隐忍变成了别人眼底的懦弱,他对家人的信赖反而成了别人手里毒害他的工具!

只要一想到这些,卫燕就是一阵的心寒与悲愤。

瞥见了大哥眼底不正常的寒光,卫箬衣倒是真的吓了一大跳,她是要找一个盟友,也不希望看到有人无辜被害,但是她可不是要制造一个随时都可能黑化的BOSS出来。

“大哥。”她适时地叫了卫燕一声。

卫燕闻言转眸,心底的不平才稍稍地退散了些许。

他如今不想和卫箬衣说过多感激的话,因为他觉得没有那个必要。有些事情,做便是,说出来,就已经没了什么意思了。

“箬衣。”卫燕缓缓地开口,朝她招了招手,示意她过来。

卫箬衣走了过去。“简大夫说我这个毒可以解。”卫燕笑了起来,叫人如沐春风,适才眼底的寒冷晦涩已经消失殆尽。

卫箬衣松了一口气:“那真是太好了。”

“我这里重新给公子开个方子,以后你就按照这个方子上的药准备。之前的可千万别碰了。”老大夫笑道,“至于解毒的东西,其实十分的寻常,可能就连你们都想不到。”

“是何物?”卫箬衣问道。

“就是姜茶。”简大夫说道,“公子体内积累的是寒毒,日子久了,就和当初公子冻伤心肺时候的表现一模一样。公子畏惧寒冷亦是表现之一。姜有驱寒散湿之功效,每天早上起来喝一杯姜茶,日子久了,这寒毒也就渐渐地褪去了。只是姜的味道辛辣,恐对肠胃有所刺激,所以我再给公子开一帖保养肠胃的药,配合起来喝,效果更好。如此坚持半年,寒毒可清除。公子平时也可以稍稍地活动活动,公子现在还年轻,不像我们这样的老头子,难以恢复,公子不用有过多的思虑,保持一个好的心情,病也会好得快一点。”

老大夫娓娓道来,说的东西让卫燕和卫箬衣皆是心悦诚服。

等回到护国寺之中,卫箬衣让绿萼赶紧将早上挖出来的那些药渣掩埋回原处去。

主要她是怕明天曹嬷嬷再度将药渣埋在同一个地方,等土挖开之后见不到今日的药渣,会起了疑心。

想要抓住到底是谁来构陷大哥的,现在就不能打草惊蛇。

毕竟很多事情是明枪易躲,暗箭难防的,现在要是图一时的痛快将曹嬷嬷抓住审问,难保这些跟出来的仆从里面不会混有别的什么这个嬷嬷,那个嬷嬷的,倒不如将她先放在一边,让她蒙在鼓里,然后静观其变。

翌日清晨,卫箬衣难得没睡个懒觉而是早早地起身等着。

直到绿蕊回来说曹嬷嬷已经将今日的药送去了前院给大哥服用,而今日的药渣也已经掩埋到了原处,曹嬷嬷翻开土发现昨天的药渣还在,一点疑心都没有起,卫箬衣这才放下心来。

曹嬷嬷这条鱼就先放在水里养着,总有抓她上来动刀子的时候。

卫箬衣现在就有点觉得自己身边人不够用了,横竖都只有绿蕊和绿萼两人。她的院子里是有不少其他的丫鬟婆子,但是这种情况下,卫箬衣哪里敢用。

所以她就寻思着等这回卫大将军凯旋,朝他要两个人摆在眼前用一用。

其实她还有人可用,那便是别庄来保护她的那一群老兵。一路上她默默地观察过了,这些老兵虽然有不同的伤病在身,但是行动力与对命令的执行力却是不知道比寻常的侍卫好上多少。能将他们用好了,便也是强大的助力之一。

所以这几天,她对孙校尉一直都十分的尊重,礼遇有加。等她日后回京,一定要找个机会和大哥去别庄转悠转悠。

卫箬衣想完这些就觉得心好累,真想蹲在墙脚画圈圈去。

没等她去蹲墙脚里,外面就有人前来通报,说是五公子来了。

想起了大哥的警告,卫箬衣还是扫了一下自己的衣摆,让人将卫荣带了进来。

27 卫荣的同窗

今日,卫箬衣穿了一件藕荷色嵌银边对襟宽袖长裙,梳着双环望月髻,发间两侧各配了一枚白玉蝴蝶嵌宝小簪,整个人如同水仙花一样的亭亭玉立,脸上略施了点粉黛,立刻就让原本就出众的五官看起来更加的清妍动人。

卫荣一进来便是觉得眼前一亮。

他素知道长姐的样貌是顶好的,可惜啊,原来长姐总喜欢花花绿绿的装扮,翡翠珠玉恨不得挂满全身,反而落了一身的俗气,而现在的卫箬衣却能给人一种有彼佳人,如在云端的高华之感。

"长姐今日可真好看。"卫荣笑道。

"嘴真甜。"卫箬衣掩唇一乐,这孩子,瞎说什么大实话。

"我总是在同窗好友面前夸赞长姐,如今长姐能来,倒是他们的福分了。"卫荣又笑道。

"可不是嘛!"卫箬衣笑得十分的狂妄,"若不是看在他们是你的同窗这个面子上,想见本县主?哪边凉快哪边歇着去。"

才夸他说大实话,接下来就开始虚伪了。卫箬衣实在是想不出卫荣能在自己的同窗前夸赞她点什么……在这些人眼底她就是一个不折不扣的草包。

卫荣心底一阵的鄙夷,母亲还说长姐转了性子,依照他看,还不是原来那副张狂愚蠢的样子?

"长姐随我来吧。今日带着长姐去我们书院走走。"卫荣朝边上一让,做了一个请的手势。

"你们不上课?"卫箬衣奇怪地问道。

"这几日都不需要上课,山长家中添了一个孙子,所以大家都休息。"卫荣笑道。

卫箬衣……

这骊山书院的假放得还真是够任性的,怎么她上学那会就没遇到这么有个性的校长呢?

玩笑归玩笑,等真正地走入了骊山书院,即便是游览过祖国大好河山,算是见过世面的卫箬衣也不免被眼前的景色所吸引。

书院很大,比护国寺大出一倍都不止,依山而建,次第而上,层层屋宇掩映在山林茂密之中。如今是深秋,临近初冬,树叶有的枯黄,有的发红,有的掉落,有的还泛着绿,便是一片深浅不一的色彩缤纷,更显得层次感十足。

书院内的学子多半穿着颜色统一的儒衫,淡蓝色的底衫,外面罩着素白轻纱补服,发间系着的发带长长地垂下，行走间衣袂飘然，自带着一股脱俗之意。

卫箬衣跟着卫荣朝书院里面走，亦是一路的备受瞩目。

卫荣在这里可以说十分的出名，无人不知，紫衣侯府的公子啊，他父亲可是手握重兵的权臣。要说大梁朝谁敢拍皇帝的肩膀，只怕除了卫毅之外，其他的大概都被皇帝陛下砍了脑袋了。

紫衣侯府虽然有两个男丁，只是谁都知道卫燕如今就是一个废人，而卫荣的字都是皇帝陛下亲赐的，这份荣耀别说是在骊山书院是独一份的，就是在国子监里面扒拉，也扒拉不出第二个来。

卫荣的样貌也好，嘴也很甜，所以即便年纪不大，但是在学子之中的威望甚高。

书院里过半的女学子都对卫荣倾慕不已，就连男学子之中对卫荣存有思慕之心的也不少，知好色则慕少艾。

"头儿！"陈一凡见周围人的目光都转向了后面，也就转过身来看了一眼，顿时就瞪大了眼睛，如同被打了鸡血一样立马又拽了一下萧瑾的衣袖，指着回廊外经过的卫箬衣，他没敢说是崇安县主来了，"有美人！"

萧瑾蹙眉，什么大不了的美人？没见过世面？亏他还是锦衣卫的百户，真是丢人！幸亏现在都是易容，不然萧瑾真想一脚将陈一凡踹到树丛里去。

不想认识这个人。

他转过身来，漫不经心地扫了一眼，就见回廊外的鹅卵石小径上，一名妙龄少女迤逦行过，阳光透过她头顶遮盖的枝叶投射下来，光影之中，少女落了一身的斑驳，顾盼间，更觉得她眼眉立体细致，皮相生得好的人就好像会发光一样，让人只看一眼便已经是忘不掉。

一眼便是千年，大抵如此。

目光随她而动，便是有廊外的树叶随风而至，缓落在他的肩头，他也浑然未觉。

从没见过这样的卫箬衣，萧瑾竟是一时之间找不出什么词汇来形容她了，明明就是一样的眼眉，一样的身段，而眼前的她却好像浴火重生，涅槃而出，带着一种难以表述的美，让人怦然心动。

直到美人背影消失在小路的尽头，他才回过神来，眸光稍敛，纤长的手指捻下了肩头的那片红叶，红叶落入他的指尖，缓缓地转动着。他神色如常，就好像刚才的一幕并没发生过一样。

等卫箬衣离开，萧瑾的耳边就响起了窃窃的议论声。

"跟卫师兄一起走过的那位姑娘是谁？"

"听说是他的长姐。"

"崇安县主？"

"不可能！我在燕京城见过崇安县主，俗不可耐的一个人，怎么会和刚才那位一样？"

"你能见到崇安县主？"

"远远的见不是见吗？"

"听说那位崇安县主可是一直都追着五皇子殿下跑的，都是燕京城的笑话了！"

"岂止是燕京城的笑话，全大梁谁不知道崇安县主马不知脸长，不自量力，倒贴男人，偏生还被人嫌弃了。哈哈,也就她老子是卫毅,若是换一个人的话全家都要羞臊死了。”

萧瑾的眉峰几不可见地一蹙,他转眸看了回廊另外一头聚集着的几个书院学子,那议论的声音便是那几个人发出的。

“对了,我还听说了呢,崇安县主这回追着五皇子出去还被五皇子利用拿去当诱饵抓贼匪了。被贼匪都劫持过了,也不知道清白是不是还在呢!”

“真的假的?”

“怎么可能是假的?我大姑母的堂兄家的外甥便是在锦衣卫,跟着他们一起去的。哈哈。”

他才笑完,就觉得自己脸上一痛,抬手一摸,“哇”的一声大叫了起来:“血!”他的掌心间一片红腻,可不就是脸上出了血了!“什么东西弄的?”他惊慌地叫道。

大家低头,这才看到刚刚竟是有一枚不知道哪里飞出的红叶擦着他的脸颊而过,红叶的边缘将他脸上的肌肤划破,红叶落地,尚沾着几滴他的鲜血,更显得嫣红触目。

那人被落叶划伤了脸哪里还有心情胡说八道,捂着脸直喊疼,其他人也慌忙护送着他赶紧出去找大夫止血。

陈一凡一缩头,暗暗地告诫自己,虽然他们的头儿是不待见崇安县主,但是谁也别轻易地在头儿的面前说崇安县主的不是。

陈一凡开始苦思冥想,自己到底可曾说过崇安县主的坏话呢?

有还是没有呢?

“我倒不知道你和花锦堂的手下如此的多嘴多舌。”一个略带寒意的声音传来,声音很低,堪堪地传入他的耳中,却是清晰无比,吓得陷入沉思之中的陈一凡心底一凉。

完了完了,那日出去剿灭贼匪,带的人正好是他和花锦堂的手下。

“是属下的错。”陈一凡扫了一眼四周,压低了声音,“属下御下不严,属下回去之后一定彻查。”

“那种守不住话的人,也无需再为锦衣卫了。”萧瑾迈步朝前,在经过陈一凡的时候轻描淡写地说道。

“是。”陈一凡心底更是发寒,忙应了一声,然后马上迈步跟上。

他的心底呕得要死,要是回去被他找到是哪一个小兔崽子在外面胡说八道的,一定敲掉他两个门牙,叫他说话嘴巴上不带个把门的!

这话今日是传入了萧瑾的耳朵里面,若是他日在燕京城传开了,等待卫大将军回来知晓,再去和锦衣卫闹起来,依照卫大将军的那不管不顾的臭脾气,他都有可能带兵砸了锦衣卫北镇抚司的大门。

燕京城谁人不知道卫大将军平日不在家,在家的时候那是比老母鸡还要护犊子。

卫箬衣被让到了一处水榭之前。

原本池塘里是种植了一大片荷花,只是在这个季节,荷花早就凋谢,荷叶也枯黄掉落,只留有零星的茎还挺立在水面之上,有两只白鹅在水面缓缓地游弋着,倒也有了几番野趣在其中。

水榭之中早就有三人在等候着,见卫荣带着卫箬衣进来纷纷起身行礼。

卫箬衣今日很美,所以那三人见到卫箬衣之后眼底都闪过了几分惊艳之色。

“这三人都是我的同窗好友。”卫荣介绍到，从左到右依次是罗凌、陈建，还有徐幻真。这几人都穿着书院的儒衫，倒也都是仪表堂堂的样子，虽然不及卫荣的容貌那般好看，也都容貌端正，不是什么歪瓜裂枣的样子。

卫箬衣想起大哥的叮嘱，所以就特别地打量了一下这三个人。

其余两人倒也还好，唯独这徐幻真，她一看就不怎么喜欢。这人的目光不正，虽然说样貌不俗，但是那一双眼睛怎么看都带着几分邪气。适才她走过来的时候，他还多扫了她的胸部两眼。

虽然说卫箬衣并不介意人看，但是被一个男的特别关注了几眼胸部，是个女孩子都不会怎么高兴。

卫箬衣现在的身材十分的妖孽，别说做个胸大腰细大长腿的恶毒女配绰绰有余，便是穿越到哪一个小说里面客串一个小妖精都不在话下。

卫箬衣稍稍地侧过身来，对卫荣说道：“行了，你的同窗好友我已经见过了，也没什么特别的人物。没什么别的事情，我就回去了。”

“长姐这么快就要走？”卫荣一怔，随后马上说道，“大家还准备了不少东西陪着长姐玩呢。一会咱们去后山放风筝啊。”

呵呵呵，卫箬衣真的很想翻个白眼给卫荣。

敢不敢有点创意！

作为一个在现代大杀所有游乐项目的女汉子，卫箬衣表示，如果卫荣现在请她玩古代版过山车、滑翔伞、海盗船、蹦极什么的，那她还有点兴趣……放风筝、扑蝴蝶之类的就算了吧，她宁愿回家睡大觉去。

“没什么兴趣。”卫箬衣直接拒绝道。

“那长姐想玩点什么？”卫荣忙问道，“长姐难得来一次，若是我不能让长姐玩得尽兴，回去可是要被老祖宗说的。”

“不用不用，你自己管好你自己便是了。”卫箬衣横扫了一眼刚才盯着她胸部看的那位，“少和一些不三不四的人在一起。”那人太轻薄。

卫箬衣这话说完，在场的三个人立马脸上变了颜色。

“他们皆是书院的学子，骊山书院素来以入门严苛著称，哪里是什么不三不四的人。”卫荣被卫箬衣埋汰了一下自己的朋友，忙解释了一下，“别是有什么人在长姐面前胡说了什么，让长姐误会了吧。”

他接了随行下人的报告，卫箬衣最近又和大哥走得很近了，两个人来的时候坐车都是坐的同一辆马车。

如今听了卫箬衣的话，卫荣便是断定一定是卫燕在卫箬衣的面前嚼了舌根子。

那个死病秧子，怎么还病不死他！

“我自己有眼睛，会看，”卫箬衣曼声说道，“我刚才走过来的时候，各位的眼神我可是都看明白了，谁心底有点什么小心思谁自己清楚，”边说她就边直接转身，走出了水榭，“今后没什么事情的话，不用来找我，你读书也不容易，好好地珍惜在书院的时光。”卫箬衣对卫荣说完，就带着绿蕊和绿萼朝回走去。

卫箬衣走得潇洒，将卫荣和他的三个同窗都晒在了那里。

卫荣暗自捏拳，眼底一阵暗潮涌动。

等卫箬衣走远了，他才稍稍地平静了片刻，一屁股坐在了椅子上。

“你还说让我们这些日子就勾着你长姐出来玩呢，”罗凌问道，“现在怎么办？她根本就不待见我们。”

卫荣不言语，唇紧紧地抿成了一条线。

若是能引着卫箬衣在祈福期间整日出来玩，不好好地替父亲祈福，他便会叫人将这事情散布开来。父亲就是再怎么喜欢长姐，若是得知了此事，只怕心底也会有点疙疙瘩瘩的吧。

长姐素来愚蠢，今日能说出这番话来一定是被那个死病秧子给唆使了。

多管闲事！

“行了，不用再说了。”良久，卫荣才阴沉沉地开口，“我就不信她在那个寺庙里能蹲得住！”至于那个总是多嘴的人，他总有办法让他闭嘴的！等那个人自顾不暇的时候，他倒要看看还怎么在卫箬衣的面前搬弄是非。

“你长姐真美！”徐幻真说道。

“是啊，皮囊是不错。”卫荣点了点头。他抬眸看了徐幻真一眼，嘴角轻轻一勾，“你喜欢上了？”

徐幻真嘿嘿一笑，不置可否，其余两个人皆会心一笑，却都不说出来。

卫箬衣从水榭出来，凭着来时的记忆朝回走。其实她还挺想在这个书院里走走的，但是书院又太大了，她怕自己会迷路，好纠结。

正在纠结的时候，她看到自己的正前方不急不徐地走来了两人，亦是穿着书院的儒衫。

“是你们啊，好巧。”卫箬衣一看，认识！不就是在客栈的时候让她一间上房的那四人中的两位。

“是啊，好巧，姑娘怎么会在此地？”萧瑾抱拳行了一礼，问道。

陈一凡也忙行礼，心底叹道，他们头儿可真会装。

明明都已经是熟得不能再熟了，却偏偏还要摆出一副萍水相逢的样子。

“我和大哥住在护国寺，替家父祈福，正巧家里有人在这里读书，我就过来看看的。”卫箬衣笑道，“苏公子也在这里读书吗？”她上下打量了一下苏城，总觉得这人给她的感觉有点熟悉。

这脸明明是只见过两面的人，怎么会有这种错觉呢？

“仅仅是借读几日罢了。”萧瑾说道，“只等秋闱重开，我便离开这里赴京赶考。”

“哇，原来你们就是传说中赴京赶考的书生啊。”卫箬衣“噗哧”一声笑了出来。

多少故事都发生在这类人身上。

萧瑾不知道这有什么好笑的，居然能让卫箬衣笑得如此畅快，他稍稍蹙了一下眉头，赴京赶考很好笑吗？

他却不知道卫箬衣的脑子里面恶补了一通张生、崔莺莺、李生、杜十娘等种种耳熟能详的赶考书生的故事。

等卫箬衣自嗨够了，她也就不笑了。

古代娱乐少,想要开心只能靠想象力,卫箬衣顿觉好心酸。

卫箬衣这边说完,就听到另外一侧的路上传来了一阵阵凌乱的脚步声。她转头看了过去,就见二三十名身穿学子儒衫的少年朝前面跑去,其中还有几名少女,身上亦是穿着同样样式的儒衫,只是颜色是水红色,想来应该是在骊山书院读书的女学子了。

"他们在干吗?"卫箬衣好奇地问道。

"哦,今日虽然不上课,但是书院请了上届的状元郎谢秋阳前来给学子们讲诸子百家。"萧瑾看了一眼说道,"这些人是去门口迎接谢状元的。"

卫箬衣了然地点了点头,这就好比高校请了什么名人回来开讲座一样。

"上届的状元姓谢啊,那可是陇西谢氏的人?"卫箬衣问道。

"正是。"萧瑾说道。

陈一凡在一边很想翻白眼,从没见到过自家千户这么闲,能这么心平气和地与崇安县主说这么多话!真是奇了。

"那我也可以去看看吗?"卫箬衣顿时眸光一亮,问道。

28 前任状元谢秋阳

“这我不知道，应该可以吧，并未听说有什么禁忌。”萧瑾眉头又几不可见地蹙了蹙，不过他还是耐着性子点了点头。

“那苏公子，告辞了，我也想去听听那个什么诸子百家。”卫箬衣笑道。她哪里是要去听那个策论，而是要去看看谢家的那位状元公子。

之前在拱北王府笑话她大字不识几个的那位世家小姐不就是谢家的人吗？难怪那么张狂，家里原来是出了状元的。卫箬衣还没见过活的状元，今天碰巧遇到了，是说什么都要去看一眼的。

况且她也听说了，谢家和他们卫家一直都不合，谢家重文，她们家重武，不过这武到了他们这辈多半也是毁没了，大哥原本是个文武双全的好苗子，可是这么些年生病都荒废掉了，她是天生神力不假，但是对武功套路一概不知，两眼一抹黑啊，至于卫荣已经在骊山书院了，看来走的也不是习武的路。再看看人家谢家，人才辈出啊，还有刚刚出炉的状元郎，卫箬衣顿时有了几分危机意识。

她现在是不用担心萧瑾将来会活剐了她，但是要担心卫家的覆灭。

盛极必衰，物极必反，光靠着卫大将军一个人能将卫家撑多久，即便将来她能想出办法来劝着自己爹不起兵逼宫，但是也面临着卫家后继无人的局面。现在大哥的身体正在调养之中，能恢复成什么样子还是未知之数，大哥身体恢复了能走到哪一步也是完全不知道，知己知彼方能百战不殆，所以卫箬衣决定先去观察观察谢家的情况。

“在下也正好要前去，不妨一起。”萧瑾想了想说道。

陈一凡差点没一个趔趄摔一边的树丛里。

太阳今天一定是从西边出来的。

“真是太好了。那有劳苏公子带路。”卫箬衣笑靥如花。

谢秋阳讲课是在书院的平心堂之中。

卫箬衣到的时候平心堂里面的蒲团都坐满了人，边上还有不少人站着。

平心堂的前方有一略高一点的平台，平台两侧各放置了两盏仙鹤造型的落地烛台，平台后方是一方山水屏风，黄花梨的架子，平台上放着一张翘头矮桌，桌子上整齐地摆放着文房四宝，还有一顶鎏金双耳香炉放置在桌案的一角，里面已经燃了香了，袅袅的青烟氤氲，平添了几分雅达之意。

卫箬衣让绿蕊和绿萼在外面等着，自己和萧瑾走了进去。

他们找了一个不起眼的角落静静地站着。

没有等多久，屏风后就绕出了一个人，长身玉立，身穿一件银灰色的深衣，袖口与领口皆有青蓝色的暗纹,看着就是十分的清雅深幽。腰间松散地系着一条玉带,玉带的一头微微垂下,显得十分闲适。一头乌黑的长发用一枚白玉竹节簪挽在脑后,其余皆自然垂下。他有一张如春花晓月的面容,一双长眉斜飞入鬓,去掉了原本面容上带着的几分女相,增添了几分男子该有的硬朗之气,眉宇间书卷气很浓郁,缓步行来,气度不凡。

果然是世家出身的公子,便是这么一抬眼都带着几分雍容之意,华贵却不落俗套。

他一出来,在场之人皆起身行礼。

他也从容地一抱拳,盘膝在桌案之后坐下。

桌案上的香炉,青烟缈然,更为他的眼眉增添了几分山水写意。

"又是帅哥!"卫箬衣不由轻叹了一声,"怎么这么多帅哥!简直浪费资源!"

学渣长得帅也就算了,靠脸和靠才华总要搭上一样才不会饿死。怎么她遇到的学霸一个个都长那么帅!子雅大哥,自己的大哥,现在再加上眼前这位!都是明明可以靠脸吃饭,却偏偏要靠才华的类型,这是要逼死学渣的节奏!

作为新生代学渣的代表人物,卫箬衣表示,帅哥学霸什么的,最讨厌了!

帅哥?萧瑾听到了一个新名词,不过倒是不难理解,应该就是长得帅的男子吧。

萧瑾稍稍侧目,轻声问道:"怎么姑娘见过的帅哥很多?"

"多!"卫箬衣点了点头,"多得要死,一抓一大把!"

萧瑾忽然很想问问谁最帅,不过还是忍住了。

"在下谢秋阳。"谢秋阳坐下后说道,"今日受山长之邀请前来给大家讲讲自己的一点浅见。"

"唉,"卫箬衣又是低低地叹息,"声音都那么好听!"

萧瑾再度侧目,眉峰又蹙了一下。

他一定是抽风了,所以才会陪着这个无聊的女人来这里!

谢氏与卫氏素来水火不容,其实他就是想看看卫箬衣见到谢秋阳是个什么反应。如今看下来,还真是……不负他之期望,卫箬衣就是看到长得帅的人就走不动道的!

毫无原则!

谢秋阳真的不愧是状元之才,侃侃而谈,深入浅出。原本卫箬衣以为自己可能听不懂的,因为她完全不了解这里的历史,但是居然听懂了。细细地琢磨下来,这里的历史与她熟悉的古代历史也有不少相似之处,皆是经历过百家争鸣的时代,各种学说与各种思想都在那时候涌动出来。

谁立,谁破,也是经过了一番辩证与争斗的。

最后还是儒家最为适合,所以脱颖而出,击败了其他的学说流派为君主们广为采纳重用。大梁的开国皇后是个穿越分子,所以卫箬衣将她划归成自己的老乡。她那个开国老乡皇后在大梁朝确立之后便广开言论,将在前朝备受打压的其他学说都扶持了起来,现在虽然也是儒家思想当道,但是道家、墨家、法家也不是一蹶不振。

她老乡认为,百花齐放才能春色满园。

卫箬衣也觉得她说得对,一派学说要发展就不能光是一枝独秀,也要吸纳别人的先进之处,才能不至于跑偏,而是朝着正常健康的方向发展。

完了完了,卫箬衣越是听便越是心惊肉跳的。

谢家果然不愧是百年的大豪门、大世家，上次那位谢家的小姐是偏颇狭隘了一点，但是今日再看看这位谢秋阳便足以撑起谢家的门楣了。可是再看看卫家，卫箬衣很想挠墙。

拿什么去和谢家斗？她老爹现在手里是有雄兵百万，也是风光无限，朝中重臣，可是纵观历史，但凡是朝中重臣，手握重兵的，最后能落一个好下场的几乎没有啊！

悲剧啊！

卫箬衣耷拉着脑袋，不知道现在去刷刷谢秋阳的好感还来不来的及？求他以后掌家，能对卫家高抬贵手，求放过。

真不切实际！卫箬衣自己都觉得自己现在这个念头简直就是在认怂。

谢秋阳说到兴起之处，眸光横扫了一下屋中众人，等目光落在卫箬衣身上的时候，他稍稍地一愣。

他没看错吧？那站在僻静角落里面的素衣少女是崇安县主？

若不是平心堂之中有这么多人皆注视着他，他都差点要抬手去揉眼睛了。

卫箬衣那日在拱北王府虽然是维护了卫家的面子，但是她不识字这事也是掩盖不住的事实，一个大字都不识几个的人，居然跑来听他讲诸子百家？真是笑话。

谢秋阳顿时就起了几分轻慢之意，眼底也渐渐地蕴起了几分不屑。

她那日让谢家族人当众对着卫大将军出征的方向敬茶认错，便是已经挑衅了谢家。今日，他大可在此处将那日丢失的面子给找回来。

思及于此，谢秋阳就掐断了自己的话，看向了卫箬衣。

“那边所站之人。”他抬手指了一下。

众人目光皆随着谢秋阳的手指所向看了过来，目光顿时就落在了站在墙脚的卫箬衣与萧瑾身上。

好漂亮的姑娘，等大家看清楚卫箬衣的样貌时，皆是发出了一声赞叹。

“叫你呢。”卫箬衣朝边上让开了一步，对萧瑾说道。

“我看未必。”萧瑾缓声说道，“没准是叫你。”他现在已经易容成一个其貌不扬的年轻人，谢秋阳又怎么可能在芸芸众生之中一下子指出他来？明显谢秋阳都不认识他，若是说谢秋阳认得的，也只有崇安县主卫箬衣了。

“叫我作甚？”卫箬衣一脸的茫然。

萧瑾耸肩，不置可否。

“那位姑娘。”谢秋阳起身，朝着卫箬衣遥遥地一拜，“敢问您可是紫衣侯府的崇安县主？”

啊哈！真是冲着自己来的！

卫箬衣只能硬着头皮点了点头。

在场众人又是一片哗然，县主身份乃是陛下亲封，是真正有爵位的人，在场之人多为布衣，就连谢秋阳都要起身行礼，其他人亦然。

见大家都在朝卫箬衣行礼，萧瑾也抱拳敷衍了一下。“原来姑娘身份如此的高贵，是崇安县主。”他小声说道。

“高贵个鬼啊！”卫箬衣小声对他说道，“怎么才能溜出去啊！”

萧瑾忽然很想笑，不过还是忍住了。“门就在旁边。”他小声提醒道。

"就这么溜了太怂,给我爹丢脸。"卫箬衣一本正经地说道。

萧瑾……

他暗自咬了一下唇,才没让自己笑出来。

"没想到崇安县主居然亲临了骊山书院。"谢秋阳缓缓地一笑,"早前听族妹说起过崇安县主在拱北王府的事迹,在下十分的钦佩。"

呵呵呵……卫箬衣不知道他到底要干什么,只能干巴巴地笑了两声。

"县主乃是武将世家出身,也说过术业有专攻的话,不知道县主今日来此,又是为何呢?"谢秋阳问道。

"呃……"卫箬衣犹豫了一下。

"在下听闻族妹说,县主连'瀺灂'两字都不认识,不知道适才在下所讲,县主可曾听得明白?若是有不明白的地方,自可以指出来,在下愿意为县主释疑解难。"谢秋阳温文而言。

平心堂中顿时有细细的笑声传了出来,在场的学子不论男女都拿眸光看着卫箬衣,什么眼神都有。原来这姑娘长得是够漂亮的,却是一个草包。

饶卫箬衣脸皮够厚,现在也不免有点暗暗的发红。

她一咬唇,瞪了谢秋阳一眼。说什么释疑解难,是在暗自讥讽她什么都听不懂,等着她发脾气吧!你想看?偏不!

大家都知道卫箬衣的臭脾气,那是何等的跋扈嚣张,听谢秋阳此言一出,都等着看卫箬衣的笑话,就等她发怒,摔袖走人。

就连谢秋阳也在等着。

只要卫箬衣恼羞成怒,他今日就扳回一城来。

卫箬衣眨了眨眼睛,随后对着谢秋阳甜甜的一笑。"就是因为自知在下底子浅薄,又听闻谢公子乃是上届的状元,心底羡慕得紧,所以今日来一是为了见见世面,二是为了拜师学艺,不知道谢公子是否愿意收下我这个女弟子呢?"

想坑她?就是她掉坑也要拽着挖坑的人一起掉。

如果谢秋阳当场拒绝,那她就有一大堆说辞等着他,说他没风度、没涵养。

若是谢秋阳不拒绝,嘿嘿,日后再有人说她不学无术,她就直接将谢秋阳给推出去,这是她的授业师傅,欢迎打脸,不用客气。

谢秋阳没想到卫箬衣非但没有生气,反而如此的谦恭,一时之间是有点愣住。

"崇安县主莫不是在说笑呢吧。"谢秋阳说道。

"没没没,您看看我的表情,真的特别真诚。"卫箬衣马上摇手说道。

"在下不收女弟子。"谢秋阳憋闷道。

"哦。"卫箬衣顿时点了点头,"只是不收女弟子,原来谢状元看不起姑娘家啊。就连先圣孝仁皇后都说过妇女能顶半边天的话。我大梁朝自开国以来,出过多少有名望的女官,就连现在朝堂上也有不少的女官在替陛下分忧解难。如鸿胪寺少卿李大人,刑部提刑总司长丁大人,皆是女官之中的佼佼者,更不要说翰林院抄录,太医院医正了,我大梁朝立朝百年,处处皆有女子巾帼不让须眉。谢状元此举便是不将我朝女官放在眼里,更不将先圣孝仁皇后放在眼里了?"

众人皆默。

谢秋阳被卫箬衣扯得脸上一阵阵的尴尬。

他不过就是拒绝了卫箬衣而已，哪里知道这个姑娘这么能扯？她什么时候口才变得这么好了？一顿胡搅蛮缠却是叫人无从分辩。他虽背后站着百年的世家，但也才刚刚入仕，自当谨言慎行。今日之言论若是传扬开来，日后落于人手，便也是一个话柄。

"崇安县主。"谢秋阳眼底的轻蔑之意褪去了不少，难怪当日族妹会在卫箬衣那边吃了瘪，如今的卫箬衣绝非当年的卫箬衣可比。真是奇怪，他听闻过不少关于卫箬衣不学无术、飞扬跋扈的传闻，可是今日一见，却好像真的不是那么回事。若是她真如传闻一般，刚才被他三言两语地一挑唆，她已经怒极骂人才是。

"在下并无此意。而是在下才疏学浅，自问不足以为人师。"谢秋阳说道。

在场众人皆颔首。谢状元高才，又如此的谦逊，实乃吾辈之表率。

"那状元郎也不用如此的过谦。骊山书院乃我大梁出名的书院，今日在此之芸芸学子，他日学成都是我大梁的肱骨栋梁，骊山书院的山长能请谢状元前来授课，便是看中了谢状元之才，哪里有'才疏学浅'这四个字？"卫箬衣笑道，"适才谢状元所言形象生动，引经据典，便是我这样读书少的人都能听得津津有味，如醍醐灌顶，乃是谢状元之高才也。"

谢秋阳听着卫箬衣在那边吹捧自己，总觉得自己脸上有点微微的发红。适才他咄咄逼人，说卫箬衣连大字都不识几个，又暗自讥讽她听不懂自己刚才所言的内容，意图将她逼走，而现在卫箬衣却是站在那边将自己里里外外地夸奖了一遍。相比而言，自己刚才的话不光是刺耳而且显得为人十分的小气，倒是衬托出了卫府的大度与胸怀。

同时，卫箬衣也很委婉地表达了她已经听懂刚才他说的那些内容，并不需要他特别的释疑解难。

而且卫箬衣不光捧了他，还顺带着捧了一下在场所有的骊山书院的学子。卫箬衣今日本就打扮得十分恰当得体，容光焕发，美人儿说的恭维话更能让人心花怒放，被卫箬衣这么一夸，在场所有的学子心底都生出了一份踌躇满志的感觉，只恨不得马上明经求第，踏上仕途，从此纵横官场，指点江山。

所以在大家的眼底，原本传闻之中的卫箬衣似乎已经渐渐地淡去，而现在这个美丽大度的崇安县主的形象重新植入人心。

卫府为朝中重臣，崇安县主深受卫大将军的宠爱，又是如此的谦和，看来外界对卫大将军府的各种传闻皆有所偏颇。

谢秋阳默默地在心底叹息了一声，随后抱拳。"倒是让崇安县主见笑了。"

这就好比你蓄力良久，猛然挥出了一拳，原本以为是能够击中对方，直接将对方一拳打倒，但是拳头出去之后发现完全不是那么回事。倾力一拳却是打在了一团棉花堆上，顿时被卸掉了所有的力气，还让你一点都无可奈何，便是连她大字不识的笑话都给遮盖了过去。

好在卫箬衣是女子，若是她为卫府嫡长子的话，将来卫府传入她手，将是更难对付的一根刺了。

"谢状元不要因为我而耽误了时间，还请继续吧。"卫箬衣做了一个请的手势。

谢秋阳颔首，重新在桌案后坐下，从刚才被打断的地方继续开始讲。众学子的注意力也从卫箬衣的身上转移回去。

见再没什么人看她了,卫箬衣这才长出了一口气,抬手轻轻地拍了拍自己的胸口。“哎呀我的妈呀,可是吓死我了。”她小声嘀咕了一声,声音很小,隔点距离根本就听不到,可是还是一字不漏地全数被萧瑾纳入耳中。

他的眼底亦是流过了一道异样的光芒。

有点意思。

究竟哪一个才是卫箬衣的真面目?就连平日自诩最了解卫箬衣的萧瑾现在亦是有点看不明白了。

这原本是他该厌恶的一个人,可是自从定州之行以后,每次见她皆有不同的惊喜或者惊吓……

而且自从她说出以后再无瓜葛的话之后,似乎真的好像在躲避着自己。

她越是如此,却偏偏越是引起了他的兴趣,欲擒故纵?原本萧瑾不会觉得卫箬衣有这么聪明,但是他看到卫箬衣近几次的表现,觉得这姑娘现在有心机了。

起了探究之心,萧瑾很想看看卫箬衣现在搞的到底又是什么把戏。

眼角的余光瞥见刚刚那个与谢秋阳对峙的姑娘如同螃蟹爬一样地朝门口挪动,萧瑾的唇角就抑制不住地想要上翘。

“崇安县主这就要走吗?”他故意说了一声,声音不大,倒是足以让堂内众人听到。

开溜被抓包!

卫箬衣顿时生出了一种在大学上高数课的时候刚想趁着老师背对着大家在黑板上解题,她收拾东西准备从后门溜掉,才刚刚溜到一半,老师转过身来,被抓一个正着的尴尬感觉。

就连谢秋阳的眸光也转了过来,大家纷纷回眸看着已经站到门边的卫箬衣。

卫箬衣……

29 学习卫家刀法

“人有三急！”卫箬衣尴尬地一笑，随后马上拉开门，跑了出去，尿遁了……

众人……

崇安县主还真是……语不惊人死不休。

萧瑾亦是跟在卫箬衣的身后走了出去。

陈一凡就等在外面，刚才陪着大家来，他就没进去，因为他怕自己在里面听睡着了，所以索性站在门口等，还能顺便和卫箬衣的两个侍女说说话，套套近乎。

绿蕊和绿萼两个姑娘都很有趣，不管他说什么，这两个姑娘都十分的有礼貌，不过那嘴巴紧的啊，饶他是锦衣卫的百户，套话的本事已经炉火纯青了，却还是什么都套不出来。卫大将军府的家教真好。

“头儿，县主走了。”等萧瑾出来，陈一凡赶紧过来，说道。

“我又不是没眼睛。知道了。”萧瑾说道。

陈一凡有点抓耳挠腮的，刚刚头儿和县主两个在里面没发生点什么吧……

想问，又不敢，他刚刚看到崇安县主神色古怪，跑得贼快，别是被自己家的千户给吓着了吧。

卫箬衣走了，谢秋阳却是有点没了心思了。他时不时地还会拿眼睛扫一下门口，不知道刚才那个姑娘什么时候还会回来，每每那门动上一下，他就会看过去，却每次都发现并非是她。

真是奇怪了，谢秋阳在心底一阵的苦笑，今日被崇安县主怼得还不够吗？

卫箬衣从书院回来，就跑去了禅院找自己大哥。

她将自己今日在书院的所见所闻说了一遍，随后拉着自己大哥的衣袖撒娇道：“大哥你要赶紧好起来，你要变得比那个谢什么东东还要厉害！这样我出门才不会像今日这般被人欺负了。”

卫家也指望着你啊！大哥！只是这句话，卫箬衣没说出来。

卫燕的心神一凛。

看着卫箬衣那双急得微微发红的双眸，他低叹了一声，抬起手，轻轻地摸了摸卫箬衣额前的柔发，柔声说道：“好。”

“对了，大哥，咱们卫家的刀法难不难学？”卫箬衣问道。

“为什么忽然问这个？”卫燕奇道。

卫箬衣拉了一张椅子，挨着卫燕坐了下来。“你看咱俩现在半斤对八两，要是忽然有个什么突发状况，咱们两个连自保的能力都没有。我现在去学那些诗书什么的也是不现实的,我就想着反正我力气大得吓人,不如试试走习武这条路。"

卫燕被卫箬衣说得"噗哧"一声笑了出来。"你的力气能有多大?"他问道。

"大哥你出来,我露一手给你看看。"卫箬衣说完,摩拳擦掌,顿时就挽起了衣袖。

卫燕被卫箬衣扶着走到了门外。

卫箬衣在禅院里看了看,瞥见了外面放置着的石桌和石凳子。

她略微活动了一下,随后走到桌子边,一弯腰,一手拎着石凳子,一手拎着石头桌子的桌面,毫不费力地就将这两样给拎了起来。只见卫箬衣快步如飞,在院子里还走了两圈……

卫燕抬手扶住了门前的柱子,忍不住一阵的咳嗽。

大哥被吓坏了!

卫箬衣赶紧将石头桌子和石头凳子给放回去,跑了过来。"大哥……"她很委屈地看着卫燕。

好不容易止住了咳嗽,卫燕一脸的惊骇。

"你这是天生的?"卫燕颤声问道。

"是啊。"卫箬衣揉了揉肚子,"现在有点饿了,要是让我吃饱,我能将那两样东西扔上天去!"力大无穷的后遗症便是容易饿,这也是没谁了……

卫箬衣也很无奈。

原著之中的卫箬衣一直在刻意隐瞒着这个自己的这个特质,就连家里人都没几个人知道。只是在对付萧瑾的时候才会用,例如对萧瑾用强之类的,这些是林亦如在信里告诉她的。不过卫箬衣自己也看过书里关于她领盒饭那一章,书里的卫箬衣在那一章里面大发神威,震断了捆住她的所有锁链,发疯一样地扑向了原著里面的女主,只想做最后一搏,当着萧瑾的面掐死原著女主,但是还是被萧瑾给打趴下了。

所以卫箬衣刚刚从书院回来的路上就一路寻思,谢家后继有人,但是卫家这样浑浑噩噩地混下去可不行。

大哥在书画方面的成就她看在心底亦是十分的欣慰,只要大哥身体能好,文才上是绝对没问题的。但是毕竟卫家是武将之家,即便她父亲现在年富力强,可是谁知道将来会有点什么变故。现在故事的整个走向都已经被她和林亦如这两个外来闯入者给改变掉了。

她光有一身的蛮力,但是没有武功招式可是不行。

既然老天已经给了她这么一个隐藏的属性,干吗不用?

自己的爹是在外征战未归,但是家里又不是只有卫大将军一人知道卫家刀法,大哥也知道啊。

她现在就练起来,相信之后总有用得到的地方的。

技多不压身,便是这个道理了。

卫燕亦是沉思了片刻。"你先随我进来吧。"他对卫箬衣说道。

"哦。"卫箬衣应了一声,扶着卫燕走进了房中。

"你说得不错。"等重新坐好,卫燕凝眸对卫箬衣说道,"这些年,我意志消沉,整日沉浸在自卑与自闭之中,今日见你能想得这么多,大哥亦是十分的欣慰。卫家其他人如何,说白了,我并不关心,但是你和母亲却是我要护住的人。你说得不错,若是我们不自强自立,日后衰落,没人会拉扯咱们一把,反而会因为卫府树大招风,落一个墙倒众人推的下场。"

"其实咱们爹应该也不错的。"卫箬衣陪着笑说道。

"他对你是不错,对其他人却不尽然。"卫燕缓缓地一笑,略带了几分自嘲之意。

"你也别怪他,他本就在家的时日不多,与自己的子女并不是十分的亲热和熟络,我是占了一个大便宜了,但是不代表他的心底没有你和其他的弟弟妹妹。"卫箬衣试图替父亲解释道,"家中很多事情,他并非都看得十分分明,你要给他点时间。"

"好了,你也不用替他说好话,不管怎么说,他终归是我的父亲。若是没有他,便没有我,这些道理我懂。我只是气他偏听偏信,对我母亲总是有误会。"卫燕说道。

"哦。"卫箬衣点了点头。

只要卫燕还承认自己是卫府的一分子便好,卫箬衣也不用多言。她总觉得自己的父亲能待自己如此,便不是一个蛮横不讲理的人。

看看孙校尉这些铁血铮铮的汉子,他们都是父亲的手下,俗话说,兵熊熊一个,将熊熊一窝,有什么样的统帅,就有什么样的兵,所以自己那个到现在还没见过面的老爹应该也是一名傲骨铮铮的男人吧。不然他凭什么手握重兵?

皇帝又不傻!

他能将京畿地区的防卫全数交给自己的爹,便是也信他是忠肝义胆之人。

这样的人,不会差到哪里去的。

许是大哥和父亲之间的重重误会都是别人造成的,那些唯恐卫家不乱的人不知道安的是什么心思。

等这次父亲凯旋,卫箬衣真的觉得自己有必要和父亲说道说道这事情了,俗话说家和万事兴。家中总有那些作妖搞怪的人,要是一直都由着他们性子来的话,不等谢家来参倒卫家,卫家自己人就能将自己人全作死了。

"我们卫家的刀法讲究的是力道。"卫燕说道,"你这天生的力大无穷倒是真的随了父亲了。我听说他年轻的时候也是京中霸王,就是凭着力气大,打架不要命,燕京城没人敢惹他。不怪他将你当成心头肉一样地疼爱。你也不愧是我们侯府的嫡长女。"

卫箬衣……

"大哥你这是在夸我吗?"她挠头道,"怎么听着那么别扭呢!"

"别多想,是真的在夸你。"卫燕笑道。

"哦。"卫箬衣这才"嘿嘿"的一笑,心道这要是其他的姑娘知道自己力大无穷估计都要哭瞎了!妥妥的女汉子一枚。

"卫家刀法,快狠准,能做到这三点的基础便是力气。"卫燕继续说道,"小时候,父亲教我卫家刀法,还曾经让我每天都举石锁,为的就是练力气。现在你倒是直接省了这一步了。我看就是我一直坚持不殆,练到今日,那力气也可能只是和你差不多,不会比你高了多少去。你若是在现在的基础上开始练,假以时日,卫家刀法的威力必定在你的手里发挥到极致。"

"那轻功呢?内力呢?"卫箬衣问道。她都这么大力气了,萧瑾还是能抓住她,应该是武功很高吧……

“慢慢练,都会有的。”卫燕说道,“你若是真想学,我现在就可以教你口诀,还有卫家刀法的入门。”

“学!”卫箬衣握拳。

为了将来不被剐,现在什么苦她都愿意吃!

职场混迹多年,卫箬衣是十分有危机意识的。

每年从学校毕业那么多人涌入社会,她这个前浪,要是不时刻地武装改造自己的话,没准一个不小心就被后浪给拍死在沙滩上了。

以前提到她,旁人都会羡慕她是高薪高颜值的白骨精,但是人家只看到她的豪车、豪宅,还有名牌包包了,又有多少人会在意她为了到达那个位置在背后付出的心血。

人前风光,人后的辛苦只有自己知道。

她所背负的压力有多大,也只有她自己明白,所以她才有一个看言情小说的爱好,休闲时光她都拿来混迹各大言情小说网站了,因为看这些书就图一个乐子,还不用动脑子,权当放松了。

“你的臂力是够了,可是你腰腿的力量不够。”卫燕说道,“刚才你拎着东西跑的时候,脚底轻浮。所以你若是想学好卫家刀法,就真的要下一番苦功。”

“好,大哥说什么我就做什么。”卫箬衣说道。

“一会让绿萼和绿蕊给你做几个沙袋,捆在腿上,你每天绕着寺庙跑上十圈。”卫燕道。

卫箬衣一听脸就抽抽……怎么做得到啊!护国寺真的好大!走上一圈都累死,负重跑十圈就要瘫痪了。

不过她还是咬牙点头。“好!”

其实卫燕这么说也就是吓唬吓唬卫箬衣的,看看卫箬衣的决心到底有多大。

不过到了第二天,他就被卫箬衣的精神所折服了。

卫箬衣真的是一大早就爬了起来,一改她爱睡懒觉的作风,跃跃欲试地带着绿蕊和绿萼开跑。

卫燕怕卫箬衣出事,叮嘱孙校尉带着几个人跟着。

十圈卫箬衣是没跑动,不过她咬牙坚持了五圈,已经大大地出乎了卫燕的意料。

绿蕊和绿萼两个只跟了一圈就已经完全跑不动,呼哧带喘地在原地等候着卫箬衣。

等卫箬衣跑回来,几乎是双腿发颤,浑身没一个地方是不痛的。

卫箬衣是个相当有钻劲的人,她一天达不到这种水平就慢慢磨,总有一天她能做到。

就这样坚持了十五天,在卫箬衣肌肉酸痛的现象完全消失之后,她真的成功地跑了一个十圈回来。

虽然跑得还是很慢,但是她做到了。

就连孙校尉也不住地在卫燕的面前夸赞卫箬衣。

“真不愧是大将军的女儿,那股子劲便是和大将军年轻的时候一模一样。”

人就是这样,等你突破了自己的极限之后,便也就觉得没什么了。

卫燕的身体也在明显的好转之中,半个月的时间,他咳嗽的现象越来越少。现在便是出门稍稍地活动一下,也不像是之前那样喘得不得了。

十五天过去，给卫大将军祈福的仪式也是做完，接下来便是要卫箬衣去种福田。

护国寺有田地，卫箬衣要做的便是选一块方位风水都好的空地，亲手去种上一种。

现在已经是快要到冬天了，也没什么可种的，所以就是去翻翻土，将田地规整一下，再诚心地念上一段祭文就好了。

种福田也是要选日子的，不能随便地开刨。

方丈帮他们选的日子是在十天之后，所以卫箬衣就是说嘛，来的时候兰姨娘果然就是在骗人的，这些程序都做完，一个月都不止了。

这要是放在以前的卫箬衣身上，早就嫌麻烦不干了，还很有可能自己丢下一切，包括卫燕，自己跑回燕京城去。

卫箬衣与卫燕老老实实地在护国寺住着，卫箬衣什么幺蛾子都没出，这真的是让在燕京城的兰姨娘觉得奇怪。

不光是兰姨娘觉得奇怪，就是隔壁骊山书院的卫荣也是一阵阵的心底发躁。

卫箬衣真的转性了？这么能沉得住气？

竟是一直都能陪着卫燕那个病秧子老实地在寺庙里住着？

他几次上门邀约卫箬衣出来，都被她给拒绝了！不能啊！以前卫箬衣是最爱玩的。

徐幻真不停地催促卫荣将卫箬衣邀约出来。

那日一见，卫箬衣的容光便深深地铭刻在徐幻真的心中。

他家是皇商，乃西北的首富，因为有个穿越来的开国皇后，所以在大梁朝商人中的地位并不低。如他家这种巨贾之家的地位甚至比某些落魄的贵族还要高一些。他知道卫荣乃是卫大将军府的二公子，是权贵之后，所以在书院之中，便刻意攀附，平日里与卫荣关系甚好。

卫府的钱财现在都是兰姨娘管着，卫荣在外每个月的月钱虽然不短，足够他在书院使用，但是架不住卫荣平日里奢侈。书院之中溜须拍马的人甚多，卫荣的地位被抬得很高，虚荣心趋势，他用起钱来也是大手大脚，不管用度都要最好的，就连一高兴打赏起来也打赏得比旁人多，平日里还经常溜出书院到山下的镇子里面去挥霍。上个月，镇子上来了一个戏班子，戏班子里有个伶人，生得乖巧漂亮，戏唱得也好，卫荣得知了，下去一看，心底就喜欢，一连捧了人家足足半个月的场，花费无数。这些银子卫荣自己当然没有，都是徐幻真出的。

拿人手短，卫荣又好虚荣，都是和徐幻真说这些钱算是向他借的，不肯让徐幻真的富贵之名盖过他的风头，经年累月，他早就欠了徐幻真一大笔巨款。所以一般别人说话在卫荣的面前不好使，但是徐幻真的话却是肯定管用。

如今徐幻真看中了他的长姐，他就觉得这事情不错。

如果徐幻真真的能成了他的姐夫，那他不光欠款全销，日后便是再朝徐幻真拿钱也是天经地义的。找自己大舅子要钱用不是应该的吗，都是一家人。

况且徐幻真家中乃是西北首富，地位是低了点，不过如果徐幻真能高中，便是踏入了仕途，有自己的父亲在那边顶着，徐幻真的将来也可能是一片光明坦途，不算是辱没了自己那个不学无术的长姐。

不是卫荣看不上卫箬衣，就凭卫箬衣现在这种水平，随便嫁入哪一个豪门世家之中，都是被人嘲笑的货。

身份高又如何,当姑娘的时候身份再怎么高,嫁了人也是人家家门中人,能蹦跶到哪里去?公主的身份高不高?还不是一样要嫁人。

存了撮合徐幻真与长姐的意思,卫荣再度登门。

卫箬衣早上刚刚跑了十圈回来,出了一身的透汗,现在沐浴过后瘫在床上做死狗状。

“五公子又来了。”绿蕊进来说道。

“他这是不见棺材不掉泪啊。”卫箬衣艰难地翻了一个身。虽然说现在她能将十圈跑下来了,但是每次跑完都有一种要升天了的感觉,这酸爽真是只有她自己能体会。

“那奴婢就回了他去。”绿蕊笑道。

“算了算了,怎么也是我弟弟,总这么不给面子也不好。”卫箬衣扶着床沿爬了起来,“反正今天也没什么事情,就去隔壁转悠转悠,我是懒得走远了。你去和他说,镇子上我是不想去了,就陪着他在书院走走便好。”

“是。”绿蕊出去。

卫荣终于长舒了一口气,这长姐还真是难请得很。他马上打发了自己的随身小厮赶紧去书院通知其他人,尤其是徐幻真。

慢慢吞吞地换过了衣服,重新上了点妆,卫箬衣这才迟迟地走出了门口。卫荣等得心急如焚,偏生又不能去催,只能耐着性子等。

见卫箬衣出来,他就迎了过来。“长姐。”卫荣满脸堆笑。

卫箬衣让绿萼去和卫燕说了一声,这才缓步出门。

“长姐有没有什么特别想吃的东西?”卫荣讨好地问道。

特别想吃的?肉!

被卫荣这么一提,卫箬衣这才想起来自己已经在护国寺闷了半个月了,一直都在吃素。这半个月她忙得要死,又要祈福,又要习武,一时之间倒是将吃肉这件事情给忘到了脑后去了。

现在被卫荣一提,卫箬衣就觉得心底像爬了一条毛毛虫一样的难受,馋虫被勾出来了。

“别的不要,鸡鸭鱼肉,重点是鸡和肉!”卫箬衣笑道,“你请我吃吗?”

“自然自然。”卫荣心底一乐,这好办啊。

现在距离中午还有一个时辰的时间,一切都来得及。

反正徐幻真有的是钱,有钱能使鬼推磨。

卫荣陪着卫箬衣在经过前院的时候,瞥了一眼卫燕紧闭的房门,嘴角缓缓地一提。

萧瑾负手走在骊山书院的小径,今日书院休沐,很多学子都下山去了镇上,书院之中人没平日多。

他已经在书院之中半个月了,该查的事情一点进展都没有。

不过倒是结交了不少有钱人家的少爷。

其中有一个叫徐幻真的,乃是西北首富之子,一副踌躇满志的样子,平日里也不见他读书有多认真,但是口气却是不小。

所以萧瑾决定从他那边下手。

“幻真兄,这么行色匆忙是要去哪里?”萧瑾见徐幻真急急匆匆地朝前,笑问道。

“苏兄。”徐幻真一看是萧瑾,马上抱拳一笑,“实不相瞒,确实有点事情。卫荣卫公子一会陪他的长姐过来游玩,我这是去张罗一下。苏兄要来吗?”

“只怕是有点不妥,幻真兄还是赶紧去忙吧。”萧瑾笑道。知道徐幻真并非诚意邀约,他亦是十分的识趣。

徐幻真匆忙行过,萧瑾驻足。

萧瑾在书院里面也是挥金如土,很容易就和徐幻真他们混在了一起。萧瑾如今容貌普通,这些贵公子觉得萧瑾对他们一点威胁都没有,平日里做什么也愿意带着他一起。

徐幻真这次是卯足了劲想要在卫箬衣面前将上次留下的不好印象给扭转过来,所以十分的上心。

他专门叫人去镇子上花重金将最好的酒楼里面的大厨给请了上来。

有钱好办事,这是放之四海皆准的道理。

“头儿,你真的不去吗?”陈一凡在萧瑾的身后探头探脑,“他们邀约的是崇安县主啊。”

“与我何干?”萧瑾曼声回道。

30 学渣与学霸的碰撞

骊山书院之中居然有仙鹤……

卫箬衣看到之后一脸的兴奋。她站在忘鹤居水边的回廊下，看着面前轻浅池塘之中悠然自得的几只白鹤。

见到卫箬衣终于显露出了几分有兴趣的模样，卫荣这才算是松了一口气。看样子这回长姐应该不会直接撂挑子转头就走了。

“其实徐学兄的琴艺非凡，可以让白鹤起舞。”他赶忙趁着卫箬衣开心的时候说道。

“真的吗？”卫箬衣看向了一边站立着的徐幻真。

上回这个人盯着她的胸看，今日这人倒是目光收敛，人也看着十分的彬彬有礼。

虽然不怎么待见这个人，但是人家笑脸相迎，也不能马上一个巴掌呼过去。

“愿为县主弹奏一曲，至于这白鹤能不能起舞，就不能确定了。”徐幻真谦逊地说道。

“试试看啊。”卫箬衣来了兴趣，笑道。

美人如花，一笑起来更是别样的动人。

徐幻真收敛着自己的心神，强迫自己不要多看崇安县主，上回便是多看了她两眼，直接被她称作不三不四的人。他见过各色美人，但是如崇安县主这样的还真是独一个。

美人宜嗔宜怒，崇安县主便是在生气的时候都特别的好看。之前他是觉得崇安县主轻佻之名在外，小小年纪便追着五皇子殿下到处跑，一定不是什么知廉耻守礼仪的人。卫荣又是那样虚荣的人，所以他便是觉得卫大将军府这些人走出来一个个的都不可一世，一肚子草包。所以看崇安县主的眼神便是带了几分邪气，甚至是放肆。

从那日之后，他忽然感觉到崇安县主似乎并非之前所闻那般不堪。

又听说了她在平心堂应对谢秋阳的事，更叫他对崇安县主产生了极大的兴趣。

他为西北首富之子，很小的时候母亲就给了他两个铺子去锻炼他，这些年下来，他暗中亦是积累了不少财富。不过民就是民，很多时候多为官府掣肘，所以他才决定来骊山书院。只要他弄个一官半职在身，西北的那些大小官员多少也会忌惮一些。况且骊山书院已经是仅次于国子监的书院了，能来此地的，即便是不能高中也能与京中权贵之子结交，与他们是同窗，将来便是说话也说得比旁人要响亮一些。

卫荣便是他在卫府的投资。

他不光与卫府有往来，与谢家和其他的豪门世家皆有往来。

广撒网，捕大鱼。

商贾便是如此，趋利避凶。

徐幻真命人取来一张古琴，这把琴亦是千金购得，是一张非常有名的琴，一般此琴一出，马上就会惹来无数的赞叹。

他悠然地将琴展开放在琴案上。卫箬衣瞄了一眼。

徐幻真见卫箬衣看到此琴一点反应都没有，便是稍稍地蹙眉。就连一边的卫荣都显露出了几分艳羡的表情，而卫箬衣却是丝毫未动。真不知道崇安县主是不识得好东西呢，还是对这些东西不屑一顾？

其实卫箬衣是真的不认得……

不过她还是非常会装的。

人家的琴外包裹了两道织锦，包琴的东西都那么贵了，这琴也应该是个好东西吧。所以卫箬衣展眉微微地一笑。“真是不错的琴。”她十分礼貌地赞别人一声。这是职场礼仪，混迹多年的卫箬衣只是养成了这个夸别人的习惯。

她虽然在笑，但是眼眉浅淡，并无什么羡慕之意，这让徐幻真心底微微地一凛，崇安县主果然是深不可测，心底顿觉自己之前真的不应该对她那般的傲慢无礼。

“县主好眼光。”徐幻真抚摸了一下琴身笑道，“此琴乃是家父于十年前用三万两黄金的高价购得。”

三万两黄金！卫箬衣差点一口水喷出来。她翻了一个白眼，这么贵重的琴应当做个神龛供起来，拿出来弹是怎么回事！太浪费了！

徐幻真见卫箬衣翻了一个白眼，更觉得自己不该在崇安县主的面前提及此琴的价格，人家本就不屑一顾，他还将这琴的价格放在嘴上说，真的是显得十分的市侩与满身的铜臭了。

徐幻真有点沮丧，真不知道该怎么才能引起崇安县主的青睐。

他低叹了一声，手按在了琴弦之上，轻轻一拨，琴音便从他的指下流淌出来。

卫箬衣早上跑得累，现在被这优雅舒缓的琴声一催，便有了一点点昏昏欲睡之感，不过她还是努力地瞪大了眼睛看着池塘之中那几只白鹤。

这几只白鹤是书院里面养惯了的，书院之中有个博士最喜欢豢养动物，骊山书院里面的飞禽和走兽都是他教养的。这些白鹤都已经教得十分好，无论是谁奏琴，都会闻音起舞。

所以等徐幻真的琴音起了之后，这些白鹤便是习惯性地展开羽翼，翩然而动，如踏波起舞一般。

“哇。”卫箬衣瞬间睡意全无，看着那几只在池塘之中舞动的白鹤，拍手笑道：“徐公子果然厉害。”

徐幻真这才稍稍地松了一口气，脸上也露出了温和的笑意。

“头儿，那徐幻真在骗人呢！”陈一凡拽了拽萧瑾的衣袖说道，“这几只扁毛畜生，随便谁来弹琴都会跳舞……怎么偏生就变成了他的琴艺高超了呢？”

萧瑾淡淡地说道：“他也没说错什么，的确是他的琴音让这些白鹤舞动的。”

陈一凡默然。

他看着萧瑾闲适地靠在柱子上晒太阳，心底便是一阵的腹诽，书院哪里不能晒太阳，偏生要跑到这里来晒……还死鸭子嘴硬，美其名曰来监视徐幻真，实际上是来监视崇安县主的吧。

卫箬衣不经意地转眸,看到了不远处回廊外假山上坐着的两个人,立刻朝着那两人挥手,高声笑道:“好巧啊,怎么又遇到了? 苏公子。”

能不巧吗?

陈一凡摊手,书院这么大,这都能遇到,崇安县主不觉得实在是巧得不能再巧了吗?

萧瑾起身,朝忘鹤居走去。“是啊,真的好巧,今日崇安县主怎么会有空过来。”他走到忘鹤居里,拱手一礼。

他们居然认识?

不光是徐幻真,便是连卫荣都觉得奇怪。

苏城是进京赶考的学子,本次秋闱因为试卷泄露一事已经延期举办,所以这骊山书院里面进来了不少富贵人家的公子,苏城便是其中的一个。

他虽然其貌不扬,但却是出手大方,便是比不上徐幻真那般,也是差不了多少了。

萧瑾缓步走入了忘鹤居,陈一凡跟在他的身后。

徐幻真稍稍蹙眉,好不容易让卫箬衣对他有了点兴趣了,却偏生被这个苏城给破坏掉了。

他有点不喜,但是碍于卫箬衣在这里,他也不能表现出什么来,而是将手中的琴音停掉,起身行礼。“苏兄竟然也与崇安县主相识。既然这样,相请不如偶遇,一起吧。”徐幻真表现得十分大度。

在自己喜欢的女孩面子,每一个男子都会显得十分大方的。

其实卫箬衣是无所谓的,她就是来玩的,有的吃就行,至于身边围绕了一些什么人,对于她来说根本就没放在心上,横竖以后也没什么交集。等她回到燕京城之后,这些人再想见她一面除非是去紫衣侯府了。

那个叫苏城的,与她倒是蛮有缘分的,虽然路上奔马喷了她一嘴的沙子,但是人家也让了一间上房出来,上次还陪着她去听了谢状元的课。一回生,二回熟,三回便是很熟了。

况且卫箬衣总觉得这苏城很像她认识的一个人,具体是谁又想不起来。

“那便叨扰了。”萧瑾一抱拳,笑道。

“对了,你刚刚没看到,这位徐公子的琴音能让那些白鹤起舞,好神奇。”卫箬衣笑着对萧瑾说道,一副没见过世面的土包子样。

徐幻真顿时紧张了起来,他是欺负卫箬衣不知道这忘鹤居的仙鹤有闻乐而舞的习惯,所以故意卖弄了一下,如今苏城来了,他就怕苏城会揭穿他。

“徐公子琴艺高超,实在是佩服。”萧瑾笑道。

陈一凡愣了一下,心道头儿今日是怎么了? 平日里眼底揉不得沙子的一个人,现在却是恭维起别人来了,明明这忘鹤居的白鹤随便谁弄个乐曲出来,都会跳舞。

只是他虽然疑惑,但却没有说出来。

苏城没有当面揭穿徐幻真,真是叫原本捏了一把虚汗在手的徐幻真长出了一口气。他略带感激地看向了苏城,苏城给了他一个了然的眼神,徐幻真很小的时候就已经开始自己执掌店铺了,又哪里不明苏城之意。

他这便是卖了一个大大的人情给自己。

此人可交!

徐幻真顿时笑了起来。“苏兄与崇安县主是怎么相识的?”他还是有点疑虑,试探问道。

苏城并没怎么在人前透露自己的来历,只说他们是从东边来的,平日里出手大方,颇有点视金钱如粪土的感觉,莫不是什么封疆大吏之后?

“在下早就与崇安县主相识。”萧瑾笑道。

早?

卫箬衣瞪大了眼睛,眨了眨,能有多早,她认识苏城也就是在十几天前吧……不过严格来说,的确是比认识徐幻真要早。算了,卫箬衣是个懒得纠结的人,反正都是无伤大雅的事情,她也就默认了。

萧瑾知道自己已经成功地引起了徐幻真的注意,所以故意将与卫箬衣的关系说得模糊一点。人便是如此,你说得通透就没意思了,若是说得含含糊糊,留下几分遐想的余地,那便会让人天马行空地胡乱去猜。

徐幻真果然不知道萧瑾的深浅,还真的朝着他很可能与卫家早就认识这条路上去猜。他抬眸看了一眼卫荣,心道卫荣竟然不认识苏城。

看来庶出之子,也并非是那么的靠谱。

这山下开的书店就是徐幻真的。他自到了骊山镇之后就看准了这里到处都是学子,所以在山下开了那么一家规模不亚于燕京城的书店。事实证明,他的眼光是独到的。这书店自打落户开业以来,生意十分的好,甚至好过燕京城那些店。

苏城那日在书店之中的言论自然早就落入了徐幻真的耳朵里。

他也知道苏城来便是想要高中的。

若是这个人真的可靠的话,过几天倒是可以将他给引荐出去。

“不知道苏兄家中是在什么地方?”徐幻真问道。

“是在东边的陈郡。”萧瑾笑道。

“陈郡?”卫荣忽然想起了一个人来,“苏阁老便是陈郡人,不知道苏兄与苏阁老是什么关系?”

苏阁老是当今大梁皇帝的授业恩师,地位崇高,苏家是祖居陈郡的百年世家,亦是十分的显赫。

“那是我五爷爷。”萧瑾笑道。

苏阁老就是排行老五,也有苏五之别名。

“原来苏兄亦是出身名门啊。”卫荣笑道,一抱拳。

“谬赞了。”萧瑾说道,“苏家乃是地处偏壤之地,与虎踞燕京城的紫衣侯府那是没办法比拟的。”

“哪里哪里,苏兄过谦了。”卫荣笑道。

卫箬衣听得云里雾里的,什么陈郡苏家,她反正一概不知,不知不觉得她就打了一个哈欠。因为早上起得太早,又跑了那么多圈,还练了半套刀法,实在是有点困乏了。

“你看看,咱们光顾着自己聊天,却是冷落了崇安县主。”萧瑾马上说道,“惹得县主不喜了。”

“没没没。别管我。”卫箬衣马上说道,“我就是有点饿了,什么时候开饭?”

她关心的是这个……在寺庙里已经十几天没吃过肉了，嘴里早就淡出鸟来……

"县主饿了？那便请移步去卫荣兄弟的住所，那边已经有人准备饭菜了。"徐幻真忙献着殷勤道。

他们这些人地位要比书院之中其他的学子高一些，所以住得也好，都是独立的小庭院，带着小厨房，当然租金也是令人咋舌的贵，若是按照卫府给卫荣的月钱是根本不够支付那庭院的租金的，所以卫荣那院子实际上就是徐幻真租下来，然后免费提供给卫荣住的。

他们是书院的正经学子，租金尚且这么高，苏城一来也是租下了他们隔壁的庭院，听说给的价格是他们的四倍。若非财力雄厚，是根本不可能做到。

卫箬衣被让到了卫荣的小庭院，一看墙上挂着的小牌子，卫箬衣就又窘了。

"愔嫕院"

第一个字姑且还能猜着读音，第二个字是什么鬼？卫箬衣又被打击到了，深深地感觉到了这个伟大的时代对她充斥着的满满恶意。

"愔嫕。"一个很轻的声音飘入了她的耳朵里。卫箬衣回眸，却是苏城站在她的身后，眼眉轻浅。即便他其貌不扬，但在卫箬衣转眸猛然对上苏城眸光的瞬间，还是传递给了她一种难言的熟悉感。那眸底的浅浅星辉，似乎给了她一种姝丽的感觉。

卫箬衣……

他怎么知道自己不识字？

见鬼了！

一定是她打开的方式太过粗暴！草包之名已经快要飘洋过海了……这是天下皆知她大字不识的节奏啊。

"哦。"卫箬衣垂头丧气地应了一声，"我知道我识字少。多谢苏公子指教。"

萧瑾其实很想笑，不知道为什么，看到卫箬衣如此的吃憋，他就觉得十分的开心。

明知这种习惯要不得，不过萧瑾却还是觉得其实他挺享受的，一出以前被她步步紧逼，还被她揭穿身份，掉了马甲的恶气。

抛去那种这里是个人就是学霸，唯独她是学渣的无力感，卫箬衣垂肩走进去，抬眸朝四周看了看，就觉得卫荣小朋友你真的是来读书的吗？你这是来度假的吧！

这小院子简直不比侯府里面差多少，除了规模小了点，庭院里面什么都有，还布置得十分清幽雅致。

院子里有个暖阁，里面已经烧了地龙，进入之后只感觉到一阵阵的暖意扑面，一扫深秋的初寒料峭。大梁地处偏北一点，所以秋冬两季要比春夏来得长一点，深秋时分亦是比南方冷上许多。

落座之后，徐幻真吩咐上菜，卫箬衣这才觉得自己有点活过来了。

这一盘盘端上来的全是荤菜啊。卫箬衣顿时感觉自己眼睛都不够用了，好东西太多，看不过来，金光灿灿的土豪感油然而生。

"崇安县主不是前来替卫大将军祈福的吗？"还没等卫箬衣动筷子，就听到萧瑾幽幽地说道。

"是啊。"卫箬衣点了点头。

“那不宜动荤腥。”萧瑾挑眉笑道。

卫箬衣……

可是好想吃怎么办？桌子上放着的都是鸡鸭鱼肉，光是鸡就有三种做法，一是烤，一是炸，一是红烧……再看看那碗油亮油亮的红烧肉，就好像伸出了无数的小手拽着她朝前一样……

31 真是防不胜防啊

她暗自咬唇,卫荣也愣了一下,他的本意便是引着卫箬衣吃荤腥破戒,早上卫箬衣说想要吃肉的时候,他实际上心底已经是乐开了花了,只要卫箬衣在他的面前动这些鱼肉之类的东西,他便会马上将此事报回燕京城。

祈福期间,吃这些东西虽然不是什么伤了根本的事情,但是毕竟人家诚心前来,忌口三个月的都是有的。卫箬衣这才半个月就熬不住了,传回去便是已经落人口舌了。

现在他存的这个念头被苏城一言道破,瞬间就十分的恼怒,不过看在徐幻真好像对苏城不错的面子上,他没发作。

卫荣转眸看向了卫箬衣,笑道:“其实是不要紧的吧……这里又不是护国寺。”他还在极力地劝说着。

“心诚则灵,心不诚的话……”萧瑾说了一半便没说下去了,而是转换了一个话锋,“在下也只是提醒一下崇安县主,并无他意,若是崇安县主真的想吃,那便由着性子来吧。”

卫箬衣的后槽牙都要咬裂了!

求别说了!她知道错了好不好!

世上最悲哀的事情不是你站在我的面前,我不知道你爱我,而是她卫箬衣面对着一大桌子好菜,却是在众目睽睽之下不能下筷!

卫箬衣握拳!

忍了!好不容易才将自己黏在那些佳肴上的眸光撕巴开,卫箬衣看向了卫荣。

“苏兄说得对!”她一本正经地对卫荣说道,“既然我是出来祈福的,便一定要心诚!我只要点青菜豆腐就好,不要用荤油。”

天知道她的心其实是在滴血的。

卫燕曾经警告过她远离卫荣的朋友,既然卫荣都交友不慎了,那么卫荣自己呢?

毕竟是卫家的人,刚才若是卫荣劝说她不要碰这些肉的话,或许她还不会警惕起来,可是偏生刚才卫荣说不要紧。

卫大将军是他们俩的父亲,在祈福期间,莫说是卫箬衣了,其实就连卫荣也应该跟着一起茹素才是。

卫箬衣觉得自己一定是脑抽了,所以才会和卫荣说自己想要吃肉的事情,早上她竟是放松了警惕之心。

好在苏城提醒了她一句。

不然的话,现在岂不是又掉进卫荣挖的坑里了。

卫箬衣在心底大叹，这几天虽然在护国寺比较辛苦，但却是住得十分舒心，没有那些狗屁倒灶的糟心事情，每天都十分单纯地过着，真是叫人放松了警惕。

果然日子是不能过得太安逸的，太安逸了就容易出事。

卫荣的好事被苏城一句话给坏了，偏偏人家又是好心提醒，找也找不出什么毛病来，若是再劝卫箬衣吃肉不免就有点刻意了。

长姐平日里做事只看自己的喜好，早上他询问的时候以为她已经恢复原样了，现在看来长姐果然是不一样了，居然学会隐忍了。

明明看她盯着肉的眼睛都要冒出火来……拿起筷子却直朝这青菜下手。

徐幻真也觉得自己有点蠢了，光是听卫荣说卫箬衣想要吃肉就专门叮嘱了那些厨子从山下带最好的肉食上来，却是忘记了卫箬衣现在正在给卫大将军祈福，是不能碰这些东西的。倒是让苏城又在卫箬衣面前占了个先。

卫箬衣那副憋屈的模样尽数落入萧瑾的眼底，他敛眉闭嘴，心底却是真的很想笑。

现在的卫箬衣倒是比之前的卫箬衣有趣多了。

就是不知道她能这样装上多久。

萧瑾忽然觉得自己现在有一种恶趣味便是看卫箬衣在自己面前吃瘪的模样，瞥见她现在握着筷子咬牙切齿地戳豆腐，已经将一整块好好的白玉豆腐戳成了豆腐渣，萧瑾顿时觉得浑身上下通泰舒畅，就好像三伏天喝了冰水一样，烦恼全消。

萧瑾是存了利用卫箬衣靠近徐幻真的心。

想要让徐幻真高看他一眼，不光要有钱，更要有势。他也不能举着牌子满世界嚷嚷去，徐幻真是个聪明人，会从蛛丝马迹之中察觉到的。让徐幻真自己发现比他明晃晃地打着牌子到处去招摇还要有效，因为他会坚信自己所发现的东西。

前几天他试探过徐幻真，徐幻真在读书上并没什么高才，经商上倒是一把好手，许是因为要经商所以分了不少心思出去，如他这般才学的人若是去应试的话，也不能说完全不中，只能说是十分的危险，但是徐幻真却是完全表现出一种对此次考试志在必得的样子。

萧瑾能来骊山书院也不是无的放矢的，若没有线索所指，他也不会花这么多时间在这里，自是对骊山书院里面的人都经过了一番调查。

不然骊山书院的学子没有千人也有几百了，一一地跟踪下来，岂不是要累死了。

所以他才故意在山下的书店里面透露了些许自己对此次考试志在高中的意思。如果徐幻真真的参与了某些不可告人的事情，那么他的那番言论必定会传入徐幻真的耳朵里。

说起来他倒是又利用了崇安县主一回了。

不过他刚刚也出言提醒了一下崇安县主，算是扯平了，他也不亏欠卫箬衣什么。萧瑾坑起卫箬衣来，素来没有一点点的心理负担。

卫荣是个什么样的人，旁人不知道，萧瑾却是比谁都清楚。在调查骊山书院的时候，他也顺带着查了查卫荣的底细。

卫荣可是欠了人一屁股的债在外面，徐幻真便是他最大的债主了。

卫荣虽然不赌，但是好排场，好面子，明明就不是紫衣侯府嫡子，偏生要摆出一副嫡子的派头出来，这一切都是需要钱的。

书院之中吹嘘拍马之人也十分的多，他们来便是想结识权贵的，卫荣便是他们溜须的目标之一。

卫荣越是出手大方,得到的赞美便是越多,他的虚荣心更能得到满足。

越是这样虚荣,就一定越是嫉妒卫箬衣。

卫府之中,卫燕是个半死之人,卫箬衣如果被打压下去,那即便是卫大将军再怎么不愿意,也不得不提携卫荣了,毕竟这么多子女之中,也只有卫荣是个健康的男丁了。

即便萧瑾不想去管卫箬衣的闲事,也知道卫箬衣在卫府表面风光,其实是四面楚歌。

卫箬衣这顿饭吃得是她有生以来最难熬的一顿了。

好不容易胡乱吃了些,卫箬衣实在是忍不住了,起身说道:“忽然想起寺庙之中尚有不少事情需要处理,我就先告辞回去了。”

“长姐这就走吗?”卫荣赶紧说道,试图留下卫箬衣,“好不容易抽空来这么一回,不如坐下来再玩儿一会。”

“玩玩玩,你就知道玩儿。”卫箬衣气不顺,那一桌子的好吃的都没捞着吃,正是没地方出气,这下可是抓着卫荣了,她抬手点了点卫荣的额头,“来的时候听说你要参加本届的秋闱的,我怎么每次来你都说玩儿,就没看你好好地看书呢?你能不能考上啊?”

卫荣被长姐卫箬衣点得脑袋直朝后仰,却是不敢闪躲,只能讪笑着说道:“应该可以吧。”

“什么是应该?什么是不应该?”卫箬衣总算是找到一个出气筒了,说道,“若是不中,等父亲回来,我一定去他面前告你一状,在外面不思进取,就知道玩儿!”

“别啊。”这下卫荣是真的怕了,家里谁告状他都不怕,唯独怕卫箬衣,“我真的有好好地读书,长姐放心,这次秋闱我一定高中!”

“真的假的?”卫箬衣白了他一眼,“别说的比唱的还好听。”

“哪能呢!”卫荣赔着笑脸说道,“长姐就瞧好吧。”

“那是最好。”卫箬衣瞪了他一眼,“我和大哥在护国寺祈福,你要是有空别光想着玩,也过来看看。”

“是是是。”卫荣点头道,他生怕卫箬衣再继续说他,忙转开了话题,“大哥的身体如何?”

“还那样子,你指望他能好?”卫箬衣说道。

“若是大哥能好那就是再好不过的事情了。”卫荣说道。

“慢慢等吧。”卫箬衣模棱两可地说道,“我走了,你不用送了。好好地看书才是正道。”

“知道了。”卫荣低下头抱拳说道。

等卫箬衣带着两名侍女离开,卫荣这才长出了一口气,对徐幻真还有苏城说道:“我长姐那脾气便是如此,各位不要见怪。”

徐幻真和苏城都纷纷摇头表示理解。

吃了卫箬衣一顿排头,卫荣消停了,不敢再过来找卫箬衣,生怕她拿他之前的错漏说事。

只是他更加的奇怪,长姐这是真的转性了,竟然几次引诱都无果。

又过了十天左右,花锦堂前来找萧瑾。

在萧瑾的房舍之中，花锦堂一抱拳，说道："头儿，果然不出你所料，真的有人去陈郡查问过你的身世。"

萧瑾点了点头。

"那就更证明徐幻真是个谨慎的人。"萧瑾说道，"没有出什么错漏吧。"

"头儿，放心，咱们编造的事情天衣无缝。"花锦堂说道，"真正的苏城在外替他母亲寻药，他目前尚在大齐，近期都不会回来。"

"嗯。"萧瑾若有所思地应了一声，"你叫人盯紧徐幻真与卫荣。"卫荣那天对卫箬衣信誓旦旦地拍胸脯保证高中，也是有点异常的。

知道卫箬衣不肯来书院了，徐幻真又着实地想见卫箬衣，就让卫荣再去一次护国寺。

"哪怕便是她不来，你给我带一件她常用的东西，以解相思。"徐幻真说道。

"看不出来，你倒是个情种了。"卫荣笑道，"不过女儿家的东西又怎么能随便地给你。"

"这事情若是办成了，日后自是会重谢卫公子的。"徐幻真深深地拱手一揖。

卫荣眼睛一亮，徐幻真说重谢便是真的很重了。

"行了，我看看吧。"卫荣从书院出去之后，就又去了一次护国寺。不过这次他去，却是没见到卫箬衣，卫箬衣和卫燕正在前面的大殿里和方丈商讨种福田的事情。

禅院之中静悄悄的，连个洒扫的沙弥都没看到。

倒是巧了！

卫荣索性闪身进了卫箬衣的房间。

他四下地看了看，想到那日卫箬衣的穿着打扮，瞥见了在梳妆台角落不起眼的地方放着的一个香囊，正巧是那天卫箬衣去书院所佩戴的那枚。香囊底部结着璎珞，还绣着一个小巧的箬字，香囊上面用金丝绳穿了一块美玉作为装饰，单是看看这块玉就已经是价值不菲，不是寻常人家用得起的物件。

卫荣就将那香囊给揣了起来，侧身出了卫箬衣的房间，直接回了书院。

他得意洋洋地在徐幻真的面前转了转那个香囊。"如何？"

"是那日崇安县主身上所配之物！"徐幻真的眼睛一亮，抬手想要去拿，却被卫荣给收了起来。"哪里那么容易给你，毕竟这是长姐的贴身之物。"

"好兄弟，你若是将这香囊给了我，我就送你一个宅子。"徐幻真笑道。

"真的假的？"卫荣吓了一跳，不知道徐幻真说的是真是假。

徐幻真正色说道："我何时曾在这上面欺骗过咱们的卫公子？"

这么值钱？卫荣真心是被震到了，他眼珠子转了转，说道："那我就更不能轻易地给你了。我倒不知道这小小的香囊竟然如此的值钱！你且说说，你要这个只是为了解了你的单相思吗？还是有别的用处？"

"你就别多问了。"徐幻真说道。

"那怎么能不多问？"卫荣嬉笑道，"你家世代经商，平日里不会做亏本的买卖，你若是出这么大的代价来换这个香囊，必定是能让这个香囊派上更大的用处。你告诉我，凭着咱俩的关系，我只会帮你，不会害你。"

"你也知道我钦慕你长姐，无奈她那脾气太大，身份太高，"徐幻真叹息说道，"就是你也拿她没半点办法。所以我才不能不出个下策，先拿了你长姐的香囊，等以后找个好点的机会，对外只说是她遗落在我那边的。”

“你这小子！你这是要坏我长姐的名声啊！”卫荣愣了一下，随后嚷嚷道。没事好人家的姑娘谁会将随身之物遗落出去？若是这事情传扬出去，旁人只会揣测是卫箬衣与徐幻真私相授受。即便大梁民风不是那么封闭，但是这种事情还是会被豪门世家所不齿。到时候迫于无奈，徐幻真再弄点什么别的手段，哄了长姐开心，没准这事情也就成了。

“你小声点！”徐幻真瞪了卫荣一眼，随后他肃然朝卫荣行了一礼，“我是真心喜欢你长姐，并非存心坏她名声。我若能求娶到她，日后自是不会忘记你的好处。我在京郊不光购了一座宅子，更新添置了田地百亩，还在燕京城里买下了两座商铺，你若能帮我完成这个心愿，这些便是都赠与你也无妨。”

卫荣的瞳仁瞬间放大，眸光也亮了许多。

他知道徐幻真的眼光，凡是徐幻真经手之物必定是具备相当价值的。那些田地与商铺必然是好的。

卫荣现在最缺的就是钱。

长姐若是真的跟了徐幻真，就凭徐幻真的手腕，也不算是辱没了长姐。再说了，长姐素来飞扬跋扈，不将家里人放在眼底，他对长姐存的也都是嫉妒之心，并无多少亲情。

见卫荣咬唇不语，徐幻真就知道他动心了。

刚刚他说的那些东西虽然是一笔不菲的财富，但是做人眼光要放长远，只要成了紫衣侯府的女婿，这些钱还不是转眼就能赚回来。

他来燕京城的目的是什么？如今登天的梯子就摆在他的眼前，只有傻子不会抓住。

卫荣有不少把柄在他手里握着，将来也不怕拿捏不住他，便是紫衣侯的爵位传到卫荣的手里，他亦是不惧卫荣能翻出天去。

“我长姐那人虽然嚣张，但是不得不说运气是非常的好，”卫荣沉思了片刻，再度笑了起来，“在家便是得父亲的独宠，就是祖母也是对长姐宠溺着，如今她又遇到你，也算是她的造化。罢了，你是我朋友，你的事情我自然会撮合，”他将那个香囊再度在手中转了转，随后递到了徐幻真的面前，“你拿去吧。”

徐幻真大喜，他转身进去，从怀里拿出一把钥匙打开了藏匿在衣柜底层的一个小木头箱子，从里面拿出了一张房契，出来之后交到了卫荣的手里。“拿去，我素来说话算数，若是你真能帮我求娶到你长姐，我适才许诺你的东西会一一奉上。”

卫荣从徐幻真手上接过了房契，心底一阵的激动。他只是一个侯府庶子，钱财大权又是掌控在旁人之手的，表面风光，其实日子过的是什么样的他自己明白，若不是非要在外面装门面，充胖子，又怎么会和徐幻真借下那么多钱。这一张房契对于徐幻真来说或许不算什么，但是对于卫荣来说却是他生平得的第一笔财富。

纵然心底激动万分，不过他表面上还是什么都没表露出来，面子重要。

香囊？夜间，萧瑾看到了冯安提交的关于徐幻真一天的报告，眼尖地看到了这一段。

被自己弟弟用一张房契就卖掉了，看来崇安县主在家里混得也不咋地啊。

萧瑾若有所思地笑了笑，眼底流过了一丝的暗光，即便他十分厌恶这些背后手段，但是这毕竟是卫箬衣的家事，与他又有什么关系？

卫箬衣也在找那个香囊，她是十分喜欢那个小挂件的，玉非常的好看，绣球做得也异常得精致，她前几天一直没戴，怎么今天想戴了，却又找不到了？

真奇怪。

绿蕊和绿萼将院子都翻遍了也没找到。

“莫不是掉在了书院了？”绿蕊问道。她和绿萼两个人最近事情也太多了，所以也有点记不起来了。

卫箬衣……

她是老年痴呆了吗？被绿蕊这么一问，她也觉得有这个可能。

她在忘鹤居的时间短，最有可能是掉在卫荣那边了，反正今日无事，索性就去找找吧，顺便瞅一眼卫荣到底在做什么。

32 看看卫荣到底在做什么

卫箬衣刚刚准备出门就见卫燕走了过来。

“大哥。”卫箬衣前去扶住了卫燕。

“你这是准备去哪里?”卫燕问道。

“我的香囊可能掉在卫荣那边了,想过去找找。”卫箬衣说道。

卫燕垂眸思索了一下。“我陪着你一起去吧。”

卫箬衣知道卫燕现在并不习惯见很多外人,所以听他这么说,就觉得十分的诧异。“大哥不怕外面陌生人多吗?”卫箬衣小心问道。

卫燕清淡地一笑。二十多天没被那些“毒药”茶毒,他的脸色有了明显的好转,这些日子山寺之中空气虽然清寒,但是清新宜人,没了府中那般的压抑,便是心情都好上许多,人也跟着精神了起来。山寺之中虽然是粗茶淡饭但是却是十分适合他这样身体受损的人,卫箬衣还变着花样让绿萼帮他熬一些滋补养人的粥,就是光吃粥,他都长回了一点点的肉。

卫燕本就生得如珠如玉,这稍稍恢复一点点,整个人就更是如谪仙一般的亮眼。

“以前是我自闭偏颇,这些日子我是想明白了,人若不自强,只会被欺凌。”卫燕温和地一笑,说道,“我既然想要日后护住你,护住卫家,便不能再这么自闭下去,不愿与人接触。我也想过了,此番秋闱不是推迟了吗?这也是个机会,我准备参加此番的秋闱。你说想去书院,我便随你一起去,久不与人接触,总要迈出第一步的。”

卫箬衣就知道自己眼光不错……想她穿越过来也没遇到什么好事,不过到目前为止她做过的最大好事便是拉了卫燕一把。

让卫燕穿上一件厚实的披风,卫箬衣陪着卫燕朝骊山书院走去。

等到了骊山书院的山门前,卫燕驻足,抬眸。

他凝望着山门上悬挂着的那块匾额,心底思绪万千。

曾经他也来过这里……虽然住的时间不长,但是足以让他缅怀。

卫箬衣并不催促卫燕,她对卫燕的事情所知不算多,见他脸上流露出变幻莫测的表情,便知道他是沉浸在某种回忆里了。

骤然感觉到脸上一凉,卫箬衣抬手摸了摸,下雨了?

不对,是下雪!

天上飘飘扬扬地洒落雪花,轻轻地落在她和卫燕的脸上以及肩上。

“大哥,下雪了,咱们还是进去吧。”卫箬衣提醒道。

“嗯。”卫燕这才收回眸光,被卫箬衣一路搀扶着走进了骊山书院。

“大哥,卫荣并不知你身体已经开始复原,一会在他的面前,你还是稍稍假装一下柔弱。”卫箬衣提醒道。

卫燕温润一笑。“你说的我明白。不过也不用太过刻意,卫荣自我生病之后早就不将我放在眼底了,想来他也不会特别的在意什么。”

卫箬衣点了点头。“我与你和好一事呢?”

“你与我和好一事,大概掩饰也是掩饰不住的。”卫燕说道,“若是随咱们来的人之中真有兰姨娘的眼线,这事情怕是已经传回到燕京城了。你本就有那种跋扈之名在外,喜欢亲近谁也不用太过在意旁人的看法。”

卫箬衣也觉得大哥的话有道理,那么多双眼睛都在盯着她看呢!太过刻意了,反而不自然了。

管他呢,爱谁谁!

跋扈之名在外,也不是完全没一点好处。

书院之中有回廊相连,只要走到回廊下,便不用打伞。这也是骊山书院的一个特色,方便书院之中的学子,只要在书院之中行走,无论晴雨风雪,都可以不用打伞。

卫箬衣虽然来了一次,但是不怎么记路,书院之中又弯弯绕绕的,走得有点发懵,还是绿蕊沿路打听,这才摸到了卫荣的住所前。

看着门前挂着的写着“愔嫕”的牌子,卫箬衣淡定了,是这里没错。

卫荣不在院子里,应该是在上课,他们就在卫荣的门前等候,有打扫的小厮过来询问,得知这是卫荣的长兄和长姐之后,那小厮热络地将两个人引领进去。

卫燕只扫了一眼就稍稍地蹙眉。

他在书院里读过书,即便是他当时那么有名,也只能住得起普通的房舍,对于这种地方是断然不敢问的。

卫大将军是权势滔天,但是家中财权除了对卫箬衣是完全开放的以外,对于其他人都是严格按照月份分发钱财的。卫大将军行伍出身,家中规矩也是按照军队的来,只除了卫箬衣和老夫人是特例。

所以卫箬衣在家里才特别的遭人恨。

卫荣能住得起这里?

这里从摆设到用的无一不是精致之物,便是侯府之中也就是这种水平了。

等那小厮送上热茶退去,卫箬衣让绿蕊和绿萼在门口看着,她好和卫燕在这里说说话。

卫燕压低了声音对卫箬衣说道:“这种地方,按照道理,卫荣是住不起的。”

卫箬衣侧目。

卫燕知道她对府中的事务也没什么概念,于是解释道:“府中的月钱是严格按照规矩来的,姨娘一个月月钱是二十五两纹银,子女除了你之外皆是十五两银子。咱们侯府之中用钱不受约束的也就是祖母和你了。卫荣十五两的月钱,住这种地方实在是太吃力了。当年我在骊山书院也只能住一等的房舍,却是不敢问津这种特等的庭院。”

“那大哥的意思……”卫箬衣看了看四周压低了声音说道,“卫荣和竹姨娘不是另外有小金库便是贪墨了府里的银钱?”

“府中主持中馈的现在是兰姨娘，只怕竹姨娘的手伸不了那么长。”卫燕说道，“竹姨娘家道中落，不会是娘家贴的。”

之前他心灰意冷，闭门不出，什么都懒得去想，现在不一样了，他既然被卫箬衣捡了一条命回来，又下了那样的决心，便不能不多思量。

是他太过谦和敦厚，不识人心险恶，现在想想，自己空有一腹的诗书，却是还不如自己那个恶名在外的妹妹来得通透。

“嗯。这事情咱们先不管。”卫箬衣点了点头，“由着他去，只要他不害人，就先看看再说。”各人凭本事吃饭，她也没必要非要去追究卫荣什么。只是这事情心知肚明就多个心眼留意着，他若是真的是靠害人得来的这一切，再找他算账不迟。

卫燕只看了卫箬衣一眼便也明白了妹妹的意思。

倒是他有点小心眼了。

其实他与卫箬衣越是相处，就越是觉得卫箬衣是个内秀的人。不管外界传闻如何，她倒是真的活出了一份特立独行的真风采出来。

卫燕的眼神柔了下来，缓缓地一笑。“我的妹妹如此的好，将来就是不知道会有什么样的男人能配得上你。”他忽然很好奇，问道，“你真的对五皇子……”

“哎呦，我的妈呀，别人说说也就算了，你可别提这茬了。”卫箬衣顿时就捂着唇笑了起来，打断了大哥的话，“以前我就是个二愣子，心眼实，以后可不会那么傻了。这天下好男人多了去了，我干吗非找他啊！以前倒贴那么久也没贴出个什么结果来。我算是想明白了，不贴了。反正他也不待见我，正好，大家以后少见面为妙。”

“你能想明白就是最好的。”卫燕点了点头，“皇室纷争太多，我倒宁愿我的妹妹一辈子安乐太平，也不希望你去攀附权势与富贵。”

卫箬衣动容，对着卫燕暖暖地一笑，撒娇道：“那大哥可真的要赶紧好起来，这样我才能牢牢地抱住大哥这条金大腿啊。以后武有我爹，文有我大哥，我便是在燕京城的大街上横着走，竖着走，走出个井字形来，也没人敢说我什么。”

才正经了两句，就打回原形，卫燕先是一愣，随后忍不住笑了起来。“你这是给我好大的压力啊。”他笑道。

笑得厉害了，还是有点气闷，再加上肺没完全恢复，顿时就岔了气了，卫燕乐极生悲地开始咳嗽起来。

已经几天没这么咳过，这回是真的咳了一个惊天动地。

就在卫箬衣手忙脚乱地给卫燕拍背顺气的时候，就听到了绿萼在外面叫了一声：“五公子回来了，我们县主和大公子都来了，在里面等着你呢。”

卫荣回来了。

卫箬衣忙坐好。

卫荣进来的时候就是看到卫箬衣在悠然地喝茶，而一边的卫燕咳得上气不接下气，憋得满脸通红。

“长姐，大哥。”卫荣真没想到卫箬衣会来，还带着卫燕一起，不知道他们是为了何事，还是拱手行礼。

卫燕这才缓过来一点点，渐渐地平息了咳嗽。卫箬衣抬手递了水过去，在卫荣诧异的眸光之中，又递了一方帕子过去。她现在也懒得管旁人的眼光了。她与卫燕之间和好的事情怕也是瞒不了多久。

还是那副病秧子的样子，卫荣心底不屑卫燕的模样，眸底亦是闪过一丝不耐烦加嫌恶的暗光。不过见卫箬衣对卫燕如此的好，卫荣亦是暗暗的心惊。

“长姐今日怎么和大哥一起忽然来访了？”卫荣在眸光转向卫箬衣的时候已经隐去了眼底的不屑与轻蔑而是带着几分欣喜之色。

他心底盘算着要怎么样将徐幻真叫来。长姐如今便是他的摇钱树。

可惜今日长姐不光自己来，还带着大哥这个拖油瓶，一会一定要找个机会将大哥与长姐隔开，制造点长姐与徐幻真单独在一起的机会。

“我是来寻东西的。”卫箬衣说道，“我那天过来带着一个自己很喜欢的香囊，今天却是找不到了。我记得最后一次带着那个香囊出门便是来这里，你倒帮我看看是不是丢在你这里了。”

香囊……听到这两个字，卫荣就有点头皮发麻。

他勉强地笑着道：“我这里就这么大，真没看到长姐的香囊啊。”香囊已经变成了房契，房契就在他卧房之中藏着……这种事情他是坚决不会说的。

卫箬衣脸上明显的有了点失落，难不成真的丢了？

“许是长姐掉到别处了吧。”卫荣马上试探着问道。

卫燕冷眼旁观。

他忽然有种感觉，卫荣似乎是十分的紧张。

没见过香囊，他紧张什么？

“掉别处了？”卫箬衣有点茫然，挠头道，“可能吗？”她也没去什么别的地方啊。

“怎么不可能？”卫荣忙说道，“许是在路上丢了也是有可能的。”

“哦。”卫箬衣实在是想不起来丢在哪里了，心道算了，真的丢了也没办法，只是可惜了那块美玉和那么精美的绣工了。

见卫箬衣没再深问什么，卫荣这才稍稍地松了一口气。

“长姐可是来得巧了，今天可是下了今冬的初雪，长姐和大哥既然来了，便在书院多坐一会，一会咱们吃泥炉锅子。”卫荣笑道。

“泥炉锅子是什么？”卫箬衣不懂，看向了卫燕。

卫燕解释道：“就是红泥炉，里面是炭，上面放一只锅子，用高汤调味，加以各种食材，再配上酱料，边煮边吃。”

“火锅啊！”卫箬衣恍然大悟，顿时眉开眼笑起来，“这个好这个好！”

有个穿越来的开国皇后就是好，连火锅都有，就是叫法不一而已。

“长姐不会连泥炉锅子是什么都不知道吧……”卫荣吃惊地问道，“你是最喜欢这个的。”

果然吃货是不分国界、地域和时空的。卫箬衣讪笑道：“我就是撞了脑子之后很多不记得了。”

也对，卫荣释然，他也听说了长姐脑子撞坏了的事情。

“我和大哥吃素！”卫箬衣强调道，“别放荤油，不要高汤，弄点菌菇调味就好了。”

“知道。”卫荣点头道，“一定不会让长姐为难的。吃这种锅子，就是人越多越热闹，不如我再去叫两个人来。长姐和大哥不会介意的吧？”

“我无所谓啊。”卫箬衣说道，“对了，不如将苏公子也叫来。”

上回虽然苏城害得她吃不了肉，但是也无形之中拉了她一把，既然今日是卫荣请客，她何不做个顺水人情？请他吃一顿，算是回了上次他提醒的好意。

卫荣心底有点不愿，但是长姐发话，又不能不从，只能点了点头，遣人去叫苏城过来。

萧瑾在接到邀请的时候深感意外。

卫荣似乎从上次他出言帮了卫箬衣一回就对他多有疏离，今日能邀他过去吃锅子，还真是不知道他想的到底是什么。

不过既然人家邀请了，那就过去看看。

等他到了，才发现卫箬衣和卫燕也在。

如他所料不错的话，徐幻真应该马上来了吧。

果然，还没等他念头转完，就听着徐幻真的声音传来：“既然今日是初雪，大家又这么有兴致，不如再热上一壶小酒，岂不快哉。”

卫箬衣和卫燕齐齐地看了过去，卫燕只看了一眼，脸色就骤变。

徐幻真并非一个人前来，身后还跟着一名衣着华丽的俊俏公子。

这个人卫箬衣也见过，叫陈建。

“见过县主。”陈建抱拳对卫箬衣行礼道，随后笑着看向了卫燕，“卫大哥，很久不见了，近来身体可好？”

卫燕明显身子僵了一下，脸上的表情也十分的不自然起来。他素白的手本是拢在袖袍之中的，现在也紧张得按在了椅子的扶手上，微微地用力，指节显得有点白。

他低低地应了一声，面色凝重。

奇怪，卫箬衣暗中将大哥的反应纳入眼底，其实大哥是个很温和的人，大概是性子上随了梅姨了，不然也不会即便受了那么大的委屈也不言不语的。

能让大哥展露出这种表情的人，应该是和大哥有不小的过节了。

只是大哥已经好几年不怎么出门了，这人是怎么认识大哥的？又是怎么让大哥这般的不安，甚至是有点点愤慨之意蕴在眼底？

“你们认识？”卫箬衣问道。

“何止是认识。”陈建笑道，“说起来，县主或许是已经忘记了在下，但是我家与紫衣侯府家却是十分有缘，差点便成了亲戚了。”

卫燕的脸色更加的难看，忍不住又咳嗽了起来。

“我倒是真的不记得了。”卫箬衣实话实说，“你说你差点和我们卫府成了亲戚，这是个什么样的亲戚？”

陈建看了卫燕一眼，随后笑道：“家姐曾与卫大哥有过婚约的，县主忘记了吗？”

我去！卫箬衣一听顿时窘了。

她哪里知道卫大哥还有这种事情，她与大哥相处这么久，大哥对此事只字不提，再加上现在大哥的脸色如此的难看，不用说了，这事情绝对是黄了，不光是黄了，并且还对大哥的打击不小。

现在卫箬衣忽然有点明白为何大哥不喜自己与卫荣的朋友走得近了。

大概就是因为这个陈建的缘故吧。

“你也说是曾经了，”卫箬衣不齿地轻笑了一下，随后翻了一个白眼道，“我又何必劳心费力地去记一个不知所谓、虚无缥缈的便宜亲戚？难道我没别的事情做了吗？”她本就是跋扈之名在外的嚣张县主，现在哪怕她再傲慢一点，也无所谓。她说完之后看向了自己的大哥，对卫燕说道：“我大哥这般人才，又是我们紫衣侯府的大公子，要什么样的女人没有？你那个什么姐姐又是个什么货色？你也说你姐姐与我大哥有过婚约，一个被解除了婚约的女子，又有什么资格让我去记？笑话！少乱攀亲戚，我丢不起那个人！”

其实有的时候，卫箬衣还真的觉得这个跋扈之名挺好用的。

反正在旁人眼底她就是深井冰一块，来啊，来和她斗嘴啊，来相互伤害啊，看谁伤害得了谁！

说到耍起流氓和无赖来，卫箬衣觉得自己还是有点天赋的。

卫箬衣桀骜不驯的态度还有轻蔑的眼神真是深深地刺激了陈建。

就连萧瑾也稍稍地挑眉，这倒是有点像他所熟悉的卫箬衣了，只是之前卫箬衣如此跋扈的时候，他深恶痛绝，只恨不得一脚将她蹬飞，但是刚刚她又流露出那种表情，他却丝毫不觉得这人讨厌了，反而看着她充满了王霸之气的嚣张眼神，倒还觉得有点可爱起来。

萧瑾忽然觉得很惊悚……莫非看着卫箬衣发神经看多了，自己也跟着不对劲起来……

陈建的脸色忽儿白，忽儿红，他一直都拿这个事情去刺激卫燕，每次陪着卫荣去紫衣侯府，他都要到寒梅苑去提及此事，每次看着卫燕因为听到这个事情就狂咳不止，他的心底就觉得非常的解恨。没想到今日再提这个事情，只被卫箬衣一句话就给怼了回来，还怼得他无从反驳，无地自容。

怎么就变成了他乱攀亲戚了……

明明是自己的姐姐嫌弃卫燕那个病秧子，她好好的一个伯府嫡女要去配一个侯府庶子已经是辱没了她了，在得知卫燕已经病得足不出户之后，他的姐姐又怎么能甘心？

卫燕稍稍地一愣，缓缓地抬眸，原本按压在椅子扶手上的手缓缓地松懈了下来。他沉思了片刻，竟是浅笑了起来。

其实一直以来都是他在不甘心，不甘心自己被冷落，不甘心自己变成这个样子，不甘心自己被人嫌弃，当所有的不甘心汇集到一起，便又成了最最深沉的自卑。他逐渐地封闭了自己，在得知就连与自己有过婚约的人宁愿死都不愿意嫁给他的时候，他更是自卑到了极点……

他是放了那姑娘自由了，他主动要求解除了婚约，那姑娘家中亦是同意了。陈建却是每每见他都用这件事情来刺激他，只是因为他偶尔的一两次出门很巧地遇到陈建正从赌坊里面出来。

他其实是因为陈建姐姐的缘故所以才将陈建赌钱的事情告诉了陈府，他的本意是好的，希望陈建以后能戒掉这一陋习，哪里知道这就被陈建给记恨上了。

卫箬衣刚刚一番话如同醍醐灌顶，瞬间让他变得清明了起来。

他何必这样妄自菲薄呢？那陈家的小姐如此对他，他也不用为了这件事而神伤自闭。

识他爱他者，不管他变成什么样子都会不离不弃，如他的母亲，如卫箬衣。至于那些不识他，不爱他的人，即便他如今身康体健，那些人看重的也不是他这个人，而是他的身份或者是其他的外在条件。

想想自己居然为了这件事情神伤那么久，就连卫燕都在替自己不值了起来。

所以他笑了，这一笑之后，顿觉浑身轻松。

他感激地看向了卫箬衣，这姑娘自打这次回家之后，便好像是照射入他灰暗世界的一束光，一盏灯，温暖而明亮。

他如今已经是彻底想通了，心底最后的一个疙瘩也解开，就好像一个久久背负如山重担的人，忽然之间卸下了所有的负担，顿觉就连周围的世界都变得光亮了许多，能够健步如飞，敞亮轻松。

卫荣忙打着圆场："都是过去的事情，不提也罢。"

"别不提。"卫箬衣说道，她觉得吧，有些人贱，非要伸脸过来让她打，那她也不用客气。她大哥卫燕那么好脾气的一个人都被这个陈建气成这样，今日她若是不将陈建的脸给打肿了，还真对不起她补刀小天后的称号。

卫箬衣又翻了一个白眼，直接扔向了陈建。"我的眼睛里可揉不得什么沙子，什么八竿子打不到的人也过来提和咱们家差点成了亲戚的事情，我若真的坐在了这里，传出去还真的让旁人以为咱们卫家和那不知所谓的人家有亲了呢！"卫箬衣说道，"我是不会与这种人同席的。刚刚就说过了，丢不起那人。"说完她就起身，一把拉住了卫燕的衣袖，"大哥，咱们走，不就是个锅子吗？咱们回了护国寺，一样可以吃，咱们请方丈和咱们一起吃，也顺便感谢感谢他老人家这些天一直这么尽心尽力地帮咱们兄妹两个。"

卫燕忍住笑，轻轻地点了点头。"好。"

什么大不了的！

卫燕也起身站了起来。

卫荣一看这架势，这是要走啊，忙对陈建用了一个眼色。

33 卫箬衣的卫家刀法

陈建的肺都要气炸了。

遇到了卫箬衣,深深地让他体会到了什么是秀才遇到兵。

这人蛮不讲理,胡搅蛮缠简直是到了一定的境界了。

他即便再怎么忍,声音也是带了些许的颤抖之意:“县主既然如此的嫌弃在下,那在下无话可说。”

“无话可说便不要说,我就是嫌弃你,你居然还要凑过来让我继续嫌弃,你是贱呢还是贱呢还是贱?”卫箬衣继续说道,“哦。我倒是忘记了,看看我这记性,你是叫陈建是吧?果然是真贱!”

陈建差点一口老血喷出来……

忒不留情面了……

陈建气得连告辞都不想说,直接摔袖离去。

“站住!”卫箬衣却不依不饶,寒声说道。

陈建停住了脚步,转身回眸怒目。

“大胆!”卫箬衣见他居然敢瞪自己,更是起了心思,这人就是不打服不行的人!卫箬衣一拍桌子,桌子上的杯子都在颤抖,她的力气大,这一下子真心是差点将一张好好的黄花梨木桌子给拍碎,木头都发出了崩裂的声音,噗碴噗碴的。

陈建就是个读书的,哪里见过这种阵仗,一时间真的被卫箬衣的气势给唬住了,呆愣愣地看着盛怒之中的卫箬衣。

“你是个什么东西,居然敢甩本县主的脸子?”卫箬衣寒声说道,“你一介布衣而已,而本县主乃是由陛下亲封的崇安县主,我倒不知这骊山书院便是这么教人规矩的?你,去将你们山长叫来!今日本县主要好好地问问他,什么是尊卑有序!”

卫箬衣对卫荣说完之后就非常不满地斜睨着他。

卫荣一脸的尴尬,作揖道:“长姐息怒,都是自己人,不要伤了和气。”

“自己人?你与那陈建是自己人,我可不是。”卫箬衣也不给卫荣留情面了。

这个人摆明就是故意拿那件事情来刺激大哥的,若是卫荣真的将自己当成卫家人,便应该和自己一样一致对外,现在算是什么?好啊,既然他要和陈建当自己人,那便不要怪她无情了。

卫荣脸上也是青红交杂,心底已经是恨得牙痒痒,却也无话可说。

“长姐息怒息怒。”卫荣只有不住地说着这个。

陈建见今日是骑虎难下,面如死灰。他被卫荣瞪了好几眼,纵然心底不甘,但是也知道今日这事情如果真的被卫箬衣胡搅蛮缠地闹大了,还确实有点不太好收场了。

他按压住心头的怒火,恭恭敬敬地对卫箬衣行了一礼。“今日之事,乃是草民之过,还请崇安县主大人有大量,放过草民。”他就连称呼都已经换了,就是不知道崇安县主能不能消掉那口气。

卫箬衣这才冷冷地哼了一声:“滚!”

“是。”陈建捏了一把汗,起身告退。

他刚走到门口,就听卫箬衣幽幽地说道:“下次胡乱说话之前,先掂量一下自己究竟有多少分量,螳臂挡车可以说是勇敢,但是也可以说是愚蠢。”

陈建咬牙,夺门而出。

被陈建一闹,卫箬衣也顿时觉得在这里继续蹲下去没什么意思。

她对卫燕说道:“咱们还是回去吧。”

卫燕温柔地朝她一笑,点了点头。“好。”

“外面下雪呢,吃了饭再走吧。”徐幻真忙阻拦道。

“你也不必留我们。”卫箬衣说道,“好意心领了,但是实在是被恶心到了。不想吃了。”说完她横了卫荣一眼,“究竟谁是自己人,你给我想想明白,你姓什么也给我记得牢一点。如今你现在的一切从何而来,更是要时刻地提点一下自己,若是你真能将这些都想明白了,再去护国寺找我和你大哥。”

卫荣现在哪里还敢说半个不字,只能唯唯诺诺地应下。

卫箬衣又对萧瑾说道:“苏兄,实在是不好意思,将你叫来,却又没什么招待,反而让你看了一场笑话。其实吧,我平日里不那么凶的,今日难得。”卫箬衣说得很正经。

她明明就是一个很温柔的人!卫箬衣握拳。

萧瑾……

崇安县主说起大话来还真是脸不红,心不跳的……

“在下明白。”萧瑾抱拳,“只等日后有缘再约。”

卫燕起身,卫箬衣过来扶了一把,两个人相扶相携地出门,真是看得在场的各位五味杂陈。

徐幻真嫉妒得要死。

卫荣脸上就明晃晃地摆出了一副不可思议的模样。

就连萧瑾都眸光闪了闪,不知道这两个人现在竟是好到了这种地步。

不过刚才崇安县主教训陈建和自己弟弟的样子倒也有几分可爱之处。

正主都走了,他们这些陪客们留下也就没什么意思了。

萧瑾也起身告辞。原本一场聚会,就这样不欢而散。

卫荣有点懊恼地跺脚,等人都走了之后,他对徐幻真说道:“我是真不知道我长姐今日是抽的什么风。平日里我们怎么对大哥,她都不闻不问的。”

“许是这几日他们在一起住在护国寺,相处融洽了吧。”徐幻真叹息道,似乎每次他靠近崇安县主的时候,总是会有不顺的事情发生。

莫非真的是没有缘分?

徐幻真蹙眉,他素来不相信什么缘分和命运,他只相信未来是掌控在自己的手里的,唯有精心的谋划，全面的权衡、估量，才能最终走到最强的位置上去。

看来那个香囊日后真的要派上用场了，他花了那么大的代价，总要收到点成效的，不然他这笔生意便是亏了。

徐幻真从卫荣那边出来，忽然很想看看那个香囊，于是他就走到了自己的卧房之中，等他拉开了暗格之后，脸色就是一白。

怎么回事？

那香囊明明就是和一沓银票放在一起的。

可是现在银票都在，唯独香囊却不见了！

他以为是自己看错了，于是翻开了银票又找了一找，一直将暗格里面所有的东西都倒腾出来，也没找到那个香囊……

徐幻真呆住了……

若是他这里遭了贼为何只拿走香囊，却不拿走银票？

他记性素来不差，放在这里便是放在这里了，怎么可能不见！

徐幻真急得在自己的房间里一阵翻箱倒柜，甚至将所有的小厮都叫进来盘问了一遍，都没人说见到有外人进来过。

见财化水的感觉不好过，更何况那个香囊是花了那么大的代价弄来的！

遣散了自己院子的小厮，徐幻真气得将书桌上所有的东西都扫到了地上。

怎么可能好好的东西自己长腿就跑了呢！难道是卫荣将那东西又拿跑了？

徐幻真的眼眉阴沉了下来，他从府里带出来的小厮都是教得很好的，断然不敢做出吃里扒外的事情。思来想去，能入他的屋子又不被人起疑的书院之中也只有卫荣了。只是卫荣又怎么知道他将重要的东西藏在哪里呢？

真是越想越觉得这事情诡异。

锅子没有吃成，等出了书院的大门，卫箬衣就是一阵的捶胸顿足起来。

卫燕好笑地看着卫箬衣。“今日多谢你了。”他柔声说道。

他清润的眼眉在清雪之中更显静谧温柔。

“大哥，你居然和我说这个！”卫箬衣不开心地噘嘴道。

“好了好了。”卫燕笑道，“既然你今日帮了我一回，不如我也帮你一回？”

“什么？”卫箬衣问道。

“我带你下山，去骊山镇吃锅子去。”卫燕笑道，他压低了声音，“咱们可以偷偷摸摸吃点肉。”

“真的吗？”卫箬衣眸光一亮，上前抓住了卫燕的衣袖。她馋肉馋得眼睛都快要冒绿光了，真的，狼哇哇的。

少女的眸光之中带着期盼和兴奋，堪堪地看着自己，真是让卫燕的心柔到了极致。

“真的。”卫燕笑道，“你大哥虽然现在很穷，但是一顿锅子的钱还是出得起的。”

“我就知道大哥对我最好了！”卫箬衣欢呼了起来，在卫燕的面前转了两圈，红色的裙摆在清雪之中旋出了一份媚人的柔软弧线，清雪在她身周缓缓落下，宛若被她裙摆飞溅起来的飞花。

岁月静好，大抵如此。

“行了，别蹦了，赶紧走吧。”卫燕抄手凝立，笑道，“若是天色太晚了，又是下雪的天气，怕是不安全，早去早回的为好。”

“嗯！”

陈一凡见萧瑾回来，一骨碌赶忙从软榻上爬了起来。他赶紧扫了扫软榻，讪笑道：“头儿，您不是被卫荣邀请了去吃饭了吗？”

“饭没吃成，戏倒是看了一场。”萧瑾缓缓地笑了。

陈一凡好奇地问道：“什么戏？”他只是觉得最近似乎头儿脸上的笑容多了起来。

头儿很少笑，所以陈一凡才特别好奇，能让萧瑾都笑出来的戏，一定是好戏，有空他也想去看看。

“便是告诉你了，你懂吗？”萧瑾缓声问道。

陈一凡……

头儿又挤兑人……

不带这样的！

不过看他的心情似乎不错，许是真的有什么好玩的事情发生吧，陈一凡耸肩。

种田对于卫箬衣这样连麦子和稻子都分不太清楚的人来说真心是个技术活。

翌日便是之前定下的吉日，卫箬衣早早地就和卫燕带着绿蕊和绿萼去了后山的福田等候方丈。

清雪还在下着，黑色的田地上蒙了一层白白的积雪，卫箬衣站在田埂上对着自己的手哈了一口气。

“大哥冷不冷？”她关切地问道。

“还好。”卫燕笑了笑，其实他现在还是很畏冷的。

若不是这一个月的时间的调养，他定然受不住现在的冷寒刺骨。他瞥了一眼卫箬衣，见她的脸蛋也被冻得有点发红，于是蹙眉说道：“怎么不多穿一点？”

“穿多了一会干活不利索。”卫箬衣举起双臂做了一个大力水手的标准动作，“大哥放心，我壮实着呢。”

卫箬衣的动作将卫燕逗得哭笑不得，真是不知道该怎么说她才好。他上前一步按下了她伸展开的手臂。“姑娘家，便要有点姑娘家的样子。别总这么粗鲁。”

“嘿嘿。”卫箬衣讪笑了一下，“一会等方丈念完经，你就先回去吧，这里交给我，你好不容易有了点起色别再冻伤了。”

兰姨娘真是够阴的，若是以前的卫箬衣带着卫燕前来，这种耕种福田的事情卫箬衣定是要丢给卫燕去做的。她的大哥已经是那样碎瓷的身体，不碰都岌岌可危，要在这样的大寒天里挥舞锄头在田间种地，只怕这田弄不了多少，就已经要了卫燕的命了。

她一直都很奇怪，兰姨娘刻意安排卫燕陪她前来要闹什么幺蛾子，其实到了今日她才恍然明白，兰姨娘根本不需要刻意派人去做什么，以卫燕那种油尽灯枯的身体再来做这样的事情，不需要别人动手，已经是承受不住了。

杀人不见血！利用卫燕，利用祈福，逐渐打击原本的卫箬衣，原著之中的卫箬衣便是这样一步步地被自己家里人推着一路在作死的道路上狂奔不止。

卫箬衣在心底冷冷地一笑，她平时在网上看书，也看过不少关于宅斗的小说，每次看的时候总觉得那些作者将人心写得太过阴暗，但是现在轮到她自己了，她才发现，原来现实便是如此。

哪一个人不是踩着别人的骨头朝上爬！

真是太不阳光了！

方丈带人过来做了法事，在田间咏颂了一段经文，之后便将一把锄头交到了卫箬衣的手里。

卫箬衣很虔诚地接过了锄头，然后问道："这一整块都要翻完吗？"卫箬衣一指自己面前的被方丈用红绸拦出来的一大块田地。

"最好是，不过县主若是觉得太累，只要动动土，余下的便让寺里的和尚们去做吧，种田也是修行的一种，于他们来说是有利的。"方丈双手合十，十分的善解人意。

卫箬衣本是想开口让那些和尚来帮自己的，但是想着自己前面九十九步都不出错漏地走完了，没道理在这最后一步上再栽什么跟头，出什么岔子。

这块福田围得是不小，但是还在卫箬衣心理承受的范围之内，要锄完并不是什么难事，更何况她现在就是一个怪力萝莉……

"大哥你一会就随方丈一起回去吧。"卫箬衣对卫燕说道，"这里就交给我。你在方丈那边帮抄写一下经文，也是祈福的一种。"卫箬衣怕卫燕有什么心理负担，说道，"绿蕊你一会陪着大公子，帮他打打下手。"

"是。"绿蕊应道。

卫燕哪里会不知道卫箬衣的心思，微笑着点了点头，眸底一片柔光。

卫箬衣抓起锄头，像模像样地锄地翻地。她的力气大，做起这种活来并不算累。

这些日子她一直都在艰苦不懈地努力习武锻炼身体之中，对于力量的掌控在卫燕的训练之下也越来越得心应手。方丈见她十分诚心，而且十分卖力，亦非常高兴，他宣了一声佛号就带着卫燕转身离开了。

等方丈和大哥带着绿蕊走后，就只有绿萼站在田边等着她。

种福田这种事情必须亲力亲为，所以绿萼也只能在一边看着。

卫箬衣一边锄地，一边想着卫家刀法的口诀，不知不觉地将手里的锄头抡得都快要飞起来了。她似乎在锄地之中有点领略到卫家刀法的含义了。

就好像要击碎一块凝结在一起的土坷垃，从不同的角度打下去，会起到不同的效果，有的一击就碎，有的会被砍掉一角，但是其余的依然还是纠结着，还有的很可能一锄头下去，土块就被她给拍扁了。

力道不一，角度不一，速度不一，得到的效果也完全不尽相同。

大哥曾经说过卫家的刀法要快狠准，那个狠和准，便是角度的问题了！

用的力气大不一定效果就好，唯有将力道用得恰到好处，才能达到预期的目的。

她的力气大不假，坏就坏在不能控制自如。卫燕这些日子教她的就是巧妙地运用自己的力道。

其实她还没有领悟得太好，直到刚刚锄地的时候，她似乎心有所感。

思及于此，卫箬衣就索性将手里的锄头当成卫家的长刀挥舞了起来。

这一套刀法她最近已经练熟了，但是大哥说想要达到父亲的境界，她的熟练程度远远不够。要拳不离手、曲不离口地继续练。

卫箬衣也明白这个道理,不管是做什么,都是经过千锤百炼方能企及宗师的水平。

做什么都不是一蹴而就的,她天生的神力已经为她省去了不少工夫,剩下来的便是精雕细琢,方能脱颖而出。

锄头翻飞,一道娇俏的身影被锄头舞出的暗光包裹在其中,锄头所到之处虎虎生风,但凡被锄头所扫到的土块皆是被卫箬衣给一举击成齑粉,碎裂开来。她几次试下来似乎找到了一点门道,又似乎领悟到了一些平日里光知道干巴巴地练习的时候领悟不到的东西。

这些感受正在一点点地汇集到她的大脑之中,并在无形之中指引着她的动作,随心而动。

陈一凡正陪着萧瑾从外面回来,沿着书院的墙根而行,从那边正好可以看到寺院的这几块福田。

陈一凡都有点看愣住了,他停住了脚步。

萧瑾亦是忍不住驻足观看。

清雪飞扬之中,一个身穿绛红色袄裙的少女手里拿着一柄锄头挥舞着,本应该是一幅十分好笑的画面,偏偏由卫箬衣做来却是别有一番风景在其中。

她的身形动得很快,十分的灵巧,却又力量感十足,那柄锄头在她的手里亦是脱了俗气。锄头在手,宛若一把神兵利器。

她将锄头挥舞得虎虎生风,与随身形飞舞起来的衣袂浑然一体,

"这……"陈一凡脸色变了变,"这……"他结巴了半晌愣是没结巴出一个完整的句子来。

"卫家的鬼神刀法!"萧瑾缓缓地开口,将陈一凡结结巴巴没说出来的话说了出来。

他的神色凝重。

他竟然不知道崇安县主居然学会了卫家的鬼神刀法!记得从定州回来的破庙之中,她尚是什么都不会的一个傻姑娘!

究竟这些日子,卫箬衣都经历了些什么?

看她的熟练程度和将锄头挥舞出来的劲风,便是旁人苦练十年,也未必能到达这种境界。

在她的衣袂翻飞之中,人与锄头达到了一种近乎完美的和谐统一,如果她手中所拿不是锄头而是长刀的话,威力会比现在更高,隐隐地有点人刀合一的境界……

萧瑾是高手,看的是门道,只是一眼就已经看出了卫箬衣的不同之处来。她的领悟力实在是太高了!

能舞成这样,一点都不像是初学者!

不怪陈一凡被惊得说不出话来,就连他刚刚在初见的时候也是差点合不拢自己的嘴。

一个人怎么会在这么短的时间内达到这种境界!

她现在用出来的卫家鬼神刀法,不管是角度还是招式的精准度都分毫不差,只是在力道的拿捏上尚欠缺火候,虽然不如卫大将军用出来那样威力无比,可是对于卫箬衣来说已经是非常不可思议了!她才练了多少时间,便已经到达了旁人下好多年苦功都不一定能

到的境界。

都说卫大将军是百年难得一见的习武奇才，难道卫箬衣也是？

心底的惊骇让萧瑾再无什么话可说，他紧紧地抿起了自己唇，目光随着田间那红衣少女翻飞的身姿久久地凝固。

34 乐极生悲的县主

别说,大哥叫她每天绑着沙包围着寺庙跑还真的挺有效的。

就连卫箬衣都觉得自己现在越来越轻盈,腿部的力量一点点地加大,就连刀法用出来也比之前要得心应手多了。

她现在每天睡觉之前都按照大哥教授的心法去练习三遍,开始的时候她能感觉到气息的阻滞,现在一个月下来真是越来越感觉到呼吸顺畅,这大概便是内家心法的好处。

旋转,跳跃,我闭上眼!卫箬衣一得意便在心底唱起了《舞娘》,还真的闭上了眼。

“县主小心!”绿萼见卫箬衣落下的地方凸出了一块大石头,马上出言示警。

卫箬衣正在旋转,跳跃,闭上眼……完全没看到脚下有那么一块石头,这下乐极生悲了。

绿萼话音才落,她已经一脚踩在上面了,“哎呦!”她落地不稳,身子一滑,心底更是一慌,手里的锄头“嗖”的一下飞了出去,卫箬衣脚一滑,整个人狼狈地朝前直笔笔地扑倒……

绿萼已经吓傻了,才不过转瞬之间,自家县主已经呈大字形,脸朝下直接扑倒在雪地之中。

绿萼赶紧跑了过去,想要将卫箬衣给扶起来,就见地上趴着的人缓缓地竖起了一条胳臂,做了一个挣扎的手势。绿萼赶忙抓住了卫箬衣抬起的手臂,努力将卫箬衣从雪地里拔了出来……

卫箬衣那一下摔得狠,就连远远站着的陈一凡都“嘶”的一下倒抽了一口冷气。

萧瑾侧目。

陈一凡忙垂下头去,讪笑了一下:“县主摔得不轻……”

好在她是摔在了雪地里,不然她的脸现在就歪了!

卫箬衣活动了一下自己摔得都发僵的身体,缓慢地拧了一下自己的腰,吐掉了嘴里的雪……旋转跳跃过头了……

随后她想到了一个很严重的问题……

“哎呀!”她惊呼了一下,随后双手按在了自己高耸的胸脯上!

“怎么了?”绿萼问道,“可是哪里不对?”

卫箬衣十分淡定地看了绿萼一眼。“好在这胸是纯天然无加工的!这要是人造的话,现在应该已经摔得假体破裂了吧!妈呀,可是吓死我了,我还以为我的胸摔扁了呢……”

绿萼不明白卫箬衣在说什么?一脸的茫然,不过她还是很负责地仔细看了看卫箬衣的胸脯。“县主的胸很好啊，生得这般丰满！”

第一次感觉到原来胸大也是一个负担，刚才如果胸小点的话，大概就不会那么不平衡了吧……卫箬衣望天长叹，谁能明白她的忧伤呢……

卫箬衣失神地想着。

卫箬衣的话丝毫不漏地传入萧瑾和陈一凡的耳朵里，萧瑾即便再不明白卫箬衣说的是什么，大概也能稍稍地猜到一点，她是在感慨自己的胸没摔坏……

萧瑾不由低头看了看自己的手，曾经他的手很有幸地盖在了卫箬衣的胸上……

猛然惊觉自己在想的是什么……萧瑾忍不住打了一个寒颤！

卫箬衣疯得已经病入膏肓，难不成自己也被带着发疯了？

真心受不了，萧瑾十分嫌弃地撇嘴。

“头儿，你的手怎么了？”陈一凡看萧瑾的手拢成了一个半圆，似乎是虚抓着什么，不解地问道。

萧瑾冷然地回眸，恶狠狠地瞪了陈一凡一眼。他的手指骤然合拢，变为拳头，随后朝陈一凡虚抬了一下。

陈一凡原本看到卫箬衣那猥琐的举动，是忍不住笑出声来的，现在被萧瑾这么一瞪，只觉得周身都环绕着冷飕飕的小刀子。再看萧瑾的拳头都举起来了，陈一凡立马一缩头，他又说错了什么……陈一凡现在就连笑都不敢笑了，嘴角僵硬着，抬手抱头，惊恐地看着萧瑾说道：“属下什么都没看到，什么都没听到，什么都没问过。”

倒是识趣！

萧瑾“哼”了一声，放下手来。“走吧，你倒是不嫌冷，还要在这雪地里站多久？”

“哦。”陈一凡这才嘘了一口气，跟在了萧瑾的身后，心道，明明就是头儿先停下来的……这怎么又怪到他的脑袋上了？

日子真的好艰难……

卫箬衣爬起来之后就不再作妖了，而是老老实实地将一整块地都整好。

她翻得仔细，就是护国寺的方丈前来检验的时候都不免对卫箬衣刮目相看。

真是没有找人帮忙吗？方丈都觉得这事情有点玄幻……

崇安县主那娇滴滴的样子居然真的自己将一整块地都弄好了，而且这么快？

他来的时候询问过沙弥，都说崇安县主没有找人帮过忙。

那就真的是崇安县主一个人做的了。

许是卫大将军真的有神明护佑，所以崇安县主种福田也是犹若神助一般。

等方丈替卫箬衣在规整过的福田结上印记之后，卫箬衣这才算是长长地出了一口气。

她这祈福的事情总算是圆满了。

雪一直在下，卫箬衣回了护国寺之后没有回自己的房间，直接去了卫燕那边，将孙校尉叫来商议了一下，大家都觉得雪天行路不免有点危险，还是等到雪停了再回去。

等事情都商议妥当，卫箬衣就回到自己的房间准备沐浴更衣。

她刚刚在外面翻整了一上午的地，浑身上下沾着雪，雪化了之后变成水又沾了泥，所以即便她穿着深绛红色的袄裙，现在也是狼狈不堪。绿萼打开了卫箬衣的衣柜，刚取出一套衣裙就带着一个香囊掉了出来。

绿萼将香囊捡了起来,又惊又喜。

"啊?"卫箬衣走了过来,从绿萼的手里将香囊接了过来,翻看了一下,还真的是……可不就是自己丢的那一个……

"真是奇怪了,"卫箬衣嘟囔道,"你们不是已经翻过衣柜了吗?怎么翻的时候没找到呢?"

"是啊,"绿蕊也凑过来看了看,惊奇道,"那日奴婢与绿萼是将柜子都找过了的。"

"大概是没在意到吧,"卫箬衣倒也没怎么多想,笑道,"能找回来便是再好不过的了。有的时候是这样的啦,不用的时候那东西就在你眼皮子下面直晃荡,等真的要找的时候偏生就找不到了。淡定淡定,只要不是弄丢了,什么都好说,冷不丁什么时候就冒出来了。"

绿蕊和绿萼纷纷点头。

卫箬衣也不想那么早回燕京城去。

那个侯府是金碧辉煌,可是回去之后就要面对各种糟心的事情。在山寺之中日子过得是清苦了点,但是胜在舒心,每天吃饱,习武,陪大哥,就没别的事情可想了。

曹嬷嬷试探过卫燕好几次,最近又时常地在绿蕊和绿萼面前转悠,估计也是察觉到了什么。

卫箬衣将自己的身子沉入了水中,长叹了一口气。

真的好烦啊,明明就是一个胸大腿长肤白貌美的大美人,怎么看都应该是个活在童话里的姑娘,有个爱她的王子无条件地宠着她才对,却偏偏混成了一个心机深沉步步为营的老妖婆子。

悲催!

雪在第二天就停歇了,倒是让原本想在护国寺里再赖上两天的卫箬衣有点措手不及。

绿蕊和绿萼都已经准备妥当,典仪一结束就已经张罗着将东西打包,所以即便卫箬衣再怎么还想赖着不走,也不得不在第三天踏上了回京的道路。

卫荣带着徐幻真前来相送,徐幻真看着卫箬衣登上了挂着紫衣侯府徽记的马车,心底如同被猫抓了一样,刺痛刺痛的。

他赫然看到了那原本应该是在他那暗格之中放置着的香囊再度垂挂在了卫箬衣的腰间。

哈!

真是见鬼了!

他狠狠地瞪了卫荣一眼,这小子还真的是两面三刀。

先是从卫箬衣那边拿了香囊来骗他的房契,转过头来就将那香囊给取回还了卫箬衣。

思及他拿到香囊的第二天卫箬衣就曾经去过卫荣那边,他就觉得这事情绝对是有蹊跷的。

平日里就是请卫箬衣都请不来,那日她却是主动上门。

横竖思量下来,让徐幻真越想越觉得这香囊是卫荣偷偷地又给卫箬衣拿回去了。

就是不知道卫箬衣是否参与和知晓这件事情。

也保不准是这姐弟两人合起伙来骗他呢?

不过他转念想想就排除了这个可能,卫箬衣那般被娇惯坏了的姑娘,心气高傲得不得了,哪里会做出这种事情,况且,缺钱的是卫荣并非卫箬衣,全大梁的人都知道卫箬衣有个宠她上天的父亲,紫衣侯卫大将军,卫箬衣想要什么没有?若是她高兴,整个紫衣侯府都是卫箬衣的,她又怎么会对那一张房契上眼。

徐幻真思绪起伏,已经是断定了必然是卫荣干的这种没出息的事情。

徐幻真很早就开始经商,别看现在年纪不大,但是阅历不算浅,没想到自诩聪明,却被一个已经被他掌控在手里的卫荣给骗了。

一张房契并不算是什么特别大的事情,对于他来说也不过是九牛一毛而已,但是这件事情是一个污点,卫荣算是狠狠地打了他一回脸面了。

卫荣也觉得奇怪,他刚刚送长姐的时候,就觉得她腰间所悬的那个香囊眼熟。

不过他也没多想,他从长姐房里拿的那个已经交给了徐幻真了,许是长姐那边还有一个类似的。

萧瑾坐在书房里把玩着手中的笔杆。

“头儿,崇安县主和卫府的大公子回京了。”陈一凡从外面跑进来汇报到。

“走就走呗。”萧瑾漫不经心地说道。

“哦。”陈一凡碰了一个软钉子,愣了片刻,随后对萧瑾说道,“我刚刚去看了一眼,那个徐幻真的脸色可真是差到了极致了。”

萧瑾挑眉。

陈一凡见萧瑾似乎有了一点兴趣,马上如狗腿子一般地说道:“今日崇安县主身上带着的便是那个香囊,徐幻真看到之后整个脸都臭了。哎呀,头儿啊,你是没去,所以不知道,属下看到徐幻真的脸色差点没笑出来。”

“有什么好笑的?”萧瑾继续漫不经心。

呃……陈一凡一时语塞……

“其实,头儿,你帮了崇安县主那么大的一个忙,干吗不让崇安县主知道啊?”陈一凡问道。

他们头儿啊,最近越来越口是心非了,明明就是他让自己潜入徐幻真的房间将那个香囊偷了出来,又让自己将香囊放回到卫箬衣的房间里,现在怎么就一点反应都没有了呢?

“麻烦。”萧瑾的唇轻轻碰了一下,吐出了两个字。

陈一凡又是一阵语塞,头儿说得不错,若是被崇安县主知道了又是麻烦。

不过头儿这招够狠的,神不知鬼不觉地将东西再放回去,本就是让徐幻真对卫荣产生了嫌隙。

有点意思。

陈一凡忽然觉得他要和头儿学的还很多。

卫箬衣回到侯府,兰姨娘带着其他几个姨娘还有几个妹妹都出来迎接。

在看到大公子下车之后,兰姨娘不免暗暗地心惊。

一个多月的时间,大公子原本下陷的脸颊似乎丰腴了起来,更显得芝兰玉树,和去的时候那种沉沉暮气截然相反,就好像换了一个人一样。

菊姨娘倒是热络笑问道:“才一个月不见,大公子这身体是大好了吗?”她身后跟着两名妙龄少女,便是卫箬衣的那一对双胞胎妹妹,卫红衣和卫简衣。

上次卫箬衣回来在家的时间少,也没仔细看这对姐妹,现在看起来倒是两个安静素雅的小姑娘,眼眉之间十分的相像,若是再穿着一样的衣衫,换上一样的妆容,真是有点难以分辨的感觉。

卫华衣跟在竹姨娘身后也在上下打量着卫燕。

她悄然地拽了一下自己母亲的手,被竹姨娘暗中拍了她一下,她就将想要说的话给吞了回去。

"托家中各位的福气,燕的身体似乎有点好转了。"卫燕的目光缓缓地扫过家中众人,嘴角微微地一勾,一抹清雅傲绝的笑意就浮动在了他的唇角。

害他之人便在这些人里面。

卫燕的目光看似温柔,实则暗藏锋芒。

还真的托了这些人的"福"了!

他说自己身体好转的时候一一地看过了每个人的脸色,除了兰姨娘一脸的惊诧之外,其他人皆没什么变化。

真的是兰姨娘吗?

卫燕对着兰姨娘一笑,抱拳道:"怎么没见兰衣?我久不出寒梅苑,都快忘记兰衣的样貌了。"

卫箬衣回府,就连兰姨娘都出来迎接了,卫兰衣没道理不出来。

兰姨娘笑了一下。"兰衣早上就受邀去了靖国公府,要晚点才能回来。"

在兰姨娘的苦心经营之下,卫箬衣不在这些天,那些送来侯府的帖子果然就都交到了卫兰衣的手里。卫兰衣还算是比较争气的,以一首咏诵秋景的诗篇名声大噪,再加上兰姨娘撒了钱出去暗中替卫兰衣造势,现在这首诗已经是传得街知巷闻。

现在燕京城附近汇集了很多前来赶考的学子,兰姨娘经过了精心的设计,让卫兰衣在街上露了那么一小面。美人娉婷,又能写得一首好诗,立即就受到了寒门学子的追捧。

如此一来,也不过就在卫箬衣不在府上的这一个多月的时间里,卫兰衣已经成就了才女之名。

现在关于卫箬衣的传闻倒是淡了许多,但是关于卫兰衣的话题却是多了起来。

"大家都进去吧,别站在门口说话了,风怪大的。"兰姨娘笑着将人朝府里让。

卫燕咳嗽了两声,惹得大家又多看了他两眼,这才一起朝里面走去。

大家簇拥着卫箬衣和卫燕去了老夫人的心兰苑,祈福回来总是要给老夫人请安的。

梅姨娘自卫箬衣走后就一直在老夫人这里伺候着。

这是卫箬衣走之前和老夫人求的。

她担心卫燕会惦念他的母亲,所以才出了这么一个主意。

老夫人那是十分疼爱卫箬衣的,再加上卫箬衣这个提议十分的合情合理,老夫人也没有拒绝的道理。

兰姨娘已经得了老夫人的教训了,她克扣梅姨娘月钱的事情老夫人已经过问过。梅姨娘是怕惹事,她被欺压惯了,断然是不敢得罪了兰姨娘,所以老夫人也没多怪罪兰姨娘,只是狠说了她一顿。

一个月不见,卫燕在看到自己母亲的时候显得有点激动。

如今他知道自己的身体乃是被人毒害的，一想到自己意志消沉多年，连带着母亲也跟着他一起受了那么多的委屈，就顿时觉得自己枉为人子。

只是碍于现在人很多，他不能表现出来。

撩衣在老夫人面前跪下，卫燕恭敬地给老夫人磕了一个头，多少年了，他只是在过年的时候出来拜见一下老夫人，老夫人怜惜他身子弱，也不用他磕头行礼。其实想想，老夫人虽然现在不管事，但是对他们母子还是很好的。

母亲跟在老夫人身边一个月，脸上也稍稍生出点肉来，多了一份神采。

所以卫燕是由衷地感谢老夫人的。

“乖乖乖。”老夫人笑着赶紧起了身子，走到卫燕的身边，亲自弯腰要将他搀扶起来，“你身子骨不好，就不用行这么大的礼了。这回可是辛苦你了，回来之后好好地养着。”

老夫人没将卫燕搀扶起来，卫箬衣也“咕咚”一下跪在了老夫人的面前。

“你这是干什么啊？”老夫人给吓了一跳，忙又问卫箬衣道，“你大哥磕头，你也跟着凑热闹。”

35 她要替大哥出头

“奶奶。”卫箬衣跪着朝前蹭了两下，蹭到了老夫人的身边，一把抱住了老夫人的大腿，“奶奶，其实孙女这一拜是要替人申冤的！”

“申冤？”老夫人一听乐了起来，“你这孩子，又是满嘴胡说，家里哪里有人有冤？”

“奶奶，箬衣要为大哥申冤。”卫箬衣抱着老夫人的大腿就不肯撒手了。

开玩笑，这能随便撒手吗？这可是家里除了老爹之外最粗壮的大腿了。

她在回来的路上和卫燕商量过了，决定一回来就杀了养了许久的那条鱼，曹嬷嬷。

卫燕身体恢复，是个人现在都能看出点端倪出来，他的脸色明显地好转，就连中气都足了不少。

只要卫燕在府门前一露面，便是很难再将他治病的事情遮掩住了。所以干脆将这件事情说开了。

倒是可以给人来一个措手不及。

她和卫燕手里能用的人少，在内宅之中左右只有绿蕊和绿萼，大哥这么多年下来，身边连个能用的小厮都没有，回到家里就有点抓瞎了。如果是在外面的话，尚有一个孙校尉可用的。卫箬衣就是怕明明手里捏着一张王牌，但是等到了家里就憋成了臭牌，所以干脆当机立断，果断将牌打出去，不管三七二十一，先压住旁人再说。

在临进燕京城的时候，他们已经让孙校尉带人悄悄地将曹嬷嬷哄到一边控制了起来。现在曹嬷嬷就被关在最末尾的一辆马车里面，由孙校尉看管着。

她们才刚刚回府，人仰马翻的，也没什么人会去在意曹嬷嬷的。

卫燕恭敬地叩首道：“求奶奶救孙儿一命。”说完他的眼眶就红了。

“怎么了？”老夫人低头看着跪在她面前的孙子和孙女，顿时就收敛了脸上的笑容，觉得这事情好像有点不对劲了。

卫箬衣小时候和卫燕的关系还是不错的，这老夫人都知道，可是后来因为种种原因两个人就疏远了。其实老夫人心底还是十分喜欢卫燕，卫燕生病之后，越来越消沉，越来越自闭，老夫人无奈之下也就由着他的性子去了。

如今看到卫燕诚心诚意跪在自己的面前，红着眼眶求自己救命，是个老人心底都受不了，都是自家的孩子。

“你们都起来说，”老夫人一手拉着卫燕，一手拉着卫箬衣，柔声说道，“仔细和我说说，到底是怎么回事？”

卫箬衣和卫燕起身，卫箬衣将曹嬷嬷在给卫燕的药里动手脚的事情仔仔细细地讲述了一遍。

她说完给了绿蕊一个眼色,绿蕊会意,打帘出去,不一会就拿了一个布包进来,当着大家的面将布包打开,里面是用纸包裹好的一个个药包,里面的药都是熬制过的残渣,有一个月前挖出来的,现在都已经干了,还有这几天在路上的时候挖出来的。卫箬衣和卫燕故意拖延了两天才回京,为的就是收集多一点药渣做证据。

卫箬衣将那些药包一一地打开,摊在大家的面前,还将药渣是什么时候拿到的一一讲述了一遍。她将里面能造成慢性中毒的那味草药单独挑了出来,让大家都看看。

在场众人皆是发出了一阵惊呼。

老夫人的脸色真是越来越阴沉,越来越难看。

梅姨娘的脸色都白了,眼睛瞪得大大的,整个人僵直在那边,差点一口气没喘上来。

好不容易她回过神来,“哇”的一声就哭了出来。

她“噗通”一下跪在了老夫人的面前,哭得泣不成声,一个劲地磕头,却是说不出半句话来。所有人都能从梅姨娘的身上感受到那种近乎于绝望的悲哀。

卫燕看着母亲几乎是要疯了一样的举动,心疼得不得了,忙过来扶住了自己的母亲。

被自己的儿子拢住了肩膀,梅姨娘这才找回了自己的声音,用沙哑的声音哽咽着对老夫人说道:“求老夫人做主,救救大公子。奴婢愿意做牛做马,永远侍奉老夫人。”

“梅儿,好了好了,你且起来,不用你做牛做马,静雪也是我的孙子!这事情我管定了!”老夫人的神色肃穆,先是安抚了一下梅姨娘,随后厉声吼道,“将那个毒婆子带过来!”

绿蕊赶紧出去找孙校尉。

孙校尉马上就押了曹嬷嬷进了心兰苑。

兰姨娘惊骇地看着眼前的一切,一句话都说不出来。

曹嬷嬷本就已经觉得不对了,心底十分的忐忑。等进了心兰苑,她一看摊在一边的药渣,心底就咯噔了一下,一口气堵在了胸口。

她慌里慌张地朝兰姨娘的方向看了过去。

兰姨娘更是脸色发白,她厉声吼道:“你这恶婆子!卫家供你吃穿,你却存了谋害大公子之心,你说,究竟是所为何事,又是受谁指使!”

曹嬷嬷双腿一软,跪在了地上,身子瑟瑟发抖,却是一句话都说不出来。

“这些事情可是你做的?”老夫人寒声问道。

曹嬷嬷一个劲地发抖,就是不说话。她知道毒害大公子的事情是捅破天的,一旦东窗事发她是断然没有好果子吃的,眼底一片的死灰,心底更是恨得要死。她其实在路上已经觉得有点奇怪了,怎么大公子越是服药,脸色却越是有所好转,明明这些日子她将剂量又加了一倍,大公子体内的毒素已经积累了不少,一旦药剂量再加倍,他应该是连起床的力气都没有了才是。而且几乎每天她都是亲眼看着大公子将药服下的。

果然她是中计了!曹嬷嬷心底又是恨又是懊恼,她想着几乎每天大公子喝药的时候都有绿蕊或者绿萼过来打岔,她怎么就这么疏忽!

这么多年都没被人发现,怎么偏偏就这么几天的时间,却是被人发现了,若是再晚上一个月被人察觉的话,大公子应该已经阴寒之毒发作,药石无用,离死不远了。只要大公子一死,这事情就算是圆满地落幕,到时候她不仅仅将那人的救命之恩全数还清,更将一世无忧,不光是她,就连她的子女也都能过那种人上人的生活,而不用再仰人鼻息。

就差了一个月而已!

现在如果她不吭声,或许还有一线希望有人会救她,如果她说了,断然没有任何的好处。

曹嬷嬷的脑子此刻也是在飞转的。

指使她的人为了怕她将事情的实情说出来,多半还是要救她一救的,亦或者会对她杀人灭口。

她将实情说出来之后不光没人救,就连她自己也会因为谋害大公子之罪被杀头的。

不说,尚有一份生机,说了的话,只怕是连翻身的机会都没有了,曹嬷嬷心底和明镜一样。

“老夫人！似这种恶婆子,请老夫人将人交给妾身,妾身定会让她开口！还大公子一个公道。”兰姨娘说道。

“别啊。”竹姨娘缓缓开口,眼神之中带着几分讥诮之意,“这家是你掌的,人是你选的,现在出了岔子,你却又要将人要了去。不知道兰姐姐是真的想替大公子出头呢,还是存了什么别的心思呢?”竹姨娘说完大家就都看向了兰姨娘。

“竹姨娘！平日里你我关系还算不错,这种节骨眼上,你别含血喷人!”兰姨娘柳眉一竖,怒目道。

“妾身可不会含血喷人,妾身说的不过就是事实罢了。”竹姨娘曼声说道,随后她转向了老夫人,“老夫人,不如将那婆子交给妾身,妾身也有办法让她开口!”

兰姨娘一听急了。“老夫人,您可别听竹姨娘胡说八道,妾身保证妾身和这件事情一点关系都没有,之所以和老夫人讨要这个恶婆子,是真的为了想要还大公子一个公道。”

“你若是真的能还大公子一个公道,大公子又怎么会变成现在的样子?”竹姨娘完全就是一副得理不饶人的表情,她轻笑道,“老夫人信任你,让你掌家,你就是这么回报老夫人的?”

“你够了!”兰姨娘怒道,“口口声声地针对我,合着你心底便是认定了这事情是我指使的了?”

“是不是你指使的,我又怎么知道。还不是要听那婆子的话?”竹姨娘“哼”了一声。

“老夫人,真的不是我。”兰姨娘急于撇清自己,忙对老夫人说道。

老夫人抿唇不语,兰姨娘看着老夫人的脸色心底更是暗自叫苦。

老夫人看着她的眼神明显已经带着几分怀疑和不满了。

这家里目前嫌疑最大的便是兰姨娘了。卫箬衣冷眼看着兰姨娘,随后缓缓地开口:“兰姨娘,曹嬷嬷可是你提的要让她管着大公子的药?”

“是啊。”兰姨娘现在心烦意乱,但是卫箬衣说话她不得不应,“可是妾身真的没让曹嬷嬷去做毒害大公子的事情。”

“那兰姨娘觉得在咱们这个侯府里面是谁最有可能指使曹嬷嬷做下这种事情的呢?”卫箬衣逼问道。

兰姨娘神色大变,她慌张地在老夫人的面前跪下。“回老夫人的话,妾身真的没有存心要毒害大公子啊。至于谁最有嫌疑,妾身现在也说不出来,唯有让这个婆子开口,奴婢才能回得出县主的话来。"

卫箬衣这一前一后的两句话可真是要逼死人了！

兰姨娘心底怨怼，但是这种情况下，她是一点都不敢表现出有半点对卫箬衣的不满之意来。

"依妾身看，只怕这事情多半是和兰姨娘也脱不了什么干系了。"竹姨娘上前，对老夫人福了一福，"妾身不才，愿意毛遂自荐，替老夫人和大公子查明此事，这事情若是老夫人再交给兰姨娘去查，妾身就怕有些人借机利用那婆子，再闹出什么乱七八糟的事情出来。"

老夫人这才缓缓地开口。"你们都不用争了，这件事，我亲自查！"她冷冷地扫视了一下屋子里面的人，"我这几年信赖大家，所以将掌家的权利交出去，就是盼着能享点清福，过点安生日子，可是偏偏就有人不领情，不知道珍惜，非要将家里弄得乌烟瘴气是不是？那好吧。今日我就陪着大家看看，到底是谁敢在我们紫衣侯府做出这种弑主杀人的恶事。"

老夫人说完后将目光落在了瑟瑟发抖的曹嬷嬷身上。"那毒婆子，我劝你现在赶紧将指使你的人交代出来，我尚可以替你减轻点罪责，否则的话，你懂咱们侯府的规矩！"

曹嬷嬷一个激灵，身子剧烈地抖了两下。她看着老夫人，思量再三，哑然开口，"老夫人，奴婢横竖都是死，老夫人，你就打死奴婢吧，奴婢愿意一死。这事情就是奴婢一人做下的，奴婢看着大公子不顺眼，恶从胆边生，存了非要弄死他的心。"

"你倒是个硬骨头是吧，到这种时候还护着指使你的人，还真的是将这事情给扛下来。"老夫人怒极反笑，"那我是不是该夸你一声忠心耿耿呢？"

曹嬷嬷再度闭嘴，不言不语。

卫箬衣倒是真的有点服这个曹嬷嬷了，竟是如同滚刀肉一样难搞。

人家连死都不怕了，还有什么是可以威胁到她的呢？

"奶奶，既然这曹嬷嬷这么有骨气，她既然不怕死，那是不是也不怕看着别人死呢？"卫箬衣冷笑了一声，对老夫人说道。

"箬衣的意思是……"老夫人不解地问道。

"没什么别的意思。"卫箬衣走到了那曹嬷嬷的身前，站定，"我听说你有个孙子，今年才五岁，长得很可爱。"

卫箬衣说完，那曹嬷嬷便是浑身一震。

她抬起眸子看向了卫箬衣，眸光之中布满了惊恐之色。

"你知道我的名声在外。"卫箬衣撇了撇嘴，"我可不是什么良善的人，用我大哥的命来成就你衷心护主的美名这种事情我可是容不下的。"

"县主……你……你想要干什么？"曹嬷嬷再度磕磕巴巴地开口，语调可是比刚才要软多了。

"我没告诉你，我在外面故意转了两圈，拖延了好些日子才回京，不光是为了取你剩下的药渣，更是派人去寻你的家人了吧。"卫箬衣说道，说完之后她一掩唇，故作惊慌地倒吸了一口气，她将手半掩住自己的唇，"我好像真的忘记告诉你了！"

卫箬衣说完将手放下，神色一正，继续说道："你当我今日将你叫出来，当真是一点情况都没了解过吗？你是年轻的时候逃难来的燕京城，倒在侯府后门被人所救，后就被人安排到了侯府的农庄里做工，混口饭吃，还配了府里农庄上雇的长工，可惜那长工命不算长，你生下儿子之后不久他就死了，你的日子就又苦了。你为了替你儿子能谋个好点的日子过，就想着走走府上的路子，你倒是如愿了，入了府，渐渐地能管点事情了，手里的钱多了起来，你儿子也在庄子上过得不错，还娶妻生子。你那个五岁的孙子，我已经让孙校尉的手下在这几天接来了燕京城，你的儿子和儿媳也一并来了，这个时候应该在侯府的后门候着了。”

卫箬衣说完这番话的时候，曹嬷嬷的脸都绿了。

她蹲坐在了地上，神情委顿，若是刚才她尚存有一点点的侥幸，但是现在卫箬衣似乎已经将她仅剩的那一点点侥幸心理全数给打灭。

卫箬衣说完，老夫人已经明了，沉声对身边站着的李嬷嬷说道：“去，将这恶婆子的家人都叫过来！”

曹嬷嬷顿时一个激灵，她连滚带爬地蹭去前面。“老夫人，老夫人，求老夫人开恩，只要老夫人肯放过奴婢的孙子，奴婢愿意说！”

卫箬衣看着几位姨娘的表情。

兰姨娘固然是脸色发白，不过却是已经缓缓地松了一口气；竹姨娘紧紧地捏着自己的帕子，头低了下去不知道在想点什么；至于菊姨娘则是嘴角挂着一丝似有若无的轻笑，卫箬衣觉得要是现在给她点瓜子，她就能翘着脚嗑起来。这菊姨娘显然就是一个不明真相、纯粹围观、外加幸灾乐祸的吃瓜群众。

卫箬衣很快就将她的嫌疑给排除掉。

“你如今倒是愿意说了。”老夫人冷声说道，“那就赶紧说！到底是谁指使你的！”

曹嬷嬷朝姨娘们站着的方向看了过去，竹姨娘拉起了帕子，在唇下轻轻地点了点，一直低着头，再没有看她一眼，而兰姨娘却是紧紧地盯着曹嬷嬷。

“说之前可是要想明白了。”卫箬衣又缓缓地说道，“是谁指使的就是谁指使的，你不要还存着什么其他的花花肠子。你知道我既然有本事将你的过往都调查清楚，便也有本事分辨你到底说的是真是假。”

卫箬衣说完，就见竹姨娘的手轻轻地颤抖了一下，她紧紧捏着的帕子差点落地。

原本刚才一直低垂着的头，也不自觉地抬了一下，下意识地看向了卫箬衣。她的眸光正巧遇到卫箬衣的眸光，不由轻颤了一下。

卫箬衣眸光灼灼，竟是刺得她一阵的胆战心寒。

从没觉得崇安县主的目光如此的犀利过，似乎带着洞察一切的睿智，目光如刀，带着冷冽的锋刃。

她的膝盖就有点酸软，似乎有下沉的感觉。

曹嬷嬷再度看向了姨娘们所在的方向。

竹姨娘却仓皇避开了卫箬衣的眸光，亦避开了曹嬷嬷的眸光。

她又捻着帕子在自己的唇下轻轻地沾了沾，明明她的唇上所染的胭脂明媚，一点瑕疵都没有。

“是，县主说得对，”兰姨娘插话道，“该是谁指使你就是谁，不要乱咬乱说！”

“都闭嘴!”老夫人本就阴沉的面容此刻更是怒容满布,“让那毒婆子说!”

老夫人的话才落,就听到门外有人回禀,说已经将曹嬷嬷的家人和孙子带来了。

曹嬷嬷的家人不知道侯府派人去接是为了何事,还以为是自己的母亲在侯府管了事了,所以将他们从农庄上接入燕京城去享福,因为去的马车上带着侯府的徽记,他们也没多想,欢天喜地的便来了。

老夫人沉声,让人将曹嬷嬷的家人领进来。

那一家三口还在看着兰香院里的光景,一路走来都被侯府的华丽所震撼,心想着能在这里走上一遭,日后便是回了乡下农庄,便是吹牛都比旁人有了资本。

等听到人召唤,夫妻两个拉了拉自己的衣襟,又替孩子整理了一下头发,这才牵着孩子的手走了进去。

这一进去便是觉得不对劲了。

怎么母亲一脸灰败地坐在了地上,看起来神色惊恐又慌张。

那小孩子不知道深浅,进来就朝着曹嬷嬷跑了过来,嘴里“奶奶,奶奶”地叫个不停。

曹嬷嬷原本就紧绷的心思如今被那孩子一叫,更是完全崩溃了。

36 恶毒地去除障碍

曹嬷嬷一把搂住了自己的孙子,"哇"的一声大哭了起来。

那夫妻二人不知道发生了什么事情,此刻也仓皇了起来。环顾了一下四周,只是觉得这屋子里面,珠翠环绕,绫罗满眼,富贵逼人,但是这气氛却是凝重异常。两个人忙低下头,不敢言语,慌张之中更是忘记了行礼请安。

"你的孙子来了,"老夫人寒声说道,"你还不肯说吗?"

"说,"曹嬷嬷眼泪鼻涕往下掉,"奴婢该死,奴婢什么都说!求老夫人开恩,一切都是奴婢做下的错事,奴婢的儿子和孙子什么都不知道,还请老夫人不要迁怒他们。"

"如果你说的都是真的,"卫箬衣缓缓开口,"我们自是不会为难一个五岁的孩童。但是你如果说的有半句谎言,你也不想报应在你孙子的身上吧!"

其实她一点都没想过要为难这孩子,卫箬衣分得很清楚,是谁的错就是谁的错。以她博览群书,曾纵横各大小说网站的经验而谈,她要先将曹嬷嬷的家人拿在手里,这样才能掌控住主动权。

她临去护国寺的时候,曾经和老夫人要了一个陈嬷嬷带着跟在身边。陈嬷嬷是府里的老人,对府中各位管事的情况几乎是了若指掌。

曹嬷嬷在药里加料的事情被卫箬衣发现之后,她就特地将陈嬷嬷叫来问了问关于曹嬷嬷的情况。

好在她问老夫人要来的是陈嬷嬷,原来跟着老夫人一起管事的,不然的话还真问不出那么多事情出来。

当年曹嬷嬷逃难来京,在即将冻死饿死的时候,救下她的人不是别人,正是竹姨娘。

这就不能不让卫箬衣多想上一想了。

杀人不外乎几点:图财,有仇,为报恩,亦或者是有把柄被人拿捏在手里,不得不去做一点违心的事情。

曹嬷嬷与大哥无怨无仇的,有仇这一条可以完全去除了。

谋财这点能成立,指使曹嬷嬷下手的人应该也会许诺给曹嬷嬷不少好事,所谓重赏之下必有勇夫。兰姨娘掌管家中的财权,便是有了嫌疑,但是兰姨娘指使曹嬷嬷给大哥下毒是为了什么呢?若是说兰姨娘指使人给她下毒,卫箬衣还觉得这有点合理,毕竟她在前面拦着,兰姨娘家的那位姑娘就没有什么出头的机会。

除掉了大哥,在这个家里谁的收益最大?

明显就是竹姨娘了。

别忘记,她也有个儿子。

卫老爹就是一个简单粗暴的家伙，早早地就宣布了这个家里不可能再有正室夫人，也就是说家中的嫡长女只有卫箬衣自己了。没有嫡子，却有两个庶出之子，将来紫衣侯的爵位总要有人承继的，承继紫衣侯爵位的人选必定是在这两个人之中选一个。

卫燕小时候便有了神童之名，人又长得好，个性温和，怎么看都是承继紫衣侯爵位的最佳人选。卫大将军还传授了他卫家的刀法，显然就是把卫燕当作继承人在培养。在他的光芒笼罩之下，卫荣想要出头真的太难了。

之前卫箬衣没出门的时候，就问过绿蕊和绿萼，当年草庐的火到底是怎么烧起来的，谁都说不清楚，都说是梅姨娘自己睡着了引了火苗才烧了房子，还差点将卫燕给烧死。

其实那时候卫箬衣就留了心眼了。

只怕那房子不是梅姨娘自己烧的，而是有人刻意为之的。梅姨娘是个任劳任怨的老好人，又是那么的老实巴交，怎么可能对自己儿子的病不上心呢？

梅姨娘是为何被贬成贱妾的？不就是因为照顾卫荣不力吗？卫箬衣在职场混了那么多年，多少也能从人的脸相上看看人的品质，都说是人不可貌相，但是还有一句话叫做相由心生。

老实巴交的人，看也能看得出来。

卫燕是梅姨娘带大的，他的品性都是梅姨娘言传身教的，如卫大哥这般的人，又怎么会有一个心思歹毒的母亲呢？

所以当年卫荣身上出的那个岔子多半也是梅姨娘被人给陷害了，可是卫箬衣没经历过那种事情，也无从替梅姨娘翻案喊冤。

不过将事情的前后联系起来看，便可以看出梅姨娘和卫燕是被人一步步地逼到这种田地的。这就与原著之中的卫箬衣被人推着一步步走上作死的道路是如出一辙。

先是出了卫荣的事情，再有人离间卫燕与自己的关系，让自己厌恶卫燕，又让卫燕和自己在争吵的时候引了卫大将军前来，卫大将军必定会因为自己女儿的缘故申斥卫燕。再加上梅姨娘被人冠上一个心思狠毒的帽子，卫大将军又怎么能对卫燕喜欢的起来，可不就是渐渐地疏离了卫燕。

等卫燕和梅姨娘那边失了卫大将军的宠爱，就落一个墙倒众人推的境地，草庐失火便是火上浇油。

只怕那人是真的存了要一把火烧死卫燕的心思，可惜卫燕命大，没死，所以她就再度将计就计，将一切过失都推到梅姨娘的身上，引得卫大将军再度震怒。

卫箬衣问过陈嬷嬷，当时还是老夫人掌家，但是那时候已经分了一部分权利给兰姨娘让她试试看的，所以陈嬷嬷对当时的情况还是记得很清楚的。

就是竹姨娘提议让大厨房来负责熬制卫燕的药，从那以后不再假手于梅姨娘了。

所以卫箬衣今日一进来，目标便不是兰姨娘，而是竹姨娘。

她之所以步步引诱，也是为了让竹姨娘自己露出点破绽来。

果然，菊姨娘一句话都不说，只是看戏，这才是吃瓜群众的正常打开方式，而竹姨娘却几次三番地要求将这件事情交给她来处理，还几度将矛头都指向兰姨娘，惹得兰姨娘气急败坏的。

表面上看，倒好像真的是兰姨娘做的了。

卫箬衣也明白为何兰姨娘会惊慌失措。

毕竟现在掌家的人是她!

家里出了这么大的乱子,一个好好的大公子差点被人给毒杀了,追究起责任来她也是脱不了干系的。所以她也害怕。

这都是人之常情。

卫箬衣找孙校尉派人去将曹嬷嬷的家人带来一是为了将曹嬷嬷的家人掌控在自己的手里免得被人钻了空子,逼得曹嬷嬷改口,另外一个也是为了击破曹嬷嬷的心理防线。

这一个多月的时间,她也是干了不少正经事的……

威逼、恐吓的事情都干完了,卫箬衣觉得也应该给曹嬷嬷一个甜枣了,让她看到点希望,她才会痛快地,原原本本地将事情的经过都讲述出来。

所以卫箬衣才说了刚才的话。

曹嬷嬷一听,家中说话最有分量的崇安县主发了话了,自是急得不得了。她忙叩首说道:“若是县主真的能放过奴婢的孙子,奴婢自是会老老实实地交代出来。”

“那是自然的。”卫箬衣说道,“祖母就在这里坐着,还有这么多人做见证,只要你将指使你的人好好地指认出来,不带半点虚言,我就保你孙子平安无事,放你的儿子和儿媳带着你的孙子回家。”

老夫人跟着就点了点头。“你就别废话了,赶紧说。”

曹嬷嬷这才抹了一把眼泪,抬手朝竹姨娘一指。“回老夫人的话,这么多年来,指使奴婢毒杀大公子的就是竹姨娘。”

她说完之后,竹姨娘猛然就站了起来。“你含血喷人!”不光是竹姨娘这般的激动起来,就连卫华衣也一脸不可思议地看着大家,惊慌失措。

“哈,”松了一大口气的兰姨娘却是轻轻笑了起来,“怎么?你现在也说别人含血喷人了。你刚刚自己不就是这么做的吗?我倒不知府上还有你这种心肠狠毒之人!”兰姨娘现在为了给自己开罪,也是开始落井下石,“也对,大公子当年那么招人喜欢,如果你不把大公子弄成这个样子,你家那个卫荣又怎么可能顶了大公子的名额去了骊山书院?就凭他那半桶水的本事?不是笑话吗!”

卫箬衣微微一怔……

卫荣能上骊山书院是顶替了大公子?

她看向了卫燕,就见卫燕的眼底流过了一丝哀色。

难怪卫燕陪着她去骊山书院的时候曾经站在书院门前的匾额下思绪万千……

卫箬衣的心稍稍地抽了一下,大哥真的太可怜了。

她个暴脾气的,就是看不惯这种人善被人欺的事情!

梅姨娘顿时发出了一声悲鸣,饶是她那种温吞性子的人,这么多年的苦都吃过来了,现在积压在心底的不平与悲愤完全地爆发了出来。她冲过来,揪住了竹姨娘的衣襟,抬起手来,就想要给她一个巴掌,不过她那一巴掌始终还是没有落下去。她恨死了自己,也恨死了眼前这个人,可是逆来顺受都已经成了习惯,就是想要爆发,也下不去手。

她狠狠地推开了竹姨娘,重新跪倒在了老夫人的面前。“奴婢求老夫人严惩此人!”

“你起来,梅儿。”老夫人亦是眼角发红,叫李嬷嬷将梅姨娘搀扶了起来,“你放心,定是不能轻饶了凶手。”

竹姨娘见状也大哭了起来，“噗通”一下跪在了老夫人的面前，哭道：“老夫人明察啊，她们就是一伙的，家里管事之人不是妾身而是兰姨娘啊。要说指使人做下这等坏事的也是兰姨娘，并非妾身。”

卫华衣也赶紧出来跪在了老夫人的面前。“祖母，这事情不可能是我娘做的。”

“你个贱人，到这种时候你还胡说八道，将脏水朝别人身上泼?”兰姨娘显然没想到竹姨娘到现在还死不悔改，在垂死挣扎。

竹姨娘一嚎起来，曹嬷嬷就紧张万分，她看着卫箬衣，说道：“县主，奴婢说的都是真的，真的是竹姨娘指使奴婢。竹姨娘当年救过奴婢的命，奴婢感恩戴德，奴婢卖身在侯府，亦是一直都帮着竹姨娘做事。对了，当年，当年就是竹姨娘暗中给小公子喂下了泻药，却说是梅姨娘给小公子吃了不该吃的东西。小公子差点拉得命都没了，那是竹姨娘下的剂量太大了。”

众人一听，纷纷看向了竹姨娘。

竹姨娘一脸的阴沉。“毒婆子，你再胡说八道!”她恐吓道，“看我不撕烂你的嘴!”

“奴婢真的没胡说八道。”曹嬷嬷生怕卫箬衣迁怒于她的孙子，极力辩解道，“当年竹姨娘根本就没有身子不适，她只是找个理由让梅姨娘帮忙带着小公子而已，这样她才有机会诬陷梅姨娘。之后她还让奴婢在府里传了不少关于梅姨娘的坏话，这些话传入县主的耳朵里，才让县主和大公子之间逐渐生疏了。”

“你闭嘴!”竹姨娘吼道，声嘶力竭。她忽然就扑过来，意图掐住曹嬷嬷的脖子。

卫箬衣就在曹嬷嬷的身侧，哪里能让她来得逞，这一个月的时间，卫箬衣那身手也不是白练的，只是一巴掌就已经将人给扇到了一边，扇得嘴角崩裂，鲜血直流，半边脸瞬间就肿了起来。

“我看闭嘴的人应该是你吧!”卫箬衣横眉道，心底却是好像有一万头神兽奔驰而过，她这力气也有点忒大了，其实她都已经在控制自己的力道了，还是一巴掌将人给打成这样!

阿弥陀佛。

“来人，按住那个疯子。”老夫人怕人伤了卫箬衣，气得直拍椅子扶手。

马上就有几个婆子过来，按住了竹姨娘。

大家这才发现竹姨娘的狼狈样子，不由都有点惊恐地看向了卫箬衣。

卫华衣见自己的母亲被卫箬衣一巴掌给扇得嘴角出血，也顿时目露凶光地看着卫箬衣，一副要上来撕了卫箬衣的样子，但是她终究还是不敢。她心底慌得要死，不知道到底母亲有没有做这等阴损的事情。

卫箬衣……

她也不想的，气头上，力道有点没拿捏好……

“真的，县主，您要相信奴婢。还有，还有，”曹嬷嬷现在开了个头，就好像洪水开闸了一样，极力地想要表明自己无所隐瞒，所以将那些陈芝麻烂谷子的陈年旧事一股脑儿地说了出来，“还有当年草庐失火的事情也和梅姨娘没有关系，梅姨娘吃的东西里面被人放了蒙汗药，不然她怎么会在给大公子熬药的时候睡着，就连大公子的补汤里面也加了蒙汗药。只是那会府里救火救得快，梅姨娘清醒之后又奋不顾身地护住了大公子，不然的话，大公子可能那会就被烧死了。”

卫箬衣……

她其实早就已经猜到了事实的真相，但是现在被曹嬷嬷说了出来，心底没有半点猜到谜底的喜悦，反而有了一种苍凉与悲哀。

人心啊！

她转眸看向了卫燕，卫燕的眸光沉如冰水，透着刺骨的寒气，只是死死地盯着竹姨娘。

竹姨娘如今已经有点六神无主了，她猛然回神，对老夫人说道：“老夫人不要听那毒婆子瞎说！妾身真的没做过！”

“老夫人，奴婢没有胡说。”曹嬷嬷忽然对老夫人说道，“奴婢说的都是真的。竹姨娘指使奴婢做这些事情的时候曾经抄写过两个方子给奴婢，一个是给小公子吃的泻药的方子，还有一个是给大公子吃的毒药的方子，都在奴婢那边保管着。只要叫人取来，与竹姨娘的笔迹一对就是了。”

竹姨娘闻言顿时面如死灰，浑身就好像被抽了筋一样，软了下去，双眸空洞，无神地看着卫箬衣。

“不是说人诬陷你吗？”老夫人痛心疾首地说道，“你现在怎么不说了？”

竹姨娘缓缓地回过神来。

“老夫人。”她低低地叫了一声，随后抬起眸子看着老夫人，哀声求道，“老夫人，求求你看在我替侯府生下一子的份上，饶了我这回好不好？我还有华衣，他们年纪说小不小，说大也不大！求求老夫人，不要将我送官，如果我被送官，他们的前程就完了。对了，静霜他今年要参加秋闱的，如果我在这个时候出事，静霜怎么办？求老夫人看在他们的份上开恩啊。”

“你今日知道为你的一双儿女想了，那你怎么不为梅儿和我的静雪想想呢！”老夫人沉声说道。

其实她的心底也是十分矛盾的，她恨死这个心狠手辣的女人，只恨不得马上将她送去官府，眼不见为净，但是她又疼惜卫荣和卫华衣。

卫华衣见状马上跪下，双手着地，也顾不得什么形象不形象了，朝前爬了好长一段距离，爬到了老夫人的面前，死死地抓住了老夫人的衣摆。“祖母，求求您，行行好。我和卫荣不能没有竹姨娘。弟弟他还在书院，他还准备考试，若是这件事情真的宣扬出去，弟弟就没了前途了。”

老夫人的心肠并不算硬的，被卫华衣这样摇晃着，心底也是有点为难。

卫燕是她的孙子，但是卫华衣和卫荣也是啊。

不过思及卫燕现在的情况，她又恨得不行。好好的一个大孙子，弄得现在病歪歪的。

“长姐，长姐！”卫华衣见老夫人抿唇不语，又赶紧转向了卫箬衣，爬到卫箬衣的面前，摇晃着卫箬衣的裙摆，哀求道，“长姐，祖母最疼爱你了，你说话管用，求求长姐，帮竹姨娘说两句话。以后我会对长姐感恩戴德，长姐叫我做什么我就做什么！”

卫府没有正经的正室夫人，所以各个姨娘所生的孩子只有在老祖宗面前的时候才称呼自己的母亲为姨娘，但是私下里都是母亲母亲地叫，反正这么多年都是这样过来的，老夫人也不会专门为了一个称呼而纠结，大家对这上面也不是特别的苛求。不过现在这种情况，卫华衣不得不规矩起来，并不称竹姨娘为自己的母亲，而是称呼为姨娘。

尤其是在卫箬衣面前更是如此。

全府上下的孩子，都有娘，唯独卫箬衣没有。

卫箬衣摇了摇头，说道：“你要求的并非是我，而是大哥和梅姨。”说完她转开了脸，不再去看卫华衣。

这种事情，不是她能说了算的。苦主并不是她，而是大哥卫燕和梅姨娘。

卫华衣忙松开了抓住卫箬衣裙摆的手，手足并用地爬去了梅姨娘的面前，一把又扯住了梅姨娘的裙摆。“梅姨娘，竹姨娘真的知道错了，求求您，您的心肠是最软的，您开个口吧，只要您肯放过竹姨娘这一回，她保证不会再犯错了。我弟弟真的要参加秋闱，竹姨娘不能在这个时候出事。”

37 债台高筑的卫家二公子

梅姨娘心底怨愤难平，这么多年她吃的苦，受的委屈都是被人构陷的，这些她都能忍，不能忍的是竹姨娘步步算计，为的是害了她的儿子！

那是她全部的心血和希望所在！

梅姨娘根本不想去看卫华衣，即便是再怎么柔软再怎么良善的人，在这种时候也不可能那么轻易地说出能原谅的话来。

"大哥！"卫华衣见求梅姨娘无果，又去求卫燕，"大哥，求求你。只要你肯原谅竹姨娘，老夫人和县主都不会说什么。求求你了大哥，我给你磕头了！"说完她真的给卫燕磕了下去。

不过她的额头还没触碰到地上就被卫燕弯腰拉住了她的手臂。

卫华衣心底一凛，抬起眼眸来注视着卫燕。

卫燕轻轻地咳嗽了一下，他现在咳嗽的时间比之前少太多了。

"你的弟弟有前途，那我呢？"卫燕缓缓地说道，言语清淡疏离，"竹姨娘若是真的将我们当成家人一样看待，又怎么会层层构陷，步步紧逼。这么多年，我心灰意冷，如果不是箬衣救我，发现了真相，我大概现在已经是枯骨一把了。你叫我如何能原谅，便是放在你的身上，你能原谅吗？"

"大哥！"卫华衣的脸色苍白，哀声求道，"大哥，你现在不是没事吗？"

"难道真的要等无可挽回的时候，才算作罢？"卫燕冷笑了起来，"我不知道你们的想法竟是如此。你说这话之前可曾过了脑子？"

卫华衣惊觉自己说错了话，但是已经是无可挽回。她死死地咬住自己的唇，眼底一片慌张。

"这样吧。"卫燕说道，"就请祖母派人将竹姨娘先关起来，一切等父亲回府之后再做发落。"他说完之后顿了顿，"你有本事让父亲饶了竹姨娘，我无话可说，但是我绝不会原谅竹姨娘！"

卫燕说的也是一个办法，老夫人顿时觉得心底轻松了不少。

"就依静雪的话去做！"老夫人抬手按了一下自己的额角，到了现在她才觉得自己的脑仁崩得生疼生疼的，"来人，将竹姨娘关起来，严加看管，谁也不准靠近她，不准探望她！就关在后院的小祠堂里面。"

"是。"有婆子过来将脸色一片死灰的竹姨娘给押走。

卫华衣无可奈何地眼巴巴地看着自己的母亲被带走，泪流满面却也不能再说什么。

菊姨娘这是看了一场好戏，想笑，但是场合不对，只能忍着。

“梅儿啊，这些年可是苦了你了。”老夫人拉起了梅姨娘的手，叹息着，“当年你跟在我身边的时候，我就是看你老实，话不多，所以才选了你跟了毅儿，却没想……”老夫人又是一声长长的叹息，“不过现在这些事情都过去了，你放心，等毅儿回来，我会给你做主的。对了，我先做主，恢复你姨娘的身份，你以后也别住在寒梅苑那个偏僻的地方了。我一会给你找个好的地方搬过去。”

“不如搬去我院子的隔壁啊。”卫箬衣笑道，“我回澜阁隔壁的听松居不是还空着吗？就让梅姨娘和大哥搬去那边和我做个邻居好不好啊。奶奶？”

“好好好，要是他们愿意，我是没意见的。”老夫人笑道。

卫箬衣看向了卫燕，卫燕的脸上这才缓缓地露出一丝的暖意。“搬去你的隔壁，我可是要看好你这个皮猴子的。”

“看呗！”卫箬衣朝着卫燕一挑眉，“就怕你看不住我。”

卫燕恬淡地一笑，满室生辉。

倒是真的看傻了一众人。

就连老夫人心底都是又酸又甜的。

“至于这个毒婆子，既然卖身契上卖的是死契，那便打上五十棍子，再发卖了出去！”老夫人挥袖说道。

卫箬衣暗自咋舌。

五十棍子什么概念……即便是熬下来，这人只怕也要躺上几个月了。她这种年纪怎么卖得出去，便是卖出去了，只怕做的也是非人的活计，还不如一死呢……

曹嬷嬷也是脸上一片死灰，没了半点生气。

“你说了实话，你的家人便不追究了。不过我这农庄里面不养你家这种人！”老夫人寒声说道，“看在崇安县主答应了不为难你孙子的面子上，你们就不要再回农庄了，滚出燕京城，滚得越远越好，不要再回来，否则我定不轻饶。”

原本曹嬷嬷的儿子儿媳还以为是娘找人来接自己进燕京城去享福的，哪里想到事情会演变成这个样子。他们住的房子是农庄上的，现在被赶走了，便是无家可归了。

亏之前他们的娘曹嬷嬷还托人带信回去说马上就有更好的日子过了……

这便是她说的好日子吗？……

等这些事情都处理完了，不相干的人走开之后，老夫人又看向了兰姨娘，缓声说道：“原本看你出身侯府，应该是个伶俐懂事，知道进退的人，如今你连连出错，对家里的人不能一视同仁，将水端平，我看你那手里的事情也分点出去吧。菊姨娘也是个识文断字的，横竖她也无事，索性就帮你处理掉一些家中事务好了。”

兰姨娘脸色发白，但是也不能多辩解什么，只能应了一声“是”。随后退到了一边，好在老夫人没有将她手里的权利全拿走。现在府里的人上上下下都是她安排的，菊姨娘骤然插手，只怕也没那么容易和轻松。想到这点，兰姨娘的心气才稍稍好转了一点。

被点名的菊姨娘马上回过神来，这可是天上掉了一个大馅饼的节奏。

她又惊又喜地起身。“多谢老夫人的赏识和抬爱，妾身定然是不会辜负老夫人的。”

“行了，时间都浪费在这些糟心的事情上了。”老夫人抬手挥动了一下，“你们都下去吧。静雪和箬衣也去好好地休息休息，你们替侯爷祈福也着实辛苦，尤其是静雪，这些年委屈你和梅儿了。我这心里也不舒服,让我先静一静吧。"

"多谢老夫人。"梅姨哑声说道。

卫箬衣陪着卫燕和梅姨娘从屋子里面走出来,这才深深地吸了一口气,伸了一个大大的懒腰,随后笑着扶住了卫燕。"恭喜大哥拨开云雾见日出。"

"多谢你才是。"卫燕这回是由衷地感谢。

他是真不知道卫箬衣居然还替他办了那么多事情,其实这事从头到尾都是卫箬衣在张罗着的,包括将曹嬷嬷的家人从乡下找人带来。这些事情卫燕事先都不知道。

如果不是卫箬衣将曹嬷嬷的家人带来,只怕那曹嬷嬷还是咬死不说。

"你和我之间没什么好说的,"卫箬衣摇头笑道,"你是我大哥,为你做点事情本就是应该的。"

梅姨娘也过来屈膝准备给卫箬衣行礼,却被卫箬衣一把给拉住了,"梅姨,不要这样,该说的话我和大哥都说过了。以后你只要好好地过日子便是了。对了,我上次求你帮我做的皮球你做了吗?"

"早就做好了。"梅姨娘这才稍稍地神色缓和了下来。她轻轻地点了点头,说道:"按照县主说的那样,是双层的,还弄了一个软皮塞子,可以将气充进去。"

卫箬衣上次在寒梅苑见梅姨娘做了一个绣球,手工精致得不得了,所以就求着她帮忙做一个皮球。

她抓耳挠腮地和梅姨娘说了半天才说明白她要的是个什么样的。

还以为梅姨娘捣鼓不出来了呢,没想到还真被她做了出来。

"真是太感谢了。"卫箬衣一高兴,抱住了梅姨娘,亲了梅姨娘一下,梅姨娘浑身一颤,顿时呆在了当场……

完了……她把梅姨娘给吓坏了怎么办?在线等,急!

卫箬衣摇晃了一下梅姨娘,梅姨娘这才回过神来……一张秀雅的面容上顿时布满了红晕和尴尬。

卫燕却是扶额闷笑了起来。

"母亲以后要适应箬衣的抽风。"卫燕笑道,"我就经常被她弄得哭笑不得。"

"难道……她也这样亲你?"梅姨娘的脑子顿时不转了……呆滞地问道。

卫燕的脸颊一红。"没有没有。"他尴尬地将手握成拳,放在了唇边清咳了两下,细白的面容上淡淡地飞起了两抹绯红。

等回到自己的回澜阁,卫箬衣顿时就趴在床上装死了。

刚刚的事情弄得她好累啊!

卫华衣回到了听竹别院之后,却是呆坐良久,六神无主,完全不知道该怎么办才好,这变故来得太快,完全叫人没有招架之力。

愣了好久,她才想起自己应该写封信给卫荣,至少要让他知道家里到底发生了什么事情。

只盼望卫荣这回争气,一定要考上,然后能参加殿试,一举成名,或许这样母亲才能稍稍地好过一点,她的日子也会好过一点,也没的让卫箬衣那般嚣张!

卫燕的事情和卫箬衣又有什么关系,看看她刚才那样子,好像全天下就她能干一样!

卫华衣心底恨意丛生,如果不是卫箬衣从中作梗,这事情没准就不会暴露出来!

所以最讨厌的就是卫箬衣了!

卫荣两天之后接到了卫华衣的书信才知道家中发生了这么大的变故。

一想到卫箬衣和卫燕曾经相携来过书院,他居然还客气地款待,刻意地讨好,他就气得将桌子上所有的东西都推到了地上。

可巧徐幻真进门,不由惊道:“荣兄弟这是因何发这么大的脾气?”

因为香囊的事情,徐幻真已经对卫荣存了几分不满之意了,如今看他忽然发了这么大一通火,定是心气不顺,书院里面的人都追捧着他,自然不会是因为书院的事情而闹心。他刚刚听说卫府来人给卫荣送信了,所以他才会过来看一看的,没准是卫箬衣的信,但是现在看这种情况,应该卫荣的家里出了什么事情才惹恼了他。

“幻真兄,你来得正好。”卫荣抬眸见是徐幻真,忙将书信给收入怀里,随后拉着他走进了里屋,“幻真兄,你上次说的考试一事,可是真的能作数?”

“什么事情?”徐幻真开始装傻。

“就是那个事情!”卫荣压低了声音说道,“试题的事情,你不是认识人能弄到试题吗?”

现在他是被逼上梁山,这回秋闱是一定要中的!不然的话,他母亲就一点指望都没有了。

只要他能考中,哄得祖母开心,这事情就还有转圜的余地。

母亲这么做,也是完全为了他!

“这事情……”徐幻真故意卖了一个关子,“目前只怕是难了。”

“怎么会!”卫荣急道。

他在这边光顾着吃喝玩乐了,书哪里曾读过多少?便是进骊山书院都是顶替了大哥才来的。

当年大哥出事病倒,他就替了大哥前来,原本是说等大哥一好,他就回去的,卫燕一病不起,他也就在这里一直赖着不走了。

山长碍于他的父亲是紫衣侯,所以也不说什么。

若是说他现在的学识只怕还不如当年在家里的时候。

“之前出了那么大的岔子,都已经惊动了陛下,出动了锦衣卫了!”徐幻真说道,“现在可不就是难了。”

“不行!”卫荣一脸的慌张,“我这回是一定要考上的!不能考不上!你帮我想想办法,即便是买高价,我也要弄到这些试题!”

“高价啊?”徐幻真拉了一个大尾音出来,“那重赏之下,大概还是有人愿意铤而走险的。不过,荣兄弟,这价格只怕是不菲啊。你也知道上次的事情之后,朝廷实在是查得严,锦衣卫都出动了,人家可是提着脑袋干这种事情。”

“没事!我有上次你给我的那张房契。”卫荣说道,“我拿来给你,你去帮我换成现银,不管别人要价多少我都愿意出!幻真兄,这次是救人如救火,你一定要帮了我这一回!”

“那好吧。你房契拿来,我帮你试试看。”徐幻真说道。

“好好好。”卫荣不疑有他,忙将那张用长姐随身香囊换来的房契给徐幻真拿了出来。

卫荣这回真有点火烧眉毛的感觉,眼巴巴地看着徐幻真。

“我也不知道这些够不够。”徐幻真心底一阵的冷笑，将房契收了回去，他可以帮忙，但是如果不从卫荣身上再刮出一些利息来，实在是难消自己心底之恨，“我先替你兑换了，只是时间太紧，不知道能卖出个什么价格来，你若信我，我就一手一脚地帮你做好；你若不信我，你也可以自己去卖去。”

“不不不，”卫荣说道，“你素来一言九鼎，我自是信你的。”他哪里会做这些事情，能上哪里去找买家？况且他是紫衣侯府的小公子，要他去和别人讨价还价，他可丢不了这个脸面。

“荣兄弟信我便好。若是到时候这些银子不够……”徐幻真故意又卖了一个关子。

“这样，如果不够，你先替我补上，”卫荣说道，“日后我会慢慢还你。”

“荣兄弟啊，你也知道我是做什么的。”徐幻真说道，“最近到了冬季，马上就是年关了，我手里的银子也不多，多为周转之用。”徐幻真故作惋惜地说道，“就连我也要找我生意上的兄弟借钱周转，实在是没什么多余的银子。”说完他再度将那房契拿了出来，“不然荣兄弟你找别人试试。陈建那里看看呢？”

“我长姐上次已经将陈建骂了一个狗血淋头。他最近见我连话都不肯多说两句。”卫荣跺脚恨声说道，那个卫箬衣坏了他多少事，“请他帮忙，估计是不行。不过他却是素来听你的话，算我求你了，这次你务必一定要帮了我。不然这样，你找你生意上的兄弟周转之时将我这份也一并借了出来，利息之类的我照认，届时我给就是了。”

“你可想好了，那可是高利的。我说他们是我生意上的朋友也是高抬他们了，实际上他们便是一群放高利贷的。”徐幻真道，“便是我还起来也都是有点吃力。我劝荣兄弟还是算了。”徐幻真越是这么说，卫荣就越是着急。

“高利就高利。”卫荣寻思道，只要他能高中，在家中地位不坠，就还要仰仗着徐幻真他这棵大树，况且徐幻真本就心仪他的长姐，等日后徐幻真成了他的姐夫，这些钱可不就是由徐幻真来出吗？所以卫荣一咬牙一跺脚，借了！

“我丑话说在前面了。”徐幻真说道，“你可要立下一个字据，这字据不是给我的，而是给那些借高利贷的。即便是我做保人，他们也是要有凭证的，不然他们可都是不见兔子不撒鹰的人。”

“行，我立下字据便是，到时候用了多少，你填上银子。”卫荣现在急得已经是六神无主，徐幻真之前对他一直都很好，他要什么，徐幻真给什么，便是他写下的那些欠条，徐幻真也从不问他索要欠款，伸手朝徐幻真拿钱已经成了习惯，所以在卫荣看来，这些都不是事情，只要他还是紫衣侯府的小公子一天，徐幻真便会乖乖地供着他吃穿。

他却不知道他就好像是徐幻真圈养的猪一样，从小到大，好吃好喝地供着，只等着肉满膘肥的时候，直接杀来吃了！

“可是五分的利。”徐幻真说道。

“成！”卫荣根本不知道五分的利是个什么概念！翻滚起来到底有多恐怖！他只图一时的痛快，想都没想就应了下来。

徐幻真表面严肃，实则在心底却是将卫荣已经鄙夷到了极点。

拿了卫荣立下的字据，徐幻真这才拱手告辞。

他直接去找了陈建。

38 空手套白狼的生意人

其实卫荣不知道，试卷便是陈建弄出来的。

陈建的父亲是安西伯，虽然是有着爵位，但是在朝中没有什么势力和影响力，可以说算是一个已经没落的世家。但是他的母亲长袖善舞，十分有钱，家中日子过得不比豪门巨贾差上多少，在江南还有好几家米铺，暗中还做了私盐的生意，就是因为他爹挂着一个伯的爵位，所以地方上的人多有通融。他的母亲也善于利用这些。他的舅舅本是在家游手好闲，但是靠着他母亲的捐赠博了一个贡院的差事，对他母亲是言听计从。当年陈建的母亲答应将自己的女儿嫁给卫燕也是看在卫府的权势上，他们家有钱，却没权，卫燕怎么说也是紫衣侯府的长公子，这也算是一个投资了。不过这亲事还是黄了，所以她就叮嘱自己的儿子，多与卫荣结交，总要攀附上卫家这棵大树才是。

那些试题便是他舅舅从贡院之中偷偷地拿出来的。

之前锦衣卫严查贡院，也是将他吓了一个半死，好在他没留下什么破绽。他虽然比较草包，但是有一个厉害的地方便是有个过目不忘的本事，他看一遍，就能记住所有的内容，所以根本不需要誊抄什么的。看上一会，回家默写下来便是，再加上他是将试题交给陈建的母亲，陈建的母亲做事也是小心谨慎，所以上次查得那么凶，愣是没查出是什么人将试题夹带出去的。

陈建的母亲结交了不少豪门贵胄的夫人，没事就叫人过来打牌，从她们之口探查朝中的动向。

那次锦衣卫行动失败，便是一个副监察使的夫人打牌时候不小心说漏了嘴，说自己的丈夫这几天有多忙，都不着家，天天忙着埋伏着去抓人。

陈建的母亲就赶紧让自己人收手，旁人出多高的价格都不卖试题，就是之前约好的，也断然不去接头，这才躲过一难。

陈建上次被卫箬衣几句话怼得无地自容，自是迁怒了卫荣，这回听徐幻真这么一说，他就笑了起来。

“这卫公子果然就是一个心大的。”陈建不屑地撇嘴，“居然将这银子数目空着让你填，那你若是填上一个他几辈子都还不起的数目怎么办？”

徐幻真笑而不答。“这些银子本金归你，利息归我，如何？”他问道。

“那感情好。”陈建抚掌大笑，“我便填上一个五千两银子！”

“无妨。我看他着急上火得紧。”徐幻真笑道，“你可以再抬一抬。”

“一万？”陈建问道。

“我看可以。”徐幻真点了点头。

陈建一咋舌。“你倒是比我还黑!”随后他笑道,“不愧是个做生意的,横竖都不吃亏。不过我舅舅这回可能有点被吓住了,实在是有点不太敢了。”

“不要紧,你母亲不也说了,到目前为止锦衣卫都没动静,许是将这事情当成无头案子了。”徐幻真笑道,“这秋闱本来推迟三个月的,但是现在陛下又改了主意了,贡院之中应该有消息了吧。”

“有了。”陈建点了点头,“咱们横竖明日便启程回京,我再和你联系便是了。”

“好。”徐幻真笑道,“对了,那个苏城,我找人去查过他的底了,身世没有问题。他财力雄厚,到时候,让你母亲也削他一笔,没有个两万两,不要出手。”

“我就知道徐兄干什么都会想着兄弟。”陈建笑道,“到时候,赚了大钱,我再分徐兄一份。”

“那就无所谓了。”徐幻真笑道,“就当抵了我那份银子钱吧。我不用你分,你自己留着便是了。”

陈建更是开心。

等夜晚萧瑾看到报告之后,不由笑了起来。“这徐幻真倒是有点意思。空手套白狼啊。”他对花锦堂说道,“只是帮牵个线,搭个桥,自己一分钱不出,便是白得了试题,更是一点责任都没有。一旦出事,他可以推得一干二净,对外只要咬定这试题是陈建给他的,他并没花费一分一毫,也就不算是参与了试题的买卖了,即便是会审,他也无罪。”

花锦堂点头,说道:“谁说不是呢!不过头儿,你是怎么知道从徐幻真那边做突破口而不是直接找陈建呢?”

“自己找上门的,多半会被怀疑。咱们那身世说白了,糊弄一下徐幻真尚可,若是真的落在陈建的母亲手里,可是要被查一个底掉。她认识的那些贵胄夫人,七大姑八大姨的,没准就查出问题来了。苏城的母亲并不在陈郡,万一给查出什么东西,咱们就掉了身份了,反而打草惊蛇。陈建与徐幻真关系这般的好,从徐幻真那边入手是可行之路。陈建为了求财而已。”萧瑾淡笑着说道:“咱们也收拾一下吧。明日与他们一起回京。”

原本秋闱是要推迟三个月的,但是思量到来年还有春闱,若是京畿地区的秋闱推迟太久,唯恐影响了春闱和殿试。所以陛下就将秋闱的日子定在了十日之后了,目前试题已经出好,封存在了贡院之中。

锦衣卫之前查,不是没有怀疑,而是没有证据。

这次萧瑾亲自出马,只要拿到证据,就会顺藤摸瓜拽出一群人来。卫荣就是知道秋闱日子已经定好,所以才会这般焦急。

燕京城的街道上这几天异常的热闹,卫箬衣一打听原来是陛下定下了秋闱的日子了,就在几天之后,所以原本散落在京郊各处的学子们现在都已经涌入燕京城了。如今燕京城里面大大小小的客栈都已经人满为患,可还是有点住不下,很多人都要借住在民宿之中。

因为很多学子前来,所以走到哪边都能听到不少高谈阔论。

本朝开国皇后并不只拘泥儒家学说,所以虽然考题是以儒家的著作为主,但也加了其他学派的著作为辅助,力求营造一个百家争鸣的环境,也算是用心良苦了。这就苦了这帮学子了,不光要研习儒家著作,便是其他学派的著作也要有所涉猎,还要读出自己的见解来,大梁朝的考试便是中土诸国之中最难的了。

但是大梁朝不拘一格,不论男女只要有本事皆可出仕,所以每年也是人才辈出的,况且历代皇帝都将这考试看得很重。所以这回出了舞弊一案,陛下才特别的震怒。

卫箬衣这两天拿着那个皮球发愁,皮球做得很好,但是堵皮球的塞子不行,吹满了气之后,有点塞不住,拍上两下那个塞子就弹开来漏气。

她这人,要么不做,要做就做好,断然不会糊弄别人。虽然只是去哄萧玉那个熊孩子的,但也不能随便就给他一个半成品。

卫燕这几天在加紧看书。

他自那日回来和老夫人说了想要参加秋闱一事之后,老夫人高兴得不得了,亲自叫人拿了她的帖子去找了贡院的人。卫燕各项条件都符合,很早就中过秀才,只是之前没有报名,但是按照大梁的规矩,若是有三个三品以上的官员举荐的话,是可以插队补报的,有老夫人的名帖,找三个三品以上的官员举荐还不是小菜一碟吗?所以卫燕轻轻松松地就插了一个队了。

卫荣一回家就赶紧去拜见了老夫人,跪在老夫人面前说了不知道多少自己母亲的好话,软磨硬泡地求着老夫人让他见一见竹姨娘。

老夫人念在他常年在外读书,又马上面临秋闱了,所以就应了他,让他去小祠堂的后院看看被关在那里的竹姨娘。

竹姨娘一见到卫荣,先是号啕大哭了一通,随后指天骂地地将卫箬衣给诅咒了一通。她被关在这里,想了很久,卫燕就是在卫箬衣去了寒梅苑之后开始变了的,所以这一切都是卫箬衣多管闲事的结果。她不觉自己做错,却将所有的罪责都推到了卫箬衣的身上,恨不得剥了卫箬衣的皮才肯罢休。

她这一骂,更是让卫荣对卫箬衣和卫燕恨之入骨。

“母亲您放心,儿子一定会救您。”卫荣信誓旦旦地对自己的母亲说道,“只要我这回高中了,一定哄得老夫人高兴,将母亲从这里放出来。”这些年,是他承欢老夫人的膝下,卫燕做了什么?不过就是躲在那个阴暗的角落里面自卑自怜罢了。若是论起和老夫人的情分来,卫燕自是不如他。

竹姨娘这才抹了抹眼泪,连说了好几声好。这个儿子可是没白养,不枉她为儿子做了那么多。

只要等她出去,她一定会找机会找卫箬衣和卫燕的麻烦,这侯府是一定要传入她儿子的手里的,这回她可一定要下重手,哪怕拼了自己的命,也要弄死那两个人。

卫荣从自己的母亲那边出来,去看了卫燕一回,卫燕对他神色冷淡,没有表现出特别的厌恶但也没什么欢喜之意。

卫荣一看卫燕也在看书准备参加秋闱就更是坚定了要挤兑卫燕之心,一会他就出去找徐幻真,那试题的事情断然不能黄了。即便出更大的代价,他也在所不惜。他现在只有这条路可走了,不光为了竹姨娘,更为了他自己。

卫荣又去给卫箬衣请了安,这才回到了自己的院子里。卫华衣见弟弟回来了,哭得那叫一个伤心,这几天她在家里连院子的门都不敢出,就是怕走出去之后被人指指点点的。母亲做下那种事情,她连头都抬不起来。平日里卫简衣和卫红衣还会来找她玩玩,现在卫简衣和卫红衣根本连影子都看不到。虽然她没有被关起来,但是却是比母亲被关在小祠堂里面还要悲催。

卫荣安慰了自己姐姐两句,让她没事就多和卫箬衣去接触接触。

卫华衣恨声道:“她将咱们的母亲害成那样,我为何还要去上杆子到她的面前转悠?”

“姐姐,就是那个贱人害了咱们母亲,咱们才更要去她的面前多走走。”卫荣一脸的阴翳,压低了声音说道,“难道姐姐还想看着她将来继续嚣张下去?我就是在骊山书院都听说那贱人被宸妃娘娘看重,你还要眼见着她将来当皇子妃吗?她坑害咱们,咱们也不能轻饶了她。”其实按照卫荣的念头是将卫箬衣卖去那种勾栏院里才能解了他的恨,但是无奈卫箬衣的地位身份,家里谁也撼动不了。再加上徐幻真又是他的大债主,还对卫箬衣动心了,这些歪门邪道的点子,卫荣是不能出,所以只能让卫华衣假意接近卫箬衣,看看她的动向,好对卫箬衣下手。随了徐幻真的心意,这才是现在他要做的。

卫华衣听了弟弟的说法也觉得他说得甚对,于是应了下来。

当下她就叫人将替自己炖的燕窝装了一碗,自己端着去了回澜阁。

卫箬衣刚巧不在,去了老夫人那边,她等了一会,也就自己离开了。

等卫箬衣回来之后看到房里多了一碗燕窝就顺嘴问了一句。

回澜阁的小丫鬟说是四小姐送来的。

“你们说这碗燕窝有没有加什么特别的佐料?”卫箬衣趴在桌子上研究了一下碗,随后笑着问了绿蕊和绿萼。

绿蕊和绿萼都摇头。“不如去倒了吧。”绿蕊说道,“横竖是她们那边送来的东西,咱可都不碰。”

“嗯,倒了吧。”卫箬衣点了点头。

“黄鼠狼给鸡拜年,我看也是没安什么好心。”绿萼拿起了碗来。

“错了,他们这是鸡给黄鼠狼拜年。”卫箬衣笑道,“明明怕我怕得要死,恨我也恨得要死,却还巴巴地送来这么一碗东西示好,背后藏着点什么,咱可是要小心点。”她可不觉得卫华衣这是服了软,这几天偶然在老夫人那边见到卫华衣去请安,卫华衣看她的眼神那是可以喷出火来的,她不可能一下子就转变回来。

卫荣回来了,卫华衣就送了一碗燕窝过来,这说明什么?

这不明摆着吗?卫荣在给卫华衣出主意,让她接近自己,那么接近自己的目的又是什么?卫箬衣即便是猜不到,但是总觉得不是什么好事就对了。

她这是被贼惦记上了!

卫箬衣是真的觉得自己身边的人有点不太够用的。等卫老爹这次回来,她一定要找卫老爹要几个可靠的人放在自己的身边。

有卫老爹这条金大腿在,不抱白不抱。

“你们一会收拾一下,和我上街去一次。”卫箬衣对绿蕊和绿萼说道。

家里一屋子的糟心事,还是出了门心情畅快点。

外面有点下雪,雪不大,零星地飘着,天色暗沉。

绿蕊撑了伞走在卫箬衣的身边,绿萼则在她的身后帮她拿着那只皮球。

她上街便是看看哪里能将那皮球稍稍地改造一下,让那个塞子变得牢靠一点。

梅姨娘将皮球做得很好看，各色皮子拼在一起，十分的亮眼，萧玉那个熊孩子看了一定会喜欢的。只要再将漏气这个小细节处理好就是完美了。

即便是下雪，燕京城的大街上也是人潮涌动。

各地来的学子太多了。

回来之后，卫箬衣算是弄明白这个秋闱是个怎么回事，原来不是上京赶考那种的，那种叫春闱。大梁朝的秋闱就相当于在现代的省级统一考试，经过秋闱选拔出来的人才有资格上京赶考，参加春闱，那才是全国性的大考。春闱选出的人会参加殿试，这样一级级地考上去。

因为燕京城是附近所有州郡的中心，所以秋闱的时候附近州郡的人都会来燕京城贡院参加考试。

所以卫燕若是这回考过了，还有春闱和殿试在等着。

想想那个谢秋阳也是一路这么考过来的，倒也是个人物了。

卫箬衣撇嘴，眸光一转，就愣住了。

她这脑子是开过光了吗？怎么想到谁的名字，谁出现？

在街道对面迎面走来的不是谢秋阳谢大状元还是谁！

卫箬衣……

脑子里蹦出了四个字：冤家路窄……

谢秋阳显然也看到了街对面的卫箬衣。

暗沉的天空下，街市人流不息，漫天清雪飞舞，一名身穿大红色披风的少女凭街而立，风帽之下，露出了一张清妍靓丽的容颜，头上覆盖着的红伞为她无双的姝丽之中添了些许的暖意，让她看起来不至于过于清冷高傲。熙攘街头，一切皆为背景，唯独她傲然俏丽，惹人注目。

谢秋阳的脸稍稍一红，想起那日在书院之中自己在她的面前表现出来的些许刻薄与小气，不由惹来心底一阵淡淡的叹息。

卫老贼着实可恶，嚣张跋扈，凭着陛下的信赖和手里的兵权，素不将文官放在眼底，但是看起来卫箬衣却与传闻似乎有所不同。不然那日在平心堂之中，她就不会说出那番话来了。

心底怀着一点点的探究之意，谢秋阳索性大方地朝前。

唉，这是奔着她来了吗？卫箬衣赶紧左右看看，别是会错了意了，她真心有点慌。

学霸来了，她这个学渣是不是要化成一缕青烟散去？

“见过崇安县主。”谢秋阳拱手行礼。他今日穿着一件深银灰色的锦缎加棉长袍，领口嵌着一圈银狐毛，腰间束着白玉带，即便是长袍加了一层棉在里面，玉带一束还是显得腰身窄紧。墨色的发亦是一丝不苟地梳拢在头上，用一顶白玉小冠压着，有些许的清雪落于他的发间，更增了几分轻寒的玉色，显得眉清目润。

“谢状元好。”卫箬衣忙一颔首说道，随后警惕地看着他，“你今日不是又要来提醒我不认字那事吧？”她忍不住问道。

谢秋阳一怔，忽然觉得卫箬衣那副紧张的模样在眼底有了几分可爱。

“不敢不敢。”谢秋阳笑道，“其实在下是想和县主说一声对不住的。那日是在下咄咄逼人，还请县主不要见怪。”

卫箬衣……

今日也没太阳出啊！这东边、西边的也分不清楚。

谢家不是据说与卫家是仇家吗？这是什么画风？

画风转变得太快，卫箬衣觉得有点转不过弯来。

“不怪，不怪，你说的也是事实。”卫箬衣忙说道。

39 美女救状元

他们这边说着话呢，就听到临街的二楼传来一阵争吵声，卫箬衣抬眼朝上看，就见两扇窗子被人打开，一个妇人哭闹着："你个死鬼，你这是要气我啊。好啊好啊，我这就跳了楼给你看，好随了你的心意。"

然后就有人在里面拉着她，两个人在撕扯之中，却是撞翻了放在屋里窗口花架子上的一个大花盆，那花盆翻滚着就从窗户里面掉了出来。

卫箬衣一瞅……想也来不及多想了，直接伸手抓住了谢秋阳的手腕将他朝自己的方向这么一拽。

谢秋阳被卫箬衣拽了一个措手不及，人还没反应过来，已经被拉着朝前趔趄了两步。

卫箬衣那力气大得吓人，情急之下更是没控制自己的力道，直接将谢秋阳拽得眼看着就要朝地上趴去。她的手腕一甩，谢秋阳的身子顿时被卫箬衣单手给抛了起来，在空中翻了一个面，这回是屁股朝下朝地上掉了下去。卫箬衣一看不好又赶紧抬手在他的腰间一捞，直接捞住了谢秋阳，止住了他身体下沉的趋势。

"咣当"一声，那硕大的花盆在谢秋阳原本站立的地方摔碎，瓷片和泥土飞溅开来。卫箬衣又眼疾手快地拉起了自己的披风一挡，盖在了自己和谢秋阳的身上，这才没让瓷片伤到谢秋阳。

"你们两个吵架也不看看地方！"卫箬衣怒朝楼上那两个已经吓呆了的人吼道，"要是那花盆砸到人，还不把人脑袋给砸碎了？你们拿什么赔？"

那妇人见闯祸了，本是还要申辩两句，不过却是被她的夫君给拽了回去，"砰"的一下将窗户给关上。

卫箬衣……

"太没公德心了！"卫箬衣吼道。

等她吼完了，这才发现自己还将谢大公子提在手里……

她忙揭开自己覆盖在谢秋阳身上的披风，低头一看，谢大公子满脸通红，被她横腰揽着，虽然是人个头比她高出很多，却是半被她揽在手臂上，借助着自己手臂的力量，他的人也半横在空中，不上不下的。

"哎呀，对不住，对不住了。"卫箬衣赶紧松手。谢秋阳腰间支撑他身体的力道一松，他本就是被卫箬衣半抱着横在空中，这下好了，直接结结实实地摔在了地上。

"我不是故意的。"卫箬衣一看，谢公子的脸都歪了，赶紧手忙脚乱地去扶他。

谢秋阳只觉得自己的脸烧得好像下了火一样。

刚才猝不及防地就稀里糊涂地落入了一个温柔的怀抱之中，她的力气怎么会这么大……不过……她刚刚护住他的动作真的……还蛮好看的……

还没等谢大公子的念头转完,人已经在地上躺着了。

谢大公子也是哭笑不得,一时之间不知道自己该说点什么好,很想笑,又觉得疼,还有他一个大男人被卫箬衣这么当街一抱,着实脸面上有点挂不住,这几个表情凑到了一起,谢大公子的脸就华丽丽地歪了。

"我真不是故意的。"卫箬衣见谢秋阳被她扶起来之后还是口眼歪斜,心底暗道不好。好好的一个清润公子愣是被她给气成了面部神经瘫痪水肿,这可怎么得了……

原本卫家和谢家就不对付……惨了惨了,等她老爹回来,不会因为这件事情刮她一层皮吧……

"对不住,对不住了。"卫箬衣赶紧道歉,"刚才情急之下,我也没想多少,你看看那花盆,要是真的砸下来,你这颗聪明无比的脑袋瓜可就要被开瓢了。"

卫箬衣觉得自己干脆还是闭嘴吧! 怎么话从她嘴里说出来,总觉得带着一股子不正经的味道。

唉! 说话风格如此,便是假装淑女也淑不过三秒啊!

谢秋阳……

他快速环顾了一下四周,见不少人投注了目光过来,他的脸上不由更红了几分,心底打鼓,可千万不要有认识他的人经过才好。

"没事没事,多谢县主救了在下一命。"谢秋阳赶紧低声说道,"不如请县主移步,先离开这个地方再说,这边人实在太多了。"

卫箬衣觉得很有道理。

这周围那么多人,都看到了她刚才的"壮举",唉,没法混了!

她和谢秋阳都是一低头,仓皇离开了那边。走了好远,两个人才停下了脚步,看看这边人少,再没人在意他们两个,她和谢秋阳这才同时松了一口气。

两个人叹息的动作十分同步,等叹息之后,两个人相互对看了一眼,忍不住都笑了起来。

这谢秋阳谢大状元看起来也不是那么面目可憎的,至少还是一个讲理的,没有因为自己是卫家的人就一直对她横挑鼻子竖挑眼的。

谢秋阳如今更觉得崇安县主与外界传闻一点都不一样。

看她现在笑得如此的灿烂,倒是真的叫人觉得她十分的可爱。

等两个人笑完了之后,就都觉得十分的尴尬……

卫箬衣对了对手指,说道:"若是谢公子无事的话,那我就先走了。"

"哦。"谢秋阳的神色稍稍地一窒,"适才看到县主站在街上左顾右盼,可是在找什么东西? 在下对燕京城还是比较熟悉的,若是县主有什么需要在下帮忙的,在下定然义不容辞。"他说完之后觉得自己似乎是有点热络过头了,毕竟卫家和谢家那种关系,朝堂之上无人不知,崇安县主应该也知道的,所以他马上就加了一句,"以报答县主刚刚救了在下一命之恩。"

"哦。报恩啊,"卫箬衣本是觉得他这么热络是有点奇怪的,不过听他说报恩,就马上释然了,"刚刚也就是举手之劳,谢状元不用放在心底的。"

听卫箬衣这么说是要推辞,谢秋阳忙说道:"刚才如果不是县主及时地一拉,在下就真的要被开瓢了。"

卫箬衣……

为何这话从她自己的嘴里说出来总觉得不太正经,从谢秋阳的嘴里说出来却是一本正经的样子。果然人与人之间是有差距的。

她自己忍不住又笑了起来,低眉浅笑之间,容光摄人,看得谢秋阳心底稍稍地一动。

他素没见过如同卫箬衣这般丝毫不做作、不扭捏的姑娘。若是刚才的事情放在别的姑娘身上,定然不会像卫箬衣这般。便是袖手旁观的也大有人在,毕竟谢家多次在朝堂上弹劾卫家。

卫老贼人是可恶,但是这崇安县主却是不错。

"好吧。既然谢公子这么说,那我也不客气了。"卫箬衣从身后绿萼的手里拿了那只皮球过来,在谢秋阳的面前晃动了一下,"不知道谢公子有没有办法让这个皮球的塞子不被里面的气给弹开来呢？我刚刚就是在街上看看哪一个铺子能帮忙改造一下。"

谢秋阳好奇,将皮球接了过去,用手一掂,才知道这皮球与他们小时候玩过的球不一样,里面充的不是沙子和铅块,而是气,十分的轻,还有弹性。

"我给你看。"卫箬衣将那个皮塞子转过来给谢秋阳看了看,随后将皮球从他的手里接过去拍了两下,就马上拿了起来,果然皮塞子松动了,差了一点就要被从预留的孔里面弹出来,卫箬衣赶紧塞了塞紧,"这气我可是吹了半天的,吹得我腮帮子都快肿了,可不能再漏了。"

谢秋阳看了卫箬衣一眼,脑海之中顿时浮现了一幅崇安县主努力吹球的画面……怎么都觉得十分的可爱。

"我知道有一家做皮具的铺子。"谢秋阳想了想,"我带你去,看看那里面的师傅能不能有办法。"

"好啊。多谢谢状元了。"卫箬衣眸光一亮,又笑了起来。谢秋阳瞬间有种春暖花开的感觉。

谢秋阳脸上刚刚褪去的红云又有点悄然回升的趋势,他忙别开自己的眸光。"县主可以不用每次都称呼我为状元的。"这称呼旁人叫出来,他是无所谓,但是从卫箬衣嘴里叫出来,怎么都让他觉得别扭,总是提醒他那日在平心堂的事情。

"那我叫你什么?"卫箬衣不解地问道。

"就叫谢秋阳便是了。"谢秋阳本是想说秋阳大哥的,但是想想卫谢两家的关系,实在不宜如此的亲热,况且他与崇安县主这才见面第二次,如此的称呼不免叫人会产生有点怪异的念头。所以干脆让卫箬衣直呼他的名字就是了。

"好啊,谢秋阳。我们走啊,谢秋阳。你带路啊,谢秋阳。"卫箬衣说完之后就眨了眨眼睛,"噗哧"一声笑道,"我先适应一下。"

谢秋阳原本是被卫箬衣连叫了他名字三声,有点懵圈,不知道卫箬衣是何意,但是听到她说适应一下,这才恍然……

他也不知不觉地笑了起来。

卫荣从侯府出来,急三火四地跑去找徐幻真。

徐幻真叫他莫要着急,人他已经接洽上了,但是人家开口就要价一万五千两银子。

徐幻真说的这个数目真心是将卫荣吓了一大跳。

“那宅子现在托在手里卖,也卖不出什么好价格来。”徐幻真又缓缓地说道,“我找到了一个买家,人家只肯出两千两银子。”

“那怎么办?”卫荣急得六神无主,问道。

“要不然就算了吧。”徐幻真说道,他将上次卫荣写下的字据拿了出来,“实在是太贵了,不然咱们不买了。你如今年纪还小,即便再等上三年也是等得起的,好好再读三年书吧。”

“不行!”卫荣现在哪里经得起左三年,右三年的蹉跎,他家里那个病秧子大哥也参加此番的秋闱,他是断然不能让卫燕专美于他之前的。

卫荣一咬牙一跺脚,说道:“一万五就一万五!你务必要将此事替我办好,你想的事情,我也会想办法替你办。”

徐幻真眸光微闪,嘴里却是说道:“唉,你姐姐的身份太高,我怕是高攀不上了。”

“事在人为!”卫荣现在就怕徐幻真打退堂鼓,“总能想到办法的!”

“还能有什么办法?”徐幻真摊手。

卫荣眼底流过了一丝狠绝的光芒,他压低了声音:“你若帮我高中,我便帮你得到我长姐,只要她变成了你的人,你还怕她能翻出天去吗?”

40 步步引诱

徐幻真做生意到现在最是懂得如何引人一点点地入局这种手段。

卫荣的年纪还小，在家里竹姨娘宠着，在书院里大家伙捧着，看似精明，实际遇事不多，脑子也不用在正道上，那些礼义廉耻的书都已经读到狗肚子里面去了。他自以为自己的主意不错，但实际上已经是一步步地被徐幻真逼迫和诱导着进入了徐幻真想要引领他进入的地界之中。

徐幻真心底不齿，脸上却是露出了一点点期盼的表情。“荣兄弟你说的可是真的?”

卫荣一看，更是急于表白自己。“我长姐素来大咧咧的，依仗着父亲和祖母的宠爱，出门也就带着两个婢女，去哪里都是凭着自己的喜好，能混到现在都不出事情已经是万幸了。所以便是将她诳出来也不是特别的难的事情。”

徐幻真心道，这厮卖起他的长姐来真是一点都不含糊。

“容我想想。”徐幻真还在推脱。

卫荣却是急得不得了，考试在即，大哥的水平如何，他是脱了鞋子跑都追不上。这些年，大哥虽然体弱病重，但是在寒梅苑之中一直在看书，也唯有诸多书籍陪伴着他，所以大哥肯定是不鸣则已，一鸣惊人的。

反而他顶替大哥到书院，若是连考都考不上，两厢比较下来，孰高孰低，自有分晓。

“我定是要将我大哥比下去的。”卫荣拽着徐幻真的袖子说道，“只要你当了我的姐夫，助我得到紫衣侯的爵位，我绝对不会亏待你！你徐家财力雄厚，我卫家势力庞大，你想想，只要我们两个联手……”

徐幻真真的挺想笑的，卫家是因为紫衣侯卫大将军才势力庞大的，与你这个毛头小子又有什么关系。不过卫荣说得倒也不错，他只有入了卫家的门才能真正地攀附上卫大将军，到时候只要他将泰山岳丈的心思理顺了，紫衣侯的爵位落在谁手里还不一定呢。

“好!”徐幻真这才点了点头，“我就帮你这一回。不过你说过的话也要算数。”

“我立下字据给你。”卫荣生怕徐幻真反悔，马上说道。他现在身无长物，也没什么别的可许愿的，唯独写个字据是不要花钱的。他现在眼皮子浅，只看眼前，只求将眼底的危机给混过去，哪里会去想什么将来不将来的。

徐幻真点了点头，既然是这位小公子要求的，他无所谓啊，写就写嘛，写了他手里就又多一个把柄了。

徐幻真拿到字据之后笑了起来，他对卫荣说道：“这样吧，那个找我生意上的朋友挪用的一万两白银，就白纸黑字地写在上面，该是人家的多少，就给人家多少，不然下一次再找人家周转可是不灵光了。你那个宅子我先二千两银子给你卖掉，拿到现银，然后剩下的三千两,算是我贴补给你的,这样如何?"

卫荣一听,徐幻真肯再贴补他三千两,顿时眉开眼笑的,忙不迭地点头。"好好好。"

"你过两日再来,我将银子交给你,找到门道之后,你自己带着银子去买,可行吗?"徐幻真问道。

"好!"卫荣正在担心徐幻真会不会从中捞点什么好处,或者那试题根本就不是一万五千两的价格,如今听徐幻真这么一说,顿时心底仅仅存着的那一点点的疑虑全数消除。

对徐幻真感恩戴德啊,自己在书院这些年,没白交这个朋友。

从徐幻真租住的客栈出去,卫荣顿觉脚下生风,就连身子骨都轻快了许多。

萧瑾也以苏城的身份住在客栈之中。

有人前来敲他的房门。

花锦堂前去开门,就见一个梳着总角的小孩子站在门口,手里托着一封信。

"这是……"花锦堂奇道。

"有人说若是我将这个送来这里,你会给我一角银子。"那小孩子仰头看着花锦堂。

花锦堂回眸看了一眼萧瑾,萧瑾点了点头。

花锦堂就摸出了一角银子递给了那小孩子,小孩子欢天喜地接了银子丢下了书信便走了。花锦堂拿起了书信,随意地朝外扫了一眼,瞥见客栈之中一个负责打扫的伙计,拎着笤帚从楼梯间走过,其余便再无异状。

花锦堂将信拿了回来,递给了萧瑾。

萧瑾展开一看,便是轻哼了一声。"鱼儿终于上钩了。"他将信又递给了花锦堂,花锦堂扫了一眼,信上没有落款,只是邀请萧瑾于三日后午间去城隍庙后院的大树之下一叙,信上还说有萧瑾急需物品的消息,心诚则来。

这信的内容说得含混不清,若是旁人不当真,也就罢了,不过萧瑾却不会不当真,若是这信中所说是假,何必花费那么大的周折来故弄玄虚,况且他在燕京城十分的低调,旁人又怎么知道他住在哪里?加上之前还有人去陈郡探查过他的来历。

这一系列的事情综合起来,总是有据可靠的。

明日试题便会封存于贡院之中,三日后约见,不是这种事情还会是什么事情?

萧瑾现在算是稍稍地松了一口气,他让花锦堂将信收好之后,信步出门。

外面虽然下着点小雪,但是他还是想出门去走走。

卫箬衣被谢秋阳带到了一个皮匠铺子里面。

一进铺子就是好大的一股子皮子的味道,卫箬衣稍稍地一蹙眉,这味道并不是很好闻。不过里面的东西倒是十分的有趣,有各种皮制的物品,有刀剑的剑鞘,弓箭的箭套,水囊,背囊,还有许多日常的用品,零零总总的,摆满了店铺之内。铺子很大,看起来有点高大上的感觉。

"这是燕京城最好的皮匠铺子了。"谢秋阳说道,"这里的剑鞘、刀鞘、箭套、水囊等物,皆是燕京城王宫贵胄常用的东西。"

卫箬衣看了看,还真的是,这里的东西做工真是很细致,皮子缝合的针脚都是大小一致,细细密密的,皮子上还有手工雕花,那花纹漂亮得简直叫人爱不释手。这工艺若是传承到了现代,那还不脚踢 LV,拳打爱马仕?

“很贵吧?”卫箬衣土里土气地问了一个很掉她身价的问题。

谢秋阳一怔,真是没想到崇安县主会为价格高低而发问……卫老贼难道在家苛待崇安县主?不能啊,谁都知道崇安县主是卫老贼的心头肉。

“应该不算特别贵吧。”谢秋阳莞尔一笑,含糊地说道,“大概也是要看货品的。”

“看着就觉得满眼的银子在飞。”卫箬衣撇了撇嘴,她让绿萼将皮球拿来,“那哪一个师傅可以帮忙看看这个呢?”

谢秋阳叫来了掌柜的,将皮球给那掌柜看了看。

掌柜一看就来了兴致了。

“这个东西倒是有趣。”他的店铺里也有不少皮球,诚如当初卫箬衣所料那般,这里的皮球虽然做工精美,雕花细致,但是都是那种实心球,里面灌了沙或者是铅块,沉重得不得了,卫箬衣拿来的这种中空带气能拍着玩的球还真的没有。

“敢问谢公子,这点子是谁想出来的?”掌柜恭敬地一弯腰抱拳,问道。

“是她。”谢秋阳指了指卫箬衣。

掌柜的一看是一名红衣少女,顿时更觉得惊诧。他忙对卫箬衣又行了一礼,说道:“不知道这位小姐可愿意将此球卖给小店?”

“我是来找你想办法帮我把那个塞子加固的,又不是来卖球的,不卖。”卫箬衣摇头道。

“那若是小店仿制的话,小姐没意见吧。”若来的是寻常人家,掌柜的压根就不会问,但是带她来的谢秋阳,谢家势力可不小,又是皇后娘娘的母族,跟着谢秋阳一起来的非富则贵,一定不是寻常人,若是随意仿制,唯恐得罪了权贵,日子跟着不好过,所以还是问明情况才好。

“有意见,”卫箬衣脑子一动,随后非常认真地点了点头,“非常有意见。”

她就是混迹商场的,眼底下遍地黄金,处处商机,自穿越到现在,她都忙着到处去填别人给她挖的坑,补各种错漏,还没有脑子去想什么赚钱不赚钱的事情。

现在这掌柜的提了这么一嘴,她顿时觉得浑身到处都痒痒了。

卫箬衣将球从掌柜的那里拿了过来,斜睨了掌柜的一眼。“我不光会做这种球,我还会做其他的球,还有各种皮具的样式都在我的脑子里,掌柜的若是有心,不如咱们聊聊?”

提到赚钱,卫箬衣顿时神采飞扬起来。

她原本就艳丽的眼眉骤然迸发出来的神采让谢秋阳看得眸光一滞,心亦是跟着漏跳了两拍。

掌柜的一听,顿时也眸光雪亮。“好好好。”他忙做了一个请的动作,“还请这位小姐移步到楼上去谈谈。”

“有眼光!”卫箬衣夸奖了他一句,随后拎着裙子准备上楼。

谢秋阳亦准备抬腿跟上,却被卫箬衣阻隔在了楼梯口。“谢秋阳,你要是有空的话,便在大堂里等等我,要是你还有事要忙的话,便不用等了我。你今天帮了我,日后我请你吃饭。”

谢秋阳又是一愣,崇安县主拒绝人还真是拒绝得足够直接和干脆……一点都不带有愧疚的!

谢秋阳好尴尬,听卫箬衣这意思是要赶他走了。

“既然是在下送县主来的,那还是由在下再送县主回去,这样有始有终比较好。”谢秋阳摸了摸自己的鼻子,万分别扭地说道,“今日的事情已经都处理完了,在下还是比较空闲的。”

谢家和卫家已经是掰持不明白了,若是卫箬衣出点什么事情,旁人又是知道是他陪着卫箬衣来的,将来等卫老贼回来迁怒于谢家,那就更掰持不明白了。卫老贼那脾气爆得,非要带兵拆了谢家不可……所以谢秋阳觉得还是在这里等等卫箬衣的好。

“那真太好了!”卫箬衣展颜一笑。她也不是非要撵谢秋阳走,只是她接下来要和掌柜的说的算是商业机密范畴了,有个谢家的人杵在一边不太好吧……

得了卫箬衣这句话,谢秋阳露出了笑容。“那在下就在大堂里等候县主大驾。”他拱手一礼,卫箬衣笑着走上了楼去。

萧瑾这次出门是卸掉了脸上的易容的,他是休沐在家,久不在燕京城露面也不好。所以他干脆回王府换过自己的衣服,用自己的本来面貌在街上溜达了一圈,不过觉得甚是无趣。这雪看起来有越下越大的趋势,他就准备回去了。

瞥见了前面的方家皮具铺子,他就想起自己之前的那个箭袋底部已经磨坏了,既然已经来了这里,就索性进来看看,横竖要回一次王府,就带一个回去。

走到了铺子门前,他弹掉了身上堆落的雪花,信步朝前挑开了门前用来遮挡风雪的棉布帘子,走了进去。

方家皮具铺子的东西还是很不错的,结实耐用不说,还十分美观。

他随意地扫了一眼,就见角落的八仙桌边坐了一个人,深银灰色的长袍,头戴羽冠,就连面容亦如美玉一般温润清雅。

真是没想到谢家这位状元郎居然也在。

谢秋阳听到门口有动静,就抬起眼来,一看是五皇子殿下,他忙起身行礼。“见过五皇子殿下。”

“不用多礼。在外面,这些就免了。”萧瑾抬手按了一下,清淡地说道。

萧瑾见谢秋阳身边的桌子上放着茶杯与茶壶,就知道他已经在这里坐了不少时间了。

“状元郎在等人?”萧瑾顺嘴问了一句。

“是。”谢秋阳不自觉地朝楼上瞥了一眼。

传闻之中崇安县主可是倾慕五皇子殿下很久的,只是五皇子殿下不待见崇安县主。谢秋阳心底有点忐忑了,这两个人若是在这里遇到了,岂不是很尴尬。

这要比他和卫箬衣在一起更加的尴尬。

谢秋阳等的人应该在楼上,萧瑾亦是觉得有点奇怪,以谢家的权势,都能与卫家分庭抗礼,能够让谢家的状元郎心甘情愿地在这里等的不知道是谁?

不过这不是他要管的事情,他也懒得问。

“那你等便是了。”萧瑾走到放着箭袋的桌子前,“我随意看看。”

“是。”谢秋阳再度抱拳,站在了一边。

伙计忙过来热情地招呼着,却被萧瑾抬手一挡,说:“你不必说了,我自有眼睛,自己会看。”

“哦。”伙计碰了一个软钉子，只能退到一边去等着。

萧瑾是看中了一个箭套了，小牛皮的，做工不错，很结实，造型也好，线条十分的柔和，他抬手拎了拎，分量什么的也刚刚好。

刚要叫伙计过来询问价格，就听到脚步声传来。他不经意地抬眸，眉头便是微微地蹙了起来。

就见楼梯上缓步走下了一名红衣女子，此间的掌柜亦步亦趋地跟在她的身后，神态充满喜悦和恭敬。“县主小心楼梯。”

“你不用这么夸张。”卫箬衣回眸笑道，“我又不是看不到路。”才说完，她就自打耳光了。

她只顾回头和掌柜的说话，忘记了自己长裙曳地，一抬脚，裙子就在脚上绊了一下，她一晃，身子朝下冲了几步，好在最近练功比较多，下盘稳固，不然她可就要当场出丑，直接从楼梯上滚下来了……

“小心！”

还没等萧瑾上前，就见谢秋阳一边惊呼，一边张开手，朝前跑去。

萧瑾默默地将刚刚被自己撇下的箭袋又拿了起来，眸光亦是一片清淡疏离，不见悲喜。

“WORD 天！”卫箬衣自己站稳之后，惊魂未定地拍了拍胸脯，“差点就滚下来。”她好尴尬！刚刚和掌柜的谈判时候那种纵横阡陌、谈古论今的气势荡然无存……

真是帅不过三秒！

唉！

卫箬衣默默地在心底给自己点一根蜡烛。

她就是有这种粗枝大叶的毛病……

谢秋阳根本就没扶到卫箬衣，等他冲到卫箬衣面前的时候，卫箬衣已经自己站稳了。

绿蕊和绿萼也吓了一个半死，忙围过来。“县主没事吧。”她们两个上上下下地检查了一顿卫箬衣，见她真的是完好无损的，这才放下心来。

就连掌柜的都吓得一身冷汗出来。“这铺子的楼梯太过窄陡了。”他一边擦着汗一边替卫箬衣找回场面来，“是小的思虑不周，日后必定会将这楼梯给拆了重做。”

卫箬衣脸一红，明明是她走路不当心，不能怪人家楼梯对吧……不过，既然人家肯给找场面的话，她也是十分乐意的。

这个掌柜会来事，有前途！

“县主无事就好。”谢秋阳也在一边说道。他刚刚也吓出一身冷汗来，竟是比自己之前差点被花盆砸到更觉得后怕。

这万一崇安县主摔出个好歹来，别的都好说，唯独那个卫老贼，班师回朝之后一定会来谢家闹事。

全大梁朝，谢家最不服，也是最服的就只有卫老贼一人。

那厮要是上杆子耍起臭无赖来，那真是十匹马都拉不回去。

“走路不长眼。”

一个清淡的声音传来。

卫箬衣就有点不爱听了，她是没长眼，但是与你何干？要你在这里说风凉话。

她拨开了挡在她面前的谢秋阳，朝着声音传来的方向瞪了过去。

谁啊！脸这么大！

等卫箬衣看清楚那边站立的男子容貌的时候，她秒怂了。

唉！冤家又路窄了！

“五皇子殿下怎么会在这里？”卫箬衣忙满脸堆笑，“好巧好巧。”

萧瑾冷哼了一声，淡淡地说了一句：“是挺巧的。”

这人怎么又和谢秋阳凑到了一起？卫谢两家的牵扯，她难道不知道吗？

能和自家的死对头站到一起去，又能叫素来爱惜羽毛的谢家大公子如此的回护，崇安县主混得挺开啊。

谢秋阳抚额，他就知道萧瑾看到了卫箬衣之后这两个人肯定不对劲。刚才他还想着卫箬衣千万别这个时候下来，可是世上的事情就是这么叫人无言以对。

谢秋阳怎么都觉得这皮具店里流转着一股子异样的尴尬气氛。

谢家与卫家不合众所周知，他却是和卫箬衣走得这么近，而卫箬衣追求萧瑾也是众所周知，看看卫箬衣见到萧瑾的眼神都不对了……萧瑾却是面无表情，依然一副拒人千里的样子。

“那个啥……那我就不打搅五皇子殿下选东西了。”卫箬衣看萧瑾手里拿着一个箭袋，于是马上笑道，“我和谢秋阳先走一步。”

箭袋被萧瑾捏得“咯吱”一响。

他缓缓地将箭袋放下。“这东西做得也不怎么样，不看也罢。”他淡淡地说了一句。谢秋阳！叫得够亲热的。

那你啥意思？卫箬衣眨了眨眼睛，意思是你也要走？

“那恭送五皇子殿下。”卫箬衣赶忙退到了一边。

萧瑾的脸都有点黑了。

还真是迫不及待地要撇清和他之间的关系啊。

合着现在是将目标对准了谢秋阳了吗？

一个是花痴，一个是书呆子，倒是痴呆到一起去了。

不过总算卫箬衣选男人的眼光一贯可以，这回看中的人倒也是个不错的。谢秋阳素来声誉不错，人长得也好，学识又高，只可惜啊，是谢家长子。

萧瑾摔袖，“哼”了一声，转身离去。他们的事情，与他何干，真是看到卫箬衣就觉得烦躁。

等萧瑾走了，卫箬衣这才舒了一口气，唉，瞅萧瑾那嘚瑟劲头。

有什么好嘚瑟的？她是个炮灰没错，萧瑾到最后不也变炮灰了？她爱而求不得，虽然死得很悲惨，但至少轰轰烈烈了一把。书里的她还下药迷倒萧瑾，强上了他一回呢！算是得不到他的心，得到了他的人了！萧瑾最后呢？林亦如的信上写得分明，他最后不也死在女主的手里了，爱人的身心他都得不到，嘿嘿，这么看来，还是她稍稍胜出了！

悲催！

都是一个属性，相煎何太急啊。卫箬衣鄙夷自己，女主都跑得没影子了，她真不知道自己还怕萧瑾干吗，这怕都怕出习惯来了。

下次再见萧瑾，断然不能再露出这种狗腿子的感觉来。

卫箬衣在心底狞笑了一把，怎么也要在他那边找回点场子来，把他恶心得够够的才行。

想到这里，卫箬衣挑眉。

谢秋阳在萧瑾走后也长长地松了一口气。说真的，刚刚看萧瑾阴沉的脸色，他真怕五皇子殿下会当场给崇安县主难堪。

他们两个闹起来，他要是夹在中间就太尴尬了。

谢秋阳得出了一个结论，五皇子殿下是真的很讨厌崇安县主，已经到了见面都不假颜色的地步。

41 卫箬衣开始掘金

卫箬衣和掌柜的约定了三天之后来拿球的。

等到了时日，卫箬衣就带着绿蕊和绿萼出门去那方家皮具铺子。

连续下了几天的雪，天终于放晴，天气却是比下雪的时候还要冷。

好在卫箬衣今日是坐马车前来，路上不冷。

她那日与掌柜的谈了不少，这个掌柜的不错，难怪方家皮具铺子能在燕京城众多的皮具店里脱颖而出，成为翘楚。

若是要找合作的，这个掌柜真是一个很好的人选，而且卫箬衣身后有紫衣侯府，自是不怕掌柜的会亏欠她什么。卫箬衣觉得自己在现代的业余爱好除了看书就是买买买，现在总算也没白买那些东西。

当然她觉得穿着古装拎一个 LV 或者爱马仕样式的手袋简直充满了违和感，但是那种皮制的小零钱包，做成各种小动物造型的话，还是很不错的。马上就要过年了，若是给家中小孩发压岁钱，用这样一个小钱包装着，倒是一件十分有趣的事情。

她将念头和老板一说，老板立马就拍板答应。

图她已经在这几天画好，今日就是给老板送去，顺便取那个改良过的皮球。

卫箬衣实在是用不了毛笔，所以她就让绿蕊和绿萼陪着她去大厨房的院子里抓了两只鹅，按住拔掉了鹅翅膀上的几根大羽毛，制成了简单的鹅毛笔，弄得卫府的大鹅现在见了卫箬衣、绿蕊，还有绿萼三人都躲在角落里直筛糠。

有了趁手的笔，卫箬衣写字和画画还是不错的。上大学的时候她一度迷上画漫画，也是练过几年的，功底还在。

掌柜的一看卫箬衣画的图，就爱不释手。

就连他这个大老爷们都觉得这玩意做出来之后一定很好玩，那就更不要说燕京城那些皇亲贵胄家里的夫人小姐还有小小姐和小公子们了。

“你啊，直管卖高价。”卫箬衣说道，“不用三分不值两文的那么就卖出去。要知道吊人家的胃口，燕京城什么都缺，就是不缺有钱人，你越是限量，越是稀缺，在他们的眼底就越是好东西。回头你再做出几个样品给我，我去给你打打广告。贵女圈子里的人若是看着我拿了用了，她们必定也会去找人打听，到时候便是你该拿乔的时候了，你可千万要稳住了，别下了我的面子。”

掌柜的觉得崇安县主说的话高深莫测，好几个词汇他听不懂，但是猜也猜到了卫箬衣的意思了，瞬间明白过来的掌柜万分佩服地看着崇安县主。

有崇安县主这样身份的人当活招牌，可不就是一本万利的事情！

卫箬衣谈论起买卖来滔滔不绝，一顿神侃，外加忽悠，顿时将掌柜的忽悠得对卫箬衣更加的肃然起敬。看看人家这心思，人家这想法，不愧是大梁朝紫衣侯府出来的嫡长小姐，这看问题的高度广度深度，就是与别人不一样。

好在这位姑娘的主业是当千金大小姐，若是她来混迹商场的话，大概过不了几年，大家伙都要以她马首是瞻了。

掌柜的却不知道这本就是卫箬衣的老本行……

谁也不会嫌弃钱多是吧，卫箬衣现在是衣食无忧的，但是愁以后啊。

林亦如那信里提过，几年之后她老爹一个不开心就起兵逼宫了，最后卫家落了一个满门抄斩的下场。太悲催了。她这是混得有多不容易啊，躲过了女主和萧瑾的联合荼毒，可千万不能栽在自己爹的手里。

手里有钱好办事。

将来就算她有本事忽悠得老爹不起兵逼宫，那边不是还有个谢家在虎视眈眈的。手握重兵总是一件棘手的事情，这就好像捏了一个炸弹在手里一样，扔出去，那是炸别人，扔不出去，就炸了自己了。

现在陛下春秋正盛，觉得大权在握，与卫家关系好，与她老爹的关系铁，什么都信赖着她老爹，但是人心难测，不是有伴君如伴虎的那句话吗？不定哪一天陛下脑子一堵，看谁都有一种“总有坏人要害朕”的感觉，那她老爹不就成了陛下眼底那个一等一的大坏人了吗？

总要有点后路留下来，到时候就是逃命也不至于逃得个一路十三糟的。

卫箬衣捧胸长叹，她实在是太不容易了。

心塞塞，这里痛。

掌柜的在卫箬衣神侃完了之后将那只经过他们改良过的皮球也拿了出来。他们按照卫箬衣的办法，加了一个气门芯在皮球的收口处，再按上了塞子。他们已经试着玩过了，这样处理过的球表面光滑，就是他们这些大人用力拍打，那个塞住口子的地方也没脱落的痕迹。

皮球很好玩，刚刚做好的时候，就是作坊里的工匠们也拿来玩了好长时间。

他们又按照这个样子做了好几个出来，现在花色缤纷，供卫箬衣随便挑选。

卫箬衣选了一大一小两个球，让绿蕊拿着，这才心满意足地从店里出来。

虽是费了点周折，但是总算没对萧玉那个熊孩子食言，而且她还意外地有所收获。所以说做人要厚道，答应别人尤其是小孩子的事情一定要做到，做好，好人有好报呢。

卫箬衣出来之后才发觉，她这顿神侃，居然从午后一直谈到了黄昏时分，她刚要上车回家，就看到街口一阵的人潮涌动。

不少学子模样打扮的人平日里走路斯斯文文的，现在也都跑了起来，显得十分的急躁和慌张。

卫箬衣见他们都是朝街口的方向跑去的，觉得有点好奇，就索性叫绿萼在这里等着，她和绿蕊去看看热闹去。

绿蕊怕大家挤着卫箬衣，但架不住卫箬衣的好奇心起了，只能小心地跟在她身边。

卫箬衣随着人潮站在了街口，旁人见她衣饰华丽，容颜又美，所以还是对她多有照顾的。这条街上很多客栈，住着不少学子，还算是比较礼貌，主动给卫箬衣让路，倒真的被卫箬衣带着绿蕊挤到了最里面。

“发生什么了?”作为不明真相的吃瓜群众,卫箬衣好奇地问道。

“听说锦衣卫在中午的时候,抓住了偷卖试题的人!就在那边的城隍庙里就地审过了。现在是去安西伯府拿人了,一会就经过这里。”身边同样站着几名学子,他们见卫箬衣漂亮,忙不迭地献殷勤说道。

“又有人偷卖试题?”卫箬衣瞪大眼睛,之前就听说好像出了这么一档子事情。

完了,试题泄露,那秋闱不是又要推迟?还牵扯到安西伯府,不过,这个安西伯府怎么听起来那么耳熟?卫箬衣想了想,那个叫陈建的家伙不就是安西伯府的吗?

哈!卫箬衣这回可真是不走了,原本她对押解犯人什么的也没什么兴趣,但是如果是安西伯府的就另当别论。

那个陈建那般折辱她的大哥,卫箬衣也不介意现在看看陈建的悲催样子。

“那你们的秋闱还要推迟吗?”卫箬衣又问道。

“那倒不会再推迟了。”有学子笑道,“今日下午朝廷就有告示张贴出来,告知大家,这会泄露的试题是锦衣卫故意设的套子,就是专门用来抓那些偷试题的贼人的。真正的试题被封存在拱北王府里,安放得好好的,由前任拱北王世子亲自看管,一点都没外泄出来。”

拱北王府?

卫箬衣这就瞪大了眼睛了,也就是说子雅大哥是看到了试题了?

哎呀,好纠结,要不要去找子雅大哥卖个萌,走走后门,问点大概出来呢?

不过这念头卫箬衣也只是想想,马上就被她所丢弃了。

她信任自己的大哥是有真实水平的。

大哥是那样干净的一个人,她可千万别弄了这些歪门邪道来给她大哥抹黑。大哥如今才刚刚树立起信心来,考不上不要紧,但是若是因为她弄到了试题的内容而考上了,反而会真正打击到大哥的。

况且她与萧子雅也不是那么熟,人家又怎么可能将试题泄露给她呢?

不过,萧瑾那家伙就是住在拱北王府的。

他就是锦衣卫的千户,真正的试题又是放在拱北王府之中,那厮一肚子的坏水,最喜欢给别人下套子了,自己不就坑在他手里好几回?所以卫箬衣怎么都觉得这种用假试题引人犯罪的坏事一定是萧瑾干的。

那卫箬衣就更要在这里看看了。

听到那边人声嘈杂了起来,卫箬衣也踮起脚来朝人声鼎沸的地方看去。

就见夕阳斜照之下,一队骑着黑色骏马的锦衣卫小旗打头,威风凛凛地朝着这边缓慢行来。

因为是在大街上,人潮涌动,即便边上已经有京兆尹的衙役在维持着秩序了,但是还是架不住群情激愤的吃瓜群众想要围拢过去看个真切,所以锦衣卫们并没有策马奔驰,而是放慢了马速,别误撞了人。

衙役使劲地将人朝边上推,这才让出一条宽阔的道路来供锦衣卫的马队经过。

锦衣卫黑色的大旗林立,每个大旗上都用红色的丝线绣着一个硕大的“锦”字。大旗之后骑马跟着一个人,卫箬衣看了过去,不是萧瑾那厮还有谁!

深蓝色的飞鱼服包裹在萧瑾精壮修长的身体上,用五彩丝线绣制而成的龙鱼携云踏浪,横肩而过,华丽之中不失威武雄霸之气。他的脸色并无悲喜,不见骄躁,总是一副清清淡淡的模样,眼眉清正疏离,腰背直挺,一手执马缰,一手按在腰间所悬的绣春刀的刀柄上。

萧瑾是众多皇子之中唯一一个经常在百姓之前露面的皇子,样貌姝丽,如浓墨重彩,即便他素来在人前不苟言笑,态度清冷,但是依然架不住燕京城那些怀春少女们会将萧瑾作为梦中良配的心思。每逢他执行公务骑马而过,就会有不少特地赶来看他的少女们含羞投花。现在即便是冬季,没什么花可投的,但是姑娘们见萧瑾来了,亦还是抑制不住激动。

"五皇子殿下来了。"

"好帅啊……"

诸如此类的声音顿时在萧瑾快要经过卫箬衣身侧的时候不绝于耳。

卫箬衣摸了摸自己的下巴,好好地审视了一番那个骑在马上如高山冷雪一样的男子,暗自点了点头。单论皮相来说,萧瑾是真的很不错,不怪原著里面的卫箬衣后来想他都想成一种执念了。

只是那个卫箬衣用的手段越来越激烈,才导致了萧瑾见到原著里面的卫箬衣就跟见了杀父仇人一样。

萧瑾一眼就瞥见了人群最前站着的卫箬衣。

那姑娘即便是站在这么多人之中,也是十分的惹眼。她似乎就从来不知道低调这两个字怎么写的。

萧瑾看了看周围,人群涌动,若不是衙役拦着,都会有人冲到路中间来,卫箬衣这是嫌命长了是不是?万一被人挤过来,撞在谁的马蹄下面,还要不要命了?

萧瑾不悦地蹙眉。

这个家伙真是惹事的祖宗,万一真的被人冲撞出来,锦衣卫这么多马匹虽然都是训练有素的,但是马这东西,受惊不受惊的谁也说不准。

萧瑾这念头才刚刚转完,就听到前方不知道有谁放起了鞭炮,声音很大,噼里啪啦的一阵乱响,果然引得锦衣卫的马队之中起了一点点躁动。

萧瑾做了一个停止前行的手势。

前面的街上被人扔了两挂炮竹出来,炮竹炸裂在街道的中央,碎红翻飞,硝烟四起。

萧瑾大怒,抬手一挥,策马跟在他身后的花锦堂会意,翻身下马带了十名力士,飞奔至前去查看。

没过多久,他们就押了一人过来。

那人身穿学子儒服,一脸惶恐的样子。

好不容易等被他扔在街上的鞭炮声止,萧瑾怒目道:"你可知当街阻扰锦衣卫马队是何等的罪过?"

那学子现在已经双腿筛糠。"学生……学生只是因为大人们抓住了舞弊之人,心底觉得高兴,所以才随手买了两挂鞭炮扔到街中以示庆贺,并无他意。"他结结巴巴地说道。

他真的只是因为高兴,没想别的,就是想庆贺一下的。现在被抓出来,押解在众人面前,又是面对萧瑾的威仪,吓得他恨不得要尿裤子。

"愚蠢!"萧瑾从唇中轻叱了两个字,手一挥,"念你是外地来的学子,马上要参加秋闱,本千户便饶了你这一回,滚!"

花锦堂抬手,那两个押住学子的力士手一松,那学子吓得脸色苍白,连滚带爬地赶紧靠边。

"还有你们这些不知道轻重,使劲朝前挤的人。"萧瑾环顾了一下四周,沉声说道,他的声音虽然不大,但却是用内力送出,能够清晰地传入这条街看热闹的每个人的耳中,"若是谁敢冲到路中间,阻碍了马队行进,耽误了锦衣卫做事,我现在丑话说在前面,不管你们是不是应试的学子,一律按照罪犯同党论处,随我去诏狱坐上一坐,等查明身份再说。"

萧瑾这话一出口,在场所有人顿时鸦雀无声,那些好看热闹,拼命朝前挤的人,顿时不敢动了。

维持秩序的京兆尹衙役们顿时松了一口气,再无人群朝前涌动,他们的压力骤减。

"继续前行。"萧瑾见将大街上的人都给唬住了,这才一挥手,锦衣卫的马队开始朝前行进。

在经过卫箬衣身前的时候,萧瑾侧目狠狠地瞪了卫箬衣两眼,以示警告之意。

卫箬衣一愣,她最近都在护国寺里面老实地待着,已经很久都没见到这位傲娇的皇子殿下了,应该没做出什么事情来惹到这位皇子殿下吧……怎么横竖都和她不对付?

难不成他已经厌恶自己到了就是跟他呼吸在同一片蓝天下,都有点不愿意的地步?

嘿嘿,他生气,那就让他更生气一点吧,萧瑾最恨的是什么,不就是她当众告白吗?

来啊,相互伤害啊!都是炮灰命,谁怕谁啊。卫箬衣的驴脾气上来,有的时候也是非常厉害的。

想到这里卫箬衣也是起了逗弄萧瑾的心思,双手合拢在嘴边,做了一个喇叭状,随后无声地对骑在马上的萧瑾用口形说道:"我喜欢你。"

这里是大街,人头攒动,她又不是脑子进水了,自然不会喊出声来。

反正萧瑾在瞪她,她就说给萧瑾一人看好了,他若是能看懂她的嘴形,一定会被恶心到的。

果然萧瑾看懂了……

卫箬衣只觉得萧瑾的眸光如同小刀子一样嗖嗖地朝她身上丢。

被恶心到了吧?

卫箬衣顿时嘚瑟无比,马上就朝萧瑾做了一个鬼脸,一转身,带着一直跟在自己身边的丫鬟离开。

气死拉倒!

萧瑾的确是被卫箬衣给恶心到了,他显然能看懂那姑娘的嘴形,恨不得一脚将那个站在路边不知道天高地厚的人给踹飞!

她那脑子不知道是怎么长的,总是想着一些不着四六的事情。

要不是现在在执行公务,萧瑾都想策马过去将那个人给抓到然后找个无人的地方吊起来教训一通了。

马身从她身边经过,他眼角的余光看到卫箬衣转身离开,心底还是隐隐地松了一口气的。

一会等整个马队都走过,这些人再四下散开,只怕会更加的拥挤。

从人群之中挤出去,卫箬衣还是觉得不解气,一边走,一边对跟在自己身后的绿蕊说道:“不知道那个人的脑子是怎么长的!老娘是碍着他什么事情了?高兴也瞪我两眼,不高兴也瞪我两眼。我长得有那么影响市容市貌吗?臭小子,别将老娘给惹急了,老娘真的将你给办了,看你到哪里嘚瑟去!”萧瑾不是很厉害吗?那你有本事别让书里的卫箬衣得逞啊?自己笨到被原著里面的卫箬衣给迷奸了,不怪自己,难道怪读者?卫箬衣一路在心底疯狂地吐槽。

卫箬衣说的话,绿蕊是一句都没听懂,不过她知道县主现在很生气便是了。她也不敢吱声,因为完全不知道卫箬衣嘴里说的那个人到底是谁。

等卫箬衣上了马车,坐下,她的气才有点消除掉。

绿蕊这才小心翼翼地问道:“刚才惹县主生气的人是谁啊?”她隐隐约约地感觉那人应该是五皇子殿下,县主素来喜欢五皇子殿下,就算之前说过要和五皇子殿下划清界限的话,但是那次红叶大会,县主似乎又和五皇子殿下相处得还不错。

绿蕊是真的不明白卫箬衣所想了。

“没谁!”卫箬衣伸了一个懒腰,漫不经心地说道,“我脑子抽了,才会发疯的,别放在心上。”她现在已经不生气了,所以也没什么好说的。

绿蕊和绿萼相互对看了一眼,县主的举动真的很难猜。

因为试题是保存在拱北王府的,子雅大哥又知道试题的内容,所以本来卫箬衣是想马上就将皮球送过去,但是现在她想了一下还是算了,一切等秋闱完毕之后再说吧。

一来,她现在去拱北王府,即便是没提什么试题不试题的事情,但是万一她的大哥考了一个很好的成绩呢?那旁人会不会觉得一定是她去求了子雅大哥透露了什么出来。别到时候白白地惹来一些废话。

二来,卫箬衣觉得自己有点管不住自己,万一她说话不注意,卖萌卖过头,真的嘴里说秃噜了,说出了什么不该说的话,在子雅大哥的面前表露出自己想知道试题的心思,子雅大哥可能也会多想。她自己丢人不要紧,别连累了大哥也在外面被人丢了脸面。

所以卫箬衣思来想去,瓜田李下的,先避开这段敏感的时期再说。

她回到府里,将皮球放好就直接去了隔壁的院子找卫燕。

卫燕正在看书,见卫箬衣蹦跶着进来,便放下了手里的书卷,含笑看着卫箬衣。

“又跑出去了?”那姑娘的身上带着外面的清寒料峭,一看就是刚刚从外面回来的。

“是啊是啊。”卫箬衣笑道。若不是大哥体虚畏寒,卫箬衣现在已经将她冰冷的鬼爪子插到他脖子里面去了。

卫箬衣将自己今日在外面看到的一切说给卫燕听。

卫燕默默地倒了一杯热水含笑递到了卫箬衣的面前。

窗台上,老夫人命人拿来的两盆墨兰已经开花,一室的清香扑鼻。卫燕看着卫箬衣那眉飞色舞的脸庞,只觉得岁月静好。

42 胡搅蛮缠的卫二公子

卫燕这边一室暖香，闲适淡定，但是卫荣那边却是如同生水进了滚烫的油锅一样，炸得噼里啪啦的。

他是找人花了高价买到了试题了，但是试题到手，还没等他高兴多久，外面就传来了这些试题不过就是锦衣卫故意放出来引诱旁人来投放的饵料罢了，不是真的试题。

卫荣急三火四地出门去寻徐幻真，徐幻真也是困坐愁城。

他反复思量自己可曾有什么破绽和把柄遗留在外。

他素来不亲自去接洽什么，知道他参与的人除陈建之外，似乎也没什么旁人了。

卫荣现在好端端地坐在侯府之中，手里拿着那些假试题，但是陈建就悲催了，已经被带到了锦衣卫的诏狱之中。

锦衣卫可真是半点情面不留，安西伯府怎么也算是一个世袭的伯爵，锦衣卫说抓人就直接涌进去抓人，半点情面都不给安西伯留。

徐幻真坐在客栈的椅子上，手不住地敲打着桌面。他的心底亦是忐忑无根，不知道陈建会不会将自己给咬出来。

若是在其他的大牢里面，或许还能用银子疏通一下，进去和陈建交代两句，毕竟陈建也是欠了不少他的钱，亦是有把柄在他之手。但是现在陈建是被关在锦衣卫的诏狱之中，谁敢将手在这种时候伸进去？便是真的能伸得进去，就凭他这个外地来的人也做不到。

所以卫荣一闯进来，他更是烦躁无比。

耐着性子，徐幻真站了起来，拱手抱拳。“荣兄弟。”

“我不是你兄弟！”卫荣一进来就直接将门给砸上，随后几个箭步窜到徐幻真的身前一把揪住了他的衣襟，“你现在赶紧给我想办法！”

徐幻真的眼底流过了一丝厌恶无比的暗芒，不过他还是耐着性子。“荣公子，我现在已经没办法可想了。”他一摊手，任由卫荣揪着他的衣襟说道，“我自己也上当受骗了啊，我也是受害者。”

“我花了那么多钱，买的是假试题！”卫荣原本俊俏的脸现在都已经急到扭曲变形，“那好，既然你现在想不到办法，那就把我的钱拿给我，我自己去想办法。”

蠢货！

这两个字在徐幻真的脑海之中浮现出来，心底更是烦躁不堪。他忍了又忍才将自己想要一巴掌抽过去的念头给压制了下去，徐幻真摊手说道：“钱不是我收的，荣公子怎么能来找我要呢？”

卫荣的脸上顿时一阵惨白，整个人似乎被打懵了一样。试题是假，他又借了一万两的高利贷钱,这下可怎么是好……

卫荣现在已经是六神无主了。

“荣公子现在只怕是不用担心这个了,而是要担心自己应试的资格还在不在。”徐幻真提醒道,“不知道锦衣卫会怎么查问那些人,若是那些人将谁购买过试卷给交代出来,只怕陛下震怒,咱们这些人连应试的资格都会被去掉,那才是真正的丢人现眼。”

走歪门邪道,本就是品行不端,若是朝廷震怒,下令不准他们这些被招供出来的人应试的话,只怕……

就看陈建的脑子灵光不灵光了……

徐幻真这话一说,卫荣的脸就更没什么血色了。

他眼神逐渐地涣散开来,原本脑子里面紧绷的一根弦,“啪”的一下,现在全数崩断。

“哇”的一声,卫荣放声大哭了起来,那双紧紧揪住徐幻真衣襟的手也缓缓地松开,他颓然后退了两步。

徐幻真更加的鄙夷,不过还是扶住了几近崩溃的卫荣,让他在椅子上坐了下来。

绣花枕头,这才是真正的草包,竟是经不得半点的风雨侵袭。

徐幻真对卫荣目前的处境并不是十分的明了,所以见卫荣崩溃到这种地步,心底万分的鄙视。他也着急,不过也不至于急到像卫荣这般。

卫荣现在年纪不大,这次即便没机会去考的话,回去痛定思痛,三年之后卷土重来就是了。他身后又有卫家撑着,不管怎么样,即便朝廷处理起来,也多少会给卫大将军几分薄面的,人家卫大将军现在尚在外征战,就这样处理了他的家人,不免会让他感觉到心寒。

所以在徐幻真看来,卫荣根本不至于崩溃到这个地步。

“如果这次考不上,我就什么都没有了。”卫荣如同抓救命稻草一样地抓住了徐幻真的手,痛哭道。

徐幻真厌恶,不着痕迹地将自己的手从他的掌中抽了出来。“咱们先混过眼前的难关再看其他的吧。你如此,我又何尝不是出了一大笔巨款呢?”实际上他什么都没出……出的只是一张嘴而已。

卫荣却是不知,还真的以为徐幻真和自己一样损失惨重。“你帮忙看看,能不能先将那一万两银子替我还了。”卫荣现在才想起自己借的是高利贷,利滚利,吃不消。

“荣公子啊,你真是高看我了。”徐幻真故作无奈地摊手,“我自己还欠了一屁股的债没还呢,拿什么去给你还债。”

“你可以找你母亲要啊。”卫荣说道。

徐幻真简直无语了,他早几年就没朝家里伸过手。“即便是找我母亲要,一来一去书信往来也是要数日,母亲再去替我筹措,更是需要时间。若是你不着急,便是慢慢地等吧。”徐幻真说道,“况且家慈还不知道能不能凑出这些数目来。她手里的私房钱也是有限的,若是我朝我父亲开口,只怕先被他打个半死了。”

徐幻真说完就半真半假地叹息。

“那怎么办?”卫荣完全的不知所措。

徐幻真摇头。“我也不知道怎么办,你若是真的信我,就暂时少到这里来,回家先暂避,锦衣卫太过彪悍,我这小破客栈可挡不住他们,但是你们紫衣侯府的招牌却是大概可以阻拦一下的。若是他们真的在诏狱之中说了什么不该说的话,你我就麻烦了!”

卫荣被徐幻真这么一吓唬,脑子都有点转不过来了,慌里慌张地起身,说道:“你说得对,我要回家去。”他匆忙而来,现在又匆忙而去,走的比来的时候还要快。

竹姨娘还满心欢喜地在小祠堂里面数着日子过。卫荣上次来看她时,满口满心地说他这回一定能考中,只要他一中,老夫人便是看在卫荣的面子上也会将她从这里放出去,便是要继续关着她也不会是在这等冰冷入骨的地方。

舞弊案一破,不光是整个燕京城的学子,便是一个紫衣侯府之中都是几人欢喜几人愁。

卫荣在家惶惶不可终日,有点杯弓蛇影的感觉,便是房门一响,他都觉得是有人要进来抓他出去,就是晚上也睡不着,竖着耳朵听外面的动静,这样的日子还不如干脆直接将他抓走算了。几天下来,原本如珠如玉的卫家小公子愣是给折腾得如同没了水分的干巴橘子一样,都要抽抽到一起去了,神色委顿,两眼的眼底乌青乌青的,脸上半点光泽都没有。还带了一点点的神经质,无论谁叫他,他都有点诚惶诚恐。

卫华衣不知道弟弟怎么会忽然变成这副模样,心底也是害怕得不得了。

现在府里之人都不待见她,她就是想找人说都没地方可说。

不得已,她只能来找老夫人一顿哭诉。老夫人心疼孙子,亲自去了一回,看到卫荣果然如卫华衣所说那般,心疼得不得了,立即找了御医过来一顿折腾,又看不出什么毛病来,只能开了一点补药给他进补一下,许就是因为临近考试所以太过紧张所导致的。

日子在卫荣的胆战心惊之中一点点地过去,锦衣卫始终没有找上门来,倒是将卫荣给吓了一个半死。

他们不知道安西伯府的夫人是个厉害的角色,她总是喜欢笼络那些贵胄夫人,所以暗中也掌握了不少人家家宅中的事情,很多人与安西伯夫人亦是有金钱上的往来,所以安西伯夫人一进去,就马上有无数的人来说情打招呼。北镇抚司的一个副监察使上次就是因为自己的夫人在安西伯府人面前走漏了风声,所以安西伯夫人一进诏狱就提出要见那个副监察使。她将情况一说,那个副监察使也是吓出了一身冷汗来,若是安西伯夫人将他夫人的事情给说出来,他立马也要被安一个罪名,别的不说,至少是要被停职的。

所以他主动将审查一事给承担了下来,他官阶比萧瑾大,萧瑾也没什么可说的。

贡院那边催促要参加舞弊案学子的名单,安西伯夫人就和自己的儿子在诏狱之中串了一下口供,将几个无关紧要的人名字提了出去。

那个副监察使还拿住了陈建的舅舅,逼迫他自己一人将所有的罪责都承担下来。陈建的舅舅也是没办法,若是他一个人将罪责都承担下来的话,他姐姐出去尚能照顾他的家人一二,否则大家都在这里陷着,谁也救不了谁。

是故,卫荣这几天的担心都是白担了。

萧瑾在看到参与舞弊学子名单之后就是隐隐地一阵冷笑,他都不用动手,就已经找到了锦衣卫之中到底是谁走漏的消息。只是他暂时没将这事情提出来说,而是将证据都攥在自己的手里。

43 燕荣二位公子的应试

卫箬衣最担心的就是卫燕的身体,他虽然已经静养了一个多月了,但是身体的状况并不是特别的好。卫箬衣特地去打听过,参加秋闱就如同打仗,三日都要在贡院之中度过,饿了只能吃自己家中带去的干粮,渴了也只能喝点冷水。考试的学子都是每人一个小隔间,为了避免作弊,隔间根本就没门没窗户,一面都是敞开的,供巡查之人随时查看。每年秋闱和春闱因为身体不好中途晕倒而被送出考场的也大有人在。

大梁朝曾有人提出过,这样的选拔未免有点太过残忍,但是也有人说,若是朝廷选出的人才皆为一碰就倒的病秧子,那大梁朝根基不稳。于是,这种残酷的考试方式也就一代代地传下来了,再没什么人提出异议。

这么冷的天,卫荣那臭小子可以混过来,可是卫燕怎么办?

所以越是临近考试,卫箬衣就越是发愁。

“要不咱们不考了吧?”考试前的一夜,卫箬衣实在是憋不住了,柔声问道。

“既然都已经说要去了,不能放弃,若是放弃了这一回,下次便是要等三年之后了。”卫燕目光从容而温柔。

他已经蹉跎了太多的时间。

人的一生又有多少三年能去浪费和挥霍,白马过隙,不过弹指之间。

卫箬衣越是这样好,他就越是想早点变得强大起来。

这姑娘的领悟力极高,卫燕在卫家刀法上已经没什么可教给卫箬衣的了。而且现在的卫箬衣十分的勤奋,即便是回到侯府之中,也没偷懒耍滑,而是每天早上就起来依然带着沙袋围着整个紫衣侯府跑。原本她只能挂两个五斤的沙袋在腿部,现在已经是可以在腰间再绕上一个十斤的沙袋了。假以时日,她在卫家刀法上的造诣不会比父亲低,没准能超越父亲。

大梁朝不是没出过女将,所以卫燕现在能教的也只有找出一些兵书来给卫箬衣看。

卫燕最喜欢的时光便是午后,卫箬衣跑来找他一起读书的时候,她会如同温顺的小猫一样窝在他身侧的软榻上,各自看各自的,她会在看不懂的时候过来问他,而他则一一悉心解答。这种平静祥和的日子,便是卫燕的最爱了。

卫箬衣其实也是这么想的,都说是枪杆子里出政权,这话一点都不假。

自家老爹就是手握雄兵百万才能让她横着在燕京城的街道上走。

卫箬衣在家也不是没正经事做的,她看过卫家的族谱。

他们家祖上便是武将,大齐有慕容氏,大梁有卫氏。慕容氏与卫氏素有北卫南慕容之称,卫家还排在慕容家之前,这倒不是别的原因,而是卫氏的祖上曾与慕容氏的祖上约战过，卫家的鬼神刀法力克了慕容家的枪法，所以得名。他们都是以武功传家的世家，只是之前卫家在大梁十分的低调，偏居东隅，不过卫氏亦是大梁天子手里的一支奇兵。打从大梁开国皇帝开始，卫氏手中便有军队，而且只有天子可以调动。他们家祖上与开国皇帝是好基友，好到就差穿一条裤子了，所以大梁开朝之后，他们家祖上为了避嫌就离开了燕京城，去了东地，镇守大梁的东大门。

大梁开国皇帝感念好基友的功劳，不光御赐世袭紫衣侯，还给他们家一道令符，见令符出兵，不然的话可以不理会朝堂纷争，也就是传说之中的听调不听诏。意思就是说，他的子孙后代没正事发个诏书给卫家，只是为了调戏一下卫家，让人家巴巴地赶来燕京城的话，卫家可以不用理他那些没正经事的子孙们，除非是拿调令兵符前来。

这种荣耀大梁朝找不出第二家。

便是紫衣侯这个封号也比寻常的侯爵来得高出一等。

这么多年下来，卫家原本是低调的，不过到了卫箬衣的曾祖父那一辈，那一代大梁皇子总觉得将一支只看令符不听诏书的军队放在东边，不安全。那位皇帝陛下日思夜想，干脆用令符调卫氏入京好了，将这股子力量抓在手里，放在眼皮子底下看着他。他还将自己的妹妹嫁给卫箬衣的曾祖父，不管怎么说大家是亲戚好说话，另外驸马不出京，也是一个将卫家弄到燕京城来的理由。

在两代皇帝的刻意压制之下，其实卫家原本也是大不如前了，哪里知道又蹦出了一个特别能打仗，特别能战斗的卫毅，横刀立马，无人可敌，卫家这地位就又嗖嗖嗖地飙升了上去。而且卫大将军又在当今陛下还是皇子的时候就和陛下已经成了好基友……卫家这更是如日中天。卫毅自己也气人，不在家的时候就算了，在家的时候常怼得谢家直跳脚，所以卫谢两家这纠葛就算是剪不断理还乱了。

卫箬衣看看她这一代的卫家人，那就叫一个发愁。大哥这身体算是不行了，就算现在能恢复，但是能扛刀吗？能立马吗？

她那几个妹妹也没啥指望了，至于那个卫荣，卫箬衣更是没看上眼。

所以扒拉来扒拉去，似乎能传承卫家祖传刀法的也就她一个人了，她这天生的力气好像就是摆在那边准备坑她的！……

既然老天爷赏饭吃，那就来吧……其实卫箬衣兵书看了几本之后，也就觉得商场如战场这句话如果调过来说其实也成立，战场亦如商场，需稳扎稳打，步步为营，必要时也可以出奇兵制胜。

道理都是相同的，就看你自己怎么去领悟了。

卫箬衣其实也没什么特别远大的理想，一朝穿越非要怎样怎样，没有当女主的命就不要去折腾女主才能折腾的事情。卫箬衣非常有自知之明。

就连林亦如那个三花聚顶，五源朝天，开好金手指的正牌女主都跑了，她上杆子嘚瑟什么去。

她只求自己将来能保住卫家，大家该结婚的结婚，该生孩子的生孩子，和和美美地混完下半生就得了。

所以卫燕说现在能教她点兵法，她二话没说，挽起袖子来就学。

兵权不能旁落，将来就是要交，手里也要有个像样的队伍抓着，这样才能起到一定的威慑作用。

有多少良将功臣都是死在飞鸟尽,良弓藏,狡兔死,走狗烹上,前人血淋淋的教训,不能不引以为戒。

大哥如今这般努力,她也不能闲着。

卫燕坚持要去考试,卫箬衣也只能由着他去了。

不过她还是特地在考试前一天拿来了她专门跑去外面给卫燕买的一件狐狸毛的披风,至少起个保暖的作用吧。她还将卫燕的药找人制成了丸子,到时候只要吃丸子就好了。

卫箬衣如此细心周到,便是梅姨娘看在眼底也是一片暖意在心头。

她不是个能说会道的人,只能默默地记下卫箬衣的好,日后慢慢报答。

秋闱开始那日,卫箬衣和绿蕊还有绿萼天没亮就爬起来,陪着梅姨娘送卫燕到贡院去。

卫荣则是由卫华衣送去的。

两边不是一个时间出的门,但是在贡院的门前却是巧遇了。

卫华衣陪着卫荣在贡院前的大树下等候贡院开门,就见卫箬衣和梅姨娘簇拥着卫燕走了过来。

她眼尖,一眼就看到卫燕身上披着一件簇新的银狐毛披风,再看看他身侧的卫箬衣,即便是天没怎么亮,灰蒙蒙的晨霭亦是掩饰不住她身上的光鲜亮丽。卫华衣的心底便是流过了一丝的恨意。卫燕现在果然是一副咸鱼翻身的模样。

卫燕脸色虽然还是比较苍白的,但是已经比之前好太多了,人也渐渐地丰润起来,被那奢华的银狐毛披风一衬,整个人已经是显露出芝兰玉树的劲头来。

卫华衣默默地看了看自己的弟弟。一连数日都夜不成寐,卫荣的双颊已经下陷,眼睛隐隐能见到一团黑气笼罩,唇色干枯,若是非要说生病,只怕卫荣现在的样子更像是一个痨病鬼的模样。

“你一会可要争气啊。”卫华衣说不得卫燕他们,只能暗暗地掐了她弟弟的手一把,随后压低声音恨声说道,“莫要让那些人嚣张了!你若是名落孙山,不光咱们的母亲没了什么指望,就连你我在侯府的日子也不会好过了。”

卫荣本就是心底发虚,现在被姐姐这么一掐,更是虚得厉害,他回头看了看贡院那朱红色尚紧紧闭合在一起的大门,腿肚子都开始抽筋了。

不考了不考了!

卫荣的心底一直有个声音在念叨着。

不过人都已经到这里了,哪里还有回去的道理。

卫荣艰难地看了一下自己的姐姐,索性头一歪,人笔直地朝地上一躺。

装晕!这样应该没人再逼迫他去考了。他是肯定考不上的,与其那样,不如现在先晕了,至少日后父亲回来,他还有个理由好说……至于母亲的事情,他现在也管不了那么多,先管自己再说吧。之前他总在家里吹自己在书院学得多好多好,要是连一个痨病鬼大哥都考不过,里子面子全丢了。

卫华衣不知道卫荣是假装的,弟弟这么一倒,她被吓坏了,忙过来扶住了卫荣,一副六神无主的样子。

卫荣的举动落在了这边卫燕的眼底，他稍稍地蹙了一个眉头，还是起身对卫箬衣说道："毕竟是一家人，过去看看吧。"

"大哥，这些事情我来处理，你就不用分心了。我扶你过去看一眼，你一会安心进去考试，什么都别多想了。卫荣一会我会找人送他去就医。"卫箬衣怕卫燕被卫荣影响了，马上叮嘱道。

此时贡院门开，卫燕安慰了六神无主的卫华衣两句就被梅姨娘送入了门内。

进门还要经过一系列严苛的检查。

卫箬衣看着昏迷不醒的卫荣，低叹了一声，命人赶紧将卫荣送去医馆找人看看。

大夫自是看不出卫荣有什么不妥之处，不过见他面容萧索，一副疲惫不堪的模样，只能说他大概就是因为思虑过重，太过疲劳所以才会在贡院前晕倒。

卫箬衣表示可以理解，想想在现代高考的时候有学生晕倒在考场的报道也是屡见不鲜的，既然错过了，便只能再等三年了。

直到将卫荣送回家中，他才幽幽地"转醒"。见到老夫人关切地坐在床榻边缘，卫荣立即就是一阵捶胸顿足的"痛哭流涕"，完全是一副悔恨自己身体不争气，错过考试的模样。惹得老夫人也不住地安慰，直说："没事，没事，你年纪尚轻，过几年再考也是一样。"

卫荣扯着老夫人的衣角，泪水涟涟地说道："祖母啊，孙子苦读那么多年就是为了一鸣惊人，如今却是错失了这个这么好的机会，实在是对不起祖母苦心送孙子去骊山书院读书。"

老夫人亦是唏嘘，安抚了好多话，又让人好好地照顾着卫荣，这才起身带了人离开。

卫华衣送老夫人出去，一出了卫荣的房门，卫华衣就在老夫人的面前跪了下来。"求祖母放竹姨娘回来吧，荣哥儿便就是因为竹姨娘的事情吃不下、睡不着才变成这副样子的。祖母，开恩啊。哪怕让竹姨娘回来照顾荣哥儿也是好的。难道祖母要看着荣哥儿也变成大哥的样子才肯善罢甘休吗？"她哭得伤心欲绝，这些天她也清减了不少，神色委顿，面容苍白，这一哭颇有点楚楚可怜的味道在其中。

这话卫箬衣就有点不太爱听了。

她刚刚一直陪在里面，如今又跟在老夫人的身边，自是将卫荣的一切都看在眼底。

卫荣那模样的确看起来挺可怜的，人都瘦下去一大圈了，眼底的黑气堪比熊猫。老夫人见了自然是心疼孙子。

她看到老夫人现在似乎神色有点为难，那就证明老夫人如今已经是有点心动了。

老人爱护晚辈的心思卫箬衣能明白，但是竹姨娘那种心肠，下手那么狠辣，步步为营，为的就是要逼死卫燕，她存的是什么心思，难道老夫人忘记了？

卫荣是孙子，卫燕难道就不是了吗？

如果不是因为她发现的及时，现在卫燕哪里还有命去参加什么秋闱，只怕已经去当了阎王爷的女婿了。

卫荣不过就是晕倒一次，便要放竹姨娘回来照顾他，那卫燕变成那样，梅姨娘被人误会了那么多年，就这样一笔勾销了吗？况且当年竹姨娘为了构陷梅姨娘，还亲自找人给自己的儿子下泻药，弄得卫荣差点没泻死。她为了自己的目的，就是自己的亲儿子都能下手,这样的女人若是再放出来,难保不再闹什么幺蛾子。

谁知道她会不会拿着卫荣此时的状况大做文章?

"奶奶。"卫箬衣开口道,"如果奶奶真的担心卫荣的身体,不如调派几个奶奶信得过的嬷嬷过来悉心照料着,竹姨娘那边实在是不能在这时候放出来。您想大哥还在考试之中,还不知道能不能撑过考试的这三天,大哥原本如珠如玉的一个人,变成这个样子是拜谁所赐?奶奶当日亦是让大哥开口要如何处置竹姨娘,大哥这才一离开家,奶奶若是就将竹姨娘放了出来,只怕会让大哥和梅姨娘心寒。我知道奶奶是因为担心卫荣的身体,在侯府里面好好地养着,肯定能养好,又没人敢对卫荣做出点什么狗屁倒灶的事情。"

卫箬衣这一番话,说得老夫人如梦初醒。

唉,是她想得不周了。只是看到卫荣这般的模样,又被卫华衣一求,见这两个孩子实在是可怜,就起了暂时将竹姨娘放出来的心思。当日是她亲口说要让卫燕处置竹姨娘的,卫燕便是说将竹姨娘关起来,等父亲回家由父亲定夺,这已经是卫燕宽厚了,亦是卫燕为了紫衣侯府在外面留了脸面,依照卫燕和梅姨娘这些年受的委屈,便是当场将竹姨娘送官也不为过。若是等卫燕一去考试,她就做主将竹姨娘放出来,可不是真的要让卫燕和梅姨娘与她离心了。

手心手背都是肉,少了谁都不好,况且竹姨娘的确是罪有应得。

老夫人长叹了一声,扶起了卫华衣。"你也不用求了,竹姨娘是竹姨娘,你们是你们。你们父亲不是那种是非不分的人,等他回来,自会给你们这些孩子公道的裁决。你大哥和你梅姨娘被竹姨娘害了那么多年,的确是不宜将竹姨娘放回来。你放心,大家都会上心地照顾荣哥儿的,断然不会让他受了委屈。"说完老夫人就在卫箬衣的搀扶下,转身离开。

卫华衣站在廊檐之下无奈地目送着老夫人和卫箬衣离去的背影,气得恨不得将自己手里的帕子给扯烂了。

明明她刚才都已经求得祖母动心了,偏生被那个卫箬衣出来横插一手,给阻拦了回去。

卫华衣如今盯着卫箬衣背影的眸光已经是遍布了恨意,只差能将卫箬衣的后背给生灼出一个洞来。

如果不是卫箬衣的话,他们何至于落到这种地步!老夫人说什么父亲回来会给竹姨娘一个公平的裁决,这个家里有什么公平可言?她卫箬衣一个人高高在上,祖母和父亲不都是捧着她,她说一句话比旁人说上十句百句都管用!即便是父亲回来了,只要卫箬衣一句话,竹姨娘照样被送官,按一个谋害侯府公子的罪名,轻则流放,重则斩首。

卫华衣全身都轻轻地颤抖起来,心底的愤怒、不甘,一股脑儿地涌了上来。

她不让自己和卫荣好过,日后他们也定不会让她好过的!

卫箬衣将老夫人送回心兰苑就回了自己的回澜阁之中,一进门就见卫红衣和卫简衣这对双胞胎姐妹在等着她。

她回府之后,与这对双胞胎姐妹接触得并不算多,菊姨娘带着这两个姑娘在家里还算比较低调的。她也没办法不低调,家中主持中馈的是兰姨娘,自是处处压制着她。竹姨娘因为生了一个男丁,大公子身体差成那样,将来这侯府若是没有什么意外的话,多半是会落在卫荣的手里,所以竹姨娘平日里在府中地位也是不低的。唯有她十分的尴尬,生的又是女儿,手里又没什么权利。如今却是不一样了,竹姨娘惹恼了老夫人,老夫人将家中的一部分事务交给她来处理,这些天下来,菊姨娘便有了一副扬眉吐气的样子。

她算是看明白了,这家里说到底,还是卫箬衣说话管用,看看卫燕都已经要死不活的了,攀附上了卫箬衣顿时来了一个咸鱼大翻身。就连梅姨娘被人陷害了那么多年,都是以贱妾的身份过着日子,现在也一下子身份跟着水涨船高,恢复了姨娘的身份,还和卫燕一起搬来了卫箬衣隔壁的院子住着。

所以说她回去之后便对自己的两个女儿千叮咛万嘱咐,空闲之时要多来卫箬衣这里走走,和她将关系搞好了,在府里自是诸事皆顺的。

之前是她想得偏颇了,卫箬衣那名声让她不准自己的女儿多与卫箬衣接触,生怕连累了自己的女儿,将来议亲困难。但是现在想想,卫箬衣本就是侯府的嫡长女,她名声都已经那样了,自己的女儿被她所累,在外面又能好去哪里?只有依仗着卫箬衣的喜欢,将来到大将军面前去求个脸面,自己的两个姑娘才能嫁得好。

见卫箬衣进来,卫红衣和卫简衣就围了过来,长姐长姐的叫得亲热。

其实卫箬衣还是觉得这对双胞胎妹妹是蛮可爱的,光是看两个长得有八九分相像的漂亮姑娘环绕在身边,就已经觉得十分的有趣了。

“听说五哥在外面晕倒了?”卫红衣问道,“五哥的身体可要紧?”

“你们两个没过去看吗?”卫箬衣问道。

“去了,不过四姐姐不准我们进去,说五哥需要休息。”卫简衣说道,“我们还带了点补品送过去了呢,亦是被四姐姐给退了回来。”

卫红衣不屑地一哼。“她当我们都是竹姨娘吗?防我们跟防什么一样,生怕我们拿去的东西会害了五哥,这家里又有谁的心肠如竹姨娘那样的恶毒。”

“她将你们送去的补品都退回来了?”卫箬衣感觉到有点好笑,追问了一句。

“可不是呢!”卫简衣说道,“我看就是祖母派人送去的东西,都被她堆放在一边。”

卫箬衣敛眉低笑了一下。卫华衣还真是加了小心,生怕卫荣走了卫燕的老路,从此一蹶不振。

不过这姑娘应该是想多了,这府里的人,除了梅姨娘之外,旁人也没害卫荣的必要。梅姨娘根本就不管事,多年来养成的习惯,她就是连院子都不怎么出,又怎么会去伸手害人。

44 答应孩子的事情要做到

“这两天怎么没看到兰衣?”卫箬衣岔开了话题,顺嘴问道。

便是那天她和大哥回府,家里闹了那么大一通,都没见到卫兰衣。

“长姐,你是不知道二姐如今可是忙得很呢。”说到这个,卫简衣和卫红衣都是一肚子的怨气,两个人对看了一眼,卫简衣对卫箬衣说道,“之前二姐陪长姐去了红叶大会,二姐就在那边认识了不少文人。这些日子燕京城秋闱,学子云集,文人墨客亦是汇集了不少。不知道怎么了,二姐就博了一个才女的名头,如今邀约她的人可是多了。听说她还被人邀了入了一个什么燕京城有名的诗社,每天诗社都有活动,她哪里还有什么时间在家里闲着啊,只有我们才有空过来陪长姐说说话。”

“就是,长姐,以后再有什么好玩的地方,长姐带上我们可好?”卫红衣马上也拉住了卫箬衣的衣袖求道,“我们姐妹两个还没出去见过那种场面呢。一定很有趣,不然为何二姐现在都忙得见不到人影了。我们自不会是像她那般,就连谢都不和长姐说半句。”

这两姑娘……卫箬衣一阵的无语。

不过她还是笑着点了点头。“好,以后有什么别的聚会,我若是有帖子,便带上你们前去。”

卫简衣和卫红衣大喜,嘴巴立即就又甜了几分。

等卫简衣和卫红衣走后,卫箬衣就坐着发了一会呆,看来她离家去护国寺祈福的这段日子,卫兰衣在家还真没闲着。

不过卫箬衣倒是一点都不生气,卫简衣和卫红衣在她面前搬弄的这点是非对于现在的卫箬衣来说根本就不算什么。卫兰衣能抓住机会,进入什么诗社,说起来也是有她自己的本事的。若是换作她去,对诗文歌赋一概不通,那也是贻笑大方,授人话柄。

大家各凭本事吃饭,只要不弄点歪门邪道的,都是好的。

将来的卫府能走成什么样子,都是一个未知数。若是卫兰衣能有更好的出路,也是一件好事,大家不用都在一棵树上吊死。

横竖卫箬衣也没指望能靠得上别人,她在职场打拼那么多年,只明白一个道理,若是想被人看得起,只有自己靠自己。

时间倒是过得很快,转眼便是三日之后。

卫箬衣用过了午膳就赶紧带着梅姨娘去了贡院门口等候卫燕出来。

她们到的时候,贡院门前已经稀稀落落地停了不少马车了。

约莫过了一个时辰左右的样子,贡院门前几乎已经没什么空地可以停下车马了。贡院的大门这才打开,陆陆续续地有学子从里面走出,脸上的表情千奇百怪,有垂头丧气的,有兴高采烈的,还有脸呈菜色的。

卫箬衣拉着梅姨娘挤到了前面去,隔着贡院的栏杆朝里面观望。

“怎么燕儿还不出来?”梅姨娘急得不得了。她这几天都没怎么吃得下东西去,就是怕卫燕传出一个什么好歹来。

若不是一直有卫箬衣安慰着她,她都恨不得天天守到贡院的门口来。

她现在的手都已经急得冰凉,无助地看着卫箬衣。

“别急别急。”卫箬衣自己心底也担心,但是还要安慰着梅姨娘,“若是里面的人没叫咱们进去接人,大哥就是没事的,许是大哥走得慢,所以再等等好了。”

她这边话才说完,绿蕊的眼睛尖,已经看到了从里面缓慢地走来一个人。

她忙拽了一下卫箬衣的衣袖,说道:“县主,大公子在那边。”

卫箬衣和梅姨娘赶紧看了过去,就见卫燕披着卫箬衣送的那件银狐披风,一边咳嗽一边走了过来。

“我进去接一下大哥。”卫箬衣让绿蕊陪着梅姨娘,随后飞快地对贡院门前的衙役说道,还没等人家反应过来,她已经一低头,猫腰钻了进去。

“喂！这里不准进去!”衙役忙不迭地追进去。

卫箬衣那腿脚现在练得那叫一个利落,几下就跑到了卫燕的身边。“大哥。”卫箬衣笑道,“总算是考完了。”

卫燕看着停在自己面前的红衣少女,莞尔一笑。那笑容清淡脱俗,高山静雪,一如他的名。“幸不辱命。”说完他就身子摇晃了一下,整个人朝前栽了下去。

我去！卫箬衣反应快,一把将卫燕给扶住,却见他双眸紧闭,脸色苍白,人已经昏迷了过去。

梅姨娘已经吓得有点发懵了,一时半会的都没反应过来。

追卫箬衣的衙役本是想呵斥卫箬衣两句的,现在也没办法说出口,只能过来帮着卫箬衣扶住卫燕。“需要我帮忙吗?”那衙役问道。

“帮我开条道出来就好。”卫箬衣将卫燕给背了起来。她力气是大,但是个子却是比卫燕矮上了不少,卫燕如同一个面袋子一样挂在卫箬衣的背上,猛地一看都有点滑稽可笑。

衙役也没心思去想这姑娘哪里来的这么大力气,忙跑去前面,让阻挡在门口的人让开一条路。

卫箬衣背着卫燕撒开腿就跑,那速度快得愣是将一边的人都看得眼睛发直。

绿蕊和绿萼也扶着梅姨娘赶紧跟了过来。

等马车驶离,大家看到马车上所挂的徽记,这才反应过来,刚刚背着一个男子狂奔的姑娘竟然是紫衣侯府的……就是不知道是紫衣侯府的哪一位。

“大哥应该是累着了。”马车里,卫箬衣一边安慰着梅姨娘一边摸了摸卫燕的脉搏。还好,没有什么心跳过快,或者过缓的现象。

卫燕本就畏寒,那贡院里面冷得不得了,这三天真是太难为他了。

梅姨娘握着自己儿子的手,只觉得他浑身上下冷得如同刚从冰窖里捞出来的一样。

等回到了侯府自是一顿人仰马翻,卫箬衣心细,在去接大哥的时候就已经请老夫人找人拿了牌子去宫里请了一名太医过来等着,就是怕卫燕有什么不妥。现在这太医还真的派上用场了。

太医诊看了一番之后,对卫箬衣说:“县主放心,大公子就是身子太虚弱,又在贡院待了这么多天,所以体力不支才会晕倒的。好好休息,滋补静养,应该过两天就好了。”

太医给开了几帖补药出来。梅姨娘这回是亲自去抓药熬药,卫箬衣就帮梅姨娘在房里看着卫燕。

卫箬衣还是有点不放心,她叫人拿了银子赶着马车去骊山镇,将简大夫给请来。还是给简大夫看看,她才放心。

等卫燕醒来的时候已经是第二天的午后了。

他缓缓地睁开眼睛,最先映入眼帘的就是自己所熟悉的帷帐,是她母亲亲手绣的,图案是他自己画的墨兰。

身子已经暖了过来,血脉通畅,他转了一下头,先是一愣,随后忍不住笑了起来。

他身侧的床边放了一把太师椅,一个娇俏的姑娘就仰面朝天大咧咧地靠在太师椅上,她的一条腿还搭在自己的床上,一条腿荡在地上,都没穿袜子,一双绣鞋被她踢得东一只,西一只的。她的头朝右歪着挂在她自己的肩膀上,一手搭在椅子的扶手上,一手垂在扶手外面,地上掉了一本兵书。

她脸色明艳,双眸紧闭,嫣红的唇微微地张着,嘴角似乎挂着一点不明的透明液体。少女睡得很香,午后的阳光透过窗棱投注在她的脸上,洒下了淡淡的金色,恬静而美好。

卫燕稍稍地撑起了自己的身子,想要拉起自己身上覆盖着的一层薄毯去给她盖上。虽然这屋子里温暖如春,不过就这样睡,卫燕还是怕卫箬衣会着凉。

他这边一动,弄出了点声响,倒是将仰面朝天瘫在太师椅里呼呼大睡的卫箬衣给惊醒了。

卫箬衣有点迷迷糊糊地抬起自己的头来,睁开了双眸。卫燕这才发现卫箬衣的眼睛里带着一些血丝,这让他的心底稍稍地一动,难不成她在这里看了他很久了?

“大哥?”卫箬衣看到了卫燕坐了起来,自己忙将搭在人家床上的腿给收回来,穿上了自己的绣鞋。唉!她居然也睡着了……

卫箬衣赶忙站了起来,表情又惊又喜。“大哥你醒了?”

“嗯。醒了。”卫燕点了点头,眸光温柔,唇角带着淡淡的笑。

“醒了就好。可还有什么地方不舒服?”卫箬衣赶紧问道。

“还好。”卫燕摇了摇头,他迟疑了一下,“我昏迷了多久?”

“还好,也就是一个晚上加今天上午。”卫箬衣笑道,“你饿不饿?我让绿蕊炖了一些米粥在炉子上热着呢。简大夫过来给你看过了,你就是太累了,再加上身体没有完全复原。你可不知道,我被简大夫好一顿喷呢,说我简直是开玩笑,居然能准你去参加秋闱,简大夫好凶……”卫箬衣摊手,一撇嘴。

卫燕敛眉一笑,眼底的眸光更是温柔如水。

“你过来。”卫燕对卫箬衣说道。

“啊?”卫箬衣凑了过来,“怎么了?”

卫燕笑着拿起了卫箬衣丢在他床头的帕子,去替卫箬衣擦了擦嘴角。

卫箬衣先是一愣，随后她才反应过来。唉！她的脸蹭的一下就红了起来，完蛋！她忙用手抹了抹自己的嘴角，讪笑道："大哥，其实吧……睡觉流口水真的不是我的习惯……这是一个意外！"

大哥会信吗？会信吗？卫箬衣暴走。

卫燕眼底的笑意更浓，轻轻地应了一声："嗯。"

卫箬衣垮下了肩膀来，怎么她觉得大哥一点都不信呢……

卫荣在秋闱之前就晕倒了，卫燕是在秋闱之后晕倒的，老夫人一看，也觉得家中的两个男孩着实的作孽，现在就更不觉得卫荣之前晕倒有什么不妥之处了。

卫荣见北镇抚司张贴出来的告示之中处理的那些参与舞弊学子的名字里面并没他的，他这才长松了一口气。自己这几天都是白白的担惊受怕了。

他的胆子就大了起来，跑出去找徐幻真。

徐幻真倒是实打实地将秋闱给考完了，至于最后结果如何，也只能听天由命了。说起来陈建那小子算是有点良心，并没将他给供出去，舞弊学子的名单一出，徐幻真就知道自己暂时无事了。

他亦是知道卫荣在秋闱开始之前就晕倒在贡院门口的事情，就连卫燕那样的病秧子都能坚持考完，卫荣这样的，打死他都不信是因为太过疲劳的缘故。

不过刚刚他盘下了一个新铺子，心底比较开心，卫荣来找他，他也就和卫荣一起出去玩玩。毕竟燕京城也算是卫荣的地方，他若是想认识权贵的话，通过卫荣便是最简单的途径了。

"我听说最近燕京城有个诗社还比较的火热，叫江火诗社。"徐幻真对卫荣说道。他才涉足燕京城不久，之前都是在骊山书院之中的，此次秋闱结束，他也要离开书院了，所以尽快在燕京城结交一些人才是目前他要做的事情，这样才能以最快的速度站稳脚跟。其实他早就发现燕京城里面勋贵的钱好赚，但是地头鱼龙混杂，没有点关系，想要立足很难。"你不是在燕京城十分吃得开吗？要不咱们也去玩玩？"

"容我打听一下。"卫荣说道。

卫燕这几天身体渐渐地恢复过来，卫箬衣正好要去一次拱北王府，她一个人冒昧登门似乎有点不妥，所以卫箬衣觉得叫上卫燕也不错。毕竟卫燕以后总是要走出家门的，不能老是闷在家里，拱北王府的萧子雅看起来温柔清雅，与大哥应该是同一类的人，他们多半能谈得来。

卫箬衣提出让卫燕陪着她去一回拱北王府，卫燕倒是一点都没反对。

当年他身体好的时候，就曾经听说过萧子雅的大名，是燕京城有名的才子。只是那时候他年纪尚小，两个人并没见过。如果萧子雅不是后面摔断了腿，大概谢秋阳的名声也没现在这么响亮，毕竟萧子雅比他要出名多了。

如今有机会能见上一见当年名号"书画双绝，公子无双"的萧子雅，卫燕自是欣然前往。

拱北王府收了卫箬衣的拜帖，就赶紧进去通禀。

崇安县主亲自找上门来居然不是来找五皇子殿下，而是找他们大公子的，真是一件稀奇事情。

卫箬衣在拱北王府可是相当的出名,倒不是因为之前她在这里住过,而是在卫箬衣还没穿越过来之前,原本的卫箬衣几乎三四天就要来拱北王府闹上一回,不过那时候都是来找萧瑾的。每次来都是大咧咧地直呼其名,哪里还会有规规矩矩送上拜帖这回事。

当然这个事情,现在的卫箬衣倒是真的不知道,没人和她说过。

没多久,就有人引着卫箬衣和卫燕走了进去。

萧子雅是在暖阁里面等着的,萧玉被他拽在手里,虽然有点不耐烦,但是因为父亲在,所以也只能忍着。

卫箬衣和卫燕进来行礼之后,萧玉就忽闪着一双大眼睛看着卫箬衣问道:"你来找我爹做什么?"

"玉儿不得无礼。"萧子雅沉下了面容,低声呵斥道。随后他抬眸对卫箬衣抱歉地说道:"这孩子都是被我父王和母妃给宠坏了,说话没大没小的。县主不要介意。"

卫箬衣撇嘴一笑,随后叫绿蕊将带来的东西拿了出来,一些是送给萧子雅的,还有两个球便是给萧玉的。

她将手里的球扬了一下,对萧玉说道:"上次不是说送你一个好玩的球吗?要不要?"

"都隔了这么长时间了,一看你就是没放在心上。不要了!"萧玉头一拧,鼻孔朝天。

嘿,这熊孩子真有气性……

"哦,原来你不要啊,那我留着送别人了。"卫箬衣也不去哄他,而是手腕一翻,将皮球在地上拍了几拍,皮球才补过气,弹性十足。卫箬衣将皮球都拍出了花样来了,随后将球拿起来,顶在了自己的食指上,这么一转,就见那球在她的指尖稳稳地旋转着,卫箬衣再将球朝上一抛,收了回来。

这个转球的本事还是在大学里面学的,当年她看上了一个体育超级好的学长,那长得叫一个帅,于是投起所好,她也跟着去打篮球,踢足球,打排球,打乒乓球,反正只要是球,他玩的,她都跟着玩儿,也是苦练过一段时间的。她能将现代的各种球都转起来,转这个皮球也没什么难的了。可惜啊,人家学长最后还是被一个家产好几千万的白富美给拐跑了,让她白忙活一场。

萧玉的眼睛都看直了,不光是萧玉,就连萧子雅和卫燕都没想到卫箬衣还会这么一手……两个人也是看得有点目瞪口呆的。

卫箬衣得意地将球抛给了绿蕊,绿蕊接住。"收起来吧,人家小世子根本就不喜欢咱们的东西。"卫箬衣对绿蕊说道。

"等等!"萧玉的脸一红,随后他就看向了萧子雅,眼巴巴地。"父亲!"

萧子雅叹息,拱手对卫箬衣说道:"若是县主不嫌弃,可否将刚才的球送给我呢?"

"子雅大哥开口,自然是可以。"卫箬衣笑道。她回眸给了绿蕊一个眼神,绿蕊马上将球双手捧上。

萧子雅将球接了过去,随后递给了自己的儿子,对萧玉说道:"还不谢谢崇安县主。"

萧玉这才咧开嘴笑了起来。"多谢啦。"他对卫箬衣说道。

还挺傲娇的,就和萧瑾一个德性。

卫箬衣腹诽了一句,不过她还是笑着拍了拍萧玉的脑袋。

"我那边还有一个大的,你要不要?"卫箬衣笑道。

“要!”这回萧玉可是一点都不拿乔了,他抬头看着卫箬衣,“你能不能教我玩你刚才玩的。”

“可以啊。”卫箬衣笑道,“不过这里地方小,我出去教你可好?”

萧玉看向了自己的父亲,萧子雅笑着点了点头。萧玉这才眉开眼笑地捧着小球对卫箬衣说道:“走! 你现在就教我去。”

卫箬衣点了点头,随后对萧子雅说道:“子雅大哥,让我大哥坐在这里陪你说会话,我出去陪小世子玩会。”

“有劳崇安县主了。”萧子雅颔首道,随后他又叮嘱萧玉,“崇安县主肯教你,你就要好好地学。莫要再耍脾气,气到县主。”

“知道了。”萧玉忙不迭地应下,催促着卫箬衣就出了门去。

暖阁前有一大片空地,都是用汉白玉铺好了的,在这里玩最好了。现在阳光又充足,也不会觉得冷。

卫箬衣刚好带来两个球,一大一小,小的给了萧玉,她自己则拿了一个大的。

卫箬衣陪着萧玉在门前玩得开心,一时兴起,就对萧玉说道:“其实这球还可以踢着玩。”

“怎么踢?”萧玉玩兴浓郁,马上就饶有兴趣地问道。

卫箬衣环顾了一下四周,让拱北王府的下人找了两个凳子过来,并排放在一起,中间拉开了间隙。“咱们两个抢这一个球,只能用脚踢,不能用手拿,看谁踢到那两个凳子之间踢得多,踢得多的就厉害,从外面过去的不算。”

“好!”小孩子好胜心最是厉害,萧玉马上眼睛一亮就应了下来。

卫箬衣怕抢得太厉害了,会伤了萧玉,所以都是让着他,每次都只是假装去抢,饶是这样还是惹得萧玉大呼小叫地跑了一头的汗。“丑八怪,你真笨!”他踢了好几个进去,卫箬衣却是一个都没踢进去,萧玉不免高兴。

“你啊……”卫箬衣一摇头,笑道,“你给我等好了。”再度发球之后,萧玉就怎么也抢不到卫箬衣的球了。她腿长,跑得快,身子又练得异常灵活,几个假动作做下来,晃得萧玉晕头转向的。卫箬衣飞起一脚,大力抽射,球砰的一下被她给踢起来,笔直地穿过简易的凳子球门,力道不减,直朝前飞去。

糟糕了! 卫箬衣一咋舌,忘记自己现在力气超级大了……这一脚会不会将球给踢到天边去……

球是没飞到天边去,而是朝着回廊的方向笔直飞去。

回廊拐弯处正好转过来一个人,他一蹙眉,抬手就是一拳挥出去,砰的一下球又被他给打了回来,沿着原路朝着卫箬衣这边奔了过来。

“闪开闪开!”卫箬衣一看这球的路线是要飞到萧玉的头上了,她忙不迭地蹲下准备将萧玉抱走,可是已经来不及了,情急之下她只能侧身一挡,手还没抬起来,那球砰的一下砸到了她的脑袋上。

“嗡”的一声,卫箬衣在那瞬间几乎什么都听不到,整个人都是懵的……

萧瑾一看,脸色微微地一变。他刚才从外面经过似乎是听到了卫箬衣的声音传了出来,所以就转过来看看,谁知道一转弯就看到有暗器飞来,他自是想都不想就抬手挡了回去……

45 为什么受伤的总是她

卫箬衣只觉得自己的眼前有点模糊，就连被她护在怀里的萧玉那粉团子一样的面容都有点看不清楚，眼睛鼻子糊在了一起。

鼻下有点温热的液体缓缓流下，卫箬衣茫然地摸了一下，指尖一片滑腻，她的身子摇晃了一下，便在绿蕊和绿萼焦急的呼唤声中软软倒下。

萧瑾在卫箬衣倒下的瞬间抢身到了卫箬衣的身侧，本是想伸手扶住倒地的卫箬衣的，只是他的手伸了一半，便又缩了回来，毕竟是姑娘家，人家的丫鬟都在，他伸手去扶又算什么。

眉头在卫箬衣倒下的瞬间紧紧地蹙成了一个团，眸光在她鼻子流出鲜血的瞬间稍稍地一缩。

萧玉已经吓傻了，愣愣地站在一边，委屈地抬眸看了一眼萧瑾，马上张开手臂求萧瑾抱，并且“哇”的一声哭了出来。

就连拱北王府的下人们也一个个都已经吓得噤若寒蝉，慌乱了手脚。

萧瑾先是拍了一下萧玉的头，以示安慰，随后沉声对周围的人说道：“还愣着做什么？赶紧去叫太医来。”

“让我看看她。”萧瑾对绿蕊和绿萼说道。

王府众人这才如梦初醒，有人拔腿就朝外跑，还有人赶紧去暖阁里面通知大公子。

萧子雅与卫燕正在欢谈之中，两个人都是早就成名的，一个是才子，一个是神童，年纪虽然相差了八岁，不过均是度过了一段颇为黑暗的岁月，便是经历都十分的相似，是故颇有一种相见恨晚，一见如故的感觉。

两个人被王府下人慌慌张张地来报告给吓了一跳。

事出仓惶，下人们说得也是含混不清，只说是崇安县主被五皇子殿下用球给砸了，如今晕倒在外面，人事不省。

萧子雅一听，这心就紧紧地提起，早就知道萧瑾和崇安县主之间那点破事，两个人见面一个死缠烂打，一个避之不及。他总觉得自己的堂弟不至于那么不知道轻重，会当众打伤崇安县主，但是现在下人们言之凿凿，也不容他替萧瑾申辩什么。

卫燕更是猛然站起，就连和萧子雅说一声都来不及，径直朝外走去，因为心急，他不免又咳嗽了两下。

萧子雅赶紧叫人推自己出来。

卫燕出去之后，心就是一揪，卫箬衣一动不动地倒在绿蕊的怀里，绿萼在一边一点点地拿丝帕替她擦拭着鼻子下面不住流出的鲜血。一名身穿锦衣卫千户服饰的男子亦是蹲在卫箬衣的身侧,握住了她的手腕。

“大公子。”绿萼和绿蕊见卫燕出来,忙求助一样地看着他。

县主骤然晕倒,她们两个都快要吓死了,完全就是六神无主,如今卫燕一来,她们便如有了主心骨一样,就连眼底的慌张都褪去了不少。

“箬衣她怎么样了?”卫燕定了定心神,沉声问道。

绿蕊和绿萼看向了萧瑾。

萧瑾没想到卫燕也在,按下了自己的诧异,对卫燕说道:“令妹应该是没事,只是暂时昏厥。”

卫燕如今那张清绝淡雅的面容上如蒙了一层寒霜,他虽没见过萧瑾,但是在拱北王府之中,身穿锦衣卫千户服饰的年轻男子,不是萧瑾还有谁?况且刚刚王府的下人也说卫箬衣是被五皇子殿下用球给砸晕了的,那眼前这位必定是萧瑾了。

只是萧瑾与自己素昧平生,又怎么一眼就认得自己是卫箬衣的大哥?这个念头在卫燕的心底一闪过而,就被他忽略过去,现在不是说这个的时候。

他敛下了眼眉,拱手一礼。“五皇子殿下,还请将舍妹还给在下。”

一直抓着他妹妹的手,这是抓上瘾了吗?既然对卫箬衣避之不及,那便做好避之不及的本分。

萧瑾的眉心又蹙了一蹙,缓缓地放开了自己的手,起身让到了一边。

卫燕走到卫箬衣的身侧,咬牙打横将卫箬衣抱了起来。

他体虚多年,只有近一个多月的时间开始恢复,所以抱起卫箬衣来还是十分的吃力,自己的身子虚晃了两下,一张清俊的面容也憋得有点发红。还是绿蕊和绿萼过来帮忙扶住,卫燕才不至于自己也一并摔倒。

萧瑾有心过去帮忙,不过瞥见卫燕眸光在扫过他时流露出来的戒备与不满,只能弯腰将吓得哇哇大哭的萧玉给抱了起来,默不吭声地跟在了卫燕的身后。

“赶紧先入了暖阁再说。”萧子雅对卫燕说道。

卫燕即便再怎么不愿意,也只能暂时将卫箬衣抱了进去。暖阁里间有一张软榻,他将卫箬衣放在了软榻上,自己又是一阵剧烈的咳嗽,只咳得差点连自己的肺都要咳出来。

他已经很多天没有这样咳过,刚刚抱着卫箬衣实在是有点脱力,气息不畅。

除了卫燕的咳嗽声之外,一屋子的人都不知道该说点什么,气氛尴尬到了极致。

萧子雅瞪了萧瑾一眼,等卫燕的咳嗽声平息了,忙叫人递上了一杯新倒的热茶。卫燕低眉,抬手一挡。“多谢好意。”随后他转眸看向了萧瑾,“不知道舍妹做了什么惹恼了五皇子殿下,竟是让五皇子殿下对舍妹下这么重的手?”

他的命是卫箬衣捡回来的,若是卫箬衣出什么事情,他便是拼了自己的命也要替卫箬衣讨回公道。

萧瑾紧锁的眉心就没打开过。

“我不是故意的。”他缓声说道。

“好一句不是故意的。”卫燕的眸光冷冽。

萧瑾嘴唇稍稍地一动,本想解释一二的,但是看到卫燕眼底的厌恶,他就懒得开口了。

他便是要道歉,也无需和卫燕道歉。

萧玉被萧瑾抱在手里低低地抽泣着。

萧子雅拉了一下萧瑾的衣角,示意他将萧玉交给自己。

等将自己的儿子抱在怀里,让他坐在自己的腿上之后,萧子雅一边拉起衣袖替萧玉擦了擦眼角的泪水,一边柔声问道:"刚刚外面都发生了什么,你好好地和爹爹说一遍,莫要害怕。"

萧玉窝在萧子雅的怀里,抽着气,将外面刚刚发生过的事情一一地讲述了一遍。

萧玉虽然是被卫箬衣的鼻血和晕倒给吓到了,但是他是个很聪明的孩子,复述起刚刚那一幕来条理清晰,事无巨细,没有什么遗漏。

等听萧玉说完,卫燕看向了绿蕊和绿萼。"世子说的可是事实?"他问道。

绿蕊和绿萼忙点头。

萧子雅这才长长地松了一口气,只要不是这两个人主动打起来就好。

真是吓死他了。

"好在都是误会。"萧子雅对卫燕一抱拳,"多谢崇安县主回护犬子之恩。"

初见卫箬衣的时候,自己儿子就冲撞了她,可是她还是下意识地先护住了萧玉,如今又是她挺身而出,抱住了萧玉,才不至于让自己的儿子被萧瑾打回来的球给伤到。

萧子雅望向昏迷之中的卫箬衣,眸光已经蕴起了一片柔意。

卫燕很是不悦,他稍稍地转过了自己的身体,挡住了萧子雅的眸光。

"便是误会,五皇子殿下下手也太狠了点。"卫燕横眉怒道,"若不是箬衣挡了一下,这球砸在世子的头上,那现在倒在这里的岂不是世子殿下了?"

"是我错了。等崇安县主醒来,我自会和她道歉。"萧瑾这才缓缓地开口,"若是崇安县主真的被我打出了一个好歹来,我亦会负责。"

"不必了。"卫燕对萧瑾说道,"不敢劳烦五皇子殿下的大驾,舍妹不才,无德无能,还请五皇子殿下高抬贵手,以后远离舍妹便是了。"

卫燕在气头上,说的自然是反话。谁要你负责?好好的一个大姑娘被你一拳砸来弄了一个人事不省,你拿什么负责?

如果卫箬衣醒来,因此而变得呆呆傻傻的,难不成你是要娶了她吗?上次她就是追着萧瑾出门,砸到了头已经丢失了不少的记忆了,这回又是砸到了头,就连卫燕都不敢朝下想去。

反正横竖不管卫箬衣变成什么样子,自是由他这个当大哥的养着就是了。便是她日后痴傻,他亦是不会放弃她,更不会轻易地将她交给一个不知所谓的外人!

萧瑾这话出口,就连萧子雅都觉得有点不妥。

万一崇安县主真的被打出一个好歹来,萧瑾不是要将自己都赔进去了……

承诺也不是这么乱许的。

"你说什么便是什么了吗?"萧瑾瞪了回去,怎么他就那么不爱听卫燕说话呢?

"我是她兄长。"卫燕毫不畏惧地瞪了过来。

"同父异母而已。"萧瑾不知道自己什么时候变得这么刻薄,话一出口,就连他自己都有点吃惊。

不过说都已经说了,那又如何?萧瑾抬眉。

卫燕神色骤变，面沉如水，五皇子殿下实在是面目可憎，不知所谓！

萧子雅见卫箬衣那边还不知道如何，这两个人先针尖对麦芒地扛上了，忙当起了和事佬。“好了好了，大家都是心急，说话是难听了点。都先别吵了，等太医来了给崇安县主看了再说别的。”

卫燕敛回了眼神，再也不想去看萧瑾半眼。

大家都说他妹妹这样不好，那样不好，但是他却只知道，没有他妹妹，他现在亦是不可能坐在这里，自己的母亲那么多年蒙受的冤情也不可能大白天下。

即便全天下都说卫箬衣的不是，不喜欢卫箬衣，只要他喜欢就好。他又何须去管其他人怎么看？横竖他才是卫箬衣的大哥，旁人说的与他一概无关。

他妹妹的好，他知道就是了。

卫燕无比担心又怜惜地看着倒在软榻上一动不动的姑娘，她的发髻在剧烈的冲击中显得有点松散，腮边散落了几缕秀发，那双原本灿烂又明媚的双眸紧紧地闭合在一起，纤长的睫毛无力地覆盖在她的眼上，在眼下落了两道深深的暗影。

平日里总是他这般无力地躺着，如今换作了卫箬衣，这让卫燕觉得还不如自己躺在那边让他来得踏实。她就应该神采飞扬地站在阳光下笑得恣意张狂，那才是他心底的卫箬衣该有的样子。

卫燕抬手拂开了她腮边的发丝，若不是王府已经叫人去找太医来了，他都没性子在这里等着。

太医来得比较快，毕竟是拱北王府传唤。

太医过来检查了卫箬衣之后，亦是摇了摇头。“从县主脉象上看，应该是还好，但是毕竟是撞了头，还流了鼻血，这种事情真的很难说。快则两个时辰就能醒，慢的话，即便是下官也说不准什么时候能醒，现在尽量不要挪动她。”

“莫不会她……”卫燕一咬唇，还是颤巍巍地急问道，“不会醒不过来了吧……”

“这个应该不会吧。县主的脉象沉稳有力，不像是会危及性命。”太医沉思了片刻，“只能再看看了，但是下官也不敢断言什么，只能再等等了。”

“那可有药石能解？”萧子雅问道。

“县主是被外力所伤，若是真的要用药的话也只能用点去风散瘀的药，只是下官觉得现在这种情况还是等等看看，若是有什么不妥，再对症下药才是真的。”太医说道，“先让县主静躺一会看看。”

“那劳烦太医等候在暖阁之中，若是县主有什么不妥，好及时应对。”萧子雅说道。

“是是是。正应如此。”太医拱手说道。

萧子雅吩咐人引着太医到外面坐着，他随后看了看卫燕。“静雪公子，您先在这里陪着县主，我与五皇子殿下先去外间陪着太医一起等候。”

“多谢。叨扰了。”卫燕拱手说道。

他如今也没什么心思与萧子雅多说。

“走吧。”萧子雅拉了一下萧瑾的衣袖。

萧瑾深深地看了一眼依然昏迷不醒的卫箬衣，这才随着萧子雅走了出去。

“你怎么这么莽撞？”等出了里间，萧子雅就小声对萧瑾说道。

“我一回家,看到一个东西直朝我飞来,我又哪里会想那么多!”萧瑾寒声说道。

“就是说你与崇安县主大概真的是八字不合。”萧子雅叹息摇头,“凑在一起便不会有什么好事。”

什么是八字不合?当年那死丫头不知道从哪里弄到了他的生辰八字,还专门自己去找人合了一下,说是很合很合!不过这种意外应该和生辰八字也没什么关系吧。

萧瑾沉默不语,他坐在了椅子上,略抬起手撑住了自己的下颌。

如果那个丫头真的昏迷不醒了……如今他的心底亦是烦闷得很。

卫箬衣也不知道自己是身处什么地方,她觉得自己站在一片黑暗之地,周围什么都看不到,叫也没人应她。

不知道这样过了多久,她的身周忽然聚拢起了无数的光,开始如同点点流萤,零星几个,随后越来越多,好像在她的脚下汇集成了一团星云,她就站在这团星云的正中央。

眼前宛若无数的电影胶片划过,皆是她在现代的过往,从她出生,成长,到毕业,工作,直到她触电身亡,历历在目。最后一帧画面走完之后,萧瑾的面容骤然浮现,目光如电,手中亦是拿着他腰间常配的那把绣春刀,刀已经出鞘,寒光凛冽。他眼角流血,如怨带怒地紧紧盯着她,随后一步步地朝她逼近。他朝前走一步,她就朝后退一步,直到后背不知道抵到了什么,她不由一声尖叫:“啊!你敢杀我,我和你拼了!”

“箬衣!”

耳边传来了细微的呼唤声,卫箬衣缓缓地睁开了眼睛,最先映入眼帘的是自己头顶房间的雕梁与瓦顶。

这是什么地方?!

卫箬衣还是有点发懵,直到感觉自己的手被人包裹起来,她才傻愣愣地转过眼眸来。眸光之中浮现出了一张熟悉的面容,清雅秀俊,卫箬衣悬着的心这才再度放了下来。刚刚真的是吓死她了,她以为自己又穿越了,还穿越到了书里被萧瑾千刀万剐的地方。

看视频的时候她喜欢快进,不过人生她可真的一点都不喜欢这么被人拉进度条朝前赶。

真是太随意了……

好在看到了自己的大哥,脑子是有点短路加断片,但是心却是定下来了。

只要不是萧瑾拿刀砍她就好……

萧瑾在外面听到了卫箬衣的尖叫声,都没顾得上理萧子雅,直接从椅子上弹起,冲了进去。

卫燕紧紧悬着的心在卫箬衣眼睛睁开的瞬间一度都紧张得提到了嗓子眼里。

“箬衣?”卫燕见卫箬衣眼睛直勾勾地看着自己发愣,又是吓得不轻,莫不会真的撞到脑子什么都不记得了?

他还抬手在卫箬衣的眼前晃动了一下。

“你不要吓唬大哥……”卫燕的声音不由稍稍地颤抖了起来……

就连萧瑾看到卫箬衣那略带空洞的双眸,心底都是紧紧地一缩,一股莫名的情绪弥散开来。

“大哥……”卫箬衣回过神来,委屈地叫了一声,卫燕悬在嗓子口的心现在算是全放了下来,惊喜交加地看着卫箬衣。“赶紧和大哥说,可有哪里不舒服?”

“头还有点晕……”卫箬衣想坐起来,可是一动,脑袋里就是一阵的晃。

“太医,赶紧去叫太医进来。”卫燕对绿蕊说道。

绿蕊忙应了一声一转身发现萧子雅、萧瑾,还有太医都在门口了。

“有劳太医了。”绿蕊朝着太医福了一福,太医忙朝前走去。

给卫箬衣又诊断了一番,问了几句话,太医拱手对房中各位说道:“县主应该没什么大碍,就是需要静养两天,不要受剧烈的震动,若是有恶心什么的症状要及时就医。”

太医这么一说,大家最后揪着的一点点的心现在全数放了下来。尤其是萧瑾,他不由横了卫箬衣一眼,真是吓都被她给吓死了!到哪里都不消停!

送走了太医之后,萧子雅诚挚地邀请卫燕和卫箬衣就在王府暂住两天,因为卫箬衣需要静养,不宜移动。卫燕本是想一口回绝掉的,但是又怕卫箬衣的伤加重,所以有点犹豫不决的。

他看向了卫箬衣。“你觉得呢?”

“我要回家!”卫箬衣十分肯定地说道。

开玩笑,她一点都不想和萧瑾在一起!片刻都不想!

这个人怎么总是阴魂不散,就连她昏过去了都不放过她!

“那咱们就回家。”卫燕温柔地对卫箬衣一笑,随后马上拒绝了萧子雅的邀请。

萧子雅叹息了一下,还是叫人将正门打开,卸掉了门槛,然后让紫衣侯府的马车直接停到了暖阁的门口。

“能走吗?”卫燕问道。

“嗯。”卫箬衣一点头,脑仁就是一痛,她的脸色稍稍地一变。

“我抱你吧。”卫燕说道。

“大哥你抱得动吗?”卫箬衣真不是当众不给卫燕面子,实在是担心卫燕的身体,“你现在身子骨还很虚。”

卫燕有点尴尬地清咳了一下。“你还是多想想你自己吧!没见过你这么笨的。”他横了卫箬衣一眼,轻骂道。

卫箬衣……

终于被大哥给嫌弃了……

“哦。”她低下头去。

卫燕起身,抱起了卫箬衣,卫箬衣紧张地吊在自己大哥的脖子上,握拳,信誓旦旦说道:“下次我一定少吃点……”

“你还想有下次!这次都被你吓掉了半条命!”卫燕呸了她一下。

他才不信她会少吃……每顿都吃那么多,还那么喜欢吃肉!

卫箬衣噘嘴,惹得卫燕又是一阵失笑。

憋足了劲,在绿蕊和绿萼的帮助下,卫燕还是将卫箬衣给搬到了马车上。

萧子雅和萧瑾均是十分尴尬地看着这对兄妹,简直就是旁若无人,完全无视他们两个人的存在,当他们是空气一样。

直到将卫箬衣放好,卫燕这才拱手对送出来的萧子雅和萧瑾一抱拳。“就此别过。”

“慢走。”萧子雅颔首。

卫燕撩衣上车,从头到尾都不去看萧瑾一眼。

直到马车驶出不见,萧子雅这才对萧瑾说道:“看起来他们兄妹的感情真的不错。你也莫要怪了卫燕的无礼,如果换作我的话,大概也不会比他好到哪里去。”

46 带火的皮球经济

卫箬衣在拱北王府受伤,被砸晕的事情不知道怎么就又被传了出去。

这几天燕京城里面都拿这事情当笑话来说。

故事的版本特别多,一个个都说得活灵活现的,犹若亲见一样。

不过砸晕了崇安县主的那个球倒是火了!

大家很好奇,那个球到底是个什么样的球,听闻那球是空心的,还可以弹得很远,纷纷求问球是哪里来的。等问的人多了,就有人蹦出来说那球在方家皮具铺子有卖的,与砸晕崇安县主皮球同款!

这日清晨,方家铺子的掌柜傻了眼,完全不知道外面发生了什么,只知道一开门,一大堆人在门口等着求看砸晕崇安县主皮球同款的那个东西。

大家看了看那个球,还真的是与寻常的皮球不一样,能拍!有弹性!很好玩!关键这球做得也精致。

于是大家纷纷掏钱出来买一两个带回去送给家中小辈。

方家铺子的掌柜完全没想到崇安县主给的这个皮球样式会这么好卖,他找人做了五十个出来,竟是被人一扫而空。好在他想起了崇安县主的话,如果有人来问她设计的东西的话,尽管狮子大开口,于是他就直接叫了十两银子一只皮球。

饶是这样,居然也一下被人抢光,还陆续有人过来询问,可还有卖了……

每个球成本不过十文钱,却卖出了十两银子的高价,五十个皮球,一下子就是五百两银子到手,这巨大的喜悦顿时将方家铺子的老板给砸得晕头转向的。

他一天都在忙着收钱,那些来晚了没买到皮球的人见到实物觉得的确好玩,便下了定钱,方老板收了很多定金,到了晚上打算盘打得他手都软了。

他赶紧找人包了二百五十两银子出来,带着人悄然地送去了卫箬衣那边。

卫箬衣脑袋上绑着白布条,趴在床榻上将方掌柜派人送来的二百五十两银子数了又数,捂着嘴乐个不停。

绿蕊好奇:"县主,这些不过就是普通的银子,你怎么这么开心?"

卫箬衣从里面拿出了两锭银子,交给了绿蕊和绿萼。"你们两个拿着,算是分红!也算是你们两个的跑腿费了。"这可是她到古代掘来的第一桶金!虽然不多,但是意义不一样,她自然是笑得合不拢嘴。

绿蕊和绿萼一看,县主分出来的银子有十两一锭!两个人顿时喜不自胜,可是抵了她们两个月的工钱了!

外面街面上传的崇安县主被砸晕的版本自然是她找人放出去的。

横竖这件事情是兜不住的,早晚会被人知道,与其日后被人说不如现在她索性利用一下,变成宣传皮球和方家铺子的工具。

果然如了她之所料,方家铺子顿时因为这次皮球事件名声大噪。

她曾与方家的掌柜说过,日后凡是她与方家铺子合作的东西,得到的红利都是对半分成。今天只是一个小小的开端。

这个时代没有什么搜索工具,只能依靠口舌的力量,那便利用口舌的力量好了。

经过这一回,卫箬衣也是确定了古代百姓们那熊熊的八卦之心也是挡都挡不住的。

她放出的消息自然都是美化她自己的。

什么崇安县主勇救拱北王府小世子,什么奋不顾身地以身去挡之类的巴拉巴拉。总之,她将自己塑造成了一个正面的、积极向上的高大上形象!什么萧瑾蛮横无理,什么萧瑾刻薄卫府庶出的公子,横竖萧瑾在她放出去的传闻之中已经变成了一个小气刻薄、故意刁难人的猥琐形象。

这些事情现在都在外面被人津津乐道。

卫箬衣在床上笑得人仰马翻的,总算是出了一口恶气了!

燕京城的老百姓最喜欢什么?不就是事关王公贵胄之间的各种八卦消息,爱恨情仇、相爱相杀吗?他们需要话题,那她就给他们一个话题!只要这个话题在她的刻意引导下,对自己有利就好了。

况且她虽然稍稍地夸大了一点,但是说的都是事实,并没有虚假的成分在其中。便是有人去拱北王府打探,也探不出什么别的毛病来。

萧瑾这几天进了锦衣卫就觉得有点不对劲。

大家看他的眼神有点怪异。

他走过之后,都有人三五成群凑在一起谈论。他开始并没在意,后来越来越觉得奇怪,便留了心眼,悄然地竖起耳朵来听了听。

一听之下,萧瑾的脸就拉了老长!

"陈一凡!"他气冲冲地走进了自己在锦衣卫北镇抚司的房中,大叫了一声。

陈一凡、花锦堂还有冯安就在隔壁玩叶子牌,一听头儿的怒吼,丢下了叶子牌屁颠就跑了过来。

"头儿怎么了?"陈一凡拎着自己的帽子一边跑一边朝脑袋上扣。

"去!"萧瑾面色阴沉地坐在了桌子后面,"查一下,外面的那些话都是谁放出去的!"

"什么话?"陈一凡问了一句,随后想了起来,他嘻嘻一笑,"头儿你就不用放在心上了。"

"我平日里很刻薄吗?"萧瑾眸光一转,瞪向了陈一凡。

陈一凡笑着说:"有点。"

萧瑾……

陈一凡顿觉自己说错话了,赶紧改口:"也不是有点!"

"那就是很刻薄?"萧瑾威胁地一眯眼。

"不不不!"陈一凡赶紧摇手,"不是的,属下的意思是头儿平日里有的时候说话不太注意。不过头儿你身份高,也没人和你计较。"

没人计较,现在不就是有人计较?

等等!

萧瑾被陈一凡这么一说,脑子就转了过来,那日知道这件事情的人左右不过就是拱北王府的下人还有太医,萧子雅不会在外面胡说,他自己固然不会说,王府的下人和太医是有可能,但是他们不会那么偏颇紫衣侯府,说的整件事情里面卫箬衣宛若天女降临,大慈大悲,舍己为人,死而后已。

能将卫箬衣这般抬高,又刻意将自己如此贬低的,无非就是卫燕或者卫箬衣自己了。

萧瑾重重地一拍桌子!

好你个卫箬衣,倒是越来越有脑子了!

“你去买点补品回来。”萧瑾解下了自己腰间的香囊丢给了陈一凡,随后说道,“选贵的买。我一会要去看望一个病人!”

“哦。”陈一凡拿起了香囊,掂量了一下,嘿,挺重的。

“不知道头儿去看望的人,是男是女,是年纪大的还是年纪轻的?”陈一凡顺嘴问道。

“年轻的,女的!”萧瑾也没多想顺嘴说道。

“哦。头儿要去看崇安县主啊。”陈一凡顿时明白,“好!”

“滚!”萧瑾怒吼道。

陈一凡一缩头,赶紧跳了出去,嘻嘻哈哈地跑走,萧瑾抓起了桌子上的一个镇纸就朝陈一凡砸了过去。

他也不是非要砸着陈一凡,所以那镇纸就在门前不远的地方落了地,他只是要将陈一凡赶走罢了。

这臭小子是怎么猜到他要去看卫箬衣的?

萧瑾摸了摸自己的下巴,有点走神,难道自己身边也就只有一个卫箬衣是年轻的女的可让他去看了吗?

好像的确是这样……

萧瑾翻了一个白眼,觉得自己似乎也应该去相亲了吧……不然这燕京城里,只要提到他就要提崇安县主,提到了崇安县主就要联想到他,这这这……大大的不妙啊。

萧子雅倒是先了萧瑾一步登门拜访。

那日等卫箬衣走后,他曾经反复地问过了萧玉,再三地确定是卫箬衣保护住了他的儿子。

人家是因为护住他儿子而受伤的,那就真的要好好谢谢人家了。

所以他马上叫人备下了厚礼,亲自带着萧玉来了紫衣侯府。

拱北王府的前任现任两任世子亲临,老夫人就亲自迎接了出来。

因为现在紫衣侯府没正室夫人,若是只派个姨娘出来,未免太过轻慢了人家。

寒暄之后,老夫人就叫人带着两位世子去了回澜阁。

在去回澜阁的路上,卫兰衣正巧经过,忙过来行礼。

她与萧子雅见过好几次面。

不光是那日在拱北王府见过,就是在江火诗社之中,她和萧子雅都是常客和座上宾。

说是正巧经过,其实是卫兰衣命人去打探了一下,她亲自过来等候的。

“卫二小姐。”萧子雅拱手行礼。

卫兰衣福了一下，也见了礼。她打量了一下萧子雅，觉得真是可惜，那么漂亮文秀的一个人，居然是瘫的。若非他身有残疾，只怕即便是丧偶，也应是燕京城之中无数姑娘的梦中之人吧。

“萧世子是要去看我长姐吗？”卫兰衣明知故问道。

“是啊。”萧子雅笑道。

“那我给萧世子引路。”卫兰衣忙说道。

“好。”萧子雅点了点头。

卫兰衣就势走在了萧子雅的身边。“世子这几天都没去诗社，是因为拱北王府很多琐事吧？”她问道。

母亲的意思是让她最好能扒住四皇子，但是卫兰衣自己觉得萧子雅也不错。

虽然他是瘫痪的，但是做一个后备之选也是好的。万一四皇子那边失败了，至少她若是能嫁给萧子雅也算是挤入了皇室宗亲了。况且在四皇子那边，以她的出身，不过只能当一个侧妃，而萧子雅又是丧偶，又是瘫痪，她这身份到了萧子雅这边便是当一个正室都不算过分了的。

身份高一点的门第家中的嫡女又有谁愿意去嫁一个瘫子当续弦呢？

她如今在燕京城颇有才名。这些年，她母亲的刻意培养，卫兰衣举手投足恰到好处，不张扬也不傲慢，再加上母亲掌家多年，家中有什么好的都是先让自己的女儿去挑选，所以她的服饰搭配是府里顶尖的，便是卫箬衣那边都不及她。卫箬衣那衣柜拉开来，满眼的金光璀璨，奢华是够奢华的，若是说搭配，那就比不上卫兰衣了。这便是兰姨娘的高明之处，让自己的女儿抢眼一看是十分的低调，但是细细看下来，身上的每一个物件都是用了大心思的。而卫箬衣那边一看便是华丽无比，实际真的穿出去，在一众讲究的贵女圈里只会是贻笑大方。

卫兰衣人又长得非常漂亮，卫家随便哪一个姑娘走出去，那都是水灵灵的，在诗社之中自是受到极大的追捧。整日有不少人围着转悠，出身高门大户和出身寒门的都有。卫兰衣在家中一直被长姐压制着，但是到了江火诗社却是如此的受人瞩目，她自己亦是十分享受这种感觉，所以她没事就朝诗社里面跑。

诗社不知道是由谁成立的，大家都说是一名豪商巨贾出资，买下了一个燕京城之中的大院落，又花了重金进行了改造。里面一步一景，四季转换，皆有美景入眼，秀雅兼备，这里用来作为诗社简直堪称完美。里面还提供茶水之类，只需要一点点的银两，便是比外面最好的茶社也不差分毫了，但是诗社只招待社中之人，并不对外开放，现在燕京城的文人墨客皆以能加入江火诗社为荣耀。便是能被熟人带着进去看看转转，亦是能作为一个谈资在外面吹吹牛了。诗社中人会选出社长来处理诗社的日常事务，萧子雅身份高，早就才名在外，所以便是现在的社长，谢秋阳屈居于其下，为副社长。

有这两人坐镇其中，可见江火诗社是有多火爆。

其实卫兰衣最早看中的并非是萧子雅，而是谢秋阳。只是因为谢秋阳为谢家人，背后是皇后，素来和卫家不合，所以她只能放弃那个念头。书香门第最为注重的便是长幼嫡庶，即便是她能让谢秋阳对她死心塌地，以她庶出女的身份过去，只怕也讨不到什么好处。

而在萧子雅这边便不一样了。萧子雅温文尔雅,不管对谁都十分的客套,对自己的家人一定更是好得不得了才对。

卫兰衣悄悄地偷眼看了看萧子雅,更是觉得他眉目清雅秀丽,若非是腿上有问题,实在是绝佳的良配。

“小世子可还记得我?”卫兰衣想了想,对走在萧子雅身边的萧玉问道。

萧玉抬头看了看卫兰衣,一撇嘴。

“人家与你说话,你那是什么表情?”萧子雅教训萧玉道,“好好地回了人家的话。”随后他略带歉意地对卫兰衣一笑:“这孩子被我父王和母妃给宠得没影子了。”

被自己父亲教训了一通,萧玉这才不情不愿地回了一句:“我不记得。”

卫兰衣一阵的尴尬。

“许是上次在拱北王府人太多,所以小世子也不太在意。”卫兰衣脸颊一红,给自己找了点场子回来。

萧子雅淡淡一笑,并没多言。

“平日里小世子都喜欢点什么啊?”卫兰衣又问道。

若是想要博得萧子雅的青睐,必须要让萧玉先接纳她才对,这孩子能喜欢她的话,不就是事半功倍吗?

“和你有什么关系?”萧玉戒备地看着她。

平日里堂叔就教过,若是外面不认识的人问你喜欢什么,不喜欢什么,一定不要理睬,若是陌生人给吃的,一定不能吃,萧玉可是牢牢地记得呢。

卫兰衣心底隐隐地有了几分不喜,这孩子怎么这么讨厌!

“好好说话!”萧子雅申斥了一声自己的儿子,随后略带歉意地对卫兰衣说道,“实在是不好意思。”

萧玉接二连三因为卫兰衣问话而被自己的父亲责备,心底对卫兰衣更是起了几分不耐之意,他索性转过脸去。

这女人真讨厌!萧玉亦是想到。

说话间,已经到了回澜阁的门前。

萧子雅抬眼看了看,赫然发现这“回澜阁”三个字竟然是陛下的御笔亲书……好吧,卫大将军太宠女儿了。

卫箬衣正披头散发地趴在床上看书,今儿大哥说要考她,所以她在临时抱佛脚,没准备出门,也就懒得梳妆了。

大哥平日里看起来十分的温和,但是涉及到学问上的事情,可是真的一丝不苟,便是她学得不好,大哥也是要打她板子的,只是那板子每次都是高高扬起,轻轻落下,起一个警示的作用,并不真的打疼了她。

听闻萧子雅带着萧玉来了,卫箬衣忙不迭地爬起来,让绿蕊先带着人在前面喝茶,她则飞快地将自己整理了一番。

头发已经来不及挽了,只能随手抓了抓,让头发不至于看起来好像鸟窝一样顶在脑袋上,她又从梳妆盒里拿了一个蓝宝石的眉心坠戴上。今日在家中穿的是一件素白色的长裙,整个回澜阁中都烧了地龙,所以这件长裙乃是轻纱制成,并不厚重。卫箬衣看了看镜子中的自己，还行，就赶紧跑了出去。

等卫箬衣一出现在前庭的时候，萧子雅只觉得自己眼前一亮。

见了几次卫箬衣都是一身的浓墨重彩，今日的卫箬衣却是清新得如同那边摆放的那盆亭亭玉立的水仙花一样。她那墨一样的长发自然地垂落，额前仅仅坠着一枚蓝宝石的眉心坠，更显得整个人清幽如兰。

萧玉跳了过来："丑八怪！"一把扯住了卫箬衣的衣摆。

卫箬衣不甘示弱："小屁孩！"她抬手点了点萧玉的额头。

卫兰衣侧目，心底冷笑，当着人家父亲的面叫人家小屁孩是多失礼的一件事情。

她略看了一眼萧子雅，却见他一点都不生气，反而言笑晏晏，心底就更是觉得萧子雅的涵养太好了。

"见过子雅大哥。"卫箬衣这才屈膝和萧子雅行礼。

"看来县主已经是大好了。"萧子雅一拱手，微笑道。

"可不是呢。"卫兰衣这才插了一嘴，"长姐回家之后第二天就已经是活蹦乱跳的了。长姐的身体可是很好的。"

卫箬衣都懒得理她，卫兰衣这么说的意思无非就是和萧子雅说自己伤得一点都不重，表面夸她，实际上就是让萧子雅不必那么将她放在心上。

这姑娘的小心思太多了。想来原著之中卫箬衣便是在这种小心思的夹击之中慢慢地性格越来越糟糕。不过现在换了人了，所以卫箬衣真心有一种我就静静地看着你瞎胡闹的冷眼旁观的感觉。

"有劳子雅大哥挂念了。我现在真的是完全好了。"卫箬衣礼貌地对萧子雅说道。

"丑八怪，我请你吃好吃的。"萧玉拽了拽卫箬衣的衣摆说道。

"哎呦！你有钱？"卫箬衣垂眸，捏了捏萧玉粉嫩粉嫩的腮帮子，手感还真的很好，捏得上瘾了，卫箬衣就上了两只手，搓了搓萧玉的脸颊。

萧玉虽然也是不耐，瞪了卫箬衣两眼，有点气鼓鼓的，但是却没说什么，忍下了。

卫箬衣觉得他好玩，哈哈地一笑，弯下腰来，亲了他一下。

萧玉先是一愣，随后小脸蛋就稍稍地红了起来。他低下了头去，低骂了一声："丑八怪！"

这下不光是萧玉了，便是萧子雅的脸颊都有点微微地发红，崇安县主还真的够豪放的。

卫兰衣暗中扯了扯自己的帕子，即便她再怎么迟钝，现在也看出来这拱北王府的小世子对卫箬衣与对她是截然不同的态度。

怎么又被卫箬衣给抢了先机！

卫燕从外面走进来的时候稍稍地一愣，不知道卫箬衣这里坐了这么多人，但是一看到萧子雅和萧玉，他便是明白萧子雅这是来感谢卫箬衣的。

他是不喜欢萧瑾，但是对萧子雅却是没什么意见。

见礼之后，相谈甚欢。

"对了，静雪公子可对江火诗社有兴趣？"萧子雅问道。

卫兰衣一听，心就隐隐地一提。

“最近倒是听说过这个诗社，”卫燕笑道，“只是听说这个诗社是需要有人引领才能进去的。”

“若是静雪公子觉得有兴趣的话，明日诗社便有一个聚会，不如请静雪公子带着崇安县主一起去可好？”萧子雅笑道。

诗社？

又要作诗！

卫箬衣瞬间又慌了。

“那个……我可不可以不去啊！”卫箬衣小心翼翼地问道，“你们都是知道我的水平的，别到时候再闹了什么笑话出来，给你们两个丢人了，那就不好了。”

“我长姐的确不怎么擅长诗书绘画。”卫兰衣忙也在一边帮腔，“世子就不要为难我长姐了。况且我大哥的身体也不是很好。明日多半是会落雪的，大哥他不太适宜出门。”

咦？卫箬衣就觉得奇怪了。

卫兰衣不让她去也就算了，因为她的确是不懂那些东西，去了也是两眼一抹黑，但是卫兰衣为何要阻拦大哥去？

这里面有猫腻！

卫箬衣眼睛划了一下，笑道：“不过陪大哥去，我还是愿意的。”随后她就看向了卫兰衣，想看看她是个什么表情和反应。

47 她想隐瞒的事情

卫兰衣那染着浅粉色丹蔻的手似乎轻轻地颤抖了一下。

她虽在极力掩饰着，但是也被观察入微的卫箬衣给看在了眼里。

这姑娘是在紧张什么？

“大哥，你也久在家中修养，你本就喜欢诗词书画，如今子雅大哥又诚意邀请，不如咱们就去看看吧。”卫箬衣是不知道那个什么江火诗社现在火成了什么地步，不过总是听卫红衣和卫简衣提起这个诗社，又说卫兰衣在里面似乎是很受欢迎。她自受她的欢迎去，难不成她还怕自己去了抢了她的风头去吗？这种风头又不是说抢就能抢的走的吧。她对诗词歌赋完全就是门外汉啊。

卫箬衣的确是可以随手拉出很多流传下来的锦绣诗篇出来唬人，但是这里是大梁朝啊，林亦如就不说了，大梁朝的开国皇后都是穿越来的，谁知道那位皇后娘娘有没有用过前人的文章来充门面，她万一随手一扯，扯了一个黄河之水天上来，结果人家说她是捡了圣孝仁皇后的牙慧，那岂不是更丢人现眼了。

这种事情还是不要弄了，她有个几斤几两的，她自己心里明白。

所以卫兰衣听她说要去诗社越是紧张，卫箬衣就越觉得奇怪。她这人有的时候还挺别扭的，你越是不想她去，她还真想去看看，卫兰衣在诗社里面有什么是那么见不得人的？

卫燕本是犹豫着，如今一听卫箬衣说肯陪他一起去，他就定下心来了。

既然他已经决意不再消沉，这些俗世之事都是难免的。只是他久不与人多接触，心底发怵，但是有卫箬衣在就不一样了。

“那就恭敬不如从命了，”卫燕笑道，“只是不是说那诗社是要人引荐的吗？世子难道也是诗社之人？”

“在下不才，被选为这任的诗社社长。”萧子雅笑道。

“哇！”卫箬衣先拍起了巴掌，“子雅大哥好厉害。”

“我爹爹当然厉害了。”被卫箬衣夸了，不光是萧子雅的白净面容上浮现了淡淡的红痕，就连萧玉也跟着一起嘚瑟，“你还没见我爹爹以前呢！我听堂叔说过，我爹爹以前可是文武双全！”

“说得好像你见过一样！”卫箬衣觉得他好玩，于是抬手刮了一下他的脸颊。

“我听堂叔说的！堂叔不会骗人！”萧玉朝卫箬衣一嚷嚷，随后哼了一声，“不信你去问我堂叔！”

“我才不要去问他。”卫箬衣朝萧玉做了一个鬼脸，他嘴里那堂叔一定是萧瑾没跑了。萧瑾那人一肚子的坏水，指不定就在哪里憋着准备坑她，她又不是脑子真的撞傻了，要自已撞去他的枪口上。

这次他用球将她给砸晕了,是出了一大口恶气了吧?

想到这个卫箬衣就一肚子的气,好歹她都被砸得流了鼻血了,那个混球什么话都不说,就是连看都懒得来看!倒也不是她非要让那混球来看她,但是她怎么也是晕了吧,过来过问一下难道不是人之常情吗?

所以卫箬衣得出一个简单粗暴的结论,那混球就不是人!

她这边满脑子想的是萧瑾,就见绿蕊进来。“县主,五皇子殿下前来看你了。老夫人那边打发人过来说了一声,说是五皇子殿下一会儿过来。”

卫箬衣……

她瞬间慌了!

她的这个脑袋瓜子真的是开过光了吗?怎么想谁谁出现?

“没想到他也来了。”萧子雅笑道,“可是巧了,若是知道他也要来,我就等他一起了。”他总觉得萧瑾既然和卫箬衣那般的不对付,所以这种事情他就不叫着萧瑾一起了,主要不知道萧瑾是怎么想的,牛不喝水也不能强按着,对吧。

卫燕却是神色一凛。

上次在拱北王府,就连他都是一肚子的气。

若不是碍于萧子雅在,他都想叫人直接将萧瑾给轰出去,只是他这个念头也只是想想罢了,这个家里又不是他做主,有老夫人在那边,萧瑾又是皇子的身份,拦都拦不住,别说是轰了。

没过多久,萧瑾就径直地走了进来。他没有回去换过衣服,依然穿着锦衣卫的飞鱼服,只是没有戴冠,墨发是直接用一根深蓝色的发带束在脑后的,整个人干净利落。

嘿,人真多,都扎堆了!

“子雅堂兄也来了。”萧瑾对萧子雅一颔首,随后看向了卫燕。

纵然卫燕再怎么不情愿,也不得不起身行礼:“见过五皇子殿下。”

“免礼了。”萧瑾清清淡淡地说道。

虽然他并不是怎么喜欢自己五皇子这个身份,不过不得不说,有的时候这个身份拿出来压压人还是不错的。卫燕那脸都黑了,却也不得不朝他行礼。

萧瑾看向了卫箬衣。

卫箬衣这副样子一看便是才从床上爬起来的。

“看来崇安县主的身体恢复得不错。”萧瑾说道,“今日气色很好。”

卫箬衣干巴巴地笑了两声,和卫兰衣一起见了礼。卫兰衣显然是有心事,所以即便是萧瑾来了,她都有点心不在焉的。

“托了您的福了。”卫箬衣皮笑肉不笑地说道,“我暂时还没死。”

“有老话怎么说来着,不太记得了。”萧瑾浅笑,“按照那句老话来推断崇安县主是一定会长命百岁的。”

哼!卫箬衣怒目,他这是拐着弯骂她是祸害?好人不长命,祸害活千年是吧!好啊,以后就祸害你了!爱咋咋地!

见卫箬衣吃憋,萧瑾嘴角的笑意变得大了几分,就连那双眸子都变得透亮了起来。

嘚瑟去吧！卫箬衣一点都不想看他的嘴脸。他这是来探病得吗？他这分明是怕她病得不够厉害，巴巴地赶来火上浇油的！

倒是萧玉十分的开心，直接蹦到了萧瑾的身侧。“堂叔。”他叫了一声，随后抱住了萧瑾的腿。

“小玉儿。”萧瑾垂眸，抬手点了点他的鼻子。

其实萧瑾来是有话要问卫箬衣的，但是现在这里聚了这么多人，他也没什么好问的了。

外面那些传得满天飞的诋毁他的话，不用说了，都是这位县主的手笔了。瞅她现在生龙活虎、吹胡子瞪眼的样子，就知道她这些天在家里过得是有多滋润了。

他已经让人查过了，此次谣言之中，获益最大的便是那个方家皮具铺子，门庭若市。那日他曾经在方家皮具铺子见过卫箬衣与掌柜的从楼上下来，似乎就是在密谈些什么。

而且他也查过，方家皮具铺子里面如今卖得最好的球无论是做工还是样式，都与卫箬衣拿来拱北王府的一般无二。原本放在那边无人问津，自这等谣言一出之后，那球都已经卖得脱销了，供不应求，十两银子一个球还每天都有人下订单订购。

综合这么多考虑下来，萧瑾如今是对卫箬衣真的刮目相看了。

这以前只知道冲冲冲的崇安县主，如今真的是长了脑子了。

说什么她在定州将头给撞坏了，依照萧瑾看来，明明是在定州她将脑子给撞好了。

“你明日可要当差？”萧子雅笑着问道。

“不用啊，这几天都可去可不去。”萧瑾回道。这几天衙门没什么大事，他这个千户自是想做就做，不想做也没人能管得了他。

“那可是好了。“萧子雅笑道，“明日静雪公子要和崇安县主去诗社玩，你也一起来吧。其实你与崇安县主之间若是有什么误会的话，多接触一下，说开便好。上次那球的事情就纯属意外，大家都不要放在心上。”萧子雅不是不知道外面传闻崇安县主痴恋萧瑾的事情，但是他看在眼中的似乎与传闻一点都不一样，崇安县主刚刚自一听到萧瑾来了，那脸上的神色就十分的别扭，不是因为开心，而是因为烦躁。

若是崇安县主真的对萧瑾有意，表现出来的样子应该与现在不同。

所以萧子雅就觉得这两个人莫不会是因为外界的传闻而发生了什么不愉快吧。

卫箬衣和萧瑾几乎想都没想，同时说了一句：“我与他(她)没误会！”

随后两个人均是一愣，相互对看了一眼，目光在短暂的接触之后，两个人又同时彼此厌恶地撇开自己的头，一个向左一个向右。

萧子雅哑然失笑。

怎么他觉得刚刚看到了两个小孩子在吵架一样……好生的幼稚。

既然答应了要去诗社，卫箬衣翌日午后用过了午膳之后还是稍稍地收拾了下。

她回来已经很多日子，拽着老夫人给她重新做了一批衣服，用来替换掉那一衣橱的金光璀璨了。虽然每次打开衣柜都是惊喜和惊吓同步，蛮刺激的，但是总这么刺激自己，也不是太好。

现在她的衣柜拉开已经是正常了许多。

卫箬衣选了一条浅蓝色的衣裙出来，她刚刚叫绿蕊去隔壁看过了，大公子今日穿的就是一件浅蓝色的长袍,衣摆用浅黄绿色的丝线绣着一枝青梅。所以她也选了与大公子同色的衣衫。

卫箬衣一边更衣一边问道:“对了,昨儿到现在兰衣那边可有什么动静?”

卫兰衣那边虽然是没有卫箬衣安插进去的人,但是这家就这么大,真想打听点什么,也是问得出来的,只要不是太细节的东西。丫鬟之间没事凑在一起也会聊天,聊的内容不外乎就是在自己家主子那边的见闻。

昨天,卫兰衣听闻卫箬衣和卫燕都要去诗社,表现得十分的紧张,所以卫箬衣就让人留心一下,免得卫兰衣又有什么动作她不知道。

“好像也没什么不妥的地方。”绿蕊说道,“我和碧芝闲聊了两句,她们小姐昨天自五皇子殿下和两位世子走了之后就将自己关在房门里面,再没出来了。”

“哦。”卫箬衣换好了衣服,点了点头。没出什么幺蛾子就好。

等卫箬衣整理好了,卫燕已经打发人过来问了。

如今梅姨娘地位也上来了,院子里的使唤人就又多了起来,不过之前要攀上卫荣高枝的那两个原本属于卫燕的小厮现在已经被老夫人直接给打发出府去了。

侯府不需要这等捧高踩低的奴才。

卫燕这回的贴身小厮都是他自己去选的,老夫人给的脸面。

兄妹两个并排出了侯府的大门,上了马车。

卫箬衣没见到卫兰衣,好奇地问道:“兰衣不与咱们一起走吗?”

“我刚刚也派人去问了,她早就撇下咱们两个自己走了。”卫燕笑道。

今日的卫箬衣十分的漂亮,也是,他的妹妹,自是哪一天都很漂亮的。

卫燕的眼底升起了一片柔光:“你若是真的不喜欢那个五皇子了,就少和他在一起。”卫燕说道,“免得旁人多有废话。”

“你以为我愿意和他在一起吗?”卫箬衣撇嘴,“这不都是凑巧了吗? 我要是知道他今日也答应了要去,我还就不去了。”

“那咱们就回去好了,反正也走了不远。”卫燕笑道。

“别! 都已经答应了子雅大哥了。去是给子雅大哥面子,又不是给五皇子殿下面子。”卫箬衣说道,“反正我少和他说话就是了。”

“嗯。”卫燕点了点头。

卫兰衣跑那么快干吗!

卫箬衣觉得好奇。

她今天肯定是要去诗社里面看看的,到底为何卫兰衣昨天会表现成那副样子。

马车到了诗社门前,卫箬衣和卫燕下了车,门前有一名身穿青色短衫的小厮正等着。

见到了挂着紫衣侯府徽记的马车停下,小厮忙过来行礼。“敢问可是紫衣侯府的静雪公子和崇安县主?”

“正是。”卫燕颔首。

“二位是我家主人的贵客,还请里面请。”小厮忙笑着让到一边。

“你家主人可是拱北王府的萧世子?”卫燕好奇地问道。

“我家主人便是这宅子的主人了。萧世子乃是我家主人的朋友。”小厮笑道,“二位又是萧世子的朋友,便就是我家主人的座上宾。”

“哦。”卫燕也听说过这宅子的主人是个身份神秘的富豪,人家没有透露过多,便是不喜欢人多探究,所以卫燕也就十分的识趣地没有去多问什么。

进了大门,卫燕和卫箬衣才算是领略到这宅子里面的风貌。果然如传闻那般,里面的设计与陈设都是花了大心思的,说一步一景一点都不为过,便是随便从哪一个围墙上的花窗看过去,都是一幅画一样。现在是冬季,这园子里的绿色都已经褪去了,只留了树木的枯枝,但是便是这样都不会让人觉得宅子空荡荡的,依然存着一种万物凋零之后,饱含禅机的另类美感。

这可不是一般的土豪能营造出来的气氛。

院里随处可见名人字画,就和不要钱似的垂挂着,供人欣赏临摹,一派浓郁的书卷气息扑面而来。

就连卫箬衣这个对古典文学其实不怎么懂的人到了这里都顿时感觉到高大上了。

那句物以类聚、人以群分的话果然不错,这里一看就是走得妥妥的高端文化会所路线。

卫箬衣啧嘴。

看来她今天来开开眼界是来对了。也难怪卫兰衣恨不得要长在这里,没事就朝这里跑。

“萧世子还没来。”那小厮将卫燕与卫箬衣引领进去之后,笑着说道,“二位可以在这里先四处走走,看看。等萧世子来了,小的会来通知二位。”

“多谢。”卫燕拱手。

“咱们来早了!”卫箬衣等小厮走了之后扯了一下卫燕的衣袖。

上次去参加那个红叶大会还有什么四皇子举办的诗会,她是忐忑不安,今天有卫燕在身边,她进入这种地方却是一点都不慌了。横竖有事也不怕,力气活她上,动脑子的活儿大哥上,大家男女搭配,干活不累。

“总比迟到强。”卫燕笑道。

果然有点下雪了,卫箬衣站在回廊下看了看外面,适才来的时候天就暗沉着,这会儿不过眨眼的工夫,就已经开始飘起了淡淡的清雪。

“大哥冷吗?”卫箬衣转眸问道。

“不冷。”卫燕笑道,他压低了声音说道,“其实我最近已经感觉好很多了,没以前那般娇气。你不用担心我。”

“大哥会越来越好的。”卫箬衣甜甜一笑。

卫燕眼底柔意大盛。

他们两个就沿着回廊慢慢闲逛着,回廊的一侧挂满了书画作品,应该都是诗社众人所作的。卫燕看得十分的有兴趣,卫箬衣却是东张西望的。

“你就和个猴子一样的,看什么呢?”卫燕笑着问道,若是她觉得厌烦了,那他也可以陪她去别处走走。

“我在找卫兰衣呢,”卫箬衣笑道,“不是说她早就来了吗,怎么就没见到人?”

卫箬衣的话音才落,有两名与他们错身而过的公子就停下了脚步。“二位也是过来看卫姑娘的吗？”

卫箬衣……

她想看卫兰衣回家看就好，跑这里看个什么鬼？

不过卫箬衣还是点了点头。“你们也是？真的好巧好巧哦。”

她上下打量了一下那二人，穿得还不错，说不上是什么大富大贵的，但是也是干净整齐，两个人长得也是文质彬彬的。

“我们二人都是来京赴考的学子。”其中一人抱拳对卫箬衣说道，“在燕京城之中认识的一个长辈正巧是诗社中人，说今日有诗会，便带我们进来了。我们久闻紫衣侯府卫家小姐的才名，所以才想着过来看看。卫家小姐人是没见到，不过也是啦，我们这种身份想见她一面也不容易。听闻她有诗作留在这个回廊里面，所以就过来找找。”

“好巧我也在找。一起一起。”卫箬衣笑道。

卫箬衣那容貌自是没得说，光是这么看看，十分的能唬人，她一说一起，那两名学子更是开心得不得了。卫箬衣这一身打扮虽然不张扬，但是周身上下那分气度十分不凡，再加上她身侧的男子如美玉一样无暇温润，自非普通人家的出身，况且听她刚才直呼卫家小姐的名字，应该是与卫家小姐十分熟悉了。

“敢问二位高姓大名？”另外一名学子看着卫箬衣的笑容，眼睛都有点发直，喃喃地问道。

卫燕的眼神一沉。“舍妹之名不方便告知。”他稍稍地一侧身，将卫箬衣拉到了自己的身后，挡住了那位的目光。

哪里来的登徒浪子，竟是敢这样看着他妹妹。

“哦，是我们唐突了。”最早说话的那位赶紧道歉道，“二位不要见怪。”

“我名为静雪，字燕。”卫燕见那人还算不错，神色稍缓，说道。

“静雪公子好。”那人忙拽着另外一人行礼。

“你们说卫兰衣有诗篇放在这里展示，可曾找到？”卫燕其实也觉得好奇，问道。他是知道兰姨娘给卫兰衣请了不少师傅，但是却不知道她的真实水平到底是如何的。

“我们已经找了一个来回了，愣是没看到。”学子回道，“许是撤换了吧。”

两个人没找到卫兰衣的诗，甚是有点遗憾。

“你们要找卫家小姐的诗啊。”又有人踱步过来，听到这边在说这个事情，于是过来插上一嘴。

“是啊。”先前的学子忙抱拳，“敢问兄台知道悬挂在哪里吗？”

“本就是在这里的，不过早上卫家小姐来得早，让人用别人的诗作给替换下来了。”那人略带得意地说道。

“哦。”那学子颇为失望。

插话之人见学子一脸的失落，笑道：“不过卫家小姐的诗作，在下都背得出来，不如就让在下背诵两首出来，供君赏析。”

“有劳了。”那学子眸光一亮，再度抱拳。

卫箬衣和卫燕也都来了兴致。

插话之人见自己受了这么大的瞩目，心底也是高兴，于是摇头晃脑的背诵了两篇出来。

卫燕只听了一首，眉头就蹙了起来，等再听到第二首的时候，卫箬衣就听到他轻轻地哼了一声，声音不算大，但是大家都听到了。

背诵之人也就停了下来，拱手对卫燕说道："这位兄台，听你刚才哼了一声，似乎对卫家小姐的诗作颇为不满。不知道是为何呢？可否告知？"

"的确有点不满。"卫燕清冷地看了他们一眼，忍了忍，随后对卫箬衣说道，"咱们走吧。没什么好听的了。"

48 这是你写的吗？

“嘿！你这人怎么这么无理取闹？”那个摇头晃脑背诵卫兰衣诗篇之人有点不悦，“这两首诗乃上乘之作，用词清丽，意境超然，怎么就引得这位公子不满了呢？”

卫燕横扫了他一眼。“卫家那位小姐才多大的年纪，这诗中始终蕴含着一种悲切、郁郁不得志的压抑，又岂是她那个年纪能体会到的。”

“这话我就不爱听了，”那人极力为卫兰衣申辩，“都知道卫家有一个崇安县主，飞扬跋扈，在外名声极差，还十分的恬不知耻，倒追五皇子殿下，在家亦是欺压家中妹妹，让人惶惶不可终日，便是因为有这样的姐姐，卫家小姐才郁郁寡欢，唯有到了诗社之中才能一抒心底的烦闷之意，以诗达意，有何不妥？”

“她是这么在外面说的吗？”卫燕的眸光一凛，就连声音都带上了几分寒意。

看热闹，骤然被点名的吃瓜群众。卫箬衣表示膝盖好痛！

怎么走到哪里都躺枪？

这怎么又扯到她的头上去了？

“大哥大哥！”卫箬衣赶紧拦住了看起来要动手打人的卫燕，这种粗活让她来！

卫燕就是觉得一口气堵在胸口不上不下，弄得他本都不怎么咳嗽了，现在又剧烈咳嗽了起来。

“你这人真是好笑！”那人见卫燕目露凶光，亦是十分的生气，“卫家小姐那般温柔伶俐，才气纵横，又是那般的惹人怜惜，你还凶上我！”

“你还说？”卫箬衣一边给被气得剧烈咳嗽的大哥顺气，一边回眸狠狠地瞪了那人一眼，“滚！”

“怎么说话呢！”那人气道，“这诗社又不是你家开的！怎么就叫我滚！”

“呵呵。”卫箬衣冷笑，“你知道我是何等身份？”

“你是谁？”那人上下将卫箬衣打量了一下，见她除了样貌艳丽之外，也没什么特别之处！不过她和那个咳嗽的男子都是穿着浅蓝的衣衫，看起来倒是十分的叫人赏心悦目。

“我就是你嘴里刚刚说的那位在家欺负妹妹，在外飞扬跋扈倒贴男人的崇安县主！”卫箬衣冷笑道，“既然知道我的名声如此之差，也该知道我做事全凭喜欢或者不喜欢，你若是在我面前再站上片刻，我保证会打得你连你娘都认不出来！还不赶紧滚！”

那人一愣，心骤然一提，崇安县主是陛下亲封的爵位，又是紫衣侯府的长女，他就是一介布衣，好不容易混入了诗社想攀个高枝，日后走仕途的时候能安顺一点，哪里知道今日会在诗社里遇到传闻之中燕京城里最霸王的一个……

“你……你……你果然如传闻一般。”那人脸色都有点发白，“有道是好男不和女斗！”

“既然知道我身份,便该知道怎么做了吧!”卫箬衣眯眼。

那人忙不迭地转身要跑,却被卫箬衣给叫住:“站住!”

“啊?”那人不明就里,停住了脚步,不知道卫箬衣一会要让他滚,一会又要让他站住是何意。

“你的书都读去了狗肚子里面了? 礼仪竟是全然不知吗?”卫箬衣怒道。

那人这才反应过来,忙不迭地躬身行礼。“见过崇安县主,小人告退!”

“滚!”卫箬衣这才一拂袖,那人如蒙大赦,忙不迭地跑了开去。

之前的两个人如今已经看傻了,不知道自己在诗社里偶遇的漂亮姑娘便是名满燕京城的崇安县主……

这这这……

“见过县主,小人们也告辞了。”那两个人愣了一会,这会子才反应过来,忙一拱手,随后飞一样地快步离开。

卫燕的咳嗽好不容易才停歇下来,白皙的面容上已经染上了一层淡红,不知道是因为咳嗽的缘故,还是因为被卫兰衣给气的。

“绿蕊,去给大公子拿点水来。”卫箬衣对绿蕊说道。

“是。”绿蕊马上快步离开,绿萼则递上了帕子。卫箬衣拿着帕子替卫燕稍稍地按了按唇角。“大哥你刚刚不必那么生气的。我的名声在外面本就不咋地,人家想怎么说就怎么说呗。”

“倒不是旁人怎么说!”卫燕深吸了一口气,平复了一下自己心底的愤怒,“而是自家人在外面也这般地损毁你的名誉。”

“又不是一天两天了。”卫箬衣笑道,“她能蹦达到哪里去? 随她去吧。搬弄点小是非,成不了大气候。”

卫燕看向了卫箬衣,见她眼眉含笑,竟是真的一点恼意都没有,不由长叹了一声:“我倒是不如你豁达了。只是你这般不是助长了她那样的气焰? 女孩子在外面名誉有损,说到底,害的还是你自己,你将来不要嫁人了吗?”忽然之间卫燕的心底蕴起了一丝的愁绪,他如今和妹妹相处下来,觉得妹妹才应该是品行与相貌都拔尖的好姑娘,可是外人对卫箬衣一直误会重重,将来她若是出嫁,夫家被她的名声所惑,不识她的真心,岂不是白白耽误了箬衣了。

“谁说我要助长她的气焰了?”卫箬衣鼓起了腮帮子,“她敬我一尺,我敬她一丈! 她如不弄点小动作就算了,非要背后这样胡说八道,我也不会轻饶了她。不过这种事情不必现在就找她讨要什么说法,我的名声不好如今在外面已经是根深蒂固了,如果我现在敲锣打鼓去将卫兰衣揪出来,岂不是做实了我跋扈之名,更让她显得楚楚可怜了? 这种锅我才不背! 君子报仇,十年不晚,这账我一笔笔记着呢。”卫箬衣笑道,“大哥不用担心,你妹妹我,其实也不是什么好鸟,坏起来的时候手也挺黑的。”

卫燕忍不住嘴角微微地上翘了一下。“你这丫头,说话总是三句话就开始不正经,姑娘家,不要将那些市井粗话挂在嘴边去说,成了什么样子了。”

什么鸟不鸟的……这话就连卫燕都说不出口,卫箬衣却说得顺嘴的不行……卫燕想到这里,白皙如玉的面容上又染了一点点的绯红,端是瑰丽无边。

“啊呀，大哥，我忽然发现我中午饭白吃了！”卫箬衣看着大哥的面容，十分夸张地说道。

“什么？”卫燕不明就里，稍稍地蹙眉。

“我大哥长得这么帅气好看，我便是看看大哥都能看饱了。”卫箬衣嬉皮笑脸地说道，“有句话不是叫做秀色可餐吗？你看我是不是浪费粮食了？”

卫箬衣这一番话说完，蒙在卫燕心头的最后一丝阴霾也荡然无存，他不可自遏地噗哧一下，彻底地笑了出来。“你这死丫头！连你大哥都调戏！我看你日后是嫁不出去了！”

“嫁不出去才好！”卫箬衣挽住了卫燕的手臂，“我就在家里赖着，有祖母疼着我，父亲宠着我，还有大哥陪着我，我怕什么啊！哦，不对，大哥也不可能一直都只陪我一个的，大哥将来会娶妻生子，那就是大哥大嫂和我未来的小侄子陪着我，这日子岂不是过得很美吗？”

卫燕的笑容稍稍一滞，眸光也略暗了几分，不过他还是很快就恢复了正常，抬手点了点卫箬衣的额头。“好，你若不想嫁，卫家就养你一辈子，反正又不是养不起。”

“对对对！”卫箬衣忙不迭地点头，“那大哥可要努力！我可就指望着你和父亲了！”

卫燕轻哼了一声，眼底的笑意却是更浓了。

卫箬衣见卫燕现在已经毫无芥蒂了，心底这才算是长舒了一口气，大哥的身体才刚刚好转，不能被这些乱七八糟的屁事给再气坏了。

“对了，刚刚我说不满，并不是因为那些诗，而是因为不满卫兰衣。”卫燕收敛了笑容，正色对卫箬衣说道，“那些诗根本就不是卫兰衣所作，而是出自我的《雪景八首》之中的两首。乃是我前年所作。皆因那时候身体不好，郁郁不得欢，所以那八首写雪景的诗，字里行间都透着一股子悲切哀沉之气。却不想卫兰衣不知道怎么看了去，拿来这里变成了她的作品，这也就罢了，她却还要自编一段话来编排你，这是我不能忍的。”

“所以大哥生气并不是因为自己的诗篇被卫兰衣所盗用，而是因为卫兰衣在外面说了我的坏话是不是？”卫箬衣心底感动。

其实，刚刚卫燕质问那人这诗里面透着一股子哀意，卫兰衣是写不出这种意境的时候，卫箬衣就已经隐约猜到了这些诗是大哥的。

她和大哥都选择没有当场说破，不过就是为了维护卫家的颜面而已。

难怪昨天卫兰衣紧张得不得了，原来真的在这里藏了猫腻。

好在她现在来看了看，不然还真的被那个卫兰衣给蒙在鼓里了。

说什么才女，真是搞笑了！如果说将大哥的诗篇拿来当成自己的，便能博得一个才女之名，那她不是更方便？大哥应该会心甘情愿地帮她写诗吧……

“卫兰衣抄了大哥的诗，大哥准备怎么办？”卫箬衣托腮坐在卫燕的身侧问道。

“和萧世子说明白，”卫燕目光沉静，“去除卫兰衣诗社成员的资格。

“哎呀，真是太可惜了。”卫箬衣嘿嘿一笑。

“哪里可惜？”卫燕不解地问道，“你是觉得不够解气吗？”

“不啊，我是觉得其实放这姑娘继续在诗社里面作妖也不错。”卫箬衣笑道。

“为何？”卫燕蹙眉。

“大哥，你也加入诗社如何？”卫箬衣拽了拽卫燕的衣袖，挑眉说道。

“你想让我来,那我就来便是了。”卫燕温柔一笑。

“来来来！必须来!”卫箬衣立马举起双手赞成,“大哥将来总是要走上仕途的,诗社便是一个很好的社交平台了。我想肯出这么大价钱买下这里,又花了那么多心思装饰这里,最后又免费拿出来给旁人使用的人,应该不是什么普通人物吧。还搞得那么神秘兮兮的。能入这里的你看看,不光是豪门世家,更是连布衣都有,只要有才便能进入,时间长了,这里声誉不是越来越隆盛?”

“你的意思……”卫燕听卫箬衣这么一说也觉得似乎非常有道理。虽然他没听说过社交平台这四个字,不过猜也猜得到这四个字的含义。

“咱们大梁朝自开国皇后以来,便是鼓励百家争鸣之说。”卫箬衣想了想,“我总觉得任何人做任何事情都不会是无缘无故的,将来这里只会笼络越来越多的有识之士。现在不过就是一个诗社,没准将来还会有其他的学说辈出。朝堂之上选人用人,亦是通过考试,可是考试毕竟存在着一定的偶然性,有很多有才的人,因为这样那样的原因很可能名落孙山,但是到了这里,没准会被人看重,委以别的重任。大哥你必须来,看看这里的情况也好,就当能及时地掌控一个未来的动向了。”

卫燕被卫箬衣的一番话说得顿时瞪大了眼睛。

他似乎每次都能被自己的妹妹给一再地刷新认识。

这些年他足不出户,就连思想都拘禁在了那一隅清冷院落之中,而现在看看卫箬衣,嬉笑怒骂,恣意妄为之下,隐藏着的却是一颗锦绣之心！她看得竟是比自己深远多了,也广博多了！

是啊,世上哪里会真的有掉馅饼这种事情！

陛下尚未立储,一切皆有可能发生,这诗社背后之人到底是谁,谁也不明了。上次卫箬衣就和他说过卫家的现状,如今再这么看看,卫家之中目光最长远的竟然是自己这位声名狼藉的妹妹了。

自己参加秋闱,意图出仕,不光是为了证明自己,更是为了将来能保住妹妹保住母亲。

说到底,他们都是姓卫的,打断骨头连着筋,一荣皆荣,一损俱损。

卫燕已经明了了卫箬衣的意思。

“行了,我明白了。”卫燕点了点头,“我入诗社只有好处没什么坏处。就连谢家的那位状元郎也是诗社一员,可见这诗社影响力之大。你说的我懂了。”

“我大哥就是聪明!”卫箬衣笑道,“大哥入了诗社还有一个好处,就是看着卫兰衣。其实她抄大哥诗篇一事,她自己心知肚明的。我猜过不了多久,她就要来哀求大哥了。咱们要不要赌一把?”

“才不要和你赌!”卫燕笑道,扭头,“明知必输,还和你赌,不是脑子有病吗?”

哎呦,大哥也会傲娇了?

卫箬衣顿时被大哥那甩头的小动作给雷了一个外焦里酥的。

“大哥可以勉为其难地答应她一回,是人都会犯错,给她一次改正的机会。毕竟是卫家的人。”卫箬衣低叹道,“不过大哥若是觉得气不过,想要当众揭穿她,我也不反对,毕竟那些诗都是大哥所作。”

卫燕眸光一闪,顿时又明白了卫箬衣的意思。

“你这丫头，真是眼睛一眨便是一个主意。”卫燕好笑地说道，“我知道你的意思了。你说得倒是大度，其实坏得很！你是要我拿住了卫兰衣的把柄，让她日后不敢再在我们的面前作妖对不对？横竖我入了诗社，她不可能再拿我作的东西出来说成是她自己的，日久见人心，她有多少斤两，总是会展露人前的。到时候不用我出手，便是旁人也会将她给挤兑开的。我就不信这诗社里面只有她一个才女，旁的才女一点嫉妒心都没有。”

卫箬衣侧目。“大哥你这么坏！梅姨娘知道吗？”

“哪里是我坏！”卫燕哭笑不得，抬手敲了一下卫箬衣的额头，“明明就是你想出来的坏主意！”

卫箬衣顿时捂住了自己的脑袋，抗议道：“大哥别再打我的头了。我这头已经是伤痕累累的了！你再打我真的变成傻子可怎么办？”

“变成傻子才好！”卫燕横了她一眼，“大哥养你便是了！”

“还是不要吧！”卫箬衣嬉皮笑脸，“变成傻子就不能逗大哥开心了。”

“呸！”卫燕十分唾弃地啐了卫箬衣一下。

萧子雅和萧瑾远远地站在回廊的尽头，看着回廊中央坐着的兄妹两人，萧子雅的轮椅是被萧瑾推着的。“他们兄妹两个的感情真好。”萧子雅不无羡慕地说道。

萧瑾撇了撇嘴，没吱声。

刚刚他推着萧子雅过来，老远就看到这两个人了，前面的话他没听到，不过从兄妹两个要打赌开始，倒是将他们的话听了一个真切。这条回廊附近没人，所以卫箬衣和卫燕也没特别刻意地压制住自己的声音，依照萧瑾那种程度，只要有心，一定是可以听得分明的。

让他十分意外的是卫兰衣居然抄了卫燕的诗了！

倒是有趣。这卫府里面乌烟瘴气的，倒是如同皇宫一样，到处都是勾心斗角了。

他看卫箬衣的眸光也带了几分不屑。原本只以为卫箬衣是个傻大姐，除了被娇宠坏了，性格跋扈，做事冲动，如今看看能在这些豪门之中独得恩宠的人，果然都不是省油的灯。

好一招借刀杀人！就如同钝刀割肉一样，慢慢地磨，却是比当众揭穿卫兰衣，让她下不来台，还要让她难受，毕竟那样的痛只是痛一回，而这样吊着她，让她时刻地担惊受怕，却是痛上无数回了。

照萧瑾看来卫箬衣的脑子一点都没撞坏，反而越撞越好用了！

还没等他推着萧子雅靠近那对兄妹，就见另外一侧匆匆赶来了一名身穿杏色长裙的姑娘。

卫兰衣果然来了，卫箬衣倒是所料不错。

卫兰衣的心底就和下了火一样的难受。

“见过长姐，大哥。”她捏着一把冷汗，急匆匆地赶来。

刚刚那位她的绝对拥趸已经在别的地方偶遇了她，碰见了心目之中的女神，掌握了欺压女神的大恶人卫箬衣即时动向的小粉丝果断地要和自己的女神通风报信。

卫兰衣一听这个，便如五雷轰顶一样，眼前一片黑。

那小粉丝还以为女神是被大恶人崇安县主给吓的，正要献殷勤，卫兰衣却是话都不说一句，撇下他就走了。

留下小粉丝捧心落泪，女神就是女神，如此高冷！

卫兰衣心急如焚，问明了卫箬衣和卫燕的位置找了过来，好在她对这个诗社已经十分的熟悉，所以找得很快。

见卫箬衣和卫燕还在原地没走，卫兰衣的心稍稍地定了定。

她这一路走来，想得颇多，之前是她一时脑热，在卫箬衣带着卫燕去护国寺祈福期间，就随手抓了卫燕的两首诗来当进入诗社的敲门砖。她并不是不能作诗，而是她作的诗都是平仄到位，不过意境欠缺，不能说好，只能说中规中矩。以大梁朝贵女们都读书的风尚来看，她的诗篇实在是不能出彩，但是卫燕的不一样，就那八首雪景诗之中随便哪一首都是有感而发，叫人一看便是有一种怆然而泪下的感觉，自是一展露人前就博了一个满堂彩。从此她才女之名不胫而走，才名之下带来的好处也是接踵而至。

她曾以为卫燕那身体是肯定撑不过几年的，府中其他的人对大哥的诗词一点都不感兴趣，平日里都没人会去问津，再加上大哥足不出户，所以她搞这些小动作，没人能知道，哪里想到大哥竟然从护国寺回来之后就一点点好转了，如今更是被邀请涉足诗社。

她今天早早地来，便是要将诗社里面所有用来展示的那些诗篇全数撤换掉，准备先蒙混过关的，可是事与愿违，哪里就能那么容易地叫她混过去。

“长姐，大哥。能不能借一步说话？”卫兰衣心底忐忑，便是手里捏着的帕子，也被她揉捏得的不成样子。

卫箬衣和卫燕对看了一眼，彼此的眼底都是流过了一丝了然之色。

“好。就借一步说话！”卫燕起身，带着卫箬衣跟着卫兰衣的身后离开。

萧子雅见卫兰衣将那对兄妹给带走了，本是要让萧瑾推着他过去看看的，顺便和卫箬衣还有卫燕打个招呼。

不过萧瑾却是懒散地说道：“子雅堂哥，咱们就在这里等等吧，那几个都是卫家人，没准人家有什么话是不能告诉别人的呢。咱们就这么冒昧地跟过去，怕是不好。”

49 我对她无意

“也好，还是你思量得周全。”萧子雅笑道，“其实我倒是真的觉得这位崇安县主挺有意思的，如今见她对你也不见有什么思慕之情溢于言表，是不是之前你们误会了什么？”

萧瑾撇嘴。“之前也不见子雅堂兄会专门提及哪一个姑娘，不过最近倒是常听到子雅堂兄说起卫箬衣，难不成堂兄对她动心了？”萧瑾反问道。

萧子雅的面容稍稍地一红。“便是我真的动心，又有何用？”他垂眸看了看自己的腿，手就朝袖子里面合拢了一下，镇定地说道，“我这般模样，不见得卫大将军会将自己的嫡长女嫁给我。”

“子雅堂哥也不必对自己太过苛责。”萧瑾说道，“以堂哥这样的样貌、人品和家世，卫箬衣没准还配不上了。”

“莫要胡说。”萧子雅打住了萧瑾的话题，随后深深地看了他一眼，“看来你是对崇安县主真的无意了？”

“是啊是啊是啊。”萧瑾有点不耐地说道，连说了好几个是啊。谁会对那个女疯子有兴趣？即便现在不是如同以前那般的讨厌了，但是从她说话开始，又有什么地方值得人去特别关注的！

“你难道不觉得可惜吗？”萧子雅压低了声音问道，“要知道宸妃可是巴巴地看上了她。你那四哥也是极力想要接近她，只是我听说那日红叶大会上，她当众说喜欢的人是你。你天生就比你四哥快了一步，真的要放弃掉卫箬衣？她背后可是卫大将军府，如今太子之位……”

“堂哥，”萧瑾粗暴地打断了萧子雅的话，“这里不是谈论这些事情的地方。”他看了看四周，还好没有人，“况且我也早就说过了，我无意再入那个宫门。谁当太子对我来说都一样。不管卫箬衣背后的势力再怎么庞大，亦是对我没有半点吸引力。我能养活我自己，何须再去靠了旁人。”

萧子雅抬眸看着自己堂弟骤然冷峻起来的面容，便也在心底长叹了一口气。“我知道你小时候在宫里吃了很多苦，罢了罢了，这些事情以后我不会再提了。从小到大你都是倔脾气，真是拿你没办法了。”

当纯臣也不是不可以，但是纯臣又哪里是那么好当的……

萧子雅苦笑了一下，看看拱北王府，打从先帝开始就处处被人压制着，夹着尾巴做人，生怕有什么不妥之处被发现了，便是灭顶之灾。

人各有志，也不能强求什么。

萧瑾的神色这才稍稍缓和了一些，皇子的身份对他来说并非是一种荣耀，而是一种他连提都不想提及的负担与沉重。

他自出了宫,就没想过要再回去。

原本锦衣卫之中无人知晓他的来历和身份,就是那个该死的臭丫头,生生地揭掉了他的伪装,让他的真实身份暴露人前。

萧瑾和萧子雅说着别的话,没等多久,就见卫箬衣气焰嚣张走了过来,身边跟着卫燕,身后则是那个垂头丧气的卫兰衣。卫兰衣的脸色极为不好,就连走路都有点心不在焉的。

看来他们兄妹这是谈完了,动作还挺快的。

萧瑾稍稍蹙眉,见卫箬衣那副张狂的模样,应该是已经将卫兰衣给拿捏住了。

卫燕带着卫箬衣还有卫兰衣过来给萧瑾和萧子雅行礼之后,萧子雅就带着他们朝诗社这院落的深处走去了。

再进了一个院子,来到了一处八角楼前,这楼十分的别致,别的楼只有四角,这楼却是有八个角,占地面积更大,显得十分的壮丽和华美。每个角上都站着不同的吉祥兽,各个形态不一,一看就是花了大心思的。楼的正面大门上挂着一个匾额,上面是龙飞凤舞的四个大字:“八面来风。”字体清俊飞扬,带着几分孤高傲然之意。

“这是萧世子的手笔吧。”卫燕一看便笑着对萧子雅说道。

“的确是拙作,让静雪公子见笑了。”萧子雅谦逊地一颔首。

门前有素衣侍女,见萧子雅来,忙打开了房门,将大家让了进去。

卫箬衣跟进来一看,里面的桌子和椅子都摆得十分诡异,都是围绕着中央的一个圆台,圆台上放了一个架子,圆台的四周有拉手,每个拉手边都站了一名素衣侍女。

八面来风楼里面已经有不少身穿儒衫的文人汇集其中,还有不少姑娘家的身影,一个个都是文质彬彬的。见房门打开,大家纷纷看了过来。

“见过社长。”大家齐齐地对萧子雅行礼。

卫箬衣跟在萧子雅的身后顿时产生了一种韩剧之中霸道总裁社长出场的画面即视感,社长莅临,小职员纷纷鞠躬恭候,那是相当的拉风!

“大家不要多礼。”萧子雅笑着对大家一拱手,“这位是紫衣侯府的静雪公子。这位就是崇安县主。”他和大家介绍了一下卫燕和卫箬衣。

顿时大家的目光纷至而来,多半存的都是探究和稀奇的眼光。

唉,又被当熊猫了!卫箬衣自是不怕人看,她还特地将胸一挺,摆了一个自觉很美的姿态,惹得萧瑾一阵蹙眉,就不会好好站?那一站三道弯是怎么回事?

卫燕已经久不在人前受到关注,即便之前被卫箬衣拉着去了几次大街,又参加了秋闱,但是毕竟没有像现在这样被大家盯着看,他的脸上不由微微一赧,就连掌心也稍稍有了点湿意,他是真的紧张了。

萧子雅淡然一笑,带着卫箬衣和卫燕去了一边的桌子边,安排他们就坐在这里,然后自己和萧瑾去了旁边的一张桌子。

他是诗社的社长,诗会期间不用他主持,有专门人会来做这件事情,他要做的只是坐在这里坐镇,若是有纷争的时候,他便是最后的判定人了。

卫箬衣和卫燕是坐在萧子雅的左手边的,右手边那张桌子上赫然坐着的是谢秋阳!

卫箬衣一探头,对着谢秋阳挥了挥手,谢秋阳的脸上微微一红,对卫箬衣一颔首,算是打了一个招呼。他心底有点忐忑,没想到卫家这位崇安县主便是当着这么多人的面亦是如此的热情……

众人皆是奇怪,卫家与谢家那一段糟心的事情全大梁都知道,怎么崇安县主却是与谢家的大公子如此的熟悉?

好惊悚!

卫兰衣自进了门之后就走到了自己原本的位置上坐好。

她的身侧是宸妃娘娘的娘家公子,说起辈份来,他算是卫箬衣和卫兰衣的表哥了。他的父亲是宸妃娘娘的兄长,宸妃娘娘的娘家姓叶,这位叶公子单名一个岚字。

"兰衣表妹的脸色不好,可是身体不佳?"他在诗社之中一直以卫兰衣的保护者自居,他是非常心悦卫兰衣这位长得漂亮又有才的姑娘。可惜卫兰衣素来对他都是敬而远之的。

她才不会看得上叶岚这个小小的安平伯之子,她的目标绝对是远大和高高在上的。

"没有。"卫兰衣委屈地摇了摇头。她眼眸低垂,纤长的睫毛稍稍地颤抖着,完全就是一副柔弱可人的形象,惹得叶岚心底一阵的怜惜。

"可是你长姐来了,又欺负你了?"叶岚压低了声音问道。

卫兰衣心底本就是有鬼,一听到长姐两个字,紧张得身子都是一抖。她仓皇地抬起眼眸来,飞快地扫了一眼卫箬衣和卫燕,随后忙不迭地摇了摇头。

"那便是了!"叶岚将眸光压了下来。

卫箬衣比他年长半岁,算是他的表姐,不过这个表姐平日里就是目中无人,即便他们伯府出了一个宸妃,卫家的卫毅和卫箬衣也从没将他们家放在眼底过,倒是每年兰姨娘逢年过节都会送来丰厚的礼品,所以宸妃的娘家人提及卫毅和卫箬衣都是大伤脑筋,但是提及兰姨娘和卫兰衣却是赞扬有加。

就连过年那种大日子,大家走亲访友的,卫毅和卫箬衣也对他们是爱搭不理的。

即便叶岚最早是被卫箬衣的美貌迷惑,但是几年下来,他那一颗少男心早就被卫箬衣的傲慢给击得碎成了渣渣,拼都拼不起来了。他对卫箬衣是愈来愈怨恨,对卫兰衣也是越来越好。

看到刚才一提卫箬衣都将卫兰衣给吓得浑身发抖,叶岚便已经是认定了卫箬衣肯定是将卫兰衣给欺负了,所以才将他那乖顺可爱的小表妹给吓坏了!

"你放心,我也早看不惯你长姐那副嘴脸了。早晚要让她好看!"叶岚信誓旦旦地小声对卫箬衣说道。

萧瑾的嘴角忽然稍稍地一提,眼底就流出了几分笑意。他素来不喜欢什么诗会不诗会的,要不是想过来静静地看着卫箬衣作妖,他根本就不会踏足于此。因为无聊,所以他就放开了耳目,想听听周围人都在暗中议论了点什么,没成想还真让他发现了一点好玩的事情。

萧子雅不明就里。"你笑什么?"他小声问道,那主持大会之人在圆台边说得正是兴起,但是却没什么可叫人发笑的内容。

"没什么。"萧瑾以手成拳,放在了自己的唇下,清了一下嗓子,随后收敛了自己的笑意,"忽然想起了一句佛语。"

“什么?”他说得更是让萧子雅摸不着头脑。

“善恶到头终有报。”萧瑾说道,“刚才略有感悟,顿觉这句话非常非常的有道理。”

“不知道你在想什么。”萧子雅给了萧瑾一个不知所谓的眼神。

今日诗会的主题便是“无题”,只要是有感而发,随便什么都可以为题,发挥大家的想象力,不拘泥于一个特别的事情。

今日的彩头是颇好的,诗社之中但凡举办这样的诗会总是有点奖励的,不多,一个荣耀而已。但是今日不同,今日要选出上佳之作三首,作者各得一百两黄金。佳作五首,每人也可得白银一百两了。如此丰厚的奖励,顿时叫在座的人群情盎然,一个个摩拳擦掌。

卫箬衣这才明白原来中间圆台上摆放的那个架子便是用来展示诗篇的,作好的诗篇写出来,就被送过来遴选,选出好的,就放在上面展示,大家再选,如此往复,不断淘汰里面成绩较差的,最后留在上面的便是最好的诗篇了。所以四周还有四名素衣侍女分立,她们是负责转动圆台底部的转轴,好让这圆台也跟着缓缓地转动,让在场的每个人都能看得清楚。

作诗这种事情她不擅长也没兴趣,所以看了一会就没了什么兴致。

“大哥,你加油啊。”卫箬衣悄悄地对卫燕说道。

“你要去哪里?”卫燕蹙眉。

“我就出去走走。”卫箬衣笑道,“你知道我对这些不擅长的,我将绿蕊和绿萼给你留下,红袖添香,等着你赢回那一百两黄金呢!我可是看中了一件白狐的披风,就等着你赢了给我买呢。”

“莫要乱跑了。”卫燕哭笑不得,红袖添香不是这么用的,不过他也没揭穿卫箬衣,只是叮嘱了卫箬衣一番。他素没送过卫箬衣什么东西,倒是她一直都在替他张罗着,若是真的能赢了那一百两黄金回去,就去替她买下那件白狐披风也不错。想到这个,卫燕更是有了动力。

卫箬衣让他加入诗社,今日便是最好的机会,有萧子雅、有谢秋阳在,若是他还能拔得头筹,那必定会名扬燕京城。

“知道了。”卫箬衣嘻嘻一笑,瞅着没什么人注意到她,马上跑了出去。

卫兰衣坐在那边苦思冥想,她今日被卫箬衣和卫燕抓住盗用了卫燕的诗句,有把柄拿捏在那两个人的手里,本就是心烦意乱,如今这主题又是无题,更是让她的脑子里面一片空白,什么都想不起来。其实平日里她也是能写的,但是今天这个状况愣是让她什么都想不起来。

越是想不起来,人越是浮躁,这样恶性循环起来,她只有一种想哭的冲动。她是诗社之中备受人推崇的才女,之前被人捧在手里,诗社之中其他几个女社员早就对她虎视眈眈,一想到今日她若是交个白卷上去,卫兰衣简直都不敢想那些人要如何地奚落讽刺她。

卫兰衣现在心底乱糟糟地成了一团麻,倒真是应了萧瑾所料的那般,卫箬衣对付卫兰衣便就是用钝刀子割肉,慢慢折磨的是卫兰衣的心。她就连身边的叶岚起身出去都没在意到。

萧瑾眼尖,反正他就是来打酱油的,见卫箬衣跑了,又见刚刚那个说要教训卫箬衣的男子也跑了,他也就慢吞吞地起身。“你们写诗,我没兴趣,我出去走走。”他对萧子雅说道。

“好。”萧子雅点了点头。

萧瑾这才闪身出了八面来风楼。

他足尖一点，飞身掠上了楼顶，这里站得高看得远。

卫箬衣的身影他没看到，不过他看到了那个叫叶岚的人鬼鬼祟祟地站在另外一侧的小路上。这人他认识，他是宸妃娘家的人，以前过年入宫请安，见过一面。

卫箬衣是去看风景去了。

这里真是大得叫人咋舌，虽然不是燕京城最繁华的地段，但是这里也不偏僻，出手就有这么大的手笔，还都是免费提供出来的人是有多土豪。

卫箬衣沿着小路信步而行。

一边是院内的池塘，现在已经结了一层薄冰，不过冰底隐隐可见有红色的锦鲤缓缓地游过，也是非常的有意思。

卫箬衣走到了一处探入水中的小凉亭之中，索性就趴在了凉亭边的一个栏杆上看。许是平日里常有人在这里喂鱼，所以这里的锦鲤一见有人影投射在冰面上，就都缓缓地汇集了过来，在那一层薄薄的冰下游动，被阳光一映，亦是五彩缤纷，煞是好看。

“若是现在有人从你身后推一把，你就翻进去了。”萧瑾悄然无声地走了进来，蹙眉瞅着卫箬衣的背影。这都是什么形象，这臭丫头知道不知道什么是仪态，别的字她不认得，端庄两个字总该识得吧！那屁股都快要翘上天去了！她不知道她这种姿势是十分撩人的吗？她腰细，臀圆，腿长，这么一趴，这些特质全数都显露无遗，好人家的姑娘谁会在外面摆出这种勾人的姿态来！萧瑾是很想将她给一脚踹池塘里面去的，但是腿抬了抬，还是放下了。

一个清冷的声音冷不丁地从背后传来，卫箬衣一惊，回过头来。

卫箬衣的嘴角就是一抽，这园子这么大，不会这么巧吧！这都能遇到这个瘟神？

“五皇子殿下好，五皇子殿下再见。”卫箬衣飞快地行了一礼，从栏杆上下来，随后横着蹭了两步，就要从萧瑾的身侧溜掉。

见到别人笑得像朵花一样，见到他却是一副见了瘟神一样的表情，这是什么鬼？

萧瑾手一抬，封住了卫箬衣的去路。

卫箬衣赶紧又从另外一边想要突破萧瑾的防线，哪里知道她是身手敏捷，萧瑾更敏捷，侧步一滑，又是挡在了卫箬衣的面前。

嘿，我个暴脾气的！

卫箬衣索性不走了，她抬眸等着萧瑾。“五皇子殿下这是干吗？调戏良家妇女啊？”卫箬衣眨了眨眼睛问道。

“你算是良家妇女？”萧瑾似笑非笑，“少给自己脸上贴金了。”就是讨厌看到她这嘚瑟劲头，忍不住就要出言讥讽她两下，其实他本意是想来告诉她有人大概要背后出点什么小动作，让她小心点。

他一定是脑抽了，所以才会想要来告诉她这个！

“我怎么就不良家了？”卫箬衣不爱听了，她胸一挺，双眼直视着萧瑾，“你说说我哪里不良家了？我出身好，样子好，性格好！你说我不良家，便是说紫衣侯府不是好人家呗！

紫衣侯是你家祖宗亲封的！镇国大将军是你爹亲封的！就连我崇安县主的头衔也是你爹给的,你这不是在打我的脸,而是在打你祖宗和你爹的脸!”卫箬衣说完就瞪着萧瑾。

上一个和她吵架的人已经被她气得吐血身亡了!

不自量力的炮灰男!

萧瑾……

是谁说卫箬衣的脑子被撞坏了的!

他不过就是随口讥讽她一下却是被她这般反驳,问题是,他竟然无言以对。

“道歉!”卫箬衣得理不饶人,挑着眼梢瞪着萧瑾。

别以为你长得好看就能胡乱说话!

萧瑾憋了半天,就连素来清冷的面容都有点憋得微微发红。

他见过各种各样的罪犯,素来都是不假言辞,遇到别的,他都冷静,唯独遇到卫箬衣,他就不能保持一个平和的心态了!

见鬼了!

萧瑾哼了一声,别开脸去。

嘿！你还和我傲娇上了?

卫箬衣一挽衣袖。“上次你用球砸晕我的事情我还没找你算账。你以为跑去紫衣侯府送了点补品,说了两句风凉话就算了吗?老娘鼻孔窜血都窜了三斤不止了！你那点补品是准备给我塞牙缝啊!”卫箬衣双手掐腰,低吼道。

原本萧瑾是一肚子的气,不过现在不知道为什么又忽然很想笑。

“你还是卫箬衣吗?”他努力地绷住自己的唇角,不让自己的唇角咧开,他用黝黑黝黑的眼睛上下打量了一下那个站在他面前朝气蓬勃的姑娘,缓声问道。

卫箬衣有瞬间的表情是崩裂的。

“你不是卫箬衣?”饶是她掩饰得快,不过那一瞬间的呆滞还是落入了萧瑾的眼底,萧瑾狐疑地问道。还没等卫箬衣反应过来,萧瑾已经朝前逼近了一步,低头,鼻尖几乎要碰到卫箬衣的额头上。“你到底是谁?假冒崇安县主乃是死罪你可知道!”他压低了声音质问道。

“你走开!”卫箬衣回过神来,抬手用力将萧瑾推开,“你哪一只眼睛看到我不是真的卫箬衣了！不知道你在说什么!”

力气好大!

萧瑾猝不及防,被卫箬衣给推得愣是后退了两步。

不对啊,如果她不是卫箬衣,这世上哪里还能找到另外一个女人长了卫箬衣一模一样的容貌,还拥有卫箬衣这般的天生神力?

萧瑾忽然出手朝卫箬衣的肩膀抓去。

卫箬衣大惊,下意识地闪身躲开。

“你干吗!”卫箬衣后退了一步,惊叫道。

“看看你到底是何路神仙!”萧瑾凝声说道。

“你有完没完啊!”卫箬衣就是再好的涵养,现在也忍不住骂道,“先是说我不是良家妇女,现在又说我不是真的卫箬衣,我看你是脑子有坑才是真的!”

50 你服是不服

卫箬衣最近又没闲着，她一直都在勤快地练习卫家的家传武功。卫家除了家传刀法之外，还有别的拳脚功夫。

等萧瑾的掌风再度袭来的时候，卫箬衣也一拳打了出去。“姐姐我混八路的！没听说过吧！”还哪路神仙！卫箬衣跳脚骂道。

有点意思！

萧瑾眸光一凝，变掌为爪，照着卫箬衣的喉咙就抓了过来，他倒要看看这人到底是不是戴了易容的面具。但凡易容再怎么精妙都会有破绽，就在颈后、耳边，总是要有粘贴的缝隙的。卫箬衣下手贼黑，头一偏，抬腿就朝萧瑾的双腿之间直接踹过去。

战场亦是如同商场，这是卫箬衣那天种田的时候悟出来的道理，坚决不给对手反抗的机会和时间，如果能一招制敌，绝对不要拖延到第三招或者第四招，因为不确定的因素太多，而且拖的时间越长意味着自己闪躲的招式要越多，如果哪一点不小心，被人家抓住一个破绽，那就废了。

萧瑾大惊，身子生生地朝左一转，避开了她这一脚。萧瑾脸都有点黑，死丫头这是要让他断子绝孙的节奏！那丫头的力气有多大他是领教过的。这一脚踹过来，要是他没躲开的话，吃亏的一定是他！

他如今旋身到了卫箬衣的身后，就直接从卫箬衣的后面抬手一勾，卫箬衣反应也是杠杠的，左手一挡，头一低，随后抬起手肘来朝后顶去，被萧瑾一掌抵在了她的后背，她被推得朝前趔趄了两步。萧瑾唯恐将卫箬衣打伤了，所以还是控制好了自己的力道的。

“你就是欺负我打不过你对不对！”卫箬衣知道自己和萧瑾是绝对有差距的，开始她还能仗着出其不意侥幸闪过他的攻击，几次偷袭不成，再打下去，绝对绝对会吃亏。

卫箬衣索性一捂脸，直接蹲在地上，开始号啕大哭。

她不动手了，这人要是还打她，她一定会一状告去金銮殿！

萧瑾……

打得好好的，也勾起了他的兴趣了，这死丫头出的是哪一招啊！照这丫头的灵活程度，便是再过上十招，她都不一定落败，怎么说不打就不打了？

她朝地上一蹲，直接捂脸哭，后背大开，直接暴露给萧瑾，不过萧瑾却是怎么也下不了手去了。

“起来再打！”萧瑾语气不佳地说道。

“打什么打！我又打不过你！”卫箬衣捂脸干嚎道，“你就专门欺负我，我都说了以后不招惹你了。你还这样，你到底要我怎么做，你才放过我啊。”

萧瑾……

眸光之中氤氲着的黑雾缓缓散开，他的心底亦是淡淡地散开一种难以言表的涩意。

“行了，别哭了。”萧瑾忽然有点不知所措，他看了看四周，好在没人。这会子所有人都在八面来风楼里面忙着写诗。一百两黄金的吸引力贼大贼大的，哪里还会有人到处闲逛。

“你叫我别哭我就不哭吗？”卫箬衣继续干嚎，“我干吗要听你的。”

“那你在这里慢慢哭吧。”萧瑾简直不知道该说点什么，就没见过卫箬衣这般臭无赖的人。

他抬腿朝前走，在经过卫箬衣的时候身子停顿住，目光停在了她纤长细白的脖子上，有黑发遮挡，脖子只有一点点是露在外面的，不过单看这一小块，并没发现什么不妥之处，她的肤色一致，光洁如玉，看不出有任何改造过的痕迹。他稍稍弯下腰来，想要看得更清楚一点。

“你叫我慢慢哭，我就偏不哭了！”卫箬衣飞快地抬起脸来，她对着萧瑾做了一个鬼脸，随后马上抓住萧瑾的手腕，用力一掀，用出了跆拳道的摔锁动作来，借力用力，直接就地一翻，顿时将并没什么防备的萧瑾，并且没见过这种招式的萧瑾给直接掀翻在地。等萧瑾反应过来的时候，发现卫箬衣已经跨坐在他的身上，笑嘻嘻地看着他，她的手就卡在他的喉咙上。“赶紧说你服不服！”卫箬衣笑问道。

萧瑾的脸忍不住红了起来。

“成何体统！赶紧给我下去！”萧瑾低声说道。

卫箬衣并不沉，不过这种姿势跨在他身上这么坐着，叫萧瑾感觉到自己的脑子都快要炸了！他都已经不指望卫箬衣知道什么是男女授受不亲了，但是她也不要这么豪放好不好！他是可以马上将她掀翻开来，但是他愣是觉得现在自己的双手没地方可放的。

“你生气啊？”卫箬衣难得看到萧瑾吃憋，素来都是他欺负她来着，如今看他面色绯红，就连眼下的那颗泪痣都隐隐地泛起了红色，整个人不同于平日里的清冷，显露出一种异样的艳色姝丽，浓墨重彩，漂亮得不可方物，卫箬衣就暗爽到了不行！

教你嘚瑟，你也有今天！

“你越是生气，我就越是开心！”卫箬衣缓缓俯下身子，如同女流氓一样缓缓地说道，眼见着他的双颊越来越红，她干脆抬手在萧瑾的脸上摸了一把。就连卫箬衣都觉得自己说的和做的是标准的女变态……变态就变态了，只准萧瑾那厮欺负她，就不准她还手了吗？

早知道他皮肤好，远看近看都没什么瑕疵，这摸上一摸果然滑腻得如同上好的瓷器一样。

萧瑾的脑子轰的一下，已经当场死机了。

他这是被崇安县主吃了豆腐了？……

萧瑾又急又窘地稍稍别开脸去。

“哎呦！这小模样好！”卫箬衣见了之后只恨自己手边没个手机，不然一定拍下五皇子殿下现在的窘态和羞涩之意，然后朋友圈走一遭。不得不说萧瑾的确有那种美色，足以勾得原著之中的卫箬衣为了他如同飞蛾扑火一样奋不顾身。

饶是卫箬衣这样厚脸厚皮的,也不免现在看得有点心动了。

"卫箬衣你想死啊!"萧瑾怒道,低吼了一声,"赶紧起来!不然我动手了!"

"你早就动手了,又不是现在!"卫箬衣哼声说道,"我现在明明白白地和你说清楚了,我就是卫箬衣,卫箬衣就是我!如假包换!你看清楚,我没易容!"卫箬衣自然不会自恋到以为刚刚萧瑾低下头来是在闻她身上的香气,萧瑾没那么变态,他低头就是来看看她是不是被人假扮的。

卫箬衣拉起了自己的衣袖,让自己半条胳膊都露出来,随后让萧瑾看。"你看看清楚!我手上有胎记,别的能作假,这胎记不会作假!"随后她又压低了身子,将脸凑过来,"你看清楚我的脸,纯天然,无添加!"卫箬衣忽然之间凑得很近,萧瑾的眸光一紧,顿觉卫箬衣那张脸在他的眼前无限放大,骇得他差点别开脸去。不过一股淡淡的香气袭来,丝丝缕缕地从她的身上传递到他的鼻子里,让他的心稍稍动了一下。

"你那么紧张做什么?"萧瑾忽然笑了,缓声问道。

卫箬衣一愣。"我紧张什么?"

"我问你是不是假的卫箬衣的时候,你非常紧张。现在你又忙着和我专门提及此事,可见你非常在意这件事情。"萧瑾缓声说道,他盯着卫箬衣的双眸,目光灼灼,"有一句话叫欲盖弥彰,不知道崇安县主是否听过?"

卫箬衣……

趁着卫箬衣失神的片刻,萧瑾的双手朝地上一拍,身子直直地从地上飞了起来,将原本是跨坐在他身上的卫箬衣直接给掀翻在地。

她莫不是真的以为他拿她没办法了吧。

卫箬衣大惊失色,原本以为自己要被掀得摔一个厉害的了,结果手腕一紧,人已经被大力地从地上拽了起来,随后身子不受控制地随着那股子力量转了两圈,直到后背抵在了凉亭的柱子上,这才停住。

面前骤然放大了萧瑾的面容,他脸上的绯红已经缓缓地褪去,一双黝黑深邃的眸子里面带着审视的眸光,缓缓地从她的脸上扫过,看得卫箬衣一阵的毛骨悚然。

她刚才偷袭得手有点得意过头了,却是忘记这个人不光是五皇子殿下,更是锦衣卫的千户……审犯人是他的拿手好戏,自己那点小表情落入他的眼底皆能被他抓住和质疑。

她的确是太大意了……

心神一慌,不过卫箬衣还是对上了萧瑾的双眸。

他们现在正如博弈之中纠缠着的阶段,一方稍有胆怯和松懈,便会被另外一方给抓住破绽。

"你这样看着我,我会觉得你喜欢上了我的,亲爱的小瑾瑾。"卫箬衣捏着嗓子,用甜腻的声音说道。

果然他的眼底流过了一丝厌恶,还有一丝淡淡的迟疑。

敌退,我追!敌惑,我扰!

卫箬衣马上摆出了一脸的花痴状。"讨厌啦!人家好不容易才说服了自己不去想你,念你,想要将你的影子封闭在心底,不再纠缠你,你却偏生这样对人家。瑾哥哥,你再这样看着人家,人家就真的忍不住,压不住心底对你的思慕之意了。"

我去！卫箬衣一边故作娇羞，甜腻腻地说道，一边在心底摆出了无数干呕的造型。

她自己都快被自己给恶心死了！

萧瑾蹙眉……

他离卫箬衣极近，她脸上的细微表情均入他眼，分毫不漏。

即便她现在是一脸的娇羞，声音甜得可以溺死人，那双黑白分明的大眼睛也的确是忽闪忽闪地看着他，一副思慕至深的模样，但实际上可能就连自己都没察觉到她的眸底深处流露出来的一丝不耐与厌烦。

萧瑾在心底笑了起来。

"是吗？"他更是凑近了卫箬衣，"怎么我没感觉到呢？"一丝淡淡的笑容从他的唇角流露出来，浓密的睫毛稍稍地垂下，在他原本就十分的深邃的眼底落下了两道媚人的弧度，眼角因为那一丝笑而稍稍地挑起，晕开了一种媚人地弧度，勾得卫箬衣的心止不住怦怦地乱跳了两拍，唉，美男计！

卫箬衣被不按套路出牌的萧瑾给弄得懵圈了。

其实按照她的料想，他应该很快放开自己，赶紧后退，然后摔袖离开，怎么……现在的画风完全不对啊。

"你喜欢我什么？"那双眸子闪动着一层暗芒，朱色的唇轻轻地一碰，低沉的声线从卫箬衣的耳边划过，带着一股男子的气息，瞬间将卫箬衣给包裹了起来。

卫箬衣……

为何刚刚一股浓郁的女流氓调戏小美男的画风，现在却变成了她这个女流氓被小美男给调戏了……

"说不出来了？"萧瑾唇角的笑更是扩大了一点，她显然流露出了一丝仓皇之意，就连目光也变得躲闪起来，完全不敢再如刚才一样直视着他。她其实并不喜欢他吧……

心底忽然升起了一丝厌恶的感觉，他非常不喜欢被人欺骗，他唇角的笑意虽然是扩大了，但是也变冷了。为什么要欺骗他呢！明明她根本就不喜欢，却处处在人前到处表白她喜欢他！

是看中了他的身份？不能吧，四哥那种皇子不比他吃香多了？如果她真的只是看中了皇子这个身份的话，找四哥不是更好！没准将来还能当太子妃，当皇后。

萧瑾发现他越来越看不懂卫箬衣，可是心底又是十分的别扭，有一种被人欺骗之后的愤怒隐隐地拢上了心头。

要完！

卫箬衣觉得自己如果再不反抗一下，就真的要被人家调戏了。

就在萧瑾准备放开她的瞬间，卫箬衣却是猛然抬起头来，双手搭在了他的肩膀上。

萧瑾一怔，就在他恍惚的瞬间，他惊恐地发现，卫箬衣居然撅起了两片红唇，朝他凑了过来。

"你干吗！"萧瑾忙不迭地推开了她，慌里慌张地朝后退了两步，失声问道。

"我喜欢你啊。所以想亲你啊！"卫箬衣终于扳回一城，顿时笑得满心满眼的，她理所当然地说道。

"骗子！"萧瑾怒道，到现在还在骗他！

当他是什么啊。

“真的!”卫箬衣哪里知道自己心底藏着的小心思已经被萧瑾发现了,依然乐得屁颠屁颠的,“我真的喜欢你。”

“别过来!”萧瑾一声断喝,指着卫箬衣说道,他在警告她,既然不喜欢,就别总拿他来当挡箭牌!她自喜欢旁人去。

嘿,你恶心我恶心得够呛,我不恶心回来能成吗?

卫箬衣那臭脾气上来也是拧得不行。

她朝着萧瑾就扑了过来,萧瑾便是想都没想,直接挥出一掌,掌风凌厉,击中了卫箬衣的胸口。

等卫箬衣察觉到不对的时候,已经晚了,她的身子被萧瑾拍得直朝后一飞,翻过了亭子的栏杆,结实地朝池塘落去。她就好像一个秤砣一样,直接击穿了池塘表面覆盖着的薄冰面,沉入了水中。

胸口传来剧烈的疼痛,让她一阵的窒息,身周骤然被冰冷的水包裹住。

在卫箬衣落水的瞬间,萧瑾也是被吓了一跳。

她怎么不躲!以她刚才和他交手时候的利落身手是完全可以避开的。

他朝前跑了两步,长腿一迈就上了亭子的栏杆,刚想要跳下去救人,却想起那日在拱北王府她会水,而且游得极好。

萧瑾本是想等卫箬衣自己游起来,再将她给拎出来的,不过他焦急地看着水面,却发现她落水的地方除了荡开一层层的涟漪,就再也没什么动静了。

萧瑾这下是真的慌了神了。

撩起衣摆他也跟着跳了下去。

水冷得让人睁不开眼睛,一睁都刺得直痛。

不过萧瑾还是在接近塘底的时候模模糊糊地看到了一团黑影,他展臂一伸,向那影子抓了过去,柔软的一片,是卫箬衣。

萧瑾用力,带着她浮出了水面。“卫箬衣!”他焦急地叫了一下她的名字,她却一动不动地窝在他的臂弯。

萧瑾顿时脑子就轰的一下,她的双眸紧闭,脸色苍白,丝毫没有半点反应。

将人带到了水边,萧瑾抱着卫箬衣腾空而起,两个人湿淋淋地飞上岸边。萧瑾用力地掐了一下卫箬衣的人中,握住了她的手给她输送了一段内力过来。

赶紧醒过来!

不知道为什么,萧瑾慌神了,她如今苍白地躺在自己的怀里,他总觉得好像有什么丢失了一样,具体是什么他说不出来。

他已经不想和她计较别的,不再想问她到底是不是真的卫箬衣,亦或者质问她为何要欺骗自己,他脑子里面已经不愿意去想这些事情,现在唯一盘桓在他脑海里面的就是她赶紧醒过来。

手按压在她柔软的腹部,微微地用力按压,再将她的头小心翼翼地偏转到一边,一会,她的口鼻里面流出了一些水来。“卫箬衣?”萧瑾紧张地看着她。

“咳咳咳。”随着几声咳嗽声,她总算是醒了过来。

刚刚她被萧瑾那一掌给打得本就有点喘不上气来,再加上被冰冷的水一激,整个人顿时就闭了气,晕了过去。

迷迷糊糊地睁开了自己的双眸,卫箬衣深深地喘了好几口气,这才算是将快要炸开的肺部给缓和了过来。

她有点懵懂地看向了四周。

“卫箬衣?”萧瑾原本松开的一口气,在触及到卫箬衣那涣散加无神的眸光的时候又紧紧地提了起来。

她莫不会不认识他了吧……

这个奇葩的念头不知道为何会忽然窜入他的心底,还如同钢针一样刺得他心底骤然一阵的刺痛。

卫箬衣是有点被冻懵了,就连脑子也有点转不过弯来。

她无神地看着萧瑾,萧瑾更是紧张得不得了。

“卫箬衣?”他又叫了她一声,声音里带着太多的颤抖和不确定。

她之前就撞坏了脑子,不记得太多的事情了,如果她真的就这么不记得他了……

那他……

“你看看我是谁?”萧瑾紧张地问道。

卫箬衣终于回过神来,抬手就推了萧瑾一把,萧瑾猝不及防,被卫箬衣推得身子歪到了一边。他本是将卫箬衣揽在怀里的,这一倒,带着卫箬衣一起滚在了地上,卫箬衣结结实实地完全跌入了他的怀里。

“萧瑾,你个王八蛋。”卫箬衣声音沙哑,恨声说道,“放开我!”

“还知道骂人,看来应该没事了!”听卫箬衣叫出了他的名字,萧瑾提着地心这才缓缓地放了下去。

“没事个屁!”卫箬衣冻得已经快要说不出话来了,“我……快冻死了!”

“你要这样回去?”萧瑾并没要放手的意思。

“不然怎么办?”妈的,卫箬衣觉得自己的头发和衣服都在结冰。她用力地撑住自己的身体,想要从萧瑾的怀里爬起来,她刚爬了一半,萧瑾的手腕一带,她就重新跌回了他的怀里。

卫箬衣怒目。

如果目光可以杀人,那现在萧瑾一定被她碎尸万段了。

“我倒是觉得你现在的样子挺可爱的。”萧瑾忽然对着卫箬衣笑了起来。

“妈的,你有病!”卫箬衣不知道自己是怎么戳中了他的笑点,让他笑得这么欢畅,她也懒得去想,骂了一句,已经抖成了一个团。

什么形象不形象的,她在萧瑾面前也懒得装了!

忒累。

“你我这样回去,只怕会引起轩然大波。”萧瑾说道,“你若是想嫁我,就和他们说我们一起落水了,是我救你起来的。”

“放屁!鬼才想嫁你!”卫箬衣凶悍地抓住了萧瑾的衣襟,“你给我听好了!我一点都不喜欢你,半点嫁你的意思都没有,之前我是拿你当了挡箭牌,我道歉,你放心,以后我不会了！我去找谢秋阳，找子雅大哥，随便找谁都比找你强！”

萧瑾一听，眸光之中顿时升起了一团黑雾，他也反揪住了卫箬衣的衣襟，将她拽到了自己的面前，吼道：“别以为我是一个皮球，你说踢就踢开！追了我那么多年，就这样算了吗？你想都别想！”

卫箬衣……

她吃惊地看着萧瑾那张不知道是因为愤怒还是因为害羞而变得有点发红的脸庞。

她是不是因为落水而产生了幻听了？

就在她还愣神的时候，身子被萧瑾抱了起来，随后耳边掠过了呼呼的风声。

“你你你！带我去哪里？”卫箬衣紧张地揪住了萧瑾的衣襟，骇声问道。

“卖掉！”萧瑾没好气地回了一句。

51 真要卖掉？

萧瑾带着她用最快的速度抵达了一处宅子的后院之中。

开了门，直接将卫箬衣扔到了床上。

卫箬衣已经冻得脸色发青了，就连动都不怎么会动。这屋子里面很暖和，不过她的衣服和头发都已经快成了冰挂，卫箬衣觉得自己现在身子一发抖，头发上的冰都在相互碰击得叮当直响，好像挂了一脑袋的风铃一样。都这样了，没被冻死，卫箬衣深觉自己已经进化成了小强了。

其实倒不是她体质好，而是一路上她都能感觉到萧瑾的手在给她的身体输送热力，这才让她体内一直有一股暖意流动。现在萧瑾的手一撤开，她就已经是冷得一个透心凉，心飞扬了！

“你你你！你要干吗！”卫箬衣哆哆嗦嗦地说道，有床，湿身，还有萧瑾那狼哇哇的眼神，怎么看都不觉得接下来要发生的事情是什么好事！“这……这是哪里！我警告你，你别乱来！我我我，我可是崇安县主！”卫箬衣现在冷得嘴皮子不利索，结结巴巴地说完，差点咬掉自己的舌头。

萧瑾斜睨了她一眼，卫箬衣怂了，貌似人家是皇子的身份，她这个崇安县主在他的眼底就是一个屁吧！

“老实待着！”萧瑾低吼了她一声，随后拉开房门走了出去。

卫箬衣已经冻得受不了了，她这一身冰，就是让她出去，她都不出去……横竖不就是个死吗？她这样出去和死也没什么区别了。

不一会，门开了，进来了一名风姿绰约的女子，年纪不算大，三十岁左右的样子，生得不算顶美，但是眼角却是潋滟着一股子别样的风情。她身穿一件玫红色的对襟小袄，腰肢纤细，行走之间颇有几分弱柳扶风的韵味。

“呦，我就说吗，是什么样的姑娘能让千户大人这么费心，果然是个漂亮得不得了的妙人儿。”那女子看了一眼缩在墙角的卫箬衣，抿唇笑道，她的声音清脆，甚是好听。

卫箬衣心道，她如今挂了一脑袋的冰碴子，脸色铁青，居然也能看出她是一个漂亮的妙人儿，这位姑娘您的眼光真好！

见卫箬衣戒备地看着自己，那女子笑得更加的明媚。“姑娘放心，千户大人吩咐了，一定要好好地伺候姑娘。”随后她放下了床上的帷帐，吩咐人送来了热水。

等外间的动静平息了之后，她又再度卷起了帷帐，对着卫箬衣福了一福。“姑娘，你身上的衣服都已经结冰了，赶紧脱下来泡个热水澡暖暖身子。”

卫箬衣想哭！你试试把一身冰壳子自己拔下来！

“你来帮我一下。”卫箬衣求助道。

“好。”那女子笑着朝卫箬衣伸出手来，三下五除二的，将卫箬衣那一身结了冰的湿衣服给去除掉。卫箬衣光溜溜地缩成了一团站着，不过感觉倒是比刚才穿着那一身衣服要好多了。

她忙不迭地爬进了浴桶之中，现在她也懒得去管什么干净不干净的问题了，当微微发烫的水包裹住她的全身，她又感觉到皮肤因为冷热刺激而带来一种针扎一样的痛感，她不由稍稍地蹙起了眉头。

泡了一会儿，她才缓过来，长舒了一口气，感觉到自己的头发也都解了冻了。

“这东西是新的？”卫箬衣这才垂眸看了看自己所处的浴桶，崭新崭新的，还带着一股子松香味道。她好奇问道。

“自然是新的。”帮卫箬衣洗头的女子笑道，“我们怎么敢给姑娘您用这园子里别的姑娘用过的东西。”

“哦。”卫箬衣点了点头，随后又立马感觉不对。

“这园子还有别的姑娘？”卫箬衣蹙眉问道。

那女子抿唇一笑。“自然是有了。咱们这里姑娘还真的挺多的呢。”

我去！萧瑾！看不出来啊，平日里一副中正清离的模样，装得人五人六的，好像多正人君子一样，结果背地里竟然是这样的！她趁着这回将屋子好好地打量了一下，其实也看不出什么特别来，不过就是布置得还算比较清雅罢了，一看就是女孩子的房间，就连纱帐都是那种带着荼蘼的粉色，屋子里面还弥散着一股子尚未全数退散干净的甜腻香味。

萧瑾对这里这么熟悉，进门都不用和人打招呼，直接拿脚踢门，应该就是他在燕京城置办的别院吧，用来金屋藏娇的。

就是不知道这女人说的挺多的，大概是多少？三个？五个？还是十个？

“这里有多少姑娘？”卫箬衣好奇地问道。

“这里的姑娘常驻的有八十多人。”女子笑道。

八十多人！

一人一晚，也要将近三个月才能轮过来！

卫箬衣不厚道地笑了，萧瑾也不怕吃不消？

不过转念想想也就释然了，皇上还有三宫六院，后宫怎么也比八十多人要多上许多吧。历朝历代那么多皇帝，死在这上面的还是少数。

卫箬衣不吱声了，默默地将这个澡洗完。

那女子拿来了一套簇新的衣服，从里到外一应俱全。

卫箬衣好奇地翻了一下，别说料子和做工都十分的不错。

“姑娘放心，都是新的，没人碰过。”那女子笑道。她帮着卫箬衣将衣服穿好，随后又拿了一块干布替卫箬衣将头发仔仔细细地擦拭着。

等一切都收拾妥当了，女子又重新打量了一下卫箬衣，由衷说道：“姑娘生得果然是美，是奴家见过的女子里面最好看的了。”

卫箬衣……“我和萧瑾是仇家，你不用在我面前说什么好话，横竖我也不会成为这园子里的一员。”她的身份特殊，萧瑾就是想藏她也藏不住啊。

“那是那是。”女子笑道,“姑娘这般的人物怎么会沦落到这种地方来呢。”

“沦落?”卫箬衣心头熊熊的八卦之火顿时被点燃,“为何要用这个词汇?难道这里的姑娘都是被人卖来的吗?”

那女子掩唇一笑。“姑娘说话可真有趣,好人家的姑娘谁愿意来这里?”

“说得也对。”卫箬衣点了点头,“那萧瑾对她们好不好?”

“千户大人不怎么常来的。”那女子笑道,“姑娘不要误会了。”

藏了这么多姑娘在这里,居然不常来,萧瑾真是……卫箬衣一时也找不到什么词汇来形容萧瑾了,只能用“变态加有病”来描绘他这种行径。

难不成他有收集癖好?爱好收集各种美女?真是完全看不出来萧瑾居然骨子里是这种人。

卫箬衣忽然感觉到一股寒气袭来,顿时起了一身的鸡皮疙瘩,真是不管在什么时代,什么背景之下,都有一种人叫“变态!”

“这里日常开销很大吧?”卫箬衣笑问道。

“大,怎么不大,上上下下连姑娘,带仆从还有厨子在内,一百多号人呢。”女子一边替卫箬衣擦头发,一边笑道。

萧瑾够有钱的!

不过他身为皇子,又是锦衣卫千户,应该不会差这点钱吧。

“姑娘的头发养得真好。”那女子又赞了一句卫箬衣。“可比咱们这里最红的姑娘头发还要漂亮。”

最红的?卫箬衣有点懵圈了。

“你说的最红的是什么意思?”卫箬衣不解地问道。“意思是萧瑾最喜欢的姑娘吗?”

“姑娘您说话可真有意思。”那女子噗哧一声笑了出来,“千户大人那是什么身份,什么样的人物,他怎么可能喜欢我们这里的姑娘。姑娘放心好了。奴家认识千户大人多年,还从没见过千户大人紧张过谁,想来姑娘在千户大人的心底是极重要的。”

卫箬衣嘴角抽了抽。

她好像误会了什么……

“这里究竟是什么地方啊?”卫箬衣转过头来,问道。

“这里是万红楼啊。”女子笑道,“我便是这里的老板娘了。几年前千户大人曾经救过奴家的命。姑娘不要误会了什么。千户大人吩咐过了,姑娘在这里更衣沐浴的事情没旁人知道,一定不会传出去有损姑娘的清誉的。”

卫箬衣……

她砰地一拍桌子,那桌子顿时在卫箬衣的掌力之下散了架,碎成了一地的木头渣滓。

万红楼的老板娘顿时被卫箬衣给吓得尖叫了一声。“姑娘息怒!”她手里给卫箬衣擦头发的布也掉在了地上。

“萧瑾人呢!”卫箬衣阴沉着一张脸,“去把他给我叫来!”

“是是是。”被卫箬衣神力吓到的老板娘忙不迭地赶紧出去。

万红楼!她就是再没常识,前后这么一联系也知道万红楼是个什么地方了。

萧瑾那臭小子还真的将她卖给青楼了!

老板娘出去没多久，房门就再度被打开。卫箬衣侧目，萧瑾已经换过了一袭衣衫缓步走了进来。

卫箬衣见他常穿深色的衣服，不过现在换上身的却是一套月白的长袍，被这种清雅的颜色一衬，更是显得他眉目俊美瑰丽。

“萧瑾！你到底要闹什么幺蛾子！”卫箬衣怒气冲冲地冲到萧瑾的面前，抬起脸来，瞪着他，“难不成你真的有胆子将我卖到这里！”

“我要真想卖了你，会把你卖在燕京城？真是想太多了。过去坐好。”萧瑾扫了一眼屋子里那张破碎成渣滓的桌子。“崇安县主果然彪悍。”他冷声对卫箬衣说道。

“我干吗要听你的？”卫箬衣头一偏，她看到门开了，拎起裙子转身就要出去。萧瑾说得也对。他就应该用大麻袋将她罩起来打晕了送到什么蛮夷之地再卖掉，到时候她回都回不来，哭也没地方哭去了。

“这里是什么地方你也知道。”萧瑾并不阻拦她，而是在她身后双手抱胸闲适地站着，声调薄凉地说道。“你就这么冲出去了，若是名誉上有什么损毁，可是不要怪我。至于你名声如何，我是不在意，想来你也不怎么在意，不过你家里那些妹妹们会不会在意就难说了。回头满城风雨的时候，别说我没提醒你。”他与卫箬衣接触几次，她在卫府里处境已经被他摸得一清二楚了。

萧瑾算定了卫箬衣不敢大摇大摆地走出这个门去。

说完他就挑眉看着她的背影。

卫箬衣……

她回眸横了一眼萧瑾。“谁说我要出去！我是关门！”她抬手将房门砰地一下给阖上。妈的！卫箬衣暗骂了一句，走了回来。“你想怎么样？我都被你踹池塘里面去了，你还不解恨？”

她站在萧瑾的面前，双手也抱胸，就这样抬头略带挑衅地看着他。

解恨？

萧瑾心底思量，其实刚才他在沐浴更衣的时候已经想过这件事情了。

好像现在他也不是那么讨厌卫箬衣了，就是不知道怎么了，见了她的面，就是忍不住要开口损她两句，不然这日子好像过不下去一样。

想她刚才一副要和他撇清关系的样子，他就来气，真当他是皮球了？说踢就踢走?!

他居然连她骂人的话都学了去，还对着她骂出了口，别说，虽然是粗俗了一点，不过骂出来的感觉还真的有点莫名其妙的暗爽。

就连她落水未曾从水里游起来那一瞬间，他心底的慌乱都有点让他无所适从。

萧瑾努力地忽略了这一点。

“你的身手是和谁学的？”萧瑾问道。

“反正不是和你。”卫箬衣哼了一声。

“好好说话！”萧瑾寒声说道。

“呸！我又不是你的犯人。”卫箬衣没好气地说道，“赶紧带我回去。我大哥这会应该要找我了。”

“这便是你求人的态度？”萧瑾也哼了一声，“有本事你自己回去啊！”

“你当我没本事啊!”卫箬衣瞪了他一眼。

萧瑾……崇安县主的本事大得很!

他刚刚问过了红姑了,红姑全程伺候了卫箬衣沐浴,这姑娘丝毫没有经过半点易容,全身上下更是连个疤痕都没有,手腕上的胎记也是极其的自然,所以这应该就是卫箬衣不假。

不过就是在定州撞了一回脑子,倒真是将人的性格撞得南辕北辙了?虽然说平日里卫箬衣依然很嚣张,不过现在的嚣张模样却是一点都不惹人讨厌。即便萧瑾对卫箬衣尚有点怀疑,但是人真的没被调过包,这也是事实,不由他不信。

“你有本事,有本事就不要出事!”萧瑾哼了一声,“还以为你多厉害,也不过就是一个纸糊的老虎罢了。”

“有没有人说过你特别欠揍?”卫箬衣嘴一撇。

“有人说过。”萧瑾一本正经地说道。

卫箬衣……

“那人是谁?知己啊!我要去膜拜一下他。”卫箬衣哼道。

“死了!”萧瑾缓缓地说道。

嘚瑟!你大爷!卫箬衣朝萧瑾干瞪眼。

“我不和你磨嘴皮子了。”卫箬衣挥了挥手,其实吧,大家都是原著里面的炮灰,本着多一个朋友比多一个敌人好的原则,卫箬衣觉得自己应该和萧瑾讲和,“不然以后咱们别见面就跟乌眼鸡一样,你不觉得累吗?”

“我觉得挺有意思的。”萧瑾很正经地说道。他说的是实话,已经很久没有找到比现在的卫箬衣更有意思的了。

卫箬衣……

她要暴走了!面对这么一个油盐不进的人,她还能说什么。“你的意思就是咱们还要继续吵下去?”卫箬衣跺脚说道,“我哪里有那么多闲工夫和你磨蹭啊!萧大爷,你就行行好,以后不要找我麻烦了好不好?我知道我以前对不住您,您要是不高兴,就当我是个屁,把我放了,要是还不高兴,憋臭我了再把我放了也成!总之你放过我吧!我保证以后见到你就绕道走。”

萧瑾蹙眉。

眼前的姑娘双手合十,真的在自己的面前摆出了一副凄苦的哀求模样,他是审过很多犯人的人,无论多奸猾的人到了诏狱之中,在他的手里也熬不过多久,从他们的眼神多少都能猜到一点点心底真正的所想。卫箬衣现在双眸带着的没有半点狡诈和油滑,证明她是真的很想让他放过她了。

她是真的不在意他了……

这个认知让萧瑾的心底猛然腾起一股浓得化不开的酸意。

心底有点添堵。

“我不是说过了吗?这么多年,你大街小巷地追着我跑,这算是什么?”他眸光略寒,就连声音也变得冷冽了一些。

“我和你道歉还不成吗?”卫箬衣已经让自己的眼神变得万分的诚恳了。

她越是诚恳，他就越是觉得心底不舒服。

“不成。”他撇头。

“那你要我怎么办？你说！上刀山下油锅！横竖拼了一身剐，我都去了！”卫箬衣坚决地握拳说道。

反正在原著之中她最悲催的也就是被这个人给活剐了吗。她还能混得比原著里面的卫箬衣更惨？

这臭丫头真是着实地叫人觉得厌烦，喜欢的时候，不管怎么样死皮赖脸也要贴着，如今说不喜欢了，便是上刀山下油锅，拼着被剐也要逃离？

萧瑾的眸光益发的冷冽，他就这么让她讨厌了？

到现在，他倒有点相信这姑娘就是原本来的卫箬衣了，不管做什么，都是做得那么极端，决绝。

心莫名地痛了起来。

萧瑾忽然很烦躁，他转身，走到床边顺手抓起了床上放着一件干净的披风，也是红姑之前拿进来的，他将披风展开，罩在了卫箬衣的身上。

“你干吗？”卫箬衣瞪眼。

“送你回去！”萧瑾冷声说道。别让他再看到这个臭丫头的脸，他已经一肚子的气了。萧瑾嫌弃地说道：“把你那张臭脸遮起来！我不想明日传得满城风雨说我和你在一起。”

“我也不想！”卫箬衣嘀咕了一声，她其实本来还想说别的，但是看到萧瑾的眸光冷得都能掉冰渣子，所以她就很识趣地闭嘴了。

他讨厌她也不是一天两天的事情，罗马都不是一天能建成的，想要让他不讨厌自己也不是那么容易的事情。

“我以后尽量绕着你走。”卫箬衣怕萧瑾生气，还是很真诚地加了一句。

“闭嘴！”萧瑾的脸都已经黑了，低吼道。

将卫箬衣一把扛在了肩膀上，萧瑾直接出了房门，跳上了屋脊。

卫箬衣……

她很想吐怎么办？“你能不能放我下来？”卫箬衣有点难受地对萧瑾说道。

“闭嘴！”萧瑾依然还是那两个字。

卫箬衣……好吧好吧，她闭嘴。

她被蒙住了头脸也看不清萧瑾要带着她去哪里？她只能感觉到他跑得极快。

没用多少时间，等她再度被萧瑾扔下来的时候，她解开了蒙在自己脸上的披风，这才发现萧瑾居然把她扔回了她在紫衣侯府房间的床上……

卫箬衣愣愣地坐在自己的床上，看了看四周，已经空无一人，唯独那窗户还是敞开着，呼呼地朝里面灌着冷风。

卫箬衣起身将窗子重新关上之后，再度爬回了床上，她单手托腮，暗自地思量。

那家伙是怎么知道自己在紫衣侯府住的是哪个地方的？

后来想想，上次那厮过来看望过她一回。

卫箬衣这才释然，倒头就躺在了自己的床铺上美美地伸了一个懒腰。

诗会那边的胜负已经出来了，每人作三首诗送上去，谢秋阳一首，卫燕两首，中选诗魁，卫燕顿时名声大噪。虽然谢秋阳也中了一首，但是人家卫燕是两首，风头已经是隐隐地盖过了谢家。

谢秋阳虽然有点心惊，但是还是对卫燕的诗篇十分的佩服，他的诗词藻是比卫燕的华丽一些，但是意境上却是略逊风骚，所以这次他输得心服口服。

至于卫兰衣自是交了一个白卷上去，白白地被诗社之中以前被卫兰衣压着的那些才女们好好嘲弄了一番。

卫兰衣躲在一边掉眼泪。

她哭得梨花带雨的，即便是交了白卷，但是还是有一些她的拥趸围在她的身侧苦苦地相劝。

“卫姑娘不要紧，今日不过就是一个小比试而已，谁都有才思枯竭的时候，不用放在心上，下次一鸣惊人不就是了。”诸如此类安慰的话，不绝于耳。

卫燕将萧子雅交给他的二百两黄金的银票收好，缓步走到了卫兰衣的身侧。

“大……大哥。”卫兰衣赶忙站了起来，擦了擦眼角的泪水，一副楚楚可怜的样子。

“欺人者，人恒弃之。”卫燕冷声对卫兰衣说道，“我已经入了诗社，日后会好好地看着你，你好自为之。”说完他就拂袖离去。

留下一众不明真相的吃瓜群众的惊愕脸，还有卫兰衣那眼底透出的深切哀色以及之中夹杂着的丝丝恨意。

卫燕出了八面来风楼这才发现了一个大问题。

卫箬衣不见了！

他打发了绿蕊和绿萼出去找，谢秋阳是跟在卫燕的身后出来的，见卫燕如此焦急地站在门前，就叫自己手下的小厮去打探一下，到底卫家出了什么事情。

小厮回来说崇安县主不见了，就连谢秋阳都吓了一跳。

之前还好好地看到崇安县主呢，这会的时间能去哪里？

按说卫家出事，谢家就算不落井下石也应该袖手旁观才是，不过谢秋阳还是让自己的随从也出去帮着找去了。

谢秋阳心底也有点担心，这件事情若是被他父亲知道了，少不得回去又要费上一番口舌解释。

不过算了，先找到崇安县主要紧。

没过多久，随从就回来说，崇安县主已经找到了，原来是她在这里实在是无聊了，于是先回了紫衣侯府。

谢秋阳这才作罢，带了自己的人回了谢府。

卫燕也是匆匆忙忙地赶回家中，冲到了卫箬衣的房间一看，他这悬着的心算是放了下来。

这死丫头不知道外面人找她找得是有多急，她倒好，一声不吭地跑回来不说，还自己躺在床上睡着了。

卫燕看着卫箬衣沉睡之中的面容，稍稍地叹息了一声，没出事就好！他悄然退出了她的房间，同时叮嘱绿蕊和绿萼不要去惊扰她。

卫箬衣等房间里没了动静，这才舒了一口气，缓缓地从被窝里爬了出来。

她要是不装睡的话，不知道大哥要怎么唠叨她了……

等到翌日，卫箬衣还是被卫燕给数落了一下，不过被她嘻嘻哈哈地给糊弄过去了。

大家一起去了老夫人那边行礼问安，今日可是巧了，正好赶上了兰姨娘和菊姨娘都在，卫兰衣、卫红衣还有卫简衣也都各自站在自己母亲的身后，就连卫华衣和卫荣都来了，只是他们两个显得有点萧瑟。

老夫人今日很开心地拉着大家说了会话。

“今儿不是秋闱放榜的日子吗？”老夫人笑问道，“早上你们可打发人去守着看了？”

卫箬衣这才想起来，今日大家聚集一堂原来是因为这个。

她看向了卫燕，卫燕一片从容淡定。

“回老夫人的话。”兰姨娘说道，“这是咱们府上的大事，哪里能不放在心上呢，早就打发了人去贡院门前等着了呢。算算时辰，现在应该差不多要有榜放出来了。”

“燕儿啊，你也不用太在意了。”老夫人笑着点了点头，想了想还是安慰了卫燕一句，“你这身子才刚刚恢复，能考上是最好的，没考上你也别灰心。”

卫燕稍稍一欠身，淡然地一笑。“祖母放心，燕儿明白的。”

52 高中

卫荣有点神游天外的感觉，坐在一边啃着自己的手指。

他是打心眼里不想让大哥得中的。他自己装晕逃避掉这次秋闱，总想着大哥那种病秧子的身体不管怎么说都是熬不过那三天的，没想到人家熬下来了，若是被大哥给考中了，那他在这个家中还算什么？

卫箬衣抬手过去拍了拍大哥的肩膀，朝着卫燕灿烂一笑。

早上她就拿到了大哥给她的二百两黄金的银票，笑得嘴都差点歪掉，非是她贪财，而是这二百两银票背后的意义不凡。

意味着她大哥一战成名，意味她的眼光独到，真的在寒梅苑里面捡了一个宝贝回来了。

从此谢家有谢秋阳，卫家有卫静雪，看谢老儿还有什么可嘚瑟的！

卫箬衣暗自握拳，她也要多努力才是。

其实她总觉得自己这些日子练得不错了，但是和萧瑾一交手，卫箬衣这才发现，自己那点道行根本不够，没实战的经验，很容易就被萧瑾给抓住破绽。她能在萧瑾手底下走过几招，还将萧瑾给掀翻了，那是因为她出其不意，用出了跆拳道的招式，投机取巧了，但是这种只适合偷袭，再然后就没有然后了。

虽然战场对阵与单打独斗不一样，不过道理是相通的。

比起其他人，她还差得远呢！不能因为大哥的几句夸赞她就头翘尾翘了。

可是要怎么样才能有实战？她顶着卫家嫡长女的帽子，总不能满大街地去找架打吧……

卫箬衣在出神。

门帘一响，一个婆子满脸喜色地跑了进来，一进来就给老夫人福了一福。“老夫人大喜啦。”

老夫人一看就紧张地一欠身，这婆子是她打发了去门上等消息的。“可是大公子中了？”老夫人眼带喜色地看着那婆子。

“可不是！”婆子笑得眼睛都快要成一条缝，“不光是中了，而且是中的头一名，咱们府上去看榜的小厮说了，大公子高居榜首！”

“真的没看错？是第一名？”老夫人已经是笑得合不拢嘴，但是还是不放心地问了一句。

“真的是第一名。”婆子笑道，“贡院前来报喜的衙役都带着大红的喜报朝咱们府上来了！”

“哎呦,可真是祖宗保佑。”老夫人双手合十朝天拜了两拜,“赶紧地,去看看去。”

“大哥你好厉害!”卫箬衣第一个跳起来,拍掌笑道。

卫燕也暗自地松了一口气,如释重负地笑了出来。

卫荣则呆若木鸡,狠狠地咬掉了自己指甲边的一块皮,就连将自己的手指咬出血来都浑然未觉,他的心底一片兵荒马乱,大哥考了第一名?那他算什么?卫华衣的眼底也是一片死灰,唇角虽然勉强地在笑着,但是看向卫箬衣和卫燕的眼神已经是怨毒无比。

这两个人竟是将她救出自己母亲的后路都给堵上了。

卫燕拖着病体都能中了第一名,接下来的春闱,殿试,一层层上去,若是被他中了状元怎么办?他必定重新受到重视,有个卫燕顶在了前面,自己的弟弟就是一个废人了!

梅姨娘已经惊得不知道要说什么才好了,愣是呆了半天,直到卫箬衣过来挽住了她的手腕,她才回过神来,大喜之中,眼泪却是噼里啪啦地掉了下来。

大家都兴高采烈地簇拥着老夫人和卫燕朝门外走,卫箬衣陪着梅姨娘留了下来。

她用自己的帕子给梅姨娘按着眼角流出来的泪水,柔声说道:“梅姨娘,这是大喜的事情。”

“我知道。”梅姨娘一边点头一边啜泣,眼泪就是噼里啪啦地朝下掉,“可是就是忍不住。燕儿太不容易了。差点就因为我而殒命,拖着那样的身体还能得中。我……我……”她连说了几个“我”字,已经是哽咽地说不出后面的话来。

卫箬衣抱住了梅姨娘,轻轻地拍着她的后背。“梅姨娘放心,一切不好的日子都过去了。我们不能活在过去的阴影之中,大哥这般努力,这般优秀,将来一定会有更好的日子等着他和你的。不要哭了。大哥看到你这样子,也是要伤感的。”

“对对对。”梅姨娘忙不迭地点了点头,深吸了好几口气,才将心底涌起来的悲意给驱散。她秀丽的脸庞微微一红。“让县主见笑了。”

“叫我箬衣啊,和大哥一样。”卫箬衣笑道。

卫箬衣觉得,非要给自己找个后娘的话,其实梅姨娘是不错的。

这些日子她也暗中观察过,其实梅姨娘是个很老实本分的人,当年因为那点点孽缘,将她和自己爹给牵扯到了一起,她因为自己的出身和地位一直都是十分的自卑。

而且她对自己是发自内心的好,虽然每次接触她都有点战战兢兢的,但是这个家里谁对自己真好,谁是带着目的来接触自己的卫箬衣心底比谁都明了。梅姨娘是十分内秀的,不然当年老夫人也不会在卫家那么多丫鬟之中选中了她。

只是梅姨娘不善于表达而已。

梅姨娘稍稍地一惊,不过还是展颜朝卫箬衣一笑。“箬衣。”

卫箬衣忽然惊觉,原来梅姨长得真的很美!不过想想也是,能将大哥生成那般的模样,梅姨娘的样貌又怎么可能差了去。

等卫箬衣带着梅姨娘去了大门口的时候,正好赶上了贡院的人前来报喜。老夫人这个开心啊,找人马上就去街上买了两挂鞭炮来放。

卫家已经是这样的地位了,按说没必要为了卫燕高中而高兴成这样,但是老夫人这些日子在卫箬衣的提醒之下,也觉得卫家目前的第三代实在是太弱了,竟是没有一个能挑起大梁的人来,如今卫燕考中,这是给老夫人了一个希望。

她喜滋滋地站在门前,看着点燃的鞭炮碎了一地的红屑,心思还是隐隐地有点忧虑。

卫家是武将传家,家中出一个读书人是值得高兴的事情,可是卫家的家传武学又怎么办呢?

老夫人默默地叹息了一声,等卫毅那臭小子回来,她要好好地和他说说这件事情了。

卫燕得中的事情很快就传遍了燕京城。

燕京城其他的门阀世家都是闻风而动,马上就送来了贺礼。

谢家老爷子在家里摔了好几个笔筒,表示贡院那些评判考卷的人是不是收了卫家的好处了?

卫毅那个莽夫能生出会写文章的儿子?看看他女儿那德行就知道卫家的家教是有多差!

等谢老爷子调来了卫燕的试卷一看,他就闭嘴了!

这字迹!这文章!

如果这人不是卫老贼的儿子,他都起了要结交之心了。

他又派人打听了一下,看到了卫燕在诗社里写的诗,又将自己儿子的诗拿来一对比,气得他差点又要摔笔筒。再一听说谢秋阳还帮着卫家的人暗中找过卫箬衣,老爷子的怒气终于找到了一个发泄口了。

"去将你们大公子叫来!"谢大学士在家里拍着桌子叫道。

谢园不光是大学士,更兼任着监察御史和巡查使两个职位,所以谢家在朝中的势力亦是不俗,笔杆子都在谢家的手里握着,人家一个不高兴,说参谁就参谁!

谢秋阳被从自己的书房给叫到了父亲的书房之中,一看那一地的碎笔筒,就知道不好了!

"父亲。"谢秋阳敛眉静气,抱拳低头。

"我怎么听说你的胳膊肘长得朝外了?"谢园拍桌子指着自己儿子的鼻子骂道。

"孩儿不知道父亲所指何意。"谢秋阳开始装傻。

"你还帮着卫老贼找女儿?"谢园立眉问道,"你难道不知道卫老贼和他那个女儿是有多可恶!"

谢秋阳不吱声。其实卫箬衣也没那么可恶,卫老贼是可恶了点。谢秋阳腹诽。

"气死我了!"谢园拍了拍胸脯,他年轻的时候就被卫毅那个狗贼怼,好不容易熬到那斯被那厮自己的爹一脚给蹬去了边陲,让他过了几年的舒心日子,没成想,那厮一翻身杀了回来,官还越做越大!

"卫老贼的儿子考了第一名,接下来便是春闱,殿试,你好好想想吧,别以为之前中了一个状元,就蹬鼻子上眼了!"谢园心气不顺,敲打着自己的儿子,"等什么时候卫老贼将手伸到咱们鼻子底下,那就晚了!大梁朝就只知道有卫老贼,不知道有咱们谢家了!陛下尚未立储,你要多想想怎么才能帮衬到你表哥!而不是将心思花在帮卫家找女儿的破事上面!那卫箬衣又是个什么好东西?品德败坏,素行不良,就和她爹当年一个德性!真是有什么样的爹就有什么样的女儿!你还和她混在一起?你也不想想你的妹妹上次在诗会之中是如何被她羞辱的!你姑姑十分的不满!"

谢秋阳被自己的爹一顿炮轰,轰了好久,这才被怒气发泄完毕的谢园给放出了书房。

谢秋阳一边走，一边摸自己的鼻子，感觉自己甚是无辜，卫燕能中是他的本事，和自己又有什么关系。

他的眼前浮现出卫箬衣的笑容，不觉自己的唇角也有点想要上翘的趋势，浑然不觉自己是刚刚被自己爹给臭喷了一顿。

燕京城因为贡院放榜而变得几家欢乐几家愁。

各大酒楼生意爆好，得意的固然大张旗鼓地宴请或者被宴请，不得意的也来凑上一杯愁肠酒，抒发一下心底的酸泡泡。

卫燕如今火极一时，邀请他赴宴的名帖纷至沓来。

卫燕原本是不想去的，但是想着日后自己出仕，有些场面不得不参加，只能从里面选了几个，其他的就找人回了说是实在抽不出时间来。他也的确是忙了起来，诗社那边活动也多。

卫箬衣现在略有点嘚瑟，有一种自己哥哥考中了，她就能上天的即视感。

老夫人专门找人来做了一批新衣服给卫燕添置，如今他算是彻底地在卫府之中咸鱼翻身了。

这就叫卫荣更加感觉到自己的地位一落千丈。

他也跑出去找徐幻真喝闷酒。

卫箬衣揣着大哥给她的银票带着绿蕊和绿萼去了彩衣阁。过两天，她就要跟着祖母进宫去。

前段时间陛下的身子骨有点不太爽利，京畿守卫都是交给了卫大将军。如今陛下身子大好了，最先召见的便是卫家的嫡长女，所以又让卫家火了一把。

大家都在悄悄地传，大概陛下要给卫家的这位崇安县主指婚了。

就连卫箬衣都觉得宴无好宴，会无好会。

大梁恒帝身体好起来第一件事就是找她进宫，莫不是要纳她当妃子吧……

卫箬衣被自己这个念头给吓到了！

唉，其实吧想想自己要是变成了萧瑾的小妈，天天骑在他脑袋上让他叫自己娘那感觉，的确不错，但是……不能为了这个就把自己一辈子给卖宫里了去吧。

宸妃娘娘那样子已经叫她十分的惊悚了，还有未曾谋面的皇后，和盛宠不断的淑妃，卫箬衣就感觉自己完全没什么可能在宫里活过三集去，真的进了宫大概就真的只能当鹌鹑缩着了。

怎么办？崇安县主很忧伤。

就连那件纯白纯白的狐狸皮披风都不能引起她的什么兴趣出来。

要不然找萧瑾问问他家老头子到底在想点啥？

卫箬衣抓耳挠腮的。

好端端的，又没什么节日，进什么宫啊！

卫箬衣从彩衣阁里面出来，不知不觉地就来到了北镇抚司的衙门门前。

绿蕊和绿萼一见卫箬衣居然来了这里，就不吱声了。她们以前可是这个大门前的常客啊，自打县主从定州回来就再没来过这里，没想到县主现在又故态重萌了。

门前的人可是认识卫箬衣的，一见崇安县主有点失魂落魄地朝这边走来，马上飞一样朝里面跑进去给萧瑾报信去了。

萧瑾正在扔飞镖玩,他办了舞弊案之后就一直很闲,听门上的小旗前来禀告,手一抖,一飞镖撇歪了直奔花锦堂而去,花锦堂吓得忙一缩脑袋闪开了。

崇安县主一来,头儿就要杀人！太惊悚了。

“你没看错?真的是她来了?”萧瑾蹙眉问道。

“真的。”门前的小旗忙不迭地点头。

倒是奇怪了,萧瑾摸了摸自己的下巴,不是说以后见到他要绕道吗?怎么这才几天的时间就又自己凑过来了?

眼角有点要崩开的感觉,萧瑾自己都没感觉到自己似乎带了点笑意在唇边。

“那她进来了吗?”萧瑾问道。

小旗茫然摇了摇头。“属下只是看到了县主的身影朝这边来了,就马上进来和大人禀告了。”

“再去看啊。”萧瑾说道。

那小旗赶紧一溜烟地跑了出去,没过多久就又跑了回来。“回大人,崇安县主停在了门口看着咱们北镇抚司的大门叹息。”

“再去看!”萧瑾说道。

小旗又飞快地跑了出去。

“头儿,你干脆自己出去看看呗。”陈一凡探头过来,小声说道。

以前崇安县主来,头儿都是直接跳后窗走人的,现在头儿不光没有走,还严密监控崇安县主的动向,不一般哦。

萧瑾白了他一眼,陈一凡闭嘴了,因为萧瑾白他的同时还亮了一下手里尚未扔出去的飞镖。

“头儿,崇安县主走了!”那小旗再度回转,面有喜色,“她没进来,而是直接朝着玄武大街的方向去了。”

走了?!萧瑾的心一沉,她居然走了?真的只是经过?不是特意来看他的?

“嗯,知道了。”萧瑾挥手,小旗退下之后,他将手里的飞镖丢在了桌子上,撩起衣摆,直接从后窗跳了出去。

花锦堂……

“崇安县主不是走了吗?头儿干吗还跳窗户?”花锦堂不明就里地问道。他走到后窗那边,在将窗户关上的时候看了看外面,已经不见了萧瑾的踪迹了。

“嘿嘿,你傻啊。”陈一凡抓起了被萧瑾放在桌子上的飞镖继续扔着玩,“明显头儿是抄小路去劫崇安县主了呗。”

“你又知道?”冯安不解地说道,“头儿不是一直不喜欢崇安县主的吗?”

陈一凡得意洋洋地瞅了他们两个一眼。“所以说活该你们两个打光棍,连个眼力价都没有!以前咱们头儿提到崇安县主那是什么表情,现在是什么表情?如果他不严密关注崇安县主,刚刚为何要让那个门前的小旗跑来跑去地观察崇安县主的动向?你们见头儿对哪一个姑娘这么上过心?”

“难道不是因为要躲着崇安县主?”冯安又问道。

"要躲刚才就跳窗户走了,何必等到现在?"陈一凡笑道,"头儿平时叫我们多观察,你们都观察的是什么啊!咱们这些做下属的要多给长官制造机会!"

花锦堂和冯安齐齐鄙夷地看着他,齐声骂道:"马屁精!"

陈一凡不以为耻,反以为荣。"我这叫想长官之所想!"他嘿嘿地笑道。

萧瑾跑了两条巷子,才从玄武大街的街头绕了回来。

他负手假装闲适地朝前走,果然走出两步,就见卫箬衣一副神游天外的样子带着两名侍女晃晃荡荡地在街上走着。

嘿!还真是路过啊。

萧瑾负手从卫箬衣的身侧经过,她竟是连看都没看他一眼。

萧瑾……

瞎了?

再度从小巷子里跑出去,这回他靠在了玄武大街的街头拐角处。

卫箬衣晃悠悠地从这边拐弯过来竟是从街口他站的反方向走了。

萧瑾……

这家伙一定是故意的!

算了!萧瑾哼了一声,自己都觉得自己是不是有点做得太过了?

明明以前躲她还来不及,现在却来主动找机会假装与她邂逅?大概是上次和她一起泡了冰水,把脑袋给泡坏了。

不知所谓。

萧瑾负手准备离开,就瞥见有四个人鬼鬼祟祟地跟在了卫箬衣的身后。

萧瑾常年在锦衣卫,市井流氓也认识不少,这四个人一看就是街上的小混混。

萧瑾略蹙了一下眉,想了想,还是不放心地悄然跟了过去。

四个小混混一直尾随着卫箬衣,走了半条玄武大街。

卫箬衣在每个摊子上都停下来看看,最后还是转入了一条僻静的巷子之中。

那四个小混混顿时一喜,忙跟着进去。

萧瑾心道不好,也飞快地追了过去,不过在他横过玄武大街的道路的时候被一辆缓缓驶过的牛车稍稍地阻挡了一下,等他跑进巷子里已经不见卫箬衣和那四个混混的踪迹。

萧瑾心底着急,朝前跑了出去,终于在巷子底拐弯的地方看到了他们。

这一看,萧瑾差点没笑出声来。他略扶了一下自己的额头,干脆斜靠在墙壁上笑吟吟地看着。

就见绿蕊和绿萼两个站在一边摇旗呐喊,卫箬衣一打四,她天生的神力,只是被她扫到一拳那几个小混混都吃不消,不过转眼的时间已经有两个小混混被她打倒在了脚下,她一脚踩在一个人的背上,一脚踩在另外一个人的手上,正在高声大叫:"服不服!"

"服服服!"那两个被打倒的小混混哭爹喊娘。

"说!是谁叫你们来的?"卫箬衣双手掐腰,斜睨着另外两个,"你们两个还不赶紧给姑奶奶跪下唱《征服》?"

那两个人对看了一眼,彼此给对方一个眼神,随后两个人还真都听话地跪了下去。

"姑奶奶饶命啊。"其中一个人大声地叫道。

卫箬衣看了过去,略带得意的一笑。“欺负到你姑奶奶的头上来了? 说! 是谁叫你们来的?”

她在问话,没在意另外一个人,不过萧瑾却是看得分明,就见那人伸手到了自己的腰侧。

“不好!”萧瑾警觉,神色一变,大吼了一声“小心”!

他才喊出口,已经有点来不及了,那人已经手扬了起来,一大包粉末从他的手里撒了出去。萧瑾心骤然一提,身子直直地朝前飞去,一脚蹬在了那个偷袭卫箬衣人的后背上,直接将人一脚给踹吐血了,趴在了地上愣是爬都爬不起来。

萧瑾的反应已经是够快的了,可惜卫箬衣还是被那人用那包白色的粉末撒了一头一脸。

萧瑾闭住气,袖子一挥,袖底带风,直接将弥散在空中尚未散去的粉末扫开,一把将卫箬衣拦腰抱起,朝前冲了两步。

53 中招

绿蕊和绿萼因为站得远，所以没被波及，而卫箬衣则满脸都是白色的粉末。

她只要稍稍地一睁眼睛，就是一阵刺痛袭来，痛得她“啊”的一声叫了出来。

萧瑾的心就是一缩。

怀里的少女满脸都已经被白色粉末覆盖住，那双眼睛因为被刺激已经淌出了泪水，越是流泪就越是红肿刺痛。

萧瑾一看就知道不好，赶紧拿衣袖拂开了她脸上残留的粉末。“别眨眼了，就闭着，不要试着睁开，我马上想办法。”萧瑾对卫箬衣急切地说道。

“萧瑾？”卫箬衣本是疼得心慌意乱，完全不知道怎么办才好。她想要抬手去揉自己的眼睛，都被萧瑾给拍掉。“都叫你别乱动了！”萧瑾低吼道。

地上三个小混混见状想要趁乱开溜，才跑出两步，就被萧瑾用袖箭全数射倒。萧瑾心底生恨，下手也是极狠的，直接用袖箭射在了他们的膝盖上，就听到几声惨叫，那三个人都倒地抱腿哀嚎了起来。

便是这伤以后养好了，不过膝盖都已经被萧瑾用袖箭击碎，残疾是肯定落下了，以后能不能走都是两说。

“拿着我的腰牌去锦衣卫叫人来。”萧瑾将自己的腰牌解下来，丢给了在一边已经吓傻了绿蕊和绿萼，“我带你们家县主去治眼睛，你们一会就在锦衣卫等着。我会回去找你们的。”

“是。”绿蕊和绿萼已经是六神无主了，自是萧瑾说什么她们就听什么。绿蕊接了牌子撒开腿就朝北镇抚司的方向跑去，绿萼则留下看着他们。

“刀给你。”萧瑾将腰间的绣春刀也解了下来，“他们谁敢跑，你就直接剁他们的手指。”萧瑾将绣春刀抛给了绿萼，绿萼接了刀，抱着朝前走了两步，一个劲地点头。

其实这四个人，有一个已经被萧瑾踢得人事不省了，还有三个被萧瑾给击碎了膝盖骨，哪里还能跑得起来。

等交代好之后，萧瑾抱着卫箬衣直接蹿上了巷子一侧的房顶。

卫箬衣老老实实地窝在萧瑾的怀里，感觉到寒风从自己的脸侧呼呼地刮过。

“萧瑾……”她弱弱地叫了萧瑾一声。

“嗯？”萧瑾垂眸。

怀里的少女双眼虽然是紧闭着，但是眼周已经红肿起来，纤长的睫毛上沾染着白色的粉末，颤抖着，如濒死的蝴蝶在奋力地颤动自己的翅膀，带着一股子让人感觉到心碎的纤弱。她的手指紧紧地抓住了他的衣襟，好像这样便是能抓住一点点能让她感觉到安全的东西。

她素来都是飞扬跋扈外加嚣张无比的，也素来都是十分的自信，原本萧瑾是十分厌烦她那副不可一世的模样，但是现在萧瑾却忽然觉得，其实她平日里的样子也没什么不好的。

“我不会就这么瞎了吧？”卫箬衣的眼睛实在是疼得厉害，她是真的有点怕了，古代的医疗条件……卫箬衣不确定地问道。

“不会。”萧瑾非常肯定地说道，“你忘记了？你是祸害嘛……”

只是现在有点疼而已。

其实萧瑾也是心急如焚，只是为了不让卫箬衣担心，才故意这么说。糊在卫箬衣眼睛里的是生石灰，要是遇水是一定会将卫箬衣的眼睛给灼伤了的，所以他才叫她赶紧闭上，不要动，更不能揉。

卫箬衣被萧瑾说得又好气，又好笑。“你还真的特别会安慰人……”她无奈地说道。

萧瑾不敢怠慢，已经是用了最快的速度到达了他最熟悉的医馆，直接就踢开了胡大夫的房门。

虽然看不到，但是卫箬衣听得到，她不由轻轻地笑出来。这家伙踹人家的门是有瘾还是怎么样？每次带她去一个地方，房门都是用踢的……从无例外。

她眼睛痛，笑了之后脸上的表情不见得就好看，反而有点扭曲，惹得萧瑾更是蹙眉。

“现在都什么时候了，你还笑得出来，丑死了，难怪玉儿叫你丑八怪。”萧瑾轻声哼道。

卫箬衣稍稍地一翘唇。“横竖都已经这样了，你还不准我笑了吗？”

“要是眼睛真的救不回来，看你怎么哭。”萧瑾不由放缓了声音，说道。

“那就倾听花落花开的声音吧。”卫箬衣叹息道。

萧瑾……

心底最柔软的地方仿佛被人轻轻触碰了一下，如蝉翼振翅，带出温柔的风，又如清晨竹尖凝成了的水珠凝落。

“喂！你干吗？还不赶紧帮我找大夫？”卫箬衣觉得萧瑾似乎呆住了，于是马上大声疾呼道，“我真的好痛啊！”

猛然被惊醒，萧瑾赶忙挪开了凝在她脸上的眸光。

“你不是要倾听花落花开的声音，还要什么眼睛！”萧瑾没好气地回了一声。

不过他还是小心翼翼地将卫箬衣放在了房间的一个竹榻上。

“我就难得装把文艺，我都这样了，还不让我自娱自乐一下啊！”卫箬衣轻哼了一声，说道。

“就你废话多！”萧瑾骂道。“坐好了，别乱动，我去找人来。”他叮嘱道。

“哦。”卫箬衣乖巧地坐着。

没过多久，胡大夫就被萧瑾给抓了过来。

胡大夫给卫箬衣看了之后，就赶紧叫人去拿来了菜油。

他用装在葫芦里面的菜油，一点点地滴在卫箬衣的眼睛上，然后用棉布一点点地替她仔细清理着。

“姑娘，忍着点啊。”老大夫说道。

“啊！”卫箬衣尖叫了一声，骇得萧瑾差点将手里拿着的软布给扔出去。

“别鬼叫！”萧瑾怒道。

“痛！”卫箬衣可怜兮兮地说道，“你那么凶干吗！”

“还不是你自己蠢！”萧瑾忍不住出言讥讽道，“没有那个金刚钻，就别揽瓷器活啊！你就不会找人求救吗？”

“我又不是打不过他们，我就是没注意到他们会出损招啊。”卫箬衣反唇相讥。

“哈，难不成别人放暗器之前还要告诉你一声，暗器来了？”萧瑾更是不屑地说道。

“你看到了，你为啥不说？”卫箬衣哼道，“你明明早就发现有人跟踪我，为何不提醒我？”

“你知道我发现有人跟踪你？”萧瑾的头皮一紧！

“我又不瞎！”卫箬衣哼了一声，“第一次你迎面和我走过，我就看到你了！”

萧瑾脸上忽然腾起了几分懊恼之意！

那岂不是后来他站在街角也被她给看到了？

蠢！

简直愚蠢到了姥姥家了！活了快二十年了，从没像现在这样觉得自己愚蠢过！当时他怎么就没想过她是故意假装没看到他的？

烦闷！她居然假装看不到他！萧瑾不知道为何又是一肚子的气。

“你是在等谁家的姑娘吗？”卫箬衣问道。

她才不会自恋到觉得萧瑾是在等她……她只有特别大的魅力让萧瑾活剐了她，没有魅力让萧瑾能为她折返两次。

“是啊是啊！”萧瑾没好气地说道。“横竖不是等你。”他马上加了一句。

心底也不知道是个什么滋味，萧瑾哼了一声。

卫箬衣怪笑了两声。“那个被你看上的姑娘也怪倒霉的。”

萧瑾……

“为何？”虽然已经十分不想理这个女人了，不过萧瑾还是忍不住问道。

“脾气又臭，人又小气，还是那种睚眦必报的个性，外加一肚子的坏水！”卫箬衣将萧瑾的“优点”毫不保留地说出来。

萧瑾……

“胡大夫，可以考虑不用管她了！”萧瑾一本正经地对正在替卫箬衣清洗眼睛的胡大夫说道。

“呵呵，千户大人真会开玩笑。”胡大夫乐得笑呵呵的，“千户大人和这位姑娘的感情真好。”

这回卫箬衣和萧瑾同时哼了一声。“谁和她(他)感情好？”

说完两个人又是一愣，萧瑾闭嘴了。

卫箬衣却和胡大夫说道：“这位大夫，您可别误会了。他喜欢的女孩子不是我。”

“啊？是吗？”胡大夫回眸看了萧瑾一眼，随后含笑点了点头，“年轻人的事情我老人家已经是看不懂了。”

萧瑾别开头去，他觉得自己如果多看卫箬衣一眼，真憋不住有种想要掐死她的冲动。

“好了好了。”胡大夫笑道，“姑娘你再忍忍啊，还有一点点就清理好了。”

“这么快？”卫箬衣吃惊地说道。

刚刚第一下她感觉到很痛，但是后面光顾着和萧瑾斗嘴去了，却是忘记了疼这回事情了。

将眼角的一点点残留也清理干净，胡大夫笑着对卫箬衣说道：“姑娘，试着看看吧。”

卫箬衣有点迟疑，实在是刚刚疼得有点心虚了。

她深吸了一口气，这才缓缓地睁开了眼睛。

虽然眼睛里还是十分的难受，涩涩地发痛，但是已经不像刚才那样的刺痛了。

“看得清楚吗？”胡大夫伸出手指在卫箬衣的眼前晃动了一下。

萧瑾忽然紧张了起来。

“嗯。”随着卫箬衣很肯定地点了点头，萧瑾的心这才放了下来。

这臭丫头，不出点状况日子是不是就过不下去啊？

“那就好，证明没有被灼伤。”老大夫笑道，“不过为了安全起见，这两天还是不要见光了。我替你包起来。”

包起来？

那就是还要当几天瞎子啊？

不过据说她要入宫去呢……

感觉到自己的眼皮被抹上了一层清凉的药膏，让眼皮周围的灼烧感降低了不少，随后胡大夫就用萧瑾手里拿着的白色软布将卫箬衣的眼睛给包上。

“至少五天不要碰水，每天来我这里一次，我给你换药。”胡大夫说道，“姑娘不用担心，这些药膏都是老夫家中祖传的，保管几天后姑娘依然是明眸善睐。”

“那就多谢大夫了。”卫箬衣笑道。

“不用谢老夫，多亏千户大人及时地将姑娘送来，才没酿出什么祸事。”胡大夫笑道，他将东西收拾好了，就起身告退。

“萧瑾？”卫箬衣听不到房里有什么动静，试探地叫了一声。

萧瑾正盯着卫箬衣看，猛然被点名，他回过神来。

“干吗？”萧瑾哼了一下。

这姑娘怎么一点都不怕的样子，其实刚刚送卫箬衣来的时候，虽然嘴上他在说卫箬衣是祸害，所以不会出事，但是心底却也是十分的忐忑。他见过被生石灰灼伤双眼的人，锦衣卫办事，也会遇到一些无赖拿着生石灰粉撒出来偷袭他们。

那种痛会让一个铁铮铮的汉子都倒地哀嚎，卫箬衣却是不吭不哈地熬过来了。

以前他从不觉得崇安县主有什么好的，不过至少现在他发现了卫箬衣的一个优点，那就是丝毫都不做作。

他这个皇子虽然不受宠，但是毕竟是当今恒帝的儿子，他也素来知道自己的样貌十分的出众，这些年他身在锦衣卫也遇到不少暗恋喜欢他的姑娘，但是没一个如同卫箬衣这般愣头青，即便被他嫌弃如斯，也依然如飞蛾扑火一样朝前冲。

“你说那些小混混是偶然遇到我的还是专门针对我的？”卫箬衣听到萧瑾在，定心了，随后问道。

“我又不是神仙，我怎么知道。”萧瑾摊手，“不过大街上那么多人他们都不跟，却是盯上了你，多半就是针对你的了。”随后他不无讥讽地说道：“你又招惹了什么人？”

卫箬衣哼了一声。“我怎么知道？我又没做什么？人家看我长得漂亮，羡慕嫉妒恨不行啊？”

“脸呢？”萧瑾不屑，“多大的脸？没见过你这么自夸的。”

“那是你的见识太少！”卫箬衣一本正经地说道。

萧瑾……

他已经不想和这个不要脸的家伙说话了。

“对了，那些人是不是被你的人带去锦衣卫了？”卫箬衣问道。

“是啊。”萧瑾懒懒散散地回道。

“我能不能去看你审他们？”卫箬衣问道。

“我凭什么要审他们？”萧瑾翻了一个白眼，“你当锦衣卫你家开的？要帮你做事？再说了，你看得见？”

卫箬衣……

嘿，她怎么忽然感觉以前三棍子打不出一个闷屁的人现在变话痨了呢？

萧大爷！你的画风变了，你知道不知道？

不过萧瑾说得也对，锦衣卫不是她家开的，那是陛下的亲军，她也不可能指使锦衣卫做事，萧瑾今天帮了她，她已经很感激了。

卫箬衣站了起来，她是看不到，但是对着萧瑾声音传来的方向行了一礼。“多谢萧大人见义勇为，出手相助了。”

说完她就摸索着想要朝前走。

萧瑾蹙眉。

这是干什么？和他发脾气？

要发脾气就发去，他虽然不忙，也没必要上杆子去哄这位崇安县主。

萧瑾的心情忽然变得很不好，有点暴躁。他索性双手抱胸，冷眼看着小心翼翼摸索前行的卫箬衣，他倒要看看，她能逞强到何时？

前面是凳子，萧瑾腹诽，但是没说出来，眼睁睁地看着卫箬衣的膝盖磕在凳子边上，活该！

再前面是桌子……笨！这点常识都没有吗？

在卫箬衣马上就要撞上桌子的时候，萧瑾还是忍不住扯住了她的胳膊。“看不到就不要逞强。”他不耐烦地说道。

“你吼我干吗？我又没招惹你！”卫箬衣也有点不开心，她又不是故意看不到的，这个人干吗总是要针对她呢？再说了，她已经很倒霉了！

“好像是你的声音比我的大吧！”萧瑾怒道。

“都怪你！”卫箬衣气得不行，直接抡起拳头朝萧瑾砸过去。

萧瑾一偏头，闪开了。他也被卫箬衣给气到了，这人怎么不知道好歹？他明显是好心才拉住她的！

呵呵，对这个女人就不能有什么好心！

“你自己招惹了别人结下仇怨，种下恶因，又自不量力地弄伤了眼睛，自食苦果，这些都怪我？”萧瑾怒道。

“我又不是说这些怪你！”卫箬衣气道。

萧瑾……“那是什么怪我？”萧瑾问道。

“我本来多温柔一个人，愣是被你逼得脾气如此暴躁！”卫箬衣气极了，恨声说道，“我到底和你何仇何怨啊！不就是之前喜欢你，迷恋你吗？我不是早说了我错了，我改还不好吗？今天我已经故意地避开你了，谁知道你折来折去地等人啊？耽误你和旁人家小姐的约会，我对不起你总行了吧。你吼什么啊，我都已经这样了，看也看不到，也不知道是谁害的我，以后还不知道会不会有人再害我，我容易吗？”她说完就狠狠地推了萧瑾一把，想要把萧瑾给推开，“我也是很委屈的好不好！”

她那一推虽然是用了很大的力气的，但是却愣是没将萧瑾推开。卫箬衣愕然，她那天生的神力，力量有多大她心底有数，这样都推不开萧瑾，显然萧瑾就是防备了她。

唉，想她一人人羡慕的白骨精，愣是进化成了处处被人提防和嫌弃的怪力金刚芭比，真是何等的悲催。

卫箬衣是一肚子的怨气，随便谁变成现在这种看不到的样子也不会心情好到哪里去吧。

哪里有什么约会！萧瑾气结，本是想解释的，但是转念想想就在心底翻了一个白眼，他为什么要和卫箬衣解释？她愿意误会就误会去吧。

虽然看不到卫箬衣的眼睛，但是即便是萧瑾也能感受到从她身上散发出来的浓郁的萧瑟之意，惹得他心底微微地一软。

“行了，别叫屈了。”萧瑾深吸了一口气，“我带你去锦衣卫，帮你便是了。”这不是他的本意，他只是不想再被卫箬衣烦罢了！一定是这样的。

“真的吗？”卫箬衣一愣，狐疑地扬起了自己的脸。

“你再废话，就变煮的了。”萧瑾哼了一声，他扶住了卫箬衣的手臂。“你走那么慢，我背你算了！”他不耐地说道。

“不行！”卫箬衣夸张地将身子一侧，“男女授受不亲！”

哈！

萧瑾都快要被卫箬衣给气笑了！

她现在居然和他说这个？

他都不知道抱过她几回了！

“那你自己走！”萧瑾要甩开卫箬衣。

“别别别。”卫箬衣马上嘻嘻一笑，“我看不到，刚刚磕得我膝盖还生疼呢，您大人大量，绝对不会和我这个无知少女计较的对吧。”

萧瑾……

为啥他明明气得要死，现在却又有点想要笑呢。

“上来吧。”萧瑾拉住她的手搭在了自己的肩头，随后背过身去半蹲了下来，嘴角抑制不住的上扬，就连萧瑾都猛然惊竦，为何他要背着卫箬衣才笑？明明她现在根本就看不到。

笑容凝结,萧瑾也觉得自己有点莫名其妙……

卫箬衣一手搭在萧瑾的肩膀上,另外一只手在他的后背摸索着,哇,真结实,虽然隔着厚实的衣服但是依然能感觉到成年男子的背后那种宽厚与肌肉蕴涵的力量。

卫箬衣笑得和个贼一样,这算不算是穿越大神看她苦哈哈到现在,所以弄了点福利给她?

“你倒是快点。”萧瑾烦躁地低吼道,他的肩膀很难找吗?怎么总有一种卫箬衣在借故摸他的错觉。他回眸却是有点愣住了,就见他背后的少女唇角挂着诡异的笑容,怎么看都十分的猥琐……

“卫箬衣!你想什么呢?”萧瑾怒道。

“啊?”卫箬衣赶紧嘴角一耷拉,“我看不到!你又吼我!”

萧瑾……

他深深地吸了一口气,自己劝慰自己,不要和她一般见识。

萧瑾略带烦躁地直接拉过她的手搭在自己的肩膀上。“赶紧上来,别磨蹭了。”

“哦。”卫箬衣这才暗自吐了一下舌头,直接朝萧瑾的背上一跳。他稳稳地接住了她。

不过被萧瑾背起来之后,卫箬衣自己却是有点羞涩了。唉,她的腿被萧瑾的手托住……感觉总是有点怪怪的。

“萧瑾。”被萧瑾背在背上的卫箬衣开口对萧瑾说道。

她的气息掠过了他的耳廓,带着一股子少女身上独有的馨香,柔柔软软的,宛若春日的风,让他的心神皆是泛起了异样的涟漪。

她的语调亦是轻轻柔柔的,与平日里的跋扈嚣张截然不同。

“干吗?”萧瑾也在不自觉之中放缓了自己的语调。他健步如飞,出了房间便直接上了房脊,他们这个样子还是少在人前嘚瑟。

“咱们两个讲和好不好啊。”卫箬衣轻柔地说道,“我保证以后不会对你有非分之想,你也别总对我喷火行不行啊?”

54 她现在是残障人士

呵呵，萧瑾冷笑。

“你话真多，再废话，我就丢你下去。”萧瑾寒声说道。

“别别别。”卫箬衣赶紧扒住了萧瑾的肩膀，“你不能欺负残障人士，那是非常不道德的。”

萧瑾……

他真的很想丢她下去了！

依然是那扇窗户，跳出去的是萧瑾一人，跳回来的却是萧瑾加上背上背着的卫箬衣。

冯安诧异得嘴巴张了老大，花锦堂就连手里端着的茶杯都差点落地，只有陈一凡一副老神在在的样子。他得意地扫了那两个呆货一眼，忙起身上前行礼。“见过千户大人，崇安县主。”陈一凡说道，“哎呦，县主这眼睛……”

“你好你好。”看不到人，卫箬衣只能朝着声音传来的方向点了点头。

她怎么觉得这陈一凡的声音有点耳熟？好像在什么地方听过。

或许是幻觉。

“我自己不小心弄伤了。”卫箬衣说道。

萧瑾将卫箬衣放了下来。“她的侍女呢？”

“在隔壁呢。”陈一凡说道，“属下这就去将人请来。”

说完，没一会他就将绿蕊和绿萼给请了过来。绿蕊和绿萼看到卫箬衣包着眼睛，都吓得差点哭出来。卫箬衣再三保证没事，她们两个才渐渐地平静了下来，小心翼翼地搀扶着卫箬衣坐下。

“那四个人呢？”萧瑾问道。

“扔在诏狱了。”陈一凡说道，“不知道是哪里来的小混混，一进了诏狱吓得屎尿都出来了，一群怂包。”

“可曾问过？”萧瑾问道。

“不曾，这不是等头儿回来再定夺吗？”花锦堂说道，萧瑾不下令，他们也不敢乱问。谁知道萧瑾对崇安县主现在是个什么态度。不过现在看来大概真的被陈一凡给说中了！他不由瞄了陈一凡一眼，心底再度浮现出三个字，“马屁精”。

“走吧，去看看去。”萧瑾对花锦堂说道。

“我也要去。”卫箬衣马上起身。

“你去干吗？又不是什么好地方。”萧瑾蹙眉，“你就坐在这里等消息便是了。”

“他们是针对我的，我肯定要去啊。”卫箬衣朝前走了两步，绿蕊赶忙扶住了她。

“县主,那里阴森得很,您还是不要去了。”陈一凡笑道,“您放心,在我们的手下他们不敢有所隐瞒,您就在这里等着,我们大人一定帮您问得清清楚楚,明明白白的。”

“那好吧。”卫箬衣想了想,自己现在眼睛又看不见,也着实不太方便,诏狱也不知道在哪里,跑来跑去的还需要别人来照顾她,她又不是那种喜欢麻烦人的性子。所以她就点了点头。

“记得帮我再踹他们几脚。”卫箬衣说道。

“得令!”陈一凡笑道。

萧瑾默默地给了他一脚,这厮话真多!

陈一凡的笑容一凝,摸着自己被头给踹到的屁股闪到了一边。

冯安和花锦堂纷纷给了陈一凡一个鄙夷的眼神,活该。

“你在这里等会吧。”萧瑾缓声说道,随后带着陈一凡、冯安和花锦堂走了出去。

卫箬衣等了没多久,萧瑾就再度走了回来。

听到门口响动了一下,卫箬衣将脸朝声音传来的方向转了过去。

“是萧瑾吗?”卫箬衣问道。

“嗯。”萧瑾闷哼了一声。

“怎么样?”卫箬衣急切地问道。

“招了,叶岚指使的。他找了几个小混子去毁你的清誉,制造事端。”萧瑾说道。

卫箬衣……

“请问……叶岚是谁?”卫箬衣弱弱地问了一句。

萧瑾……

“回县主的话,县主许是忘记了,叶岚便是安平伯之子。宸妃娘娘是叶岚的亲姑姑。他家与我们家有亲的,他比县主您略小一点,平日里叫您表姐。小时候他常来找县主玩的,只是县主素来对他不假言辞,后来他许是恼了县主,也就不怎么主动和县主说话了。”

这……

“他不会为了这种屁事就想要找我麻烦吧?”卫箬衣一脸的吃惊,“小时候的事情我怎么会记得……他长什么样子我都不记得了。”

蠢就一个字!

萧瑾略有点不耐烦,谁叫这个人平日里太过嚣张,树敌颇多,现在就连被人坑了,原因都不知道。

“他这是有多无聊!”卫箬衣感慨道。

“他与卫兰衣走得很近。”为了避免卫箬衣被自己给蠢死,所以萧瑾决定指一条明路给她,“应该是要替卫兰衣出头。”

卫箬衣……

“他脑子是怎么想的?为了一个表妹,去得罪一个表姐?”卫箬衣吃惊地说道。

萧瑾倒也觉得卫箬衣这说法还是蛮有道理的。

不过那日他在八面来风楼里看到过那个叶岚,明显是对卫兰衣有意思,为了讨好心上人,干点蠢事也就能说得通了。

“那卫兰衣知道这件事情吗?”卫箬衣好奇地问道。

“应该是不知道。”萧瑾沉思了一下说道。

“我去！这学雷锋做好事也不能这样啊！”卫箬衣惊叹道，“难道这种事情也要深藏功与名吗？这孩子的脑子是烧坏了吧。”

“雷锋是谁？”萧瑾不解地问道。

卫箬衣窘了。“一个喜欢帮助他人的无私的人。大家都很喜欢他便是了。”卫箬衣粗略地解释了一下。

喜欢？哈！

“你是如何认识他的？”萧瑾蹙眉问道。

卫箬衣……

“我就是认识！爱咋咋地！”她拍桌子说道，“你干吗要和我纠结那个人是谁啊！”

萧瑾……这么大反应？那人多半有问题，回头找人查查去。

卫箬衣感觉自己和萧瑾的对话正在被他带着朝一个异常诡异的方向发展。她忙清了清喉咙。“我过两天入宫，那几个人劳烦您帮我先看好，等入宫了我再去告那个叫叶岚的人一状去。”

萧瑾挥了挥手，花锦堂、陈一凡，还有冯安识趣地退下。

“那人是宸妃娘娘的亲侄子，你若是当着陛下的面告了他，便是与宸妃娘娘结下了仇怨。”萧瑾出言提醒道。

宸妃娘娘到底是个什么样的人，估计没有人比他更清楚了。

萧瑾此刻眼神之中都透着几分寒气。

“其实吧，那天在红叶大会上我就已经得罪她几回了。”卫箬衣叹息道，“反正虱多不痒，债多不愁，得罪一回是得罪，也不在乎二回和三回了。我眼睛这样入宫去，陛下必定会过问此事，我又何须为一个想要害我的人去遮掩什么呢。自是有什么说什么。”

说得也是有点道理，但是萧瑾总是觉得不太妥当。

“你这样大概宸妃娘娘便不会再选你当四皇子妃了。”萧瑾缓声说道，漂亮的眼睛稍稍眯起，紧紧盯在卫箬衣的脸上。

“哎呦，那我可是谢谢了，”卫箬衣夸张地双手合十道，“谁爱去谁去吧！”

萧瑾的眼神略平和了一点。

“我送你回去？”萧瑾问道。

“有绿蕊和绿萼在，你只要找人帮带个口信回去就好。”卫箬衣说道，“自是会有人来接我的。”

卫箬衣伤了眼睛回府顿时在卫府掀起了轩然大波，各路人马纷纷来探视。

老夫人和卫燕不放心，又叫了太医来重新看了，太医说那胡大夫处理得十分恰当，这两个人这才算是放下心来。老夫人心疼地抱着卫箬衣心肝宝贝地叫个不停，又大骂那些小混混和叶岚，若不是看在叶岚与卫家有亲的份上，老夫人都恨不得要杀去安平伯府了。

老夫人将卫兰衣和兰姨娘叫来一顿苛责，直将卫兰衣骂得泪水涟涟，跪在了卫箬衣的床前一个劲地说她一点都不知道这件事情，哭了一个梨花带雨的。兰姨娘也是诚惶诚恐地一个劲地和老夫人还有卫箬衣说好话。

其实原本她们是要推个一干二净的，但是这件事情有五皇子殿下作证，那些小混混又被关在诏狱之中,便是抵赖也抵赖不了。况且在诗社之中叶岚就是围着卫兰衣转悠的,这事情亦是有目共睹。所以现在只能将所有的一切都推到叶岚的头上,只说自己对这件事情完全不知情。就连她们都将叶岚给狠狠地臭骂了一顿,说他坏人清誉,还一坏就坏了卫家两个姑娘。

老夫人叫人送了一封信去安平伯府,陈明此事,因为事关卫箬衣和卫兰衣两个姑娘的名誉,所以老夫人没准备将叶岚送官查办,但是说法还是要让安平伯府给的。

老夫人这么处理已经是十分顾及宸妃娘娘的颜面。

卫燕则是沉着一张脸一直坐在卫箬衣的房间里,从头到尾未发一语。

等老夫人带着一众人都走了,卫燕这才缓声说道:“以后你不要一个人到处乱跑了。你若是想出门,我陪着你便是了。”

“大哥哪里有那么多时间来看着我呢。”卫箬衣笑道,“大哥放心,这次是个意外。”

“既然知道是意外,便是不可预知的事情,你这回运气好,是遇到了五皇子殿下了,下回呢?”卫燕说道,“不要总是将这些事情不放在心上,你上次出去,便是撞坏了头,这回出去又弄得自己眼睛受损,你是要将自己给折腾死,这才善罢甘休吗?”

卫箬衣……大哥素来都是温文尔雅,说话都是有条不紊,刚刚这番话如同爆豆子一样爆出来,说了这么长时间,连口气都没多喘,听声音都知道他是在发脾气。

她小心翼翼地伸出手去,卫燕低叹了一声,还是抬手握住了卫箬衣的手。

“大哥是生气了吗?”卫箬衣不确定地问道。

“我是很生气。”卫燕哼了一声说道,“没见你这么不爱惜自己的!”

“我就是倒霉而已,不会一直倒霉的,放心啊大哥。”卫箬衣撒娇道,“别生气了嘛,我也不想的,我下回会更加的小心,俗话说吃一堑长一智啊。来啊,笑一个啊。”

“你都看不到又怎么知道我不在笑?”卫燕没好气地说道。

“我就是知道。”卫箬衣嬉皮笑脸道。

“我不想笑。”卫燕别过了头去。

“好嘛好嘛,其实大哥不笑的时候也很帅。”卫箬衣说道,“不过笑起来就更帅了。”

卫燕……

心底忽然觉得有点儿甜。

“那个叶岚我不会放过他的。”卫燕说道,“还有卫兰衣,我好心放她一回,她却做下这种事情。即便这事情查下来似乎与她无关,但是如果不是她在外面搬弄是非,又怎么会有人强替她出头!”

“不用大哥替我出头。”卫箬衣握拳说道,“我自己去解决这件事情。大哥不要沾手这种事情。”

“我说过要好好护住你的,”卫燕又是一声长叹,放柔了声音,“你这也不需要我,那也不需要我,这样我会觉得我自己很没用。”

“谁说大哥没用,大哥只要高中就好。大哥你现在最应该做的事情就是将这些年你失去的东西都追回来。”卫箬衣笑道,“这些破事我还能对付,等日后遇到我对付不了的事情再来找大哥。”

“那好吧。”卫燕与卫箬衣在一起久了,便知道她是非常有主见的一个人,所以他也不再坚持。卫箬衣说得很对，他的确是要将自己失去的东西都找回来，唯有他更加的强大，卫箬衣才不会容易受到外界的侵蚀。

卫箬衣现在老实了，眼睛坏了，哪里都不能去，只能在家里躺着，就连出门去胡大夫那边换药都是卫燕陪着她一起去的。

其实萧瑾第二天已经在胡大夫那边等过卫箬衣了，只是看到卫燕全程陪护着，他才没主动闪身出来。

安平伯府接到老夫人的信之后吓了一个透心凉，当夜就将叶岚给抓来紫衣侯府负荆请罪。老夫人让安平伯府的人去找卫箬衣，只要卫箬衣肯原谅，她就没什么话说，结果卫箬衣直接给人家一个闭门羹，死活不见。

这将安平伯府的人给吓得一个够够的。第二天，安平伯夫人亲自来府上，又吃了一个结结实实的闭门羹。

到了第三天一早起来，卫箬衣就被按照县主的规制装扮了起来，老夫人也将一品诰命的衣服穿好，两个人各乘了一辆马车进宫去了。

第一次进宫的卫箬衣还恶补了一通宫廷礼仪，免得到了宫里会闹出什么大笑话来。

现在她眼睛反正也被蒙上了，一切都是靠别人搀扶着，所以倒不用担心礼仪上有什么错漏，即便有，皇帝陛下也会因为她的眼疾而忽略不计的。

所以说福祸相依这话绝对是有道理的。

卫箬衣陪着老夫人坐在宜兰殿偏殿等候着的时候，心道要是现在有个手机就好了，那她一定会发个朋友圈。“我就在等着真皇帝老儿的接见，你们有什么想问的，赶紧回复！在线等。”

卫箬衣自嗨脑补，自己先乐了起来。

55 后宫三巨头

有女官进来引路。

老夫人带着卫箬衣在宫女的搀扶下走出了偏殿。绿蕊和绿萼就被留在了偏殿里面等候。

等真的进了大殿，卫箬衣就觉得自己被坑了，她眼睛被蒙着什么也看不到……身边有宫女小声地提醒着她行跪拜之礼，她两眼一抹黑地跪完之后，就觉得自己是一脸的迷茫。好不容易能见一回真龙天子，居然是被蒙着眼的！

她穿越穿得有个性就罢了，连见皇帝都见得这么有个性，真是够了。

恒帝瞥了一眼规规矩矩跪在面前的老夫人和崇安县主，叫了一声平身。

嘿，皇帝大叔的声音不错哦，自带低音炮效果啊。虽然看不到皇帝大叔的样子，但是想想他几个儿子的容貌，这皇帝大叔应该不会差到哪里去，毕竟基因摆在那边。

被人搀扶着站了起来，卫箬衣就听到皇帝给她们两个看座。刚刚老夫人行礼的时候，卫箬衣听了，不光皇帝在，就连皇后、宸妃还有淑妃都在，后宫三巨头齐聚于此，果然就将皇帝这条神龙给召唤出来了。卫箬衣窘窘的，要不是眼睛上被蒙着布，不能看东西，她还真的很想研究一下这三个女人凑在一起的“和谐”画面。

可惜啊可惜！卫箬衣扼腕。

“崇安这眼睛……”皇帝陛下一看卫箬衣就蹙眉问道。

“回陛下，崇安发生了点意外。”老夫人欠身说道。她还是给宸妃娘娘留了面子了，毕竟大家是亲戚。

“怎么回事？”皇帝又问道，“可曾叫太医看过？子陵出征在外，不在家，朕若是连他的女儿都看顾不好，岂不是要让子陵寒心？”

“回陛下，宣了太医看过了。”老夫人回道，“说是过两天解了布条就能视物了，多谢陛下牵挂。”

“崇安啊，你的眼睛还疼吗？”皇帝问道。

被点名！

卫箬衣忙欠了一下身。“回皇帝大叔的话，现在不疼了，被石灰粉撒到的时候还是很疼的。”

唉，一不小心就说了真话了。

“皇帝大叔这称呼……”恒帝怔了一下，“以前没听崇安这么叫过朕，倒也是新奇。不过你是如何会被石灰粉给撒到？”

老夫人垂下了眼帘，这种告状的事情从她嘴里说出来，便是卫家告了安平伯府，但是如果是卫箬衣说出来的话，那便不一样。卫箬衣年纪小，便是安平伯府日后怨怼，这边也有话可说。

有本事叫你们家人不要做下那种蠢事啊。

如果不是碍于宸妃娘娘的面子，就连老夫人都要拍桌子去找安平伯了。

卫箬衣忙假装出了一副自己失言的模样，忐忑不安地低下了头。“皇帝大叔，崇安不敢说。”

“你但说就是了。在朕的面前还有什么不敢说的！”皇帝大叔豪气干云地拍胸脯，“朕替你做主！”

卫箬衣故作惊慌地将那天她的遭遇说了一遍。“如果不是因为经过了锦衣卫，巧遇在附近的五皇子殿下，臣女不光眼睛不保，大概现在也没命坐在这里了。”扼腕啊，真可惜，现在看不到后宫三巨头的表情，不过卫箬衣想应该是蛮精彩的吧……

宸妃娘娘素以贤德之名被人传颂，娘家却是出了那么一个混账玩意儿，下黑手都下到崇安县主的脑袋上了，这事情只要放在皇帝的面前，不光是让宸妃娘娘丢了份儿，还逼得宸妃娘娘不得不对自己的亲侄子下狠手，这才能保全她的贤德之名。

卫箬衣之前一直给安平伯府的人吃闭门羹，没有任何表态，就是在这里等着他们。她不是什么良善的小白花，没有那个兼济天下的圣母心，萧瑾说得不错，如果那天不是萧瑾赶到的话，等待她的后果是不堪设想的，她又怎么会让这种人继续在外逍遥？

要痛，便给人一个狠的，隔靴搔痒，有什么用！一棍子打闷才是她职场纵横多年的本色。

她从不主动惹事，但是也不会怕事。

要怪就只能怪叶岚下手的时机实在是选得太好了，若是等到她入宫之后再下手，效果也没这么好。

都不用卫箬衣自己出手，宸妃娘娘就要先出手废掉自己那个不争气的侄子。

况且卫箬衣发现就连老天都在帮她，原本以为告黑状的时候只有皇帝一个人在，哪里知道后宫三巨头齐齐整整地都在这里坐着，这黑状告的效果就比单独告诉皇帝一个人要好多了。

卫箬衣穿越到现在，即便是再没看过原著的细节，但是大体上已经了解得差不多了。

皇子的储位之争，让后宫三巨头无时无刻不在相互找着对方的错漏。

宸妃娘娘在别的地方都是舞得滚瓜溜圆的，皇后娘娘便是想插个针都插不进去，今日卫箬衣就给了皇后一个机会。谢家本就是御史和巡查使，专找别人的错漏的，这样便也是给谢家一个把柄，让他们好针对一下安平伯府。

你们去斗吧，你们斗得越是开心，卫家就越是安全。卫箬衣本着鹬蚌相争，渔夫得利的念头，准备静静地看这些女人们作妖。

现在老爹不在家，她不能让卫家卷入夺嫡之争的任何一方。

各家都想拉拢，那才有市场，等真正站了队了，只怕就是皇帝老子他都会多想的。小样的，你捏着百万雄兵选了我的儿子，是不是分分钟就想弄死我啊？这种念头可是要不得。

所以从头到尾，卫箬衣都没准备将这件事情给放过去。不过就是后宅之中争风吃醋的破事,不过利用好了,也是可以搅浑一池春水的。

卫箬衣也打听过了,宸妃的娘家与卫府以前走得也不近,就是一个普通的亲戚,亲近度还不如邻居呢。只是因为现在她老爹出息了,所以宸妃娘娘的娘家要扯着卫家这个虎皮当大旗,况且还没怎么扯得上。宸妃娘娘那回办的红叶大会就是想要给卫箬衣和自己的儿子牵线搭桥,谁知道卫箬衣这个混货丝毫不领情,还当众拉出了萧瑾当挡箭牌,完全破坏了宸妃娘娘的念头和想法,弄得现在宸妃娘娘好尴尬。

卫箬衣说完之后就哭得好伤心,好伤心。

“陛下,这事情可不能就这么算了。”皇后娘娘平时就十分不喜欢卫箬衣,现在就像打了鸡血一样。

只要这事情闹开了,卫箬衣声誉受损,看看宸妃还怎么把卫箬衣变成自己的儿媳妇!她也忌惮卫家靠到萧晋安那边去,平日里谢家也是不遗余力地要打击卫家,就是要削弱卫家的权势,况且卫毅卫子陵那厮也确实欠打得很。

其实卫箬衣说的时候是半句都没提过宸妃娘娘的娘家,她只是陈述了一下当日发生的事情,后面至于安平伯府怎么上门道歉一概未提。所以现在陛下、皇后、宸妃,还有淑妃都还不知道这事情背后到底是谁干的。

安平伯府本来以为自己府上和紫衣侯府是亲戚,这事情又牵扯了紫衣侯府两个姑娘的清誉,不管怎么说紫衣侯府的人都不会将这件事情给闹到金銮殿上,况且他们押着叶岚去请罪,老夫人也没说什么,只说等崇安县主去定夺,而崇安县主则闭门不见,想来应该是侯府的人已经和崇安县主澄明利害关系了,所以崇安县主即便是生气也不会拿他们怎么样。

他们压根就没想到崇安县主这么快就将这件事情给捅到陛下那边去了。所以他们也没找人给宫里的宸妃娘娘带信提及此事。

卫箬衣被陛下召见的事情原本大家都知道,但是安平伯府总觉得这事情关乎她自己的清誉,所以即便是见了陛下,也不会提及此事,眼睛上的毛病也会找个旁的理由搪塞过去。谁能料想到卫箬衣就是一个脸皮比城墙拐弯还要厚的人,丝毫都不考虑自己的声誉不声誉。

“传诏萧瑾入宫!”皇帝大叔一听,砰的一下就重重地拍在了桌子上,“那些混混是在锦衣卫诏狱关着吗?让萧瑾来,朕要亲自问问他,这是怎么一回事?”

恒帝当然生气了。

他的好基友在外面替他打仗,结果好基友的女儿在家里差点被几个混混儿给祸害了,如果他不把这件事情管好了,好基友回来岂不是要大大地伤心?

婶可忍,叔也不可忍啊。

拜卫箬衣所赐,萧瑾也被传诏了。

他虽然是皇子,但是自从被寄养到了拱北王府之后,几乎也就只有在过年的时候才会入宫一次。

萧瑾想,大概就连他爹都忘记了还有一个儿子是寄养在别人家里的吧。呵呵呵,真嘲讽,平日里也从不召见他一回,一召见居然是因为旁人的女儿。

他在他爹面前混得还不如卫箬衣好。

不过卫箬衣还真的一状告到了他爹那边去了，萧瑾其实觉得卫箬衣就是一个唯恐天下不乱的主儿。

等他进了宜兰宫的正殿之后，心底那种想法就更加扩大了。

好家伙，皇后、宸妃还有淑妃娘娘都在！

这下有好戏看了。

本着看热闹不怕事大的原则，萧瑾一五一十将审问那些混混的经过面无表情地讲述了一遍。

他才说完，就见宸妃娘娘的脸色都白了。

呵呵，卫箬衣难得干件叫他十分欣赏的事情！萧瑾想到。

恒帝一听脸都绿了。

他神色诡异地看向了宸妃娘娘。

宸妃娘娘的屁股顿时就像被锥子给锥了一下，直直地从椅子上弹了起来，直接跪倒在了恒帝的面前。"陛下息怒，臣妾不知道臣妾的侄子竟然做下这种荒唐的事情……"

"宸妃妹妹素以贤德之名传扬天下。"皇后曼声说道，"却不成想教养出妹妹这等人物的安平伯府居然也有叶岚那种不肖子孙。还真是叫人唏嘘啊，居然对着自己的表姐下这种黑手。卫大将军出征在外，如今家里却出了这么一档子事情，若是传到卫大将军的耳朵里，岂不是让出征在外的大将军寒心加伤心，大梁朝谁不知道卫大将军可是将崇安县主摆在心尖尖上疼爱的人。"

宸妃现在已经被自己娘家的猪队友给气疯了。

压制着心底满腔的怒气和怨气，宸妃娘娘只能摆出一副诚惶诚恐的样子。"陛下，十个手指伸出来也有长有短，安平伯府里也不是每个都是成器的人。"

"呦，宸妃娘娘这话可是为自己家的侄子开脱？"皇后却是在轻笑，"不成器也有不成器的样子，平日里遛遛鸟，斗斗狗，也是无伤大雅的，顶多也就是一个不务正业罢了。但是这种找市井无赖构陷自己表姐的事情，便不是一句不成器就能搪塞过去的。崇安县主那是运气好，有老天保佑着，遇到了老五了，要是老五没有从那个巷子经过，崇安县主现在哪里还能安安稳稳地坐在这大殿上，便是丢了性命都有可能的。到时候你到哪里再去找一个崇安县主赔给卫大将军？本宫也见过叶岚，过年的时候被安平伯夫人领着进宫给宸妃妹妹请过安，看起来那叶岚倒也是个文雅白净的人儿，哪里知道知人知面不知心，看起来干净的皮相下面竟是包裹着那样一颗黑心肠，真是弄得本宫现在都不知道该相信点什么了。"

一番话将宸妃娘娘本来就白净的脸给说得更白了。

卫箬衣坐在一边反正也看不到，不过在心底脑补也是一番热热闹闹的场景。

皇后这是拐着弯说安平伯家道德败坏，表面斯文，实则败类。这就是在重重地撕宸妃娘娘的脸皮子，暗讽她也就是这么一个人。

淑妃娘娘呢？卫箬衣其实最最好奇的就是淑妃娘娘，不过打她坐在这里到现在就没听过淑妃娘娘说话。

淑妃娘娘难道都不落井下石一下吗？

宸妃娘娘一咬唇。"臣妾恳求陛下严惩叶岚！以正安平伯府的声誉。"

哈哈哈！卫箬衣暗自拍手，她就知道宸妃是肯定会丢了叶岚，保住声誉的。

“陛下。”一个与皇后和宸妃娘娘相比略带娇嫩的声音传来，卫箬衣精神一震，这就是淑妃娘娘出场了？可惜看不到啊看不到，不过听声音，卫箬衣都觉得说话的人是个大美人，这声音又脆又甜的。

真想将蒙在眼睛上的布拉下来看看，这女人就是以后鼓动着自己的爹为了她儿子逼宫起兵的人！

“淑妃是有什么话说吗？”陛下就连对淑妃说话的语调都软了一点。

“陛下，臣妾其实不是要说什么话，不过臣妾总是觉得如果陛下真的如宸妃姐姐说的那般大张旗鼓地严惩了那个叫叶岚的小子只怕也是有点不妥的。毕竟这事情涉及了卫大将军府上的两个姑娘，即便是那个叫卫兰衣的与叶岚没有什么首尾，并且真的不知道此事，但是如果传扬出去的话，只怕对崇安县主和那个叫卫兰衣的姑娘也是名誉有损。臣妾就是觉得崇安县主太可怜了，眼睛都已经那样了，还生生地被吓了一回，如果再因为这件事情名誉有损的话，岂不是更加叫人唏嘘。”

卫箬衣……

会说话！

表面上好像帮着宸妃，实际上又是给了宸妃一棍子。

便是皇后听了大概也会十分舒心吧。

果然卫箬衣的念头还没转完，皇后娘娘就再度开口。“要不怎么说那叫叶岚的小子气人！竟是丢了这么大的一个难题给陛下。”皇后说得义愤填膺，“此事若是处理不当，又是让卫大将军心冷。”皇后随后话锋一转，“不过崇安啊，你为何会去锦衣卫附近的小巷子呢？”

卫箬衣……

尼玛啊，都是成了精的老狐狸，求放过好不好！

皇后这是铁定要拆了她和萧晋安组 CP 的可能性了，还顺带着坑了她一把。

这还用问吗？

大梁朝谁不知道卫箬衣追着萧瑾跑？

果然皇后一问这个话，在场所有的人都拿异样的眸光看着一边悄无声息看热闹的萧瑾。

嘿，膝盖中箭的萧瑾心底冷笑了一下，这就是他不愿意入宫的原因了。

这些人素来要么不开口，要开口都是带着目的性的。与其费脑子和这些人在这里勾心斗角的，他倒宁愿追着罪犯满大梁跑去。

皇后的意思不就是卫箬衣也不是什么好东西，跑去没人的巷子里和萧瑾私会吗？

皇后也是在点明，名誉那种东西对名声烂大街的卫箬衣来说已经不算是什么的了，该严惩就是要严惩。

“回皇后娘娘的话，臣女以前思慕五皇子殿下，还做下很多错事，臣女自定州回来，便是想明白了一件事情，强扭的瓜不甜，臣女以前错了，臣女下定决心以后会将对五皇子殿下的思慕之意深藏心底，再也不会做出什么有损紫衣侯府声誉的荒唐事情。皇帝大叔，您和臣女的爹爹都疼爱臣女，臣女亦是知道之前臣女的作为实在是有损皇帝大叔和爹爹的威名，所以那天臣女就是想着，再去那附近看看，要是真的能遇到五皇子殿下便当是见他最后一面，日后山高水长，臣女再也不敢出现在五皇子殿下的面前，如果遇不到便是天意。哪里知道臣女会遇到这档子事情。臣女年幼无知时候的思慕乃是天下至纯至净的感情，不带一点点世俗的沾染。请皇后娘娘明鉴。臣女得以脱险也是老天见臣女一片丹心向明月，所以垂怜臣女，真的让五皇子殿下在附近巡查的时候巧遇到了臣女。”

卫箬衣说完就低下头，肩膀一抖一抖的，她眼睛本就是被蒙着的，这一低头，再抖抖肩膀，旁人见了还以为她在哭。其实她就是在抽风……

这一番话说得恒帝心底也是唏嘘啊，谁没年轻过？谁年轻的时候没有个梦中女神男神什么的……他不悦地扫了一眼皇后，心道便是你在嫁给朕之前不也有个什么什么表哥的吗？这么多年来，朕立你为后，从未说过半句不是。

皇后被皇帝一扫，心底稍稍地一颤，顿时想起了自己的表哥。

“陛下，崇安这么说，臣妾倒也觉得崇安县主心思剔透，至真至性。”皇后马上补了一句，暗自擦汗。本是想将卫箬衣给拐进去的，没想到将自己给拐了进去，好险好险。

萧瑾……

他算是再度见识了卫箬衣的厚脸皮……

“陛下，崇安县主真的好可怜啊。”淑妃娘娘再度出声，“其实崇安县主就是顽皮了点，也没做出什么惊世骇俗的大举动来，怎么就落了这么一个可怜的境地。”淑妃娘娘话一说完，皇后、宸妃齐齐地鄙视她！打小追着男人满街跑还不算惊世骇俗啊？还要怎么弄才算是惊世骇俗？

“宸妃！人是安平伯府的，又是你的侄子，朕就将这件事情交给你去办。你要办得漂亮。不然朕就亲自过问，你可明白？”恒帝声音一寒，对着宸妃娘娘说道。

“是。”宸妃娘娘身子一抖，忙应了一声。

卫箬衣觉得后宫三巨头整来整去的，都不如召唤出来的这条神龙厉害。

你看看人家多狡诈，皮球踢来踢去地直接踢给宸妃娘娘了，这事情宸妃处理得好与不好，都是一个大麻烦。呵呵，一边是皇帝还有皇后外加一个淑妃虎视眈眈，一边是自己的亲侄子，宸妃夹在中间是最难办的了。反正她肯定是不会轻饶了自己的这个侄子了，这事情算是后宅琐事，真的拿到朝堂上去说实在是有损声誉和不雅。但是交给宸妃处理起来便不一样，直接变成了家事了。日后就算她爹回来，对处理结果不满，皇帝也可以对好基友来个一推二六五，都是我那个不长眼的小老婆，就是你远房表姐处理的，你要是不开心就找她的麻烦去！一句话就能堵住自己老爹的嘴，他能去怼谢家，怼安平伯府，但是不能直接了当去怼宸妃吧……

“陛下英明。”皇后娘娘面色一喜，说道。回头她就要让她爹找人去看紧了安平伯府。

“陛下，臣妾还是觉得崇安县主可怜，看看原来多漂亮的一个人儿，现在双眼都被蒙在布里面，现在太医说是过两天能好，可眼睛的事情谁能说得准啊。万一将来……”淑妃娘娘说到这里就非常有技巧地顿了顿。

宸妃娘娘气得要死，淑妃这是还在将她朝死里怼啊！

56 这就升官了？

老夫人一直都没吭声，现在忽然也插了一嘴。“陛下啊，老身最担心的就是这个。箬衣这孩子真的是可怜，娘死得早，子陵又常年出征在外，老身的身体是一年不如一年，家里就没个像样的人能好好地教导她，这孩子能长这么大也不容易。眼看着就要到适婚的年纪了，偏生又出了这种事情，诚如淑妃娘娘说的那样，她这眼睛将来要是出个什么事情，可如何是好？”

“是啊，陛下，老夫人说得对啊。”淑妃娘娘顿时接口道，“不如臣妾替崇安县主向陛下求个恩典吧。”

“你说就是了。”陛下点了点头。

“不如索性再封一回崇安县主，这样她地位高了，将来便是眼睛真的不好了，也不愁嫁不出去。况且，卫大将军在外征战立下赫赫战功，女儿却是在家里被人欺负成这样，陛下就当是补偿一下也好。女儿家的眼睛那是比珍珠都宝贵的。”

卫箬衣……

萧瑾……

恒帝却是连连地点头。“皇后的意思呢？”

皇后刚刚被表哥的事情给吓了一下，现在也不敢说什么反对意见，以免被自己的丈夫翻小账……

“崇安的确可怜。”皇后娘娘说道。

“好吧，传朕的旨意，即日起擢封崇安县主为崇安郡主。”恒帝说道。

卫箬衣一脸呆滞，就连肩膀都忘记抖了，她这就升官了？

唉，馅饼掉得太大了，有点被砸晕了的感觉。

“这孩子，都高兴傻了。”老夫人忙拽了卫箬衣一把，“还不赶紧叩头谢恩？”

县主到郡主，那是一个飞跃啊！

卫箬衣这才懵懂地被拉着站起来，随后又被宫女搀扶着跪下叩首谢恩。

“好了好了，子陵的宝贝女儿便是朕的宝贝女儿。”皇帝陛下笑道，“起来吧，不用多礼。”

随后他就不自觉地看了一眼萧瑾，萧瑾就像一根柱子一样杵在那边，清淡的脸上看不出任何波澜与悲喜。

恒帝默默地在心底叹息了一声。

他的儿子不算多，横竖扒拉来扒拉去的就这几个，最小的那个固然是讨他的欢喜，长成的这几个里面就属萧瑾叫他有点无所适从了。

这孩子实在是特殊。

他当年厌恶萧瑾的母亲用手段利用萧瑾骗去看他，也觉得萧瑾从小就桀骜清冷，就连宸妃那样的贤妃都搞不定他，与他也素来不亲近，所以等那萧瑾的母亲出事之后，他就直接将萧瑾丢去了宫外，丢在拱北王府里不管不问了。

毕竟还是自己的儿子，再怎么疏离，每次看到他的时候，心底还是有所不适的。

其实他几次都让宸妃和这孩子说了，有空就多进宫来看看，这便是已经和他要多亲近的意思，但是宸妃说每次跟萧瑾说了这话，他都是一言不发，渐渐地让他对萧瑾这个儿子也有点心灰意冷的。

算了，随他去吧，他现在在锦衣卫也混得挺好的，至少日子过得单纯。

恒帝收回了自己的眸光，挥了挥手，让卫家的老夫人带着新鲜出炉的崇安郡主还有萧瑾退下。

等卫箬衣坐上了回府的马车，这才悄声地问自己的祖母。“奶奶刚才说的那些是和淑妃娘娘商量好的吗？”

这一唱一和的，真是天衣无缝。

“也没商量过。”老夫人笑着搂住了卫箬衣的肩膀，“就是觉得淑妃一直在帮咱们说话，奶奶就顺着她的话帮腔了一下，看看能不能捞点什么，果然就捞中了！”

卫箬衣嘿嘿地干笑了两声，平时总觉得老夫人什么都不管，其实人家不是管不了，而是不想管了……

“奶奶，你为何不再掌家了？”卫箬衣好奇地问道。

“我的年纪毕竟大了。”老夫人说道，“侯府中的事情总是要交给别人去理的。唉，只是奶奶没想到，自己几年不理家中事务，却是差点害了燕儿，好在你发现得及时，不然奶奶还要被蒙在鼓里呢。”

“奶奶，箬衣的母亲到底是谁？”卫箬衣试探地问道，“箬衣从小就没见过她。”

老夫人一听，神色大恸，将卫箬衣抱得更紧了。“我的可怜的宝贝儿啊，就连奶奶都没见过你的母亲。这事情你要去问你爹去。不过这紫衣侯府里没有人因为你没了母亲就敢看轻了你。”她还记得卫毅那臭小子将卫箬衣抱回来的时候，瘦瘦巴巴的那么小一个，卫毅那臭小子也不会照顾人，一个刚出生没多久的婴儿就这样被他塞在胸前的铠甲里，策马顶着风雪回京，等到了侯府的时候，老夫人都以为卫箬衣要被冻死了，小脸都青了，手脚冰凉冰凉的。还是她不眠不休地抱着卫箬衣，照顾了大概半个月这孩子才缓过来，期间卫毅差点砍死好几个太医。

卫箬衣小时候每次生病，都是她亲手照料的。

所以提到这个老夫人也是一肚子的怨气，到底卫箬衣的母亲是谁，就连她这个亲奶奶都不知道！卫毅只说卫箬衣的母亲死了。

卫毅那混小子够混蛋的！

卫箬衣被封了郡主的事情，在燕京城又是掀起了轩然大波。

兰姨娘和卫兰衣胆战心惊，她们挖空了心思，折腾来折腾去的，都不如卫箬衣进宫一次。

羡慕嫉妒恨，当然还有怕。

老夫人回府就将她们两个单独叫过去了，好好地敲打了她们一回，素来没怎么严厉对她们说过话的老夫人这回可是真的说了不少重话，还让卫兰衣以后少出去招蜂引蝶的，如果她再在外面胡说八道，败坏自己长姐的名誉，老夫人定然不会再轻饶了。

怎么会这样？

之前一直都好好的，兰姨娘自己觉得已经是将老夫人和卫箬衣哄得服服帖帖的了，但是自从卫箬衣从定州回来之后一切就都开始变了。

那些能闪花眼的宝石再也不能让卫箬衣说她半句好话，就连她遇到卫箬衣说的奉承话都被卫箬衣不屑一顾了。

卫兰衣好不容易打开了一点局面，只能水涨船高，可是现在出了叶岚的事情，已经算是前功尽弃了。

老夫人说的话已经是十分的严重，招蜂引蝶这个词都用出来了，而且兰姨娘也听老夫人说，这件事情就连陛下都已经知道了，还命宸妃娘娘去处理，这就是在断卫兰衣的后路啊。

卫兰衣的目标就是四皇子萧晋安，才名什么的都是幌子，为了引起宸妃娘娘的注意。宸妃娘娘要找的媳妇必定是德才兼备的，现在的卫兰衣在宸妃娘娘的眼底应该已经是没什么德可言的了。对于卫兰衣来说，她更是知道自己的那点才有多少。

兰姨娘和卫兰衣回去之后大眼瞪小眼地相互瞪了好久，卫兰衣才哇的一声哭了出来。

"母亲，这事情真的不能怪我啊。"卫兰衣哭得伤心，心底恨透了叶岚。"我根本就不知道他要替我强出头。"

"乖乖乖。"兰姨娘忙抱着自己的女儿安抚，心底乱糟糟的，一点主意都没有了。

"回兰姨娘的话，四小姐求见。"门外传来了丫鬟的声音。

兰姨娘和卫兰衣都是一惊，马上擦干了自己的泪水，各自坐正身体。

"让她进来吧。"兰姨娘说道。

不一会，卫华衣就走了进来。

"见过兰姨娘，见过姐姐。"卫华衣脸上带着诡异的笑容行礼道。

"四姑娘怎么有空过来？"兰姨娘强颜欢笑道。

自从竹姨娘被关在祠堂之中以后，卫华衣就几乎足不出户，便是出也是去老夫人那边请安。

兰姨娘和卫兰衣相互对看了一眼，总觉得这位四姑娘脸上带着笑实在是有点叫人心颤。

卫华衣看了一下身后。

兰姨娘会意，让房中的人都退了下去，门口用自己的亲信把守起来。"四姑娘有什么话现在就说吧。"

"长姐的好运气大家是不是都很羡慕？"卫华衣直接开门见山地说道，嘴角的笑容益发的阴森。

"四姑娘请直接言明，"兰姨娘说道，"不必拐弯抹角的了。"

"如果能让长姐早早地从卫府里消失，大家觉得如何？"卫华衣问道。

这自然是好！

只是卫箬衣怎么可能早早地从卫府里面消失呢？

“明日，府上会为长姐被封郡主而大宴宾客。”卫华衣笑道，“到时候你们只要……”

“你要干什么？”兰姨娘心底一惊。

“兰姨娘放心，我一人做事一人当。”卫华衣冷笑道，“断然不会牵扯到兰姨娘的。”

卫兰衣看向了自己的母亲，她满以为母亲会答应下来，哪里知道兰姨娘脸色一沉。“四姑娘，我劝你还是收了这种害人的心思吧。你母亲如今已经是在祠堂里关着了，难不成你要步了她的后尘不可？卫箬衣如今已经是郡主，又受陛下重视，你闹出这种动静来不光救不了你母亲，更会害得大家都不能安宁。”

兰姨娘说完之后就将卫华衣朝外赶。“四姑娘，刚才的那些话，我就当从没听说过，你也从没来过这里。还请赶紧回去吧！”

卫华衣只当来请兰姨娘帮这个忙是一定可以的，但是却没想兰姨娘如此的不给面子。

卫箬衣害得卫兰衣现在有点里外不是人，难道兰姨娘一点都不恨吗？

被兰姨娘从房间里撵出来，卫华衣站在廊檐下呆了半晌，外面又下起雪来，她只觉得自己的心境竟是比下雪还要凉上几分。

如今她在府里寸步难行，走一步都要看人脸色，几次想要去祠堂看看自己的母亲都被人粗言粗语地拦了回来。大哥中了第一名，卫箬衣升做郡主，为何那些让她和卫荣沦落到如此地步的人一个个平步青云，而她和卫荣却要处处遭受别人的白眼！

她不甘心啊。

她原本是可以找卫荣帮她的，但是卫华衣也不是全然没有心眼，事情如果败露，她一人扛下责难便是了，卫荣依然是卫府的小公子，回头还能拉扯她一把。能拉着兰姨娘一起，兰姨娘为了她自己和她的女儿也会帮她将计划改得周详一点。

怔怔忪忪地朝前一步，走下了台阶，卫华衣只想哭。

她走了出去，抬眸朝前，瞥见府中一簇人拥着菊姨娘、卫红衣和卫简衣走过，身后丫鬟替她们打着红油纸伞。卫红衣和卫简衣许是得了明日要穿的新衣，让身后的丫鬟捧着一路前行，一个个有说有笑，就连她站得这么远都能感觉到那三人身上散发出来的喜气。

“小姐回去吧。”她的丫鬟忙过来替她撑起了伞，遮住了纷扬落下的雪花，提醒道，这才让卫华衣回过神来。

卫华衣咬了一下唇。“回去吧。”她缓缓地说道。

等回到了自己的房间，菊姨娘派人送来的新衣已经摆在了她的桌子上。卫华衣用指尖挑着展开一看，就冷笑了起来。多寒酸的衣衫，料子是不错，只是颜色是深褐色的，就连图案也都是过了时的团花，这种东西以前她连看都不会多看一眼，直接都是赏给下人的，老气横秋，明日她若是穿着这个出去参加长姐的宴会，岂不是叫人笑掉了大牙。

墙倒众人推，树倒猢狲散。

如今便是菊姨娘也开始欺负她了！如果母亲在的话，她们哪里敢如此嚣张。

果然什么都不能靠别人，这世上唯一靠得住的便是自己，卫华衣咬唇。

雪后初晴，空气十分的清新，但是也是十分的寒峭，紫衣侯府上下一片繁华似锦，大门早早地就敞开，门前亦是铺上了喜庆的地毯。

卫大将军不在家，侯府里面已经鲜少举办什么宴会之类的活动，此番若不是卫箬衣意外地被升为了崇安郡主，侯府亦不会如此大张旗鼓。

燕京城之中凡是能有点头脸的人，紫衣侯府都发了帖子，便是死对头谢家也不例外。

这回卫箬衣帮着皇后打了一回宸妃娘娘的脸，谢家亦是知情的，谢园看着卫箬衣和宸妃娘娘窝里斗起来，自是开心得不得了。

卫毅那混蛋玩意不在家，他生的那个女儿就是个混世魔王，竟是分不出好赖来，和自己家亲戚闹到了陛下的面前，虽然是自己升成了郡主，但是也已经是得罪了宸妃，只怕日后宸妃对卫毅是要多有不满了。

谢家就是怕宸妃和卫毅连成一片，那萧晋安便是如虎添翼，被卫箬衣这么一闹这事情倒是应该不会照着宸妃预想的那样顺利发展，所以这对皇后和谢家来说是绝对有利的。

谢园这么一开心，就让自己的儿子带着几个嫡女盛装前来。

谢家都来人了，其他家族又怎么会落于人后。

来紫衣侯府的贵女和公子们一进门就收到了一个真皮缝制成小动物造型的袋子，袋子很可爱，造型多半是小兔子、小马，还有小狐狸等，十分的精致可爱，就连眼睛都是用黑色的玛瑙点缀着，叫人爱不释手。将袋子打开，里面的东西也是铸成了各种小动物样式的小银锭子，不过这些小动物也是与平日里见的不一样，头大身子小，憨态可掬。

即便是心底是对卫箬衣不屑一顾的人，此时看到这样可爱的东西，也是抑制不住心底的欢喜之色，不住地拿出来把玩。

卫箬衣其实早就找了方家铺子的掌柜去找了一个银楼来铸造这些东西。

方掌柜做事沉稳，他能找到的人亦是规规矩矩的生意人，这点卫箬衣是放心的，铸造成功之后这些图纸她就收回，并且警告了那银楼的人，不准将她这些东西拿到自己的店铺里面售卖，不然的话，她一定会找他的晦气。

卫箬衣的大名响彻整个燕京城，那些做生意的哪里敢得罪紫衣侯府卫家的人。

所以卫箬衣弄的这些东西今天一拿出来就引起了不小的轰动。

每个人收到的东西造型别致都不尽相同，即便是相同的动物摆出来的姿势和表情也不一样，当即就有人高价收购，想要凑成一套，不过能来的都是皇亲贵胄之家，谁家还缺那点银子啊，都是拿着觉得是个新鲜的玩意儿，谁也不肯出手。

卫箬衣派了绿蕊和绿萼去打探，自己则和老夫人坐在暖阁里面说话，暖阁里面已经有不少诰命夫人和贵女作陪，大家谈笑风生，一片和乐融融。她眼睛上蒙的布已经取下来了，除了双眼还有点微红以外，已经看不出什么异状。

卫燕在外面张罗，如今他考中第一名，又在诗社之中一战成名，意欲与他结交的人比比皆是，便是谢秋阳这个状元郎来了，也没能将卫燕的风头给盖下去。

他病体尚未痊愈，清俊的容貌之中带着一丝病态的苍白，态度温文，举止优雅，便如冰山之莲一样的高洁，温润之中又带着一点惹人怜惜的脆弱，看得一众几乎没见过卫燕的贵女们简直要直了眼睛，真是没想到在紫衣侯府之中还有如此素净俊逸的公子，倒真真的如了他的名字一样，静谧优雅，清华似雪。

更是有好多夫人都看中了卫燕，纷纷叫人去打听。

卫燕虽然只是庶出，但是侯府之中除了一个卫箬衣是嫡女之外，其他哪一个不是庶出？只要卫燕再出色一点，将来紫衣侯的爵位必定是落在他的身上没跑了，还没听说过哪家的姑娘承继爵位呢,再说了卫箬衣如今已经是郡主了,这爵位与紫衣侯的爵位已然是不相上下了。

原本无人问津的卫燕顿时在贵女之中也是变得炙手可热起来。

卫箬衣从暖阁里面出来透透气,听了绿萼小声将外面的情况说给她听,她心底也是欢喜得不行,大哥这个濒临停牌的垃圾股愣是被她变成了前程远大的潜力股了!而且她的那些小玩意应该也是成了。

卡通动物造型的银锭子是她挖空了心思画出来的,都是成套的,一套好多动作和表情。今天她拿出来的是其中的一部分,在方掌柜那边还留了几个没拿出来,就是要这样吊着别人的胃口才行,这样的成套物品对于那些有强迫症来说的人不收全了是一定不会善罢甘休。所以她扣着几个最好看的样子不发,就不愁将来卖不出高价来。

安西伯府上也来了人,上次的舞弊事情对安西伯府打击不轻,虽然到最后大家将罪责都推在了安西伯的大舅哥身上,但是毕竟安西伯夫人和公子都被带去了锦衣卫的诏狱,这已经是洗不掉的污点了。

大家见了安西伯府上的人,均是有所回避,让安西伯夫人十分的尴尬。好在她是个脸皮厚的人,如果这种事情他们再不来参上一脚的话,只怕将来燕京城的世家圈子里面就没他们什么事情了。

安西伯夫人带着儿子女儿一进来就看到了在前庭迎客的卫燕。

安西伯夫人吃惊得小声对自己的儿子说道:“你不是说这人病得都要死了吗?怎么现在看起来却是全好了的样子?”那一身的清华,哪里像是一个濒死之人该有的样子,便是这满院子的贵胄公子,论风采能出其右的也没几个!

陈建看到如今的卫燕也是惊得不行,只差将眼睛给瞪出来,便是陈小姐也是捏着帕子抿唇不语,又惊又羞。

怎么可能!

她当年明明是亲眼见过卫燕的,而且还派人打听过,他就是一副不久于人世的模样,所以她才在他的面前说了那么多狠话,逼着他吐了一口血,恨声与她划清界限。

可现在……人家如珠如玉地站在那边,言笑晏晏,而自己与他一比却是灰头土脸。

卫燕抬眸看到了站在院子里望着自己发愣的安西伯府众人,略敛了一下眉梢。若是在以前,他看到这几个人必定是一肚子的愤愤不平,而现在再见他们,卫燕却觉得自己无比的轻松和释然。就好像他一直都被困在一个泥潭之中,不能自拔,而现在跳出了那泥潭,再回头看看,会哑然失笑一样。

“见过安西伯夫人,陈公子,陈小姐。”卫燕拱手行礼。今日来的就是客人,而且都是为了庆贺卫箬衣而来,慢说他现在已经不在乎了,就是看在卫箬衣的面子上也不能失了礼数。

57 他们原来定过亲

陈小姐心底懊悔得差点将手里的帕子给扯烂，安西伯府现在声誉一落千丈，她又是退过一回婚的人，现在更是处境尴尬，无人问津。而当年被她当烂泥一样甩开的人却是意气风发，她只觉得自己被卫燕眸光一扫，脸上羞臊得差点着了火，只能低着头，草草地颔首施礼，就忙不迭地拉着自己的母亲赶紧离开。

安西伯夫人去暖阁找老夫人先问好去，那边都是女眷，陈建不方便过去，就直接去找卫荣去了。

陈小姐跟在自己母亲的身后亦是低头进了暖阁。

卫箬衣是在暖阁外面的，安西伯夫人和小姐在经过的时候并没在意到卫箬衣。在她们经过之后，绿萼轻轻地拽了一下卫箬衣的袖子。"郡主，刚刚过去的便是安西伯夫人和小姐。奴婢听府上别的丫鬟们说过，当年大公子还是挺重视那个陈小姐的，他平日里都不怎么出寒梅苑了，但是为了这个陈小姐还是破例过几次，有一次是吐了血被人抬了回来，自那以后，他就与陈小姐退了婚，足不出户了。"

我去！还有这种事情？卫箬衣马上从她坐的围栏上跳了下来。"你说的是真的吗？"卫箬衣问道。

"奴婢怎么会欺骗郡主？"绿萼说道，"二少爷每年回来都会带着陈家那位公子去寒梅苑，每次他离开，大公子都会气得吐血。这事情府上很多人知道，只是当年梅姨娘失势，大公子又是那副样子，所以大家即便知道也不会去给大公子出头，兰姨娘又是不管不问的。那陈小姐当年在外面也是说了不少咱们侯府的坏话，说咱们仗势欺人。奴婢就呸了，当年她与大公子定亲的时候，大公子还都没怎么生病呢。如果不是他们伯府有心攀附，为何当时不拒绝？"

刚才人就从她的面前过，她都没仔细看上一眼。

"贱人啊！"卫箬衣咬牙。

她马上就带着绿萼进了暖阁。

退婚就退婚，好好说不行吗？非要将她大哥给气吐血，这是嫌她大哥死得慢还是怎样。陈建那日就被卫箬衣给喷了一个狗血淋头，所以卫箬衣说什么也要来看看这位气得她大哥吐血的女人到底是个什么样子。

卫箬衣自打进了暖阁之后眼睛就盯着陈小姐看，就是大家都见了礼，卫箬衣也没将眸光挪开。直将陈小姐看得心底发毛，她知道卫箬衣的诨名在外，但是自觉从未招惹过这位新出锅的崇安郡主。

她大着胆子问道："郡主为何总是盯着我看？"

“见识少，就多看看。”卫箬衣曼声说道。

她这么一说，一屋子都在说说笑笑的夫人和贵女就都看向了卫箬衣。

陈小姐尴尬地一笑。“郡主怎么会见识少?”

“必须是见识少啊。”卫箬衣哼了一声说道，“我还以为当年看我大哥生病就死活要退婚的人生的是个什么样子？如今一看，也不过就是一个鼻子两个眼睛，没什么特别之处。”

卫箬衣要是不提，在座的大部分人都快要忘记安西伯府曾经是和紫衣侯府有过联姻的。如今卫箬衣这么一提，大家纷纷想起了这件事情。这事情当年闹得还挺大的，安西伯府的姑娘四处哭诉说紫衣侯府仗势欺人，要让她一个侯府的嫡小姐嫁一个紫衣侯府将死的庶出之子，当时还是有不少人觉得紫衣侯府这么做实在是有点过分了。所以那段时间舆论还是倒向安西伯府的。

陈小姐顿觉在场所有人的目光都落在她的身上，如芒在背，让她无所遁形。

安西伯夫人一看这种架势，忙给自己的姑娘打圆场。“郡主这话说的，是人不都是一个鼻子两个眼睛的。”

“对啊，所以是人都会生病。”卫箬衣冷笑了一声，“我当陈小姐是个一辈子不会生病的，所以就多看看喽，想见识见识陈家小姐是一个什么样的金贵仙女。”

卫箬衣拐着弯地骂陈家小姐不是人，在座的又怎么会听不出来。

老夫人蹙眉看向了安西伯的夫人和小姐，不过她身份高，年岁大，不宜多说什么。这宾客的名单是让兰姨娘拟定的，她怎么连这些人都请来了？

卫箬衣说得巧妙，便是安西伯夫人也一时之间找不到什么反驳之言，如今他们伯府又是很尴尬的处境，她也不可能当众朝卫箬衣发火。

陈小姐的眼眶都红了，捏着帕子可怜兮兮地站在一边。

“你与我大哥定亲的时候，似乎我大哥的身体还算好。”卫箬衣哼声说道，“那时候你怎么不满燕京城地嚷嚷要退婚?”

卫箬衣的话音才落，陈小姐身边就有两三个贵女在窃窃私语。“这也太没眼光了吧。卫家大公子刚刚就在迎客，那样子哪里配不上她了?”

“不过就是一个破落伯府的嫡小姐罢了，若是真的不愿，当初为何答应侯府?”

被卫箬衣咄咄逼人地一问，陈小姐更加是羞得无地自容。

她当时是听大哥说了那卫燕病得要死，于是就慌了，被小弟撺掇了几次就去找了母亲。母亲也是心疼她，当年挺好的一个孩子怎么说病就病得不行了，为了避免将来自己的女儿成了望门寡更是难嫁，所以安西伯夫人也是觉得长痛不如短痛。她四处放风，先是说侯府咄咄逼人，占了先机再说，又让陈建去将卫燕约出来几次，每次都用话来刺激他，最终逼得他答应让老夫人将婚约书送回安西伯府。

现在就连安西伯夫人都臊了一个大红脸。

一般人家便是遇到这种事情多半都会藏着掖着不说，更何况是紫衣侯府这样的门第，要是将这事情拿出来说不免显得有点小气。安西伯夫人是真忘记了卫箬衣就是一个浑货，哪里会知道给人留颜面这回事情。她当县主的时候就已经跋扈得不得了了，现在当了郡主那是更上了一层楼。她也更加没想到卫箬衣会站出来替自己的大哥出头。

“我奶奶是好脾气的,我却不是。”卫箬衣冷笑说道,“今日这宴会是替我举办的,也不知道是谁将你们给请了过来。既然来了,就待着吧。我今日心情好,不朝外赶你们,若是依照我往日的性子和脾气,一定不会给你们这个脸面。我是绝对不会允许一个气得我大哥吐血的人在我面前像个人一样地晃来晃去的。”卫箬衣说完之后就对绿蕊说道,“走,我们出去透透气,免得在这里被憋死。”

卫箬衣丝毫不给安西伯夫人留下半点颜面地走了。安西伯夫人和陈小姐在众目睽睽之下哪里还有半点待下去的心思,两个人匆匆忙忙地抬起衣袖一盖脸,也纷纷低头离开,竟是连和老夫人告别这档子事情都忘记了。

虽然大家都觉得卫箬衣这么当场不给人面子实在是有点过于嚣张了,再怎么说人家也是一个伯府,这不是当众结怨吗?但是转念想想,以现在卫大将军的地位和卫箬衣在陛下面前受重视的程度,她和谁结怨了那人也只能忍着。

不过卫箬衣为了自己庶出的哥哥如此出头,倒也在众多贵胄夫人和小姐之中留下了一个深刻的印象,即便在场的多为嫡出,对庶出素来就带着一种高人一等的感觉,但是卫箬衣此举还是叫人莫名地感觉到一种很爽的感觉。

陪在卫荣身边的陈建被自己家的奴仆给叫到了一边去,看到了自己一脸激愤的母亲和哭成了泪人的姐姐。陈建大惊,一问下来这才恨得牙根发痒。他让母亲和姐姐先去马车上等他,他自己则一脸寒气地跑去找到卫荣。

“卫荣公子,”陈建怒气冲天,见了卫荣就是一抱拳,“只怕日后我是不能登你家的高门槛了。近日咱们之间那些欠账也算算清楚吧。只等这些账目都算平了,以后便是请我来紫衣侯府,我也不会来了!”

卫荣正和徐幻真说话,府里举办宴会,他就给了徐幻真一个请帖,请他过来,被陈建这么一说,他愣是呆了一会没回过神来。

“到底是怎么了?”卫荣忙拉住了陈建的衣袖,“你先消消气,好好说。”他也欠了陈建不少钱,虽然比不上欠徐幻真的,可是陈建猛然叫他还钱,他哪里还得出来!

陈建将刚才母亲遇到的事情复述了一遍。他四下看了看,随后压低了声音:“我当初几次三番去气你大哥,又拿我姐姐的终身幸福去大作文章到底是为了谁?现在好了,被人当众羞臊的却是我母亲和长姐。你那大哥当真是好命,每次都被气吐血都气不死!如今更是被他咸鱼翻了身,我看再这么下去,这个紫衣侯府里面你哪里还有说话的余地!”

卫荣的脸都白了。“我长姐当真如此?”

“还有假?我长姐哭得都要背过气去了。”陈建气道,“反正以后我是登不了你家的门了,你欠我的钱也赶紧算算吧。”

“别别别。”卫荣马上说道,“我长姐是我长姐,我是我,我们什么交情,能混在一起吗?”

“就是看在你的面子上,我才没去找你长姐的麻烦。”陈建哼声说道,“今日你府上是喜事,我不和你多说什么了,等明日你出来,我们将过去的事情好好说道说道。”陈建说完就是一抱拳,拂袖离去。

徐幻真似笑非笑地看着眼前发生的一切,等陈建走了之后,他马上起身拉住了卫荣,“你别放在心上,陈建与你这么多年交情,也就是说说而已,哪里会真的和你计较什么。

安心安心，主要是他母亲和长姐今日当众受辱，所以才咽不下那口气。”

卫荣唇抖了一下，长叹了一声，当着徐幻真的面他什么都不敢说，也只能将一腔对卫箬衣的愤怒和怨恨化成叹息，吐出心胸。

难怪姐姐昨夜来和他说，这个家里只要有卫箬衣在，就没他们可过的日子了，姐姐的话真是不假！

卫荣眼带怨毒地看了一眼徐幻真，可是真的要让徐幻真赶紧将长姐弄出紫衣侯府了。

“如今长姐成了郡主，你若是能当我姐夫，便是捡了一个大便宜了。”卫荣皮笑肉不笑地说道。

“你长姐的地位越高，我便越是高攀不上啦。”徐幻真笑道。

他此番去应试秋闱，也是中了一个举人，只是名次排名实在是靠后，只怕即便参加了春闱，进士却是无望了，不过有举人在手，他手里有钱，倒是可以先捐一个小官的候补，以后再做打算。

“有我在。”卫荣拍着胸脯，“你赶紧考一个进士，弄个小官当当，到时候一切好说！”他还欠了徐幻真一大笔的银子，不替徐幻真办好了这件事情，他拿什么还债去。

一个陈建手上的债务已经是够要他的命了。

除了出了安西伯府的事情以外，这次宴会倒是进行得比较顺利。兰姨娘也算是松了一口气，她就怕卫华衣瞎胡闹闹出什么幺蛾子出来。不过她还是被老夫人叫过批了一顿，就是因为给安西伯府也发了请帖。

卫燕知道卫箬衣替他出头的事情之后，只是笑着摸了摸卫箬衣的头，轻轻地说了一声：“谢谢。”如今他已经彻底放下，那些人对他完全不会造成任何的影响了。

卫箬衣的那些小动物造型的零钱包和银锭子已经是大火了起来。宴会结束就有人拿着那东西到处去打听，哪里有卖的。

方家皮具铺子适时地就又放出风来，他们那边有整套的出售。

因为这些东西都是极容易仿造的，所以卫箬衣出的各个系列上底部都打有编号和印鉴，如果没有编号的便是假货，或者编号对不上的也都是假的。

况且卫箬衣贼得很，她的小动物系列，几乎每一个系列都有一两款是特别紧俏的，想要真的集齐一整套，不光要用钱，更要用积分购买。

每在方家铺子花 1 两银子就是 1 积分，积分必须达到一定的程度才有购买那个特别款的权利，而且特别款也不是每一个人都千篇一律的，都在背面留下了不同的印记借以区分。

不得不说卫箬衣这套营销做得实在是绝了，燕京城之中那些小姑娘小公子都欢喜得不得了。一个银锭子的小动物本身就不怎么值钱，一个成本都不足半两银子，做得玲珑精致，打磨得也是亮光闪闪，但却是卖 5 两银子一个，价格一下子不知道翻了多少倍。

方家铺子里面不光有银质的版本，还有金质的版本，以及金质嵌宝的版本。

这么多金光灿灿的小玩意一铺开，别说是十几岁的姑娘和小子喜欢，便是那些夫人们对这些东西都是爱不释手。

不消多少时间，拥有一套方家铺子出的这种小动物造型的零钱包和银锭金锭就成了燕京城的新风尚了。

就连很多贵女凑在一起,都是将这些拿出来相互攀比,谁能买到与众不同的特别版都是一件倍儿有面子的事情。

卫箬衣又发了一笔小财。

她让方家皮具铺子的掌柜将那个皮球的制造图公开,谁家想造,只管拿钱来买就是了。

方掌柜虽然不明白为何郡主会出这样的主意,但是现在他对郡主在做生意上的鬼点子算是服得五体投地了,自然是郡主说什么便是什么。

他放出消息之后,大梁各地的皮具商人都闻风而动,纷纷派人前来燕京城找方掌柜,光是卖图纸又赚了一笔银子。

卫箬衣是这样想的,皮球那个东西风行一时,总会有仿制品出来的,因为实际上并不难造,生意好肯定会有人眼红,要来分一杯羹。如果之后伪造品满天下都打着方家皮具铺子的名号,将方家皮具铺子弄得名气不高了,反倒不好了。

反正她手里可造来卖的东西太多了,所以这种普通的皮球就可以不用和宝贝一样捏在手里了。

让方掌柜将图纸卖出去,也是进一步扩大方家皮具铺子的影响力和号召力。

只有名号响亮了,将来随便卖点什么都会有人捧场的。

如今她已经和方掌柜达成了协议,要在燕京城重新开一家铺子,叫玲珑楼,专门卖卫箬衣想出来的那些稀奇古怪的东西。

她与方掌柜各出一半的钱,所赚的利润也是对半分。

卫箬衣之所以愿意和方掌柜一起做生意就是看中了方掌柜为人忠厚,做事细心。

她身为郡主,要忙的事情还有很多,不可能一门心思扑在生意上面。赚钱不如保命重要,她做生意赚钱也是为了将来给自己和卫家留上一条后路。

狡兔还有三窟呢,更何况是人!

这次卫箬衣进宫感受了一下,还是觉得四面楚歌,别看她现在是郡主了,地位尊荣,但是那是陛下给的,他能给就能收,真的等到陛下和自己爹开始撕破脸的时候,两眼一抹黑的抓瞎那就真的完蛋了。

所以比起做生意,她还有更重要的事情要做,就是赶紧学好卫家的刀法,有一技傍身。

大哥当年学得有限,现在能教她的已经都教完了,她现在能从大哥那边学的也只有兵法之类的理论上的东西。

卫箬衣清楚自己的斤两,她是有不少先天的条件,悟性也高,但是实战经验等于零,一旦对阵,别人就是打不过她,也能凭着丰富的经验压制住她,况且她目前也只会刀上和拳脚上的功夫,她连骑马都不会……

当务之急就是要找个人教她这些。

燕京城之中她认识的人,功夫好,闲工夫又多的,扒拉来扒拉去也只有萧瑾了。

所以卫箬衣决定自己要厚脸皮一回。

上次她说和萧瑾和解的事情,貌似萧瑾也没反对啊,既然没反对,那就去试试看。

58 拜师谢秋阳

其实卫箬衣是相当纠结的。

即便她现在不会去主动招惹萧瑾,但是萧瑾对她的态度也是说不上好的。

他会不会以为自己是故意要接近他,所以才会找他教自己武功呢?

厚脸皮她绝对是有,以前为了谈一个大单子,对方公司的人不肯见她,她起早贪黑地堵人家门口、等人家下班的事情都干过,弄得人家还以为她是暗恋人家。所以卫箬衣那脸皮,也是经历过风雨的。

不过萧瑾怎么想就难说了。

所以,几次卫箬衣鼓足勇气跑去了北镇抚司衙门门口就又怂得退了回来。没办法,她对萧瑾还是有点心理阴影的,毕竟原著里面她是死在萧瑾的手上。

"头儿,你对崇安郡主做了什么了?"陈一凡实在是忍不住了,看四下无人问萧瑾。从那日萧瑾奉召入宫回来,那表情就一直有点奇怪。

门上的人说了崇安郡主这几天来过北镇抚司门前好几次了,都没进来,而是停了一会就跑了。

"我能对她做什么?"萧瑾翻了一个白眼。

应该是问问那个死丫头对他做了什么才对!

他这几天居然会时不时地想起她来!

他已经很努力地将这种感觉给忽视掉,并且足不出户,不想去看那个死丫头的嘴脸,免得自己会忍不住就怼她两句。

萧瑾将自己的这种情绪归结为在他亲爹的面前,他还不如那个死丫头受到的重视多。

呵呵,那个地方果然薄凉得很,谁被重视,鸡犬升天。

他承认他是不舒服!

他出宫这么多年,他那个爹可曾问过一句他是不是过得很好?

萧瑾略有点烦躁,他将手里的卷宗一扔,瞪了陈一凡一眼。"你事情都做完了?快过年了!这些卷宗你都整理过了?咱们今年抓过的人,办过的案子,你都写了年结了?还有那些未曾结案的你可再看过了?"

陈一凡……

他不过就问了一句话,头儿就说了好几句话。

陈一凡将脑袋一低,嘴闭上了。

其实他想说,崇安郡主又来了。

算了算了,头儿这几天心情不好,他再多管闲事,岂不是自己找着被喷吗?

卫箬衣犹豫了片刻，还是没进去，没办法，一想到萧瑾会误会自己，她就浑身皮肉痛。

“郡主？”就在她准备举步离开的时候，听到有人叫她，她转眸看了过去，是谢秋阳。

他一脸的惊喜，快步走了过来，躬身一揖。“见过崇安郡主。”

“赶紧别多礼了。”卫箬衣抬手扶住了他的手臂，谢秋阳感觉到自己的手臂被人稳稳地托住，他竟是怎么也拜不下去了……“这是在外面，人来人往的，谁也不认识咱们，繁文缛节的，就算了吧。”卫箬衣飞快地说道，她可不想惹人注目。

“了解。”谢秋阳马上明白了卫箬衣的意思，笑着点了点头。

“郡主……”

“叫我箬衣好了。”卫箬衣笑道。

谢秋阳的薄面一红，这样会不会太亲密了一点？

他犹豫了片刻，还是说了一声：“那恭敬不如从命了。”谢秋阳展颜对卫箬衣一笑。“不知道郡主……不，箬衣在这里做什么？”他抬眸看了一眼前方的锦衣卫北镇抚司衙门，随后笑容一滞，“你是来等五皇子殿下的吗？”

“别误会！”卫箬衣赶紧摇手，“没那事情！人家五皇子殿下已经有意中人了，不是我，和我没关系。”

谢秋阳……

全燕京城的人都知道崇安郡主喜欢五皇子殿下，如今五皇子殿下有意中人了，怎么感觉崇安郡主一点都不难受的样子，反而有一种赶紧和他撇清界限的感觉。

“那郡主是……”

“路过，路过。”卫箬衣挥手笑道，她看了看谢秋阳，“对了，你是文状元，咱们大梁还有武状元，他的武功和骑射应该是很好的吧？”

“那是自然。”谢秋阳点了点头。

卫箬衣来了兴致。“那你和他熟不熟？他收不收徒弟啊？”

“这……”谢秋阳面有难色，“在下与他并不算熟悉，只是见过面，点头之交而已，在下亦是不知道他是否收徒。”

他说完后见卫箬衣一脸的失望，心底不忍。“郡主是想替谁拜他为师呢？”

“我自己啊。”卫箬衣说道。

谢秋阳……“如果郡主只是想学习骑射的话，在下倒是可以指点一二，虽然在下骑射不如武状元那般娴熟，但是平日里也有涉猎。骑射亦是六艺之一，在下从小就研习过。”谢秋阳自荐道。

他一说完卫箬衣就抿唇笑了起来。

看看什么是学霸，学霸就是德智体美劳，全面发展。

她笑得十分的欢畅，倒让谢秋阳觉得有点忐忑，不知道自己到底说错了什么。

不过卫箬衣的笑容却是让谢秋阳感觉到十分的舒心，不由自主地也跟着笑了起来。

“当初我与谢公子第一次见面，是在骊山书院之中，我就说要拜谢公子为师，学习诗书礼仪。”卫箬衣笑道，“却没成想，诗书礼仪没有学到，反而要和谢公子学习骑射，还真的是有缘分了。那谢师傅在上，受弟子一拜啊。”

说完卫箬衣就要当街行礼。

“不敢不敢。”谢秋阳忙摇手说道,“哪里敢受郡主这一拜。”

“应该的应该的。”卫箬衣笑道,“我比较笨,还请谢师傅以后不要被我气到才好。”

“真的不用拜师。”谢秋阳一脸的囧色,他刚刚就是头脑一热,顺嘴说的,现在卫箬衣真的要拜师了,倒是将他给惊到了。

卫箬衣执意要拜,谢秋阳执意不肯,两个人就在北镇抚司门前拉扯了起来。

“光天化日的,当着大街就拉拉扯扯,成什么体统?”一个清冷的声音传来,让谢秋阳扶在卫箬衣衣袖上的手一滞,谢秋阳和卫箬衣同时转眸朝声音传来的方向看去。

在锦衣卫北镇抚司大门前的台阶上,站着一名身穿深蓝色千户飞鱼服的男子,长身玉立,面容瑰丽,只是眼底带着几分暗嘲,眸光轻寒。

“见过萧大人。”谢秋阳见萧瑾穿的是锦衣卫的飞鱼服,这里又是北镇抚司衙门的门前,所以没有称呼萧瑾为五皇子殿下而是大人。

萧瑾却是连看都懒得看谢秋阳一眼,目光如刀,直直地落在了卫箬衣的身上。“你跑这里来干吗?”他寒声问道。

“这路又不是你们家的……”卫箬衣嘀咕了一声,好在没和他说想要请他教自己骑射的事情,看看萧瑾现在那张臭脸拉得,快比驴脸长了。

他果然是见到自己都觉得烦。

卫箬衣在心底叹息了一声,益发觉得自己找谢秋阳学还是正确的,毕竟谢秋阳温文尔雅,就是她做得不对,大概谢秋阳也不会说什么重话。

如果换作是萧瑾的话,肯不肯教是一回事,肯教了,然后对她呼来喊去的,又是一回事了。

“是吗？再说一遍听听!”萧瑾朝前了两步,停在了卫箬衣的面前,低头直视着她。

卫箬衣将脑袋缩了缩,在萧瑾的逼视之下,恍然……她忙捂住了自己的嘴。

尼玛啊！说错话了！这路还真是他们家的!

普天之下莫非王土……萧瑾是皇子,整个大梁朝都是他们家的,更何况这条破路啊!

“那个……今天天气还不错哈。”卫箬衣挠头打着哈哈尴尬地笑道,“五皇子殿下您这是要去哪里啊？我给您让路啊!”卫箬衣很狗腿地说道。

谢秋阳……

他还在这边弯腰行着礼呢,萧瑾压根就没有要理他的意思,他怎么办？

谢秋阳叹息,依然弯着腰,保持着行礼的姿势。

卫箬衣忙闪到了一边,将萧瑾面前的路让了开来。“您请便。”

这就迫不及待地想要撵他走?

奇怪了,他为何要听她的话。

她要赶他走,他倒不走了!

萧瑾索性双手抱胸,看着卫箬衣。

卫箬衣摸了摸自己的脸,也没觉得脸上有什么不妥啊？

“那个,您忙,我和谢师傅先走哈。”卫箬衣横着挪动了自己的脚步,如螃蟹爬一样绕过了萧瑾,走到了谢秋阳的身侧,悄悄地一拽谢秋阳的衣袖,小声说道:“赶紧走啊。”

谢秋阳……

“如此，在下便与崇安郡主先行离开。”谢秋阳再度说道。他躬身一揖，刚准备陪着卫箬衣离开，就被萧瑾叫住了。“站住。”

卫箬衣和尚未来得及转身的谢秋阳齐齐地停住。

“不知道萧大人还有什么吩咐？”谢秋阳抱拳问道。

“适才崇安郡主叫你师傅？”萧瑾转过身来，用略带疑窦的目光在两个人的身上来回逡巡了一遍，随后曼声问道。

“崇安郡主想学习骑射功夫，在下愿意指点，所以郡主执意要喊在下师傅。”谢秋阳解释道，“其实在下的水平远远不及五皇子殿下。崇安郡主若是真的想学好的话，也是可以和五皇子殿下学的。”

教她？萧瑾将卫箬衣从头到脚打量了一遍，眉梢一挑，也不是不可以，不过你来求我啊！

他依然保持着双手抱胸的姿势，站在这里等着卫箬衣发话。

卫箬衣最早就是要找萧瑾教她的。

但是现在看着萧瑾，卫箬衣就觉得浑身的皮肉都有点痛，那人的眼神实在是太不友好了……每次见到她都一副苦大仇深的模样，他武功高是不假，但是能好好教她吗？

想到这里，卫箬衣就讪笑了一下。“我就是从头开始学的，不需要多高深的师傅，谢公子就刚刚好。”她对谢秋阳说道：“我可不敢劳烦五皇子殿下的大驾。你教我就好了。”她对谢秋阳说话的时候，声调之中带着几分娇憨之意。

谢秋阳不由微微一笑。“好。”他点了点头。

哈！真是酸掉一排大牙了。

萧瑾眸光一寒，一语不发掉头就走。

不劳烦他的大驾就对了！萧瑾自问也没什么耐心去教卫箬衣。

谢秋阳目送着萧瑾离开，总觉得五皇子殿下好像有点不对劲，具体哪里不对他也说不上来。对了，他是觉得五皇子殿下在发怒。

许是一直和崇安郡主闹别扭闹惯了，所以他看到崇安郡主就会生气吧。

与卫箬衣约定好了后天午后在正阳门见，谢秋阳这才送着崇安郡主离开。

他刚刚脑子一热就答应要教崇安郡主的事情回去是一定要和父亲禀告的，不然以父亲大人对卫家的成见和戒备，若是他隐瞒这件事情的话，日后被父亲得知了，必定少不得要被他刮上一顿排头。

谢秋阳回家之后和父亲一说此事，就垂手恭敬地站着，静静地等候暴风骤雨的降临。

书房里面一片静悄悄的，就连外面风吹过，吹动窗户纸发出的沙沙声都清晰可闻。

谢秋阳心思忐忑，又不敢抬眸去看父亲的脸色。

煎熬啊！

隔了好久，他才听到自己的父亲居然哈哈大笑了起来。

谢秋阳唇角一抽，什么情况？

“干得漂亮！儿子！”谢园从椅子边站起来，走到了谢秋阳的身边，大力拍着自己儿子的肩膀，“果然有出息！”

谢秋阳一脸迷茫，难道自己要教卫家女儿骑马射箭，父亲真的一点都不生气？不会吧!

要不是眼前红光满面的人就是自己的父亲没错,他几乎要以为自己的父亲被人调包了!

“卫老贼也有今天!”谢园掐腰站在书房里,“他不是总在老夫面前嘚瑟他刀马功夫冠绝天下吗?哈哈,他自己的女儿却要叫我的儿子去教骑射,真是将卫老贼的脸打得啪啦啪啦的响!教!好好教!老夫倒要看看等卫老贼凯旋,听到这个消息的时候,是个什么脸色!老夫一定在他班师回朝之日迎出燕京城十里!亲口告诉他这个好消息!”随后谢园哈哈大笑了起来。

谢秋阳顿时一脸黑线。

为什么他那个一贯古板中正,一脸正气的爹现在看起来好像得了失心疯一样……

远在边陲的卫毅忽然打了一个喷嚏,哈欠。

“元帅,您要保重身体啊。”身边的先锋官忙关切地说道,“最近风寒肆虐,军中已经有不少将士病倒了。”

卫毅大手一挥,“传令下去,将重病受伤的将士暂时安顿在行营之中,其余人等全速前进,乘胜追击,直捣王庭之所在,争取在明年春暖花开之前班师回朝!”

“是!”他的手下齐齐抱拳应道,带着气吞山河之势。

卫毅随后将手放下,暗暗地揉了揉自己发痒的鼻子,怎么鼻子痒,耳根热?是谁在背后念叨着他?

谢园笑够了,随后正色对自己的儿子说:“既然你有机会接近崇安郡主,那就多去卫府走动走动。卫老贼肯定有不二之心,你暗中观察,查明一切,如果卫老贼真的有什么证据把柄,你一定要抓在手里,老夫一次告不倒他,二次告不倒他,不信今后三次、四次还告不倒他!不过卫老贼狡诈得很,卫老贼的女儿也是名声狼藉,只是苦了你了,要被崇安郡主声名所累。”

谢秋阳暗暗蹙眉,但是嘴上还是应了一声。

从父亲的书房出来,谢秋阳站在了回廊之下,望着远处自家深黑色的屋脊,眸光深远,良久他长叹了一声。

他终是谢家子啊。

卫箬衣回家之后却是嘚瑟了起来。萧瑾那么臭屁!谁理他啊!全天下就他一个人最厉害吗?

“你怎么这么高兴?”卫燕走了进来,看到卫箬衣在唱小曲,也笑了起来,这姑娘哼唱的都是什么啊?什么小啊小苹果的……也不知道是从街上哪一个孩童嘴里听来的。调不成调,曲不成曲,一派胡言乱语。

“我当然高兴了。”卫箬衣见大哥来了,笑着跳到了大哥的身侧,挽起了大哥的手臂,“大哥今日去诗社如何?”

“自是不错。”卫燕笑道。

“卫兰衣还去诗社吗?”卫箬衣好奇问道。

“她已经两次诗会都没去了。”卫燕嘴角一勾,“倒是有不少年轻才俊向我打听她的动向。看来她在诗社还是挺受欢迎的。”

“那是当然,我大哥的诗就是牛！朝那边一亮,闪瞎他们的狗眼!”卫箬衣豪气地说道。

被卫箬衣给逗得差点没笑喷了的卫燕抬手点了点卫箬衣的脑门,“你也该多看看书了,说出来的话怎么那么粗俗?”

“文雅的事情大哥都负责了,我自然是负责打架骂人这种粗俗的事情。”卫箬衣笑道。

卫燕……“毕竟是姑娘家。”不过他顿了顿,转念想想也就算了,他相信他妹子的人品,她就是她,不需要被人雕琢改变,她这样就挺好的。

思及那日卫箬衣为了他当众驱赶了安西伯府的人,卫燕的心底就更加的柔软。

虽然他当时没有说什么,那是因为他不知道该说点什么,除了一句谢谢之外,他如鲠在喉。那日宴会之后,他亦是辗转反侧,难以成眠。此生能有这样的妹妹,是他最大的幸事。所以,她是什么样的,以后就保持下去吧,他自护住她就是了。

卫箬衣不知道他在诗社之中已经将当年所作的《雪景八首》中的另外两首也拿了出来,由于文风用词意境与当初卫兰衣成名的两首诗十分的相近,已经让诗社之中的人有所怀疑。

卫兰衣也是他的妹妹,他不想当众揭开卫兰衣的真面目,但是珍珠就会发光,是金子就不怕火炼,就让其他人慢慢地发现事情的真相吧,就如卫箬衣所说的那样,这样会比直接揭穿卫兰衣更让她如芒在背。

59 打的人不对

翌日，卫箬衣就兴奋地拉着绿蕊和绿萼去街上购置骑马用的骑装。

马车停在朱雀大街的街角，卫箬衣才下车就听到有人在议论。

“赶紧去看看。安平伯府在当街训子了！”

“不会吧！”

“真的真的！”

“安平伯府的三公子如今就跪在街中的广场上，身负荆条，只着单衣。”

众人皆朝朱雀大街中央的广场涌去看热闹。

卫箬衣耳朵尖，听到了安平伯府几个字，心底就是一动。

“我们也去看看。”卫箬衣对绿蕊和绿萼说道。

等到了街中央的广场，那边的人已经围了里三层，外三层的了，绿蕊好不容易在人群里分开了一条路，和绿萼两个护着卫箬衣挤了进去。

广场中央真的跪着一个身上只穿这一件单衣的年轻男子。他的身上背负着长满了尖刺的荆条，由于捆得紧，荆条上的刺已经刺入了他的皮肉之中，沿着被刺伤的地方朝外渗着血，将雪白的中衣给染得斑斑点点的。

大冷天，他就穿着一件单薄的中衣，人已经是冻得脸上发紫了，跪在地上一个劲地哆嗦。他的发丝为挽，从脸的两侧垂下，几乎将整个人的脸都遮挡了起来，让人看不太清楚他的样子。

卫箬衣几乎就没怎么见过叶岚，之前入宫认识叶岚的不是她本人而是原著里面的卫箬衣，而那日在诗社里面卫箬衣哪里会去在意有那么一号人。所以卫箬衣努力地看了看，也分不清那人是谁。

“这是怎么了？”旁边围观的人有人小声问道。

“听说是安平伯府的三公子叶岚犯了家规，所以被罚在这里负荆请罪。”有明白人马上解释道。

“乖乖，也是伯府里尊贵的小公子，怎么就受这么大的苦啊。”有人啧嘴唏嘘。

“你不知道安平伯家教最是严厉吗？”又有人说道，“宸妃娘娘和四皇子殿下不都是以贤德之名传扬天下的吗？安平伯府教子严格得不得了。”

“可知道是因为什么事情？”

“那哪里知道，人家也不可能将家丑外扬啊。能这样当街惩戒自家的嫡子已经是很厉害了！”

“说得也是。”

卫箬衣看了一会，就冷笑了一下，作秀！

她带着绿蕊和绿萼从人群里又挤了出来。

宸妃娘娘玩得一手好炒作，这么会公关，在古代当贵妃实在是有点委屈她了，她应该去现代开一家公关公司才对。

她不过就是罚叶岚在大庭广众之下跪上一跪，冻上一冻罢了，之所以这么大张旗鼓地宣扬，又是选在了全燕京城最热闹的地方，就是为了演戏给她看的，让这件事情传遍燕京城的大街小巷。

旁人若是提及，只会说安平伯府一声好，说他们伯府家教严厉，顺带着再将宸妃娘娘和四皇子给赞扬一下。

糊弄谁啊？真当她是三岁小孩子了？

她也是千年的狐狸修成了精的女人，大家就不要这么相互糊弄下去了。

背负一个荆条就算是惩戒了？

如果那天不是萧瑾赶来的话，她丢的很可能就是命！

宸妃娘娘的算盘打得好，利用民众之口来洗白安平伯府在陛下心底的印象。

如果现在站在街上的真是原著之中的卫箬衣，没准还会觉得宸妃娘娘真的是在帮她呢！

虽然卫箬衣也不是非要让叶岚伤筋动骨的，但是她十分讨厌宸妃这样做，这不是摆明了利用了自己一回吗？她已经是苦主了好不好！

相比这个，卫箬衣倒宁愿让宸妃娘娘关起门来打叶岚一顿板子，再让他和自己诚心道歉来得实在。

一大早的心情被叶岚和宸妃娘娘给搅和得不美丽了。

她刚要离开，就看到有一队锦衣卫骑马前来。

“前面干什么的！还不赶紧让开！”有人对着围观的人大声呵斥道，“锦衣卫办事，闲人闪避。”

锦衣卫的名号太响，围观的百姓都怕锦衣卫，于是马上就做了鸟兽散。卫箬衣也拉着绿蕊和绿萼靠到了边边上去，免得被人撞倒和挤伤。

只是一会的时间，这边的路已经通顺了开来。

“你们也闪开。”

锦衣卫的小旗见路上还有人跪着，于是呵斥道。

“等等。”一个略带薄凉的声音传来，一匹马从后面的马队里脱颖而出，来到了队伍的最前。

卫箬衣一看，骑在马背上的不就是萧瑾吗？怎么哪里都能遇到他！

卫箬衣就囧了。

萧瑾似乎是没看到卫箬衣，举起了马鞭对着跪在广场中央的人问道：“那跪着的是叶岚？”

安平伯府有人在，马上过来萧瑾的马前一拱手。“回这位大人的话，正是我家的三公子。”

“抬起头来我看看。”萧瑾马上说道。

那跪着的人哆哆嗦嗦地抬眸。“见……见过大人。”

萧瑾挑眉,一双明眸泛着冷光将跪着的人上上下下好一顿打量。

“怎么和我认识的叶岚有点不太像啊?”萧瑾缓声说道。

卫箬衣的脖子顿时竖了起来,不会吧,她是不认识叶岚的,但是萧瑾大概是认识的。

“大人明鉴,这就是我家叶三公子,只是因为公子的脸色冻得发青,所以大人才觉得不像。”叶家的仆从马上挡在了萧瑾的面前,“大人一定是有公务要处理,小人这就带着公子给大人让路。”

“嗯。”萧瑾收回了马鞭,敛眉应了一声,不置可否。

安平伯府的下人忙将跪在地上的叶岚给扶了起来,让到了路边。

“走。”萧瑾也没再计较什么,他一挥手,锦衣卫的马队从大街上行过,銮铃叮当,马蹄凌乱。

等锦衣卫的马队行过,街上恢复了平静,卫箬衣眼尖,见那仆人扶着叶岚要走,她就带着绿蕊和绿萼走了过去。

“这位可是叶公子?”卫箬衣笑着对被仆从挡在身后的那个人问道。

“正是我们家公子。”仆人见卫箬衣人漂亮,衣着又华丽,赶忙行了一礼。

安平伯府的仆从有四个人跟着,那人行礼,马上就又有两个人挡在了叶岚的身前。

“这位姑娘,我家公子现在羞愧难当,所以还请姑娘让路,我们送公子回府。”仆人说道。

“我与叶公子乃是故交。”卫箬衣笑了笑,说道,“既然如此,那我就不挡路了。”说完她真的闪身让开。

仆人说了一句多谢,就要带着叶岚朝回走,不远处就有叶家的马车停着等。

卫箬衣在被仆人们护住的叶岚走过她身侧的时候,忽然将其中的一名仆从给挤开,一把按住了叶岚的衣襟。叶岚一惊,抬眸对上了卫箬衣。“这……这位姑娘,你太……无礼了吧!”他惊呼道。

“哦。对不起啊。”卫箬衣抬眉,放开了自己的手,“还真是叶公子呢!”随后卫箬衣后退了两步。

被卫箬衣拱到一边的仆人忙不迭地爬起来,继续护住了自己家的公子,朝前快速而行。

他们几乎是用最快的速度上了马车,扬长而去。

“哼!”卫箬衣厌恶地拍了拍手,低骂了一句。

“郡主怎么了?”绿蕊不明地问道。

“没事。”卫箬衣看了看四周,压低了声音,“走吧。”

“是。”绿蕊和绿萼马上跟着卫箬衣前行。

宸妃娘娘居然诈骗到她的脑袋上了。

如果不是萧瑾无心的一句话,卫箬衣根本不会去想那个跪在街上的人是不是真的叶岚这个问题。

刚刚她拱开了安平伯府的下人,拍了一下那所谓“叶岚”的肩膀,那人明显是受了惊吓,但是看向她的目光十分的茫然。

真的叶岚能指使小混混去找她的麻烦,又怎么可能不认识她是什么模样。

所以刚才那个叶岚是假的!

安平伯府和宸妃娘娘真的是好算计,找了一个与真叶岚十分像的人来,吃点苦头跪在大街上演戏给她看,合着是将她当猴子一样耍弄呢?

难怪那人刚才在大街上跪着的时候一直都是散发披肩,用头发就遮挡住大半的面容,合着是怕被人看出他是假的来。

如果不是遇到萧瑾这个当锦衣卫千户的,在锦衣卫多年,练就了一双贼眼,又刚好认识叶岚,可能街上所有的人都被安平伯府和宸妃娘娘给糊弄过去了。

回头这事情再敲锣打鼓地传到紫衣侯府,就连紫衣侯府中的人也都被骗了,还以为宸妃娘娘是为了保住紫衣侯府姑娘们的名誉所以不提叶岚犯的是什么错,而是以这种方式来公开惩戒叶岚。

没准就连紫衣侯府的人都会觉得宸妃娘娘这回一点都不藏私,自己下了安平伯府的面子,只是为了给他们一个交代和说法。

卫箬衣暗咬了一下自己的唇,欺负到她脑袋上了,她又怎么可能会善罢甘休。

“头儿。”冯安策马赶到了萧瑾的身侧,“郡主去撞了一下安平伯府的下人,又拍了一下叶岚的肩膀,和叶岚对了一回眼睛。”

“嗯。”萧瑾点了点头。

他又怎么可能没看到卫箬衣就在人群里面,她素来都是那么的惹眼,只是他假装没看到而已。

旁人不了解宸妃,萧瑾却是十分了解她。

真心想要和紫衣侯府道歉,没必要玩这么多花里胡哨的东西。

宸妃仁德之名哪里来的?

不就是摆出来给人看的吗?借人之口,宣扬她的善良贤惠一贯是宸妃娘娘惯用的手段。

萧瑾骑在马上前行,眼底一片幽暗之色,小时候他被关在漆黑的宫殿里那种孤独无助的感觉似乎又悄悄地浸染上了心头,让他的四肢和百骸都蒙上了一层寒气。他到了拱北王府之后拼命习武,为的就是将那种近乎于绝望的感觉给忘却。只有自己越强大,那种叫人害怕的窒息感才会越弱。

萧瑾记得自己有一段时间甚至不敢独自待在黑屋子里,就连睡觉都是要点着灯的。

小时候他的话很少,便也是因为在宸妃娘娘那边,只要他表现出有一点点活泼的样子出来,便会遭受到冷对待。没人打骂他,但是那些对付他的手段却是比打骂更叫人害怕和心寒。也没人相信他的话,因为他在父皇面前说的每一句话都会被父皇误解为他在故意抹黑宸妃娘娘,为的是高抬自己的生身母亲。

呵呵,那种地方,还真的是有趣,说真话的人会被呵斥甚至会被惩戒,说假话的人却活得滋润有加平步青云。

萧瑾握住缰绳的手略紧了一点,勒得自己骑的马朝后仰了一个脖子,停住了。

“大人?”花锦堂见萧瑾停下了,不由关切地问道,“怎么了?”

“无事。”萧瑾这才回过神来,淡然地说道,“还有多远?”

“就快到了。”花锦堂说道。

“嗯。继续吧。”马队继续朝前。

他们是要赶往城东一个老大夫的家中。

老大夫一家被人灭门，并且贼人还放火将老大夫的宅子烧得一干二净。

原本普通人家的灭门案是不会出动锦衣卫的，有京兆尹和提督府两个衙门在，但是这家老大夫的身份比较特殊，他曾是宫里的太医，因为年岁大了所以离开了太医院。他服侍过三代帝皇，还曾经救过当今陛下一命，就连他家的大门上都有陛下亲赐的一面匾额，上书“妙手回春”四个大字。

所以他家无故遭灾这事情被陛下知道之后，陛下震怒，下令锦衣卫勘察此事。

萧瑾他们就是来办这个案子的。

等到了城东，萧瑾在那片已经烧成焦炭的宅子面前停下，翻身下马。

宅子的周围已经被提督府的衙役围住，衙役头子见锦衣卫来人了，忙上来见礼。

“大人，这宅子是三天前起火的。烧的时候是在夜里，所以等大家都发现的时候已经烧得快差不多了，就没救下多少，只有后面那些给下人奴仆住的无关紧要的少量房子得以幸免。”衙役头子和萧瑾介绍道。

“三天前下过雪。”萧瑾想了想说道，“难道这么大的宅子起火，周围的人就一点反应都没有吗？”他看了看，即便已经被烧成了断垣残壁，但是这房子的占地也是很大的，要将这么大的宅子烧光，也是需要花费不少的时间。这宅子的左右邻居都是富庶之家，家中都有奴仆，即便是主人昏睡，夜间总有看门护院的人没睡吧。怎么会等房子烧得差不多了，才会被人发现。

“是什么人最先发现起火的？”萧瑾问道。

“是巡城的五城兵马司的士兵最先发现的。”衙役头子回道。

“打更的人呢？”萧瑾又问。

“这附近打更的人被人发现昏倒在雪地里，活活地冻了一个晚上，现在已经是高热重病在床。”衙役头子又回道。

燕京城夜里有五城兵马司的士兵巡城，不过按照他们的路线，巡防到这边大概时间间隔是一个时辰，也就是说这宅子是在一个时辰之中烧成这副样子的。那天夜里风雪肆虐，漆黑一片，这么大的火势一定在很远的地方都能看到，也就是说这火烧得非常快，或许都没有用一个时辰就已经烧完了。

“家中奴仆可有活着的？”萧瑾问道。

“有。”衙役头子说道，“只有一个婆子因为犯错被关在宅子后面的一个空房间里，安然无恙，其余未被烧死的仆从皆是中毒而亡。”

萧瑾一颔首，抬手一挥，陈一凡他们会意，带人分别进去探查。萧瑾则缓步朝前，慢吞吞地跨过了门口一堆被烧成焦炭的木头，进入了宅院之中。

“大人，回头卑职会将之前调查的卷宗全数交给锦衣卫。”那衙役头子说道，“都临近过年了，这燕京城倒是不太平起来，我们提督府都快要忙飞起来了。”

“最近还有什么案子？”萧瑾不经意地问道。

“回大人，最近燕京城失窃案子频发。”那衙役头子说道，“快过年了嘛，这贼也是想要过一个富足的年,这是可以理解,但是有件事情却是奇怪得很。"

"什么?"萧瑾问道。

"燕京城最近总是有女人丢肚兜。"那衙役头子失笑道,"原本这是女人的贴身之物,一般人家丢了也不好意思拿出来说,可是最近丢得实在是太多了。就在前天,万红楼的姑娘们一夜起来,肚兜全都不见了。那些娘们儿没皮没臊的,闹到了府衙里面,这才将这事情给闹开了。咱们派出去的人一问,不光是万红楼的姑娘们丢了肚兜,就连城中几个世家的府上也有这种事情发生。大人说这贼无聊不无聊,偷什么不好,非要偷那玩意,那东西又不值钱,偷了何用?"

萧瑾听那头子将这事情当笑话讲,第一反应居然是不知道卫箬衣的肚兜是否安好。

萧瑾……

为何他会想到卫箬衣?

他略有点不悦,那个女人丢什么都不关他的事情。

不过这偷肚兜的贼也确实是有点毛病。

卫箬衣带着绿蕊和绿萼走在大街上,进了燕京城最有名的一家成衣店里。

她选了两套骑马装,不过她这身材是略有点妖孽,腿长胸大腰细的,所以选中的衣服不是特别的合适,掌柜的需要给卫箬衣量体才能作出修改,卫箬衣就被让进了里面的量体间里。

给卫箬衣量尺寸的婆子一边量,一边赞道:"姑娘的身材可真好。"

卫箬衣嘿嘿的一笑,她现在的身材必须是真好!

"不过姑娘啊,最近你可要小心点啊。"婆子说道,"最近这燕京城里出了偷女人肚兜的贼了。姑娘身材这么好,要是被那贼人盯上了,可就麻烦了。肚兜是女人贴身之物,要是被人偷了拿给别的男人看了,岂不是羞都要羞死了。"

卫箬衣……"不会吧!还有这种贼?"

"可不是呢!"婆子说道,"不过拜那个贼所赐,最近我们店里肚兜的生意颇好,不少人来重新购买肚兜。只是大家都不说罢了。"

真是变态到处有,不分古代和现代……

婆子量完之后,将尺寸记录了下来。骑马装是比较合身的服饰,不似旁的衣服一样宽袍大袖地随便一裹,稍微大点也不要紧。"姑娘下午派人来取就是了。"婆子笑道,"那会一定帮姑娘都改好了。"

卫箬衣从成衣店里出来,就回了家里。

她才刚一进门就看到兰姨娘匆忙赶来。

"郡主。"她一屈膝,给卫箬衣行了一礼,如今卫箬衣的身份又高了,她在卫箬衣的面前已经是连站的地方都快没有了。

"怎么了?"卫箬衣见兰姨娘一脸的慌张,问道。

"郡主快让绿蕊和绿萼看看,可曾少了什么贴身的物件。"兰姨娘说道。

卫箬衣心思一转。"兰姨娘说的是肚兜吗?"

兰姨娘一脸的惊愕。"郡主的肚兜真的丢了吗?"

"我才刚刚回来,不知道啊。"卫箬衣让绿蕊和绿萼去查点,自己则对兰姨娘说道,"我是刚刚出去在街上听说了此事。好像闹得挺大的,弄得大家有点人心惶惶的。"

"可不是。"兰姨娘说道,"我也是刚刚听说不久的,所以提醒着府上的姑娘赶紧都将自己的贴身衣服查点一下,如果有丢失咱们赶紧想办法。别的府上现在都是炸锅了,各个府上都是将各位姑娘的贴身之物看得比金银还紧要。提督府和京兆尹都打发人来提醒大家要小心那贼胡来。"

卫箬衣……

这人挺能折腾啊。

不过那人真的是为了特殊的兴趣爱好偷姑娘家的肚兜吗?

"可有谁家失窃了?"卫箬衣问道。

"这种事情有点脸面的府邸哪里好意思拿出来说。"兰姨娘说道,"不过肯定是有高门大户的丢了,不然京兆尹和提督府不会那么紧张,挨家挨户的找人上门来说。他们说夜间会加紧巡查,但是燕京城这么大,总有照顾不到的地方,还请各家自己小心。老夫人已经吩咐了府里的侍卫这几天盯紧点了,郡主这边也要小心才是。"

有点意思。

她们说话的时候,绿蕊和绿萼已经将卫箬衣的贴身衣服清点过了,过来回了没有丢失。兰姨娘这才离去。

等兰姨娘走了,绿蕊和绿萼就又忙起来了。

"你们干吗?"卫箬衣看那两个人将自己的贴身衣服都搬了出来,笑问道,"你们这是要干什么?"

"自是找地方要将郡主的贴身衣服藏妥帖了。"绿蕊和绿萼一边找地方藏,一边说道,"万一郡主的也被偷走,那就不好了。"

"放心吧,咱们府上这么安全,怎么会有人偷?"卫箬衣笑道,"你们就将内衣摆在那边,我倒要看看会不会少。"

绿蕊和绿萼对看了一眼。"不太好吧。"她们异口同声地说道。

"放心!"卫箬衣笑道,"你们说哪一个贼会冒着掉脑袋的危险跑来侯府偷盗内衣?即便是有贼,也是要偷点有价值的东西啊。偷本郡主的肚兜算是什么事情?他又不是疯了。"

她走过来将绿蕊和绿萼手里捧着的两打肚兜取了过来,放在了桌子上。"看,保管到明天都一件不会少。"

卫箬衣说得信誓旦旦,绿蕊和绿萼虽然略带忧虑,不过就随着郡主去了。

不过等到下午她去取了骑马装回来,绿蕊和绿萼两个去替她将摆在桌子上的内衣收起来的时候,卫箬衣就发现自己被打脸了……

绿蕊最先尖叫了一下,将卫箬衣给吓了一跳,还以为她见到了蟑螂了。

"怎么了?"卫箬衣严阵以待,抓起了一本书高高举起这就准备看准目标直接下手拍,"蟑螂呢!"

"郡主,不是有蟑螂,而是好像您的肚兜少了两件。"绿蕊哭丧着一张脸说道。

"真的少了?"卫箬衣一脸呆滞地举着被自己卷成卷准备拍蟑螂的书问道。

绿蕊都要哭出来了。"真的少了两件。奴婢已经数了两回了。"

“再看看。”绿萼过来又数了一次，又将桌子上下都看了一遍，也面如死灰地对卫箬衣说道，“怎么办？奴婢也查过了，绿蕊说得没错，是少了两件。”

“是啊。”绿蕊点头道，“奴婢已经翻看过了，少的两件都是上面绣了郡主的名字的，一件是水红色的，胸前绣的是杏花飞燕；还有一件是杏色的，上面绣的是荷花。”

卫箬衣……

哼！卫箬衣的心底宛若被一千头草泥马呼啸而过，真是一片泥泞外加凄凉。

“这贼也太厉害了吧……”卫箬衣喃喃地说道，这光天化日的，难道府上的人就一点反应都没有？

“怎么办？”绿蕊和绿萼六神无主地看着卫箬衣。

卫箬衣……她怎么知道怎么办？

“先去问问看，府上可曾见到有什么奇怪的人进出。”卫箬衣冷静了下来，说道。

“那这事情要不要报给老夫人？”绿蕊问道。

“报吧。”卫箬衣点了点头。古代和现代不一样，就是在现代丢了内衣也是一件十分恶心人的事情，在古代那就更不要谈了。虽然大梁朝民风不如其他地方那么闭塞拘谨，但是毕竟是女孩子家贴身的衣物，如果被有心人拿去大做文章，岂不是糟糕了。

卫箬衣也就是托大了一回，哪里知道会这么被打脸！

她现在感受到了穿越大神对她满满的恶意了。

真是太负能量，太不阳光了！

60 报官

郡主丢了内衣的事情非同小可，老夫人一听，就怒了，将府里的侍卫和家丁的头目都叫来狠狠地臭骂了一顿，她已经很久没有发过这么大的脾气。骂完之后气朝上撞，撞得她自己都觉得脑仁疼。这府上的侍卫真都是吃干饭的，光天化日的府上被偷了东西，他们竟然连个人影子都没看到！

她骂完了侍卫又骂兰姨娘和菊姨娘。“叫你们两个掌家，你们就掌成这副模样！家里进了贼了都不知道。

兰姨娘和菊姨娘都十分的委屈，这贼进家要是都被人发现了，那还怎么能偷得到东西啊。

再说了她们也是上午才得的信儿，还没来得及全数都布置下去，兰姨娘还专门个个地方都去亲自说了，下午郡主的东西就丢了，这也不能怪她们两个吧。

“赶紧去报官吧！”老夫人骂完了之后说道，“这种事情虽然是丢面子的，但是也不能隐瞒！如果箬衣的贴身衣服被人拿走大做文章，日后咱们也有个说的地方去。”

“是。”兰姨娘和菊姨娘被骂得狗血淋头也不敢再耽搁，马上就找人叫了家里的一个小厮去提督府衙门报案。

提督府接了信之后吓了一大跳，之前什么万红楼的姑娘，什么哪个员外家的小姐，什么少卿家的姑娘，这些人加起来也没一个卫箬衣的分量重。崇安郡主那是什么样的人物，就是某些不受宠的公主都没崇安郡主说话有分量，再加上紫衣侯府，谁敢怠慢了。

“总捕头呢？”提督府都督拍桌子问道。

“在北镇抚司呢。正在和北镇抚司的人交代况老太医灭门一案。”有人回道。

“赶紧去，将这件事去和总捕头说了！叫他丢下手里的事情赶紧跑一回紫衣侯府。”

“是是是。”

马上就有人飞快地跑去了北镇抚司去找总捕头了。

他们找到总捕头的时候，总捕头正在对萧瑾详解案情。提督府的衙役跑来，气喘吁吁地对总捕头于禁将情况一说，屋子里的人顿时鸦雀无声……

花锦堂、陈一凡还有冯安齐刷刷地转过头去看着自己的头儿。

就连萧瑾都有了片刻的错愕，他早上还想着说卫箬衣那臭丫头会不会被人偷了肚兜，才过了几个时辰……还真是现世报！

于禁对萧瑾一抱拳。“大人，卑职前去一回紫衣侯府看看。”

“嗯。”萧瑾略点了一下头。

于禁转身要走，却听到萧瑾说了一声：“等等。”

“大人何事吩咐。”于禁忙又转过来,抱拳问道。

“反正咱们的事情还没谈完,我们一个案子也是办,两个案子也是办,你们提督府协助我们北镇抚司查况太医被灭门一案,我们投桃报李,也协助你们查这起失窃案。”萧瑾说完,站了起来。

于禁大喜,年关将至,他们现在本来就忙得已经恨不得一个人当三个人用了,如今锦衣卫的千户大人肯出手帮忙,那真是天上掉馅饼的事情。

“多谢大人!”他忙不迭地抱拳笑道,“有锦衣卫千户和各位百户大人肯出手相助,一定会马到成功。”他还不忘先拍个马屁。

于禁赶紧闪身,头前带路,做了一个请的姿势。

萧瑾踱步出门,回眸扫了一眼那三个已经石化了的下属。“还愣着干什么?走啊?难不成要我请你们去?”

陈一凡、花锦堂还有冯安这才如梦初醒,一个个地从凳子上弹了起来。

“不用不用。头儿说什么就是什么!查!一定要查!”陈一凡马上说道。

花锦堂和冯安纷纷拿鄙夷的目光看他,马屁精!

花锦堂跟着就说道:“那是必须要查的!紫衣侯府的卫大将军目前出征在外,平定安泰尔王庭之叛乱,那是国之功臣,咱们又怎么能让卫大将军的家眷蒙受屈辱。这件事情咱们既然知道了,就义不容辞!”

陈一凡、冯安两个一听,更加鄙夷地看着花锦堂,臭不要脸!

冯安唇动了动,话都被那两个人说了,他说点什么好,想了一会,他大吼一声:“敢动崇安郡主的东西!老子第一个不放过他!”

陈一凡和花锦堂纷纷低头,心道,你太耿直了!

有头儿在,您算哪根葱。

萧瑾果然横了冯安一眼。“不会说话就不要说话。”说完他哼了一声,一弹自己的衣摆抬步出门。

陈一凡和花锦堂纷纷对冯安一摇头,赶紧追了上去。

冯安挠了挠自己的脑袋瓜子,他又说错话了吗?都是在和头儿表忠心,怎么轮到他每次都不对!

“等等我。”他也没脑子多想了,叫了一声赶紧追了出去。

卫箬衣在家里一听萧瑾来了,顿时差点将手里要看的兵书给丢出去。大哥今天启程去了骊山书院,要过几天才回来,走之前给她布置了一堆的作业,要在大哥回来之前将书背完,所以卫箬衣还是十分努力的。别看她整天晃悠好像不务正业一样,其实该学的东西她一点都没落下。

那个家伙怎么会来!

这事情难道已经闹到锦衣卫去了?

等自己院子的前厅里站了人,卫箬衣出来一看,这捂脸,原来真的惊动了锦衣卫了。

萧瑾不光自己来了,还带来了他的手下。

等见礼之后,绿蕊和绿萼就和他们将事情的经过讲述了一遍。

萧瑾听完让花锦堂、冯安还有陈一凡去和府上的侍卫还有周边的人问话,于禁也去帮忙,他一个人悠哉悠哉地朝椅子上一坐,随后抬眸看了看卫箬衣。“你们侯府的待客之道还真特别。茶都没一杯吗?”

“有是有,不过怕你不敢喝。”卫箬衣咬牙哼道,她怎么一点都不觉得萧瑾是来帮她找东西的,这厮大咧咧地坐在她家的椅子上,长腿闲适地朝前一伸,还翘起了二郎腿,从头发丝到脚后跟看起来都是十分的完美,但是也着实地透着一股子他就是来看热闹的意思。

就连萧瑾现在看她的眼神都好像透着几分嘲弄的意味在里面。

亲!你就是来看笑话的吧!

卫箬衣瞪眼。

萧瑾冷笑。“你倒是越来越长进了。”

“好说好说。”卫箬衣朝他勾了勾唇,不过还是让绿蕊和绿萼去倒了两杯茶过来。

“脸皮真够厚。”萧瑾见卫箬衣完全是一副死猪不怕开水烫的模样,心底便是怒气丛生,她似乎对这件事情一点都不放在心上,难道她不明白这是多严重的一件事情吗?事关声誉!她到底还要不要脸?

卫箬衣被萧瑾的语气给煞到了,她有点诡异地看着萧瑾。“你怎么这么生气?”她不由问道。看她出丑,他不应该挺高兴的吗?

萧瑾微微的一怔,对啊,他生的哪门子的气。“难不成你被偷了还挺开心?”他深吸了一口气,继续用嘲讽的语调说道。

“我也不想的,我怎么知道那贼那么厉害。”卫箬衣脸上一晒说道,“我总以为侯府之中安全。”她也就是出去取个衣服的时间,前后加起来都没有一个时辰,又是大白天,侯府还有侍卫巡查,怎么就这么倒霉,偏生偷到了她的头上。

卫箬衣这边声音一落,就看到于禁走了进来。“回大人,适才卑职与您的手下已经将这园子里外都勘察过了,没有发现任何异常。我们也问过了侯府的侍卫,他们并没看到任何异常的人进出。”

“倒是奇怪了!”萧瑾蹙眉,随后瞪了卫箬衣一眼,“你们府上有内贼?”

“我不在家,不知道。”卫箬衣摊手。

“再仔细地询问一下这园子里的仆从,看看今日都有谁进来过这个园子,并且进过郡主的房间。”萧瑾说道,“还有谁在郡主不在的时间之中进出过侯府。”

“是。”于禁领命出去。

“你怎么总是朝外跑?外面有金子挖?”萧瑾转过脸来问道。

“我就是去拿了两套骑马装而已。”卫箬衣说道,“明日我去学骑马。”

萧瑾在心底暗哼了一下,抿唇不语。是和那个谢秋阳去,这事情他知道。

“大人。”陈一凡进来,“禀大人,适才于禁又接到了成康郡王府的报案,成康郡王府的三位县主肚兜均在昨夜被人偷盗了。于大人问咱们这边问完要不要过去看看。”

“看看,不是我一个人中招的。”卫箬衣摊手道,一脸的无辜。

萧瑾的眉头蹙了蹙,瞪了卫箬衣一眼,卫箬衣低头闭嘴。

“一会也过去看看吧。”萧瑾蹙眉说道,他都已经揽事情上身了,不能光看紫衣侯府的,不看成康郡王府的。成康郡王还算是他的堂叔,成康郡王原来是成康王,前任成康王惹恼过萧瑾的爷爷,所以被贬成了成康郡王,到了萧瑾父皇这一辈也没恢复成成康王。不过那也算是正经的皇族中人,贼人胆大,如今是对皇族中人也下手了。这锦衣卫就不能不管了。

当年开国皇帝成立锦衣卫的时候便就是为了在自己手里捏上一支私军,对内彻查官员腐败反叛,平息皇族纷争内斗,为皇帝之耳目鹰犬,对外可以抗击敌寇,保家卫国,为皇帝之禁军护卫。

锦衣卫自成立起就分北镇抚司和南镇抚司,北镇抚司对内,南镇抚司对外。

“回头你让花锦堂去将此事的所有调查卷宗都拿去衙门。”萧瑾说道。

“是。”

于禁在外面问了一圈还是没问出什么侯府有特别之处。

在卫箬衣出门的时间里,进出侯府的除了侯府日常采买的几个人,便是还有卫红衣、卫简衣姐妹两人以及卫华衣、卫荣姐弟两人了。

卫红衣和卫简衣是出门去买胭脂水粉了,她们的丫鬟可以作证。

卫华衣去了绣楼买了点绣样与丝线回来,丫鬟和买回来的绣样以及丝线都是证明,至于卫荣是出去会友了,至今未归,这也没什么异常,最近卫荣常出去会友。秋闱之后,他就再没去过骊山书院了。他原本就是顶替大哥进去的,如今卫燕的身体已经好转,他也就没什么理由和脸面再去。此番卫燕去骊山书院就是善后,日后骊山书院也只有卫燕的名额,并无卫荣的,除非他自己再凭本事考进去。

这一番检查下来简直就是一点异常都没有。

卫箬衣的园子里平素伺候的奴仆就不算多,因为卫箬衣不喜欢那么多人围着她转,人多眼杂嘴也杂,不知根知底的,卫箬衣索性不用。况且她自己也有手有脚的,有绿蕊和绿萼陪着足够了。

所以这园子里除了日常洒扫的粗使丫鬟和负责看护照料花园的老园丁也就没别的什么人了。粗使丫鬟们下午不用洒扫,自是不在园子里,老园丁倒是在,不过也没看到任何人进来,亦或者说完全没在意。

既然这边问不出什么异常来,也没探查到任何结果出来,萧瑾就带着大家直接去了成康郡王府。

这下事情就算是闹大了,不知道是谁走漏了风声,不过一夜的时间,第二天燕京城百姓就传扬开了。

谁家还没个闺女啊,就连王侯家的姑娘都被偷了,普通百姓家的姑娘更是人人自危。

最早被偷了肚兜的那家青楼如今生意爆好,这倒是青楼老鸨始料未及的。这事情倒是好像专门为她们做了一次免费的宣传一样,每到夜晚宾客盈门,门前车水马龙,让老鸨开心得嘴都合不拢了。

卫箬衣的悟性高,学什么都快。

谢秋阳教得也好。

卫箬衣原本只以为谢秋阳的水平也仅仅是会而已,但是一接触下来,卫箬衣发现完全不是那么回事,人家谢秋阳也是下过苦功的,弓马娴熟,哪里是什么文弱书生。

问下来,卫箬衣才知道,原来的大梁开国皇帝是马背上得的天下,所以传下来一个传统,便是会有春猎或者秋猎的活动举办。

那是一场十分盛大的狩猎活动,凡是三公九卿家的公子小姐们都可以参加,谢家位列九卿,自家的公子姑娘们自是要去。

只是之前恒帝的身体不是太好,所以今年的秋猎就没有再办,不过他现在已经痊愈,估计明年殿试之后的春猎是会如期举办的。

举办这种狩猎大会,能在陛下面前出彩露脸对以后也是帮助很大,所以各家的公子有点正事的,想要出人头地的,不管文武,多少都会钻研弓马技术,即便是不能出彩,也不能连个马都不会上,实在是太过丢人了。

卫箬衣一听就来了精神,她好生地向往,拉住谢秋阳问个不停。

大梁不反对女子出仕,所以每年的狩猎只要会骑马拉弓的贵女们也是可以下场一试身手的。

谢秋阳见卫箬衣一脸的跃跃欲试,于是笑道:“不过大部分的贵胄之女多半去了也是为了比美去的。姑娘家毕竟将来要嫁人,那种狩猎大会也是一种变相的相亲会。”

“别这么看不起我们姑娘家啊。”卫箬衣笑道。

“那是真的没有那个意思。”谢秋阳忙摇首,解释道,“我也说了是大部分的贵胄之女了,并非每个都是。”

其实卫箬衣也不觉得射箭是有多难,只要找好角度,就不难射中靶子,至于要射中靶心,则是需要多加练习,毕竟什么都不是一蹴而就的。

谢秋阳还是第一次教一个姑娘学习骑射,没想到卫箬衣能学得这么快,胆子也大,一个下午的时间,她已经可以自己策马小跑了,动作要领简直就是一点就通。这让谢秋阳也十分的有成就感,将卫箬衣夸奖了一番。

卫箬衣在萧瑾那边素来是被损的,如今到了谢秋阳这边来了一个大反转,也是有点不太好意思的。她的脸一红,如今又顶着一副美艳芭比的模样,旁人看起来便是脸上染了一层薄薄的晚霞,让原本就出色的五官更增了几分丽色。

谢秋阳看得也是心底微动,在燕京城里,容貌能超过卫箬衣的还真没几个。

“不知道郡主对画画可有兴趣?”谢秋阳忍不住问道。

“画画?”这个卫箬衣倒是真的有,因为她自己在大学里面就参加过漫画社,还好好地练过一段时间,不过是后来因为工作了太忙了,所以才生疏了。

前段时间她给方家铺子画的那些图样不就是自己亲手绘制的?

只是她画的是漫画,和古人这种工笔和水墨画还真的相差甚远,不过道理是相通的。

“是啊,后日暨阳画社会有一次活动,如果郡主有兴趣的话,可以随在下前去。”谢秋阳说道。

“好啊,好啊。”卫箬衣笑着点头,古人的业余生活够丰富的,又是诗社,又是画社。

卫箬衣过得开心,萧瑾那边就有点悲催了。

自从揽了这件事情回来,他们就彻底忙了一个不亦乐乎,不仅灭门案要查,还有这么多的内衣失窃案要查。

成康郡王府和紫衣侯府一报案,其余的那些遮遮掩掩的府邸也都报案了。

燕京城也不光就只有这两个案子,其他的偷盗案也是频发,叫人奇怪的是,就连街上打架斗殴的人好像也多了起来,京兆尹不得不将衙役全数派了出去维持治安。那些街上的泼皮无赖们到了年底也都蠢蠢欲动了。

61 声东击西

卫箬衣这日外出，舒服地缩在暖融融的轻裘之中看外面的光景，车厢上的窗户上蒙着半透明的碧纱，从外面看不清楚车里，但是车里却是可以看到外面。

"街上这么多巡逻的？"来的时候卫箬衣被冻得只知道闷头赶路，哪里有什么心思左顾右盼的，现在坐在了马车里面倒是有这个闲情逸致了。卫箬衣好奇地对绿蕊和绿萼说道。

"是啊，郡主不太管这些，侯府的下人们倒是常说起外面的情况。那个偷衣服的贼现在闹得越来越大，听说就连陛下都知道了。"绿蕊说道。

卫箬衣……这就惊动最高领导人了？做贼做到这份上也算是登峰造极了。不过这才几天的时间啊？消息传得那样快？

"陛下也管这种鸡毛蒜皮的事情？"卫箬衣好奇地问道。

"听管家说，不光是郡主您的衣服丢了，就连成康郡王府的三位县主衣服也丢了。所以这才是闹大了的。"绿萼说道。

卫箬衣恍然，这果然就是闹大了的，成康郡王府是王府，这都被偷，那下一步岂不是要偷去皇宫了？

一晃半个月过去，卫箬衣这段日子过得还是比较逍遥的。

萧子雅带着她去了一次普济堂，她算是摸着点门道了。

这日卫箬衣练功回来，沐浴之后捧着兵书在看，绿蕊进来。"郡主，奴婢听到了一个消息。"

"什么？"卫箬衣漫不经心地问道。

"那个偷内衣的贼好像放出了消息，他要夜盗皇宫，就连日子都放了出来。"绿蕊说道。

"又不是拍武侠片，哪里有那么夸张的事情？"卫箬衣笑道，还真以为是拍楚留香吗？她穿越的又不是武侠剧。

绿蕊没听明白，不解地看着卫箬衣。卫箬衣解释道："我的意思是，那贼当真这么大胆？连皇宫都敢去？"

"真的。"绿蕊说道，"外面都传遍了，说昨夜燕京城东城门附近的城墙上都被人写上字了。现在那些字还在，好多人去看了，外面都在传这件事情。"

"是吗？"卫箬衣这才放下了兵书，好奇地看着绿蕊，"走，出去看看去。"

卫箬衣走出侯府的大门，这才发现果然绿蕊说的事情可能是真的了，大街上明显巡逻的五城兵马司的人比她上一次出门又增多了。

大街小巷之中都在谈论这件事情,无论卫箬衣走到什么地方都能听到。

她带着绿蕊去了东门附近,果然在城门附近的城墙上有人用白色的颜料写着一排字,“五日之后,夜盗皇宫”。字写得非常大,龙飞凤舞的。

“别说,这字写得还真不错。”卫箬衣看了一眼,抄手赞叹道。

绿蕊……郡主殿下的想法总是让人觉得十分的诡异。

陈一凡眼睛尖,看到了人群之中的崇安郡主,忙过来作揖,行礼道:“郡主是来找头儿的吗?”

卫箬衣……她只是来看看热闹的。可惜没手机,不然应该拍下来发朋友圈。

“不是,你们头儿在这?”卫箬衣问道。

“头儿刚刚在。”陈一凡说道,“若是郡主来找头儿的话,卑职替您去寻去。”

“不用不用,我就是来看看热闹的。”卫箬衣摆手说道。

“这贼真是嚣张。”陈一凡说道,“若是能抓住他的话,郡主放心,卑职一定替郡主多踹他几脚,替郡主出气。”

“你们怎么确定留字的人就是之前偷贴身衣服的那个贼呢?”卫箬衣好奇地问道。

卫箬衣这句话倒是将陈一凡真的给问住了,他挠头道:“大家都说是啊。况且除了他之外,还有谁有这么大的胆子留下这种言论。”

“就连五皇子殿下都这么以为吗?”卫箬衣问道。

“我们头儿什么话都没说。”陈一凡说道。

“我什么都不说,便也是觉得你们下定论那么快不妥。”一个略带清冷的声音传来,卫箬衣回头,萧瑾不知道什么时候站到了她的身后。

“你走路怎么没声音啊。”卫箬衣一惊,回眸,幸亏不是晚上,不然被他吓死。奇怪了,怎么今日萧瑾和陈一凡都穿着便服,未着飞鱼服呢?

萧瑾略一眯眼,不接她的话茬。

不过卫箬衣说得很对,墙上题字没有任何落款,不能就这么确定这就是那个偷内衣的贼人留下的。

大家都觉得是那个贼,只是因为最近只有那贼闹得最凶。

说话的时候就听到对面传来一阵骚乱,有不少兵马司的士兵开道,护着一顶华盖马车朝这边驶来。马车前还有数十名侍卫骑马护卫着。

华盖马车在城墙前停住,从马车里下来了一名身姿修长的男子,身着深褐色的衣服,袖底滚着暗金色的云纹,腰间亦是系着一条暗金色的金丝绞纹腰带,他的头上戴着紫金翘翅冠,十分的华丽沉稳。他是背对着卫箬衣的,所以卫箬衣看不到他的样貌。

“是三皇子殿下。”陈一凡低声说道,随后看向了萧瑾,“头儿?您不过去?”

原来这就是三皇子殿下啊,那他不就是萧瑾的三哥,谢秋阳的表哥了?

“不去。”萧瑾干脆利落说道。

卫箬衣……当她是死人吗?当着她的面不给他三哥面子这样真的好吗?

“那郡主可要过去?”陈一凡问道。

“我脑子不好,人都不认识了,不去。”卫箬衣也干脆回道。

陈一凡……得,二位祖宗都不去,那他去干吗?他也站在人群里匿着吧,反正今日出来都穿着便服，混在百姓之中，三皇子殿下压根就不会在意到他们。

"他也是来看热闹的吗？"卫箬衣小声问道。

"他没你那么无聊。"萧瑾呛声说道。

卫箬衣囧。

不想和萧瑾说话了怎么办。

"陛下应该是将这事情交给了三皇子殿下去办了。所以他才会亲自来看。"陈一凡小声说道。

"还是你好，不像某人。"卫箬衣由衷道。

陈一凡嘻嘻一笑，随后就觉得自己脖子处稍稍一冷。他赶紧回眸，却见萧瑾目光如刀，刺得陈一凡一缩头。

他闭嘴就是了！陈一凡默默地给自己一个耳光，真没"眼力价"！

"头儿，属下到一边去站着去。"陈一凡低头说道，他这破嘴！怎么就没忍住呢？其实头儿也是，每次都嘴硬，到最后还不是见到崇安郡主就自己跑来了。

还算你识相，有点"眼力价"，萧瑾不置可否地眼一横，陈一凡一猫腰贴边溜走。

被萧瑾怼了一句的卫箬衣压低了声音对萧瑾说道："你看看你混的，站在人群里都没人认识，再看看你哥哥混的，那排场！啧啧。"卫箬衣故意刺激萧瑾。

"那又如何？"萧瑾哼了一声，"你若是喜欢，自是追着他去啊。"

"都说要休战了！"卫箬衣跺脚说道，"你怎么还是阴阳怪气的。"

"我何时与你战过？"萧瑾不屑地一撇嘴。

卫箬衣……

"你这么傲娇是要打光棍的！没有女人喜欢你。"卫箬衣反唇相讥。

"是吗？"萧瑾缓声说道，"以前似乎有个人一直追着我，说喜欢我，非我不嫁来着。"

卫箬衣……又无语了！

现在哪壶不开提哪壶的人是谁？

算了，她还是不要开口了，原著中的女主做的那点破事现在都安在了她的脑袋上，她真心有点伤不起。

其实萧瑾这话说出口就有点后悔了。

他的眸光暗淡了下来，看着垂头丧气站在自己身前的姑娘，心底亦是隐隐地一动，一股难言的情绪渐渐地弥散开来。

说不出，道不明。

许是这人世之中果真不会有什么真实的情感存在。

对他来说，母亲的爱是利用他来接近父亲，父亲妃子众多，大概也没什么心思在他的身上，这么多年几乎当他不存在一样不管不问。即便是在拱北王府之中寄住，拱北王府中人对他礼貌有加，但是也仅仅是因为他是皇子的身份。实际上，他们对他始终存着提防和疏离的，即便萧子雅堂兄教过他很多东西，对他有的时候也不是全数敞开心扉。

现在就连卫箬衣，之前那个口口声声说要爱他一生一世的人，现在也退避开来。

萧瑾的唇角溢出了一丝自嘲的笑意。他原本就压根没将卫箬衣的话当真过，况且他素来厌恶这个人，现在为何又觉得难过？

萧瑾甩开了心底那种就连他都不清楚的情绪，目光朝前。

他马上就要搬离拱北王府了。

虽然王府之中并不少他一口吃食，但是总是寄居旁人屋檐之下，并非长久之计。

这些年他用自己的积蓄已经在燕京城买下了一处小宅院，只等开过年来就搬过去，他就要有一个真正全部属于他自己的家了。

其实卫箬衣说得很对，同是皇子，他混到这种地步真心有点悲催，不过这才是他想要过的日子，不求轰轰烈烈，只求平淡从容。

皇子的身份对于他来说，并非是一种权利一种荣耀，而是一种负担和累赘。

就在萧瑾的神思飘得有点远的时候，他眼角的余光猛然瞥见了临街的商铺二楼的窗户一整排都被人打开，随后便有东西探伸出来，阳光照耀其上，反射出星星点点的暗光，映亮了萧瑾的眸光。

"小心！"萧瑾骤然高声出言示警，抬手直接将卫箬衣的头给按了下去。

卫箬衣毫无防备，差点被萧瑾给按倒地上。

"你有病啊！"她挣脱开回眸怒目，还没等她那个病字完全说完，就听到嗖嗖嗖的破空之声传来。

"是连弩！"萧瑾心惊，飞快地说道，拽着卫箬衣的手腕直接将她扯到了街边廊檐下的柱子后面，手臂缩紧，将她直接拽入了自己的怀里。

骤然被萧瑾的气息重重包裹住，卫箬衣人都懵了。

什么情况？传说之中的遭遇杀手？

她意图悄悄地从萧瑾的怀里抬起头来看看，却被萧瑾吼了一声："别乱动！你想被射成刺猬？"

卫箬衣……她哪里有乱动……算了，她还是缩着吧！

"绿蕊呢！"卫箬衣想起了自己的侍女，慌张地问道。

"你管你自己就够了！还管什么旁人。"萧瑾骂道，饶是如此，他还是朝人群之中张望了一下，不过现在哪里还能见到绿蕊的身影。

此时街上已经乱成一团，原本前来围观的百姓就多，三皇子的马车又宽又大，横在路上就如在溪流之中横亘了一个大石块一样阻挡了水流的通畅，这里的地形又是那种 T 字形的断头路，除了这一条路之外，并无别的出路。

连弩射击又快又密集，萧瑾示警的瞬间，还是有箭直接射中了三皇子，三皇子萧佑城直接倒地生死不明。三皇子的护卫们组成了人墙，瞬间就有一排人被连弩射倒。此时的街口已经乱成一片，人人蜂拥朝外挤，意图逃离此处，人挤人，人撞人，有站立不稳的骤然被拉倒在地，便是再也爬不起来，路上哀嚎一片。

就连护卫三皇子的那些侍卫们所骑的马也有不少中箭的，马匹吃痛更是不受控制地站立起来，长嘶哀鸣，马蹄落地，又踢到了不少附近的百姓，更有马匹脱缰逃离，在人群里奋力前跃，情况越来越糟。

卫箬衣即便是被萧瑾护着也被蜂拥的人群挤着朝前，至于绿蕊的身影，她是连看都看不到了。

萧瑾已经极力挡开他和卫箬衣周围惊慌失措的人了。

他看这样不行，这样只会被人潮涌着乱动，他看准了对面街铺的屋顶，飞快地观察了一下四周，见无人在意这边拥挤的百姓，于是揽住了卫箬衣，一提气，整个人带着卫箬衣拔地而起，飞越过拥挤的人潮，直接落在了对面房顶上。

62 不会傻了吧

他将卫箬衣按在了房顶的屋檐上。“别抬头。待在这里别动!”随后他猫腰,沿着屋檐朝前跑了几步,与卫箬衣拉开了一点距离之后,就随手抓起了一侧的瓦片,朝对面窗户之中朝下发连弩的黑衣人掷了过去。

瓦片带风,咚的一下就砸中其中一人的脑门,直接将人给砸倒。

那蒙面刺客的同伙一看有同伴被砸倒,纷纷扭头看了过来,萧瑾身子如同猎豹一样在屋檐上弹起,左手一抬,袖箭射出,顿时就又射倒了几个刺客。

他袖中的袖箭本就是危急时刻保命用的,只有五枚小箭,现在全数放完了,所以他再度落下的时候足尖连踢,直接将盖在房顶的瓦片踢飞。瓦片直奔刺客而去,两枚瓦片被刺客闪开,一枚瓦片还是砸中了一名闪避不及的刺客,不过没有当场将他毙命,而是砸得他额头出血。

有萧瑾这么一牵扯,再加上连弩发光,需要换弩装箭,就在这一瞬间,地面上护住三皇子的几名侍卫也腾身而起,直接从被萧瑾杀死了好几个人的那一侧窗户跳了进去,短兵相接,二楼突袭的效果立减。

萧瑾见一边压力降低,身子一旋,蹬着瓦片蹿到了另外一侧,如法炮制,瓦片被他扔出去,砸倒了一个刺客。

虽然这边的刺客已经有所警觉,分出一部分人来专门对付萧瑾,无奈萧瑾的身法实在是太快了,又依仗着地形的优势,朝他射过来的弩不是被他闪开,就是被高低起伏的屋脊给遮挡住,十几个人十几把连弩,在如此强大的攻击之下,那些刺客竟是有了几分拿萧瑾无可奈何的尴尬。

不是第一次见萧瑾的身手了,不过卫箬衣还是生出了几分挫败感。

她自觉自己已经练得不错,但是和萧瑾比起来简直就是和三岁小孩一样。

她自问绝对达不到萧瑾这种速度和灵活度!

果然自己在家里瞎折腾是不行的。她需要系统的指导和训练。卫箬衣一边握拳咬牙,一边快速地在下面拥挤的人群之中寻找绿蕊的影子,刚刚她应该将绿蕊也拉在身边才是。

那些刺客见萧瑾一个人就牵制了他们这么多人,深感不妙,其中有一人吹起了一阵口哨,其余人听到口哨声皆破窗而出,纷纷跃上屋脊。

萧瑾一惊,生怕他们发现了被自己放在房檐上的卫箬衣,抓来当人质。

于是他快速地折返回来,折返之时不忘用手里的瓦片瞄准了一个快速逃跑的刺客的膝盖,手一抖,瓦片飞出,就听到那刺客哇的一声惨叫,膝盖后侧被萧瑾手里的瓦片击中,膝盖不受控制地朝前一跪，人就失去了平衡，朝前面一趴，倒在了房顶。另一名刺客见势不对，竟直接一枚弩箭射向了那个被萧瑾打倒的同伴。被撂倒的那个刺客便是哼都没哼出来，直接被箭弩钉在了太阳穴上，暴毙身亡，人也从房檐上滚了下去。

果然有一个刺客朝着卫箬衣藏身的方向而去，萧瑾大惊，脚尖又踢起了一块瓦片，瓦片直奔那刺客的后脑而去，刺客听到风声，也见识过萧瑾的本事，知道这瓦片是奔自己来的，他一个闪身，将瓦片闪开，还没等他庆幸自己闪得快的时候，就感觉到自己的后腰被人猛然一踹。

力道之大，将他从这一侧的屋顶直接踹到了对面的屋顶上。

砰的一声，那人重重地砸在了屋顶上，竟是生生地压碎了一大片瓦楞，更是将屋顶都给压得塌陷了一块，不过倒是没压穿。

那刺客口吐鲜血，感觉自己脊柱好像被人踹断，他慌忙提气，却是怎么也站不起来，凭着一点力气回眸看去，就见刚刚藏匿在房檐上的那名华服少女，拎着裙摆，瞪着一双杏眼怒目注视着他。

刺客心底一片荒芜，他完全不敢相信自己是被刚刚对面屋顶的姑娘给直接踹飞了……

一口血再度喷出，那刺客气息滞怠，人昏死了过去。

萧瑾……

“你胆子太大了！”他跃至卫箬衣的身前，劈头盖脸就骂道，“万一你没偷袭中，被抓住了怎么办？要死死远点，别连累我！”

卫箬衣刚要点头认错，就见对面窗户里面刚刚被萧瑾用瓦片打中头的一个刺客幽幽地转醒过来，他还没死，只是暂时被打晕。此时他见到萧瑾背对着他，于是举起了手中的弩，将弩中剩下的三枚弩箭全数射出！

“小心！”卫箬衣见状想都没多想，直接将萧瑾拉到了自己的身后，抬手一拨，第一枚箭弩被她拨开，第二枚箭弩被萧瑾眼疾手快打落，第三枚箭弩直奔卫箬衣而来，她的对战经验少，打落第一枚箭弩她已经觉得是万幸了，这第三枚奔来的时候她就有点傻眼了，不知道是该拨还是该躲，萧瑾动作快，直接拽着卫箬衣后仰，卫箬衣猝不及防整个人倒在了萧瑾的身上。

“妈呀。”卫箬衣紧闭着双眸，大叫了一声。

身子落入了一个温暖的怀抱之中，没有料想之中的剧痛，她虽然失去了平衡落在了地上，但是却一点都没被摔倒。

缓缓地睁开眼睛，卫箬衣惊魂未定地看了看周围。“我没事？”她抬眸傻愣愣地看向了萧瑾。

萧瑾刚刚还一肚子的气，这个蠢货竟然将他拉到了她的身后去！自己抬手去挡箭，当真是嫌自己的命长了吗？不过看到卫箬衣现在瞪着一双湿漉漉的大眼睛惊恐地看着自己的时候，他蒙在心头的怒气就渐渐地消散开了。

萧瑾长这么大，卫箬衣是第一个挺身而出护住他的人。在那种危险的境地之中，她竟然第一反应是挡在了他的身前……

他忽然觉得崇安郡主也不是以前他所想的那样一个叫人厌恶的人。

心底最柔软的地方似乎被人轻轻地碰触了一下,他抿唇凝视着卫箬衣,竟是不知道自己该说点什么好了。

"完了完了,你是不是摔傻了?"习惯被萧瑾喷的卫箬衣,见萧瑾只是凝视着她,就更觉得自己慌了!

卫箬衣抬起手在萧瑾的面前晃了一晃。

完了,真的摔傻了吗?怎么连眼皮子都不带动一下的?眼睛瞪得这么大,不难受吗?

"萧瑾?你磕到头了吗?"卫箬衣慌里慌张想要起身,赶紧检查一下萧瑾,这人实在是太反常了,他刚才那样怒气冲天,现在不是将她骂个狗血淋头就应该是一把将她推开才对。

她才爬了一半,手腕就被萧瑾攥住。"哎呦!"卫箬衣没站稳,被他猛然一带,又直接摔了下来,结结实实地又摔在他的怀里一次。

"为什么刚才要那样?"卫箬衣刚刚抬眸准备开骂,却对上了一双闪动着暗沉幽光的双眸,萧瑾的声音从她的耳边飘过,不带任何的温度与色彩。

"哪样啊?"不明就里的卫箬衣被萧瑾这么一问给问懵了。

"为何要挡在我的身前?"萧瑾克制住自己心底的悸动,用极其平缓的语调问道。

"挡你身前怎么了?"卫箬衣不解地看着萧瑾,反问道。

"我问你为何要挡?"萧瑾瞪着眼,厉声问道。

这么大声干吗?弄得好像她就不应该救他一样!这人怎么这样啊?

卫箬衣被质问得也是来气。"你有病啊!"卫箬衣这回是真的忍不住开骂了,"那种危机的关头,我哪里有想那么多,想挡就挡了!怎么?你不爽啊!不爽你咬我啊!神经病!"她努力地挣脱了一下,在萧瑾被骂的一片错愕的眸光之中终于将自己的手腕给抽了出来。

紧要关头,脑子里会想事情才奇怪,她就是凭着本能做事而已。

"我看你脑子倒是没摔坏,你人本就有毛病。"卫箬衣爬了起来,"要不是看在你刚刚救了我的份上,我都懒得理你了。"她看了看下面纷乱的人群,糟糕了!绿蕊呢。

"郡主!你没事吧!奴婢在这里!"忽然听到有人叫了她一声,她顺着声音传来的方向看了过去,在一个店铺的门前石狮子旁边,卫箬衣看到了绿蕊的身影,她正在朝自己挥手致意,她的身边还站着陈一凡。石头狮子形成了一个天然的屏障,陈一凡将绿蕊护在那个地方自是不会有事的。

锦衣卫里面总算还是有好人的。

"绿蕊!"卫箬衣一喜,顿时也朝绿蕊挥了挥手,心底一块大石落地,卫箬衣拍了拍自己的胸脯,"我的妈啊,你真是吓死我了!"

应该是陈一凡刚刚救下了绿蕊。

卫箬衣朝陈一凡投去了善意的眸光。陈一凡单手挠头,不好意思地也远远地朝卫箬衣一笑。

"我带你过去。"不知道什么时候萧瑾已经站了起来,站在卫箬衣的身后,说道。

"我的天!"被萧瑾骤然出声给又吓了一跳,卫箬衣一惊,随后怒目萧瑾,"你不要总是无声无息地出现在我的身后好不好!你这样真的会吓死我的!"迟早有一天她会被萧瑾给吓出神经衰弱来。

“你警惕性如此的差！怪谁？”萧瑾忍不住回嘴道。

“你自己走路没声音，怪别人警惕性差？能发现你站在身后我的武功就比你高了！”卫箬衣回道。

说得也是，萧瑾略一抬眉，他竟然有点辩驳不了的感觉。“想夸我武功高就直接说。”萧瑾抑制不住嘴角有点稍稍地上翘，不过还是很傲娇地说道。

“哈！”卫箬衣已经无语了，她直接翻了一个白眼丢给萧瑾。

炮灰男的世界简直太难理解，卫箬衣表示已经对萧瑾放弃治疗了。

腰间一紧，她又被萧瑾揽入了怀里。卫箬衣……“你这样光天化日搂搂抱抱，当真不怕我以此为要挟，要求你娶我？”卫箬衣咬牙小声问道。

之前他在定州，还特地为此警告过她！当时还是在四周没人的情况下！而现在脚底下的街上到处都是人。

“你会吗？”萧瑾缓声问道。

卫箬衣瞪了他一眼，不知道为何，在她刚刚触碰到他眸光的瞬间，卫箬衣忽然浑身都有了一种不自在的感觉，他的眸光虽然依然幽暗，但是在那无尽的暗处似乎燃起了两团明亮的火，火光灼灼，竟是让她浑身起了一层鸡皮疙瘩！

“废话！当然不会！”卫箬衣忙哼了一声，仓皇地挪开了自己的眸光，小心脏抑制不住扑通扑通地跳快了几拍。

“我才没那么卑鄙！”卫箬衣还赶紧加了一句。

萧瑾的眸光骤然凝住，冷冷地扫了卫箬衣一眼，很想将她给丢下去，不过还是收紧了手臂圈住她，几个飞跃落在了绿蕊的身侧。

他的身子稍稍一侧，挡住了涌动的人群，和陈一凡一左一右，护在了石狮子的两侧。

“郡主！”绿蕊刚刚真的是被吓傻了，现在看到卫箬衣安然无恙地回到她的身边，激动的眼泪一下子就涌了出来，郡主要是出事了，她也不用活了。

“哎呦，我的绿蕊宝贝儿！”卫箬衣心底也高兴，忙展臂将绿蕊抱在了怀里，柔声安慰着，“放心放心，你家郡主我就是福大命大的。不会有事的。”

萧瑾蹙眉！

她为何与自己的侍女之间如此的亲密？

卫箬衣莫不是……

不会吧……如果她与自己的侍女有什么苟且的话，之前又怎么会口口声声地喜欢自己？

“哦，对了。你们不去看看三皇子吗？”卫箬衣安慰了绿蕊一会，这才看向了萧瑾，问道，“刚刚好像他受伤了。”

“他自有他的侍卫护着，”萧瑾淡淡地回了一句，“又何须我去画蛇添足。”

卫箬衣……啧啧，手足之情还真的是淡漠啊。

“你有空管别人，不如管管你自己。”萧瑾哼了一声说道，总觉得卫箬衣搭在绿蕊肩膀上的手十分碍眼。他索性抬手一挑，将卫箬衣拉到了自己的身前。“这里太乱了。我先送你出去。”说完他不由卫箬衣分说就直接拉住了卫箬衣的手臂拽着她贴着墙脚前行。

"绿蕊。"卫箬衣回头看绿蕊,绿蕊刚要追上来,就听萧瑾冷冷地说道,"陈一凡,绿蕊姑娘受到了惊吓,你带她到附近的医馆去找个大夫,仔细地检查,看看可有什么不妥帖的地方。"

63 怎么就不信呢

陈一凡……

随后他马上回过神来，哎呀！千户大人这是想单独和郡主在一起！

身为大梁锦衣卫一等一的好属下，急长官之所急，想长官之所想，办好长官交代的一切事情，都是分内之事，所以陈一凡立即一个健步就挡在了绿蕊的身前，封住了她追赶卫箬衣的步伐。“绿蕊姑娘，在下送您去找个医馆看看。”

“我没事！”绿蕊被陈一凡给吓了一跳，赶紧解释道，“我跟着我们郡主回府就好了。”

“大人吩咐，不可不从。”陈一凡抱拳说道。

“可是我真的很好。”绿蕊试图解释，“刚刚陈大人没让奴婢受到半点损伤。奴婢虽然是有所惊吓但是现在已经没事了。”

“绿蕊姑娘，职责所在，请不要妨碍锦衣卫公务。”陈一凡一本正经地说道。

绿蕊……

她就一个小小的侯府婢女，何德何能……能妨碍锦衣卫公务！顿觉锦衣卫这位陈大人真是太看得起她了。

“绿蕊姑娘放心，有我们大人护送郡主，崇安郡主定是没事。”陈一凡说道。

这……道理是这个道理，但是绿蕊还是有点担心，郡主现在是好像对五皇子殿下没什么兴趣了，但是也难说啊，她倒是不担心萧瑾会对卫箬衣做点什么，就是怕卫箬衣和萧瑾单独在一起对萧瑾做点什么出来……万一郡主再惹恼了五皇子殿下，两个人再打起来……

绿蕊长叹了一声，算了，就算她跟在郡主的身边，郡主真要和五皇子殿下打架，她一个小小的侍女也帮不了什么忙。

“那就有劳陈大人带路了。”绿蕊无奈地说道。

“你别总拉着我走啊。”卫箬衣被拽得动弹不得，屁股一个劲地朝后赖，也还是被萧瑾拖着前行。这人的力气是有多大！卫箬衣不住地吐槽。“我和绿蕊一起回去就好了。”

“有陈一凡在，你担心什么绿蕊！”萧瑾冷冷地哼道，“你与你的侍女关系那么好？”

“废话，她们两个整天陪着我，我不和她们关系好和谁关系好啊！”卫箬衣不服气地说道，“你别拽我了。我会走的好不好！”她都有点担心自己的手骨了，被萧瑾捏得生疼。

“那你就站直了好好走！”萧瑾回眸，不由一阵失笑。

他见过的女人如同过江之鲫，数不胜数，从高高在上的皇后、贵妃，到平民百姓之家的老妪、少女，就没一个人如同卫箬衣这么会要臭无赖的。

看看她现在的样子，哪里还有半分郡主的风仪，简直就和市井泼妇一样，屁股几乎要赖到地上去了。

不过她也从没展露过什么风仪就是了……

“我数到三,你不站起来,我就扛着你走。”萧瑾威胁道。

卫箬衣嘴角一抽,忙弹直了自己的身体。

开什么玩笑,她要是被萧瑾给扛走,岂不是不用到明天就传遍大街小巷了?

萧瑾又想笑了,他尽力憋住,依然摆出一副脸臭臭的模样。

这世间有太多循规蹈矩的名门淑女了,不知道紫衣侯府是怎么教的,居然教出这么一个奇葩出来。

被萧瑾拽着拉出了那条街,卫箬衣长出了一口气。“你可以放手了吧。”卫箬衣说道,她瞪了一眼萧瑾,语气不佳。

“我好像刚刚救过你,你现在这是什么眼神?”萧瑾沉下脸来,不知道感恩的家伙。

前前后后他都帮过她多少回了?

那眼神之中充满了嫌弃之意,刺得他很不舒服。

心底又涌起一股难言的酸胀之意。

“我也救过你。”卫箬衣反唇相讥说道,“扯平了。”

“我要你救?”萧瑾不由冷笑了一声,“要是没有你捣乱,我早就走了。”

“我什么时候捣乱了?”卫箬衣不服地问道,“我明明什么都没做!”她暗暗地碰触了一下自己的手腕,嘶,好疼!一定是被这个混蛋玩意给捏青了。

“再说了,你管我是死是活啊?”卫箬衣心底也是有气,没给萧瑾好脸子看。之前怕他,是因为怕被他千刀万剐了,她都已经极力地和他撇清关系了,不会贴着他,也不会用药药翻了他,遇上了他,那种千刀万剐的事情应该不会再发生了吧!现在她又何须忌惮一个已经没了心爱女主的炮灰男配?

“狼心狗肺的东西!”萧瑾神色一变,沉声骂道。

卫箬衣已经不想和他说话了,瞪了他一眼,低头朝前走。

“你去哪里?”见她低头从自己的身侧走过,萧瑾气得一点都不想理她,不过看她马上就要走远了,还是忍不住开口喝止住她。

“我是狼心狗肺啊,我离你这个好人远点不行吗?”卫箬衣也没好气地说道,“大路朝天,各走一边,你走你的,我走我的!”

“站住!”萧瑾呵斥道。

卫箬衣停住脚步。卫箬衣的举动让萧瑾的紧绷的心稍稍地一松,她还是肯听他的话的。

“回来!”萧瑾说道,语调已经软了很多下来。

卫箬衣怒目回眸,她到底做错了什么?怎么总是对她这样呼来喝去的!

卫箬衣眼底的怒火跌入了萧瑾的眼眸之中,让他才刚刚松懈下来的心骤然紧绷了起来,心底猛然一提,他看得出来,这回卫箬衣是真的生气了……

心底没来由地腾起了几分慌乱之意。

萧瑾的眸光不若刚才那般镇定。

不过好像她生气起来的样子,也挺好看的,双眸有点微微地发红,整个人都变得更加的鲜活了。

“你是我什么啊!”卫箬衣怒道,“你叫我滚,我就要滚,你叫我回来,我就要回来是不是!”她真的是受够了。“我都说过之前的迷恋不过是年幼无知,你怎么就不信!我都已经躲着你了,你还要怎么样?萧瑾你听着!……”她话还没说完,眼前就是一花,随后身子一麻,人软软地倒了下去,她瞪大了双眼,愤怒地看着萧瑾,张了一下嘴,竟是半个字都说不出来。

这混球居然点她穴道!

作弊!还有没有王法天理了!

她没倒在地上,而是落入了萧瑾的臂弯。

卫箬衣双眸如果能喷出火来,现在已经将萧瑾给烧成焦炭了。

可怜她身不能动,口不能言,只能直着眼睛瞪着萧瑾。

“你干什么!”路上往来的人不少,有刚刚从那边逃出来的百姓,更有朝那边去救援的五城兵马司的人,有几个士兵经过看到了眼前的一幕,赶紧上来呵斥萧瑾,“贼人!放开那位姑娘!”

“你是什么人。光天化日的想要强抢民女不成?”

萧瑾冷眼一瞪,一手捞住了卫箬衣,一手亮出了一副腰牌。“锦衣卫捉拿案犯,不得阻拦!”他厉声呵斥道。

案犯……

卫箬衣真想吐血三升,干脆吐死算了!

她算是哪门子的案犯!

萧瑾这混球假公济私!

她很努力地用各种眼神朝那些五城兵马司的士兵们表白,她是良民,大大的良民!可惜那些人的眼睛都直直地盯着萧瑾手里的腰牌,腰牌上明晃晃地刻着“敕造锦衣卫北镇抚司”的字样。

那些士兵不疑有他,纷纷退后抱拳。“小的不知道大人办事,多有得罪。”

“行了,你们也是职责所在,赶紧去前面救人。”萧瑾收回了腰牌,缓声说道。

“是!”那些士兵们忙再度行礼,小跑着离开。

卫箬衣……谁能理解她心底现在的忧伤?再牛的公式都求不出她现在的心理阴影面积!

萧瑾瞪了一眼卫箬衣,嘴角一垂,随后一把将她给扛了起来。

她只感觉自己真的要吐了……你试试被人扛在肩膀上看看,胃被顶得十分难受,从她的角度看过去,只能看到萧瑾的腰和屁股。

卫箬衣要是能动的话一定会一口咬在他的肉上!可惜她不能动!

不知道萧瑾要带着她去哪里,反正她知道萧瑾又上房了。

会轻功了不起啊!卫箬衣翻了几个大白眼之后,不得不承认会轻功真的很了不起!

真泄气!

卫箬衣已经自暴自弃了,她都懒得去想萧瑾要带她去哪里,要把她怎么样了。她甚至都想不明白萧瑾为什么那么生气,那么抽风。

人生啊!

卫箬衣自我放逐了。

反正最坏的结局也就是和书里一样,他活剐了她呗。

卫箬衣自嘲地想笑,但是全身肌肉僵硬,就是连笑都笑不出来。

卫箬衣再度一顿咒骂萧瑾。

卫箬衣感觉自己好像被带到了一处庭院之中,因为他落下的地方就是一个小院子。卫箬衣的脑袋都充血了,觉得自己眼珠子要爆出来了。

萧瑾似乎又踹了一处房门,随后将她扔到了一个软榻上。

卫箬衣保持着一个姿势,一动不动地半躺在软榻上,眼睛倒是没闲着,私下看了看。

看起来是个不太大的房间,分里外两间,中间用一扇屏风给间隔开来,屏风不是什么特别好的材质,卫箬衣现在在侯府里住着,见惯了好东西,所以也知道分辨一些东西的优劣。

不过这屋子虽然里面的摆设不是顶好的,但是看起来却是十分的舒服。

看得出来这里的主人是花过心思布置的,一进来这里就让人觉得十分的舒心。

萧瑾也不发一语,他用自己的长腿朝后一伸,几乎看都不看地就精准无比地勾过来一张圆凳子,随后他就坐在了卫箬衣的面前。

卫箬衣瞪大了眼睛看着萧瑾。

这厮想要做什么?

他好像在上上下下地审视她。

卫箬衣……

她怎么有一种被萧瑾看得心底直发毛的感觉。

隔了一会,萧瑾忽然伸手解了她的穴道。

一能动,卫箬衣就翻身坐起,干呕了两下。

萧瑾蹙眉,犹豫了片刻,还是抬手伸到了卫箬衣的后背,想要替她拍一拍的,因为他看她实在是干呕的难受,不过他的手还没落下,就被卫箬衣一把给挡开。

萧瑾感觉到了她的抗拒,心底有点难言的涩意。他稍稍地一怔,还是收回了自己的手,捏成了拳,放在了自己的膝盖上。他静静地看着卫箬衣。

卫箬衣的胃刚刚一直被萧瑾顶着,一直在翻腾,现在干呕,也呕不出什么来。

好不容易将胃里那种翻腾的感觉给压制下去,卫箬衣长出了一口气。

她抬起了头来,双眸因为干呕变得有点发红,鼻子尖也有点红红的,看起来一副可怜兮兮的样子。

卫箬衣喘息着看着萧瑾,萧瑾也在静静地看着她。

"你到底要干什么?"卫箬衣蹙眉问道,"你将我带来的是什么地方?"

其实卫箬衣这么问,萧瑾也回答不上来,只是刚刚他觉得如果不将卫箬衣带来,或许她以后就再也不会理他了。

这个认知让他都没经过深思熟虑就直接点了卫箬衣的穴道将她带来了自己亲手布置的家里。

这里他还没带其他人来过,卫箬衣是第一个。

“你不说话，我就走了。”卫箬衣已经被萧瑾弄得实在是想不到什么话说了。

该说明的，她已经说明，反正不知道萧瑾的耳朵是不是被耳毛塞满了，充耳不闻，还是怎么了，他怎么总是不听她说过的话呢？

还是她表达的方式实在是有问题。

瞥见了卫箬衣站了起来，萧瑾猛然伸手拽住了她的手腕。

“啊。”卫箬衣疼得一蹙眉，还来！

见卫箬衣脸上真的流露出痛苦的表情，萧瑾这才真的慌了，他忙低头，松手，赫然发现她的手腕上已经青紫了一片，依稀可见是他的手指痕迹捏在上面。

萧瑾的唇动了动。“坐下。”他起身对卫箬衣说道。

“请你放过我好不好？”卫箬衣已经快要无语了，遇到这么一个神经病，真是她始料未及的！

真不知道原著之中萧瑾是怎么对女主各种忠犬的，心甘情愿地为原著之中的女主做任何事情，成为她手里的刀剑。

怎么到了她这边，萧瑾就成了砍杀她的刀剑？

女主和女配的区别啊！

64 他的家

算了，打又打不过，卫箬衣不觉得自己有多大概率能在萧瑾的眼皮子底下跑掉。

老老实实地在他的面前坐下，卫箬衣瞪着萧瑾。

萧瑾走到橱柜边，拉开了一个抽屉，拿出了一个小木头箱子，又从里面取了一个药酒瓶子。

他有时会过来小住，原是准备在过年之后正式搬过来，所以屋子里常备了一些跌打损伤的药品，锦衣卫那里说不准，即便是他，也难免会受点小伤。

“手腕拿来。”他重新在凳子上坐好，面无表情地对卫箬衣说道。

“你干吗?”卫箬衣略带戒备地看着他。

“是药酒，如果你不想我替你弄，那你就自己擦。”萧瑾将装着活血散瘀药酒的瓶子丢给了卫箬衣。

卫箬衣接住了瓶子，嘴角抽了抽，他会这么好心？这里面装的不会是化骨散吧？她拔开了瓶子上的木头塞子放在鼻子下面轻轻地闻了一下，果然是一股药酒的味道。卫箬衣朝自己的手腕上倒了一点，没想到里面装得很满，一倒就顺着她的手腕流了好多出来，卫箬衣忙将腿朝边上一侧，不让药酒流到自己的裙摆上。

萧瑾见她笨手笨脚的样子，眉头就稍稍地一蹙。“真不知道你能做点什么。”

又被嫌弃了，卫箬衣一扁嘴，表示她很不开心，她也懒得说话，说多了，这斯就点她穴道。

卫箬衣稍稍地撇开了自己的头，默默地将瓶子给放下，表示她不想擦了。

干什么？这是和他发脾气吗?

萧瑾的心底略有点烦闷，他倒宁愿卫箬衣和他针尖对麦芒的针锋相对了，这样沉默不语的卫箬衣让他真的有点无所适从。

盯了卫箬衣片刻，萧瑾默默地叹息了一声。“你是不准备说话了?”他问道。

说什么都错，不如不说，卫箬衣点了点头。

萧瑾微微地一眯眼，面对这样的卫箬衣，他还真生出了几分无力的感觉。

心好像被撕开了一个小小的口子，冷飕飕，酸溜溜地冒着不明的气息。

气氛沉闷了下来，也异常地诡异起来。

隔了好久，终于还是萧瑾没忍住。“忍住点。”他拽起了卫箬衣被他捏青了的手腕，略带粗暴地在她手腕上倒了点药酒。

真痛！卫箬衣一咬牙，忍住了手腕上传递来的感觉。

萧瑾用的力道还真大！这是在揉她的手腕还是在借机给她上刑啊！

坐在他对面的少女连哼都没哼一声，生是咬牙忍住了。萧瑾揉着她的手腕，感觉到她的皮肤在自己的掌下缓缓地发热。她的手腕真的很细，皮肤细腻润泽，真不知道这样纤细的手是怎么有那么大的力气的。

以前她总是咋咋唬唬，嘻嘻哈哈，现在安安静静地坐着，真的让萧瑾有点心惊。

少女的睫毛低垂着，盖住了她大部分的眼波，不让他看到她眼底的光，睫毛在她的脸上投递出来两道优美的弧线，显得她的皮肤更加的瓷白。她应该是很疼，即便她不出声，但是萧瑾依然可以从她略带纷乱的呼吸声里面感受到她在强忍着这种痛楚。

不愧是卫老贼的女儿，有的时候还是挺硬气的。

上次他替花锦堂揉过手臂的瘀伤，花锦堂叫得他一脚将他给踹了出去。

“你在和谢秋阳学骑马？”萧瑾沉默了片刻，没话找话地问道。

卫箬衣终于有了点反应，稍稍地抬起了眼来。

她点了点头。

萧瑾默默地出了一口气，还好，并非是一点都不搭理他了。

药酒的味道扩散开来，卫箬衣皱了皱鼻子，被刺激得打了一个喷嚏。

“忍一下。”萧瑾缓声说道。

这不是忍着吗？要是不想忍，现在都已经吵翻了好不好。

“刚刚你算救过我一次，说吧，你想要什么？”萧瑾想了又想，才缓缓地说道。

呃？

要什么？

不敢要啊！卫箬衣连忙将头摇得像拨浪鼓一样。

萧瑾……

心底暗淡，看来她真的是对自己死心了……若是在以前，他能说出这话，卫箬衣一定顺杆朝上爬，多半又是逼着他答应娶她。

而现在的卫箬衣虽然不言不语，但是能让他感觉到浓浓的抗拒感。

“我不想欠别人恩情，一会我送你回去，你好好想想，不管想要什么，只要你说，我能办到就一定办到，办好。”萧瑾迟疑了一下说道，“我不会食言。”

“真的不用了。”卫箬衣终于开口了，因为久不言语，她的嗓子有点沙哑。

“闭嘴！”萧瑾见她抬眸看着自己，那眼眸之中布满了拒绝之意，心底一烦，厉声说道，“我说出去的话断无更改，你回去好好想想，想好了再告诉我！”

卫箬衣……

算了，她不和他争辩了，每次争辩到最后，倒霉的都是她。

垂头，卫箬衣将肩膀垮了下来。“哦。”她不情不愿地应了一声，如果在几天之前，他说这话，卫箬衣会很欢快地让他教自己功夫，不过现在卫箬衣就是有这贼心也没这贼胆了。

远离萧瑾，一切安顺。

卫箬衣被萧瑾送回了卫府，可是将老夫人给急坏了。

卫箬衣今日出门之前去和她说过要去看热闹这事情，但是刚刚街上传来消息，说是燕京城出了刺客，就在东城门附近刺杀三皇子，三皇子现在受重伤昏迷不醒，全城的城门现在都关闭了，陛下震怒，正在调集北镇抚司的人排查燕京城之中的可疑人士。

卫箬衣迟迟不归，绿蕊也不见踪迹，送卫箬衣前去的车夫也急得要死。

老夫人见了卫箬衣安然无恙又是由五皇子殿下亲自送回来的，这才放下心来。

她想邀请五皇子殿下坐一坐，萧瑾却马上告辞了。

刺杀他三哥的事情非同小可，再加上那墙壁上所书，字面上的意思便已经是直指皇宫大内，不知道写下这段妄语的人和刺杀三皇子的人是不是一伙的，如果这些人是一伙的，那皇宫的安全也就岌岌可危了。

他刚刚带着卫箬衣走的时候就是看到三皇子的侍卫已经掌控了局面，这才放心地离开的。

虽然说皇宫里面的人与他除了血缘上的关系之外也不剩下什么亲情可言了，但是毕竟在其位谋其事，他身为北镇抚司千户，必须要赶紧回去看看情况。

从紫衣侯府出来，萧瑾就赶去了北镇抚司了。

“头儿你回来得正好，都指挥使大人在找你呢。”花镜堂迎面走来，见到萧瑾赶紧说道。

“嗯，我这就去。”萧瑾一颔首，直奔后堂而去。

等见了都指挥使秦少阳之后，只见秦少阳一脸的严肃。

“五皇子殿下。”秦少阳拱手和萧瑾行了一礼。

萧瑾微微地一怔。“大人何故如此？”平日里，秦少阳只会叫他萧千户，而非五皇子殿下，今日他忽然改了称呼，一定有原因。

“五皇子殿下，三皇子在东城遇刺的时候，您在什么地方？”秦少阳问道。

萧瑾顿时明白都指挥使大人的意思了。

“大人这是在审问属下吗？”萧瑾冷声问道。

“并非，只是有人在附近看到了五皇子殿下，下官这才有此一问。”秦少阳说道。

萧瑾冷冷地一笑。“那依照大人的意思，我出现在那附近，那些刺客便是与我有关吗？”

“并非此意。”秦少阳略摇了摇头，“只是问清楚比较好一点，毕竟是皇子遇刺。”

“那些人有没有说我还打死了不少刺客？”萧瑾冷声问道。三哥是皇子，难道他不是？今日如果不是他在，那些刺客还要射上一阵子的箭雨，到时候只怕三皇子那边的侍卫会损失得更多。

“说了。”秦少阳点了点头，“只是五皇子殿下并没去看三皇子殿下的伤势，而是飞身上了屋顶。不知道五皇子殿下后来是去做了什么？”

“三皇子殿下身边侍卫环绕，不管他是否受伤都会有人很好地照顾他，至于我后来去了哪里，我不想说。但是我可以保证与此事无关。”萧瑾说道。

听萧瑾的口气有点不悦，秦少阳叹息了一声，朝前走了两步。“长陵不必如此动怒，你与我共事多年，你的想法我明白。但是这件事情牵扯甚多，必须要按部就班地好好盘查。有人说在那边看到了你，你又没去和三皇子殿下见过礼，这就不得不让有些人会多心。毕竟你们是兄弟，哪里有兄弟在外见到了连招呼都不打的？不怪旁人多心，有此一问。还有兵马司的人说见过你抓住了一个贼人，那贼人是个女子，适才你回来，也没将贼人带回,就不得不让人多想了。你既然说明了你与此事无关,我也信你。不过这个事情你就不要管了,我已经交给其他的千户出去勘察了。你全力管好灭门案便是了。”

长陵是萧瑾的字。

“说是信我,却依然还是忌惮我,”萧瑾冷冷地哼了一声,“指挥使大人,我明白了,如此我便出去。”

“你别多想,只是瓜田李下避嫌而已。”秦少阳说道。

“明白。”萧瑾淡淡地应了一声,转身出了门。

这事情明明就与他半点关系都没有,他都已经出手相助了,却还落一个遭人怀疑的下场,萧瑾不由一阵失笑。他们也太高看他一眼了,真以为他是在锦衣卫培植自己的暗桩和实力吗？他在这里不过就是自食其力,够养活自己就好了。

若是真的要查,那就查去,他自是走得正,行得端,问心无愧。

至于他刚才没将卫箬衣说出来,只是不想给卫箬衣惹上麻烦而已。

卫箬衣的身份只怕与他一样的敏感。

况且他是将卫箬衣带去了自己的家里,男女共处一室,如果传出去,卫箬衣只怕又要担上点不好的名声了。

萧瑾仔细地想了想,绿蕊曾经当着那么多人的面叫过卫箬衣郡主,只怕他和卫箬衣在一起的事情即便是他想要替卫箬衣兜也兜不了多久。

算了,兜一会是一会吧。

只怕这事情要是再传入宫里,又会引来一阵胡乱猜忌了吧。

卫箬衣是卫毅的掌上明珠,又是宸妃娘娘看中的儿媳妇人选之一,如今再和他又牵扯不清,想来皇后娘娘将这里面的关系都捋顺了也是一件头疼的事情。

萧瑾冷冷地一笑,他从来都对那个皇位毫无兴趣,如果夺嫡之事真的牵扯到他的头上,那他宁愿调去锦衣卫的其他衙门,远离燕京城,远离纷争。

萧瑾站在锦衣卫北镇抚司的庭院之中,抬眸远望,刚刚还十分晴朗的天气现在也似乎变得有点阴沉暗淡。他如果真的要离开燕京城,那就真的不准备再回来了。

可笑的是,他才刚刚安置好一个属于自己的宅院。

原来拥有一个家真的是一件不太容易的事情。

要是他真的走了,卫箬衣会不会想起他来？

萧瑾的眸光淡了下来,依照她现在对他的态度,只怕是希望他走得越远越好吧,倒是如她所愿了,以后再也不见。

心底似乎蒙上了一层淡淡的灰意,就如同这略带暗沉的天色一样。

卫箬衣前脚回去,绿蕊后脚就被陈一凡给送了回来。

陈一凡认准了将来卫箬衣会成为他们头儿的夫人,所以对未来千户夫人的贴身侍女也是极力地拍着马屁。人家绿蕊明显是什么事情都没有,哪里有带人家去看大夫的道理,所以陈一凡灵活地处理了萧瑾的吩咐,他带着绿蕊去朱雀大街转了转,买了一堆女孩子喜欢的胭脂水粉、蜜饯干果送给她。

绿蕊还没被人这样献过殷勤,脸红得如同二月的桃花,心底也是忐忑得不得了。她一个劲地说不要,陈一凡觉得女人说不要就是要,所以就一个劲地朝她身边塞这些东西,直到绿蕊都拿不动了,陈一凡这才作罢。

他将绿蕊送了回来之后就走了,绿蕊却是在门口站了好久,直到陈一凡的背影消失不见,她才进了侯府的大门。

等回到回澜阁里面,她有心将陈一凡送的东西拿出来给绿萼分享,但是看看哪一样又都有点舍不得了,毕竟这是第一次有个男人送她这么多东西,那人不光是个有官职的锦衣卫而且看起来长得还不赖。

少女的情怀总是诗。

只是陈一凡却是个假聪明、真迟钝的二愣子。

他觉得自己只是在和未来夫人的贴身丫鬟套近乎,却不想无意之中搅乱了一池春水。

65 京中事多

三皇子殿下遇刺，有贼人放出妄言，燕京城王侯府邸的贵女丢了贴身的衣服，这些事情凑在一起惹得病刚刚好没多久的恒帝发了老大的一通脾气，将京兆尹、五城兵马司还有提督府都骂了一个狗血淋头的。

皇宫如今也受了威胁了，所以为了加强燕京城的防务，这几个被骂得什么都不是的人凑在一起一合计，现在大家的人手都不够用，赶紧抽调人手吧。

燕京城之中现在就属鸿文馆的守卫最闲了，那边原本是由提督府和京兆尹共同派人看管。鸿文馆之中收藏了历代大梁名人的字画，前身是由开国皇后创立的一个藏书阁，里面还有不少她的手札和笔记。原本鸿文馆是在国子监之中的，但是随着年月的推移，国子监的地方已经不够用了，所以恒帝就下旨专门建造了鸿文馆，将原本在国子监里面的藏书阁全数搬去了鸿文馆之中，连同宫里的一个小藏书阁里面的藏品也都搬了进去，合二为一。因为里面收藏了很多珍品，所以那边的守卫十分的森严，可以说一点都不亚于皇宫的守卫。

如今大家都被骂得溜溜转，只能再加强燕京城的防务，大家都这样想，如果整个燕京城都太平了，自然也没人敢去鸿文馆惹是生非了。所以他们这么一商议，才从鸿文馆之中调来了几队人用于巡逻之用。这些人马临时调用几天，应该也是无伤大雅的。

燕京城的这几位天天过得风声鹤唳的，写下妄语的贼人也没说什么时候去皇宫，这几天大家的精神都绷得紧紧的。皇宫内部的侍卫都是由禁军调派，他们加强的便是皇宫周边的巡逻。

几个晚上巡逻下来，一点动静都没有，所以整得这些人都有点神经衰弱，又巴望着那些贼能说话算话，赶紧来偷皇宫，好让他们一网打尽，又巴望着那些贼只是说着玩玩的，不敢来真的。

又过了几天，就在大家都疲惫不堪的时候，皇宫里面走了一次水，这可是将大家给吓得不轻，几乎半个城的守卫都去了皇宫的附近巡逻着了，皇宫里面他们进不去，但是要防着有人趁乱从外面进去。

一时之间，皇宫周围被火把映照得灯火通明，宛若白昼，而燕京城的其他地方则显得有点暗淡无光。

就在皇宫失火的同时，鸿文馆附近也失火了。

燕京城大半的力量都在皇宫附近，鸿文馆附近失火也就几乎无人问津，直到火势蔓延到鸿文馆里面，京兆尹的人才姗姗来迟，虽然将大火扑灭了，但是烧掉了一间仓库，连同里面的珍品也付之一炬。

恒帝得知此事，怒不可遏，当场撤掉了京兆尹、五城兵马司都统和燕京城提督府的提督，将那三个倒霉蛋一起革了职，重新提拔了三个人到这个位置上，这才算是怒气渐止。

说来也是奇了，这两把火一烧，燕京城倒是太平了起来，也许是日夜巡逻得到了成效，从那以后再没人丢过内衣，也没偷盗案发生，治安现在异常的好。这种景象又一直持续了好久，直到年关临近，燕京城里都太太平平，几乎都可以到路不拾遗的地步。

恒帝对自己这次提拔上来的那三个人甚是赏识，直夸这三个人年少有为。

至于三皇子遇刺一案，锦衣卫也调查了一些眉目出来，那些杀手虽然跑了几个，但是也有两三个活口，其中一个是被卫箬衣一脚给踹成残废的，只是此事太过丢人，那刺客只肯承认自己是被一个男人打的，绝口不肯提自己是被一个妙龄少女给踹飞了。

还有两个是脑袋被萧瑾给打开花但是没死的。其余的人不是被护卫们乱刀砍死，就是顺利地逃之夭夭了。

从这三个人的嘴里，锦衣卫还是撬出了点东西的。

他们都是江湖上的杀手，约莫在两个月前有人陆续地找到他们出重金请他们帮忙，一个月前他们被召集在一起随后被带到一个地方，不过他们去的时候都是蒙着眼睛的，所以谁都不知道那地方是在哪里，等到了之后又有专门的黑衣蒙面人教他们练习连弩的使用方法，约莫练了一个月的时间，就直接带着他们入京。他们是后半夜就埋伏在那边的。

锦衣卫查过那条街的两侧房屋的房契，发现那两侧的房屋都是归安平伯府所有。

三皇子殿下伤得不轻，身上连中了好几箭，所幸的是护卫们都奋不顾身地扑在他的身上替他挡箭，所以虽然流了不少血，但是性命无忧。

在得知这件事情之后，宸妃娘娘被吓得不轻，这事情完全与他们安平伯府无关啊。那两排的屋子的确是安平伯府买下来的，是准备开客栈和茶肆之用，还没修整和改造过，一直空在那边，门都是锁着的，哪里知道竟是被人钻了这么大的一个空子。

恒帝对此事亦是震怒不已。

皇后在恒帝那边哭了几回，她要陛下一定要将这件事情查个水落石出。面对皇后的苦求还有宸妃辩解的眼泪，恒帝心烦气躁，干脆后来谁也不见，直接躲去了淑妃娘娘的晨曦宫之中，就连四皇子都不肯再见上一面了。

宫里闹得欢实，倒是洗清了萧瑾的嫌疑。

因为在场所有的目击者都证明，如果没有萧瑾忽然横空出世，只怕三皇子那边就不是中几箭那么简单了，只怕真的要将命都留下了。

所以在晨曦宫之中的恒帝忽然想见见萧瑾这个一直被他刻意给忽略掉的儿子了。

他下旨嘉奖了萧瑾，并且传诏萧瑾入宫。

萧瑾穿着锦衣卫千户的飞鱼服被人让进了御书房之中。

行过礼后，恒帝让萧瑾平身，随后久久地审视了一番萧瑾。

在看到萧瑾的面容之后，恒帝才感觉到有点唏嘘和感慨，这孩子和他的母亲长得真像。要说萧瑾母亲的容貌别说是在宫女里面的第一，便是在众多宫妃之中也能算得上是翘楚，否则他也不会在醉酒的时候将他的母亲拉上了龙床。

如果那个宫女肯安分守已的话，恒帝想自己应该也不会亏待了她，毕竟那般容光，世间少有，便是现在的淑妃大概也只能算得上是与她不相上下罢了。

也就是那样的容貌，在一个地位卑贱的人身上，所以才会让她生出了不该生的念头。

对于这个儿子，恒帝一贯不知道该怎么办。

别的儿子见了他父皇前父皇后地叫个不停，唯独这个孩子一直都沉默不语，小时候是这样，长大了之后若非他召见或者过年，他都几乎看不到萧瑾。

看着他身上这一身飞鱼服，恒帝默默地叹了一口气。

皇子都有内府奉制发放的份例，按说即便他不当差也会过得锦衣玉食的，可是他偏偏就进了那么一个刀口舔血的地方。

若非是这次萧佑城遇刺，恒帝几乎都想不到萧瑾其实时刻都是身处危险之中的。

何必如此啊。

“在锦衣卫可辛苦？”恒帝实在是不知道该和萧瑾说点什么，憋了良久，轻咳了一声，问道。

“不辛苦。只是做分内之事而已。”萧瑾应声说道。

恒帝略显得有点尴尬，他并非糊涂之人，知道萧佑城遇刺一事闹得这么大，背后归根结底就是因为他尚未册立储君。

其实他也很矛盾，三子和四子都不错，一个有谢家为后台，一个又是与卫家有亲，宸妃陪他多年，品行俱优，皇后也是如此。那两个孩子自己也努力，平日里循规蹈矩，待人接物均是不错，实在是太难选择了。

谢卫两家又一直不对付，不管立谁，都唯恐生变，恒帝从没怀疑过卫毅之心，卫毅那个人最重情意，从他发妻亡故，一直不肯再娶也能看得出来。他说过的事情就一定会做到。

帝皇之术在于制衡，所以谢卫两家闹来闹去的，他也是睁眼闭眼的，这两家千户牵制着，倒也不会出什么岔子，毕竟谢家人眼睛都擦得贼亮，但凡卫家有什么风吹草动，第一个不会放过卫家的就是谢家人了。

相比较于他对其他皇子的关注，对萧瑾，他也总是觉得似乎欠缺了点什么。

只是萧瑾为人清冷，与宫里任何一个人都不亲，便是他想将萧瑾召回到自己的身边，也无从安置他。

“你的功夫不错。”恒帝想了想，又找出一句话来，“是和谁学的？”

萧瑾心底暗自地冷笑，他出宫十多年了，今日他爹才来问一句他的功夫是和谁学的……

“一个武林中人，名号不响，便是说了父皇大概也不认识。”萧瑾说道。

看吧，这孩子就是这么一副样子，所以才不讨喜！

两句话一说，恒帝就在心底叹息，即便是他想多亲近一下自己的这个五儿子，但是被人奉承习惯了，到了萧瑾这里来被浇冷水，是哪一个当爹的都不会开心得起来吧。

偏生你问什么，他答什么，又不能说他有什么错漏。

总之就是叫人喜欢不起来。

“你三哥遇刺那日你是与紫衣侯之女崇安郡主在一起的？”恒帝问道。

“是。”萧瑾早知道这事情是瞒不过父皇的，所以点头应了一下。

“所以当日你不去见你三哥便是因为崇安的缘故？”恒帝又问道。

萧瑾抿唇不语了，他不去见萧佑城，并非是因为卫箬衣，而是他不想去。

“你与卫家的那个孩子到底是怎么回事?”恒帝以为萧瑾抿唇不语,便是已经默认,于是又问道,“朕是听说她口口声声地要嫁给你。”

其实吧,萧瑾也老大不小了,如果换成另外一家的姑娘,恒帝倒是乐见其成的,毕竟是自己的儿子,平日里他都已经不管不问的了,婚事上也应该稍稍帮忙留意一下。但是卫箬衣实在是身份特殊,宸妃有意,卫毅又出征在外,他那宝贝闺女的婚事,自己也不能胡乱做主。

况且刺杀萧佑城一事证据都在暗指宸妃的娘家安平伯府,虽然宸妃在极力喊冤,但是没找到真凶的时候,安平伯府亦是洗脱不了嫌疑的。

现在锦衣卫能掌控的东西太少,也不能证明就是安平伯府所为。

那几个江湖杀手彼此之间并不认识,也无串供的可能,暂时也无迹可寻。

这倒让这事情和那个偷盗肚兜一案变成了悬案了。

卫箬衣吗?

萧瑾眼眉低垂着。“并无什么特别的关系,只是认识。”他说的是实话。

恒帝沉默了片刻。“此番你救下你的三哥,可想要什么嘉奖?”恒帝问道。

萧瑾的心底不住地在冷笑,救下三哥才有嘉奖,那如果那日他受伤,父皇可会过问半句?不光是那日,就是他离开皇宫的这十几年,他又可曾多问过自己什么。

“儿臣乃是锦衣卫千户,职责所在,那种混乱的情况下出手是必然,不需要父皇嘉奖。”萧瑾淡淡地说道。

恒帝其实就是想借机拉近一点萧瑾与他之间的距离,但是现在不免也有点失望,这孩子就是这样,一副拒人千里的样子。

“行了,你下去吧。”恒帝挥了挥手。

世上哪里有他这个当爹的用热脸去贴儿子的冷板凳的事情。

萧瑾从宫里出来,心底亦是一片阴霾。

陈一凡和花锦堂在宫外等着他,见他出来就忙迎了上来。

头儿每次进宫之后心情都不会很好,陈一凡和花锦堂都已经习惯了。

如今见他面色依旧暗沉,两个人都不敢说话只是默默地跟在萧瑾的身后。

“头儿。”冯安远远地跑来,“属下有事要报。”

“何事?”萧瑾这才有了点反应。

“头儿,刚刚崇安郡主找您。”冯安看了看四周,压低了声音说道。

萧瑾的眸光一亮,随后就又暗了下来。“她找我何事?”

“不知道。她现在就在茶楼里面等您呢。”冯安说道。

萧瑾进了茶楼的雅间,就见卫箬衣一脸焦灼地坐在那边。她看到萧瑾来,顿时从椅子上弹了起来。她身上穿的居然是侯府丫鬟的服饰,这让萧瑾一看就稍稍地一怔,这死丫头又在闹什么幺蛾子。

“怎么了。”萧瑾定了一下神,缓声问道。

卫箬衣看了看周围,萧瑾一抬手,屋子里的人就都退了出去。

“上次你说可以帮我做一件事情,这话可还算数?”卫箬衣等屋子里面的人都走了,这才压低了声音问道。

“自然是作数。”萧瑾略一抬眉，当时不是说不要的吗？这么快就找上门来了？

“那你陪我去一回落霞山，救救我大哥。”卫箬衣说道。

“你大哥怎么了？”萧瑾不解地问道。

“我大哥被人绑架了。”卫箬衣蹙眉说道。

66 救人

卫箬衣都要急坏了。

原本这几天卫燕就应该从骊山书院回来了,按说前天就应该到家才是,可是一直到今天都没有消息传回来,大哥不是那么不靠谱的人,如果他在路上耽搁了一定会找人带信回来。

梅姨娘已经念叨了两天了,为了安抚梅姨娘,卫箬衣只能说大哥应该是在路上临时有事。

但是最近又没有大雪封路,大哥不是贪玩的人,又是守信守时的人,没有什么特别的原因不会耽误这么长时间的。

不过就在刚刚她发现有一张字条凭空出现在她的房间里,上面写着:“若要卫燕平安,请崇安郡主亲自带上黄金一万两到落霞山前的落霞镇。如若换人或者报官,杀!”字迹十分的潦草。随着字条的还有一个香囊,卫箬衣一看就炸了毛了。那香囊她熟悉得不能再熟悉了!正是梅姨娘做给大哥的。这真的是大哥的东西!

她还是第一次遇到这种事情!整个人在看到字条和香囊的时候都是懵的。好不容易回过神来,她努力让自己镇定下来,随后将字条给收了起来。

等冷静下来,卫箬衣仔细想了想,这字条能平白出现在她的房间里,无外乎两点,一是要么那前来放字条的人武功特别高,而且对侯府十分的熟悉,能精准地将字条直接放在她的屋子里,而不是直接插在大门上。二是这字条根本就是十分的有针对性,不排除是自己侯府的人刻意放在这里的。

无论这两点她猜中哪一点,这字条都是直接送到她的手里,就说明绑架卫燕的人很可能是要借这件事情引她出府。

因为府里的人都知道她和卫燕的关系最为密切。卫燕出事,她不会不去相救,而且这字条上已经写得很明了,指定让她前去,如果换人或者报官,卫燕都会没命。

所以卫箬衣思来想去总觉得这事情不光是卫燕被绑架那么简单。

大哥为人低调,卫荣那小子在骊山镇那么久,到处呼风唤雨的都没被人绑架过,不可能轮到大哥就这么倒霉地被人盯上了。

再说,骊山镇到燕京城这条官道上总有达官贵人往来经过,也没听说谁被绑架了。

所以卫箬衣静下心来想想,就觉得这事情有蹊跷了。为何一定要指定她去呢?

报官是一定不能报官的,万一卫燕在人家的手里呢?那些人既然能将字条放在她的房间里,就说明对侯府不算陌生,如果她报官,没准她这边一动,那边就已经知道了,到时候真的杀人灭口,她就真的哭都没地方哭了。

但是现在侯府之中她除了两个丫鬟之外也没什么别的得力的帮手。

所以她思前想后的，也好像只有来找萧瑾了。毕竟上次他说得那么信誓旦旦，可以答应她一个要求，只要他能办到就一定办好。死马当活马医，卫箬衣也就一头撞了过来。

为了避人耳目，她来的时候还和绿萼换了衣服，假扮成绿萼的样子戴着风帽出了侯府，让绿萼假扮成她在府里假装休息。

卫箬衣将事情的经过大体和萧瑾说了一下，随后就有点忐忑地看着萧瑾。"我现在也找不到别人帮我，所以迫不得已才来找你。你能不能陪我去一次落霞镇，看看这事情是不是真的，如果这只是恶作剧那就是万幸，如果大哥真的被绑架，求你帮我救出我大哥。"卫箬衣说完就对萧瑾行了一个福礼。"拜托了。"

萧瑾沉默不语。

卫箬衣现在的心情就如同十五个吊桶打水一样七上八下的。

大哥身边不是没有带侍卫，但是带得不多，是她大意了！应该多让大哥带点人在身边的。

她总以为已经将竹姨娘抓起来了，大哥应该就平安了，可是没想到如果大哥以别的方式出事了，那这侯府的男丁就真的只剩下卫荣一人了。

到时候便是为了侯府能传承下去，只怕都要将卫荣立为紫衣侯世子。所以于公于私，都要去看个究竟。

"好。"萧瑾缓缓地点了点头，"不过真的要是你大哥被绑架了，你去就太危险了。"

"没事没事，我会好好地照顾我自己。况且字条上写明是要我去。如果我不去的话，大哥很可能性命不保。"卫箬衣马上说道，"不过能不能请你们不要穿这些衣服，能不能换上我们钱庄护卫的衣衫，这样可以遮人耳目？"

说完她就马上双手合十，可怜巴巴地看着萧瑾，"求求你了，萧大哥，我知道这样的要求十分的冒昧，但是我也是没办法。我不知道这个时候除了来找你，我还能去找谁？这事情我也不敢和奶奶说，更不敢真的去衙门报官。"

卫箬衣的话说完就见萧瑾的眉头舒展了开来，萧大哥？他好像已经很久没听到她这样称呼他了。他凝视了卫箬衣片刻，心底默默地叹息了一声。"行了，不要摆出那副可怜兮兮的样子出来，我帮你就是了。不过到了落霞镇，你必须寸步不离我的身边。还有黄金一万两不是小数目，你凑得出来吗？"

"凑得出来。"卫箬衣点了点头，她其实是已经找了方掌柜当了保人，去找了几个钱庄借了黄金一万两出来，都是黄澄澄的金条。只要大哥安然无恙，钱都是小事，她去借金子的时候倒是穿着自己的衣衫去的。为的就是让府里可能潜藏着的卧底知道她真的去凑钱了。有人担保，她又是紫衣侯府崇安郡主的身份，想要凑出这个数目来并不算难。

"越快走越好。"卫箬衣其实都已经准备好了，"你准备带几个人？"

"十个够不够？"萧瑾问道。

卫箬衣……"能不能带二百人啊？"卫箬衣腆脸问道。

"你当是去打狼吗？"萧瑾没好气地横了卫箬衣一眼，"又不是人越多越好办事的。我虽为千户，但是大规模地调集人手也是需要上报的。你以为这锦衣卫是你家开的吗？况且十个人刚好，如果人多，对方提高了警惕，你又如何应对？"

“不不不。”卫箬衣忙摇了摇头，非常诚恳地看着萧瑾，“这锦衣卫是你家开的。行行行，你说带多少就带多少。”

萧瑾白了卫箬衣一眼，开门将陈一凡和花锦堂叫了进来。

卫箬衣忙叫绿蕊也出去，去马车上取了十套钱庄护卫的衣服拿过来，这是她朝钱庄的老板借的。她在想如果萧瑾不肯，她就只有惊动老夫人拿着老夫人的牌子去别庄上找人陪她一起去了，但是她又担心惊动了老夫人之后，在家里劳师动众地折腾一回，回头再将奶奶给吓出什么好歹来，奶奶又不肯放她前去，再真的报了官，白白地坑了卫燕那就麻烦了。

大哥没出事是最好的，反正萧瑾说要让她提一个要求，现在她提了，只要大哥安好，以后她也不用再和萧瑾有什么接触。

卫箬衣离开茶楼之后就直奔家中。

她和奶奶扯了一个谎，她这次带了府上的六名侍卫，萧瑾说得很对，人不能带多带杂了，到时候反而坏事就麻烦了。再加上她现在也吃不准府上什么人能用，什么人不能用。

她带着侍卫们出门，去了钱庄取了金子，萧瑾已经带着十名锦衣卫换上了钱庄护卫的衣服等候在他们约定好的钱庄之中。他们都以钱庄护卫的身份前往，即便是府中的侍卫里面混了旁人的耳目也分辨不出什么来。

卫箬衣不敢耽搁，与萧瑾汇合之后就带着三车装得满满的黄金朝约定的落霞镇的方向而去。

“头儿。”陈一凡还没出燕京城就悄悄地对萧瑾说道，“我感觉有人跟上我们了。”

“不用打草惊蛇，再看看。”萧瑾怎么会不知道，他不动声色地对陈一凡说道。

落霞镇在骊山的偏西一些，那边比较偏僻，路上也是要歇上一晚，第二天才能到的。

车上都是真正的黄金，所以大家走起来也十分缓慢，毕竟金子很沉。

卫箬衣这回没有将绿蕊和绿萼带出来。因为就连她自己都不知道要面对的是什么，不能让绿蕊和绿萼跟着自己涉险，出府之后，她就将绿蕊和绿萼托付给了方老板照顾。

卫箬衣虽然胆子大，但是遇到这种事情毕竟还是会很心虚。

她又一个人坐在马车上，连个说话的人都没有，更是觉得日子难熬了。

她悄悄地撩起了车帘，朝外看去，策马跟在她马车旁边的居然是萧瑾。

“喂。”卫箬衣终于忍不住，出言叫了一声萧瑾。

萧瑾稍稍地在马上弯下腰来。“怎么了？”

卫箬衣看了看周围，长叹了一声。“算了，没事。”她怏怏地放下了车帘。她不是故意要去打扰萧瑾的，但是这一路上同行的人中，她就和萧瑾最熟悉了，除了萧瑾她也不知道该和谁说话来缓解一下自己紧张的心情。

卫箬衣托腮愣愣地坐在马车里面，心绪不宁。

等到了夜间，燕京城通往落霞镇的路上也没什么可以落脚的地方，只能夜宿在野外了。

萧瑾命大家将马车都赶到一起，随后让侯府的六名侍卫和自己手下的两个人去看住那三辆马车，其余的人除了派了两名去四周侦查和找些干树枝回来当柴烧之外，都看护在卫箬衣的身边。

萧瑾也在周围稍稍地转了转,花锦堂跟在萧瑾的身后。

“头儿,这地方可是选得不太妙啊。”花锦堂看了看路边的树林,小声说道。天色暗沉,那片树林就是最好的掩护。

“我知道。”萧瑾点了点头,远远地看了一眼那片黑压压的树林。

“我将那三车黄金安排在树林的边上,若是那伙从燕京城就开始追踪咱们的人目标是求财的话,攻击的应该是马车附近侯府的侍卫才是。”萧瑾压低了声音说道,“如果他们舍弃马车攻击郡主,那他们便不是普通的贼人。”

财可丢,但是卫箬衣不能出事。

所以他才将自己的人安排在了卫箬衣的身侧。

如果卫箬衣的猜想不错的话,侯府之中应该有人是想引诱卫箬衣出府,携带着大量黄金的小郡主,怎么看都是一大块肥肉。

求财倒也罢了,想要人财兼得的话,那要看看他们有没有这个本事了。

“让冯安安排的事情如何了?”萧瑾问道。

“应该没什么问题。”花锦堂说道,“冯安是憨了一点,但是办事还是十分让人放心的。一会属下会联络他,再确定一下。”

“嗯。”萧瑾略一点头,如果冯安不靠谱,他也不会将冯安留下了。

萧瑾抬眸看了看自己的头顶。“月黑风高夜。”他轻笑了一声,“看来那位想要引诱崇安郡主出来的人也并非是草包之流。”

夜色越来越沉静,卫箬衣缩在马车里有点身上发寒。

周围真的静得可怕。

她朝外看去,树林边自己侯府的侍卫除了两个放哨警戒的,其余四个都已经靠在背风的地方睡着了。

锦衣卫这边的人似乎也都陷入了睡眠之中,也有两个在来回走动着,因为天冷,他们还时不时地朝自己的手上呵着气。

篝火还在烧着,醒着的人会朝里面添置柴火,以免火光熄灭。

除了篝火里面被点燃的干柴会稍稍地发出一点木头被烧裂之后发出的闷响之外,周围就再也听不到任何的动静了。

就连风都好像在悄无声息地刮着。

萧瑾抱剑就倚在她的马车边上,听到了马车里稍有响动,他回眸看了过来。

卫箬衣正在偷看萧瑾,萧瑾这么一回眸,两个人的目光就正好对上了。

卫箬衣尴尬地朝萧瑾笑了笑,小声说道:“你睡不着啊?好巧,我也睡不着。”

她能睡得着才怪。

既然大家都睡不着,干脆卫箬衣就放下了车帘,从里面推开了车厢上用以挡风的门,她蹑手蹑脚地爬了下来。

“我带了这个,你要不要喝点。”卫箬衣拉出了水囊,里面还有一些蜂蜜水,她讨好地双手捧给了萧瑾。

萧瑾看了她片刻,随后不吭声地接过了水囊,直接打开来,朝自己的嘴里灌了几口。

甘冽清凉的蜂蜜水带着丝丝的甜意渗入了他的喉咙之中,萧瑾顿时感觉到精神一震。

“其实吧，你不骂我的时候也蛮帅的。”卫箬衣拍马屁说道。

萧瑾横了卫箬衣一眼，卫箬衣赶忙一缩头。“我只是在单纯地夸你！没别的意思，不要误会了！”

萧瑾……

67 对大哥真好

大梁的冬夜异常寒冷,卫箬衣只是在外面站了一会就觉得浑身上下都好像被冰透了一样。

她忙从马车上拽出了自己的厚披风裹上。

即便是这样的冬夜,萧瑾依然身穿一袭看起来十分单薄的飞鱼服,只是外面多加了一件深蓝色的斗篷而已。斗篷的样式非常的华丽,是锦衣卫配发的制式,肩膀处缝着百褶,自上而下自然地垂落,这样纷繁复杂的样式穿在萧瑾身上不仅不见臃肿反而增添了一种威武之意。

卫箬衣想了想,还是又爬上了车厢之中。

萧瑾就看她和小老鼠一样爬上爬下的,一语不发。原本以为那姑娘是被冻回去了,不会再下来,不过没多久,就又见卫箬衣爬了下来。

"你不睡觉,乱折腾什么?"萧瑾终于忍不住蹙眉问道。

"给你这个。"卫箬衣从厚重的披风里面拿了一个小巧的暖炉出来,双手捧着递到了萧瑾的面前。"我刚刚加过炭了,很暖和的。"姑娘的脸上带着几分讨好的笑容,鼻子头有点微微地发红,风过,掠起了她散落在风帽外的几根发丝,轻轻地浮动在她白皙的脸颊边。"我知道你不怕冷,但是这天气真的冷得要命,还是拿着暖和暖和手。"

萧瑾怔住了。

他略垂下了睫毛,遮挡住了自己的眼波。

心口隐隐地有了一丝淡淡的悸动。

少女的手指纤长细嫩,捧在那只双层金丝嵌宝珐琅雕花手炉上,如同捧着稀世珍宝一样。

"我没别的意思,我也不知道该怎么感谢你帮我做的这一切。"卫箬衣见萧瑾始终不肯伸手来接,脸上的笑容略有点凝滞,她有点尴尬地垂下头,闷闷地说道,"你不要误会我是想要对你做什么。我真的不敢对你有任何非分之想了。你能帮我这么大的忙,不管我大哥是不是平安,我都十分感谢你。如果你真的嫌弃我的东西,那我拿回去就是了。"

她刚要将手里捧着的手炉收回就被萧瑾一把给夺了过去。

手上一轻,卫箬衣一愣,抬起了双眸,愕然地看着萧瑾。

萧瑾心底流过了一丝淡淡的涩意,这样的话他不止一次听了,如果在以前,他想他应该会很高兴,但是现在不知道为什么每次卫箬衣拼命地表白要和自己撇清关系,他就越是烦闷加窝火,心底总好像是丢了些什么东西一样。

手炉很暖,捧在手里,他真是能感觉到卫箬衣在上面留下的淡淡馨香,将手炉收拢到披风里面，好像让披风里的温度都高了一点。

“不用你谢。”萧瑾有点不自然地微微撇开头，不想看卫箬衣的那副愚蠢模样。

“你和你大哥关系不错。”他顺嘴说道，浑然不觉自己的口气之中已经带着一点点酸溜溜的气息。

“是啊。”提到大哥，卫箬衣回过神来，“我大哥真的很好，人生得漂亮，又温柔，大哥笑起来的时候就好像满天星辰都亮了起来一样。”卫箬衣夸起自家的大哥自是不遗余力，“他超有才华的，写的诗词那么优美，对了，你还没看到他的画，我看就连子雅大哥画社之中那些画师也不一定能比我大哥画得好。我虽然不懂欣赏，但是有句话叫没有对比就没有伤害，我会比。”

耳边是卫箬衣滔滔不绝夸赞她大哥的话，萧瑾不仅没觉得有多开心，反而眉头又蹙了起来。

“真的有那么好，就不会糊里糊涂被别人抓走了。”萧瑾等卫箬衣说完，薄凉地回了一句。

哼！不要哪壶不开提哪壶好不好。

卫箬衣的表情顿时凝在了脸上，渐渐地笑容慢慢地从她的唇角消散，卫箬衣也有点笑不出来的感觉。

她号称补刀小天后，但是没想到萧瑾这个平日里对人爱答不理的家伙怼起人来真是直戳别人的心窝子。

卫箬衣的肩膀也垮了下来，感觉自己受到了一万点的暴击伤害。

“大哥就是太善良了。”卫箬衣情绪低落地说道，随后她的表情就变得狰狞起来，“哼！如果被我抓到是哪一个王八蛋敢这样对我大哥，我非要拧断他的双手双腿，让他以后只能爬着走！在他的脸上用小刀子画一个大大的乌龟，让他不敢出门见人！再敲掉他一口牙齿，让他下辈子不能吃肉啃骨头，只能喝稀饭和汤！”

卫箬衣说完之后回眸，对上了萧瑾略带古怪的眼神，卫箬衣……

完蛋了！……

萧瑾的嘴角一抽，忙低下头去，他很想笑……怎么办？

这个时候笑出来是不是太不严肃了？

他应该义正辞严地告诉她，国有国法，家有家规，不能乱用私刑才是……但是这话好像有点说不出口。

实在有点忍不住笑意了，他忙稍稍转过身去。

被嫌弃了……

卫箬衣咬唇扼腕。

“其实……其实……我平时还是很温柔可爱的！”卫箬衣结结巴巴地想要替自己解释。

她瞥见了萧瑾的肩膀略一耸动，卫箬衣泄气地想，算了，反正自己在他的心底也不见得就有什么好形象，破罐子破摔好了。

等萧瑾笑够了，他才收敛了自己的笑容，再度转过身来之后已经是一脸的淡漠。

她对她的大哥真的很好。

好得叫他心生羡慕。

他也有兄弟姐妹，小时候与他们相处并不愉快，在母亲身边的时候，他们都欺他是宫女之子，不乐意和他一起玩耍，他进了冷宫之后，那些兄弟姐妹更是合起伙来欺负他，就连一贯对他还算是温润的四哥都冷嘲热讽地说他。

直到他出宫去了拱北王府，也就渐渐地断了和宫里一众兄弟姐妹之间的联系，如今见面，除了问好之外他都不知道该说点什么，有的时候就连问好都不想开口。

“如果你的大哥真的出事了，你待如何？”萧瑾忍不住问道。

卫箬衣一怔。“我会很难受。”她的神色黯淡了下来，“大哥其实很可怜的，这些年他过得很苦。有的时候老天就是这么不公平，明明善良的人却要受苦，而恶毒的人却坐拥一切。”

卫箬衣的话如同一记重锤重重地锤在了萧瑾的心头。

他微微地一怔，随后嘴角一牵，一抹冷笑浮动在了他的唇畔。“那是因为懦弱。”

“我大哥并不懦弱。”卫箬衣的眼眉一立，握拳说道，“你又不懂他，不能乱作评价。”

第一次卫箬衣因为另外一个男人对他如此色厉内荏，倒让萧瑾呆了一下，不过他并没表现出来，反而瞪了卫箬衣一眼。

萧瑾的眸光很冷，一般瞪人会让人产生一种很重的压迫感，卫箬衣也不例外。

她心一抽抽，唉，她现在是有求于他，干吗和他作这样的争辩呢。

“我的意思是，我大哥并不是懦弱的人，只是他太过良善，不愿意去麻烦别人，也不愿意去替自己争什么。”卫箬衣为卫燕解释道，“如果你和他接触多了，你就知道了。他是一个非常非常温柔的人。”

萧瑾不屑，他为何要和卫燕去接触，一个频频出事的病秧子，还需要自己的妹妹去解救。

算了算了，反正横竖都是和他说不明白，卫箬衣也觉得有点意兴阑珊的。

夜晚风寒，吹得人直缩缩，卫箬衣觉得自己有点想要去方便一下。

不过……她十分为难地看了看四周，一片漆黑的，只除了这里的两堆火以外，也再无亮光了。

她就是想找个地方方便，但也有点胆怯。

要不再熬熬吧，熬到明天早上再说……

卫箬衣刚要转身回到车上，就听到萧瑾出言示警。“趴下！有情况。都起来。”

到底是趴下还是起来，没等卫箬衣反应过味来，就感觉到自己的衣领一紧，才爬车爬了一半就被萧瑾从车上给生拽了下来，随后很快身不由己地被萧瑾朝地上按了下去。卫箬衣脸朝下生被按在了雪地里。

半天没有动静，但是其他的锦衣卫听到了萧瑾的示警已经起身，抄起了就放在身边的家伙，一手持刀，一手持盾，迅速而有序地分散开。有人立即将火堆踢散，散落开的木炭飞到雪地里融化了地上的积雪并发出了滋滋的声音，大家一起动手，将散落的木炭踩灭，瞬间眼前就全数陷落在了黑暗之中。

周围一片寂静，卫箬衣被按在雪地里啃了一嘴的雪，她一边朝外吐着雪沫子，一边心底呼啸而过了两个大字：“唉！”

随后耳边传来了呼啸的声音，是箭！

“看来有人是想要你的命啊。”萧瑾用手一扯马车的车门，就听到木头的断裂声传来，车门被萧瑾硬是拽了下来，他将车门横在了雪地里，挡住了卫箬衣。“别出来！”他叮嘱了一声，随后身形乍起，几个飞跃就直接飞身而起。

卫箬衣躲在门板后面，想着自己还有一把长刀藏在车里，她就悄悄地爬了起来，想要探手到车厢里将自己的长刀拿出来。

现在眼前黑漆漆的，谁也看不到谁，所以那些箭矢只射了一批就停止了。

卫箬衣摸索着，可见度很低，她只能看到距离自己很近的地方。终于在自己的车厢边上她摸到了长刀。

这把长刀是她回到燕京城之后找人打造的，还是第一次带出来，有长刀在手，卫箬衣的心神稍稍地定了一些。

相比较于萧瑾来说，她的警惕性还是太低了。

并没听到什么打斗之声，卫箬衣抱着长刀蹲在门板后面，紧张得不得了。

她虽不是第一次遇到这种情况，但是一想到自己很可能要在人前第一次使用卫家的鬼神刀法她就异常紧绷。那是一种肾上腺素狂飙的感觉，卫箬衣只觉得自己双臂充满了力量。

良久，卫箬衣只听到了雪地里奔跑的脚步声，卫箬衣就有点奇怪了。

她看不到发生了什么，只能紧紧地握住自己的长刀，时刻警惕着。

黑暗之中，没了双眸可视物，耳朵和其他的感觉器官就变得异常灵敏起来。卫箬衣不知道等了多久，感觉到一个人影欺近，卫箬衣浑身的汗毛都竖了起来，她爆喝了一声，猛然用出一招鬼神刀法，长刀如奔雷一样朝着黑影一劈而下。先下手为强，后下手遭殃！

萧瑾大惊，身子朝一边急急地掠开，感觉到一股刀风从自己的身侧堪堪地擦过，将身经百战的他也给惊出了一身的冷汗。这一刀实在是来得气势汹汹，里面包含了鬼神刀法所有的精髓所在，快，准，狠！

长刀劈中了车门，就听到砰的一声，红木制成的厚重车门被卫箬衣生生地劈裂，碎成了两半。

萧瑾……

幸亏来的是他，如果换成别人已经被卫箬衣给劈成了两段了！

“你疯了！”萧瑾怒吼道，仗着自己目能视物，精准无比地按住了卫箬衣的手腕，“是我！”

卫箬衣……

“你走路没声音！吓死人好不好！”卫箬衣也是吓出了一声的冷汗，怒道，“我又看不到，谁知道是你啊。你靠近的时候不会说一声吗？”

被劈的人好像是他！怎么劈人的人嗓门比他的还大。

“头儿。我探查了四周，人刚刚就是埋伏在树林之中的。”陈一凡的声音传来，“那些人只是试探了一下，见我们早有准备就撤离了。花锦堂带人去追了，不知道他能不能追得上。”

“你放出信号，让他追不上就不要追了，免得中了埋伏。”萧瑾说道。

“是。”陈一凡抱拳说道,迅速跑开。

这时候卫箬衣的眼前才亮起了火光,有人将携带来的火把点着了,清点人员看看有没有什么损伤。

这边因为萧瑾示警及时所以损伤不大,只有一个侯府的侍卫胳膊被箭擦伤了,流了点血,其余人都安然无恙。

萧瑾看了看地上被卫箬衣劈成两半的木门,随后瞪了她一眼。“不会玩刀就不要玩!”说完他就将卫箬衣手里的长刀给夺了下来,重重地插在了地上。

谁说她不会玩刀!她明明玩得很好,看看那个门板就知道了。

被骂了的卫箬衣翻了一个白眼。

68 他的心动了

本是意欲反驳的，但是忽然之间一阵尿意袭来，害得卫箬衣忍不住抖了抖。

卫箬衣这下囧了。

原本是有点想要方便的感觉，刚刚被萧瑾给按在雪地里，啃了一嘴的雪，虽然吐出来了不少，还是有点融化了的雪水顺着喉咙流了下去，雪上加霜啊！再加上她刚刚肾上腺素狂飙到爆表，全身肌肉紧张到了极致，现在好了，真有点憋不住的感觉了。

唉，卫箬衣默默地在心底为自己点了赞，原来这就是传说之中的吓尿了的感觉！真是活久见！哎呦，不行了。卫箬衣略一夹住自己的双腿，真是越是想，就尿意越浓。

真的要找个地方方便去了！

总不能弄在身上吧！

不管了，豁出去了，保住自己的膀胱现在是压倒一切的要务。

卫箬衣立马转身就走。

"怎么了？还说不得了？"萧瑾愕然地看着要离开的卫箬衣。

这是和他闹脾气吗？

刚刚要不是他身手好，换个人来，现在已经是两截子倒在雪地里，不过就说了她两句，这就不理人，想要走吗？

"站住！"他怒吼一声。

卫箬衣能站住才怪，再站就真的要完了。

她懒得理萧瑾，加快了自己的脚步。

嘿！还真的闹上脾气了。

这附近不能算是全部安全，她准备去哪里啊？黑灯瞎火的，她又是个睁眼瞎。

萧瑾忙抬腿追了过去，一把拉住了卫箬衣的手臂。"你耳朵聋啊？叫你站住，你跑什么！"

"放手，别跟来。"卫箬衣急得直跳脚，奔流涌动的尿意让她的口气里面也带着几分急躁。

"现在不是闹脾气的时候。"萧瑾怒道，"你再这样，我就不管你了！"

"好啊好啊。"卫箬衣现在只想解决一下自己奔流不止的尿意，没好气地回道。

她大力地甩开了萧瑾，大步朝前跑去，一边跑一边四下张望，人也越来越囧，这里四六不着的，哪里有地方可以方便啊，那边的树林倒是不错的地方……可是刚刚那边有埋伏来着。

见卫箬衣急于甩开他，胡乱地朝黑暗之中跑去，即便萧瑾再怎么想教训她一顿现在也不免有点心惊了。

刚刚前来试探他们的人虽然退了,但是谁知道这周围还有什么……

本来一点都不想理卫箬衣的,现在卫箬衣眼瞅着就要跑远了,萧瑾一咬牙,身形快速地朝前一掠,追了过去。

扯住了卫箬衣的手腕,萧瑾用极其严厉的口吻说道:"你再乱跑,我就点你穴道,将你带回去了!"

卫箬衣……

"别别别!"被吓到的卫箬衣忙说道,"你放过我,我实在是憋不住了。"

什么?萧瑾隐约地感觉到不对,狐疑地看着卫箬衣。

算了算了,什么面子里子的,卫箬衣现在被尿意弄得也不想要了。

"萧大爷!我想要方便一下!实在是熬不住了。"卫箬衣提起自己地裙摆急切地说道,"您老人家先放过我,等我解决了这个急事,你想要怎么骂都可以。"

萧瑾宛若被寒风给急冻住一样,整个人都呆住了。

怔怔地松手,眼睁睁地看着卫箬衣慌忙地跑远,萧瑾久久地沉浸在刚刚的震惊之中没有回过神来。

等卫箬衣跑远了,他才猛然醒悟过来,不放心,他只能长叹了一声,默默地跟了过去。

"你别过来啊!"卫箬衣不放心地对萧瑾说了一句,萧瑾……真的很想暴走了,她以为他很想过去啊!要不是担心她的安全,萧瑾做梦都想不到他堂堂一个锦衣卫千户会有一天沦落到这种地步。

"你赶紧的!"萧瑾停住脚步,远远地等着卫箬衣。

他目力极佳,就见那个丫头急切地脱下了披风扔在了一边,随后捞起了裙摆……

萧瑾……赶紧背过身去,不知不觉,白皙的面容上爬上了一丝绯红。

即便是不看,但是他的耳朵又是极其的灵敏……

这就十分的尴尬了,高山流水之声清晰地传来,即便是他不想听,但是在寂静的夜里也显得有点响亮和明显……

脸上的绯色加重了几分,他甚至还听到了从卫箬衣嘴里发出了一声满足的叹息……

萧瑾对天翻了一个白眼,暗自咬牙,老天怎么不打一个雷将这个不要脸的给劈死算了!

卫箬衣好不容易解决完自己的大问题,这才心满意足地站了起来,挪了个地方,将自己整理好,又将披风捡起来穿上,一种身心皆轻的感觉让她瞬间又满血复活了过来。

"好了好了。"一身轻快的卫箬衣对站在那边的萧瑾说道,"你现在想骂就骂吧。我洗耳恭听。"

萧瑾迈腿就朝前走。

卫箬衣感觉到奇怪,赶紧小跑着追了过去。"你这是不生气了吗?"

萧瑾完全不想和她说话。

"你不生气就好。"卫箬衣一路小跑地追在他的身后,"刚刚真的是对不起了,我是急躁了点,但是我不知道那个人是你啊,你看你走路没声音,就是这点不好。人吓人迟早吓死人的。这回是你闪得快,也是我学艺不精,下次我如果刀法更快了,你没闪开,岂不是遭殃了！哎呀，你走慢点，太黑了，我看不清楚，再跑下去，我怕脚崴了。”

萧瑾实在是忍不住了，骤然停下了脚步，随后转身。

本就看不清楚的卫箬衣没想到萧瑾会忽然停下，刹车不急，直接撞入了一个冰冷的怀抱之中。

“啊！”卫箬衣吓了一大跳，尖叫了一声，身子朝后一仰，随后她的腰间就是一紧，不受控制地被人拉着朝前，直到再度撞在那人的怀里，她才稳住了身形。

“闭嘴！”头顶传来了萧瑾低沉的声音。

“啊？”卫箬衣愕然地抬眸，唇瓣微微张开，四周一片漆黑，她虽然努力分辨，也只能分辨出他眸底的暗光依稀地闪动在黑夜之中。

萧瑾却是能看清楚卫箬衣的样子，少女错愕的表情简直可爱到了极致，他的目光落在了她的唇瓣上，不知道这红艳艳的唇如果被堵上了，还会不会像刚才一样喋喋不休。

稍稍俯下了自己的头，萧瑾一阵心驰神往，她的唇瓣近在咫尺，只要他再俯下一点点，就能碰触到。

心抑制不住地狂跳了起来，在这样寂静的夜里，就连萧瑾都能听到自己心跳的声音。

属于她的柔软气息就在他的周围环绕，那是从没有人能靠近的区域，他素来对人清冷疏离，自他出宫之后再无人能靠他这么近过了。她好像十分突兀地闯入，又好像一切都顺理成章。

这个姑娘苦苦地追逐着他跑了那么多年，年代久远到他都已经习惯她时不时地就出现在自己的面前。

就连抗拒她都成为了一种习惯。

可是忽然有一天，事情都改变了，她非常认真地对他说，她对他的迷恋只是年少时候的无知。乍一听到这话的时候，他似乎是松了一口气，但是心底更多的是茫然、失落还有愤怒。

凭什么！

她凭什么这样，说来就来，说走就走？她凭什么在危险的时候将他拉到身后去？她为何要对她的大哥这么好？即便是很可能自己丧命，她都要救她的大哥吗？一瞬间无数的问题都涌到了他的脑子里，拥挤到让他再也懒得去想、懒得去看，直至他的脑海里一片空白。

唯有她柔软的气息，拂过了他的脸颊，好像一双温柔的手，拂过了他心底的皱褶与冰封。

他感觉到舒适，却也有点慌张，他想探得更多，却也带着迷惘。

完了完了。

萧瑾真的生气了！

好像还挺严重的。

卫箬衣感觉自己被一条手臂牢牢地禁锢住，黑暗之中，她目光不明，但是依然可以感觉到来自于他身上的巨大压迫感，这种感觉越来越逼近，压得她不得不朝后仰自己的身体，她在试图避开，但是属于萧瑾的气息还是将她重重包裹了起来。

她看到他的眼眸出现在了自己的眼前，如同暗夜之中的精魅一样，眼底带着一丝疑惑，一丝困扰，还有几分她都不明了的暗光。

“你这是要咬我吗？”被这种诡异气氛逼迫得实在是受不了的卫箬衣冷不丁地开口问道。

身子骤然一僵，萧瑾终于回过神来，他在干什么？！

萧瑾猛然将卫箬衣推开，力气之大，害得猝不及防的卫箬衣直接摔倒在了雪地里。

萧瑾怔了怔，忽然硬起了心肠不去管那个可怜兮兮倒在雪地里的姑娘，背过了身去。“以后不准再乱跑了，尤其到了落霞镇，你必须跟在我的身边。”他生硬地丢下了一句话，举步离开。

他走得很慢，努力地克制着自己想要转身去将她扶起来的心思。

虽然在朝前走，但是五感除了眸光之外，都驻留在她的身上。

听到后面传来窸窸窣窣的声音，他知道她是站了起来，随后是拍掉了沾染在她身上的积雪，随后就是她迈开腿，慢吞吞跟着自己的身影。

隐隐地吐了一口气，萧瑾放松了自己在刚才一直紧绷的脊背。

他单手抚上了自己的左胸，那里，皮肤之下，他的心还在激烈地跳动着，带着他不懂的速度和力量。

什么嘛！简直就是神经病附体，精神分裂的晚期患者！

卫箬衣一边吐槽，一边不高兴地跟在萧瑾的身后，如果不是要求着他帮自己找大哥，卫箬衣刚刚真想一脚蹬过去。

这就是人在屋檐下不得不低头的无奈了。

卫箬衣默默地叹息了一声。

她的叹息声虽然不大，但是依然清晰地传入了萧瑾的耳中，顿时让他有点紧张了起来。

她在叹息什么？是因为刚才他推开了她吗？是因为她已经在厌恶他了吗？

虽然她远离自己是他一直都很想要的，但是这一刻，当她的叹息声传入他的耳中的时候，他竟然感觉到了一种怅然若失的心痛。

是了，这里，左胸皮肤包裹着的心脏，刚刚还在快速有力地跳动着，现在已经隐隐地渗出了几分仓惶。

抑制不住，萧瑾转眸，那个跟在他身后的姑娘，拎着自己的裙摆，小心翼翼地走着。

这条路不长了，很快就会到重新燃起篝火的营地所在，但是此刻萧瑾却希望这条路能再长一点，他很想告诉她，其实刚刚推开她并不是他的本意。

这话已经到了嘴边了，可是依然说不出口。

萧瑾忍了忍，再度回眸，已经发现他引领着她走到了营地的边缘。

火光已经映亮了她眼前的路，卫箬衣眼睛能看得到了也就走得快了。直接越过了萧瑾走到了马车边，一语不发，直接爬上了已经缺了车门的马车。

萧瑾的心底更是流过了一种难言的酸胀，他抬起了手，本是在她经过的时候想要拉住她的衣袖，但是最终还是没有落下。

“头儿。周围除了你刚刚去的方向，我已经检查过了，花锦堂也发回了信息，他在返回的路上。”陈一凡跑了过来，说道。

他是很有眼力价的，看着千户大人追着郡主离开了，就没将人朝那个方向派去。

“嗯。”萧瑾淡淡地点了点头，走到了篝火旁边，席地坐下。

他眸光落在了那辆停在旁边的马车上，她睡在那里面应该会很冷吧……

随后他就自嘲地一笑，他去管那么多闲事做什么。

“你叫人找一个多余的毯子去将马车透风的地方遮挡起来。”萧瑾对陈一凡说道。

“好。”陈一凡点了点头，小跑着去了。

今夜前来佯攻的人不过就是来试探虚实的，见不好就赶紧撤。

看来明日到了落霞镇才是真正的有一场硬仗要打。

虽然他们被人探了虚实，但是他也探了对方的虚实。

能从钱庄开始就一路相随，又在这里设伏一探究竟，他的对手一点都不像是普通的劫匪，如此的组织紧密，进退有度，就连撤离的时候都不留下一点点的痕迹，非是一般乌合之众能做到的。

而且他们的目的明确，并非直奔黄金，而是先朝着人来，就是奔着卫箬衣下手的。

卫箬衣究竟招惹了什么样的人，先是绑架了卫燕引诱她离京，再半路截杀。

69 终于达到

不过不管她招惹了谁,自是兵来将挡,水来土掩便是了。

萧瑾顺手拿起了放在一边地上由陈一凡刚刚去收集起来的箭矢,摆在手里把玩了一下,随后他的眉头一皱。

这不是弓上发出的羽箭,而是连弩器里面发出来的弩箭。

比一般的羽箭要短小一点,刚刚天黑,这里距离树林也有一段距离,放箭之人都躲避在树林之中,所以他看得不是很清楚,但是现在就凭这个弩箭他忽然想起了一件事情。

不久之前,他的三哥遇刺的时候,杀手们用的也是连弩,弩箭密集,短距离之中威力要比弓箭厉害多了,今日他遇到的又是这样的弩,这两伙人之间会不会有什么联系,还是单纯的巧合?

如果真的是巧合那未免也太巧了。

如果不是巧合,那就是有点要将燕京城掀得天翻地覆。

卫毅如今出征在外,据传回来的战报说他一路高歌前行,不日将抵达叛国王庭,战事应该能在过年期间完全结束。只等一过年,他就能携带出征之军班师回朝,如果在这个时候卫箬衣出事,消息传回,以卫毅对卫箬衣的珍视程度,他都必定会方寸大乱,结果无外乎两种,一是他无心再战,仓促还朝,草草了结战事;二是他擅自离军,火速还京。无论出现哪一种状况都是阵前有失,可以作为诟病的污点。

第一种就够被御史们参上一本的,至于第二种,可以视作主帅临阵脱逃,足够军法处置,斩首示众了。

萧瑾思及于此,眉头就深深地皱了起来。

卫大将军一旦出事,卫府必定垮台,因为再没有第二个足以支撑起卫府门楣的人。况且他们下手的对象就是卫府目前来说两个最重要的人,一个卫燕已经在秋闱之中崭露头角,如果春闱再中,假以时日,必定成为肱骨之臣;一个卫箬衣乃是卫府最珍贵的嫡女,是卫毅的心头肉,如果卫箬衣出事,即便卫毅咬牙将战事完结再班师回朝,回到燕京城也必定雷霆震怒,以他那脾气必定会将燕京城搅得鸡飞狗跳。

萧瑾抬眸再度看了看那辆静悄悄的马车,顿觉自己好像给自己找了一个特别大的麻烦。

说不定未来燕京城的安定就压在了他的肩膀上了。

卫箬衣不能出事。

“头儿。”就在萧瑾沉思的时候,前去追赶那伙人的花锦堂跑了过来。

看他那副心有不甘的样子,萧瑾就知道他没追上人家。

“那些家伙对地形太熟悉了。”花锦堂恨声说道，“这要是换成白天，平地，那还能让他们给跑了？”

“他们有备而来，追不到也是正常的。”萧瑾点了点头。

花锦堂的心底稍稍地一暖，其实他们头儿在锦衣卫的几个千户之中看起来是最不好相处的一个，但是实际上是最好相处的一个，因为他从不借故刁难属下。虽然看起来人清冷疏离，脸上也没什么表情，又有着皇子的身份，但是真正和他走得近了，谁都会觉得萧瑾是个不做表面文章的人，他不会故意装出一副叫人如沐春风的样子，他就是最真的他。

这也是他和陈一凡还有冯安死心塌地跟着萧瑾的原因。

在锦衣卫时间长了，心底或多或少都会有点扭曲，毕竟整日里接触的都是一些搬不上台面的人和事，但是跟着他们的头儿，他们心底踏实，不用多留心眼提防什么时候头儿将他们扔出去当了挡箭牌，头儿素来都是敢做敢当的。

“看得到有多少人吗？”萧瑾问道。

“天实在太黑，看不清楚。”花锦堂说道，“不过他们撤离迅速，路线都应该是事先勘察好的，而且路上丝毫不恋战，应该是受过专业训练的人。”

“嗯。”萧瑾点了点头，这和他的想法不谋而合了。

“先休息吧。”萧瑾对花锦堂说道，“没有损伤就已经是小胜一场了。”

“是。”花锦堂精神一震，头儿说得对啊，他怎么就没想到呢？对手精心布置，有备而来，却一点便宜都没讨到，对于他们这些摆在明里被人当活靶子的人来说，不就是已经小胜了一场吗？顿时因为刚刚追丢了人而存着的一点点愧疚之意减淡。

卫箬衣缩在马车里也在沉思。

虽然她不如萧瑾能看到刚才的情形，但是从感觉上她也能感知到其实对手是十分厉害的。

在现代，她组织过不少单位的活动，也深知想要协调很多人去做一件事情是一件不容易做到的难事，因为乌合之众，总是会有这样那样的错漏和笑话，就是跳个集体舞，在没有磨合好的时候都是你撞我，我撞你，不是有人转错了方向，就是有人伸错了腿，总是笑话百出，遍地是坑！

刚刚偷袭他们的人明显进退有度，不是临时凑在一起的人能办到的。

如果刚才那伙人与绑架她大哥的人是一起的话，那就麻烦大了。

卫箬衣现在深感忧虑，不知道自己大哥会不会现在已经死了。

引她出来，又在这里设伏，怎么看都不像是为了钱财，而是专门奔着她和她大哥来的。

见鬼了，卫箬衣越想脑子就越乱，一时之间也想不出什么好的办法来，只有紧紧地咬住自己的下唇。

她近乎一夜未眠，到了翌日天光，已经手冷得手脚发麻。虽然陈一凡找来了一个毯子将马车遮住，但是依然抵不过夜间室外的料峭之寒。

萧瑾也几乎没怎么睡过，一大早就亲自去了一次树林之中勘察了一番。虽然昨天晚上陈一凡搜索过这里，但是他们人少，不敢将搜索的范围扩大，而且天黑，也看不清楚，不免会有什么遗漏。

不过他转悠了一圈下来，也是没什么收获，除了那些从树枝上撞下来跌落在地的积雪和很乱的雪地足迹之外，也没什么别的印记留下了。

看他们撤离的方向应该就是前往落霞镇没什么错了。

所以落霞镇附近必定还有埋伏。

这一回试探之人没有成事，下回就一定不会再放过杀死卫箬衣的机会了。

车马前行，一直到了落霞镇都没再出任何状况，就连一路在意的陈一凡也没看到有任何可疑的人跟随其后。

“头儿啊，他们怎么不跟了？”在临近落霞山前的时候，一路紧张的陈一凡忍不住问道。

“还跟着做什么？他们已经确定我们是来救人的，也确定我们的目的地就是在这里。”萧瑾淡然地说道，“只要在前面的镇子里坐等我们自投罗网就是了。”

“那他们为何不在昨夜截杀我们？”陈一凡不解地问道。

“证明他们不打无把握之战。”萧瑾的眼底流过了一丝精芒，“没有再三确定崇安郡主是不是动用官府的力量，他们是不会轻易出手的。他们昨夜的试探就是看看周围还有没有潜藏着保护郡主的侍卫，证明紫衣侯府这个牌子还是让他们相当忌惮的。相信到了落霞镇还有其他的东西等着咱们，小心应对吧。”其实昨夜萧瑾也想过很多，那些人再三试探也可能是想将卫箬衣活捉起来。

如此小心谨慎应该就是不想暴露身份，让人有迹可寻，这与刺杀三皇子那群人的幕后倒是有点像了。

总之不管他们是想要卫箬衣生还是死，横竖这目标就是卫箬衣没跑了，卫燕就是一个诱饵。

落霞镇是京郊附近一个比较偏僻的山野小镇，镇子上只有一条街。

车马到达的时候临近傍晚，天上又开始飘雪，家家户户都在烹制晚饭，炊烟袅袅升起，让整个雪中的小镇显得十分静谧安详。

镇子的背后便是落霞山，山峦叠嶂，轮廓在暗沉的天幕之下宛若巨兽蛰伏，这样的山林若是藏匿点什么人还真的挺难被找到的，千鸟飞尽，万径踪灭。

这镇子偏，平日也没什么特别多的人来往，镇子上只有一个小客栈，见到萧瑾他们停下，店家十分热情地上来迎接，将大家都让了进去。

侯府的侍卫分了两个跟在卫箬衣的身侧，其他人则和假扮成钱庄护卫的锦衣卫看护着被拉到后院之中放置的马车。

一切都显得十分的平静，但是越是这种平静就越是带着一丝不寻常在其中。

卫箬衣也十分的紧张，一夜不眠，眼睛里面带着一点点的红丝，人也没平时里看起来那么神采飞扬了。

她已经依照约定来了落霞镇了，接下来该怎么办，卫箬衣一点都没有头绪。

她现在就是一个瞎子，完全被人牵着鼻子走。

“外面天寒地冻的，各位远道而来，应该是又冷又饿了，想要吃点什么吗？”店家热情地招呼着。这店堂之中烧着两个炉子，倒是暖烘烘的。

“先住下，再每人来一碗热汤面。”萧瑾说道，随后他看向了卫箬衣，这姑娘一天都没开口说话了，看着她满怀心事的样子，就连萧瑾都觉得心底一紧。其实他想说，有他在，她不必这么担心的。

但是这样安慰的话怎么都觉得十分别扭,他说不出口。

卫箬衣并没意见,只是点了点头。

客栈里面就他们一伙客人,所以房间是足够的,卫箬衣被让到房间里休息,店家送来了热水。

卫箬衣稍稍地清洗了一下自己,绿蕊和绿萼不在,她自己不会梳头,只能将头发梳理通后扎了一个简单的马尾垂落在脑后,洗过脸了,人也感觉清爽了许多。

萧瑾在房门外敲了敲门,卫箬衣拉开了房门让萧瑾进来。

"尽量不要吃这里的东西。"萧瑾将从马背上取来的水囊递给了卫箬衣,"水你刚刚没有喝吧?"

"没有。"卫箬衣摇了摇头,她就是再没什么经验,没吃过猪肉也见过猪跑了。在现代看了那么多小说、连续剧,她在身携巨款的情况下肯定是不能胡乱吃东西的。

谁知道会发生点什么?

"你需要的东西我会送来给你。除了我之外,你不要动其他任何人送来的东西,明白吗?"萧瑾压低声音说道。

"嗯。"卫箬衣乖巧地点了点头。

卫箬衣的乖顺让萧瑾深感意外。

在燕京城里面那个素来飞扬嚣张的崇安郡主居然也有这么温顺的时候,见她低着头站在自己的身前,微微地低垂着自己的头,一副孤单的样子,让萧瑾的心底稍稍地一动。

想抬手摸摸她的头以示安慰,但是又猛然惊觉这样的动作太过亲昵,萧瑾就堪堪地忍住了。

"那些人目标应该是你。"萧瑾说道,"所以我就在这里陪着你。"

"嗯。"卫箬衣又点了点头,她转身拉开了一张椅子,"请坐。"

太客气了吧,与昨夜的滔滔不绝简直大相径庭,都已经快一天没说话了,现在又是这样的惜字如金,这样的卫箬衣真的叫萧瑾十分不适应。

抖了一下衣摆,萧瑾坐下。"你不舒服吗?"那马车少了门,一路上都灌风,虽然也有毯子垂挂着遮风,但是怎么也比不上厚实的门好。

关键卫箬衣太反常了,安静得让萧瑾的有点心惊。

卫箬衣又摇了摇头。

萧瑾蹙眉,既然她不想说,那就不要说了吧。

萧瑾坐在屋子里,卫箬衣就坐在床边上。

时间一点点地过去,屋子里静得可怕。

尴尬的气氛浓浓地填满了整个房间。

卫箬衣昨天被萧瑾猛然推倒之后就下定决心,以后少和他说话,反正她说多少错多少,那不吱声应该不会错了吧。

横竖他对她都不满意,那她就少开口。萧瑾是为了帮她而来的,她还指望着他帮自己救出大哥,所以萧大爷的心情好是最最重要的事情。

卫箬衣却不知道自己这般沉默,却更让萧瑾心乱了。

她一个劲地低头不敢正眼去看萧瑾，萧瑾却不知道光明正大地瞪了她多少眼。

卫箬衣也有点神游，担心大哥是一方面，另外一方面她也在想着萧瑾。

其实她倒是真的觉得萧瑾是个不错的人，虽然他一直都不待见自己，但是这不应该怪他，要怪就怪之前的卫箬衣缠人家缠得太紧。原著之中的萧瑾为了女主可是什么都愿意去做，不遗余力，更不惜变成了女主手里的刀剑。

可惜这样的男人却依然被原著的女主玩弄在股掌之间，最后还死在女主的手里，说起来他也算是一个悲情的人物了。

所以卫箬衣也十分感慨，人家女主就是女主，居然连萧瑾这么脾气古怪的人都能搞定，反观她，只要和萧瑾碰在一起就是这样那样的事情，几乎天天被他怼得体无完肤。

人比人气死人，这句话诚不欺我。

就是不知道她和女主都变成了穿越人士，那将来会有什么样的人走入萧瑾的心底。卫箬衣觉得好奇，就抬眸悄悄地看了萧瑾一眼。

这一看，正好瞥见了萧瑾正在不悦地瞪她。

卫箬衣又华丽地窘了，萧大哥！萧大爷！这回她可是什么都没说，就这么乖乖地坐着啊！这也能惹恼他？他这是心底有多恨她的节奏？

卫箬衣尴尬地站起来，有点手足无措的样子，惹恼了这位大爷，不帮她救大哥就真的万般不妙了。就像昨夜，卫箬衣是十分识实务的，那些人就是冲着她来的，没有萧瑾，她寸步难行。

如今萧瑾就是她的保命符、救命草，所以千万不能惹恼了他。

"我知道你不想见到我，更不想和我坐在同一间屋子里。"卫箬衣垂眸，不安地说道，"要不我站到外面去吧。"

不和他在一起，他会不会稍稍开心点呢？

卫箬衣的举动如一根钢针，插入了他的心底。

刺得他心底翻涌起了一阵让他不适的异样感觉。

以前想她离自己越远越好，但是现在她不经意的小举动却让他感受到莫名的难受。

"不必如此委屈自己。"萧瑾有点不耐得说道，"站外面不冷吗？"

卫箬衣缩了缩脖子，低头说了一声："冷。"这里可比不得侯府条件那么好，这小破客栈，走廊里钻风，真的很冷。

"冷就进来！"萧瑾无奈地说道。

"哦。"卫箬衣又挪了进来。

哼，要不是现在求着他帮忙救大哥，她又何须摆出一副委屈小媳妇的姿态来。

人生啊，有的时候真的是不得不低头。

这几天卫箬衣也想明白一件事情，自打她来之后发生的事情一桩连一桩，都不容她有什么喘息的机会，疲于应付，等这次大哥脱困，父亲凯旋，她一定要和父亲要点人放在身边防备着。

还有这次大哥如果平安，她一定要将家里的奴仆和侍卫的底细一个个都查一下，总这样被动地挨打什么时候是个头？主动权只有掌控在自己的手里，才能好办事。

让卫箬衣焦急的是她在这里住了两天了，都没有人再来告诉她接下来该怎么办，这客栈和镇子上的人没有半点的异常，一切都风平浪静的。到了第三天夜里，卫箬衣就有点坐不住了，萧瑾晚上就住在她的隔壁，可是大哥现在生死不明，古代的通讯不发达，也不知道侯府里面是个什么情况。

那些人将她弄出燕京城，不会就这样将她丢在这个偏远的小镇子里面不管不问了吧。

不光卫箬衣有点焦躁，就连跟随卫箬衣前来的侍卫和其他的锦衣卫们都有点浮躁。

这里的条件不咋样，客栈小，每个房间里的炉子有的是好的，有的是坏的，大梁的寒冬异常的冷，炉子好的房间都不觉得怎么暖和，更何况那些炉子坏掉的房间，到了夜间就冷如冰窖一样。

萧瑾反而静了下来，越是这种时候越是不能心浮气躁。

看来上次在雪地里他曾经出言提前示警应该是让对手察觉了什么，所以现在他们是在暗中磨掉自己这边人马的锐气。

不过总这么耗下去也不是办法，大家晚上睡睡不好，吃也吃不香，这客栈里面的东西大家都暗地里不敢吃，全吃的自己带来的干粮，时间拖得越是长对大家就越是不利。

等晚膳的时候，萧瑾来给卫箬衣送干粮，卫箬衣看着那个硬得可以当暗器用的饼就忍不住叹息了一声。

"怎么？嫌弃不好？"萧瑾挑眉看卫箬衣，他也不想她天天吃这个，但是现在这种情况，也只能如此。

"其实，咱们要是怕客栈里面的东西不好的话，我可以煮点东西给大家吃的。"卫箬衣说道。

"你会？"萧瑾十分意外，这倒真的是叫他没有料到。

"会。"卫箬衣点了点头，单身必备技能，炒蛋炒饭、煮方便面、下速冻饺子，这些她都会……其实她是真的会不少的菜色的，作为一到家就只想宅着的人，给自己做上一顿色香味俱佳的饭菜也是宅的一种方式。所以卫箬衣在现代除了必要的应酬要在外面用餐之外，基本都是有空就自己回家做。

她觉得将食物慢慢烹制成美味的过程也是一种放松和享受，那个时候，她可以沉浸在食物带来的各种感官之中，完全抛去白天各种数据和指标。

你看其实她也是蛮贤惠的！

"以后再说吧。"萧瑾并没拒绝，但是今天天色不早了，就懒得去折腾了。

"那我有点事情想要和你说。"卫箬衣蹙眉说道，随后她关上了房门，压低了声音对萧瑾神秘兮兮地说道，"这隔墙无耳吧？"

"暂时没有。"萧瑾感官灵敏，摇了摇头说道。

"咱们总这样干巴巴地等下去不是个事情。"没人卫箬衣就放心了，于是她对萧瑾说道，"他们等来等去的，无非就是看你们这些人训练有素，他们吃不准你们到底是不是钱庄的护卫还是其他的什么人吧。"

说真的卫箬衣不觉得普通的绑匪有这么好的耐心。

萧瑾不动声色地点了点头，卫箬衣的脑子也不算笨。

她能想到的，自己早就想到了。

"那不如咱们就干脆演一出戏给人看好了。"卫箬衣说道。

卫箬衣一说，萧瑾立即就明了。“你想引蛇出洞。”

“是啊。”卫箬衣苦着一张脸，将那几张饼子推了推，“不是我吃不了这个苦，而是我很担心大哥的安全，我大哥身体并没痊愈，外面的天气又是这样的恶劣，大哥真的在他们手上的话，时间拖得越长，大哥就越危险。我不是没有考虑过这事情或许就是假的，但是能利用我大哥来造假引诱我出京，必定也是有所图谋，所以我也想看看到底是什么人在搞事情。”

卫箬衣的话让萧瑾不由重新审视了卫箬衣一番，没想到这姑娘的脑子还是很好用的嘛。

他在得知这个消息的时候就已经派人去了骊山书院调查了。

不过现在传回来的消息是卫燕已经离开了骊山书院，目前下落不明。

“你就这么相信你自己能避开祸事吗?”萧瑾缓缓地问道，“你就不怕你来这里，连人带财都损失掉吗?”

“如果我怕，避开一次难道不会有第二次吗?”卫箬衣说道，“既然这些事情都是针对我来的，即便我躲去天涯海角，只怕也避不开吧。怕是很怕，但是这事情一天不解决，一天找不到幕后之人是谁，我就永远都处在恐慌之中，与其如此，不如放手一搏。我也要让他们知道我卫箬衣不是那么好欺负的。”

萧瑾只觉得自己眸光微微一亮。

站在他身前的少女微微扬起了自己的头，脸上带着自信且骄傲的神情，就连眼眉都变得生活鲜活了许多，平日里她骄傲的样子惹人厌烦，但是今日却让人生出了几分豪情澎湃的感觉。

70 演戏

她果真是不一样了。

自打从定州回来,她就在默默地发生着变化,变得越来越让他陌生,却也越来越让他熟悉。

这种自相矛盾的感觉纠缠在萧瑾的心底,让他生出了几分茫然。

“况且……”卫箬衣眼睛一滑,随后双眸就笑成了弯月一样,甜甜的,让人也忍不住有一种想跟着一起笑的冲动。

“况且什么?”不知不觉,萧瑾的眼眉也淡了下来,就连语调都轻缓了许多。

“况且我相信你。”卫箬衣十分狗腿地说道,“我相信你的能力。虽然你在定州坑我坑得要死,拿我当诱饵去引诱那些贼匪,但是如果你没有十足的把握应该也不会拿一个朝廷敕封的县主去开玩笑吧。”她脸上的甜笑马上就变成了拍马屁一样的谄媚之笑,“萧千户绝对不是盖的哦。”

呵呵……刚刚缓和了表情的萧瑾瞬间脸就绷了起来。

现在的卫箬衣真是有一种气死人不赔命的感觉。

“如果我就是厌恶你厌恶到故意想要让你去死呢?”萧瑾绷着嘴角恶声恶气地问道。

卫箬衣一愣,其实也不是没这种可能,不过管他呢!现在她是肯定要抱住萧瑾这条大腿了,不然离开了燕京城,离开了紫衣侯府,她还能指望谁去?她现在就是一个光杆司令。

“你心地那么好,不会这么恶毒的。”卫箬衣讨好地笑道。

心地好?萧瑾……

这话要是传入诏狱里面关着的那些人耳朵里,不知道多少人要笑掉大牙了。

“我才没有那么好心。”萧瑾别扭地稍稍撇开了头,不过他眼底的眸光却是柔了下来,刚刚紧绷着的嘴角也有要咧开的趋势。

她看起来越来越不讨人厌了。

“我说你好就是好。”卫箬衣死皮赖脸地说道,“萧大哥,萧大爷,只要你帮我救出我哥哥,找出是什么人在背后想要坑我和我们紫衣侯府,我也答应你一个要求好不好?只要我能做到,我一定做。”

虽然萧瑾一诺千金,但是这种情况下,再加点砝码也是好的。

“好好说话!谁是你大爷?”萧瑾有点忍俊不禁了,不过他还是用一记清咳来掩饰住了他的笑意,“真的是什么要求都可以?”

“只要无伤大雅,都可以的。”卫箬衣忙不迭地点头,随后很郑重地举起了自己的右手,“我以我一生的名誉发誓。”

“你的名誉还剩下多少?”萧瑾不屑地斜睨了卫箬衣一眼。

卫箬衣……不带这么磕碜人的。

“放心,我准备去给我的名誉充值续费……现在貌似我名声不咋地,但是以后绝对是够用的！名誉满满!”卫箬衣十分正经地说道,事实上她已经在充值了!

虽然萧瑾没弄明白充值续费是什么,但是猜也能猜出一二。

他真不知道卫箬衣的脑袋里怎么会蹦出那么多他听不懂的词汇来。

他很少会听人这么说话,便是市井之中也并没这样的言语,乍一听,叫人挺茫然,但是细细想起来,倒也蛮有趣的。

不一会,客栈里面的人就听到卫箬衣的房间里吵闹了起来。

店家竖起了耳朵听。

屋子里的东西被摔得乒乒乓乓的,其中夹杂着那个漂亮姑娘的怒骂,“天天叫我吃这个！你想死啊!”

“姑娘,你若这样闹下去,我们怎么能好好地保护你。”随后传来萧瑾的声音,似是在规劝,不过言语之中带着几分不耐烦。

“你们好好保护我了吗？保护我就让我天天喝你们送来的水,吃你们送来的这种破东西?”随后又是几声异响,卫箬衣好像将碗和杯子都给砸了。

“姑娘,出门在外有的时候必须要当心的!”萧瑾还在继续劝说。

“我已经快烦死了!”卫箬衣大声吼道,“不想看到你！我要包子,肉馅的包子！我还要吃其他的好吃的！你别拦着我。到这什么鬼地方已经够晦气的了,还要忍你的气!”

“姑娘,你不能……”萧瑾的话还没说完,就听到一记响亮的耳光声传了出来,顿时将萧瑾后面的话全数给打灭了。

“我不能怎样？你是什么身份？轮得到你来教训我?”卫箬衣怒骂道,“你不过就是一个小小的护卫罢了,我出钱雇了你是来保护我的,不是叫你来装大爷的!”

在房间里,卫箬衣一边骂,一边双手合十朝萧瑾作揖,意思是这都是在演戏。

萧瑾憋住笑,冷声回道:“我们也是考虑了姑娘的周全,所以才……”

他话都没说完,卫箬衣就又拎起一个杯子重重地朝地上摔去。“滚！谁要你护周全啊。我府上没人吗？雇你们是看在你们老板的面子上,还给脸不要脸了是不是？真当我府上的都是摆设,你可知道我是什么身份?”

萧瑾默默地给卫箬衣竖起了一根大拇指,卫箬衣咧嘴无声地一笑,随后用口形对萧瑾摆出了“过奖”两个字。

“我们虽然是被姑娘雇来的,但是姑娘也不用发这么大的脾气吧。”萧瑾故意高声对外说道。

“我爱发脾气就发脾气,想干吗就干吗!”卫箬衣大声骂道,“狗奴才,一个个的都不知道好歹,奴才就要有奴才的样子!”

“我们并非姑娘府上的人!”萧瑾用极其愤怒的声音说道,“姑娘不必如此辱骂。”

“我就骂你们怎么了!”卫箬衣呛声说道,“狗奴才,狗奴才,狗奴才。”

“够了！姑娘,我们护你这么多天,还要忍受你的臭脾气已经是仁至义尽了。姑娘若是还要辱骂我们,别怪我们不干了!”萧瑾说道。

“好啊好啊，滚啊，早就看你们几个不顺眼了。我在这里很好，不劳你们大驾！放心吧，该你们拿的我一文都不会少你们的，你们以为你们是谁啊？都滚！”卫箬衣一边骂，一边朝着萧瑾笑。

萧瑾也故意一甩衣袖。“好！既然姑娘这么仁义，更是那么有本事，那我们也不必陪着姑娘在这里等了。”

“滚！赶紧滚！滚得越快越远越好！”卫箬衣说完就捂住嘴笑了起来。

“告辞！”萧瑾利落得甩下了两个字，随后对卫箬衣用了一个眼神，又略一颔首，猛然拉开了房门。卫箬衣会意地又扔了一个杯子出去，门打开，那杯子正砸中了站在门外的店家的脑门上，店家“哎呦”一声，捂着自己的脑门蹲了下去。

萧瑾重重地哼了一声，甩袖离开，马上召集了自己的手下。“我们走！”他们竟是半点留恋都没有，直接骑马在暮色之中离开了落霞镇。

萧瑾离开不久就发现身后有人跟随。

大概是对手不放心，所以跟出来看。

这次出来萧瑾安排了冯安在外围保护，那夜敌手试探的时候，冯安没得萧瑾的信号，所以没有出现救援。

这么多年在锦衣卫，萧瑾总是会多安排一队人马，以备不患，这次也不例外。

“头儿，那个尾巴不知道要跟多久。”陈一凡小声对萧瑾说道，“现在只有崇安郡主在客栈如何是好。”

萧瑾担心的也是这个。

他和卫箬衣争吵的时候，那店家鬼鬼祟祟地在门外，不能不叫人起疑。这两天他也和周围的人打听过这店家的身份，周围的住户都说这客栈已经开了不少时间了。这店家虽然是几年前到这个镇子上的，但是已经落户很久。

那也就是说店家的身份并没什么太大的异常。

他在门外偷听是要传递消息还是仅仅只是觉得好奇？

不过看他被卫箬衣拿杯子砸得头破血流的，又没看出他会武功来。卫箬衣的力道，就是一般的习武之人都有点吃不消。

总之那镇子是有异常这是肯定的了。

萧瑾沉声对陈一凡说道：“一会咱们佯装休息，你去将那人给我捉回来，记得要活的。”

“是。”陈一凡嘿嘿地一笑，憋了这么多天，也该动动筋骨了。

卫箬衣在萧瑾走后也有点紧张，现在就剩下她和从府里带出来的六名侍卫了，楼下有三大车的金子，怎么看她都是一块肥肉，乖乖巧巧地躺在锅里，只等人家来咬上一口了。

刚刚萧瑾开门，她用杯子直接砸中了那个店家，现在店家出去包伤口了。她又指手画脚地叫人将店里最好吃的都拿过来，完全就是一派智商堪忧、作死无极限的跋扈女的形象。

店里拿来了一大桌子的菜肴，虽然谈不上美味，但总算是有肉了。

卫箬衣每个盘子都动了点，挑出了些菜肴来用帕子包起来，然后塞到了床底下。等一切都做好了之后，她又摆出了一副酒足饭饱的样子，叫了外面的小二进来收拾残局。

卫箬衣又故意走到楼下，对自己的侍卫说道："咱们再住上一天，再没什么消息就打道回府。"

到了夜间，卫箬衣将房里的火烛吹灭，随后将自己的东西堆在了被子里，裹出了一个人形的样子，随后她抱着自己的长刀就蹲在墙角不起眼的角落里静静地等候着。

长夜漫漫，越是等待越是觉得时间难熬。

卫箬衣打了好几次哈欠，没办法，自打到了落霞镇，她就几乎没睡过什么好觉。

现在自己一个人抱着刀坐在这里，不免眼皮子有点打架的趋势。

强自打起精神来，卫箬衣掐了一把自己的大腿，痛得她自己龇牙咧嘴了一番，有了痛感的刺激，卫箬衣终于将眼睛给睁开了。

她忽然听到了窗户纸发出了一声细微的响动，卫箬衣顿时瞪大了眼睛。

客栈外的走廊上点着一盏风灯，有微弱的光影透过窗纸映了进来，窗纸上有黑影晃动。卫箬衣顿时紧张了起来，她紧紧地抱住自己的刀。

这个角落她也是选了好久才定下来的，可以看到外面，但是外面却不容易注意到这里，因为正好有一个衣架杵在前面。

一个小小的圆筒状物体从窗纸破开的洞弹了进来。

唉！太坑了。卫箬衣马上深吸了一口气，随后拉起了自己的衣服掩盖在自己的口鼻上，看过的连续剧加起来可以绕地球一周的现代人又怎么会不熟悉各种迷魂药的用法！借着微弱的光亮，那竹筒里面果然喷出了薄薄的烟雾。

卫箬衣一边憋气，一边炯炯有神地想到，如果那人没吹好，自己吸回去咋办！

卫箬衣忽然很想笑，她真是觉得自己够了！这种情况下，居然还能想到这么无厘头的事情！

不过这个迷魂烟到底多少时间见效啊，很快，卫箬衣就又窘了，她憋气的时间最多也就一分半的时间，时间再长点，她就要喘气了……

大写的"囧"字浮动在了卫箬衣的脸上。

脑海之中闪现了好几个念头，卫箬衣决定在她快要憋不住气的时候就马上踹门而出，打他们一个措手不及！

反正如果闭气的时间不够长，忍不住吸了一口迷魂烟进去的话，那她也是死翘翘了，倒不如一股脑儿打出去，还有点生机。

外面是个什么情况，对方有多少人，武力值如何，卫箬衣全然不知道，所以现在不到万不得已，她也不想贸然行动，还有萧瑾到底有没有回来啊！

这一次她可是真的全心信赖着萧瑾萧大爷啊！

几乎等于将自己和大哥的小命都交到了萧瑾的手里了。

就在卫箬衣觉得自己的肺有点顶不住刚要抱刀跳出去的时候，那门终于被人从外面用匕首探进来挑开了门闩。

"&% ##@￥&"两个身穿黑衣的蒙面人蹑手蹑脚地走了进来，其中有一人小声地说了一句卫箬衣完全听不懂的话，卫箬衣只能在脑海之中自动处理成乱码了。

另外一人点了点头。

两个人逼近了床铺，在揭开被子的瞬间，卫箬衣提刀就从暗处跳了出来。

一击立劈苍山,长刀带着奔雷一样的气势朝着一个人的肩膀直接劈下,卫箬衣是突然袭击,那两个人的注意力本就在床铺上,哪里能在意旁边还杀出了一个人来。那人顿时被卫箬衣劈中,惨叫了一声,跌坐在了地上。卫箬衣见自己一招得手,拔刀横扫,刀锋奔着另外一个人而去,那人大惊,立即提刀来挡,但是他手里的刀竟然生生地被卫箬衣给磕得脱手而飞!

卫箬衣现在是用尽了全身的力气的。

那个人一个趔趄差点摔倒,不过很快就朝门外逃去。

"跑什么跑!我大哥呢!"卫箬衣提刀追了出去。

那人直接从门内跳了出去,嘴里发出了一声尖锐的口哨声,随后他大声疾呼,嘴里叽里咕噜说的话卫箬衣一句都没听懂。

"郡主小心!"等卫箬衣终于听到一句有用的话的时候,就见一张大网朝她飞了过来。

71 有人想活捉她

这伙人看来真的是要活捉她，竟然不用什么别的工具，而是用了网，这是准备将她当成鱼来捞吗？

卫箬衣反应也是奇快的，她用长刀杵地，双臂用力，身子就在空中跃了起来。她的力气很大，将长刀的刀柄当成了撑杆跳高的竹竿，一个飞跃就跳过了朝她罩过来的大网。

卫箬衣等跳过去之后，暗自捏了一把冷汗，幸亏姐们当年练过撑杆跳，不然刚刚就被当成鱼给抓了。

说起来当年她练这个撑杆跳高也是在大学的时候和人赌气而为之的。

好汉不提当年勇了，只是卫箬衣没想到大学里面GET的技能居然能用在了这里。她是躲过了大网，但是长刀却被她扔在了网的那一边。

卫箬衣感觉有点虚。

"郡主，接着这个！"

又有人喊了一声，卫箬衣朝声音传来的方向看去，就见一名身穿侯府侍卫衣服的男子朝她扔了一把刀过来。

"怎么只有你？"卫箬衣抬手接住了他抛来的刀，问道。

"其他人都被迷晕了。"那侍卫说道，"郡主，属下护你突围！"

说完他奋力抗击着围住他的两名黑衣人，努力朝卫箬衣这边靠拢过来。

那些黑衣人见网都没有抓住卫箬衣，顿时就又变换了队形。卫箬衣这才看清楚，原来客栈的大堂里居然有十个黑衣人，他们每人都从腰间抽出了一团绳索，展开，五五对立，顿时将卫箬衣给围了起来。

卫箬衣就知道不好，这些绳索只要相互抛到对方的手里，岂不是又要结成一张大网了。

"他们的目标是我！"卫箬衣对那个已经靠到她身边的侍卫说道，"你赶紧跑！记得回侯府报信。"

那侍卫暗自摇了摇头。"属下职责便是保护郡主。"

黑衣人又说了几句卫箬衣听不懂的话，正如卫箬衣所料，他们开始用绳索结网，他们将自己手里的绳索抛到了斜对面站立的人手里，顿时就将卫箬衣给围困在了绳子结成的阵中。

"玩绳子吗？我小时候就玩过！"卫箬衣哼了一声，头一低，身子如同泥鳅一样蹿到了绳索的空隙之中。那些黑衣人一看，大惊，立马朝中间收拢阵型，不过卫箬衣已经持刀劈向了她正前方的一人的面前。

虽然手里是普通的大刀而不是长刀，但是道理都是一样的，卫家的鬼神刀法的招式非常干练，用出来可以直击要害，没有半点花花招式。

那人一惊，身子朝后，急急闪开，但是他却没想到卫箬衣的刀锋一转，竟是直接奔着绳子去的。卫箬衣的脑子不要转得太快，人是活的，只要佯攻某一个人，他必定是顾前不顾后，所以她真正的目标是绳索，从一开始卫箬衣就明白这些人的目的是要活捉她，所以砍人不是第一要务，而是将自己从这些绳索之中解救出来，能跑才是第一要紧的。

因为这些人只会追她，而不会杀她，只要她能拖延时间，拖到萧瑾回转过来，那情况就扭转了。

关键时刻，保持头脑的冷静是绝对重要的。

卫箬衣的力气很大，那绳索被卫箬衣手里的刀砍中，顿时就从那人手里脱落，绳索的一端落地，另外一端也就被卸掉了力量，这看似复杂牢固的绳索阵顿时就好像被卫箬衣破了一个缺口一样。

72 她也是很灵巧的

卫箬衣如法炮制，又一段绳索落地，两三下的工夫，还真的被她误打误撞地将绳索撕开了一个口子。

卫箬衣回眸，对紧跟在自己身侧的侍卫说道，“走！”

她刚要拽着那人逃离，眼角的余光却看到了一丝寒光闪过。卫箬衣大惊，生生一个转身，侧头，弯腰，身子在半空划出了一个弧线，避开了从侯府侍卫手里射出的暗器。

“你！是奸细？”卫箬衣猛然瞪大了眼睛，怒道。

“郡主，乖乖束手就擒吧。”那侍卫虽然被卫箬衣居然能闪过他突如其来的一击而感觉到困惑，但是他还是狰狞地一笑，“五皇子殿下不会来救你了。我们的人看着他带着人马已经在回京的路上了。”

“你们的人？”卫箬衣冷冷一笑，“这么说你和他们是一伙吗？你不是大梁的人？”

“郡主问那么多做什么？”那名侍卫缓缓一笑，“不要再顽抗了，郡主虽然会点花拳绣腿，但是我们这么多人，郡主才一个人，郡主觉得能跑得掉吗？”

“跑不跑得掉是我的本事。”卫箬衣一挑眉，云淡风轻地说道，“不如大家打个赌怎么样？”

她虽然是一副从容淡定的样子，可是心底都已经炸了锅了！

死萧瑾！怎么还不来！难不成真的将她一个人撇在这里，他带着人回京了吗？

亏她那么信任他！已经是将大哥和自己的性命都交在了萧瑾的手里！

该死的！

“我们是不想让郡主有什么损伤，但是郡主若是一意孤行，就别怪我们不客气了。”那侍卫冷笑了一下，他说完一挥手，“上！只要留住她的命就好了，伤了不管！”

那些黑衣人闻声而动。

卫箬衣一看，顿时就慌了！

“等等！”卫箬衣大吼了一声，“我有话说！”

侯府的侍卫一抬手，蠢蠢欲动的黑衣人再度停止了动作，虎视眈眈地围住卫箬衣。

“郡主是想清楚了？”那人不屑地冷笑了一声。

“我想清楚了！”卫箬衣大声地说道，“不过我大哥在不在你们手上？你先告诉我这个！”

“自然是在。”那人冷笑道，“事到如今，也不怕告诉郡主了，你大哥真的在我们的手上。”

“你和他们是一伙的？我不信，你的大梁话说得这么好，不带半点口音。那些人只会叽叽咕咕的说话，根本就不是大梁人！我要是猜得没错的话，他们是库尔德王的手下吧。”卫箬衣心底已经急得冒火了，她已经在努力地拖延时间了，要是萧瑾那个混球还不来，她以后做鬼都不放过他！

真是急死她了！萧瑾怎么会在这种时候掉链子？难道他真的要袖手旁观，放任自己被人抓走？

卫箬衣知道老爹现在就在和库尔德族人打仗。库尔德原本是大梁的附属国，但是前些日子，羌人犯边，卫大将军居然发现有库尔德的商人混在羌人之中，买卖马匹与铁器。大梁恒帝发了诏书给库尔德王，要让他彻查此事。结果，大概是与羌人有了什么协定了，所以库尔德王将恒帝说的话当成了放屁，还杀了大梁派驻在库尔德王庭的监察官，所以恒帝在卫大将军收拾了羌人之后，令卫毅挥师西进，将库尔德王庭一并拿下，以儆效尤。

老爹仗打得漂亮，前段时间有家书传回，说是在过年之后应该就能班师回朝了。

所以卫箬衣在发现那些黑衣人说的话她一句都没听明白之后，就觉得大概是库尔德人想要活捉她了。

因为只有她和大哥都是活人的情况下，才能拿他们两个人去威胁他老爹。

卫箬衣刚刚在看到那个侍卫的时候已经是加倍小心了。

她带出来的六个侍卫，已经有五个被悄无声息地放倒了，怎么就唯独这一个活蹦乱跳的。

所以她没动什么声色，而是暗中留意这个侍卫，因为她不想去质疑一个她不能确定的人，如果这名侍卫真的是好人的话，那岂不是要让人寒心了。

但是这人却让她寒心了，他居然是潜藏在侯府之中的奸细。

不知道侯府之中还有多少这样的奸细。

“郡主的问题，日后会水落石出。”那侍卫笑道，“不过郡主现在这样拖延时间也没有什么用。五皇子殿下已经带人回去了。我可以很肯定地告诉郡主。还是那句话，不想受皮肉之苦就赶紧束手就擒。郡主长得这般如花似玉，真的碰坏了，伤了哪里就不太好了。”

呃……卫箬衣稍稍地一囧，难道她拖时间有拖得那么明显吗？

“别别别！”卫箬衣马上笑道，“别打我，我很怕疼的。”随后她笑着朝前了一步，那侍卫戒备地后退了一步。

“你别怕我啊。你看我这么如花似玉的，哪里有那么面目可憎。”卫箬衣笑道。

“郡主的力量和刀法，适才属下都看在了眼底。郡主还是稍稍地和属下保持一点距离才好。”那侍卫笑道，“郡主，拖延时间是没用的。我的耐心也有限。”

“萧瑾！你个混球再不出来，我就被人抓走了！”卫箬衣忽然大吼了一声。

她这一吼，倒是真将那侍卫给吓了一跳，他顿时叽里咕噜地说了一句卫箬衣听不懂的话，那群黑衣人如临大敌，纷纷戒备。

屋子里顿时鸦雀无声，卫箬衣瞅准这个机会，一猫腰准备跑，却被那侍卫给瞥见。“郡主！你还真是滑头！五皇子殿下在哪里？”他顿时反应过来，刚刚卫箬衣是在诈他，借以转移他们的注意力。

“五皇子殿下是不会来的！”他说完之后又对那些黑衣人打了一个手势。就在那些黑衣人准备将卫箬衣抓住的瞬间,客栈的屋顶忽然发出了一声巨响,房顶的砖瓦破碎掉下,随之而来的是一个青黑色的人影,如同天神一样降临而至。

在其他人被巨响分神,尚未反应过来的时候,那黑影已经如同鬼魅一样瞬间移动到卫箬衣的身边。

"谁说我不会来?"那人揽住了卫箬衣的肩膀,带着她飞身跃起,直接跃出了包围,随后翩然落下,他嘴角带着冷清的寒意,眸光如刀,冷冷地说道。

卫箬衣目瞪口呆地看着揽住自己肩膀的萧瑾,他墨色的发丝随着他的动作而张扬地飞舞在他的身后,那一张姝丽的面容上布满了霜意,平添了几分摄人的气势。

帅!真的很帅!

察觉到卫箬衣正在傻呆呆地盯着他看,萧瑾稍稍侧目。"怎么了?我脸上有花?"他轻哼了一声,不过眸光在碰触到卫箬衣的时候却带着几分淡淡的柔意,那抹柔意潜藏得很深,就连他自己都没察觉到。

"你比花好看!"卫箬衣赞叹道,"真的!刚刚真的太帅了!"

萧瑾……

他是真没想到卫箬衣会这么说。

就在他的眼底流露出几分得意之色的时候,胸膛却被卫箬衣重重地捶了一拳,萧瑾又……

"你怎么现在才来!"卫箬衣怒道!帅有个屁用啊!她刚刚差一点就要被抓走了好不好!死没良心的!亏她这么信任他,他却非要来一个姗姗来迟,心脏病都要吓出来了!

"能来就不错了!"萧瑾没好气地说道,这臭丫头打人这么用力!很痛!"别挑三拣四的!"

"我……"卫箬衣简直无语!说得好像她欠了他多大的人情一样。"那你别来了!就让那群库尔德族人抓住我好去威胁我爹!反正我爹是帮你爹打仗!你别管我了!"

说完卫箬衣就拧了一下自己的身体。

"别乱动!"萧瑾吓得收拢了一下自己的手臂,生怕被她给挣脱出去,"都什么时候了,别耍你的大小姐脾气。

"我没耍脾气啊。我只是想把你推下去,让你也体验一下被人困住的感觉。"卫箬衣说道。

萧瑾……

他刚刚抓住她的时候,满心的喜悦现在都变成了一个大白眼丢还给卫箬衣了。

那个侯府的侍卫都已经看得有点傻了,这……什么情况?

"我不是已经派人跟踪你们了吗?你们不是已经在回京的路上了吗?"那侍卫暴躁地问道,"怎么你回来,却没人报告!"

"就派了一个人来跟踪我们十个人,这是不是有点太看不起我们锦衣卫了?"萧瑾冷声说道。

那侍卫一怔……

说得也是。

不用说了那个人一定是被萧瑾他们给收拾了。

卫箬衣一听，气就不打一处来了。“你都知道有人跟踪你，而且还处理了那个人，你却还姗姗来迟！你……你就是故意的吧！”

“我如果不迟点出现，又怎么知道你侯府的侍卫里面到底哪一个才是奸细呢？”萧瑾又白了卫箬衣一眼，“横竖他们又不会杀了你，你顶多是吃点皮肉苦而已，怕什么。”

卫箬衣……道理是这个道理，不过怎么听起来那么叫人觉得不爽呢！

萧瑾自是不愿意告诉卫箬衣他实际上已经早就赶了回来了，只是为了不打草惊蛇，所以才一直隐藏着。他是一直在暗中护着卫箬衣，他既然已经抓到了跟踪他们的那个人，自是从他的嘴里套出了话来。

那人是嘴硬，但是又有多少人能在锦衣卫的问话技能之下还能三缄其口，沉得住气呢？只是三两下就已经将那人的口给撬开，虽然他的大梁语说得生硬，语言也组织得颠三倒四的，但是大家连蒙带猜也将其中的关门过节给理顺了出来。库尔德族人节节败退，已经撑不了多久了，也不知道是哪个不要脸的和库尔德王献了一个计策，派了人潜入大梁绑了卫毅的儿子和女儿去两军阵前，妄图以此来牵制住卫毅前进的脚步，换取得以喘息的机会，好拖延时间让他们再去另想办法或者和别国借兵。

能准确找到卫箬衣的房间，并投下那封信，侯府之中如果没有人接应那是几乎不可能的事情，而且那些人在萧瑾他们到达之后迟迟不动手，应该是了解萧瑾的背景，亦或者是在忌惮萧瑾他们的身手。

一旦奸细是出在紫衣侯府的话，那带出来的侍卫之中就很可能藏着一两个奸细。

可惜那个人经不起他们三折腾两折腾，熬不过他们的手段，在说出卫燕被藏在何处之后就晕死了过去。也没能说出卫箬衣所带的侍卫之中到底有没有奸细，哪一个才是。

萧瑾发出信号让一直潜藏在暗处的冯安分出一部分人去按照那人给出的地址交由花锦堂带着前去解救卫燕，他自己则带着陈一凡他们赶回了落霞镇。

萧瑾到了之后就一直藏身在屋顶，但是卫箬衣的一举一动皆在他的监测之下。

他看到卫箬衣鬼鬼祟祟地抱着刀蹲在墙角守株待兔，想笑之余，倒也觉得卫箬衣这副平日里不展露在人前的模样其实还是蛮可爱的。

库尔德人在放迷魂烟的时候，萧瑾本是想出言示警的，但是他瞥见卫箬衣已经先捂住了自己的口鼻，这叫他深感意外，一个娇生惯养的侯府之女居然能懂这些，反应还那么快。

一来他确定了库尔德人不会要了卫箬衣的命，二来他也想看看卫箬衣到底能做到什么地步，她的卫家刀法威力到底如何，所以就忍住没出来。

刚才如果不是卫箬衣再三地叫他，他可能还会在袖手旁观一会的。

抛去别的不说，崇安郡主还是蛮机智的。

卫箬衣结结实实地也还了萧瑾一个大白眼。

算了。人家顶风冒雪地回来救她和她大哥已经是让她欠了人家一个很大的人情了，她再挑三拣四的也的确有点不太好。

侍卫已经看傻了，这两位不是一直都传闻不合吗？怎么现在搞得好像在打情骂俏一样。

是他大意了！在那日出发的时候，他就已经认出了那群所谓的钱庄护卫实际上是锦衣卫假扮的，其中为首的那位更是传闻与郡主殿下一直不合的五皇子殿下。他总以为是郡主暗中找了锦衣卫帮忙,五皇子殿下出现不过就是因为职责所在,不得不去。

抓郡主是真的,如果还能再饶上一个皇子的话,那就更好了。

不过他也怕五皇子殿下留有后手,所以在路上安排了一次试探,想要看看是不是还有人潜藏在暗处帮着五皇子殿下。一经试探,他倒是没看到有什么其他的人马潜藏在暗处,但是五皇子殿下的警惕性却也叫他暗自心惊。人只有活着才有利用的价值,所以不得已,他只能等到了客栈再作计较。

可是到了客栈,五皇子殿下防得和铁桶一样,水都泼不进去。卫箬衣他们焦急,这边的人其实比卫箬衣他们还要着急。

因为每拖上一天,就意味着卫毅大将军距离库尔德王庭更近一步。

所以今日卫箬衣和萧瑾一闹翻,他就立马感觉到机会来了。虽然能抓住萧瑾是最好的,不过这几天接触下来,他就深感想抓他太不容易了,那人平日里做事滴水不漏,完全一点插手的机会都没有。所以他一甩脸走人,这边就马上开始了行动,毕竟卫箬衣才是他们最最重要的目标。

如果不是外界传闻五皇子殿下一贯看不上崇安郡主,他信以为真了,也不会那么容易上当受骗。

不过现在看起来五皇子殿下哪里是与崇安郡主不合,他们虽然在不停斗嘴,不过怎么都觉得两个人熟捻到了一定的程度。

“你们够了!”实在看不下去的侍卫大吼了一声,这两个人再这么旁若无人地说下去,简直就是当他们是死人一样。

等那侍卫吼完,他就发现萧瑾看他的眼神就如同看一个死人一样。

目光寒得让他忍不住心皱到了一起。

萧瑾只是抬手打了一个响指,就听到客栈两侧的木门全数如同纸片一样碎裂开来,弩箭如同雨点从碎裂开的木门之外朝里面射了进来。

闪避不及的几个黑衣人顿时就被射成了筛子,人抽搐着倒在地上。

还有能闪开的,也被随即而至的锦衣卫们包围了起来。

一场激烈而短暂的打斗之后,屋子里面剩下的黑衣人全数被冯安和陈一凡擒获,就连刚刚吼了萧瑾的侍卫如今也是面如死灰,跪在了地上,他的颈部被陈一凡架了一把刀,直至此时,他尚有点不敢信眼前发生的变故居然来得这么快。

才不过眨眼的瞬间,他们就从追捕猎物的猎人变成了被抓捕的对象。那些人能从外面攻进来,那就意味着他安排在镇子周边放哨的人已经全数被制服了。

大势已去,那人顿时委顿在地。

直到所有的局面都被控制住,萧瑾这才揽住卫箬衣的肩膀,从高处飞身跃下。

他才一松开卫箬衣的肩膀,卫箬衣就朝前跑了两步,顺手从地上抄起了一块断裂开的木板,对着那名侍卫掂量了两下。“赶紧说,我大哥在什么地方！不说老娘打爆你的头!”

73 揍人是个粗活

卫箬衣的彪悍顿时让在场所有的锦衣卫都震惊了。

大家纷纷侧目。

陈一凡笑眯眯地"助纣为虐",他将刀朝前递了递,刀锋顿时就割入了那侍卫的皮肤之中。

"郡主,这种揍人的粗活,我来。"他拍马屁道。开玩笑,照这发展趋势,未来郡主是很可能当他们头儿的媳妇,皇子妃呢!所以郡主这根大粗腿,他是抱定了。

旁人看不出来,其实他早就看出来,之前离开客栈,将郡主独自留在客栈之中,头儿看起来镇定,其实是很紧张的。

血沿着刀锋缓缓渗出,那侍卫吃痛,闷哼了一声,冷冷地一笑。"就算抓住我又如何。我不会告诉你们卫燕被关在什么地方。"说完他就神色诡异地一咬牙。

"不好!"陈一凡一看他脸上流露出那种异样的神色,立马去掰他的嘴,可惜已经晚了,一股淡淡的甜杏仁的味道从被陈一凡掰开的嘴里流露出来。那侍卫面容森然地哈哈大笑了起来,只是他没笑两下就浑身抽搐倒地,嘴里流出了汩汩的黑血,眼睛一翻,不过就是瞬间,已经身亡。

"死士?"萧瑾稍稍蹙眉,"去查查这个人的底。"

"是。"陈一凡略带遗憾地摇了摇头,随后站起来应了一声。

其实这件事情,萧瑾一直都有一点想不太明白。

库尔德人是如何找到这个侍卫的,而且看这个侍卫似乎能指挥库尔德人,如果这个侍卫是被库尔德人收买的,应该是指挥他才对。

直到他咬毒身亡,萧瑾才更加确定这个侍卫一定不是被收买那么简单。

他一定是知道别的什么,所以才会死得这么决绝。但凡是能被收买的多半是贪财,但凡贪财的人也十分惜命才是,他牙间藏毒的手段一看便是属于死士的。

况且库尔德人与大梁正在交战,这么多库尔德人潜入大梁境内,还能潜藏得这么好,不得不说是一件很难的事情。这些库尔德人大部分不会说大梁的言语,他们是运气好,抓到的那个正好会说一点点梁语,也是说得颠三倒四,平日里只要和人交流就一定会被发现,他们这样在大梁境内可以说是举步维艰,竟然也能找到人相帮,还能选中落霞山这样的地方来藏人,这事情表面看是已经完结了,但是细细想下来处处都潜藏着还没被人揭露开的秘密。

"就这么死了?"卫箬衣目瞪口呆地看着倒在地上的侍卫。

她还没问出她大哥的位置呢……

“赶紧帮我问问其他的人,我大哥在什么地方。”貌似这么多人里面只有这个侍卫会说大梁话和库尔德话,这可怎么办!卫箬衣撇了手里的木板,对萧瑾急道。

“郡主稍安勿躁。”陈一凡说道,“头儿已经派人去救您的大哥了。”

“真的吗?”卫箬衣又惊又喜地看着萧瑾,“陈一凡说的是真的吗?”

“哼。”本来想说是真的,但是看到卫箬衣如此紧张她的大哥,萧瑾就懒得说话了,而是用鼻子重重地哼了一声。

“别傲娇!”卫箬衣抓住了萧瑾的衣袖,急道:“你倒是说句我能听得懂的人话啊!”

萧瑾翻了一个白眼,更不想说话,合着他刚才说的不是人话啊!哼一声也是人言好吗。

“萧大爷!”见萧瑾更加的傲娇,没了办法的卫箬衣只能服小做低,腆脸一笑,“我知道您辛苦了!来来来,告诉我陈一凡说的是不是真的啊?”

萧瑾瞪了一眼卫箬衣。“真。”他不情不愿地说了一个字。

“唉!”卫箬衣却是一蹦三丈高,高兴之下有点忘形了,结结实实地抱住了萧瑾,直接将他从地上拔了起来,原地转了一圈。

众人……

萧瑾……

卫箬衣……

讪笑了两下,她将萧瑾放了下来,嘿嘿地傻乐着。她挠头后退,赶紧替萧瑾拉了拉有点皱起的衣袖。“对不起对不起,实在是因为太高兴了!对不起啊,别在意。我刚刚什么都没做!”说完她看了一下周围,凡是被卫箬衣目光扫中的锦衣卫们纷纷撇开了头,假装刚才什么都没看到。

卫箬衣满意地点头,不愧是陛下亲军,训练有素,知道什么该看,什么不该看。

萧瑾只觉得自己的脸腾的一下如同被人点了一把火一样,他又气又恼,一甩袖,大踏步地走了出去。什么都没做,干吗还要叫他别在意!他很在意,非常在意!异常在意!

唉,这就生气了!看着萧瑾匆忙离去的背影,卫箬衣一脸的尴尬,她刚刚真的是得意忘形了!怪她,怪她!

“你们刚刚看到什么了?”卫箬衣苦着脸问道。

“属下们什么都没看到!”大家异口同声地说道。

他们才不会对外说他们头儿被崇安郡主给抱起来了……为了避免将来被头儿灭口,这等丢人的事情还是烂在肚子里吧,

卫箬衣垮下肩膀来躲在一边画圈圈去了,怨念丛生,好不容易和萧瑾之间的关系有点和解的趋势,现在好了,一抱回到了解放前,可能还更加倒退了一点……因为她是当着他的属下和敌国的人抱他的,这丢脸丢到国外去了,这下很可能不是倒退回解放前了,很可能是倒退到了鸦片战争前……屈辱的历史啊!

你说,开什么金手指不好,非要开一个力大无穷的金手指呢!害她想假装小鸟依人都不行。

变态的作者啊!

萧瑾跑了出去之后,足尖一点就越上了对面的屋顶,找了一个无人的地方,他才停了

下来。

雪夜,大梁天寒地冻,不过这样的寒冷似乎也阻止不了他脸上火热的蔓延,萧瑾只觉得自己真的是又好笑又好气,这臭丫头抽的什么风!居然当着那么多人的面就将他抱起来,更悲催的是,他素来反应快,刚刚那一刻却是整个人都懵掉了……竟然让那个臭丫头给得手了……

不光脸上火热如同被烧红的铁板,就连刚刚被那臭丫头手臂碰触过的地方都如同套了一个被烧得滚烫的铁箍子一样。

萧瑾握拳,臭丫头那力气怎么就那么大!

真讨厌。

前去救卫燕的人行动也算是顺利。

人家的主要精力都放在了怎么抓卫箬衣这边了,对于卫燕那边防卫得不是特别的严密。

卫燕就被关在落霞山深山之中,那些库尔德人藏得倒也算是隐秘,也是因为隐秘所以才与外界的消息传递缓慢,这就让萧瑾手下的花锦堂钻了一个空子。卫燕被救出来的时候,人是昏迷着的,卫燕的身体本就不是太好,外面天寒地冻,再加上这些日子的折腾,卫燕受了风寒,高热不退。

卫箬衣心急如焚,求着萧瑾将卫燕连夜送回了燕京城,一直到回了侯府,侯府中人才知道原来卫燕身上发生了这么大的变故,而卫箬衣居然敢只身出去救自己的兄长。

侯府哗然,老夫人震惊,尤其是知道侯府的侍卫之中混入了敌人的奸细,这更是让老夫人胆战心惊,不用卫箬衣说,老夫人都自己下令彻查府中所有侍卫、家丁以及丫鬟婆子的底细,以免这类事情再度发生。

萧瑾将此事一上报,恒帝震惊,如果这次真的被库尔德人得逞了,大梁的损失不光不可估量,而且连颜面都丢光了,一个是好好的侯府公子,一个是大梁由他亲封的郡主,居然在光天化日之下被人劫走,奇耻大辱。他一堂堂大梁皇帝,自己的属下在前面替自己打仗,而他在燕京城连他的一双儿女都没保护好,说出去,这面子和里子就都丢光了。

幸亏卫毅的女儿是个有正事的,敢单枪匹马地去救自己的大哥,也幸亏自己那个素来与自己疏离的儿子头脑冷静,将这件事情处理得得当及时,才没酿成祸事和笑话。

所以恒帝思量再三,索性就下旨不光嘉奖了卫箬衣一番,称赞她如同她爹一样果敢有勇,给卫燕赐下黄金千两、明珠两颗用以安慰,更派出太医院的院正去替卫燕调理身体,赐下各种参茸补药,他还干脆派了萧瑾在卫毅未曾还朝之前负责保护紫衣侯府的安全。

恒帝这样也算是将功补过了,等卫毅回来知道这件事情,他也可以有个托辞。虽然之前他看护卫毅的家人不利,但是你看看,你在外面替朕卖命,你的家人朕还是很关心的,朕派了自己的儿子去给你家闺女守大门,不管怎么说这算是大梁独一份的荣耀了吧!虽然那个儿子与他并不算亲,也是在宫外长大的,但是皇族的血脉是真的。

恒帝这两张圣旨一前一后地放了出去,气得大学士谢园在家里跳脚暴怒。卫老贼的那个病秧子儿子被人绑了一回,他的那个不成器的女儿跑出去救了一回,就能给紫衣侯府争回那么大的荣耀。陛下糊涂啊!能救出卫燕是卫箬衣的功劳吗?那是锦衣卫的功劳!卫老贼的女儿能干点什么?除了会满大街追着男人跑,还会干啥?况且锦衣卫是皇家亲卫,可现在陛下居然派自己那个当锦衣卫的儿子去保护卫老贼全家,这不是要将卫老贼给捧上天去了吗！

卫老贼的自己家宅中人犯蠢，都已经蠢出一个新高度了，陛下还跟着瞎起哄，乱凑热闹，真是不知所谓！

萧瑾得到这个圣旨之后，摸了摸鼻子，久久不语。

陈一凡凑了凑。“头儿，这圣旨的意思是让咱们去紫衣侯府住吗？”

那感情好啊，能天天见到崇安郡主了。

看来陛下这也是在变着花样地将头儿和崇安郡主朝一起捏呢。这就更加肯定了陈一凡心底所想，陛下一定是看中了崇安郡主，要让她当自己的儿媳妇了，崇安郡主的皇子妃是肯定跑不掉了。

“不住过去，你觉得你要怎么保护紫衣侯府？”萧瑾缓缓地说道。

真的要去紫衣侯府住吗？父皇这是在做什么？将卫家捧得这么高，难道背后有什么用意吗？

就连卫箬衣在知道这两张圣旨之后都在自己的房间里挠头。

前一张没什么毛病，一个是嘉奖她的，一个是安慰她大哥的，但是后面一张就非常叫卫箬衣心惊肉跳的了。陛下派锦衣卫来保护卫府，有点太高调了吧，实在是叫人觉得有点玄幻！

树大招风啊，高调被人劈。她冷眼看着侯府之中其他人的喜悦，总觉得有隐患在后面潜藏着。

皇后和宸贵妃都送来了礼物以示安慰。一时间，紫衣侯府又在燕京城火了一把。

卫华衣闷在自己的房间里，脸色阴沉。侯府门前宾客盈门，侯府其他的姑娘这几天也是广受邀约，就连沉寂了一段时间的卫兰衣也借着这股劲头重新出现在各个燕京城贵胄举办的聚会上。

唯独她一人被关在房间里。

她默默地起身，翻出了被她藏在床下青砖底下的一个小盒子，从里面取出了两个布偶小人，拿起了布偶上本就插着的针，狠狠地又乱戳了一通，这才觉得心口隐藏的怒气稍稍地被释放了一点出去。她将那两个布偶小人重新放回盒子里，然后放回去，垫上青砖，这才从床下爬了出来。这戳人诅咒的东西是她从一本书上看来的，虽然不知道灵光不灵光，但是她还是决定一试，看着卫燕现在又是病恹恹的，她就觉得有用，但是看着卫箬衣还是活蹦乱跳的，她又觉得没用……难不成是她将卫箬衣的生辰八字弄错了？很有这个可能，毕竟卫箬衣当年是被父亲从外面抱回来的，谁也不知道她的母亲是谁，也不知道父亲说的那个生辰到底是不是卫箬衣的。

她要想想另外的办法！

卫华衣阴沉沉地牵动了一下唇角。

锦衣卫千户亲自带着人住来侯府保护侯府的安全，这是大事，尤其来的那位又是皇子之尊，所以侯府对萧瑾十分礼遇，况且这次也多依仗了萧瑾，卫燕和卫箬衣才能平安无事。他们来的那天，老夫人不光亲自迎接，更是亲手安排了一处院子，命人洒扫出来供萧瑾和他的手下居住，更是安排了奴仆杂役专门照顾他们的起居。

萧瑾在来侯府之前去禀明过拱北王妃，这次住出去，他日后就不准备回王府居住了。

74 惩治某人

拱北王妃虽然震惊,追问再三是不是王府有人怠慢了萧瑾,都被萧瑾一一否认掉。他谢过了拱北王府和王妃这么多年的照顾之恩,说他现在只是因为购置了自己的家产,所以才想分出去住的。萧瑾是皇子,又是出了宫的,拱北王府也没什么话说,只能由着他去。

从拱北王府出来,萧瑾就收拾了几件衣服住进了紫衣侯府。

他才住进去,卫箬衣就带着绿蕊和绿萼前来拜访。

这些锦衣卫来,绿蕊比侯府中其他人都要高兴,因为那个叫陈一凡的人也来了。

"我能不能借用你手下的人几天?"卫箬衣对萧瑾说道。

"不能。"萧瑾想都没想就直接拒绝了。

卫箬衣……

这厮就是这么叫人恨得牙根发痒。

"不过你要他们有何用不妨和我说说。"萧瑾转念想了想,说道,"如果是正经事,我倒是可以酌情处理。锦衣卫是陛下亲军,不是随意能借给你做些鸡毛蒜皮的小事的。"

卫箬衣又……他这是在和她解释不能将人借出的原因吗?

"我昨日去街上,似乎看到了一个人。"卫箬衣说道。

"谁?"

"那个安平伯府的家伙,叫叶岚那个。"卫箬衣握拳说道,"我似乎见他在我们家后门附近鬼鬼祟祟地出没过,我不知道他来是为了什么事情,所以想借你的人帮我查一下他的行踪。"顺便她也想教训教训他。

原本卫箬衣不是什么纠结的人,宸妃娘娘要是真的惩戒了叶岚,她也不会说什么,不过卫箬衣最是讨厌那种人前一套,背后一套,两面三刀的家伙,宸妃娘娘和安平伯府既然这么护短,那就别怪她要亲自动手了。

之前她就想教育教育叶岚了,只是因为一直有事所以耽搁下来,况且她的手边也没什么能成用的人,腰杆子不够硬,但是现在不一样了,有锦衣卫给她撑腰,先不管皇帝陛下将卫府捧得这么高是为了做什么,但是萧瑾的为人她是相信的。

萧瑾即便再怎么对她百般嫌弃,不过这个小伙子还是十分根正苗红的嘛!但凡他有点坏心,也不会在原著里被女主坑成那个样子了。

啧啧,卫箬衣咂嘴,傲娇加耿直的属性,怎么看都不和谐统一,偏生都被萧瑾一个人给占尽了。

叶岚曾经找人意图对卫箬衣不轨过,后来被卫箬衣一状告去了陛下那边,虽然安平伯府当街演了一场戏,不过也被萧瑾识破那人根本就不是真正的叶岚。

如果是因为叶岚的话,倒是可以考虑帮帮卫箬衣了。

“我将陈一凡还有花锦堂借给你。”萧瑾点了点头说道,”不过他毕竟是安平伯府的人,是宸妃娘娘的侄子,你想做什么事情的话,先带着点脑子。”

卫箬衣囧了,怎么在萧瑾看来,她像是很没脑子的人吗?他的脑子又好到哪里去,好的话,怎么在原著里面被女主利用殆尽之后就死了?

如果她脑残的话,萧瑾也好不到哪里去!大哥就别笑二哥了。

两个智商重灾区。

“算了,还是我亲自陪你去吧。”萧瑾瞥了卫箬衣一眼,实在有点不太放心的样子。

“我要去揍人你也陪着?”卫箬衣汗滴滴地问道。

“揍叶岚?”萧瑾挑眉问道。

“嘿嘿。”卫箬衣讪笑了一下,没正面回答。

“太低端。”萧瑾哼了一声,嘴角一瞥,不屑地说道,“不值得我动手。”揍叶岚,他倒是乐于见到的,只是他动手,不免坠了身份,因为叶岚太弱!

“不用你动手。”卫箬衣暗自摸汗道,“你负责套麻袋,我来揍!”

“也可。”萧瑾略一颔首,随后就转眸瞪了卫箬衣一眼,他是脑子抽了吗?居然答应陪卫箬衣去做这个……好像套麻袋这种事情更低端吧!

萧瑾摸了摸鼻子,本是想改口拒绝的,但是看到了卫箬衣抬眸凝望着他眼底流露出来的喜悦之色,他的心就软了下来。算了,叶岚那个臭小子也是欠揍,既然安平伯府和宸妃娘娘对他下不了手,那他就帮卫箬衣一回,只当是替安平伯府和宸妃娘娘教育教育叶岚了,为人要心正影直。

隔了两天,陈一凡来报,叶岚出门了。

于是卫箬衣和萧瑾就双双躲在了叶岚回府的必经之路上,这个地方是卫箬衣研究了几天研究出来的,人少是个巷子,最适合套人麻袋,闷棍打人不过了。

叶岚因为被卫箬衣告了一状也是消停了几日,但是最近实在是想卫兰衣想得紧,所以他就留意各府对紫衣侯府的邀约,但凡是卫兰衣去的,他也想办法弄来请帖跟着一起去,为了见自己心尖上的姑娘,叶岚也是挺豁得出去的。

他还在被伯府禁足之中,每次出来都是找了府上的贴身小厮假扮成他的样子在书房里读书而他则翻墙出去。因为他之前做下的破事陛下看在宸妃娘娘的面子上并没宣扬,所以他被伯府禁足的事情外人也无从知晓,他们这些年轻人参加的聚会,年长者也不去参与,故而他这样混出来了几次,也没被府上的其他人察觉。

水边走得多了,总是要湿鞋的,这回叶岚就体验了一把什么叫阴沟里翻船的感觉。

他连看都没看清楚就被一个从天而降的麻袋套中,在他都没来得及呼救的时候,已经是被大棍子给削到了身上,疼得他隔着麻袋嗷嗷地直跳脚。

“是谁!”他看不到,只能怒吼道,身上被棍子如同雨点一样地打,他疼得嗷嗷直叫。

傻子才和你说是谁!卫箬衣抡着棍子打得出力。

她力气大,棍子被她当卫家刀法一样抡得叫人眼花缭乱,好在她是控制了自己的力道的,她存了让叶岚多遭点罪的心思,不能两棍子就将他打死了,那样实在是太不解气。

等卫箬衣一顿大棍子削得自己心情舒畅了,她对站在一边袖手旁观的萧瑾使了一个眼色。

萧瑾翻了一个大白眼给她,不过还是十分配合地火速带着她离开了现场。

此时只剩下被套在麻袋之中的叶岚瞎哼哼的力气了。

等回府之后,卫箬衣嘿嘿地笑着,跟在萧瑾的屁股后面。

萧瑾朝前走,想着刚刚发生的那一幕,顿觉自己是不是有点过了?身为锦衣卫千户居然帮着卫箬衣去套人家的麻袋……这事情要是传出去,皇家颜面和锦衣卫的颜面何存?

他一定是脑子进了水,才会跟着卫箬衣去瞎胡闹。

权臣之女

福多多 著

上海社会科学院出版社
SHANGHAI ACADEMY OF SOCIAL SCIENCES PRESS

75 求人的态度

萧瑾略一回头，瞥见了跟在自己身后亦步亦趋、笑得像一朵花一样的卫箬衣，他就忍不住叹息了一声，算了，随她去吧，那叶岚也的确是可恶，再加上他本就不喜欢宸妃娘娘那种表面一套，背后一套的样子，在人前总是一副贤能到不行的模样，其实呢？所以让安平伯府的人受点教训也不是一件不好的事情。

"我能不能再让你帮我一个忙啊？"等入了萧瑾的院子，卫箬衣驱散了下人，看看四下没人，随后她小声说道。

"别太得寸进尺了。"萧瑾警告道。

他亲自去套人家麻袋已经是他能做到的极限了。

不过……瞥见卫箬衣略带失望地垮下了肩膀，萧瑾又觉得心底有点小小的不忍。

"说说看，不是太过分的话，可以考虑一下。"萧瑾转了话锋说道。

"能不能让花锦堂他们再蹲守安平伯府几天？"卫箬衣一听有门，顿时腆着一张脸，讨好地问道。

"你又想干什么？"萧瑾不解，不是已经套了叶岚麻袋了吗？

"他为了讨好卫兰衣，不惜朝我下手，又为了卫兰衣不惜以身犯险，想来对卫兰衣倒也是算是痴情了。但是卫兰衣待他如何？那就呵呵了。所以我想请你的手下再蹲守他几天，等他好了之后，我想将他引到卫兰衣那边，当着卫兰衣的面再揍他一顿，到时候让他看看卫兰衣的反应。如若卫兰衣是真心喜欢他，能挺身而出救他，日后等父亲回来，若是安平侯府能来求娶卫兰衣，我会和父亲说，干脆结下这门亲事，但是如果卫兰衣弃他而去，那就叫他看清楚卫兰衣到底是个什么样的人，他这般为了卫兰衣可是值得。"卫箬衣笑道。

这都什么乱七八糟的，不过听起来似乎也挺有意思的！

怎么萧瑾忽然感觉卫箬衣的这个念头似乎不赖啊……即便他没怎么和卫兰衣接触过，但是在诗社里听了他们两个的对话，他都觉得卫兰衣压根就不喜欢那个叫叶岚的，不过也就是身边多了一个拥趸罢了，多一个不多，少一个不少。

卫箬衣此计是相当诛心啊！如果在危险之下叶岚选择了自己逃跑也不去顾及卫兰衣的话，那将来他大概也没什么脸面再去见卫兰衣了。卫箬衣此举一劳永逸，如果这两人成亲，她可以一下替自己解决两个麻烦，都修成正果了，谁还有那闲工夫去折腾她啊？真当安平伯府是那么好进的吗？卫兰衣要承卫箬衣的情才能嫁过去，而叶岚又是伯府的嫡子，卫兰衣却只是一个侯府的庶女，嫁过去，她的心思只怕是都要放在如何笼络公婆和丈夫上面了。况且卫兰衣若是明白自己的身份，必须要盼着侯府昌盛，这样她的后台才足够强硬，自然对卫箬衣不能再和之前一样百般刁难。

如果叶岚护住了卫兰衣，却也看清楚卫兰衣是个什么样的人，无非是两个情况，一个是心灰意冷，日后再对卫兰衣不再理睬，还有一个是对卫兰衣怀恨在心，到时候斗的就变成了叶岚和卫兰衣了，卫箬衣轻松脱身。

奸诈！

他以前怎么就没发现卫箬衣是个这么奸诈的姑娘！

她现在讨好地看着自己，那副眼巴巴的样子，如果身子后面再有一条尾巴摇上两摇的话，就像极了锦衣卫北镇抚司后院养的那条小黄狗，每每要对自己讨食的时候，那小黄狗便也是流露出近似于卫箬衣现在脸上的表情。

"你的脑子里面想的都是什么啊。"萧瑾一撇嘴，十分不屑地说道。

"自然都是想的千户大人如何神勇无敌！"卫箬衣拍马屁道。

她现在真的发现萧瑾好好用！不怪原著里面的女主那么哄着他。

唉，其实吧，萧瑾也是蛮可怜的孩子。想想他在原著里面那么勇猛也逃不出一个炮灰的命运，卫箬衣就生出了几分自己和他同病相怜的感觉。都是苦命的娃啊！只是现在她比萧瑾还要苦命一点，毕竟没了女主了，也没人将萧瑾当海绵一样压榨了，但是她脑袋上却依然悬着一把剑啊，不知道什么时候啪嗒就掉了下来，直接砍了她的脑袋。卫府满门抄斩，卫箬衣光是想想都觉得自己脖子处有点阴沉沉地冒冷气。

萧瑾……

不知道为何，他又想笑了。

" 真的吗？"萧瑾别过脸去，生硬地问道，浑然不知道自己的眼底已经流露出了几分笑意。

"真！"卫箬衣立马表忠心，"萧大爷！不！萧男神！我是你的迷妹！"

听不懂！又听不懂！不过萧男神似乎是在夸他无所不能，迷妹大概便是痴迷的意思吧。仔细地想想，萧瑾算是猜到了卫箬衣话里的意思。

"是谁说迷恋不过是年幼无知？"他忍不住噎了卫箬衣一句。

"这两个迷不是同一个意思。这个是崇拜，敬佩的意思。"卫箬衣忙摇首解释道，"别误会！"

瞬间脸落。

"没空！"萧瑾哼了一声。

卫箬衣……

"哦。"卫箬衣失望地点了点头，"那五皇子殿下好好休息，崇安告退了。"

区别这么大？才一会的工夫就从萧男神变回了五皇子殿下？

萧瑾蹙眉，目送着卫箬衣缓步离开，等她走到了门边的时候，他出言道："站住。"

"嗯？"卫箬衣闻言停住脚步，回眸过来看他。

"这个忙也不是不能帮。"萧瑾又哼了一声，"不过你的要求一会一个，实在太多，我总要有点报酬才是。"

"啊？"这是又有门了？"应该的应该的。"卫箬衣忙点头道。

"你要什么？"卫箬衣问道。

要什么这个问题……实在是有点难回答，萧瑾现在也没想到要什么好。"先欠着吧，以后找你要。"

"好好好,只要是我能负担的了的,都是可以的。"卫箬衣顿时笑靥如花,"就这么说定了!"

她巧笑倩兮,倒是让萧瑾微微地有点发怔,平日里别人都说她好看,可是他并不觉得,只是最近他倒是真的觉得她越来越好看了。

目送卫箬衣离去,萧瑾这才稍稍地回过神来,卫毅要到明年开春战事才能结束还朝,那他岂不是今年要在紫衣侯府过年了?

等卫箬衣走了之后,门口就有人前来禀告。"千户大人,侯府的两位姑娘求见。"

"什么姑娘?"萧瑾问道。

"是崇安郡主的妹妹,卫红衣和卫简衣。"门口的锦衣卫如实回报道。

萧瑾本是想说不见的,但是一想到这两个是卫箬衣的妹妹,而且他们现在又住在侯府之中行使保护职能,他就点了点头。"让她们进来吧。"

没过多久,就有两个俏生生的姑娘走了进来,身后都跟着自己的贴身侍女,等见了萧瑾之后,两个人纷纷行礼。

"见过五皇子殿下。"卫红衣和卫简衣是双胞胎姐妹,说起话来连声调都很像,齐声的时候就如同一个人的声音一样,不带半点的参差。

"免礼。"萧瑾平日里并不喜欢别人称呼他为五皇子,所以他的眉头在听到这个称呼的时候几不可见地皱了一下。况且他又不是以五皇子殿下的身份来的,而是以锦衣卫千户的身份住到侯府里面的。这两个姑娘上来就称呼他为五皇子殿下,不免让他有点不悦。

卫红衣和卫简衣相互对看了一眼,彼此都在对方的眼底看到了几分惊喜之色。

她们早就听说了萧瑾的大名,因为自己的长姐可是一直都追着五皇子殿下跑的,但是她们以前因为年纪还小,所以不怎么被允许出府,就没怎么见过外面的男子,如今五皇子殿下住在了紫衣侯府,她们就相互怂恿着过来见上一面,如今这一见萧瑾,两姑娘都觉得自己心跳都快了好几拍。

76 同一个屋檐下

难怪长姐一直都盯着五皇子殿下呢,果然是生得异常的漂亮!

那眼睛,那鼻子,还有那唇,便是丹青国手的妙笔生花,也难以描绘其艳丽与俊朗。

“二位姑娘?”见那两个小姑娘痴痴地看着自己,萧瑾更加不悦,开口道,“可有什么事情?”

“没有没有。”两个姑娘这才回过神来,均是脸上一红,纷纷低下头来,“我们听说了五皇子殿下要在侯府之中小住一段时间,所以就准备了一些薄礼送来,不是什么贵重之物,只是感谢五皇子殿下能尽心尽力地救下我们的大哥,护住我们的长姐。”

“职责所在,二位不必多礼。”萧瑾客套地拒绝道,“你们侯府准备周全,这什么都有,所以好意我心领了,东西你们还是带回去吧。”

说完萧瑾就对花锦堂说道:“送两位姑娘出去。”

这就被下了逐客令,萧瑾的冷水泼得两位姑娘一脸的尴尬。可是人家的身份是五皇子殿下,她们即便有所失望也不能硬是将东西塞给萧瑾,只能怏怏地行礼告退。

等出了萧瑾的院子,卫红衣和卫简衣两个人这才松了一口气。

“长姐的眼光倒是好。”卫简衣轻叹道。

“只可惜长姐努力了那么久,这位殿下还是不待见长姐。”卫红衣说道。

“看不上咱们长姐,不代表也看不上我们两个。先说好,若是将来我能让五皇子殿下动心,你可不能生我的气。”卫简衣说道。

“我们从小就心意相通,你喜欢的便也是我喜欢的。”卫红衣说道,“不管我们两个谁能当了五皇子的身边人,另外一个都不准生气。”

“一言为定!”卫简衣略骄傲,一抬下颌说道。

卫箬衣从萧瑾那边出来就去了大哥那边。

这些日子的调养,再加上各种珍贵药材吃着,卫燕的身体倒是恢复得很快,如果不是之前被竹姨娘下毒损伤了身体,现在他应该痊愈了才是。

见卫箬衣进来,卫燕披衣而起。

“我又让你救了一回。”卫燕有点汗颜地说道。他口口声声说要保护好卫箬衣,却没想到自己如此不争气,接二连三地被卫箬衣救了。

这两天,他晚上会做噩梦,一想到卫箬衣居然敢只身一人单枪匹马地带着人就去救他,他都能惊出一身冷汗来。

卫箬衣拉住了卫燕的手。“都说了多少遍了,这件事情谁都不想发生的,如果我们易地而处的话,大哥难道会对我袖手旁观?”

卫燕敛眉,低叹了一声:“自是不会。”

“那不就结了,一家人自当守望相助才是。”卫箬衣朝着自己的大哥甜甜地一笑,“大哥否极泰来,将来一定是大富大贵的命。”

知道卫箬衣是在安慰自己,但是卫燕还是觉得十分的不好意思。

是他太大意了,只带了两名侍卫前去骊山书院,才让自己陷落到那样的困境之中,险些还被人家当了诱饵去抓住卫箬衣。现在的结果固然是叫人欢喜的,但是如果卫箬衣真的被那些库尔德人抓住了,那他真是想死的心都有了。

便是为了卫箬衣,他也要高中才是,不然他就真的实在太辜负卫箬衣对他这么好了。

兄妹两个其乐融融地说着话,但是在京郊的一处秘密所在地,一个人却是浑身发抖地跪在一片黑暗之中。

猛然,黑暗的密室之中腾起了两团火焰,点燃了搁置在墙壁上的火把。火光刺得那个已经等候在黑暗之中良久的人双目有点发黑,他不适应地眯起了眼睛。他陡然发现在自己的面前不知道什么时候已经端坐了一个身穿黑金色长袍的男子,长发如瀑,自然地垂落,脸上戴着一个狰狞的青铜面具。

“见过少主人!”他忙低下头来,颤声说道。

“你手下人的愚蠢,坏了本座的大事,你可知道!”座上之人缓缓说道,声音嘶哑低沉,也听不出是多大年纪,只是叫人觉得十分刺耳难听。

“属下知罪!”那人头垂得更低。

如果不是他现在手上人手紧张,这人坏了他的计划,本应现在是个死人了。

那人似乎也知道自己的罪过无所弥补,即便是跪着,但是拢在黑衣下的身躯已经在稍稍地颤抖之中。

“本座再给你一次机会,此次你若再度失手,便不用回来见本座了。”身穿黑金色长袍的男子缓缓地说道,语调并不高,但是足以让跪在地上的人浑身一紧。“属下明白。”

“下去吧。”黑金长袍的男子一挥手,那人如蒙大赦,立即起身退出。

等他走出石室,有人再度进来,跪在黑金长袍人的身侧。“少主,老主人发回了消息,卫毅的大军已经势不可挡。”

“知道了。”那身穿黑金色长袍的人略一抬手。

利用库尔德人劫掠卫箬衣的计划原本没有什么破绽,谁知道萧瑾会忽然插了一手出来。

萧瑾厌恶卫箬衣又不是一天两天,是全燕京城都知道的事情,他不明白为何卫箬衣能找来萧瑾帮忙。原本完美的计划在锦衣卫的插手之下变得叫人异常的尴尬。库尔德人果然靠不住。

如果按照他的计划,现在他应该已经从库尔德人手里将卫燕和卫箬衣救回来了,卫毅承了他如此大的恩惠,正好可以借此机会拉拢卫家。

如今计划落空,就只能重新绸缪。

只是重新绸缪不要紧,可是现在锦衣卫已经住进了紫衣侯府,那就让事情变得复杂了许多。萧瑾虽然平日里不显山不露水,从不与人争夺什么,不过他却是十分了解萧瑾这个人,他不争不抢是因为他不喜欢去参与那些无谓的纷争,但是他职责所在却从不马虎了事。而且萧瑾心思细致,并不是一个容易对付的对手。

略有点头疼啊,不过也是更有意思了。

好像有消息说后天卫箬衣要去城北的普济院啊。

普济院是由开国皇后创立的,用以收容安置孤儿的地方。每个月的月初、月中和月尾,普济院会按时发放米粮和衣物等给周边的孤寡老人。所耗费的钱粮由大梁的朝廷分担一部分,另外一部分则是由城中善心人家捐赠所得。

每年大户人家淘汰下来的御寒衣服都可以送到这里来,分给需要的人使用。

卫箬衣不得不说开国皇后还是一个相当有手腕和能力的女人。

和她的雄才伟略比起来,自己简直就是在泥塘子里扑腾的小杂鱼。

几天之前就一直在准备了,所以这天清晨,卫府的后门就停了四辆马车,其中两辆上面堆放着卫箬衣搜刮来大家不穿的旧衣,还有两辆上面堆放着米粮。

卫箬衣还别出心裁地弄了一些羊肉。

萧瑾慢吞吞地跟在卫箬衣的身后。"你这是在演戏给百姓看吗?"他忍不住出言嘲讽道。他认识卫箬衣这么久,就没见过卫箬衣做善事。

这人要是不踢翻路边的小摊,抢人家小孩子的糖葫芦,都已经是谢天谢地的了。

"你管我做什么。"卫箬衣横了萧瑾一眼,"我也是会进步的,你不用总拿着过去的眼光看我。"说完她就上了马车。

萧瑾被白了一顿,翻身上马跟在她的马车之后,其实他是知道卫箬衣变了,但是就是忍不住怼她两句。

这大概也算是一个习惯了吧。

卫箬衣之前叫人放出了消息,会在城北的普济院分发米粮和衣服,以此善叩谢皇恩浩荡,所以等卫箬衣来的时候,普济院门前已经等候了不少孤寡老人了。

卫箬衣一看,便是暗自地吃惊,没想到自己这广告效果做得这么好,可是这些老人顶风冒雪地过来,岂不是在寒风里冻了很久了吗?

好在她思虑周全,马车一停下,就马上让人清理出一块地方出来,支起了大锅,将她从侯府带出来的羊肉汤先热上。

为了给紫衣侯府的名誉充值,卫箬衣也是蛮拼的。

这回将大哥救回来,她就和奶奶禀明了此事,老夫人一听,顿时觉得卫箬衣这个念头好,侯府的名誉的确在外不佳,若是这事情能正侯府声誉的话,何乐而不为,况且旧衣服库房里又堆着很多,各房姨太太和姑娘们不穿的衣服也是几柜子,都清理出来送给需要的人不是刚刚好,所以在老夫人的号召之下,全府上下一起清理旧衣,还真的被清理出很多不错的衣服出来。

卫箬衣又和方掌柜商量,反正皮球的设计图都已经卖了出去,这皮球已经是满大街的皮具铺子里面都有生产了,所以方家皮具铺子就每天拿出二十个皮球和十个小动物造型的零钱包出来做善事,两件旧衣就能换一个皮球,只要旧衣不是破损得太厉害,都可以,两件旧皮袄可以换一个小动物造型的零钱包,这十个零钱包还是有钱买不到的那种,卫箬衣称之为慈善款,所以这个消息一放出,方家皮具铺子门前天天早上排大长队等着开门去换东西。

也不过就五六天的时间就换了一百多套旧皮袄回来,还有很多旧衣。人家都去了方家皮具铺子了,也不能光是换换东西,顺便也会看看别的商品。所以虽然是免费做了不少东西出去,但是方家皮具铺子的生意却是越来越好,这叫方老板如今对卫箬衣更是心服口服。

才不过短短几个月的时间,自从卫箬衣来了之后,方家皮具铺子现在俨然已经成了燕京城皮具行业的老大,就连方老板的地位也跟着水涨船高起来,如今同行见了,也是会尊称他一声方爷的。

卫箬衣这几天回家抽空还设计出了新年款的零钱包出来,上面缀着各种金片和宝石,一个个的金光闪闪富贵无比,这种是适合豪门贵胄之家,还有富足之家使用的,上面的装饰便是各色丝线了。这种价格要相对便宜一点,但是也五彩缤纷的,小姑娘小小子们一看就喜欢。

卫箬衣画出来的小动物造型可爱得不得了,还分好几个系列,完全就是逼死强迫症的节奏,让人家买一个觉得不过瘾,只恨不得要将全套都买回去才心满意足。

卫箬衣这边将大锅支起来,让侯府带出来的婆子煮着羊肉汤,又让侯府的侍卫将施米粮和衣服的棚子搭起来。好在她从侯府里面带出来的人多,不然这乱哄哄的场面,就凭几个丫鬟婆子根本没办法制止得住。

卫箬衣就觉得奇怪,她之前是大张旗鼓地宣扬了一番,但是完全没想到会来这么多人。等她这边东西都弄好了,普济院门前的广场已经站满了人了。

萧瑾看这场面就蹙了蹙眉头,让陈一凡和花锦堂各自带人去路的两侧看好,自己则站在了卫箬衣的身后。

卫箬衣布施打的是酬谢皇恩浩荡的旗号,这也是她高明的地方,她做的固然是沽名钓誉的事情,但是不能将侯府抬在最前面,而是要将陛下的旗号打在额头上张扬着,一来打着陛下的旗号做事情方便,二来普天之下莫非王土,紫衣侯的声誉再大,能大得过皇家吗?卫箬衣是想得很明白加透彻的,卫家的声誉需要充值,但是只能躲在皇家声誉之下悄悄地充值,要是充值充过了,顶到皇上前面去了,那就是在找死。

这点她是比宸妃娘娘聪明,宸妃顾忌的是自己的贤德之名,而卫箬衣是两者兼顾,顺带拍个大大的马屁。燕京城之中好事的人多,想必这事情很快就会传入恒帝的耳朵里。

即便认定了卫箬衣是在演戏给百姓看,但是看着卫箬衣做事认真的样子,就连萧瑾也不禁有点稍稍动容。

毕竟在这种风雪的天气里面冒着严寒起大早来吹冷风就已经是一件不太容易的事情了。

况且他仔细观察过卫箬衣,她的眼底没有流露出丝毫的不耐烦,就是遇到老人双手颤颤巍巍地伸过来,将羊肉汤给碰翻,撒在她的手上,她都丝毫没有流露出任何的厌恶之色,而是不厌其烦地再给人家将撒出来的汤添上,随后亲自搀扶人家找个背风的地方坐下。

便是演戏,能演成这个样子,也算是不错了。

来的人太多,卫箬衣很快就发现自己准备的东西太少了。她有点着急,这四大车的东西不过也就是一个时辰的样子就快要消耗殆尽,可是看看还有不少人源源不断地过来,怎么都觉得这种天气,将人家忽悠过来了,但是却又没有东西给人家,实在是有点对不起人家，还带着一点点欺骗之意。

就在卫箬衣已经准备拿钱出来让人赶紧再去添置的时候，就听到人群那边骚动了一下，随后大家缓缓地让开了一条通道，几辆被帆布遮盖得严严实实的马车缓缓地被人赶着过来。

“郡主，我家公子让人送了几车东西来，借郡主之手分发给百姓。”打头走过来一名身穿皂衣的中年男子，约莫是个管事的，他过来之后就在卫箬衣的面前跪下，行礼说道。

“起来吧，你家公子是谁？”卫箬衣不认识他，好奇地问道。

“他家公子便是子雅堂兄了。”萧瑾看了那人一眼，随后缓声说道。卫箬衣不认识，他认识。

“见过五皇子殿下。”那人瞥见了萧瑾，忙又行礼道。萧瑾不在意地挥了挥手。

“是子雅大哥吗？”卫箬衣一喜，“他来了吗？不是说他身体不好吗？”她来之前曾经派人去拱北王府邀请过萧子雅，毕竟第一次来普济院便是子雅大哥带着她来的，如今她要是抛开子雅大哥自己干的话，有点说不过去，所以按照礼貌，她去问过，不过据说萧子雅最近身体不好，不一定能来，所以她今天就自己来了。

“我们家公子来了，就在最后的马车上。”管家笑道，“不过还请郡主见谅，公子行动不便，前几天又感染了风寒，所以姗姗来迟。”

“我去接他。”卫箬衣放下了手里的东西，从绿蕊那边拿了一个帕子过来将手擦了擦，朝车最后面跑去。

她到的时候，拱北王府的小厮已经将马车的车帘打开，两个人抬着萧子雅下车，随后将他安放在已经准备好的轮椅上。

“子雅大哥。”卫箬衣跑到了萧子雅的面前，甜甜地叫了一声。

萧瑾微微一撇嘴，叫别人叫得那么甜，可对他呢？有事求他的时候脸笑得和花一样，没事求他的时候几天也不看他一眼，明明都住在一个屋檐下面，拐个弯过来见他一下会死吗？

“箬衣。”萧子雅恬淡地一笑，风雪轻扬之中，他的笑颜虽淡，但是带着一种出尘脱俗之意，“子陵也来了。”

“堂兄。”萧瑾抱拳。

“不是说你身体不好吗？怎么冒雪前来了。”卫箬衣赶紧让绿蕊去拿一个手炉过来，然后塞给了萧子雅，“这里很冷，你还是回去吧。”

手上捧着卫箬衣塞给他的暖手炉，好像心底也被熨帖得暖融融的。萧子雅淡然笑着。“箬衣都来了，子雅大哥又怎么能不来呢。况且我怕你带来的东西不够，这些都是画社里面的画卖掉的盈余购置的物品，你先拿去发给别人，不要在这里寒暄了，白白耽误时间，毕竟天寒地冻的，不要让人家久等了。”

“那就多谢子雅大哥了。”卫箬衣笑道，“子雅大哥可真是及时雨呢，我还真的准备不够，都想叫人再去添置呢。如今子雅大哥带着东西来了，可是真的解了我的燃眉之急了。”

“你开心就好。”萧子雅笑道。

“开心，必须开心。”卫箬衣笑着回道。

萧瑾翻了一个白眼,忽然很不想再看下去了。

假!真假!

他略哼了一声,抬步转身,懒得再看这一唱一和的两个人。

看着萧瑾别扭离去的背影,萧子雅压低了声音对卫箬衣问道:"他还是那样对你?"

卫箬衣朝着萧瑾的背影翻了一个大白眼。"别理他,男人嘛,每个月总有那么几天!"说完她就囧了一下,干吗和萧子雅说这个。卫箬衣赶紧改口掩饰道:"我是说,他总是间接性抽风!"

萧子雅温润而笑。"其实子陵只是面恶心善。他看似不关心什么,但实际上他比谁都重情。外界传闻你倾慕他多年,如今他又正好能住在你们侯府之中,两人相处的机会多了,说不定他能摒弃对你的成见。"

"子雅大哥说这个做什么?"卫箬衣撇嘴说道,"都说是外界传言了,事实上又不是这样。再说了,他只是奉旨保护我,即便是暂住在侯府,也与我没什么交集。他脾气很臭的,我可不敢惹他。"卫箬衣压低了声音说道。

萧子雅掩唇一笑,不再言语,两个人在仆从的簇拥之下到了前面,卫箬衣让萧子雅坐在后面,她自己则张罗着安排人再将萧子雅带来的东西一一分开。

萧子雅就静静地坐在轮椅上看着卫箬衣分粮。

许是在外面的时间长了,又吸了些寒风入肺,他忍不住咳嗽了起来。

卫箬衣稍稍地侧身,看了萧子雅一眼,随后她就朝边上挪了挪。挡在了萧子雅的上风口,替他遮去了不少刺骨的寒风。

大梁的冬季真的很冷,饶是卫箬衣这样的健康元气少女,也是穿着里三层外三层的才敢站在外面嘚瑟,像子雅大哥和自己大哥那样的病娇身体在这种寒风之中真的是受不了。

感觉到风似乎小了许多,萧子雅抬眸,却发现自己的上风口被卫箬衣给遮住了。本以为她是不经意而为,萧子雅并没太在意,但是看到她叫绿蕊和绿萼将东西帮她朝这边挪一挪,他就怔住了。

眸光久久驻留在卫箬衣的背影上,心底涌起了一份难言的感觉。已经很久很久,都没有一个人默默地为他做事,却不求回报了。

"箬衣,你冷吗?"良久,萧子雅才缓缓开口,问道。

"啊?"忙着分东西的卫箬衣将手里的一瓢豆子给分了出去,这才回眸看着萧子雅微微一笑,"还行。没事。"

说是不冷,但是萧子雅分明看到她的脸颊已经被冻得微微发红,就连眼睫毛上都沾着飞雪,染成了淡淡的白色。

"要是子雅大哥觉得冷,就先回去吧。"卫箬衣说道,"这里有我呢。"

才说完,卫箬衣就赶紧抽了一下鼻子,唉,都冻得流鼻涕了!

好尴尬。

才抽进去的鼻涕水又冒了出来,卫箬衣只能再抽了一下,她的形象啊!卫箬衣忙抬头,生怕鼻涕过河了。这么冷的天,她都觉得流出来的鼻涕要冻成冰挂了。

"用这个吧。"萧子雅看着她的举动,脸上的笑意更浓,他从自己的衣袖之中抽出了一方丝帕,对着卫箬衣递了过去,"用这个吧。"

“我带了帕子的。”卫箬衣忙按住鼻子，然后在自己身上摸了摸，没摸到，她马上问绿蕊和绿萼，“我帕子呢？”

“刚刚郡主不是拿帕子去包东西送了一位老大娘了吗？“绿蕊说道。

卫箬衣这才想起来，适才有个大娘过来，但是她带来的筐是漏的，所以卫箬衣就拿了自己的帕子还有绿蕊和绿萼的帮她包了三包豆子去了。

囧然一笑，卫箬衣还是伸手将萧子雅的帕子给接了过去。

“等我洗干净了还你。”卫箬衣擦了鼻子之后，不好意思说道。

“无妨。”萧子雅笑道。“过几日，我想在画社之中举办一个义卖会，郡主可有兴趣前来？”

“我吗？可以啊，不过我好像没什么可卖的。上次那幅画还是你送我的。”卫箬衣笑道。

“无妨，来就是了。”萧子雅说道。

“好啊。”卫箬衣点了点头。

“那回头我会让人将名帖送到你的府上。”萧子雅含笑说道。

“一言为定。”卫箬衣点头应下。

“头儿，你那不也有帕子吗？”陈一凡扼腕，怎么头儿跑来这么远躲着。倒是让子雅公子和郡主站得那么近，连帕子都给了郡主，这不是制造机会和郡主再见面吗？子雅公子都和郡主传帕子了，头儿怎么一点都不担心呢！

头儿真是不务正业！跑来这里和他们在一起，却是错过了对郡主献殷勤的机会，女孩子都是要哄的！好像他们头儿这样一言不合就冷口冷面的，迟早要将郡主给吓唬跑了。那就真的可惜了。其实接触下来，郡主真的是个不错的姑娘。

“你很闲？闭嘴！”萧瑾斜睨了陈一凡一眼，哼了一声，等他将目光再度落在卫箬衣的身上，眼底已经是一片怒意。

为何生气，他说不出来，大概是看到那个女人就烦的缘故吧！

还替人遮风！也不看看自己是个什么身子骨，等回去之后染了风寒，就好看了。

大概是被萧瑾的乌鸦嘴给说中了，卫箬衣回去之后就开始打喷嚏。

第二天鼻子都是塞的，嗓子也哑了。

好在她的身子底子不错，所以热是没发起来，只是重感冒了而已。

崇安郡主一病，府上各位都要来看。

就连久不踏入回澜阁的卫华衣都来了。她来的时候老夫人也在。

她穿着一袭深褐色的长裙，头上只戴着几朵珍珠小花，亲自送来了一盅燕窝。等给老夫人请了安之后，她看着躺在床上披头散发的卫箬衣，目光之中闪动着几分让卫箬衣都觉得略带阴沉的精芒。怎么看这姑娘的眼神觉得那么瘆人呢？偏生那眼神落在卫箬衣的脸上，又带着几分说不出道不明的狂热之意，更让卫箬衣觉得有点毛骨悚然的。

“华衣，好久不见了。”卫箬衣照常和卫华衣打着招呼，“荣哥儿这几天也见不到人影，他还好吗？”

“郡主挂牵了。”卫华衣敛下了眼眉，不再看着卫箬衣，“我弟弟他这几天外出访友，过两日就回来了。”

"哦。"卫箬衣忍不住提醒了一下卫华衣,"如今父亲出征在外,大哥上次外出就遇到事情了,你不如让荣哥儿早点回来,免得出事。"

"是啊。"老夫人一听也帮腔道,"荣儿怎么总是外出访友,虽然是在燕京城,但是现在还是小心点好,你大哥出的那事情可是将我给吓坏了。回头你和他说一声,便说是我说的,叫他在家消停几天等你们的父亲回来再说。"

77 卫华衣

“是。”卫华衣应了下来。

卫华衣在心底冷笑,卫箬衣倒是会在旁人面前装好,估计老夫人还真的以为卫箬衣有多关心卫荣呢。不过就是占了一个口头上的便宜吧了。况且卫荣有她去求来的护身符保护,怎么会出事。

等她念头转完,卫华衣就对卫箬衣说道:“这是知道郡主生病了,所以我专门替郡主熬的,是我珍藏着的极品血燕,还请郡主不要嫌弃。”

“哪里哪里。”卫箬衣笑道,让绿蕊将燕窝接了过来。

“趁热吃点吧。”卫华衣再度抬眸,十分热切地看着卫箬衣,“我可是熬了好久的。”

“先放着吧。”卫箬衣笑道。

“怎么？郡主是不放心我吗?”卫华衣看了一眼卫箬衣,让绿蕊去拿来了两个小碗,她先是舀了一碗,自己喝了下去,随后笑着对卫箬衣说道,“郡主放心了吗?”说完她又看向了老夫人。“祖母莫不是也觉得我存了坑害郡主之心吧。”

“你这孩子……”老夫人一摇头,“这是说的什么话呢。”

卫箬衣……“四妹你想多了,并非如此。”她赶紧也说道。

“那郡主是什么意思？难道不是怕我在血燕里面加了东西吗？小妹诚心诚意地来,郡主如此岂不是要让小妹寒心了?”卫华衣说道。她忽然起身,跪在了卫箬衣的面前,不住地磕头。“我知道祖母和郡主都不信我,可是我真的没存了要害郡主之心,更是求祖母和郡主饶了竹姨娘吧!”

卫箬衣和老夫人都显然没想到她会来这一手,老夫人赶紧让自己身侧的婆子去将卫华衣拉了起来。“你这又是何苦啊!”老夫人叹息道。

卫华衣磕头磕得很重,额头上一片通红,好在这屋子里面的地上铺了地毯了,不然这脑门现在肯定是破了。

卫华衣这一招真的是弄得卫箬衣有点不上不下的,现在老夫人就在这里坐着,这燕窝卫华衣又是自己先尝了的,自己再百般拒绝,是不是有点显得过于小气了。

“竹姨娘的事情是要等父亲回来再做定夺的,这是当初祖母定下的。你便是求祖母和我也没用。我知道你是真心来看我的病,好了,别这样了。”卫箬衣无奈地说道。

“既是知道我诚心,为何不敢接受我送来的东西?”卫华衣急声说道,“我都已经先吃了,难道郡主还对我有所怀疑吗？郡主要我如何才肯相信我？祖母难道也不信我吗?”

“你这孩子太过偏颇了,我又何时曾说过不信你的话?”老夫人无奈地说道。自从竹姨娘出事之后,卫华衣就一直将自己封闭起来,这些她都知道,毕竟也是她的孙女,老夫人的心底也不是不心疼，现在看看这姑娘都如同惊弓之鸟了，老夫人也就为难地看向了卫箬衣。

“别说了，我吃点就是了。”卫箬衣被她闹得没办法，老夫人又眼巴巴地瞅着她，只能让绿蕊舀了一碗，在卫华衣的注视下喝了一点点下去。

“只是我病得没什么胃口，只能吃一点。”卫箬衣说道，“还望四妹不要强求。”

“郡主肯用便是相信我，我又怎么会强求呢。”卫华衣说道。

“是啊是啊，你们姐妹和睦是最重要的。”老夫人说道。

只是一点应该不要紧吧……卫箬衣心底也是有点忐忑的。她怎么都觉得卫华衣非逼着她喝这盅燕窝，应该是有什么目的吧。所以她也不敢都喝了，便是喝的那一小口也借着拿帕子按唇的动作都吐在了她的帕子上。

即便卫箬衣只是喝了一点点，卫华衣都好像十分的开心，她陪着卫箬衣和老夫人说了好一阵的话。卫箬衣都要急死了，她刚刚沾了点燕窝，不要紧的吧……好不容易熬到老夫人要走了，卫华衣也跟着起身，卫箬衣忙让人将这两位送了出去。

等她们走了之后，卫箬衣也顾不得别的，砰的一下就从床上爬了起来。

“郡主您不好好休息着，这是准备去哪里？”绿蕊赶紧过来搀扶。

“我要去找一下萧瑾。”卫箬衣穿上了鞋子急声说道。

她觉得卫华衣的表情很不对啊！

“带上那碗冰糖燕窝。”卫箬衣对绿蕊说道。

在病中，卫箬衣也不想梳妆，只是稍稍地净了一下面，拢了拢长发，裹上了一件厚实的披风就朝萧瑾的院子跑了去。

横竖都是在家里，也不用收拾得那么利索。

所以等萧瑾看到卫箬衣的时候，就见一名身披白色狐狸毛披风的少女俏生生地站在自己的面前。她脸上脂粉未施，黑色的长发沿着她的肩膀蜿蜒而下，黑压压地被白色狐毛衬得好像浮动了一层幽暗的光泽。因为生病的缘故，她的脸色并不算好，没什么血色，就连平素红艳艳的唇也带着一种苍白之意，虽然少了平日里的艳丽亮泽，但是却多了一份惹人怜惜的气质。

“你这是干什么？衣衫不整的。”萧瑾蹙眉，她在旁人面前也是如此吗？

一股不悦升上心头。

“我明明穿得齐齐整整的，哪里是衣衫不整？”卫箬衣低头看了一下自己，没毛病啊。

懒得和她多作口舌之争，萧瑾斜睨了她一眼。“你来干吗？”

“我找你有事。”卫箬衣说道。

哈！还真是要么不来，一来就有事。

“我没空。”萧瑾哼了一声说道。

卫箬衣扫了一眼萧瑾的面前，泡着清茶，摆着一个棋盘，她不会下围棋，所以也看不懂下的是什么，萧瑾都已经清闲到自己和自己下棋了，居然说没空？逗她玩儿呢吧。

“萧男神！萧大爷！”卫箬衣眼眸一滑，赖皮道，“就占用你一小会的时间好不好！”

“谁是你男神？”萧瑾横了卫箬衣一眼，懒散地说道。

“自然是你了。”卫箬衣腆脸讨好道，“你看你长得又好看，武功还高，见多识广，您在我的心底形象光辉高大，便是如同高高在上的神仙一样。不是我的男神又是什么？”

倒是会说话，还从没听过这么夸人的话。

冰冷的眼眸之中流露出了一丝暖意，这臭丫头也只有有事求他的时候，才会像现在这样嘴上抹蜜。

"找我何事？"萧瑾将指尖捻着的白子落下，略抬眼瞅了一下卫箬衣。

卫箬衣对绿蕊使了一个眼色，绿蕊忙将剩下的燕窝拿了过来。

萧瑾眸光微闪，倒是看不出来，这丫头现在知道给他炖点补品了。虽然说他素来对这些不感兴趣，不过既然是卫箬衣送来的，那他就勉为其难地尝尝好了。

抑制不住嘴角的一丝淡淡喜色，萧瑾现在觉得自己浑身通泰。

他其实身体很好，不需要进补。

"放下吧。"萧瑾淡然地说道。

绿蕊忙将那盅燕窝放在了萧瑾的面前。

萧瑾打开了盖子看了看，怎么会是燕窝，真不能指望这丫头做点什么，燕窝是用来补女人的，不过算了，看在她诚心诚意送来的份上，尝尝也行。

拿起了勺子舀了一点，萧瑾刚要品尝一下，手就被卫箬衣拍了一下。好在他手稳，没将勺子里面的东西撒自己一身。

"你干吗？"萧瑾怒目，不是送东西给他吃吗？怎么现在又不准他吃了？

"你干吗？"卫箬衣瞪着一双大眼睛看着萧瑾，"你疯了！我拿来的东西你也敢吃！"

萧瑾……

"这不是送我的？"萧瑾侧目问道。

这下轮到卫箬衣……

"这是卫华衣送我的！"卫箬衣赶紧将刚才发生的一切告诉了萧瑾。萧瑾默默地放下了手里的勺子，真的有一种想要掐死卫箬衣的冲动。

"真希望这里面放的是砒霜。"萧瑾叹了一声，说道。怎么就没将这个祸害给毒死呢？

卫箬衣……

完了完了，她忽然想起来一件事情。"你说，卫华衣会不会先吃了解药，再喝下这个，所以她根本就没事？"

"有这个可能。"萧瑾薄凉地一笑。

"那我也没觉得身体上有什么不对啊。我已经将大部分都吐出来了，就是粘在口水上面的没办法。"卫箬衣急道，"你是锦衣卫，你是专家对不对，帮我看看这里面是不是有毒？"

那么处心积虑地让卫箬衣喝下去，多半是有点什么了。只是萧瑾不能确定这里面是什么。这臭丫头刚刚害得他白开心一场，现在说什么也不能让她好过了。

"你的手伸过来。"萧瑾抬起手指略一勾。

卫箬衣乖巧地将手伸了出去。

萧瑾手指按在了她的脉搏上，虽然他没学过医，不过习武之人对脉象十分敏感，如果卫箬衣中毒，脉象上会稍稍有所反应。

她的手腕肤质细腻，肤白如玉，手腕翻过来还有一个花瓣一样的红色胎记，被她的雪肤一衬，竟是带着一种摄人的美感，萧瑾看了好几眼，这才稍稍收敛下自己的眸光。手指熨帖在她皮肤的地方稍稍发烫,他的心跳亦是似乎微微快了两拍。

她的脉象平缓有力,根本就没有半点中毒的迹象。

“我中毒了吗?”卫箬衣紧张地看着萧瑾。

萧瑾瞥了罐子几眼。“嗯。”他煞有其事地点了点头,收回了自己的手,随后成功地看到卫箬衣的脸色明显难看了。

很想笑,不过萧瑾还是忍住了。

他很少和人家开玩笑,素来都是板板正正的,说一是一,说二是二,可是现在看到卫箬衣他就忍不住想要怼她两下,这欺负人果然是个习惯,沾上了便是改不掉了。

“这是慢性的?”卫箬衣狐疑问道。如果是急性的,现在她都已经毒发了好不好。

“嗯。”萧瑾又点了点头。其实他压根就没看出这里面有什么来,无色无味的,他之所以这么淡定,便是看卫箬衣脉象无碍,况且她自己也说了,她已经悄悄地将吃到嘴里的东西都吐了出去,若是慢性的毒物,必定是需要积累到一定的量才会爆发出来,如果是急性的毒物,现在卫箬衣已经趴下了,所以萧瑾确定卫箬衣是安全无事的。

“绿蕊……帮我去叫个大夫来。”卫箬衣垮下肩膀来,垂头丧气地说道。

“不用大夫。”萧瑾眼眸微闪,叫了大夫来还有什么好玩的?“我这里有解毒丸,寻常的毒素都可以清除。”

卫箬衣一喜。“那能不能给我几颗?”她软软地问道。

果然是只有求他的时候才会表现得如此乖巧。

真的叫人无语得很。

“可以。”萧瑾点了点头。他拍手叫来了陈一凡,随后对着陈一凡耳语了两句。

陈一凡面色诡异地看着萧瑾,又看了一眼卫箬衣,迟疑了片刻。

“还不快去拿!”萧瑾厉声说道。

“是。”陈一凡被吼了一声,这才抱拳应了一声,随后飞快跑了出去。

“我并没将那些东西随身带着,所以派陈一凡替你去拿了。”萧瑾对卫箬衣说道。

“解毒丸服下之后会稍稍有点不适。”萧瑾缓声对卫箬衣说道,“你可能会有点拉肚子。”

“我明白的。”卫箬衣点了点头,“总要将毒素排空的。”

呃……本来萧瑾还想找个理由将自己的说辞给圆过去,却没想到卫箬衣自己先圆了,他忍住笑,煞有其事地点了点头。“嗯。不错。”

随后他眸光一转。“那你准备怎么对付卫华衣?”

“这次当着祖母的面,她也吃了燕窝了,如果我现在去祖母的面前告她,必不会有人信我。她大可狡辩是我自己吃了别的东西所以才中了毒。”卫箬衣蹙眉道,“这次我倒是真的有点拿她没办法了。”她在萧瑾的面前坐下,随后单手托腮,有点怅然地看着萧瑾,“不过她既然有害我之心,一次不成还会有下次,我只要小心提防便是了。她不能次次都这么运气好,拉着祖母来替她作证吧。”

卫箬衣说完之后就很不好意思地对萧瑾笑了笑。“真是难为你了,这本应该是我的家事,不该将你也拉进来的,但是现在这宅院之中,我除了大哥、梅姨还有绿蕊和绿萼以及我祖母之外,也不知道能相信谁了。祖母年纪大了,我不能无凭无据地就将卫华衣给告了,毕竟华衣也是祖母的孙女。”

78 指望他

萧瑾眼眉低垂，手指又拈起了一枚黑子，在棋盘上随意一落，随后他就发现自己放错子了。此子落下，黑子将被白子逼入绝境之中。

果然是失神了。

他来了紫衣侯府之后也不是一点调查都没有，既然要保护卫箬衣，至少要对她周边的人有所了解。所以这些天他调查下来，从迹象之中看得出来，卫箬衣在这侯府之中表面风光，实际过得并不是非常好，所有人都捧着她，看似万千宠爱在一身，但是背地里呢？

他从小便是在皇宫里长大的，他经历的事情让他从小就对这些事情有着异常的厌恶之感。若是真心喜欢卫箬衣的话，必是对她关怀备至，嘘寒问暖，引导她知书达理。可是现在呢？金玉堆砌，刻意骄纵，欺上瞒下，这不是宠爱，而是捧杀。

之前卫箬衣那种性格便是在这种环境之中被人刻意培养起来的，飞扬跋扈，说一不二。不过现在的卫箬衣和之前的卫箬衣已经是判若两人了，好在这丫头自己能醒悟过来，倒也不是朽木不可雕。

如今见她坐在自己的面前，愁眉不展，身边又危机四伏，他的心底对她竟是生出了一丝淡淡的心疼。

其实说起来，她和自己小时候的处境有着异曲同工之妙。他被宸妃娘娘领养的时候，外人看他都是宸妃娘娘宠他比宠自己的亲生儿子还多，可是事实上呢？宸妃究竟对他如何，只有他自己心知肚明。

他与她都被装在了一个华丽的牢笼之中，只是他已经脱身，并且有了自己的天地，而她尚在牢笼之中，被捆缚着，不得展翼。

萧瑾望着卫箬衣那略蹙在一起的眉头，心底有了一种想要替她抚平眉心褶皱的念头，只是这念头一闪而过，并没留下太多的痕迹。

“我大哥身体不好，最近在养病，又要读书，我也不想他分神来管我的事情。梅姨娘那性子本就谨小慎微，在这家中说话没有什么分量，所以我也只有来找你了。”卫箬衣说完就用带着祈求的目光看着萧瑾，“人家都说家丑不可外扬，但是我不能出事，我也指望不了别人，只有指望你。”

指望我？

萧瑾的眼底几不可见地流过一丝淡淡的柔意。

算了算了，帮这丫头一次也是帮，两次也是帮。

“我倒是可以帮你查出来为何卫华衣一定要让你喝下这个燕窝。”萧瑾淡淡地说道。

“真的吗？”卫箬衣一喜，她手边如果有能用的人，怎么也不会麻烦萧瑾的。

“真的。不过我帮了你,你拿什么报答我?”萧瑾抬眉撇嘴。

“啊?”卫箬衣一愣,“有句话叫施恩不望报你知道吗?”

“还有一句话,滴水之恩当涌泉相报。”萧瑾从容地瞥了卫箬衣一眼。

卫箬衣……小气鬼!

不过算了,她又不是长得很像金元宝,人人都要宠着她,爱着她,帮着她。

“说吧!你想要什么?”卫箬衣十分豪迈地一挺胸。萧瑾顿时挪开了自己的眸光,非礼勿视。

“给我亲手炖上一盅汤来。”萧瑾瞥见了那盅放在一边的燕窝,随后缓缓地说道,“必须亲手啊,假手于人的,不好喝的,都不算数。”

“亲手是没问题的啦,不过好喝不好喝这个见仁见智。”卫箬衣挠头道,“你不能刁难我,明明好喝非要说是不好喝。”

“我是那样的人吗?”萧瑾翻了卫箬衣一个白眼。

卫箬衣略有点迟疑。“你很像!”其实她想说是的,但是又怕惹恼了这个小气鬼,所以就只能委婉地表达出来了。

萧瑾……拳头暗暗地捏起,不过还是缓缓地又松开了,心底一阵失笑,这丫头,还真是……连说好话哄哄他都不行!

“头儿,东西拿来了。”陈一凡从外面急三火四地跑了回来,带回来一个瓷瓶子,直接交到了萧瑾的手里。

萧瑾握住,陈一凡面色有点诡异地看了看卫箬衣。

“你还不出去?”萧瑾见陈一凡还杵在这里,寒声说道。

“哦。”陈一凡回过神来,“是。”随后他看了一眼绿蕊,朝着绿蕊咧嘴一笑,绿蕊的脸顿时就红了,忙低下头去。

陈一凡跑了出去,萧瑾这才将手里的瓶子交给了卫箬衣。“吃一颗就好,别多吃了。”

“好。”卫箬衣不疑有他,接过了瓶子,“那我就先回去了。”

“嗯。”萧瑾点了点头,目送卫箬衣离开。

等回到自己的房间,卫箬衣打开了瓶子,只吃一颗会不会效果不好?她见瓶子里还有好几颗药丸,所以她想了想,干脆多吃一颗好了。

让绿蕊拿了些温水来,卫箬衣服下了药丸,随后静静地在床上躺尸。

萧瑾说这药会让她拉肚子,可是真的到了夜间,卫箬衣才发现自己上了萧瑾的臭当了,这哪里是可能会拉肚子,这是拉肚子拉个不停好吗!

第二天,侯府就传出了郡主病得下不了床的消息了。

这肚子拉得卫箬衣连起身的力气都快要没有了。

消息传入老夫人的耳朵里,老夫人大惊失色,忙将宫里的太医叫来。

宫里的太医验过了卫箬衣之后问她是不是吃了什么不该吃的东西。

卫箬衣只能说自己喝了点燕窝,就是卫华衣送来的,她这边说吃了燕窝,卫华衣就跳出来喊冤,要求老夫人给她作主,那燕窝她是先吃了的,她却是一点事情都没有。

太医也给卫华衣号了脉,她的脉象正常,还拿了剩下的燕窝验了验,里面完全验不出任何东西出来。

这下卫华衣可是不依不饶了，她反而哭着求老夫人给她平冤，只说是卫箬衣刻意地陷害她。兰姨娘和菊姨娘带着卫兰衣还有卫红衣、卫简衣都是一副看好戏的样子。只有卫燕在替卫箬衣申辩，说卫箬衣不会无缘无故地陷害人。

他之前被冻得够呛，本就是伤了心肺的，还没完全缓过来，又被库尔德人抓去，这一着急，人就又晕厥了过去，这下卫府可是热闹得不得了，太医顾了卫箬衣又要顾卫燕，大寒天的，愣是将太医给忙出了一身汗来。将卫燕救醒送了回去，让梅姨娘将他看顾好了，这才稍稍地平息了一点点。

好好的一个卫府，因为卫箬衣的病变得鸡飞狗跳的。

卫箬衣都拉得没力气说话了，卫华衣又哭得和泪人一样，让老夫人左右为难，只能说是卫箬衣自己可能不小心受了风寒才导致的。

但是太医却是说卫箬衣大概吃了什么巴豆粉做成的东西。他针对巴豆开出了一个方子，让侯府熬药给卫箬衣服下，别说，还真的灵光了。

卫箬衣才刚服下没多久，肚子就没那么痛了。

卫箬衣在床上有气无力的，百思不得其解，她真的除了那点燕窝之外什么都没吃，怎么会吃了巴豆了？不过她转念一想，不对，她还吃了一样东西，那便是萧瑾给的所谓解毒药丸！

人家太医诊断并没错，针对巴豆下的药，她喝下去就立竿见影好了，那就证明太医的药对症，所以才会有这么好的疗效，所以……她是真的被萧瑾给坑了！

难怪那厮说只能吃一颗，不要吃多了！原来是在这里等着她呢！

卫箬衣咬牙握拳！该死的萧瑾，坑她很好玩吗？还信誓旦旦地说帮她！他不害她，她都烧高香了。

卫箬衣泪流满面，握拳咬牙。

旁人见她这样子只当她是因为拉肚子拉的……哪里知道她是被人坑了，只能打落牙齿和血吞。

好不容易将祖母给安抚住，老夫人又给了太医不少诊金，让他三缄其口，不能将在侯府里面看到的事情外传，毕竟是家宅之中的事情，传出去不好。

老太医表示理解，其实有这种屁事的也不光是紫衣侯府，这里算是好的了。

老太医拿了诊金，又给卫箬衣开了两副调理身体的药，这才离开了卫府。

好不容易消停了，卫箬衣也趴在床上起不来身了。

死萧瑾！卫箬衣叼着被角，眼泪汪汪地在心底将萧瑾从头发丝到脚后跟都骂了一顿。

她正在骂着呢，就觉得眼前出现了一个黑影。

呆滞地抬起眼眸来，刚要叫人，她的唇就被人给捂住了！

"别叫。"捂住卫箬衣嘴唇的人抬手做了一个噤声的动作。

萧瑾！等卫箬衣看清楚捂住她唇的人的样貌，她气就不打一处来，索性张开嘴，直接咬在了萧瑾的手上。

萧瑾蹙眉，小丫头片子，不是说已经拉得起不来床了吗？咬人倒是一把子好力气！看来她还是拉得太轻了！

他本是想将卫箬衣推开的，但是看到她那双略带着一点点恨意的双眸，他的心就微微地一动。

她这是生气了吗?

算了,心软了下来,他忍住,任由她咬着。

卫箬衣是挺用力的,原本是想咬掉他一块肉的,但是实在是拉得没什么力气了,所以咬了一会就松开了自己的嘴。她愤恨不平地瞪了萧瑾一眼,将他的手一把推开。“你来干什么?看我的笑话吗?”她心底难受,别开了脸。

这叫什么话,他是用了苦肉计,但是来并不是想看她笑话。虽然他一开始是存着点这样的念头,但是刚刚进来,看着她有气无力地趴在床上,青丝铺满她的后背,他就知道自己心疼了。

那种看笑话的念头早就被他给掐灭,抛去了九霄云外了。

“别气了。”按下了那丝心痛的感觉,萧瑾拍了拍卫箬衣的肩膀,他的指尖才刚刚碰触到她的肩膀,就被她一把挡开,虽然她没什么力气,但是从她的动作上看,她是真的生气了。

“逗我好玩吗?”卫箬衣红着眼,没好气地说道,“看到我这样,你满意了没?”

萧瑾低叹了一声。“我带你去一个地方,去了你就不生我气了。”

“不去。”卫箬衣撇开了头,亏她这么信任他!可是他却将她当成一个笑话看。

“先别说得这么快。”萧瑾无奈,“你不是想知道那盅燕窝里面放的是什么吗?”

“不想!”卫箬衣咬唇,他就没准备帮她!

“可是我知道了。”萧瑾一摊手,说完就静静地看着卫箬衣的反应。

卫箬衣犹豫了再三,这才缓缓地抬起眼眸来看着萧瑾,“你没骗我?”

“我以后都不骗你了好不好?”被卫箬衣那双泛红的双眸看着,萧瑾长叹了一声,无奈地说道,“别生气了,我是坑了你,可是我叫你吃一颗,你吃了几颗?”拉成这个样子,绝对不是一颗能造成的。萧瑾也十分无语。

“两颗……”卫箬衣的脸一红。

“你当吃糖豆子呢?”萧瑾又是好笑,又是好气,真的是要被卫箬衣给弄笑了,只是看她这样惨兮兮的,真的又笑不出来。

“你告诉我是解毒药!”卫箬衣狠狠瞪了他一眼。

“巴豆清火,”萧瑾含糊其辞说道,“某种程度也是解毒。”

卫箬衣……狡辩!

“好了好了。”萧瑾见卫箬衣又有要发怒的感觉,忙说道,“别闹性子了,我带你去一个地方,去晚了就不好玩了。”

“能是什么好地方?”卫箬衣不屑地瞪了萧瑾一眼。

“是不是好地方,去了就知道了。”萧瑾笑道。

嘿,这厮还笑得出来!她都这副模样了。

“绿蕊和绿萼呢?”卫箬衣这才发现自己的两个侍女不见了。

“陈一凡那边呢,放心。”萧瑾说道,他嫌卫箬衣磨叽,干脆自己抓起了搭在凳子上的披风,将卫箬衣裹了起来,“赶紧地,去晚了,没准就看不到好玩的了。”

好玩你妹!

卫箬衣在心底吐槽,不过还是从善如流地披上了披风。她才刚刚将鞋子穿上,人就被萧瑾给扛了起来。

“你要干吗!”卫箬衣一惊。

“带你出去!”说完萧瑾就带着卫箬衣从窗户上了房顶。

卫箬衣……这大白天的!自己侯府的侍卫简直就是和摆设一样一样的!难道就没人看到萧瑾从侯府将她给带走了吗?

好在这是萧瑾,要是换成一个外人的话!那可怎么办!

“卫府的侍卫啊,都该换了!”卫箬衣叹息道。

“不能怪他们。”萧瑾淡定地说道。

“那还怪我吗?”卫箬衣瞪眼。

“要怪我。”萧瑾说道。

卫箬衣……

“怪我太强了。”萧瑾又接了一句。

好想吐!卫箬衣做了一个呕吐的动作,这人忒不要脸了!

79 道观

等出了侯府，卫箬衣被萧瑾放在了一辆马车的面前。

与卫箬衣一起上了马车，萧瑾敲了一下马车的车壁。

四匹拉车的骏马撒开蹄一路朝前而去。

“咱们这是去哪里？”卫箬衣好奇地问道。

她看了看外面，只觉得这辆马车跑得飞快，周边的景色在风驰电掣一样地倒退，马车之中却是非常的暖和。虽然比不上侯府的马车那么宽大，不过也是十分的舒适，就连暖炉都预备好了。

“这马车是你备下的？”卫箬衣斜睨了一眼坐在自己身侧的萧瑾。

萧瑾不置可否地微微一笑。

“我们这是要去哪里？”卫箬衣问道。

“自是卫华衣去了哪里，我们就去哪里。”萧瑾笑道，“她从你那边回去之后，只稍稍地停留了一点时间，就出去了。”

“你总是卖关子，有意思吗？直接说了不就完事了吗？”卫箬衣微微一噘嘴，“你不是说知道她给我喝的是什么了吗？那你现在可以告诉我真相了吗？”

本是还想再激一激她的，但是看到她因为生病而变得十分差的脸色，萧瑾就心底一软。他默叹了一声。“好吧，她给你喝的也不是什么大不了的东西，不过就是下了符的燕窝而已。”说完萧瑾的眸光就是一寒，他出生在宫闱，知道宫廷之中素来对巫蛊降头这种邪术是十分忌讳的。一旦发现有人暗中使用这些东西，都是决不姑息的，便是在豪门世家也是对这种诅咒人的阴错事情十分忌讳。

“下了符？”卫箬衣闻言一怔，“那是什么东西？”她是生长在红旗下的新时代女性，自然对这种东西不甚了解，只是在看书的时候偶尔看到两句，不过就是没什么概念，也知道这不是什么好东西，都是背后害人的物件，只是这种子虚乌有的东西能不能起到什么效果就不得而知了。

应该是没什么效果的吧，她拉肚子是因为自己上了萧瑾的臭当了。

“下符便是卫华衣找了人写了你的生辰八字，然后做了法烧成了灰，用灰做成符水，然后在你喝的燕窝之中加入那种符水。寻常人便是怎么检都检验不出来。她之所以敢当着你奶奶的面将燕窝喝下，也是笃定了那符水只会针对你起作用，而不是她。”萧瑾说道。

昨日卫箬衣带着燕窝来找他，他就有所怀疑，既然卫华衣这么处心积虑地要让卫箬衣喝下燕窝，这燕窝之中必定是有鬼的。所以他干脆将计就计，让卫箬衣服下一颗用巴豆粉做成的药丸，这样卫箬衣会不停地拉肚子，只要卫箬衣病倒，再观察一下卫华衣的反应，多半能看出卫华衣在暗中搞什么鬼。

卫华衣还真是不负众望,从卫箬衣那边回去,就直接进了屋子,从床下拿出了小草人,在他看到小草人的瞬间,就明白了卫华衣是要做什么了。再加上卫箬衣握着草人对天喃喃祷告,她说得是很轻,但是一字一句都清楚无比落入萧瑾的耳中,让他不费吹灰之力就猜到了前因后果。

卫华衣祷告完就又扎了扎小人,再度将东西藏好,随后就叫了侯府的马车出了侯府。

萧瑾派人与自己一路跟随到了京郊附近的一个小道观,这才叫人在这里先看住卫华衣,随后他火速回了侯府去将卫箬衣接来。

这道观之中必定有教授卫华衣那种歪门邪术的人在,否则卫华衣不会这么急匆匆地前来。她还带了不少首饰在身上,想来她手边现在是没有多少现银可用的,唯有拿自己的首饰来抵。

"那你带我去的地方是……"卫箬衣蹙眉问道。

"道观。我带你去抓卫华衣一个现行,有我们当人证,还有你们侯府里面的物证,这回卫华衣是跑不掉的,也不可能再在你奶奶的面前狡辩什么了。"萧瑾缓缓地说道。

卫箬衣的眸光淡了下来,长叹了一声。

"怎么?"萧瑾见状一挑眉,"你这是心软了?你若心软,我现在就可以再带你回去,保证神不知鬼不觉。"

"不是心软。"卫箬衣摇了摇头,她又没有什么圣母病,心软个屁啊。卫华衣现在连这种阴沉沉的手段都用上了,显然是不将她置于死地的话绝对不会善罢甘休,即便她同情心泛滥,能饶过卫华衣一次,但是这姑娘能饶过她吗?

"那你叹息什么?"萧瑾蹙眉,他还以为她能高兴呢。

"我只是觉得我自己混得好生失败。"卫箬衣对着萧瑾惨然一笑,低叹道,"我自问只是过自己的日子,并没妨碍到别人,可是为什么要这样对我呢?即便是我死了,她又能讨到什么好处,父亲难道会立她为嫡女吗?我是揭穿了她母亲的阴谋,可是如果她们身正影直,不存害人之心的话,又怎么落到这种地步?为何不在自己身上找原因,却是一味地怪罪别人,将自己的过失变成是别人有心构陷呢?"

这……

萧瑾也略沉默了片刻,说起来他小时候的经历又何尝不是这样?

"那你准备怎么办?"不知不觉,他的声音柔了下来,就连看着卫箬衣的眸光都柔和了许多。

"我自是不会放过她。"卫箬衣无奈地说道,"若是她们真心忏悔,便不会做出害我的事情,我已经给竹姨娘留有情面了,没有直接将她送官法办,而是留着她,等父亲回来再做发落。而卫华衣却恨我恨成这样,一次构陷不成,还会有二次,三次,我怕死得很,所以为了我能安全,我也只有将她所做的事情都揭露出去,这事情,我也会让父亲回来之后再做定夺。"

"嗯。"萧瑾缓缓地点了点头,"国有国法,家有家规,你做得也是对的。"

他说完,卫箬衣就抬眸有点诡异地看着萧瑾,"你这样通情达理的,我倒反而觉得你不是你了。平日里你不是应该怼我两句,或者是幸灾乐祸一番吗?"

萧瑾……他平时表现得有那么恶劣吗？

马车飞快，没过多久就将卫箬衣和萧瑾带到了京郊的一个小道观，这道观倒是离燕京城很近。

卫箬衣一下车便看到了侯府的马车还停在道观的门前。

马车的车夫就站在车边等候，看到了卫箬衣从别的马车上走下来，吃惊得不得了。

他目瞪口呆地目送卫箬衣在几个男子的陪伴之下走入道观，随后回过神来，不好了，是不是应该和四小姐通传一下。

他刚准备猫腰从另外的边门跑进去，就被从天而降的两个男子拦了下来。

“你们是什么人！”那车夫一惊，随后怒道，“你们可知拦的是什么人吗？”

那两个人对看了一眼，随后冷笑了一下，从怀里掏出了腰牌亮给车夫一看，车夫顿时双腿发软，是锦衣卫！

他收了四小姐的一对白玉镯子，专门负责带着四小姐秘密来此的，如今被锦衣卫给盯上了，那车夫就知道不好了，他是不知道四小姐来此做甚，只是知道四小姐最近常常来这个地方。四小姐说是为自己的母亲和弟弟祈福，因为竹姨娘犯了事情被关在祠堂之中，所以她不想府中其他人知道这件事情，还专门叮嘱他，若是在附近见到府中的人经过一定要告诉她。

他是真没想到自己会被锦衣卫给盯上。

萧瑾与卫箬衣进了道观，花锦堂就赶紧从藏身之处闪出。“他们还在里面的房间之中。”他在前面带路，一直将萧瑾和卫箬衣朝里面引，路上遇到有道观之中的道士前来阻挡，都被花锦堂亮出的锦衣卫腰牌给吓住了。

一路畅行无阻地进了道观后院的一个房间之前，萧瑾对花锦堂一颔首。

花锦堂直接一脚就将房门给踹开。

房间的正中是一个香案，香案上摆满了各种法器，香烟袅绕，一名身穿百衲道袍的中年道士正一手摇晃着法铃，一手拿着一柄铜钱串成的符剑，摇头晃脑，振振有词地做着法事。桌案上还摆着好几道已经用朱砂写好的黄色符纸，看他那样子应该就是在朝符纸之中注入什么法力。

桌案之前放着一个蒲团，卫华衣头披一道白纱，正虔诚地跪着。在她的身周有数条写着各种符咒的幡旗垂落，房间里的光线不明，用来照明的只有几盏散落在房间各处的莲花状灯盏。昏黄的灯火被袅袅的青烟环绕，让整个房间都呈现出一种诡谲压抑的气氛。

卫华衣如同幽灵一样便是跪在这种青烟与昏黄的光线交织出来的氛围之中。

门猛然被踹开，寒风从门外骤然灌入，瞬间就吹熄了几盏莲花灯，让房中的光线变得更加的诡异，半明半暗。

房中二人皆惊，全数转眸过来。那道士怒吼了一声。“呔！是什么人胆敢擅闯道场！不怕无极天尊降罪于你吗？”

萧瑾站在了门外，花锦堂陪着卫箬衣步入了房间之中。

“还真不怕。”花锦堂冷冷地一笑，“你还是先顾着你自己吧，看看你的天尊能不能先救了你。”随后他身形一动，用极快的速度来到了那个道士的面前，抬起腿来当胸一脚，直接将那道士给踹飞了出去。

卫华衣在看清楚走进房间的少女面容之后，大惊失色。那雪白的狐毛披风笼罩之下，一张白如皎月的面容清晰地出现在了她的面前，不是卫箬衣还有谁？

“长……长姐……你怎么会来？”她跌坐在了蒲团之上，惊恐无比地看着卫箬衣那略显得苍白的面容。她不是已经病得下不了床了吗？怎么会忽然出现在这里？

她的符水起作用了啊！她的咒术也起作用了啊！即便是喝了太医的药，她也应该是卧床不起才是。

“我来看看你啊。”卫箬衣缓步走到了卫华衣的身前，目光灼灼地看着她。“四妹来这里是给竹姨娘祈福吗？”

卫华衣已经完全呆住，听到卫箬衣这么一说，才脑子稍稍有点反应过来。“是啊。”她勉强的一笑，“好巧，长姐也来了。”

“郡主，这里有写着你名字的纸人。”花锦堂站在香案之后，翻看了一下香案上的东西，“还有这些写着你名字的符纸。”

“一点都不巧。”卫箬衣冷冷一笑，“我是跟着你来的。给我喝的符水还不够将我整死对不对，所以你又来找这个道士帮忙，让我早点登上西天极乐？这么说起来，我是不是要感谢一下四妹，好让我在这万丈红尘之中早日脱离苦海？”

卫华衣现在的脸色已经变得比卫箬衣还要白上三分。

“哪里呢。”她勉强笑着，殊不知自己嘴角的肌肉已经完全抽搐了起来。“这些都是替长姐祈福用的。”她狡辩道。

“这说起来，我倒是受宠若惊了。”卫箬衣冷笑，随后瞪了卫华衣一眼，“不如这样吧，咱们将这里的东西都搬回侯府，我准你好好地和那道士在侯府之中，当着祖母和各位姨娘的面，再将你们的祈福仪式好好地演练一遍如何啊？”

卫华衣的冷汗现在嗖的一下全数冒了出来。

她的目光游移不定，完全是一副六神无主的模样。

“劳烦花大人将这的东西都搬回侯府。”卫箬衣也懒得再去看卫华衣，而是转身对花锦堂说道，“还劳烦将那个道士也一并带回去。哦，对了，我妹妹这么虔诚地跑来做法事，一定是给了那位道长不少的好处了吧，搜出来，一起带回侯府，让大家都见识见识，我这好妹妹对我是有多上心。”

“是。”花锦堂对卫箬衣一抱拳，随后他一拍手，早就埋伏在这个房间四周的锦衣卫纷纷现身出来。有人过来架起那个被花锦堂一脚就踹背过气去的道士，有的收拾起香案上的各种符纸和纸人，还有的过来站在了卫华衣的身侧。“卫四姑娘，请吧。”

卫华衣只觉得自己手脚冰冷，浑身都在发颤，她愤恨交加地看着卫箬衣。良久，她才冷冷地一笑。“卫箬衣我劝你不要这么神气！我便是被你发现了那又如何？你已经中了符咒了，你也离死不远了！”

卫箬衣的眉头才刚刚皱起，还没等她说话，就见一个人影挡在了她的面前，那个身影高大挺拔。

“她不会有事。”萧瑾缓缓地开口说道，“因为有我在。”

卫箬衣听完，人就愣住了。

80 还是会狡辩

就在刚才，一直站在门外没有进来的萧瑾，闪身到了卫箬衣的身前。

卫华衣目瞪口呆地看着骤然出现在她面前的萧瑾，久久地不能言语。

素来传闻五皇子殿下对长姐都是厌恶有加的，即便是上次萧瑾帮了长姐去解救了卫燕，想来也是因为卫燕是卫府长子，而萧瑾乃是锦衣卫千户，职责所在，不能推辞而已。

况且这几日萧瑾虽然住在侯府之中，但是与卫箬衣基本没什么交集。

他怎么会一而再，再而三地帮助长姐？

如今他又说出这样的话，难不成长姐真的将五皇子殿下给勾到手了吗？

“五皇子殿下，你不要被我长姐给欺骗了。”卫华衣愣了好久，才找回了自己的声音，她急切地说道，“事情不是你想的那样。”

萧瑾的身份非同一般，如果这件事情被萧瑾也知道了，只怕……

直到萧瑾出现，卫华衣才感觉到真正的恐惧。

萧瑾的目光如刀，冷冷地注视着她，让她不寒而栗，她只觉得这人的目光要比从外面刮入的寒风还要凛冽三分。

“将她带走！”萧瑾丝毫不留情面地对自己的手下说道。

“是。”得了自己千户大人的命令，那两名锦衣卫再无什么忌讳，一左一右直接将瘫坐在蒲团上的卫华衣给架了起来，生将她给拽出了房间之中。

“卫箬衣！你不得好死！”知道自己已经大势已去，在被驾着经过卫箬衣身侧的时候，卫华衣用极其怨毒和愤恨的眼神看着卫箬衣，嘴里嘶吼道。

卫箬衣愣住了。

她究竟做了什么让卫华衣如此恨她，刚刚卫华衣看她的眼神就如同见了杀父仇人一样。愤怒，嫉妒，怨恨，一股脑儿地夹杂在卫华衣的眼底，如果她的目光能化成实形，现在只怕已经将卫箬衣给砍得遍体鳞伤了。

肩头稍稍一沉，有人按住了她的肩膀，卫箬衣怔怔地回过神来，抬起头看着自己的身侧。

萧瑾的面容出现在了她的视线之中，清淡如雪，中正清离，但是在他的眸光之中分明闪动着一种叫做安慰的眸光。

“不要将她的话放在心底。”萧瑾缓声说道，“由我护着你，你不会有事。”

这是他今日第二次说出这样的话来了。

卫箬衣缓缓一笑。“你能护我多久。”她笑得极淡，带着一种浓浓的无奈与淡淡的哀切在其中，让萧瑾的眉心稍稍地皱了起来。

卫箬衣推开了萧瑾按压在她肩头的手。“不过还是要多谢你,这样帮我。”说完她朝着萧瑾规规矩矩地行了一礼。

萧瑾的眉心蹙得更深。

“我并非需要你的感谢。”萧瑾略带不悦地说道。

“那你需要什么?”卫箬衣问道,“我也不想总是欠你的人情,上次你帮我救大哥,我都已经十分感激了,这回你又帮我抓住了卫华衣。”

“什么都不需要。”一股淡淡的怒意袭上了萧瑾的心头,他一甩自己的衣袖,扔了一句,“你不用想多了,职责所在而已。”

“哦。”卫箬衣听到这话,心底就坦然多了。

说真的,萧瑾连续说出两次那样要保护她的话,是真的将她给吓到了。

这人总是不按理出牌,叫人捉摸不定,的确很是叫卫箬衣觉得诡异啊。

不过想到他帮她也不过就是奉旨办事,卫箬衣的心底就释然了。

等回到侯府,花锦堂将所有的符纸朝老夫人和府中其他姨娘以及姑娘的面前一放,再将那个道士提到大家的面前一扔,老夫人顿时就明白了是怎么回事了。

她痛心无比地看着卫华衣。“四姑娘,你怎么会变成这个样子!”

“这能怪我吗?”卫华衣已经懒得狡辩了,人证物证都在,也不容她有什么狡辩,更何况人证之中还有一个身份特殊的五皇子殿下。

她阴森森地看了卫箬衣一眼,随后朝着老夫人缓缓一笑。“敢问祖母,在你和父亲的眼底只有卫箬衣一个人,可曾将我们放在眼底过?你们对卫箬衣百般宠爱,可曾问过我们几个姐妹的感受和想法?”

她的话说得在场的卫兰衣、卫简衣还有卫红衣都心有戚戚,但是当着老夫人的面又不敢表现出来,大家一个个都低下了头。

“难道府里的用度短缺过你们吗?难道府里的仆从对你们有不尊敬过吗?”老夫人只觉得自己心头发堵,拍着椅子扶手痛心地说道。

“呵呵,你们眼里面只有一个卫箬衣!只有她才是高高在上的那一个,从小到大,给她的哪一样不是比给我们的强?”卫华衣冷笑道。

“是啊,我用的是比你的好,但是这要问问兰姨娘了。”卫箬衣忍不住寒声说道,“对不对啊,兰姨娘?”若非刻意地捧杀她,兰姨娘至于在她的身上花这么大的血本吗?

骤然被点名的兰姨娘一个激灵,她讪笑着说道:“大姑娘是卫府的嫡长女,应该吃穿用度是最好的。”说完她偷偷地看了卫箬衣一眼,只是眸光碰触的瞬间,她的心底便是一惊。

从崇安郡主眼底投射过来的光芒竟好像一把利刃深深地刺入了她的心底深处,更如同一道亮光,要将她隐藏在心底最深处最黑暗的地方给照亮一样,让她潜藏在心底深处的秘密无所遁形。

兰姨娘忙收回了自己的眸光,随后她的心跳就怦怦地快跳了好几拍,只是短暂的对视,让她生出了几分心神不宁的感觉。

“老夫人。”萧瑾一抱拳,“按说这是府上的私事,我本不应该插手去管的,但是陛下着令我保护崇安郡主和整个侯府的安全,所以我就不得不多说一句,还请老夫人带人去查查四姑娘的房间，相信还会有所收获。”

卫华衣一听，就用怨毒的目光死盯着萧瑾。

萧瑾浑然不在意地扫了她一眼，嘴角露出了一丝冷笑。

“萧大人言重了。”老夫人叹息道，“您是职责所在，但是紫衣侯府中出现这种事情实在是叫人汗颜。”说完她让婆子过来按照萧瑾的话去办。

没隔多久，婆子就带着那只装着两只草人的盒子回来。

卫华衣一见，脸色骤变。

就连最后的一个巫蛊娃娃都被搜出来了！

萧瑾打开了那个盒子，拿着写着卫燕名字以及生辰八字的娃娃在卫华衣的面前晃动了一下。“你口口声声说因为嫉妒崇安郡主深受宠爱，所以愤愤不平，但是卫大公子又如何招惹你了？”

萧瑾说话铿锵有力，掷地有声，此言一出，卫华衣的脸色顿时如同白纸一般，完全失去了血色。

就连原本因为卫华衣的话心底生出了几分同情之意的老夫人如今也是眼眉一寒。

五皇子殿下的话真是没错，如果是因为记恨或者嫉妒卫箬衣深受宠爱，而忍不住对卫箬衣下手尚有几分道理可言，但是同时对卫静雪出手便是毫无根据，纯粹地陷害了。

但凡老人都对这种巫蛊之术十分忌讳，老夫人看了看自己大孙子又瞅了瞅自己的大孙女，这两个人的脸色一个比一个难看。卫燕被解救回府之后就一直体虚畏寒，咳嗽不止，卫箬衣一贯身体强健，现在也是卧床无力，脸无血色。

老夫人再前后联想一下，如今的侯府频频出事，可谓多事之秋，实在不是天灾，而是人祸啊！

天作孽，犹可恕，自作孽，不可活！

老夫人重重地一拍扶手。“你这个孽女！你母亲作孽也就罢了，如今你也跟着她一道走上歪路。你竟是要害得这个家七零八落才算作罢吗！真是有什么样的母亲，便有什么样的姑娘！”

被老夫人这么一吼，卫华衣回过神来，她阴森地笑了起来。“如今我被你们拿住，自是你们说什么就是什么了？”

简直就是朽木不可雕，都到了这种地步还不知道悔改吗？

老夫人被卫华衣的态度气得心头发闷，太阳穴突突地直痛。她抬起手来，指着卫华衣，因为气恼的缘故，指尖都在微微颤抖。

“你这个逆女啊！你今日可以诅咒你大哥长姐，他日你便是看谁不顺都拿来诅咒一番吗？”老夫人气得双眸都在微微发赤，恨声说道，“事到如今被人揭发出来，你犹不知悔改！你简直与你那个心肠恶毒的娘如出一辙！”

老夫人这番话算是说得在场的人都心头发寒。

不错！

她们刚才还尚觉得卫华衣诅咒卫箬衣诅咒得好，却忘记了，她能诅咒卫箬衣和卫静雪，就也能诅咒她们。这种巫术谁都觉得厌恶无比，所以现在被老夫人一提，大家都拿厌恶的眼神看向了卫华衣。

“你们这样看着我做什么？”感受到了众人眸光之中的恶意，卫华衣只是觉得好笑，“你们现在一个个地站在这里指责我？哈哈，平日里你们哪一个不是讨厌卫箬衣讨厌到骨子里去了。从小到大，你们扪心自问，谁不嫉妒卫箬衣？谁不想打压卫箬衣？可是你们谁成功过？至少我让卫箬衣卧床不起了。呵呵，只可惜，五皇子殿下横插了一手，让我失败了，再给我几天的时间，这世上就再无卫箬衣这个人，到那个时候，你们真的会为卫箬衣伤心？别开玩笑了，这个侯府之中，你们谁不是巴望着她名誉扫地，丢去小命！我失败了而已，成王败寇的道理我懂。可是我真看不起你们几个的嘴脸。”

被卫华衣一番话说得在场众人脸色都是变幻莫测。

卫燕忍不住起身，朝前走了两步，抬起手来一巴掌扇在了卫华衣的脸颊上。他起得有点急，情绪又有点激动，那一巴掌扇又是十分用力，所以扇完，他就剧烈地咳嗽了起来。

“大哥。”卫箬衣和梅姨娘赶紧扶住了卫燕，卫箬衣着急地说道，“大哥何必动怒呢？”她长叹了一声，其实卫华衣不过就是说出了实话而已。

“箬衣是我妹妹！”卫燕好不容易止住了咳嗽，随后怒目瞪着卫华衣，“你却不是！从今日开始，我卫燕不会再认你这个人！”

“病痨鬼！想要护住卫箬衣，你还是先看看你有没有这个能力吧！”卫华衣被卫燕一巴掌扇得一边的脸颊红红地微肿了起来，腮边的发丝本来就因为各种推搡而有点散落，现在更是掉了好几缕下来垂挂在腮边，一双带着异样热烈和愤恨的眸光透过散落的发丝投递出来，似笑非笑地注视着卫燕，“全家最不成用的人便是你！自诩神童，会写几个破字读几本破书又有什么了不起的？你若真有本事又怎么会屡次要让卫箬衣那个废物去救你？你简直就是废物中的废物！”

“你……”卫燕被卫华衣气得俊容顿时一片通红，加上他本就虚弱，竟是有几分要被气得晕厥过去的样子。卫箬衣忙扶着卫燕在椅子上坐下，让人赶紧送来一杯参茶，给他顺着气，随后她怒目看向了卫华衣。

“怎么了？被我说中痛处了吗？你拉扯你那个废物大哥，一点用都没有！”卫华衣见将卫燕气得差点吐血，自是心底生出了几分报复的快感出来，就连她微肿的脸颊上也挂上了一丝诡异的笑容。

“卫华衣，我本看在你是我妹妹的份上，不想和你计较太多，你若是能好好认错，以后循规蹈矩，这府中尚可有你一席之地，但是你现在如此冥顽不灵，不知悔改，便是我都容不下你了！”卫箬衣恨声说道。

一个人居然心理扭曲到这种地步，卫华衣记恨自己，卫箬衣尚可以理解，但是她连大哥都一并恨上了，这叫卫箬衣觉得卫华衣已经是病入膏肓，完全没救了。

对付这样的人，她也不需要手下留情。

“奶奶，按照我们大梁法令，利用巫蛊之术，谋害至亲血肉是什么罪责？”卫箬衣跪倒在老夫人的面前，以额头触地，朗声问道。

“谋害至亲血脉已经是重罪了。”萧瑾缓缓地说道，“更何况崇安郡主是我父皇亲封的，乃是有封号之人。那就是罪上加罪，即便是送到大理寺，最轻也是一个车裂的下场。”

萧瑾此言一出，在场众人都倒抽了一口气，就连一直带着不屑笑容的卫华衣现在的面容上也显出了几分凝重之色来。

“况且我父皇现在派锦衣卫前来侯府保护郡主的安全，凡是有意图谋害郡主的，当交由锦衣卫处理。”萧瑾顿了顿，接着说道，“卫四姑娘大概没去过锦衣卫的诏狱吧。”他说完对着卫华衣缓缓地一笑。

81 家丑不可外扬

萧瑾说得轻描淡写，那张生得如同晓月春花的面容上陡然绽放出一抹带着森然冷意的笑容，魅美至极，同时也带着一种叫人遍体生寒的战栗之感。

卫红衣和卫简衣本是对萧瑾心生情愫，但是看到露出这种笑容的萧瑾，两个人不由自主地打了一个寒颤。两个人是双生子，心意相通，相互对看了一眼，彼此都从对方的眼底看出了几分惧怕之色。

萧瑾虽美得浓墨重彩，但是也冷得叫人心生畏惧。

就连卫箬衣都暗暗地扯了一下衣袖，萧瑾笑得也忒恐怖了吧。

现在的萧瑾宛如从地狱爬出的修罗一般，气息森然，他妍丽的面容宛若彼岸黄泉的接引之花，荼蘼到极致，也叫人恐惧到极致。

卫箬衣顿觉浑身皮肉生痛，好在萧瑾现在不是这样对着她来笑，否则卫箬衣真的生出一种要夺门而逃的冲动。

一直在一边旁听的花锦堂和陈一凡一见萧瑾流露出这样的笑容，心底都是一惊，他们两个也对看了一眼，看来这回头儿真的是因为崇安郡主的事情动怒了！

“老夫人，我皇命在身，还请将这意图谋害崇安郡主的罪魁祸首交给我们锦衣卫处置。”萧瑾对老夫人说道。虽然他是用了请这个字，但是表达的意思已经十分的明确，他是奉旨办事，便是紫衣侯府的人也阻拦不得。

这……

老夫人虽然也是气得不行了，但是毕竟还是自己的亲孙女，这人真的让锦衣卫带走了，实在是有点不妥，但是萧瑾话里隐藏的意思她也明白，既然他已经搬出了皇命了，即便是自己也不能阻拦。

所以她看向了卫箬衣，还想着卫箬衣能帮卫华衣说上两句话。

虽然她也知道这个希望渺茫至极，但在老人的心底是不愿意让锦衣卫将自己的孙女带走的，诏狱那种地方，便是男子进去了不脱一层皮都不行，这女孩子进去了，还能有好了？

卫箬衣略微撇开了头，假装没看到自己奶奶的目光。

卫华衣已经没救了，她不会将一个时时刻刻都想着弄死自己的人放在侯府之中，她没那个精力都拿来对付这个人。

“老夫人放心。”萧瑾对着老夫人一抱拳，“毕竟卫四姑娘还是崇安郡主的庶妹，我手下的人会有分寸的。”

老夫人如今也只有讪笑的份了。

“此事我也会如实禀告父皇，至于父皇要如何处置卫四姑娘，那就是要看卫四姑娘的造化了。”萧瑾加了一句。

这句话更是叫老夫人满面的愁容。“全凭皇恩浩荡了。”她长叹了一声，拱手对萧瑾说道。

真是丢人都丢到皇宫里面去了，没见过谁家后宅的嫡庶之争能闹到御前去！卫家大概就是这头一份的！

萧瑾一挥手，花锦堂和陈一凡走了过来，直接拉起了卫华衣，丝毫没有给她留下半点情面，直接将她连带那些证物还有那个所谓的道士一起拉出了大堂之外。

剩余人看着卫华衣被拖走的背影，一个个的脸上都是一副呆滞的表情。

这事情在锦衣卫的插手之下算是落幕了，整个侯府好像是忽然沉寂了下来一样，其余各房的人如今见了卫箬衣莫不是恭顺有加，就连素来看不起卫箬衣的卫兰衣给卫箬衣行礼的时候都带着一丝颤抖。

大家各自散去，卫箬衣将卫燕送回他的房间，又安慰了他一番，见他没什么过多的负面情绪了，这才算是松了一口气。

“我知道你担心我。”卫燕半靠在窗边，低叹了一声，“我若是连这点冷嘲热讽都承受不住，也白活这么多年了。”

“大哥能想明白就好了。卫华衣不过就是故意想激怒大哥，顺便挑唆我们之间的关系。其实如果大哥真的没本事，完全威胁不到卫荣的话，她又怎么会连带着大哥一起诅咒呢！”卫箬衣笑道。

“就你会说话。”卫燕温柔一笑，抬手点了点卫箬衣的额头，“你放心，当时大哥是很生气，但是现在已经是想开了。不过卫华衣说得也对，我一直都被你救来救去的，倒是真的有点叫人无语。”

“大哥是我的亲大哥，我相信，如果当时出事的人是我，大哥也会不顾一切地去救我的。”卫箬衣撒娇说道。

“你啊，真的是叫大哥不知道该说点什么好。”卫燕笑道，“不过刚刚看那位五皇子殿下在大厅里处处维护你，你与他之间可是消除了前嫌了？”

“哪里啊，他那人那么小气！他还真没怎么维护我，说起来，他也不过就是公事公办，奉旨办事而已。”卫箬衣笑道，“大哥不要多想了。”

“是吗？”卫燕蹙眉。

小妹终是长大了，而且小妹这么漂亮，人又这么好，萧瑾迟早会发现小妹的好的。

“大哥真的是想多了。”卫箬衣催促他休息，“你还是赶紧多睡上一会吧，别乱操心这些有的没的。”

“嗯。”卫燕这才略点了一下头，“大哥只是希望你过得开心，咱们家的地位虽高，但是如你所说，危机四伏，谢家、陛下，都不会让你安稳地嫁给一个皇子，即便那个皇子只是不受宠的。你明白我的意思吗？”

“大哥说的我懂。”卫箬衣点了点头。

从卫燕那边出来，卫箬衣缓步而行。

肩膀忽然被人拍了一下，卫箬衣一惊，回眸。“又是你！你下次不要总这样吓唬我！”

“你警惕性太差。”萧瑾蹙眉，听到了卫箬衣言语之中带了几分嫌弃之意，他就略有点不悦起来。

这丫头还真的很会过河拆桥！

“你在这里专门等我的吗？”卫箬衣看到萧瑾沾染了一身的寒气，所以问道。她在大哥那边磨蹭了很长的时间了。看萧瑾的样子是在外面待了不少时候，就连衣袍之上都带着轻寒之气。

“不过就是散步而已。”萧瑾眸光一闪，哼了一声说道。

“刚才多谢你了。”卫箬衣说道。

“没看出来你有多感谢我的样子。”萧瑾略扬了一下头，“看你的表情，倒好像是我多管闲事了一样！”

对待她大哥的时候就百般关怀，对待他的时候就是万般敷衍。她大哥那边有花看吗？害他在这站了那么长时间，不知道现在外面的天气真的很冷吗？

下次她再出事，他一定作壁上观，不会插手！

82 鬼才关心你

虽然现在暂时解决了卫华衣的事情，但是卫箬衣不见得就有多开心。

刚刚大哥的说就好像一根针一样刺入她的心底，让她怨念丛生。

她眼瞅着一过年就十六岁了，即便大梁民风开放，但是贵胄女子一过十三就已经可以谈婚论嫁，更不要说她现在是十六岁的“高龄”了，过年之后她的婚姻大事必定会被摆上议程。

虽然说出嫁也算是躲避卫府灭门的一个法子，但是依照她的身份能嫁给谁？

大哥说得对，按照卫府的地位，她出嫁的对象必须是经过陛下和父亲千挑万选的。嫁得低了，父亲未必愿意；嫁得高了，陛下未必开心。她是卫府唯一的嫡女，又是卫大将军捏在心尖上疼爱的姑娘，其实刚刚大哥的忧虑她十分清楚，无论她嫁给哪一个皇子，都势必卷入夺嫡之争。

况且将来就算她嫁出卫府，但是日后卫府出事，难道她就真的能置身事外了吗？

萧瑾站在卫箬衣的身边，铆足了精神准备和她斗嘴，但是等了半晌也没有听到她说话，这才将刚刚扬起的脸庞落了过来，看了看她，这丫头有心事。

几乎就是不用问，她那脸上明摆着呢。

“你若是身子不适，就早点回去休息。”萧瑾忍不住还是哼了一声说道，“别站在这里吹风。”

“你在关心我？”卫箬衣回过神来，怔怔地问道。

“鬼才会关心你。”萧瑾第一反应便是嗤之以鼻，“只是我身负皇命，在此保护你安全，你要是真的病死了，我要写很多奏折阐明你的死因，麻烦而已。”

“就知道你没那么好心。”卫箬衣缩了缩头，拉紧了自己的披风。这里风真的挺大的，正好是三角路口，没什么遮拦，又是刚刚下过雪的天气，北风一吹，冷得好像有小刀子在脸上刮一样。卫箬衣朝前走了两步，萧瑾并没跟上。

“我那边还有点好茶，我是品不出好坏来。你想不想尝尝？”卫箬衣走出两步，随后停住回眸看向了萧瑾。

寒风微微吹过，环绕在她颈边的狐毛随风微动，让她那张略显苍白的面容显露出了几分生动之意。

本是板着脸的萧瑾眉心处稍稍有点崩裂的趋势。“那要看是什么好茶了。”她也不是全然没了良心，还知道奉茶感谢。

不过他还是十分骄傲地说道。

“爱喝就喝，不喝拉倒！”卫箬衣白了他一眼，“我怎么记得住那么长的茶叶名字。”说完她就转身继续前行。古人讲究风雅,便是一点点茶叶也取上一些长得吓人又饶舌的名字,真是叫她无力吐槽。

"就是邀请人也邀请得这么不诚心!"萧瑾一怔,这姑娘也转变得忒干脆了吧!

"我请你了,你又不来,难不成还要我跪着哀求不成?"卫箬衣没好气地说道。

"这便是你的待客之道?"萧瑾不悦,快走了两步跟上。

"你在侯府来去自如,我家的侍卫都跟摆设似的,说真的,你这么谱大的客人我也是第一次见。"卫箬衣忍不住反唇相讥,"我倒不觉得你在这是客人!"

"谁让你们侯府不找点稳妥的侍卫。这也能怪得了我?"萧瑾哼了一声。那句不觉得你在这里是客人莫名其妙地让萧瑾似乎有几分顺畅之意。

"什么是稳妥,什么又是不稳妥?"卫箬衣也横了他一眼,"你就是仗着你武功高罢了。"得意什么。

"那倒是事实。"这次萧瑾没有推脱,直接承认下来,言语之中自是带着一种傲然之气。

"呵呵。"卫箬衣朝他干笑了两声,"你的武功高又有什么用,有本事你也教教我,让我也武功高,我才服你。"

"好啊。"萧瑾想都没想就应了下来,"就让你服我。"

"呃?"卫箬衣急急地刹住了脚步,"真的假的?"

"我什么时候说过假话?"萧瑾面不改色地说大话道。

"也不知道是谁昨天坑我说巴豆粉搓的药丸子是解毒丸。"卫箬衣嘀咕了一声。

"你去查查百草经,巴豆是不是有轻微的解毒功效。"萧瑾大言不惭道。

卫箬衣……

"你真的愿意教我武功?"卫箬衣收回心神,问道。

"你要是能吃苦,我可以教。"萧瑾不屑地一撇嘴。谢秋阳那种臭水平也配教卫箬衣骑射功夫?说出去真是要笑掉人的大牙了。"不过我十分严格,你若出错,我断然是不会手软。习武也不是儿戏,我既然答应教你就会全力以赴,到时候吃苦受累,你可自己想明白了。"

卫箬衣顿时一喜。"我能吃苦!咱们什么时候开始?"她一激动就抓住了萧瑾的衣袖。

感觉到自己的袖子一紧,萧瑾垂眸,眼底流过了一丝淡淡的亮色。"你先把你那病痨身体养好了再说。"

两个人边走边说,不知不觉地就来到了回澜阁前。卫燕住的地方本就与卫箬衣住的地方比邻。

卫箬衣十分热忱加狗腿地将萧瑾让进去,让绿蕊去沏了一壶上好的眼眉儿媚来。那是春季的雨前茶,只取茶树尖端那一小撮最最嫩的弯芽下来,由芳龄十五的炒茶姑娘亲手糅制而成,茶色青黛,泡之前如同少女画眉的螺黛一般,泡开之后,小芽舒展开来,就如同少女柔媚的眼眉一样,故而得名。这是好东西,是大齐南地的茶叶,便是在大齐都十分的珍贵,更不要说从大齐运到大梁了。

卫箬衣这不爱喝茶的人都能觉得这茶叶十分的清冽,饮后齿颊留香,便知道这是一等一的好东西,便是与贡茶相比都不遑多让。

萧瑾是识货的,一见这茶水,就笑了起来。"你倒是个现实的人!"

"师傅在上,受徒儿一拜。"卫箬衣双手捧起茶碗来,高高地举起,刚要跪下,就觉得一股无形的力量拖住了她的膝盖,让她根本就弯不下去。

卫箬衣一惊,抬眉,却见萧瑾的眉尖隐隐地蕴着点怒气,她这是又惹他了吗?

"谁要当你师傅?"萧瑾蹙眉冷目,寒声说道。

"你刚刚不是答应了教我武功?"卫箬衣不解地说道,"难不成你又出尔反尔?"

"教你武功便是你师傅吗?"萧瑾呛声说道,"你还真是有奶便是娘。"

不知道为什么刚刚卫箬衣那句师傅叫出来的时候,萧瑾的心底是十分抵触的。

"况且看你这般不成器,便是真的认了我当师傅,我也丢不起这个人。"萧瑾出手,在卫箬衣的手腕上一点,卫箬衣就觉得自己的手臂一麻,手里端着的茶碗顿时朝下落去。她还没来得及惊呼出来,萧瑾已经下手捞住了茶碗,指尖一转,那茶碗已经安安稳稳地放在了萧瑾身侧的茶桌上。

萧瑾不经意之中露的这一手让卫箬衣看得目瞪口呆,他的动作一气呵成,如行云流水。

"我自尽心教你,但是不受你拜师之礼。你将来学成学不成都别说是我的徒弟。你不要脸,我还想要脸。"萧瑾再加了一句说道。

卫箬衣……

好吧,她反正一直都被萧瑾这么嫌弃着,早就习惯了。

看着卫箬衣明显低落下去的情绪,萧瑾也觉得自己刚刚话似乎有点重了。他却也不知道该说点什么来安慰卫箬衣,只是默默地端起了茶碗,用碗盖的边缘稍稍拨弄了一下茶水的表面,轻轻地抿了一口。

茶水的热气氤氲,略略柔和了他的眼眉,让他脸上骤然布起的寒气渐渐地淡去。

反正他就是不想当她的师傅。

教她武功也不是他的心血来潮而为之,而是他在那日听说卫箬衣和谢秋阳学习骑射的时候就已经有那个念头了。

他在护国寺的时候见过卫箬衣用出了鬼神刀法,在落霞镇里,也见她用过,卫箬衣是个习武的奇才,虽然是个姑娘家,但是一点不输男子。况且她还具有天生神力,这都已经比习武十年以上的男子更有优势。让谢秋阳来教卫箬衣简直就是暴殄天物,那位状元郎要是论起书画来,还是可圈可点,但是骑射之术,也堪堪就是中等偏上一点的资质。

他是起了爱才之心,也想看看经过好好指导过的卫箬衣到底能走到哪一步。毕竟好像卫箬衣这样天赋异禀的姑娘不是那么容易见得到的。

"刚刚在前厅的事情真的是要谢谢你了。"屋子里弥散着一股异样的宁静,良久卫箬衣才开口打破了环绕在两个人中间的尴尬之意。

萧瑾好像是松了一口气,他素来是个沉得住气的人,但是刚才两个人之间那么沉默,他都快要忍不住先开口来化解掉环绕在两个人身边的尴尬了。幸好卫箬衣先开了口,算是替他解了围了。

"职责所在。"萧瑾淡淡地问道,"你没觉得我在多管闲事?"

“自然是没有。”卫箬衣摇了摇头，她又不是傻子，当然明白萧瑾的用意。他将卫华衣带到锦衣卫诏狱去的举动看似有点小题大做了，但是也是在替卫箬衣在这个府里立威。他是在告诉府中其他蠢蠢欲动的人，在卫大将军回府之前，谁想动卫箬衣要先看看他答应不答应。

况且将卫华衣拉去锦衣卫的诏狱，也防备了这个心思不正的人背地里再搞什么小动作。卫箬衣能看出卫华衣已经是有点走火入魔了，萧瑾又如何看不出来，这种人无论放在什么地方都不能叫人省心了，唯有放去诏狱之中，她才彻底熄火。

卫箬衣想到这里忽然有点狐疑地看了一眼萧瑾，怎么她忽然感觉自己在走原著之中女主的路线……

卫箬衣大窘。

原著之中的萧瑾便是一直在默默地帮助女主。

呵呵……呵呵呵……卫箬衣干笑了起来，随后挠了挠自己的脑袋。她忽然凑到了萧瑾的面前，仔仔细细地将萧瑾上上下下打量了一个遍。

“你干吗？”眼前陡然放大了一个卫箬衣的面孔，萧瑾警觉地僵直了自己的腰背，稍稍后仰了一下，这才拉开了与卫箬衣之间的距离。

“我在观察你！”卫箬衣十分认真地说道。

“我有什么好观察的！”萧瑾万分嫌弃地抬起了一根手指推开了卫箬衣的肩膀。

她的气息骤然袭来，带着一股淡淡的馨香又混合了一种浅淡的药味，味道不难闻，甚至有一种让他面容发热的特殊魔力。他若是不赶紧将她推离，他的脸就要烧起来了。

“你不会喜欢上我了吧？”卫箬衣狐疑地眨了眨眼睛，问道。他推开自己之后就飞快地别开了头，在他的脸颊上似乎飞过了一层淡淡的红云。

“笑话！”萧瑾如同被戳了屁股一样一下子蹦了起来，动作快得吓了卫箬衣一跳。“我会喜欢你？你少做梦了！”他吼道。

“你这么大反应干吗。”卫箬衣侧目，“不喜欢便是不喜欢呗，我又没强逼你喜欢我。”她也就是忽然想起了原著里面萧瑾对待女主的模式，所以才有此一问，问问罢了，谁也不会当真的。

“莫开这种玩笑。”萧瑾落下了脸来，沉声说道，“你若再重提旧事，我日后不会来见你。”

“哦。”卫箬衣点了点头，“知道了。你放心好了，我一定恪守规矩的。”

“那就好。”萧瑾怔了一下点了点头，“我忽然想起还有点事情，先走了，你休息吧。等你身体大好了，再去采桑园找我。”

“好的。”卫箬衣不疑有他，愉快地点了点头。

萧瑾却如同被鬼追了一样朝外走，一边走，一边别扭地警告卫箬衣道，“你以后少说那种不着边际的话！”

“五皇子殿下放心，我以后不会再提了。”卫箬衣笑道。只要模式不出问题，那她就放心了！

萧瑾才刚刚打从门里出来，就看到了卫荣一个人气势汹汹地迎面朝他而来。他应该是从外面赶回来的，衣袍的边缘上沾了点被污泥染过的雪。

“五公子，我们郡主在会客。”绿蕊跟着后面追，急切地说道。

“会客？我姐姐被她叫人带去了诏狱了，她还有心思会客？”卫荣一把将绿蕊给推倒在地，兜头就朝屋子里面冲，“她会的是哪门子的客！”

“郡主会的是我这一门子的客人，怎么卫五公子有异议？”才刚刚出来的萧瑾挡在了门口，双手抱胸，站定，目光灼灼地看着卫荣。

83 发什么酒疯

等卫荣走近了，萧瑾抬手在鼻子下虚虚地一掩，一股刺鼻的酒气。

卫家的人皮囊生得好，无论男女走出来都是一等一的样貌。平日里卫荣也是一副风流的样貌，但是现在萧瑾的眼中这平日里看起来金尊玉贵的侯府五公子与那种市井无赖也没什么两样了，不过就是穿着好点罢了。本来人家的闲事他的确是不适合再插手，一个卫华衣已经被他找了理由扔诏狱去了，如果再将人家的五公子扔走，实在是有点说不太过去。

但是当他瞥见这位横冲直撞的五公子手里提着一柄剑，他就想都没多想直接挡在了卫箬衣的门前。

姐弟之间口角他可以不过问，但是危及安全就归他管了。

卫荣是在酒桌上被人给叫回来的。

萧瑾他们带着卫华衣才一入府，卫华衣房里的丫鬟就得了信了。她见自己的小姐被抓住，就知道不好了，赶紧找了一个后门的小厮去找五公子。

彼时他正在万红楼听着小曲，喝着花酒，醉眼迷蒙的，也没听清楚前因后果，只听了府中仆从说了他的亲姐姐被郡主带来的锦衣卫抓起来了。他借着几分酒意这就炸了锅了，嗷的一下子就蹦了起来，直冲侯府。

等回来随意抓了一个人一问，得知自己的姐姐被带去了诏狱，他这酒意上来，回屋抓了一把剑就冲了出来。

“闪开。”酒意被寒风一吹，直接上了脑门。现在卫荣两眼发花，脚步虚浮，完全看不清楚门前站着的人的样貌，只觉得那人的一个人影晃成了两三个在他的眼前摇来摆去的。“你算是什么东西！”

他这话一出口，便是跟在卫荣身后追出来想要拽住他的家丁也都有点懵圈了。

站在崇安郡主门前的那位可是位明晃晃的皇子啊！

有机灵的赶紧偷了空跑开去找老夫人。

五少爷这是喝醉了要惹祸上身啊！

萧瑾冷冷地看着双颊带着不正常红色的卫荣。“我看卫五公子是喝多了，还是请回吧。”他双手抱胸，丝毫没有半点想要让开的意思。

在屋子里听到动静的卫箬衣打开了房门，直接看到萧瑾的后背。

“你出来干什么？回去！”萧瑾微微地侧目，对在他身后探头探脑的卫箬衣低吼道。

卫箬衣……这里好像是她的家吧，怎么感觉萧瑾现在有点喧宾夺主的感觉。

轻轻地拽了一下萧瑾的衣袖。“那是我弟弟。”卫箬衣提醒道。萧瑾眸光一闪，稍稍地迟疑了片刻这才侧身让开。

卫荣见卫箬衣的身影出现在了门口，提剑就指着卫箬衣。“赶紧把我姐姐给我交出来。否则……”他举剑举得吃力，手臂摇晃了一下，打了一个酒嗝，手里的剑就落了地，当啷的一声。他醉眼迷离地看了看四周，再一低头，这才发现自己手里握着的剑已经砸在了地上。他打断了自己的话题，弯腰去捡剑。

萧瑾看到他那副怂包样，蹙眉摇头。虽然说十个手指伸出来有长有短，但是卫华衣与卫荣姐弟两个和卫燕与卫箬衣比起来简直就是扶不上墙的烂泥。

平日里他对卫箬衣也是不屑一顾的，但是现在比较一下，倒真的觉得卫箬衣在这样的环境里还能保持本心，真是难为她了。

“否则怎么样？”卫箬衣寒着一张俏脸，现在可是有意思了，什么人都跑来她的面前指着她的鼻子叫嚣。

“否则我就拆了你这回澜阁。”好不容易将剑给捡起来的卫荣呼哧带喘地说道。他本就醉酒头晕，这一低头去找剑，更是一阵眩晕。他提着剑喘着大粗气，努力甩了一下脑袋，这才有点清明。

“真是胡闹！”门口传来一阵爆呵。

院子里的人都朝声音传来的方向看去，就见一群丫鬟婆子簇拥着老夫人赶了过来。

老夫人赶得急了，原本端庄慈祥的面容上现在是怒意蒸腾。她才一进门就看到卫荣拿着剑在威胁着卫箬衣还扬言要拆了回澜阁，气得她差点一口气堵在胸口没上来。

得了信的兰姨娘和菊姨娘也都赶了过来，一看卫荣提着剑站在卫箬衣的面前，两个人又是惊又是喜。

若是卫荣真的能一剑将卫箬衣给解决了的话……，两个人都在心底不由自主地想到，鬼使神差，两个人打了一个对眼，随后各自赶紧将目光移开，均觉得对方的眼神之中居心叵测。

两个人都赶到老夫人的身边，彼此心照不宣地一左一右地将老夫人扶住。若是现在不赶紧将老夫人身边的位置占住，回头老夫人叫她们两个去夺卫荣的剑，那才当真是一个苦命的差事，卫荣那样子一看就是喝醉了的，刀剑无眼，要是被他给误伤了，多不值当。

“赶紧地！你们去将荣哥儿手里的剑拿了！”老夫人果然急切地跺脚说道，“在自己家里动刀动剑的，真的是长本事了！”

兰姨娘和菊姨娘这回倒是真的心有灵犀了，听老夫人说完，她们两个异口同声地对卫荣说道：“荣哥儿，老夫人来了，还不赶紧将剑放下。”随后她们张罗着叫跟在身后的家丁前去夺剑。

有胆子大的家丁朝前走了两步，卫荣就将手里的剑一挥，侯府里面的刀剑都不是摆设，这剑可是卫大将军从战场上带回来的战利品，是真正的利器。他给两个儿子一人一把，原本是想着自己的一身武功有人可以继承，却没想到家里有个逆子拿着剑做这种事情。

他这剑一挥，顿时就吓退了两个上前的家丁。

“这府里是没人了吗？”老夫人气得眼睛都在一圈圈地发黑，“侍卫们呢！上啊！”

萧瑾默默地摇头。他见无人注意到他，就悄悄地从荷包里摸出了两个铜板，手指微微一屈，一枚铜板直直地飞出，直奔卫荣的后腿腿弯的部位，还有一枚朝卫荣的手腕部位飞去。

卫荣哎呦了一声，腿弯被打中，膝盖就朝前弯曲，整个人半跪了下去，手腕也同时被击中，手里的剑脱手而出，直笔笔地朝老夫人的方向飞去。

萧瑾身法转动，飞快地用脚尖一点，踢起了刚刚被卫荣扔在地上的剑鞘，随后就见飞在了半空的宝剑被萧瑾踢起来的剑鞘挡住，呛的一声龙吟，剑身笔直，被准确无误地收归在了剑鞘之中。萧瑾抬手握住了剑鞘。他的动作迅捷利落，精准洒脱，直到剑还鞘，人肃立，院子里的其他人这才反应过来。

老夫人的脸都白了，这算是才稍稍地松了一口气。“倒是又劳烦了五皇子殿下了。”她赶紧躬身行了一礼。

“无妨，职责所在。”萧瑾淡淡地说道，将手中剑双手捧上，“此乃好剑，只可惜被提剑的人给糟蹋了，如今归还侯府，还望侯府中人妥善保管。”

老夫人赶紧叫人去将剑接了。“真是汗颜啊。”老夫人略抬了一下衣袖，才短短的几个时辰，倒是让人家五皇子殿下连看了两场侯府的笑话，便是她活了这么大的年纪都觉得颜面无存，“真真的是叫五皇子殿下见笑了。”

不作评价，萧瑾一颔首，随后负手让到了一边。

摔了一个狗啃泥的卫荣现在才缓缓地支起身子。“什么人胆敢偷袭本大爷，不知道本大爷是谁吗？本大爷可是紫衣侯府的卫荣！”他醉得稀里糊涂的，也看不清谁是谁，现在被狠狠地摔了一下，更是摔得头晕脑胀的，完全分不清自己身处何处，只觉得周围到处都站着人，一个个地在嘲笑他。

他勉力地撑起来，膝盖被萧瑾击中的地方又酸又软，让他再度跪倒在地，这次的姿势倒像是在给老夫人磕头请罪一样。

“他这是喝了多少？”老夫人现在也看清楚卫荣是喝多了，气得要死，她怒道，“还不赶紧将人拉回去关起来，先让他醒醒酒！”

“是，”马上就有平日里伺候卫荣的人过来又是拖，又是拽的，好不容易将卫荣给抬了起来，匆忙退下。

卫箬衣冷眼看着眼前发生的一切，只是冷冷地一笑。

“箬衣啊，没被吓到吧。”老夫人赶紧走了过来，拉着卫箬衣的手将她上上下下仔仔细细地打量了一番，见她安然无恙这才算是松了一口气出去。

“奶奶。”卫箬衣知道老夫人是真的关心自己，所以柔和下自己的眼眉柔声说道，“奶奶，现在家里发生了这么多事情，我想和奶奶求个恩典。”

“你说吧。”老夫人是真心怜惜卫箬衣，家里接二连三出事，都是针对她和卫燕，这让老夫人都觉得自己对不起自己出征的儿子，没有将卫箬衣保护好。

“我想去别院小住两日，散散心。”卫箬衣垂眸说道，“奶奶放心，我不会惹祸，过年之前我会回来。”

“这个时候了，你还要离开侯府？”老夫人有点不太愿意，但是家里总是出事，她也知道卫箬衣的心情不好，这事情放谁的头上都不会好受。

“奶奶，你就当怜惜怜惜孙女，让孙女出去散散心吧。”卫箬衣要跪下，被老夫人一把捞住了，“况且有锦衣卫跟着，孙女也是住在京郊的别院，不会出事的。奶奶若是真的不放心我，就写个信，将爹爹交给奶奶的信物送给孙女，今后别院的那些叔叔们听我的调遣便是了。难道这样奶奶还不放心吗？”

老夫人为难地看向了五皇子殿下。萧瑾稍稍一怔，他虽然不知道卫箬衣为何忽然要离开侯府出去住，不过现在距离过年也没几天了，出去小住点日子也不是不行。他就顺着卫箬衣的意思点了点头。“老夫人放心，既然我们奉旨保护郡主，自是会尽心尽力地护住侯府和郡主的安全。”

老夫人沉思了片刻，也只能无奈地点了点头。“好吧，你要去便去吧，左右也是离这不远。去那边清静清静也是好的。一会我就让人将信物送来给你，别院里面的人你随便调用，就是奶奶送给你的了。”等卫荣醒来又不知道要闹出点什么事情，卫箬衣的心情她也懂。卫箬衣已经将一个卫华衣送去了锦衣卫的诏狱了，若是卫荣再苦苦相逼，要死要活的，也是难办的事情，再将卫荣给送到诏狱之中，那整个侯府的面子里子就算是都没了。所以现在先避开风头，也是好的。

况且别庄上不光有锦衣卫，还有一众卫毅留下的老兵在，有他们护着卫箬衣，也是安全的。

虽然卫毅走的时候说过，别院里面的人能不动用就不要动用，但是现在卫箬衣身边没个实心肠的人的确不行。罢了罢了，卫箬衣也是卫毅的心头肉，那些人也是卫毅留下专门用来保护自己和卫箬衣的。横竖这卫府里面的东西是要留给卫箬衣，只是因为她之前实在是有点胡闹，所以自己才替她暂时保管了。但是现在卫箬衣与以前不一样了，经历过几件事情，老夫人都发现卫箬衣不愧是侯府嫡长女，说成长便成长起来。这几件事情她都处理得很好，隐隐的已经有点睿智从容的风范。

所以现在将这令牌交到卫箬衣的手里，老夫人也不觉得有什么不妥之处。

老夫人又安慰了卫箬衣几句，这才带人离开了回澜阁的院子。她回去就修书一封，随着一块铁牌一起叫人送来给了卫箬衣。

收到了令牌，卫箬衣心若狂喜。

她早就惦念上了别庄的那些人，虽然年纪上是比府上的侍卫比起来大了一些，身上也是带着伤的，但是看起来比府上的侍卫不知道强了多少倍。

原本也没什么理由去将令牌要来，今日卫荣倒是给了她一个好机会，她也只是试探了一下，没想到真的成了！

而且在那种情况下，兰姨娘和菊姨娘也没半点异议。她们都知道卫大将军溺爱卫箬衣，这偌大的家产将来必定是卫箬衣的，别庄那边有良田无数，那是老夫人的东西，老夫人愿意给谁，她们两个做姨娘的现在是根本没什么说话的余地，她们现在能做的就是趁着手里还管着侯府的事情，能多拿便多拿一些，能给自己的女儿多盘算的便多盘算一点。

女儿们嫁得好，比什么都强。

她需要自己的手下有人，需要有自己的势力，这些东西从何而来？直接将父亲留在别院里的人收归己用是最好的了。

那些人跟随父亲多年，对卫府最是忠心不二，况且卫箬衣上次去护国寺便是由他们护送的。一路上卫箬衣观察得十分细致，那些人进退有度，纪律严明，都不需要有什么叮嘱，内部层层管理，一级一级，便如同正规部队一样。

卫箬衣回来之后也打听过，别院里的人不下二千。

卫将军每每受封，手里的良田颇多，这些人便是以退下来的士兵被卫大将军留用在农庄里面颐养天年顺便帮他种田的理由留下的。

卫箬衣总是想，自己的父亲在外征战多年，不会一点后路都不给自己留，所以这些留在别庄上的人很可能便是父亲留在燕京城里面的一支伏兵，在必要的时候出其不意，只是他在皇帝的眼皮子下面自是不能十分的高调，所以才用了这个借口。

卫箬衣之所以会这么想，也是有根据的，因为她暗中查阅过那些人的用医记录，发现用医记录并不算多，如果这些人真的身上是带着伤病退下来的士兵的话，记录不可能只有这么一点。

这不合理。

所以等开春之后，她要去好好再看看，如果她料想不差的话，她要将那些给外人看的资料再完备一下，免得被人看出点端倪。

这回萧瑾是肯定要跟着她一起去的，很多事情不便当着萧瑾的面去探查，免得被萧瑾也看出点端倪，刚刚她说锦衣卫要跟着，祖母并没反对，就证明平日里这些人自有掩饰自己的方法，不然的话，父亲在燕京城附近养着这么多人，早就被人一本给参到陛下的面前了。

她这回也不过就是借机将祖母手里的调令给弄到自己手里而已。

好在别院和别庄虽然是在一处的，但是却是隔着一个院墙。

她现在避去别院不光是要避开卫荣，也是要避开府里的兰姨娘和菊姨娘。

刚刚那两个人的表现她都看在了眼底，只怕她们都恨不得卫荣真的失手一剑将她戳死才甘心，所以她和萧瑾习武的事情就不能让这两个人知道了。

去了别院，里面的人都见令听她的调遣，和侯府的这两位姨娘半点关系都没有，所以不怕有人会到这两位姨娘的面前来嚼舌根子。

萧瑾武功很高，只要她能学到一招半式便能受用无穷。

所以刚才卫箬衣才会在电光火石之间下了那个决定。

翌日，天空飘起了清雪，但是依然没有阻止住卫箬衣离开燕京城的脚步。

她本是答应过萧子雅去画社的，今日便是他送来请帖上的日子，所以在出城之前，她拐弯去了一回画社。

等到了画社的门口，下了马车，她才发现昨日匆忙地整理东西，将请帖给遗漏在家里了。

今日画社的大会是过年前的最后一次了，所以十分隆重，门上也把得严密，没有请帖压根儿就不让进。

“算了，既然请帖丢在家里也不值得再专门为个请帖回去找了。”侯府随她出来的其他马车都被赶去了京郊，她来这里，身边就只有绿蕊绿萼还有一个萧瑾策马跟着。

“大概这就是没缘分，咱们走吧。”卫箬衣对绿蕊和绿萼说道。

“箬衣！”正待她要离开的时候，一个略带惊喜的声音传来，卫箬衣朝声音传来的方向看过去。

清雪飘扬之间,从一顶华盖马车上正下来一名青衣公子,长身如玉,腰间垂悬着一块白色的美玉,他的人也如那块玉一样秀雅沉静。

“谢师傅。”卫箬衣笑了起来,拱手朝来人行了一礼。

“我算你哪门子的师傅。你便如我那些表妹们一样,叫我谢大哥便是了。”谢秋阳的俊容稍稍地一红,他忙也躬身回了一礼。叫他谢师傅,生生地就好像拉开了辈分一样。

谢秋阳说完之后,目光就落在了卫箬衣的身后,笑容也是一滞。“谢秋阳参见五皇子殿下。”

“公职在身,不必多礼。”萧瑾淡淡地回道。

他今日只穿着一袭简单的玄色长袍,原本就是轻车简从保护卫箬衣去别院的,所以他穿得十分低调,哪里知道卫箬衣中途要拐来这里。他还不悦着呢,也没什么心思去敷衍谢秋阳。

谢秋阳略一尴尬,随后问道:“你怎么站在门口不进去呢?”

昨日侯府出事,到晚上他们谢府就知道了。紫衣侯府嫡庶相斗,已经用上了巫蛊之术还动用了锦衣卫将紫衣侯府的一个庶出女给收入了诏狱之中。这消息一传入谢园的耳朵里把好好的一个大学士给乐得,差点疯癫了。

他喜得书房里直转圈。“卫老贼啊卫老贼,你不是很嚣张吗?看看你家都是些什么狗屁倒灶的事情。所以说武夫加流氓就是不成事!你那紫衣侯府乌烟瘴气的,庶出女残害嫡女,真真的是好出息!要说生出的孩子省心不省心这一方面,你可是输惨了!”

谢家有谢秋阳状元之才,卫家那个病秧子前几日被库尔德人抓去又伤了一回,能不能参加春闱还是一个大问题!

比儿子和女儿,谢园顿觉自己胜了卫毅不知道多少倍。

他现在只恨自己家住得离卫家的紫衣侯府略远,不能第一时间扒拉墙头去看卫家人的丧气样。

谢大学士心底一舒畅,就连晚饭都多吃了两碗,饭后撑得直哼哼,在院子溜达了好几圈这才算是消了食。

谢秋阳原以为紫衣侯府出了这么大的事情,卫箬衣至少要等过了年之后才会出来,却没想到这么快就见到了,心底自是开心得不得了,又看到卫箬衣的脸色尚有点苍白,所以心底又有点怜惜之意,就连眸光都柔和了好多。

84 多大的事情

“我请帖丢了。”卫箬衣略带尴尬地挠了挠头。

“你啊。”嘴角荡开了一丝淡淡的宠溺之色，谢秋阳眼底含笑，“跟我进去便是了。”他对卫箬衣亮了一下手里的大红请帖，“我有。”

萧瑾不屑地一撇嘴，将脸别开，看向了对面屋顶的瓦片。清雪不断地落下，原本就残雪堆积的瓦片上现在更是白绒绒的一层。

这位谢大公子是不是多事了的点？没见到他站在这里吗？如果卫箬衣真的想进去，只要和他说一声，慢说是这画社了，便是拱北侯府也是说进就进的。

真的是无趣得很。

这位谢大状元是不是也太不将他当成一回事了。

看着谢秋阳旁若无人地和卫箬衣说笑，萧瑾的心底就烦躁，恨不得出言催促卫箬衣赶紧走人，在这里磨叽什么？

“算了，不用了，我本也是要出去有事。我是想着既然答应了子雅大哥，也收下了他的请帖，就路过此处和他打个招呼再走的。现在我请帖丢了，便是老天爷叫我不要进门去了。我也不懂你们的画作风雅，便是进去了也是和一个呆头鹅一样傻站着。你们说画得好，我就是跟着傻笑说好；说画得不好，我更是看不出个什么所以然来。所以就不进去丢人现眼的了。劳烦谢大哥进去帮我和子雅大哥说一声。我今日有事，就不再过去凑热闹了。祝愿他的画社今日之盛会能办得成功圆满。”卫箬衣笑道。

萧瑾紧绷的眸底这才稍稍露出了几分霁色。

还算是识相，赶路便是赶路，弄这些有的没的做什么？

谢秋阳十分失望地看着卫箬衣。“你真的不进去了吗？”

“嗯。以后吧，这画社横竖又不会搬走。来日方长嘛。”卫箬衣笑道。

“好吧。”谢秋阳点了点头，“你的身体……”

他刚刚就觉得卫箬衣脸色有点白，不若平日里那样的健康，虽然顾忌到侯府的面子，他本是不应该问的，但是实在是有点担心。

“放心吧，我没事的。”卫箬衣笑了笑，“多谢大哥关心，就此别过了。”

“哦。”谢秋阳有点不舍地抱拳行礼。

目送着卫箬衣重新上了马车，他这才进入了画社之中。

别院并不远，就在京郊二十里地的地方，所以马车即便因为下雪走得不快，大半天的时间也到了。

这还是卫箬衣第一次来紫衣侯府的别院，别院的门前看也看不出与外面有什么不同，就是一个简单白色院墙，只是比寻常的人家要高了一些。

门并不宽敞，是普通民宅的样式，不过卫箬衣进去之后才顿觉这别院修造得秀雅别致，带着几分南方院落的精美秀丽。别院这边不算大，但是隔壁的别庄却是非常的大。

每次卫大将军得胜回朝都会得到封赏，每每都被赐下良田，现在陛下赏赐下来的良田都已经连成片，原本是属于皇庄的，现在都归属了卫大将军。卫箬衣知道后面那一座山连同山下的良田基本都被陛下给分封到了卫家的名下。

什么是土豪！这便是土豪！身为大土豪的女儿，卫箬衣感觉到自己身上也金光闪闪地泛出了万丈光芒！

卫箬衣站在自己家别院的院落里面，看着后面那座连绵起伏的大山，顿时生出了几分嘚瑟的情绪。

“干吗站在这里吹风？进去吧！”萧瑾经过卫箬衣，缓缓地丢下一句，她那身子骨还没全好。不过萧瑾才不会觉得自己是因为关心她才有此一说，他只是在大雪里骑马骑了半日，觉得冷了，所以想早点进屋烤火，他虽然不怕冷，不代表不会冷。

萧瑾的声音幽幽地钻入耳朵里，卫箬衣眨了眨眼睛，看着他离去的背影，心底刚刚生出的那几分嘚瑟的感觉顿时荡然无存。

人家萧瑾才是真土豪的儿子，她爹那个土豪和萧瑾的爹相比实在是有点搬不上台面了！

人家爹拥有的是整块大梁的国土！

人比人真心是气死个人！

握拳，咬牙，卫箬衣拔腿追上了萧瑾。

别院的管事便是孙校尉，现在应该称呼他为孙管事。他之前和卫箬衣一起去过护国寺，所以与卫箬衣十分熟稔了。如今孙管事身穿一袭长袍，少了几分当初的锐利，多的是一份沉稳。

卫箬衣来了之后便给他暗暗地亮了一下令牌，用以观察他的表情，果然卫箬衣在他的眼底看到了一丝淡淡的惊讶之色流过。不过他掩饰得很好，那丝惊讶转瞬即逝，如果不是卫箬衣刻意地留意，应该是察觉不到的。他见了令牌之后再度对卫箬衣拱手行礼，双手交叠，一根手指在另外的手背上敲了几敲，这样的小动作也被卫箬衣看到了眼底。

这别庄果然另有玄机。

现在卫箬衣益发地笃定自己所想。她一时兴起，单手在孙管事的眼前晃动了一下，拇指与食指相抵，三根手指竖起，做了一个 OK 的动作，随后她成功地看到了孙管事一脸茫然的面容，惹得卫箬衣哈哈大笑了起来。

孙管事……

孙管事将萧瑾安排在一个十分漂亮的院落之中，先行到来的陈一凡和花锦堂也被安置在隔壁。

是夜，等去伺候萧瑾的人过来说萧瑾已经睡下了，孙管事这才敲开了卫箬衣的房门。

“郡主还未睡下？”孙管事进来躬身行礼道。

“我在等孙管事呢。”卫箬衣坐在椅子上微微地笑道，“我总觉得孙管事是会有话要来和我说。”

孙管事的眼底流过了一丝讶异，随后他就笑了起来。

“郡主聪慧过人,当初陪着郡主去护国寺,属下就已经感觉到了。”孙管事躬身说道,“若是将军看到郡主现在的风采,定然是会万分欢喜的。”

“之前是我年纪轻,胡闹了些。现在经历了事情,倒是变得稳重一点了。”卫箬衣缓缓地说道,“您有话就坐下说吧。”

“郡主怎么得知属下现在会过来?”孙管事试探问道。

卫箬衣将孙管事见了令牌之后行礼的动作再做了一遍。“孙管事的左手不就是代表着时,右手代表的便是刻,我觉得孙管事会在这个时候过来,果然等来了。证明我没猜错。”

“郡主果然聪慧。”孙管事笑道,“不过郡主最后给属下做的手势是什么意思?”

卫箬衣顿时眉开眼笑起来。“这个吗?”卫箬衣又将OK的动作再做了一遍,歪头问道。

“是。”孙管事略显尴尬地说道,“属下实在是没参详明白,请郡主饶恕属下愚钝。是代表三吗?”

“不是,下回你见我做这种手势给你,便是我知道了,了解了,或者一切都准备妥当的意思。”卫箬衣笑道。

“哦。”孙管事了然,“属下明白了。”

“说正经事吧。”卫箬衣将话题转了回来,“孙管事只管将要和我说的话说完便是。”

“这别庄之中藏有暗卫,原本是将军替郡主准备的。只是因为郡主自小就喜欢五皇子殿下,而五皇子殿下的武功实在是高,所以若是郡主身侧安放了暗卫的话,只怕会被五皇子殿下发现。五皇子殿下是皇家中人,所以为了避免被皇室知道别庄的事情,将军只能先将令牌交给老夫人掌控。旁人看来别庄便是老夫人的私产,不会起疑,家中的几个姨娘也不敢轻易插手别庄,更不会觉得这别庄之中有什么东西潜藏着。”孙管事说道。

“你的意思是,这里的一切本就是我的?”卫箬衣吃惊地看着孙管事。

“是。”孙管事笑道,“这些都是将军给郡主准备着的。将军说郡主打小就没了娘,若是他再有什么三长两短的,郡主就无依无靠了,这个别庄便是郡主的依靠,只要有别庄在,即便是将军不在了,郡主也不会轻易被人欺负了去。”

一股莫名的感动激荡在了卫箬衣的心间。

她来了这么多日子,一直都以为自己那个爹有点糊涂,虽然英勇善战,但是将女儿留在府中不管不问,任由她长歪拔不直,看起来是宠爱女儿,但实际上也是在将自己的女儿推上绝路。她到今日才知道原来卫毅根本就是一个粗中有细的人,他已经考虑到这些因素了,所以才将这么大一个别庄留在这里。

卫箬衣刚刚来别庄的时候还觉得自己是土豪的女儿,现在坐在这里那种感觉已经升级成为自己就是土豪的程度了。

萧瑾现在是拍马都追不上她了!

哈哈!想到自己终于有点能超越过萧瑾的地方,卫箬衣顿时嘚瑟地耸了耸肩,憋了一脸的坏笑。

她那一脸猥琐的表情落入孙管事的眼底,顿时让孙管事生出了几分忧虑,老夫人现在就将令牌交给了郡主,会不会有点欠考虑周详啊。

这位郡主娘娘时不时地会抽点风,看起来十分不牢靠。

85 她的后路

孙管事略将别庄的情况和卫箬衣讲述了一遍，如卫箬衣所料，别庄真的有两千人规模，在外人看起来，这些人都是农夫，但是随时都可以拉出来用。

卫箬衣现在住的别院倒不是在卫大将军手里建造的，而是卫家自打从东海之滨迁徙回燕京城就开始建造了。

大梁的高祖皇帝当年准许卫家听调不听诏，卫家的祖先就已经防备萧氏会变脸，所以在卫家世代经营的东海之滨的东郡也是建有秘密的码头，平日里看起来那边不过就是一个小渔村的样子，但是实际上村民均是卫氏族人。另外，在海上几个岛屿上也建立属于自己的堡垒。如果日后萧氏子孙要对付卫氏的话，他们至少还可以退至海上。

孙管事见老夫人将密令已经给了卫箬衣，于是也就顺带着说了一嘴。

卫箬衣这才恍然，自己那爹何止是土豪，简直就是坐拥几个海岛的大土豪！

卫家不光有岛，更有一支船队，平日里对外只说是商队，从海上运输大齐的丝绸过来，但是实际上这些船队也不过都是障眼法，卫家的船队之中是有战船的。卫家真正发财的便是这些船队带回来的利润。大梁的海岸线并不算长，又地处偏北，海岸线冰封的时间很长，所以海运一点都不发达。

可以这样说，大梁的海上贸易几乎全是在卫氏的暗中掌控之下。

大梁无战舰，因为基本没有来自海上的危险，大梁东部海岸线下接大齐，大齐地处偏南，物产丰富，所以即便是有人要从海上登陆劫掠也必然是先奔着地丰人富的大齐而去，并非是大梁。几百年来，几乎没有从海上来的海匪强盗来骚扰大梁的东部岸线。

卫家祖先高瞻远瞩，被调令调回燕京城之后，封地依然运转正常，同时在京郊的这个地方开始修造别院。

别院传入卫毅手中之后，正巧了，陛下给他的封地也就在这一片，所以他就在别院的旁边修造了别庄，将两个地方连成了一片。

卫箬衣觉得自己的祖先和老爹敢在皇帝的鼻子底下搞这种小动作也是蛮猛的！

况且还有个谢氏族人虎视眈眈地时刻准备对卫家强力纠错。

“此番与郡主前来的还有五皇子殿下，所以别庄的东西不适宜展示给郡主观看。”孙管事说道，“等下次郡主亲自前来，属下必会陪同郡主去别庄看看。”

“劳孙管事费心了。”卫箬衣颔首。

“郡主，此等机密之事牵扯到我卫氏全族的兴衰生死，所以请郡主务必要三缄其口。”孙管事再三叮嘱道。

“我明白的。”卫箬衣又不是觉得自己活得不耐烦了，会满大街地嚷嚷这个去。

等孙管事走了，卫箬衣顿时在床上打了一个滚。

孙管事的一番简单的介绍简直就是在给卫箬衣打开一个新的大门，让她的视野和思维都豁然开朗起来。

原本她一直都在想怎么样用最短的时间建立起自己的势力，如今都不需要她去动脑子，卫家暗中就有一套属于自己的独立势力系统在运转之中。

卫箬衣滚了两圈就停了下来，缓缓地坐直了身体，奶奶将这个密令交给她的意思难道就是要将未来的紫衣侯府交给她了？

卫箬衣顿觉自己压力山大。祖母是为什么会忽然想开将令牌交给她，让她直接一下子就知晓了卫家掩藏着的秘密。随后她就想明，祖母只是让她知晓而已，而非是将这么庞大的系统都交给她，而能交给她的也不过就是这个小小的别庄而已。

想要真的将整个卫家拿在手中，便是要看她有没有这个本事了。

卫箬衣将那块令牌拿出来放在手里仔仔细细地又翻看了一下，证明了自己心中所想，令牌下有一小小的铭文，标注着别庄的字样。相信卫府之中还有其他类似这样的令牌。

随后卫箬衣就又疑惑了，根据林诗瑶写给她的信上所述的事情，将来卫大将军起兵造反被扑灭，整个卫府覆灭。那覆灭的到底只有紫衣侯府还是全部卫氏族人？在东郡的卫氏可曾受到牵连，若是受到了牵连，是不是那些人真的退避到了海上了呢？

疑团接踵而来，倒是将卫箬衣初时得知这些秘密时候的狂喜给冲淡了不少。

如果到时候不光是卫大将军自己一个人想要打着小皇子的名义起兵，而是整个卫氏族人的决定，那她要怎么说服整个家族的人。

难啊！

卫箬衣顿时觉得自己一个脑袋比两个大。

果然，什么事情都不能想得太过简单。

林诗瑶已经走了，就是她不走，自己也不可能就这些事情去询问她。

除非她自己将家主之位牢牢地抓在手中，将来才能真正地掌握住自己的人生。

卫箬衣顿时又萎靡了。

一个紫衣侯府她都还没完全搞定呢，整个卫氏家族，她要怎么折腾啊？

别院比燕京城要冷上不少，就连清晨吹在脸上的风都有点让人感觉到针扎一样的疼。

萧瑾一大早就神清气爽地来了卫箬衣的院子前。

“去将你们家郡主叫起来。”他对绿蕊说道。

绿蕊……这天都没大亮呢。

“不知道萧大人找郡主是有什么事情吗？”绿蕊行礼问道。

“问她曾经许诺过什么，她便知道了。”萧瑾说道。

绿蕊不敢怠慢，虽然知道卫箬衣在里面睡觉呢，也只能进去询问。

卫箬衣还在呼呼大睡之中，被绿蕊猛地这么一问，她懵了半晌。

她许诺过萧瑾什么？怎么她一时想不起来？昨夜等孙管事，又想了很多事情，实在是睡得太晚。所以卫箬衣在迷迷糊糊之中就让绿蕊去将萧瑾打发了，她好继续睡。等绿蕊出了门，萧瑾虽然稍稍地蹙眉，不过也没多说什么，径直离开。

等卫箬衣自己醒来的时候已经是临近午时。穿戴完毕，卫箬衣一边打着哈欠一边朝外走。

等到了萧瑾的房间，卫箬衣腆脸凑到萧瑾的面前。“萧大爷，你准备什么时候教我武功啊？”

萧瑾又在自己和自己对弈。只有在无聊至极的时候，他才会做这样的事情。

房里点着香，青烟袅袅之间，青年的眼眉姝丽清离，竟是丝毫没有理会卫箬衣。

好尴尬。

卫箬衣索性在萧瑾的身边坐下，慢慢地等。萧瑾好像打定主意不想理她一样，便是连眼梢都没动过半分。

“你又怎么了？”卫箬衣打了一个大哈欠，看得她眼睛都有点发干。棋盘上拢共就那么多棋子，不是黑就是白的，这么长时间看下来，萧瑾倒是不觉得眼晕。“是不开心吗？”卫箬衣问道。

开心？他巴巴地一大早爬起来去上杆子教她东西，她却直接让丫鬟将他打发走了，谁能开心得起来。

之前信誓旦旦什么苦都能吃，现在只是稍稍地早起而已，这都做不到，如今又跑来问他何时教授武功？她怎么好意思问得出口？他觉得卫箬衣还是哪里舒服哪里歇着去吧。

一点都不想理这个人，萧瑾只是注视着自己的棋盘。

一只素白的手探到了他的眼下略微地晃了晃。萧瑾蹙眉。“手拿开。”

“你终于肯理我了？我又惹你了吗？”卫箬衣见萧瑾开口了，赶紧问道。

萧瑾抬眸略横了她一眼。“惹倒是没有，只是自己说的事情自己做不到，现在却又要来问我何时教你，你叫我如何回答得出来？我早上去叫你，你只是找人将我打发回来。既然你困，那就睡个够吧。回去吧，我不想教了。”

卫箬衣……她这才想起来自己早上好像是迷迷糊糊被人叫醒了，绿蕊说萧瑾来问她承诺的事情是否能做到，她那时候实在是困得不行，就先让绿蕊将人打发走了。

完了！

卫箬衣顿时嘴角就耷拉了下来。

她承诺萧瑾的便是自己什么苦都能吃。

“萧大爷我错了。”卫箬衣赶紧服小认错，“你别气了，先原谅我一次可好？”

“不好。”萧瑾淡淡地说道，“机会我给了，是你自己不珍惜，答应你的事情我也做了，是你自己将我推开。不用来求了。”

“别这样。”卫箬衣情急之下，拉住了萧瑾的衣袖。

衣料在她的掌下顿时被揉皱，被她揪成了一个团。

“松手。”萧瑾不悦地说道。

“你不原谅我，我就捏着不放。”卫箬衣腆脸赖皮道。

对付萧瑾，她现在也渐渐地摸到一点点的规律，只要这位萧大爷的毛顺了，就好了。

“那你捏着好了。”萧瑾淡淡地说了一句。

卫箬衣目瞪口呆地看着他竟然将这件外袍给脱了下来。

萧瑾的唇角露出了一丝清冷的笑意。“好好地捏着，我倒看看你能捏到什么时候。”

“是不是我一直捏着，你就肯原谅我了？”卫箬衣苦着一张小脸问道。

瞥见卫箬衣眼角那几分凄苦的神色，萧瑾的不悦似乎消退了不少。“兴许吧。”他又是淡淡地回了一句。

卫箬衣握拳，为了讨这位萧大爷的欢心，她决定了，今日就捏着他的衣衫便是了。

86 吃得苦中苦

别院的人今日发现他们的郡主变成了五皇子殿下的跟班，无论五皇子殿下去哪里，她都拿着一件五皇子殿下的衣衫屁颠地跟着。

大家心有戚戚然，果然外界传闻的崇安郡主痴恋五皇子殿下的事情是真的。

孙管事更是忧心忡忡，这郡主实在是有点太不定性了，不知道他昨夜是不是和郡主透露得过多。五皇子殿下即便是已经离开了皇宫，但是那也是正统的萧氏子孙，若是郡主殿下一旦昏了头，将别庄的秘密说给五皇子殿下听，那不是要糟糕了！

别庄倒还好，若是东郡的事情也说了出去，那才是卫氏的灭顶之灾。

孙管事这一天下来，头发都急白了几根。

卫箬衣捏了一天的衣服，一直到入夜了，她还赖在萧瑾的身侧。“萧大爷还在生气吗？”

“夜深了。”萧瑾并没正面回答她的问题，而是提醒道。

“我知道。”卫箬衣点了点头。

“我要就寝了。”萧瑾哼了一声说道。

“那这衣服……”卫箬衣迟疑地问道。

“我还没消气。”萧瑾瞥了她一眼。

“那我继续抱着。”卫箬衣嘿嘿地讪笑了一下，回道。

“我没有让人将我的衣服抱回去的习惯。”萧瑾撇嘴说道，“尤其还是一个女子。”

“那你的意思是让我抱着衣服在外面等着你？”卫箬衣秒懂。

妍丽的眸子之中漾出了几分赞许之意，萧瑾开口说道：“还不是太蠢。”既然是她说要拿着衣服直到他完全肯原谅她，那便去做啊。

“那你先就寝，我出去站着便是。”卫箬衣的心底如同被神兽呼啸而过一样。她知道萧瑾的意思，早上他起了一个大早，吃了自己的闭门羹，现在必然是要从她这里讨回去的。

睚眦必报的小人！

不过细细想来也不能怪萧瑾，既然习武是她提出来的，又是她口口声声地说自己能吃苦耐劳的。

卫箬衣认命地抱着萧瑾的衣服走去了门口。天寒地冻的，还下着点小雪，入夜之后更觉得寒冷刺骨。

“郡主，”绿萼送来了一件厚实的披风压在卫箬衣的肩头，“不如咱们回去吧？”

不肯教就不教吧。

以紫衣侯府的声威想要找什么样的师傅找不到呢？干吗非要来这里受五皇子殿下

的气。

“早上是我错了。”卫箬衣看了一眼天井里簌簌落下的雪花，轻叹了一声，“你们先回去吧，这外面实在是太冷了。”

“可是郡主何必如此？”绿萼急道，“咱们可以找别人教。”

“是我承诺在先，自己却没做到，不能怪五皇子殿下生气。”卫箬衣说道，“做人要有信誉。”

孙管事站在一边垂手素立。“绿萼姑娘先回去吧，老奴在这里陪着郡主便是了。”

“对啊，你受不了这样的冷的。”卫箬衣将绿萼赶了回去，随后对着孙管事一颔首，“劳烦孙管事了。”

“郡主，这是老奴应该做的。”在五皇子殿下的房门之前，他不会自称属下，而是改称老奴。

其实白天他看着郡主跟着五皇子殿下身前身后的，觉得奇怪，可是刚刚他得空询问了一下绿蕊这才知道其中的原因。这让他悬了一整天的心落了下来。

他自己是习武之人，知道什么是重诺守信，所以对于郡主此举，他倒是十分赞同。

时间一点点地过去，夜寒入骨，即便是穿着厚重的披风，卫箬衣也觉得有寒气不住地从脚底朝上冒。

真的太冷了。

她不得不惦着小碎步子，来回踱步，想要靠着运动来让身上多点热力。

“要不要老奴去给郡主拿点热水回来？”孙管事问道。

“好。”卫箬衣哆哆嗦嗦地点了点头。

“郡主稍候片刻，老奴马上就来。”

孙管事才走，卫箬衣就听到身后的门发出了点响动。

她忙不迭地回眸，萧瑾真的出现在门里。

“萧大爷！”卫箬衣马上狗腿地凑过去，“您可以原谅我了吗？”

“很冷？”萧瑾见卫箬衣那缩手缩脚的模样，略一抬眉。

“冷！真冷！”卫箬衣忙不迭地点头。

“抱元守一，气海，元啸，檀中，三处存气，行经林渊，让真气运行小周天。”萧瑾说完，直接弹出了三枚铜钱，分别击中了卫箬衣身上的三处地方，卫箬衣一惊。

“还在走神？”萧瑾不悦地蹙眉道。

“哦。”卫箬衣这才回过神来。这家伙不生气了，这是在教她东西呢！虽然她也不知道萧瑾教的是什么，但是应该不会坑她。

因为她发觉被萧瑾击中的三处地方已经隐隐地有气在运行，她忙按照萧瑾说的那般运行真气。她之前按照卫燕教的方法学过卫家的心法，已经隐隐地能感觉到有气息在血脉之中流动。这是一个很神奇的事情。如今按照萧瑾说的去做，那种感觉更是强烈。

就是刚才冷得要命的身体，现在也不觉得有那么冰冻了，虽然还是冷，但是已经能忍了。

“把我的衣服拿来。明日卯时三刻来这里。”萧瑾将卫箬衣手里抱着的衣服一把拽了过去，淡淡地说道。

“是!”卫箬衣精神一振,“多谢萧大爷。”

萧瑾抬眸瞪了她一眼。“如果你再迟来,日后就不要提让我教你的事情。”

“保证不会晚来!”卫箬衣嘻嘻地一笑,“那就晚安了,萧大爷。”

她笑着转身离开,孙管事刚好回转,正好送卫箬衣回去。

萧瑾等卫箬衣的身影消失不见了,这才将房门关上。

他缓缓一笑。这丫头也算是有点毅力,不过想想她死缠烂打地追着自己追了那么多年,何止是有点毅力那么简单!

想到这个,萧瑾的笑意就僵直在了自己的唇角。

翌日,卫箬衣依约而来,萧瑾将卫箬衣带到了别院的一个池塘边上。

池塘的水面已经结了一层厚实的冰,昨夜下了雪,冰上又覆盖了一层积雪。

萧瑾让卫箬衣找人将冰上的积雪清开,随后叫人拉了十几个冰块过来,下面用水浇了,不一会,冰块就被冻在了水面上。萧瑾自己上去试了一下,比较结实。

“我教你一套步法,你先学会。”萧瑾说道。

“那十几个冰桩子是做什么的?”卫箬衣问道。找来那么多人,折腾了那么久,肯定不会摆着看的。

“步法学会了你就在冰桩上练习。”萧瑾缓缓地说道。

卫箬衣……

那冰桩是晶莹剔透的看起来煞是好看,但是滑不溜足啊,就是平时在冰上走一不小心都会摔得噼啪的,更何况是在这种冰桩上? 那不是要摔成神经病啊!

见卫箬衣面有难色,萧瑾一扬眉。“做不到吗?”

“做得到!”卫箬衣一咬牙。

那套步法倒不是很难学,卫箬衣记性好,不过两三下也就记下了,又在平地上练习了几次,已经是分毫不差了。

“怎么样?”卫箬衣面有得意之色,“教我这样悟性超高的学生,是不是很有成就感?”

“半点没有。”萧瑾摇头。

“为何?”卫箬衣不解地问道。

“因为我看了一遍就会了。”萧瑾缓缓说道。

卫箬衣……

骗人!

“在平地你学得尚可,但是上了冰桩如果还是能分毫不差的话,我就赞你两声。”萧瑾说道。

“就让你赞我两声!”卫箬衣哼了一声,撩开了裙摆,噌的一下就跳上了冰桩。冰桩竖得并不算高,卫箬衣现在的身法已经练得十分的灵巧,所以跃上去不是难事,难得是站住!

她脚下用力,才不至于因为滑脚而吱溜掉下来。

貌似真的有点难!

在下面觉得还可以,等真正上来了,卫箬衣才知道是有多恐怖。

倒不是因为高,而是因为滑和受力不均。冰桩的表面一点都不平,和地面天差地别,就是侥幸踩上去了,也有可能会滑下去,想要不滑下去就必须要动作快,思维也要跟着加快,不光要一边想步法,一边还要想着自己下一脚要落在什么位置上才不会掉下去,因为冰桩的数量有限,想要在上面将整套步法都施展出来必须要想好下脚的位置,否则施展不开。

所以卫箬衣第一次走了四步就掉了下来。

爬起来再上,这一回她才跳上去就直接掉了下来,因为她跳的那个冰桩的表面是斜的。

卫箬衣……

她看向了负手站在一边冷眼旁观的萧瑾,一咬牙,再度站了上去。

这回她小心翼翼,但是也没支持到底,还是滑倒在了一个斜面上,因为她谨慎小心,而放缓了速度。

这次她摔得有点狠,脚一滑,整个人都飞着从冰桩上掉下去,直接趴在了池塘的冰面上,摔了个结结实实的。

唉,胸都压扁了! 卫箬衣摔得半天没上来气,五脏六腑都震得隐隐作痛。

“郡主!”绿蕊惊叫了一声,想要过去扶她,却被萧瑾拦住。“让她自己起来。”他冷冷地说道。

“可是殿下,我们郡主……”

“想要学成,必须知道自己失败在什么地方。”萧瑾缓缓地说道,“只有知道痛了,才会记得牢靠。”

“无妨!”摔懵了的卫箬衣好不容易爬起来,抬手对绿蕊摇了摇手。

萧瑾说得有道理,但是不让她的侍女前来扶她起来略有点不近人情,不过既然自己已经找了萧瑾来教了,便是会按照他的要求进行到底。摔得多了,卫箬衣恍惚之中生出了几分萧瑾是不是在故意整她的念头。

在不知道摔了多少次之后,卫箬衣终于颤颤巍巍地将一套步法在冰桩上演练完毕。

等她下了冰桩之后只是感觉自己的双腿都在稍稍地颤抖。

“感觉如何?”萧瑾垂眸看着坐在一边气喘如牛的卫箬衣问道。

“冰爽透顶!”卫箬衣哼唧道,“不过萧大爷,你让我走冰桩是想要训练我什么?”摔了这么多次,总要让她知道为什么摔吧!

“无他,只是我比较喜欢看你栽跟头。”萧瑾微微地弯下腰,用极低的声音对卫箬衣说道。

卫箬衣……

合着这折腾了一上午,是将她当猴子耍呢?

怒气上升,卫箬衣瞪着萧瑾。

“是不是觉得很生气?”萧瑾忽然笑了起来。他本就生得极其的俊美,这一笑便如同春风拂面,花开十里一般。

卫箬衣咬牙,没事笑得那么浪做什么!

“还好还好!”卫箬衣压制住自己的怒意,深吸了一口气说道。

“你要是觉得生气,那我们以后就不用练了。”萧瑾缓声说道,直起身来,挑眉,他双手抱胸,居高临下看着卫箬衣,“大家都省事。”

“不生气!”卫箬衣马上握拳!

这厮绝对是故意的,想要让她知难而退?门都没有!

昨夜被他击中了三处穴位,她回去之后又将萧瑾所教授的东西连同卫氏的心法一起演练了一遍,受益匪浅。原本她是能稍稍地感觉到一点点气息,但是昨夜,那股气息已经汇集成流,如同小溪流水一般,连绵不绝。虽然那真气真的只是如同小溪的水流,不过与之前卫箬衣自己瞎练已经是天渊之别了。

萧瑾教的绝对是正确的东西。

卫箬衣知道自己悟性不差,差的是系统有效的指导!

“既然不生气,那便再练,直到你闭着眼睛也能在这冰桩上将那套步法练完,才算是结束。”萧瑾骤然收敛了脸上的笑容,厉声说道,“还没休息够吗?”

卫箬衣条件反射一样地从椅子上弹了起来。“报告萧大爷,休息够了。”

恍惚之中,她就好像回到了在学校里的军训时间。

原本一天下来,卫箬衣已经觉得自己在冰桩上行走如常了,哪里知道第二天来一看,她就窘了,只是一夜的时间,冰桩不仅“长”高了,而且表面变得更加倾斜了。

这难度系数在她睡觉的时候加大了!

有了昨天的基础垫底,今天卫箬衣是摔得少了点,不过昨天身上就摔了不少瘀伤出来,今天再摔的时候,几乎每一下都是痛彻心扉的感觉。

咬牙,再度坚持了一天下来,到了第三天,这冰桩又变了。

不光高了,而且截面变窄,落脚的平面更小了。

结果可想而知,各种摔摔摔!

卫箬衣一连摔了五天,到了第六天,这冰桩终于不发生变化了,这算是她六天来最畅快的一次。

等到夜间的时候,卫箬衣已经可以在冰柱上来去自如,便是萧瑾故意坑她,朝她扔了好几枚雪球也被她轻松地闪开。

真是没白费了自己摔出的那一身的乌青来。这几天她只要一脱衣服浑身就疼得不得了,膝盖手臂还有其他的地方全是青青紫紫的,有的地方还摔破了皮。她一直都咬牙默不吭声,自己生生地忍了下来。每到晚上上药的时候就连绿蕊和绿萼都看得十分的不忍。

“明日教你骑射。”萧瑾负手说道,“你们别院有马吗?”

“回殿下的话,有。”孙管事忙拱手说道,“殿下需要什么,只管说便是了。”这几天就连孙管事都看出了不少门道,虽然这位五皇子殿下的嘴巴是够毒的,叫人有点忍受不住,但是孙管事是习武之人,一眼就能看出五皇子殿下教授自家郡主走冰桩的深意。

他见过郡主演练过卫家刀法,手臂力量是足够了,但是脚上的灵动不足,殿下这般练习便是强化郡主的腿部的力量。

只要郡主持之以恒,假以时日,必然有所成就。

卫箬衣的臂力对于拉弓来说不在话下,再强的弓,她都能拉得开,所以缺乏的就是精准度了。

“抬高点。”萧瑾不知道从哪里找来了一根树杈,敲打着卫箬衣的手臂。

嗖的一下,一支箭出去,连靶子的边都没摸到。

“抬得太高了!”萧瑾幸灾乐祸地说道。

“不是你叫我抬高点吗?”卫箬衣翻了一个白眼。

“没叫你抬那么高!”萧瑾瞪她,“再来。”

这一再来便是前前后后射出十几支箭,不是射在了靶子的外面,就是压根没射中靶心。

卫箬衣重新从箭袋里抽出了一支箭,搭在了弓弦上。她瞄了半天,萧瑾在一边一直高点、低点地指挥,卫箬衣一头的雾水。“要不你帮我瞄一次?我看看到底是个什么感觉?”她实在是被高高低低的弄得没语言了,对萧瑾说道。

“笨!”萧瑾骂了一声,撇开了自己手里的树枝,站在了卫箬衣的身后,右手一抬握住了她拉住弓身的手,左手搭在了她的左肩上,略低下了点身子。

“这样就对了!”萧瑾替她将箭瞄准好了靶心,“试试看吧。”

卫箬衣的左手一松,箭如同飞石一样快速地弹出,砰的一下闷响,真的射中了靶心。

卫箬衣先是愣了一下,随后欢呼了一声。她转过身来,一把抱住了萧瑾,原地转了一圈。“我射中了!”

萧瑾……

他飞快地瞄了一眼周围,好在这临时的靶场上只有一个绿蕊站在那边。

“放我下来。”就在卫箬衣还沉浸在喜悦之中的时候,一个幽幽的男音从卫箬衣的头顶传来。

卫箬衣这才反应过来,忙不迭地松手,萧瑾安然落地。

卫箬衣连忙后退了好几步,拉开了自己与萧瑾之间的距离。“对不起对不起!”她刚刚真的是得意忘形了,所以才会做出这种举动。

“你这一兴奋就要抱人的毛病究竟什么时候才能改掉?”萧瑾冷冷地扫了卫箬衣一眼说道。

卫箬衣……

貌似她已经抱过萧瑾两次了,每次还都抱得十分自然。

“你别误会,真的。”卫箬衣瞬间就拘谨了起来。

“我不会放在心上,不过不准再有下次了。”萧瑾淡然地说道。这个丢人的事情还是赶紧翻过去,就当什么都没发生过一样。

“是是是,萧大爷说什么就是什么。”卫箬衣从善如流。

她低头耷拉脑袋,她这得意忘形的毛病真的要改。

“继续吧。”萧瑾清淡地说道。

“是。”卫箬衣规规矩矩地对萧瑾行了一礼,这才重新搭弓射箭。

她摒除了杂念,想着刚才自己瞄准时候的角度,再度射出一箭,虽然没有和刚刚一样中了红靶心,但是也比之前有所好转,进步巨大。

卫箬衣的精神再度提振,她似乎摸到了一点点门道。这个射箭真的是要靠点感觉。因为和枪不一样,羽箭受到风的影响其实挺大的,而且略带一点点抛物线,如果你觉得瞄的是正的,实际中靶的时候却是在靶心之下。

卫箬衣就着这份感觉一连射出三箭,均是一次好过一次,但是距离靶心总是差点。

萧瑾蹙眉负手站在一边凝视着卫箬衣。手臂处被她箍住的地方已经微微地生热，如同上一次一样，只是这次他的掌心也有点略略地发烫。刚刚按压在她的手上，他尚没感觉到什么，直到自己被她抱起，他才感觉自己的心跳如同擂鼓，若不是还要监督卫箬衣不让她偷懒，他几乎生出了几分要跑走的冲动。

这个姑娘给她的震撼实在是太大了，除了他自己之外，他再没看到有谁在习武上面有这等天赋。

少女拉弓射箭的身姿俊俏挺拔，英气十足，她仿佛心无旁骛，完全沉浸在自己的世界之中，这种境界萧瑾体会过，在这种境界之中的提升是最大的。

旁人或许要体验好久才能找到的感觉，她不过两三下就找到了。

照她这么发展下去，射中靶心是迟早的事情。

果然在萧瑾的念头才刚刚闪完，就听到咚的一声闷响，一支刚刚被卫箬衣射出的羽箭钉在了箭靶之上，尾羽颤抖。

“哇！”卫箬衣惊喜地叫了出来。

“射中一次不算，次次都中才算！”萧瑾忍不住泼了她一头冷水，免得整个人得意忘形了。

“哦。”卫箬衣回眸，看了一眼萧瑾严肃的脸色，再度拉开了弓弦。

她的力气大得不得了，这是她高于别人的优势。

要不是前几天摔得满身乌青，现在还没好，她的状态应该还会更好一点。

她不知疲倦地练习着，等到了第二天睡醒，她才觉得自己错了，手臂沉得如同灌了铅一样的沉，就是抬一下都觉得有点稍稍地颤抖。

卫箬衣知道自己这是练得有点大劲了，手臂有点轻微的脱力。果然谁都不是神，也是需要休息的。

87 被练惨了

卫箬衣端起了绿蕊送来的瓷碗,里面盛的是一碗五谷杂米粥,熬得晶莹剔透,煞是好看。

以前卫箬衣可以喝三碗这样的粥当早餐,但是今天这一碗她握着提起来都觉得自己手臂在不受控制地轻颤。好艰难地拿起了筷子,平日里用惯了的牛骨嵌玉筷子如今在她的手里也是重逾千斤。

卫箬衣咬牙控制着自己,让自己的手伸出去用筷子夹住了两片火腿,收回来的时候手一抖,火腿片落在了桌子上,手心一片刺痛。

“郡主这是怎么了?”绿萼在一边吃惊地看着卫箬衣。她们这位郡主自打从定州回来之后就再没糟蹋过粮食,每顿饭都是吃得干干净净,不留一丝残羹剩菜,更不要说故意将好的食物朝桌子上丢了。

“没事。”卫箬衣咬牙,想要用筷子将掉到乌木桌子上的火腿夹起来,但这手臂依然是抖得如同筛糠一样。放弃了,卫箬衣长叹了一声。“收了吧。”

看出了卫箬衣的异常,绿蕊拿起帕子将掉在桌子上的火腿片收走。“郡主要不要奴婢去找个大夫来给郡主看看?”手都抖成这样了,就连两片火腿都夹不住,这可怎么是好!

绿萼翻开了卫箬衣的手一看,大惊失色。“郡主,您的手上皮都磨坏了!”难怪昨天郡主回来不让人家动她的手,草草地洗了洗也没让她们给上药就将她们都撵出来睡下了。

绿蕊也凑过来看了一眼,差点没将手里的帕子丢出去。卫箬衣原本细致白嫩的手心里磨了好几个大血泡。现在血泡是挑开了,但是留下了好几处红色的血斑,在她瓷白的掌心里显得十分触目惊心。

“都是奴婢们照顾不周!”她一急,眼泪就在眼眶里打转,“郡主都伤成这样了,奴婢们竟然是不知道。”

“不怪你们,是我自己没说。”卫箬衣就是怕她们俩大惊小怪地去叫大夫来,所以才故意隐瞒的。她不是没磨过泡,昨夜都已经自己处理过了,里面的血水都已经放掉,而且都上了药了。

“不行,郡主手都磨成这样了,必须要去叫个大夫来看看。”绿萼急声说道,说完就要朝外走。

“别去别去。”卫箬衣忙一把抓住了绿萼的裙摆,抓得有点急了,碰触到了手上的伤处,痛得她一蹙眉。她赶忙又说道:“你们若是去找了,没准那位萧大爷真的就不教了。”

她之前不知道自己这天生的神力也是会让自己肌肉酸软的,还是练得太少,昨天她用的是最重的弓,一百二十斤重的弓胎,练习了整整一天,就是铁打的手掌也要磨掉一层了,别说她这手平日里都不怎么常用,便是练习卫家刀法的时候也没抡着那么重的长刀抡上一天的。说起来也是怪她自己,没注意调节一下,而是仗着自己的金手指一味地蛮干。现在算是自己将自己给坑了,和萧瑾倒真没什么大关系。

"不教便不教!"绿萼说道,"即便他是皇子的身份也不能这么折腾人,且不说郡主那一身的伤痕,就他练的那些东西放在一个五大三粗的老爷们身上也是吃不消的,更何况是我们郡主这样娇滴滴的姑娘。"

绿萼和绿蕊一直陪着卫箬衣,这几天早就看不下去了,只是郡主一直咬牙忍着,她们这些做奴婢的也不好说什么。可是现在郡主就连端碗筷的力气都快没有了,还要去遭那罪做什么?

卫箬衣苦笑,大概萧瑾就没将她当成一个娇滴滴的姑娘,而是一个比五大三粗的老爷们还要糙上三分的女汉子来练的。

不过当初是她死皮赖脸抓着人家教自己的,又是她自己一口一个能吃苦,这才十天都不到,就坚持不下去了,实在是有点说不过去。

不管怎么样,先咬牙挺住才是。

虽然老天爷给了她一个悟性高,力气大,是个习武天才的天赋,但是没有一个天才不是经过自己的努力一蹴而就的,便是她也一样。

"师傅是我自己找的,咬牙也要坚持到最后。"卫箬衣说道,"你们也别抱怨了,若是五皇子殿下不诚心教我,也不会日日陪着我在外面吹冷风了,谁不知道偷懒猫冬啊,待在屋子里多惬意,何必站在外面喝西北风。更何况他又是那样尊贵的身份,只要他说不想去,这别院里谁不是要将他当成一尊佛一样供着。"

绿蕊和绿萼对看了一眼,自家郡主说得是,但是也没他那么折腾人的。有的时候就连她们都觉得是不是因为之前郡主得罪过他,所以他现在故意变着花样来折磨郡主殿下出气的。

"那也要包一下啊。"绿蕊说道,"这外面还这么冷,郡主手上都是伤,要是再冻一下就不得了了。"

"是啊,郡主包起来吧。"绿萼也跟着点头说道。

"包起来就没手感了。"卫箬衣略微一蹙眉,随后想到,"对了,你们不是带了一副软绸手套吗?给我将那副手套取来,我戴着便是。免得手上包起来被萧瑾看到了,又要惹出点什么话来。"

绿蕊和绿萼相互对看了一眼,都长叹了一口气,她们郡主这是没救了,被五皇子殿下给吃得死死的,不管做什么都怕他!

横竖那五皇子殿下不过就是仗着自己的身份,还有郡主倾慕他,所以才会这么让郡主心悦诚服地随他骗得溜溜转。

绿蕊去打开箱笼,将手套翻出来给卫箬衣戴上。别说这副软绸手套做得十分贴合,戴上后真的让手上的刺痛降低了不少。

卫箬衣满意地伸展了一下自己的双手。"你们看,这样不是挺好的。"

绿蕊和绿萼也不知道该说点什么好了,又是齐齐地叹息了一声。"郡主您何苦要这么拼呢?"绿蕊不解地叹道。

明明是陛下敕封的郡主，又是身受卫大将军宠爱的姑娘，要什么有什么，何必来吃这样的苦？所以在绿萼和绿萼的心底都是认定了卫箬衣还是放不下对五皇子殿下的感情，所以才这么拼命地换了一种方式来天天跟在他的身边。

如她们郡主这般用情至深，也算是少见了。

郡主那样口口声声说以前迷恋五皇子殿下只是年少无知，果然是说来让五皇子殿下放掉对郡主的戒心的。

只可惜五皇子殿下是真的被猪油蒙了眼，看不到她们郡主的一片真心。

她们的郡主哪里不好了？不管外面人怎么说她，反正在绿蕊和绿萼的心底里打从定州回来之后，她们的郡主便是天下一等一的好主子了。而且现在的郡主，人漂亮、身材好不说，便是个性也好得不得了，虽然时不时脑子还是会出点岔子，说点三六不着、叫人听不懂的话出来，但是放眼整个燕京城，大概没有比她们郡主活得更真实的人了。

五皇子殿下只看到郡主不好的地方，怎么就看不到郡主好的地方？便是她们也都要为自己家郡主叫不平了。

"好了，看你们两个拉着苦瓜脸，别为我担心，我觉得我休息几天就会好。只是昨天用力实在是有点狠了而已。这手平日里也是欠练，所以才会这样，日后多练练，等生出了点薄茧来，也就没这么娇嫩了。"卫箬衣笑道。她索性放下碗筷，用手拍了拍自己的手臂，果然就是用力过度了。她最近只是加强了腿部的练习，之前戴着沙袋跑，确实是仗着自己手上力气大，没有在意手臂上的训练。倒是她的疏忽了，她总以为自己的力气是用不完的，却忽略了她压根就是一个人不是神的事实，是人，耐受力便是有极限的。

日后强化一下手臂的练习便是了，这双手也是细皮嫩肉的，没办法，这是必经的阶段，日后习惯就好了。

说起来倒也要感谢萧瑾，要不是被他这么练一下，她还没发现自己有这个缺点。

糟糕了，光是说话，却是忘记了时辰。卫箬衣一瞥手边桌子上放着的沙漏，就慌了起来，赶紧将那碗粥倒到了自己的嘴里三下两下地咽了下去，随后起身就朝外面跑。

"郡主，您才喝了一碗。"绿蕊在她的身后跺脚急道。这几天卫箬衣的胃口贼大，平日里是喝三碗，最近都是喝五六碗，也不知道她那么纤细的一个腰，是怎么装下这么多粥的。

"来不及了。去晚了，那位萧大爷又要不开心，我还要费心哄他。你们帮我热着点，一会休息的时候我得空再吃。"卫箬衣已经跑到了门口，声音飘了过来。

等她一口气跑到萧瑾那边的时候，萧瑾已经略有点不悦地站在门口等她。

"对不起对不起！"卫箬衣急急忙忙地刹住脚步，"来得稍稍迟了点。"

"你若是再来迟一点，我就回去了。"萧瑾瞪了卫箬衣一眼。

"别别别，萧大爷您可千万别生气。我就是稍稍地晚了一会，你也知道女孩子有的时候是麻烦了一点点，您大人有大量，千万别和我计较。"卫箬衣忙赔着笑脸说道。

"算了。"萧瑾的神色缓了下来，瞥了卫箬衣一眼，"今日带上你的弓，骑马与我入山打猎。"

"啊？"卫箬衣一怔，"外面才刚下过雪，入山做什么？若是要练习骑射，院子里不是可以吗？"不是她不想去，实际上她听到打猎两个字是相当兴奋的，可是今日有点不太方便，她手臂脱力，掌心又磨破了，只怕今日进山不是她打猎，而是猎打她。

“就是因为才下过雪，猎物才多。你练习骑射难道一直要对着靶子放箭不成？将来就是对敌之前，难不成你还要喊人家站稳站直了给你射才好？简直就是笑话！”萧瑾说道，“你若是连这点苦都吃不了，也不用练了，直接回去睡觉吧。”

“我能吃苦的！”卫箬衣忙说道。

“你戴了手套？”萧瑾见卫箬衣一伸手，露出了手上那副刺绣精美的软绸手套，顺嘴问道。

“是啊。”卫箬衣干笑了两声，有点不自然地将手藏到了袖子里，别是被这位大爷看出点什么来。“天太冷了。”她解释道。

“哦。的确有点冷，还要入山，你多穿点也是好的。”萧瑾并没多想什么，点了点头说道。

“对了，我今日能不能换一把弓带着？”卫箬衣弱弱地问道。今天早上她连手臂都快抬不起来了，那把最重的硬弓还是收起来吧。

“随你的便。”萧瑾也没多想。不过就是一把弓，她爱用什么就用什么。

略收拾了一下，其实也没什么好收拾的，萧瑾在卫箬衣没来的时候已经叮嘱了孙管事去准备好了，水和干粮一应俱全，就连陪同他们入山的人都找好了，所以卫箬衣来了，也不过就等了半个时辰左右的时间，大家就已经整装完毕。

大家出了别庄的门，一路朝山林深处而去。

路上积雪略厚，也是比较难走的，好在别院之中有对后山十分熟悉的人在前开路。

“人有人路，兽有兽迹。”萧瑾策马走在卫箬衣的身侧，说道，“只要有东西经过，便是一定会留下痕迹。今日教你的便是如何追踪这些痕迹。”

“是。”卫箬衣一副虚心受教的样子。

“你看这树枝，便是在最近有人经过留下的痕迹。”萧瑾指着路边几个折断的树枝对卫箬衣说道。他才说完便稍稍蹙眉，觉出了有点不对。

这山林之中，还下了雪，怎么会有人经过，但是地上却又没有脚印痕迹……

难不成他们是从头顶的树枝上掠过的？

能完成这样动作的，必然是武林中人。

武林中人没事跑来山林之中是要做什么？

“早上你们可曾见过附近有什么可疑的人经过？”萧瑾勒住了马，蹙眉问随行的别院护卫。

“早上替殿下和郡主准备马匹拴在门口的时候曾经有一老妪经过，讨了一杯水来吃。我们见她年纪大了，还要起早赶路，就邀她在门口坐了坐，顺便给了一杯热茶水。她喝了点就离开了。其他的没见过什么人。”大家相互问了一遍之后有一个护卫过来回道。

“老妪？”萧瑾蹙眉，“你们别院又不是在大路上，平白无故，又是大早上的，怎么会有老妪经过？”

萧瑾一句话，将随行的护卫都问懵圈了。

88 糟糕了

他们早上压根就没想那么多。

不过现在被五皇子殿下这么一提，还真的觉得不太对劲。

"那现在咱们是不是要回去？"陪同出来的护卫问道。

"为安全起见，回去吧。"萧瑾抬眸看了看四周，倒是感觉到有什么人潜藏在附近，只是经过上一次卫燕被绑架的事情，卫箬衣的安全已经是锦衣卫的职责了，为了避免不必要的麻烦，还是先回去为好。

好在现在走得并不算远。

他抬眸看向自己的头顶，密林覆盖，虽然已经是冬日，树叶落尽，但是干枯的枝桠也是层层叠叠地交缠着，如同交织出了一张大网一样。枝桠之间又覆盖了积雪，所以便如同在头顶搭成了一片冠盖一般。若非如此，大概那些从枝头而过的人，也不会弄断枝桠留下痕迹了。

萧瑾从马上飞身而起，跃上了枝头，真的在树枝上看到有人在白雪上留下了足印，极浅，证明武功很高，几乎做到了踏雪无痕的境地。今晨到现在都没下过雪，这脚印又是新的，就是在他们来之前不久经过。怕就怕有人潜藏在前面的某处，只等狩猎的时候大家散开，好直接趁着他们分心，将卫箬衣抓走。

这个险，萧瑾一点都不想冒。

重新落回了马背，萧瑾下令大家调头。

原本他们是想在山林之中住上一夜的，但是现在看来太危险了。

萧瑾一声令下，大家就开始调转马头。此时林间飞起了一只乌鸦，弄得枝头有雪被扫下。

大家的动作骤停，都纷纷地看着那只从枝头高飞的乌鸦。

"你们不觉得今日这山中有点奇怪吗？"有一名护卫小声地问道。

"怎么？"

"平日里咱们也会进山来狩猎，这种气候，早就有兔子出来觅食了，咱们这一路走来，便是连个野兔毛都没瞧见。"那人小声说道，"实在是有点反常啊。"

被他这么一说，大家都顿觉有点道理。

雪下了两天，只要天一晴，野兔狐狸之类的必定会跑得漫山遍野。这山林归属紫衣侯府，平日没有百姓上来狩猎，动物多得简直是走两步都能看到。

可是今日大家从别院出来，已经走了快半日了，却是连个兔子的影子都不见。

众人心情复杂，再加上刚刚那只乌鸦飞过，惊落积雪，倒是让大家觉出几分压抑和惊恐之意来。

“什么声音?”萧瑾警觉地竖起了耳朵,蹙眉问道。他听到远远地传来一片窸窸窣窣的声音,似是有一大片东西沿着雪地狂奔,声音越来越大,飞快得靠近,应该是冲着他们来的。

他这么一说,更是让大家紧张了起来。大家纷纷竖耳倾听,而他们所骑的马匹却是一个个不安地躁动了起来。

一声深邃悠远的狼嚎传来,随后呜呜的狼嚎之声此起彼伏。

“是狼群!”有人惊声高喊了一声。

“快走!”萧瑾果断地对卫箬衣说道,“朝回跑!”随后他就照着卫箬衣的马屁股落下了一马鞭。

那马本就因为感觉到野狼群的气息而躁动不安,愣是被卫箬衣拽着,原地来回地踱着自己的四蹄,如今被萧瑾冷不丁地拍上了这一下,那马是彻底地撒开了四蹄,朝前跃起。

卫箬衣只觉得自己的手臂一麻,即便是戴了手套,但是手上的伤口也被粗粝的缰绳这么一勒,痛得她眼泪差点没掉下来。

生生地忍住疼痛,也不能就这么落泪,她的腰背用力,双腿紧紧地夹住马腹,这才没让自己从马背上掉下来。

马儿撒开四蹄就在雪地里奔跑起来,积雪深厚,她骑的马已经十分的神骏了,但是依然跑得十分艰难。

狼嚎之声似乎是从山林的四面八方传来,越来越近,有些护卫骑的马胆子小,不是四下乱蹿,便是停在原地哆嗦,怎么驾驭也不肯朝前半步。

好好的一个队伍,随行十几名护卫如今已经不若刚才那么齐整,而是散落了开来,野狼群尚未靠近,这队形已经被冲散了。

萧瑾策马紧紧地跟在卫箬衣的身侧,见她的脸色苍白,刚要开口安慰她两句,在回眸的瞬间,已经看到有四五条野狼从树林里面飞快地蹿了出来。

野狼的身体灵巧,不若这些驮了人的马匹,自是跑得飞快。

不一会已经有几头狼冲了过来,照着那两匹被吓得原地哆嗦的马匹的脖子就咬。血腥四起,这种鲜血的味道更是刺激了其他的野狼群,有源源不断的野狼从树林之中奔出。

那些原本骑在马背上的护卫见到自己的马匹被咬,挥刀努力地想要护住自己,但是个人的力量又怎么能架得住扑上来的狼群,便是勉力地支撑了一小段时间,斩伤了两头妄图靠近的野狼,也无济于事,因为还有更多的狼从后面的树林之中蹿出来 。

有跑在前面的人想要调转马头去帮衬,才一转身,便也被狼群给围住,不得脱身。有人想用弓箭去射,他们都是进山狩猎的,身上箭矢都是带得足足的,但射出两箭后就射不出第三箭了,因为趁着他搭弓的工夫,已经有狼朝他扑了过来。

萧瑾这会儿悔得肠子都青了,他昨夜明明问过这附近的山林之中可有狼群,得到的回答是他们在别院好多年了,还真没在山林之中看到有狼群,或许个把野狼是有的,但是一大群狼从没见过。他刚刚回眸看了看,那些从树林之中蹿出来的野狼只是一会工夫就有二三十头之多,后面还有。

他在锦衣卫这么多年,多是和人相斗,倒真是第一次遇到数量这么庞大的野狼群。别说他只带了十几名护卫,便是人数再翻一倍,大概也应付不过来。

“别跑散了,都聚集过来!”萧瑾已经看出来这些狼的厉害,便要将众多护卫分而围之,所以他大喊了一声,想要让剩下的护卫都聚拢过来。

别院被孙管事选出来的护卫虽然比不得暗卫那么训练有素,但是也都是由孙管事亲自训练出来的人。今日狩猎由萧瑾带队,孙管事不敢派出府中的暗卫,只怕被萧瑾看出什么门道出来。他知道萧瑾在锦衣卫这么多年,眼光最是毒辣。

所以孙管事只敢选了一些普通的护卫跟着。但是孙管事是从卫家军出来的,训练人十分有一套,所以萧瑾一声令下,倒是给刚刚仓皇之中四下奔逃的那些护卫们打了一剂强心针,他们都努力地破开身边的包围朝萧瑾围拢而来。

除了一开始被狼群袭击而损失的三个人之外,没过多少时间,剩下的十个人已经各自想办法到了萧瑾的附近。

“围拢成圈,各守一方。”萧瑾抽刀立马,对大家说道。

很快,大家就都按照萧瑾的嘱咐,围拢成了一个圈,各自守住自己面前的地方。

卫箬衣握住了她挂在马鞍上的长刀,用力提起,平日里拿这柄长刀就和玩一样,但是现在她的手臂肌肉酸痛,就是抬一抬都叫她酸爽至极,现在一提刀更是手臂发酸,忍不住颤抖了起来。

萧瑾瞥了她一眼。“便是这样的胆色,堪何大用?”他以为卫箬衣是害怕,所以寒声呵斥了她一声,想要让她壮起胆子来,“不就是几条狼?有什么可怕的?你若如此的胆小,何必习武!”

卫箬衣咬牙,努力地控制住自己的手臂。“我不怕。”她沉声说道。

说不怕,可是手臂还是抖得厉害,萧瑾在心底默叹了一声,其实骤然面对这么多的野狼,便是一个男人也不免心寒,更何况是卫箬衣这样娇生惯养的贵女。他吼她只是为了让她保持清醒,这个时候叫他和颜悦色地去安抚她,他也做不出来。

“你一会跟在我身边便是了。”萧瑾还是忍不住加了一句,声音柔了下来。他就怕她被吓坏了,到处乱跑,所以连恐吓带哄骗的。

“我知道。”卫箬衣心底也是着急,自己那金手指开得诡异,你说平日里力气那么大有什么用,到了关键的时候双臂居然脱力了!难不成果然是炮灰女配命,躲过了林诗瑶,躲过了萧瑾,却躲不过命运?今日真的要死在狼口之下?

野狼倒也聪慧,见大家都围拢成一个圈了,它们也就不再贸然朝前,而是也围拢了过来,只是在外围呲牙朝前,时不时地发出威胁性的低吼。有一条狼贸然前扑,顿时被那个方向的两个护卫劈中,受了伤,哀鸣了两声,灰溜溜地流着血,一瘸一拐地退让回到狼群之中。

又有野狼前来试探,也是被护卫们给打了回去。

一连试探了几次,狼群里面的野狼们也都学乖了,不再贸然朝前,而是围拢成圈,就守着这些人马。

于是里圈是人,外圈是狼,都这么你看着我、我盯着你地僵持着。狼群不再冒进,而被狼群围拢住的人也不能离开。

“这样被围下去也不是个事情啊。”有个有经验的护卫说道,“狼可是最有耐心的畜生了，我听原来家乡的老人说过，若是被野狼盯上了，它便是追你个十天半个月的也要将你给追死。”

“咱们不用坚守十天半个月，只要是第三天，孙管事不见咱们回去，就会派人来找。”有人回道。

“这天寒地冻的，咱们被围在这里不能动，不能取暖，只怕都不用等到三日，便是到了夜间不找个地方搭起帐篷来取暖，就要被冻死了。”又有人略带沮丧地说道。

听了他的话，大家就纷纷看向了萧瑾。

这里他的身份最高，自是都要听他的了。

萧瑾也是从没遇到过这样的状况，蹙眉抿唇。

僵持的时间越长，人类的劣势就慢慢地显露出来。因为大家都围拢在一起，紧张地看着周围的狼群，一动不能动。这山林之中的寒风越来越厉害，一个个的都冻得不得了。人越是冷，越是害怕紧张，那种疲惫感就越是袭来。

反观那些狼群里面的野狼倒也一片惬意，有的坐在雪地里虎视眈眈地盯着，有的顽皮地索性在雪地里打滚，也不知道是在玩儿还是在休息。

狼真的是耐性超好的动物，便是之前被它们咬死的马匹和三个人，它们都不去动一口，而是任由尸体在雪地里冻着。

“你们能分辨出哪一条是头狼吗？”萧瑾小声问道。

护卫们相互对看了一眼，纷纷将目光落在了狼群之中。

擒贼先擒王的道理放在狼群里大概也是一样的吧，萧瑾想道。他还从没和狼群遭遇过，也是两眼一抹黑，只能试着碰碰运气。

刚刚听到狼嗷的时候似乎是一条狼最先发出了嚎叫，只可惜这些狼都长得差不多，刚才仓皇之中也来不及分辨哪一头是其中的狼王。

“你们护住郡主，我出去试试。”萧瑾对其他的护卫说道。

“殿下小心。”护卫们点头。

“在这里等我。”萧瑾对卫箬衣说道。

“来两个箭法准的保护五皇子殿下。“卫箬衣忽然开口说道。

萧瑾看向卫箬衣的眸光之中散落了几分赞许之色，虽然这丫头的手臂还在抖个不停，但是说话的声音却是镇定无比，真是叫人捉摸不透。

在这种情况下，能假装镇定也是一种本事。

有两名护卫拿出了弓箭，拉弓搭箭，准备妥当。萧瑾这才大吼了一声，身子从人群之中飞起，扑向了一边的狼群。

若是卫箬衣在平时的话，倒真是觉得自己可以跳出去帮萧瑾一下，但是现在的情况，她蹦出去只会是萧瑾的拖累。

萧瑾虽然不受陛下重视，但是也是皇子，她可不能让萧瑾在紫衣侯府的地盘上出什么事情。

卫箬衣真的觉得自己的嘴巴大概是被开了光了。早上她还说她这不是去打猎，而是被猎打，这才不过半日的时间就应验了，眼瞅着现在的局面，便是他们为猎物，那些野狼是猎人。

89 哪里来的驱狼人

狼是极其聪慧和有耐性的动物，一见萧瑾跃出，便立即警觉，一个个用绿幽幽的眼睛瞪着萧瑾的动作。

萧瑾手里有袖箭，先是做了一个假动作，晃了一下，左手一抬，吸引了狼群的注意力，右手跟上，一拉机括，两支袖箭从袖底射出，一支袖箭正中了一头野狼的眼睛，而另外一支袖箭则射空，没入了雪地之中，消失不见。

那头被萧瑾射中的野狼，惨叫翻滚倒地，流出的狼血顿时将白色的积雪给染红。

其他的野狼见状，朝着萧瑾咆哮呲牙。萧瑾环顾了一下，瞥见狼群之中有一头银灰色的野狼身形巨大，它身周跟着两头野狼，也在朝着自己呲牙，但是那头野狼却是紧紧地盯着他，巍然不动。

大概那头便是头狼了，萧瑾目测了一下自己与那头狼之间的距离，抬起了袖箭，瞄准，他才刚刚要发射袖箭，就有四头野狼斜斜地从旁边冲了出来，扑向了萧瑾。萧瑾的身形一转，躲过了其中三头，肩膀却被另外一头抓了一下，顿时一阵刺痛袭来。他本是想一击击中那头狼的，所以注意力都放在了袖箭上，狼的动作又是敏捷异常，袖箭飞出，因为肩膀受伤，袖箭顿时失去了准头，擦着头狼的身侧飞过。

萧瑾此举似乎是惹恼了狼群，那头狼仰天一啸，其余剩下的野狼顿时分出了大半来攻击萧瑾。

“趁机会赶紧走！”萧瑾抽剑，随后对卫箬衣高声呼叫道。

他适才盘算的便是这个，即便是打不中头狼，也势必会激怒狼群，他只要引得大部分的野狼攻击他，卫箬衣便可在护卫的保护下骑马离开。

卫箬衣见萧瑾深陷狼群之中，顿时不知道哪里生出来的一把子力气，原本拿着长刀都在颤抖的手现在因为着急也感觉不到酸软了。“放箭！”她一声令下，几名持弓的护卫齐齐地将手里的箭射出，顿时让几头扑向萧瑾的狼受了伤。

头狼仰天长啸，剩下的野狼也开始攻击卫箬衣他们。

狼群和人顿时就战到了一团。

卫箬衣也策马抡刀，不让扑过来的野狼靠近。

她是没什么实战经验，也就上次在落霞镇实战过一次，接下来面对的便是来势汹汹的狼群，这让她开始的时候实在是有点手忙脚乱的。不过很快，她就镇定了下来，卫家刀法的快准狠倒真是这些野狼的克星，只可惜她手臂脱力，即便现在靠着一口气在舞动手中的长刀，但是时间长了，她动作也变得迟缓了许多。

“快救五皇子殿下。”卫箬衣指挥自己的护卫说道。

萧瑾是皇子,不能因为救她而死,否则陛下那边实在是交代不过去。

况且她也看出来,即便一半的狼去对付萧瑾了,但是他们剩下来的这些人想要从狼群里逃走也几乎是不可能的事情。

首先是跑不过这些狼,现在事情已经演变成这样了,倒不如奋力杀死头狼,或许事情还有一线的转机。

卫箬衣这样想,萧瑾也是这样想的。

狼群四面八方地扑向他,他饶是武功再高也难免身上会有保护不到的地方。

不过多久,身上便有好几处地方受了伤,再这样下去,便只会被这些野狼给累死了。

萧瑾亦是朝那头头狼的方向冲去,他人飞跃而起,在空中放出了最后一支袖箭。袖箭奔着头狼而去,头狼跳跃闪避,袖箭擦着它的耳朵划过,虽然没能扎在它的身上,却是将它的耳朵给划破,顿时流出血来。

头狼吃痛,愤怒地长啸,狼群的攻势更是凌厉。

此时不知道哪里来的暗箭朝着卫箬衣的护卫们射来,顿时就射死一名护卫,接着是第二名,第三名……

“有人潜藏在附近。”萧瑾看到了箭来的方向,马上出言示警。一个黑色的人影正趴伏在前方一棵树上,那人全身包裹在黑白色相间的衣服之中,伏在树枝上,与黑褐色的树枝和白色的积雪融为一体,实在是难以被发现,若不是他连射两箭,弄死了两名侍卫,几乎没有人能发现他的存在,他将自己的气息敛得很好。这些人都专心对付狼群,哪里还有什么精力去注意到他的存在。

难不成之前碰断了树枝的人就是他?

萧瑾也已经来不及细想了,对卫箬衣说道:“小心那边树上的人!“

卫箬衣也看到了那个人的存在,见他再度举起弓箭瞄准自己的护卫,她就拿起了自己挂在马鞍边上的一张弓,也拉开弓,朝那人射了一箭。然而手臂无力,再加上手上的伤口现在刺痛难当,所以卫箬衣这一箭相当没有准头,不过却也将那人吓了一跳。他知道自己的行踪暴露,索性将弓对准了萧瑾。

这些人之中,最勇猛的便是萧瑾,他的脚下已经躺了好几具野狼的尸体,那些想要扑向他的野狼也多数都挂着彩。

只要萧瑾一除,这些人就一定会被野狼捕获。

卫箬衣见状,心知不妙,她策马扬鞭,直朝萧瑾的方向冲了过去。“小心!”她策马飞起,跃至萧瑾的身侧。马身挡住了朝萧瑾射来的暗箭,却是负伤悲切地长嘶一声,四蹄顿时就没了力气。马匹轰然倒地,卫箬衣也滚落在了地上。

“箭上有毒!”萧瑾一惊,这种情况他也顾不上其他人了,就地一滚,砍开了两头靠近卫箬衣的野狼,一把抓住了卫箬衣,揽着她的腰腾空而起。

卫箬衣只觉得冷风从四面八方而来,震落的林间积雪落入了她的眼睛里,顿时一片冰冷,也迷住了她的视线。

“我带你离开这里!”萧瑾低低地在卫箬衣的耳边说道,“抱紧我。”

卫箬衣点了点头,伸出手臂,环住了萧瑾的腰身。

她感觉自己的头脸都被萧瑾的披风罩了起来,即便是看不到也能听到有风声从她的耳边呼啸而过,身子宛若是被抛入了大海之中的一片小舟,随着萧瑾的跳跃动作起伏不定。她能闻到萧瑾身上带着一股子血腥之气。不知道是沾染在他披风上的狼血还是他自己身上的血,总之那味道一阵阵地袭来,弄得卫箬衣十分想吐。

卫箬衣不知道萧瑾带着自己跑了多久,也不知道他跑的方向对不对,更是不知道过了多少时间,才感觉自己的身子一顿,随后急速地下降。那种重力加速度带来的坠落感十分恐怖,卫箬衣想叫,却警觉地死死咬住自己的嘴角,不让自己尖叫出来。这个时候她再一叫,只能添乱,没有任何好处。

好不容易身子重重地一顿,似乎是落入了深厚的积雪之中,松软的积雪减缓了她跌落时候的冲击力,不过饶是这样,卫箬衣依然是被震得双腿发软。

她和萧瑾滚在了雪地里,不过她依然被萧瑾牢牢地固定在胸前。两个人不知道翻滚了多久,好不容易才停了下来,卫箬衣忙拉开了蒙在她头上的披风,看向了自己的身下。滚的时间太长了,让她实在是有点头晕目眩的感觉。她定了好一会神,才缓过来。

映入她眼帘的是萧瑾那张失去了血色的素白面容。

他是受了伤,唇角隐隐地有血丝渗出,原本秀挺的眉峰稍稍地拧成了一个疙瘩。

"萧瑾你没事吧?"卫箬衣忙不迭地想要撑起自己的身体,不知道按在了萧瑾身上的什么地方,惹得他闷哼了一下,眉宇之间的疙瘩拧得更紧了。

"对不起对不起。"卫箬衣忙手忙脚乱地爬起来。他穿着一身玄衣,带着她滚落的地方粘在衣袍上的血痕,已经染成了淡淡的粉色,但是他的身上却是看不出有什么地方是伤的。

"原来是没事,不过现在有事了。"萧瑾捂住自己的胸口,坐了起来,清咳了一下,"差点被你压断两根肋骨!你怎么这么沉?"他上下打量了一下卫箬衣,见她除了身上沾了点狼血之外,完好无损,这才放下心来。

他刚刚带着卫箬衣跳下了一座小山头,借着铺着厚厚积雪的山坡的缓冲,才能安然无恙。如果是平日,这么高,又带着卫箬衣,他还真没把握跳下来能安全落地。

跳下了小山头,又滚落了山坡,他们现在所处的便是平地了,已经是到了山林之外,那些狼应该不会追出山林。

便是那个伏击他们的人也应该不敢贸然地追出来,不然他也不会选这些人在对付狼群的时候才偷偷摸摸地出手。

只是他带着卫箬衣脱身了,却是将别院那么多护卫都留在山中了,那些人多半也是凶多吉少。

没办法,他只能顾着卫箬衣。

"这里是哪里?"卫箬衣听萧瑾还会开上玩笑,料想他大概也是没什么大事,于是放眼环顾了一下四周。

"不知道,总归是出山了。"萧瑾想要站起来,只是一用力,他的心口就是一阵剧痛。刚刚落下,所有的力量都集中在他的身上,即便是落在雪地里,也是被震得不轻,只怕是受了内伤了。他抬眸看了卫箬衣一眼,见她并没在看自己,这才放下心来。

咬牙起身,他抬眸看了看天色,现在没了马,又不知道是落在了山外的什么地方,不知道能不能在入夜之前走回去。

如果回不去的话，就要想着看看有没有什么地方可以安全地过夜。

那些狼虽然应该不会贸然地出山，但是等到了晚上就真的很难说了，不过刚刚他是跳山下来的，那些狼群不可能跟着跳，即便是要追过来，也是需要一定的时间，至于那个伏击他们的人，只要他不是和狼群一起来偷袭，萧瑾自问要在他手里保下卫箬衣不是一点把握都没有。

“走吧，别院应该是在东边。”萧瑾深吸了一口气，压制住了他胸口传来的一阵阵闷痛，缓声对卫箬衣说道。

他趁着卫箬衣不备，悄悄地点了自己几处穴道，让自己身上的伤口不再流血。

只是穴道被封，他又不能妄动真气，一会儿会变得很冷。早知道出门就会遇到袭击，他就该穿厚实点的。

这里应该是没什么人来过的地方，积雪深厚，走出一步都能没到膝盖处，很快，萧瑾就知道冰冷入骨的含义了。

萧瑾默默苦笑。

身子上的一段暖意早就被寒风给带走，剩下的就是一片冰意。

他不由紧紧地拉住了自己的披风，这件披风不厚，便是拉得再紧也起不到什么作用。他都能感觉到自己的眼眉上蒙了一层霜意，除了心口还有点热乎气之外，全身上下似乎都在慢慢地被冰封住。

“你很冷？”卫箬衣走了几步出去，发现萧瑾落在了自己的身后。她转身望去，难得见他将腰背都弓了起来，那件单薄的披风随风而动，即便是被他揪住也都有一种马上就要被吹开的感觉。

“我……”萧瑾冷得发颤，一开口，都觉得自己嘴里的热气流失。

他有点失神地看着卫箬衣。

真的好冷。

“你的手怎么会这么冰？”卫箬衣走了回来，摸了摸他的手，随后就是一惊。

感觉到自己的手被一双柔软温暖的手覆盖住，萧瑾微微地一愣，随后眼前的少女就解下了她身上那件狐狸毛的厚实披风罩在了他的肩头。

那披风还带着她身上的暖意和属于她的香气，让萧瑾有了片刻的恍惚。

“你是受伤了吧。”卫箬衣索性扶住了萧瑾。他平日就穿得少，那是因为他有真气护体，现在冷成这个鬼样子，一定是真气运行不畅所致。“便是你不肯说，我也猜得到。”她蹙眉说道，“你先坚持一下，我看看能不能找到一处避风的地方。不能这么硬扛着。你现在年轻，感觉自己扛得住，万一落下病根，等你年纪大了，看你怎么办！”

“你真啰嗦。”萧瑾嘀咕了一句。

“什么我啰嗦？”卫箬衣横了他一眼，“你若是不卖弄风骚，总是穿那么少，现在何至于被冻成这个鬼样子？”

卖弄风骚……萧瑾先是一冷，随后眼眉一怒。说他卖弄风骚？他平日明明是洒脱随性才是！

会不会说话呢？好歹他才刚刚救了她一回！

90 他受伤了

不知道是不是因为原著之中的卫箬衣自带炮灰光环实在是太厉害，所以即便是自己接手了这具身体之后也是多灾多难的体质。

这才穿越多久，几乎什么破事都被她给遇到了。

卫箬衣一边架着萧瑾艰难前行，一边悲催地想道。

活着是多不容易的一件事情。

卫箬衣泪流满面。

她的穿越人生就是一个大写的“囧”外加一个大写的“惨”字。

人倒霉起来真是放屁都砸脚后跟，喝凉水都塞牙缝。早上出来还有太阳，现在这天气也来欺负她，说变脸就变脸了，不仅乌云密布，就连风也大了许多。

“你若丢下我或许能自己走得快些。”萧瑾沉默了半晌开口道，“马上就要有风雪了。”

“你有力气还是想想怎么不变得那么死沉死沉的。”卫箬衣白了他一眼，磨牙道，“别说废话了。”她将萧瑾摇摇欲坠的身子又朝自己这边拽了一下，手酸得要死，平日里的力大无穷对卫箬衣来说是个困扰，现在她忽然好怀念自己力气大的日子。

不过她忽然想起一件事情来，自己不是没力气，而是因为手臂酸软脱力而用不出来。

“你先等着。”卫箬衣放下了萧瑾，随后一低头，解开了自己的腰带。萧瑾忙侧过头去。“你干什么？怎么走得好好的，这就开始脱衣服？”他惊道。莫不是大风将卫箬衣的脑子给吹坏了！

卫箬衣将自己的最外一层的裙子拽了下来，里面她穿着的是夹着棉的深蓝色胡锦面的长裤，裤脚是塞在黑色的鹿皮靴子里面的。裙子一拽掉了，整个人都显得干练了一些。“自然是除掉这个累赘，好走路。”古代人的裙子好看是好看，但是实在是不适合走这种雪路。卫箬衣走得缚手缚脚的，脱掉了反而轻快。

“我来背你，这样咱们走得快些。”萧瑾一定是受伤了，所以才会走得这么慢，他的唇角适才分明有血丝渗出，只是卫箬衣知道萧瑾这个人就是一个闷葫芦，他不想说的事情，便是打死他也不会说，所以卫箬衣才不会多问。

她又不是没脑子，刚刚虽然她什么都看不到，但是明显感觉到萧瑾是带着自己从很高的地方跳下来了，虽然又滚了很长一段时间的山坡算是将下沉的力道给卸掉了，但是两个人的分量，怎么都是巨大的，况且他们才一转眼就从山腰上到了平地里，就是用脚指头想也知道萧瑾带着自己跳山了。

自己是被他护在怀里的，所以几乎什么伤都没受，而平日里那么要强的一个人，现在走得比蜗牛还慢，是什么原因还用得着问吗？

“不用。”萧瑾依然别过脸去，“你自己走就好了，等你回去，便找人回来寻我就是了，横竖你也不可能将我丢在这里不管。”

“别那么信我，我又不是什么好人。”卫箬衣说道，“万一我就将你丢在这里不管了呢？”

听她说得那么理直气壮的，萧瑾又是好气又是觉得好笑，他这才回过脸来。“你才不会。”他定定地用目光凝住了卫箬衣。

卫箬衣在他眸光的注视下觉出了一丝淡淡的心慌之意，她忙避开了萧瑾的眸光，低头说道：“那可不一定。你总是欺负我，没准我会打击报复呢。”

“你不敢。”萧瑾缓缓地吐出了三个字，弄得卫箬衣眼眉一立，她就压根没指望萧瑾能说出什么好话来，但是这厮也太打脸了！

“是啊是啊。萧大爷，我不敢！”卫箬衣翻了一个大白眼给他，“您老人家可是皇子殿下，我得罪谁也不敢得罪你。”

还有力气来补刀，说明他伤得应该不是太厉害。

卫箬衣虽然生气萧瑾的毒舌，但是也暗暗地松了一口气。

“行了，别和我贫嘴了。”卫箬衣背过身来，“你赶紧地，麻溜地上来，我背着你走。我手臂没什么力气了。”

“你不是力大无比的吗？”萧瑾略感诧异地问道。

“我自己练脱力了。”卫箬衣翻了一个白眼，“赶紧地，别废话了。我背着你走，咱们都能走快些。”

脱力了？萧瑾稍稍地一怔，随后想起这傻丫头昨天选的是最重的弓，从早到晚都没休息过，他原本还在奇怪，便是有真气护体的人，练上这么久，那双手臂也要废掉了，他还真的以为卫箬衣的天赋有那么好，便是这么折腾，手臂都没事呢。

“脱力了你为何不早说？”萧瑾骤然怒道，“你可知道你手臂脱力骑马入山是多危险的事情，万一你抓不住缰绳，掉下去怎么办？”吼得急了，一口气没喘匀，再加上寒风入口，刺激了喉咙，萧瑾刚喷完卫箬衣就剧烈地咳嗽了起来。

原本心肺受了内伤，就一直在隐隐地痛，这一咳嗽，更是疼得萧瑾眼前发黑，身子摇晃了一下，差点没翻在地上。感觉到有人适时地抓住了他的衣襟，将他拉住，他这才稳住了身形，看向了抓住他的那个姑娘。

“你现在就别吼我了好不好？”卫箬衣暗自地摇头，这个人都伤成这样了，还在假装没事人一样逞强，“千错万错都是我的错，你先别生气，等咱们回去了，我会搬个小凳子坐到你面前聆听你的教诲，那时候你爱骂多久都行。”

她刚刚还以为萧瑾伤得不重，但是见他连坐都坐不稳了，卫箬衣就知道他的情况不好。

心底忽然涌起了一阵的愧疚感，如果不是带着她这个拖油瓶，萧瑾应该很早就能从狼群的围攻之中脱身了吧？

还有刚刚狼群袭来的时候，他第一个想的便是自己，即便是冲入狼群里面，也是叫她找机会先走。

不管他之前对自己如何，至少最近自己出事，都是他在一边默默地帮忙。嘴巴上萧瑾是毒辣了点,也招人厌,但是一个人能做到这种程度,她还有什么好说的。即便是因为职责所在,他也实在是太尽职尽责了,如果他是一个普通人倒也罢了,可是萧瑾还是皇子的身份。

说不感动是假的,不过眼下也不是感动得痛哭流涕的时候,一切都要等能安全地回去再说。

“真的爱骂多久都行?”萧瑾的毛忽然就被卫箬衣给理顺了,他斜睨了卫箬衣一眼,表示她这个建议他采纳了。

“真的,真的。”卫箬衣扶着萧瑾站起来,随后再度转过身来,“赶紧,我背你便是了。”

“你一大姑娘家……”萧瑾看着卫箬衣那并不算是厚实的后背,稍稍蹙眉。

“我被你抱也抱了,搂也搂了,我一姑娘都不怕,你还计较个什么?”卫箬衣无奈地说道,“你若是还纠结我要借机赖着你的话,要不要等回去我写个保证书给你?保证日后绝对不会以此要挟,逼迫你娶我?”

“谁要你写那样的鬼东西?”几乎是想都没想,萧瑾就矢口否认,飞快地说道,只觉得自己心头又是一塞,简直是连话都不想和这个人说了。免得三言两语不到,自己就又要被她给气到了。

“不用就不用呗,又吼我作甚?”卫箬衣嘀咕道,“好了,萧大爷,赶紧吧。”

萧瑾犹豫了一下,就在他还是想要推辞的时候,他的手已经被卫箬衣抓着,随后他就感觉到自己的大腿后部被她用手托住,身子立即就被她给背了起来。

双脚离地,萧瑾就怔住了。

就连卫箬衣展开了自己刚刚脱下的裙子,用裙子兜住萧瑾的后背将他捆缚在她自己的身上,萧瑾都浑然未觉。

直到她开始背着自己前行了,萧瑾这才回过神来。“放我下来。”虽然他的声音依旧冰冷,但是耳根处却晕开了淡淡的红云。

“别和我闹了,你明明是受伤了,却不肯和我说。这是逞强的时候吗?”卫箬衣捡起散落在雪地上的一根树枝,用来当着拐棍拄着,果然将萧瑾背起来感觉自己轻松多了。刚才扶着他手,手臂简直有一种灌铅的感觉。

寒风依然刮得厉害,不一会就下起雪来。风雪迷了萧瑾的眼睛,他偏过头来,只能看到少女柔和的半边侧脸。她的眼睛也似乎是睁不开了,只能是勉强地半开半阖着,眯着眼睛看着前路而行。

雪花粘在她的皮肤上,晶莹的一团,她原本白皙滑嫩的皮肤被这罡风生吹出了些红丝,她的口鼻处每随着她的呼吸都会喷出白白的一团烟雾,将她的眼眉笼在了那团烟气之中。

纤长浓密的睫毛此时也因为寒冷而染上了一层白霜,让她看起来有了一种梦幻一样的清透。

她的后背不算宽厚,甚至有点纤细,但是萧瑾却生出了一种安心的感觉。

便是刚刚寒冷透骨的风现在也似乎因为她而变得柔和起来。

已经很久很久很久没有人能与他这样的接近了。

恍惚之中,还是自己很小很小的时候,会被母妃背在背上,只是那样的记忆对他来说已经十分的模糊和遥远了。

可是现在,卫箬衣却给了萧瑾一种前所未有的平静与舒心的感觉。

心思随着她的长发略略地飞扬起来。

萧瑾怔怔地看着卫箬衣背负着他艰难前行,他自打离宫之后就再也不怎么和人亲密,即便是住在拱北王府,也是不愿意过多接受旁人的恩惠。如今卫箬衣却屡屡地打破他之前所坚持的东西。而今更是被她背起来,他竟然丝毫不感觉到有什么突兀之处,只是觉得自己心底的至深之处有一丝柔软的地方被人轻轻地碰触了一下,即便他给自己罩上一个冰冷的外壳,那丝潜藏在心底深处的柔情已经被人触碰到了。

他微微抬了一下手指,几乎是没怎么细想就拂去了沾染在她鼻尖的一团飞雪。

感觉到萧瑾的手指拂过自己的鼻尖,卫箬衣本就有点鼻子发痒,忍不住打了一个喷嚏。

“冷?”萧瑾这才猛然察觉到自己刚才的动作实在是与她太过亲密了,他忙清咳了一声,问道,借以岔开她的注意力。

“还好。”

是冷,但是萧瑾应该是更冷。他还受了伤,比她更需要那件狐狸毛披风。

感觉到自己的肩膀一暖,卫箬衣一低头,瞥见了原本被她背在身后的人竟然拉开了披风,不仅仅遮住了他,更将自己的肩膀也都遮在了披风里。

“好在你的披风够大。”萧瑾略有点别扭地说道,“你也只是稍稍有点胖,能勉勉强强地遮蔽过来,就先凑合一下吧。”

“我哪里有胖?我明明是很苗条的!”卫箬衣翻着白眼,说道。

蠢货,话都不会说,她那身材已经好到不行了好吗!这叫胖吗?她只是胖在胸前,腰身很纤细的好吗?!

萧瑾的身躯却是紧张得不行,他觉得自己刚刚已经不流血的伤口大概是要再喷点血出来了。没了披风的阻隔,他与她几乎是紧紧地贴合在了一起。

他的脸又红了。

好在不管他是脸红还是脸黑,卫箬衣现在都看不到。

“你……”萧瑾犹豫地瞥了一眼卫箬衣,“你家可曾替你定过亲?”

“问这个做什么?”卫箬衣抬手抹了一下蒙在眼睛上的雪花,将萧瑾再度朝上托了一下。

“不做什么,只是好奇。”萧瑾的眸光忽然暗淡了下去。

是啊,他忽然问这个做什么?

真的是……萧瑾失笑,缓缓地在心底摇了摇头。

总之即便她没定亲,他也不能娶她。

毕竟是卫毅的女儿,他娶谁大概都可以,唯独卫毅的女儿不行。

卫毅手握重兵,卫箬衣无论是嫁给谁,都会让那人变成众矢之的。

他既然已经离开了那个是非圈,就不想再被卷进去。

“不曾。我爹爹忙着打仗,哪里有空管我。”卫箬衣笑道,“家中其他的姨娘根本就做不了我的主,祖母好像对这种事情也不是十分热衷。不过这样也好,我并不想嫁人。”

“为何?”萧瑾的心底隐隐地一涩,吃惊地问道。

“你放心啦,我不想嫁人不是因为你,我已经不喜欢你了。”卫箬衣笑道,“而是我不想嫁而已。”

不喜欢……萧瑾的表情顿时凝住。

91 他的烦闷

那种他不算了解，但是已经算是让他熟悉的感觉又袭来了，堵塞在他的心口之间，让他便是呼吸都带着一丝的钝痛。

大概是内伤的伤情又发作了。

萧瑾失神。

“对了，你呢？”卫箬衣倒是来了精神，说起八卦来能打发时间，“你上次不是在锦衣卫门前的街上等与你相约的姑娘，所以才不经意地救了我一次。说说那姑娘吧，是谁府上的？”

上次她被几个小混混围住，巧遇萧瑾那一次，萧瑾不是就是说在等人。

做人一定要有娱乐八卦精神，不然这人生岂不是太无聊了。

姑娘？哪里有什么姑娘？萧瑾不解，随后想了想，终于有点印象了，当时不过就是顺嘴那么胡扯了一下，谁知道她却当真的了。

“哦。”萧瑾含糊其辞地应了一声，心底那种烦闷的情绪加剧了几分。

压根就没那么一个人。

“别那么小气啊。”卫箬衣却是兴致勃勃的，“你看咱们两个也算是不打不相识，已经那么熟了，就别藏着掖着的了，反正横竖日后都会揭晓的。不如你先满足一下我的好奇心啊，是谁家的姑娘能博到你的欢心。她上辈子一定是拯救了银河系！”嘴上这么说，心底却是比出了一个大大的囧字脸，才怪！那姑娘上辈子一定倒霉到走路掉茅坑，吃方便面从来没有调味包才是，这是有多倒霉才会被萧瑾这个喜怒无常的家伙看上！

没有什么姑娘！

萧瑾在卫箬衣的逼问之下，索性闭上了眼睛，懒得理她。

什么银河系？他听不懂！

心底烦闷之意渐渐地升高，顶得他半句话都不想说。

卫箬衣等了良久，都没见萧瑾说话，忍不住一惊。“喂，萧大爷？”她叫了他两声。

她越是叫他，他就越是不想理她，索性一动不动地装死。

哪里知道萧瑾的举动却是真的将卫箬衣给吓到了。

“你不会晕过去了吧？”卫箬衣急声说道。

他倒是想晕过去，真是太可惜了，还没到他虚弱得支撑不下去的时候，他只是一点都不想理她罢了。

感觉自己被小心翼翼地放了下来，随后他就被拉入了一个温暖的怀里。

萧瑾……

这下窘了，即便是不睁开眼睛，他也能感觉到自己被卫箬衣半抱着，自己的头就搁在她的臂弯。更囧的是，她胸前的柔软似乎在有意无意地碰触着他的身体。

萧瑾浑身僵直，便是连动都不敢动了。

“萧瑾？”耳边传来了她急切的呼唤之声，声音之中带着几分焦虑。

心底微微地一动，萧瑾继续装晕。

只要他不想被人发现，即便是武林高手都分辨不出他到底是不是真的晕了，更何况一个卫箬衣。

“你别吓唬我！”卫箬衣急得不知道该怎么办才好，脑子里顿时一片空白。

这荒郊野外的，萧瑾又晕过去。她做点什么才能将他唤醒？

掐了掐萧瑾的人中，丝毫反应都没有，卫箬衣摸了摸他的颈边脉搏，萧瑾一时玩心大盛，索性闭住了气，他本就穴道被封，血脉与脉搏都已经流动和跳动得极其缓慢。卫箬衣这一摸之下大惊失色，那脉搏弱得几乎让她感觉不到。

随后她又摸了摸他的鼻端，萧瑾索性闭住了气。

“你真的别吓唬我！”卫箬衣这下更是慌张了，“你别死啊。”

萧瑾想笑，堪堪地忍住了，他哪里有那么弱，说死就死？是受伤了不假，修养一段时间就能慢慢地恢复了。

有心睁开眼睛想吓她一下，不过他又想看看，如果他真的“死”了，她是个什么反应，所以萧瑾干脆一动不动地闭气等着。

感觉自己被平放在了雪地上，有手伸过来稍稍地拉开了一点他的领口。

随后他的下巴被抬起，他能感觉到卫箬衣在他的胸口快速地按压着，嘴里还数着按压的次数，等她数到三十的时候，他的唇被人捏开，随后他的脑子一片空白。

两片温暖的唇贴和了过来，朝他嘴里吹着气，快速地两口，随后那唇马上离开了他的唇瓣，胸口再度被人快速地按压，卫箬衣又开始从头数数。

萧瑾已经是完全呆住了。

他的唇没有闭合上，嘴角尚残留着她唇边的馨香和温柔，即便是风雪侵袭，那一抹淡淡的柔意与暖意也久久地凝固其上不曾散开，似乎已经沁入了他的皮肤之下。

他已经什么都感觉不到了，唯有唇边残留的她的气息和柔软。

耳边传来她数数的声音，渐渐地才将他瞬间飘飞的思绪拉了回来，等数到三十的时候，他感觉到自己的下巴再度被托住，他一紧张，双手分别在身体的两侧不自觉地捏住了自己的衣角，又要来了吗？

他素来讨厌与人亲近，但是在她俯身过来的一瞬间，他只觉得自己的心咚咚咚地跳动得极快，几乎是要从胸腔之中跳出来一样。

依然是感觉到她的唇瓣按压在他的唇上，依然是快速地两口气被吹到他的肺部，随后依然是快速地撤离他的唇瓣，胸口的按压依然在继续。

他终于缓缓地睁开了眼睛，略有点茫然地看着她焦急的脸庞。

“你……”他迟疑地动了一下唇，“这是……在做什么？”

“你醒过来了？”卫箬衣惊喜地看着睁开眼睛的萧瑾，简直有一种喜极而泣的感觉。

说真的，刚才那一瞬间，她忽然感觉到一阵的害怕，一条生命难道真的就这样因为保护了她而消亡了吗？还是从她的指尖就这么溜走的。

如今他醒来,所有的担心和害怕都在这一刻爆发了出来,眼泪刷的一下就涌了出来,泪滴不自觉地就从她的眼眶里掉了下来。

“我还以为……我还以为你……”卫箬衣一边哽咽,一边擦着眼泪,“你还有哪里不舒服？别逞强,你有不舒服的地方要告诉我。我这就带你去找大夫。你别出事,我不想你出事。”

她越是擦,眼泪就好像不要钱一样朝外涌。

萧瑾怔怔地看着哭泣之中的卫箬衣,只觉得自己心更难受了。

“别哭了。我已经没事了。”他抬起了手,想要去替她擦去眼角的泪水,不知不觉他的眸光也柔了下来。

他不过就是想和她开个小玩笑,却不想她竟然担心成这样。

他也不知道自己刚才做得对不对,但是他知道现在他的心底似乎涌动了一种难以言表的情绪,那种情绪让他想将她揽入胸怀,手臂已经扬起,却也缓缓地收回。

他还是忍住了。

“我不哭了!”卫箬衣也觉得自己甚是没用,“没事就好,我带你去找大夫,你再坚持一会哈。”她拉起自己的袖子擦着眼角。

平日里嚣张得不行的女王范儿呢？怎么这会的工夫就变成了哭哭啼啼的小白莲了。

她好不容易抹干了自己的眼泪,准备重新戴上手套,她手心的伤口却被眼尖的萧瑾看到。

他握住了她的手腕。“这是怎么回事?”他蹙眉问道。

她的掌心斑斑点点的全是血痕,有的已经干涸,有的是新弄破的,还朝外有点渗血。

“没事。”卫箬衣抽了一下,却没从萧瑾的手里将自己的手腕抽出来。

卫箬衣……他刚刚差点死掉,现在才缓缓地醒来,应该是很虚弱才对,怎么会力气这么大？她是手臂脱力不假,但是也比寻常女子的力气大很多,不是应该轻松挣开才对吗?

“究竟是怎么回事?”萧瑾不依不饶地问道。

“你……”中气忽然这么足？卫箬衣瞪大了自己的眼睛,她才刚刚哭过,眼睛有点红肿,如今即便是瞪大了也有几分委屈之意夹在其中。她略显狐疑地看着萧瑾。

“不过就是拉弓的时候磨破的。”卫箬衣随后低下头去,低声说道。

“你叫我说你点什么好？你是不是傻啊？手臂脱力、手心磨破为何不早和我说？你若是早说了,我们今日就不用出来了。”萧瑾怒道。

“你现在是在怪我？难不成是因为我要出来才遇到这些事情的吗?”一直低头的卫箬衣猛然抬头,“如果不是你脾气那么古怪,说不高兴就不高兴,我会这么辛苦地依着你的性子来吗？我哪里敢说？就怕你说不肯再教我。”她气恼地说道,随后瞪着萧瑾,“你刚刚是不是假装的?”

“什么?”萧瑾略有点心慌,随后假意不知道卫箬衣说的是什么。

“什么什么？你装什么糊涂?”卫箬衣气急,这人逗着她好玩吗？当她是蠢货对不对？亏她刚才还担心得要死要活的,生怕他出什么意外,合着都是在逗她玩的？“哪有刚刚缓过气来的人中气有你这么足,骂人有你这么大声的?”看他的样子就知道他刚刚是在假装了！很好玩吗？

“便是假装的又何如？”萧瑾也是气到了，哼了一声说道。

卫箬衣冷冷地看着萧瑾。

萧瑾……

忽然感觉到一丝的心悸。

她居然不说话了。

“喂。”良久他忍不住开口叫了她一声。

卫箬衣真的是气得想自己一走了之，不管这个神经病了！开什么玩笑不好，拿这种事情来开玩笑，刚刚他真的是要将她给吓死了知道不知道！

她居然还流泪了！

哈，真是滑天下之大稽！

他现在一定很开心！看着自己的窘态毕露。

怎么会有这么无聊的人！

简直幼稚！

“卫箬衣？”她越是不吭声，他就越是心惊。

忽然产生了一种她要离开自己而去的感觉，萧瑾不由心慌地握住了她的手腕。

她没戴手套，刚刚又流了眼泪，现在手腕被风吹得冰冷。他忽然好想将她的手包裹在掌心之中，去温暖她，只可惜他现在的掌心也不见得就暖和到哪里去。

“五皇子殿下，逗弄我很好玩是不是。”卫箬衣这才敛下了自己的眼眉，想要将她的手腕抽出来，萧瑾没让，她就任由萧瑾这样抓着她。

“不是。”萧瑾低叹了一声，摇头说道。

一点都不好玩，他的心底很难受。五皇子殿下这个称呼和萧大爷比起来，他似乎更喜欢萧大爷多点。

心如同被钝刀子划了一样的难耐。

“放开我！”卫箬衣不冷不淡地说道。

萧瑾怔了一会，这才缓缓地松开了自己的手指。掌心一空，他的心也跟着空了起来。

“我背你去找大夫。”卫箬衣看了一眼他苍白没有血色的面容，低声说道。

她再度敛下眼眉，却让萧瑾有了一种她大概再也不想和他说话的错觉，这种错觉让他心慌不已。

“箬衣。”萧瑾艰难地说道，“我自己能走。”

“好。那你就自己走吧。”说完卫箬衣起身站起，拍了拍自己裤子上的雪，戴上了手套，这才举步前行。

萧瑾看着她离去的背影，苦笑了一下，随后拿起了她刚刚丢在一边的拐棍，拄着，这才艰难地站了起来。他的双腿应该也是受伤了，走了两步出去，就觉得酸软无力，咬牙忍住，想要追上卫箬衣的步伐，脚下却是完全不争气，双膝一软，他扑倒在了雪地里。

虽然雪地松软，但是他已经受了内伤了，这一倒，痛得他眼睛一阵阵地发黑。

再度艰难地支撑起来，前行，再度要摔倒的时候，他闭上了眼睛，他下沉的身体没有在意料之中摔入一片松软的雪地里，而是被人一把捞住。

“别逞强了,受伤了就是受伤了。”卫箬衣的声音从他的耳边飘来,萧瑾骤然抬起脸来。“你就不怕我是用的苦肉计再骗你一次?”萧瑾苦笑道。

“再骗我一次就再骗我一次吧。”卫箬衣淡淡地说道,“我反正在你心底就是一个傻子,即便再做点蠢事也没什么了。”

说完她架住了萧瑾的手臂,用身体顶住他的肩膀,随后慢慢地背过身来。“我背你走。”

萧瑾这下完全愣住了。

她居然还肯背他。

“干吗发愣?”卫箬衣蹙眉催促,“赶紧地,别浪费时间了。”

萧瑾长叹了一声,再度被卫箬衣背在了背上。她背负着他风雪前行。

92 她不想和他说话

卫箬衣自猜到萧瑾在骗自己之后就已经是不想和萧瑾说半句话了。

耳边只有寒风呼啸而过的声音,万物都好像沉寂下来。

萧瑾就是有心想要和卫箬衣交谈,无奈一看到卫箬衣略带冷漠的侧脸,萧瑾就只能将心思给压制下来。

平日里都是他言语不多,叫人万般揣测,今日换过来了,萧瑾就感觉自己好像全身都被蚂蚁爬遍了一样,一种难忍的痒意遍布,不是在皮肤上,而是在心底,叫你摸不到,挠不着,急得要死,却又无能为力。

走了好长一段路,他听到卫箬衣咳嗽了一下,这才赶紧开口。“是不是累了。”

卫箬衣不想说话,她刚才是一吸气将冰冷的雪花给吸到了喉咙里面去了,被冰了一下,所以才咳嗽的。

不冷不热地碰了一个软钉子,萧瑾更是尴尬了。

骄傲如他,素来不管别人是什么心思,现在也变得有点心慌意乱。

“刚刚……”他清咳了一下,才开口,就被卫箬衣冷冷地打断。“刚刚的事情我不想提,你也别提。”

萧瑾……

终归是姑娘家,对着他这个男人又是吹气,又是捶胸的,怎么看都不妥。

萧瑾不由抬手触碰了一下他的唇。

他与卫箬衣相处,抱也抱过了,搂也搂过了,便是唇也都碰在一起过了。虽然他不明白刚刚卫箬衣为何要按压他的胸口,朝他嘴里吹气,但是他知道卫箬衣是在救他。一个姑娘家能为他做到这种地步,大概这世上是不会有第二个了。

况且,她还哭了。

他看遍了伪善与丑恶,适才卫箬衣的泪水是真的惊到他了。

她哭起来并不算好看,甚至有点呆傻,但是他知道自己的心在触及到她眼泪的时候,深深地被刺痛了。

如果他现在真的死去,会为他哭的人大概也只有卫箬衣一个了。旁人多半也只会叹息感慨一下他英年早逝罢了。便是他的父亲,想来也只会大笔一挥给他追一个死后的谥号什么的,亦或者连这一步都省了,只是叮嘱内府之人将他的骸骨捡回,装殓入葬罢了。

他看着卫箬衣的侧脸,不知不觉地有点痴了。

她生得很美,只是此刻非常的狼狈。他忽然嫉妒起那些飞落在她脸颊上的雪花起来。她能与雪花如此的亲密,却对他一语不发。

罢了，不说话便不说话吧。

她不想说话，他就陪着她好了。

卫箬衣背着萧瑾走了良久，这才在山坳处看到了一小片村落。

“有人家了！”卫箬衣兴奋得叫了出来。

天晓得她刚刚走那一条路，都走得快要吐血。

不是累，而是怄的！

况且眼前一片白茫茫的雪，走的时间长了，晃得她眼睛都快要瞎掉的感觉。

“嗯。”感受到她的开心，便是萧瑾也跟着笑了起来。

“你笑个屁！”卫箬衣侧头正看到了萧瑾的笑容，她就是一肚子的气。他真拿她当傻子一样耍！她气了一路，他却还乐呵呵的。

被卫箬衣骂了一句，萧瑾的笑容骤然凝在了唇角。

“我又没和你说话，你笑什么！”卫箬衣哼了一声，傲娇地说道。

“女孩子说话不要那么粗俗。”萧瑾清咳一声说道，“况且这里只有你我，你不是和我说，和谁说？”

“和天说，和地说，和空气说，和我自己说！”卫箬衣冷声呛了萧瑾一句。说完她背着他朝那个山坳里面的村落行去。

她不知不觉地已经背着萧瑾走了小半个下午，眼下里那山村之中已经升起了袅袅的炊烟。

望山跑死马！眼瞅着小山村就在眼前，可是卫箬衣却是背着萧瑾走了好远的距离才到。

天寒地冻的，村子里家家户户都在闭门造饭，外面的都看不到什么人走动。卫箬衣背着萧瑾走过，柴扉之中传来狗叫的声音，村西头的狗一叫，村东头的狗便也跟着一起叫。

本是吵死人的声音，可是卫箬衣却觉得听狗叫比听狼嚎不知道舒心多少倍。

敲开了一家看起来还算是殷实的人家，前来开门的是一名风姿绰约的中年妇女，虽然是布衣荆钗，亦是难挡她姣好的容貌，乍一看一点都不像是农妇，倒像是谁家的夫人做了农妇的装扮一样。

她倒是十分的热心，见卫箬衣个姑娘家背着一个男人，那妇人便是关切地问道可是遇到了什么。

卫箬衣没说明自己的身份，只说她和萧瑾是遇到了狼了，马匹丢失，萧瑾也受了伤，问人家能不能借宿一晚。

妇人见卫箬衣虽然狼狈不堪，但是衣着华丽，人也生得漂亮，也知道她不会是坏人，于是就将卫箬衣和萧瑾让进了屋子里面。

她的男人正在煮饭，听到动静从灶间出来，那是一名身材高大的男子，脸上有一道骇人的刀疤，但是刨去那道刀疤，这男子生得还是不错的。

“这便是外子。”那妇人说道，“外子是这村子中的猎户，且让他看看这位小哥身上的伤痕吧。”

“那真的是多谢了。”卫箬衣背着萧瑾，被妇人领进了屋子里。妇人也不嫌弃他们身上的狼狈和污泥，直接让卫箬衣将萧瑾放在了热炕上。

“我去烧点水,姑娘随我出来吧。”妇人对卫箬衣说道。

“那他就劳烦这位大叔了。”卫箬衣对着那高大的男子行了一礼,刚要跟着妇人出去,衣袖就被萧瑾给牵住。

“别走。”萧瑾凝声对卫箬衣说道。

“有人给你治伤,我在这里不方便。”卫箬衣轻声说道。

“你我本就是夫妻,有什么不方便的?”萧瑾淡淡地说道。

卫箬衣……

谁和你是夫妻!

你腿摔瘸了,脑子也跟着摔坏了?

“既然是夫妻,那这位夫人就留下吧。”那妇人笑着说道,“长平,你好好地帮人看看。我去烧点热水来。”

“嗯。”身材高大的男子应了一声。

“我不是他夫人,不要听他瞎说……”卫箬衣急道,“夫人您误会了。”她着急就去抓那妇人的衣袖,自己的衣袖却被萧瑾紧紧地拽着不放。

“你我月下盟誓便是夫妻了。”萧瑾不急不徐地说道。

“谁和你月下盟誓了?”卫箬衣更是又气又急,“不要瞎胡说!”她跺脚道。

萧瑾只是淡淡地一笑,抿唇不语。

“我明白了,姑娘是面子薄了。”那妇人先是一怔,随后笑靥如花地一掩唇,顿时万种风情,惹得满室生辉,“姑娘就在这里陪着你未来夫君吧,我去去就来。”妇人用力抽自己的衣袖,一抽没抽出去,妇人就有点窘了,卫箬衣也窘了,就怕将那妇人的衣袖给拽破了,只能撒手。

妇人掩唇笑着离去。

卫箬衣只觉得自己嘴角不受控制地抽搐了两下。她素来脸皮厚,现在也是脸一红,她这哪里是害羞啊,分明是被坑了。萧瑾抽的是哪门子的风!居然说自己和他私定终身?

天啊,卫箬衣终于知道窦娥死之前的心情了,真是冤枉死了!

那个叫长平的男子拉开了柜子,拿了一个药箱出来,放在了热炕上。

他解开了萧瑾的衣衫。卫箬衣忙将脸别开,她的衣袖还被萧瑾拽在手里,只能稍稍地侧过身去。

“真的是被狼爪抓伤的。”长平看了看萧瑾肩头还有胸口的伤痕,开口说道,“你遇到的不是一头狼。”

“这位大叔好眼力。”萧瑾缓缓地说道。

“身手不错,遇到了狼群还能保住你的娘子毫发无损。”长平赞了萧瑾一声,取出东西来清理萧瑾的伤口。

谁是他娘子!卫箬衣脸都快气歪了,她转过头来,本是想狠狠地瞪萧瑾两眼,再骂他不要脸的,但是目光触及他的伤口,卫箬衣已经涌到嘴边的话就骂不出来了。

在他紧实的胸口上赫然有两处爪痕,一处较深,一处略浅,肩膀上也有一处几乎深可见骨的爪痕印记。皮肉翻开,森然地露着血色的肌肉。

他素来穿玄色的衣服,所以压根就看不出衣服上到底是染了多少血,这衣服脱下来,才知道他伤得有多重。

“别怕,没什么的,都没伤到筋骨,只是皮外伤而已。”见卫箬衣的脸色骤然发白,萧瑾微微地一笑,缓声说道。

“谁怕了……”卫箬衣这才回过神来,狠狠地瞪了萧瑾一眼,“横竖受伤的又不是我。”她说完,再度撇过头去,心底如同擂鼓。

他都伤成这样了,还是护着她从狼群里面逃脱,并且从山上跳了下来。卫箬衣的心底稍稍地一动,萧瑾这个二愣子,执行他锦衣卫的职责也太过尽职了一点。

虽然说他的责任现在便是保护自己,但是如他这般玩命的,真是叫人有点哭笑不得。

不一会,妇人就端着热水进来,还拿了一块干净的帕子。

“哎呀,伤得真重。”妇人看了一眼萧瑾的伤口,就吃惊地说道,随后她看向了卫箬衣,“这位姑娘,你夫君长得可真是帅气。”

卫箬衣……她都要挠墙了,这不是她夫君好不好!

93 真是误会啊

“你出去便是了。”长平蹙眉看着自己的妻子，将她给推了出去。

“你别推我啊，我自己会走。”妇人吵吵着，一边吵吵一边还回眸朝萧瑾身上瞄了好几眼，惹得长平干脆抬手盖住了她的眼睛。

“你们别见怪，我夫人她就这样。”长平关上房门，随后对卫箬衣说道。

“尊夫人真是……好生活泼。”卫箬衣倒真是不介意那美貌妇人多看萧瑾几眼，反正又不真的是她的夫君，就是看穿了都不关她什么事情。

长平的动作很快，三下五除二，没让卫箬衣等多久就将萧瑾的伤口全数清洗好，上了伤药，又找了干净的布过来将他的伤口仔细地包裹了起来。

随后他取了一件自己的衣服给萧瑾换上，这才对卫箬衣说道：“姑娘，你夫君的伤口已经处理好了。你们先休息一会，我出去弄点饭菜也顺便弄点汤药给他。”

“多谢长平大叔。”卫箬衣礼貌地屈膝行礼。

长平摆了摆手，带着脏了的东西出了房间。

等人走了，卫箬衣这才瞪向了萧瑾。“你刚刚胡说八道什么！谁是你……”

她才说了一半，人就被萧瑾用力拽了过去，她猝然被拽，身子旋了半圈，直接被拉倒在了萧瑾的胸口。

唔！

萧瑾的伤处被卫箬衣撞了一下，疼得他顿时脸色发白。他在心底长叹了一声，不过手臂却是将已经倒在他身上的卫箬衣给紧紧地箍住。“别吱声。”萧瑾用极轻的声音对卫箬衣说道，“你且听我说。”

用这个姿势听你说吗？卫箬衣……她现在是半趴在萧瑾的胸口的，萧瑾又只穿了一件干净的里衣，难道不觉得这种姿势实在是有点贴得太紧了吗？

还不等她挣扎着要站起来，就听到萧瑾的声音飘来。“那夫妻二人并非寻常猎户。我是怕你单独出去出事，所以才故意那么说。”他怕卫箬衣被独自诳出去，落到不轨之人的手中，那就麻烦了，所以干脆说卫箬衣是他的娘子，这便是可以名正言顺地将卫箬衣留在他的身边。只要发现有什么不对，他便好第一时间将卫箬衣带走。

“啊？”卫箬衣一愣，被萧瑾这么一说，卫箬衣倒也觉得有道理。

寻常猎户家哪里会有那么漂亮的娘子，即便是有，气质上也太过好了点。而且细细地想起来，那猎户娘子的手十分的细腻，一看便是没做过什么粗活的，的确是有点可疑。

“那个叫长平的男人会武功，而且武功还不低。”萧瑾再度说道。

“这你都看得出来？”卫箬衣诧异地看着萧瑾。

“嗯。”萧瑾点了点头，都是行家，一出手就知道有没有了，刚才长平替他包扎伤口的时候顺手解开了他封住的穴道，两个人已经暗中较量了一下，不分上下。只是卫箬衣刚刚气呼呼地站在一边撇开头不去看他，所以压根就没看到。

萧瑾的耳朵微微的一动，抬手捂住了卫箬衣的嘴，示意她不要说话。

随后他凝神静气，听着外面那对夫妻小声地交谈着。

“阿平你看那两个人是什么身份？”妇人略显娇憨的声音稍稍地飘了进来。

“不知。”长平说道。

这屋子不算很大，不过就是左右两个耳房夹着中间一个厅堂，厨房就在左侧耳房的前方。萧瑾若是真的想要屏息静气地听，除非是那夫妻两人刻意地小声回避，不然声音都能落入萧瑾的耳中。

适才他对卫箬衣说话，便是十分的小心。

长平的武功很好，卫箬衣的身份和他的身份略显特殊，他们才刚刚遇袭，所以萧瑾不得不加了十二分的小心。

刚才萧瑾被卫箬衣背在背上的时候就觉得这次他们出来在山林遇袭看似是简单地遭遇狼群，其实不然。

他进山之前便打听过，这山林之中虽然是有狼，但是多半都藏匿在深山之中。因为山林为封地，附近又很少有村落，所以鲜少有猎户敢进山狩猎，是以山中飞鸟走兽甚多，即便是在冬季严寒之中，野狼也是能猎到丰厚食物的。狼这种动物的领地观念十分牢固，若非是饿到一定程度，不会随意胡乱走出自己的领地。

更何况是这么一大群的野狼。

他们遭遇狼群的时候便有人在树上放箭。

按说刚刚卫箬衣在人群之中是十分显眼的，如果他真的是想刺杀卫箬衣的话，直接将她射死便算了，但是他射的是卫箬衣的侍卫。

也就是说，他想留住卫箬衣的性命。

若非他有看着卫箬衣被野狼撕成碎片的嗜好，那便是他想活捉卫箬衣了。

但是他又怎么能在一群狼的围攻之下抓住卫箬衣呢？

这是萧瑾想不明白的地方。

而且狼群机敏凶残，那人是如何靠近狼群的，并且利用狼群来作为攻击的武器？

总之萧瑾想不通的地方有很多，所以他一来看到那叫长平的男子就戒备十足。

他也观察过这个屋子，看起来像是被人住了很久，一切日用品一应俱全，虽然不是什么华丽的东西，但是水壶、被褥的品质都还不错，这户人家的日子过得相当的富足。

收敛起了自己的心思，萧瑾静静地侧耳倾听着。

“你看那男人是不是比你年轻的时候帅？”妇人小声笑道。

长平沉默。良久，他才闷闷地说了一声。“嗯。”

许是他的沉默和窘迫，惹得妇人呵呵地轻笑了起来。“你这是吃醋了吗？”

长平……

“你我夫妻都做了这么多年了，你却还是和年轻的时候一样木讷少言。”妇人咯咯地笑道，“人家那一看便是私奔出来的小情侣，你没见他多紧张那姑娘。”

萧瑾……

他不由垂眸看了一眼趴在他胸口并不算老实，还在东张西望的卫箬衣。

他哪里有紧张她，不过就是因为职责所在罢了。刚才长平要检视他的伤口，他若非是谎称卫箬衣是他的妻子，哪里能将卫箬衣留下。说起来他才是亏大了的那个好不好。

就连身体都给她看过了。

虽然心底觉得自己吃了大亏，但是他的眸光却是在他自己都不知道的情况下柔和了下来。

“那小子武功很好。”长平沉默了片刻，说道，“他们不像是夫妻，那姑娘明显不喜欢那小子。”

萧瑾……

他低眸又看了卫箬衣一眼，眉心紧蹙。

“我到底还要趴多久？”卫箬衣恰巧抬眸瞪向了萧瑾，目光触及他紧锁的双眸以及若有所思的神情，她就马上试图支起自己的身体。

手臂用力，萧瑾如同赌气一般，就是不让卫箬衣挣脱开来。

卫箬衣的力气也很大，之前是看在他受伤的份上才没随便胡乱挣扎，不管怎么说，他身上的那些爪痕是赫然在目，做不得假的。

这回她这拧脾气一上来，便也不管不顾了。她趴在萧瑾的胸口算个什么事情啊。啥时候古代人都这么开放了！便是她这个现代人都觉得别扭得不得了。

双臂用力一撑，卫箬衣还是挣脱了开来。

手臂一空，萧瑾的心也似乎空了一块。

“别出去，就在这里陪陪我。”萧瑾凝声说道。

那两个人的确是夫妻，但是有没有什么别的居心便是不知道了。

“我倒是看那姑娘关心那小子关心得很。”妇人的声音再度传来，“你看看那姑娘裤腿上都是雪，背着那小子不知道走了多少的路。若是一点都不喜欢，哪一个娇滴滴的姑娘能背着一个男人走那么远的路呢。”

被那妇人这么一说，萧瑾就再度深深地看了一眼坐在床沿边上理着一头乱发的卫箬衣。刚刚外面风大雪大，头发丝上沾着雪花，进了这屋子之后，雪水融化都黏在了头发上，湿漉漉的，让她头皮都在发痒。

卫箬衣不经意地在拉扯着自己的长发，但是看在萧瑾的眼里，却是让萧瑾的心柔了起来。

是啊，她若非真的不关心他，还背着他走了那么远的路，半点怨言都没有，即便是知道自己诳了她一会，她也没贸然将自己丢下，虽然说她可能是因为忌惮自己毕竟还有一层皇子的身份在其中，但是似乎她也从没将他皇子的身份放在眼底过。

他这个皇子，在陛下的面前，说话大概还不及她有分量一些。

“你说的倒也是。那姑娘倒是有点毅力，他们两个应该不会是什么坏人。”长平沉默了片刻后说道。

“我就说，那姑娘和那个小子生得都十分漂亮，那姑娘的衣着更是华丽，你说他们会不会也是与我们年轻的时候一样，是私奔出来的。那姑娘一定是燕京城里面的达官贵人，那小子会不会也如你当年一样是我的侍卫？”妇人十分八卦地问道。

“我不知道，大概是吧。”长平的声音柔了下来，许是想起了自己和妻子的过往。

“如果是这样，那就太好了。那姑娘我看着就喜欢，大气，一点都不做作，与一般的贵女看起来不一样。”妇人笑道。

“你当年不也是这样?”长平略带宠溺地笑道。

“所以我觉得那姑娘投缘，才会让他们进来。”

听到这里，萧瑾心底也有了一点数了，悬着的心也稍稍地落地。

不怪这对夫妻房子虽小，但是过得还不错，他们应该是从哪里私奔出来而隐居在此的人。妇人千娇百媚的，之前大概身份不低，那叫长平的男子木讷寡言，应该是之前那妇人的侍卫。

萧瑾想了想，倒也没想出燕京城之中是有哪家的小姐与自己家的侍卫闹出私奔的丑闻。他们应该不是燕京城中人，妇人的口音略带着点南方人的尾音。

不一会，萧瑾就听到那妇人拍了一下自己的脑门，说道:“看我这脑子，我应该找身衣服让她换下来才是，那姑娘一身的雪进了屋子都化成水了。阿平，你等我片刻，我一会就回来。”

“嗯。”叫长平的男子点了点头。

不一会，那妇人就再度敲门进来，手里捧着一套干爽的衣裙递给了卫箬衣。

卫箬衣可是千恩万谢，天晓得她现在身上有多难受，靴子里面灌的都是雪，现在一点点地化开，裤腿里面都是湿的。

“去隔壁的屋子稍稍地清洗一把。”妇人温柔地一笑，满室生辉。

卫箬衣看了萧瑾一眼，萧瑾朝她略点了一下头。

这对夫妻虽然不寻常，但是应该也没什么恶意。况且他刚刚也看了看卫箬衣，的确身上都潮乎乎的。

卫箬衣去了隔壁的屋子，飞快地用热水洗了一下头，又用干净的巾帕将身上用热水擦了一遍，这才换上了那妇人的干爽衣服。妇人十分贴心，拿的贴身的衣服是全新的。等卫箬衣换过了衣服，又喝了一碗姜茶，这才觉得自己是完全活了过来。

等卫箬衣再度走进萧瑾所在的房间的时候，萧瑾的眸光不由一亮。

她身上穿了一件素白色的齐胸儒裙，儒裙虽然材质并不是特别的好，但是样式十分的淡雅宜人。胸口到裙摆的左侧绣着淡紫色的紫藤花的样式，自上而下，色泽逐渐地加深，等到了裙摆便是深紫色了。这屋子里是烧了火墙的，还有一个大炕，所以温暖如春，不比燕京城里烧了地龙的王府差多少，便是穿着这种春日的儒裙也不会觉得冷。

她的秀发都清洗过了，擦得半干，用了一枚木簪在脑后松散地挽着。整个人如同出水芙蓉一样娇艳鲜嫩，还略带着一股难言的娇憨在其中。

她手上的伤口也都处理过了，上了药，用白纱布包裹起来。

萧瑾不由看得有点呆住了。

她的身材是极好的，这种齐胸的儒裙一穿，虽然是没有束腰，但是裙下的身材凹凸有致，被这儒裙一衬托，带着几分含而不露的风致，娉婷走来，有一种说不出的性感包裹在其中，便是这种看不到的美，才会惹人无限遐思，心神往之。

萧瑾看了两眼，只觉得自己脸颊微微地有点莫名地发热。

便是他刚才不管三七二十一，将卫箬衣按压入了自己的胸怀之中。好在她刚才一身的狼狈，如果她刚才便是这种装扮的话，那他……

94 情绪

萧瑾很快就愣住了。

他脑子里面想的都是什么啊。

稍稍发烫的脸颊渐渐地冷了下来,他的心也跟着渐渐地凉了起来。

他与她之间大概是不可能的。

慢说她已经不喜欢自己了,便是她喜欢,想要娶她亦是困难重重。

眸光之中的神采亦是不知不觉地淡了几分,萧瑾几不可闻地叹息了一声。

“你洗好了?”妇人端着一碗热汤药进来,看到站在屋子里的卫箬衣也是眼前一亮,“我就说这衣服适合你,看看,果然漂亮得不得了。”她上下打量了一下卫箬衣,笑道,“你与我个头都差不多,这衣服正是合身。”

“多谢您了,不知道该怎么称呼您?”卫箬衣福了一福,笑问道。

“叫我涟月吧。”妇人笑道。

“涟月姐姐。”卫箬衣嘴甜。

果然那一声姐姐,叫得涟月心花怒放,“这姑娘生得漂亮,嘴巴也是甜得不得了。你呢?你和你的夫君怎么称呼啊?”

萧瑾抢在了卫箬衣之前说道:“我叫小五,她是阿箬。”

小五……要脸不?都一把年纪了,还敢叫自己小五……卫箬衣虽然在心底大大地不屑,但是还是从善如流地点了点头。“涟月姐姐只管叫我阿箬便是。”

“这是长平熬的补血的药。你家夫君伤口虽然都是皮外伤,但是失不少血。我家长平还说你夫君受了内伤,总之这些草药是适合他的。才刚刚熬好,你给他服下。”涟月将手里的药递给了卫箬衣,“我出去帮我家长平做饭,你们小两口先说说话什么的。”

“多谢。”卫箬衣被涟月一口一个夫君说得简直尴尬症都发了。

偏生人家已经误会了,她这会儿说什么,人家都会觉得她是害羞,所以才否认的。

等涟月走了,卫箬衣这才将药碗朝萧瑾身侧一放。“喏,你的药,自己喝。”

萧瑾深看了卫箬衣一眼,这才勉力将自己撑了起来,靠在了炕头上。

卫箬衣本是一点都不想管他的,但是见他活动艰难,动作迟缓,还是拿起了枕头塞在了他的腰后。“我大概前世是做了不少坏事!”她低声说道,“所以才这么倒霉!”她端起了药碗,递到了萧瑾的面前,“自己能喝吗?”

萧瑾并非是完全不能动,只是因为每动一下,身上都疼。

这碗药原本他是想自己喝的,但是听卫箬衣那么一说,他就不高兴动手了。

他假装艰难地伸手,伸了一半就无力地垂下,随后他蹙眉对卫箬衣说道:“你就将药放在这里吧,我休息一下再喝。”

卫箬衣……

狠狠地瞪了萧瑾好几眼,卫箬衣还是认命地自己拿起药碗。“看在你刚刚救我的份上。”她小声嘀咕了一下。

萧瑾微微地垂下了纤长的睫毛,掩盖住了眼底流过的一丝笑意。

他就知道他直接说不能自己喝,她多半是不会理自己,如果这么说,她便一定会心软。

果然如此。

其实对付卫箬衣,真的一点都不难。

卫箬衣拿着碗里的汤匙搅了一下微烫的药汁。“估计不是什么好味道,你忍忍吧,这里也没蜜饯什么的。”

“要蜜饯作甚?”萧瑾不解地问道。

“草药这么难喝,自然是等喝完了含个蜜饯过过口啊。”卫箬衣如同看待土包子一样地看待萧瑾。亏着她是个外来户,都知道这些,萧瑾这个本地土著却是一点常识都没有。

她大哥现在喝完了药都会这么做,冲淡一下嘴里的苦味。当然那些蜜饯是卫箬衣亲自去买了送过去的。

萧瑾……好吧,他还真的不知道。

“你说这里面不会有什么乱七八糟的东西吧。”卫箬衣忽然凑近了萧瑾,用极低的声音在他的耳边问道。

她身上的馨香骤然蹿入了他的鼻子,搅动了一池春水。

她说的声音极小,所以凑得很近,几乎是唇都贴在了萧瑾的耳边。萧瑾只要稍稍地垂眸便可以看到她颈下露在儒裙领口的一大片莹白肌肤,精致的锁骨包裹在丝绸一样的皮肤之下,在他的眼皮子底下随着她的动作不经意地转动了一下,瞬间让他脸皮发热。他不自然地赶紧稍稍地别开脸去,不敢再看她。

“不会。”艰难地吐出了这两个字,萧瑾的心怦怦地乱跳了起来。

“那就好。”卫箬衣又小声地问道,“你刚刚不是说要小心的吗?”

气息如兰,拂过他的耳廓,如同在他的耳畔放了一把火,烧得他从耳根开始发红。他益发的窘迫,唯有再将头更侧了一下,似乎这样也不足以让他从那种莫名的紧张之中解脱出来。

他其实觉得这种感觉好像还不错,似乎他们真的很亲密一样。

“他们虽然不寻常,但是对我们没什么坏心。”萧瑾飞快地说道,生怕自己的声音略带一丝颤抖,倾泻了他心中所想。

“哦。”卫箬衣点了点头,这才直起了自己的身躯,随后她很怪异地看着萧瑾问道,“你脸红什么?”

耳边的气息骤然消失,萧瑾暗自松了一口气,却也有点怅然。

“哪里红?”萧瑾略带嗔怒地瞪了卫箬衣一眼,“你眼瞎啊。”他虚张声势。

“这么凶！你自己喝药!”果然萧瑾的言语刺激得卫箬衣炸锅了,成功地转移了卫箬衣的注意力,不再纠结他脸红不红的问题。

卫箬衣将药碗递给了萧瑾。

萧瑾接下的时候故意手一抖,差点没将里面的药汁给抖出来,骇得卫箬衣赶紧又将药碗给握紧了。

“算我怕了你了!”卫箬衣恨声说道,“我喂你!”

萧瑾哼了一声,低下了头去,不让卫箬衣看到他眼底那一抹浓郁的笑意。

“你头这么低,怎么喝药啊。”卫箬衣无奈的声音从萧瑾的一侧传来,萧瑾止住了笑,这才面无表情地再度抬头。

药真的很苦,不过似乎萧瑾有点感觉不到。

卫箬衣不算是个会照顾人的家伙,每次都那么一大勺,要不是他忍耐力一流,真心是要被呛上几口。

“想呛死我就直接说。”等又被喂了一大口,萧瑾这才晃悠悠地说道。

卫箬衣……她倒真没那个心,只是看他喝得快,她就喂得快。

“你没喂人喝过药?”萧瑾狐疑地问道。

“喂过啊!”卫箬衣理所当然地说道。

“谁?”萧瑾蹙眉。

“我大哥啊。”卫箬衣抬眸扬眉。

“他没被你呛死还真是命大。”萧瑾略带薄凉地说道。

“我大哥那么文秀的人,自是要小心对待。”卫箬衣哼了一声说道,不过她还是浅浅地舀了一点药液出来递到了萧瑾的唇边。

萧瑾只觉得自己心底发堵。

她的大哥就什么都好,轮到他这边就什么都不好。

赌气似的喝下药,在卫箬衣将勺子撤离的时候,他还十分恶意地用牙齿咬住了木头勺子,随后快速地瞪了卫箬衣一眼。

卫箬衣的勺子没从萧瑾的嘴里扒出来,手一滑,从木头柄上滑开,捏了一个空,再一看,木头勺子被萧瑾给叼在了嘴里。

“你无聊不无聊? 多大了?”卫箬衣又好气又好笑地看着萧瑾,再度去抽那柄勺子。“别闹了,咬坏了人家的勺子,你拿什么赔啊。”

萧瑾这才不情愿地扫了卫箬衣一眼,一张嘴,卫箬衣本是用力朝外拔勺子的,哪里知道萧瑾冷不丁地一松劲,卫箬衣因为惯性朝后仰了一下,差点没将碗里剩下的药汁都扣在自己的胸口。

“那个萧……小五!”卫箬衣稳住身形之后,自己却是吓了一大跳,“你能不能老实点!”她本是想叫他萧瑾的,但是想起他刚刚和人家说他叫小五所以就生生地改了口。人家好心收留,他们却藏头藏尾的,显得他们过于小气了。

萧瑾白了她一眼,又哼了一声。

唉! 这日子没法过了!

卫箬衣重重地将药碗放在了炕头上。“你自己喝! 我懒得管你了!”

“谁要你管了? 你管好你自己便是!”萧瑾反唇相讥说道。他冷笑了一声,抬手将药碗拿了起来,一仰头,将里面剩下的药汁一口气喝掉,随后挑眉挑衅一样地看着卫箬衣。

卫箬衣目瞪口呆地看着萧瑾那连贯得不得了的动作,随后怒从心口来。“小五你够了！”她猛然站起来，“你又骗我！”

骗她很好玩是不是？

之前骗，现在又骗！明明自己能喝药的，却还是骗她生活不能自理，什么意思嘛？她看起来脸上是不是写了一个大大的蠢字！

卫箬衣一语不发地将碗和勺子都收起来，迈步朝外走。

萧瑾现在也已经是后悔了，但是碍于面子，他还是强忍着没将头都不回就走的卫箬衣给叫回来。

她那么大脾气做什么？他还火大呢！合着在她的心底，他就怎么都比不上她大哥！

爱走就走吧！她不想理他，他还不想理她呢！看两个人到最后谁先低头！

卫箬衣素来是个自来熟。

她气冲冲地从房间里面出去之后就索性坐去了厨房与妇人聊天。

厨房里也十分的暖和，有一个大炉灶，她就和那妇人并肩坐在灶膛之前，一边朝里面添柴，一边暖洋洋地烤着火。

明亮的炉火将两个人的脸庞都烘得稍稍地发红。

之前卫箬衣来的时候十分的狼狈，头发被外面的寒风吹得乱七八糟，也因为沾了雪的缘故都贴在脸上，如今这是清洗干净了，脸庞便露了出来。

涟月盯着卫箬衣看了好一阵子。

“我脸上脏了吗？”卫箬衣稍稍地一抹自己的脸庞，狐疑地问道。

“没有，只是觉得你生得真好。”涟月这才松了一口气笑道。

像！真像！涟月适才见到卫箬衣走进来竟然有了片刻的失神，木门打开的那一瞬间，就好像是那人重生了一般。

难怪她在门口初见这姑娘的时候就觉得这姑娘面善，这才毫不犹豫地将卫箬衣和那个受伤的小子让了进来。

“涟月姐姐生得也好美。”卫箬衣挽住了涟月的手臂，甜甜地说道。

“我这年纪，大概与你母亲的年纪相当，你叫我姐姐，便是将我给叫小了呢。”虽然这么说，但凡是女人都喜欢别人夸自己年轻，涟月稍稍地掩住自己的唇，笑了起来。

她这掩唇的动作，自然流畅，没有丝毫的做作，一看便是出自世家良好的教育，让卫箬衣顿时就觉得涟月是个有故事的人。

她在试探涟月，涟月也在试探她。

“你已经生得如此漂亮了，令堂当年一定也是一个倾国倾城的美人儿。”涟月笑道。

卫箬衣抿唇不语，她就没见过她娘。

涟月见卫箬衣一点都不接她的话题，就略显得尴尬，朝锅灶的炉洞里添了一把柴火。她应该不会与那人有什么关系才是。涟月拢了一下自己的心神，随后自嘲地一笑，许是日子过得太过平淡了，所以才会有了一种故人重来的错觉。

据她所知，那人并无儿女，这姑娘的口音又是完完全全的燕京城腔，怎么会与她有所关联？而且这姑娘并不想提及自己的出身，即便如此，从这姑娘的服饰上看，也是大富大贵之人。

许是真的是人有相似吧。

“多谢涟月姐姐的衣服,我穿着正好呢。”卫箬衣转了一个话题说道。

“这衣裳是我新做的,还没穿过。”涟月笑道。

提到衣服,两个女人便打开了话题,顿时化解了刚才小小的尴尬。

卫箬衣就知道只要是女人凑在一起,话题无外乎就是化妆、衣服、包包、鞋子,不然就是老公、婆婆还有孩子。总之,随便抓住以上一点都能和人聊起来,遇到一个健谈的那便是漫无边际,没完没了的了。

越是聊天越是愉快,渐渐地,两个人也就不再相互试探。等长平的一顿饭做下来,两个人俨然聊成了好闺蜜一样。原本在现代,卫箬衣的年纪已经是齐天大剩级别的人物了,到了古代之后装了一副嫩壳子,但是芯子还是老菜帮。这回遇到一个说话不那么幼稚的,简直有点相见恨晚的感觉。

便是涟月也觉得奇怪,自己素来与小姑娘不是那么谈得来的,却没想到和卫箬衣相谈甚欢。

“你与你的小侍卫是怎么回事?”涟月拿来碗筷,见长平用一只空碗正在挑着热菜准备给屋子里躺着的萧瑾送去,于是好奇地用肩膀拱了一下卫箬衣的肩头。

卫箬衣一怔,随后反应过来。“他不是我的侍卫。”她忙解释道。

“哦。不是你的侍卫却能在狼爪下将你护得滴水不漏,可见他是对你上了心了。”涟月点了点头,“你们的感情可真好。”

“哪里有……”卫箬衣简直哭笑不得。

他们的关系好什么啊!

她和萧瑾那是天天都要掐上一会儿的人,横竖萧瑾不在言语上怼她两句,大概这日子便会过得甚是无趣。从来都是她大度,不和萧瑾计较而已。

“别不好意思了。”涟月用手搭在了卫箬衣的肩头上,“其实吧,男人有的时候也和小孩子一样的,要哄的。尤其是他现在受伤,便是他心灵最最脆弱的时候,你这会儿对他好些,日后便也是拿着他的资本。”随后她压低了声音瞟了一眼自己的相公,对卫箬衣说道,“当年我家那口子,便是我趁着他受伤的时候将他拿下的。”说完她就掩唇一笑,媚眼如丝,风情万种,顿时让这陋室都变得光亮了些许。

卫箬衣……

她虽然很爱八卦,但是……说真的,她和萧瑾是尿不到一个壶里去的!

“饭给你,你端进去和他多相处一会。”涟月盛了一碗饭递给了卫箬衣。

卫箬衣苦着一张脸接过了饭碗,长平又默默地将挑出来的菜也放在了卫箬衣的面前。

卫箬衣在心底一阵哀鸣,天要亡她,伺候萧大爷喝个药都那么多屁事,给萧大爷喂饭,他岂不是要爬在她头顶上欺负了!

算了算了,卫箬衣长叹了一声,谁叫人家是大爷呢!

况且他救了她,护着她从狼群里跑出来也是事实。他那脾气素来不好,也不是一天两天了。

卫箬衣垂头丧气地端着两只碗走进了萧瑾所在的房间,随后拉来了一张炕桌,将碗筷摆好,这才看向了萧瑾。

萧瑾看似睡着了。

浓黑的睫毛微微地低垂着,盖在他的双眼之下。此刻的萧瑾五官比平日里要柔和许多,少了几分冷峻之意,便是眼眉都变得比平日里更加的妍丽,只是唇色略显得有点发白,因为失血的缘故,但是却一点都无损他的美貌,反而增添了一份易碎的气息,更是能激起旁人的保护欲望。

卫箬衣仔细地端详了他片刻,嘴角就抽了抽,不怪原著之中的卫箬衣一直追着萧瑾不放,这人也生得的确有点妖孽。

不过生得再好又有什么用,脾气臭得一塌糊涂,嘴巴还恶毒,外加性子糟糕。卫箬衣抬起手来在萧瑾的眼前空画了一个大叉叉,这人除了一副好皮囊,一身好武功之外,简直一点讨喜的地方都没有了。

95 你傲娇什么

萧瑾自然是没有睡着。

自卫箬衣出去之后，他就一直屏息静气，默默地听着墙根。

卫箬衣与涟月谈论的多半都是些在萧瑾看来十分没营养的东西。萧瑾真是弄不懂女人，不过就是几种布料罢了，都能讨论出花儿来，还笑得咯咯的和老母鸡一样。

不过涟月最后说的几句话他倒是爱听得很，就连唇角也跟着带上了笑容。

知道卫箬衣要进来，他忙闭上眼睛假寐。

他本是等卫箬衣先叫他的，但是他哪里知道卫箬衣朝这里一坐，便是一语不发了，连叫醒他的意思都没有。

察觉到卫箬衣的手在自己的眼前乱舞，她的指尖带动了一丝风，他终于忍不住了，这个臭丫头，不是应该好好喂饭给他才是吗？举着手在他的面前乱画什么？

难不成她是在虚扇他的耳光？

越想越是觉得有这个可能，萧瑾猛然睁开了自己的眼睛。

卫箬衣的手指尴尬地停在了半空之中，萧瑾的眸光一暗，她果然在想些乱七八糟的事情。

"喏！"卫箬衣不想和萧瑾说话，只是将矮桌上的饭菜朝前推了推，示意他自己吃。

萧瑾看了一眼，随后缓缓地撇开眸光。

嘿！什么意思？是嫌弃还是怎么着？

他自不是嫌弃，而是等着卫箬衣喂。

等了片刻，不见卫箬衣动手，他就蹙眉瞪向了卫箬衣，随后又将眼眉一低，看了看饭菜，复又抬起眼眉来，他在用眼神示意卫箬衣喂他。

不是看不懂萧瑾的意思，卫箬衣重重地哼了一声，别开头去。

想都别想！

刚刚他喝药的动作利落无比，喝药都喝得那么洒脱了，吃个饭不成问题，总之别想再诓她。

卫箬衣迟迟不肯动手，萧瑾气得脸都有点歪了。

好歹他也是拼死拼活地救下她，她便是这么报恩的？亏得刚刚涟月也说了，男人在受伤的时候是很脆弱的。不错，他现在就很脆弱，卫箬衣那是什么态度？

"不吃，拿走！"萧瑾终于憋出了四个字。

"呵呵。"卫箬衣朝着萧瑾干笑了两声，还真的在萧瑾的眼皮子底下将两只碗还有筷子给收走了。

傲娇什么啊！不吃就不吃，一顿不吃饿不死！

萧瑾……

这臭丫头还真的拿走了？

本是很想有骨气地瞪视着卫箬衣，哪里知道大概是被香喷喷的饭菜一刺激，萧瑾的肚子不争气地咕噜叫了一声。

萧瑾高冷的表情瞬间就有点崩塌的趋势。

卫箬衣在门口停住了脚步，转眸瞪向了萧瑾。

萧瑾努力不让自己的尴尬情绪流出。

“再问你一次，要不要吃？”卫箬衣终于开口说话了，惹得萧瑾一喜，随后他的表情就再度紧绷了起来。说话是说话了，但是那种嫌弃的语气又是怎么回事？

“不吃！”士可杀不可辱，萧瑾偏头。

“不吃拉倒。”卫箬衣也不再劝他，萧瑾那脾气就是属驴的，牵着不走，打着倒退。

见卫箬衣真的将房门打开了，萧瑾终于忍不住了。“你好样的！”他磨牙道。

“不劳你夸赞，我一贯知道我是好样的。”卫箬衣回眸，皮笑肉不笑地朝萧瑾一呲牙。

傻冒，饿了就说饿了，面子在食物面前值几个钱？你倒是要面子，有本事别吃饭，将你的面子撕下来啃啃充饥啊。卫箬衣在心底嘚瑟地想道。

萧瑾……

他迟早会被这个臭丫头给气死！

“你走！”萧瑾几乎是低吼着说道。

卫箬衣白了他一眼，果真就头也不回地出去了。

萧瑾气得真的差点有一种要吐血的感觉。

日后便是救阿猫阿狗，他都不再救卫箬衣一下。

这个念头还没动完，就听到卫箬衣在门口“哎呀”地发出了一声惊叫，随着重重的一声闷响，其中还夹杂着瓷片破裂的声音。

几乎是没多想，萧瑾噌的一下就从床上跃起。骤然起身起得急了，心口传来一阵剧痛，便是平静了的气血也是一阵翻涌。萧瑾只能扶着炕沿坐了一会，才缓过那口气来，这回他可是真的伤得挺厉害的。

好不容易站起来，就听到涟月的声音从外面传来。“摔得可要紧啊？”

“没事没事。就是这门口结了冰了，我脚下一滑，摔得有点痛。”卫箬衣说道，随后就听到她惋惜地说道，“可惜了，摔坏了你家的瓷碗。”

“还管什么碗？你没事吧？”涟月关切地问道。

“真的没事，好着呢。”卫箬衣略显得不好意思的声音传入房中，“我弄脏了你的裙子了。”

“一件裙子而已，你人没事就好。”涟月扶着卫箬衣赶紧进屋坐下，“怎么我看那饭菜一点都没动？可是不合他的口味？”

“不是，他不想吃而已。”卫箬衣摔得龇牙咧嘴的，到现在半个屁股都是麻的，手上本就伤了，刚刚摔的时候在地上撑了一下，里面的伤口都蹭开了，现在是火辣辣地痛着。

“那一会我叫长平去煮点面条，你再给他送去吧。”涟月说道。

萧瑾这才缓缓地又躺回了床上。

他有点失神地望着陈旧的棚顶，屋顶的木头椽子整齐地排列着，他的目光就停留在其中一根椽子上。

他刚刚是怎么了？几乎是在卫箬衣发出惊呼的同时便一跃而起……

他似乎从没这么在意过一个人的安危。

萧瑾的思绪有点乱，一股难言的情绪慢慢在他的心头蔓延开来。

他一个人静静地躺着，也无心再去听外面的对话。良久，这才听到房门打开的声音，萧瑾猛然惊醒，回眸看向了门口。

没有看到熟悉的身影，进门的是长平那高大魁梧的身躯。

萧瑾的心头缓缓地一松，一抹淡淡的失落感渐渐地晕开。

“听说你没什么胃口，我就重新给你煮了一碗面。”长平端着面条进来。

“她……”萧瑾迟疑地看了一眼长平的身后，再无一人，“阿箬人呢？”

“她手上受伤了，摔了那一下，又出血了，内子正在替她重新包扎双手，你若是不嫌弃，这碗面我喂你。”长平说道。

“不必劳烦了，我自己可以。”萧瑾缓缓地支起身来。

他看着被放在自己面前炕桌上的面条，随后不自觉地问道：“她的手没事吧？”

“应该是没什么大碍。”长平说道。

“哦。”萧瑾点了点头。

最好是没什么大碍。真是笨得要死，走路都能摔跟头！他还能指望她做点什么？

“你与阿箬姑娘真的成亲了？”长平等萧瑾将一碗面条都吃完，这才缓缓地问道。

萧瑾拿着碗的手指一僵，随后平心静气地说道：“她以前哭喊着要嫁我。”他没说谎话，之前的卫箬衣的确如此，只是现在的……“只是因为一些原因，我与她大概不能在一起。之前对您有所隐瞒，实在抱歉。”赶到这里的时候为了保护卫箬衣，他不得不谎称卫箬衣是他的妻子。

长平略带深意地看了一眼萧瑾。“我懂。”随后他便收了空碗，“那今夜便是我与你凑合凑合吧。”

“叨扰了。明日风雪一停，我们便离开。”萧瑾颔首。

“出门在外，遇到一些麻烦事情是难免的。”长平表示理解地说道。

等长平出去，萧瑾就再度陷入了沉思之中。

他与卫箬衣这般亲近实在是不行，既然无心于她，便不能再这么和她纠缠下去了。

萧瑾微微地长叹了一声，适才长平看他的眸光，他也懂。

有些事情是强求不来的。

趁他现在还放得下，便放下吧。

他的心思素来也不大，装不下什么天下万物，他只求自己平淡安定地过完一生。即便是皇子的身份，那又如何，对于他来说，即便是坐拥整个大梁的天下，都不如有一个属于自己安稳小家来得开心顺意。

卫箬衣显然与他是两样的人。

她虽非生在皇家，但是一直都是万众瞩目，便是在自己的父亲面前，她说话的分量也胜过自己十倍,百倍。

卫箬衣已经牵动了他太多的情绪。他本是情绪不易外露的人,如今却在卫箬衣的面前变得不再像自己,许是与她太熟了的缘故,他竟然不用在她的面前潜藏起自己的心思,嬉笑怒骂,想做什么便做什么,如此的任性,便是在他年少时都不曾有过。便是幼时他该有的活泼与天真也都渐渐地消磨在了那个金碧辉煌的宫殿之中。

当初就是在自己的母亲面前,他都不敢轻易地宣泄自己的情感。因为他已经无从分辨自己的母亲对自己的温柔是否是真的温柔,还是只是做给别人看的样子,便是她暗地里将自己浸入冰冷刺骨的水里,冻得他浑身颤抖,哭着喊着求饶的时候,她也说是为了自己好。因为只有他病得要死了,她和他才能见到自己的父亲,那位高高在上的人间帝皇,才能从他那里得到可怜的一丝怜惜。

不知不觉,他的唇角爬上了一丝惨淡的笑意。

涟月说得不错,人果然是在受伤的时候最为脆弱,便是他也不能免俗,这些事情他已经很少去想了,今夜躺在这里,却又一幕幕地涌上了他的心头。

长平再度回来的时候,萧瑾已经是真的睡着了。

只是他的面容潮红,眉头深锁。

长平觉得他有点不对劲,走过来蹙眉看了看他,这才发现他体温高得可怕。

这伤口加上他的内伤,倒真的让他发了热 。

这就麻烦了,长平赶紧走去了隔壁屋子,叫开了门。

涟月和卫箬衣本来都已经就寝了,听长平这么一说,就都起了身。

“发热这种事情可大可小。”长平略带忧虑地说道,“这样吧,劳烦姑娘先照看他片刻,我去村里其他人家看看能不能找到一点散热的草药回来给他熬了喝下。”现在天色晚了,又下着大风雪,显然去镇子上是不现实的,唯有到村里其他的人家看看,如果运气好,还是能找到一点点可用的草药的。

“长平大哥真的是太客气了,是我们麻烦了您才是。”卫箬衣赶紧去了萧瑾的屋子。

果然是发了高烧,只要伸手靠近都能感觉到他身上散发出来的炙热之感,难怪长平一脸的忧色,正常人烧到这个温度都难受,更何况萧瑾是受了伤的。卫箬衣的脸上终于有了一丝的担忧。

虽然这个人嘴巴恶毒,脾气又臭,但是这一身的伤却是为了护她而来。

“哎呦,病得这么严重啊。”涟月一看萧瑾那明显不正常的脸色,就是一惊,“我去弄点热水来,你先给他喝点,至少将嘴唇润润。”

被涟月这么一说,卫箬衣才注意到了萧瑾的唇,他的唇角因为高烧而发白,并且已经起皮。

“多谢涟月姐姐。”卫箬衣欠身。

没多久,涟月就拿了一只碗过来,碗里是已经调好的糖水。“我在这碗水里加了点糖还有盐,有次我病得厉害,长平便是这么做的。”涟月又拿了一盆清水过来说道,“这碗里面是清水,你拿棉花蘸着给他润润唇。这里是干净的巾帕,你给他先擦擦脸,看看能不能将温度降一降。”

和涟月再度道了谢,卫箬衣接过了碗,涟月这才退了出去。

卫箬衣先是搅了帕子,替萧瑾擦了擦脸,随后是他的手。在她拉起萧瑾手的时候,他忽然惊醒,睁开略带警惕的双眸看了一眼卫箬衣,他的双眼因为发热而变得微微有点发红。“是你……”他用沙哑的嗓音说道。唇上本就干得很,现在一张嘴,唇上的皮翘了起来。

“不是我还能有谁?”卫箬衣的手被他反抓住,生疼,不过他的手真的是烫人,卫箬衣觉得若是给他握两个鸡蛋,他大概都能给捂熟了。

缓缓地松开了自己的手,萧瑾再度闭上了眼睛。

卫箬衣低叹了一声。“你人缘这么差,现在能在你身边的大概也只有我了。”之前被他骗了好几回,又坑了好几回,好不容易抓住一次机会,卫箬衣坚决地怼回去。

“是啊。我不光人缘差,运气也差,偏生就在狼群里捞住你,真是倒霉。”萧瑾缓缓地说道。

卫箬衣……

都病成这样了,就不能消停一下。

“还能说话,病得不算重。”卫箬衣哼了一声,泄愤一样地使劲擦了擦他的手心,“来喝点水。”她拿起了那碗糖水递到了萧瑾的面前。

萧瑾这才睁开眼眸,瞪了卫箬衣一眼,挣扎着想要起来,才起了一点,就因为头晕和气血翻涌再度重重地跌回了炕上。

96 他的梦境

“装！你继续装！”卫箬衣冷眼看着他，“不至于这一会的时间，就已经病得连起身都困难吧。”

萧瑾略别开了脸。“我便是装又如何？不需要你在这里，我也不想喝水。”他其实喉咙已经干得冒烟了，便是说话都觉得自己的嘴里炽热一片，好像随时都能喷出火来一样。

“你别好赖不分。”卫箬衣说道，“你在发烧，应该多喝水，人家涟月姐姐对你好，水里还放了糖，给你补充体力。水就放在这里，你爱喝不喝，我也不劝你。”

萧瑾缓缓地闭上了眼睛。

心底一片薄凉。

他便是救个阿猫阿狗，大概这会也会舔舔他的手，但是救了卫箬衣，便是得到这样的待遇。

心头不知道是个什么滋味，总之不好受。

“你真的不喝？”卫箬衣看着闭目偏头的萧瑾良久，本是都不想管他的，但是又隐隐地觉得这么丢下他走了，真的不好。毕竟他受伤，也是因为要护着她。只是这个人总是骗她，都已经叫她分辨不出他的真假了。

果然是狼来了喊多了，便没人会信。

萧瑾都已经不想说话。

高烧让他的思维都有点混乱，让他好像跌入了一片混沌之中，有人离他很近，又有人离他很远。他便如同一个过客一样看着无数的人从他的身侧经过，有他认识的面孔，也有素不相识的面容。

便是他身处的场景也是瞬息变幻着，有锦衣卫的大堂，亦有拱北王府，最后定格在冷宫之中。

好冷！

他缓步行走在一片已经荒芜了的宫舍之中，周遭的环境都笼罩在一片灰蒙蒙的天光之下，便是连原本朱色的雕栏亦是变得灰暗斑驳，破败无比。

周身是彻骨的寒气，由里朝外透着，让素来都不怎么怕冷的萧瑾颤抖了起来。他不由抬起了双臂，缓缓地抱住了自己的身躯，妄图这样取得一丝的暖意。

他很喜欢这种动作，便是平日里在没事的时候他都喜欢抱臂或坐或立，只是现在他是单纯地为了取暖。

这里的宫舍让他既感觉到陌生，又感觉到无比的熟悉，幼时他曾经在这里奔跑玩耍过。

忽然他好像被人推了一把,随后便跌入了冰冷刺骨的莲池之中。

黑暗,冰冷的水瞬间就没过了他的头顶,让他不能喘息,即便他努力地睁大自己的眼睛,也看不出任何周遭的事物。他努力地挣扎着,他应该是会水的,但是不知道为了什么现在无论他怎么挣扎努力,都在不住地朝下沉。

越是浮不起来,他越是朝下沉,不得已还被灌了两口水进去。很奇怪,那水居然是滚烫滚烫的,一入口并没有温暖他已经冷得在颤抖的身躯反而将他置于一种内冷外热的环境之中,冰与火织成一片,他宛若身处炼狱之中,一边是冰,一边是火焰。

他努力地挣扎着……渐渐地绝望布满了他的心头……

察觉到萧瑾的不对劲,卫箬衣蹙眉叫了萧瑾一声。"喂,你怎么了?"之前是装昏迷、装柔弱,这回又装的是什么?梦魇吗?

只是一炷香的时间,他就入睡了?

他双眸紧闭,死死地咬住自己的牙关,浑身都在颤抖着。

这回装得可真像……卫箬衣的唇角抽搐了一下,这厮生在古代真是可惜了,就凭这样貌、这演技,到了现代,简直要颜值有颜值,要演技有演技,绝对的国民偶像加实力演技派,足以横扫国内所有的影视奖项了。

不对,就在卫箬衣冷眼旁观,看他能假装到什么地步的时候,她觉出了一丝不对劲的气息。

他的手紧紧地抱住了自己的手臂,还越来越用力,牙关咬得死死的,让他的唇瓣崩裂开来,有血珠隐隐地从他的唇上渗出。

若是他现在是假装的话,这也假装得太卖命了!

"萧瑾!"卫箬衣忙起身按住了萧瑾不住颤抖的身体,"你这是怎么了?醒来!别闹了!"不知不觉地,她的声音带着几分严厉,但是严厉之中还夹杂着几分她都没怎么察觉到的紧张。

"萧瑾!"他的身体颤抖得厉害,对她的呼喊声置若罔闻,牙关依然是死死地咬住,便是连卫箬衣都能感觉到他浑身肌肉都在紧绷着,好在她的力气够大,否则都快要按不住他了。

"萧瑾!你别吓唬我!"压不住他,卫箬衣索性整个人趴在了萧瑾的身上,先用肩膀顶住他,随后用手去掰他的牙关。

卫箬衣这回是真的用了大力气,才将萧瑾咬合在一起的牙关给掰开。她真怕他不小心会咬到自己的舌头,这么大的力气,怕是要将舌头都咬断了。

刚想要找个什么东西塞在他的牙关里面,防止他在抽搐之中咬伤自己,哪里知道萧瑾无意识地头一偏,咬在了她的手掌之侧。

"痛!"卫箬衣哀鸣了一声,"你到底是不是故意的!"她的手掌侧面被他紧紧地咬住,巨大的痛感顿时袭来,瞬间就让卫箬衣也出了一身的冷汗。唉啊!她这是做了什么孽啊!

她想要将自己的手从他的嘴里抽出来,哪里知道他会越咬越紧。

"萧瑾!"卫箬衣疼得声音都发抖了,只能大吼了萧瑾一声。

这时候她也顾不得隐瞒不隐瞒身份那一说,直接吼了他的名字。"醒过来!萧瑾!"卫箬衣一边去掐他的颌骨,一边在他的耳边大声吼叫道。

真是疼得她手都有点要打滑了。

身在黑水之中的萧瑾似乎听到了什么声音,有人在叫他,他努力地分辨着声音的来源,努力地手脚并用朝那声音传来的方向划去。他死死地咬住自己的唇,不让自己陷落入更深的暗黑之中。

忽然感觉到有人按住了他的肩膀,他便朝他的肩膀抓了过去,他已经没脑子去想得更多了,只想抓住任何他可以抓住的东西,能带着他逃离这一片黑暗无边又怎么也游不起来的黑水。

骤然被萧瑾大力地抱住,卫箬衣本就疼得不得了,现在更是一口气差点没被憋死。

他的手臂紧紧地箍在她的肩膀上,将她不住地朝他的怀里拉。

"萧瑾,你醒醒!"卫箬衣忍无可忍,几度抬手想要将萧瑾给扇醒,但是还是犹豫着将手给放了下来。

她已经确定萧瑾是被烧晕了,所以这巴掌是怎么也打不下去了,只能大吼着叫着他的名字。

听到了卫箬衣的疾呼之声,在外面的涟月赶紧冲了进来。

"天啊。这是病魇住了吗?"她忙过来帮卫箬衣按住萧瑾,可是萧瑾在无意识之中力气很大,他只想抱住任何能抱住的、可以救他命的东西,便如同真的溺水的人一样死死地抱着卫箬衣不放。

不管涟月怎么去掰他的手臂,他都丝毫不放松。

"这可怎么办?"她看着卫箬衣被萧瑾咬住的手掌边缘已经隐隐地渗出血珠,再这么咬下去,那姑娘的肉都要被咬下来了。

涟月急得团团转,如果长平现在在的话,倒是有办法按住他,可是现在长平出去了。

"我去找长平来。"涟月说道。

"你别出去了。"卫箬衣手痛得声音都发虚,"这外面又是风又是雪的,你再出点什么意外,那就真的不好了。我想长平大哥一会就会回来。"

说的也是,可是涟月站在这里完全就是束手无策。

"麻烦涟月姐姐去帮我烧一壶热姜茶吧。"卫箬衣强忍住痛,回眸对涟月说道。

"要热姜茶吗？好好好。"涟月忙点了点头,赶紧退了出去。

其实卫箬衣也就是给涟月找个事情做做,先支走她,免得她在这里担心。

"萧瑾。"卫箬衣等涟月出去之后才放缓了声音在萧瑾的耳边叫了一声,"你醒过来好不好。"不若刚才的大声疾呼,这次的语调如同春风化雨一般。

天晓得她熬痛都熬成什么样子了。

骤然温柔的语调让陷入昏迷之中的萧瑾好像辨明了方向,他努力朝着声音传来的方向而去。

似乎有人捏住了他的肩膀,有一种让他异常熟悉的气息袭来,他循着那气息而动,死死地将一个人揽入了怀中。

你是谁？

他努力地想着,但是想不起来。

"萧瑾。"温柔的声音再度传来,似乎稍稍地平息了他内心的恐惧,便是环绕在他身周的黑水都好像退去了不少。

他努力地想要睁开眼睛，看清楚那个引领他走出黑暗的人，但是眼前依然是一片虚无。

“你是……”他张了张嘴，想要问她的名字，但是他只听到自己喉咙里面发出了沙哑的嘶嘶声。

“没事了，没事了。”那声音再度传来，就在他的怀里响起。

黑水终于退去，他再度努力将眼眸睁开。

恍惚间映入眼帘的是陌生的房间，他定了好一会神，才记起这是哪里。

怀里真的被他箍着一个人。“你终于醒了。”随着他眼睛缓缓地睁开，怀里的人发出了欣喜的声音。

他动了一下唇，这才发现自己嘴里叼着一样东西。松开了紧紧闭合在一起的牙关，卫箬衣出了一口气，迅速地将自己的手从他的嘴里抽离了出来。

一股血腥气息袭来，他虽然烧得厉害，嘴里已经没什么味道了，不过还是感觉到了鲜血的存在。

怀里有一个人抬眸看着他。萧瑾稍稍地一怔，那眼眉如画、眉宇轻蹙的不是卫箬衣还是谁？是了，他记起来了，适才那股让他感觉到熟悉的气息便是卫箬衣的。

“你刚刚真是要吓死我了。”卫箬衣将自己被咬伤的手拢在了衣袖之中，不让萧瑾看到，随后她挣脱了萧瑾的怀抱。

“我……”萧瑾狐疑地看着卫箬衣，“适才抱住了你？”

“呃。没事。我知道你是因为生病的缘故。不是被梦魇了便是被病给魇了。”卫箬衣略有点尴尬，不过她还是故作镇定地说道，“你现在醒了就好。还有哪里不舒服吗？”

浑身上下到处都不舒服。

不过萧瑾还是略带茫然地摇了摇头。

“涟月姐姐给你准备了姜茶。我去看看，如果好了，我就端来给你。你在发烧，喝点姜茶驱驱寒气，发点汗也好。”卫箬衣忙站直了自己的身体。

“我刚才伤了你吗？”萧瑾略迟疑了一下，蹙眉问道。

他的声音沙哑低沉。

“没没没。”卫箬衣将自己受伤的手又朝衣袖里缩了一下，假装轻松地笑道。

“哦。”萧瑾这才点了点头，他再度闭上眼睛，他很难受，浑身上下都说不出的痛。

他知道自己发热是因为受伤失血之后封住了穴道，又在冰冷刺骨的风雪之中冻了那么久的缘故。幸亏卫箬衣将自己的披风让给他了，不然他大概现在已经是被冻僵了。

卫箬衣出了房门之后，这才捧住自己受伤的手像个大马猴一样一顿龇牙咧嘴地跳脚。

痛痛痛！

这萧瑾不光是属驴的还是属狗的！她将手从衣袖里伸出来，摆在灯火下仔细地看了看，手已经被咬得发紫了，应该是那块肉长期不过血的缘故。两排牙齿的痕迹深深地嵌入了她的皮肉之中，有些地方的肉都露了出来，看起来甚是骇人。

这是有多大的仇怨啊！这厮没狂犬病吧！

卫箬衣捧着自己的手哭丧着一张脸。如果萧瑾真的有狂犬病，那现在的条件也没地方去打防疫针去。

她就知道遇到萧瑾真没好事!

便是他受伤生病,也要拉着她当个垫背的。

同是炮灰命,何必啊!

卫箬衣真想写一首煮豆燃豆萁送给萧瑾,让他每日拜读一下。炮灰何必为难炮灰呢?

不过想想自己的毛笔字如同狗爬一样,卫箬衣就熄火了。

飞快地找到了之前涟月替她包扎其他伤口的药箱,随便地从瓶子里面倒了点金创药出来,又叼着纱布的一角,用单手粗略地将自己受伤的手包裹起来。卫箬衣这才走去厨房。

“他肯放开你了?”见卫箬衣进来,涟月吃惊地说道。

“他醒了。”卫箬衣尴尬地点了点头。刚才她狼狈的模样都被涟月给看在了眼底。

“醒了就好。”涟月赶紧拉起了卫箬衣的手翻看了一下,“怎么样,手没被他咬伤吧?”

“没事没事。”卫箬衣忙将自己的伤手抽了回来,横竖本来就受伤包了纱布,现在重新裹了一下,也没什么特别的地方。

“没事就好。村前头的吴老六夏天的时候也是被病给魇抽抽了,可是生咬下了按住他人的一块肉。刚刚真是吓死我了。”涟月拍着胸脯惊魂未定地说道。

97 萌芽

卫箬衣也不好说什么别的，只能赔着笑脸憨笑了两声。

“这姜茶熬好了，我加了红糖，你端去给他喝吧，管够的。”涟月将锅里熬好的姜茶取出来，装了一大罐子，交给了卫箬衣，“辛苦你了。”

“没事，倒是让涟月姐姐多费心了。”卫箬衣道谢道。

这时候长平从外面打转回来。“跑了一个村子，都没找到什么草药。”他抖落了身上的雪，对卫箬衣和涟月说道，“等明天我去集市上买点。”不过他递过来一个小葫芦，“倒是从村长家里要了点药酒过来，他热得厉害，你就用这烧酒给他擦擦脖子和胸口吧。”

这倒是个办法。卫箬衣点了点头。

“你是姑娘家，这种事情还是我来吧。”长平说完想了想，说道。

“不用不用，我来就好了。”卫箬衣忙摇了摇头。她和萧瑾来这里已经是很麻烦人家的了，人家那么热情，她哪里还好意思再让人家去伺候萧瑾。

她横竖是个现代人，也没什么忌惮的，况且萧瑾那厮左右也不会娶她，便是看了他的身体也没什么了不起的事情。

大夏天，只要去海滩便是一海滩光着上身跑来跑去的男人，也没见她有什么觉得好脸红的地方。

又不是没见识过！

长平还要说，却被涟月拽了拽衣袖。“就让阿箬去吧。”她轻声说道。

自己的相公什么都好，就是脑子有点一根筋。这是多好的相处机会啊。她是过来人，懂的！她就说她和阿箬这姑娘投缘，就是连想法都差不多哦。

当年长平不也是在受伤的时候被她上下其手，后来慢慢地就摆平了！

长平听自己的妻子发话了，也就不再坚持，点了点头。

“若有事要我们帮忙，我们就在隔壁啊。”涟月拉着自己的相公对卫箬衣说完之后就退出了厨房。

卫箬衣将那一小葫芦的烧酒挂在腰间，随后端起了一罐子的姜茶。

她的左手被咬得到现在还在疼，有点吃不上劲。

好在这路不远，只是一会就到了萧瑾的身边。

“能坐起来一点吗？”卫箬衣放下陶罐之后问道。

闭目养神半睡半醒的萧瑾睁开了眼睛，略点了一下头。

他挣扎着想要起来，无奈浑身酸软。

“算了算了。”卫箬衣忙过来扶住他摇摇欲坠的身子，“你还是别折腾了。我力气大，我来搬你就好了。”虽然她的肌肉酸软还没完全恢复好,但是搬一下萧瑾还是可以的。

她说完就扶着萧瑾的肩膀稍稍地将他拉起了些许,又在他的身后将枕头垫好,这才扶着他半靠半躺在炕上。

“长平大哥说找遍了整个村子都没有药,你先喝点姜糖茶,驱驱寒气,多少发点汗出来。”卫箬衣拉起了被子将他盖好,随后端起碗从罐子里面舀了一碗姜糖茶出来,然后端了过来。

萧瑾从被子里将手伸出来刚想要接,却被卫箬衣给让开了。“你还是老实地待着吧,都烧成这个鬼样子了。”刚刚那副要死要活的模样还历历在目,真是要吓死人不赔命的节奏,“我喂你便是了。”

“你不怕我还是骗你的?”萧瑾怔了一下,随后用沙哑的语调问道。

“骗就骗吧。”卫箬衣的左手托住碗,从里面舀了一勺,仔细地替萧瑾吹了吹,“横竖都被你骗那么多回了,也不在乎多这一回。”

萧瑾微微地垂下眼帘,抿了一口卫箬衣送来的姜糖水。

他嘴里什么味道都没有,只有血腥气。

刚刚他检查过自己了,嘴里并没有受伤。

他的目光落在了卫箬衣的左手上,难道刚才他尝到的血腥气是卫箬衣受伤的地方发出来的?还是她的手被自己咬伤了?

口中血腥的味道被浓郁的姜糖茶给冲淡了不少,等喝了一碗下去,萧瑾终于忍不住问道:“我刚刚,有没有将你咬坏?”

“哦,其实没什么。”卫箬衣不动声色地说道,“你病得厉害呢。”

刚刚萧瑾咬她都是无意识而为,她也懒得去追究什么,更不想让萧瑾感觉到内疚什么的,所以她干脆绝口不提。

“真的没事?”萧瑾却是不依不饶地问道。

如果不是卫箬衣被自己咬伤了,那些血腥气从何而来?

“你有力气纠结这些,不如想着怎么能赶快地好起来。”卫箬衣缓缓地一笑。

她这一笑,低低浅浅的,嘴角绽放了开来,腮边还各有一个深深的梨涡,让萧瑾的心骤然猛烈地跳动了一下。

等喝了一大碗姜糖茶下去,萧瑾就摇了摇头。“喝不下去了。”

“那就过一会再说。”卫箬衣也不勉强,她也病过,知道喝一肚子水的滋味其实很难受。

“你的体温实在是有点高,所以一会我帮你用药酒擦擦身上,帮你降温。”卫箬衣拿出了酒葫芦,在萧瑾的面前晃动了一下。

“我自己来。”萧瑾一怔,随后飞快地说道。

他知道自己是脸红了,下意识地想躲避一下,但是因为他现在发热发得高的缘故,脸上本就带着不正常的潮红,现在因为害羞而染上了的红晕就变得有点微不足道了。

“也好,你自己来也可以。”卫箬衣拿出了干净的帕子,打开了葫芦的塞子,用里面的药酒将帕子打湿随后交给了萧瑾。

萧瑾看了一眼卫箬衣,卫箬衣一怔,随后她恍然,忙背过身来。

萧瑾见卫箬衣转过身去了，这才松了一口气。

他略有点艰难地抬手揭开了自己的里衣，随后用浸透了酒液的帕子在自己的胸口和腋下擦了擦。

酒精挥发，带来了一丝清凉之意。

萧瑾微微地眯起了眼睛。

不过很快他的体温就再度起来。

他缓缓地拢好自己的衣襟。“也没什么大用。”

“要一直不停地擦。”卫箬衣这才转过来。

“算了。”萧瑾再度缩回被子里面，摇了摇头，“我休息休息就能好。”

“好吧，那你好好休息。”卫箬衣替他将枕头放平，随后又替他将被角压了压。

“你……去哪里？”萧瑾迟疑片刻问道。

“我去厨房凑合凑合。”卫箬衣将帕子和之前放在这里的水盆端了起来，“我一会再过来看你。”

“你便在这里吧。”萧瑾说完，他暗咬了一下唇。

飞快地用眼神扫了一眼卫箬衣略带惊愕的面容，他忽然感觉到一阵恼怒。

怎么？他都病成这样了，她还怕他能对她如何吗？

“不太好吧？”卫箬衣说道。

“有什么不好？”萧瑾瞪眼。

“孤男寡女的。”卫箬衣说道，你们古人忌讳的不就是这个吗？

“我娶你便是了。”萧瑾几乎是不假思索地脱口而出。

被雷劈中是什么感觉？

不是天雷，而是真的被雷到了的那种。

嘴角几乎不受控制地抽搐起来，抽得就连卫箬衣的眼角都被连得微微在颤抖。

老天！卫箬衣干脆捂住了自己的脸。唉啊，抽得太凶了，她现在的样子一定很狰狞！

她这是听到了求婚还是什么？

卫箬衣不光是被雷翻了，而且被雷得都抽抽笑了。

被覆盖在掌心下的面容几乎不受控制地皱成了一团，她抑制不住地笑了起来。

唉，当着人家的面笑成这种鬼样子实在是有点对不住人家。

虽然萧瑾这个人脾气恶劣到叫人难以忍受，不过出于礼貌，她也不应该笑抽过去，所以卫箬衣干脆背过身去，尽情地笑了一个够。

这大概是她穿越到现在听到最好笑的一个笑话，堪称年度之最。

萧瑾果然是被烧迷糊了！

萧瑾说完就暗暗地咬住了自己的唇。

他素不是一个冲动的人，明明之前想着要和她远离一点，保持距离，可是就在刚才，他却鬼使神差地说出要娶她的话，这距离终究是没保持住。

娶便娶了。

这么多贵女之中，平日里倾慕他的并不是除了卫箬衣就没了别人了，只是还没有谁能如卫箬衣一样牵动他那么多的情绪。

他会为了她笑,为了她担心,即便再怎么不愿意承认,他也意识到自己大概似乎是有那么一点点喜欢她的。

自从定州归来的卫箬衣,就已经慢慢地生在了他的心底了。

他的刻薄与毒舌也是因为他嫉妒。

是了,他以为他不愿意与人争抢,便也不会再有嫉妒旁人的心思。

他的兄长比他受宠,他不在乎;他从小就迁出宫闱,寄居在旁人王府之中,他也不在乎;便是连那人人垂涎的储君之位,他更不在乎。

他一直以来就如同一个世间冷暖的旁观者,只做好他该做的事情,至于其他的对他来说不过就是过眼云烟,一挥而散。

可是他在乎卫箬衣了。

因为在乎,他学会了嫉妒。

甚至连她谈起她的兄长时候的眉飞色舞,他都有了很多的不满。他嫉妒卫燕,不用找任何借口,就可以光明正大地和她在一起。

他即便刚刚独自躺在床上想了那么多,要如何如何远离她,疏远她,不想再继续与她接近下去了,但是想得再多,也抵不过自己心底最最真实的念头。

在他落入梦魇之中,在无边黑暗之中挣扎彷徨的时候,卫箬衣是唯一他想见的人。

而巧的是,在他耳边声声呼唤着他、拉着他走出梦魇的人也是他在乎的人。

所以娶她的话,他自然而然地就说了出来。

话虽然轻,只是一句,但是代表的是他的承诺。

他素不轻易许人诺言,因为许了便要做到。

只是卫箬衣现在反应实在是有点叫他摸不到头脑。

她这是喜极而泣了,还是欢喜得在笑?

眼巴巴地看着她背过身去,肩膀不住地抖动着,萧瑾料想着她大概是喜极而泣了。

因为之前那么多年,她都锲而不舍地追着他跑。

定州之前的卫箬衣他不喜欢,因为蛮横不讲道理,但是定州以后的卫箬衣,却如同变了一个人一样。

感情这种东西就是这样,之前讨厌得简直和她共处一个地方都会叫他浑身难受,但是一旦喜欢上了,便会觉得她即便是发点小脾气也会让人感到她十分的可爱,况且现在的卫箬衣也不乱发脾气。

萧瑾等了良久,也不见卫箬衣转过来回应他什么,终于忍不住,蹙眉用沙哑的声音问道:“你怎么了?”莫不是高兴坏了吗？只是这句他没问出来。

卫箬衣笑够了,这才一边擦着眼角笑出来的眼泪,一边转过身来。

见她又是哭又是笑的,萧瑾的眸光也软了下来,想来她也是欢喜的。

好像有一种叫喜悦的东西如同种子发芽一样从他的心田正在破土而出,就连他的唇角也渐渐地晕染开了些许的笑意。

98 这算是答应了吗？

“没事没事。”卫箬衣止住了笑，“你赶紧休息吧。”

萧瑾一怔。

他眼巴巴地瞅着卫箬衣，怎么她绝口不提刚刚他说的事情呢？

她是答应了吧……

这算不算是私定终身？

萧瑾的心头稍稍地流过了一丝甜意。

戏文之中常有才子佳人私定终身的桥段，他查案的空闲也会被花锦堂他们拉着去戏园子玩，花锦堂他们家便是开戏园子的，他去不要钱！

有的时候去是盛情难却，有的时候去是实在觉得无聊了。

看人家在戏台上唱得咿咿呀呀，他丝毫感觉不到任何的欢欣，但是现在他体会到了。

她绝口不提是因为女孩子终究会有点害羞是不是？

思及至此，萧瑾就觉得害羞这种东西放在卫箬衣的身上就有点玄幻了，毕竟燕京城里面再也找不到第二个脸皮比卫箬衣厚的人了。

如果不是害羞，那她为何是这种表情。

一股凝重悄然爬上了萧瑾的心头。

她这是在嘲笑他？

“你因何发笑？”萧瑾的眸光一紧，凝声问道。

“没什么，你现在病着呢。”卫箬衣说道，“现在说的话作不得数，我就当你从没说过，我也从没听过。”说完卫箬衣怕自己忍不住再笑出来，忙端着东西逃出了萧瑾的房间。

萧瑾骤然呆住。

作不得数？

她便是这样看自己的吗？

巨大的失望袭上心头，将先前心底萌芽的一丝甜蜜之意冲得荡然无存。

萧瑾呆愣愣地看着空荡荡的房间和紧闭的房门，良久，他才长叹一声。

果然是他想多了。

之前踯躅不前，好不容易他迈出了一步，却被卫箬衣无情地笑话了一番，只当他说的不过就是病中的胡话。

颓然地闭上双眸，萧瑾的唇角渗出了几分苦意。

她刚刚笑得眼泪都出来了，便是觉得自己愚蠢透顶是不是。

卫箬衣快步走到厨房，就着炉子里面的火取暖。她是丝毫没将萧瑾刚刚说过的话放在心底，毕竟是烧得都糊涂了的人，这时候说的话又怎么能作数呢。

不过好可惜，她不是原著里面的卫箬衣，如果换作是她的话，这会儿应该是乐疯了吧。

长夜漫漫，炉子里烧着柴火，卫箬衣怕自己睡着了会惹事，索性就干脆靠在炉灶边想事情。她随手拿起了一枝柴火，凌空虚舞着，她在练习鬼神刀法。练到兴起了，索性起身，将萧瑾教给她的步伐也用了出来，不知不觉她将刀法和步伐诡异地结合到了一起。

不得不说，萧瑾虽然是严厉又苛责，但是的确教得十分有针对性，虽然只是和他学了短短的几日，卫箬衣觉得自己似乎又领悟了不少。

等一套刀法加步伐结合起来练完，卫箬衣已经是出了一点点的薄汗了。

她煮上水，稍稍地擦了一把，随后又融开了一锅雪水端去了萧瑾的房间。

房里静悄悄的，床上的人躺着一动不动，等走近了，他的容貌才看得清楚，依然是布满了不正常的红色。卫箬衣不敢吵醒他，抬手轻轻地碰触了一下他的额头，还是滚烫滚烫的。

卫箬衣用帕子浸透了水，贴在他的额头上给他降温，随后又用干净的棉花蘸着烧开的水在他的唇角处润了润。

有的人生来便是气人的，就如同萧瑾一样，便是已经病成了这个鬼样子，却依然眉目清妍。人比人真是能气死人。

其实萧瑾一点都睡不着，身上火烧火燎，心底亦是如此。

第一次，他觉出了点“煎熬”的滋味。

他自卫箬衣再度进来便是醒着的，只是他不知道该说什么，或者该做点什么，也只有装睡了。

他以为卫箬衣看看他便会很快出去，哪里知道她却是如此有耐心地照料起他来。

为何要等他睡着了才进来？难道她也是怕他醒着遇到尴尬吗？

索性萧瑾就继续装睡。

他即便不睁开眼睛看，也能感觉到她的动作轻缓温柔。清凉的帕子贴在他的额头上，让他感觉到了凉爽之意，舒服得想要叹息，只是他堪堪地忍住了，便是怕泄露了自己尚是醒着的真相。

他怕她再如刚才一样溜掉，也怕自己睁开眼睛后会忍不住说一些不太中听的话。

就这样吧。

他不想去问她到底想的是什么，既然她已经当他说的话不过就是病中的呓语，那便是呓语吧。

萧瑾默默地在心底长叹一声，若是她无心，那他也不会时刻地接近她，他的脸皮没她的厚。

她可以一贴他便是几年，随后说放下便放下，他自问没她那么洒脱。

不过既然已经回绝了他了，为何还要如此照顾他呢？

总之从不纠结的萧瑾，此时心底亦是如同煮开了的粥一样，乱哄哄地咕嘟着各种泡泡。

他以为自己会纠结一个晚上，却不想自己在她的照料之下，居然真的沉沉地睡去了。

许是真的疲惫了，许是她在身边有一种莫名的安心感，萧瑾睡得很沉，很甜。

他自陪着母妃住在冷宫之后，便已经养成一个睡得极浅的毛病，稍稍有点风吹草动都会让他惊醒。但是今夜没有，外面风雪肆虐，他却安然入眠。

翌日天明，等萧瑾猛然从睡梦之中惊醒，一直照料着他的人却不见了。

他的额头上还搭着一方巾帕，他抬手摸了摸巾帕的温度，应该是才换上的，尚未被他的体温全数染热。缓缓地缩回了自己的手，萧瑾怅然若失地看向了门口。

让他没想到的是，她虽然当他的话是呓语，却真的真心实意地照料了他整整一夜。昨夜他睡得特别沉，也特别香甜，即便身上不舒服，但是可以说这是他活了这么多年来，睡得最安心的一夜。这个认知更是让萧瑾有点心烦意乱的。

心底酸酸涨涨的，一股莫名的情绪似乎要从心底深处突破而出。

他自己都能感觉到体温似乎降了不少下去，就连身上都没昨夜热得最厉害的时候那般难熬了。

长平一大早起来就要去集市上找个大夫买点草药回来，不过卫箬衣却是拉住他想请他帮忙去别院送个信。至此，长平这才算是知道了卫箬衣真实的身份。

他也没说什么，只是深深地看了看卫箬衣便投身风雪之中，赶路去别院了。

这山都是属于卫家的，山边的村民自然知道别院是卫家的产业。

涟月得知了卫箬衣的真实身份之后也没显得什么特别惊讶，倒是知道了萧瑾的身份之后才真的被惊了一下。

她早料到卫箬衣身份应该不低的，但是没想到那个身穿黑衣的男子的真实身份竟然是皇子。

真可惜啊，原本她还有心和卫箬衣多结交，如今看来，已经是不可能的了。

她隐居在此已经多年，实在是不想牵扯到什么是是非非之中，如卫箬衣那般大富大贵的人还是少见的好。不过卫箬衣的样貌确实很像她认识的一个人，莫非卫箬衣真的与那人有什么关联？

不可能啊，当年那人身处南地，也从没听说她进过燕京城，不过后来自己离开了南地，带着长平私奔了，倒是再没什么关于她的消息，只是后来偶然得知那人已经香消玉殒了。

“再过几天便是年关了。”涟月试探地说道，“年关之后便是春日，我之前有幸去过楚州，法华寺内外的桃花开得美极了。”

如果她真的与那人有关的话，便不会没听过法华寺的桃花。

那是楚州的胜景之一。

“是吗？”卫箬衣并没在意，随口问道，“有多美？”

“很美。”涟月微微地一怔，看来她真的不知道，也不知道是该松一口气，还是该失望，涟月接口道，“开得最灿烂的时候，会连成一片片的，远远地站在山腰看过去，那片桃花灼灼如云，或如花海一般。”

“哇，那真的是很好看！以后有机会真应该去看看。”卫箬衣笑道。

“是应该去看看。”涟月点了点头，“郡主身份高贵，只怕不是那么容易出京的。”

“还好，我父亲忙得很，基本也没什么时间来管我。”卫箬衣笑道。如果没有那么多糟心的事情，其实穿越过来也不错，至少自己是个标准的富 N 代加官 N 代，还是很富的那种，完全可以过上不事生产专门游山玩水的生活。

只可惜啊，她脑袋上还悬着一把利刃，不知道什么时候就会掉下来将她戳个脑袋开花。卫家颠覆也不过就是几年之后的事情，她如果现在跑出去游山玩水了，也蹦跶不了几天脑袋就要搬家了。

卫箬衣忽然想到，如果昨天萧瑾那一句戏言被自己当真了的话，日后会怎么样？

她死缠烂打地嫁给萧瑾，当了当今陛下的儿媳妇，当今陛下会不会因为不好意思所以不斩自己亲家的全家？

这个念头也只是闪了闪而已，自古当皇帝的人脸皮都厚得很，别说是自己的亲家了，便是自己的兄弟还有儿子那也不曾留过半点情面，一言不合就提剑斩人也是常有的事情。

家庭伦理大悲剧啊！

等粥煮好了，卫箬衣端了一碗过去给萧瑾。

“你醒了？”她一推门就见萧瑾在睁着眼睛发呆，于是笑道。

萧瑾想闭眼已经来不及了，只能硬着头皮略点了一下头。

“烧得没昨夜那么厉害了。”卫箬衣早上试过他的额头了，没昨夜那么滚烫。萧瑾的身体底子是好，几乎没怎么喝药，就是喝了一大碗生姜茶而已。“先吃点东西，补充点体力。长平大哥已经帮咱们去别院送信了，相信很快孙管事会带着人来接咱们。等回到别院，条件就好了，你也好得快一些。”

听她滔滔不绝地说话，萧瑾心底流过了一丝干涩之意。

她果然是当他昨夜说的话是呓语罢了，竟是丝毫都不见有什么尴尬和不妥，只是对他侃侃而谈，如同往常一样。

这样也好。

萧瑾怔了一会，眼睁睁地看着卫箬衣又替他换了一方帕子在额头上。

“干吗那样看我？”卫箬衣觉得萧瑾自打她进门就一直在盯着她看。她忙摸了摸自己的脸颊，她刚刚帮涟月烧火，许是有炭灰粘在了脸上吧。

“别对我那么好。”萧瑾忽然别开了头，不再去看卫箬衣。她应该是一夜未眠，眼下已经带着明显的疲惫之意，看得他一阵心悸。不想流露出什么异样的表情，他索性背过头去。

卫箬衣……

她又怎么招惹这位大爷了？

看样子似乎他又在生气了？

算了算了，他现在是病人，她大人大量不和一个病人怄气。

但凡身体不好的人脾气多半不会很好，更何况是萧瑾这样平日里脾气本来就叫人捉摸不定的。

她对他那么好，萧瑾怕自己会忍不住……

素来没人对他有什么特别好的耐心。

即便是跟在自己亲生母妃的身边，她也没什么照顾他的特别心思。她希望他生病，他病得越是厉害，她就越是有机会能见到父皇。

他的病便是她面圣的阶梯和工具。

便是那个以仁德之名传送天下的宸妃娘娘也是对他从不留情。便是他搬出去住到拱北王府之后，虽然大家都对他尊敬有加，但是没人像卫箬衣这般尽心尽力地照顾他。

他们照顾他只是因为忌惮他的身份。

所以他恨自己那皇子的身份。

而这满大梁最不将他皇子身份当回事的大概也就是卫箬衣这一个了。因为在父皇的面前,她比自己更受宠爱,也更受重视。平日里娇滴滴的一个大姑娘为了照顾他生熬了一夜,说不感动是假的。

“好了,萧大爷,我知道你身上难受,但是难受也要吃东西,人是铁饭是钢,一顿不吃饿得慌,这句话你应该听说过哈。来,我喂你多少吃点。”卫箬衣耐着性子说道。

萧大爷? 萧瑾微微地侧目,他与卫箬衣相处这几天,知道卫箬衣若是肯叫他萧大爷,便是有事求着他。

他迟疑了一下,还是缓缓地转过了头来。

眼前是卫箬衣笑如弯月的眼眸,很美,很甜,不过依然掩饰不住她眼底的疲惫。

她见萧瑾终于肯转过来了,便如同献宝一样将那碗粥捧在了手心里。“你放心,这粥我刚刚尝过了,很好吃的。”她看了看门口,忽然凑近了萧瑾,压低了声音说道,“涟月她不会做饭,这粥说是她熬的,其实是我熬的。她就负责拿个勺子在锅里搅和了两下。我在他们家厨房里寻到了一小块咸肉,还到屋子后面去拔了点新鲜的青菜,你别看这青菜被雪给盖得发蔫儿,但是绝对好吃。”

这咸粥基本是卫箬衣动手熬的,诚如她所言,涟月是真的不怎么会做饭,她早上起来盛情拳拳,卫箬衣不好意思驳她的面子,便说是给她打下手,其实应该反过来说才是。

卫箬衣的手艺?

萧瑾微微地撇了一下嘴,只怕比涟月的还不如吧……她还有脸说别人了,自己又有什么能拿得出手的本事。

虽然是不屑一顾,但是萧瑾还是心动了。

他在卫箬衣搀扶下稍稍地支起点身子,靠在了炕沿上。

萧瑾够头朝碗里看了看,那粥熬得还真是挺像回事的,咸肉熬得粉嘟嘟的,若隐若现在白米之中,青菜叶子剁得很碎,就是熬的时间有点长了,已经被焖黄了,虽然颜色不好了,但是看得人还挺有食欲的。

卫箬衣用勺子舀了一点喂给萧瑾,萧瑾原本对她的手艺不报什么希望,但是吃了第一口就愣住了。

真的很好吃。

便是他烧得晕晕乎乎嘴里没什么味道都觉得这粥咸鲜美味。米粒已经煮溶了,看着还成型,但是到了嘴里马上化开,咸肉本身的鲜美滋味已经全数都煮在粥里,她还放了生姜去腥,菜叶也是入口即化。

“这是你做的?”萧瑾十分怀疑地问道。

“是啊。好吃吧?”卫箬衣顿时笑得和一头狐狸一样。开玩笑,当了那么多年单身狗,总是有点厨艺傍身的! 她煮的方便面更是好吃!

卫箬衣想到这里就囧了一下,她这是吃了多少方便面才练就那一身煮方便面的本事。果然单身汪的日子过得好凄惨。

萧瑾不说话了。

的确好吃。

不知不觉他将卫箬衣装来的那一大碗都吃了下去,还有点意犹未尽的样子。

99 回到别院

用帕子将萧瑾的唇角擦了擦，卫箬衣又替他换上了一块干净的巾帕贴在额头上。“你再休息一下。”她才刚刚端起碗筷，鼻子就是一痒，忍不住“哈啾”一声，一个大喷嚏就打了出来。

“你也病了？”萧瑾微微地一惊，问道。

“没。还好，我壮实得很。”卫箬衣忙摇了摇头，她赶紧转身离开。

其实她是有点病了，昨天背着萧瑾在雪地里走了那么久，又一夜不眠地照顾他，为了避开他，还在厨房里蹲了好久，虽然说厨房里烧着炉子，但是毕竟她身上穿得少，还是挺冷的。

她默默地将一切都收拾好之后趁着涟月去做的别的事情，她躲在一边将包着自己手的那些纱布打开。

伤口已经有点红肿，她为了给萧瑾更换巾帕，一直都在沾水，伤口哪里还能愈合。

这会儿这手肿得厉害，只是裹在纱布之中看不太出来罢了。

尤其是被萧瑾咬坏的地方，皮肉的边缘都有点泡得发白，也不知道是疼还是胀，亦或者是两者皆有。卫箬衣小心地碰触了一下，都已经没什么知觉了。她知道自己的伤口在发炎，便是她身上也很是不舒服，骨头缝里都透着寒气，也有要发烧的感觉。

但是这种情况下，萧瑾已经病倒了，她就要咬牙熬着，不管怎么说，要等到孙管事来为止。其实早上她在熬粥的时候已经感觉到非常的不舒服了，便是从矮凳子上起身，眼前都有点微微地发黑。

长平动作很快，家里还有一匹马，所以即便是顶风冒雪的，午后也将别院的孙管事带来了这里。

孙管事在别院里听到这个消息的时候真的是魂都吓飞了。

一个皇子，一个郡主，如果真的在这里出事，追查是小事，一旦被朝廷发现了别院和别庄的秘密，那才是真正大麻烦。

他不敢耽搁半分，带着一众护卫匆忙地从别院赶了过来，等见到萧瑾和卫箬衣之后他们这才松了一口气。

别院上有大夫，孙管事办事细心也将大夫一并带来了。大夫粗略地检查了一下萧瑾，就赶紧将萧瑾抬上了马车。

“来时匆忙，别院之中也只有一辆宽大点的马车了，还请皇子殿下和郡主凑合凑合。”孙管事告罪道。别院里还有别的马车，但是那些马车里面冷，没有卫箬衣从燕京城带来的这辆暖和，况且他着急得要命，哪里有那闲工夫等人去收拾，只能先带着一辆赶过来。虽然他也知道于礼不合,但是情急之下也只能这么办了。这事情没什么人知道,别院之中的人自是不会出去乱说,所以对郡主的清誉也没什么损伤。

况且自己家郡主自小就追着五皇子殿下跑,清誉这种东西大概在自家郡主的眼底也是三文不值两文的。五皇子殿下本就受伤,相信也不会介意的。

“无妨。”萧瑾抬手暗自挥了挥。

孙管事他们来得匆忙,便是连绿蕊和绿萼都没带上,就是怕走得慢了,郡主和皇子殿下在村子里再遇到什么变故。

车上有病人,卫箬衣也不能与涟月和长平夫妇多耽搁。她摸遍了自己身上,拿出了之前换下来的一枚金簪递给了涟月。“你们救了我们的命,我也没什么可回报的,这簪子就留在涟月姐姐这里当个信物,将来只要你们去卫府找我,或者派个人带着这簪子去卫府,我定然倾力相助。”

涟月迟疑了一下,还是将那簪子给收下了。话别之后,卫箬衣上了马车。

直到马车走远了,涟月才长叹了一声。“你不觉得阿箬那姑娘和之前法华寺里面那位姐姐生得有七八分像吗?”

“人有相似吧。”长平拍了拍妻子的肩膀,安抚道,“我知道那位小姐对你极好,但是人死不能复生,你也别想得太多了。”

“我知道了。”涟月略带涩意地微微一笑,“说起来还是我的命好,有你可以长长久久地陪着我,倒是比她强太多了。”

“我能力有限,给不了你大富大贵的日子,便只能陪你在这山野之地粗茶淡饭地过日子。”长平略带歉意地憨直笑道。

“大富大贵又如何?身世显赫又怎么样?到最后不过就是一抔黄土,归于大地,还是自己开心最重要。”涟月笑道,“我看那叫阿箬的姑娘性子好,虽然身份那么高,却一直没用她的身份压过人,只希望她日后也能过得快乐些。”

“她是好人,自会有好报。”长平点了点头。他信手从妻子的手里拿过卫箬衣留下的簪子,随后替妻子插在了发间,眼眸之中迸发出了温柔的笑意。“无论过了多少年,你依然是那么美。”

“都说你是个老实忠厚的人,偏生说起情话来却是这般好听。”涟月笑道。

“我说的是实话。”长平说道。

卫箬衣缩在马车的角落里面,手刚刚她自己包了起来,现在又拢在披风之中,其他人自是看不出什么端倪。只是难受不难受,她自己心底清楚。

说来也是怪了,之前在涟月家里,她精神得不得了,但是现在一缩上了自己的马车,顿时就觉得困乏得不行了,而且从每个骨头缝里都冒着酸寒之气,这马车里暖和,也挡不住那股子从内而外的感觉。这让卫箬衣有点坐也不是,站也不是的感觉,躺就更不可能了,萧瑾躺在那边呢,她再躺下算是个什么事情。

“郡主,现在外面风雪益发大了,可能路上比较颠簸难行。”孙管事在外面说道,“还请郡主和皇子殿下忍耐少许,应是要比来的时候路还走得慢一些。”

“我知道了。”卫箬衣回了一声,“你们只管赶路就好了。早点回到别院。”

“是。”孙管事应道。

萧瑾躺在马车的软垫里面几乎将车厢占了大半个去,所以卫箬衣就只能靠在一边的车壁上休息。

萧瑾略蹙眉看着卫箬衣益发显得疲惫的面容,终于忍不住问道:“你是不是真的病了?”

孙管事来了,卫箬衣也不用硬撑着了。刚才是在人家家里,她不能跟着萧瑾一起病倒给人家添乱。

“大概是有点。”卫箬衣现在也不用隐瞒萧瑾,略带难受地点了点头。

“过来。”萧瑾的心底便是一紧,他朝卫箬衣招了一下手。

“你要干吗?”卫箬衣警惕地看了他一眼,弄得萧瑾有点哭笑不得,不知道这傻丫头是在紧张什么?

“你自己过来,还是我抓你过来?”萧瑾警告道,“左右你都是要过来的,便是我病了伤了,你也打不过我。”他瞥了一眼车外,“还是你想让你别院里面的人看上一场热闹?”

卫箬衣……

不情不愿地挪了一下自己的地方,算是朝着萧瑾那边靠了一下。

“再过来点。”萧瑾要不是自己受了点内伤,现在不宜震动,真是要忍不住出手将她给拎过来了。她挪那一点点的地方是要准备碾死蚂蚁的节奏吗?

“哦。”卫箬衣掂量了一下,自己大概是真的打不过萧瑾,所以衡量再三,还是朝萧瑾靠了过去。

才一靠近他,手腕就被他给握住了,他用力地一拽,卫箬衣没坐稳,直接滚入了萧瑾的怀里,被他抱了一个正着。

胸口又被这臭丫头压得生疼,不过萧瑾还是忍住了。

看她身上好像没几两肉的样子,怎么这么沉……她身上的肉都长去了胸口了!

他现在体温高着呢,也试不出来卫箬衣是不是也一样发热了,所以萧瑾蹙起了眉头。

卫箬衣在萧瑾的怀里大窘。怎么又来这一招!这一天不到的时间,她都已经几次滚在他怀里了。

好在没什么旁人看到,不然她这辈子真心是要嫁不出去了。

她努力地挣扎了一下,无奈被他箍得紧紧的,她抬眸瞪向了萧瑾。

“你若是想折腾得众人皆知,便努力地挣扎看看。”萧瑾知道她在想什么,遂马上也瞪了她一眼。随后他微微地一笑。“我是男子,自是不怕被人看到这般模样,但是你是姑娘家,若是这般模样被人瞧见了,大概也只能嫁给我了。”

无赖!臭不要脸的!

别说,卫箬衣还真不敢动了。

孙管事是有分寸的人,没她的同意自是不敢来开马车的车门,但是如果听到里面有异响那就难说了……万一他们两个在这车厢里撕巴起来,外面的人不知道里面发生了什么,贸然打开车门,那她真心不用混了。

见卫箬衣顿时老实了,萧瑾眼底流过了一丝暗芒。

他是半点得意之心都没有。

之前卫箬衣吵着闹着要嫁他的时候,巴不得有这样的机会,所以他刚刚的威胁对于之前的卫箬衣来说是压根不会起作用的，她一定会贴在他的怀里与他躺在一起弄得人尽皆知，逼着他不得不娶。但是到了现在，希望这样被人看到的反倒变成了他，而被他以此为由拿住不敢动的人却换成了卫箬衣了。

老天真是会和他开玩笑。

早知道今日他会起了想要将她拴在身边的心思，之前他就不应该那么折腾反感她。

“哪里不舒服？”萧瑾缓声问道。

“浑身都不舒服。”卫箬衣这才有点委屈地说道。

她略带委屈之意的语调瞬间刺穿了萧瑾的心，让他顿时就心底酸酸涩涩的。“忍一忍，等到了别院了，好好地叫人给你看看。”他不由安慰道，在不知不觉之中放缓了自己的语调。

“我是被你箍得难受！”卫箬衣有点好奇地白了萧瑾一眼。他刚刚眼底划过的是心疼之意，还是她眼花看错了？

萧瑾……

顿时表情凝住。

“难受也忍着！”萧瑾忽然没好气地低吼了她一声。虽然她压着他胸口和肩膀的伤怪痛的，但是萧瑾丝毫没有想放开她的感觉。

卫箬衣耷拉下自己的唇角，那么凶，活该在原著里被自己心爱的人弄死！她为何会这么难受，还不是因为要照顾他的缘故。

卫箬衣想要坐直自己的身体，却被萧瑾强势按住。不小心之中他碰了她的伤手，顿时疼得她倒抽了一口气，就连脸色都在微微地发白。

察觉到怀里的人身子颤抖了一下，萧瑾蹙眉，发现自己正捏住了她包裹在纱布之中的手上。

“让我看看。”疼成这样怕不是什么好事，偏生她又不肯说，那只有他自己看了。

“别看，没什么好看的。”卫箬衣想要将手再度缩回袖子里面已经是来不及了。

即便是萧瑾又病又伤，那也是休息了好久了，力气自是比困乏了一整天未眠的卫箬衣强上许多。

三下两下，在萧瑾的威逼利诱之下，她手上缠着的纱布便被萧瑾解开了。

这不看还没什么，一看，萧瑾只觉得一口气堵在了胸口不上不下的。

原本卫箬衣的手漂亮得不得了，如同玉雕一样的没有任何瑕疵，十指纤长如葱，便是指甲也修剪得如同桃花的花瓣一样光润。

现在这双手简直就是惨不忍睹，掌心的伤口都被水泡得发白，隐隐地渗着红色和黄色混在一起的水。左手更是如此，萧瑾一眼就看到了她手掌侧面的牙齿痕迹，皮肉都坏了，伤得很深，差点就到了骨头。两只手哪里还能看出原本半点的模样，都肿得好像胡萝卜一样。

他素来手稳，便在诏狱之中剥人骨的事情也不是没做过，那时候他都能眼皮子不眨一下，但是现在他竟然有点不敢看了。

心口巨震，也不知道是因为受伤的缘故，深深地痛了一下，便是连他的脸也有点发白起来。

“都伤成这样了，为何不说！”他怒了，低吼道。

“说了有什么用！”卫箬衣更是觉得委屈，他就知道吼她！她心底也是有气，努力地想要将自己的手抽回来，真心是不想理萧瑾了。

他是救了她很多回，她都记在心底，但是他也不用动不动就吼她两声吧，如果真的是她做错了事情，那她也认了，忍了，不过现在她什么都没做错也要被吼，那就不能忍了！

“你讨厌死了！”她恨声说道，“我又不是你的奴隶！任你呼来喝去的，我知道你讨厌我！也用不着这样吧！以后我躲着你就是了！”

卫箬衣其实就是受了风寒，再加上疲惫不堪，所以才会一回到别院就晕倒。大夫已经开了药，卫箬衣也已经睡下了。至于她的手是发炎了，现在也重新被人清理了伤口，上了药，再度包裹了起来。

卫箬衣这会是病得不轻，到了夜间也如萧瑾一样开始发热，体温居高不下，人也烧得迷迷糊糊的。

这高热是连续烧了三天才渐渐地退去的，简直是要将别院的大夫和孙管事给吓坏了。他们生怕郡主就此香消玉殒，他们可是提着脑袋也赔不起的。

萧瑾的身体底子好，他倒是在第二天开始就已经有了好转了，高热完全消退，双腿也在渐渐地恢复之中。至于内伤，他回来便服下了专门治疗内伤的丹药，又自我疗伤，到了卫箬衣退烧的那日，他都已经能自由地下地走动。虽然腿因为震动得厉害还有点隐隐地作痛，但是筋骨无损，只要再过两天就能养好。

跟随他们出去的护卫全数身亡。

这几日天气晴好，孙管事派了山庄之中的人进山去搜寻，一连搜寻了几日都没有任何结果，只找到了他们被狼群撕碎的衣服还有散落在雪地里已经被大雪半掩埋掉的骨头。那边的状况十分惨烈，前去搜索的人几乎没有一个不是唏嘘潸然的。

孙管事还找了一些箭弩，便是从萧瑾所说的那个偷袭他们的人手里发出来的，他也叫人将这些弩箭带了回来，交给了萧瑾。

萧瑾反复翻看了这些箭弩，发现这些箭弩似乎与之前想要绑架卫箬衣的那些库尔德人所发的箭弩有点相类似。库尔德人的箭弩是比大梁的箭弩要圆一点，若是仔细分辨是区分得出来的。

真是一波未平，一波又起，上次绑架的事情出现还未过去多久，这种箭弩就再度出现，难道库尔德人还是贼心不死！只是库尔德人居然能趁着狼群出现而偷袭，真是叫人匪夷所思。

这箭弩上也有毒。

之前和狼群对战的时候，萧瑾要关注的太多，所以看得也不是特别分明，但是现在细细地想下来，当时库尔德人将箭弩对准他的时候，被卫箬衣策马过来，用自己的马替他挡了一箭，当时那马便是直接倒地不起的。他本是以为箭弩上用的是见血封喉的毒药，但是现在看下来，这箭上是有毒，不过却是叫人可以很快麻痹倒地不起的麻药。

萧瑾猜想那人便是想用这种麻药先放倒侍卫，再将卫箬衣抓走。

或许是库尔德人因为卫大将军攻势太过凌厉，现在又逼近年关，所以不得不铤而走险，放手一搏，但是那群狼那么厉害，就是他在狼群的面前也有点束手无策，唯有带着卫箬衣逃命这一条路可选,那库尔德人又怎么能压制住那群野狼。让萧瑾想不明白的就在这里,那库尔德人若非有御狼之术,又怎么能在那一大群野狼的围攻之中成功地将卫箬衣带走呢?

狼群的厉害,他是领教过了。除非那群狼就是库尔德人养的。

因为他回来之后又再三问过别院的人,这山中往年并无这么大规模的狼群。

所以萧瑾不能排除那些狼便是那躲在一边偷袭的黑衣人养的这种嫌疑。因为实在是太凑巧了。

等此番回去,他倒是要好好地让人查查,究竟是不是有什么记录是记载了有人驱狼为己用的消息。

孙管事派人加强了别院附近的巡逻,萧瑾也找人朝燕京城送了消息,所以在他们回到别院的第二天,花锦堂、陈一凡还有冯安就带着大批的锦衣卫赶来了别院,与别院的人一道加强戒备,防止再有什么事情发生。

花锦堂和陈一凡他们已经很久没见萧瑾受伤了,所以一来就意识到了事态的严重,他们不敢怠慢,在别院周围布下了重重防护。

用花锦堂的话,现在的别院便是连一个蚊子都飞不过去。

卫箬衣的病是到了第四天的时候才有点好转的,热退了,人也清醒了过来。

萧瑾等了这么多天,终于在第四天被陈一凡搀扶着来到了卫箬衣的门前。

绿蕊见萧瑾来了,忙不迭地进去通报,不过得到的结果也如萧瑾所料,卫箬衣借口身体不适,避而不见。

都这么多天了,这丫头的气性够大的。

陈一凡一见自己家千户吃闭门羹的模样,便知道千户大人肯定是惹翻了崇安郡主了,不然依照崇安郡主的性子,萧瑾来探访,她高兴还来不及呢。

等扶着萧瑾走出了卫箬衣的院落,陈一凡压低了声音说道:“头儿若是想见崇安郡主那也简单,等我去将绿蕊还有绿萼引开,头儿不就能进去了吗?”

“谁说我想见她?”萧瑾白了陈一凡一眼,“不过就是闲得无聊了,过来走走便是了。”

陈一凡……

头儿这个口是心非的毛病真应该改一改才是。

100 卫兰衣服软

年关将至，所以基本等卫箬衣将病养得好得七七八八了，也就该回燕京城侯府了。

卫箬衣在家里休养了好几天才缓过来。

这日，卫兰衣捧着一件绣品过来了回澜阁。

“长姐。”她一进来便端端正正地行了一个礼。

“兰衣来了。”卫箬衣斜靠在软榻上，勾着腿看书，只是抬眸看了看卫兰衣，不冷不热地说道。

“长姐，之前兰衣不懂事，对长姐多有冒犯之处，还请长姐原谅。”卫兰衣索性走到卫箬衣的面前，跪了下来。

我去！什么情况？

卫箬衣这才转眸扫了她一眼，昨天卫荣来这套，今日卫兰衣又来跪她求原谅。合着她去了一次别院，又遇到了一次刺杀，这府中的人个个都上杆子来巴结她了？

“你这又是做什么？”卫箬衣将手里的书放在一边，绿蕊递上来一杯茶，她接过来品了一小口，随后问道。

“长姐，您不在家的这些日子，兰衣好好地反省了一番。长姐遇刺的消息传回来，兰衣更是胆战心惊。至此，兰衣才体会到了姐妹之情是为何意。之前兰衣不懂事，嫉妒长姐的风光与容貌，只想着和长姐一较高低，所以处处为难长姐。兰衣错了，还请长姐大人大量，不要与兰衣计较。”卫兰衣生得也蛮漂亮的，但是与卫箬衣不同的是她的漂亮少了卫箬衣的那几分大气天成，带着一股子小家碧玉的劲头。不过这副小模样倒是十分适合她现在的装扮和表情，淡蓝色的对襟裙子，显得整个人清爽干净。那脸上带着几分忏悔之意，眼泪还在眼眶里打转，颇有几分惹人怜惜的感觉。让你看了便觉得自己若是不应了她简直就要变成十恶不赦的坏人一般。

呵呵，一个个地都来道歉，还一个个都十分真诚。卫箬衣放下了茶杯，抬手扶住了卫兰衣的肩膀。“你起来吧，你那点小伎俩也没被我放在眼底。你若是真的能意识到之前的错误，我也不是蛮横到一点道理都不讲的人。若是你真的能改，我也不会和你计较。起来吧，若是给旁人看到，还不知道要怎么说我欺负了你去。”

“多谢长姐。”卫兰衣这才擦掉了眼泪，被自己的贴身丫鬟搀扶着站了起来。她身边的丫鬟调换过了，这回的叫绿意。

“这是我绣的两副料子，若是长姐不嫌弃就收下吧。也是长姐这些天不在家中的时候我足不出户做好的。”卫兰衣叫绿意将绣好的衣料拿了过来。

“那便多谢了。”卫箬衣看了看。她对绣品也没什么大概念，但是看起来的确绣得不错，一幅春兰图、一幅江月图，都是素雅文静的样子。“有心了。”绣这种东西是极其耗费时间的，看来这次卫兰衣倒是有了诚心。且不说这绣样是不是都是她绣好的，不过卫箬衣觉得她大概是真心想和自己搞好关系了。

因为卫红衣和卫简衣不时地来献殷勤，若是她还保持原样的话，只怕这家中的资源是要倾向于卫红衣和卫简衣了。毕竟如今这两个姑娘的母亲也与兰姨娘一起掌家，两个人各管一半，兰姨娘已经不能再像从前一样独大了。况且卫兰衣在诗社之中又被大哥盯得紧，大哥自是听自己的话，卫兰衣也混不下去。所以这姑娘不管真假，至少在表面上是要和自己搞好关系的。

卫箬衣在职场多年，都已经混成了老油子，不是初出茅庐的小丫头，喜好都摆在脸上，说和谁好就和谁好，和谁不好了便是理都不会理会一下。她深知花花轿子众人抬的道理，人家礼让，就不必得理不饶人，况且她们还是姐妹。如果卫兰衣放下身段，对她俯首认错，她也没必要太过咄咄逼人。

她所求之事在本质上与卫兰衣所求的也没什么区别。卫兰衣想踩着她上去，嫁一个好人家本身也是无可厚非的，只是有没有那个能力踩便是另外一说了。

本质上，大家还是都在维护卫府利益的。

至于她不肯原谅卫华衣，那是因为卫华衣已经有点走火入魔，而且已经是心思恶毒要伸手要她的命了。

性质不一样，处理便不一样。

卫兰衣显然没想到卫箬衣会这么轻易地就接受了她的道歉，她还以为要折腾上一段时间呢。等从回澜阁里面出来，卫兰衣都是有点晕晕乎乎的感觉，简直觉得自己刚才经历的不是真的。

“绿意，你以后也要与绿蕊和绿萼多走动走动。”卫兰衣叮嘱道。

卫箬衣就和打不死的小强一样。

卫华衣都那样折腾了，也没将卫箬衣折腾倒了。

再加上她几次遇刺，几次都脱险，还能被陛下赏赐，好像她越是出事，陛下就越是珍视她一样。这就叫卫兰衣都觉得有点不可思议。

她现在在诗社里面已经是有点难堪的感觉。出了叶岚的事情，虽然大部分诗社的人都不知情，但是卫兰衣即便是去诗社，也都觉得有人在背后点点戳戳的，虽然是幻觉，但是也总是个心事，落了一个疑神疑鬼的毛病，她都有点不太敢去了。况且卫燕现在也在诗社之中，他的诗作，她已经不能再用了，她虽然书读了不少，无奈天资有限，作出来的诗都十分的平庸，出不了彩了，自然是不能博人眼球。之前她在诗社之中风头太盛，盖了不少贵女的风采，惹人记恨，现在她作不出什么文采斐然的东西，自是要被人诟病的。她也是怕自己抄袭大哥的事情被人捅出来，那就是连人都没办法做了，所以她索性不怎么去诗社了。

贵女的圈子永远不乏新鲜的话题，才不过一两个月的时间，卫兰衣就觉得自己如同昨日黄花一样，一闪即逝，便是连个涟漪都不剩了。可是她的长姐卫箬衣却永远都是话题的中心人物，热度居高不下。

她被自己的母亲一顿劝慰之后也是想明白了，长姐这条大腿与其说要和她拧着来，倒不如抱着来的舒服。

只要等她重整旗鼓,得了四皇子殿下的青眼,这府中必然不会少了她的一席之地,在众人心目之中的分量也会重新被估量。

即便是再次,能当了萧子雅的续弦也能弄一个正妻的名分,朝廷也少不得要给她一个二品以上的诰命来当当,将来她若是争气,能生下儿子,没准也就没有现在的拱北王世子何事了。这是何等荣光的事情。

她也打听了,长姐与萧子雅世子走得也近,虽然萧子雅现在的世子身份让给了他的儿子,但是别人还是习惯叫他世子的。

思来想去,便一定要和卫箬衣搞好关系了。

萧瑾在暗处等了良久,心底烦躁得很,卫箬衣这里人来人往的还真是够热闹。

好不容易将卫兰衣给等走了,他这才从暗处走出来。

“我要见你们家郡主。”他走到卫箬衣的房门前,对门前的丫鬟说道。

萧瑾要见她?

哈!

卫箬衣一听就十分豪气地一叉腰。“不见。就说我病没有痊愈,今日又很累,已经睡下了。”

萧瑾听丫鬟一说,就知道卫箬衣是有意要避开他。

他犹豫了片刻,最终还是决定不去打扰她。

她现在显然是在气头上,不是什么好脾气,现在强行去见她,大概只会弄巧成拙。

他将捂在胸前的一小罐子鸡汤拿了出来,他虽然受了内伤,但是用内力护着这罐子鸡汤不凉的本事还是有的。刚等的时间长了,怕这汤冷掉,就索性拿披风盖住抱在胸前捂着。

“这是昨日熬的,你拿去给她。”萧瑾对丫鬟说道。

丫鬟接了过来。“五皇子殿下还有什么事要奴婢转告郡主的吗?”

“你和她说……”萧瑾迟疑了一下,随后还是颓然地摇了摇头,“算了,不用说什么了。”说完他就转身离去了。

丫鬟将汤端了进去,将情况言明。

卫箬衣一听就怔住了。

没见过这么讨厌的家伙!不过他会这么好心地熬汤专门送来?真是一件新奇的事情。

卫箬衣坐在一边冷眼看着那罐子还带着点热乎气的鸡汤,不服气地闻了一下,香气四溢。虽然是昨天熬的,但是这种鸡汤不怕熬,越熬越有味道,明明香醇得很。

要不干脆尝尝?

咦,还是不要了,万一萧瑾那家伙在里面加了点什么乱七八糟的东西,岂不是糟糕了?

“郡主,萧子雅公子前来拜访。”绿蕊从外面进来,一眼看到了桌子上的一小罐子鸡汤,略显得有点吃惊,她不过出去送人,怎么一眨眼就多了一个这个。

“子雅大哥来了?”卫箬衣一高兴,将罐子推到了一边,起身,“快请。”

两名小厮推着萧子雅朝着回澜阁而来,恰巧遇到了从回澜阁出去的萧瑾。萧瑾其实是在回澜阁的大门口站了好久的。他也不知道自己为何要站在那边,只是忽然之间不想就这么快回去而已。没想到就是这么一站,倒是与萧子雅相遇了。

“子雅堂兄?”萧瑾远远地看着有人将萧子雅推过来便是一怔,忙走过去行礼,“多时不见了。”

“子陵,现在想要见你还真是难,听闻你又受伤了,母妃很担心,和我说,若是见了你,就让你回拱北王府去看看。你的伤可要紧?”萧子雅上下打量了一下萧瑾。

“无妨的。”萧瑾低头说道,“我一切安好,不牢记挂。”

“之前你说要搬出去,母妃心底难受了很久,还时不时地问我,是不是我们拱北王府怠慢了你。”萧子雅缓缓地说道,“你若是真的哪一天得空了,便去见见她,免得她多心了。”

“是。”萧瑾应了一声。毕竟萧子雅曾经教过他不少东西,所以他虽然对人清冷,但是对萧子雅还是十分不错的。拱北王妃不能说对他不好,但是太过客气了,萧瑾明白,她之所以接纳自己,也不过就是因为他的身份罢了。其实刚在拱北王府住的头两年,王妃对他很好,他都几乎要将王妃当成自己的母亲了,他以为自己终于找到了一个像样的家了。

哪里知道有一次他习武走火入魔,不受控制地砸烂了一个院子。等他醒来之后,想着赶紧去和王妃赔个不是。他用轻功跳入了王妃的房门口,却听到王妃在屋子里不住地和萧子雅抱怨他的存在给王府带来好多的麻烦。萧瑾一腔热血就这样再度被王妃的一番话给浇灭了。那时候他就知道,这终究是别人的家,不是他的。亦是从那以后,他也不再将自己当成拱北王府的一分子,只是一个借住者。

不过萧子雅说得对,毕竟也在一起生活了那么多年,他也是应该去看看,亲自和她说明一下情况。

“堂兄是专门来找我的吗?”萧瑾刚走到萧子雅的身后想要将萧子雅朝自己的住所推,就听到萧子雅笑道:“我是过来拜访崇安郡主的。”

他的手才刚刚碰触到轮椅的把手,略微地停滞了一下。

“崇安郡主这几天身体不适。”萧瑾还是握住了轮椅的把手说道,“若是她不肯见人的话,子雅大哥就去我那里坐坐。”

“她肯见的。”萧子雅说道,“这位便是引路带我们去郡主那边的人。”他一指前面的小厮说道。

肯见子雅大哥,就是不肯见他!

这臭丫头还真是……萧瑾的心底就好像被人塞了破棉花一样难受。一口气在胸口,不上不下,说恼又不像是恼,倒是夹杂了些酸楚和烦闷在其中。

“我推子雅大哥去吧,这里的路我都熟。”萧瑾说道。

“也好,有劳了。”萧子雅微笑着一颔首。

萧瑾心情复杂,面色难看地将萧子雅推入了回澜阁。

卫箬衣居然都已经命人将门槛卸了去,方便萧子雅进出,人更是亲自等在了院子里。

萧瑾推着萧子雅缓步走来,最先看到的便是卫箬衣那诧异的已经可以塞下一个鸡蛋的嘴巴。

不是不想见吗?如今便是又见了。

糟糕！

萧瑾这个家伙怎么还在！

卫箬衣已经有点想要挖个洞钻进去的冲动。

不过很快她就平复下来，这里是她家，她想见谁就见谁，自然也用不到和萧瑾报备。

“子雅大哥。”收回自己惊诧的表情，卫箬衣对着萧子雅款款地行了一礼。

倒是会装！

原本心底还对她存着点愧疚的心思，但是现在萧瑾心底不爽，脸色也跟着臭了起来。

当他是死人吗？只朝萧子雅行礼，却对他视而不见。

见过礼后，萧子雅被让进了房间里面，萧瑾自然也厚脸皮地跟了进去。

落座之后，萧瑾也大方地坐下，跷起了二郎腿，斜睨着卫箬衣。

卫箬衣已经在很努力地无视他的存在了，只和萧子雅说话。

萧子雅与卫箬衣寒暄了两句之后就好奇地看了坐在一边脸臭臭的萧瑾。“怎么你又何崇安郡主闹别扭了？”

“我哪里敢啊？”不等萧瑾开口，卫箬衣先翻了一个白眼说道，“我不讨人家的嫌弃就已经是要烧香拜佛了。”

“哼。”萧瑾也冷哼了一声。

她不敢？那是谁头脚对他避而不见，后脚就巴巴地见别的男人的！

亏他还巴巴地去买了一只鸡，好好地加了一些香菇和瑶柱，又熬了一夜，给她送来，就是想提醒着她念在之前他们两个共同经历那么多事情的份上，不要再生气了。

他已经提前示弱了，还真心实意地上门想要来道歉，她却给他一个闭门羹不说，转过屁股来就朝萧子雅笑得像朵花一样！

卫箬衣对着萧子雅露出的笑脸真是看着就觉得碍眼。

萧子雅左右看了看，就抿唇一笑。“好了好了。你们两个就当给我一个面子，不要再闹了。”

“谁闹了？”

卫箬衣和萧瑾异口同声地说道，等两个人说完都是一怔，相互对视了一眼，随后相看两相厌，又神同步地别开了脸去。卫箬衣鼻孔朝天重重哼了一声。

然后她就感觉到不好了。

许是哼得太用力，这屋子里一直烧着地龙，又有点干燥，她的鼻子流血了！

“郡主你怎么了？”萧子雅最先看到了卫箬衣的异样，关切地问道。

“没事没事。”卫箬衣一边仰着头，一边说道，“我就是鼻子流血了，过一会就好了。”

“好端端的，怎么会流血？”萧子雅抽出了自己的帕子，想要递给卫箬衣，无奈他是坐在轮椅上的，距离卫箬衣尚有一段距离，便是伸长了手臂也够不着。

倒是萧瑾闻言转过脸来，眸光一暗，还能指望她做点什么啊！就是哼一声，都能将自己的鼻子哼出血，真是服了。

真丢人！卫箬衣心底一阵懊恼，她抓了自己的帕子按住自己的鼻子，这才略正过自己的脸来。

萧瑾起身走到卫箬衣的身边，卫箬衣一边捂住自己的鼻子一边戒备地看着他。“你要干吗?”

萧瑾沉着脸,直接朝着她的后颈点了一下。“给你止血!”

随后他就再度回到了自己的位置上。

卫箬衣试着将帕子挪开,嘿,别说,还真的不流了!好神奇!除了帕子上之前沾着的血迹之外,现在一点都不流了。

卫箬衣本来是想说谢谢的,但是看着萧瑾那张臭脸,就一点都不想谢他了。

萧子雅将自己的帕子再度收回去,微微地一笑。“冬天天燥,是要多用点去燥润泽的汤。等回去,我找人送几个方子来,你照着那个方子上熬点汤水喝,总是好的。”

“多谢子雅大哥,我就知道子雅大哥最好了。不像某人!”卫箬衣声音甜美,笑靥如花,说完之后还不忘瞥了萧瑾一眼。

101 忘恩负义的东西

萧瑾的脸色更沉了!

忘恩负义的东西！也不想想刚刚是谁替她止血的。

被卫箬衣左一句子雅大哥,右一句子雅大哥叫得心头直发甜,萧子雅那张素白文雅的俊脸上也飞起了淡淡的红云。他的眸光如同星河一样闪烁,唇角也浅浅地勾起。

萧子雅的模样落在萧瑾的眼底让他眼皮子跳成了一气,怎么看萧子雅这副模样都好像是略带羞涩。

都多大的年纪了,还在卫箬衣的面前羞涩？有什么好羞涩的!

他的头发根忽然竖了一下,表情更是凝重了起来,莫不是子雅大哥看上了这个臭丫头了吧。

萧瑾立马清了一下喉咙。“我刚刚拿来的东西你可尝过了?”臭丫头！念着点他的好会不会？萧瑾寒声问道。

“这个?”当着萧子雅的面,卫箬衣还算是给了萧瑾点面子,这算是接了他的话题。

她将那罐子还带着温热的汤拿了过来。

可是巧了,萧子雅来了,便让萧子雅尝尝,这鸡汤到底熬得好喝不好喝。

萧瑾也在这里,若是这汤里真的放了什么不良的东西,他一定不会让自己的堂兄去喝的。横竖萧瑾那个坑货坑来坑去的只会坑她而已,又不会坑萧子雅。

正好她也顺便看看,这厮到底是不是黑心肠地在里面加了什么不该加的料了。

卫箬衣才不相信萧瑾有那么好心,会没有任何意义地专门送罐汤来。

102 好手艺

“子雅大哥尝尝，这是我昨天熬的。只是有个人不懂得欣赏，又还回来了！”卫箬衣巧笑倩兮地看着萧子雅，“子雅大哥不要嫌弃，我只是想让子雅大哥帮忙尝尝我的手艺好坏罢了，别真的是难以下咽的那种味道。子雅大哥不要拒绝我好不好？”

她后面说得委屈。

美人宜喜宜嗔，卫箬衣又是鼓足了劲的，那一颦一笑，都带着一股子叫所有男人都抗拒不了的娇嗔之意。

定力稍差点的，简直是骨头都要酥掉了。

萧子雅白玉一样的脸颊又红了几分。

卫箬衣是天生的美女，皮相骨相皆美，声音略带着一点点小姑娘的稚嫩，还混着一种成熟女性的妩媚，真是风骚起来要人命的那种。

萧瑾的心咯噔了一下，手死死地按在了椅子扶手上，脸色益发地难看。若不是萧子雅在这里，他简直要将椅子扶手给捏碎了才罢休。

他在汤里另外加了香菇、瑶柱，提了鲜味，现在的鸡汤要比昨夜的还要好喝，他自己都已经尝过了。

这些他还是从冯安那边问来的，冯安是个吃货，不光会吃，还会自己动手做。

早知道这样的好东西要被卫箬衣送到萧子雅的肚子里，他还不如自己全喝了。

卫箬衣见萧子雅答应了，更是笑得如同花儿一样绽放。她让绿萼拿来碗和调羹，亲自舀了一些，端到了萧子雅的面前。

“子雅大哥请。”美人温言巧语，又有几个人能生受得起。

萧子雅抿了一点，顿时就睁大了眼睛，这鸡汤熬得火候够足的，完全地释放了鸡肉的鲜美之意，其中还有香菇、瑶柱提味，只是小抿了一口，就有一种鲜到了舌根的感觉。

“郡主好手艺！”萧子雅的眸光闪亮，带着惊喜看着卫箬衣。

“真的吗？”卫箬衣也是一喜，随后试探着问道，“你没尝出有什么不好的味道？”

她还是担心萧瑾在里面加料了。

“完全没有！”萧子雅笑着说道，“真的是人间美味，倒是真看不出原来郡主的厨艺这么好！”萧子雅发自内心夸赞道。

萧瑾的脸已经黑如锅底了。

臭丫头糟蹋了他的一片心意！还有这是她熬制的鸡汤吗？这明明是他亲手做的！偏生碍于萧子雅在这里，他还不能言明真相。

烦躁透顶了！

他自是知道好喝得很！

“真的吗？我已经很久没下过厨了！”卫箬衣被夸赞了也是开心，“要是子雅大哥喜欢，以后我再做几个点心或者小菜什么的请子雅大哥来品尝。”

“好啊。”萧子雅更是开心得笑着。

好个屁！萧瑾已经快要被气得吐血了！

真想将那碗汤劈手抢回来！闹心！

不过转回来想想，这臭丫头居然还会做别的菜？他还当她只会吃呢。

卫箬衣略显得意地朝萧瑾投去了轻蔑的眼神，她就是故意气他的，活该！

萧瑾很想撩衣就走的，但是一想萧子雅还没走，他就按捺下了自己心底的不悦，板着一张臭脸坐着，假装没看到卫箬衣的嘚瑟劲头。

萧子雅不知不觉地就将一罐子的汤都喝了下去，还是一副意犹未尽的模样。

萧瑾已经气得都麻木了。

真是没眼睛去看这两个人的笑模样，惹人厌恶得很。

在萧瑾的全程臭脸之下，卫箬衣和萧子雅愉快地结束了谈话。卫箬衣将萧子雅送出了门去，萧瑾也跟着拂袖离去。

接下来几日，卫箬衣这里都很消停，萧瑾没出现过，她也懒得出门。

方家掌柜来过一回，是以给卫箬衣送东西的名义来的，实际上是捧了一堆账给卫箬衣过目。

最近方家皮具铺子的生意超级火爆，卫箬衣设计的那一系列新年装压岁钱和零钱的包简直掀起了抢购的热潮，铺子的工人天天加班加点地做都不够卖的。方老板已经收钱收到手软。

还有他们一起盘下的银楼铸造的那些生肖样式的银锭子也是卖得光光的，每天都有人等着拿货。

发财了，等方掌柜走了，卫箬衣捧着一沓厚实的银票笑成了一朵花！

初尝在古代商场上的胜利，顿时让卫箬衣雄心万丈，她要当富豪！要当房地产商！要当银行行长！

不过傻乐了一会儿，卫箬衣就有点乐不出来了，她会赚钱，卫家更会赚钱，还有远洋的船队呢。可是有命赚，没命花是个大问题啊！

卫箬衣垂头丧气地扛起了自己的长刀，跑去院子里又练了一通，还是赶紧练好武功吧，先解决掉悬在脑袋上的那把随时都可能掉下来的重剑再说。

还有两天便是年关除夕夜了，虽然卫大将军不在家过年，但是家里还住着一群锦衣卫，所以老夫人特地叫人替住在家里的锦衣卫们每人都准备了一套新衣，还有一个大大的红包，只等着吃团圆饭的时候发下去。他们这些小伙子也不容易，大过年的，因为皇命在身，一个个有家不能回的。老夫人自己的儿子也不能回来，由己及人，倒是思虑得周到。

今年的年夜饭，侯府里一下子就开了十几桌，老夫人将所有住在侯府的锦衣卫都叫上了。

人逢佳节，一个个都是神清气爽的。

老夫人在除夕这天晚上特地换上了一套暗红色的对襟团福字的长裙，头上也簪了花，沾点过年的喜庆,和一家子人和乐融融地坐在了一起。

萧瑾自然是被请了坐在她身边的,卫箬衣因为身份高就坐在萧瑾的身侧。

厅堂里面红灯高悬,窗子上都贴上了福字和红色的窗花,显得喜气洋洋的。

好几天没见萧瑾了,卫箬衣的气就消了,可是她觉得萧瑾那个小心眼还在生气。

呸!他气个大西瓜!被人当面说恶心的人又不是他,是她自己啊!真不知道这家伙气得是什么鬼!

说起来也是丢人,卫箬衣竟然那时候对萧瑾接下来的举动还有点小小的期待!期待什么呀!她莫不是真的因为当姑娘当得时间太长了,太渴望男人了,所以已经到了饥不择食的地步!

被雷得死去活来的卫箬衣深感一顿恶寒。

等热热闹闹地用过膳之后,老夫人就开始发红包,大堂里欢声笑语,一片热闹非凡、富贵荣华的样子。

锦衣卫们自是开心得不得了,这个差事当得顺心加如意,不用在外奔波劳累,住在侯府里面,人家侯府的人客气得很,什么东西都是准备得妥妥当当的。过年不光有新衣服穿,还有红包拿。侯府的老夫人这回是出了自己的体己银子了,每个人五十两银子,沉甸甸的一包!出手如此阔绰,叫人简直乐到开花。

等卫箬衣拿到红包,迫不及待地拆开一看,哇!两千两银票!大手笔!喜得卫箬衣抱着老夫人又亲又啃,惹得老夫人笑得没了眼眉。

"五皇子殿下,这是给你的。"老夫人好不容易将化身树袋熊的卫箬衣给撕下来,拿出了一个红包递给了萧瑾。今年侯府的红包都是方家皮具铺子出的红色皮质零钱包,倒是让卫箬衣又在暗地里狠狠地赚了一票。

"老夫人客气了。"萧瑾想要推辞的。

"要的要的。"老夫人却是不让,"你既然住在我们府上,便是一家人,过年应该热闹热闹。虽然不多,但是是个心意。"

一家人?

萧瑾心底微微地一动,他略抬眸瞥了一眼站在老夫人身边笑得一眼能看到肠子的卫箬衣,眼底带了几分淡淡的柔意。"那恭敬不如从命了。"他从老夫人的手里接过了红包。

"我奶奶给你多少?"卫箬衣腆着大脸凑过来问。

哎呦,这是主动和人说话了吗?萧瑾将红包扣在掌心之中。"不告诉你。"他原本绷得没有半点笑意的面容终于流露出了几分笑容。

"小气!"卫箬衣将手里的银票对着萧瑾抖了抖,随后嘚瑟的说道,"横竖是没我的多!"大过年的,她得了红包开心,也就懒得和萧瑾计较他小心眼的事情了。

看她多大度!

老夫人在这点上是不偏心的,除了卫箬衣之外,每个孙子孙女都给了一千八百两,卫箬衣因为是嫡女所以要多出二百两来,这些大家都不会说什么,毕竟侯府之中只有卫箬衣一个嫡女,也只有她有着郡主的封号。

"哼哼,怕拿出来伤了你的自尊。"萧瑾缓声说道。

"哦哈哈!"臭不要脸的!不敢拿出来是怕自己伤自尊吧!卫箬衣双手掐腰,仰天大笑，才笑了一半，就被卫燕拍了一巴掌，她立马止住笑。

“老实点！笑要有笑的样子。”卫燕笑着教训她道。

“哦。”卫箬衣低头认错，“大哥我错了。”

“箬衣这个皮猴子，现在总算是有人管得住了。”老夫人笑道，“燕儿啊，干得漂亮！”

“奶奶你这是有多偏心，刚刚还心肝儿心肝儿地叫我呢！这回就宠着大哥了！”卫箬衣跺脚道。

她这能屈能伸，插科打诨的模样顿时就将一屋子人给逗乐了。

便是萧瑾也跟着莫名地笑了起来。

平日里觉得紫衣侯府没什么好的，现在萧瑾倒是觉得这紫衣侯府里面的人顺眼了几分。

他将目光驻留在了卫箬衣的身上，她正在与卫燕笑闹着，许是因为有她，所以这个地方才会叫人备感亲切吧。

萧瑾的目光充满了柔和之意。

这样的卫箬衣，其实也挺好的。

老夫人年纪大了熬不得夜，和大家说笑了一会就回了自己的院子。

各个锦衣卫也都各自散去，各司其职。

丫鬟们端上了五色干果、各种蜜饯饴糖还有糕点。年轻的一辈便围着坐在暖阁之中守岁。

卫燕身体尚未康复，陪了一会就有点神色萎靡不振，在卫箬衣的劝说下也让梅姨娘陪着回去了。再过了一些时候，兰姨娘和菊姨娘也找了理由带着自己的女儿回去了。现在偌大的暖阁之中就只剩了卫箬衣、卫荣还有萧瑾。

卫荣略有点如坐针毡的感觉。

他手里有了点钱了，便是想着该怎么花。其实他是想出去寻徐幻真的，徐幻真过年不回乡，也是在燕京城里面。今日他的住所还有几个同乡在，他请了戏班子在院子里，更有美貌的歌舞伎，可是热闹非凡的，他们之前便说好今夜不眠，推牌九，打马吊要闹上一夜的。

那里可是比在侯府里面干巴巴地陪着自己的长姐和那个面无表情的五皇子殿下要好上不知道多少倍。

所以坐了一会，卫荣就开始假装哈欠连天。

“长姐，我实在是困得不行了。”卫荣对卫箬衣告饶道，“求长姐恩准我回去睡会吧。”

“行了，大门就在那边，你想走自是没人拦着你。”卫箬衣用嘴一努门口，“这里有我便是了。”

“还是长姐最最通情达理。”卫荣咧嘴一笑，赶紧起身给卫箬衣行了一礼，又对着萧瑾行了一礼，跑了出去。

“你去看看，卫荣到底是回自己院子了，还是从后门跑了？”卫箬衣对身边的一名丫鬟说道。

“是。”丫鬟闻言也赶紧跟了出去。

“你便是这么不信任你弟弟？”萧瑾漫不经心地问道。

走了也好,他心底是巴不得卫荣赶紧走,但是人真的走了,他也是要假装说上两句的。

“我和你打个赌,就赌今晚上我祖母给的压岁钱。”卫箬衣朝前凑了凑,嬉皮笑脸地说道,“他一定是跑出去了,若是他没跑出去,我便将这两千两给你,若是他跑了,你便将我祖母给你的压岁钱全给我。如何?”

“才不和你赌。”萧瑾略哼了一声。明知道会输,还赌,他又不傻。

“没劲。”卫箬衣顿时落下脸来,抬手拿了一个桂圆自顾自地剥了开来。

变脸真是比翻书还快。

屋子里顿时就安静了下来,没过多久,适才被卫箬衣派出去的小丫鬟就回来禀告。“回郡主的话,五公子从后门出去了。”

“行了,知道了。”卫箬衣点了点头,她早就猜到了,若他老老实实的蹲在自己的院子里,那才叫稀奇。

“晚上吃得有点多,要不要出去走走?”萧瑾问道。

“不想。”卫箬衣摇了摇头,外面那么冷,走个鬼啊,自然是哪里舒服哪里蹲着。她想了想,随后起身。

“你不是不想出去吗?”萧瑾好奇地问道,怎么见她一副要走的样子。

“我忽然想起来,这暖阁之中也就是你和我了。孤男寡女的,传出去好像不好听。”卫箬衣将手里剩下的桂圆洒在了盒子里,认真地说道,“我回我自己的地方守岁去,这暖阁便让给你了。”

萧瑾……

他们之间发生了那么多破事,若是一件件计较的话,只怕卫箬衣谁也嫁不了,只能嫁给他了。

可是现在能想出什么法子将卫箬衣留下?

便是卫箬衣都走到了门口,他都没想出什么好主意,只能眼巴巴地看着卫箬衣离开。

萧瑾自己一人枯坐在暖阁之中,神色落寞。

除夕一过便是朝廷命妇入宫觐见的日子。

萧瑾今日换上了皇子的蟒袍。

他甚少穿得这么隆重,平日里穿的最多的也就是他锦衣卫的飞鱼服,还有那一身玄色的长袍。被天青色的皇子蟒袍一衬,萧瑾整个人的气质就变得更好了。平日里即便是再怎么清冷疏离,也掩饰不住那从骨子里散发出来的高华之意,而如今再穿上这华丽的衣衫,活脱便是一派华贵的皇家气派。

他暂居在紫衣侯府,所以出门也就和紫衣侯府的人一起。

紫衣侯府的人之中有朝廷封号在身的也就是老夫人和卫箬衣。

今日,卫箬衣也换上了一套郡主的礼服,暗红色的底子,滚着金色的绣边,华丽无比,秀发也梳成了垂云髻的样式,戴着翘翅的小凤冠,都是严格按照郡主的制式来装扮,没有半点的马虎。就连平日里不怎么着粉的面容今日也薄薄地施了一层粉黛。

她出门前,让绿蕊和绿萼带了两套完整的小狐狸零钱包,又拿了一些杂七杂八样式的零钱包,里面都装着各种金银锭子。

方老板在过年前替她赚了一大笔钱,卫箬衣自己又深知礼多人不怪的道理,所以让绿蕊她们备着,总是能派上用场的。

马车行至宫门口就停了下来。宫门口有人专门指引着路,引着燕京城的诰命们一一进去觐见,所以紫衣侯府的马车到的时候,这宫门口已经有很多的马车在排队了。

大家都卷了帘子在看,一看到萧瑾骑着马陪着紫衣侯府的马车前来,均是一片哗然。

皇后娘娘派人等在了门口,见是紫衣侯府的马车来了,那太监赶忙小跑了过来。"见过老夫人,见过崇安郡主。娘娘说了,大将军出征在外,屡建战功,是我们大梁朝的大功臣,所以皇后娘娘让奴才等候在此,若是见了老夫人和崇安郡主,就先将两位请进去,免得在寒风里受了冻。"

老夫人觉得奇怪,皇后母族与卫氏素来不和,皇后往年也从未开辟过特别的通道给她们,今年倒是头一遭。

既然皇后都开口了,也不能拒绝。

"那就有劳公公带路了。"老夫人笑道。

宫门前侍卫让开路,在检查了紫衣侯府的马车之后,便让他们进去。萧瑾自然也是跟在一边。

"不是说五皇子殿下不待见卫箬衣吗?"

"就是,也不知道避嫌,居然一同前来。"

"许是因为职责所在吧。陛下命他和他手下保护紫衣侯府和崇安郡主。"

等他们一走,这些等候的人便炸了锅了,纷纷交头接耳地议论。

103 入宫

卫箬衣之前见过一次皇后，只是那时候她眼睛不好，蒙着纱，这回是真正地能看到真人了。

恒帝在前面接受文武百官的朝拜，后妃们就在后宫接受百官夫人的觐见，说起来倒也挺合理的。

觐见便是在皇后娘娘的凤翔宫里。

萧瑾陪着卫箬衣和老夫人一起进去。

卫箬衣一看，顿时就有点眼晕了，一屋子的富丽堂皇，就是在白天，大殿里也点了两个硕大的十六臂落地琉璃盏，映得大殿里的灯火璀璨，更是将在高座上的几名娘娘身上所佩戴的珠宝首饰映得闪闪发光，简直能闪瞎卫箬衣的双眼。

虽然没见过真人，只听过声音，但是卫箬衣一进来偷看了一眼还是能简单地分辨出谁是谁的。

正中高座着的就是皇后娘娘了，一身明黄色的皇后朝服，想认错了都难。皇后生得十分的端庄大气，还真有几分母仪天下的感觉。分别坐在她两侧的就是两位贵妃，宸妃娘娘和淑妃娘娘了。她们也都穿着贵妃制式的礼服，头发一丝不苟地梳拢着。

略显得文静的那个，不用说便是以贤德之名传扬天下的宸妃，书卷气甚浓。而在皇后下手边的应该是淑妃娘娘。卫箬衣只看了一眼就觉得心咯噔了一下。

总觉得这位淑妃娘娘似乎有点面熟，具体哪里面熟又说不出来。

卫箬衣低头想了想，随后头皮就是一麻。她想起来这位淑妃娘娘和谁长得像了，她那脸盘子明晃晃地和自己有三四分的相似。

卫箬衣忙低下头去。

她娘是谁一直都是一个谜，便是林诗瑶给她的信里也没提及。

她便是想问，也要能找得到林诗瑶啊。

今日一见淑妃娘娘，卫箬衣又联想到自己爹爹不光绝口不提她亲娘是谁，而且在林诗瑶的信里提及他日后还会为了淑妃娘娘的儿子起兵造反，卫箬衣就觉得自己后脊背一阵发凉。

她的小命要完！

自己家老爹给皇帝老儿戴绿帽子这种事情简直也是狗血到没谁了！

卫箬衣这边神游天外，深深地感觉到自己浑身的皮肉都在做拱，发疼。那边老夫人已经和萧瑾见礼了。

他们两个见卫箬衣还在傻愣愣地低头站着，于是老夫人就暗暗地拽了一下卫箬衣的衣袖。

卫箬衣这才回过神来,噗通一下跪了下去。她这一慌神,跪得有点猛了,就连萧瑾听了她跪下的声音,都替她觉得膝盖疼。这丫头搞什么?抖个什么劲儿?萧瑾眼睛尖,清楚地看到了卫箬衣的衣袖有点不自然地颤抖。

没办法不抖!卫箬衣这是吓的。

卫箬衣自己也是疼得低着头龇牙咧嘴的。

糟糕了,她这一跪,倒是将所有人的目光都吸引了过来。卫箬衣更不敢抬头了。

她这抬头是要命啊!

奇怪了,难道这一屋子的人就只有她自己觉得自己像淑妃娘娘吗?

卫箬衣炯炯有神地胡思乱想。她都不是第一次进宫了,难道就没提出疑议来?还是皇帝陛下已经爱淑妃娘娘爱得不计较她给自己挂绿了?

心真够大的!

“见过皇后娘娘,宸妃娘娘,淑妃娘娘,禧嫔娘娘。”萧瑾先朗声说道,将众人驻留在卫箬衣身上的注意力给集中到了他的身上。

“小五回来了。”皇后娘娘先是笑着叫了平身,随后笑着说道,“又是好久没见你了,最近可好?”

“一切安好。多谢皇后娘娘记挂。”萧瑾回道。

萧瑾从小就不肯开口叫皇后为母后,这么多年下来了,皇后娘娘也都习惯了,不与他计较。

横竖萧瑾和宫里任何一个人都生分得很。

老夫人也带着卫箬衣问了安。皇后也叫了起。

卫箬衣这才搀扶着老夫人站了起来。

她依然深深地低着头。

“崇安这孩子平日里活泼得很,怎么今日这般的文静,倒是不习惯了。”皇后娘娘笑道。

呵呵哒,不文静等着你们发现自己与淑妃娘娘长得有点像,准备挨刀子凌迟处死吗?

“到底是长大了一岁,有个姑娘家的样子了。”淑妃娘娘笑道,“来来来,崇安,到本宫这里来,好久没见你,让本宫瞧瞧,可是又漂亮了。”

卫箬衣顿时觉得自己浑身的汗毛都竖了起来,您老人家坑自己就好,不要连带着她一起坑啊!

怎么办?

“果真是大了,都与本宫生分了。”淑妃娘娘见卫箬衣迟迟不肯动,笑着说道,“你可知道你小时候最喜欢拉着本宫陪你玩儿?”

卫箬衣的心底真的被一百头神兽呼啸而过,真是酸爽到了极致!

难不成真有母女连心这一说?为何她一点感觉都没有?

唉!爹啊,你坑女儿坑大发了!

卫箬衣都被人家淑妃娘娘这样点名了,再磨蹭下去怕是要被人看出什么不妥来,她也只有轻轻地应了一声,挪动到了淑妃娘娘的面前。“见过淑妃娘娘。”

“抬起头来让本宫好好看看。”淑妃娘娘笑道。

看你个大头鬼！

卫箬衣被逼得没办法，只能抬起了脸来。

“真是越长越漂亮了。”淑妃娘娘慈爱地朝卫箬衣一招手，卫箬衣没办法只能将自己的手伸过去，任由淑妃娘娘拉着。

俺的神啊！要不要忍受这样的煎熬才能体现出你的狗血加无情啊！卫箬衣在心底泪流如注。

这位淑妃娘娘是脑子不好还是怎么的，她已经连低头都觉得不够，恨不得就地挖个洞，将自己的脸埋进去了，这位淑妃娘娘还非要拉着她的手给大家看，她与自己是不是长得有几分像。

苍天啊，大地啊，来个雷吧！

原本卫箬衣很满意穿越大神给安排的福利，漂亮的大胸萝莉，可是现在卫箬衣只想将自己奶奶的那副老脸贴在自己的脸皮上。

“也是不知道谁家的公子有这个福分能将你娶回去。”淑妃娘娘笑道，“本宫记得，你过了年便是十六岁了。真真儿的花一样的年纪。本宫进宫那年便是十四岁，如今一晃也都十四年过去了。时间过得真快。”

等等！淑妃娘娘现在才二十八岁？

卫箬衣如同发现新大陆一样瞬间瞪大了眼睛。

104 她想多了

似乎她有点多虑了。

淑妃娘娘二十八岁，不会在十二岁就生出了自己吧！那岂不是十一岁就怀孕？这概率也太低了点。况且自己的爹难道真的对年仅十一岁的淑妃娘娘下手？

应该不会吧！况且秀女入宫经过层层筛选，不管怎么样，都不会是生过孩子的。

要是淑妃娘娘真的有这个污点，以她现在的受宠程度，只怕这点点老底早就被皇后娘娘和宸妃娘娘给拔了一个底掉了！

唉，真是虚惊一场，吓死宝宝了。

卫箬衣的脑子现在才算是有点平静下来。刚才乍一见，真是有点吓懵她了，这里是古代，万恶的旧社会，陛下真是会一言不合就砍人的，可不是开玩笑的事情。

心底舒畅了，就连卫箬衣脸上的表情也轻松了许多，不再像刚才一样紧绷着。

"这丫头的表情就是多变。"淑妃娘娘抿唇笑了起来，她生得极美，让人满眼生光，"本宫就偏爱她这副模样，请皇后娘娘看看，崇安这姑娘是不是与臣妾年轻的时候有几分像？"

虽然警报排除，但是这两个人长得像又不是什么好事，非要拿出来说做什么？

"皇后娘娘，臣女不及淑妃娘娘风采的万分之一。皇后娘娘也知道臣女的脑子受过伤，适才进来，臣女只是偷偷地看了一眼，便是被各位娘娘的风采所震慑。皇后娘娘自是凤仪宝相，母仪天下；宸妃娘娘贤德才智，气质高华；淑妃娘娘艳丽容光，夺人眼目；便是禧嫔娘娘也是仪态端庄，秀丽无比。臣女简直被各位娘娘给迷得不要不要的，倒是失了礼数了，还望各位娘娘恕罪。今日是大年初一，崇安就在这里祝各位娘娘越来越年轻，越来越美丽，也越来越健康。崇安有失礼的地方，各位娘娘不要与我计较才好。"卫箬衣顿时嘴巴如同抹了蜜一样，将大殿里面的娘娘挨个夸奖了一个遍，顺便掩盖了一下自己刚才的失礼之处，她这一说也就将淑妃娘娘刚才的问话给糊弄过去了。

卫箬衣适时地又屈膝行了一礼，刚才吓得懵圈了，有点失态，现在怎么也要找回这个场子。

她这一番话说得屋子里各位娘娘都笑了起来。人都喜欢听好话，尤其现在又是过年，卫箬衣这番说辞说得直白，与旁人那文绉绉的贺词倒是完全不一样，说得甚是亲切。哪个女人不希望自己越来越年轻，越来越漂亮，便是后宫这些高高在上的娘娘们也不例外。

皇后娘娘本是听了谢秋阳的话，对卫箬衣的观念稍稍有了一点点的转变，现在倒也觉得谢秋阳说得有点道理。卫老贼虽然可恶，但是却是生了一个活泼的女儿，大抵是因为没有被繁琐的规矩给拘谨着，倒是比寻常贵女多了几分率真在其中。

只是这位似乎有点率真过头了，荒唐事也是一箩筐，尤其是在追着五皇子的这个事情上面。

皇后笑完就瞥了一眼萧瑾。萧瑾自是不会在这种地方流露出任何情感和表情的，即便他心底被卫箬衣那番话逗得十分想笑，但是此刻脸上依然是一副疏离清冷的模样，眼眸之中波澜不惊，完全是一副冷眼旁观的样子。

“就冲这张甜嘴，也要拿一个大红包才是，不能让你白白地甜了一回。”皇后娘娘笑道，随后对自己的贴身侍女说道，“赏。”

贴身侍女忙将早就准备好了的大红封双手捧上。

皇后娘娘出手了，其他各位娘娘皆有红包送出来，卫箬衣笑嘻嘻地照单全收了。

“启禀皇后娘娘，福顺公主和福润公主来了。”门外有太监进来禀告。

“传。”皇后一点头。

不多时，打从门外进来两名年纪与卫箬衣相若的宫装少女，金红色的礼服，制式比卫箬衣高了一等，一个比卫箬衣略高一点，一个有点胖，脸蛋也是圆圆的。

见过礼之后，老夫人就拉着卫箬衣给两位公主行礼。卫箬衣这才搞清楚，个子高的那个是福顺公主，圆润的那个便是人如其名了，是福润公主。

福顺公主是禧嫔娘娘的女儿，福润公主的母亲份位就低了许多，前些年还去世了，现在也养在禧嫔娘娘那边。她们都比卫箬衣要小一点，过了年也才刚刚十五岁。

“五哥哥。”福安和福润见到了萧瑾，叫了一声，随后福顺公主的目光就落在了卫箬衣的身上，略带着点轻蔑的意味。

卫箬衣知道她那目光是什么意思，大概是在嘲笑她又扒着萧瑾不放。天地良心，这回她可真没死扒着萧瑾。

倒是福润看她的眸光清澈，只是纯粹的好奇，还带着点羡慕的意味在其中。

所以卫箬衣也朝着她微微地笑了一下，暗中招了招手。福润公主先是一怔，随后圆圆的脸蛋就微微地红了起来。她略有点羞赧地低下了头。

卫箬衣……她又不是什么公子哥儿，这姑娘害羞个什么劲……

许是因为处境略有点相似的缘故，萧瑾对福润倒是还算是比对其他人亲昵一点。见福润过来给自己行礼，他倒是主动地点了点头。

宸妃娘娘笑着对皇后说道：“今儿是大年初一，也是高兴，难得这些姑娘凑在一起，不如就让崇安郡主留在宫里小住上两天，皇后娘娘看可好？”

皇后颇有深意地看了一眼宸妃娘娘，不置可否地抿唇一笑。

留下卫箬衣的目的是什么，大家都心知肚明。这宸妃平日里对卫箬衣也是模棱两可的，现在听到淑妃娘娘说卫箬衣已经年满十六了，又提及了卫箬衣的婚事，所以有点着急了吧。

“是啊，皇后娘娘，您看咱们这宫里平日也就咱们这些人凑在一起说话。难得过年，就留下几个活泼的小姑娘陪陪咱们，让这宫里也多点欢声笑语。”淑妃娘娘不知道是抽了哪门子的邪风，也帮腔道。

“是啊，皇后娘娘，平日里福润与福顺都是在宫里，也甚少接触到年纪相若的姑娘，今日倒是一个好机会。”禧嫔娘娘也开口了。

皇后娘娘眼底的笑意就更深了。这三人是事先商量好了的,还是临时起意?倒是口径超乎寻常地一致起来。

“也好。”皇后娘娘点了点头,“既然各位妹妹都发话了,本宫也不能扫了大家的兴致。这样吧,一会在觐见的贵女之中再选几个一并留下在宫里小住两日。既然要热闹一番,那就多点人好了。”

“多谢皇后娘娘成全。”宸妃和淑妃还有禧嫔异口同声地说道。

“小五,你可还住在宸妃娘娘的宫里?”皇后娘娘看向了萧瑾,问道。

“回皇后娘娘的话,还是依照往年便是了。”萧瑾一抱拳。

按照惯例,他过年入宫也是要小住上几日的,不过这几日有时候长、有时候短,全看他的心情,有的时候他就是连半天都不会住,有的时候会住上一两晚。

宸妃娘娘果真“贤德”,他小时候住过她的宫殿,现在便是她搬入了寿阳宫也依然在寿阳宫留了一个地方给他。这事还被陛下夸赞了一番,说宸妃娘娘心善,念旧。

“那崇安便住在淑妃娘娘的长乐宫如何?”皇后娘娘说道。

横竖她也不会让卫箬衣住去宸妃娘娘那边,岂不是便宜了老四了。万一在宸妃娘娘宫里闹出点什么事情,反倒是她帮了四皇子殿下一把了。意见既然是淑妃娘娘提出来的,便将人放在淑妃娘娘那边,让她看着点。淑妃娘娘也是有皇子的人,虽然小皇子年纪尚轻,但是现在陛下尚未立太子,在后宫众人面前,哪一个皇子都是有机会当太子的,所以淑妃娘娘一定会将卫箬衣看得死死的,不会让宸妃娘娘在宫里搞出什么花样来。

宸妃娘娘又怎么会不知道皇后的心意,她不动声色,与淑妃一起起身行礼应了。

“这几天就让福顺和福润也一起去长乐宫暂住吧。”皇后又对禧嫔娘娘说道,“你平日总说本宫没让福润和福顺去女学读书,世面见得少了。现在福顺和福润也都年满十五了,也是该多交一点新朋友了。”

禧嫔娘娘的眼角略跳了一下。“臣妾不敢对皇后娘娘有什么怨言,臣妾知道皇后娘娘不让福顺和福润去女学也是为了她们两个好,福顺从小身子骨就不太好,福润说话又带着点结巴,只怕去了女学,会惹出点不必要的麻烦,反而丢了皇家的颜面。”

“你能体谅本宫的苦心就好。”皇后略点了点头。

卫箬衣……她再度看向了福润,原来她是一个小结巴啊,难怪她从进来到现在只是跟着福顺一起行礼,见礼的话都是福顺说的。

福润的目光有点失神,她瞥见了卫箬衣看她,就忙又低下了头去,略带着点慌张地用手指暗暗地搅着自己的衣带。

因为被皇后留下了,所以老夫人就先行告退。

之后又有一波又一波的朝廷命妇前来行礼,皇后选了两名县主,三名郡主,还又叫了几名命妇回去将府上的嫡小姐请进宫里来。

这一番折腾便是到了午时了。

等人都凑到了淑妃娘娘的长乐宫里,卫箬衣一看,嘿,别说,都是莺莺燕燕的,与自己几乎差不多大的小姑娘。谢家的姑娘肯定是在的,只是不是上次那位,而是换了一位看起来还比较和善的,名叫谢秋华,大概就是谢秋阳的胞妹了。大梁朝三位国公府上各来了一位姑娘,分别是吴国公府的南宫翎舞,靖国公府的秦宛儿,还有安国公府的燕晴筠。丞相府的嫡小姐魏紫烟也被皇后叫了过来。宸妃娘娘的娘家安平伯府来了一位小姐名叫叶怜心。另外的两名县主分别是长公主府的迦叶县主何敏儿,成康郡王府的迦南县主萧彤云,三位郡主则是拱北王府的崇华郡主萧苏雅,淡江王府的崇明郡主萧虹,还有澄江王府的崇宁郡主萧可欣。加上卫箬衣自己,还有宫里的福顺公主以及福润公主一共十四名姑娘,倒真是一下子将长乐宫给住满了。

虽然只是在宫里小住,但是都是朝廷权贵之女还有皇亲国戚,自是不能怠慢了。

宸妃娘娘等出了凤翔宫,这才暗暗地蹙了一下眉头。

她的本意是要将卫箬衣留下来,不管怎么说,淑妃娘娘说得对,卫箬衣已经年满十六岁了,是到了谈论婚嫁的日子,将卫箬衣留下,再努力一把,毕竟抓住了卫箬衣就等于抓住了大梁朝半数以上的军队。

她听闻最近卫箬衣做下的一些事情,现在倒是觉得卫箬衣与以前不太一样了。

宸妃娘娘也需要好好地看看卫箬衣到底是一个什么样的人,虽然外界传闻她的名声很糟糕,但是传闻毕竟只是传闻。再说了,也没准自己的儿子还真就看上了卫箬衣了。亦或者卫箬衣看上自己的儿子了呢?毕竟萧瑾太冷,又有多少人能一直忍受得了萧瑾的臭脾气和阴晴不定的个性。

可是现在皇后这么一安排,还真就是让她原本计划好的事情乱了套了。

她是想,便是真的不能将卫箬衣和自己的儿子捏到一起,便是算计一场,也是可以的。毕竟卫箬衣那性子也不是那么容易就能就范的,但是若是真的与自己儿子发生点什么的话,这就跑不了了。

这下好了,皇后娘娘倒是防得紧,不光将卫箬衣弄到淑妃娘娘那边,更是弄了十几个姑娘进宫一起来陪着卫箬衣。众目睽睽之下,还真是不好下手了。便是想制造点他们两个单独相处的机会,培养培养感情都几乎是不可能的事情。

宸妃娘娘扼腕,她好不容易说动了禧嫔娘娘帮她说话,如今还真是有点竹篮打水的感觉。至于淑妃娘娘为何会帮她,这也叫宸妃有点不解,难不成淑妃娘娘也想替自己的儿子牵线?只是她的儿子小卫箬衣好多岁,现在不觉得太早了点吗?

不得不说,皇后之所以还在那个位置上,也是有她独到的手段的。轻轻松松地便化解了宸妃娘娘的局,还不落半点话柄,更是能彰显出她的气度出来。

当今陛下子嗣不算丰厚,如今还健康活着的也就是六个儿子,两个女儿了,其他的孩子不是没有福缘面世,便是在很小的时候夭折了。从萧瑾往后,也就是福顺、福润,还有淑妃娘娘所出的儿子活了下来,其他的都已经不在了。

皇子之争最有希望的也就是三皇子、四皇子以及淑妃所出的十二皇子了。

105 入宫小住

老夫人走的时候还是不太放心，拉扯了绿蕊和绿萼吩咐了一通。

贵女入宫小住，身边可以带自己的贴身侍女，毕竟是伺候惯了的人，用起来也方便，但是只能带一个，所以老夫人就留下了绿蕊。她让绿蕊千万千万提醒着点卫箬衣，毕竟这里是皇宫，不如在家那么自由，万一出点什么岔子，便很有可能是掉脑袋的大罪。虽然说现在卫府圣眷正隆，但是真的搞出点不正经的事情，面子上是小事，丢小命才是大事。皇上那边的喜好谁又能说得准。

在分住所的时候还闹了点小插曲。

因为一下子来的贵女太多，又大部分是郡主县主这样有封号的姑娘，所以长乐宫里房间就有点吃紧了。

福顺公主不肯与人合住，非要自己占上一个院子，一个院子有四间房，这就让原本就不算宽裕的房间紧张了起来。

按照淑妃娘娘的安排，福顺公主与福润公主共用一个院子，四位郡主共用一个院子，现在福顺要自己占一个，那就挤得福润没了地方去。

皇上的女儿不算多，活下来的就福顺和福润，福顺小时候还亏过身子，所以身子骨一贯不太好，福润倒是挺健康的，可惜说话有点结巴，不如福顺那般讨喜，所以平日里陛下还是十分偏爱福顺的，便是淑妃娘娘也要给福顺公主几分面子。如今她提出来的借口便是她身子不好，晚上一定要休息好，便是院子里有半点的响动也会闹醒了她。

淑妃娘娘也不勉强她，只能看向了福润。

福润平日寄养在禧嫔娘娘那边，让福顺都是让习惯了的，她闹点小性子，福润自是什么都说好。

所以淑妃也只能将福润安排到郡主的院子里。这院子也有四个房间，给四位郡主各占一间，福润势必要和其中的一位挤上一挤了。

卫箬衣见其余三位郡主均是没有吱声，又看福润那圆嘟嘟的小脸上一片尴尬之色，就笑着朝淑妃娘娘一屈膝。“若是福润公主殿下不嫌弃臣女的话，那便和臣女住在一起吧。”

福润闻言微微一惊，抬起脸来，对卫箬衣投了一个惊诧的眼神。

卫箬衣朝她善意一笑，她的脸上就又是一红，低下了头去。

这姑娘怎么这么容易害羞？

“福润，如今崇安郡主邀请你与她同住，你可愿意？”淑妃娘娘拉着福润的手问道。

“嗯。”福润轻轻地点了点头。

淑妃这才算是松了一口气。福润这孩子平日里被福顺欺负得挺厉害的,性子也懦弱了点,再加上她有点结巴,自己就带着点自卑之意,也不是很愿意与人多交流。她的生母地位低,又死得早,禧嫔娘娘带着她自是不如对自己女儿那般好。所以她在宫里的存在感极低,若是论在陛下面前说话的分量,只怕都不如这院子里的几位郡主。

这几位郡主里面,外界传闻口碑最差的便是卫箬衣了,却没想到她却是最大度的一个。

"好了,那你们就住在一起。这些天好好相处。"淑妃娘娘领着福润的手走到了卫箬衣的身边,将福润和卫箬衣的手握在了一起。

姑娘们住在一起,等着各府送换洗的衣服进来,凑在一起说话自是热闹无比。

崇华、崇明还有崇宁三位是堂姐妹,平日里都是相识的,走动也频繁,所以自是十分亲昵,大家出于礼节坐在一起的时候,也是泾渭分明。崇华、崇明还有崇宁三个挨着坐,与崇安郡主卫箬衣和福润公主萧芷莹自然而然地凑在了一起。

崇华、崇明和崇宁都上过女学,坐在一起自是讨论起了女学里面的事情,说得兴高采烈,这让从没上过女学的卫箬衣和萧芷莹完全插不上话,只能坐在一边嗑瓜子。

崇华郡主看了一眼心不在焉的卫箬衣和闷头只知道吃的萧芷莹,这才笑着对她们两个说道:"福润公主和崇安郡主怎么不说话?"

你们聊得那么嗨,哪里能插得上嘴。

"听你们聊天也是不错的。"卫箬衣笑道,"你们聊得热闹,我们就听得热闹。"

"哎呦,看看,我倒是忘记了,福润公主和崇安郡主都没去过女学,所以我们说的是什么,她们两个都插不上话,自然也是什么都听不明白。"崇明郡主掩唇一笑,"这倒是我们思虑不周了,没顾及两个连女学都没去过的人的感受。"

她这么说完,福润嚼着糕点的嘴顿时就僵了一下,她有点难受地低下头去。

崇明见福润公主那副模样就更显得有点得意。

"其实也没什么,你们继续说便是了,我们两个就当免费的话本和八卦听着,长长见识也好。"卫箬衣也笑着说道。

她注意到福润的模样,就默默地在心底叹息了一声。这位福润公主虽然是顶了一个公主的名号,但是还真是一个包子性格。好歹你的品阶怎么也压人家一头了,那崇明郡主口中的嘲讽之意是个傻子也听出来,这姑娘不光不知道反驳,反而缩了回去。

她抬手按在了福润公主的膝盖上,嗨,这姑娘挺有肉的,浑身软绵绵的,就是膝盖那种骨头盖一层皮的地方按下去也是有点软软的。好玩!

卫箬衣这土流氓难得遇到一个像福润公主这样软得和海绵一样的女孩子,就忍不住又捏了捏,福润公主的脸顿时憋红,也不敢吱声,一时之间惶恐地抬眸看向卫箬衣。

卫箬衣更是觉得福润公主好玩,这小模样像极了受惊的小兽,那双眼睛圆滚滚的。她就又朝着福润公主笑了一下,福润公主的脸就更红了。

卫箬衣的话让崇明一怔,随后她就有点不悦。"什么是话本和八卦?你当我们说的都是什么啊?"她责难道。

"人话喽。"卫箬衣一摊手,"不然还能是什么?"一副你能奈我何的无赖样。

崇明郡主气结。她被卫箬衣噎了回去,难道说自己刚刚说的不是人话不成?她的唇抖了抖,竟是一时间没想出什么反驳卫箬衣的话来。

福润见卫箬衣一句话就将刚刚气势上咄咄逼人的崇明郡主给怼了回去,忍不住用敬佩的目光看着卫箬衣。她虽然是木讷了点,但是不笨,不会听不懂卫箬衣的意思,忍不住就想要笑,可是她嘴里还含着糕点,这一笑就呛住了。

福润公主忍不住咳嗽了起来,呛喷了嘴里还没咽下去的糕点。她呛得厉害,喷了几点糕点碎屑到了崇宁郡主的衣袖上,惹得崇宁郡主惊叫了一声站了起来。"福润公主,你也太失礼仪了吧!"

她这一喊,顿时让本来就觉得过意不去的福润公主更加有点仓皇不安。她一边咳嗽,一边起身想要拿帕子去替崇宁郡主擦,没想到她手忙脚乱的时候又碰翻了桌子上的茶水杯,杯子翻在了地上,里面的茶水恰巧又泼在了崇宁郡主的裙摆上,崇宁郡主顿时就毛了,尖叫了起来。

福润现在更是惊慌失措,完全不知道该怎么办才好。她惊慌失措地站在一边,满脸通红。她本就结巴,这下便是好不容易将嘴里的糕点咽下去,一着急也是说不出半个字来。

"福润公主,你干什么啊!"崇宁郡主一边抖着自己的裙摆,一边蹙眉高声说道,"这可是新做的宫装!今儿才第一天穿。"

"好了,不过就是泼了点茶水在身上,有什么大不了的。"卫箬衣实在是有点看不下去了,人家脾气软,这些人就可劲捏是不是?凭什么啊,好歹也是一个公主,即便是她没任何后台了,也是当今陛下的亲生女儿,论身份怎么也比这些王爷的女儿要高一些吧。宫中这种捧高踩低的毛病真是没得救,虽然卫箬衣没什么圣母病,但是也有点看不过眼。

"你倒是说得轻巧,可是没泼在你的身上。"崇宁郡主气急败坏地说道,"现如今各府的衣服还没送进宫里来,你叫我拿什么换?一会若是皇后娘娘召见,你叫我怎么出门!"

"不就是泼了点水上去,有什么不能出门的?"卫箬衣说道。

福润公主现在又捏着帕子想要给崇宁郡主擦,被崇宁郡主一把给推开了。"还请公主殿下离我远点!你再毛毛躁躁地碰翻别的撒我一身怎么办?"

卫箬衣觉得自己的麒麟臂又要发作了!

卫箬衣直接将摆在大家面前的那张硕大的雕花红木桌子给拎了起来,随后轻松地推到了一边去。"桌子放远点,这样就不会有什么奇怪的东西掉下来溅在你身上了!"随后她冷眼看着崇宁郡主。"怎么?还嫌挪得不够远?"随后她抬腿一踢,直接将那张红木大桌子给踢了起来,单手抓住了桌子的一条腿,高高地举过了自己的头顶,"你说,放在哪里你才放心?"

在场的三位郡主还有一位公主顿时被力大无比的卫箬衣给吓得目瞪口呆。

这种雕花的红木大桌子大家家里都有,不是没见识过,便是平日要挪一下,都要几个有力气的小厮去搬才能稳稳地抬起来,卫箬衣只是一只手就能将桌子举过头顶。

崇宁的脸色都有点变了……

"不说话了?"卫箬衣瞪了一眼崇宁,这才将那大桌子稳稳地放下,"对嘛,能用手解决的事情,何必说个不停?我读书少,别和我讲什么道理,听不懂。你说一会若是皇后娘娘召见,你会失了礼仪,那你可以实话实说,我想皇后娘娘那般大度的人,怎么会和你计较衣服上是不是有块水渍这种芝麻大的小事?你说对不对?"

这……还能让崇宁说什么?难道说皇后娘娘会和她计较?那不是变相说皇后娘娘不

是大度的人？

崇宁郡主的脸色顿时一阵红，一阵白的。

“你不说话了，我倒是有话要说了。”卫箬衣拉起了福润公主的手，“公主的手刚刚被茶水烫了一下，你要如何赔偿啊？”

“啊？”这下轮到崇宁有点傻眼了。

她们都是养在深闺里面的郡主，高高在上，哪里会遇到如同卫箬衣这般无赖的人，一时间崇宁有点眼睛珠子转不动的感觉。

“啊什么啊？”卫箬衣瞪着崇宁郡主说道，“你刚刚对福润公主又是推搡又是嫌弃，我们大家可都是看到了。一会若是皇后娘娘真的召见，我倒要问问皇后娘娘，咱们大梁朝的规矩什么时候变了，一个郡主敢对公主叫嚷不已？我和福润公主殿下的确都没上过什么女学，想来真是孤陋寡闻了，真心没学过这条规矩。”卫箬衣说完之后对着福润公主说道：“走，我们回房去，你手上的烫伤一会叫太医来处理一下。”

福润公主都有点懵圈了，她的手没烫伤啊！

不过她也知道卫箬衣是在帮她出头，卫箬衣拉着她走，她也就懵懵懂懂地跟着，横竖她不能拆了帮她的人的台才是。

卫箬衣拽着福润公主走了两步出去，就听到身后传来崇宁的声音。“还请福润公主殿下和崇安郡主留步。”

“怎么？还有事情？”卫箬衣略一低头对福润做了一个鬼脸，福润又是一惊。等卫箬衣转过身来之后，脸色如常。

“适才的确是崇宁错了。”崇宁郡主暗咬了一下自己的唇，心底纵然气恼得要死，但是现在也不得不和卫箬衣还有福润公主低头了。

卫箬衣吵吵着要叫太医，她们这些人才刚刚住到宫里，这宫里的凳子她们都还没坐热呢，若是真的传了太医过来，势必有人会将这些事情告诉淑妃娘娘，甚至是皇后娘娘，若是两位娘娘问起来，叫她们怎么答？的确是她不敬福润公主在前，如卫箬衣所言，福润公主再不济事也是大梁朝的公主。

的确是她僭越了。

“你说什么？风太大！我听不到！”卫箬衣掏了掏自己的耳朵，略一侧身，做了一个侧耳倾听的动作，“再说大声点！

崇宁简直要被卫箬衣给气晕过去了，但是还是咬着牙，大声将道歉的话再说了一遍。

等她说完，卫箬衣就走了过来，拍了拍她的肩膀。“好姑娘！福润公主原谅没原谅你我不知道，你还是再和福润公主好好地说一遍吧。”

崇宁……，无奈之中，她只能又和福润公主道了一遍歉。

直到福润公主红着脸点头，这才作罢。崇宁以为完事了，才刚要舒一口气，哪里知道自己的肩膀被卫箬衣一把给揽住了。她被卫箬衣给抱在了怀里，顿时动弹不得。“崇安郡主，你想干什么？”崇宁惊恐地看着卫箬衣，颤声问道。

“不做什么！”卫箬衣嘻嘻地一笑，“你看你都承认了是你错了，那咱们现在就谈谈关于公主手指头被烫伤的赔偿吧！”

崇宁差点一口鲜血喷出来，被卫箬衣给气的！

106 蛮不讲理

崇华郡主萧苏雅见状就想要过来打圆场。“都是自家姐妹，只是开个玩笑。”她笑着说道，想要将崇宁从卫箬衣的怀里拉扯出来。

“那不然你来帮她赔？”卫箬衣滑了萧苏雅一眼，看在她是萧子雅庶妹的份上，她没和她计较什么，她倒先跳出来替别人出头。卫箬衣真想不明白，都是拱北王府的人，萧子雅如此的风淡云清，温文尔雅，怎么庶出的妹妹却是这种浮躁的样子。

拱北王府子息稀薄，萧子雅出事之后，拱北王曾纳了一个侧妃，无奈这么多年也只诞下了萧苏雅这个女儿，所以才将世子之位给了萧子雅的儿子萧玉。陛下念在萧子雅残疾，拱北王府人丁凋零的份上，给了庶出的萧苏雅一个郡主的封号，不然以她生母为侧妃的身份，她也是万万担不起郡主这个头衔的。

“不过就是开个玩笑罢了，何必这么当真。”萧苏雅先是一怔，随后又笑道，“适才崇宁也不过就是着急了点。”

“公主乃是金枝玉叶，玉体有损，便是大事。”卫箬衣说道，“她着急了便要伤人？世人可真是都挑软柿子去捏。若是刚刚站在这里的是福顺公主，你们可还敢如此大吼大叫的？你们既然都自诩为上过女学，有学识，见过世面的人，又如何不知道现在咱们是身在宫闱之中，既然是在宫闱里面，最忌讳的是什么？便是随意地大叫大嚷。说句不好听的话，咱们都是客人，而福润公主才是主人，她才是生于斯，长于斯的真正公主，我倒不知道这世上还有客人跑到主人家里做客的时候随意推搡主人的道理。”

卫箬衣的嘴皮子利落，一番话将那三位郡主说得尴尬无比。萧苏雅也不敢再吱声了，只是默默地站到了一边。崇宁郡主萧可欣都快要将自己的下嘴唇给咬破了。她平日里养得金尊玉贵的，哪里受过这等奚落和呵斥，眼圈一红，眼泪就啪啦啪啦地掉了出来。

卫箬衣……

这么脆弱？刚刚盛气凌人的那股子气势哪里去了？唉，她很久没和人针锋相对了，平日里被萧瑾给怼习惯了，难得出来怼人一番，却是直接将人给怼哭。

她也不是非要得理不饶人，只是想给这几个目中无人的郡主一个教训，现在真的将人家说哭了，卫箬衣倒也有点不好意思了。

“你这笔账，就先记在这里。”卫箬衣放开了崇宁，走到了福润公主的身边，拉起了福润公主的手。“我别的长处没有什么，偏生这记性却是好得很，旁人有恩于我，我不一定记得住，但是别人得罪过我，我可是会记得清清楚楚的。”她说完就对福润公主一笑，“你放心，有人欺负你，我也会帮你记住的。”

福润公主的脸就又红了起来，她微微地一低头，随后点了点。

“我陪你回去换个衫子,顺便看看手可要紧。”卫箬衣拽着福润公主大摇大摆地离开。

等进了屋里,卫箬衣看着小脸红扑扑的福润公主,数落道:“你怎么胆子小成这个样子?旁人欺负你,你就不会反击吗?”

福润公主萧芷莹一着急,张了张红润的嘴唇,却是只发出了一个字的音节。“我……”她一连重复了好几个我,越是说声音就越是小,直到最后她憋红了脸,闭上了嘴巴。

卫箬衣……

她是难为这位福润公主了,这位福润公主的口吃真的很厉害,就是现在都说不出一个完整的句子,若是在刚才那种情况下,她更是说不出话来了。

“是我错了。”卫箬衣叹息了一声,和福润道歉道,“你别急,慢慢地说,想好了要说什么,然后慢慢地将要说的话给依次说出来。”

福润瞪大了圆溜溜的眼睛看着卫箬衣,在宫里还真没人如卫箬衣这般对她有耐心。

便是照顾她的奶娘,在她生母离世之后,也渐渐地对她不怎么耐烦了。

她虽然胆子是小,但是心思也是极其敏感的,更感觉到谁人对她好,谁人对她不好。卫箬衣看起来挺凶的样子,可是一直在维护着她,她明白的,也看得懂。福润忽然有点难受,如果她不是从小就有这种说不出话的毛病,是不是父皇就会多看她两眼了。

福润难受得垂下头去,用手指习惯性地摆弄着自己的衣角。

这包子性格是怎么在宫里活到现在的……卫箬衣看着她的样子,只是觉得心酸。“好了好了。”卫箬衣轻轻地抱住了她,用手拍了拍她的后背,“我不逼你说话,你想说就说,如果不想说,就不用说。反正你是公主,我教你一个不用说话也可以震慑人的法子。下次谁再敢欺负你,品阶比你低的,你只管一拍桌子,随后瞪着她就好了。如果那人脑子不是被烧坏了,也知道你是生气了。你的封号是公主,是上位者,你若是这么瞪着,那人多半是会发毛的。你拿出点当公主的样子便是了。”

这姑娘比其他的姑娘生得丰润一些,抱在手里软绵绵的和一团子棉花一样,手感颇好。卫箬衣抱得起劲,都有点不太想撒手了。

她以前看书常常看到一些形容女孩子的词汇,什么柔若无骨之类的,每每看到都嗤之以鼻,今日她总算是体会到了这种感觉了。

土流氓卫箬衣顿时上线,手在福润的腰间摸了摸。福润感觉到有点不对,忙推开了卫箬衣,脸蛋更红了。

卫箬衣又摸了摸自己的腰,唉,差别怎么这么大呢!

贼老天,没将她弄成一个如同福润一般的软萌萝莉,却将她直接整成了金刚芭比,卫箬衣觉得自己这运气也是没谁了!

不怪萧瑾有事没事地就怼她两句,估计在萧瑾那厮的眼底,自己就不是一姑娘,而是一个力大无穷,糙得不能再糙的老爷们了!

必须反思一下!卫箬衣拍了拍自己的脑门。

唉?不对?为何忽然想起了萧瑾了?

卫箬衣又摇了一下头,默默地念了一句,急急如律令,恶灵退散!

福润瞪着眼睛好奇地看到卫箬衣如同身上生了虱子一般的举动,倍感新奇。这位传闻之中名声不怎么样的崇安郡主好生奇怪啊。

“你……在干什么?”因为现在她比较放松,所以没怎么太结巴,就说出了一句话来。

卫箬衣顿时又惊又喜地看着福润公主萧芷莹。“你这不是说得很好吗?以后就照这么说。”

被卫箬衣一夸奖,萧芷莹就又有点慌了。“我……”她又我了半天,没说出一句话来,双眸之中的光彩再度淡了下去。

她就是这么没用!

“别灰心,别泄气。”卫箬衣知道她气馁,于是只能鼓励道,“你要勇于去说,只有这样才能克服你这个毛病。不要怕,越是怕就越是说不出来。”

“哦。”萧芷莹这才稍稍地有点好受。

“走吧,这里是你家。我们出去转转好不好?上次我来,眼睛不好,差点被人带沟里去。”卫箬衣挽起了萧芷莹的手臂,“这回来,你可是要尽一下地主之谊,带着我到处走走才是。”

卫箬衣的话顿时就将福润公主给逗乐了。“你……你……说话真有趣!你……是郡主,便是眼睛看不到,也不会有人敢将你带去沟里。你在骗我吧。”和卫箬衣熟悉了,福润那紧张的心情就好了许多,再加上卫箬衣说话的方式特别,是她听都没听过的,她觉得很好笑,就更加放松了下来,这一大段话说出来,倒也没怎么太结巴。

“重点是差点!”卫箬衣笑道,“你可是要多笑笑,你笑起来特别的漂亮。你可别学你那个五哥,动不动就板着一张脸。”卫箬衣和福润公主手挽手朝外面走。

萧家的男人生得漂亮,女孩子也不会差到哪里去。福顺与福润都十分漂亮,福顺公主萧晚晴身子单薄有一种侍儿扶起娇无力的感觉,也别得惹人怜惜;而福润公主则是略生得丰满,看起来就好像一个红苹果一样惹人喜爱。只是她平日里总低着头,又不敢说话,存在感极低,刚刚笑了一下,真是让卫箬衣带着几分惊艳的感觉。

看看人家生得那么清纯,如纯净可爱的邻家小妹,怎么自己就生了一张妩媚妖精脸,一点都不亲民?卫箬衣默默地又在心底长叹了一声,悲催的人生,处处充满了叫人欲罢不能的雷区。

“御花……园,现在光……秃秃的,不……好看。”福润说道,“我……知道一个地方,那里……现在腊梅开了了了,我带你去。”她磕磕巴巴地好不容易将一句话说完,随后就抿唇看着卫箬衣。

“好啊好啊。”卫箬衣兴奋地点了点头。

以前她去故宫玩,还要花好几大百买票,现在免费游玩皇宫,还附赠一个免费的导游,虽然是个小结巴,可是胜在人漂亮,又软绵绵的好揉捏。

两个姑娘手挽手同走在后宫的回廊里面。

卫箬衣见周遭越走人越是少,就稍稍地拽了拽福润的衣袖。“你没带错路吧?”

“没没没,没有!”福润很肯定地摇了摇头。“那边去的人很少。传闻那里之前是冷宫,不过现在荒废了。院子里的梅花却是留了下来,虽然没人管理,不过长得却很好。你放放放心,我去去去过很多次。我自己心情……不好的时候就会躲躲躲躲在那边,等心情好……了,才会回去。没有……鬼的!”

卫箬衣……冷宫!这姑娘也真敢去!

不过她尚未见识过传闻之中的冷宫是个什么模样,好奇心大胜的卫箬衣顿时来了劲头,与福润两个手挽手义无反顾地走了过去。

走了好久,才拐入了一个巷子之中,一进去,一股腊梅的清香便扑鼻而来,沁人心脾,也叫人精神一振。

“好……好闻吧。”见卫箬衣深吸了一口气,福润也略带骄傲地问道,她可是没带错地方。

“真好闻。”卫箬衣笑着点头,不过大年初一就到冷宫这种看起来比较倒霉的地方,她和福润两个的心也真够粗放的。

管他呢！就当一个旅游景点好了。

沿着一排青白色的宫墙走了老远才到了这个院子的正门,门上的匾额已经被摘掉了,空荡荡的,大门虚掩,铜质的门环上也浮了一层绿色的铜锈,深黑色的大门因为年久失修已经变得斑驳,便是门槛上也残留了枯草的痕迹,应该是很久没人来过了。

“地上有脚印呢!”卫箬衣眼尖,看到门口的积雪上有脚印进去,应该是新踩出来的,外面宫墙边上青石路上的积雪都有人清除了,唯独这院子没人进出,所以宫人们也就偷懒放着不管了。

“谁……谁会来这里?”福润也是觉得好奇。

她每次难受不开心,到这里混日子,避开其他人,也没见过什么人会来。宫里的人都有点忌讳这种地方,怕沾了晦气和阴损之气。唯独她不怕,反正她已经这么倒霉了,再倒霉点也没什么的。

现在福润忽然想起来自己倒霉,但是卫箬衣不倒霉啊！卫箬衣是难得肯对她真心好的人,她可不能让卫箬衣进去。

福润想到这个就有点慌张了。“我……我们还是回去吧!”她拽着卫箬衣就要原路返回。

“没事啦,来都来了。”卫箬衣拖住了福润,笑道,“别怕。这宫里除了皇后娘娘还有你父皇,其他人敢将你怎么样吗?”

“不是……是……啊。”福润急道,更是结巴了起来,“这……这……地方以前是……冷宫。不……不……”她不了半天也没将吉利两个字给说出来,倒是将自己给憋了一身汗。

福润十分沮丧,完了,她好不容易才交到一个朋友,卫箬衣会不会因为自己带着她来冷宫,就生了她的气呢？以后不再对她这般好了?

“不吉利?”卫箬衣问道。

“对!”听卫箬衣明白了自己的意思,福润也是松了一大口气,她忙不迭地点头。

“别怕啦。我专治各种不吉利。”卫箬衣哈哈地一笑,论倒霉还有比她更倒霉的吗?看本书就穿越到这里了,还时刻想着过几年小命不保。

福润公主萧芷莹……崇安郡主说的话是什么意思？不懂!

107 再遇萧瑾

两个姑娘相互扶持着朝里面走。适才她们两个说出来走走,也没带上一个侍女,福润本就不喜欢和旁人说话,卫箬衣就将绿蕊也留在了揽华苑中。

如今两个人手拉手地走进去。这园子里一片衰败,寒风一过,吹起了地上的浮雪,打着旋从她们的裙摆之侧滑过,倒真的带着几分瘆人的寒气。

悬在回廊下的宫灯已经没了外面的那层油纸,只剩下空架子,风过,吱吱呀呀地随风晃动。冬日,天井里面的树木绿叶枯萎凋落,只能看到光秃秃的枝桠恣意地伸展着,有的已经被积雪压断了,半截挂在树干上,半截被埋入了雪地之中。

不知道哪里飞来的老鸹从这个枝头跳到那个枝头,还应景地叫了两声,听到有脚步声传来,展开翅膀飞起,震落了枝桠上的积雪。

好惨,好惨!卫箬衣与福润一边走,一边咂嘴,"这里拍鬼片都不用再装饰一下了,直接拿来用便是了。"

虽然没听懂卫箬衣说的是什么,但是听到鬼这个字,福润还是赶紧解释道:"没没没……没鬼的。我常来……,梅花花就在后……院。"

"你看这些脚印,也是去后院的。"卫箬衣指着地上的足迹说道。回廊里面毕竟有遮挡,雪积得不是很厚,不过还是有薄薄的一层。

"那……那咱们走吧!"福润怕自己带着卫箬衣来遇到什么不妥,于是停住脚步,对卫箬衣说道。她本意是好的,这宫里也应该是安全的,只是平日里这地方便是连个打扫的人都没有,现在忽然来了人了,福润总是怕会发生点什么。

"没事。"卫箬衣捏了捏福润柔软的手,"现在是大白天,又是在宫里,应该不会有什么。"况且看脚印,进去的只有一个人。虽然她现在的武功不如萧瑾那么好,不过对付宫里一个侍卫或者一个太监之类的人还是绰绰有余的。

"哦。"福润点了点头,她朝卫箬衣笑了笑,两个人又朝前走。穿过了一个花瓶造型的门,便是进到了后院之中了。

这一转过来,眼前便是满满的腊梅花枝。这园子少有人来,梅花已经长得肆无忌惮,不过四五棵树,但是伸出来的枝桠已经将整个后院都占满,扑面的香气袭来,让人宛若置身在花海之中。腊梅开满了枝头,金灿灿的一片,如同碎金铺满一般。

"啊!"福润眼睛扫了一下,顿时就惊叫了起来,拉扯住了卫箬衣的衣袖。她一着急就结巴,一结巴就更说不出话来,只是急得抬手指着院内的花树之下。

卫箬衣顺着她的手指方向看去,她站的这个地方正好被一株腊梅的粗主干给遮挡住了,要绕过来从福润的角度看过去才能看得清楚。那边的花树之下,堪堪地站了一个青衣男子。

墨发垂肩,头戴金冠,身着天青色的蟒袍,在他的胸口和两肩都绣着团龙的图案,腰间用白玉腰带束着,显得腰身窄紧,身量修长。他的眼眉清妍无比,带着一种男人之中少见的姝丽之色,便是人间绝色也不过如此。只是他的脸色略显阴沉,还有些许的落寞之意隐隐地藏匿在他微微翘起的眼梢之中,让整个人如同凝在了一团暗雾之中一般。

“萧瑾?”卫箬衣瞪大了眼睛,脱口而出他的名字,随后反应过来,她马上屈膝行礼,“不知道五皇子殿下在此,崇安见过五皇子殿下。”

福润现在也看清楚了萧瑾的容貌,倒是不如刚才那么慌张了。“五……五哥哥。”她也跟着卫箬衣屈膝行了一礼。

萧瑾怔怔地看着那两名站在回廊之下的少女,良久才回过神来。他略垂下自己的眼眸。“你们两个跑来这里做什么?”他的声音带着几分严厉与苛责。

福润就怕被人吼,被萧瑾这么一吼,她的脖子就又是习惯性地一缩,一副受气的鹌鹑样。

卫箬衣这就看不过去了,平日里对她大呼小叫的,她都能忍,可是凭什么对福润也一样这么凶?福润又没招惹他什么。再说了,这里又不是什么禁地,不过就是一个废弃了的宫苑罢了,凭什么只有他能来,旁人不能来呢?好歹现在也是在过年,吉祥话不说也就算了,大年初一就被吼,真是晦气得很!

“五皇子殿下何必如此?大过年的。既然您觉得我们不该来这里,我们走便是了。”卫箬衣拉了一把福润,朝萧瑾一瞪眼,随后又做了一个鬼脸。

萧瑾横了她一眼。他在宫里实在是有点无聊了,所以就出来走走,却没想到鬼使神差地走到了这里。

这里的每一个角落都叫他浑身感觉到不舒服,可是他还是站在了这里。

他有点失笑,他现在显然是自己给自己找不自在。才不过站了一会,卫箬衣就和福润一起来了。

这是什么地方?她们大过年的什么好地方不可以去,偏要来这种充满了阴霾与压抑的园子。

“站住!”萧瑾忽然开口,正与福润并肩朝外走的卫箬衣闻言脚步停滞了一下。

萧瑾本是想避开人群的,就是心底再难受,站在这里也可以静上一静,可是偏生她又一头撞了进来。她每次都这样,莽莽撞撞地闯入他的世界,叫嚣一通,搅乱了他的心境之后,她就要吵吵着走。这世上哪里有那么便宜的事情,她想要走,他就偏要她留。

他独自一人在这万丈红尘之中行走得够久了,形单影只。原本他以为自己会一直这样行走下去,可是她!卫箬衣!却偏生将他平静无波的人生撕扯开一个口子,将他早就封闭起来的心房敲开了一个缺口。她只是负责破坏,却从不负责修补,哪里有这种道理。

萧瑾抬眸,目光灼灼地看着她的背影。他想要留住她,不光是今日,而是今后的每一天!这世上能叫他起兴趣的人不多,能牵动他情绪的人更少,卫箬衣既然来了,便是能轻易地走吗?

他不想放手,也已经放不开手了。

什么人啊!叫人走就走,叫人站就站吗?走可以,她偏不站!

卫箬衣对萧瑾的话置若罔闻，依然拉着福润继续走。福润有点不安地看着卫箬衣，怎么感觉崇安郡主似乎与五哥之间有什么误会啊。

五哥在宫里的日子少，旁人都说五哥脾气很古怪，就她觉得五哥还好，至少难得对她发脾气，今日还是第一次五哥对她的语气重了些。

卫箬衣忽然感觉到脑后一股掌风袭来，她下意识地就一低头，躲过了萧瑾拍过来的一掌。

旋身拉着福润急速地朝边上让了几步，卫箬衣站定之后怒目看向了萧瑾。“你干吗？要打架吗？”

“是啊。”萧瑾淡淡地说道。

他的心情不好，她若是愿意陪他那是最好的，可惜依照他们两个现在的关系，只怕凑在一起只有吵架的地步。

“你说打，我就要打？我干吗要听你的？”卫箬衣气得鼻子都有点歪了。这个见鬼的大年初一，出门就诸事不利！

“你说呢？”萧瑾似笑非笑地看着她。她生气的样子还真挺好看的，生机勃勃的，便是让这个死气沉沉的院落也多了一道生气。

“打就打！你以为我怕你啊！”卫箬衣气就不打一处来，她就这个臭脾气，就算是打不赢，她也不会退缩半毫。

“今儿是大年初一，总要有个彩头吧。”萧瑾抬手拉起了垂在他腰间的丝绦，随后晃了晃，看似漫不经心地说道。

“彩你妹啊！”卫箬衣张口就骂道，合着这人还知道是大年初一！新年头一天就来找她的晦气！

“采我妹？”萧瑾看向了站在一边已经一脸呆滞的萧芷莹，“你是说福润？你想要当采花大盗？”萧瑾随后又将目光挪到了卫箬衣的身上，将她从上到下打量了一番。“我妹是绝对不可以的。”萧瑾正色说道。采他的话……或许，大概，他可能会有兴趣奉陪。只是这话太过轻佻，福润又站在一边，实在是不宜说出口。况且他是正人君子，这种轻浮的话又怎么可能说得出来。便是想想都觉得……罪过啊！

卫箬衣嘴角抽了抽，差点一口老血喷出来！

她真是见了鬼了，才要站在这里和萧瑾扯淡。

被点了名的福润，拉扯住了卫箬衣的衣袖，她怎么完全听不懂五哥和崇安郡主说的是什么啊。

“我……我……”一着急，她更说不出话来了，她其实是想问，我怎么了？

“你就别说话了。”萧瑾对福润说道。宫里这么多人里面，只有福润还让他看得过眼去，只是这个姑娘平日里胆子太小，说话又结巴，所以他便是想和她多说两句，也没什么机会。

福润低下了头去，显得十分委屈。

“你别欺负福润！”卫箬衣抱住了福润的肩膀，挑眉看向了萧瑾，“没见过你们这样当哥哥姐姐的，一个个的，就知道找软柿子捏。”

“你与你家的妹妹弟弟似乎相处得也不怎么样，还有脸来说我？”萧瑾忍不住出言讽刺道，“你家那摊子事情还没掰饬明白呢。卫箬衣，你还真是会管闲事。”

这个人绝对是欠揍了。卫箬衣一边磨牙，一边挽衣袖。她家里的那摊子闲事怪得了她吗？谁不想和家里人好好相处，怎么她和卫燕相处就很好呢？

“福润，这样的哥哥不要也罢，嘴巴毒，脾气臭。赶明儿我介绍我大哥给你认识。我大哥是天下顶顶温柔的男子，你一定会喜欢。”卫箬衣扭头对福润公主说道。

福润……脸刷的一下又红了起来。

她不敢喜欢的！

她是公主，婚姻大事，必须交由父皇做主，不能私下喜欢谁。

福润公主显然是想歪了。

“你那病痨鬼大哥是温柔，但是也忒没用了。”萧瑾一听就更加不想好好说话了，更不想顾忌卫箬衣的感受，他就讨厌卫箬衣拿卫燕来和他比，能比吗？根本就不是一回事好不好！

再说了，他一点都不想再多一个妹妹！

“萧瑾，你皮痒是吧！”卫箬衣这快要被气死了。这厮是要将她和她身边的人都诋毁上一回吗？

没见过说话这么恶毒，心眼儿比针鼻还小的男人，真是活见鬼。

“不错啊，正是，你要过来挠挠？”萧瑾扫了卫箬衣一眼，知道自己是将她给惹急了。虽然心底隐隐地觉得有点不安，但是他却一点都不想道歉，因为他不喜欢卫燕，更讨厌卫箬衣对着卫燕时候的嘴脸，凭什么对着卫燕就百般温柔，对着他就百般嫌弃？

这回真是不动手都不行了！卫箬衣觉得自己已经控制不住自己的麒麟臂。

她捏紧了拳头，上前两步，朝着萧瑾那漂亮的鼻子一拳就砸了下去。

萧瑾脚步一滑，身子朝旁边一滑，躲过了卫箬衣的那一拳。拳头是擦着他的鼻尖而过的，他是算准了角度和方向，但是在拳风扫过的时候，他还是感觉到汗毛一凛，这臭丫头是玩真的！

要是刚刚这一拳他不躲的话，此刻他的鼻梁就要断了。

“你的身手至少还要苦练十年才能勉强和我打平，可是你在进步，我也会进步。所以你这辈子都别想赢我。”萧瑾缓缓说道。

“是，我是打不过你，我也没觉得我能打过你。我和你打，不是因为我确定我能赢你，而是我想要让你知道，即便是我们这样的在你眼底什么都不是的人，也有属于我们自己的力量！”卫箬衣目光如炬地看着萧瑾，“我想我便是被你打得遍体鳞伤，也总有一拳或者两拳能击中你。这样就够了，因为你也会痛！”

萧瑾的心底一颤。

那个站在他面前身穿着郡主礼服的姑娘便如同一团已经燃烧起来的火焰一样，浑身闪闪发光，即便是怒气布满了她的眉眼，却依然让他感觉到她美得惊心动魄，美得让他的心都有点微微地抽痛。

“好，为了公平起见，我让你两手和你打。”萧瑾说道，“二十招内，你若是能逼得我后退三步，我便算你赢，到时候我自会和你还有福润端茶道歉。但是若是二十招内，你不能将我逼退三步，出宫之后你便要当我十天的跟班，任我差遣，不得有半句怨言，这点公平不?”

“公平什么!”卫箬衣捏拳,“你当我三岁小孩子,随你怎么忽悠啊!”

萧瑾……

“那你要如何?”萧瑾无奈地说道。

他自是对自己有信心,不会落败的。他的目的不是激怒她,而是要让她出宫之后不再躲开他,能跟在自己的身边。

“我若是真的能将你逼退三步,出宫后你也当我十天的跟班,任我差遣,不能有半句怨言,并且还要对我和福润端茶道歉。”卫箬衣昂首说道。

萧瑾的嘴角忽然一弯,露出了一丝明媚的笑容,那张平日里看起来清正疏离的面容顿时变得极其魅惑起来。“好啊。”无论是她陪着他,还是他当她的跟班,横竖都是不违背他的本意。

呃……答应得这么快,必定有诈!卫箬衣狐疑地看着那张笑得如同春花晓月一样的面容,怎么看都觉得好像自己上当了。

“你等等,我再想想。”卫箬衣抬手摇了摇。

“你还想什么?”萧瑾将嘴角一耷拉,“我已经很吃亏了好不好!让你两只手!你还想怎么样?”再想,出了岔子怎么办?“福润为证人!”他忙将福润也拉下了浑水之中。

“啊?”福润又是一脸呆滞。

卫箬衣……是啊,人家都让出两只手了,这样再打不赢,真是没脸见人了。

“来!”卫箬衣想了想,豪气地一拍福润的肩膀,“你作证。”

福润……“哦。”她这些话还是挺听得懂的,于是她忙点了点头。

打下来的结果,可想而知,卫箬衣输了。

她拼尽全力也没能将萧瑾逼退三步,二十招啊,整整二十招啊。打完了之后,卫箬衣就有点呆愣愣地看着萧瑾。为什么她这么努力了,而他也让了她两只手了,她却还是做不到!

这不科学啊!

这个大年初一过的,真是太打击人了。

原本卫箬衣这几天在家里抓着侯府侍卫试招好不容易建立起来的些许自信心,现在也在萧瑾用实际行动的打击下碎成了渣渣。

卫箬衣捧心,怄得要咳血。

其实萧瑾本意上是想让卫箬衣赢了这一次的,但是他转念一想,不行,这个臭丫头口口声声都要与他划清界限,若是真的让她赢了,到时候和自己说只要自己离她远点便好,那他处心积虑地哄着她做了这么多,岂不是都是白搭了?

虽然说他是赢了,但是天晓得,他赢得有多难。

卫箬衣的进步叫人刮目相看,她在武学上的领悟力和学习能力几乎无人能及。

只怕再过上两年,便是他与她对战也不能这么托大了。

虽然侥幸赢了卫箬衣,萧瑾不免有点开心,但是看到卫箬衣现在一脸的沮丧,他就又有点不忍心了。

“你若是想知道你为何会输,求我,我便告诉你。”萧瑾缓声说道。

“算了。”卫箬衣无力地摇了摇手，“我知道我打不过你，我也不想求你。”她拉过了福润。“我们回去吧。”

“哦。”福润看得出来卫箬衣输了不开心，她说话不利索，想要劝慰她，却也说不出什么话来，只能默默地陪着她一起。

“等等。”眼看着卫箬衣有点失魂落魄地都快要走到拐角的地方，萧瑾又出言叫住了她们两个。

“你还要干什么啊？”泄气的卫箬衣有点不耐地问道。

“福润你先回去，我有话要和卫箬衣说。”萧瑾说道。

“啊？”福润一惊，看了看萧瑾，又看了看卫箬衣。她刚要走，就被卫箬衣一把拽住。“走什么走，有什么话是福润不能听的。”

卫箬衣横眉冷目。

就知道对他凶。

“福润，你听话。”萧瑾放柔了声音对福润说道。

“嗯。”福润只能再点了点头，随后求助一样看着卫箬衣。卫箬衣无奈之中只能放开了福润的手，福润忙快步走出了园子。

眼看着萧瑾步步逼近，卫箬衣下意识地朝墙角缩了缩。

总觉得他今天有点反常，具体哪里不一样，她又说不出来。

好像今日见他，他整个人都是蒙在一种难以自拔的悲伤之中。

“你很怕我？”萧瑾站在了卫箬衣面前，他的目光淡了下来，也平静了下来。

“怕你干吗？”卫箬衣的嘴角抽了抽，她被萧瑾逼入了墙角之中，说真的，还真有点不自在的感觉。

这丫头总是口是心非。

手腕被萧瑾拉住，卫箬衣忍不住惊了一下。

抬眸，她便被萧瑾略显得幽暗的眸光包裹住。

“你要干什么？”虽然总觉得问出这样的话来，显得人有点虚，但是卫箬衣还是问了，问了就后悔！

“跟我来。”萧瑾拉着卫箬衣朝里面走去。

“干吗啊，我自己会走！”卫箬衣挣扎了一下，她略带不满地说道。

他的指尖有点凉意，是因为在这里站了很久的缘故吗？这里很少有人会来，所以显得特别的阴冷。

萧瑾拉着卫箬衣穿过了天井，他替她分开了挡在身前的梅枝，有梅花被碰落，落在了她的发间、衣上，带着一身的馨香，冰冷的清雪被摇落，也沾染在了她的身上。

穿过了这个天井，是一排已经看起来破破烂烂的宫舍，窗户纸已经破损，有的连门都看起来摇摇欲坠的感觉。

萧瑾推开了东首的第二间，腐朽的大门发出了吱呀一声怪响。

这是一间套房，分里外两间，里面大部分的陈列还在，只是那些靠垫和床帏都已经沾满了灰尘，就是脚下的青石地砖也蒙了一层厚厚的灰尘。

“你带着我来这里做什么？”卫箬衣看了看周围，灰蒙蒙的，到处都是经年累月积累下来的尘土,门柱上还有已经被寒风扯破的蛛网。

“我曾经在这里住过。”萧瑾看了看周围,对着卫箬衣笑了笑。随后他松开了卫箬衣,径直走到最里面,挪开了床前的踏步。

“你要干吗?”卫箬衣好奇地跟了过来。

“送你一个好玩的东西。”萧瑾蹲在了踏步前,抬眸朝着卫箬衣莞尔一笑。

“我不要。”卫箬衣一听,掉头就要走,她才不指望他能送出什么。

“你若是收下,我以后就不总是呵斥你了。”萧瑾的声音凉凉地从她的背后传来。

卫箬衣停住了脚步,回眸,略带狐疑地看着萧瑾。

他是脑子抽风了吧……

“怎么不相信我吗?”萧瑾看着卫箬衣的眼眸,平静地说道。

“萧瑾,你莫不是旁人假扮的吧!”卫箬衣忽然后退了两步,十分戒备地看着萧瑾,“还是你又想出什么花招来戏弄我?”

“随你怎么想都好。我说出的话,到目前为止,可有没做到的?”萧瑾问道。

卫箬衣想了想。“那倒是没有。”不过他送的是什么?莫不是很恐怖的东西?卫箬衣光是想想都觉得萧瑾送东西给她这事情着实有点玄幻了。

108 由不得你不要

萧瑾挪开了几块青石砖，随后从里面取出了一个木头盒子出来。

盒子是红木的，看起来十分的精美，只是上面蒙了一层土，有点惨兮兮的。萧瑾拿着盒子，吹掉了上面的浮土，随后将盒子打开。

他从里面拿出了一串手钏。

虽然有了点年代了，但是手钏上的珍珠一颗颗饱满圆润，在萧瑾的手里闪动着柔和的光泽。

这是他第一次，也是唯一一次得到父皇的表扬，父皇赐下的一袋子东珠，他找人打了孔，从里面选了最好的出来亲手编成的手钏。本来他是想送给自己的母亲的，可惜……他一直都没机会送出去。

“手拿来。”萧瑾将盒子放下，随后看向了卫箬衣。

卫箬衣迟疑了一下，还是将手伸了过去。

这手钏很值钱，就是家里珠宝堆积成山，卫箬衣也看得出来这串手钏上面的东珠个顶个的好，都是经过精挑细选出来的。

“你真的要将这么贵重的东西送我吗？”卫箬衣狐疑地问道。

“嗯。”萧瑾拉开了手钏上的搭扣，替卫箬衣戴在了她的右手上。

东珠柔和的光将卫箬衣瓷白的皮肤映衬得更加的细腻，宛若上好的瓷。

真的很好看。萧瑾低垂的眼眸之中柔光流过。

“你怎么忽然变了一个人一样？”卫箬衣撤回了自己的手腕，轻轻地抚摸了一下那光滑的珠子。这礼物，她很喜欢，只是萧瑾这么转变画风，她有点吃不消啊。

完全拿不准他到底是痛定思痛，决定以后再不和自己闹别扭，这东珠手钏便是他赔礼道歉的东西，还是他挖了一个更大的坑在等着自己跳。

用这么好的东西挖坑来埋她，萧瑾这回倒是下了本钱了。

卫箬衣微微一撇嘴。

“过年，心情好。”萧瑾说道。

好吧……倒也是说得通。

“那就谢谢了。我先回去了。”卫箬衣一抬手，朝着萧瑾晃了晃她的手腕，说道。

萧瑾没有再言语，而是目送着卫箬衣离开。

其实原本他是想说，你若是戴上了，便一直戴着吧。

只是他觉得这话说出来，依照卫箬衣的脾气，必定会将手钏拿下来还给他，所以话都到了嘴边了，还是被他咽回去了。

戴着就好。这是他第一次送东西给女孩子。等卫箬衣走后,萧瑾默默地摊开了自己的掌心,这数九的寒天,他刚刚竟是紧张得出了一层薄汗。萧瑾有点哑然失笑。

他将一切回归原位,这才缓步走出了房间,站在梅树之下,他深吸了一口气。

虽然他讨厌这里的一切,但是这里毕竟是曾经住过生过他的女人。

今日算他已经将卫箬衣带来给母亲看过了……

那姑娘有着各种缺点,在萧瑾看来,她不够温柔,不知书达理,不贤惠,不小鸟依人,但是他就是喜欢上了……

卫箬衣从里面出来,惊讶地看到福润还在门口等她。

“你怎么不先回去?”卫箬衣忙拉起了福润的手。

“我……怕……五哥……”福润艰难地说道,越是着急越是说不出来。

“你怕你五哥欺负我?”卫箬衣问道。

“嗯。”福润忙点了点头,“虽然,五哥……是……好……好人,但是……”

“行了,你不用说了。”卫箬衣笑着拉着她一起与自己并肩前行,“我知道你想说的是你五哥是好人,只是他脾气古怪,对吧。你放心,他顶多也就是骂我几句,不会对我如何的。”卫箬衣说完就觉得自己被打脸了,上次在别院,萧瑾还坑她来着。

算了,大过年的,不去想糟心的事情,卫箬衣是个心大的,也不是特别计较的人。

“嗯。”福润长出了一口气,忙不迭又点了点头,随后竖起了拇指给卫箬衣,表示她好厉害,都能猜到自己所想。

她们两个才回去,就看到绿蕊和福润的贴身侍女都在门口焦急地等候。

“公主和郡主都回来了,赶紧换衣服吧。”福润的贴身侍女清韵赶紧行礼说道。

“怎么了?”卫箬衣问道。

“适才宸妃娘娘派人前来,将各位留在宫里的郡主、县主,还有贵女们都召集去了蓝田苑里,说是晚上要在那边设宴,招待大家。”清韵说道,“其他主子都已经去了,就公主殿下和郡主二人因为不在,所以没有过去。奴婢们就等在这里。若是去得太晚了,不免有点失礼。”

“蓝田苑是什么地方?”卫箬衣问道。

“回郡主的话,是宸妃娘娘宫里的一个院子。”清韵说道。

“哦。知道了。”卫箬衣点了点头。

她和福润两个出去了这么久,各府已经将换洗的衣服和首饰都送入了宫里。

宸妃娘娘喜欢素净的东西,卫箬衣想着大家今日肯定都是投其所好的,她虽然不想去拍宸妃娘娘的马屁,但是毕竟是过年,也不好太不懂礼貌,况且今日如果大家都穿得比较素净,就她一个人突兀的话,倒也是十分出挑。她只想在宫里平平安安地过了这几天,不想惹事,所以也让绿蕊替她选了一套素白的衣裙换上。

“郡主,您这手钏怎么以前没见过呢?”绿蕊替卫箬衣换衣服的时候看到了手腕上戴着的东珠手钏,于是好奇地问道。

“哦,新买的,还没来得及给你们看。”卫箬衣含糊其辞的说道。

绿蕊虽然想不起来卫箬衣什么时候买了这么一个东西,但是见她不甚在意,也就不追问了。

那袭白色的衣裙倒是与这手钏相配得很,所以绿蕊就又选了一套珍珠制成的首饰来替卫箬衣戴上。

今日卫箬衣不想作妖,脸上的妆容也是上得极其的精致。

等一切都收拾妥当了,她与福润公主一起前往宸妃娘娘所说的那个蓝田苑。

“你……你好美……”福润看着卫箬衣,羡慕地说道。

卫箬衣莞尔一笑。“你也很美。”她由衷地说道。

大家都觉得福润胆子小,其实卫箬衣一点都不这么觉得。她敢一个人去刚刚那座废弃的宫舍,就证明她不是胆小鬼,她只是因为自己的结巴和处境,不善于与人接触罢了。

其实卫箬衣最怕的便是宫里这种拘束的环境和繁文缛节,但是现在身在这个位置上,却也不得不低眉顺目,小心翼翼地隐藏起自己的喜好。

她们是最晚到蓝田苑的,所以一进去便是在众目睽睽之下。

福润见这么多人都在看她,吓得她马上就低下了头来。

福顺就是见不得福润的这副样子,说起来也是一名公主,怎么就这么上不了台面。她忍不住轻蔑地一滑自己的眼睛,随后将目光落在了卫箬衣的身上。

这崇安郡主的事情,便是她这个身子骨不好,养在宫里的人都听说过不少。

真是脸皮厚得要死。很小的时候就认识卫箬衣,福顺可以说一直都不喜欢她,如今更是看不上她。

宸妃娘娘倒是眼前一亮。

装扮素雅的卫箬衣果然容貌不凡,不怪就连陛下也常常夸奖卫毅生的女儿漂亮。宸妃看得出来,陛下将萧瑾都安排去保护卫箬衣了,可见卫氏在陛下的心底是十分重要的。

若是真的能让她当了自己的儿媳妇,必定会在陛下的面前大大加分,不光如此,就是卫毅手里的军队,也足以叫人动心的了。而且这回她也派人去了淑妃娘娘的院子里观察过了,旁人都不肯与福润公主一起,只有卫箬衣肯。这姑娘的心眼不坏,知道维护自己的人,所以这就益发地让宸妃娘娘下了决心。因为福顺之所以吵闹着非要自己一个院子,便是她找人在背后唆使的,为的就是逼迫着福润去卫箬衣所在的院子,她也想看看卫箬衣的真实反应。

没想到卫箬衣和福润倒真的能合得来,什么都是选最好的先给福润用。

从这里就不难看得出来,卫箬衣其实并不是很难相处的人。宸妃娘娘倒是希望卫箬衣更加迷糊一些,等她喝醉了,便可以随意由她拿捏了。

自从上次三皇子遇刺的事情,一直到现在陛下都有点耿耿于怀,便是对她也不若平日里那般的轻言巧语。这叫宸妃娘娘十分警觉。光靠着陛下的尊敬和宠爱已经是不够用的,她要的是实实在在的东西。想要萧晋安能当太子,有一个强悍的妻族便是比什么都来得实在的事情。

所以宸妃娘娘才决定等卫箬衣一来,就要将卫箬衣给灌醉了。

卫箬衣来了才吓一跳,这宸妃娘娘的宴会上居然是允许人喝酒的。

也不知道是谁提议的,玩起了酒令,便是对花辞、对对子之类的,若是对不上来,便要多喝一杯。也不知道是不是她的运气太差,还是每次都被人坑,所以鼓点都是在花球被送入卫箬衣的手里的时候停下来的。结果不用猜都知道了,卫箬衣那一肚子现代词汇的人,哪里受得了这个,所以每次被罚的都是她。真是邪门了,无论卫箬衣手脚有多快,那花球左右就是在她手里的时候鼓点截断。虽然有几次她也成功地将花球传出去了,可是大部分都是她一个人挨罚。

几轮下来,她都已经有点头重脚轻了,就是坐着的时候都恨不得要半倒在地上。她已经在各种做手脚,只是在众目睽睽之下,能被她找到偷偷倒掉酒的机会有限,她还是实打实地喝了不少下去。

卫箬衣也算是"酒精沙场"的人,却不曾想自己现在如此的不济事。

这酒的后劲真的很大,卫箬衣已经开始头疼了。

她硬撑着和大家一起说笑,其实她早就有点昏昏欲睡的感觉。

"本宫见崇安郡主疲惫得很!"宸妃娘娘知道卫箬衣已经被灌得基本处在半梦半醒之间,于是缓缓地说道。

"回娘娘。"骤然被点名的卫箬衣差点就跳起来,"臣女觉得还好。"她起身说道。

起得急了点,酒劲儿又上头,卫箬衣差点歪到桌子那边去,还是绿蕊手忙脚乱地拉住了她,她才没当场出丑。

"都这样了,就下去歇着吧。"宸妃娘娘说道,"来人啊,将崇安郡主带去暖玉阁小憩片刻。"

"是。"一边的宫娥屈膝行礼,过来从绿蕊的手里将卫箬衣给接了过去。

绿蕊没办法只能松手。

宫娥们搀扶着卫箬衣出了蓝田苑之后就直接将卫箬衣送去了宸妃娘娘所说的暖玉阁。

卫箬衣心底觉得不对。

那边蓝田苑里一大群人,唯独她被送了出来,这花球又总是落在她的手里,便是证明了宸妃娘娘有意要让她落单。

这可是宸妃娘娘自己的宫里,难不成她还会做出什么不成体统的事情?

卫箬衣努力地让自己已经成了浆糊的脑子保持清醒,寻思着应对的办法。

其实适才她发现苗头不对的时候已经开始装醉了。所以现在她这样子一半是装的,一半是真的。

"我觉得我还是回淑妃娘娘那边休息吧。"卫箬衣佯装迷糊地对那两个宫娥说道。

两名宫娥对看了一眼,均是半点声都不吭。

还真的有点邪门了。

卫箬衣暗暗地蹙眉。她假装要吐的样子干呕了两下,随后捂住自己的唇,痛苦地对两名宫娥指了指自己的嘴巴。

两名宫娥这才有点失色地将卫箬衣扶到了一边。

卫箬衣一边蹲下身子去干呕,一边暗中观察这里。

"我不舒服,你们两个去叫太医来吧。"卫箬衣蹲在地上,假装痛苦地对两名宫娥说道。

两名宫娥再度相互对看了一眼。"宸妃娘娘吩咐了奴婢们照顾郡主,太医是肯定要喊的,还请郡主移步先去暖玉阁休息休息便是了。

“大胆奴才!”卫箬衣起身,双眉一立,怒喝道,“本郡主说身体不适,你们听不懂吗?我告诉你们我要看御医,我也不想走了。你们要么抬着我走,要么就回去请示一下宸妃娘娘,允许不允许我去淑妃娘娘那边。”今日她若是被两个小宫娥给拿住了,那才叫没面子。

两名宫娥显然没想到卫箬衣会吵吵得那么大动静。宫里一贯都禁止喧哗的,她们两个都是一哆嗦。“郡主息怒!奴婢们也是好心。”她们两个还要过来搀扶卫箬衣,就被卫箬衣一手甩开一个。

“好好好。你们不带我去看御医,我自己去!”卫箬衣假装醉酒地恼道。

想抓住她?再来四个这样的宫娥也是按不住的。

109 再救一次

那两名宫娥显然没想到卫箬衣的力气那么大，一下就将她们两个给推开了。

宸妃娘娘叮嘱她们一定要将卫箬衣送入暖玉阁之中，可是她们两个现在眼巴巴地看着卫箬衣居然跑开了！

她们两个显然都有点慌了神，待卫箬衣跑没影了，她们这才回过神来。今日这宫里的人被宸妃娘娘以过年为借口打发掉了不少，所以卫箬衣一路跑出来，压根就没遇到什么阻拦。这两名宫娥赶紧从地上爬起来，一个沿着卫箬衣消失的方向去找，另外一个则赶紧回去蓝田苑将此事禀告给宸妃娘娘。

她这一跑，血脉流动，酒劲就真的上来了，整个人都是晕乎乎的，若是才从蓝田苑里面出来的时候尚有几分清醒几分醉，如今也已经变成了全醉了。宸妃娘娘这里的酒后劲真厉害！

卫箬衣压根就不认识宫里的路，现在脑袋又是晕的，更是分辨不清楚东西南北，完全就没跑对地方，不仅没找到出路，反而跑得更深了。

萧瑾坐在假山顶上摆弄着手里的一个香囊，听到下面有脚步声。他百无聊赖地低头看了一眼，只是一眼就怔住了。

下面那个拎着裙子，跑得跌跌撞撞的人影无比的熟悉。

他知道宸妃娘娘在蓝田苑之中设宴请各位贵女，为了避嫌，他索性躲开。这个时候，卫箬衣不是应该在蓝田苑里面吗？怎么会慌里慌张地跑了出来呢？

飞身跃下假山，落在了回廊之中，挡在了卫箬衣的去路之上。卫箬衣一边跑一边回头看，完全没想到路上忽然多出了一个人来，便是一头撞入了萧瑾的怀抱之中。

一股浓郁的酒气袭来，萧瑾扶住了撞入自己怀里的人，同时眉头轻蹙，她怎么喝这么多？

感觉自己被人抓住，卫箬衣下意识地挣扎，等她看清楚抓住她的人是谁的时候，她一把揪住了萧瑾的衣襟。“萧瑾！？”她努力地瞪大自己已经有点模糊的醉眼，仔细地分辨了一下，卫箬衣生怕是自己在醉中将人给认错了。没错，就是这个家伙！

忽然之间卫箬衣松了一口气，她无力地倒在了萧瑾的怀里，手却依然紧紧地揪住他的衣襟。“帮帮我。”她颤声说道，“送我回淑妃娘娘那边。”她的酒意已经是让她整个人都昏昏沉沉的，倒入了萧瑾的怀里，她就放心地闭上了眼睛。

心底隐隐地一痛，萧瑾见过卫箬衣的各种表情，却从没见过如此无助的她。廊檐下宫灯摇曳，微光映亮了她的面容，半隐匿在光影之中，显露出一种从未有过的脆弱。她的睫毛轻轻地颤抖着，似乎是在与什么作抗争一般。

“好。”萧瑾心底极痛，轻轻地回了她一声。

几乎不再问任何话，萧瑾默默地将卫箬衣打横抱了起来，两个起落就越上了廊檐之上。

“郡主！”萧瑾才走，就听到回廊的尽头传来了细碎纷杂的脚步声。

宸妃娘娘听了宫娥的回禀之后已经派人出来寻人。

今日这机会难得，若是丢失了，日后再难寻到第二次了。所以宸妃娘娘一定要将人找到，在她的寝宫里，自是她说了算，若是将人放了出去，想要再请进来就难了。

萧瑾依仗着自己对宫里的熟悉，抱着卫箬衣藏匿在廊檐飞角的暗处。

出来寻人的宫娥们匆忙地从他和卫箬衣藏身的廊檐飞角下走过，却没一个人发现他们。

等人过了，萧瑾才闪身出来，抱着卫箬衣飞快地从屋宇顶上朝着长乐宫的方向而去。

等快要到长乐宫的时候，萧瑾就又改变主意了。

如果她这副模样在他的怀里被人看到的话，是不是她就只有一条嫁给他的路可走了？

萧瑾停住了脚步，有点微微地发怔，他垂眸看着自己怀里的卫箬衣。她显得十分难受，眉头紧锁，双颊带着不正常的红色，浑身烫得厉害。

寻常的醉酒，哪里会体温如此的高？

卫箬衣现在脑子里也只是乱哄哄的一片，她感觉自己好像被人放在火上烤着，浑身上下都是说不出的燥热难耐。

她难受地哼了一下，又朝着萧瑾的怀里缩了缩，好像靠入了他的怀里就能感受到更多清凉的感觉。

不对！她这副模样，不像是醉酒，倒像是中了什么见不得人的药一样。

萧瑾的眉头紧紧地一蹙，心也跟着自己的念头沉了下去。

宸妃娘娘那边，还有谁敢乱做手脚？

“箬衣。”萧瑾轻轻地叫了一声卫箬衣。

她似乎听到有人叫她，就浅浅地应了一声。她浑身都发酸发软也在发涨，身体好像被什么束缚住一样，难受得她只想扯开自己的衣襟，想要多透透气。

事实上她也是这么做了。

萧瑾大骇。

她再这样胡乱地拉扯自己的衣襟，即便是宫装衣襟束得很紧，也迟早要将自己的衣襟给扯开。该死的！萧瑾跺脚，平日里他的冷静，如今已经全然飞得无影无踪了，便是他现在抱着卫箬衣也有点微微地发慌。

这样的卫箬衣若是被直接送回淑妃娘娘那边，他就不能顾着她了，若是她再被淑妃娘娘利用一下的话，萧瑾感觉自己都不敢再想下去。

这宫里的人，他一个都不想相信，也不敢相信。

萧瑾生生地在靠近长乐宫的地方拐了一个弯，直接将卫箬衣带去了凝华苑。

那边就是早前她们去过的冷宫。

萧瑾的生母死后，陛下就命人摘去了凝华苑的牌匾，从此那边就再无人去了。

凭借着自己对宫中侍卫巡逻路线的熟悉，萧瑾熟练地躲过了一路上巡夜的宫中侍卫，带着卫箬衣进了他曾经住过的房间。

床上的被褥早就已经陈旧腐烂，萧瑾用掌风将那些乱七八糟的东西全数扫开。他先是将卫箬衣放在了凳子上，让她靠着墙，他是想去找点东西铺在床板上，好让卫箬衣躺下的，哪里知道卫箬衣虽然已经陷入了迷乱之中，却还是依然紧紧地揪住他的衣襟不放。

“乖，先放开我。”萧瑾拍了拍卫箬衣的肩膀，柔声说道。

卫箬衣哪里肯放手，她脑子已经晕了，什么都是无意识的，只是凭着本能在做事。

直觉上她觉得若是自己一放手，就什么都完了，所以她在陷入混乱之前揪住了萧瑾的衣襟，此时也如同溺水的人紧紧抓住自己最后能抓住的东西一样怎么也不肯放手。

这可怎么办？

萧瑾左右为难。

他只能再度将卫箬衣抱了起来，她果然略微地安静了下来。

萧瑾只觉得自己抱着卫箬衣那火热的身躯，似乎都要将他的心给炙烤得化开。

宸妃娘娘此番大概是为了自己的儿子吧，他的好四哥。若是卫箬衣这般样子被人撞见与四哥在一起的话，只怕卫箬衣多半是要被指婚给四哥了。

萧瑾此时心静了下来。

他努力地回想了一下今日他在房里听到的事情。

宸妃娘娘曾派人来叮嘱过他，夜间她会在宫里设宴，让他没事不要朝前去，前面一共就两个院子，一个是蓝田苑，一个是暖玉阁。

他听过往的宫娥说过一嘴，晚宴是设在蓝田苑的，那么卫箬衣喝成这样被带出来，必定是要被带去暖玉阁。

宸妃娘娘不会那么大意，更不会给他半点机会，这种机会她只会留给自己的儿子。

萧瑾的眼波暗淡了下来，若是宸妃娘娘生是要给卫箬衣找一个理由成亲，那么成亲的对象也绝对不是萧晋安，而是他萧瑾。

思及于此，萧瑾反而镇定了下来。

他垂眸看了看怀里依然不安的卫箬衣，眼底一片柔光。

“箬衣，若是从此你我拴在了一起，你醒来知道我是用了这种手段，还请你不要怪我可好？”萧瑾喃喃地对着卫箬衣低语了一句，随后俯身在她滚烫的额头上亲了亲。

他没有得到卫箬衣的回应，卫箬衣还是在无意识地拉扯着自己的衣衫，有一搭没一搭。

“我不会负你。”萧瑾的唇久久地印在她的额头上，恋恋不舍地离开后，他又对卫箬衣轻语了一句，“你知道我这人脾气古怪，性格也不好相处，但是我说过的话从无反悔也从没落空。我萧瑾可以在这里对着苍天大地，诸天神佛起誓，我会全心地爱着你、护着你，直到我生命的终结。”

黝黑的眸子里泛出了淡淡的水泽，萧瑾是个不容易感动的人，此刻却也有了一种鼻子微微发酸的感觉。

很奇怪，明明是一件值得庆贺的事情，但是为什么会生出了想哭的冲动？

他已经很久很久没哭过，也没眼眶湿润过，萧瑾已经记不得自己从什么时候开始不再哭泣，不再掉泪，不再悲风伤秋。而现在，抱着陷入混乱之中的卫箬衣，萧瑾只觉得这些被他摒弃了的情感似乎一股脑地都回来了，充斥着他身体的每一个血脉，让他整个人都好像被填满一样。

心痛，但是伴随着一种难以言表的喜悦，那股淡淡的欢欣之意混杂在一片希望之中，宛若茁壮的嫩苗破土而出，瞬间长大。

“既然宸妃娘娘想要给你找一个奸夫，那便由我来当可好？”萧瑾对着卫箬衣微微一笑。他抱起了卫箬衣，走出了凝华苑，再度回到了宸妃娘娘给自己安排的紫烟阁之中。

外面的宫女已经乱成了一团，卫箬衣丢了，宸妃娘娘饶是镇定，此刻也有点自乱阵脚的感觉。

她人勉强地坐在蓝田苑里面陪着其他的公主郡主，可是心思却已经飞得无影无踪。

饶是她在宫里多年，早就练就了一副波澜不惊，喜怒不行于色的本事，但是现在她也不免有点担心和害怕。今日之事本就是铤而走险的。

萧晋安就在暖香阁之中等候，而她给卫箬衣喝下的酒是混杂了一些药的烈酒。若是此事顺利，自是可以完全将责任都推到卫箬衣的头上，是她醉酒丧德，拉住了宫中的皇子，做下了见不得人的事情，到头来，陛下为了遮掩这件事情，不得不将卫箬衣嫁给萧晋安。而即便是远征而归的卫毅知道这件事情之后，也不得不认下了这门亲事。

卫箬衣的名声在外一贯不好，现在又出了这档子事情，想来卫毅即便是为了他们卫府的名声也不得不对萧晋安补偿一二。到时候他自然而然地就会站在自己女婿的这一边。

有卫毅撑腰，即便是皇后那边的谢家又能拿萧晋安有什么办法？耍嘴皮子的，最后终是不敌耍枪杆子的。

谁拳头硬，谁就说了算，这是亘古不变的道理。

宸妃娘娘觉得之前自己是多虑了，还要考虑卫箬衣喜欢不喜欢自己的儿子，自己喜欢不喜欢卫箬衣。没有什么喜欢或者不喜欢的，这世上的事情要有所得，就必须有所失。

只要储君之位到手，将来安安稳稳地登基，萧晋安再喜欢什么样的姑娘，亦或者是她希望萧晋安娶一个什么样的姑娘，都可以。

紫衣侯府现在由萧瑾看着，平日里没有任何机会下手，这次她将人留在宫里便是最好的机会了。

况且人在宫里出事，陛下即便再怎么恼怒也不会大张旗鼓地彻查下去，而且她也做得滴水不漏，即便陛下查，也是查不出什么结果的。

此番给卫箬衣敬酒的都是她的心腹之人，旁人自是不会知道这满桌子的人，只有卫箬衣一人的酒是与众不同的。况且还有这么多人看着卫箬衣的醉态，这么多人给她作证，就一定是卫箬衣自己酒后失德了！

可是宸妃娘娘千算万算都没算到卫箬衣会忽然推开宫女跑掉！

但凡是入宫来的贵女哪一个不是乖顺地服从安排，恪守礼仪，偏生遇到卫箬衣这么一个不按常理出牌的家伙。

她究竟跑去了哪里？

宸妃的人已经四处找了，也问过了看守宫门的侍卫，并没见到崇安郡主出门口，那就是说卫箬衣还在她的寝宫范围内。

该死的！

宸妃娘娘的眼皮子忽然一跳,牵连着眼梢也跟着稍稍地抖动了一下。

她竟是忘记了今日萧瑾也住在宫里!

她之前装大度,装好心,即便迁移到了新的寝宫,也在最里面的角落里给几乎不入宫的萧瑾准备了一个居所,紫烟阁。

横竖萧瑾平日里都不回宫,那紫烟阁便好像是一个摆设一样,只不过是她用以彰显自己的贤良罢了。

110 与皇后结盟

只是萧瑾在回来的路上垂眸看到了卫箬衣即便是陷入了混乱之中亦是紧紧揪住他的衣襟,他的心便又痛了起来。

她即便是在这样的情况下,看到了他也是全心地信赖着他,若是他利用这件事情骗得了与她的婚姻,这样真的能对得住她吗?等她醒了之后真的会不怨他吗?

萧瑾的眸光柔了下来。求娶她是必然的,但是如果是通过这种手段,便是连他自己都不屑了。外人会如何看待卫箬衣?只怕说得会非常难听。他是要娶她,可是会是光明正大地求娶,而非用了这种见不得人的手段。

他在即将靠近宸妃娘娘的寝宫之时又转了一个弯,直奔凤翔宫而去。

悄无声息地落在了凤翔宫里,竟是连半个侍卫都没惊动过。

等到了凤翔宫正殿,萧瑾扯下了自己的外袍盖在了卫箬衣的身上,将她彻底地遮盖住。在扯自己的外袍的时候还稍稍地费了一点点的力气,毕竟卫箬衣死死地抓着他的衣襟不肯放手。

"五皇子殿下!"门前的太监一惊,他竟是丝毫没看到萧瑾是怎么进来的。

"皇后娘娘可在里面?"萧瑾问道。

"在。"太监忙行礼道。

"就说我有十万火急的事情找皇后娘娘。"萧瑾说道。

"是。"太监不敢怠慢,这位五殿下素来是无事不登三宝殿的人,如今登门而来,一定是有事。

这凤翔宫里里外外都是皇后娘娘亲手教出来的奴才,倒是也可靠。

萧瑾只等了片刻,皇后娘娘就传诏了。

萧瑾将卫箬衣带入了皇后娘娘的正殿之中,皇后娘娘一看就蹙了一下眉头。

"小五,你这是……"皇后不解地看着他手里捧着的物件,上面盖着萧瑾的外袍,但是还是能看得出来他怀里抱着的是一个人。

皇后何等的机敏,还没等萧瑾开口,就直接一挥手,让所有人退下。

"小五,本宫不知道你今夜前来的目的为何,但是你难得和本宫开口。"皇后娘娘说道,"既然你今夜来了,本宫多半是会帮你的。"

在这宫里,多一个朋友永远是比多一个敌人要强。

此番陛下尚未定储,萧瑾是个连皇宫都不愿意回的人,自是已经摆明姿态不与几个哥哥争夺,不管他是清高也好,是不屑也罢,对于这样的皇子,皇后还是十分欢迎的。

只是平日里这孩子话少,也不常回宫里,每次回宫,宸妃那个贱人都要表现出自己的贤德大度抢着要将萧瑾带去自己那边摆着。

皇后也不与她争，只是冷眼看着。皇子在她那边，年岁越来越大，迟早会闹出点什么事情来的，且不论是什么事情，等着瞧便是了。如今皇后见萧瑾抱着一个人前来找她，便淡定了下来，当日她的决定是正确的。

“多谢皇后娘娘。”萧瑾抱着卫箬衣略弯了一下腰，算是行礼了，“儿臣此来，是想送皇后娘娘一个大礼。”

“你且说说看。”皇后淡淡一笑。

这孩子迟迟不肯让自己怀里抱着的人露出面容来，想来便是要与自己谈条件，若是条件不谈好，自是不会将礼物轻易送出来。

“若是皇后娘娘帮我这个忙，日后萧瑾愿意变成皇后娘娘在宫外的耳目。”萧瑾缓缓地说道，“萧瑾身在锦衣卫，是锦衣卫十四千户之一，娘娘明白萧瑾的意思吧。”

皇后的眸光一亮，随后她很好地掩饰住了。

锦衣卫素来是陛下的亲军，老靖国公身故之后便由现任的靖国公接手都指挥使一职。那靖国公的子孙世代都是太子伴读，与陛下同气连枝，简直就是一个鼻孔出气的人。若是谁想要将手伸入靖国公府那真是比登天都难。所以锦衣卫这个地方，除了陛下和靖国公，谁说的都不算。

如今萧瑾来说起这个，那还真是送了一个大礼过来。

“你要我怎么帮你这个忙？”皇后问道。

萧瑾知道皇后有此一问，便是已经应允了。

“皇后看看这是谁。”萧瑾将蒙在卫箬衣身上的衣袍揭开，皇后起身一看，就是一惊。“崇安这是怎么了？”

“那可要问问宸妃娘娘了。”萧瑾快速地将自己适才是如何遇到卫箬衣，卫箬衣是如何要他将她送回淑妃娘娘那边和皇后娘娘说了一遍。

皇后听完就在心底冷冷地一笑。

她就说宸妃那个小贱人，叫着卫箬衣留下，绝对另有目的，所以她为了防着宸妃才叫了一大群贵女入宫搅乱她的计划，果不其然，这宸妃还是暗中下了黑手。

如今皇后娘娘便是用脚后跟想，也想明白是怎么回事了。

“你将崇安郡主留下，本宫自有计较。”皇后娘娘走到一边推开了偏殿的大门。

萧瑾一颔首，将卫箬衣抱进了偏殿，放在了软榻上。

“还请皇后娘娘保全住崇安郡主的名声。”萧瑾放下卫箬衣之后对着皇后一拱手，“萧瑾答应皇后娘娘的事情，自是会做到，也会做好。三哥乃是嫡出，萧瑾认他这个哥哥。”

皇后瞬间便明白了萧瑾的意思，笑着点了点头。“你是好孩子，本宫知道了。你且退下，一切交给本宫就是了，本宫保证会护好崇安郡主。”

“多谢皇后娘娘了。”萧瑾再度抱拳，随后打开窗户，从窗户跳了出去。

他并未离开，而是找了一个隐匿的角落里藏了起来。

皇后娘娘蹙眉看了看在昏迷之中的卫箬衣，心底叹息了一声，卫老贼，你的女儿如今落在本宫的手里，谢家原本处心积虑想要扳倒你，如今你可是要承了本宫一个天大的人情了。

萧瑾果真是来送礼的,不光是送一份,而是送了三份!

“来人,传太医。”皇后娘娘朗声对外说道,随后她找来了自己的心腹,“散播出去,就说是本宫适才出去随意走走,从宸妃娘娘那边捡了一个人回来。你再找个人去和陛下说,就说崇安郡主在本宫这里,不知道是怎么了,一直昏迷不醒,本宫急得很。”

“是。”太监行礼,赶紧走了下去。

宸妃娘娘正找得焦头烂额,这人怎么就飞了呢?

“回娘娘,五皇子殿下不在紫烟阁里。”前去寻人的宫娥悄然再度回到蓝田苑,小声在宸妃娘娘的耳边说道。

宸妃娘娘的脸色微微地一变,不好了,她赶紧对宫娥说道:“去将四皇子殿下叫来,让他将琴也带来!另外该处理的东西全数都处理干净,务必不能留下半点痕迹。”

“是。”宫娥赶忙下去。

不一会,蓝田苑的大门打开,萧晋安一身玉色蟒袍,精神抖擞地出现在了众多贵女的面前,手里捧琴。

“母妃万安。”萧晋安抱琴上前,躬身行礼,“各位好。”随后他又环顾了一下蓝田苑,略一颔首。

众位贵女齐齐地起身,亦是对着萧晋安行了一礼。

虽然宫娥并未多说,但是萧晋安见人迟迟没被送去暖玉阁,也明白事情有变,此番宸妃娘娘叫他带着琴来,他便已经猜到一二。所以索性落落大方地说道:“今日难得母妃有兴致请客,便是我这个当儿子的也要为母亲的宴席增彩一二。”他抬手,示意一边伺候着的宫女送来琴案和凳子,将自己手里的琴放在琴案上,自己则在凳子上撩衣坐下。

“有酒,有诗,岂能无琴。”萧晋安缓缓而笑,广袖轻舒,端是一派文雅风流,看得在场的几个贵女不由暗自地红了脸面。

几位皇子都是传承了各自父母的好样貌,萧家的男子本就生得漂亮,这几个皇子又都是挑好的长,自是姿容出众,仪表不凡。

三皇子为人看起来木讷了点,许是谢家的诗书太多,给教得傻了点;四皇子则是不一样了,如同明珠一样熠熠生辉,叫人看了一眼就不忍将目光挪开;至于五皇子殿下,生得是最好的,便是世间的女子想要在样貌上超越他的也没几个,但是整日不苟言笑,阴沉着一张脸,谁见了都好像是欠了他钱一样,便是叫人看了一眼惊讶于他的美貌,可是再多看实在是被他那阴沉的表情弄得再没了兴致了。所以比来比去还是四皇子殿下看起来亲切可人,如瀚海明月,朗朗皎白。

琴声悠扬,大家将目光都投注在了四皇子萧晋安的身上。

只是萧晋安一曲未停,就听门口的太监唱和了一声:“陛下驾到。”

萧晋安琴声戛然而止,大家纷纷起身,大门打开,恒帝的身影出现在了蓝田苑的门口。

宸妃娘娘的心头一惊,不过她还是摆出了一副惊喜的模样。

“你们还在这里弹琴作乐?”恒帝大踏步地进来,瞥了一屋子的人,略显得不悦地说道。

“臣妾宴请各府的贵女是奏报了陛下和皇后娘娘的。”宸妃赶紧上前行礼,随后说道,“不知道陛下怎么如此震怒?”

“你给崇安那孩子吃了什么?”恒帝横了宸妃娘娘一眼,言辞锋锐地问道。

宸妃娘娘低下了头,她的心头咚咚地乱跳,但是还是按住了心底不安。“臣妾惶恐,适才臣妾在席间传花令,输了便要罚酒,本就是图个热闹的。崇安郡主不擅诗词,喝得多了些,臣妾已经安排宫娥扶着崇安郡主下去休息了。”

宸妃娘娘说完之后,转眸看向了自己身侧的宫女。“适才是谁伺候崇安郡主的,叫来问话。”

“是。”宫女不敢怠慢,忙躬身退下。

恒帝环顾了一下四周,见所有行礼的贵女都好好的,就将紧蹙的眉峰稍稍地打开,是不是他太过紧张了,所以小题大做了?

以宸妃素来的品性,又是在众目睽睽之下,怎么会做出不成体统的事情。

他随后将目光落在了萧晋安的身上,这孩子素来听话,为人良善,他适才来蓝田苑,在外面也听到了他的琴声了,既然他在此处,只怕是自己真的误会了什么了。

心底略带了一点点的愧疚,恒帝略抬了一下衣袖。“时候也不早了,你们先回淑妃娘娘那边去吧。”他对其他的贵女说道。

“是。”大家不敢多言,只是行礼之后依次鱼贯退出。

等人都走光了,恒帝才找了一个椅子坐下。“你那伺候崇安的宫女呢?”

“臣妾也不知道啊。”宸妃娘娘故作讶异地说道。

她这边话音才落,适才出去寻人的宫女就快步走了进来。“回娘娘的话,人带来了,这两个小蹄子说看崇安郡主不见了,她们也不敢声张,生怕娘娘责难,就自顾自地去寻了。”

她的身后跟着两名宫女,进来之后就匍匐在地,吓得直哆嗦。

“什么?崇安郡主不见了?”宸妃娘娘故作吃惊地叫了一声。“陛下,这可如何是好。臣妾这就叫人去寻崇安郡主。至于这两个失职的宫女,等寻到崇安郡主之后再作发落。”随后她厉声对那两名宫女说道:“你们两个是在什么地方将崇安郡主弄丢了的?”

“奴婢们按照娘娘的吩咐将崇安郡主送去暖玉阁休息,谁知道走到半路上崇安郡主说要吐,将奴婢们甩开了,奴婢们要去扶她,却被她再度推开,接着崇安郡主就跑了。”两名宫娥哭得已经是如同泪人,一个人说道,另外一个人补充道:“崇安郡主跑得很快,奴婢们被崇安郡主推倒之后再爬起来去追,已经是追不到崇安郡主了。奴婢们弄丢了郡主,怕娘娘责罚,也怕将此事通报了会扫了娘娘和其他贵女们的兴致,于是就自己在宫里寻人。可里里外外都找遍了都没找到崇安郡主的下落,便是连五皇子殿下的紫烟阁奴婢们都去了,可是五皇子殿下的人影奴婢们也没看到,会不会是五皇子殿下带走了崇安郡主?”

“大胆奴才!”恒帝震怒,用力地一拍桌子。“你们将人弄丢了,如今却要将祸事栽赃到五皇子殿下的身上。崇安郡主是被皇后娘娘经过带走了!朕还能指望你们做点什么?这么点小事都要惊动皇后娘娘和朕!”

“陛下息怒,只要是人找到了就好。”宸妃娘娘赶紧出来打着圆场,“来人,将这两个宫女拉下去关起来,等候发落。”

棍子是肯定要打的,只要是人在她的手上,一切好说。

不过卫箬衣居然是被皇后娘娘给带走了!这……宸妃娘娘的心底更是如同一团

乱麻。

她派人里里外外将这寝宫都找遍了，丝毫没有找到卫箬衣的踪迹，门口的侍卫也说没见到人进出，卫箬衣已经那副样子了，自己是断无本事出去的，一定是萧瑾将卫箬衣送去了皇后那边！

这个吃里扒外的东西，亏她还对他那般的好，即便是换了寝宫也在宫里留给了他一方天地。白眼狼就是白眼狼，萧瑾就是一头彻头彻尾养不熟的狼崽子。

好在她应对及时，所以现在不至于乱了阵脚。

“小四，你先退下。朕有话要问你母妃。”恒帝挥手对萧晋安说道。

“是。”萧晋安行礼退出，连带着殿里其他的宫娥太监也都一起走了出去。

等人都走光了，恒帝才目光闪烁地看着宸妃娘娘。

“陛下，让崇安郡主喝多了还走丢了的确是臣妾的错。”宸妃娘娘屈膝给陛下行了一礼，随后温柔地说道，“臣妾给陛下赔不是了。”

“朕倒是觉得你应该赔不是的人是崇安郡主和卫毅。”恒帝哼了一声说道，“你在给崇安的酒里加了什么？”

“天地良心啊！”宸妃闻言扑通一声直接跪在了陛下的面前，“陛下何出此言？难道臣妾是那种人吗？臣妾与崇安郡主无怨无仇，怎么会胡乱给她吃东西？”

“不是你做的？”恒帝蹙眉。

“不是臣妾做的。”宸妃一口否决，“臣妾斗胆，敢问陛下，崇安郡主到底怎么了？”

“不知道吃了什么，浑身燥热难耐，便是御医一时之间也没诊察出是什么东西所致。人还在晕着。”恒帝蹙眉道。

他才见崇安的时候还以为崇安是被人下了什么不体面的药。仔细问下来，太医们都说不是，但是也查不出来到底是怎么了。

宸妃娘娘心底略平复了一点。

她就是防备着，所以下的压根就不是催情之类的药物，而是能致人灼热昏迷陷入迷乱的药。

这种药鲜有人见过，是从柔然那边传入的，宫里的御医没见过是自然的。

“陛下明鉴。”宸妃娘娘定了定神，“臣妾可以对天发誓，臣妾压根就没做出任何不利崇安郡主的事情。况且今日在座各位贵女都是众目睽睽的，臣妾即便不喜欢崇安，也不会当着这么多人的面下药。陛下啊，这是有人要陷害臣妾啊。”

“你的意思是皇后给崇安郡主下药，亦或者是崇安郡主自己下药药了自己？”陛下蹙眉。

“陛下，臣妾不敢妄言，只求陛下下旨彻查此事，还臣妾一个清白。”宸妃娘娘哭着说道。

这……依照宸妃平日里的品性而论，的确不是会做这等下作之事的人，况且那药也不是什么春药。恒帝来的时候，老四正在和大家弹琴，要说宸妃是想将卫箬衣迷翻了送到自己儿子的身边，也是说不过去的。

适才他被皇后叫去凤翔宫，听皇后找他一番诉说，他就气得不行了。

一个是自己的爱妃，一个是自己的儿子，还有一个是自己最信赖臣子的女儿，若是真的让卫箬衣在宫里出了这等事情，他的老脸朝哪里放？

卫毅现在还在替他在外征战拼命呢，现在他倒好，自己的妃子迷翻了人家的女儿，想要和自己的儿子送做堆。这种事情，叫他将来怎么去和卫毅说去。

况且他尚未立储，若是宸妃真的有此一举，便是她有心将卫毅笼络在她的身边。

身为帝皇，便是恒帝也是从皇子过来的，又怎么会不明白其中的意思？

谢家和卫家相互弹劾，俗话说，若是做臣子的不吵吵闹闹，这当皇帝的就要忧心了。

有谢家牵制着卫家，自是有人替他看着卫家，而卫家又何尝不是在替他看着皇后的母族谢家。

这样的平衡持续下去，他这个皇帝当得安稳得很，但是这种平衡一旦被打破，他这帝位只怕也是在动摇了。

无论从哪一点上，恒帝都不希望卫毅与自己的儿子会牵扯不清。

除非那个儿子压根就不想当皇帝。

这样的儿子还真有一个，只可惜，这孩子散养得太厉害了，不光不想当皇帝，就连他这个当爹的，都快要不想认了。

“若是陛下还不放心臣妾，”宸妃娘娘哭倒在了陛下的膝盖上，“臣妾愿意封闭寝宫，让陛下派人前来搜宫。若是这样都不能消除陛下的疑虑，臣妾就只有以死明志。陛下，臣妾自小读百家书，自问旁的没有，至少还恪守着一个良善的准则，这么多年来，臣妾在宫里如何，陛下心底自有论断。如果今日陛下非要因为一个崇安郡主莫名其妙地晕倒就将所有的事情都扣在臣妾的头上，臣妾愿意效仿古人。”

“胡说什么！”恒帝一听就赶紧按住了宸妃娘娘的肩膀，他低叹了一声，将宸妃扶了起来，拉着她挨着自己坐下，揽住了她的肩膀，“大过年的，说点吉利话吧，别说这些不三不四的事情。”

“就是大过年的，臣妾才更要澄清自己。臣妾可受不了身上被人泼了脏水。”宸妃娘娘啜泣道，“自上次三皇子遇刺的事情之后，皇后早就对臣妾不满了，臣妾知道。她是皇后，她无论在臣妾的面前说什么，臣妾都忍着。可是这回她太过分了。崇安郡主在臣妾这里出事难道就是臣妾做的吗？陛下您光听皇后一家之词，叫臣妾这个弱女子也无从辩解。臣妾倒不如真的就这么做了，也落个干净明白。”

“胡说！”恒帝呵斥了她一声，“你陪伴朕风雨多年，朕自是不会信你是那样的人。只是崇安这昏迷来得蹊跷又不是醉酒，实在是说不明白。”

“臣妾这宫里又不是只有小四一个皇子，还有一个皇子呢。”宸妃娘娘说道，“臣妾素来对小五掏心掏肺的，可惜小五不是从臣妾的肚子里爬出来的，总是和臣妾闹着别扭。崇安郡主在臣妾这里出事，她又是一直喜欢小五的，这其中莫不是有什么联系吧？小五现在人又找不到，不如也将他找来问问看啊。看看是不是崇安郡主与他说了什么，他才躲起来不见人的。”

这个……宸妃说得也有几分道理！

全大梁的人大概都是知道卫箬衣与自己那个五儿子之间的那点破事的。

“来人啊，去将五皇子殿下寻来！”恒帝高声对外吩咐道。

111 抵赖

萧瑾在皇后去叫了陛下来的时候已经放心地离去了。

他将卫箬衣交给皇后其实也是相当无奈的一个举动。

之所以这么做是因为他素来不喜欢这个皇宫,与宫里其他人几乎都没有什么往来,卫箬衣在宫里出事,一时之间,他连个能用的心腹都没有,所以最快的途径便是利用旁人的心腹了。

皇后与宸妃的矛盾很早就已经埋下了。

三哥与四哥之间的争斗也不是一朝一夕的,他虽然避开,不代表他不知道。

谢家是与卫家之间有嫌隙,但是在那种情况下,他要想保全卫箬衣的名声也只有将卫箬衣交给皇后。若是真的如卫箬衣所说的那样将她带去交给淑妃娘娘,反而不好,因为单凭现在淑妃的实力完全压制不住宸妃。十二弟尚且年幼,淑妃此刻还在韬光养晦。

他话说得巧妙,皇后却是听得明白,知道他以后会站在三哥这边。

他今日又是将卫箬衣送到皇后那边,无形之中就送了皇后三个大礼,皇后除非是脑子坏了,否则是一定会帮他的。

他喜欢卫箬衣,就不会让卫箬衣不明不白地嫁给自己。

找个奸夫这样的途径是快,可是之前卫箬衣迷恋他的传闻就已经传得全大梁都知道,若是他用这种办法拥有卫箬衣,只怕将来卫箬衣会被人说得连骨头渣子都不剩。他可以不在乎,卫箬衣也可以不在乎,但是他依然不想这么做。

他萧瑾喜欢一个人难,但是喜欢便是喜欢了,没有什么好犹豫的。他想娶卫箬衣,也要光明正大,昭告天下,是他萧瑾喜欢卫箬衣,爱卫箬衣,所以才会和她在一起,而不是什么歪门邪道。

这是他喜欢一个人最起码的尊重与珍视。

萧瑾随意地在宫里走动了一下,让不少宫人都看到了他。

所以他被叫到恒帝面前的时候,脸上是一派闲适和从容。

“你去了哪里?”恒帝有点愣神,每次见到萧瑾,他都有一种说不出的感觉。

萧瑾抱拳。“没去哪里,只是随意地在宫里走动走动。”

宸妃见他不由暗暗地蹙眉,卫箬衣在她的寝宫之中消失,不是这个人搞的鬼会是谁搞的鬼?萧瑾的武功很高,这皇宫里大概没人不知道,也只有他能在这园子里将人悄无声息地带出去。

“你父皇问你话,为何你不据实以告?”宸妃娘娘不悦地说道,“我之前是怎么教导你的?”

萧瑾抬眸看着宸妃娘娘冷冷地一笑。

他的笑容阴森,看得宸妃娘娘心底生寒,就好像冷不丁被人拿了一个雪球砸在脸上一样。

“你这是什么表情?”宸妃娘娘骇然地后退了一步,一把握住了陛下的手,“皇上,这小五为何要这样看着臣妾?”

又不是二八少女了,还装什么柔弱?萧瑾眸光闪动,心底的不屑更是扩大,若不是她,卫箬衣会变成那副样子吗?还好卫箬衣机灵,知道跑掉,运气好遇到了他,不然只怕现在是要被人堪堪地与四哥一起捉奸在床了吧。

心底的怒意陡然燃起,萧瑾的眸光更是咄咄逼人。

恒帝也觉得这个儿子真是桀骜不驯。他蹙眉道:“你是在锦衣卫的时间长了,所以连宫里基本的礼数都忘记了?”

“儿臣不敢。”萧瑾敛眉,淡淡地回了一句。

“便是在朕的面前,你也如此放肆!”恒帝不悦地说道,“背着朕的时候,你还不知道是个什么样子!”

“儿臣人前人后都一个样。”萧瑾缓声说道,“自是不会像一些人当着父皇的面是一副面孔,背过去就又换成另外一副面孔了。”

“你……”恒帝素来顺风顺水,也只有在萧瑾这里深感无力,有的时候真的是恨得牙根发痒,真想一脚直接将他踹出宫门外,再也不见。可是每次见到了,又觉得心酸,毕竟是自己的亲生儿子,而他变成现在这样,自己说起来也多少有点愧疚的。

“陛下,小五这是怨怼臣妾啊!”宸妃就喜欢萧瑾摆出这副姥姥不疼,舅舅不爱的模样。她用帕子按住了自己的眼底,随后哽咽道:“臣妾对不起皇上,当初皇上将小五交给臣妾,是臣妾没好好地尽到做母亲的责任,都是臣妾的错。”

萧瑾似笑非笑。

她就是这样一副样子,不知道骗过了多少人。她一辈子都在骗,究竟要骗到什么时候去?总有一天是会骗不下去的,萧瑾倒是真的挺有兴趣等等看的。

被宸妃这么一闹,恒帝也深感头痛。

“好了,朕知道不是你的错。”恒帝柔声对宸妃说道,“你不要太将他的话放在心底。”

“臣妾怎么敢不将小五的话放在心底。臣妾这么多年,一直跟在陛下的身边战战兢兢,如履薄冰。陛下,臣妾真的很累,也很怕,怕陛下不信任臣妾,怕陛下因为小五的事情而怨恨臣妾。”宸妃哭诉道。她素来会演戏,有的时候哭着哭着就觉得自己真的如同她所说的那样,更是声泪俱下。

恒帝心头大恸,宸妃跟着他这么久,素来品行端正,他见她现在哭得如此哀婉动人,就觉得自己错了,不应该一听皇后说崇安那丫头是在宸妃这里出事的,就直接来兴师问罪了。崇安那丫头与宸妃还有亲。上回宸妃的亲外甥构陷崇安,宸妃公正严明,丝毫没有因为是自己的外甥而留了情,当街狠狠地抽了那小子一顿。这样正直贤德,哪里是会做出不体面事情的人。

所以恒帝对宸妃说话的语气就更柔了一些。

萧瑾冷眼旁观,顿觉卫箬衣与这宸妃比起来,宸妃便是给卫箬衣提鞋子都不配。至少卫箬衣那臭丫头有一是一,有二是二,敢做敢当,从不在人前惺惺作态。以前他厌恶卫箬衣的时候觉得她飞扬跋扈,现在倒是觉得那丫头便是连飞扬跋扈也觉得可爱,她即便再差,也占了一个真字。

比这宸妃不知道好了多少倍出去。

“你给朕跪下!”恒帝怒目萧瑾。

萧瑾依言撩衣跪倒,不过腰杆依旧挺直,就这样不卑不亢地看着自己的父亲,他身侧的宸妃,他是连看都懒得看上一眼。

“你这孩子,圣贤书都读去了哪里?”恒帝骂道,“书中哪一条是写的你可以目无长辈,言语冲撞的!”

“父皇大概不知道,儿臣书读得少,”萧瑾缓缓地说道,“大部分时间都用来习武了。儿臣习武习得还算不错,所以才入了锦衣卫替父皇效力。”

恒帝顿时觉得自己被这个儿子给怼得心脏病都要发了。这要不是他儿子,要不是他心底总是觉得有点愧疚,现在真要叫人进来将他给推出去砍了!

你若是说他对自己不尊敬,却从他的言辞之中找不到任何的毛病。他是真的不知道这个儿子到底读过多少书,似乎萧瑾长这么大,他真的都没怎么过问过。可是他说的话,听在耳朵里,就是充满了讽刺的意味。

思及于此,恒帝又觉得心痛。

总之,对萧瑾,恒帝真的是有点捉襟见肘的感觉。

“好好好,朕不和你计较这个了。”恒帝无奈地说道,“你且说说你刚去了哪里?”

萧瑾抿唇。

恒帝一口气堵在胸口不上不下的。

刚要发作,恒帝瞥见了他的发梢似乎粘了一朵梅花。

恒帝的心情骤然失落,这孩子这般倔强不肯说,应该是去了那里了,前些日子,他自己闲得没事的时候,倒是真的去了那里一次,看到了后院开放了的梅花。

“算了,你既然不想说,朕也不问了。”恒帝凝视了萧瑾良久,这才挥了挥手,“你下去吧。朕已经知道你去了哪里了。”

“是。”萧瑾起身行礼之后退了出去。

恒帝长长叹息了一声,摇头不语。

“陛下,怎么这就问完了?”宸妃急道。她还想着借着萧瑾的话,将卫箬衣现在的状况全数倒在卫箬衣的头上呢。陛下轻易地放过了萧瑾,那她怎么推脱掉自己的嫌疑!

全大梁的人都知道卫箬衣对萧瑾有意思,人家明晃晃地追着萧瑾跑了那么多年了。现在卫箬衣也大了,知道耍手段了,而不是像小时候那般光是傻跟着了。宸妃已经在心底里准备了一套说辞,只要萧瑾承认遇到了卫箬衣,并且是他将卫箬衣送去皇后那边的,她就将屎盆子全数扣在卫箬衣的脑袋上。只要引导着陛下朝卫箬衣自己妄图勾引萧瑾那上面去想便是了。横竖这药已经被毁尸灭迹了,谁也不能说是她给卫箬衣的酒里有问题,便是皇后也没任何证据。

而且她用的压根就不是什么春药,根本查不出来,到最后便是连太医也只能不了了之。

这药随着酒力发作,等酒劲过了,也就消除了,卫箬衣就是浑身长嘴也说不清楚,陛下为了保全卫箬衣的颜面,也会严令宫中任何人不准再提及此事。只要有了陛下的旨意就算是皇后也不能再查下去了。

“行了!这事情就不用再问了。”恒帝略有点不耐地瞥了一眼宸妃,“你平日里不是这么不识大体,急躁不堪的,今日这是怎么了?”

宸妃陡然一惊,是她太过心急了,反而乱了阵脚。

她略整理了一下自己的心情。“陛下明鉴,”她在恒帝的面前跪下,“实在是臣妾心烦意乱。陛下过来就给臣妾说了那么多事情,按照皇后娘娘的意思,好像崇安郡主出事是与臣妾有脱不了的干系一样,崇安郡主在臣妾这里醉酒醉成那样是臣妾看护不利,是臣妾这宫里的人做得不对。臣妾本就惶恐,适才小五又多有怪罪臣妾之意,臣妾实在是心乱了,所以才变得不识大体起来,还望陛下惩罚!”

“算了,你起来吧。”恒帝叹息,“崇安的那事情,也不能就确定是中了什么药了,许是那孩子不常饮酒,一饮酒就出了毛病,也实在是怪不得你。本是一件很高兴的事情,现在闹成这样。皇后也是着急了,所以将朕叫过去。崇安的父亲尚在前线杀敌,崇安是他的心头肉,朕不能让崇安在宫里出事,所以也急躁了些。你多担待吧。”

“陛下言重了。”宸妃娘娘悬着的心这才稍稍地有点落地,“臣妾这就去看看崇安那孩子。”

“嗯。走吧,一起去。”恒帝起身,与宸妃一起携手去了凤翔宫。

皇后娘娘一看宸妃陪着恒帝来了,就径直地迎了过去。恒帝摆了摆手,示意她不用多礼,直接问了殿里站着的太医。“崇安那孩子到底是中了什么药?”

“回陛下,臣等无能。”太医院的医正来了好几个,便是连院正也来了,均是说不出个所以然来。所以一个个的都面有菜色,诚惶诚恐。

“那便是不能确定是被人下药了?”恒帝问道。

“这……”太医们纷纷看向了院正,院正无奈只能上前,“回陛下,是这样的。”

恒帝忽然有一种如释重负的感觉。

他扫了一眼殿里的众人,缓声说道:“许是崇安郡主自己不胜酒力,所以才会变成这样子,先等她酒醒了之后再看看吧。”

皇后眉尖轻蹙,暗暗地狠捏了一把自己的衣袖。醉酒能醉成这样?身上没有起半点酒疹子?便是说她不能饮酒也不对。可是偏生这药的效果乍一看是春药,但是就连太医院的院正都说不是,那就真的不是了。

太可惜了,她手里没半点证据,这才白白地浪费了一次机会!

“是啊,陛下说得是。”皇后虽然扼腕可惜,但是脸上却是还含笑说道,“且等崇安郡主醒来再说吧。臣妾斗胆,让崇安郡主先住在臣妾这里可好?”

“准。”恒帝点了点头,“皇后你多辛苦,看着崇安,朕先走了。”

“恭送陛下。”皇后只能笑着再将恒帝给送离了凤翔宫。

宸妃却是留了下来。

她转身,对上了皇后不怒而威的面容,心底虽然突地跳了一下,但是脸上还是一片平静。

112 总有湿鞋子的时候

皇后轻描淡写地看了一眼宸妃。“宸妃怎么不随着陛下一起离开呢?”

“臣妾想探望一下崇安郡主。”宸妃留下便是想探探皇后的口风。这次皇后手里没能实实在在地抓住她的把柄,并不能拿她如何。便是叫来陛下又能怎么样呢?只要找不出那种药的出处,谁也不能将她定罪。这么多年,她苦心经营的一个良善贤德的名号不就是在这种时候拿来当挡箭牌的吗?

“不用了。崇安郡主还在昏迷着呢。”皇后娘娘淡淡地说道。

“崇安郡主从臣妾那边走丢了,倒是运气真好,能遇到皇后娘娘。”宸妃淡笑着说道,“不过臣妾的娘家与卫家算是有点亲戚关系,便是卫大将军也要称呼臣妾一声表姐,此番又是臣妾将崇安郡主留在宫里,由臣妾来照顾崇安郡主都是在情理之中的事情,还望皇后娘娘成全。”

“若是真的成全你了,本宫就怕这宫里还会冒出点什么其他的事情。”皇后娘娘依然笑得淡雅,也不恼怒。她几次与宸妃交锋,都没占了便宜,开始会急躁,现在却已经想明白了。

有句话叫做“来日方长”。

一个人总是戴着面具,总有一天面具会碎,等到那时候,露出了面具后面的真面目,只怕是要叫所有的人都大吃一惊的。

从前是她太急躁了,所以反而落了下风。

陛下之前是身子骨不好,所以将京畿范围的守卫都交到了卫毅的手里,这回陛下身子已经大好了。她与陛下这么多年夫妻,知道陛下是个重情义的人,一时半会也不会将京畿守卫的事情给收回来,如果她着急了,反而给宸妃这样的贱人落下话柄。所以皇后现在觉得,谢家虽然要看着卫家,但是也没必要像以前那样急赤白脸地冲在最前面。

适当的修好也是应该的。

况且卫毅也从没将宸妃这个表姐太当回事,既然卫箬衣能从宸妃的宫里逃出来,那就证明这个姑娘也不是傻子,更不会不明不白地和四皇子混在一起,不然的话,直接顺水推舟应了这件事情不就直接可以当一个皇子妃了。

如今看下来,卫府的人并不是全然没有可取之处。

不管卫箬衣这姑娘心底装的人是谁,只要不是萧晋安就可以。

至于她和萧瑾之间那点破事,皇后寻思了一下,只怕萧瑾现在对卫箬衣大概也有点意思了。不然他从不轻易接近宫里的人,如今却也为了卫箬衣来和她连成同盟,且不论这个同盟能坚持多久,萧瑾能投向她这里,就比帮衬着萧晋安强上一百倍。

所以抓住了卫箬衣这个姑娘，不光能抓住卫老贼，还能抓住萧瑾。

这么重要的一个人，皇后又怎么会再让宸妃从她这里将人带走？

其实皇后思来想去的，也是觉得陛下多半还是要立三皇子为太子的。之所以迟迟不定下来，多半因为他还在观望。

这种时候她就更加不能着急了，唯有以不变才能应万变。

倒是那些心急的人容易露出马脚来。

人不可能次次运气都那么好，每次都能将做过的事情完美地掩盖过去，常走在河边，总是会湿了鞋子的。

“崇安郡主还是在本宫这里比较好。等她酒醒了，本宫会和她好好地聊聊。”皇后笑着说道，“行了，夜都深了，你也该回去了，跪安吧。”

宸妃娘娘垂下了眼眸，屈膝行了一礼，告退出来。

等走出凤翔宫，她就狠狠地一咬自己的下唇。

虽然将卫箬衣放在皇后那边是个麻烦，但是即便是卫箬衣本人醒来，也断然说不出个所以然来，就连太医们都诊察不出来的药，一个不学无术的崇安郡主更不会知道。

想到这里，宸妃娘娘的心底略安。只是她甚是不甘心，好好的一只已经到手的鸭子，都煮了一半了，却愣是从她的眼皮子下面飞了。

卫箬衣这一直折腾到第二天早上才醒了过来，说来也是怪了，她酒醒了，身上那奇怪的燥热也就全数褪了去，不留一点痕迹。

一醒过来，卫箬衣看着周围陌生的景象，就愣了足足有一分钟的时间。

她这是又穿越了？

她忙不迭地摸了摸自己的胸，还在还在，卫箬衣长出了一口气，依然是丧心病狂的大，证明她没换壳子。

扶着自己沉得好像被灌了水泥一样的脑袋，卫箬衣翻身坐起来，茫然地看了看四周。她应该是还在宫里……不过这陈设实在是不像淑妃娘娘那边。

她记得自己在晕倒前是抓住了萧瑾的衣襟，让他将自己送回到淑妃娘娘的长乐宫。

那厮难道坑了她？

就在卫箬衣胡思乱想的时候，绿蕊推门进来，瞥见了卫箬衣已经坐了起来，喜得她差点没说出话来。

绿蕊忙将手里端着的汤药放在了桌子上。“郡主您可是醒了，真是要吓死奴婢了。”

绿蕊在，那她应该就是安全的。

“我现在在什么地方？”卫箬衣有点发懵地问道。

“回郡主的话，您现在是在皇后娘娘这里。”绿蕊笑道。她知道卫箬衣疑惑，所以就将她听说的事情讲给了卫箬衣听。

卫箬衣听完之后扶额，仰天长叹了一声，砰的一下又倒回到了床上。

她的大年初一过得还真是精彩，都快赶上一部宫廷大戏了！真可惜她全程昏迷，不然真的应该搬来小凳子坐着看热闹。

“等等，你说是皇后在宸妃娘娘那边将我捡回来的？”卫箬衣翻身看着绿蕊疑惑地问道。

“是啊。皇后娘娘就是这么说的。”绿蕊点头。

卫箬衣嘴角抽了抽，好个萧瑾，亏她走投无路的时候那么信任这厮，这厮居然将她直接丢到雪地里，这是任由她自生自灭的节奏吗？幸好皇后娘娘经过，不然这外面冰天雪地的，她大概是要被冻死了！

卫箬衣用力地捶了捶墙，这个人以后能信吗？完全不能信！

好吧，人家本就厌恶她，所以在那种情况下，为了避免麻烦直接将她丢开也是正常的。

她不能怨！不能怨！

心底不住地劝说自己，可是卫箬衣的心底还是如同吃了一个苍蝇一样的难受。

具体为什么，说不出来！

一连几天她都在皇后这里，都说皇后的母族谢家与卫家不合，但是卫箬衣却觉得皇后对她十分的亲切和客气。大年初一的事情，到底还是不了了之了，卫箬衣和皇后谁都知道宸妃娘娘肯定是有问题的，可是谁也没证据可以到陛下那里去告她一状。

卫箬衣就只能将这口气暂时忍住。

以后再说。

这几天福润公主倒是天天来陪她。皇后娘娘见福润与卫箬衣相处甚好，深觉惊诧。以前总是听传闻说卫箬衣如何如何，这些天卫箬衣就在她这里住着，皇后仔细地观察了一下卫箬衣，倒真心觉得传闻有误。

年初四这天，按照宫里的规矩，嫔妃的亲人可以陆续入宫探望。

这是大梁开国皇后为后世子孙定下的，谁说嫁入皇家就一定要切断与过往亲人的往来。那这样的皇宫也太过不近人情。所以她在撰写宫廷典仪的时候加了一条。宫中嫔妃按照品阶高低，可以在过年的时候在宫里接待自己家人的探望，也就是民间所说的走走亲戚。品阶高的可以让入宫的人多一点，品阶低的就少一点，这样规定并非是捧高踩低，而是为了宫中的守卫着想，毕竟皇宫里面还住着皇帝，这安全是首要的。若是谁家的亲戚在宫里做出什么越矩的举动，这账也是要算在宫妃的脑袋上的。

为了避免给嫁入宫里的娘娘们找麻烦，各家在挑选入宫的人员上也是十分的谨慎。毕竟嫁入皇家非同儿戏，一荣俱荣，一损俱损。

所以从年初四开始，宫里就更加的热闹起来。

皇后、宸妃、淑妃这样的娘娘，自是有一大家子的人来探望。

谢秋阳在参拜自己家姑姑的时候，一眼就看到了站在姑姑身边的卫箬衣了。

他在谢家也对宫里的事情有所耳闻。皇后娘娘特地写信回去和他父亲说了此事，还说要让谢家暂时不要太过为难卫家。

姑姑的信让父亲将他叫去了书房数落了好久，谢秋阳也就是给个耳朵听着，谢秋阳总结了一下，父亲说的无非也就是暂时便宜了卫老贼了，等那老玩意儿回京，他要迎出十里，顺便告诉他，他的女儿被自己妹妹给救了的事情！卫老贼那个王八蛋，这么多年一直骑在他的脑袋上作威作福，不是很威风吗？怎么连自己的宝贝女儿都要被自己的表姐坑？可见卫老贼做人是有多失败，诸如此类的话。

不过说到最后，谢园还是长叹了一声，他也就是一时的气愤，肯定不可能真的去卫老贼面前说这些。有的人命就是好，妈的，出行千里，自己的女儿还让自己在朝中的对头给救了。温文尔雅的谢园谢大学士,只要一遇到卫毅,那也是照样脏话连篇的。谢秋阳早就习惯了。

谢园耷拉着半拉眼皮子上下将卫箬衣给好好地打量了一下。

卫老贼居然还生得出这么漂亮的闺女来,真是叫人戳心窝子的痛!

不过这姑娘素行不良,在外风评极差,可见与卫老贼也是一路货色,真是不是一家人不进一家门。

卫箬衣也上下打量着谢园。

这位便是与她老子一直“相爱相杀”的那位谢大学士了?看起来真的是一个帅而美的大叔,可惜目光太过孤高,看人的眼神多带着一点居高临下的感觉,难怪她爹抓着机会就要怼他了,那态度,绝对是欠怼的。

不过卫箬衣还是很礼貌地过来见礼。

谢园鼻孔朝天,哼了一声,算是应了一声。

人家一家团圆,她这个外人自然是要避开的。

卫箬衣很识趣地退到了宫门外面

她百无聊赖地朝御花园走去,各宫的娘娘们都在见自己的家人,那些暂时住在长乐宫里面的贵女们便也只能暂时避开。

所以这御花园里倒是汇集了不少人。

福润本是孤零零地站在一边的,远远地见到卫箬衣走来,她就是一喜,忙不迭地走了过去。

等走得近了,就看到卫箬衣一边走,一边盯着自己手腕上一串东珠手钏在发愣。

“箬衣!”福润叫了卫箬衣一声。

卫箬衣这才回过神来。

“你……的手钏很好看。”福润笑嘻嘻地说道。

“你喜欢?”卫箬衣微微地一撇嘴,作势就要退下来,“那送你好了。”反正是萧瑾那个讨厌鬼送的,都好几天了,也不见萧瑾的人影,卫箬衣憋在心底里的那口气越来越大。

凭什么啊!她是有多招人讨厌?她都那样了,那人居然将她给撇了!

萧瑾,真有你的!万一捡到她的人不是皇后娘娘,而是宸妃的话,那她费劲地跑出来干吗?还不如乖乖听话被送到暖玉阁里面去呢。

虽然知道自己被萧瑾厌恶不是一天两天的事情,但是之前他也出手相救过几次了。这回事关她的清白,他却袖手旁观了?

他就这么热切地希望她上了旁人的床?

卫箬衣暗自地咬牙,老娘便是要上旁人的床,也要先将你给睡了!

恶心人的事情谁不会做?老娘叫你恶心一辈子!虽然心底在发狠,但是一想到原著里面的卫箬衣也将萧瑾给睡了,下场很惨很惨,卫箬衣就莫名地泄气了。

她现在是有贼心没贼胆啊!

苍天啊,大地啊!卫箬衣挠脸。

“我……不要!”福润忙摇了摇头。她看着卫箬衣神色诡异,不由好奇地问道:“你……在想什么?”

“我在想怎么叫一个人刻骨铭心！”卫箬衣咬牙切齿地说道，“最好是将那个人的心死死地抓住，然后等那个人的心全数为你而跳动的时候，再将他的心狠狠地摔在地上，大笑拂袖离去，让他的心跌入尘土。”

福润看着卫箬衣略显得狰狞的面孔，不由微微地打了一个寒颤……这是谁啊？这么倒霉惹了卫箬衣！

“你……你从哪里学来的？”福润愣了一愣，随后问道，“听起来，好残忍……的的的样子。”

“台湾小言！”卫箬衣眯起眼睛来，口气极差地说道，“还有大总裁文，基本都是这个套路！听起来是不是很爽啊？”凭她阅文无数的经验，都是这个调调，偏生大家就吃这一套，相爱相杀的戏码，虐得揪心挠肝的，一边骂，一边还抹眼泪看，简直也是没谁了！就连她也是这样！

“啥？”福润顿时一头雾水，更加听不懂了！

113 有话对她说

福润与卫箬衣在一起,其他的贵女则是站在远处时不时地朝她们两个看过来。

卫箬衣现在住在皇后娘娘那边,无形之中又当了一把宫里的红人,旁人进宫住在长乐宫,人家直接住去了凤翔宫。

有人想要过来与卫箬衣结交,但是碍于之前卫箬衣的名声,再加上现在其他人又在死盯着,也就落下了这个心思。

毕竟卫箬衣的名声不好,便是卫毅手握重兵,在朝中风评也不佳,卫毅那爆脾气,抓着谁怼谁也是明里暗里得罪了不少人。相比之下,她们更愿意结交谢家的人。那一家子人走出来,温文尔雅,端是一番和风细雨。改到卫毅这里就是狂风骤雨。

所以卫箬衣与福润在一起倒也乐了一个清幽。

"你……心情不好啊?"福润和卫箬衣在一起,许是说话说习惯了,也没那么结巴。她与卫箬衣一边走,一边问道。她们两个都是不喜欢凑热闹的人,索性就朝御花园另外一个没什么人去的角落走去,那边堆着不少假山山石,在冬季,假山那边光秃秃的,风景不光是不好,简直可以用凄惨来形容。不过这里到了夏季就不一样了,郁郁葱葱的灌木陪衬着这些假山,还是别有一番风味的。

"很好啊!"卫箬衣怪眼一翻,"我哪里不好?吃得香,睡得香。"

"可是你刚才的……样子,很凶凶凶。"福润说道。

能不凶吗?她几乎是全心全意地信赖着萧瑾,却被他直接丢去了皇后那边。

这都几天了,连他半个人影都没见到,为什么将她甩给皇后,这哥们儿难道不要站出来说明一下?

"你五哥呢?"虽然极度不情愿,不过卫箬衣还是问了出来。

"没……没见到。"福润一怔,随后摇了摇头。随后她就想到了卫箬衣与五哥的传闻,她本不是那么爱管闲事的人,只是因为和卫箬衣在一起,性子都变得开朗了一些,恢复了一点点小女孩家的心思,也变得八卦起来。"你……真的喜欢欢……我五哥吗?"

"我喜欢他?"卫箬衣正是在心口堵着一口气,顿时没好气地说道,"我喜欢阿猫阿狗都不会喜欢他!"

"为……为什么?可是我听说……你之前前一直追着五哥跑啊。"福润又是一怔,在一处假山之前站定,看着卫箬衣。

"我追他个大西瓜。"卫箬衣背靠在假山上,哼了一声说道,"年少无知知道吧!年少无知时候做下的错事,你就不要提了。大过年,你盼我点好吧,别说那个瘟神。"

福润刚要点头,就见假山上坐了一个人起来,她顿时惊恐地睁大了眼睛。

那个人身穿青玉色的蟒袍,墨发垂肩,嘴角带着一丝冷冽的笑容,似笑非笑,居高临下地看着她们两个。

“你怎么了？见鬼了？”瞥见了福润的表情,卫箬衣一边说一边回头朝着福润的视线看过去,这一看,就连她都吓了一大跳,真是大白天都不能说人,可不就是见鬼了！说谁来谁！

“五……五哥！”福润赶紧低头,磕磕巴巴地说道。

卫箬衣却是将头一偏,极度敷衍地说了一句:“见过五皇子殿下。”

“我们走！”她见完礼,拉着福润就要走,眼前人影一动,却被飞身落下的萧瑾挡住了去路。

“福润,你去一边看着点。莫要让人接近这里,我有话想要和卫箬衣说。”萧瑾转眸对福润微微地一笑,缓声说道。

“是……是！”福润看了一眼卫箬衣,还是点了点头。

“福润,你别走。”卫箬衣有点慌张了,想要去拉福润。“孤男寡女的,授受不亲,你离我远点。”她又对萧瑾说道。

“福润乖。”萧瑾瞥了一眼福润。福润吓得一哆嗦,为难地看着卫箬衣,还是摇了摇头。“五……五哥,别……欺负欺负箬衣。”

“我只是要和她说话,并非旁的意思。你也不希望旁人过来看到我与卫箬衣在一起,坏了她的名声吧。”萧瑾问道。

福润看了看萧瑾,又看了看卫箬衣,还是十分为难。她是有点怕五哥,但是为了卫箬衣,她还是要坚持留下,所以她十分坚定地摇了摇头。

卫箬衣这个臭丫头收买人心倒是快,几天的时间而已,就让福润这个胆小鬼这么死心塌地地帮她了？萧瑾见自己说的不管用,便决定抓主要矛盾。

“你若是不让福润走,我就在这里直接将你扛走。”萧瑾上前了一步,用极低的声音对卫箬衣说道,“你不怕被她看笑话,我是无所谓的。”

臭无赖啊！

“福润,你帮忙看着点吧。”被逼无奈的卫箬衣只能对福润说道。

福润这才点了点头,退到了一边,到路口守着去了。

“你要说什么？”卫箬衣白了萧瑾一眼,“说吧。”

萧瑾抬手握住了卫箬衣的手腕,直接将她拽到了假山之中的一个凹陷的地方,将卫箬衣给推了进去。

“你干吗！”卫箬衣怒目,“别以为在这里我不敢和你动手啊！”她那驴脾气上来了,便是天王老子也照打。

萧瑾抿唇不语,而是用目光凝视着她。

“你看着我干吗？”卫箬衣被萧瑾看得实在是有点发毛,略侧过了点自己的身子,试图避开他那咄咄逼人的目光。

“我在看你身上到底有没有什么值得骄傲的地方。”萧瑾这才缓缓地开口,说道。

哈,那她身上骄傲的地方可多了去了。

例如她的脸蛋,她的身材,卫箬衣朝着萧瑾翻了一个白眼,其实她之前很想问为何要将她丢弃掉，不过现在看到萧瑾，卫箬衣就又不想问了，也懒得问了。

横竖这个人嘴巴那么毒，也不会说出什么好话的，何必自己再给自己找堵。

“那看够了吧？”卫箬衣没好气地说道，“看够了我就走了。”

她刚要从萧瑾与假山之间的缝隙里溜开，就被萧瑾一把又给拖了回来。“没看够。”他将她禁锢在了自己与假山之间，低下头，在她的耳边说道。

他都准备看上一辈子了，这点点时间，怎么会看得够。几天不见，她似乎又变好看了。

什么状况？

骤然被萧瑾的气息逼近，与往常不一样，这回卫箬衣在他的言语之中感觉到一阵心慌气短。似乎有什么不一样了，具体哪里不一样就连卫箬衣也说不上来，眼前这位虽然是萧瑾不错，但是平日里他那种似有若无的疏离和冷冽已经荡然无存。

卫箬衣慌乱地低下头，哪里知道自己的下巴却被他的手指勾住，强迫她抬起头来正视着他的眼睛。

卫箬衣顿时怔住了。

啊啊啊啊……她这是被调戏了吗？心头顿时奔驰过了一万头神兽。被调戏不可怕，关键是调戏她的人很可怕啊！卫箬衣赶紧一甩头，摆脱了萧瑾的手指。萧瑾也不在意，将手放了下来，反正他的目的达到了，让卫箬衣正视了她。

“你记得不记得你醉酒那夜对我做了什么？”萧瑾用极其低沉的声音问道。

他靠得很近，卫箬衣顿时僵住不敢再动，他的气息就环绕在她的身周，弄得她的小心肝都怦怦地乱跳起来。只是这种小情绪都已经被卫箬衣给忽略了，她现在关注一个更加重要的点，她醉酒的时候到底对萧瑾做了什么？

卫箬衣目瞪口呆地看着萧瑾，她努力地回想了一下，自己从宸妃那边冲出来，之后就一头撞入了萧瑾的怀里，然后就求着他将自己带回淑妃娘娘那边，再然后她就揪住了人家的衣襟不放，再然后就没有然后了，因为她断片儿了。

“我没做什么吧……”卫箬衣极其不确定地反问道，眼神和语气之中都透着一股子心虚，虽然她醒来之后也知道自己中的并非是春药，可是当时她的感觉便是浑身发热，发烫，想要脱衣服。糟糕了，卫箬衣一个激灵，莫不是她真的借酒耍酒疯，将萧瑾给睡了？所以他才那么气恼得将自己直接丢掉了？

不可能啊，若是换作一个其他的男人或许能被她给得逞，毕竟她天生神力，可是换作萧瑾那就是完全不能够发生的事情了！除非那天被迷倒的是萧瑾，否则依照萧瑾的武力值，她一定会被打个半死。

“好好想想。”萧瑾眯了眯眼睛。

“想不起来了！”卫箬衣一脸的尴尬。

“便是想不起来了，你也又欠了我一回人情！”萧瑾缓声说道，“还是想想怎么报答我才是。想来，你已经欠了我不少次人情了。你到底准备怎么还？”

“什么……”卫箬衣心虚了。

“别装傻！”萧瑾不让她将目光挪开，再度将她撇开的脸给摆正。

“你要我怎么报答？”卫箬衣被逼得没办法了，只能诺诺地问道。仔细想想，她是真的欠了萧瑾很多人情了。

“以身相许如何？”萧瑾就等着她说这句话，所以当她问出来的时候，萧瑾已经是在心底乐开了花了，只是他脸上什么表情都没有罢了。

噗！卫箬衣愣了半晌，随后就噗哧一下笑了起来。

萧瑾……

他可是想了好久，才想到这么一个很委婉的表达方式，开始他还觉得孟浪了些，有点不太像是正人君子所言，准备弃用，但是刚刚听到卫箬衣与福润的对话，他就深感压力了。

这姑娘是真的越来越不喜欢他了。

若是不拿点东西出来逼迫她的话，萧瑾真的怕有一天，她会跑过来和他说，她喜欢上别人了，要追着那个人跑。

不行！绝对不能让这种事情发生。

他很难会喜欢一个人，萧瑾心底很明白。他这个人冷心冷情的，对旁的东西也没什么热忱，多半是以一种看客的态度去面对这世上的人和事，可是偏生就栽在了卫箬衣这里了。

心骤然变得很痛，他的话是不是真的那么可笑？

为何她要笑得这么欢畅。

萧瑾甚至感觉到了一丝从未有过的难堪，他很难得地喜欢上了一个姑娘，但是那个姑娘却将他的话当儿戏。

“你想要睡我啊？”卫箬衣笑够了，随后朝萧瑾抛了一个媚眼。萧瑾大惊，同时蹙眉。“你怎么说话这么粗俗？”

“那你要我怎么说？”卫箬衣觉得好笑，“你要让我以身相许，不就是要睡我吗？即便是说得再怎么文绉绉的，也改变不了这个事实啊？“

萧瑾忽然觉得有点气恼。

这臭丫头就是有那种能将他气到吐血的本事。

卫箬衣摸了摸自己的下巴，随后上下地将萧瑾给打量了一番，谁说古代人保守来着？这位萧大爷可是很前卫的，难道他将原著里面的腹黑小白花女主也给睡了吗？

”你！”萧瑾的脸颊一红，“呸！没见过你这般粗俗的。”

“我呸回去。”卫箬衣掐腰说道，“你自己思想龌龊，还不带别人说？”

“我龌龊？”萧瑾声调就高了一点，“我哪里龌龊？”

“哈！”卫箬衣翻了一个白眼给他，“你自己心里明白！”

“哈！以前追着我跑，哭着喊着要嫁给我的人好像是你！”萧瑾被卫箬衣气得，顿时就翻出了旧账来。

“都说了年少无知了！”卫箬衣哼声说道，“谁还没个眼睛被屎糊了的时候！”

“你！”萧瑾被气得头发丝都快要立起来了，“你敢再说一遍？”

“说十遍都敢。”卫箬衣朝着萧瑾做了一个鬼脸。

萧瑾抬手就是一拳，直接砸在了假山上，顿时震得假山崩落了两块碎石下来。

卫箬衣……

嘿！来劲了是不是？她开始撸衣袖，萧瑾戒备地看着她。

谁知道卫箬衣却忽然抬起一脚，跺在了萧瑾的脚背上。

萧瑾吃痛,怒道:"你抬脚挽什么衣袖啊?"

"这叫兵不厌诈!你不是锦衣卫吗?不是武功很高吗?不是会吓唬我吗?"卫箬衣又朝萧瑾做了一个鬼脸,连珠炮一样说完,随后趁着他在愣神的时候忙从他和假山之间逃窜了出去,"你别跟过来啊。你跟过来,我就大叫救命!"说完她头也不回地跑了。

萧瑾怒目着她离去的背影,直到她跑得没影子了,萧瑾这才眼眉一皱,略微抬起了脚来活动了一下。这臭丫头真的下大力气啊!脚快被她给踩断了!萧瑾呲牙。

不对啊!他等脚疼得不是那么厉害了,这才回过神来,不是说今天要是遇到卫箬衣要和她表白的吗?

怎么会发展到这么诡异的局面!

萧瑾懊恼地一跺脚,顿时又是一痛!

该死的,忘记被那臭丫头给踩了一下了!

萧瑾站了良久,才缓步离去,走的时候似乎有点瘸拐。

114 你也可以出宫的

卫箬衣从假山那边逃了出来，一把拉住了站在外面替他们把风的福润，不由分说撒腿就跑。

福润完全不明白是个什么状况，被卫箬衣拖着跑了好久，直到看到前面站了不少贵女，两个人才停下来。

"怎……怎么了？"福润眨了眨眼睛，不明就里地问道。

"没事，差点被狗咬。"卫箬衣挥了挥手说道。

"狗……哪里有狗？"福润马上朝她们来的路上看了看，紧张地说道，"宫里……宫里不准随意养这些东西，但凡是要养……都是经过父皇恩准的。"

"哦，那许是我看错了。"卫箬衣为了不让福润继续追问下去，忙换了一个话题，"对了，你想不想去卫府住上一段时间啊？"

"我吗？"福润顿时又惊又喜地看着卫箬衣，"我可以吗？"她长这么大，还从没出过宫。

"你若是想去，我就试着和陛下说说这件事情。"卫箬衣挽住了福润的胳膊说道。横竖她老子都欠自己好几个人情了。上次她被宸妃娘娘的外甥坑，这回住在宫里又遭逢那样的事情，虽然现在这事情已经算是不了了之了，但是陛下又不傻！若是由她出面提要求，陛下也多半会答应的。

卫箬衣到了这里也没个什么闺蜜，倒是和福润公主十分投缘。横竖她在宫里也是一个无足轻重的公主，所以陛下应该不会驳了她的这个面子。

"想！"福润激动得一把握住了卫箬衣的手，忙不迭地点头。

"那好，我找到机会就和陛下说！"卫箬衣朝着福润甜甜地一笑，福润也报以一笑。

"公主殿下，郡主。"就在两个人相视一笑的时候，听到了一个温润的声音从身后传来。

卫箬衣与福润齐齐地转身去看，谢秋阳远远地走过来，等到了两人面前，行了一礼。

福润见过谢秋阳，忙也一颔首，她朝卫箬衣的身后躲了一躲，不吭声了。

"谢状元不在凤翔宫里陪着，跑这里来做什么？"卫箬衣笑问道。

"皇后娘娘与家父在说话，于是就出来走走。"谢秋阳温文尔雅地说道，其实他是专门出来找卫箬衣的，"听说卫大将军就快要回来了。"

"是吗？"卫箬衣这几天也没回家，在深宫里听不到什么信息。她眼睛一亮，终于要见到那个传说中爱女如命的亲爹了！"可知道他什么时候能回来？"

"听说他就快要拿下库尔德王庭，在下觉得，大概三四月份就会回来了。没准大将军回来还能赶上今年的春猎。"

“今年真的有春猎吗?”卫箬衣又惊又喜地问道。

“真的有,适才在凤翔宫里,听皇后娘娘说的。”谢秋阳笑道,“若是卫大将军凯旋而归,这次春猎的规模想必更大。”

“那真是太好了!”卫箬衣笑道。

她是真的很向往春猎！也想试试自己的弓马功夫。

“说起来还要多谢谢大哥教授我骑马射箭呢。”卫箬衣笑靥如花地说道。

她的笑容灿烂夺目,真真的是笑到了谢秋阳的心底,让他的目光略微一凝,随后他也跟着笑了起来。“此番应该还有其他藩王会一起入京。”

“那估计是十分热闹的了。”卫箬衣拍手笑道。

谢秋阳微笑着点了点头。

热闹是热闹,就是怕陛下的心思只怕不是光想着热闹那么简单。

他可能是想要借此机会削藩了。

之前陛下早就有心,他将地方军队收拾起来交给卫大将军就已经有了先兆。不让边境上的军队过于分散,也是怕戍边的将领渐渐地被分封出去的藩王所收服为用。

况且他也将京畿范围守卫交给了卫毅,想来便是为削藩做准备,一旦这些藩王有二心,那么卫毅手里有高度集中的兵力,可以将藩王联军一一击破。

所以刚才谢秋阳说得委婉,这次的春猎是必然要等到卫毅回来再开的。

相信卫毅也一定收到了陛下的圣旨,会用最快的速度结束库尔德的战事,班师回朝。

按说之前库尔德叛乱,原本不需要劳动卫毅这样的上将军的,便是派上一个边陲的将领大概也能镇压住了。但是此次陛下却是下旨直接杀入库尔德王庭,只怕也是想要杀鸡给猴看了。亦是在对各地藩王敲山震虎,如果乖乖地交出手中的各种权利,当一个闲散的王爷,朝廷自是不会去管,但是一个个的如果不老实的话,看看库尔德王便是不听话的下场。

适才他在凤翔宫里,听了一会父亲与姑姑谈论此事。

陛下是想要借卫毅凯旋,举国大庆的机会让各地藩王都入燕京城来,若是谈得好,一切皆大欢喜;谈不好,大家兵戎相见。

所以这次的春猎,就怕不光是什么盛事,也是凶险之事。

是故,在削藩完成之前,只怕卫家的荣盛还是不会减少。所以谢秋阳也听到皇后娘娘与自己的父亲说,这段时间之中,尽量少与卫毅起冲突,毕竟陛下要用他,就不会因为一些鸡毛蒜皮的事情去和他计较。

等削藩完成之后,再找找卫家的错漏。

卫毅那脾气,素来不拘小节,乱世他是英雄,在太平盛世之中,他弄不好就是祸害了,想要扳倒卫毅,就要等飞鸟尽,良弓藏的时候,那时候别说是谢家要扳倒卫毅了,只怕是陛下都要将兵权从卫毅的手里收回来。

若是卫毅识相还好,不识相的话,陛下也会起了诛灭卫毅之心。谢家只要等到那种时候,再全力反扑,卫毅现在爬得有多高,那时候就摔得有多重。何必现在急赤白脸地和卫家过不去,现在陛下要重用卫毅必定是哄着卫毅来的,要是谢家做得太过了,没准陛下会迁怒谢家,那反而就不美了。

利用卫毅完成削藩也是一件好事,若是将来这江山传入了三皇子的手中,他就不必为了藩王的事情殚精竭虑。

谢秋阳看着卫箬衣灿烂的笑颜,心底忽然有点隐隐的不舍,若是将来卫毅真的被陛下废弃,那卫箬衣岂不是也要和卫毅一起遭殃。

“大哥。”谢秋华带着福顺公主走了过来,给谢秋阳行了一礼。

福顺公主眼睛里面好像含了一汪泉水一样,她从小身子不好,人也显得比较娇弱一点,一副弱不禁风的模样,让人觉得便是在她的面前说话的声音大了点,对她都是一种唐突。

谢秋阳忙给福顺公主见礼。

适才福顺就看到了谢秋阳进了御花园,心底抑制不住一阵狂喜。打从她小的时候第一次见到谢秋阳,就已经喜欢上了。一年多前,谢秋阳高中,她求自己母妃求了好久才让专门人保护着她偷偷地溜出皇宫,去街上看谢秋阳骑马巡游的样子。

他一身大红的状元袍加身,面如冠玉,举止从容,从人群里骑马而过,简直就是燕京城之中所有少女的美梦一样。

若非他是谢家子,她早就求了自己的母妃要将自己指婚给他了。

她能出宫的机会不多,所以每次谢秋阳进宫,她都要巴望着看看能不能见到他。

今日他来了,却是直奔卫箬衣和福润而去,这让福顺的心底如同打翻了陈醋坛子一样的酸溜溜。所以她赶紧拉了谢秋华一起过来。

见福顺过来了,福润就又朝后缩了一缩了。

卫箬衣知道她素来被福顺欺负惯了,所以咱惹不起,咱还躲不起吗?

她拽了福润给福顺见礼之后,就借口说要去别处看看,想要走开。

还算是识相,福顺心底不屑。

谢秋阳见卫箬衣要走,心底着急。“福润公主、崇安郡主,请留步。”他开口叫住了福润。

福润停住脚步回眸,却被福顺冷冷地横了一眼,她就顿时又低下了头去。

“过两天画社有新春活动。”谢秋阳开口邀请道,“听闻福润公主画艺非凡,不知道能不能邀请福润公主一起参加?请崇安郡主作陪?”

“你会画画?”卫箬衣如同发现了新大陆一样看着福润。

福润的脸顿时就红了。“会。”她如同蚊子叫一样应了一声。她在宫里闲来无事,时间一大把,她又不善与人交流,就都用在了琴棋书画上了。

“那还犹豫什么啊?去啊!”卫箬衣用胳膊肘一拱她。

谢秋阳见卫箬衣这么爽快地答应了,心底一喜,俊雅的面容上绽放了淡淡的笑意。

“没规矩的人就是没规矩。”福顺心底如同被猫挠了一样,冷声说道,“身为皇家公主,金枝玉叶,哪里是那么容易出宫的。”

谢秋阳居然邀请福润,不邀请她!

多少她还出过宫门几次,福润却是一个彻头彻尾的土包子。

听闻福顺如此说卫箬衣,谢秋阳的脸色也稍暗了几分,略带了点不悦。

“在下若是邀请福润公主参加,只要福润公主点头,在下必定会去奏请皇后娘娘恩准的。”谢秋阳淡淡地对福顺公主说道,“福顺公主大可不必如此咄咄逼人。”

本是想刺福润和卫箬衣的,哪里知道被自己的心上人给反刺了一回,福顺委屈得都想要哭出来。她强忍着心底的恼意,勉强地对着谢秋阳一笑。“倒是本公主考虑得不周全了。若是福润愿意,不知道本公主能不能与福润一起前去?”

“福顺公主若是有意,自是求之不得。”谢秋阳说道。

“好啊。”福顺现在的心气算是稍稍地平复了一点,她马上点了点头,“那便劳烦谢大哥一起帮本公主也奏请了吧。”

“是。”谢秋阳拱手一礼,眼帘垂下,已然是带了几分不耐烦之意。

卫箬衣倒是觉得反正谢秋阳要去奏请皇后,自己干脆也跟着一起去好了。反正她想要带着福润去自己家住上几天,这种事情也要皇后娘娘首肯的。谢秋阳是皇后娘娘的亲外甥,有他帮忙,皇后娘娘应该不会太过反对的。

“谢大哥,不如咱们现在就去可好?”卫箬衣笑靥如花,抬眸看着谢秋阳,甜美地问道。

似乎是被卫箬衣脸上的笑容晃花了眼,谢秋阳有了片刻的怔忪,随后他的唇角也上翘。“好,就如崇安郡主所言。”他说完之后,身子朝边上一让,抬手做了一个请的动作。

卫箬衣拉着福润一起从路上走过,谢秋阳朝福顺公主一拱手,随后跟上了卫箬衣离去。

福顺等人走了之后,这才蹙眉,狠狠地一跺脚。

“公主,少安毋躁。”谢秋华尴尬得不行,只能出言安慰。

“秋华,你哥哥他莫不是喜欢福润那个结巴吧!”福顺公主拉住了谢秋华委屈地问道。

“不能吧。”谢秋华微微地一怔,随后摇了摇头,“大哥与福润公主才见了几面啊?不会的。”

“那为何他邀请福润,却不邀请我?”福顺扯着谢秋华的衣袖质问道,大有一番不问出个所以然不放谢秋华走的架势。

谢秋华哭笑不得。

她素来与福顺公主也不算是特别的亲密,只是这次入宫,福顺公主似乎做什么都要叫着她。

“大哥没有什么喜欢的人。公主放心吧。”谢秋华只能劝说道,“前些日子,有人来给大哥提亲,母亲来问大哥,都被大哥一口给回绝了。大哥说暂时不想这些事情。”

“真的吗?”福顺这才稍稍平息下来,瞪着眼珠子问道。

“真的。”谢秋华不住地安慰她。

大哥这张脸还真是惹祸!谢秋华在心底长叹不已。

原本卫箬衣还以为自己来和皇后娘娘说要带着福润去自己家住上一段时间会遭到皇后娘娘的反对呢!一路上她还拜托了谢秋阳帮忙求情。哪里知道她去了凤翔宫,将这事情一说,皇后就笑着满口答应了下来。

一直等出了凤翔宫,卫箬衣整个人都是懵圈的。难不成她遇到了一个假皇后?先是在宸妃娘娘那边救了她一回,这些天又嘘寒问暖地照顾着,现在就连她提出来的各种要求也都一口答应了,怎么都觉得好玄幻的感觉。

皇后不是谢家人吗?谢家与卫家不是素来不和吗?

这么反常是为了哪桩?必定有诈!

卫箬衣抓耳挠腮地想要探究一下背后的隐情。

反常必有妖啊!

115 好闺蜜

卫箬衣在宫里住到了年初六回家，带回了福润公主。临出宫的时候她送了一套自己带进宫里面的小动物造型的零钱包给谢秋华。虽然谢秋阳也没在皇后那边帮什么忙，但是人家毕竟是答应了，卫谢两家素来不和，就冲谢秋阳这份热心肠，卫箬衣都觉得自己不能亏待了他的妹妹。谢秋华正愁买不全这个东西，如今卫箬衣一送就是一整套，真心是让谢秋华欢喜坏了。

卫箬衣回府的时候，紫衣侯府无比的荣光，便是红毯都一直铺到了街上，用来迎接福润公主。

如今的紫衣侯府，不光住着一名皇子，一名公主，这般光景便是比皇宫也不遑多让了，高调得令人发指。

福润的脾气好，又是第一次出宫，自是规规矩矩的。在被迎入紫衣侯府的时候，小姑娘手脚都快没地方摆放了。好在还有一个公主的身份撑着，不然卫箬衣真怕她会躲到自己裙子底下去。

本来以公主之尊，应是自己住一个独立的院子，但是福润十分依赖卫箬衣，老夫人劝说了两回也没什么用，只能让福润与卫箬衣一起住在回澜阁之中。好在回澜阁够大，够宽敞，倒也不至于辱没了福润公主殿下。

卫兰衣、卫红衣还有卫简衣这是第一次见活生生的公主，甚是好奇，偷偷地瞧了好久，便也没了什么兴趣。公主要来住的消息年初四就传过来了，府上好好地打听了一番福润公主的底细，知道这位公主在宫里简直就是一个最不起眼的存在，与那位五皇子殿下不遑多让。所以即便是她有公主之尊，也不见得就能有多大的气势，不过就是一个空架子罢了。

况且这位公主殿下还是个结巴。

卫兰衣心底不屑，卫箬衣有那么好的机会去接触宫里的人怎么就不带如同四皇子殿下、福顺公主那样的人物回来，带回来的却都是一些不受陛下待见的人，真是太浪费了。

即便卫府已经是权势滔天了，但是再怎么大也大不过天家去，净是和一些被陛下都快要遗忘的皇子公主在一起，果真是没出息得紧。这两个人将来能成什么事情？

卫红衣和卫简衣也都是这样想的。她们益发地羡慕卫箬衣能住在皇宫里，羡慕得肝儿都疼。

这些日子卫箬衣不在家，卫兰衣刻意地接近了卫红衣与卫简衣。现在兰姨娘和菊姨娘共同掌家，原本两个人还相互提防着，现在两个人倒凑到了一起去了。

她们两个也不知道是谁先想通了，两个人谁也没指望能当上侯府的正夫人了，所以也没什么好争抢的,唯一的期盼便是女儿能嫁得好。两个人三个女儿,若是都嫁得得当的话,三个姑娘守望相助,也能是一片不小的势力。

在这个家里,她们两个图什么啊?初见卫毅的时候确实也想过风花雪月的事情,但是时间长了,慢慢地那点火星子也就磨灭了。

卫毅那人如何?这么多年若是还看不清楚的话,未免也太戳自己的心窝子了。他对卫箬衣的娘是痴情了,可是对其他几个姨娘来说就是一个薄情寡义的负心汉。

卫箬衣这姑娘,越是打压越是蹿得高,在兰姨娘和菊姨娘眼底看来,真是活见鬼了。

所以,这回这两位凑在一起一合计,得了,有那时间打压卫箬衣,倒不如好好地利用好了卫箬衣让自己的女儿爬得高点,来得实际点。

卫箬衣这回回来明显感觉到家里的气氛不一样了。

过了一个年,就连家里都是一片祥和气氛,真是甚好,甚好。

大哥身体好转了不少,从年初五开始他就已经恢复读书了,之前养病,落下了一大段的时间,开春之后就离春闱不久了,用卫燕的话来说,尽人事,听天命。梅姨娘自是无怨无悔地照顾着自己的儿子,也从不过问家中的闲事,现在的卫府真是一派和谐。

就连卫荣最近都消停不少,从除夕夜溜出去,一连豪赌三天,输得差点连裤衩子都留在外面,要不是徐幻真借了银两给他,他只怕真是要光着屁股回侯府。所以这几日,他安分得很。

他欠徐幻真和陈建的钱越来越多,现在就连他自己都快记不得大概是多少数目了。

开始的时候他还会有点惶惶不可终日的感觉,但是日子久了,就有了一种虱多不痒债多不愁的无赖感。横竖徐幻真对他长姐有意,所以暂时也不会问他要钱,至于陈建,有徐幻真在,陈建也不会主动提钱的事情。

卫荣见卫箬衣回来,还带回来了一名长得珠圆玉润的小公主,心底又是一阵的不满与记恨。

如果他母亲不是被关在祠堂,姐姐不是被关在锦衣卫诏狱的话,他又怎么会无聊到跑人家家里去过年,又怎么会遇到赌局,遇不到赌局,便不会输掉那么多钱,说来说去,都是卫箬衣的错!

不过即便他再怎么恼怒,现在卫箬衣身份是郡主,家里又有锦衣卫住着保护着,卫荣便是有十个胆子也不敢和卫箬衣明里对着干,就是想将卫箬衣诓出去与徐幻真见面都不敢。毕竟锦衣卫不是吃素的。

萧瑾是在年初四被卫箬衣踩了那一脚后就出宫的。

他那日躲在御花园的角落里本是想见卫箬衣一眼,顺便和她表白之后再走的。可是那天两个人说着说着就跑偏得不成样子,十匹马都拉不回来。他实在是不喜欢宫里那种阖家团圆的气氛。旁人都有人嘘寒问暖,唯独他没有。虽然说这些年,他觉得自己已经习惯了,可是每年的这个时候,他还是会刻意地避开的。

旁人团圆,他没必要躲在一边看着闹心。

索性眼不见为净。

日子过得飞快,眨眼便是上元节的前夜。

福润在紫衣侯府住了多日,终于见到了卫箬衣口中那位什么都好的大哥了。

116 卫荣的坏心思

卫燕闭门苦读，自是不再过问家中诸事，他关在院子里不出门，虽然是知道福润公主住在家中，但是也没起了什么巴结的心思，不会主动拜会。倒不是他傲慢无礼，只是觉得自己这身份，实在是没必要去人家公主的面前戳着公主的眼睛。

倒是卫荣借着机会前来拜会过几次，不过都被卫箬衣给找理由拒之门外了。

福润好奇地偷偷将卫燕打量了好几下，之前她与卫箬衣在一起，总是听着卫箬衣说自己的大哥怎么怎么好，如今见到真人了，她真是眼前一亮。萧子雅和谢秋阳都是文雅之人，不过都带一股子叫她不敢靠得太近的气势，这位卫家的大公子，眉眼之间隐隐地笼罩着一点点的病气，看起来丝毫无害，反而带着一股子叫人觉得心疼的气质。对福润来说，反倒是他比较容易接近一点。

卫燕总以为皇家公主高高在上，十分难伺候，但是今日一见福润，就觉得她如同自家的小妹一样。她穿着与卫箬衣差不多的衣裙也不见得有什么特别之处，她比卫箬衣丰满了一些，脸蛋有点肉肉的，看起来和小包子一样白嫩嫩的十分娇俏可爱。

“大哥倒是难得出来了。”卫荣打从外面进来，一进花园就径直朝着卫箬衣这边走来。

他几次想去找福润都被卫箬衣给拦住了，今日好不容易等到福润公主和卫箬衣在花园里走动，哪里肯错过这个机会，一溜烟地就跑了过来。

虽然现在陈建和徐幻真暂时不找他提欠款的事情，可是他不光是欠这两个人的钱，还欠着旁人的钱财，原来他回家还能问自己的母亲要点，现在母亲被关，姐姐也被关，他便是将母亲的住处都翻遍了也没找到母亲将私房钱藏在什么地方。

他怕那些人闹上家里来，过年前已经悄悄地从家里偷了两样东西出去当了，先还了一小部分的欠债。

但是过年的时候，他本指望着能赢点小钱再还债的，可是哪里知道一输再输只能灰溜溜地跑回来避着。等知道福润公主住来了侯府，他的心思就动开了。

如果他能趁着福润公主在侯府的时候，入了福润公主的眼，将来他就是驸马了，即便福润公主再怎么不讨陛下的欢心，毕竟也是一国的公主，便是看在紫衣侯府的面子上也会将陪嫁准备丰厚的，父亲也不会吝啬，给皇家的聘礼更是不会少。

只要他能从中倒腾几手，别说是外面的欠债能消除，没准还能余下点银两。

况且当了驸马，父亲再怎么生气也不能对他的母亲如何如何，便是萧瑾再怎么强悍也要将驸马的亲姐姐从诏狱里面放出来吧。

卫荣越是想越是觉得福润公主简直就是天上掉下来的馅饼，若是不捡了吃了，简直天理不容。

可惜卫箬衣那个恶婆娘，生是坏他的事情！

福润见过一回卫荣，还得了卫箬衣的告诫，叫她离卫荣远点，她自是会听卫箬衣的话，所以见卫荣来了，她就悄悄地朝卫箬衣的身后缩了缩。

“你倒是天天在外面跑。”卫燕对卫荣也没什么好脸色，呛声说道，“也没见你跑出一个什么好来。”

“嘿嘿，大哥你这样说话就太不友好了。”卫荣心底气恼，但是现在不是他发怒的时候，因为福润公主就在长姐的身后，“小弟没招惹大哥吧。大哥是才学高，小弟自是比不上，但是大哥也不用如此为了抬高自己，贬低你弟弟我。”说完他就对着福润公主一笑，“公主殿下，您说是不是？”

福润蹙眉，卫荣说话油腔滑调的，她不喜欢，也不想回他的话。

卫燕被卫荣也呛了一下，淡淡地哼了一声，转过脸去。

卫荣展颜一笑，随后对着福润公主行了一礼。“公主殿下，明日是上元节，听说外面街道十分热闹，在下可否有这个荣幸请公主殿下允许明日陪伴公主殿下出游？”

“我们有大哥了，所以你带好红衣和简衣就是了。”卫箬衣拦住了卫荣的视线，略显得有点傲慢地说道。她就是看不上卫荣，现在她连装装样子都懒得去装了。

这人是烂泥扶不上墙，卫箬衣怎么会没在外面找人打听过卫荣，她这个弟弟实在太不上路，光是她随便找人打听一下，都知道他打着紫衣侯府的幌子在外面欠了很多银子。

她还暗自出钱去替卫荣赎回了好几张借条，并叫卫荣的债主打个收条给她。

这些事情卫荣都不知道，他欠的人多了，哪里记得清自己具体欠了谁的债。

如果卫荣不作怪也就罢了，要是他死不悔改还继续作怪的话，她就将这些借条直接拿去给父亲看看，到时候看卫荣怎么收场。

卫箬衣丝毫不客气的话让卫荣稍稍地尴尬了一下，不过他很快就恢复了笑容。“长姐，公主殿下还未曾开口呢，你就替公主殿下做了决定，未免有点太过了吧。”

他意图挑起福润对卫箬衣的不满，哪里知道人家福润公主就是一个实心肠子，没有那么多弯弯绕绕的心思。

“不是！”福润赶紧替卫箬衣说话道，“箬衣说得是……是。”她结巴了一下，随后脸就红了，她下意识地看了一看卫燕，心底略有点懊恼。

卫荣挑拨不到，碰了一鼻子的灰，知道卫箬衣站在这里，他半点便宜都讨不到，也只能讪讪地告辞退下。

等出了花园他见四下无人就狠狠地回头朝着卫箬衣的方向啐了一口。“什么玩意儿！就是一个不知道廉耻的烂货！”他嘀咕了一嘴，“呸！”等他回身准备离开，却见萧瑾的身影不知道从什么地方冒了出来，就站在了他的面前。

萧瑾表情阴沉，双眸犀利，顿时将卫荣给吓得差点一屁股坐地上去了。

“五……五皇子殿下，您什么时候来来来的。”惊魂未定的卫荣也结巴了，他后退了好几步，才感觉到稍稍的定心，忙抱拳说道。

“卫公子刚刚是在说谁呢？”萧瑾看似漫不经心地问道，实则眼神里面都掉着冰渣子。

“这……”卫荣的眼神显得十分慌张。

五皇子殿下奉命保护卫箬衣，只要是关于卫箬衣的闲事，似乎他什么都要管上一管，着实是有点惹不起的感觉。

“没事,没事,不过是家里的奴仆。”卫荣忙改口道,“遇到一个不听话的,骂了两句。”

“君子之言寡而实,小人之言多而虚。君子之学也,藏于心,行之以身。从善者友之,好恶者弃之。”萧瑾缓缓地说道,“卫二公子曾在骊山书院学习过,自然知道为君子者,不妄言,不恶语的道理。今日听得你满口污言秽语,这几年看来你在骊山书院也没有学得什么道理和本事,倒是学出了一个市井泼皮的模样。改日,我倒要请教一下书院的山长,可是骊山书院如今教得人都是这般的不成气候。哦,对了,我却是忘记了,你本在骊山书院也没有学籍,不过就是顶着你长兄的名号进去寄读的,不过便是无名无分,在骊山书院那种地方学了两年,也该成点才了。不如这样,等你父亲回来,我再向他老人家请教一下,可是卫家的什么人将你给教坏了,所以学了一个满口的胡言乱语。”

萧瑾的声音清冷,带着一丝丝的寒气,顿时说得卫荣脸上一阵青,一阵白的,甚是尴尬。

他的确是顶了大哥的名头进的骊山书院,这本就是他不想提及的事情,如今被萧瑾给剥开,真真的是戳心窝子的难受。

“不过就是一个奴仆,何至于让五皇子殿下动这么大的阵仗。”卫荣讪笑道,“以后我谨言慎行便是了。”

“你的确应该谨言慎行。”萧瑾冷冷地一笑,说道,“如果再被我听到看到你有此言论举动,休怪我不给你留下情面。”说完他抬手一劈,一掌劈在了路边的一棵歪脖子树上,干枯的树干有手臂那么粗,嘎嘣一下顿时就被萧瑾单手劈断,吱呀摇晃了一下,缓缓地垂落下来。“我出手可没什么轻重。你在外面做了点什么,旁人不知道,我若是想知道可是轻轻松松的。你应该明白我的意思!”萧瑾说道。

卫荣的冷汗都冒了出来,这厮是锦衣卫,一贯不讲理,虽然这里是卫府,但是自己那屁股底下还有一团理不清的债,若是萧瑾非要和他计较的话,光是将他那些债翻出来摆在大家的面前,他都吃不了兜着走。

“是是是,在下明白了。多谢五皇子殿下的提点,下次不敢了。”卫荣是个见风使舵很快的人,马上恭敬地一拱手,提起了衣摆快步离开。

藏匿在暗处的陈一凡等他走了,这才出来。“头儿,刚刚干脆打他一顿算了,他明明就是在辱骂崇安郡主。”

“他是卫箬衣的弟弟。”萧瑾扫了陈一凡一眼,“你若是没抓住什么实在的证据就直接打人家一顿,像话吗?”

“说得也是。”陈一凡挠了挠头,随后耸肩道,“不过头儿,您私下里做这些,崇安郡主都不知道的。”

“我做什么只是我自己想做,她知道与不知道又有什么关系?”萧瑾甚是奇怪地问道,“要她知道做什么?”

“所以啊,头儿,您和崇安郡主之间的矛盾就在这里啊。”陈一凡说道,“您默默地在背后替崇安郡主做了那么多事情,崇安郡主却一点都不知道,你们两个见面就斗嘴,最后闹得不欢而散,崇安郡主现在估计对您也不像是以前那般的感觉了。您背地里做这么多事情,也应该让她知道啊,不要让她以为您总是没事找事地找她麻烦,是女孩子都受不了的。

头儿，您若是真的很想和崇安郡主在一起，不如放下身段去哄哄她。”

“你觉得我真的很想和她在一起？”萧瑾冷冷地看着陈一凡，反问道。

“难道不想吗？”陈一凡挠头，“头儿啊，您看看，这几天谢家那位公子天天跑来找崇安郡主，您那脸色暗沉得连小花和小冯都不敢在您面前大喘气了。头儿，您这不是在生气吃醋，是在做什么？”

“要你来说！”萧瑾一甩衣袖，“你那么喜欢多管闲事，还有很多正经事没处理的，都交你了，上次的肚兜案，还有老太医灭门案，已经压了很久了，等这里的任务结束了，便要重新开始查，你去将线索全数再梳理一遍吧。”

“啊？”陈一凡一怔，随后大叫了一声，“头儿，您不能把我一个人当驴用啊！”

萧瑾不再理他，而是负手阔步朝前。

等萧瑾走远了，陈一凡暗自地跺脚。不行啊，这样下去，跟在头儿身边的人都没好日子过，头一个就是他，他总是被头儿拿来出气的，花锦堂和冯安两个凭啥那么清闲！

对了，陈一凡一拍大腿，去找绿蕊去，那姑娘人好。总要撮合一下头儿和崇安郡主吧。

萧瑾走得远了，见陈一凡没有跟过来，他才暗暗地松了一口气。

他何尝不知道其实陈一凡说得对，但是既然做了，他又不求旁的什么，为何要巴巴地去告诉她呢。

萧瑾放缓了脚步，低低地叹息了一声。谢秋阳这几天天天来，他的确是心底不舒服，也莫名的烦躁，便是明日的上元节，他都不想出去了。因为即便是他跟在卫箬衣的身后，也不过就是看着她对着旁人笑语嫣嫣，说实在的，着实有点戳心窝子。

她对他的态度和脾气，让他都没办法心平气和地与她说话。

萧瑾苦笑了一下，明天街上人会很多，乱七八糟的，其实按照他的脾气是压根不想让卫箬衣还有福润上街的。但是他心底也明了，明天是肯定拦不住那两位姑娘的。所以他现在就已经让花锦堂和冯安两个出去探路了，明日他会和卫燕说，让卫燕带着两位姑娘只走他勘定好的路线，他会在沿途安插上他的人，遇到任何紧急的状况都会有人带他们快速离开人群。

卫燕是个讲道理的人，倒是比较好说话，更不会乱来，想来他应该是愿意配合的。

117 贺寿之礼

卫兰衣这几天绞尽脑汁地想要给宸妃娘娘画上一幅贺寿的画，这是受了四皇子殿下之邀，她知道这代表着什么。画技高超的人比比皆是，她在贵女之中实在不算是最最出众的，但是四皇子却单单地向她提出这种要求，便是想让她在宸妃娘娘的寿辰上大放异彩，为以后铺路。这叫卫兰衣欣喜若狂。

她的桌案上摊着三幅画，是她这几天画作之中最好的三幅了。可是就连卫兰衣也知道自己的这三幅画，细致是够细致的了，但是总是少了那么一点点的神韵，仅仅是画而已。

她将三幅画收藏起来，随后出了自己的房门。

"还是不满意吗？"兰姨娘见自己的乖女儿一脸沮丧地出来，关切地问道。

"总是缺了点什么。"卫兰衣蹙眉摇头。

"不如……你干脆去问问你长姐。"兰姨娘想了想说道。

卫兰衣闻言便是一惊。"她怎么肯教我？"

"我倒是觉得她会教你。"兰姨娘笑着说道，"你忘记了？四皇子原本意属于她，是她自己不愿，所以将你推了出去。那就说她压根就无意嫁给四皇子殿下。既然她没这个意思，那你也不用处处将她看作是绊脚石了。她为了给自己省麻烦，多半是会教你的。"

"真的吗？"卫兰衣将信将疑地问道。其实她也知道母亲所言不差，但是叫她去请教卫箬衣那个不学无术的，她实在是有点拉不下这个脸面，她一贯都自诩在姐妹之中，她的才情最好，琴棋书画样样精通。

"去试试。"兰姨娘怂恿着卫兰衣，"大不了咱们小心点，不会坑了自己便是了。"

卫兰衣犹豫了一下，还是点了点头，眼瞅着时间一点点地过去了，若是再弄不出一幅能出彩的东西，还真的是叫人头疼。

卫兰衣整理了一下自己，朝着回澜阁而去。

才走到门口，就听到里面笑语盈盈。她停住脚步，让守在门口的丫鬟进去请示，没过多久，她就被人让了进去。

回澜阁的大厅里温暖如春，从老夫人那边拿来的墨兰早早地开了，一室的兰花清香。这墨兰一直都被放在温室之中，开了一盆，单就被老夫人叫人送来了这里，便是她想画画去讨都没有讨到。卫兰衣进来之后望了那盆装在大红色彩釉花盆里面的墨兰一眼，压制下了心头的不悦。

福润公主坐在桌子后面，梅姨娘竟然在屋子里，这叫卫兰衣感觉到有点奇怪，随后她想起梅姨娘是被大哥送来临时抱佛脚的也就释然了。这次宸妃娘娘寿辰，大家都接到了请帖，梅姨娘这是怕在礼仪上有什么亏缺，所以专门过来请教公主的。她又看了看梅姨娘,却惊觉梅姨娘在不经意之中似乎变漂亮了。

之前梅姨娘在寒梅苑之中过得辛苦,皮肤干巴巴的,人也一副萎靡不振的样子,比起自己的母亲来似乎是老了十岁一样。但是现在再看,人家容光焕发的,梅姨娘也养了一些肉回来,她本就是个鹅蛋脸,这脸上有了肉,皮肤就饱满了起来,不光现在面色红润,便是给人的感觉也好像比自己的母亲又年轻了几岁一般。要知道兰姨娘已经是这府里保养得最好的姨娘了,如今这风头俨然要被梅姨娘给盖过去了。

当初老夫人将梅姨娘选了送给卫毅便是看她人老实,又生得极漂亮的份上,如今一看,果然恢复了往昔的风采。

梅姨娘见卫兰衣盯着她直看,忙收敛了脸上的笑容,垂下头去,朝着公主殿下和卫箬衣行了一礼,随后退下离开了回澜阁。卫兰衣来肯定是有事找卫箬衣,她杵在这里多有不便。当了那么多年老夫人身边的丫鬟,这点眼力价还是有的。

卫箬衣直摇头。

其实梅姨娘真的很美,只是她胆子太小了,所以完全让人家忽略了她的容貌。

说起来福润和梅姨娘倒算是有缘分了。

卫兰衣过来给公主殿下见了礼,又叫了一声长姐。

“你来有什么事情吗?”卫箬衣一贯懒得与卫兰衣寒暄,简单明了地问道。

“小妹这几日一直在准备给宸妃娘娘贺寿用的画作,但是始终觉得欠缺了点什么。”她对着自己身后的丫鬟使了一个颜色,丫鬟将一幅画展开在卫箬衣的面前,“此番兰衣前来,便是想请公主殿下和长姐指点一下迷津,看看兰衣的画作之中究竟是缺了点什么,要如何补足?”她说完就又朝着二人行了一礼,“还请公主殿下和长姐不吝赐教。”

卫箬衣瞄了一眼被丫鬟展开的兰花图,随后端起了茶杯抿了一口。“你不会真的以为宸妃娘娘会看中你的画吧?”

卫兰衣一惊,不解地看着卫箬衣。

这脑子还想着嫁入皇家,卫箬衣在心底大叹,那种后宅的手段都没学好,等真的去了皇家将来怎么被玩死的大概都不知道。卫箬衣觉得自己在宅斗技能上已经很差劲了,这位卫兰衣却是比她还逊。人家那是看中你的画吗?便是你随便画一幅丢上去,周围看过的人也不会说不好的。画不过就是一个幌子和借口罢了。

宸妃娘娘看中的也是不是卫兰衣这个人,而是卫府!卫大将军手里的兵权!

“算了算了。”卫箬衣一摇手,“你那画作之中少了魂儿,但凡是形容一个美人,活色生香,你有色,无活,若是真的想出彩,在众人面前一鸣惊人的话,便要剑走偏锋了。想你这一时半会的能画出魂儿来着实不易,但是能画出香来却是简单。”

她已经说得这么明显了,卫兰衣还不明白?

卫兰衣睁着一双大眼睛看着卫箬衣,愣了片刻随后灵台之中一片明镜。她喜上眉梢,对着卫箬衣行了一礼。“多谢长姐指点。”

还好,不算是榆木疙瘩一块。

卫箬衣满意地点了点头,随后一挥手。“你回去吧。自是忙你的去。”

“是。”卫兰衣本来也不愿意来找卫箬衣,如今已经是得到了自己想要知道的事情,哪里还肯在这里再浪费时间。

等卫兰衣走后，福润不解地问道：“你……不想当我的四嫂吗？”她知道宸妃一直在打卫箬衣的主意。

“不想。”卫箬衣摇头。

“那……五嫂呢？”福润又问道。

卫箬衣……“姑娘啊！”她跳起来，走到福润的身边，随后抬手揉捏着她圆润的脸蛋，磨着后槽牙说道，“你干脆让你的哥哥们站在我面前站一排，随便我挑好不好！哪里来的那么多问题啊。我不想当你嫂子这总可以了吧。”

福润脸颊上的肉软软的，又细腻，被卫箬衣搓揉了两下如同米团子一样，让卫箬衣瞅得直乐。福润推了好久才将卫箬衣给推开，脸颊已经是红扑扑的了，她懊恼地瞪了卫箬衣一眼。“大……大胆！”

“对对对，就是这样，端出点公主的架子来。”卫箬衣厚脸厚皮地说道。

福润简直哭笑不得，忍不住扑哧一下又笑了起来，好不容易蕴起来的些许气势顿时被她笑得荡然无存。

卫箬衣无奈摊手，她这几天天天教福润要拿出点女王的气焰来，无奈这姑娘实在是有点帅不过三秒，怎么办？这是病！得好好治！堂堂公主整日躲在人后可怎么是好。

卫箬衣这几天还在帮福润矫正口吃。因为卫箬衣发现福润如果不是很着急的情况下，口吃得并不是十分厉害。

“五哥哥……不好吗？”福润问道。

“他？好与不好我都无福消受啊。你五哥那脾气将来不知道谁倒霉栽他手里，可是要被他吼上一辈子了。”卫箬衣一撇嘴。那脾气臭的，翻脸比翻书都快，和他在一起时间长了，卫箬衣觉得自己都能得精神病。

“哦。”福润想想也是，五哥那脾气着实有点吓人。

又过了十日，便是宸妃娘娘的生辰了。

这天凡是受到陛下邀请的人都按时去了皇宫。

景阳宫内外装点一新，景阳宫花园空阔的地方也放上了大铁笼子，里面关着梅花鹿等大型的兽类，不过多半都是性情比较温和的食草动物和各种漂亮的鸟类，一片繁华富贵的景象。

今日紫衣侯府中人分乘了好几辆马车浩浩荡荡地入宫。

老夫人是有诰命的夫人，自是穿着一品诰命的衣服，头戴一品夫人的凤冠，人显得十分的精神。卫箬衣是郡主，也按照郡主的制式装扮着。至于其他的姑娘，一个个的都经过了精心打扮，每个人都是精神焕发的。便是卫燕看起来气色也比寻常要好些，他今日穿了一件粉蓝色的长袍，玉带缠腰，端端的是个瑞方公子如玉如琢的模样。卫荣穿了一件深紫红色的团花锦袍，看起来是有点花里胡哨的，无奈人家生得好，压得住，丝毫不带半点艳俗之气，反而带着几分富贵倜傥的模样。三位姨娘更是好好地修饰了一番，最叫人惊艳的莫过于梅姨娘了，便是兰姨娘和菊姨娘见了不免也是心惊。

两个人心有戚戚焉地对看了一眼，倒是彼此都读懂了对方眼底的意味。

不怪竹姨娘第一个下手对付的便是梅姨娘和卫燕。这等容光，再加上卫燕那般争气，这个家迟早是会落在梅姨娘和卫燕的手上的。卫箬衣虽然为嫡长女，但是姑娘家总是要嫁人的。梅姨娘在寒梅苑里时间待得长了，便是连兰姨娘和菊姨娘都快要将梅姨娘年轻时候的样子给忘记了。今日一见，便也想起了过往，两个人心底皆有点不是滋味。

老夫人十分的开心，红光满面的。她看看自己府上这些样貌出众的人儿，真是乐得合不拢嘴。

这一大家子，走到哪里都是惹人注目的。

入了宫，阖府上下去给宸妃娘娘请安，紫衣侯府倾巢而出，实在是少见，景阳宫里已经安坐着的其他宫妃和各府的贵妇都将目光投注在紫衣侯府众人的身上，几乎觉得紫衣侯府这一大家子几乎每一个人都十分有看头。

就连三位姨娘都颇受瞩目，旁的府上来的都是正妻，带着诰命的正经夫人，唯独这紫衣侯府是个异类。最受关注的倒不是卫箬衣了，反而变成了卫静雪和卫静霜两个兄弟，这两个人打小就受了陛下赐下的字，荣耀无比，如今长大了，个顶个的样貌好。

卫府这世子之位迟迟不定，但是左右也跑不出这两个人的身上，大梁虽然有女子为官但是还没听说有女子承继爵位的，况且卫箬衣已经有了郡主的头衔了，那侯爵之位她也不会睐眼的。

别说，卫燕和卫荣这么一亮相，倒也惹得众多夫人心思耸动。若是自己家的姑娘能与卫家攀上亲戚，还真有一飞冲天的可能。毕竟大梁朝里面位高权重的，除了谢家便是卫家了。谢卫两家争斗这么多年，谢家还出了一个皇后，也不过就是堪堪地与卫家打了一个平手。最近陛下对卫家这般荣宠，看起来，卫家已经凌驾在谢家之上了，成为大梁朝第一的权臣了。

更不要说人家现在打了一个大胜仗，没准哪一天陛下一高兴，寻思着给紫衣侯再将爵位抬上一抬，那便是国公府了。

宸妃娘娘笑着叫了平身，用目光扫过卫府众人，最后她看向了卫兰衣。

这姑娘今日表现得倒是比较落落大方，跟在卫箬衣的身后，身上的衣服也显得比卫府其他人穿得素净淡雅，一切配饰都是经过精心挑选的，恰到好处，不张扬，也不掉身价，倒是一个可塑之才。

宸妃娘娘现在倒真是觉得自己儿子选了卫兰衣是个不错的想法。

这姑娘看起来比卫箬衣好拿捏多了。

待到紫衣侯府将寿礼送上，宸妃娘娘身边的太监读了一长串的礼单，什么东山的玉璧，南海的明珠，皆是稀罕的好东西，就连卫箬衣都听得云里雾里，只觉得头晕脑胀的。她虽然来了这么久了，但是在这种场合下，她果然还是土包子一枚。

等所有的礼单都读完了，宸妃娘娘笑着看向了卫兰衣。“本宫听说你特地替本宫画了一幅画?”

118 抬举了卫兰衣

宸妃娘娘的这话一说，在座的宫妃与贵妇们便是面面相觑，相熟的人彼此交换了一下眼神，大家都心知肚明起来。

那幅画不在紫衣侯府的礼单上，明显便是单独出来呈递的。宸妃娘娘这么多家的姑娘都不问，直接问了卫兰衣，便是早就有了默契。画不画的，不过就是走个过场罢了。人家宸妃娘娘看上了卫家的这位姑娘才是真的。

被点了名的卫兰衣心头一紧。她在家中演练了无数遍了，今日到了这景阳宫的正殿之上，还是会有点紧张，毕竟在家里，看的人只有她母亲一人，但是到了这里，在座的皆是宫里的妃嫔还有各府的命妇，随便哪一个都是有身份的。今日她若是能出彩，这四皇子身边人的位置是坐定了的；若是不能出彩，丢的不光是她自己的人，更是宸妃娘娘的面子。

宸妃娘娘的名声极好，自是不会喜欢一个连礼仪都达不到标准的姑娘。

稳稳地迈出了莲步，卫兰衣按照自己在家中演练了无数遍的标准步伐出列，走到了宸妃娘娘的面前，双手在胸口端平，手心与手背交叠，她行了一礼，身姿婀娜，不见媚俗，着实是带着几分大家风范。宸妃娘娘脸上的笑容渐盛，眸光之中也多了一份期待和欣赏之意。

“臣女不才，悉心作得一画。”卫兰衣开口说道，她略抬头，下颌的弧线恰到好处，既显得谦逊，又不显得太过卑躬屈膝，“臣女祝宸妃娘娘青春永驻。”她说得不多，本着言多必失的原则，少说少错。声音如同出谷黄莺一般的悦耳，再加上她这一身的装束，倒是真的十分亮眼出彩。

便是别的府上的贵妇们看了也都暗暗地点头，宸妃娘娘的眼光到底毒辣，能在紫衣侯府的庶出女之中找到这么一块美玉一样的姑娘。大家看到了卫兰衣的表现，不由又多看了卫箬衣一眼。这紫衣侯府的庶出女如此的出色，嫡女却是个叫人糟心的家伙。

卫箬衣眼观鼻、鼻观心地站着，在心底默默地摊手，她表示这种躺着也中枪的事情对于她来说已经是习以为常了，反正不管是她家的谁谁谁出来，都要被拉来和她比一通。她就是紫衣侯府的下限标杆，是个人都比她强就对了。

人太出名，也是一种负累。

“展开看看。”宸妃娘娘甚是满意地点了点头。这姑娘倒是没叫她失望，不像是卫箬衣那般不识抬举。

有太监上去，接过了画，分别站在两边，一点点地将那幅已经装裱好了的画作展开。

那是一横幅画作，上面画着各种形态的兰花，均是画工细致，笔触均匀，作为工笔画来说，堪称了教科书一样的典范了。但是就如同卫箬衣说的那般，只是画而已，如果变成照片那更逼真，可是照片与画的区别就在于，照片只是拍出了事物的表象，而画作却能展露灵魂。可惜卫兰衣的画,没有魂儿,逼真,但是不动人。

宸妃娘娘仔细地看了看,还是很给面子地点了点头,不特别出彩,但是也不犯错,这就可以了。

她正要让人将画作收起来的时候,忽然闻到了一股淡淡的兰花香气。

“咦?”她诧异地看了看四周,适才还没有呢,这宫里的熏香是她亲自选的,是百合花的味道。这股兰香并不算浓郁,但是丝丝缕缕,似有若无,还真是给人一种置身兰室的感觉。

不光是宸妃娘娘闻到了,其他的宫妃和命妇也都闻到了这股淡雅的兰花香气。

“妙啊。”宸妃娘娘随后将目光落在了那幅画作上,抚掌笑道,“原来是卫家这位兰衣姑娘以香气入画,所以才让这景阳宫里飘满兰花的花香,真是香气与画作相得益彰,妙哉,妙哉。”她这么一赞,旁人也赶紧跟着交口称赞。

“就说这会哪里来的兰花香呢,原来是从画里飘出来的。这画可是神了。”禧嫔娘娘也笑道。

福顺站在禧嫔娘娘的身后,也只能跟着说道:“兰衣姑娘真是蕙质兰心。”说完之后她就狠狠地剜了卫箬衣一眼,原意是想对卫箬衣示威的,哪里知道卫箬衣只当没看到,气得福顺脸色都有点发青。

被表扬了的卫兰衣不骄不躁。“是宸妃娘娘的芳诞,才让这画作满室飘香。宸妃娘娘在臣女的心目之中便如同这兰花一般,高洁文雅,不骄不躁,所以臣女才得此画的灵感。”她这话一出口,卫箬衣就想笑,这是你自己的灵感吗?算了算了,她既然教了卫兰衣,就不会和卫兰衣计较这些。

“这姑娘,嘴真是甜得厉害。”宸妃娘娘笑道,“来来来,这串珠子本宫戴了好久了,今日啊就送给你了。”说完她从手腕上退下了一串白玉珠串成的手钏下来,递给了身边的宫女,宫女捧着珠串呈递到了卫兰衣的面前。

卫兰衣大喜,不过还是死死地压抑着,不让自己表现得太过喜悦。她再度行了一礼,这才退到了一边去。

老夫人笑眯眯地看着这一切。等卫府众人在大殿里面落了座了,旁边的靖国公夫人小声地对老夫人说道:“恭喜老夫人了。”

“哪里来的喜事啊?”老夫人装傻道。

“府上怕是要出一位皇子妃了。”靖国公夫人笑道。

“哪里哪里,八字都没一撇的事情。”老夫人小声推脱,眼角的笑纹却是更深了,只是那笑意并未达眼底。

卫箬衣站在老夫人身后瞥见自己身侧的卫兰衣喜不自胜地将那串白玉珠子戴上,还小心翼翼地将衣袖放下来遮盖住,她就觉得有点好笑。她摸了摸自己的手腕,她的手腕上戴着一串萧瑾给的东珠手钏。

原本卫箬衣是不喜欢戴很多装饰品的,但是这串东珠手钏卫箬衣却是十分喜欢。每一颗珍珠都圆润细腻,仔细看看,一点瑕疵都没有,珠子都是一样的大,一样的圆,若不是古代没有那种技术,卫箬衣真的要以为这珠子是哪一个工厂压制出来的,因为实在是太无瑕了,自然界要生出这样的珠子还能凑成一串,是多不容易的一件事情。加上她也喜欢珍珠,所以这串珠子现在倒真的变成了不离身的东西了。

卫兰衣身侧的卫红衣和卫简衣脸上均是一片艳羡之色。

等觐见完毕之后,大家便开始在景阳宫里游玩,午膳也是在景阳宫里用的。

卫兰衣显然成了炙手可热的角色,原本她庶出的身份是上不得台面的,但是现在被人簇拥着,倒好像她变成了卫府里正经的嫡长女一般。反正卫箬衣也不在意这些,只是陪着福润一起去隔着铁笼子喂梅花鹿玩儿。

因为女眷颇多,所以用过午膳之后,卫燕和卫荣等一众公子哥儿们便告退离开景阳宫各自回府,如今这景阳宫里留下的便是一众夫人和小姐了。

等过了午后,阳光洒满庭院,陛下与皇后圣驾前来,后面还跟着淑妃娘娘,大家都出去接驾。随着圣驾回到景阳宫,并在景阳宫花园的暖阁落座之后,恒帝便扫了大家一眼,笑着说道:"今日朕的爱妃生辰,大家都高兴,朕也给爱妃准备了一份礼物。百戏班子入京,朕就叫人从里面选了几个出众的带入宫里来给大家开开眼。里面有一个马戏班子,听说驯兽驯得非常好。"

"那可是要多谢陛下恩典了。"宸妃娘娘笑道。

"一会可是有老虎、豹子之类的凶猛野兽的,大家平日里是见不到的。"恒帝笑道。

"陛下,臣妾想和陛下请一个恩典。"宸妃前身对恒帝说道。

"你说就是了。"恒帝笑道。

"臣妾想让紫衣侯府的卫兰衣姑娘坐在臣妾的身侧,适才她替臣妾画了一幅兰花,臣妾甚是喜欢。"宸妃娘娘说道。她话音一落,在场的各位便是表情各异。皇后在眼底流过了一丝精芒,便是这般迫不及待想要宣布你看中了卫兰衣了,借此试探陛下的口风?若是陛下说与礼不合,那便是多半不准这桩婚事;若是陛下恩准了,这婚事看来也是七不离八了。

恒帝先是稍稍地一愣,随后笑着点了点头。"就依爱妃之言。"

宸妃脸上一阵欣喜,便是卫兰衣和兰姨娘都是心头一阵狂跳。卫兰衣出列,走到了宸妃娘娘的身侧,行礼后,有人在宸妃娘娘的下首按了一个小桌子,她便在那里坐下了。虽然她低着头,但是依然掩饰不住她上翘的唇角。

"皇上,咱们不能厚此薄彼啊。"皇后缓声说道,"卫大将军打了大胜仗,崇安郡主之前还从库尔德人手里救回了自己的兄长,也是大功一件,不让库尔德人的阴谋得逞,不如让崇安郡主坐在本宫这里吧。"

"好好好!"恒帝笑道。宸妃娘娘脸上的笑容有了片刻的僵硬,随后马上恢复如常。

皇后真是可恶至极!她暗暗地捏了一下自己的衣袖,便是她生辰,也不让她过得顺心如意。

再度躺枪的卫箬衣表示她也很无奈啊,总是被误伤。她只能起身也坐在了皇后的下首边,卫箬衣感觉到十分的凄凉。坐在这里代表着,动不敢乱动,东西不敢随便吃,好悲催啊!

大家伙对紫衣侯府那开挂般的恩宠都已经习以为常了,不过卫箬衣被皇后当众点名还是第一次,谢卫两家不合啊!所以卫箬衣坐在皇后的下首,大家就和看猴一样地看卫箬衣。

作为被看的猴,卫箬衣备感焦虑。

恒帝这才和身侧的太监低语了两句。太监躬身出去,不一会,便有人过来将暖阁的大门卸掉,在外面摆上了围栏,一众侍卫跑来,站在围栏之前护着。随后有太监抬着一张大的方台子过来,放在围栏之中,然后将一块地毯铺在了方台子上。

先是有百戏班子前来敬献百戏戏法。

一群人又是转盘子下腰,又是喷火顶缸的,好不热闹。

这些人表演得十分精彩,大家叫了好,陛下和皇后还有宸妃和淑妃都各自给了赏赐。豪门贵胄家的姑娘鲜少出门,平日里也很少看到这样的百戏,一个个都觉得新奇得不得了,笑得都成了花儿一样,这暖阁内外一片欢声笑语。

百戏班子的人退到了两侧继续表演,马戏班子的驯兽表演也跟着来了。

一队侍卫护着十多辆被人推着的平板车进来,板车上都蒙着黑布,等到了花园之中,一一地将板车停到围栏里面,这才将蒙在板车上的黑布揭开。

这黑布一揭开,女眷们便发出了一阵惊呼声。笼子里可不就是装着老虎、豹子还有熊和狼这些凶猛的动物。

这时候有宫女鱼贯而入,给暖阁众人换上了茶水和新的点心。

大家引颈相看,平日里大家更是见不到这些东西,这会可是看了一个新奇。

卫箬衣也跟着大家一起看热闹。等她看到笼子里面的四条狼时,不由打了一个寒颤,她可是领教过狼的凶猛的。

所以她就多看了那几条狼两眼,这看下来,她就稍稍地蹙了眉心。怎么她觉得在那铁笼子里面有一条狼看起来那么眼熟呢?

这条狼的脸上带着一条伤疤,看起来好像是被刀剑砍伤的样子,虽然现在已经愈合了,但是卫箬衣怎么看都觉得眼熟,真有点像是那日在山林之中被萧瑾一刀砍伤了的狼。

不过她再看看也就觉得自己是多虑了,世上哪里有那么巧的事情,许是她对那些狼的阴影比较深,所以现在看什么都觉得像是那些山中野狼吧……这些都是被驯养过的,又怎么可能是山中攻击人的那些。

卫箬衣赶紧端起了自己面前的一杯果茶,抿了一口。东西不敢乱吃,怕失了礼仪,喝点水没人说的。

这驯兽班子可真有钱,光是装狼的笼子就有两个,一共八条狼,装熊的笼子有四个,一共八头熊,两头老虎威风凛凛,还有四头豹子。不怪会被选到御前来表演。卫箬衣放下果茶之后啧了啧嘴。

驯兽师上来,一共四人,头上皆是扣着一个大头,身上穿得花花绿绿的,甚是滑稽。他们一字并排跪在围栏里面行了一礼,等恒帝叫了平身,他们就按照乐师演奏的曲子跳了一个舞,曲子十分的轻松,他们跳得也诙谐可笑,惹得暖阁里面的一众人脸上都是乐呵呵的。

便是恒帝也看得津津有味。

景阳宫里笑语欢声,真是一幅太平盛世的景象。

驯兽师将关狼的笼子率先打开,将里面八条狼都放了出来。

在座的宫妃和贵妇们鲜少看到活生生的这种猛兽,一个个都发出了低低的惊呼声。

便是宸妃也作势抓住了陛下的衣袖,她那一副娇弱受到惊吓的样子彻底地取悦了恒帝。恒帝哈哈笑着，一边拍着宸妃的手背说道："爱妃不必害怕，都是被关在笼子里面的。"

"有陛下在，臣妾倒是不怎么害怕，只是觉得那些狼原本应是在山野之中的，如今被关在这笼子里面供人取乐，着实地叫人觉得有点不忍。"宸妃娘娘笑道，"但是这又是无奈的，若非这些猛兽，那些人靠什么维持生计。"

"爱妃贤德，这么多年来，心地还是如此的善良。"陛下轻抚着宸妃的手背，笑道，"朕心甚慰。"

"原本是陛下的恩典和好意，特地为臣妾请来这么好的班子，臣妾却说出这样的话来，真是要扫了陛下的兴致了。"宸妃略显得不好意思地说道，"臣妾给陛下请罪。"她说完就要起身下跪，却被恒帝赶紧按住了。

"爱妃这是哪里的话。"恒帝忙安抚道，"你生辰，朕想着应该让你看看平日里看不到的东西，所以才安排了这些。你莫要多想了，图个乐子罢了。"

"是。"宸妃这才安坐好。

皇后坐在陛下的边上，冷眼看着宸妃这一番唱念坐打，想来已经是习惯了，所以半点表情都没有。倒是卫箬衣觉得自己快要将刚刚喝下的茶给吐出来了。若非她清楚明白宸妃是什么人，否则还真的要被宸妃这一番"情真意切"的话给欺瞒过去。

卫箬衣端坐好，抖了一身的鸡皮疙瘩，决定去看杂耍和驯兽。

她看了看周围，侍卫蛮多的，但是没见几位皇子陪坐，许是因为今日这边多半为女眷，所以皇子们就没来凑这个热闹。

其实卫箬衣还以为今日萧瑾会在的呢。

那些笼子里面的狼果然是训练有素的，在驯兽师的指挥下排成了一长排，随着驯兽师的指令，一个个地坐下，站起，十分听话，看得在场所有的人目不转睛。能将狼训得和狗一样，也的确是不容易。

等狼的表演结束了，大家报以热烈的掌声，有人将狼引着坐在围栏的一角，但是并没将它们重新赶回到笼子里面去。接着有人将关着熊的笼子打开，将里面八头熊放了出来。

熊一出来，在场的宫妃和女眷们又是一阵惊呼。这熊的气势显然比狼的气势大多了。

这些熊一个个膘肥体胖，看起来养得很好，皮毛都黑得发亮，排成一排围着笼子一转，都显得围栏围出来的那一大片空地已经很拥挤了。

这些熊被训得十分的可爱，作揖、鞠躬，什么都会，惹得大家一阵阵发笑。开始刚刚看到这许多庞然大物的时候大家都觉得有点害怕，但是看了它们表演之后，却觉得这些熊虽然个头硕大无比，站起来比人都高，但是一个个的憨态可掬，着实有趣。

大家都目不转睛地看着那些动物的表演，倒是将围栏周围还有许多百戏杂耍给忽略了。

熊表演完之后也被赶到围栏的一角一个个排成排地坐在地上，可爱得不行。驯兽师们又将关着老虎和豹子的笼子全数打开。

卫箬衣看了看周围的围栏，心底只嘀咕，这种程度的铁栅栏，只怕连那八头熊都挡不住。这许多的东西要是同一时间蹿出来那可是真的热闹了。

不过她这念头也只是转转，想来宫里能将这些人放进来在御前表演，就不知道之前检查过几次了。敢将人带来陛下的面前,必定是查了又查的,应该不会出错。

大概是之前被狼袭击过的怨念太重了,所以大家在看马戏的时候,她却是在四下寻摸着一旦发生点意外,她总要找点趁手的东西才是。

卫箬衣总有点惴惴不安的感觉。

就在卫箬衣正襟危坐,一双眼睛却乌溜溜地到处乱转的时候,就见两个在围栏外面玩杂耍的喷火人忽然冲了出来。大家的注意力都在动物的身上,就是那些站在围栏前看护围栏的侍卫们都被马戏给吸引了目光,所以这两人冷不丁地冲到前面来,谁也没反应过来。

噗的一声,两条火舌交叉喷了出来,不知道他们用了什么办法,那两条火舌如同火龙一样火焰又强又大,一并喷出,顿时就将正前方四名侍卫的身上引着了。他们喷出来的大概是油,沾到侍卫的衣衫上立马就让那四名侍卫着了火。

四名侍卫陡然遭此横祸,哪里还能想得了许多,惨叫着,翻滚在地上,试图将自己身上的火苗熄灭。前面顿时乱了起来,那两人趁乱再度喷了四个侍卫,就在他们第一次喷倒四名侍卫的同时有一个顶缸的大汉直接将硕大的缸踹出来,那缸有半人那么高,直接砸在了围栏上,顿时将两个围栏连接的地方撞得变了形。这时候附近的两个耍大旗的壮汉,合力将一杆大旗穿入了栏杆连接的地方,用力这么一撬,两声金属断裂的闷响之后,围栏竟是被那两个大汉用大旗杆生生地给绞开了一个豁口。

大概是被火光所振,围栏里面所有的猛兽均骚动起来。四头豹子和猛虎最先从围栏的豁口处跳了出来,老虎发出了一声长啸,顿时腥风阵阵,叫得人心底发寒。接着那头熊一并冲了过来,直接将那些豁口冲撞得更大,眼瞅着手指那么粗的围栏竟如同柴火棍子搭建的一般不结实,愣是被八头熊给冲了一个七零八落。

紧跟在熊后面的便是那一直是卫箬衣心理阴影的狼了。

狼的动作竟是比之前的猛虎和豹子还要迅捷,从围栏里面跳出来之后,直接朝暖阁的方向急奔而来。

这些动作几乎是在一瞬间完成了的,便是周围的侍卫们都没有反应过来。

119 大力显神威

等侍卫们回过神来,暖阁里面已经乱成了一团了。

今日在座的皆是朝廷命妇与宫妃,平日里都是养尊处优养在深闺高阁之中的女人,便是走的路多了,都恨不得找几个丫鬟来搀扶着,大家平日里接触的、谈论的又都是风花雪月的事情,哪里经受过这等的变故。

坐在最外层的命妇们尖叫着,连滚带爬地想要远离,也不顾平日里的风仪了,混乱之间,你撞了我,我踩了你,手脚并用的,蹬翻了自己面前的矮桌,撒了一地的糕点和果茶。

卫箬衣是暖阁里面最先反应过来的,她本来就心神不宁的,所以变故才刚刚发生,她看到老虎跳出来的瞬间,就已经起身离座。她一个箭步就冲到了皇后娘娘的身侧,那边有一杆铜质的灯台,与她之前在上书房用过的灯柱是一模一样。卫箬衣曾经用这种灯柱在陛下面前演示过卫家的鬼神刀法,所以知道这个东西凭她的力气用起来十分顺手。

她才将灯柱子抄在手里,就见最先跳出来的一只豹子已经朝着陛下的方向冲了过来。豹子在地上跃起,直扑恒帝,皇后娘娘在慌乱之间的第一反应便是要将陛下推开。

她才刚刚用力去推陛下的肩膀,就见她的身侧斜斜地冲出了一个身影。

豹子的速度快,那人竟然不比豹子慢多少,还未看清楚她的容貌,就听到耳边嗡的一下,一道沉闷的风声掠过,随后那跃在空中想要直扑陛下的豹子竟然被生生地打中。就见那头豹子,脑袋一歪,身子朝一边被撞开,等豹子落地之后翻滚了两圈,愣是有点爬不起来。

皇后转眸,这才看到了刚刚抡起灯台砸豹子的人竟然是崇安郡主。

"保护陛下!"卫箬衣落地之后,手中灯台一横,大声疾呼道。

无奈现在的场面已经是失控了,随着猛兽冲出了围栏,百戏班子之中又跳出了好多人。他们手里的表演道具去掉了伪装,瞬时就变成了武器,他们叫着朝暖阁里面冲杀进来。

"杀死狗皇帝!"

外面的侍卫们奋力抵抗,一切都发生得太快,便是他们到现在都是一脸的慌乱和惊悚之色。

那八头熊简直就如同八辆铲车一样,在侍卫之前横冲直撞,不消片刻就将侍卫们围起来的人墙给冲散。时不时有哀嚎之声传来,在一片乱哄哄的声音之中更显得有几分凄厉之色。

大家的哀嚎夹杂着野兽的嘶吼,让原本一场花团锦簇的盛会顿时变成了一场野兽对人的屠戮。

暖阁里面的侍卫奋力想要阻挡已经冲进暖阁的野兽。

“关门关门！”卫箬衣看到了四敞大开的暖阁大门，立马吼道。

混乱之中，侍卫们只顾着奋力地拼杀了，却是连大门都忘记了关。

这宫门厚重，只要能关上，应该可以阻挡一阵子了。

有侍卫听到了卫箬衣的呼喊声，这才恍然，努力地朝门口冲去。无奈外面很多贵妇想要冲进来躲藏，这一进一出，将仅有的通道都堵得死死的。

恒帝的脸都黑了！

他起身要迎战，却被宸妃娘娘死死地抓住。“陛下，您要去哪里？”宸妃花容失色，死死地抓住恒帝的衣袖不放，“您是万金之躯，万万不可涉险啊！”

源源不断有野兽冲破了外面侍卫的阻拦，跃入大殿之中。卫箬衣快速地看了一下周围，慌乱之中，她都看不到她的奶奶了。

“保护陛下，尽量将门关上。”卫箬衣大吼道。这门若是关不上的话，外面的刺客加上野兽会进来得更多。眼前一片人影晃动，也分不清楚外面究竟有多少刺客。

好几个侍卫冲到门边，要合力将八扇暖阁的大门关上。

卫箬衣虽然也害怕，但是她心底却如同明镜一样，这种时候，光是害怕是万万解决不了任何问题的。这里是皇宫，是皇帝的地盘。就算现在现场一片混乱，但是只要能将时间拖延长了，外面的援兵就会很快到达，只要撑到外面的侍卫能冲进来就好！

“除了关门的侍卫，其他人都过来护住陛下！”卫箬衣高声说道，“只要咱们能撑到外面的侍卫冲进来，便是胜利！”

在卫箬衣的大声提醒下，所有冲入暖阁的侍卫都围拢到了陛下的身前，和卫箬衣一起将陛下、皇后、宸妃还有淑妃都围在了人墙之中。

两头熊嚎叫着冲了进来，接着是那八条狼。

就在这个时候，门边的侍卫们终于合力将暖阁的大门关上。

可是那两头熊和狼已经直着朝陛下的面前扑去。

卫箬衣心一横，抡着灯台就朝一头熊的脑袋上砸去。

她天生力气奇大无比，情急之下肾上腺素狂飙，手臂便如同有千斤灌注了一样。她手里的灯台便如同泰山压顶一样带着呼啸的风声，朝着距离她最近的一头熊的脑袋上砸了下来。

砰的一声，卫箬衣都觉得自己手臂被震得发麻，但是她真的将那头熊给砸了一个正着，力气之大，就连有小孩手臂那样粗的黄铜灯台都被她给生生地砸弯曲了过来。那头被砸中的熊惨叫了一声，竟然活活地被卫箬衣给砸晕了。

就连卫箬衣自己都吓了一大跳，因为作用力的缘故，她后退了好几步才稳住了自己的身子。

简直不敢信！

卫箬衣都有了片刻的怔忪！这果然是穿越女的金手指外加外挂大爆发！

她一定是来搞笑的！竟然真的被她一棍子削晕了一头豹子外加一头熊。

另外一头熊见同伴倒地，咆哮着调转了方向朝着卫箬衣冲过来。

许是被卫箬衣一棍撂倒一头豹子，又一棍子削晕一头熊给鼓舞了士气，卫箬衣身边的侍卫见另外一头熊朝卫箬衣扑过来,忙将她推到了一边,可他自己半边的肩膀却是被熊爪抓了一个正着,顿时鲜血淋漓。

与此同时,八头狼同时扑了过来,暖阁之中的侍卫们纷纷奋力抵抗。

卫箬衣被推了一把这才回过神来。

不过这回她的狗屎运就没那么好了,那头熊一掌将刚才推开卫箬衣的侍卫拍开,随后咆哮着就朝卫箬衣再度冲了过来。

"妈呀!"卫箬衣一看这架势,大叫了一声,脚下自然而然地用出了萧瑾教给她的那套步法,躲开了熊朝她挥出来的第一掌,熊爪擦着她的肩膀掠过,吓得她顿时就出了一身冷汗。

暖阁里到处都是人,卫箬衣便是想跑都没地方可跑的,唯有硬着头皮拿着灯台当长刀挥向了那头熊。

黑熊张开大嘴直接冲向了卫箬衣。卫箬衣嗷的一下,用灯台撑在地上,身子就在空中翻了一下,这一招是卫家刀法之中的一招,之前她去救大哥的时候也用过一次,只是上一次她翻过了几名杀手,而这一次她翻过去之后竟然直接落在了熊的后背上。

卫箬衣……老天果然是派她来搞笑的!

她都来不及多想,直接用手里的灯台一绕,用灯台的杆子卡在了熊的脖子上,随后自己握住杆子的两侧用力地朝后勒住黑熊的脖子。

就见她骑在黑熊的背上,拼尽了全力勒住自己手里的灯台,灯台的杆子从熊的脖子前横亘而过,就如同一条铁锁链一样死死地锁在熊的脖子上。卫箬衣又是用出了吃奶的力气朝后拉着那头熊,黑熊吃痛又感觉到窒息,发疯一样地乱冲乱撞,想要将后背上的卫箬衣给弄下来。

也就是卫箬衣骑在熊上,若是换一个人,早就被这头黑熊给颠下来了。卫箬衣的力气大,在这种情况下又是拼尽全力的,不光双手死死地卡住熊的脖子,便是她的双腿也都死死地夹住了熊的后背。好在这黑熊算是那一群黑熊里面个头较小的一个,几乎有好几次,卫箬衣都觉得自己要被这黑熊给甩下来了。她的心底也明白得很,只要是被这熊甩下来,她便是不死也会被熊抓成一个半残。

所以想要不死的话,就只有死死地将自己固定在熊背上,哪怕是有半点的放松,下场都是不敢想象的。所以即便是那熊带着卫箬衣朝着门边撞去,卫箬衣被撞得七荤八素,眼冒金星,也丝毫不敢将自己的手臂松开,反而越拽越紧。

松手肯定是死,不松手还有一丝活的希望。

就在卫箬衣觉得自己都快要坚持不下去的时候,她居然感觉到熊的力量似乎减弱了。

那头狂暴了的熊似乎越来越没力气了。

究竟是怎么回事,卫箬衣也没什么力气和精力去探究,横竖死死地拽住自己手里的灯台卡住熊的喉咙就对了!

熊又暴跳了两下,朝着对面的墙壁再度冲去,试图再次将自己背上的卫箬衣给冲撞下来,但是这回它跑了两步,便好像没了力气,一头撞在对面的墙壁上,身子摇晃了两下,随后轰然倒地。

熊的爪子不住地朝前伸,狠狠地在墙壁上留下了几道抓痕,随后滑落在地。

卫箬衣依然保持着骑在熊背上的姿势,哪里敢有片刻的放松,依然死死地揪住自己手里的灯台不放。

就在这个时候,暖阁的大门被人从外面踹开,大批的侍卫冲了进来。

原来是外面的大乱惊动了宫中禁卫,禁卫从四面八方涌来,先是一部分人止住了外面的骚乱,同时又分出一部分人来冲入了暖阁之中。

暖阁里面已经一片狼藉了,不过一进来,最最引人注目的便是由侍卫们围成的人墙之前倒着一头黑熊,那黑熊也不知道是死还是晕了,反正是一动不动的。其他便是狼的尸体和受伤的侍卫横七竖八地倒了一地。

"陛下,臣等救驾来迟,万望恕罪。"禁军都统柳时请命人将最后两头已经受伤了,但是依然在和侍卫缠斗着的狼砍死之后,单膝跪下在人墙之前。

"都统大人,这里还有一头熊!"有人看到了里面墙角里的大黑熊,马上出言说道,"还有一个人骑在熊背上。"

"护驾护驾!"柳时请喊道,禁军再度围上来,顿时又在陛下的面前铸了一道人墙。

禁军都统柳时请分开了人群,冲过去一看,差点没笑出声。

就见骑在熊背上的卫箬衣已经是披头散发的了,她头上郡主的凤冠早就不知道颠得掉去了哪里,发丝缭乱之间,她赤红着一双眼眸,牙关紧咬!等等,柳时请凑近了才看清楚,原来这位身穿郡主制服的姑娘居然死死地咬着熊背上的皮毛。

柳时请……

在场看到卫箬衣当时样子的所有禁卫们都……

有禁卫戳了那熊一下,熊一动都不动,这才有人壮着胆子伸手过去探了一下熊的鼻息。这一看,差点没被笑死,那熊的舌头探出来老长,熊眼睛圆圆地爆起,赤红充血,再摸了一下熊鼻子,早就没了进出的气息了。

"柳都统,这熊怕是被活活地勒死了……"那名禁军惊恐地看着骑在熊背上的娇小身影。她的衣袖不知道在什么时候已经被扯破了,露出了半截纤细洁白的手臂,那手臂上如今青筋都暴起来了,死死地抓住一个看起来不知道是什么的圆柱子,大概勒死那头熊的便是这个圆柱形的东西了。

"这位郡主?"柳时请双手抱拳,虽然他已经看不太清楚卫箬衣的样子,但是却是认得她身上制服的样式,这是郡主才能穿戴的制式宫装。他试着叫了一声卫箬衣。"那熊已经死了。"他柔声地说道。

卫箬衣……

她松开了死死咬在熊背上的嘴,呸呸呸了好几下,咬了她一嘴的毛,恶心都恶心死了!嘴里还有一股说不出的腥臊气,卫箬衣顿时嫌弃自己嫌弃得要死,刚才她到底是怎么想的,居然也能下得了口。

可是刚才情急之下,她出于无奈,只能张口咬住熊背,虽然她也知道大概是无济于事的,但是多一处地方能固定住自己也是好的。

今日卫箬衣才明白了什么叫兔子急了也会咬人!不错。她便是那只牙口贼好的兔子,急了!她咬的是熊!

请大家称呼她急兔子升级版!

120 亏了有你

“你们确定它真的死了?”卫箬衣抖了抖垂落在自己面前的乱发,谨慎地问道。

“确定。”柳时请点了点头。那姑娘将脸上的乱发抖开,这才看清楚她的样子。“参见崇安郡主!”

“我的妈呀!”卫箬衣这才松了一口气,双手一松,整个人都瘫在了熊背上。“拉我起来。”卫箬衣有气无力地说道。

柳时请亲自将卫箬衣给拉了起来,站直了自己的身体。卫箬衣现在才感觉到自己双腿在不住地打颤,双臂也在轻轻地颤抖着。

她回眸看了看那头被自己活活勒死了的熊,简直不敢相信自己的眼睛。她是知道自己力气大的,但是真没想到大到可以掐死一头熊的地步!

她惊魂未定地看向了另外一头熊。“你找个人看看,那熊是不是死了!”她那时候给了这熊当头一棒的,大概是被她打晕了。

“回郡主的话,那熊的头骨被打碎了,”柳时请说道,“也是死的了。”

卫箬衣顿时……

她哀鸣了一声,立马捂住了自己的脸。要死了!这下想低调都低调不起来了!

“陛下呢!”她这才想到恒帝和皇后,“还有皇后娘娘和几位娘娘现在如何?还有我祖母呢?我姐妹呢?”

她忙撤掉了捂在脸上的双手,朝着刚才恒帝的位置看过去。

暖阁里面一片狼藉,众多的贵妇和贵女大部分身上都带着伤。

说来也奇怪了,那些冲进暖阁之中的野兽第一攻击的目标不是旁人,都是直笔笔地朝陛下的方向扑去的,就好像陛下那边有什么东西在指引着它们一样。

所以其他的贵妇和贵女受伤倒不是因为野兽扑咬造成的,而是她们自己受了惊吓,慌乱之间踩踏所致。大部分都是瘀青、崴脚之类的,都不是什么大伤,只不过被吓得不轻。

倒是卫箬衣勒住了那头熊,那熊在暖阁里冲撞的时候,撞翻了两名贵妇一名贵女,晕倒了两个,骨折了一个,不过都无性命之忧。

“箬衣啊!”躲在墙角的人群里颤颤巍巍地站起来一个人,鹤发,虽然发鬓散乱,但是穿的是一品诰命的服饰。

“祖母!”卫箬衣循声看去,见站起来的是自己的祖母,那样子的确是狼狈了点,不过看起来并无大碍,卫箬衣悬着的心顿时有一半落地。她赶紧分开了人群,冲到了祖母的面前,再三地将她看了又看,确定祖母毫发无损,这才放心。不光祖母安然无恙,卫府之中的其他人也都平安无事,只是梅姨娘适才为了护住祖母受了一些轻伤,卫箬衣看过了,应该是没有什么大事的,回去养几天就好了。

“护送陛下离开此处。”再三地确定暖阁内外的野兽都被消灭殆尽了,柳时请这才下令道。

围在恒帝面前的侍卫们纷纷朝两边散开,那些地上侍卫和野兽的尸体已经有人搬了出去。

恒帝面沉如水地坐在原来的位置上,一双眼眸阴云密布。

皇后和宸妃娘娘还有淑妃娘娘都是脸色苍白,不过皇后依然正襟危坐。

暖阁里外顿时跪了一大片。“臣等救驾来迟,罪该万死。”便是那些能动的朝廷命妇和贵女们也都一起跪倒在地,每个人的脸上都是惊魂未定的表情。

卫箬衣也跪在下面,匍匐在地。

对了卫兰衣呢?

她现在才想起了适才坐在宸妃娘娘下首的卫兰衣。

她微微地抬起头来,四下看了看,就见卫兰衣居然站在了宸妃娘娘的身侧,脸色苍白。

真是各人有各命!卫箬衣无语地在心底一叹。同样是坐在帝后和嫔妃的身侧,怎么卫兰衣就好好地被侍卫们护了起来,而她却扛着一根灯台跟跳马猴子一样和两头狗熊搏斗!

穿越大神你是在开玩笑吗?妥妥的女主光环没有落在她的身上,反而落在了卫兰衣身上了?

还害她啃了一嘴的熊毛,也不知道那熊几天没洗澡了,现在卫箬衣都不敢去想,怕恶心死自己。

“离开什么离开?这里便是皇宫!”恒帝怒道。

柳时请惊出了一身汗来。“臣等惶恐。”他忙说道。

恒帝的目光扫了一下下跪的人群。“都起来吧!”随后他放缓了自己的语调说道。

大家这才依次站了起来。

“传太医来,救治伤者。”恒帝蹙眉道,“好好的一场好事变成了祸事。给朕查!看看到底是谁想要了朕的命!”

“是!”柳时请说道。

就在此时,有人进来通传。“陛下,锦衣卫北镇抚司都统大人率领千户入宫救驾,请问陛下准是不准?”

“准!”恒帝一拍龙椅的扶手,“来得正好!朕正是要找北镇抚司的都统。”得了陛下的恩准,很快就有一大批锦衣卫走了进来。为首的一位穿着都指挥使的服饰,在他的身后跟着几个人,其中一个是卫箬衣熟悉得不能再熟悉的人了。

萧瑾啊!

今日宸妃寿辰,紫衣侯府阖家入宫庆贺,萧瑾并没有跟着一起来。一来,大清早的时候他就接到了北镇抚司的信,都指挥使大人要见他,所以他去了锦衣卫了。二来,从紫衣侯府到皇宫路程并不算远,今日卫箬衣的祖母也跟着卫箬衣和卫燕一起去,有老夫人和卫燕在,卫箬衣在宫里肯定不会吃亏。三来,他压根就十分讨厌宸妃,宸妃的寿辰,他去做什么?

萧瑾身穿千户的飞鱼服，一进了大殿里就四下看了看，等他的目光触及到卫箬衣之后，明显地松了一口气。

这臭丫头，真是一天看不住就会出事。

虽然她披头散发地站在那边，形容狼狈不堪，但是看看样子便是完好无损的。

萧瑾只觉得自己从得到消息到入宫走来的这一路上，心都要从嗓子眼里跳出来了。

今日北镇抚司所有的千户都被召回开会，宫中大乱之后，消息传出，他们已经以最快的速度入宫。

这一路上萧瑾都不知道自己是个什么心情，几乎是在忐忑和恐惧之中走来的。

他真的很怕自己一入宫，看到的便是卫箬衣的尸体。

宫里的一场欢庆变成了祸事，每个人的脸上都是神情肃穆。谁都知道恒帝现在的心情糟糕透顶，谁要是在这个时候稍稍地表现出一点点什么其他的表情出来，只怕回头那火气就全撒在他的脑袋上了。就是那些受了伤的人此刻也都咬牙忍住了痛，不管是朝廷命妇还是受伤的侍卫现在都是拼命忍着，不让自己发出半点声音来，即便是实在忍不住了，也只敢大口大口地喘息，借此平缓一点伤口传来的疼痛。

太医们匆忙赶来，看到暖阁里面的情景，一个个地都觉得头皮发炸。

就是朝中重臣得了消息，也一个个地朝宫里赶。

伤者被抬走，恒帝却依然坐在暖阁之中一动不动。谁也不敢来劝，没受伤的也只能分立在两边陪着。

“外面的人都抓起来了吗？”良久，恒帝才寒声问道。

声音如同浸了冰水一样冷。

“回陛下，刺客们都已经伏法了，其他的戏班里面的人都被押解起来了。”柳时请赶紧抱拳回道。

“我大梁皇宫，五千御林军，三千侍卫，五千禁卫军，一共一万三千人。居然能让刺客随着百戏班子入宫！”恒帝这才环顾了一下四周，“许是之前朕病得时间久了，所以你们也懈怠了是不是？”

暖阁里顿时跪下了一大片，侍卫统领、禁卫军都统还有御林军将领们一个个都噤若寒蝉，谁也不敢说话，几乎每个人都在冒着冷汗。

“这刺客是你们放进来的，那便由你们善后，朕现在将这件事情交给侍卫营、禁卫军以及御林军共查，锦衣卫北镇抚司督办。”恒帝冷哼了一声，“若是查不出什么所以然来，朕看你们这几个人的位置只怕是要换一换了。”

恒帝说完，那几个统领、都统的就再次抖了一抖。陛下说得轻松，只是位置换一换，却没说是什么位置，是脑袋的位置还是职务？都说圣心难测，此时谁也不敢再去猜恒帝的心思。

几个人齐齐地接了口谕。

恒帝这才看向了卫箬衣。

“崇安。”他的神色缓和了下来，和颜悦色地说道。

“陛下。”卫箬衣赶紧走出来，跪在了恒帝的面前。

“果然是将门虎女！”他赞道，“便是朕的命也算是你救下的了。崇安起来吧。”

之前卫箬衣在暖阁里面的表现全数被恒帝看在眼里。暖阁出事的瞬间,所有人都懵了,唯独一个卫箬衣跳出来指挥着侍卫们关门。又是她先是扫开了扑向自己的一头豹子,又前后杀死了两头黑熊,这等勇猛之举,便是放在大梁的男将之中只怕也找不出几个来。

之前恒帝没有答应卫箬衣的请求,自是有他的考量,今日见了卫箬衣临危不乱,又如此勇猛,他的心头便是一动。

一个念头在他的心底形成。

“陛下谬赞了。”卫箬衣以额触地,规规矩矩地行了一礼,这才站起身来,“是陛下洪福齐天,所以才没能让那些宵小的阴谋得逞。臣女做的只是臣女份内之事。”卫箬衣赶紧顺带着再拍一下马屁。

果然卫箬衣说完之后,恒帝满意地点了点头。“你今日的功劳朕记下了。”

之前卫箬衣得陛下的称赞很多人心底都不服,都觉得卫箬衣之所以这么得陛下的青睐,不过就是仗着她父亲的荣光罢了。但是今日,陛下赞了卫箬衣这一声,在场的也没人敢有半点不服的情绪了。

人家那是实打实地干掉了两头熊!

谁不服,谁上啊!

恒帝挥了挥手,又安慰了一下那些剩下的贵妇与贵女,随后也就叫大家各自散去。

各府的夫人和小姐来的时候都是欢天喜地,一脸的喜色,现在踏上归程却是一个个的面如死灰,惊魂未定。

老夫人等出了暖阁之后一把将卫箬衣给拉到了自己的身边,好好地上下检查了一番她的胳臂腿,随后嗔怪道:“你这孩子是要吓死我这把老骨头啊。适才你冲了上去,我都要吓得背过气去!你老子便是一个做事冲动的主儿,你也十足十地学他。你学点旁的不行了吗?以后可不准这样了。这万一……”老夫人说到这里都说不下去,自己呸了两下,“没有万一,咱们家的人可都要好好的才是。”

祖母唠叨也是因为关心,所以卫箬衣就躬顺地听着。

跟在老夫人身后的几位姨娘表情各异,但是不管是兰姨娘还是菊姨娘都清楚明白一点,经过这一次,卫箬衣在这府里的分量只怕是无人可撼动了。

她们都知道卫燕将鬼神刀法教给了卫箬衣,也知道卫箬衣看起来练得还不错,但是谁都没将这事情放在心上,大家都以为卫箬衣那脾气性子,养尊处优惯了的,哪里能吃得了习武的苦,可是今日再看,谁也不敢再轻视了卫箬衣。

当年年轻如卫箬衣的卫大将军大概也就不过如此罢了。

况且可以这么说,暖阁里面众人的命几乎都是卫箬衣救下的,包括当今陛下。光是那几头狼都让围在陛下身侧的侍卫伤了好多,差点连陛下都没保护好,若是再加上那两头熊的话,后果简直……

这便是实力的展示了,旁人便是羡慕都羡慕不过来。

时不时地有人过来和老夫人以及卫箬衣道谢,老夫人也觉得甚是心烦,所以寒暄了几句就赶紧带着全家出宫回府。

谢大学士在宫门口接到了自己的夫人和女儿,问明了暖阁里面发生的一切之后,就连谢大学士都在大大地叹息,卫老贼的狗屎运就是好!自己是个莽夫就算了,居然将一个娇滴滴的闺女也给养成了无敌女金刚。原本他还觉得卫府后继无人,现在看来,卫老贼的福运不绝,卫府这位崇安郡主一战成名,横空出世,更是将卫府又朝前推了一把。

谢大学士扼腕,如今对卫府是既咬牙切齿的,又不得不服卫府中人不光运气好,手底下更是有两把刷子。

那个崇安郡主长什么样子来着?谢大学士努力地回想着。

121 卫箬衣这种生物

没过多久,陛下在宫里遭遇刺客、崇安郡主卫箬衣力敌两头黑熊的事迹就传开了。

弄得现在卫箬衣关在房间里都不敢出门,一出门就觉得大家看怪物一样看她。

宫里出事了,福润也就顺势留在了宫里没跟着紫衣侯府众人出宫。

卫兰衣在房间里整日的心神不宁。

这次宸妃娘娘的寿辰,本就是应该她出风头才对,她那幅真的会飘出香气的兰花图已经是博得了满堂彩,在暖阁之中宸妃娘娘又叫了她坐在一边,意图已经是很明显。可是谁知道会发生那种糟心的事情,最后愣是让卫箬衣将她所有的风头抢尽,如今随便是谁,都只记得卫箬衣力敌两头黑熊的事迹,而不会想起之前她献上了那幅兰花图的事情。

卫兰衣越想就越是觉得心烦意乱,这世上怎么就有卫箬衣这样的存在,天生就是来恶心别人的。

想想从小到大,她哪一次不是死死地被卫箬衣压制着。之前她和卫箬衣扛着来,没什么好果子;现在不与她拧着来了,顺着她来,依然是没得任何好处。

她想得走神,绣花针戳在了自己的指尖上,一阵锐痛让她猛然回神。她忙抬手,可是已经是晚了,血珠从被戳破的指尖渗出,染在了素白丝缎的绣布上,顿时晕染开来。

卫兰衣怔住,心底的烦闷之意更浓,为何会这样?好好的一幅绣图都已经完成了七成了,如今被这一滴血给全数毁掉了。

卫兰衣抓起了旁边的一把剪刀,泄愤一样地将绣绷上好好的绣布悉数剪烂。等那绣布给她剪得不成样子了,掉落在地,她就又觉得自己更憋屈了。她绣了快一个月了,才绣成这样,只是因为一滴血,就将自己一个月的努力全毁了。自己活到现在不也就如同这幅绣图一样吗?背后她付出了多少努力,琴棋书画样样都学。她读书的时候,卫箬衣在玩儿;她学琴学得十指生血泡的时候,卫箬衣在玩儿;她学画画学得眼睛发乌的时候,卫箬衣还是在玩儿!一个天天都在玩儿的人凭什么事事都压在她的头上!

悲从心来,卫兰衣忍不住伏在了被剪得七零八落的绣绷上放声痛哭起来。

她的侍女皆不敢朝前,而是飞快地退出房去叫来了兰姨娘。

兰姨娘急三火四地跑来,真的见自己的宝贝女儿坐在房间里哭得伤心,疼得她赶紧过去将女儿拉入怀里,一个劲儿地安慰。

"母亲,我的命怎么这么苦啊!"哭得上气不接下气的卫兰衣委屈得窝在自己母亲的怀里小声问道。

兰姨娘挥手让房中的丫鬟们都退下,这才低声劝慰道:"你何出此言啊?"

卫兰衣将适才她心底所想说了一遍。兰姨娘听完也是心有戚戚焉,不过她还是好生地安慰自己的女儿。“咱么会熬出头的。只要抓住四皇子殿下,就一定会扬眉吐气。”

“如今宫里出事,女儿就是怕宸妃娘娘看到卫箬衣在暖阁里面的表现,又觉得女儿没用,卫箬衣比较有用,所以再弃了女儿!”卫兰衣抬起含满泪水的眼眸说道。

“母亲,女儿真的丢不起那个人啊。在景阳宫里,当着那么多贵人的面,宸妃娘娘要看我的画作,暖阁里面又单单地将我提到她的身边坐下,任在场的谁都明白宸妃娘娘这是看中了我了。”卫兰衣急道,“可是若是宸妃娘娘真的变卦了,再度相中卫箬衣,您说女儿将来可怎么做人？还能嫁给谁？只怕就是出门也要被人指指点点的。”

卫兰衣的话倒真的让兰姨娘脸色微变。

这倒是她没想到的 。

“放心,放心。”兰姨娘不住地安慰卫兰衣,轻抚着她的后背,“宸妃娘娘既然已经选中了你,应该不会中途变卦。”

“怎么不会？母亲拿什么来保证宸妃娘娘。原本宸妃娘娘就意属卫箬衣,只是因为卫箬衣几次三番不给她面子,让她下不来台,所以她才转而看了我。我本就是卫箬衣的替代品。若是经过这番卫箬衣的表现,宸妃娘娘再度看中了她又如何是好。那我算是什么?”

卫兰衣越哭越伤心,惹得兰姨娘也跟着心烦意乱起来。

“先别哭,仔细将眼睛都哭肿了。”兰姨娘一边替卫兰衣擦着眼泪,一边劝说道,“你且放心,娘会好好想办法的。”

“母亲能想什么办法?”卫兰衣哭着说道,“谁叫咱们生来都是庶出的！活该就是被人欺负的!”

卫兰衣这句话可是戳入了兰姨娘的心窝子里面去了。

她也是侯府的小姐,只是因为庶出,现在跑来给人当妾,而样样都不如她的人却是安安稳稳地当着国公夫人。这地位差得哪里跟哪里?

兰姨娘的眸光沉了下去。“你别哭,你要美美的,其他的交给娘来办。”

卫兰衣还能说什么,只能一边抽泣,一边擦着眼泪,不过掩在帕子下面的眼眸之中却是闪过了瞬息的亮色。

卫箬衣成大字形瘫在自己的床上,眼睛直勾勾地盯着头顶的帷帐发愣。

绿蕊和绿萼相互对看了一眼。自从皇宫里面回来,已经三天了,郡主时不时地就陷入这种状态之中。

“郡主?”绿蕊试着叫了卫箬衣一声,卫箬衣掀动了一下眼皮子。“咋了?”她有气无力地问道。

“要不咱们出去走走?”绿蕊建议道,“奴婢见郡主没什么精神,许是在屋子里面闷的时间太长了吧。”

“出去被当成猴儿来看?”卫箬衣翻了一个大白眼,依然双眼望天,“没那兴趣。”

前天上了一回街,她是落荒而逃溜回来的。

她在燕京城名气甚大,认识她的人颇多,以前她上街,旁人只会窃窃私语。“看卫家那位姑娘又出来了。”如今她出门,见到她的人如同看到了新鲜物件一样大声嚷嚷。“诸位诸位,你们可知道刚刚过去的人是谁啊？崇安郡主啊！就是那个传闻之中打死两头熊一头豹子的紫衣侯府的崇安郡主啊!”然后就会有一大群人追随其后。

唉！这日子完全没法过啊！

虽然说这回出名倒不是因为她做了什么坏事，但是那种被围观的感觉着实叫卫箬衣糟心。

她现在终于有点理解历史上那位著名的美男卫玠是如何被人“看杀”的了。

“对了，五皇子殿下很忙吗？”卫箬衣问道。这两天她在家里闲逛似乎都没看到他。平日里只要她去花园走上一走，总能见到他的。燕京城里有刺客了，北镇抚司应该很忙了吧。

“奴婢不知啊。”绿萼说道。

原来在家里蹲着有福润陪着她，倒也不觉得心焦，现在大哥正在全力以赴地看书，她也不能总是去找大哥玩儿，琴棋之类消磨时间的东西她又一概不会，在家里真的是蹲着闷得要死。传记之类的书已经是看得不想看了，兵书也已经背得滚瓜烂熟，日子果真有点无聊起来。

卫箬衣侧眸，看了看绿蕊。“不然你去拿一套你的衣服给我？”

“啊？”绿蕊一脸懵地看着自己的郡主，不知道她这是何意。

“我穿你的衣服出门，再将脸上抹黑点，旁人自是不认识我了。”卫箬衣觉得这事有点靠谱，坐起身来上下打量了一下绿蕊，绿蕊比她略矮点，不过不打紧。她这身材假扮成男人实在是有点困难，胸前和腰上不知道要裹上多少白布才能缠绕住，不值得去废那个工夫。

“这样不好吧。”绿蕊微微地一晒。

“没什么不好的。”卫箬衣挥了挥手，她想去一下方家皮具铺子，和老板再商量点事情。

就这样，穿着绿蕊衣服的卫箬衣将脸涂了一个焦黄，又将腮边的头发落下，半遮着脸大摇大摆地从侯府的后门走了出去。

她现在完全就是一副面黄肌瘦、营养不良的小丫鬟样子，果真路上没人再注意看她。她没让绿蕊和绿萼跟着，她知道萧瑾会安排人在暗中跟着她的，所以也不需要特别去和萧瑾说。再说了，她这个样子，大概也没什么人能认出她就是如今名声已经盖过她老子的崇安郡主。

她才出了侯府的大门就不小心踩到了一坨软软的东西，低头提起鞋子来一看，卫箬衣顿时……谁啊！这么没公德心，居然将狗放出来在她家后门不远的空地上拉了一坨狗屎。那狗屎应该是才拉出来不久的，还没被冻成冰坨子，被她一脚踩了一个正着，踩得稀碎。

卫箬衣恶心得不知道说什么好了。

前几天她咬了一嘴的熊毛，回来倒了两天的胃口，今天一出门就踩到狗屎，她最近这是在走什么狗屎运……

她单脚跳着挪到了墙角，扶着墙，在墙角的石头上一点点地将鞋子底上沾着的狗屎蹭掉。

她正在嘿咻嘿咻努力地蹭着，就见从自己家后门又出来了一个人影。

谁啊？定睛一看，嘿！卫荣！

他穿着一件硕大的黑色丝绒斗篷，斗篷十分的华美，领子口镶嵌着白色的兽毛，衣摆处用金丝绣着大朵金盏菊的图案。卫荣眼眉俊朗，配上这样的斗篷原本应该是一副气宇轩昂的翩翩贵公子的模样,可是偏生他那表情有点小心翼翼的,走到巷子口还不忘回头张望一下,一副生怕有人跟来的样子。

卫箬衣站在墙角蹭鞋底子,墙角有一块突起的半墙,正好将卫荣的视线给遮挡住,从卫箬衣的角度能看到他,他若是不在意的话,却看不到卫箬衣。

卫荣再三确定卫府之中无人跟出来,这才拉起了披风上的罩帽遮住了自己的面容,低头朝前快步离开。

卫箬衣蹙眉,这个家伙又再搞什么?怎么看起来有点鬼鬼祟祟的?所以她赶紧将鞋子再蹭了一下,随后快步朝着卫荣离去的方向追了过去。

卫荣上了等在街角的一辆马车。

马车摇摇晃晃地朝城南驶去。

卫箬衣自打习武之后,又得了萧瑾指引的内功心法修炼,如今跑起来已经是身轻如燕,不费吹灰之力。她一直远远地跟着那辆马车。

等马车驶过了五条长街,直接出了燕京城,又在官道上跑了一阵子,拐下了官道进入了一片树林边的小路上,约莫再朝里面走了一炷香的时间,终于在城南一处不起眼的府宅之前停了下来。

卫箬衣藏在树林里面,注视着马车的动向,车停稳之后,卫荣从车上下来,敲了敲宅院的大门,宅院里面有人探出头来,也不知道卫荣给他看了一件什么东西,那人马上将卫荣放了进去。卫箬衣离得较远,也看不到卫荣具体拿出的是什么,只是看他的动作,料想是有什么信物之类的东西。

等卫荣进去之后,那辆马车也就自行离开。

那宅院的占地看起来很大,白色的围墙建筑得十分高,不比燕京城之中高门大户的院墙低。院墙上还盖着黑灰色的瓦头,寻常人难以攀爬。不过卫箬衣现在已经不是寻常人了。

其实原本卫箬衣觉得卫荣这般鬼鬼祟祟的应该是跑出去吃喝嫖赌才是,或者是将家里的东西偷了出来。不过现在看看似乎这里就像是一处富贵人家的别院。

卫箬衣犹豫了好久,到底是应该过去看看呢,还是就此离开?毕竟卫荣只要不做出什么有损紫衣侯府形象的事情,她就不用去管。

就在卫箬衣准备离开的时候,又见到另外一辆马车从小路上行来。马车的样式与之前停在她家巷子口接卫荣的马车一模一样。马车停下后,又下来两名年轻的公子。

卫箬衣刚刚怕惊扰到卫荣,所以离得很远,不过就算是离这么远,卫箬衣也觉得这两位年轻的公子看起来十分眼熟。具体叫什么名字她是想不起来了,但是她可以确定的是这两位也是燕京城贵胄公子,因为在几次的聚会上都见过。

他们两人与卫荣一样,也是过去敲门,随后给看门人看了一样东西,才被看门人放了进去。

这是在搞什么?

大梁朝不禁赌,也不禁娼,燕京城之中赌场青楼一应俱全,也没见哪家有如此的规矩。看起来他们这是在搞会员制的了,刚刚行来的马车便是专门去接这些公子哥儿的,因为每一辆都是完全一模一样的,从外面看起来一点差别都没有。

122 跟踪卫荣

这里大概就是相当于现代的私人会所一般,若是没有会员卡是肯定进不去的。不过进个会所罢了,那也是身份地位的体现,何必如同卫荣这般鬼鬼祟祟的,一副怕被人跟着的样子。便是那两位公子在进去之前也四下看了一眼。

一般这种高档会所派出去接人的车子都应该是十分高大上的,而这家的马车不光样式一模一样,还都是那么的简朴,就如寻常民间百姓家里的车马一样,就连拉车的马也不见得有多神骏,其貌不扬的样子,如同普通农家里面拉磨用的马一般无二。

用这般普通得不能再普通的东西便是不想引起别人的注意。

卫箬衣蹙眉思量了一下,适才马车前去接卫荣的时候,是停在离他们家后门还有一段距离的暗处,看起来就是不想引人瞩目。

她在这里站了一会,就又来了两辆这样的马车,车上下来的除了年轻的公子之外,还有一名年龄稍大的中年人,倒都是男子,不见女子前来。

进去看看?卫箬衣看了看围墙,觉得自己翻过去并不是什么难事。但是里面是个什么样子,她并不知道,如果贸然进入出了事情该怎么办?

就在她十分犹豫的时候,肩膀被人猛然拍了一下。

卫箬衣一惊,回手就是一掌!按说她现在的警惕心已经很强了,就是家里的带着点武功的侍卫靠近,都隐瞒不住她的耳朵。可是现在却毫无征兆地被一个人摸到了她的身后。

手腕被人稳稳地握住,卫箬衣回眸这才看清楚拍了自己肩膀一下的人正是多日不见的萧瑾!

"你总是这么吓人!迟早被你吓死!"卫箬衣呲牙,随后压低声音道。人吓人,吓死人,都不是一两次了,早晚会被他吓出神经病来。她就说寻常的习武人也不可能这样悄无声息地就能靠近了她而不被她知晓,若是萧瑾的话,那她就不用纠结了。她和萧瑾之间的距离还差得远着呢。

"你没事干跑这里来干什么!"萧瑾目光一凛,"跟我走。"

"我跟着卫荣来的。"卫箬衣压低了声音说道,"你又是怎么找来的?"

"我自是放了人暗中保护你。"萧瑾冷声说道,"如今燕京城暗流涌动,你什么都不知道就不要到处乱跑!都什么时候了,还敢一个人乔装出门。你若是出事,我……"卫箬衣一出门,萧瑾就知道了,他丢下了一切从锦衣卫飞马赶了出来。这丫头的胆子真大,现在是什么时候,燕京城到处在追查行刺陛下之人,一天不将幕后之人寻到,一天都不得安宁。

削藩在即,那些杀手从哪里来的,到现在还没查出什么头绪。

此番的刺客不光没有吓倒恒帝,反而更加坚定了他削藩之心。紫衣侯府现在完全被推到了风口浪尖上。首先弄死两头熊，护住陛下的是卫箬衣，她是这次护驾众人之中功劳最大的，无人能及。她一个人就干掉了两头熊一头豹子，若是没有她的话，那两头熊没准就伤到了陛下了。

其次，卫毅即将班师回朝，他手里握有重兵，又是负责京畿地区防务的，所以紫衣侯府之中的崇安郡主就成了能牵制卫毅的重要人物之一。

这种节骨眼上，这臭丫头还是一副没心没肺的样子，真是气得萧瑾牙根都在发痒，只恨不得咬上她两口，再将她套个绳子拴在自己身边才放心。

"我出事，你如何？"卫箬衣歪头，不解地问道。

"我倒是省事了！"萧瑾将话锋一转，冷冷地说道。他略微一垂眸，用浓密的睫毛遮挡住了眼底流露出来的真实表情。

卫箬衣朝他做了一个鬼脸。"就知道你说不出什么好话来。"

"你可知道这里是什么地方？"卫箬衣回头用嘴一努那座宅院，好奇地问道。

"我也是刚刚知道这里。"萧瑾蹙眉说道，"你光是看表面这里平淡无奇，但是里面却是戒备森严。能进出这里的均是朝中重臣之子。对外只说这里是一个下棋赋闲的所在，不过我倒是觉得里面没有那么简单。"

"就连你也没进去过吗？"卫箬衣好奇地问道。

"没有。"萧瑾摇了摇头。

他这段时间一直都在负责卫府的安全，手里尚有两个案子未曾有时间去调查，自是没空闲的时间跑来管这种闲事。他之所以知道这个地方，也是看了锦衣卫内部的情报资料才得知的。

"真是赋闲下棋的所在干吗要搞得这么神秘？"卫箬衣不解地问道，"诗社和画社那种地方不也是可以赋闲的吗？"

"听说里面之所以这么戒备森严是因为此间的主人不想过多人来打扰，还听说里面有不少珍玩古籍，价值连城。"萧瑾说道。

"哦。这倒是有点说得明白了。"卫箬衣点了点头。博物馆里面不也是守卫森严的吗？这是一个道理。如果每天门前都和卖菜的菜市场随便什么人都能进出的话，里面那些值钱的东西怎么保得住？

"只是传闻罢了。锦衣卫有人进去过，并没看出有什么特别之处来。"萧瑾说道，"你别随便出京了，本来就够乱的。我送你回去。"

"哦。"既然是什么赋闲的地方，卫荣来就来吧。卫箬衣这才点了点头，乖乖地被萧瑾拉了出去。

"上马！"萧瑾将自己拴在树林外的马牵了过来，对卫箬衣说道。

卫箬衣一撇嘴，不情不愿地爬上了马背。

萧瑾一跃，坐在了她的身后。卫箬衣顿时就回眸瞪了萧瑾一眼。"你上来干吗？"

"我的马，我为何不能上来？"萧瑾也瞪了她一眼。

"男女授受不亲这句话你没听过啊？"卫箬衣哼道。

"你这副尊荣，便是要我亲，我也懒得亲。"萧瑾也哼了一声。

"你这是以貌取人，这是不对的！"卫箬衣抬手摸了摸自己的脸颊，"再说我的尊荣好得很!”用飘柔,就是那么自信。

“呵呵。”萧瑾冷笑了一声,“当门神的确是够了,吓得鬼都不敢上门!”

卫箬衣……“你总这么毒舌,小心将来找不到媳妇儿!”她小声嘟囔了一句。

萧瑾……他忽然一甩缰绳,马骤然朝前猛地一蹿,害得没有丝毫准备的卫箬衣顿时后仰滚入了萧瑾的怀里。

“萧瑾你一定是故意的!”卫箬衣抬手抓住了马脖子上的马鬃,气恼地叫道。

软玉温香地撞了满怀,萧瑾的嘴角露出了一丝不易被人察觉的笑意。

“是又如何?”他甚是无赖地说道。

卫箬衣真的觉得自己要是和萧瑾说多了,大约是会被气死的。

她抿唇不语,懒得去接他的话。

“对了,你说如今燕京城暗潮涌动到底是个怎么回事?”卫箬衣憋了一会,终于还是没憋住,开口问道,“那天在宫里的刺客可有活口留着?可问出些什么来?”

“你问这个做什么?”萧瑾蹙眉问道。

“我那天打得那么辛苦,差点连命都丢了,不至于现在连问都不能问吧。”卫箬衣耸肩道,随后十分八卦地用胳膊肘拱了一下萧瑾,“到底是谁想杀你父皇啊?”

萧瑾沉思了片刻,还是缓缓地开口道:“那些刺客里面混有库尔德人,想来大概是不满我们出兵直捣他们的王庭所在,所以才要前来刺杀陛下的吧。”

可惜得很,刺客全死了,一个活口都没留下,但是还是抓了一批当日这些人入宫的时候负责检查他们的皇宫侍卫。虽然说这些侍卫也可能不知道哪些是刺客,哪些不是,但是能让这些人将兵器都夹带进来也着实是粗心大意了。如今诏狱之中关押了一大批侍卫,还有那些百戏班子里面剩下的人也都在刑部被严刑拷问,看看是不是能查出那些百戏班子与刺客是否早就有所联系,那些刺客又是通过谁进入百戏班子,混入皇宫的。

“对了,那天我在暖阁里面看得很清楚,有一头狼看起来还真的很像是咱们在别院的山林里面遇到的狼群之中的一条。你记得不记得有一条狼的脸被你用刀砍伤过?”卫箬衣忽然想起了那日的情景,忙对萧瑾说道。

萧瑾手里的缰绳一紧,将马的速度放缓。“你说的是真的吗?”

“我开始也觉得自己眼花,大概是有点被迫害妄想症,所以看什么都像那头狼,但是现在想想,我应该是没有记错。”卫箬衣正色说道,“你没看看那日在树上用弓箭攻击我们的人是不是混在刺客里面?”

“一会再去看看清楚。”萧瑾被卫箬衣这么一提,倒是真的努力在回想那日藏匿在树上的人是个什么样子。那人就是库尔德人,从他手里用的箭就能看得出来。

“你赶紧再回忆一下,当日还有什么可疑之处。”萧瑾对卫箬衣说道。

卫箬衣想了想。“哦,对了,还有一件事情很是蹊跷。”

“说!”萧瑾索性将马拉停了,低头看向了坐在自己身前的姑娘。

“那些野兽进来之后谁也不找,直接扑向陛下的位置,就好像陛下那边有什么东西在指引着它们一样。”卫箬衣说道,“你们难道没有发现暖阁之中那么多女眷在,但是大家身上都没有什么野兽留下的伤痕,只有摔倒和撞到硬物留下的淤血痕迹。我是敲死了一头黑熊之后,才引得另外一头黑熊转而攻击我的。大概那两头黑熊是亲戚……”卫箬衣十分无奈地摊手道。

萧瑾差点被卫箬衣给逗乐了起来。他忍了又忍才没笑出声来,这么严肃的话题若是他一个没忍住,着实就会变得有点不太严肃了。

他假意地清了一下喉咙,随后说道:“你说的这件事情,我也是觉得很奇怪。按照道理那些畜牲哪里有那么聪明能认识陛下是哪一位。他们是怎么做到让那些野兽直接攻击陛下的?”

“这个倒不是什么难事。”卫箬衣一拍大腿,“我这几天想了很多方案,靠谱的只有两个,要么就是有人蓄谋已久,刻意将身穿明黄色衣服的人当作靶子去训练那些野兽扑食,所以那些野兽从笼子里面放出来就直接扑向了身穿明黄色龙袍的陛下了。要么就是陛下的身侧真的有什么是能刺激到野兽的,所以让野兽都扑向陛下。要知道野兽的鼻子可是比咱们要灵敏许多。”

“有点道理。”萧瑾闻言之后略点了点头,对卫箬衣说道,“若是前者的话大概无从追查了,毕竟所有的刺客都已经死了。但是如果是后者的话,倒是有迹可寻了。”

说到这里,萧瑾利落地一抖缰绳,骏马吃痛,朝前撒腿而去。再度因为惯性而滚入萧瑾怀里的卫箬衣表示十分的无奈。

“跑这么快做甚?”卫箬衣嘟囔了一声。

“要赶紧将你送回去,我再去看看那日陛下面前的桌子上所摆放的东西有什么不一样的地方。”萧瑾快速地说道。

“都过去好几天了,难不成东西都还留着?卫箬衣好奇地问道。

“嗯,还留着呢,你们那日离开了暖阁之后,马上就有人将暖阁里面的一切都封存起来,保持原样不变,这样方便调查。”萧瑾点了点头说道,“我一会就去检查一下当日陛下面前的东西是不是有什么可疑之处。”

“是要好好地查上一查了。”卫箬衣心有戚戚焉地一点头。

陛下现在可千万别出什么事情。储君尚未定下来,卫家又被恒帝推到了浪花的尖尖上去了,虽然地位超然,但是如同行走在钢丝之上,稍有不慎便是粉身碎骨,若是恒帝自己再一出事情,等于罩在卫家脑袋顶上的保护伞就轰然坍塌了。

虽然说自己爹爹现在手里有兵,可以横着走,但是皇权毕竟是属于萧家,而非是卫家。将来不管是谁夺嫡成功,必将会把卫家看作眼中钉,肉中刺,意图除之而后快。

“马上各地藩王就要入京了,就在这几天。”萧瑾缓声对卫箬衣说道,“你父亲负责京畿地区的守卫,如今又在回京的路上,陛下意图削藩,所以各地藩王心底各有盘算。此次陛下遇刺不知道是不是单纯的是库尔德人的报复还是被别有用心之人利用了,这些都说不清楚,你又勇救了陛下和一屋子的朝廷命妇,势必会被某些人当成绊脚石来看,所以这些日子你能在府里就在府里不要出门。等你父亲回来了再看看情况。”萧瑾想了想,还是将眼下的局势大体上和卫箬衣说了一遍。

123 这是他置办的家

萧瑾与卫箬衣相处了这么久,也看得出来卫箬衣并非是一个愚蠢之人。

他必须要让卫箬衣了解自己现在的处境才对。

一旦卫毅回府了,他们保卫卫家的任务也就算完成了,肯定是要第一时间迁出卫府的。到那时候他不可能像现在这样时时刻刻地看着卫箬衣了,若是没了他的保护,卫箬衣再什么都不知道的话,很容易会出事。所以萧瑾思来想去,不如和卫箬衣说明她现在的处境,卫箬衣的脑子不是不好用,只要能审时度势,相信她也能将自己保护起来。

果然萧瑾的话说完,卫箬衣就大吃一惊。

有点呆愣地抬起了目光回头看向了萧瑾。"你先别送我回府,咱们有必要找个地方好好聊聊了!"卫箬衣神色凝重地说道。

削藩又是一个什么鬼? 好像她压根就没在原著里面看到过这个! 不过话说回来,依照她对原著的了解程度,不知道大概也是正常的。

萧瑾看了看天色,对卫箬衣点了点头。

他进了燕京城之后并没直接将卫箬衣送回紫衣侯府,而是带着她去了自己买下的宅子之中。

萧瑾之前丢了一些银子给隔壁的大婶,请那位大婶常过来帮忙打扫一下,所以他虽然不住在这宅院之中,不过屋子里面却是十分的干净。

"这里……我来过吧!"卫箬衣四下看了看,狐疑地问道。

"嗯。"萧瑾点了点头,将马匹在院子里面拴好,随后带着卫箬衣进了屋子里面去。

这院落虽然不大,但是胜在深幽,在这里说话十分的安全。

他先是找东西引了炉子用来取暖,接着又将一只铜壶里面装了水拎进来搁在了炉子上烧。

卫箬衣吃惊地看着萧瑾忙里忙外的,差点没将自己的下巴给吓掉了。

等萧瑾忙活完了,陪着卫箬衣守着火炉坐下,卫箬衣这才小心翼翼地问道:"这里是你金屋藏娇的地方?"看他对这里的熟悉程度,应该就是他自己的家没跑了。

"哪里来的娇?"萧瑾白了卫箬衣一眼,"倒是带了你这么一个丑八怪来。这里是我家! 我以后便会住在这。"

卫箬衣……"你放着好好的拱北王府不住,放着金碧辉煌的皇宫不住,却跑来这个地方住?"卫箬衣吃惊地说道,"你这是在返璞归真,体验农家乐?"

"你管我?"萧瑾哼了一声说道,不过心底却是略有点失落。

他原本以为卫箬衣能懂他……

可是……

“不过这里倒也是不错。”卫箬衣虽然被萧瑾给怼了一下，倒是一点都没生气。她兴致勃勃地看了看目前还有点空阔的房间。“有点像是家的感觉，皇宫和拱北王府再好都没半点家的气息。”

萧瑾的眼底一亮，眸光也跟着变得热烈起来。

他的心猛然快跳了一拍，适才的失落完全烟消云散，迅速地被一种窃窃的喜悦所覆盖，就连嘴角也稍稍地翘起了一个优美的弧度。

“你也觉得很好吗？”他不知不觉地放缓了自己的声音，柔声问道。

“真的不错，就是冷了点。”卫箬衣实话实说，“这宅院花了你不少银子吧。”

“毕生积蓄。”萧瑾笑道，“屋子本来是有地龙的，但是咱们来得匆忙，没人来烧，就只能靠这个炉子先凑合凑合了。若是以后再来，一定叫人事先将地龙烧起来。你就不会感觉到冷了。”

卫箬衣觉得萧瑾说话说得有意思，什么是她以后再来？她应该很少会来这里吧，烧不烧地龙又与她有什么关系。不过萧瑾说这里花光了他所有的钱，卫箬衣也觉得萧瑾可能夸张了点吧。别说萧瑾是个皇子了，就是自己这个不算太正经的郡主随便从首饰盒子里面找点东西出来卖掉都能换上一个这样的宅院了。

但是很快卫箬衣就又脑子转过弯来了。萧瑾从小出宫，寄养在拱北王府里面，哪里有什么属于自己的东西。不然的话，他一个堂堂皇子干吗要去锦衣卫呢。当真是有舒服日子不过？

想到这里卫箬衣就用略带了一点点同情之意的目光看了看萧瑾，这大概是史上过得最朴实的皇子了！她一定是遇到了一个假皇子，就连寻常人家的少爷都有点比不上。

两个人闲话说完就说到正经事情上了。

卫箬衣请萧瑾好好地将如今大梁朝的局面给她说了一个清楚明白。

大梁朝原本削过藩，拿掉过各地藩王的权力，但是恒帝之前的皇帝实在是有点胡闹，先帝他是有名的喜怒无常、挥霍无度，为了维持国库里面的银两够他使用，他竟然做了一件叫人大跌眼镜的事情，就是将地方上的一部分军队交给几个分封在外的藩王去养。

他自己的负担是轻了，但是让那些原本手里无兵的藩王们现在手里有兵权了，而且一个个的手里的兵权还不算小。

等恒帝登基之后，可是为这个事情伤透了脑筋。

先帝等于给他在身上插了几把钢刀，不知道什么时候刀身一移，便是不能要了他的命，也足够他疼上好久。

先帝昏庸无能，致使国库空虚，四周危机四伏，他登基起初那几年，根基不稳，所以周边伺机挑衅，他压根就调集不动地方上的军队，唯有跟着老靖国公驻守边境上的卫毅打了一个大胜仗。回来，恒帝无奈之下也只能试着将自己手里剩下的一点点可用兵马交给卫毅，哪里知道卫毅这厮确实没叫他失望，南征北战，几年下来，愣是将周边那些闹个不停的小国给全打服了。

所以恒帝就不断地扩充卫毅手中的兵马，只有等卫毅足够强大了，才能与几个藩王相互抗衡。

卫箬衣听到萧瑾说到这里，十分窘窘有神地点了点头。

她捂了一下脸，又按了按自己的太阳穴，这怎么听都觉得恒帝这是在拿她爹当枪来用啊。

等恒帝将藩王手里的兵权解除之后，只怕要对付的便是自己的爹了吧。

就连恒帝迟迟不肯立储的用意，卫箬衣觉得自己大概都能猜出一二了。

只有现在不立储，各地藩王才不知道应该拥立谁，不拥立谁。恒帝若真的现在立储了，各地藩王再和储君一合计，干脆将他给拱翻了，将储君推上位，也就没什么属于他的戏唱了。他不能让各地藩王拿捏住自己。不立储，藩王们各自都有各自的盘算，也没有一个共同的拥立目标，所以他的帝位还是稳稳当当的。

老谋深算啊。

卫箬衣忽然觉得这位恒帝前几年生病是不是也只是一个幌子？降低各地藩王对他的戒心，同时也让皇子之间的储位之争变得明显起来，他只需要躲在后面先观察观察便是了。

这点她虽然没说出来，但是倒是与萧瑾的想法不谋而合了。

皇子们各有盘算，便是想要联合藩王，也不会都联合到一起去，渐渐地，藩王之间也会慢慢地分化开来。从龙之功谁都想要，更有甚者，干脆就会有自己取而代之的念头。

卫箬衣窘窘有神，她来了这么久都只是小打小闹，真正的好菜，其实要等她父亲回京，各地藩王入宫才能端上来。

最好的局面就是大家都僵持着，维系着平衡，这样谁都不会先被当成炮灰。

但是这样的局面又能维系多久？总是会分出胜负的。到时候逐鹿中原、问鼎江山的到底会是谁？而卫府在这样的夹缝之中到底能存活多久？

“手里有兵权的藩王一共几个？”卫箬衣蹙眉问道。

“原本是四个，但是近几年对朝廷真正有威胁的也只有三个了。”萧瑾说道，“一个是封地在洛川的洛川王，一个是封地在白岩城的松江王，还有一个就是封地在东胜州的东胜王了。最后一个对朝廷已经没有什么威胁的便是拱北王。”

“你住的那个王府？”卫箬衣一惊，瞪大了眼睛，“真的是你住的那个拱北王府吗？”

“不错。”萧瑾点了点头，“你的子雅大哥原本文武双全，可惜现在也双腿残疾。拱北王府就在燕京城之中，被陛下刻意地打压，现在手里的兵权已经少得可怜。拱北王整日缠绵病榻，身体差得很，子雅又身有残疾，萧玉如今尚且年幼，所以现在对朝廷威胁最小的便是拱北王府。”

卫箬衣点了点头，随后神色诡异地看了萧瑾一眼，心底想到恒帝当年将自己的儿子扔到拱北王府是不是还有别的什么意思？

他扔了一个最不得宠也最没背后实力的皇子过去，便是丢给了拱北王府一个烫手的山芋吧。

有这个皇子住在拱北王府，拱北王府即便是想和其他的皇子交好的话，只怕也要思量再三。旁的皇子自然也不会信任拱北王府，毕竟拱北王府里面从小到大还养着一个正经的皇子，感情亲厚或者不亲厚，一眼就能看得出来。所以即便别的皇子有心拉拢拱北王府，也要忌讳着萧瑾这个家伙。

卫箬衣猛然打了一个寒颤,忽然感觉自己智商有点跟不上趟的节奏了。怎么仔细想想,到处都是坑的节奏。

当今陛下在下好大一盘棋啊。

果然每个当皇帝的都不能被轻视……

“现在你应该明白为何我有机会要从拱北王府里面搬出来。”萧瑾看着卫箬衣惨淡地一笑,“那里不是我的家。”说完他看了看这屋子的四周,“这里才是。”

明白,怎么会不明白,简直明白得不能再明白了。卫箬衣心有戚戚焉地点了点头,如果她和萧瑾调换一下位置的话,只怕跑得比萧瑾更快了。

一来,和自己的父皇表明自己的态度,不愿意参与到任何的纷争之中。二来,只怕萧瑾在拱北王府里面住了这么多年,也不会被拱北王府的人真正接纳。

看着萧瑾的眸光之中渐渐地晕起了淡淡的同情之色。说起来萧瑾这个皇子当得着实有点憋屈了。不过好在他自己现在在锦衣卫里有本事。

卫箬衣也有点明白为什么萧瑾那么讨厌之前的卫箬衣了。萧瑾进入锦衣卫就是想隐姓埋名地过自己想要过的日子。偏生那个原著里面的卫箬衣不消停,巴巴地跑去揭穿了他。

萧瑾对那个卫箬衣一贯冷眸相对,现在想想已经算是很客气的了,如果换作是她的话,真是见一次打一次才解恨。

“你为何用这种眼神看着我?”萧瑾稍稍地蹙眉,缓声问道。他很不喜欢现在卫箬衣看他的目光,里面充满了浓郁的悲戚与同情之意。

他不需要她的同情。

“我觉得我自己已经挺倒霉的了。”卫箬衣叹息说道,“没想到你比我还倒霉。”她一边摇头叹息一边抬手大力地拍了拍萧瑾的肩膀,“看在你比我更倒霉的份上,我决定以后让着你点了。你再朝我发发脾气什么的,我也不和你计较了。”

萧瑾顿时……

他忍不住狠狠地白了卫箬衣一下,闷声将她拍在自己肩膀上的手给挡开。“谁倒霉了?”会不会聊天?

“你看看你,就是这副臭脾气。”卫箬衣还真的不与萧瑾计较他恶劣的态度,她十分豁达地说道,“你生了那么好的一副皮囊,本来应该是占了老鼻子的便宜了。但是就是因为你这个臭脾气,性子又冷,说话还很冲,十分的毒舌,所以才越来越不讨人喜欢的。便是你的四哥朝那边一站,都有一大群小姑娘哭着喊着要嫁给他。你看看你,长得比你四哥好看,武功又高,朝那边一站,有人哭着喊着要嫁你吗?所以,觉悟吧!少年!”

“我需要人家喜欢做甚?”萧瑾神色古怪地又瞪了卫箬衣一眼。他只要卫箬衣能喜欢便好了,喜欢他的人多了,他嫌麻烦。

“不做甚……”卫箬衣摇了摇头,活该当单身狗,真是一点风情都不懂!她说完后看了看外面的天色。“我出来很长时间了,也该回去了。不然的话绿蕊和绿萼急了起来,将我偷溜出去的事情告诉我奶奶,我就又要被啰嗦好久了。之前他们都不管我,不过自从大哥被绑架过之后,她们现在就怕我单独出门。”

“你可长点心吧!”萧瑾不屑地哼了一声,“现在外面局势这么复杂,你又是卫府中人,真是要加了小心才是。”

他说完后起身出去打了一桶水进来,随后将炉子里面的炭火直接用水浇灭,再将炉子封死。这才转身对卫箬衣说道:“走吧,我送你回去。日后你若是真的想出门,只需要叫人告诉我一声便是了,大不了我抽点时间陪你。”

124 她的直觉

“你那么忙，可是真的啊？”卫箬衣一撇嘴，不信地说道。

“我什么时候骗过你。”萧瑾看似漫不经心地说道。

“你会这么好心？”卫箬衣上下地扫视了他一圈，表示十分怀疑地说道。

“保护你本就是我的职责所在。”萧瑾微微地垂下眼帘，清咳了一声说道，“这与好心不好心又有什么关系？即便是你父亲回来了，他又有多少时间能陪着你？横竖我时间比较能自己掌控一点，你就是来找我陪，我也是可以将其他的事情岔开的。”

“可是我父亲回来之后，你保护我的任务也就完成了。”卫箬衣问道，“那时候我还去找你，不是打扰你吗？”

“反正我也没别的什么朋友。”萧瑾微微地一愣，随后丢下了一句，接着他就略显得有点烦躁地说道，“你到底要不要回去啊？哪里来的那么多为什么？”

“哦哦哦。回去回去！”卫箬衣慌忙点了一下头。“赶紧地，时间真的不早了。”

卫箬衣这次回府之后倒真的十分听话，没再胡乱地朝外跑。

她找人去将方家皮具铺子的老板叫来，对外只说是叫方老板带点新货过来供她选择，实则外界无人知晓，她如今与方老板合作，俨然已经是两家银楼的大老板了。藩王入京，对于商户来说是一件好事。他们这次不光自己来，还要带着自己的老婆孩子一起，自是浩浩荡荡的一大家子，人多，便是商机。她这几天闭门不出，无聊的时候就想了想生意。等方老板一来，她就将自己想到的几个主意都说与他听，具体交由老方去办。

通过方老板之口，卫箬衣得知了最近燕京城坊间真的是如同萧瑾说的那样风声很紧，有巡城的兵士曾经挨家挨户地过去检查过户籍，查处燕京城范围内的可疑人士。

若是抓得这么严苛的话，想来应该是与陛下在宫里遇刺的事情息息相关了。

等方老板走后，卫箬衣就觉得宫里那件刺杀的事件大概到现在也没查出什么眉目来，不然的话也不会这么大面积漫无目的地查人，应该是很有针对性的才是。

卫箬衣让绿蕊去买通了一个卫荣身边的小厮，替她盯着卫荣。

虽然萧瑾已经说了那个京郊的宅院是做什么用的，但是卫箬衣回来之后思前想后，总觉得那宅院里面隐藏着点什么东西。

因为那宅院即便真的是藏有很多珍宝古玩价值连城的话，守备如此的森严是说得过去，但是说不过去的是卫荣这个人。

卫荣是什么样的秉性脾气，卫箬衣不能说是最了解的，但是也是比较清楚的。他是有好玩的，有吃的，才会引起很足的兴趣，否则的话，他连看都懒得看一眼。

一个饮茶赋闲的地方能让卫荣如此神秘兮兮地前往，本身就是一个说不过去的事情。

根据卫箬衣这两天观察下来,卫荣几乎天天都要去,而且连时辰上都差不多,一来一去的卫荣每天都会在下午消失两个时辰。这就叫人更觉得奇怪了。

若是说开始卫荣还能坐下来喝点茶的话,但是每天都固定时辰地前往,比上学还认真,这就着实有点诡异了。

那宅院之中一定有蹊跷。

具体是什么,卫箬衣说不上来,但是她的直觉不会差的。

等过两天,藩王入京了,卫箬衣觉得自己有必要找萧瑾带自己潜进去看看才是。

卫府的处境并非如同表面看起来那般光鲜,藩王入京之后,卫府更是会被陛下推到前面去当枪用。既然是一把枪,就要有枪的样子,不能有半点锈迹污痕,所以卫荣在外面神神秘秘地搞什么鬼是一定要弄清楚的。免得又有什么不妥之处落在那几个藩王手里,到时候连累着整个卫家都出事。

又过了几天,各地藩王果然相继入京。

燕京城的街道上顿时又比之前热闹了许多。

朝中重臣在这种时候,为了避嫌并不会直接设宴去接待几个王爷,倒是陛下和皇后娘娘各自设宴将藩王和几名王妃,以及随行的郡主王子都宴请了一遍。卫箬衣作为崇安郡主,自然是在皇后娘娘所邀请的名单之上的,也算是见识了几位藩王的王妃和郡主。

卫箬衣打熊的名声已经传扬开来,所以即便是在宫里,那些才刚刚入京的王妃和郡主都有意无意地盯着卫箬衣看。开始卫箬衣还觉得有点不太自在,但是时间一长了,她也就索性破罐子破摔,放飞自我了。

她打熊的事情已经是既定的事实,改变不了,何必觉得不好意思,不好意思的是那两头熊才对。

再过五日,卫府接到了消息,后日午时之前,卫大将军的大军就要抵达燕京城之外了,届时陛下会率领文武百官以及各地藩王前去燕京城十里之外的长亭相迎。

卫府上下顿时如同过年一样喜气洋洋的。

第二天,卫府就将侯府门前的灯笼都换成了大红色的,阖府上下都扫除了一番,卫大将军所居住的念心阁的地面都恨不得擦得能照出个人影来。

老夫人愣是喜得两夜没睡着觉。

卫箬衣也是两夜都没睡好,老夫人是喜,她则是愁。

她这个冒牌货混到现在没被人发现什么破绽,别等自己家的老爹回来一看,嘿,女儿被人换了芯子了,那可是一个大大的麻烦事情。

卫毅的暴脾气可是出了名的,这万一真的察觉出她是假的,一刀就将她给咔嚓了,那可如何是好!

原本卫大将军没回来的时候,卫箬衣巴望着他能早点回来,如今人真的即刻便回了,卫箬衣又惆怅了。

好不容易熬到了第三天的午后,大家用过午膳之后均没有一个出门的,而是全部盛装打扮,然后等在了侯府的大厅里面。

卫箬衣东瞅瞅西看看。老夫人是真的很开心,拉着几个姨娘说个不停,除了梅姨娘木讷少言之外,兰姨娘和菊姨娘亦是喜形于色的。

卫兰衣似乎有点心事,显得有点心不在焉的样子。

卫燕坐在一边陪着卫箬衣,知道她喜欢吃瓜子,卫燕便极有耐心地将瓜子仁一粒粒地剥出来,放在小盘子里,递给她。

卫红衣和卫简衣两个人小声说笑着,十分的闲适。

卫荣却是越等越有点焦躁不安的样子,惹得卫箬衣多看了他两眼。

125 坐不住的卫荣

卫荣时不时地朝外面看,坐在一张花梨木的圈椅上不住地挪动自己的身体。

"荣哥儿是不是有什么心事啊?"卫箬衣拈起了卫燕替她剥的瓜子塞在自己的嘴里,嚼了一嘴的瓜子喷香,随后缓缓地问道。

这瓜子是新翻炒出来的,装了盘子拿过来的时候还热乎着,嚼起来干香得不得了,吃起来有瘾,完全停不下来的节奏。

骤然被卫箬衣叫了一下,卫荣显得有点吃惊,要知道自他从骊山书院归来之后,卫箬衣素来是不待见他的,也很少主动和他说话。

他坐直了自己的身体,讪笑了一声答道:"不是。"老夫人和屋子里其他的人也都停止了交谈朝他看过去。他显得更焦躁了,不过他低下了头,努力地压制着。

"那便是椅子上有钉子了?"卫箬衣滑了一下眼,"绿蕊,去替荣哥儿看看,是不是垫子和椅子上有什么不妥?"

"是。"绿蕊福了一下,刚要朝卫荣走去,就见卫荣连忙朝卫箬衣摆了摆手。"哪里会?"他再度将身体坐得溜直,"长姐何出此言。"

"全家都在等信儿,等父亲凯旋好到门口去迎接,大家都安分地在这里坐着,便是祖母也陪着大家一起。你坐在那边拧个什么劲儿?有什么大不了的事情比父亲回府还要重要?"卫箬衣蹙眉问道。

老夫人开始并没注意卫荣在做什么,这时候听了卫箬衣的话也不由稍稍地蹙眉,略有点不喜。

卫荣心底恨死了卫箬衣,但是在众目睽睽之下也不能表现出来,只能再度欠身对祖母一抱拳。"祖母,孙儿并非如长姐说的那般,孙儿是等父亲凯旋等得着急了。父亲出征多日,孙儿一直都很是挂念父亲,如今父亲凯旋在即,孙儿引颈以待,所以才会有点坐立不安的模样。"

老夫人这才将神色缓和了下来。

"知道你们都是好孩子。"她今日心情甚好,脸上笑得红光满面,"不要着急,慢慢等。陛下率领文武百官出城相迎,本就是会花费不少时间,等他们进了城,又有燕京城百姓夹道迎接,还是会耽误不少时辰。陛下皇恩浩荡,让咱们在自己的府上等,便是想着街上人太多了,怕对咱们府上的人有所冲撞。等着吧,快了。这么长时间都等过来了,也不在乎多等这一时半刻的。"

"是,祖母教训的是。"卫荣抱拳说道。

他安坐了回去,这回倒是老实了一阵子。屋子里面的人继续说笑着。

卫箬衣知道卫荣在焦躁什么。

按照以前的惯例,现在卫荣应该已经要出门坐上马车前往京郊那个神秘兮兮的地方去了。

那地方究竟有什么,这么吸引卫荣。

卫箬衣还真的很好奇。前天她趁着萧瑾在,去找了一回萧瑾,请他帮忙查一查卫荣到底是在那个宅子里面做什么。赋闲喝茶用得着天天去吗?明显是其中有鬼的节奏。

大家在前庭又等了片刻,外面打帘进来一个婆子,一脸的喜色,进来之后就给大家行了一礼。"回老夫人,郡主,各位姨娘,各位少爷小姐的话,咱们老爷的人马已经到了长亭了。咱们府上打发过去看的小厮刚刚送信回来说的。"

老夫人激动地站了起来。虽然这并非是卫毅第一次出征,但是但凡武将每一次离开家都意味着生离死别,能凯旋固然是莫大的幸运和荣耀,尤其这一回卫毅直接灭了人家一个国,用时甚短,战绩辉煌。

"可是真的?"老夫人激动地问道。卫箬衣赶紧站起来扶住了自己的奶奶。

"真的。老奴哪里敢拿这种事情开玩笑。"婆子笑道,"回来报信的小厮说咱们老爷可风光了,得陛下亲自离了龙辇双手相搀扶,老夫人有福了。"

"赏赏赏!"老夫人开心地连连对坐在她下首位置的兰姨娘说道,"今日但凡是咱们紫衣侯府的人,统统有赏!兰儿你给老身记上。"

"是,老夫人。"兰姨娘笑着颔首说道。

"老爷不光自己回来了,还将库尔德的王族一众人等都装在木囚车里面押送了回来。听说还带回来无数的金银珠宝,都是库尔德人的。"婆子喜形于色地说道,"要说战功啊,咱们紫衣侯府可是咱们大梁朝的独一份了,谁还能有咱们家的老爷立下的战功多呢。"

"这话关起门来说说也就罢了,莫要出去乱讲。"老夫人喜得嘴巴都合不拢。

"是。"屋子里面的人都应了一声。

"别站着了,都坐下等。便是入城还需要一段时间呢。"老夫人开心地抬手按了按,大家这才又都坐回到座位上去了。

萧瑾站在大厅的外面,踯躅了片刻,拉了一个丫鬟,低语了两句。那丫鬟红着脸点了点头,随后进了屋子里面。她走到了卫箬衣的身后,低低地将萧瑾要她转告的话说给了卫箬衣,卫箬衣放下了瓜子,用帕子擦了擦手,又让大哥歇歇,别剥了,这才起身走到门外去。

"你要见我?"卫箬衣一出门就看到了站在回廊不起眼的角落里面的萧瑾。

"嗯。"萧瑾点了点头,他看了看门外,"到那边去走走。"

"哦。"卫箬衣从善如流地跟了过去。

"你让我帮我你查的那个宅院,其中果然有点蹊跷。"等走到了一个无人的地方,萧瑾停住了脚步,低声对卫箬衣说道,"不光是你们家的卫荣天天去,我还查到吴国公府的两个公子以及朝中重臣家的几个公子都会每天按时去那个地方。只要是去的人都会有个信物,若非持有那个信物,旁人不准靠近。"

"我那天跟着卫荣去,已经看到了。"卫箬衣点了点头,"只是我离得太远,看不清楚那东西的样子。"

"嗯。"萧瑾颔首道,"里面可能有暗娼。"

卫箬衣……饶是她厚脸厚皮的，现在不免也有点脸颊发热。“卫荣今年才多大？就去那种地方？”

“估计不光是暗娼那么简单。”萧瑾缓缓地说道，“你可听说过一种东西叫五石散？”

五石散？卫箬衣顿时瞪大了自己的眼睛，那不是传说中古代人用的一种“毒品”吗？

“你的意思是那里面有五石散？”卫箬衣吃惊地问道。

“是。”萧瑾神色肃穆地点了点头，“五石散这东西在前朝横行，服用久了，不光有瘾，还多会暴躁疯癫，前朝暴君以及贵胄服用五石散成风。我朝开国皇帝夺得天下之后，已经明令禁止五石散的服用，这些年来，即便有人用五石散也都是偷偷摸摸的，那个宅子之中似乎有人在公开使用五石散。虽然我并没找到什么证据，但是我派去的人却是见到他们披发散衣，放浪形骸，那样子像极了服食五石散之后的模样。”

五石散这个东西卫箬衣倒是真有了解。主要的配方是石乳、紫石英、硫磺、赤石脂、白石英五种石头，因故而得名，原本是用于治疗伤寒的药，可是一不小心就被智慧的人们发现了它的新用途，打开了新技能的大门。服食五石散不光会上瘾，初期服用还带着一点点壮阳、健体的效果，所以具备很强的迷惑性。这个卫箬衣在看杂记的时候已经看到过了。

前朝的文人雅士还有皇族贵胄都以服用五石散为荣，服用之后披发散衣而行，其中很多人还聚集在一起吃这种东西，吃完之后放浪形骸，以御女为荣耀。

前朝的覆灭可以说与五石散的滥用也是有那么一点点的联系的。

吃多了这种东西，脾气会越来越暴躁，以至于暴虐不堪，难以控制自己的火气。前朝出了两个疯皇帝，皆是因服食这种东西所致。他们瘾大之后，每天都要服用，脾气也是越来越古怪。最最著名的一个曾经在殿前支起了一口铜鼎，下面常年架着柴火，铜鼎之中是滚沸的油，若是谁惹了那位前朝的疯子皇帝，他便会叫人直接将人扔到铜鼎里面烹炸，所以到了最后已经发展到谈鼎色变的地步。

不过那位老兄自己也没落什么好下场便是了，他的兄弟整日战战兢兢，生怕哪一天被扔到铜鼎里面去油炸了的便是自己，所以他干脆和朝臣们一合计，趁着一次饮酒，将疯子皇帝灌醉了，然后大家合力将疯子皇帝给扔到铜鼎里面去炸了。

疯子皇帝一死，前朝分崩离析，各地拥兵自重，谁都想当皇帝，所以陷入了长久的内乱之中。

大梁朝开国皇帝登基之后曾经颁布了一条禁令，当众将所有的五石散配方全数销毁，不让这个方子继续害人害己，一旦发现有人研制五石散并且销售这种东西，只要核实，一律处斩。滥用五石散者会被强制解毒，罚徭役五年，或者处罚金五百金，但凡举子之中有人服用五石散成瘾，不管才学多高，都一概不准再参加任何考试入朝为官。为官者服用五石散则削去官职，永不录用。家中有人服食这种东西成瘾，便是至亲也有个监管不利的罪名，有官职的会被降低官职，没有官职的也会被罚挨打或者交上罚金。

126 这种害人的东西是哪里来的

“这东西吃多久会上瘾?”卫箬衣急忙问道。

“这倒是真的不知道。”萧瑾摇了摇头。因为开国皇帝的这条禁令,五石散的配方全数被销毁掉了。一百多年下来,五石散都快要被人淡忘掉了,若非是一些关于前朝的史书和杂记之中还会提及,否则大家都快要记不得还有这样的一种东西存在。若非在那宅院之中看到那些人古怪的行为,就连萧瑾都想不到五石散在大梁朝销声匿迹了一百多年之后又死灰复燃了。卫箬衣无心之举,倒是给他送来了一个大案子!

他尚未查明那些人是不是真的服食了五石散才会有那种举动出来,所以这事情尚未上报,而是第一个先跑来和卫箬衣说了。如果一旦查明那里面真的有人服用五石散,而卫荣又是其中之一的话,只怕卫箬衣也要受到牵连。所以萧瑾觉得真的有必要先告诉卫箬衣,有个准备也好。

“可曾查到那里的主人是谁?”卫箬衣又问道。

“正在追查之中。”萧瑾说道。

“我怎么感觉这事情有点奇怪啊。”卫箬衣想了想,觉得很是不安,“你不觉得这东西忽然出现,是不是时间上有点太过凑巧了吗?”

萧瑾点了点头。

他也有与卫箬衣同样的感觉。

如今恰逢削藩,燕京城之中就出现了五石散,服用之人还多是皇亲贵胄,这些人一旦被查实的话,不光官职全无,还要落一个永不录用的下场。况且五石散有瘾,会叫人渐渐地暴虐发狂,一天不服用,便是拿刀去砍人都是有可能的。现在燕京城之中本就暗潮涌动,这些人又都是贵胄世家出身,惹出点不妥来,可不就是会牵连全家。

“我总觉得最近的事情看起来好像一件件地独立开来,但是又有点相互关联。”卫箬衣蹙眉说道,“上次咱们在别院遇到狼群,这回在宫里就有马戏班子里面的野兽发狂。你可记得那些狼群攻击人的时候就十分有目的性,似乎是有人指挥着一样,而这回在宫里野兽发狂攻击陛下也是目的性非常的明确。”

卫箬衣越是想越是觉得自己脑子里面有点搅成一锅粥的样子。

好像很多东西都混杂在一起,交织着,纠缠着,让她有点晕头转向的,理不出什么眉目出来。

“削藩在即,陛下就遇刺。藩王才入京没多久,这边五石散又重现人间。”卫箬衣双手环抱在胸前,在萧瑾的面前来回走了两圈,“总觉得大概是有什么关联。”

“你的意思便是有人要搅乱了燕京城这一潭水。”萧瑾沉稳地问道。

“燕京城那潭水还不够乱吗?”卫箬衣抬眸横了萧瑾一眼,“就算是没有藩王们入京,你那几个哥哥自己都搅和得不可开交了。”

萧瑾眉头稍低,卫箬衣说得一点都不错。

即便没有藩王入京的事情,自己的几个哥哥明争暗斗的,也是闹得十分精彩。

三大藩王,几个皇子,究竟是谁在幕后推动这一切的发展?

“算了,暂时也别想了,反正也想不明白。”卫箬衣干脆挥了挥手,“一会我父亲就要回来了,我出来也有蛮长的时间了,唯恐祖母会派人来寻我。反正你若是查到什么请务必第一时间先告诉我。萧瑾,我知道我也没什么可报答你的,以后只要你有用得着我的地方,尽管说,只要不牵扯到卫府的安全,我就一定会好好地帮你。”

“你那般的无赖。”萧瑾的眉目一舒,眼底流过了一丝的暗光,“什么时候答应过我的事情能做到?”他淡淡地说道,语气之中带着一丝他自己都没能察觉到的幽怨之意。

卫箬衣……她本来意欲反唇相讥的,但是双手都掐在腰上了,回击的话却愣是没说出口来,好像萧瑾说的也没什么毛病……

“我尚欠着你九天的侍女。”卫箬衣的脸一红,“以后一定补上就是了,大不了等我爹爹回府,一切安定下来,我去帮你收拾你的宅院好了。”

“你可要记得你说过的话。”萧瑾的眸光亮了一下,心底抑制不住地狂跳了两拍,不过还是云淡风轻地说道。

“知道了!”卫箬衣说完就朝萧瑾做了一个鬼脸,“你真的好啰嗦!”

还没等她的鬼脸做完,卫箬衣就猝不及防地被萧瑾拉入了怀中。

“唔!”她挣扎了一下,随后身子就急急被拉入了墙角隐蔽的地方。

慌乱之中抬眸,萧瑾却朝她做了一个噤声的动作。

卫箬衣怔住,随后顺着萧瑾手指的方向朝外看了过去。片刻之后,一个人影匆匆忙忙地从角门跑了过来,一边跑还一边四下张望,似乎有点紧张。

是卫荣!

这臭小子,准备去哪里?

卫箬衣和萧瑾躲在墙根目送着卫荣走过了这条回廊一直朝后门的方向跑去。等他转走了,卫箬衣悄悄地对萧瑾说道:“跟过去看看。”

“嗯。”萧瑾点了点头。他拉着卫箬衣的手噌的一下就上了回廊的顶棚。

站得高看得远,卫箬衣和萧瑾都朝着卫荣刚刚消失的方向跑去,不一会就看到了直朝后院跑的卫荣。

他跑得极快。

紫衣侯府之中大部分奴仆现在都在前面等候着主人的归来,所以从前庭到后院这一路也没什么人。

即便是这样卫荣还是很小心翼翼的。

他打开了后门,快速地跑去了巷子口,果然那辆外表看起来质朴的马车还停在那边。

他上前去与赶车的马夫说了两句话,那马车夫递了一包东西给他,等卫荣后退一步离开了马车的边缘,这才缓缓地驱动了马车,离开了巷子口。

卫荣这才略松了一口气,低头看了看手里的东西,将东西小心翼翼地揣入了衣服里面，再度快速地回到紫衣侯府。

躲在房顶上默默注视着一切的卫箬衣和萧瑾同时对看了一眼，彼此相互点了点头。他们两个现在都料想卫荣拿的那包东西应该就是五石散了。如果那东西真的是五石散，卫荣怕是这会儿已经上瘾了。

“我也该回去了。”卫箬衣对萧瑾说道。

萧瑾点了点头，没有多言，直接将卫箬衣送到了院落当中。

卫箬衣刚要走，就被萧瑾拉住了手腕。她回眸，不解地看着萧瑾。

萧瑾眸光幽暗，里面闪动着暗色的微光。“如果卫荣刚刚拿的就是五石散，你会如何处置他？”

“我不会让他牵连到紫衣侯府的。”卫箬衣想了想，随后缓缓地说道。

“你大哥马上要参加春闱，如果这事情是真的，或许他也会受到牵连。”萧瑾缓声说道，“要知道连坐制是很厉害的，虽然不至于不让你大哥参加考试，但是即便考中了，也会被降低排名的。”

“我知道。”卫箬衣神色黯淡了下来。

她可怜的大哥啊，这些日子大哥的努力只要是卫府的人都看在眼里。大哥其实压根就不需要来参加这个春闱的，都是因为她的话，所以大哥不光要考，还要一鸣惊人。如今眼看着春闱在即了，卫荣如果真的和五石散拉上了牵连，连累到了大哥，那大哥这些日子的努力不是白白地就被消耗了很多。

“隐瞒不代表事情不存在。”卫箬衣苦笑，“那种地方能被你我两个人发现，就保不准不会被旁人发现。这大概也是大哥的命。我会好好地劝慰一下大哥的。”

“嗯。”萧瑾点了点头，“你去吧。”

“好。”卫箬衣应了一声，“不过现在还没确凿的证据，你先不要声张可好？”

“好。”凝望了卫箬衣片刻，萧瑾再度点了点头。

“多谢你了。”卫箬衣朝着萧瑾盈盈地一拜，随后转身离去。

萧瑾站在暗处看着卫箬衣匆忙离去的背影，默默地在心底叹息了一声。其实他为她做的任何事，都不需要她说一声谢字，一切的一切都是他甘愿的。

憋在心里的话几度想和卫箬衣说，但是无奈不是时机不好，就是两个人又争执上了。

如今卫毅大概已经进了燕京城，很快就会回府，而卫毅回府之后，他就再无借口赖在人家家里不走了。

萧瑾的神色有点暗淡，他抿唇久久不语。

卫箬衣回到大厅之中，卫荣已经和个没事人一样坐在椅子上了，与之前的焦躁相比，现在他的神情似乎轻松了不少。

“去哪里了？”卫燕小声问道，“怎么出去那么久？”

卫箬衣回过神来。她在卫燕的身侧坐下，小声说道：“没去哪里，只是坐在这里时间太长了，有点坐累了就出去走了走。”

“你一贯是个猴子的脾气。”卫燕宠溺地一笑，抬手将一盘子剥开的瓜子仁又推到了卫箬衣的面前，“吃吧，刚刚你不在的时候替你剥的，也好打发打发时间。”

卫箬衣垂下了眼帘，遮盖住了自己眼底的一丝不忍。

大哥这么好,若是真的被卫荣给连累了,那可怎么办?

卫箬衣一时之间也想不出什么好办法,唯有低低地长叹了一声。

如果卫荣真的用了五石散,赖肯定是赖不掉的。这事情被萧瑾查了,他那个人说得好听是有点刚直不阿,说得不好听是有点迂,这事情肯定是包不住的。萧瑾现在没有真实的证据,所以不敢妄下评断,还没有上报。他对卫家已经算是仁至义尽了,在上报之前已经将这事情率先告诉了她。

头疼啊,卫箬衣抬手按了按自己的太阳穴。

卫燕略感诧异,适才出去的时候卫箬衣的神情尚好,回来之后就见她有点心事重重的,于是他低声问道:"可是刚刚遇到了五皇子殿下?"

卫箬衣的眸光发紧,忙摇了摇头。"真的没有。"为何总要将她和五皇子殿下牵扯到一起,虽然刚刚她的确是和萧瑾在一起的,不过大哥将自己与萧瑾联想得过于紧密也不是一件好事。

卫箬衣有点无语,难道这个世上能叫她发愁的人和事情都有一个统一的名字叫做萧瑾吗?

"父亲归家,多半是要替你议亲了。"卫燕缓缓地垂落自己的眼帘,"所以以后你若是遇到五皇子殿下还是保持一点点距离才是,毕竟这么多年你们两个人的名字总是被捆在一起说。以前你年纪小,大家还不觉得有什么,但是现在你已经是一个大姑娘了,的确是要注意一点。"

"大哥你说到哪里去了?"卫箬衣顿时有点哭笑不得,她明明在替卫燕发愁,卫燕却以为她是在愁自己嫁给谁这种破事,"我才不想嫁人,我就留在家里陪着你和爹爹还有祖母可好?"

卫燕的眸光一亮,瞬时抬起了眼眸。"真的吗?"他有点惊喜,不过还是忍着压制着声音问道。

"真的啦。"卫箬衣笑道。

卫燕不是没有眼睛,没有脑子,萧瑾住在紫衣侯府对卫箬衣如何,他是看在眼底的。虽然他出门的机会不多,但是几乎每次遇到卫箬衣,都能发现五皇子殿下在附近徘徊。他看待卫箬衣的眼神与以前完全不一样。卫燕自己是男子,自是懂得那样眼神的含义。

只怕五皇子殿下真的喜欢上卫箬衣了,可是卫箬衣现在却对五皇子殿下已经没了当初的感觉。

这两个人还真的挺冤孽的。

卫燕明白是姑娘长大了都要嫁人,他是留不住的,也没资格将卫箬衣留下,但是他就是很不舍。在他的眼底,卫箬衣是天下一等一的好姑娘,她的行为和言语是古怪了一点,但是心底绝对善良,这样的姑娘若是嫁出去,夫君疼爱尚能说得过去,若是夫君不爱,婆家不喜的话,以卫箬衣的脾气那是绝对过不到一起去的。虽然看得出来五皇子殿下现在看待卫箬衣的眼神已经变了,但是人家毕竟是皇子,妹妹这么好,应该如同自由的鸟儿一样翱翔天空,而不应该被抓住,封了翅膀,困在皇家。皇家的规矩太重了,现在卫家受陛下青睐,便是妹妹有什么礼数不周全的地方,陛下和宫中的娘娘尚能带得过去,将来呢?

世人皆知物极必反的道理,卫府不可能一直都在巅峰屹立不倒的。卫箬衣率真耿直,这样的性子嫁入皇家一定会得罪很多人，到时候，这些事情都会成为将来他们攻击卫家和箸衣的武器。

卫燕真的不想看到这种情况的发生。

卫箸衣这边话音才落，外面就风风火火地跑进来一名小厮。

虽然已经立春了，但是大梁的燕京城依然很是清寒，那名小厮却是跑了一头一脸的汗。他喜形于色，进来便直接在地上磕头道："老夫人大喜，郡主大喜，各位姨娘、少爷、姑娘，大喜了！"

老夫人再度站了起来，激动地拄着龙头拐杖说道："可是侯爷回来了？"

"是。"小厮抬起头来，笑着说道，"侯爷已经从皇宫出来了，很快就要到家了。"

"快快快！"老夫人一连说了三个快字，她本是想说赶紧到前面去迎接的，这一高兴，再加上一着急，顿时将后面的话给忘记了，唯独说一个快字。

好在大家都明白老夫人的意思。卫箸衣和卫燕赶紧过来将老夫人搀扶住，走在前面，后面跟着姨娘和其他的姑娘，再加上府上有点脸面的丫鬟婆子浩浩荡荡的一大群从前庭出来。

今日侯府的大门四敞大开，台阶早早地就被打扫得干干净净，崭新的红毯从府内一直延伸到侯府门前的广场上。

"人呢？"老夫人带着大家出来之后，翘首以顾，街头一片如同往常无二的景象。

"奶奶，可别那么心急。"卫箸衣笑道，"父亲他们不能在街市上策马飞奔，自是没有那么快的。再等等，咱们都已经等了那么长的时间了。"

老夫人握住了卫箸衣的手背，轻轻地拍了拍。"你瞅瞅我，人老了，脑子也是慢。"

"奶奶哪里有半点老？"卫箸衣哄着老太太说道，"不知道我奶奶看起来有多年轻呢。"

这时候，萧瑾也得了信，带着一众锦衣卫从府里走了出来，依次在府门前排开。

紫衣侯府几个金光闪闪的大字下面站了整整两排的锦衣卫，更是将整个紫衣侯府衬托得威严华丽。便是路上的行人经过也不由被紫衣侯府这等气派所震慑，纷纷驻足观看。

卫箸衣自是被看得最多的那个，横竖她已经是放飞自我了，一副死猪不怕开水烫的样子，爱看就看吧，反正她也不会被看掉一块肉。

她朝卫燕看了过去，卫燕的脸色有点苍白。

"大哥。"卫箸衣叫了他一声。他有点走神，愣了一下，这才反应过来，看向了卫箸衣。卫箸衣朝着他展颜一笑，卫燕的唇角这才稍稍地有点放松。

"大哥，父亲知道你高中了，一定会很高兴的。"卫箸衣安慰卫燕道。

卫燕的眼底泛起了一片感激之意。他明白卫箸衣说这话的意思。

他与父亲很久都不曾说过半句话了。他一度曾经十分厌恶自己的父亲，觉得他压根就不是一个男人，哪里有人会这样对自己的孩子，这样对自己的姬妾。

不过现在再看看这侯府的荣光，他的心底又有点明白父亲在外的辛苦。

紫衣侯府虽然是打从开国皇帝开始就世袭的侯府，但是这等的风光却是父亲一刀一枪在战场上拼杀下来的。他在家的日子不多，受人蒙蔽也是正常的。况且他从来心思就不在其他的子女身上，即便他是长子，也比不过卫箸衣的一根手指头。

如果他没有本事的话，更没资格去记恨自己的父亲，至少父亲带给他们这样安定荣华的生活。他不应该自艾自怜，将自己固封在一个小小的天地之中。

如想父亲看得上自己，首先自己要有能被看得上的力量和本事。

思及于此，卫燕朝着卫箬衣一颔首。

街头一阵骚动，街上的行人纷纷地朝两边让开。

卫箬衣的眸光一紧，应该是传闻之中的卫大将军要来了。

“来了来了！”街头安排的小厮撒腿跑了回来，一边跑一边笑着报信，“侯爷凯旋了！”

他话音才落，就听到了街头传来凌乱的马匹声，最先映入眼帘的是几杆高高飘扬着的大旗，黑色的底，旗面上用银白色的丝线绣着硕大的“卫”字，霸气地迎风招展着。旗下是一小队身穿银色铠甲的武士，亮银色的铠甲在初春的阳光下反射着耀眼的光芒。这队武士过来之后，跟着是一匹通体雪白的骏马，马异常的神骏，洗刷得也干净，长长的鬃毛随风而动，马身上的络配均是亮银色的，更显得这匹马充满了精气神。

马背上端坐着一名身穿白色铠甲，身披深紫色长披风的帅气男子。他看起来非常的年轻，岁月好像在他的脸上并没留下过多的痕迹，一张面容十分的俊美，经过风霜的洗涤，虽然并没有镌刻下岁月之痕，却赋予了他一种沉稳与大气并存的气质。他的容貌与卫燕有几分相似，但是比卫燕更具备男子气概，眼眉之间不怒自威，眼神之中也带着一种只有在战场上才能凝练出来的果决之意。

美大叔一名啊。卫箬衣看得有点呆了，她想象了无数次自己爹的模样，原本总以为自己的爹爹应该是个黑铁塔一样的大块头，哪里能想到自己的爹居然长得这么帅！这和脾气暴躁的形象完全不符啊！作为美型大叔控的卫箬衣顿时口水流了一地。

完蛋了，爹长得这么帅，完全没抵抗力啊！怎么办？急！在线等！

老夫人激动地朝前迈了两步。

白马在府门前停住，马上身穿白色铠甲的男子利落地翻身下来，单膝跪在了老夫人的面前。“母亲，不孝的儿子回来了！”

老夫人忙将龙头拐杖撇给了卫箬衣，自己上前双手扶住了卫毅的肩膀。“回来就好，回来就好！”她老泪纵横，竟是不知道该再说点什么才好。

卫毅灿烂一笑，站起身来。“母亲看起来身子骨很好。”

“前段时间生了一场大病，不过现在全好了。”老夫人笑道，“赶紧看看你的宝贝女儿吧。如今她可是名满燕京城了。”说完老夫人身子一侧，拉着卫毅的手看向了卫箬衣。

127 爹回来了

卫毅将目光投向了卫箬衣。

卫箬衣只觉得自己脸上的肌肉都快要笑僵了。古代父女见面是什么样的？求模板啊！

卫毅先是将自己的女儿上下打量了一番，发现她穿得素净不少，快一年的时间没见了，人也拔高了不少，那张面容也渐渐地长开，都说是女儿随爹爹的，但是卫箬衣却是越长越像她的母亲。

原本她还小，喜欢穿那种金光灿灿的衣服，显得不伦不类的，和个小土包子一样。如今穿上这身淡粉色的袄裙，峨眉淡扫，发髻边只用了一枚梅花小簪点缀着，俏生生的如同新出水的芙蓉花一样，气质立现。卫毅的眼眶不由就有点湿润了，当年他初见她的母亲，在一片梅林之中，她便也是穿着这样的掐腰小袄，正在采集梅花花瓣上的积雪，粉袄下露出一段如同敷了粉一样的胳膊，晃啊晃啊，生生地晃花了他的眼，也晃掉了他的一颗心。

卫箬衣眨了眨眼睛，她没看错吧……怎么自己这位帅气的美男爹居然看着自己一副泫然欲泣的模样……喂喂喂！说好的威震寰宇的大将军呢？说好的凶神恶煞呢？说好的暴脾气呢？

感觉到自己的肩膀被爹爹给捏住，卫箬衣瞪大了眼睛完全不知道该作何反应才是。

“箬衣！”卫毅卫大将军饱含热情地叫了一声自己的女儿，眼角泪珠子直打滚。

萧瑾……他站在一众锦衣卫之前，目光如刀般落在了卫大将军扶住卫箬衣肩膀的手，只觉得这双手怎么看怎么碍眼。

“怎么和爹爹如此生分了？”卫毅红着眼睛颤声说道，“以前你可是会第一个冲过来迎接爹爹的。”

“父亲。”卫箬衣小心翼翼地叫了一声。

她这声父亲出口，卫毅先是一愣，随后眼泪居然真的噼里啪啦地掉了下来。“爹爹的好箬衣这是怎么了？以前你从不喊我父亲的！”

我的天啊！卫箬衣顿时无语了！

不叫父亲叫什么？

“爹爹？”卫箬衣再度试着叫了一声。

卫毅的嘴角顿时就是一耷拉，哇的一声哭了出来。“你这是气爹爹出去的太久了吗？爹爹已经拼了命地打胜仗回来陪你了。爹爹总是对你食言，所以你生气了是不是？爹爹和你保证，这回回来只要不是什么重要的战事，爹爹不再出门！”

卫箬衣……

她只感觉众人的目光都落在自己和卫毅的身上。卫大将军,你好歹也是我朝第一武将,在你的部下面前稍微矜持点行不行?

卫箬衣愣了好一阵子,这才拿帕子手忙脚乱地去替自己的爹擦眼泪,卫箬衣一边擦眼泪,一边很想捂脸遁地而行。她完全没想到自己爹居然是这么一副样子……明明身穿铠甲威风凛凛的,却站在自家门口伤心地抹眼泪,这是何等清奇的画风……

不过爹人长得帅就是占大便宜,便是哭起来也帅得要死。

现在关键是不能叫他父亲,不能叫他爹,那应该叫什么?卫箬衣求助地看向了卫燕。

卫燕先是一怔,随后恍然。"箬衣,你以前总是叫父亲为臭爹的……你看看你,这一高兴却是忘记了。"他忙提醒卫箬衣道。

臭爹……!

卫箬衣石化了!

不光卫箬衣石化了,便是后面站着的一众锦衣卫皆石化了。

萧瑾更是目瞪口呆。以前早就听说卫大将军宠爱卫箬衣那是要将女儿放在脑袋顶上顶着才行,不过一直都没机会见识,如今他这才算是见识了……

"臭爹!"回过神来的卫箬衣赶紧叫了一声。卫毅一听,这才破涕为笑,眼角还带着眼泪,不过已经咧开了大嘴。他一拍自己女儿的肩膀说道:"对嘛,对嘛!这才是我的乖箬衣!我在宫里就听说你力敌两头黑熊,救下了陛下和皇后还有宫里其他娘娘的事迹了。"

"你习武了?"卫毅着急地问道。

"嗯。"卫箬衣点了点头。

卫毅愣了片刻,随后才长叹了一声。"习武便习武吧。只要你高兴,做什么都好,但是以后再遇到那种事情,记得先保护好自己。"

"是。"卫箬衣点了点头。

"都别在外面说了。"老夫人见卫毅拉着自己的女儿唠叨起来便没完没了的,忍不住说道,"这一大家子人都站在外面。人家五皇子殿下还在呢。"

被老夫人这么一提醒,卫毅才想起来,他看向了后排的锦衣卫。萧瑾这才分开人群走了出来,对着卫毅一抱拳。"锦衣卫北镇抚司千户萧瑾,见过紫衣侯。"

"五皇子殿下。"卫毅将自己的女儿拉到了身后护着,随后朝着萧瑾一抱拳。

卫箬衣……

她这才有机会看向了府里的其他人,果然每个人的脸上都十分的精彩。卫兰衣的目光在触及到她的目光之后马上弹开自然地垂落,卫红衣和卫简衣则羡慕地看着她。至于梅姨娘自是痴痴地望着卫毅,眼底浮动着一片泪光。而兰姨娘和菊姨娘却是一副高深莫测的表情,也看不出悲喜与心底所想,就好像一个不相干的人回了家一样。

卫荣低着头,显得有点灰溜溜的,卫燕则目光清明,倒是一片坦然了。

等寒暄之后,卫毅拉着卫箬衣径直地走过萧瑾,连看都懒得多看他一眼。

被忽略掉的萧瑾……

大家随着卫毅进了大厅之后,老夫人坐在上座,卫毅坐在其左手边的位置,其他人这才分别站在大厅之中对卫毅行礼。"恭喜侯爷得胜回府。"卫箬衣被卫毅拉着坐在他的身侧,自是不用与其他人一起行礼。

如今她是真的体会到了自己为何会那么招人恨了……如果她现在与站在大厅里行礼的其他人位置互换的话，羡慕嫉妒恨是难免的。

不怪原著上的卫箬衣在燕京城恨不得走出一个“井”字形来，能得大梁朝手握重兵的第一权臣如此看重，放在自己的身上，她都可以大头冲下地走了！爱谁谁！

寒暄之后，卫毅叫人抬了三只中等大小的箱子进来。

“打开看看吧。”卫毅手一挥。

“是。”兰姨娘起身去将其中一只箱子的盖子打开。

盖子一开，大厅里的众人便是一阵惊呼。卫箬衣是坐在卫毅身边的，也伸长了脑袋去看。这一看，下巴差点掉下来。

那箱子不算很大，但是一打开，里面珠光宝气，塞满了各色的珠宝。

兰姨娘赶紧又将后面两只箱子打开，与前面的那只一样，里面都是塞满了珍宝。

“原本是打算装四箱子的，四房姨娘每人一个。但是竹姨娘的事情，母亲写信给我说了。她做下那等没脸面的恶事，这紫衣侯府便也没了她的位置了！还有卫华衣，居然勾结道士诅咒家人，这种人若是不将自己当成紫衣侯府的人，那她也不用在紫衣侯府之中待着。回头选个日子，我便将她从族谱之中除名，我卫毅就只当从没有过这个女儿。”卫毅缓缓地说道。

卫荣一听脸色灰败，他双膝一软，顿时就跪在了大厅之中，不住地给卫毅叩首。“父亲开恩啊。母亲和姐姐都是一时糊涂！”

“什么是一时糊涂？”卫毅目光犀利地扫过了卫荣，寒声说道，“若是她们两个做点无伤大雅的事情，我倒也可以睁一眼闭一眼地带过去，可是她们两个做的是什么？都意图谋害自己的至亲血脉。这是一时糊涂做得出来的吗？若是让她们两个得逞了，小梅、燕儿、箬衣岂不是都没了命了！这等恶毒之人压根就不配留在紫衣侯府。我没有这种恶毒的姬妾，也没有那么恶毒的女儿。我看也不用再费神去选什么日子了，我宣布竹姨娘与卫华衣即刻起就逐出紫衣侯府，以后她们不要再打着我们紫衣侯府的旗号出去招摇撞骗，若是被我发现一次，我就会亲手要了这两个人的狗命！你若是再替她们求情，就搬出去与她们同住吧！”

卫荣顿时就不敢吱声了，傻呆呆地跪在地上看着自己的父亲。

“行了，起来吧！滚一边站着去。”卫毅蹙眉对卫荣吼道。

卫荣无奈，只能垂头丧气地爬起来，站到了最不起眼的角落里面。

见无人注意到他，他目光阴沉地看着那三只箱子，将自己的下唇咬得发白。他的心底恨极了卫箬衣，如今连他的父亲也一起恨了起来。

难道他就不是卫家的人吗？梅姨娘和卫燕那样的都能有这么一箱子珠宝，为何他没有！

“这些都是战利品。”卫毅对其他几位姨娘说道，“陛下赐下了一批给我带回来，我就叫人分开装了。你们各自拿回去。我这些日子不在家里，你们都受苦了，这全当是补偿了，至于母亲和箬衣那份，我已经叫人送到她们的房间里面去了。”

“多谢侯爷。”几个姨娘齐声说道。

卫兰衣、卫红衣还有卫简衣也跟着在后面道谢。卫毅挥了挥手，大家这才纷纷站直了自己的身体。

兰姨娘和菊姨娘相互对看了一眼,就知道卫箬衣是与众不同的,给她的东西都不拿出来给大家看,便是不方便给大家看了,可见给她们的不过就是给卫箬衣的那些东西里面选剩下来的。

这个府里,果然只有卫箬衣一个人是他的亲生女儿,其他人都好像是抱回来的一样。

兰姨娘和菊姨娘心底虽然不服气,但是这一箱子的珠宝也价值不菲了。

卫毅看向了卫燕和梅姨娘。

梅姨娘见侯爷在看她,脸上就是一红,赶紧低下了头去。

“前些年你们被人冤枉,我也被人蒙蔽,所以害你们娘儿两个吃了不少苦。”卫毅说道,“幸亏你们的事情被箬衣及时发现,才没真正地铸成大错,我和你们道歉。从今往后,我会好好补偿你们两个。”

梅姨娘忙再度行礼。“侯爷何出此言。”她一紧张,竟是和福润一样有点结巴起来。

“父亲言重了。”卫燕也不冷不淡地说道。

他虽表面波澜不惊,但是心底也是非常激动,这么多年了,父亲今日居然道歉了。这真是一石激起千层浪,不光是卫燕心底震动,便是兰姨娘和菊姨娘都是心底一颤。

骄傲如卫毅,几乎从不和人说对不起,素来都是比谁的拳头大,而如今他却真心地道歉,就证明,这娘儿两个在卫毅的心目之中真的是占有一席之地的!

兰姨娘和菊姨娘相互对看了一眼,彼此都看到了对方眼底的惊骇之意。

难道以后梅姨娘会成为卫府的女主人?

两个人的心底均是七上八下的。

卫毅看向了梅姨娘。“梅儿,你现在住在何处?”

“回侯爷的话。梅儿如今住在雅竹轩。”梅姨娘说道。

“雅竹轩?”卫毅不解地看向了卫箬衣。

“就是之前我回澜阁旁的一个院子,我见那里一直都空着,便做主让梅姨娘和大哥住进去了。大哥住进去后,将那里改名为雅竹轩。”卫箬衣笑道。

“哦哦。”卫毅这才了然,点了点头,“好。那今夜我便歇在雅竹轩了。”

梅姨娘一听,愣了老半天,这才回过神来,脸上已经是一片绯红,“是。”她再度颔首行礼,恭敬地退到了一边。

兰姨娘和菊姨娘虽然在笑,可是笑容已经是十分难看了。

虽然她们两个知道卫毅是因为要补偿一下梅姨娘,所以才会要住到那边去,但是毕竟卫毅才回府第一天就和梅姨娘在一起,这着实叫人恨得牙根发痒。

老夫人却是笑得合不拢自己的嘴。

卫府的大厅里面一片热闹,萧瑾一个人双手抱胸斜靠在回廊下的柱子上,远远地望着大厅里面透出的灯火,心底一片黯淡。

他马上就要搬离这里了。卫毅回来,他保护卫箬衣的任务也就此结束了。

真的要离开这里,他竟是在心底生出了几分不舍之意。

那边灯火融融,一片暖意,人家在阖家团聚,而他却总是站在一边羡慕地看着,从小到大,都是这样。萧瑾不由有点失笑了起来。

一个看起来最不需要家人的人,却是比其他人更加渴望。

求而不得,辗转反侧,旁人为的是官,为的是权,为的是财,而他却只为了心底渴望的那一点点温暖之意。

世间百苦,大概最苦便是这个了,万家灯火之时,他一个人孑然影只,遗世孤立,不是他真清高,而是未曾有一片灯火是真正属于他的。

等一家人用过晚膳便各自散去,卫箬衣回到了自己的回澜阁里,打开房门一看,就吓了一跳。

她这是走错门了吗?

卫箬衣退了回去又看了看,没错啊!就是她的房间。这屋子里面如今已经堆放得好像是仓库一样了,这边看过去,连她的床都不见了踪影。

绿蕊站在一堆东西之中,手里拿着一个册子正在核对东西。

见卫箬衣带着绿萼进来,忙对卫箬衣行了一礼。

"这些都是什么啊?"卫箬衣随手翻了翻,里面什么东西都有,珠宝首饰,各种充满了异域风情的烛台、日用品等,都是金光灿灿的。

卫箬衣有点窘,之前原著上卫箬衣的恶趣味审美显然也严重地将卫大将军给带到沟里面去了。

不过这些东西看起来是恶俗了点,却是很值钱,不管是烛台还是一把勺子,都是真金的。卫毅这回出征是搜罗了多少好东西回来。

万恶的封建社会啊,每一次征战,都意味着一次掠夺。卫箬衣将东西粗略地看了一遍,深深地鄙夷了一下战争带来的后果,然后心安理得地叫了人进来将已经登记在册的东西搬去库房里面存起来。都堆在她的面前,她都不用睡觉了。

好不容易等这边的东西收得差不多了,卫箬衣已经是困得东倒西歪的。

几乎是闭着眼睛洗漱完毕,随后卫箬衣双手双脚并用地爬上床铺,刚拉开了被子躺下,就忽然又想起了一件事情。

糟糕了!卫荣和五石散!

卫箬衣一拍自己的脑袋,再度坐了起来。

父亲回来之后大家一直都在说话,说得兴高采烈的,倒是真的将卫荣的这桩事情给忘记到九霄云外去了。

卫箬衣懊恼得直拍自己的脑门,一昏头就将这么重要的事情给忘记到九霄云外去了。

她赶紧又找了衣服套上,随后悄然从窗户跳了出去。

不知道卫荣将那包东西给藏到哪里去了,也不知道卫荣现在在做什么。所以卫箬衣从自己的房间里面跳出去之后就蹲在自己的窗子下面咬了一会手指。

她有点茫然,不知道自己该怎么办才好。

要是萧瑾在就好了。

卫箬衣蹲得时间长了,觉得自己的腿有点麻,这才站了起来。算了,都已经出来了,就摸去卫荣那边看看吧。

她猫着腰轻快地越过了自己回澜阁的矮墙,落在了外面。

她虽然不抱什么希望能看到卫荣在做什么,但是听说服用了五石散之后会有"行散"

的行为,如果卫荣真的有瘾的话,这药他今日是一定会吃的。卫箬衣记得自己在杂记之中看到过所谓“行散”便是因为服用五石散之后会有轻度的迷幻,也会身体燥热,所以服食五石散成瘾的人会披头散发,解开衣衫快步走,俗称裸奔,更有甚者会用冷水浇身来降低身体的热度。前朝有许多名士自诩风流,以服用五石散为荣,“行散”之时亦是被美化成了不拘一格,恣意洒脱,实际上就是一个裸奔的神经病。

卫箬衣算了算时间,之前大家都聚在一起,卫荣自是没什么机会服药,现在夜深人静了,卫荣关起门来倒正是服药的好时间了。竹姨娘和卫华衣现在都已经不住在那个院子里面,整个院落也就是卫荣和奴仆居住,他若是将院子门关起来,再将院子里的奴仆都打发掉,还真是没什么人注意得到。

所以卫箬衣朝着卫荣的院子蹿了过去。

自从和萧瑾学了心法与基本的轻功步伐之后,卫箬衣每天都会抽时间来练习,现在一般点的矮墙完全难不倒卫箬衣,她可以一跃而过。便是卫府外面的高墙大院,卫箬衣也能徒手爬上去,相信再经过一段时间的练习,卫箬衣应该也可以如同越过矮墙一样越过去。

习武天才便是这么萌萌哒。

萧瑾站在卫荣院落里的房檐上一眼就看到了下面有一个黑影飞快地朝这边靠近。

等人影跑得近了,萧瑾的眼底就流过了一丝的暖意。

这个家伙果然来了。

不过萧瑾很快就有点怔住了。卫箬衣长发未挽,自然地披散在身后,本应该是别有一番风致的,但是她鬼鬼祟祟,夜风吹过,将她一头长发吹得风中飘扬,不是朝后飘,而是朝前飘,愣是挡住了她的脸。她从矮木丛里面爬出来,便如同是女鬼从一簇枯枝之中爬出来一样。

萧瑾顿时无语……

为了避免明日紫衣侯府里面传出闹鬼的传闻,萧瑾决定帮卫箬衣一把。

他双足点地,从房檐上飞跃而下,落在了卫箬衣的面前。

“哎呦,我的妈呀!”鬼鬼祟祟的卫箬衣被冷不丁就从天而降的萧瑾给吓了一跳。她惊魂未定地拍了拍自己的胸脯,在一头的乱发之中,朝着萧瑾一呲牙。“你是鬼啊,一点动静都没有,吓死人了,好不好!”

萧瑾失笑……

究竟谁比较像鬼一点!

落在她的面前这才看到她连衣服都没穿好,衣袂零落随风飘散,连同那一头将脸都给遮盖住的凌乱长发……

“你才是鬼好不好!”萧瑾白了她一眼,抬手替她将衣服稍稍地整理了一下,“你傻啊!衣服都不会穿?”

“还真的不太会!”卫箬衣无奈地摊手,平日里都是绿蕊和绿萼帮她整理的。她虽然学过自己穿,但是整理得总是不如绿蕊和绿萼那般的平整。这种反人类的衣服到底是谁设计的,让现代来的习惯了拉链和纽扣的卫箬衣深感她自己是手残星人。

128 吹牛不给税

萧瑾又替她将那一头乱蓬蓬的长发略微地整理了一下,将遮挡在面前的发丝撩开,露出了她的面容,萧瑾这才在心底默默地低叹了一声。

“你是来看卫荣的吧?”萧瑾问道。

“嗯。”卫箬衣点了点头,“如果他拿的真是五石散的话,之前肯定是没时间服用的。我觉得这会他差不多会吃,于是就来了。”卫箬衣说完之后看了看萧瑾。“你也太不拿我们家的侍卫当回事儿了!”她一撇嘴说道,“难不成你在宫里也这样到处乱跑?”

“应该还是没有什么地方可以拦住我的。”萧瑾缓声说道。

“反正吹牛不给税,你就可劲地吹吧。”卫箬衣抬手点了点萧瑾的胸口,“我可是丑话说在前面,我爹可是回来了,你以后半夜在我家里乱溜达的时候小心点,别一不小心被我爹给撞见。听说他的脾气可是不太好的。回头将你吊起来暴打一顿,大概你爹是不会说什么的。”

萧瑾的心底一片黯然。

“大概明后天我就要离开你家了。”萧瑾缓缓地说道,“你父亲回来了,我保护你的任务也就完成了。以后无需住在你家,更不会没事半夜在你家闲溜达,所以你放心,你父亲撞见我的机会很少。”

卫箬衣……

她倒是真的将这茬给忘记了。

父亲回府,萧瑾奉旨保护自己的任务就真的可以完成了。

他在的时候,嫌弃他,如今听说他要离开了,卫箬衣的心底顿时就好像少了点什么一样,有点塞塞的难受。

见卫箬衣傻呆呆地抬眸盯着自己看,萧瑾的眸光便幽暗了起来。

她的唇近在咫尺,他只要一低头就能轻轻地碰触上,他的心明明已经跳得很快了,就连呼吸都变得有点凌乱,但是那一步他怎么都迈不出去。

亲下去是不难,可是万一她不愿意呢?

万一真的亲了,她气了,恼了,就此不肯再见他了呢?

他现在除了一个宅院之外什么都给不了她。而今日他亲眼见识了卫大将军对她的宠爱,这样被卫毅当成眼珠子一样捧在手心里疼爱的姑娘,卫毅哪里肯就这样轻易地将人嫁给他这个几乎什么都没有的皇子呢。

皇子的身份对他来说便是一个负累,如果他没有这个身份,以他现在的年纪坐在锦衣卫北镇抚司千户的位置上,那旁人会夸他年少有为,但是他有这个身份,以他现在的年纪在这个位置上，人家只会说因为他是皇子，所以才会不费吹灰之力得到这个职务。

萧瑾深深吸了一口气，垂落在身侧的手隐隐地捏成了拳，再缓缓地放开。他艰难地别开了自己的脸，故意恶声恶气地对卫箬衣说："别拿那么愚蠢的目光看着我。"说完他就故意摆出了一脸嫌弃的模样。

卫箬衣的嘴角一抽抽，顿时将自己微微张开的唇闭上。

她是真不期待萧瑾那张狗嘴里吐出什么象牙来。

"别废话了。"卫箬衣低下头去，有点沉闷地说道。平日里他怼她两句，她都已经习以为常了，不会去在意什么。但是今日，就在刚才她知道萧瑾马上就要离开的时候，心情似乎一下就变得不好了，就好像原本是晴空万里忽然之间被一阵妖风一刮，变得乌云密布一样。

"赶紧去看一下卫荣在搞什么鬼才好。"卫箬衣一挥手，侧身从萧瑾的身边走过。

"不用去看了。"萧瑾拉住了卫箬衣的手臂，"药他已经用过了，那些剩下的药粉也被我拿了过来。我觉得确实是五石散。"说完萧瑾从怀里拿出了一个纸包，塞到了卫箬衣的手里，"我已经留了一些粉末只等明天带去锦衣卫北镇抚司找人确认一下。不过刚刚看到卫荣的举动，我觉得卫燕大概真的要被卫荣所拖累了。这个纸包里面还剩了点东西，我就给你了，你或许有用。如果你不想卫燕被牵连进去，我或许可以暂时不上报卫荣吸食五石散的事情。"

"你真的可以不上报卫荣吗？"卫箬衣的眸光一亮，"我并非是要偏袒卫荣，只是我觉得我大哥实在是太可怜了。你看看他病了那么久，要不是这样的话，状元有谢秋阳什么事情啊，一定会是我大哥的。他现在这么拼命地读，就是想将过去错失了的光阴补回来。如果又是因为卫荣被牵连，而让他不能一展鸿鹄之志的话，我大哥的命运就实在是太多磨难了。"

"你若是求我的话，我可以考虑一下。"萧瑾看着卫箬衣的双眸不疾不徐地说道。

"我求求你！"卫箬衣顿时双手合十，努力地眨巴着自己的眼睛看着萧瑾，"你看我的眼神多真诚。"她还踮起脚尖来凑向了萧瑾，生怕他瞅不到一样。

她靠得越来越近，身上和发间都散发着淡淡的幽香，随着她的动作缓缓地钻入了萧瑾的鼻子里面，如同一只手一样撩拨着他的心湖，让他的心底荡漾起了一圈圈的涟漪。

"你竟是为了你大哥连……这样的事情都做得出来……"萧瑾努力地忽略掉她给自己带来的影响，故意冷声说道。

"那我又有什么办法。"卫箬衣顿时就一耸肩，"我不想让大哥那么难受。虽然我是知道这件事情爆发出来，大哥表面上不会说什么，但是他的心底一定是会非常沮丧的。明明不是他的错，但是他却要付出本不应该由他付出的代价，这样对大哥来说太不公平了。"

卫箬衣说完就抓住了萧瑾的手，轻轻地摇晃了一下。"算我欠你一个人情好不好，那个宅院其他人你都可以抓，先压下卫荣的名字。"

"你以为我暂时不上报，卫荣就不会被揪出来吗？"萧瑾冷静地说道，"没准他会被旁人咬出来也说不定，也没准那宅院之中有名册和账簿，这些都是会泄露卫荣的名字。那些马车定时来接，便是最有可能有卫荣名字的人。我能替你瞒住一时，但是也难瞒住所有人。"

卫箬衣眼眸之中的光芒渐渐熄灭，引得萧瑾也有了几分的暗淡。

"我知道。"卫箬衣难受得低下头去，低声说道，"我是掩耳盗铃了。难道我大哥就这么要被卫荣所牵连了吗？"

"还有一种办法，便是逼着卫荣去举报那地方。"萧瑾沉思了一下说道，"若是经由他之口将那地方给查封了，那他便是戴罪立功，回头你再去找我父皇求求情，父皇多半会看在你父亲的面子上，将这件事情给盖过去的。不过也只有你去找我父皇求情，你父亲却是不能出面。你明白我的意思了吗？"

"我知道了！"卫箬衣眼眸之中的星光再度闪亮，她是个聪明人，自是一点就通。

戴罪立功！这是多好的一个借口啊！

"那你岂不是少了一件功劳了？"卫箬衣忽然想到这个问题，于是赶紧问道。

"我少一件功劳或者多一件功劳都无伤大雅。"萧瑾缓声说道。只要你开心就好。只是这句话萧瑾并没说出口。

他的眸光柔了下来。

"你帮了我这么多忙，我却还是总对你恶声恶气的。"卫箬衣深感自己有点不太好意思，于是略扭捏了一下说道，"我背后骂了你许多，真是对不起啊。"

"你背后骂我，我又听不到，我不会放在心上。"萧瑾横了她一眼，不过还是忍不住好奇地问道，"你背后都骂我什么了？"

"哦，也没什么。我自己都不记得了。"卫箬衣嘿嘿地一笑，挠了挠自己的脑袋，将本来就够凌乱的长发抓得更加乱了。

萧瑾轻轻地哼了一声，虽然一脸的不屑，不过眼底的柔光却是更浓郁了。

"对了，天色不早了。"卫箬衣这才察觉到身上有了点凉意，"我该回去休息了。"

"嗯。"萧瑾的神色一凛，不过还是点了点头。

"那……我回去了？"卫箬衣转身，说道。

"嗯。"萧瑾再度点了点头。

卫箬衣真的转过身来朝着自己来的地方走回去。

她的心底有点凌乱，走出去了两步，就忍不住回眸看向了原本萧瑾站的地方，看到他还站在远处，卫箬衣的心就更乱了。她忙转过头来，又快走了两步，心底又是一阵抑制不住地想要朝回看。

忍了又忍，卫箬衣咬牙切齿的，但是还是再度回头了。

只是这一次，她没见到萧瑾依然站在远处，原本他所站的地方已经是空无一人了。

卫箬衣愣住，片刻之后，她回神，低低地叹息了一声，这才快步离去。

直到目送着卫箬衣从窗户翻进了她自己的房间，萧瑾这才从暗处走出。

清冷的月光洒在他的发间、身上，如同撒了一片霜雪银白。

萧瑾缓步而归，心思复杂沉重。

卫箬衣回到了自己的床上也是翻来覆去睡不着。

她明明是不喜欢的萧瑾的，但是为什么听到他要走，却是心底有点舍不得的感觉？

卫箬衣到最后还是给自己找了一个理由，那便是她已经习惯萧瑾的存在了。习惯是一个可怕的事情，潜移默化之间叫人无形地就接受了原本不打算接受的东西。她已经习惯了萧瑾存在了,所以萧瑾有一天说要走,她必定是不习惯的。

终于找到自己心乱的理由了,卫箬衣心满意足地翻了一个身,心安理得地闭上了眼睛。

她果然不是因为喜欢上了萧瑾才会心烦的,真是吓死她了。

喜欢上萧瑾本身就是一部恐怖片。

萧瑾真的离开卫府了。

第二天,他一大早就去辞别了紫衣侯。

萧瑾救过卫毅的儿子,按照道理来说卫毅应该对萧瑾的态度要好一些,但是只要卫毅一想起自己的女儿居然迷恋眼前的这位,打小就追着这位跑,就连他这个当爹的都比不上,他就实在很难对萧瑾能摆出一个笑脸来了。

他这一辈子,除了打架,打仗,便只有两个人叫他拿得起,放不下,一个是卫箬衣死去的娘,还有一个就是卫箬衣。

他永远都忘不掉卫箬衣的娘将卫箬衣托举到他面前的时候对他说过的话,也永远忘不掉他第一次抱住卫箬衣时候的感觉。

在他的手里流失过太多的生命。他征战沙场,杀人无数,但是却是第一次捧住一个才出生没有多久的生命。

那时候的卫箬衣小脸红扑扑的,但是柔柔小小的一团,被他捧在手里,那种感觉真是叫他差点没哭出来。她看起来那么脆弱,好像他呼吸得大力点就能将她给吓到一样。这是他的女儿啊,亦是他心爱的女人生命的延续。

摆在心尖上疼爱的孩子,长到十岁,怎么就莫名其妙看上了眼前的这位了?卫毅真是百思不得其解。

萧瑾这臭小子到底好在什么地方?

论长相,还说得过去,不过他自己的样貌也很好啊,就算比萧瑾也不差多少,这臭小子眼眉过于艳丽,看起来娘里娘气的,哪里比得上他自己的男子气概!

论武功,听说这小子还不错,没切磋过,等什么时候找个机会好好地教训一下他。

论家世,他的确是个皇子,可惜……一个从小被生父从宫里扔到拱北王府长大的皇子,大概还不如被自己捧在手心里长大的卫箬衣呢。

卫毅早在几年前就看萧瑾不顺眼了。

你说你也没什么可值得炫耀的地方,凭什么就被宝贝女儿看上了,看上就看上吧,那也是你的造化,偏生,这臭小子还傲气得很,愣是看不上他的女儿!

他的宝贝女儿,究竟哪里差了?漂亮,活泼,可爱,应该是人见人爱才是。

这个萧瑾有什么资格看不起他的宝贝女儿?

要不是因为怕女儿生自己的气,他早就想找个机会暴揍一顿萧瑾了,瞅着他那小眼神就来气,骄傲个什么劲头啊!你老子的江山都要我来替他保卫着,你有什么资格看不上我女儿!

"这些日子倒是辛苦五皇子殿下了。"卫毅朝着萧瑾一抱拳,好久没见这小子了,倒也像模像样,像个人物了。昨天在自家的门前匆匆忙忙的,也没特别在意他,今日卫毅倒是将站在自己面前的萧瑾好好地打量了一番。打量完毕,卫毅的嘴角还是朝下弯出了一个傲慢的弧度,这臭小子似乎比他还高了一点点,所以卫毅不服地昂起了自己的脑袋,努力营造了一种他比萧瑾高的感觉。

这臭小子的目光过冷,身上散发着一股子阴寒之气,看起来一点都不阳光,不好,不好!

"职责所在。"萧瑾一抱拳。

紫衣侯看他的目光素来不善,他心底明白,都是因为卫箬衣的缘故,若是放在以前,他也懒得和紫衣侯卫大将军多说两句话,但是现在……萧瑾十分纠结,他是卫箬衣的亲爹啊,该怎么讨好他才能扭转自己在他心底不佳的印象?

苦恼啊……

萧瑾顿时觉得自己头很大。

他素来最不擅长的便是与人相处,若是他真有办法能和旁人套近乎的话,现在也不会是这番田地了。

"卫侯爷为我大梁立下汗马功劳……"萧瑾说了一半就觉得自己有点说不下去了,这说的都是些什么啊!

"这些话你父皇已经说过了,"卫毅不耐地抬手打断了萧瑾的话,"五皇子殿下也无需再赘述。况且五皇子殿下适才也说是职责所在了,为大梁出征,为陛下而战,亦是本侯的职责所在。五皇子殿下若是没有别的重要的事情要和本侯说,本侯也就不留五皇子殿下了。"

萧瑾……

他敛下眼眉,朝卫毅一抱拳。"如此,萧瑾便拜别。"说完他转身走出了卫毅的书房。

等走到无人的所在,萧瑾仰天长叹了一声,他果然是个不会聊天的,你看看,难得动了一次心,难得想要去讨好一下卫箬衣的爹,还不到半个回合,就已经将天给聊死了……

他默默地回到了自己的院落之前。

陈一凡他们都已经收拾停当了,所有驻守在卫府的锦衣卫也都整装完毕,齐齐整整地站在院子之前。

"头儿,招呼打过了?"花锦堂上前抱拳问道。

"嗯。"萧瑾有点无力地点了点头。

"那咱么走吧。"冯安笑着说道,"哎呀,在这里住了这么久,终于可以离开了。"

萧瑾抬眸瞪了他一眼。

陈一凡忙将冯安一把拽到了自己的身后。"头儿,要不要和崇安郡主说一声啊,毕竟您是陛下派来保护她的。若是要走,总也要有个交代,善始善终嘛。"

"啊? 还要和她说啊?"冯安愣头愣脑问了一句。

陈一凡气得差点没一脚将傻冒一样的冯安给踹飞出去。

叫你多嘴!

"不必了。"萧瑾深吸了一口气,摇了摇头,"走吧。"

"头儿,不然我们先走,你和崇安郡主说一声吧。"陈一凡忙说道。

萧瑾深深地看了陈一凡一眼。"我说不用就是不用。"他淡淡地说道,但是谁都听得出来,他的口气不佳。

“是。”陈一凡这才抱拳。

萧瑾带着一队锦衣卫从侯府的后门悄然地离开，终究还是没有惊动还在呼呼大睡的卫箬衣。

卫箬衣昨天在床铺上睡不着，烙了大半夜的烧饼，今天早上愣是没醒过来，一直睡到了日上三竿，这才爬起来。洗漱完毕之后，她就赶紧跑去了雅竹轩之中。

梅姨娘正在绣花，见卫箬衣风风火火地跑进来，忙起身行礼。

“我大哥呢？”卫箬衣问道。

“在里面看书，我去叫他。”梅姨娘赶紧说道。她正要朝里面走，却被卫箬衣一把拉住了手腕。

“我不是来找大哥的，我是来找我爹的。”卫箬衣嘻嘻笑道。

梅姨娘的脸颊一红。“侯爷早上就去了书房了。”

“哦，那我去书房找他。”卫箬衣笑道，她再度好好地看了看梅姨娘，“看来我爹回来了，果然不一样了。梅姨，你今日好漂亮啊。”

梅姨娘今日特地地收拾了一下，她本就生得很好，再加上精神愉快，就连眼梢都带着一股子成熟女人才有的别样风致，整个人都鲜活了起来，比起平日里一副暮气沉沉的样子，不知道好了多少倍。

卫箬衣话里带着揶揄，梅姨娘哪里听不出来，她的脸更红了几分。“郡主莫要打趣我了。”昨夜侯爷对她着实的温柔，这么多年了，她第一次感觉到当一个女人才能感受到的幸福与快乐。这叫她感动得想要落泪。

“好了好了，不和你说了。”卫箬衣怕梅姨娘那脸红得暴血管，马上说道，“我去找我爹爹去。”说完卫箬衣就跑了出去。

紫衣侯的居所自然是在这紫衣侯府正中的宅院之中，升月居。

这院子原本是叫落月居的，不过老夫人觉得落月落月不吉利，叫人来改名，算来算去，就将落月居改成了升月居，虽只一字之差，含义却是差了很多。

知道自己宝贝女儿来了，卫毅赶紧将女儿叫了进去。

“说吧，来找爹爹是什么事情？”卫毅笑眯眯地看着自己的宝贝女儿。

像！真是太像了！

一颦一笑，都像得不得了，便是眼底的眸光流转也像极了她母亲那副古灵精怪的模样。

卫毅觉得自己哪怕是一整天什么事情都不用做，只看着女儿就能过日子了。

“臭爹，他们都说我那力气大的毛病是打从你这里来的，是不是真的？”卫箬衣坐在卫毅的身侧，单手托腮看着自己的爹。

“那是自然！”卫毅宠溺地一捏卫箬衣的鼻子，“其实我早就想教你习武，你的天赋比我当年还要好，只可惜是你哭闹着不肯，我想想习武这种事情又苦又累的，也就作罢了。不过我将我们卫家的武功刀法教了一部分给你大哥。那时候你和你大哥关系很好，我想着若是你大哥学会了练习的时候，或许你在一边看着会产生了兴趣，想要学也说不定的。不过没想到，时隔这么多年，你终究还是从你大哥那边学会了卫家刀法。你学得不全，最重要的几招，我都没教给他，回头你若是愿意的话，我教给你。”

昨夜他在雅竹轩，曾经将卫燕叫去跟前，仔细地问了问家中的情况，更是问了卫箬衣的武功是从哪里来的，这才知道自己多年前的苦心终究还是奏效了。这叫卫大将军十分得意。

“臭爹你居然藏私！”卫箬衣瞪大了眼睛。她一直以为当初的卫燕头脑灵活，所以父亲才特意将家传武学教给他，指望着他能承继衣钵，但是真没想到自己爹这是在搞曲线救国。

129 卫家刀法的精髓所在

“卫燕的脑子不错，但是身体承受力不行。”卫毅笑道，“他不是习武的苗子，之所以当初还学的小有成效是胜在刻苦上面。你才是我们卫家的习武天才，可惜你那时候一点都不上心。我也是没办法，只能先传授一部分给他，不至于让卫家刀法没落失传了。那几招也不是爹爹非要藏私，而是前面的招式练得不好，那几招也用不出来。卫燕的力道不够，不足以支撑后面这几招的威力，所以才没教给他。你大哥说你的刀法已经用到了炉火纯青的地步了，等有空使出来给爹看看。”

“那是自然！”卫箬衣的眸光一亮，老师傅就是老师傅，光是卫家刀法前面的这些招式已经叫她受益匪浅了，后面这几招一定是精髓之中的精髓！

“你大哥还说了不少关于你的事情。你的头撞过？”卫毅抬手拂开了卫箬衣额前的碎发，“撞到哪里了？可曾找人再看看，现在可有什么不妥的地方？”

“没有啦。都好了。”卫箬衣笑着说道，“多谢臭爹关心。就是撞得有点小小的失忆，很多事情都记不起来了，不过都是些无伤大雅的事情，我也懒得再去想。”

“唉，早就叫你不要追着那个萧瑾东跑西颠的，你就是不肯听。”卫毅无奈地摇首叹息，“听你大哥说你现在已经不喜欢那个萧瑾了？”

“呃，人总有年少无知的时候嘛。”卫箬衣脸皮子一赧，说道，“现在女儿可不是已经长大了，所以就不去想那些事情了。”

“就是！天下好男儿多的是，那个萧瑾一脸冰冷，我瞅着也觉得他很欠揍。”卫毅终于松了一口气，女儿不喜欢萧瑾了，他终于可以在女儿面前光明正大地数落那个萧瑾的不是了。以前很苦恼，明明很想一拳将那臭小子打飞，偏生女儿看着，什么都不能做，就是连在卫箬衣面前说半句萧瑾的坏话都不敢。

“对了臭爹，要不咱们去街上溜达溜达？”卫箬衣抱住了卫毅的手臂，试探地问道，“女儿想请爹爹尝尝松鹤楼的松鼠鳜鱼。这可是松鹤楼新从大齐的江南请来的师傅，最擅长的便是做各种鱼类了。臭爹你征战在外，又是在库尔德那种地方，肯定是尝不到的。”

“好啊！”卫毅乐呵得不得了，女儿终究是大了，现在都知道孝敬爹了。

这还是卫箬衣第一次说要请他吃饭，自是天上下刀子也不能阻挡他去的脚步。

反正他得胜归来，这几天都是休沐在家的，闲空得很，虽然门上送来一大堆拜帖，不过他是谁啊？是随便什么人都要见的吗？见或者不见，全凭他开心。

“咱们低调点，从后门走。”卫箬衣说道。

“走！”卫老爹大手一挥，豪气十足。

父女两个从后门溜出了侯府，卫箬衣看了看周遭。“咱们一个侍卫都没带，应该不会有事的吧。”她其实原本是想着萧瑾应该是放了人手在暗中保护他们,但是转念一想,父亲回来,萧瑾他们的任务也就到头了,心底莫名一阵空落落的。

“你当咱们卫家没有暗卫吗?”卫毅抿唇一笑。

“真的有吗?”卫箬衣眸光一亮。

“有。”卫毅点了点头,“当初老爹想给你两个,你却说老爹我是要放人在你身边监视着你,哭着闹着不准我放,还说若是被你发现有暗卫跟着你,你就要离家出走,吓得我愣是不敢了。唉,早知道你会遇到这么多的危险,便是你真的要离家出走,我也该将暗卫放给你才是。”

卫箬衣……

原著的那位卫姑娘,你是有多作死!不怪最后明明手里捏着各种炸弹的牌愣给打成臭牌了!

“在哪里?我怎么看不到?”卫箬衣四下张望起来。

“若是被你看到了,还叫什么暗卫,我早叫他们都去领罚了。”卫毅看到女儿这一副样子,顿时被逗乐,笑得连嘴巴都合不拢了。

还是回家好啊!有这么一个宝贝女儿守着,自是给他一个皇帝他都不当。

“臭爹,那你给我指派几个暗卫吧。”卫箬衣开始撒娇道。

“好好好。”卫毅连连地点头,“你要什么都给你。”

“对了,臭爹你看看这个。”卫箬衣将祖母交给她的令符拿了出来,掩在手里给卫毅看了一眼,“这也是你让祖母给我的吗?”

“别庄上的人本就是为了保护你而准备的。”卫毅笑道,只是这回他的笑容略显得淡了一点,“你祖母将这个信物给你,便是已经相信你长大了,可以自己分辨是非曲直。别庄上的事情不能外传,你既然已经拿到了令符,为父就是已经交了一支私军在你的手上。你要好好地运用才是,莫要被人抓住什么把柄。行了,要到大街了,莫要谈论这些了。”

“明白。”卫箬衣赶紧将令符又收好。

她当然知道这个东西到底有多重要,哪里敢到处乱放。

卫箬衣陪着卫毅转到了街上,一边走,一边不得不再叹服一下原著里面的卫姑娘,简直就是神猪一样的存在!你想想卫府这么多资源,若是真的用得好的话,别说搞定一个萧瑾了,就是搞定整个天下都是有可能的,愣是被她将自己给折腾死了。

说起来后来卫老爹起兵造反,大概也是与卫箬衣的死有点关系的吧。

你杀我女儿,我夺你江山,这也合情合理的啊。

可惜原著中的卫箬衣,有着女主的资源,却罩了一个恶毒女配的光环,最后不管多牛,还是会落一个炮灰的下场。

卫箬衣原本以为卫毅虽然是个美大叔,但是一把年纪了,对逛街这种事情应该不算热衷了,但是却完全没想到,他竟是比自己还能逛。

虽然没到逢店必入的地步,但是也快要差不多了。

等快要将一条街的店铺走遍了,卫毅这才撇着嘴角说道:“竟然没什么人认识我了。”语气之中深深地带着一种遗憾之意。

卫箬衣顿时窘了。

难道刚才进了那么多店不是为了看东西,而只是验证一下是不是有人认识他?

好吧……

卫箬衣深深地感觉到自己的爹绝对是一个惊喜,绝对是一个画风清奇的男子!

真不知道自己娘是一个什么脾气秉性的,才能收服这种画风与外表极其不符的男人。

“以前大家都认识你?”卫箬衣好奇地问道。

“燕京城小霸王说的就是我!”卫毅略带骄傲地对自己的女儿说道,“那不是我吹牛啊,我年轻的时候那可是在燕京城没人不认识的,只要我一上街,嘿嘿……唉,现在不行了,一代新人换旧人,我这张面孔,是被人给遗忘掉了。”

卫箬衣……

行了,您不用说了,后面被嘿嘿二字所代替的一定是鸡飞狗跳四个字,再不然就是人嫌鬼烦……

“他们现在认识我比较多……”卫箬衣扭捏道,“我走过,很多人都在看我。前几天还有人跟着我身后追着看,这几天我在家里低调了一段日子,算是好点了。”

“哈哈。果然是我卫毅的姑娘!”卫毅闻言不仅不以这个为耻,反以为荣,笑得眼眉都快要成了一条缝,“人生在世,已经太多条条框框的拘束着了,若是不能恣意地活着,倒也少了很多乐趣,他们若是要看,便看去,横竖我卫毅的姑娘是他们拍着马都追不上的,也就只能在背后说几句酸话来诋毁诋毁了!”

卫箬衣……

她忽然好想给自己爹跪下!臭爹在上,请收好女儿的膝盖。

这句话却是说出了她的心声啊!

亲爹!绝对是亲爹!

卫箬衣现在忽然觉得自己穿越过来就是来寻爹的。

两个人朝前走着,街头传来一阵杂乱之声。

有人骑马在前面开道,大声吆喝着,让行人避开。

“到了下朝的时间了。”卫毅看了看天色,说道,“不知道又是哪一个朝中大员从这里经过了。”

卫箬衣侧耳听了听。“好像喊的是谢大学士。”

“谢园那个蠢货?”卫毅目光一闪,“架子够大啊!”

昨日文武百官都跟着陛下出城相迎,唯有谢园在家称病不去。

不是病了吗?今日怎么又摆出这么大的排场去上朝?

“你们两个让开!”谢家的侍卫很快就行至了卫毅和卫箬衣的面前,其中一人骄傲地对他们两个人喊道,“不要命了吗?”

“嘿?”卫毅那暴脾气顿时就上来了,“我不去找他麻烦,他倒来我面前耀武扬威了。”

卫毅冷哼了一声,拉着自家的闺女直接朝大路中央一站。

“臭爹,咱们这是……”卫箬衣惊悚地看着自己的爹,急声问道。

“看你老子怎么教训教训那个姓谢的小老儿。”卫毅嘴角含冷,说完就用目光瞪向了前面开道的那两名骑马的谢家侍卫。

卫箬衣……

好想捂脸怎么办？但愿谢秋阳不要在这个队伍之中。

不然的话,见面会十分尴尬的。

其中一人骑在马上居高临下地看着站在路中央的卫毅与卫箬衣,神色傲慢地说道:“你还来劲了是不是？真不怕死?”他一边说,一边还抬起了自己手里的马鞭,朝卫毅和卫箬衣指点了一下。

“谢大学士好大的面子啊!”卫毅神态倨傲地双手抱胸,岔开双腿站在路中央。卫箬衣恨不得要鼓掌,即便是一个简单的动作,她爹做出来,好帅,虽然带着几分痞气,但也霸气十足。

今日卫毅穿着一件雪青色的长袍,玉带缠腰,虽然年纪不算轻了,但是那身材与年轻人一般无二。

“我朝重臣三十三名,若是一个个下朝都如谢大学士这般,那这街上的百姓也不用开门做生意了。等你们将路过完,大概也要从这会子过到午后了。”卫毅冷声说道。

“你是何人,居然敢妄议朝政!”那名之前抬起马鞭对着卫毅和卫箬衣的侍卫蹙眉问道。

“叫你们谢大学士给我从车辇里滚下来。”卫毅理都懒得理他,直接开口说道。

“大胆！敢对我们大学士不敬!”那侍卫厉声呵斥道。

“你一个跳梁小丑,我不与你计较。你只管在这里犬吠,去将你家主人给老子吠出来。”卫毅横了那人一眼。

“你真是找死。”骑在马上的侍卫抬手就扬起了手里的长鞭。卫箬衣眼疾手快,在长鞭落下的瞬间,挡到自己父亲的面前,一抬手抓住了抽过来的鞭子尾梢。“你才是找死!”卫箬衣横眉冷声说道,说完她又一用力,鞭子一甩,竟直接将那人从马上甩了下来。

那侍卫摔了一嘴的泥,哼唧了半天没从地上爬起来。

“是崇安郡主啊!”周围围观的百姓有人认出了卫箬衣,赶紧说道。

“是吗?”

“真的是她！除了她咱们燕京城还有哪一位姑娘有那么大的力气!”

“乖乖！我可是听说她连豹子和黑熊都打得死啊！将门虎女!”

“可不是！听说她救了一屋子的人。”

不知道有谁叫了一声好,顿时就有其他的百姓跟风叫好起来。谢大学士每天都要从这里经过,他别的什么都不错,就是排场和架子大了点,每天这队伍一过,便是扰民,附近的百姓也是敢怒不敢言的,毕竟谢家别的风评还算是不错的,人家也就是这么一个毛病。豪门世家,尤其是如同谢家这样的百年世家,架子大是难免的,更何况谢家还是当今皇后的娘家呢。

卫箬衣……

“唉,闺女啊。你这是干吗!”卫毅见对自己动手的侍卫被卫箬衣给甩下来,顿时扼腕叹息,“打架这种事情交给你爹我来！你负责美美地站在一边看就是了。今日他这鞭子要是打在我的身上,我非要抽那谢老儿十鞭子补回来不可。”

卫箬衣扶额,她就是怕自己爹借着这个事情发飙,所以才率先接下那个鞭子……不过她还是从善如流地回到了自己爹的身侧。

谢秋阳，我只能帮你到这里了，你自求多福。卫箬衣看了看迎面而来的谢家仪仗，好多侍卫在前面开路，又有高举着的回避大牌子挡着，也看不到那里面究竟有没有谢秋阳。

“那是紫衣侯，卫大将军！是崇安郡主的父亲！”不知道谁在人群里叫了一声，周围围观的百姓更是一片哗然。

卫毅双手抱拳，朝着四周一转。“承让承让，不才正是卫毅。”

卫毅刚刚得胜归来，在百姓心目之中声望正隆，卫谢两家不合不光是在朝堂人尽皆知，便是燕京城的百姓也动不动将这件事情挂在茶余饭后当笑话说。

如今见卫侯爷归来后的第二天就当街怼上了谢大学士，百姓们熊熊的八卦之血顿时沸腾了！

车马停住，谢园蹙眉，略揭开了车帘朝外问道：“怎么不走了？”

谢秋阳骑马跟在马车边上，他朝前看了看，因为有不少侍卫挡住，所以看不清楚。“回父亲，似乎有人挡路。”

“什么人？”谢园不悦地问道。

这时候在前面开路的另外一个侍卫一听百姓说挡路的是崇安郡主和紫衣侯，顿时吓破了胆子，他立即拍马回撤。“启禀老爷，好像是紫衣侯和崇安郡主拦在了路上不肯让，不让咱们过去！”他在车辇之前下马，单膝跪地说道，“咱们的一个侍卫还被崇安郡主从马上给掀下来了！”

坐在车辇之中的谢大学士顿时火冒三丈。这个卫老贼，一定是记恨他昨日不肯出去相迎，所以今日就来拦他的车马，找他的晦气！

“父亲，咱们不要与卫家起了冲突，还是算了吧。”谢秋阳在一边赶紧劝慰道，“咱们改道便是了。”

“改道？”谢园怒道，“旁人怕了他卫老贼，我可不怕！我天天回家都是从这条街走，凭什么他一回来，我就要改道？若是真的改道了，日后在朝堂之上，有人谈及此事，岂不是说我们谢家怕了他们卫家了！”

“父亲，如今三位藩王都已经齐聚燕京城，此时实在不宜与卫家起冲突。”谢秋阳知道自己的父亲素来与卫毅不合，也知道他肯定咽不下这口气，只能苦苦相劝。

“对啊，他就是依仗着这些，着实嚣张！”谢园更是生气。

其实他心底也明白儿子说得对，这个时候，陛下是肯定要重用卫毅的，选这种时候与卫家起冲突，对自己其实是不利的。即便是为了萧佑城，他也要忍上一番。

“好好好，改道改道。”谢园挑了帘子，走下了车辇，“你们改道而行，我去会会那卫老贼。”若是他也跟着改道了，真是没什么脸面在朝堂上混了。

“父亲，儿子陪您一起去。”谢秋阳也赶紧下马，吩咐了车马后撤，从岔路离开，他又吩咐了几名侍卫跟在身后，卫毅那臭脾气上来，揪着他爹当街打也是有可能的，不能不防着点。

“他们好像撤退了呢。”卫箬衣站在卫毅的身边，看到对面的车马开始后移，对卫毅说道。

“我当谢老贼这许久不见了，骨头还是那么硬，哪里知道他竟是怂了。”卫毅不屑地撇嘴，“没劲至极。”

卫箬衣……她算是看出来,她爹是一个彻头彻尾的好战分子。

“卫侯爷,”谢园带着自己的儿子和几名侍卫从车马队伍之中走出,一边走,一边皮笑肉不笑地抱拳说道,“好久不见了。”

“谢园,别和我玩这种虚的,从年轻那会你就虚伪得要死。老子就是看不惯你这副嘴脸。我挡了你的车马,你心底明明恨老子恨得要命,却还偏偏要来和我套近乎。老子不领你的情。”卫毅傲慢地朝谢园说道,说完之后就一撇自己的脑袋,对卫箬衣说道:“你可千万别学这种人啊。笑里藏刀,看着就恶心。”

卫箬衣好尴尬地看向了谢秋阳,也不知道是该点头还是该摇头。

谢园的脸色顿时就涨成了猪肝色,他说什么来着?这卫老贼就不是个好东西!粗鲁!粗鄙!彻头彻尾的粗人一个!

“见过紫衣侯,见过崇安郡主。”谢秋阳忙抢在他父亲之前快走了两步,行礼道。按照礼数,他本不应该如此,但是实在是怕自己的父亲会发火,那就正中了卫毅的下怀了。

“是谢秋阳啊。”卫毅总算对谢秋阳好像还没对谢园那般大的仇恨度,只是哼了一声,“倒是也好久不见了。”

“卫叔叔风采不减。”谢秋阳笑道,“刚才是我府上的侍卫眼瞎,没能认出紫衣侯和崇安郡主,多有冒犯。”

“那个!”卫毅一指那个趴在地上还没爬起来的侍卫说道,“是你们府上的吧。”

“是。”谢秋阳看了一眼,忙说道。

“你们谢家现在架子越来越大了,这种奴仆上来一言不合就抽鞭子打人。本来本侯是准备生挨了他那一鞭子,然后坐到你们家门口不走了。还是我家箬衣怕她老子吃亏,所以将人从马上拽了下来。你们连这种恶仆都找,可见你们这些年是越混越回去了。亏你们还以诗书传家为荣,我看你们的书都读去了狗肚子里面,连基本的礼义廉耻都不懂。照我说,你们也别读那劳什子的书了,来拜在我门下,我教你们谢家习武算了。”卫毅横声说道。

谢秋阳眼皮子一跳。“卫侯爷说的可是真的?”他厉声问向了那个躺在地上直哼唧的人。卫箬衣的力气贼大,这不是甩他下来的问题,而是让他结结实实地扑倒在地,摔得不光是满嘴的血,更是摔得他五脏六腑都移动了位置,不怪他爬不起来。

那侍卫疼得厉害,但是脑子还是清醒的,人家紫衣侯也没说错,是他态度傲慢,不分青红皂白地就甩鞭子揍人。“是。”他艰难地点了点头。

周围围观的百姓也对谢家指指点点的,纷纷表示他们都看到了,这回的确是谢家的人先动手了,不怪人家紫衣侯生气。

谢秋阳的脸色大变,忙对着卫箬衣和卫毅长揖到底。“家中奴仆管教不当,让卫叔叔和箬衣受惊了。”

卫毅一听,马上怪眼一翻。“箬衣也是你能叫的?你算哪根葱?”

130 一对老活宝

谢秋阳尴尬得要死。他与卫箬衣可以算是十分熟悉,适才情急之下没注意,箬衣两个字便脱口而出,哪里知道就被卫毅给抓住了,这被他当街质问,谢秋阳的俊容顿时就是一红。

谢秋阳才刚刚要抱拳再度道歉,却被他爹给按住了。谢园忽然笑了起来,笑得卫毅有点莫名其妙。

这厮小时候就这样,说话说半句,莫名其妙地发笑,显得自己十分高深莫测,一副世上他读书最多,旁人都是傻子的清高模样,那时候就看他牙酸,好像生啃了一篮子杨梅一样,酸得牙齿都要倒。这么多年过去了,儿子都那么大了,还是那副鸟样子,丝毫不变。卫毅摸了摸自己的鼻子,觉得自己也不得不服一服谢园在这方面的本事。

"你笑什么笑?"卫毅不满地盯着谢园,只觉得谢园颌下故意留着的两撇胡须看着着实扎眼,丑人多作怪。

"我笑的自然是你出征在外,什么都不知道。"谢园慢条斯理地摸了摸自己的胡须,眯起了眼睛。"你口口声声说你们卫家武学如何如何之好,但是你问问你女儿,她的骑射功夫是和谁学来的。我儿子既然能教你女儿骑射功夫,那便是师傅,当师傅的叫徒儿一声箬衣,又有何错?你吹胡子瞪眼也没用,况且你也没胡子可吹。"

卫毅顿时就瞪圆了自己的眼睛,他眼睛本来就大,这刻意一瞪,更是有点骇人的意味在其中。

"我宝贝女儿要和你儿子去学骑射!"卫毅一指自己的鼻子尖,"谢老儿,你是在燕京城喝水喝呛了吧,呛得脑袋里面也进水了?"

"你若不信,问问你的宝贝女儿去啊。"谢园也不和卫毅计较,只是笑眯眯地看着卫毅。

"箬衣!"卫毅转眸看向了站在自己身边一脸尴尬的卫箬衣,"那老东西说的是不是真的?"

卫箬衣……

她真的要给这两位跪了。一个是武将之首,一个是文官之魁,两个人的年纪加起来都快八十岁了,居然还和小孩子一样为了那么无聊的事情站在大街上争吵,白白地被人当成笑话看。

"好像是真的。"卫箬衣脸一红,点了点头,"女儿认得的人里面肯教女儿的,也就是他了。"她这说的是实话。

卫毅的表情顿时如同生吞了一个苍蝇那么难受。

谢园终于在卫毅这边占了一次上风了,嘚瑟得他忍不住再度哈哈大笑了起来。他万分欣赏地拍了拍自己儿子的肩膀。“说起来我们谢家素来是诗书传家,这书读得好是应该的,本分,这骑射功夫学得也好却是难得了。”他满眼的夸赞之意,眼底充满了得意的眸光。

谢秋阳的嘴角都僵了,他偷眼看了看卫毅,那位叱咤风云的卫大将军现在脸色发黑,怒目圆瞪,谢秋阳在他的注视之下顿时感觉到浑身都有点冷飕飕的。

谢秋阳在心底大叹,他大概是要被卫大将军给记恨上了。

“你老谢果然是有个出息儿子,可惜你家奴仆却是不折不扣的恶仆。”卫毅嘿嘿地冷笑了一下,“谢老儿,莫得意,你会参奏我,我也会参奏你。而且我姓卫的行事光明磊落,你参奏我都是暗搓搓地找我的漏脚,我参奏你却一定是光明正大的。明日你乖乖地洗干净去陛下面前站着,等我参你一本吧!”卫毅拉起了卫箬衣的手腕,“走,闺女,你年纪尚轻,识人不明,偶尔被人骗了也是情有可原,不过下次你擦亮眼睛看清楚,那种人的骑射功夫在你老子我面前就如同小儿玩的把戏一样。以后你想学什么你老子我都会亲自教你。那种小孩子玩的就让那些马不知道脸长的人自己瞎嘚瑟去。不信你等着看,我们卫家的武功绝对是精妙无双的。”

“恼羞成怒是不是?”谢园哼了一声,“我谢家闲人回避的金牌乃是先皇赐下的,我谢家出门素来都是打着这个金牌,路上闲杂人等皆要避让,否则视同不敬。我家奴仆是凶悍了一点,但是也是职责所在。”

“狡辩吧。百姓不是人?你们谢家扛个牌子就能横行霸道了。那种闲人回避的牌子我卫家也有,为何不扛出来唬人?”卫毅也不甘示弱地哼了一声。

谢园一时语塞,他环顾了一下四周,见围观百姓皆以异常的目光看着他,他就猛然回神,都是这个卫老贼可恶,气得他都有点口不择言了。

他也知道这种时候实在不适宜与卫家正面冲突,可是那卫老贼一句接着一句地顶他,出征这么久,旁的不见卫老贼有长进,这怼人的本事倒是长了不少。

“我家奴仆做了错事,我自会惩戒,陛下那边我也会自请责罚,用不着你卫家的人横插一手。”谢园马上改口说道。

“谢老儿,怕了?怂了?”卫毅一听乐得顿时合不拢嘴,“你倒是继续骨头硬啊!你若是明日到了陛下面前也能和刚才一样嘴硬,我也敬你是条汉子。却没想到你这么快就改口了,你们这些文官便是如此,见风使舵,说什么读书人高风亮骨,心气比天高,我呸!要说这事情,要完结也可以,你当着大家的面好好地给我和大家伙儿道个歉,赔个不是,我也大人大量,以后不和你计较了。如若不然,嘿嘿,我现在就抓你去陛下面前说理去!”

卫箬衣一脸呆滞……

谢秋阳也是脸色发暗……

谢园的脸色更是一阵红,一阵黑,卫毅久不在燕京城,他倒是忘记了卫毅这厮虽然顶着一个世家子的名号,其实骨子里就是一个市井臭无赖。

“父亲年事已高,”谢秋阳忙打着圆场,“若是卫叔叔不嫌弃,便由小侄代替父亲向卫叔叔请罪。”他朝前走了两步来到了卫毅的面前,躬身就要作揖。

“别!”卫毅一抬自己的下颌,桀骜地看着谢秋阳,他手在空中虚虚地一抬,谢秋阳就感觉到一股力量横在了他的手臂之下，让他拜不下去，“别和我套近乎，一口一个卫叔叔，你谢家大公子叫的我可受不起。我也没你这么大的大侄子。你爹大概就比我大了那么两三岁罢了。若是他也七老八十了，你不是也在咒我老了吗？”

谢秋阳文绉绉的，论写文章可以，但是论起狡辩来，又怎么比得上在市井里打架一路打大了的卫毅。

谢秋阳顿时不知道该说点什么好了，尴尬地双手抱拳，脸上带着讪笑，随后他马上求助一样地看向了卫箬衣。

卫箬衣忙别开自己的眼神，不是不帮啊，她刚刚才让自己父亲丢了一个面子，若是这回再不让他找回个场子来，只怕你们谢家会更加麻烦。

卫箬衣心底叹息，不帮不是代表她不仗义，而是现在不替谢家说话，便已经是在帮谢家了。

谢秋阳见卫箬衣居然将头给拧开了，先是一怔，随后心下便是一片失落之意，连带着那张儒雅的俊容也渐渐地拢上了一层暗色。

“卫毅，你莫要欺人太甚。”谢园怒道。他见自己儿子碰了一个不大不小的钉子，也伸手将自己的儿子拉到了自己的身后。

“我只是就事论事。做错了就要道歉，这是千古不变的道理。”卫毅斜了谢园一眼，“你若是真的不道歉，也好，随我去见陛下。”

“陛下日理万机，哪里有空理这等闲事。”谢园脸黑地说道。

“那你道歉啊。”卫毅痞气十足地一笑。

谢园被逼得没了办法，这才愤愤地一甩衣袖。“对不住了！”他朝卫毅草草地一抱拳，飞快地说了一句。说完之后，他就再度朝着周围的百姓躬身一揖。“谢家那块先皇赐下的金牌的确是有扰民之嫌，谢某今日在这里和大家赔个不是了。谢某向大家保证，日后不再使用那块金牌，并且谢某也会严格管束家中奴仆侍卫，保证不再发生此类事件。”

街头看热闹的百姓纷纷抽了一口气，谢家那是什么样的人家？

便是大梁朝的世家也分三六九等，而谢家则是在顶尖尖上的那一小撮。如今谢家的家主居然当街和百姓道歉，这真是稀奇了又稀奇的大八卦了。

还是卫侯爷威武，不愧是大梁朝第一权臣，能将文官之首逼迫到这种境地。

百姓顿时议论纷纷交头接耳，有的夸赞卫毅厉害，仗义，带着侠义之风；有的也夸谢家谦逊，知错就改的，总之说什么的都有，嗡嗡嗡地吵成了一片。

等谢园道歉了之后，他便狠狠地瞪了卫毅一眼，随后对谢秋阳说道：“阳儿，我们回家去！”说完他就自己先拂袖而去。

谢秋阳再度和卫毅还有卫箬衣鞠躬行礼。“今日之事错在我谢家，还望卫侯爷不要放在心上，也请崇安郡主原谅。家中的下人我日后会好好地管教的。就此告辞。”说完他就转身去追赶自己爹爹的步伐去了。

“你看到了吧，这便是欺软怕硬的。”卫毅打量着那父子两个离去的背影，对自己的宝贝女儿说道。

卫箬衣还能说什么，只能摊手笑笑。

她哪里知道今日带着自己爹上街会遇到谢园，还惹出这些事情出来。她原本是想拐着自己的爹上街,然后转到午后,等时间差不多了,再将自己的爹带去府门口的后巷子,来一场与卫荣的“不期而遇”,就此引出老爹的好奇心,随后带着自己老爹去抓卫荣一个“现行”。

萧瑾给她出的主意就是逼着卫荣自己戴罪立功,检举揭发那个吸食五石散的地方,从而保住她的大哥不受到牵连,也保住卫府不受牵连。

可是被谢园这么一耽搁,时间都花在了吵架上面了。再加上之前卫毅在街上逛店也花费了不少时间,现在都已经到了正午时分了。

现在若是去了松鹤楼,连等位置,再带等菜,吃完了,大概也熬过了卫荣乘马车的时间了。

“臭爹,咱们不如换个东西去吃吃吧。”卫箬衣拖住了卫毅说道。

“不吃那个什么松鼠鳜鱼了?”卫毅奇道,“你不是说特别好吃吗?”

”我又忽然不想吃了。”卫箬衣撒娇一样地摇晃了一下卫毅的手臂,“臭爹就陪我去吃鸡汤馄饨好了。”

“好好好。你说吃什么便吃什么。”卫毅素来在卫箬衣面前是绝对没有任何原则可言的。

卫箬衣带着卫毅找了一家小馆子,父女两个有说有笑地用了一顿午膳。卫毅有宝贝闺女陪着,就是馄饨都多吃了一碗。

卫箬衣算了算时间,若是不错的话,现在差不多到了卫荣去那个庄园的时刻了。于是她就拉着卫毅朝家走。

卫箬衣前些日子一直找人在暗中盯着卫荣,而且那马车的时间也相对固定,所以想要“偶遇”一下卫荣并不算难。

果然不出她的所料,等她带着卫毅到了巷子口之后,真的看到了那辆马车。

卫箬衣故意装作十分惊诧的样子,先是将卫毅拉到了暗处,随后对自己的父亲说道:“父亲,我总觉得这辆马车有点诡异,好几次了,我这个时候出门,便能看到它停在这里。似乎是等人。”卫箬衣说道。

“哦?”卫毅蹙眉,好好地将那辆马车给打量了一番,“也不见有什么特别。”的确是不见有什么特别的地方,毕竟这种马车寻常得很。

“不然咱们在这里等等看,看看那马车到底等的是谁?”卫箬衣说道。

“好啊。”只要女儿开口,卫毅哪里会说半个不字。

他们只在这里等了一小会,就见卫荣鬼鬼祟祟地上了车。

“是你弟弟啊。”卫毅小声对卫箬衣说道,他笑了起来,“许是他的朋友来接他。”

马车渐渐地驶离,卫箬衣拉着卫毅就远远地跟了上去。

“咱们去看看荣哥儿干什么去。”卫箬衣一步步地诱导自己的父亲说道,“他最近总有点古怪,具体哪里怪我也说不上来。父亲,竹姨娘和华衣两个人都出事了,我怕荣哥儿有什么想不开的,万一他也与坏人混在一起就麻烦了。”

卫毅蹙了蹙眉头,那个竹姨娘尚在祠堂里面关着,就是卫华衣明日会被人从锦衣卫诏狱之中放回来。他虽然说是已经决定将卫华衣从族谱之中除名了,但是毕竟也是他的女儿,所以他还是找了锦衣卫的人打了招呼。这件事情本是卫家的家事,既然他已经给了卫华衣惩戒了,那就让锦衣卫将人放回来吧。

他是想,等着卫华衣被放回来,他就让竹姨娘带着卫华衣一起搬去普华寺附近的一个宅子里面度日。说到底,一个是他的姬妾,一个是他的女儿,他也没那么恶毒和狠心,真的就一点都不管了,叫她们在外面自生自灭。那宅子也是卫府的资产,不过就是一个农家小院,虽然比不得侯府的高门大户,但是遮风挡雨是足够了。

他还会给她们一笔钱财,足够她们度过一生,不管将来那母女自己怎么过,至少他该做的都应该做到。

意图残害家人性命的人,他是肯定不会再留在府里,他没那个菩萨心肠。他只希望那母女两个搬出去之后能受普华寺佛法照耀,可以静下心来,修心养性,不再起什么恶毒念头。

将来若是荣儿有出息,再怎么安置她们母女,这些他都不会去过问。

所以卫箬衣这么一提,卫毅的心底也是略有点心惊。

他平日里不在家中,这些孩子都是由家中姬妾各自抚养,他不是傻瓜,也知道家中没有主母,这几个姨娘各自为政,教养子女也各不相同,但是这些年下来,大家相安无事,他也就不去过问这些琐事。

这次他出征期间,收到的府里来信,一封比一封叫他心惊胆战。

他虽然是个混人,但是也是世家出身,自是明白如果家宅不宁,便是家世衰落的前兆,好在卫箬衣是个争气的,不愧是家中嫡长女,能识破竹姨娘的阴谋,使得梅姨娘和卫燕得以平冤,也将卫燕从死亡边缘愣给拽了回来。他在边关,每到夜里都会将家书拿出来反复看,反复思量,痛定思痛,他也觉得自己这些年光顾着为大梁四处征战了,的确是忽略了家人。

母亲不止一次提及不能再这么溺爱卫箬衣,否则卫箬衣会被毁掉,但是他总觉得姑娘是自己的,他爱将人宠上天去,又与其他人有什么关系。为此还与母亲顶嘴好几次,气得老夫人直说不管了。但是经过母亲近些时候的家书,他细细思量,才顿觉背后出了一把的冷汗。好在卫箬衣没有自己长歪。

否则他真是没脸去见箬衣的母亲了。

“箬衣啊,你可要真的争气啊。”卫毅思及于此,便叹息着对卫箬衣说道,“你爹爹这一生的心血都在你这里了。”不过他说完之后就觉得自己给了卫箬衣老大的压力,于是马上改口道,“你也不用想太多了,你爹爹我给你攒下了你几辈子都花不光的家财,你若是喜欢谁,就尽管说,爹去替你将人弄回来就是了。只要有爹爹在,你也不用愁什么。”

卫箬衣……

那她到底是要努力呢,还是只要混吃等死就好。

卫箬衣现在非常明白为何原著里的卫箬衣那般作死了,有这样强硬外加宠女的爹爹在,又有那么多姨娘在后面煽风点火,不作死才奇怪。

原本的卫箬衣强了萧瑾,大概就是因为有她爹这句话撑腰吧……

有别院在手,又有暗卫在手,想要弄晕一个萧瑾绝对是很可能的……

卫姑娘,你胆子真大!卫箬衣不得不对原著之中的卫姑娘竖上一个大拇指,手动点赞。

其实转过头来想想，如果原著里面的卫大小姐不存害人之心的话，那也算是活得恣意洒脱的一个人，因为被父亲宠爱着，所以她压根就不需要去想什么人间疾苦。可惜，怪只怪她走得歪了。

卫毅和卫箬衣一起来到了那个宅院，原本卫毅对卫荣这事情也不是太上心的，毕竟儿子大了，有点什么朋友也是正常的，人家派了马车来接，也是无可厚非的事情。他虽然是跟着卫箬衣一路暗中跟随着卫荣，但是在心底深处是觉得卫箬衣有点小题大做了。

不过等他在院子门口看到卫荣拿出信物，宅院之中的人这才放他进去的时候，卫毅就是眸光一紧。

寻常访友，何须如此？

“你在这里等我，我过去瞅瞅。”卫毅对卫箬衣说道。

“臭爹。”卫箬衣一着急，直接拉住了自己爹的衣袖，“您别过去。”

她爹是个暴脾气，若是在里面看到卫荣不堪入目的样子，脾气一上来，揪着卫荣臭揍一顿，再挑翻了人家的院子，打草惊蛇，那不是糟糕了！

“怎么了？”卫毅回眸看向了自己的女儿。

卫箬衣顿时就给卫毅跪下了。

“你这是做什么？”卫毅一惊，赶紧要将自己的女儿拉起来。

“爹，女儿和你坦白。其实女儿早就知道卫荣在外面做的是什么。”卫箬衣将自己收在荷包里面的纸包拿出来，递给了卫毅。

“这是什么东西？”卫毅不解地看着卫箬衣。

“这里面包着的是五石散。”卫箬衣说道，“这便是卫荣为何每天都要来的原因了。”

卫毅大惊，他统兵百万，就算是兵临城下，都不会见到他有半分的动容，但是现在他是真的被吓了一跳。

“你确定？”卫毅急声问道。

“嗯。”卫箬衣十分肯定地点了点头。萧瑾应该不会坑她的。

这点她是十分信赖萧瑾的，那家伙虽然嘴巴坏得要死，怼人的时候丝毫不留任何情面，但是正如福润所说，萧瑾心底并不坏。

他说一就是一。

卫箬衣不知道自己为何就这么莫名地信任一个在原著里面会对她千刀万剐的男人。不过就她与萧瑾接触这么久的情况来看，萧瑾的确是正人君子。

“这个逆子！”卫毅恨声说道。

“所以臭爹，你可千万别冲动。”卫箬衣说道，“咱们回去，我好好和您说道说道这件事情。”

131 交给父亲去办

侯府的书房之中，卫箬衣亲手点上了凝神香，放置在卫毅的桌案之上。

青烟袅袅升起，坐在太师椅上的卫毅面容一片沉静。

“臭爹，我知道的便是这么多了。”卫箬衣将自己那日不经意之中跟踪卫荣看到的景象和后来调查得知的事情都告诉了卫毅，只是她忽略了是谁帮她调查的，而是含糊其辞地混了过去，“臭爹，我是觉得能在京郊买下那一大片宅院的，又能聚集那么多朝中勋贵之子吸食五石散的人，一定不是什么普通人。一来普通人完全接触不到这些豪门贵胄中人；二来大家明明都知道五石散为禁药，却还铤而走险，一定有什么与他们亲近之人便是这么做的，才诱惑他们走上这条路的。”

年轻人容易冲动，容易被拐上歪路，这个卫箬衣理解得很。不然在现代吸毒也是犯罪，不是照样有很多人去做那样的事情吗？少年的心性不全，喜欢追求刺激，容易被诱惑。

“你说得不错。”卫毅神色凝重地点了点头，他略抬起目光将自己的女儿上下地好好打量了一番，“不怪你祖母将令符交给了你，你果然是长大了。”从外面回来一直到现在，卫毅的脸上总算是有了几分欣慰之意。

卫箬衣说的一点都不假，虽然大梁算是比较开化的了，但是豪门贵胄就是豪门贵胄，又哪里是一般寻常百姓能接触到的？

更不要说有什么人能诱使这些豪门公子去吸食五石散了，必定都是与他们亲近之人，才能叫他们放下戒心。尝试了一次两次，觉得感觉挺好，接下来便是一而再，再而三地碰触那些东西，直到上瘾……

况且五石散的配方早就被毁，百年前就已经失传了，现在却又重新被研制出来，寻常人家没有一定的财力和精力是做不到的。

谁会贸然地冒着杀头的重罪去研制这种东西。

“臭爹，还有一件事情，让女儿百思不得其解。”卫箬衣说道。她将自己在别院山中遇狼群的事情和当日在宫里遇到野兽发狂的事情也一并说给卫毅听了，卫毅听完之后眸光一紧。“照你这么说，倒是很有蹊跷。”

陛下削藩在即，京郊就平白冒出一个无名的庄园，专门引诱着朝中贵胄之子前去吸食，如果爆发出来，燕京城很多豪门都会被牵连在其中，按照大梁的律法，他们的父兄都会被降职使用。这就涉及到一大片朝中重臣，降职之后，原本的职位总要有人填补……

卫毅越想就越是觉得心惊。

他目光闪烁地看着自己的女儿，她竟是在无意之中发现了一个足以牵动半个朝堂的大事。

如果真是如此的话,那这件事情就不是这么简单的了,幕后一定有推手!

三藩都在燕京城,加上本就在燕京城的拱北王府,到底这庄园与这四个藩王有没有直接的联系,现在谁也不知道。这不光是牵连到卫府的大事,更是牵动整个朝堂的大事。

"你收拾一下,与我一起入宫。"卫毅沉思了片刻,便对卫箬衣说道。

"啊?"卫箬衣一愣,萧瑾说提议让她自己入宫,但是现在父亲也要入宫,这个……看父亲的样子是要将此事禀告给陛下了,那就没有卫荣戴罪立功什么事情了。

"能不能让卫荣来说这件事情?"卫箬衣问道,"这样可以让卫荣戴罪立功。"

"你觉得那臭小子能说明白吗?"卫毅哼了一声,说道,"此事不光涉及咱们卫家,更是涉及整个朝堂,容不得半点马虎。箬衣啊,你还真是有福气的姑娘,竟然踩个狗屎也能踩出这等大事来。"

卫箬衣……

真不知道她爹这样说,是在夸赞她还是在损她。

不过卫箬衣的脑子也是很快的,她只是转念一想便知道了自己父亲所说的含义之所在了。她的脸色也是一变。之前她是想得狭隘了一些,没朝大了想,那是因为她第一反应便是她大哥,思维在最初就已经被固定在了大哥的身上了,却是忘记了联想到周边的局势。

糟糕了!卫箬衣拍了一下大腿,萧瑾将那粉末带去锦衣卫检验……那岂不是锦衣卫就已经有人知道了?

"臭爹,你等我片刻,我这就去换衣服,马上回来找你。"卫箬衣如同被火烧了屁股一样一下子就直接蹿出了侯府的书房。

卫毅点了点头,也没有朝别的地方多想,他自己也是起身去换过了一套衣衫,等着卫箬衣过来。

卫箬衣出了书房,就直接一口气就跑去了北镇抚司。

她也懒得找人通禀了,而是直接闯了进去。

门口负责守卫的小旗都认识卫箬衣,见她闯入,谁也不敢阻拦,只能无奈地跟在她的身后。

"去将萧千户叫来。"卫箬衣对跟在她身边的小旗说道。

很快,萧瑾就被人带到了卫箬衣的面前。

"找个地方说话!"卫箬衣忙对萧瑾说道。

"嗯。"萧瑾见卫箬衣一脸的焦灼,知道她这是找自己有正经事要处理。他并不耽搁,马上将卫箬衣带去了自己在锦衣卫北镇抚司的屋子里面去。

"这里安全,你有什么事情只管说便是了。"萧瑾关上房门前让陈一凡和花锦堂在外面守着,随后他对卫箬衣说道。

"那个粉末你找人检验了?"卫箬衣问道。

"还没。"萧瑾摇头,"我在等你的消息,你确定卫荣要去自首,我再找人检验都不迟,因为我怕先检验了,消息就会走漏。"

"哎呦,我的亲妈啊!"卫箬衣这才长出了一口气,她终于定下心神来了,她拉住了萧瑾的衣袖,"你可是我的大恩人了。没检验是最好的,你记得先不要声张。"

“我并没声张。”萧瑾垂眸，目光落在了卫箬衣拉住自己衣袖的手上，眼底带了一点点的笑意。他回来之后也是左右觉得不妥。现在的局势这么混乱，又忽然冒出这么一个地方，他总觉得有什么不妥之处，所以他暂时没有冒进。卫毅所想的事情，他在那夜回来之后也想到了，只是他并不想过多地参入朝政之中，此番插手此事也只是因为卫箬衣的缘故，所以他压根就不想多去探究。

“那好，我再欠你一个人情。”卫箬衣急匆匆地说道，“这事情你暂且当不知道哈。我和我爹也没提及到你。咱两个别说岔了，回头惹得你爹我爹都不高兴。好了，具体的我回头再和你说，我现在要赶紧回去，不然我爹就要发飙了。”说完卫箬衣急匆匆地就再度打开房门冲了出去。

萧瑾……

等卫箬衣回到了家中又赶紧用最快的时间换过了一套郡主的宫装，这才去了书房。

在书房之外，她整理了一下自己的衣衫，见自己没有什么不妥，这才推门进去。

“走吧。”卫毅已经等了一段时间了，马车等都已经准备妥当，他还吩咐下去，如果见到卫荣回来就将他带到书房这里来等。

卫毅骑着马带着自己的女儿入宫。

得知卫毅前来求见，陛下自是很快找人将卫毅让进了上书房。

“你先在门外等候片刻。”卫毅对卫箬衣说道，自己则迈步进了上书房之中。

谢园今日回到府中怎么想都觉得不对劲，所以他就专门找人去了一次宫里，若是见到卫家的人入宫，就马上过来禀告。

所以卫毅一入宫，宫里就有人对谢府传了信。

谢园一摸自己的鼻子，卫老贼这般的不讲道义？他都已经当众道歉了，这厮还入宫去打小报告？忒坏。

谢园在家里想了想，干脆，他也入宫算了。至少知道卫毅那老贼在陛下面前搬弄了什么是非，他才好应对。

于是谢大学士也叫人备车入了宫。

不过他倒是没直接去找陛下，而是去求见了皇后。

卫箬衣一个人站在书房之外等着，眼看着时间一点点地流失，她百无聊赖地四下张望着。

听到有脚步声传来，卫箬衣朝外看了过去。

皇后娘娘陪着谢大学士走进了上书房的院落。

卫箬衣连忙过去行礼。“崇安郡主在啊。”皇后微微一笑，将卫箬衣搀扶了起来，和颜悦色地说道，“你父亲卫侯爷在里面吗？”

“在的。”卫箬衣点了点头。

“今日的事情真是委屈你了。”皇后握着卫箬衣的手说道，“那恶仆没吓到你吧？”

卫箬衣……

原来皇后带着谢园前来，是为了下午的事情，她顿时就觉得好笑。皇后应该知道她将那侍卫拉倒在地摔伤的事情，其实倒不是她受了惊吓，而是那个侍卫受惊了才是。

随后卫箬衣就眨了眨眼睛。“自是没吓到，只是怕臣女的举动吓到了谢大学士了。

臣女向谢大学士赔个不是。”

“没吓到就好。”皇后娘娘笑道，“本就是谢家的那奴仆行凶，你怎么还给他们赔不是了？本宫带谢大学士前来便是向陛下请罪的。你父亲也在的话，让谢大学士再向你父亲好好地赔个礼。之前在街上也是本宫的兄长出言无状，才让卫侯爷和崇安郡主受了委屈了。”

卫箬衣……皇后您老人家可是误会了。

她算是听明白了，合着皇后娘娘和谢大学士以为他们父女两个入宫是来告黑状，打小报告的。

“其实也没什么。”卫箬衣笑道，“倒是臣女出手太重，大概是摔伤了谢大学士府上的那位侍卫，着实有点于心不忍。若是大学士不弃，臣女愿意贴补一下那位侍卫的医药费。他也只是吓唬吓唬人的，臣女这一出手倒是叫他吐血了。”

皇后一听，脸上便是微微地色变，不知道崇安郡主说的到底是在诚心道歉，还是在暗藏讥讽之意。

谢园也是脸色一赧。

卫老贼生出来的女儿也和他是一路货色，说话怎么就这么叫人听着难受呢！

“自是老夫家的奴仆无状，那点医药费还是出得起的。”谢大学士说道，“只要崇安郡主和卫侯爷安然无恙就好。”

“我父亲自是安好。想他千军万马之中取敌将首级也是取得的人，又怎么会被这点点的小事情给吓到，谢大学士着实多虑了。”卫箬衣笑道。

她是故意多怼了谢大学士几句。

其实原本她倒也不觉得谢卫两家如何如何，不过今天晚上谢大学士找了皇后来上书房堵他们父女两个，这种事情做得有点不太地道。卫箬衣有点不喜。

按照她以前的性格来说，也是不太会为了这点小事出头出脑的，但是现在爹爹在里面和陛下商讨的是会震动朝野的大事，身为文官之首，不知道也就算了，这般的小心眼，就有点让卫箬衣看不上了。横竖她老爹现在风头正健，卫家与谢家的恩怨也不是一天半天就能牵扯得清楚的，即便她再怎么小心谨慎，谢家对卫家的态度也不是一朝一夕就能改变的了的。所以卫箬衣觉得该示弱的时候示弱不假，但是这个时候该敲打一下谢家这位家主就敲打一下。

做人呢，心胸放宽一点，别那么斤斤计较。

不怪自己老爹看不上谢园。

谢园被卫箬衣一顿抢白，脸色顿时不尴不尬地红了一红。

他抬手握拳在自己的唇下清咳了一声，借以缓解一下自己老脸上的红辣之色。

“行了，事情说开了，便也没什么了。”皇后立即又打了一个圆场，她抬手招来了站在门前廊檐之下的张公公。“去通禀一声，便说是本宫与谢大学士求见陛下。”皇后说道。

“娘娘，不是老奴不去通禀，适才陛下让老奴出来的时候便吩咐了，闲杂人等不得求见。”张公公跪下说道。

“闲杂人等？”皇后目光立闪，“本宫也是那闲杂人等吗？”

“这个……”张公公的肩膀抖了一抖，顿时将自己的脑袋缩了缩，“娘娘息怒啊，陛下真的吩咐若非他传诏,任何人不得打扰。"

"是啊,娘娘莫要动怒。"卫箬衣忙也福了一福,"臣女这也已经在外面等了好久了。"

皇后的神色这才缓和了一些,她和颜悦色地看向了卫箬衣。"既然如此,也不知道陛下要什么时候才能和你父亲讨论完,不如你到本宫那边稍作休息。张公公,一会卫侯爷若是出来了,你和他说一声,崇安郡主本宫带走了,叫他来本宫这里找人便是了。"

"是。老奴明白。"张公公将头垂得更低了几分。

卫箬衣……

她这是被皇后变相"绑架"了吗?

坑爹的。

不过无奈之下,卫箬衣也只能跟在皇后的身侧,去了凤翔宫里。

好在她只是在凤翔宫里小坐了一会,卫老爹便风风火火地赶来,卫侯爷将卫箬衣从凤翔宫里接出来便出了宫门。期间谢园有意搭话,但是见卫毅一脸寒霜,带着一种拒人千里之外的肃杀之气,谢园涌到唇边的话便咽了下去。

他与卫毅相识多年,这人平日里一副浪里浪荡的痞子模样,也就是天生了一副好样貌才让他占了大便宜,不至于被人当成市井流氓,但是每每这厮的脸上流出这般的神态,便是真的有事了。

若是与他当街吵闹那种鸡毛蒜皮的事情也能让卫毅这般神色冷冽,那谢园就真的高看了自己一眼了。虽然谢园好奇得要死,这厮进宫不是告状来的,竟是真的有大事要与陛下商讨,那为何陛下不召集他们这些人呢?但是谢园还是十分恪守礼仪,不该他问的,他半句都不会多问。

才一出宫,就有一小队锦衣卫等候在宫门前。

"卫侯爷。"明火执仗的锦衣卫散开一道缝隙,一名身材匀质,身穿飞鱼服的青年,面容艳丽,但是那一份清冷的气质冲淡了那种姝丽之色,如皎皎朗月。

"五皇子殿下。"卫毅抱拳,"倒是劳动了皇子殿下了。"

"陛下召唤,莫敢不从。"萧瑾垂眸说道,竟是一眼都没朝卫箬衣那边乱飘,"为了避免走漏消息,打草惊蛇,卑职只带了五十人前来宫门相迎,另外还有二百骑兵已经在城门外集结等候侯爷了。"

"辛苦五皇子殿下。"卫毅转身对卫箬衣说道,"箬衣,你先自己回府,爹爹有事要办。"随后他对自己府上的侍卫说道:"照顾好郡主。"等吩咐完之后,他翻身上马,先行带着萧瑾他们离开了宫门前。

卫箬衣坐在马车上百无聊赖地撑着自己的脑袋。

如果她猜得不错的话,大概她爹应该是带着萧瑾去突袭那个庄园了。

与其让朝中这么多重臣之子都拿捏在旁人的手里,陛下倒不如先发制人,突袭了那庄园,率先拔出这根扎在眼皮子底下的刺。

马车顿了顿,忽然停在了路中间。

"怎么了?"卫箬衣被摇晃了一下,她扶住了一边的扶手,问道。

"回郡主的话,前面有一辆马车横在路上了。"侍卫前来报告。

"问问是怎么回事?"卫箬衣问道。

侍卫打马出去,不一会便又跑了回来。“郡主,咱们要不要绕道而行?那是拱北王府萧子雅公子的马车,轴断了。”

“既然是子雅大哥的马车,那咱们便帮上一帮吧。”卫箬衣撩起了车帘,下了马车来。

灯火朦胧之间,果然一辆马车横卧在路中央,挡掉了大部分的路面。

一名雪衣男子坐在路边店铺前的栏杆上。

“子雅大哥?”卫箬衣上前,“你怎么坐在这里了?”

雪衣男子抬眸,眼眸之中带着几分惊喜之意,“没想到倒是在这里再见到箬衣。”

“你的轮椅呢?”卫箬衣见他是坐在栏杆上的,于是问道。

“和马车一起翻了,跌在地上轮子有点不妥,就没坐上去,怕再摔一次。我看这马车一时半会的是弄不起来了,我刚刚已经叫人赶回王府去叫人,顺便再弄一辆马车和轮椅过来替换,这辆马车也叫人先拉到路边去,抱歉得很,如今人还没打转回来,倒是挡住了你的路了。”萧子雅温文而笑,眼眉如春水一样温柔妥帖。

“那倒是真没什么。如果子雅大哥不嫌弃的话,坐我的马车便是了。”卫箬衣笑道。

“只怕是不妥吧。”萧子雅摇首说道,“毕竟箬衣你云英未嫁,若是与我这样的男子共乘一车,会招人话柄的。”

“谁那么无聊啊!”卫箬衣并不在乎地说道,“再说天色都暗了,谁会管这档子的闲事?”

“真的不好。若是传出什么流言蜚语的,倒是我的不是了。”萧子雅摇首说道,说完他就缩了一下自己的身子,打了一个寒颤。

“很冷吗?”卫箬衣问道。萧子雅穿得并不算多,她忙将自己身上的披风取下,披在了萧子雅的身上。“子雅大哥先穿着我的披风。这虽然是立春了,但是咱们大梁的春寒不比严冬好多少。子雅大哥还是要注意身体的。”

“别,若是你将披风给了我,你该如何?”萧子雅忙推辞道。

“我身体好得很。”卫箬衣抬起自己的手臂做了一个大力水手的标准动作,随后笑道。她的举动惹得萧子雅也忍俊不禁,噗哧一声笑了出来。他的眼波更柔了几分。“如此,恭敬不如从命。”他将卫箬衣披在自己身上的披风扯了一下。

“对了,你这是从哪里来往哪里去?”萧子雅好奇地问道。

“哦,我从宫里出来,现在是回家。”卫箬衣并无什么戒备之心,笑道。

“你如今也是咱们大梁最受宠的郡主,动不动就被陛下召见。”萧子雅笑道,“陛下今日召见你,又是给你什么好赏赐?”

“哪里有什么赏赐?”卫箬衣挥手道,“我是与父亲一起入宫的,只是他有要紧的事情要办,先走了。我就落了单了。”

“哦。”萧子雅点了点头,“对了,令尊凯旋,不是得了陛下的隆恩,应该是在家休沐几日的,怎么这几天还会有要紧的事情?”

“子雅大哥,你今日的问题可真是多。”卫箬衣笑道。

“哦。”萧子雅微微地一怔,“只是觉得好奇,既然偶遇了便多问了两句,既然箬衣你不喜了,我不问便是了。”萧子雅立马说道,他微微地敛下了眸光。

132 寻死觅活

“倒也没什么不喜的，只是父亲的事情我素来不过问，你便是问我也不知道。好了，咱们别站在这风口说话了。”卫箬衣笑道，“我先送你回王府吧。”

卫箬衣又不傻，自是不会胡乱说今日父亲去办的是什么事情，更不会将那别院的事情说给旁人听，毕竟其中还有她家那个不争气的卫荣。

“真的不用了。我们拱北王府的人很快就来了。”萧子雅才说完就见一队人马从街道的另外一侧赶了过来，萧子雅展颜对卫箬衣一笑，“你看看，人来了吧。”

拱北王府来人很快就将坏了的马车推到了一边，萧子雅执意让卫箬衣的马车先过，卫箬衣拗不过他，只能先上了车，从街道上驶过。

萧子雅目送着卫箬衣的马车远离，这才垂眸叫人带自己上了王府新准备的马车。

萧子雅坐在车里，目光沉静无波。他抬手抚摸了一下自己身上的那件披风，披风的四周都镶嵌了水貂毛，摸起来手感极好，披风上还带着一股子淡淡的幽香，如馥如兰。

他的手缓缓而下，最后落在了自己那双腿上，他的眸光瞬时变得冷冽了起来，随后手捏成了拳，重重地砸在了自己的膝盖上。

卫箬衣到了紫衣侯府之后就回到自己房间去休息了。

等到了翌日的清晨，她坐在椅子上无聊地翻阅着已经被她背得烂熟透透的兵书，就听到绿蕊的声音从外面传来。“荣少爷。”

“我长姐在不在里面？”卫荣的声音相继传来。

“郡主在。”绿蕊应道。

“我要见我长姐。”卫荣的声音再度传来，声调之中显然带着几分焦躁之意。

卫箬衣起身去开了门。“找我何事？”

卫荣不知道昨天是做了什么，一脸的憔悴，哪里还有半分往日那副富贵倜傥的模样。他的发丝有点散乱，一看便是没有梳洗过。

“长姐。”见卫箬衣出现在门口，卫荣顿时双膝一软，直接跪在了卫箬衣的面前。在卫荣的身后还跟着四名侯府的侍卫，虎视眈眈地看着他，见卫箬衣出来，那四名侍卫也齐齐地朝卫箬衣行礼。

“你这是干什么？”卫箬衣一怔，上下打量了一番卫荣，“赶紧起来，行这么大的礼，我可受不住。”

“回郡主的话，属下等奉命将荣少爷看守在书房之中，无奈刚才荣少爷寻死觅活地非要来寻郡主，属下等怕荣少爷真的出了什么好歹，所以只能将人带来了。属下等并非不遵守侯爷的吩咐。”那几名侍卫先抱拳说道。

会寻死觅活了？卫荣的本事倒是见长，只可惜长的都不是什么正道上的，卫箬衣腹诽。

“求长姐开恩，发发慈悲，不要让人送走我的母亲和姐姐。”卫荣匍匐到卫箬衣的脚下，哭喊着。

卫箬衣眼看着他的手就要伸过来抓住自己的裙摆了，忙后退了一步，拉开了自己和他之间的距离。“这等事情是父亲事先定好的了。我又能有什么办法?”

“我们真的知道错了。”卫荣哭道，“求长姐可怜可怜我吧。如果我母亲和姐姐都被送走了，我在家中便真的只是一个人了。”

“胡说八道。家里这么多人难道都不是人吗?”卫箬衣厉声说道。

“长姐，昨日我一回府，就有人将我带去父亲的书房，不准我出来，一直到了今天早上，我好说歹说要来寻你，这才有人将我带来了这里。长姐，是不是父亲要杀我母亲和姐姐了，所以才会找人将我软禁起来，不让我知道?”卫荣哭道。

孩子，你可真能想……卫箬衣无语地看着哭得一把鼻涕一把眼泪的卫荣。“你先起来吧。”她蹙眉说道，“你便是在这里跪到明年，我也帮不了你。先起来说话，你好歹也是卫府的一个少爷，哭成这种熊样子算是什么?”

父亲软禁他，不准他胡乱跑，哪里是为了要杀他母亲和姐姐，只是不想他再去和那群人搅和在一起。

“父亲看起来像是那么冷血无情的人吗?”卫箬衣用目光滑了卫荣一眼，“既然父亲叫你在书房里面等着，你就好好地在书房里等父亲。”看样子，昨天一夜父亲都不曾归家。

卫箬衣不由有点担心起来，那宅院之中的情形谁也不知道，虽然父亲神勇无敌，再加上萧瑾也武功卓绝，他们带的人也不少，可是谁知道那宅院之中有什么陷阱没有，万一父亲出点事情的话……

“长姐，长姐!”卫荣见卫箬衣真的不想理他，不得不伸出手去，奋力一扯，扯住了卫箬衣的裙摆，“长姐，你真的不管我们了吗？平日里父亲就最最听你的话了，求求你，帮帮我，我保证我母亲和姐姐不再和你作对。”

“你就是再扯着我的衣服，我也帮不了你。”卫箬衣说道。

卫荣哪里肯放手，好不容易抓住了卫箬衣的衣摆，泣不成声。

“放开你姐姐!”一个饱含威仪的声音从门口传来，卫荣的手顿时就是一抖，趁着他手抖的片刻，卫箬衣赶紧用力将自己的裙摆从卫荣的手里抽出来，可惜她的力气还是大了点，撕拉一声，裙摆还是裂开了一个大口子。

“臭爹，您回来了?”卫箬衣也管不了那么多，忙绕过卫荣，迎了过去。

她好好地将卫毅上下打量了一番，这才稍稍地放下心来。父亲身上并无任何伤口，便是连头发丝都还是离开皇宫时候的模样。

“回来了。”卫毅拍了拍卫箬衣的肩膀，眼底带了几分柔意，随后他将目光转向了卫荣，瞬时眼底就再度布满了寒霜。

“来人，将那个蠢东西架起来，带到我书房去。”卫毅对四名侍卫说道。

“是。”侍卫们得了侯爷的口讯，哪里还敢再怠慢，只能对卫荣说了一声得罪了，随后四个人将跪在地上的卫荣给抬起来，搬离了卫箬衣的宅院。

“箬衣,你也来吧。”卫毅对卫箬衣一招手,转身离去。

卫箬衣赶紧拎起了裙摆跟了上去。

等到了书房,卫毅在宽大的太师椅上坐下,命人给卫箬衣也搬来了一张椅子,还叫人上了一壶茶水。

卫荣面色苍白,垂手站在书房的中央。

卫箬衣看了他一眼,那手虽然是藏在袖子里面的,这会儿也抖成了一个团了,就连袖子也在不住地颤抖着。

“你还有脸去求你长姐?”卫毅哼了一声,“你自己屁股底下一片屎,你自己不知道吗?”

卫箬衣才喝了一点茶水,差点没被茶水给呛喷了。

亲爹啊,求你说话文雅点……

卫荣冷不丁地被卫毅打了一个冒头棍子,顿时就晕了。他神色更加的慌张,因为他在外面做的事情太多了,所以压根就拿不准卫毅现在所说的是什么。

他抖得更是厉害,就连卫箬衣看了都觉得他有点可怜。

“你母亲那般害人,倒是会教你们姐弟两个。”卫毅立眉说道,“她一肚子弯弯肠子,害了这个,害那个,你姐姐也跟着不学好,还会捣鼓什么巫蛊之术去害你长姐和你大哥。至少她们两人倒是为了让自己和你过得更好才起了这害人之心,总算是损人利己。你更是好,你不光害旁人,你还害你自己!净做些损人不利己的蠢事,你说说看,我是怎么有你这种愚蠢的儿子的!”

卫荣被骂得头都不敢抬,只是一个劲地低着头。

“你适才在回澜阁里面和你长姐哭闹的话我都听到了。”卫毅接着说道,“你还有脸了?你真当你老子我也是那种狼心狗肺的,半点情面都不讲的人?我说话难道是放屁吗?我什么时候说过要杀你母亲和你姐姐的话?你那脑子里面塞的是不是稻草?原本你顶替你大哥进入骊山书院,我也没指望你能学出个什么一二三来,你倒好,果真就是学了一肚子的脓包回来。”

卫毅说完抓起了桌子上的镇纸就要丢向卫荣。

卫箬衣赶紧起身,拦住了卫毅。“别别别。这个砸过去,可是要将荣哥儿的脑袋都砸开花了。”她骇然说道。这么大的一个白玉镇纸扔过去,卫荣的脑袋不被开瓢了才怪。

卫毅也觉得这镇纸似乎是有点大了,所以他从善如流地将镇纸放下,随后抓起了笔架上的一支笔朝着卫荣扔过去,正打中卫荣的脑门上,卫荣吓得赶紧跪了下来。

不过他还是不敢胡乱吱声,生怕自己说了什么不该说的。

“你看看这个!”卫毅从怀里拽出了几张纸来,都好像是从什么本子上撕下来的一样。每一张纸上都赫然有着卫荣的名字。

卫府公子,卫静雪。

其中有张纸上还有卫荣按下的红手印。

卫荣一看那张按有红手印的纸,顿时神色大变,吓得不住给卫毅磕头。“父亲开恩!”

他趴着朝前跪行了几步,挪到了书桌边,拉住了卫毅的腿,却被卫毅毫不留情地一脚给蹬翻在地。

“国法面前,我若是给你开恩了,谁给我开恩?”卫毅恨声说道。

卫毅觉得气不过,直接将那几张纸丢在了卫荣的脸上。

“你说说你都沦落到这种地步了,还要小聪明!”卫毅骂道,“竟然写上你大哥的名字,卫静雪!你知道你叫什么吗?你知道你的笔迹与你大哥有多不一样吗?你大哥天天在家闭门苦读,连雅竹轩的大门都不曾出,你当你老子我不知道吗?你还好意思写上你大哥的名字!”

卫箬衣顿时瞪大了眼睛,纸上面写的是卫静雪吗?她适才眼睛只是滑了一下,没看清楚,她还以为写的都是卫静霜呢。卫荣不敢去捡那几张纸,卫箬衣赶紧从椅子上起身,弯腰将散落在卫荣身边的纸给捡了起来,摊开好好地看了看,卫箬衣也是气不打一处来,这真的写的是卫静雪的名字!

“你……”卫箬衣指着卫荣的脑门,狠狠地戳了戳,将他的脑门戳得直朝后仰,“你叫我说你点什么好?你的脑子是有蛆啊!你可知道写上大哥的名字,若是你们东窗事发,这些东西都被官家搜出来,不分青红皂白地将大哥给抓了,大哥这一生就被你给毁了!”

她开始只是以为卫荣自己作死,却真没想到卫荣居然都到了这种时候了,还不忘拽上大哥一起。

他那字条上的签名都十分的潦草,那雪字写得便有几分像霜字。

卫箬衣刚刚匆忙一扫,还真没看出来,真的以为是卫静霜三个字,现在仔细看了才知道是卫静雪三个字。

“大哥为了这次春闱花费了多少心思?”卫箬衣看了看四周,真心是要抓起桌子上的那个白玉镇纸将卫荣打开瓢了才算是解恨。她抓了起来,高高扬起,最后还是放回了原处,实在是不能砸啊,以她的力气,再加上那白玉镇纸的重量,这真的砸下去,非要将卫荣给打半死不可。

卫箬衣索性也学着自己的老子,抓起了笔架上的毛笔兜头就朝着卫荣的脑门打了过去。

“你这般害大哥,是不是大哥死了你才开心?”卫箬衣骂道,“你是不是觉得我们这一代,紫衣侯府就你和大哥两个男丁,若是大哥真的出事了,父亲是一定要保住一个你的!否则咱们紫衣侯府就绝后了?你的心思怎么这么恶毒!”骂得急了,卫箬衣就觉得自己的麒麟臂又要发作了。她捋起衣袖,砰的一拳狠狠地砸在了卫荣跪着的地面上,只听见砰的一声,那地面竟是生生地被卫箬衣大力地给砸凹陷下去了一块,铺在地面上的青石砖直接被打碎。

卫毅一见,瞬间瞪大了眼睛,他素来知道女儿的力气大,却不知道她的力气居然大到这个地步。之前他才刚刚回燕京城,就听说了卫箬衣砸死两只黑熊,打死一头豹子的事迹,他总以为是有点夸大其词,应是在侍卫的帮助下合力剿杀的,但是如今见到盛怒之下的卫箬衣竟然有这种力气,卫毅就不得不重新思量一下,那事情多半是真的了。这种可以断石裂金的力道,砸死两头黑熊那真是不在话下!

卫毅原本堵得要死的心瞬间就有点畅快起来。

卫家的鬼神刀法可能真的后继有人了!

不光是卫毅被惊到了,卫荣见了自己膝盖边上的地面都被卫箬衣给打凹进去,青石砖也被打得粉碎，他顿时就将头一缩。“长姐不要打我！”他吓得哭了起来。

“没出息的东西！”卫箬衣一拳下去，自己的手臂也震得发麻，手骨震得好痛，她呲牙对卫荣说道，“你但凡有点出息，可会做出这等事情来？”她还是觉得不解气，恨声骂道，“如果大哥因为这件事情，再有个什么好歹，我第一个不放过你！”

“卫荣你给我听好了！”卫毅缓缓地开口，“便是你大哥真的出事了，我今日在这里和你说明白，这紫衣侯府也断然不可能交到你的手里，我紫衣侯府只有一个嫡长女，便是你长姐卫箬衣，便是这紫衣侯府将来要传，也只会传在她的手里！”

卫荣傻了一般地停止了哭泣，愣愣地抬起头来看着坐在太师椅上神态威仪的父亲。

便是卫箬衣都愣住了，她回眸，也傻呆呆地看着正襟危坐的卫毅。她没听错吧？她要承袭紫衣侯府？她要承袭紫衣侯府的爵位吗？

可是她已经是崇安郡主了……

老爹你是被气晕了吧……

卫荣现在已经是怕得要死了，但是乍一听到卫毅这么说，更是如同被扔到了冰窖之中，有了一种万念俱灰的感觉。

原本他就是耍小聪明，他之前在书院便是顶着卫静雪的名号进去的，这回别人拉去那个别庄，开始只是为了去看个稀奇，但是见到了叫他血脉贲张的一幕，他在一个房间里竟是看到了活人上演的春宫，那男子极其厉害，连御数女不倒，他好奇地问人家是怎么做到的，那男子便取出了那种粉末给他，只说吃上一些便可以快乐如神仙。

开始的时候都是不要钱的，他试着尝了，真的有那种寻常时候体会不到的快乐感觉，渐渐地人家就要收钱了，他哪里有钱，只能打着侯府的名号赊账，旁人要他写下欠条，他提起笔来，也不知道怎么了，灵机一动，写的便是卫静雪的名字。

若是要倒霉的话，不可能只有他一个人倒霉吧！凭什么卫静雪现在在长姐的保护下就能过得那么好！

便是能坏点卫静雪的名声也好！

他总是觉得，自己在外面不管做了什么都好，便是回家挨上一顿毒打就能解决了，毕竟除了大哥，卫府之中能承继香烟的便是他了。大哥现在的身体不能说不好，但是也不能说好，保不准什么时候就再度发病，前段时间被绑架，大哥也是缓了好久才缓过来的。备不住将来再来个什么事情，大哥就一命呜呼了。到时候他就会是侯府的独苗，到时候不管他做错了什么，父亲都不会让他在外面出事的。

但是今日卫毅的话，简直就如同宣布了他死刑一般。

133 圈禁起来

四肢百骸都感觉到一阵寒气袭来，接着全身变得冰冷。卫荣呆呆地看着卫毅良久，才再度哇的一声哭出来。“爹，我错了！我真的错了。你原谅我这回，我改，我一定改。”

“我可以原谅你一回，也可以原谅你两回，你自己呢？你若是真有悔过之心，今日又何苦会落到这种地步？”卫毅的目光如炬，“旁人都说我年轻的时候混账，可是我自秉承一条，那便是我无论是做什么，都是以正义为先。我是整日打架，但是我打的都是该打之人。我是用拳头争下了燕京城小霸王的名号，但是你去问问，我当年打架可曾做过什么伤天害理、陷害家人的恶事？年少可以轻狂，但是不能愚昧！今日会有锦衣卫将你姐姐送回来，我会将你生母从祠堂里面放出来，找人送她们母女两个去京郊，你也跟着一并去了吧。那里没有奴仆伺候，什么事情都需要你自己去做。我给你生母的钱可以保你们衣食无忧，但是不够你花天酒地，更不够你继续食用五石散，你需要自己戒毒。我会找人给你送去书籍和文房四宝，你若是真心改过就好好地做出个样子出来。”

卫荣跌坐在地，目光一片涣散，隔了良久，他才颤声问道：“爹，您这是要将我逐出家门了吗？”

“你若能好好悔改，你便还是卫家的人。”卫毅面无表情地说道，“但是若还是这副样子，我看我们卫家大概也供不起你这样的大佛了。”

“不不不！”卫荣几乎崩溃地跪行朝前爬去，再度爬到卫毅的脚边，一把抱住了卫毅的大腿，“爹啊，我错了，您就原谅我这最后一回！我保证不去碰那些东西，也保证不再胡闹，我会好好地念书，我会和大哥长姐好好地相处。我不敢了，我真的不敢了！求爹不要赶我出去。爹若是真的要赶我走，我就即刻死在这里。”

“你若真有骨气，就死一个我看看！”卫毅几乎不为所动地说道。

卫荣简直不敢相信自己的耳朵，他更不相信一个做亲爹的能说出这般绝情的话来。

一时间，卫荣连呼吸都有点困难。

他知道自己是万万不能被逐出卫府的，如果他被逐出卫府的消息一旦传开，所有的债主上门，那他和母亲还有姐姐压根就没有一天的好日子可过。父亲说给的那些钱大概连他外面欠下的巨额债务的零头都不到。

万念俱灰之间，卫荣一咬牙，如此度日，倒不如如同父亲说的那样，死一个给他看看，放手一搏，他可能还有一线生机。

想到这里，卫荣就真的飞身用尽全身朝着柱子生生地撞了过去。

卫箬衣大惊，她眼疾手快，在卫荣的身体掠过她的瞬间拽了卫荣一把，愣是将卫荣给拽了下来。

卫荣见自己求死都不成,更是恨死了卫箬衣了,每次坏事的都是她!难不成她就是自己命里的克星?

"臭爹,他真的是要寻死啊。"卫箬衣拽住了卫荣之后也是心惊肉跳的。刚才那一下拉住卫荣力道甚大,若不是自己那力气大得离谱,压根就不可能拦住卫荣。

"混账东西,活的勇气都没有,死的勇气倒是不小!"卫毅冷哼了一声,"你也不用寻死了。我再相信你最后一次,也仅仅是最后一次,你就在府里住下来吧。我会找人去帮你戒毒。"

卫荣一听这话,心底顿时一颗大石落地,生生地出了一身的冷汗。

若不是他破釜沉舟,作最后一搏,后果真的不堪设想。

"你要谢谢你的长姐,若不是你长姐发现了那处污秽所在,及时地告诉了我,我又及时地入宫去和陛下请罪了,今日这些账本上本本都有你的名字,本本都逃不开!陛下恩典,容我将你的名字从这上面除去,不再对外公布。你以为你老子我为何现在才回来,便是生生地看账本看了一夜!将所有你签名的地方还有所有涉及到我紫衣侯府的地方全数除去,不留一丝的证据和把柄在外面。你真是有脸啊!坑了你大哥,还坑了你爹我!"卫毅恨声说道。

他昨夜在上书房,便是和陛下做了这样的约定。

如今那些账本都已经呈递到了陛下的面前。

昨夜,他翻看账本看出了一身的冷汗,这账本上的名字真的涉及了大半个朝野,若是拥有这套账本的人真要拿着这账本要挟人,怕是有半个朝野的人都要听人摆布。

幸亏他们去的突然,事先也没有走漏任何消息,不然估计这些账本都捞不着。

他们是抓住了里面的一个管事的,萧瑾用了比较极端的手段才打听到了账本所放的位置,是在庄园的一个非常隐蔽的地下密室之中。

若非那管事的最后熬不住开了口,便是烧了那个庄园也找不到账本的所在。

追查这庄园背后之人到底是谁的差事已经交给了锦衣卫的北镇抚司,他回去复命的时候,见到了北镇抚司的都指挥使在陛下的书房之中。

卫毅现在瞪着自己的小儿子,只能暗自庆幸家里有个卫箬衣这般有福气的,不然的话,将来那些人怕是要将紫衣侯府都拿捏在手里,后果简直不堪设想。

他手里有实实在在的兵权,一旦卫荣这臭小子在家里捣鼓点什么不妥的东西出来,卫家真是要被他给坑死了!

卫毅刚刚的话其实都是在吓唬卫荣,在卫荣毒瘾没清除干净之前,他哪里敢将卫荣放到外面去。那不是自己给自己找事情吗?

这种多事之秋,即便是要将竹姨娘和卫华衣放到外面只怕也是会惹出不必要的事端的,还是放在自己眼皮子下面找人看着比较好一点。

"你清除毒瘾的时候需要人照顾,我就暂时留下你的生母和你的姐姐照料你一二。不过你们要搬入寒梅苑之中,没有我的准许,谁也不准踏出寒梅苑半步。"卫毅冷冷地说道。

卫箬衣闻言一怔,不过很快就明白了父亲的用意,她垂下头,退到了一边,没有再吱声。

卫荣却如同捡到了一个大元宝一样，惊喜交加。

卫荣觉得只要不被赶出紫衣侯府去，他就什么都能忍，都能答应。

不就是搬去寒梅苑吗？有何难的，大哥那个病秧子不是也在寒梅苑里住了好久了吗？

听了卫毅这么一说，卫箬衣才想起来今天卫华衣是要被锦衣卫北镇抚司放回来了。

“滚吧！”卫毅一拍桌子，卫荣如蒙大赦，连滚带爬地出了书房。

卫箬衣将地上散落的那些纸一一地捡了起来。“臭爹，这些东西还是烧了吧，留在这里看了着实糟心。”

“那便烧了吧。”等卫荣出去了，卫毅的神色才稍稍地有点缓和下来。他背靠在太师椅上，长长地叹了一声气，久久地望着自己的女儿不说话。

卫箬衣将那些纸用烛火点着了，随后丢在了香炉里面。

“臭爹一夜没睡，要不要先休息一下？”卫箬衣柔声问道。

她能感觉到父亲的神情之中带着一丝淡淡的疲惫。那种疲惫并非身体上的劳累所致，而是心累。

“箬衣啊。”卫毅揉了揉自己的太阳穴，缓声说道，“你可知道这世上有很多事情都是十分无奈的。”

卫箬衣没有贸然接自己父亲的话，而是用大眼睛忽闪忽闪地看着自己的父亲。

“你爹我年少的时候，便是想过一种没人管束，自己潇洒的生活，但是时间长了，我便知道这世上没有人是能活成那种状态的。便是陛下，也有着各种条条框框的拘束。我与陛下当年也算是不打不相识了。”卫毅想着自己年轻气盛的时候，不识还是皇子的当今陛下，将人按在地上一顿胖揍，现在就觉有点好笑。不知不觉嘴角就翘了起来。

年轻的时候，谁没做过点蠢事呢，都是抹不掉的黑历史。

但是蠢也要看是怎么样的蠢。蠢成卫荣那样，真是捞不上手了。

许是老天爷看他别的地方都过得太顺心，所以总是要给他找点事情添添堵。

“就如你一样。前几年，你追着五皇子殿下跑，我也觉得不妥，但是回头来想想，也就睁一眼闭一眼地随你去了。你总是会长大的，将来总是要成亲，我能护你一时，护不了你一辈子。我总会老，总会离开人世去见你母亲。若是你母亲见了我问我，女儿过得开不开心，快不快乐。我该怎么和她说？我能说我管束着你，不让你去追自己喜欢的人吗？我觉得你母亲会给我老大的耳刮子吃。所以就在我还能护着你的时候，尽量给你最大的自由，让你过得比这个世上大部分的女孩子都要恣意洒脱。”卫毅说完，自己的眼眶就有点发涩起来。

不光是卫毅，卫箬衣也觉得自己的鼻子头发酸。

她穿越过来的时间不算短了，但是与卫毅相处却只是这几天的时间，可是人与人之间的缘分就是这么奇怪，有的人终其一生也不见得就能成为知己，有的人只是两三眼的缘分，就能成为一辈子的伴侣。

卫箬衣如今是真的将自己当成了卫毅的女儿。

“我的母亲究竟是什么样的人？”卫箬衣走到身边，在他的身侧蹲下，手搭在了他的膝盖上，抬眸，柔柔地看着他。

好像那本书里到最后也没说卫箬衣的母亲是谁，怎么死的。

即便卫箬衣看书不认真,但是也知道这是那本书里的一个大谜团。可能是原作者忘记了,挖坑没去填。卫箬衣记得自己浏览评论区的时候,很多读者都是在文下留言问这个,还有人专门为这个做了一个调查,楼盖得很高。便是卫箬衣穿越过来了,也知道关于自己生母的事情,似乎在府里不能问,其实就算是问了,除了卫毅之外,也没人知道。

"你母亲是个很好的人。"卫毅的眸光也柔了下来。他抬手轻抚了一下卫箬衣的长发,随后他就沉默不语了。

他有点怔怔地看着自己的女儿,真的很像当年的她。

只是她要比女儿多了一份文雅娟秀,而女儿却是比她增了几分张扬的艳丽。

卫箬衣见卫毅盯着自己出神,目光似乎是在看她,但是实际上却是在透过她看着别人,她的心底就明白,父亲是在想念母亲了。

罢了罢了,既然他不想提,那自己也不用追问不休。

"你可真的喜欢五皇子殿下?"良久,卫毅才回神,柔声问着自己的女儿,"我这次回来,看你也不哭着喊着要嫁给他了。可是想明白了?"

卫箬衣将下颌轻轻地搁在了卫毅的膝盖上,嘬嘴说道:"臭爹也说是年少轻狂了。如今女儿也是大姑娘了,自是不会再去做小姑娘瞎胡闹的事情。"

"其实你若真的喜欢他也无妨。"卫毅沉思了片刻,"他即便是个皇子,也是个不受待见的皇子。你若真的喜欢,咱们就将人弄到府里来。等你不喜欢了,爹再想办法把他弄走便是了。"

卫箬衣……

这真是亲爹啊！这么任性的话都说得出来……她要给爹双手捧上一个大写的服字。

她要是真的这么做了,和原著里面的卫箬衣又有什么区别。

卫箬衣想想都觉得自己浑身上下的皮肉都在疼。

"别别别!"卫箬衣惊得支起了自己的腰背,腾的一下从地上弹了起来,"萧瑾他很好,可是我只拿他当朋友。"

"嗯。如此也好。"卫毅用研究的目光扫了自己的女儿好几眼,最后还是点了点头,"你如今也是十六的年纪了,也到了可以谈婚论嫁的时候了。你除了萧瑾,可还有什么喜欢的人?"

卫箬衣……

老爹你这是要搞事情啊!

"我是舍不得你嫁出去的。"卫毅正色说道,"我也准备将整个侯府都交给你。所以谁想当我卫毅的女婿,便只能入赘!"

卫箬衣……

"亲爹啊,大概燕京城里也没什么人能看得上你女儿我。"卫箬衣拉长了一张脸,无奈地摊手说道,"所以咱们还是省省吧,关起门来过日子便好。我也不成亲,守着这个家便是了。"

自那以后,燕京城的街面上倒是少了不少贵胄子弟游荡。虽然陛下并没将手里的那本账册公开,不过那个宅子既然已经被拔除,身染毒瘾的一些世家子弟这些天应该是毒瘾都发作了,各家稍加打听一下,便也应该都心底有了数。

原本一些在朝堂上公然帮藩王们说话的世家重臣,现在也都纷纷三缄其口,不再表明自己的态度。这些人油滑得很。

如果到了现在还不知道自己有小辫子被皇上抓在手里的话,那这官场也不用继续混下去了。

所以陛下这几日的心情甚好,甚好。

皇上一开心,就又赐下了不少东西给卫箬衣。

东西送到紫衣侯府,卫箬衣从里面挑了一对玉如意出来,悄悄地包了起来,等到傍晚的时候,卫箬衣说自己乏了,早早需要休息,先睡下了。自打她穿越过来之后,夜间从不需要绿蕊和绿萼守夜,所以绿蕊和绿萼等卫箬衣睡下之后就各自回了房间。

卫箬衣等了片刻,轻手轻脚地从被窝里钻了出来。她今日选的玉如意看起来并没什么特别之处,正好拿了去做一个顺水人情。

礼尚往来这种事情,卫箬衣以前常做,不过穿越之后倒是第一次。

换好了衣服,卫箬衣拿着包着玉如意的小包裹,悄悄地翻过了自己家的后墙头。

好紧张,虽然她现在每天坚持习武,已经是身轻如燕了,但是偷偷摸摸做这种事情还是头一遭。等落在墙外之后,卫箬衣才长舒了一口气,她用斗篷将头一蒙,随后朝着萧瑾家的方向奔了过去。

萧瑾带她去过,所以她还是认得路的。

等她到了那小院子的门前,上前去敲了敲门上的铜环。

不过敲了好几下也没人来应门,难道人还没回来?卫箬衣扒着门缝朝里面看了看,什么都看不到。

她本是想走的,但是转念想想,那对如意都已经带出来,若是就这么再带回去有点没名气,不如干脆就放到萧瑾他们家院子里面去,再留个纸条告诉他是自己送的便是了。

等她跳进去之后,就隐隐地看着后面的套院里好像透着灯光出来。

这是有人!大概是自己敲门的声音太温柔了,萧瑾没听到吧。

卫箬衣知道自己这样直接闯进去似乎有点不太妥当,不过来都来了,要是不将东西送出去,不是白跑了那么一次。

134 月下美男

卫箬衣抱着玉如意走进了后面的院门，果然一间屋子里面亮着灯火。

就在她刚刚踏入院门的时候，烛火骤然一灭，随后眼前寒光一现。

“唉！”卫箬衣慌忙抱着玉如意狼狈地低头，一边闪，一边高喊，“别打！自己人！是我！”

身周的寒光骤然撤去，卫箬衣扶着自己差点闪断了的腰一呲牙，朝前看了过去。

清冷月下，一男子修长的身姿孑然而立，单手执剑，剑尖尤闪动着粼粼的寒光。他的长发披散而下，湿漉漉地熨贴在身上，一张妍丽清绝的面容上带着几分讶异。面容之下是修长美好的颈项，随后是宽平的肩膀，精致的锁骨随着他的动作在肩颈交界之处窝出了两个魅惑的弧度。平实的胸膛，皮肤在月光下显出了一种玉一样的光泽，腰身窄紧，似乎蕴含着无穷的力量。他的身上还挂着水珠，沿着光滑的皮肤缓缓地流下，带着一种别样的风致。他凝立在院中，便如一朵绽放在月光之下的有毒玫瑰一样，美得叫人窒息，但是手中长剑也寒得叫人心碎。

卫箬衣顿时觉得自己鼻子下面一热，忙抬头别开了目光，赶紧捂住了自己的鼻子头！

“你你你！怎么不穿衣服！”卫箬衣赶紧一侧身，气急败坏地说道，脸颊骤然发红。就这么光溜溜地冲出来，害她流鼻血！

“你洗澡的时候会穿衣服？”萧瑾清冷的声音缓缓地传来，“鬼鬼祟祟地跑到我家，想做什么？”他听到异响，冲出来的时候随意地抓了一件长衫围在腰间，他低头看了看自己，好在没露出什么来。不知不觉，他的脸颊也微微地一红。

卫箬衣听到重重的一声关门声，她这才试探着转过身来。

适才月下如精魅一般的男子已经不见了踪影。

而房中又重新燃上了灯火。

卫箬衣深深地抽了一下鼻子，顿时抽了自己一嘴的鼻血，一股血腥气充斥了口腔。

卫箬衣……

这很尴尬好不好！

她要不要把这口鼻血吐出来假装是被他的剑气震伤，然后再卖卖乖，求原谅？卫箬衣瞬间脑补了一出虐恋情深的苦情大戏，随后就被自己的念头给恶心到了。她几不受控地抖了一下，还是将那些乱七八糟的心思给掐灭了。

一不小心，将自己嘴里那一口血给咽了下去，卫箬衣顿时又……

这可真是自己流的鼻血，忍住恶心也要吞下去。

好在她的鼻血来得快，去得也快，被院子里面那冷飕飕的小风一吹，人也冷静了下来。

她暗搓搓地蹑手蹑脚靠近了门前，等走到门前之后她猛然惊觉自己为何要这么猥琐？他都已经知道自己来了，何必这么鬼鬼祟祟的。

不过……怎么还是有点心虚的感觉？

“那个……”卫箬衣清了一下喉咙，“你……那个……洗好了没？”卫箬衣说完就觉得自己的尴尬症又发作了。

“在外面等着。”屋子里传出了萧瑾的声音，冷冷地，听不出有什么情绪的波动。

这是不生气？

卫箬衣马上十分狗腿地高喊了一声。“好嘞！”随后她觉得还应该再安抚一下萧瑾，“萧大爷您慢慢洗，不用着急的，但是也别太慢了，天冷，小心着凉。”

“闭嘴！”里面再度传来萧瑾的声音。

卫箬衣一缩脑袋，马上麻溜地闭上了自己的嘴，抱着玉如意蹲在地上等。

洗个澡，洗这么长时间？

卫箬衣都蹲得双腿发麻了，也不见萧瑾过来开门，于是她扶着柱子又站起来，摇晃了一下自己的腿，摆脱掉那麻酥的感觉。

卫箬衣觉得自己都快要等成石头了，门终于开了，柔和的灯光从房内倾泻出来，一抹清绝的身影出现在门框之内。他一手扶门，一手执灯。

“跟我来。”萧瑾举着灯从门里走出来，随后带着卫箬衣去了隔壁的一间房。

他将手里的灯台在桌子上，这才回眸看向了卫箬衣。

少女裹在一袭黑色的披风之中，仅露出半张小脸在外，若非他已经对她熟悉到不能再熟悉的地步，适才那一片剑光即便她能躲过第一波，大概也躲避不开第二波的攻击。不过好在自己将那套步法传授给她，即便自己来不及收手，她也不至于会被他当场剿杀在剑下，只是受伤是难免的了。

太危险了，萧瑾的眸光闪动了一下。

房中很暖和，早早地就烧了炉子，所以卫箬衣索性将罩在身上的披风给取了下来。

“这是你的书房？”她看了看四周，问道。这里的陈设与他这个人一样，简单，干脆，没有什么过多的装饰。除了两排书架之外，便是一张书桌和一张椅子以及一张竹榻。

“你来找我做什么？”萧瑾并没回答她的话，而是拢了一下自己的衣襟，问道。

都说美人在灯下会更显得出彩，这话一点都不假。

灯火柔和了萧瑾白天过于清冷的眼眉，让他本就姝丽的容颜沉浸在一片柔光之中。他的长发还带着潮气，自然地垂落在身后，长及臀下，被这瀑布一样的墨发映衬着，他那副白天看起来十分刚毅的身躯显露出了另外一种风致出来。他的腰身十分的紧致，在宽大的罩袍之下呈现出一种弱不胜衣的感觉。即便他已经将衣襟合拢得紧紧的，但是卫箬衣还是感觉到了一种禁欲的诱惑气质。

唉！卫箬衣赶紧再挪开了自己的目光，不敢多看了。

那一身的光华简直让她的小心肝都快要从嘴里跳出来了。

美色当前，不被诱惑的人又能有多少！

现在的萧瑾便是带着一种明知他是有毒的，却也叫人抑制不住想要接近的魅惑。

不怪原著之中的炮灰女不顾一切想要得到他，他的确带着一种叫人飞蛾扑火的魅力。

美色和命,卫箬衣自然觉得自己的命重要一点。

"那个!我是来送礼的!"卫箬衣赶紧将紧紧抱在胸前的小包袱递了出去。不敢直视他的面容,看他的衣服角总是可以的。

"送礼?"萧瑾有点不解。

今晚的卫箬衣怎么看起来怪怪的?

一脸的心虚,还完全不敢看他。

萧瑾打开了卫箬衣递过来的包袱,打开一看,脸都有点黑了。

"郡主这是何意?"他寒声问道。

"啊?送礼啊。"卫箬衣傻呆呆地回了一嘴。

"所以郡主这是专门来咒我不如意的吗?"萧瑾冷声问道。

"怎么可能?"卫箬衣一边说一边看向了放在桌子上被萧瑾打开的包袱,只看了一眼,她后面的话就怎么也不出来了。

包裹之中的玉如意不知道什么时候已经被她给捏断了……

卫箬衣也窘了,脸上腾的一下如同火烧。她果然小看了自己的力气!适才见到萧瑾的半裸体的时候,她大概是用力地一抱玉如意,她自己倒没觉得有什么,人家玉如意伤不起啊。

她忙不迭地扑过来将包袱一卷,盖上了那一对已经支离破碎的玉如意,万分尴尬地讪笑道:"不好意思,一不小心打碎了。我再选两样送给你,这个不算数。"

头一回出来送礼给萧瑾,便遭遇滑铁卢,卫箬衣觉得自己这运气也是有点逆天了。

还能不能让她好好的了?!

其实萧瑾又怎么可能不知道她是不小心的,只是他就想看看她尴尬和愧疚的样子罢了。

这个臭丫头,要么不来找他,一来找他就没好事。况且看她有点慌乱的小眼神,似乎还蛮可爱的,比她平时对自己拿腔拿调的样子可爱多了。

"无缘无故,干吗送礼给我。"萧瑾一抖长袍,在椅子上潇洒地坐下,斜睨着卫箬衣,慵懒地问道。

要死了,要死了,卫箬衣不经意地又看了他一眼,只觉得自己心跳得更快了。

他坐下来之后,那双长腿在长袍的勾勒下便显出了优美的形状。

卫箬衣情不自禁地又回想起自己刚才看到半裸之中的他。饶是她老皮老脸的习惯了,在现代也看过不少只穿泳裤的男模,一个个身材都好到爆,但是却没有一个男人如萧瑾这样给她带来如此的震撼效果。

果真是命中的克星啊!

为自己刚刚流的鼻血默哀。

"你帮我那么多,我总要谢谢你吧。"卫箬衣收敛了一下心神,嬉皮笑脸道。

"我不用你送这些不知所谓的东西。"萧瑾淡道,他美眸轻睨,神态慵懒,"你若是真的要谢我,便想想你之前曾许诺过什么。"

唉!卫箬衣觉得自己和这个屋子八字不合,实在待不下去了。萧瑾今天晚上吃的是春药还是怎么的?怎么随便一个眼神就散发出浓浓的荷尔蒙出来。不行!还是换个时间来，今天晚上不宜送礼。

“嘿嘿嘿。哎呦，我忘记了，我出门没和家里人说，所以要赶紧回去了。”卫箬衣讪笑了一下，抬脚就要朝外走。

她才跑到门口，面前就晃过了一个人影，只是须臾，适才还坐在椅子上的人已经瞬间移动到她的面前。

幸亏卫箬衣也是练过的，及时地收住了脚，不然现在已经一头撞入了他的怀里去了。不过饶是如此，他身上那股才沐浴过的好闻的味道还是蹿入了她的鼻孔。

眼前是他一大片衣襟，严丝合缝的，但是卫箬衣的脑子里面还是浮现出适才他在月光下那光莹一片的肌肤。

不要这么色情好不好！卫箬衣简直要敲自己的脑袋，求将那些画面删除。

“来都来了，还怕家里人知道？嗯？”萧瑾缓声说道，最后那一声带着上翘的语气，顿时烧了卫箬衣一个大红脸。

“怕！”卫箬衣一本正经地点头，但是已经促红促红的耳尖和脸颊却已经向萧瑾宣泄她心底不正经的心思。

萧瑾憋住笑。

真的真的很少见到卫箬衣如此吃瘪的表情了。

比起她平日里，萧瑾真的是觉得今夜的卫箬衣可爱到了极致。

她果真与之前的卫箬衣不是一个人了吧。

眸光微闪，萧瑾抬手勾住了卫箬衣的下颌。

卫箬衣浑身一颤，愣愣地随着他的动作抬起了自己的眼眸。

只是这抬眸的瞬间，她便跌入了一弯深潭之中。

“你变了好多。”勾住她下颌的男子，朱唇轻碰，眼神绵延如同枝蔓。

“呵呵。”卫箬衣心虚，“人长大了嘛。”

“小时候你曾和我说过，这世间的男子都不如我之万一，你还记得吗？”萧瑾步步紧逼，卫箬衣不得不后退。

“我撞了脑子，不记得了……”卫箬衣肝儿颤地说道。

唉，今天是撞邪了……

“真可惜呢。”萧瑾看着她的眼眸，“可是我却记得清清楚楚。”

“求你忘记了吧……”卫箬衣都要哭了。

不是她不跑啊，而是她刚刚要跑，萧瑾已经出手如电，点了她的穴道，她现在是想跑跑不掉啊。

卫箬衣快要被自己蠢哭了！

一定是萧瑾最近帮她帮得太多，所以她才会觉得萧瑾无害。

“忘记不了啊，怎么办？”萧瑾的一双眼眸不住地在她的脸上逡巡，心底却是不知道是个什么滋味。

他清楚自己对卫箬衣的感觉，但是现在的她究竟是不是孤魂野鬼呢？如果真的是，他倒不是介意这些，而是介意万一哪一天他真心爱着的她不见了，变成了原来的卫箬衣那该怎么办？

他十分确定和肯定自己喜欢的是什么。

从被扔到拱北王府之后,他就十分清楚自己这一生想要的是什么。

他要的很简单,就是一个能倾心相爱的人,一个属于他自己的家,仅此而已。

所以他很怕,怕自己眼前的这个人便如同镜花水月一样出现在他的梦里,等他梦醒,她便消失殆尽,渺无踪迹。她从哪里来?是山中精魅,还是修炼成的仙子?如果她不在了,他该去哪里寻她?

眸光之中宛若涌动了无数的暗潮,她就在眼前,唾手可得,他甚至有一种念头,今夜便将她欺负了去,得到了她的人,还怕她不属于自己吗?如果她有一天真的要消失,那么多拥有一天就是一天!这种黑暗的念头蕴满了他的眼底和心底,眸光之中骤然迸发出来的光让卫箬衣感觉到一阵恐惧的气息朝自己袭来。

"萧瑾!"卫箬衣赶紧叫道。她虽然不太明了他眸中之光是为何故,但是她似乎能感觉到一股危险的降临。

她的一声轻喝,将他骤然从那团黑雾之中拉出,心头瞬时一片清明。

眉尖几不可见地蹙了一下,萧瑾默默地在心底低叹了一声,如此强取豪夺,与宫里的那些人又有什么区别,他身上果然还是流着那样的血脉,阴暗,晦涩。他既然喜欢她,就不能将这种卑劣的手段用在她的身上。他这半生都在阴暗之中度过,难道就连自己心底最最珍视的那一份纯净的情感都要玷污掉吗?

不知道为何,在一瞬间那种强烈的压迫感骤然消失,卫箬衣从萧瑾的眸光之中感觉到了一丝颓然,还有几分沮丧。

穴道骤然被解除。

"你走吧。"萧瑾后退了两步,让开了她与房门之间的路。

卫箬衣……

"那我走了!"卫箬衣快速地说道。

说完她就马上头也不回地开门跑了出去。

萧瑾在听到房门的响动之后,颓然后退了半步,靠在了自己的书桌之上。

他缓缓地闭上了眼睛,一声长长的叹息从他的唇瓣溢出,如青烟一般弥散在了重新归于平静的书房之中。

她跑得可真快啊,应该是自己刚才的模样吓到她了吧。

萧瑾缓缓地抬手按住了自己的额头。

耳边又传来了细微的响动,萧瑾蹙眉,再度冲出了房门。

月下,那个他原本以为已经离去的少女复又折回。

"那个什么……"月光洒在她的脸颊上,为她的面容镀上了一层亮色,耀眼得好像她蒙在一团光里面。"我肚子有点饿,你呢?"少女期期艾艾地问道。

萧瑾先是一愣,随后展颜一笑,如春回大地,万朵花开,绚丽无比。

"傻狍子!"他嘴唇轻碰,轻轻地说出了三个字。

135 其实他也不错

“啊？什么？我没听清楚。”少女的眼底带着疑惑，不解地问道。

“没什么。”萧瑾的眼底散开了一片淡淡的柔光，“你掏钱请客，我就去。我很穷。”他耸肩，摊手，一脸的无辜。

身为一个皇子，还是锦衣卫的千户，你好意思说你很穷！卫箬衣在心底疯狂吐槽，抠门就抠门吧！

“唉，我请就我请，本来也没指望你请我。”卫箬衣垮着肩膀说道。

“等我片刻。”萧瑾转回了先前的屋子，再度将房门关上。

卫箬衣站在萧瑾家的院子里有点发愣。

她一定是刚刚鼻血喷多了，导致大脑失血，所以才会莫名其妙地折返回来。

萧瑾不是什么良善之辈，她就这么站在他的面前，真的没事吗？还有那本书到底是不是他帮忙调包的？如果是他，为何他要这么煞费苦心地来帮自己？他应该也是怀疑自己是什么孤魂野鬼的吧，不然刚才为何会用那么凶悍的眼神看着自己？

卫箬衣捂脸，默默地在心底哀鸣了一声，自己果然是也踏上了一条作死的路啊。明知山有虎，偏向虎山行。

要不干脆卷卷铺盖跑路吧！

以她现在的财富，应该足够她过一辈子的了。

不过，鉴于她老爹的强悍程度，她孤身一人能躲避到哪里去？

就在卫箬衣胡思乱想的时候，房门再度打开，萧瑾重新从门里走了出来。

他回去加了一件外袍，长发也束了起来，比起刚才的样子，卫箬衣觉得现在的萧瑾才是平日里的正确打开方式，一成不变的深蓝色长袍，发丝也拢得十分齐整。嗯！这个样子，果然是顺眼多了。

入夜之后的燕京城，自是少了白日里面的一份喧闹，初春寒峭，萧瑾家门前的长巷上几乎没有人。

两个人并排走在巷子里面，谁也没说话。

周遭静得可怕，只有两个人的脚步声在耳边轻轻地回荡着。

卫箬衣觉得自己的尴尬症大概是又发作了，紧张得唯有死死地抱住小包袱。

萧瑾觉得好笑，他几次看向了卫箬衣，拢在黑色披风下的身躯似乎在尽力地缩着，便是与他之间也保持着固定的距离。

不是平时很放得开的吗？现在怎么拘谨得活像一个被逼迫走在猫身畔的可怜小老鼠一样。崇安郡主往昔的豪放外加王霸之气荡然无存。

萧瑾稍稍地放慢了脚步，略落在了卫箬衣的身后，随后看向了地面，月光将两个人的影子投在青石板铺就的街巷地面上。他这般走在她的侧后，两个人的影子部分交叠在了一起，就好像她轻轻地依偎在他的身侧一样，这样的感觉甚好。

心底不由荡起了一丝淡淡的甜蜜，就连唇角也不自觉地挂上了几分笑意。

人呢？

卫箬衣察觉到自己的身侧好像没人了，猛然回头朝后看，随后她就惊悚地发现萧瑾走在她的侧后，然后……他在笑！他居然在她的背后笑！

搞什么啊！

啊……

卫箬衣顿时有种看泰国恐怖片的蜜汁恐惧感，就连背脊骨都觉得凉凉的一片。

唉啊，不要这么一反常态好不好。她今天果然不是出来送礼的，而是出来体验惊悚之夜的，真是活见鬼了……

原本是走在他身前的少女骤然停住了脚步，瞪大了一双眼睛看着自己，萧瑾也就跟着停住了脚步，原地站住。

“怎么不走了？”萧瑾问道。

“萧大爷……我给你跪了。你正常点行不行？你这样我真的觉得很吓人啊。”卫箬衣冷汗涔涔。你说她放着好好的觉不睡，跑出来找这个蛇精病男人做什么？简直是不作死就不会死。

“我怎么样了？”眼梢微微地挑起，萧瑾的心情甚好，他忽然发现他十分享受卫箬衣的怂样……这是什么心态？

月下的男人，眼眉略一飞扬便一改古板与清冷，而是显露出了另外一种风姿，卫箬衣顿时怂了。“没什么，你高兴就好。”还能不能好好地说话啊！

闷头朝前，卫箬衣在心底大叹。

不是她无能啊，无奈对手太强大。

好不容易走出这条长巷，拐到了大路上，行人也渐渐地多了一些，街面上还有店铺尚未打烊，道路两边也有官家挂出的风灯摇曳，映亮了街道。

不知道为何，卫箬衣算是松了一口气。

“最近街上人多。”萧瑾快走了两步，与卫箬衣并肩，缓声说道，“你还是将罩帽罩上了，免得被人看到，惹出不必要的麻烦。”

“哦。”卫箬衣从善如流。

看着披风的风帽压下，萧瑾在心底会心的一笑。

她的容貌这般出众，就是在夜间也煞是引人注目，他不想街上的人过多关注她的样貌而惹出不必要的麻烦来。

各地藩王皆在燕京城，一个个都在隐忍不发，紫衣侯府已经是众矢之的，卫箬衣更是要被他小心地看护起来才好。

萧瑾驻足在一家外面看起来就十分高大上的酒楼之前。“不如就这家？”他对卫箬衣说道。

不要吧……这里看起来实在是有点高调啊。

卫箬衣……他倒是一点都不客气,怎么就不知道帮她省点钱。

卫箬衣虽然常在燕京城游荡,但是甚少在外面吃饭,一进这里,卫箬衣才顿觉自己好像中奖了。

这里的装饰装潢无一不透露出各种土豪风。

卫箬衣下意识地摸了摸自己的腰间,这一摸不要紧,她顿时囧了……

衣服是她自己穿的,忘记带上荷包了……

“要不咱们换一家?”卫箬衣马上回头,小声对萧瑾说道。

“我倒觉得这里甚好。”萧瑾哈哈一笑,阔步朝前。怎么看到她发窘,他就那么开心呢?真是要不得的恶趣味,萧瑾心道。这丫头平日里不小气的,如此的窘迫一定是没带钱。

别这样,这样咱们肯定当不成朋友的……卫箬衣无奈地只能举步跟上,她怀里抱着一堆玉如意碎片,谁能告诉她这玩意能不能换顿饭吃啊,要知道这可是御赐的东西,即便是碎了,也是御赐的碎片。

卫箬衣今天晚上是溜出来的,哪里敢在人多的地方露面啊。偏生萧大爷今夜一反常态的高调,卫箬衣只能压着风帽,硬着头皮跟着萧瑾。

好在酒楼的二楼有雅间,进去之后算是解了卫箬衣脸面上的窘迫,但是她口袋里面的窘迫可怎么办才好。

这酒楼的生意还十分的火,雅间也就只剩下他们的这一间了。

“二位,吃点什么?”酒楼的伙计是火眼金睛的,一看卫箬衣身上的那件披风,便知道这是有钱人家的孩子了。那披风虽然是纯黑色的,但是底子上明暗交加各种反复的花纹,在灯火下一看,便呈现出一种低调的华丽来,寻常人家是用不起这样的东西。

“都有什么?”萧瑾朝椅子上闲适地一靠,扬眉问道。

“哦,二位来得巧了,今日有山中猎户送来一头小黄羊,可是嫩得很,不如来一道烤全羊?”伙计热情地推荐。

“好。”萧瑾看了一眼卫箬衣,点了点头,随后曼声说道,“再加六色点心,六色小炒,配上一壶陈酿,酒要好,拿出你们最好的来。”

“行行行。一看二位就是豪客,小店有十年的百花酿,给二位来一壶。”伙计顿时眉开眼笑的,两个人点这么多,不是冤大头是什么?

等伙计出去,一脸呆滞的卫箬衣已经放弃治疗了。

反正她没钱……破罐子破摔吧。

等着上菜的间隙,伙计送来了茶水,并点头哈腰地说道:“二位,不好意思,刚刚推荐给二位的那个小黄羊也被别人定去了。小的过来和二位商量一下,要不二位让一下?小的给二位赔不是了。”

萧瑾还没说话,卫箬衣抢先说道:“好啊。没关系,反正够吃了。”

“还是这位姑娘心地好,不为难小的。小的再给二位赔个礼。”伙计暗自擦汗,千恩万谢地出去了,好在这两位是好说话的,如果是让隔壁的让,估计那是不可能了。

等伙计出去,卫箬衣赶紧拎起茶壶给萧瑾倒了一杯热水。“反正咱们也吃不完,让给别人就让给别人了。”

“你以前素来不会和人忍让什么。”萧瑾看着卫箬衣看似漫不经心地说道。

咦……寒气又来了，卫箬衣瞬间觉得牙疼，总觉得萧瑾今夜的态度是在试探她什么。“我长大了嘛，自然就没那么胡闹了。”卫箬衣讪笑着说道。

“你那幅红梅图被子雅大哥挂在了他那边。”萧瑾嘴角微微地一翘，忽然说道，“我倒不知道你整日追着我跑，居然还有时间学习画画。你还会点什么？”

“呵呵呵。”卫箬衣干巴巴地笑着，果然人生到处都是坑，不知不觉自己给自己留下了那么多把柄和破绽，萧瑾能想到的，自己爹大概也能想得到，“不过就是在大哥那边多看了些红梅图罢了，然后那天也是投机取巧，误打误撞的。我还能会点什么？我大概也就会这么多了，都已经拿出来显摆了。”

“你那种画法便是饱读诗书、见多识广的状元郎谢秋阳都不曾见过。”萧瑾淡笑道，“你到底是从哪里学来的？”

“如果我说无师自通，你会不会信啊？”卫箬衣一本正经地胡说八道。

“不信。”萧瑾摇了摇头。

“就知道你不会信！”卫箬衣一拍桌子，摆出了一副我早就了然了的样子。

“那你解释解释吧。”萧瑾笑道。

“还真是无师自通的。”卫箬衣哈哈一笑，“谁叫我这么聪明呢。对吧。来来来，喝水喝水。”

小骗子！

萧瑾眼底的笑意更浓。

只是在卫箬衣看来有点毛骨悚然的。

他是知道什么了！一定是！卫箬衣的心底宛若又被万头神兽践踏过，那叫一个泥泞啊。

见卫箬衣在自己的注视之下有点坐立不安的样子，萧瑾这才稍稍地垂下了自己的眼帘，遮盖住了眼底的光芒。

“姑且信了你了。”萧瑾淡道。

“不用姑且，直接信了就完了。”卫箬衣讪笑，她该怎么办？杀萧瑾灭口？虽然她现在身手也不错，但是和萧瑾相比简直就是一个战五渣，出手分分钟被秒杀的节奏，怎么灭口？况且现在老爹对自己也起疑，暗卫、别庄上的人一个都动不了，好不容易平息了一点老爹心底的疑窦，若是再颠三倒四地弄点别的事情出来，只怕偷鸡不成蚀把米。

杀人灭口是不行了，色诱行不行？

迷他一个七荤八素的，干脆叫他身心都陷落在自己这里，让他如同对原著女主一样死心塌地地对自己。

卫箬衣低头看了看自己的胸，似乎他好像对自己也没什么大兴趣啊……不然原著里面的卫箬衣追了那么久，是块石头也应该感动了吧……

“你在做什么？”萧瑾顺着卫箬衣的目光看了过去，发觉她是在看自己的胸……萧瑾的耳尖不由有点微微地发红。

进了这里她就将披风取下了，里面穿着的是一件素色的齐胸儒裙，虽然没勾勒出腰身，但是胸口那束得紧紧的衣带将她的线条勾勒了出来，鼓鼓的，充满了少女的朝气与蓬勃。

“没什么。”卫箬衣有点垂头丧气。

萧瑾要能喜欢她,早八百年就喜欢了,何必等到现在,这条路一定是行不通的。原著里面的卫箬衣可是追了萧瑾好久好久好久都没搞定他。凭什么她来了就能搞定?

“直接开门见山吧。”卫箬衣也豁出去了,“寒梅苑里有本书是不是你调包的?”她瞪着一双大眼睛问道。

萧瑾将茶杯送到唇边,轻抿了一口。“我只是十分厌恶无根据的胡乱揣测,既然是在我诏狱之中出的事情,便由我来出面解决。解决得可算顺利?”

其实不用问,萧瑾也知道结果了,她今天鬼鬼祟祟地带着一对玉如意来,不就是来感谢的吗?

“真的是你啊。”卫箬衣即便已经是猜到了,但是得到萧瑾的亲口承认,也是一脸的吃惊。

吃惊完了她就蹙眉盯着萧瑾看。

“你总这么看着我,不要让我误会你又重新看上我了。”萧瑾缓声说道。

“别误会!”卫箬衣赶紧否认,开玩笑,她可不想被暴怒的萧瑾千刀万剐。“绝对没有!”她说得斩钉截铁。

萧瑾的笑容在眼底稍稍地一凝,只是他的睫毛纤长浓密,遮挡住了罢了。

136 谢谢你帮我

“那就好。”几乎是晦涩地说出这三个字，萧瑾别开了头，看向了别处。好在这个时候伙计将菜拿了过来，倒是解了两个人之间的尴尬。

萧瑾吃东西的样子十分斯文。

卫箬衣在他对面偷眼看着。

皇子就是皇子，即便是不受宠爱的，也是受过良好的熏陶和礼仪的指导。看他吃东西会感觉到他的专注和认真。

卫箬衣甚至在想，大概被他吃下去的东西应该也是有福气的，因为没有白白地被浪费掉。

他吃得也很慢。

等他吃完，卫箬衣都觉得自己屁股快要坐出茧子来。

他吃东西的时候一直都不说话，不知道他是心里不爽还是秉承着食不语的教诲。萧瑾不说话，卫箬衣自然也不好意思再说什么。

这雅间之中的气氛异样的沉闷。

“那个……谢谢你啊。”卫箬衣试着开口，“不然我大哥肯定会被连坐。”

“嗯？”萧瑾挑眉说道，“不必专门谢我。”

“哦。那太好了。”卫箬衣摊手说道，“那今晚上的饭菜你请客吧。”

萧瑾……

忍不住噗哧一声，萧瑾笑了出来。

“你怎么好意思！”萧瑾一边轻骂，一边笑得极其欢畅，眼底的宠溺之意，几乎不加掩饰地就投向了卫箬衣。她怎么会这般的无赖……

“因为我没带钱。”卫箬衣惭愧地将头低下，愣是没看到萧瑾眼底的光芒。

“哎。”萧瑾叹息，算了算了，他已经不想和卫箬衣计较什么了，“我也没带。”

“那怎么办？”卫箬衣抬起头来，她摸了摸自己身上，一件饰品都没有。她出来前是假装睡下的，饰品都被取下来放好了，想找个东西抵在这里都找不到。“你身上有没有什么值钱的东西？”

“你去的时候，我在沐浴，你说呢？”萧瑾神色古怪地白了卫箬衣一眼，卫箬衣的脸顿时就红了起来。唉，不提沐浴还好，一提沐浴，卫箬衣就又想到了月下如精魅一样的男子，美得叫人血脉贲张。

“算了，和人讲讲吧。没准人家会答应我们回头送来呢。”卫箬衣忙垂下头，掩盖住自己发热的双颊。

卫箬衣叫来了伙计，她才刚刚一说自己没带钱出来，那伙计的脸色立马变了。

“我说二位穿着这么华丽，原来是来骗吃骗喝的。难怪会那么轻易地就将烤全羊让了出去呢。”伙计还没等卫箬衣解释，便将房门拉得大大的，朝外叫道：“掌柜的，这里有个吃霸王餐的！”

卫箬衣蹙眉，就连萧瑾也不由面色阴沉了下去。

就在伙计吵吵嚷嚷的时候，隔壁包间的门打开了。

一名身穿黑衣的人走了出来。“吵吵什么吵吵？”他不耐地对那伙计说道，“嗓门这么大，叨扰到我家公子了。”

伙计顿时偃旗息鼓，一个劲地道歉。“实在不好意思，都是这二位吃霸王餐。”

“你说话我就不爱听了。”卫箬衣这才插得进嘴去，“又不是不给，只是说今夜没带钱出来罢了，我将这东西先抵押在你这里，回头我拿钱来赎回去就是了。”

说完卫箬衣将手里的包袱朝伙计的怀里一塞。“仔细着点，这东西可是能买下你这整家店！”

伙计……

他忙打开了卫箬衣递给他的包袱，一看之下，更是火冒三丈。“我说这位姑娘，看你穿得不错，人长得也好，怎么能拿这种东西来糊弄人呢？一堆碎片你说价值连城，你欺负我没读过书吗？”

“哈！”卫箬衣本是想息事宁人好说好商量的，但是这伙计着实有点可恶，不分青红皂白的，有这样说话的人吗？店大就能如此欺客？“我给你的时候明明是好的，你给弄碎了。你赔我！”碰瓷这种东西，无师自通啊。

萧瑾的神色缓和了下来，他整暇以待，嘴角含笑静静地站在门口看着卫箬衣去和那伙计胡搅蛮缠去。

横竖有他在，卫箬衣不会吃了亏去。

那黑衣人……

他是出来制止人家争吵的，哪里知道这争吵似乎愈演愈烈。

“这位姑娘，说话要凭良心！”伙计急了，还是第一次见到这种客人，“你给我的时候明明就是这样。”

“谁能作证，我给你的时候明明就是好的。”卫箬衣哼了一声说道，“到了你手上才这样的。”

掌柜的这时候带着人赶了过来。“怎么了？”他不悦地问道，“吵吵嚷嚷的，惊扰了旁的客人了！”

“掌柜的。”那伙计嘴皮子快，先去告状，“这姑娘吃霸王餐不说，还弄了这一堆破东西来讹诈我们。说是我们弄坏的，明明到了我手里就已经是这样了。”

“明明？我还静静呢。”卫箬衣哼了一声说道，“在我手里就是好的，你一打开就弄碎了，怪我咯？赔吧。”

“这位大哥，你给做个证。这东西是不是到我手里就坏了。”伙计赶忙朝一边的黑衣人求证道。

“这位大哥，你也给做个证，这东西是不是在伙计的手里打开之后才坏的。”卫箬衣也说道。

黑衣人……他只是来叫大家安静一下的，哪里想卷入这种是非之中。他想关门回去，却被伙计拉住了。“大哥，你给说句公道话。”

“发生什么事情了？”这时候雅间里传出了一个略显清亮的声音。

黑衣人回眸，随后马上躬身行礼。“公子，只是一点小小的争执罢了。”

卫箬衣听到声音亦回眸，门内走出了一名身穿海蓝色锦衣长袍的年轻公子，身材修长，面如春花。

门前的少女容颜在灯火的映照下如蒙了一片柔光，卫箬衣本是侧身对着门口的，一身素色的齐胸儒裙款款而下，自然地垂落曳地，即便腰身未曾束起，那隐匿在长裙下的身姿依然婀娜多姿，就在这含而不露之间给人无限的遐思。她的腰背如春笋一般挺拔，墨发松散地挽成了一个发髻在脑后，腮边散落几缕碎发，一双明眸宛若星汉一般璀璨明亮，眼眉之间的艳丽几乎难以用笔墨描绘，浓艳如牡丹却不带一丝的媚俗之气，反而带着一种难以言绘的大气天成。

这一回眸，刹那的芳华，便已倾城。

那名如春花晓月一般的公子已经看得发愣了。

怎么会是他？萧瑾的心念一动。顺着他的眸光，萧瑾看向了卫箬衣，随后手一扬，一件黑色的披风从天而降，落在了卫箬衣的身上，随后他身形如风便已经挡在了卫箬衣的身前，风帽扣下，将那动人心魄的盛世美颜给遮蔽了下去，只留下下颌依然露出。

惊鸿一瞥，足以叫人刻骨铭心。

“这位姑娘，可是遇到了什么麻烦？”那公子的视线给阻隔，这才回过神来。他略显得有点局促，慌忙问道。

还没等卫箬衣说话，萧瑾已经将卫箬衣拉到了身后，挡在了门内公子与卫箬衣之间。

黑衣人快速地将事情小声地对公子说了一遍，那华服公子笑了起来。“不过就是一餐罢了，何至于如此。”他对掌柜的和伙计说道，“都别在这里吵闹了，没有什么意义。这姑娘的饭钱算在我的头上便是了。”

“如此便多谢了。”掌柜的忙点头说道。

“饭钱是小，我的玉如意呢？”卫箬衣不依道。

“算了。”萧瑾将那只包袱从伙计的手里拿了回来，卷好拎在手里，“我们该回去了。”随后他看向了华服公子。“多谢公子美意，请公子留下姓名和地址，银子我明日会送去府上。”

“不过就是一点饭菜钱，不足挂齿。”华服公子这才看到了萧瑾，亦是暗暗的一惊，燕京城之中果然是卧虎藏龙，就现在眼前站着的这两位，容貌已经是顶尖的了，“既然相逢便是有缘，不知道能不能有这个薄面，请两位进去一叙？”

“没有。”萧瑾淡淡地说道，“钱我会如数还上，叙情什么的没必要。”

华服公子给萧瑾拒绝得如此干脆，也是有点发懵，不过他似乎并没在意。“在下来自白岩城的松江王府，姓苏名言，字元亨，还请问这位公子大名？”他一抬手抱拳对萧瑾说道。

“无名小辈，不足挂齿。”萧瑾也一抱拳，他身材高大，将卫箬衣遮挡了一个严严实实的，“既然已经知道苏公子的来历，明日定将银两送回，今日就不必客气了。告辞。”

说完他转身拉起了卫箬衣直接离开了酒楼。

“跟上去。”苏言忙低声对身畔的黑衣人说道。

未久，黑衣人折返回来，一脸的尴尬。“回二公子的话，属下无能，跟丢了。”

苏言推开窗户看了看燕京城的夜景，缓缓地一笑，狭长的眼眸之中星光密布。“就连你都跟不上？五皇子殿下的武功真如传闻一样？”

“那是五皇子殿下？”黑衣人一惊。

“是啊。”苏言展颜笑道，春花一般的面容上笑意满满。他的眼角略长，笑起来果真是有点媚眼如丝的感觉。“你可知那少女是何人？”

“属下不知。”黑衣人说道。

“崇安郡主，卫箬衣。”苏言仰望星空说道，“只是没想到，她本人比画像不知道要美丽生动多少倍，如此美人，用笔真是难以描绘。更有意思的是，他们两个传闻应该是水火不容的，却凑在了一起。你说这传闻的事情，有多少是可信的？还有身为锦衣卫的副指挥使，五皇子殿下怎么会不知道此番进京的各地藩王和所带之人的样貌？适才却来请教我的姓名，大家都是揣着明白装糊涂而已。燕京城果然是比白岩城要好玩得多。”

“后面的人甩掉了？”卫箬衣拉着萧瑾的衣袖问道。

“甩掉了。”萧瑾十分肯定地点了点头，“我送你回去，只是今夜你的容貌被苏言看到，过两天在宫里相见，只怕他能认出来，可能会有麻烦。”

“他能拿我怎么样？”卫箬衣翘了一下唇，“反正我来个一问三不知就是了。他还能说什么？”

“你诚心抵赖，他也的确是没办法。”萧瑾说道。

“不过你不觉得他长得很好看吗？”卫箬衣笑道，“原来松江王府是姓苏啊，我还以为和你一样姓萧呢。”

“不觉得他长得好看。”萧瑾沉下面容来，“妖里妖气的。他是个花花公子，你少和他说话。”

卫箬衣……嫉妒，你这是在嫉妒他的眼睛比你的显得媚人，难怪你没朋友。

“等等，你认识他？”卫箬衣听出了话里的破绽。

萧瑾耸肩。“他应当也认识我。”陛下一共就那么几个儿子，即便他再怎么不受宠，也是成年的皇子之一，若是苏言不认识他才叫奇怪呢。

唉，两个影帝！

卫箬衣只要一想到刚才这两个人在酒楼里面假惺惺地相互寒暄，就觉得有点梦幻。

人生如戏，全靠演技。

“那他认得我吗？”卫箬衣指着自己的鼻子问道。

“不确定。”萧瑾摇头。

“哦。”卫箬衣点了点头。

“怎么？你很想他认得你？”萧瑾停下脚步，斜睨卫箬衣，口气不善。

“哪里有。”卫箬衣赶紧说道，“最好等过几日去宫里饮宴，他也别认出我来才好。”那几乎是不可能的了，除非他是瞎子。

卫箬衣在心底吐槽。

听卫箬衣这么说,萧瑾顿觉自己身上的毛顺了些。

她若敢说一声想,他现在就将她带走,随后牢牢地禁锢在自己的身侧!不容他人觊觎。

这日马车回到紫衣侯府门前,卫箬衣才刚刚下车,就听到身后传来了马蹄声和车轮碾过青石板发出的声音。

卫箬衣回眸,在她的马车后面又缓缓停下了一辆华丽的乌盖马车,车身上并无任何徽记,看不出是哪一个府邸的,但是单从马车的外形上来看,十分华丽。

丫鬟们从车上扶下来一个人。

“卫兰衣?你也出门了?”卫箬衣见回来的是卫兰衣,于是顺嘴问了一句。好奇怪,这是有人专门用自己府上的马车将卫兰衣送回来了吗?

“长姐。”卫兰衣猛然瞥见了站在自家门前台阶上的卫箬衣,吓得稍稍哆嗦了一下。她略一侧身,挡住了马车的车帘,不想卫箬衣看到马车里面的人是谁。

“大白天的,你怎么一副见鬼了的样子?”卫箬衣斜睨着她问道。这太阳还没落山呢,卫兰衣的脸色有点不太对劲,说不上来的样子,她的脚步也有点虚浮,被人扶着,有种站不稳的感觉,眼底也略带着一点点的倦态,还有几分醉意。

卫箬衣索性从台阶上又走了下来,走到了卫兰衣的身侧,凑过去嗅了一下。“你喝酒了?”

卫兰衣的眼底一片慌乱,她马上敛下了自己的眼眉。“遇到了朋友,便小酌了一杯。”

骗谁?小酌一杯到现在还带着一丝淡淡的酒气?不是早就应该散去了嘛。

“最近外面糟心的事情多。”卫箬衣觉得自己作为长姐,还是有必要提醒卫兰衣两句的,“若是真的遇到了朋友想要小酌,那也要少喝点。不出事也就算了,出了什么意外的话那就不好了。赶紧进去吧,别在这里杵着了。”

都已经喝得走路都打晃了,还说是小酌。

“是。”卫兰衣现在心虚着呢,哪里敢接卫箬衣的话题,自是她说是什么自己就应什么。

卫箬衣也懒得去管卫兰衣了,扭头自顾自进了卫府。

卫箬衣一走,卫兰衣悬着的心这才落了下来,只是和卫箬衣说了两句话而已,卫兰衣已经觉得自己背脊上出了一层的薄汗。萧晋安就在马车上,她半点都不想长姐看到他。

浑浑噩噩进了自己的房间,卫兰衣命丫鬟送来热水,随后她将房间里所有的人都遣散出去,自己则脱掉了衣服。

铜镜里面映出了一具略带苍白的躯体,在她的胸和腰部都带着深浅不一的红紫痕迹,是指痕也有吻斑,被白皙的皮肤一衬,带着一种被凌虐之后的凄美。腿部尚带着一点未曾擦去的红白痕迹,已经干在了皮肤上。

卫兰衣忍不住稍稍打了一个寒颤,随后赶紧将自己整个都埋入了浴桶之中,微烫的水包裹住了她,减缓了躯体上的酸软和隐隐的痛。

她怔怔地坐着,目光有点呆滞。

初初经历人事,叫她心底又喜又怕。

喜的是，四皇子殿下要了她的身子，有了这一层关系，四皇子殿下必然会来卫府提亲的。怕的是，她父亲那火爆的脾气，若是知道了她与四皇子殿下有了这种事情，只怕会先剁了她。

适才在门口看到卫箬衣，她原本应该是高兴的，她即将成为真正的皇子妃了，终于可以压制卫箬衣一头了，但是不知道为何，当卫箬衣从高高的台阶上走下来，缓步走到她的身侧的时候，她的心底竟是半分喜悦都没有，只剩下害怕了。

有的人，就是那么好命，即便什么都不做，也高高在上。

卫兰衣死死地咬住了自己的唇，狠狠地拍了一下水，她为何还要惧怕卫箬衣。

只要她将来成为皇子妃，只要四皇子殿下能当太子，能当未来的皇上，别说一个小小的崇安郡主了，就是十个卫箬衣都不够她捏的。

想到未来的某一天，卫箬衣会跪在她的面前苦苦地哀求乞怜，卫兰衣的唇角不由晕开了一丝轻蔑的笑意。

“兰衣?”门外传来了兰姨娘的声音，卫兰衣猛然回神，下意识地朝水里沉了沉自己的身子。”母亲。”

“我进来了?”兰姨娘说道。

“别!”卫兰衣声音都抖了起来，“女儿在沐浴。”

“哦。那我一会再过来。”兰姨娘点了点头。

今日四皇子殿下邀约自己女儿出去，兰姨娘是知道的，所以得知女儿回来，她丢下了手里的事情就赶过来了。

两个人相处得如何？她这个当娘的也要心底有数才是。

究竟自己的女儿能不能入了四皇子殿下的眼?

不过四皇子殿下若非有意，何必亲自下帖子，又亲自来接?

兰姨娘喜滋滋的，萧晋安来找卫兰衣的事情，她还没去和卫毅说，一切都是瞒着卫毅的。

如果他们两个真的能两情相悦，再告诉卫毅也不迟，免得卫毅那暴脾气，不准卫兰衣出门就糟糕了。

说起来，卫毅还是太过偏向卫箬衣了，不过一旦自己的女儿成为四皇子妃的话，那卫毅怎么也应该高看自己一眼，也高看卫兰衣一眼了吧。

卫箬衣那个丫头只知道给卫府惹事闯祸，而自己的姑娘却是在为卫府地位的巩固默默地奉献着。

孰高孰低，卫侯爷心底难道真的就没一杆秤吗?

卫兰衣穿好衣服，这才将房门打开。

兰姨娘进来赶紧将门关起来。“你看看你，怎么连个伺候人都不用？一身的水汽，外面这么冷，别着凉了。”

“着急替母亲开门，便这样了。”卫兰衣勉强地笑了一下，“母亲坐。”

她手里拿着一方巾帕在慢条斯理地擦着自己潮湿的长发，借以掩饰心底的彷徨和不安。这种事情终究不是什么好事，卫兰衣心虚到连自己的母亲都不敢告诉。

即便她醒来的时候，四皇子殿下温言软语，说一定会来提亲，迎娶她，她都是害怕到了极致。

初经人事，她并没体验到什么欢愉与快乐，有的只是恐惧与疼痛。

“我来替你擦。”兰姨娘着急，劈手将卫兰衣手里的巾帕夺了过去，“你坐下便是了，这样擦要擦到什么时候去。”

“母亲。”手里骤然一空，卫兰衣的心也跟着一空，她惊骇地抬起眼眸看着自己的母亲。

“你怎么了？”兰姨娘这才发现自己女儿的脸色不对。

她素来都仔细调理着卫兰衣的身体，以保证将来她出嫁之后能很好地孕育子嗣，替夫家开枝散叶，这是女人一生都要经历的大事，必须做好。所以卫兰衣的脸色向来都不错，按照道理来说，沐浴之后更应该是红润水泽才是。但是现在她的脸色青白，唇色也不如平时浓艳，眼角和眉梢都带着厌厌之色。

“病了吗？可是今日出去受凉了。”兰姨娘着急地去摸自己女儿的额头。卫兰衣侧身想躲开，襟口微微敞开，露出了颈窝处的红斑。

“这是怎么了？”兰姨娘的目光一凛，拉住了自己女儿的手，扯开了她的衣襟一看，顿时脸上也没了血色。她毕竟是妇人，怎么会看不出那些浮动在卫兰衣身上的斑痕是怎么回事。

“你……你可是遇到了……”兰姨娘的脑子瞬间一片空白，“不是四皇子殿下派人接送你的吗？你去了哪里？这是什么人做的？”

卫兰衣哇的一声哭了出来，赶紧跪下。“母亲息怒。”

“这……这么说，是真的了？”兰姨娘顿时六神无主，她慌乱地拉扯着自己的女儿，“到底是谁？”

“是四皇子殿下。”卫兰衣一边掉着眼泪，一边说道。

“他？”兰姨娘听完，慌乱的心这才稍稍地平复了一些。若是他的话，至少比不知道是哪里来的野男人要强一些。“平日里我和你说过要矜持，你怎么……怎么就这样了呢？”兰姨娘急道。

“不是女儿不矜持，而是女儿与四皇子殿下喝了几杯，喝多了，醒来之后，便这样了。”卫兰衣哭道，“求母亲替女儿做主。”

这主是一定要做的，但是现在卫毅在家，很多事情容不得她出面去做。

“四皇子殿下可说了什么？”兰姨娘将卫兰衣拉了起来，按在了椅子上，又拿帕子将女儿脸上的泪痕擦拭去，事情都已经这样了，便是打骂也都无济于事了。她原本就有意将姑娘嫁给四皇子殿下，如今倒是可以顺水推舟。但是卫毅那脾气着实不好，他那一关怎么过才是大问题。

“他说不日就会来府上提亲。”卫兰衣抽泣着小声说道。

“那就好，那就好。”兰姨娘这才算是松了一口气，“只要他肯来提亲，就好办。”嘴上这么说，心底却是直犯嘀咕。如果卫毅不在，亲事上自是老夫人说了算，老夫人算是好说话的，但是卫毅在，女儿的亲事必定是由卫毅来定的。

“你先好好地休息。”兰姨娘安抚了女儿两句，随后起身，心事重重地离开了女儿的房间。

卫箬衣好不容易等到天黑,又借口今天累了,早早地睡下。

等绿蕊和绿萼离开,她就一骨碌爬起来,穿上衣服,又将那枚铜钱给拿着,吸取了上一次不带钱惹出事情的教训,这回卫箬衣可是记得抓了一个荷包在手里。

摸萧瑾家门这种事情,一回生,二回熟。

卫箬衣也没敲门,直接翻墙跳了进去。

不过这回她学乖了,在院子里面的时候就大声问道:“萧瑾,你在家吗?”

后面的套院里面亮着灯,人应该是在的。

等卫箬衣走到后面的套院的时候,萧瑾书房的门已经被打开了。

廊檐的风灯映照,将一个人的影子拉得很长投射在地上。

“你倒是自来熟?”站在书房门前的萧瑾已经换下了官服,穿着一袭青色的长袍。他看着蹦到他家院子的卫箬衣,挑眉说道。

“你上我家不也不敲门。”卫箬衣嬉皮笑脸地回道。

“这次来又是为了什么事情?”萧瑾斜睨了她一眼,回眸,眼底流过了一丝淡淡的喜色。

“瞧你说的,好像我没事就不会来找你一样。”卫箬衣朝萧瑾那边蹭了蹭。

“你可不就是这样的人?”萧瑾淡淡地说道,“今天玩的可开心?”

“没什么好玩的,无聊得很,她们说的话我都插不上嘴,不过好在有福润陪着。不然我早就脚底抹油走了。你交代我的事情我圆满地完成了,我亲自将福润安全地送回宫里,一根汗毛都没少。”卫箬衣笑道。

“嗯。”萧瑾点了点头。

“就这样?”卫箬衣瞪大了眼睛看着萧瑾。

“不然呢?”萧瑾反问。

“你就不谢谢我什么的?”卫箬衣问道。

“呵呵。”萧瑾给了她一个冷笑。

顿时冷场了。

卫箬衣在心底大叹。难怪这厮在宫里不受待见呢。就这么一副鬼样子,谁受得了他这破脾气,连句顺竿爬的好话都不会说。

137 陛下讲究平衡

“之前我说过要教你武功，这件事情还是作数的。”萧瑾缓声说道。

“你还想变着花样折腾我？”卫箬衣马上戒备地看着萧瑾。

“若非我折腾过你，你觉得你上次在御前与前库尔德王对战能有取胜的机会？”萧瑾哼了一声，缓缓说道。

唉，好傲娇啊！

卫箬衣不服地瞪回去，不过也只就瞪了一眼，马上泄气了。

萧瑾说得不错，若非是他教授了一套精妙的步法给她，她早就被库尔德王给砍死了，也轮不到她现在在萧瑾的面前嘚瑟了。

“那你什么时候开始教我？”卫箬衣问道。

“打从明天开始，你三天来一次，就是这个时间便好。”萧瑾思量了一下，缓声说道，“我不喜欢别人知道你的武功有一部分是我教的，所以你最好想好办法瞒天过海。”其实萧瑾压根就不在意这些，只是为了卫箬衣的名誉考虑，还是隐秘点才是。

说来也好笑，他会去在意一个已经名声扫地的姑娘的声誉……不过在萧瑾现在看来，卫箬衣应该处处都是安好的才是。

这样他不光可以教授她武功，更是可以常常见到她。

萧瑾看着卫箬衣的眸光不知不觉地就柔了下来。

以前他渴望有一个属于自己的家，现在这个念头也不减。

他总是想，若是他有了自己喜欢的人，有了自己的孩子，定会全身心地护住她们母子或者母女，也会全身心地照顾他们。总之自己小时候经历过的那些，定然不会让他们再去经历。

若是父皇这一生一世只娶一个心爱的女人，若他是父皇心爱的女人所生，若他不是他母亲用来争宠的工具，那他的人生是不是会和现在相差很多？

他走过的路已经没办法去改变了，但是他可以让自己未来的路按照自己的设想去走。

萧瑾清楚地知道自己想要什么。

卫箬衣想从军，想走一条比当郡主艰难不知道千倍万倍的路，那么，他就化身她手里的刀剑，她手里的盾，不光要为她披荆斩棘，更要坚实地守在她的身侧。

萧瑾的嘴角几不可见地微微上翘了一下。

日后，不管她想去哪里，他都会一路相随相伴。

卫箬衣的悟性很好，假以时日，定有大成，她缺少的是系统的指导和对战的经验。他可以将自己所学的东西都教给她。

“这个自然,我是不会拖累你的名声的。放心放心。”卫箬衣点了点头,一副她了解的模样。

萧瑾躲原著里面的卫箬衣还躲不及呢,现在肯主动开口教她已经是太给她面子了。所以她一定会小心,不会给萧瑾惹出麻烦来的。

萧瑾……似乎这个傻丫头误会了什么了。

算了,他的心意,她以后慢慢也就知道了。

萧瑾看得出来,卫箬衣自从性格大变之后就对他十分戒备,甚至是有点惧怕和抗拒。

之前不知道自己的心意,萧瑾是无所谓,但是现在他却十分小心翼翼,生怕自己太过突兀了,会将这个姑娘给吓跑了。

她的身份高贵,即便是寻常点的公主都比不上她现在的地位。

若是她真有心躲避自己,亦或者不理自己,那倒真的是件棘手的事情。

“你怎么忽然对我这么好?”卫箬衣忽然警觉地看向了萧瑾,“你没什么坏水吧?”

“对你,我值得吗?”萧瑾没好气地回了她一句。

卫箬衣一扁嘴,说得也是。

“对了,听说你升官了,恭喜恭喜啊。”卫箬衣马上满脸堆笑道。

“没什么。”萧瑾挥了一下手,似乎压根就不在意这些。

“哦,对了,我今天在游船会上听了一个八卦。”卫箬衣说道。

萧瑾抿唇,堪堪地看着卫箬衣。

唉,又冷场……难道萧瑾不应该顺嘴问一句是什么八卦这才符合常理吗?卫箬衣在心底暴走咆哮。

好尴尬,周身小风嗖嗖的。

“说吧。”萧瑾凝视了卫箬衣良久,这才缓缓地说道。

唉……可是要被憋死了。

“我听人说,你三哥大概要定亲了。如今只要陛下点头同意,他很快就会去谢府下聘,迎娶谢秋阳的妹妹谢秋燕。”卫箬衣挑眉说道。

“这并非什么稀奇的事情。”萧瑾淡淡地说道。

卫箬衣……又冷场……

超级冷场王绝对是萧瑾现在的封号!

“表哥表妹。”卫箬衣说道,按照优生优育来说,这样不好。

“那又如何?”萧瑾继续淡然说道,“对他们来说不过就是亲上加亲,谢家定会全力站在三哥那边,算是锦上添花了。”

“我倒是觉得有点不太妥当,没准陛下不会答应这门亲事。”卫箬衣不屑地撇嘴,说道。

“为何?”萧瑾的口气总算是有了些许的波动。

“你没看出来吗,陛下现在做什么都是讲究一个平衡。”卫箬衣说道,“谢卫两家一直都是势均力敌,今日我们卫府稍稍地压谢府一头,没准过一段时间,谢府找到我们一个错漏,就会压我们一头,所以从长久来看,谢卫两家是均衡的。如果你三哥真的娶了谢家女,那谢家作为外戚来说,不免有点太过了点。若是陛下答应了你三哥的亲事,估计我们卫府大概也要出一位皇子妃了。”

卫箬衣说完之后就有点后悔，皇家的事情她就算在肚皮里面已经想过千回百回，也不适宜拿到萧瑾的面前来说。

毕竟萧瑾也是一个正经的皇子，只是他这个皇子当得着实有点差强人意。

“我脑子不好，就这么顺口一说，你别放在心底。”卫箬衣嘿嘿地讪笑了一声，赶紧转移了话题。

萧瑾的心神却是一凛，卫箬衣其实看似大咧咧的，但是她确实是说到点子上了。

“你之前是想要嫁给我的吧？那你大概可以正好趁着这个时候和我父皇提出来。”他淡淡地说道。

表情淡，口气淡，但是心底却是不住地朝外翻涌着狂潮。

“哦。”卫箬衣顺嘴应了一声，脑子也没转过那个弯儿来，等她回过味来了，顿时全身的汗毛都竖了起来，“我是说，那个啥，咱们两个是完全不可能的事情，你老人家也不用试探我了。萧大哥，萧大爷，我真的要给你跪下了。我之前迷恋你真的是我年少无知。”她双手合十，拉了一个苦瓜脸，“我现在不敢肖想你！你就是天上的明月，我不过就是井底的一只癞蛤蟆，看多了你都觉得是亵渎你。你可千万千万不要多想了，我不敢的。”

明月，癞蛤蟆？

眼底蕴起的一片星光瞬间泯灭了下去。

她是真的这么想，还是只是寻了一个借口敷衍自己？……

萧瑾即便已经猜到她大概是不肯和自己在一起，所以才试探她一下，可是得到她这般的回答，依然让他的心底如同被针戳了一样的，掀起了一阵锐痛。

她怕自己！

而且非常怕！

萧瑾在锦衣卫那么久，眼光毒辣，卫箬衣眼底的惊恐不是假装出来的，而是真正发自内心的恐惧。

她究竟在怕他什么？

是因为他对她还不够好吗？

萧瑾的身子几不可见地微微摇晃了一下，他深吸了一口气，稳住了自己的心神，眼眉间一片黯淡。

是了，他素来不知道该怎么对一个人好，也不善于表达自己的心情。

这么多年，他都习惯一个人过，受伤了，一个人疗伤，高兴了，没人和他分享。便是遇到一个他愿意与之共度一生的姑娘，他都不知道该怎么和她说。

明明好不容易踏出了一步，满怀期待地等待她的回应，但是等来的却是一盆冷水，从头浇到尾。

他不会说什么情话，只会实实在在地帮她，对她好……

他也不想在她的面前显摆自己到底对她有多好，因为那样很无聊。

“你是不是很怕我？”萧瑾深吸了一口气，缓缓地问道。

“怕。怕得很。”卫箬衣马上点了点头。

“为何。”语气依然淡淡的，但是萧瑾知道自己的心底有多难受。

为何？

因为你老人家一言不合就拔刀啊。

卫箬衣想想原著里面的那位惨死在眼前这位男士的刀下，凌迟啊，一片片的皮肉都被削下来人还不死，足足疼了好久，都变成了北京片皮鸭了才缓缓地死去，卫箬衣就觉得自己全身都环绕在一片冷飕飕的小风里面，浑身上下的皮肉都不由自主地疼了起来。

但是为何怕他，这件事总不能和他说明白吧。

难道说，我一不小心睡了你，然后又一不小心被你片成片皮鸭了……

"总之……你高高在上，如高山雪莲，高天之月，我这种凡夫俗子是不敢肖想了。"卫箬衣尴尬地笑道，"所以这种事情，你以后不用再提，也不用再找什么理由试探我了。你愿意教我习武，我会好好地过来和你学。我对毛主席保证，我绝对绝对不会朝什么歪门邪道上去想。"

"毛主席是谁？"萧瑾蹙眉。

"哦，一个很伟大很伟大的人。"卫箬衣……瞅她这张破嘴！贫吧，迟早将自己给贫成孤魂野鬼！

萧瑾听完，旋身回屋，门在他的身后砰的一下紧紧地阖上，顿时将卫箬衣一个人晒在了院子里。

什么毛病？

卫箬衣一脸懵圈。

难不成萧大爷对她的回答还不够满意？

卫箬衣简直要在心底开始飙脏话了，还要她怎么"表白"自己，他才满意？

萧瑾背靠在紧闭的房门上，心底绞痛不已。

他知道那个姑娘还在外面，只要他打开房门，将人拉进来，狠狠地压在身子下面，夺了她的清白，到时候她怎么也要嫁给他了。

但是他不能。

他最不愿的，就是变成那些为了达到自己的目的不择手段的人。

可是他真的很难受，难受到暂时不想见到她的地步。

"萧瑾？"门外传来了她小心翼翼的声音。

萧瑾再度深吸了一口气。"作甚？"他冷冷地说道。

素来，他的冰冷也是他的外壳，可以保护着他，拒人千里之外，现在，他依然如同往常一样竖起了一道冰冷的墙，将那个才伤了他心的人阻挡在外面。

"那我明天还要来吗？"卫箬衣小心翼翼地问道。

萧大爷喜怒无常不是第一次了。她可是要加点小心，免得踩了地雷，白白地再被他喷一顿。

不过谢秋燕要和三皇子殿下成亲了，萧瑾生那么大的气做什么？

"我不想见到你，明日不用来了，等过几天再说吧。"萧瑾淡淡地说道。

……

卫箬衣顿时无语了。

他干吗生这么大的气啊。

之前也吼过她，但是没说过不想见到她的话吧……

看来这次他是真的生气生大发了。

“哦。”卫箬衣有点垂头丧气的应了一声。“那我走了。”

萧瑾抿唇不语。

“其实吧，谢秋燕要成亲了，你也不用那么生气。天涯何处无芳草啊，对吧。”卫箬衣脑海之中忽然灵光闪动，不由劝慰了一句，“谢家的姑娘是不错，别人家也有不错的姑娘。你别太难过了。”

她到底在胡说八道些什么……

萧瑾气得心尖都有点疼。

“滚！”他吼道。

“好好好。我麻溜地滚了。”被吼了一嗓子的卫箬衣马上从善如流，拔起腿就跑。

唉，好吓人！

翻过院墙的卫箬衣拍了拍自己的胸脯，萧瑾的嗓门真的好大啊，最后那一声滚，震得她耳朵都有点疼。

138 夜会

“崇安郡主那边……”还没等陈一凡出门，萧瑾就再度开口。自从上次吼了卫箬衣之后，他已经将近大半个月的时间没再见到她了，萧瑾实在有点忍不住。

陈一凡本是要出去，闻声顿时停住了脚步，回身看着萧瑾。

这位萧大爷终于将头抬起来了，目光清冷地看着自己的下属，“还没出门吗？”

“没出门。”陈一凡点了点头。

关心人家就直接说嘛，安排了一堆暗桩子在人家前后门口天天看着人家出不出门累不累啊。

“行了，你下去吧。”萧瑾微微地一愣，随后挥了挥手。

“暖。”陈一凡再度点头。

“等等！”

陈一凡一脚都迈出门口了，里面这位爷又开口了，他差点没站稳，一头栽门外去，要不是哥们练过，现在大概已经大头朝下了。

“晚上陪我去办件事情。”萧瑾淡然地说道。

“哦。”陈一凡……这位爷有话不能一气说完吗？“头儿，还有吩咐吗？”他等了片刻，没听到萧瑾再说话，他赶紧又问了一句，别等着他都出去了，再叫他回来。

“没了。”萧瑾淡道，再度垂眸。

陈一凡出了北镇抚司的大门。“这位小哥，我们副指挥使大人很忙，应该是没空应了你们公子的邀约了。”他朝着门口等候着的小厮一抱拳。

“这位官爷，五皇子殿下怎么天天都很忙啊。我们公子说了，不过就是一顿感谢殿下那日仗义相救的宴席，没有别的意思的，怎么五皇子殿下就是不肯去。”那小厮也急了。他都来了三回了，次次连五皇子殿下的面都见不到。

“你也说人家是皇子殿下了。他说不去，你还能怎么样？”陈一凡说道，“你去问那位爷去啊。”

小厮听到陈一凡语气不善，这才想起自己是来了燕京城了，而非是在自家王府的封地，在封地，他们王府的人就是走路都高了别人一头的。

“对不住，对不住，不是那个意思，小的一介下人，怎么能有机会近了皇子殿下的身，只是小的也是奉命前来，回回失败，回去少不得要被责难的。”那小厮十分地机灵，赶紧掏出了银子塞到陈一凡的手里，“这位官爷，您再去帮帮忙，问问看殿下什么时候有空。”

“你当我是何人？”陈一凡更是轻哼了一声，他一拍自己的胸前，“我乃锦衣卫北镇抚司千户，你真当我是你们王府看门的？”他将银子重新塞回去，“这些钱我不会要，我们头儿的行踪我也不会泄露,他想不想见你们是他拿主意。我是他的手下,没见过手下帮上司做主的。你长点心吧。”

说完,陈一凡一抖自己的衣摆,转身回到了府衙之中。

这几天他为了办事方便,没穿飞鱼服,还真被人看轻了不是?

等到了入夜时分,陈一凡被萧瑾拽着到了人家紫衣侯府的门前,他才知道原来自己家大人是存了坑他的心的!

“引走郡主的暗卫?”陈一凡一听就不由自主地咽了一口吐沫,“暗卫的武功如何?”他怎么忽然有点心虚的感觉啊!

头儿你来私会郡主,不带这么坑下属的!

夜深,春寒很重,陈一凡觉得自己的手有点僵,不知道是紧张的,还是冷的。

头儿素来都喜欢独来独往的,今日将他叫来,定是遇到麻烦了。若是郡主身边的暗卫不强的话,头儿自己就能摆平了,虽然头儿不说那两个暗卫的武功如何,但是将他叫来,这事情摆明着就是难办。

好不容易等到头儿有所动作了,陈一凡赶紧猫着腰跟着萧瑾跳入了紫衣侯府。

他们对紫衣侯府十分熟悉,所以三转两转,几乎不费吹灰之力就到了回澜院前。

果然有暗卫!

陈一凡暗叫了一声不好,就觉得一阵罡风袭来!还是高手!

他心底叫苦连天,不过还是按照之前和头儿的约定,引着那两个人一路东躲西藏地朝后面去了。

他不知道自己能坚持多久,只求头儿他快一点!

陈一凡暗自哭爹喊娘地拽着两个暗卫兜圈子。

萧瑾翻身落入了回澜阁里面。

“郡主,歇下吧。”绿蕊吹灭了火烛,从卫箬衣的房间里面出来,随后去了后面。

萧瑾用匕首从外面挑开了窗栓,才一落地,就感觉到一阵寒气袭来。

“是我!”他忙一低头,闪过那一阵刀气,低声说道。萧瑾喜忧参半,这丫头十分警觉,这是好事,可坏事是这丫头的武功几天不见似乎又高了!这么继续下去的话,他以后真是要多加小心了!

“哈!”卫箬衣这才听出来是萧瑾的声音,她将长刀收回来。“鬼鬼祟祟地来我这里干吗?”她转身,去将桌子上的烛台重新点燃,回眸朝窗子口看去。

总不能就这么说他冒这么大危险是因为想她了……

卫箬衣这丫头一闭关就是快半个月了,半点音讯都没有,什么帖子都推掉。十几天不见了,叫他怎么不想。

“和你商量点事情。”萧瑾按压住自己心头翻涌起来的情绪,看向了灯火边的卫箬衣。

她应该是才沐浴过,长发未绾,自然地从肩膀垂落。她的秀发不是笔直笔直的,而是带着一点自然的弧线,蜿蜒而下,被一袭料峭轻薄的白纱裙衬托得乌压压的黑。屋子里弥漫着一股子她身上的清香味道,应是兰花的香气,又带着一点点温热的女儿香,最是诱人。轻纱坠地,将她美好的身材勾勒得淋漓尽致,那白色的雪缎自然地熨帖着她的皮肤。本是如水佳人,奈何她却手持一把大刀,大刀杵地,霸气十足,她还单手掐腰……

这造型简直叫萧瑾心底生出的那几分旖旎心思荡然无存,剩下的便只想笑了……

“什么事情?”卫箬衣偏头。好久不见了,怎么感觉他清瘦了一些,大概是愁的吧。毕竟谢秋燕与三皇子殿下定亲的事情陛下已经准了。

学什么不好,学人家害相思病!没出息!

“我不想被延禧郡主烦着。”萧瑾深吸了一口气,淡然说道,“所以想请你帮忙。”

“干吗?”卫箬衣这才将大刀收了起来,“你下次要来,请光明正大地走门口好不好,再这么跳窗户我真怕自己一不小心将你给剁了。”她这些天闷在家里,还有一件重要的事情便是得了自己父亲亲自传授卫家刀法剩下来的几招。

原本她已经觉得自己学的刀法够精妙的,但是跟着父亲学习这剩下来的几招之后,她顿觉原来整套刀法的精绝所在皆在这几招里面。她对刀法的悟性本就奇高,这几天下来,境界更是突飞猛进。

就连卫毅看了都欣慰地说她现在已经超过了当年的自己了。

延禧郡主是个什么鬼?卫箬衣歪头想了想,终于有点印象了,不就是几个藩王带来的郡主嘛!

“延禧郡主缠着你吗?”卫箬衣说完之后,好奇地问道。

“总之有点小麻烦。”萧瑾说道,他暗中观察了一下卫箬衣的表情,觉得她有点神游天外的样子。

这是在干什么!一副心不在焉的表情。

“卫箬衣!”萧瑾不悦地蹙眉。他并非故意败坏延禧郡主的名声,只是这些日子卫箬衣避而不见,那个延禧郡主倒是跑他那边跑得十分的勤快,叫他烦不胜烦。

“啊?”卫箬衣这才回神。

“他们逼你的婚啊?”卫箬衣问道。藩王们若是想将女儿嫁入皇家,逼婚也不是不可能的。

“那倒没有。”萧瑾一怔,随后摇了摇头。

“没逼你婚,你怕什么?”卫箬衣一抬手,“你怎么也是个皇子,你不点头,别人也不能强迫你对不对。”

萧瑾无语了,重点不是这些,他当然知道自己不点头,别人也逼迫不了他!就如同这丫头之前那么追着自己到处跑了,不也没能得逞吗?

“可是我不喜这样。”萧瑾缓声说道。

“哦。明白了。”卫箬衣恍然,“你是不喜欢被赵欢歌追着到处跑吧。”想想原著里面的自己也是追着这厮到处跑,最后没落个好下场,就知道这厮是有多讨厌被人追了。

萧瑾敛眉,他让卫箬衣这般误会赵欢歌是不是有点过了……“嗯。”萧瑾点了点头。他还是昧着良心了。

东川王府是隔三差五地送帖子寻他,但是人家郡主再怎么主动也没如卫箬衣当年那般没羞没臊的。

这世上能做出这种事情的姑娘,大概也只有卫箬衣了。

“好好好。这事情交给我就是了。你之前帮了我那么多,我怎么也要帮你一回才是。”卫箬衣顿时哈哈一笑,心情怎么忽然就那么畅快了呢,就连脸上的笑容都灿烂到了极致,就差会闪闪发光刺瞎人眼了,“我自有办法叫人家知难而退。”

萧瑾……唉,他真的觉得自己好难……

“你要怎么帮我?”萧瑾不由问了一嘴。

“还能怎么帮,就和她说你是我罩的呗!”卫箬衣心情愉快地将大刀扔到了刀架上挂着,随后坐下跷起了二郎腿,“谁不知道我爹是当年的燕京城小霸王,我是现在的燕京城小霸王,我罩的男人,她敢抢?她回她的东川玩泥巴去吧!”

萧瑾……

都是哪里来的俗语,粗鄙不堪,但是听在耳朵里怎么就感觉那么顺溜呢。

“那便这样说定了。”萧瑾努力地压制着要翘起来的唇角,飞快地说了一声,“我要走了,不能久留,你那两个暗卫大概要回来了。”他走到窗户边推开了窗子。

“哦哦。你走好啊!”卫箬衣赶紧很狗腿地站起来,“我就不送你了啊,下次再来啊。”

萧瑾本是要翻窗的,听到这句话差点没挂在窗户上,他回眸,脸颊不由一红,瞪了卫箬衣一眼,飞快地跃出窗外。

几下跃出了紫衣侯府,到了与陈一凡约定的地方,隔了一会,才见陈一凡气喘吁吁,狼狈不堪地跑了回来。

好在他的身后没有人追。

“他们这是被你甩掉了?”萧瑾蹙眉问道。陈一凡武功有这么高?倒是小瞧他了。早知道他有这种本事,那自己应该在卫箬衣那边再多说两句话的。

“我的殿下啊!”陈一凡深喘了两口气,面如土色,“哪里是我甩了人家,是人家感觉到不对了,中了咱们的调虎离山之计了,所以甩了我,回去找郡主了。我还说要是您还在郡主那边,这会儿可能被抓个正着了。我要是在这里找不到您,就只能想办法去侯府捞您了!”

“捞我?就凭你?”萧瑾现在心情甚好,就连翻陈一凡白眼都是带着笑的,“不过你也不错啊,在那两个高手的追击之下,竟然毫发无损。”

“我毫发无损?”陈一凡苦哈哈地转过身来,“你看看我这后背。”

萧瑾借着月光一看,差点没笑喷出来。

陈一凡背后的衣服都已经碎成条了,惨兮兮地挂在他的身上,面前当真是完好无损,可是这后面……就连屁股都快要露出了半拉……上面还有几道剑伤,好在不深,只是破了点皮。这被追得着实有点凄惨……

“放你假……”萧瑾尽力憋住笑,十分严肃地说道。

“唉,放假倒是不用了。反正也没什么大伤,就是被剑气刮着点皮肉,破了点皮罢了。”陈一凡叹息道,“关键是殿下啊,你可见到了郡主了?该说的话都说完了吗?不能叫我白白地疼了这一回啊。”

“不白疼。”萧瑾这下是真的有点憋不住笑了。

那臭丫头说自己是她罩的男人呢……这话虽然听起来别扭,但是仔细琢磨起来,却是叫人心底感觉到一丝丝的甜意。

咦?陈一凡摸了摸自己的下巴,真是第一次见头儿流露出这种春情荡漾的表情……看来是真的成了!

不过这动作未免也有点太快了吧！

他才拖延了多久的时间啊！头儿这就搞定了崇安郡主了？还连带着穿好衣服？莫不是头儿的身子有点虚？要补！必须要补！

“头儿，回头我给你弄点好东西吃哈。”陈一凡神秘兮兮地凑到萧瑾的耳边低声说道。

萧瑾还沉浸在对那句话的反思之中，完全没回过味来。

“嗯？”他兀自点了点头，也没去纠结陈一凡指的是什么，“赶紧回去吧。”他还非常好心地加了一句。

“对对对。我要赶紧回去了。头儿，告辞了，明儿见啊。”风吹屁屁凉的陈一凡赶紧捂住了自己的后面，一溜烟地跑了。

卫箬衣等萧瑾走了之后就一头倒在了自己的床上，她咬着下唇，看着自己的帐子顶，嘿嘿地笑了起来。

“郡主？”耳边传来了卫庚的呼唤声。

“嗯？”卫箬衣还在傻乐着，漫不经心地回了一声。

听到屋子里面的卫箬衣发出来的声音，卫庚和卫辛提着的心这才落地。他们两个刚才追一个黑衣人围着卫府绕了好久，那人油滑得很，又好像对这周边十分熟悉，每次都是快要追到了，就被他一个拐弯给跑了出去。

他们两个追了一段时间，就感觉不妙了。这人明显是吊着他们兄弟两个。他们这显然是中计了，于是才当机立断，赶紧回来看看郡主。

“郡主可曾遇到什么怪人怪事？”卫庚急切地问道。

“没有啊。”卫箬衣这才回神，“怎么了？”

“哦。”卫庚说道，“郡主可要小心了，适才我们兄弟被人引得去追了一大圈，我们怕是中了调虎离山之计，就赶紧回来了。大概是有人惦记上咱们这里了，属下这就去和侯爷汇报此事。”

和爹说？

卫箬衣一个激灵。

“暂时别说了。”卫箬衣赶紧翻身坐了起来，飞快地说道。

“为何？”卫庚不解地问道。

“我现在好好的，不要去惊动我爹了，他最近很忙。”卫箬衣有点心虚地说道，“我们自己小心便是了，我觉得你们也可能是太过紧张了。”

真的是太过紧张了吗？卫庚和卫辛在屋子外面对看了一眼。

“郡主真的不用汇报给侯爷吗？”卫辛再度问了一句。

“不用了。我爹那么忙，我这里有你们看着就好了。反正现在人也没抓住，我也平安，若是贸贸然地去说了，反而叫我爹分心和担心。不值当。”卫箬衣说道。

“是。”卫庚卫辛这才应了一声。

其实郡主说得也有点道理，那便依了郡主了。

“哦，对了，你们两个都守在外面，不用睡觉的吗？”卫箬衣问道。

“不是的。一会就是卫辛值夜，明晚是属下。”卫庚解释道。

“哦。那你赶紧去休息吧。”卫箬衣说道。

“多谢郡主关心,属下这就去了。”卫庚说道。

卫箬衣这才重重地松了一口气,重新摊回了床上去。

萧瑾好不容易找她帮一次忙,所以这次这个忙还真是要帮好了才是。

卫箬衣在床上翻了一个身。

反正她的名声早就毁在萧瑾身上了,再毁一点也没什么所谓了,属于破罐子破摔一类的。

所以卫箬衣觉得自己也不用费那么多脑子去想该怎么和赵欢歌说,直接简单粗暴地实话实说便是了。

这次这事情是萧瑾拜托她的,若是她说了什么过分的话,那位萧大爷应该不会恼羞成怒,转而剁了她的吧!

卫箬衣纠结着,却是不知不觉地陷入了梦乡之中。

第二天起身,卫箬衣就叫来绿蕊,叫她一会找门上的小厮帮送几份请帖出去。

“郡主这是要邀请人来侯府玩吗?”绿蕊好奇地问道。

“不来咱们侯府玩,去别的地方玩儿。总是被人邀请,怎么也要大方请人家一回,你说对不对?”卫箬衣笑道。

139 逼退情敌

卫箬衣发了帖子请了名门贵胄，入京的藩王家的郡主王子等一聚，她又和萧子雅借了诗社一日用作游玩用。诗社里面风景特别好，最适合这些人走上一走了。

萧子雅倒是什么都没问，直接答应了下来。

这日，诗社关闭一日，专供这些贵胄子弟游赏。

萧瑾凭栏临风，淡淡地一笑，眉头舒展开，别有一番风致雅韵。春雨初霁，碧空如洗，这诗社之中新绿淡雅，萧瑾褪去了一贯的冷冽气质，倒也有了几分风流倜傥的味道。

绿蕊奉上香茶，他端起来慢条斯理地抿了一口。

"别忘记了你答应我的事情。"萧瑾淡道，满口的茶香，便是心情都变得舒畅很多。他转眸对跟在他身后的卫箬衣说道。

"知道了。"卫箬衣知道他意指何事。她对绿蕊勾了勾手指，随后用了一个眼色。

绿蕊会意，屈膝颔首退下。

"你将绿蕊支开，我们在这里便是孤男寡女了，你不怕人说闲话?"萧瑾眼底含笑，缓声说道。

"呵呵。你又叫我帮你，又怕旁人说我闲话，那我怎么帮？再说了，我的名声早就毁在你那边了，整个大梁谁不知道我打小就追着你跑？现在只不过就是拿过来借用罢了。旁人都说了那么多年，我也没堵住那些人的嘴，现在再说点什么，我也无所谓了。"卫箬衣耸肩摊手，"一会会有人将延禧郡主引来，你便是忍着恶心也要配合我将戏演完啊，先说好，不准翻脸。翻脸我就真没办法帮了。"

"不会翻脸。"萧瑾眼底的笑意更浓。

不过忍着恶心是个怎么回事？萧瑾在心底默默地叹息，果然是之前作孽太多，导致现在自己寸步难行。

她还是骨子里认为自己厌恶她的吧。

不过也对，这么多年了，似乎都已经成了某种约定俗成的习惯了，便是旁人看到他们俩在一起，只怕也是会这样想，崇安郡主又缠着五皇子殿下了。

绿蕊和绿萼两人端着一盘松子从延禧郡主的身边走过，绿蕊故意对绿萼说道："咱们快着点，五皇子殿下与咱们郡主在退思亭那边说话，咱们手脚麻利点，赶紧去将这盘松子换上五皇子殿下爱吃的糕点。五皇子殿下不知道能在这里坐多久，没准一会就要离开了。"

退思亭?

延禧郡主放下了手里才摘下来的木头牌子，刚好这牌子上写的是一首情诗，而她心底也有了下阙的对法了。卫箬衣为了不让大家闲得无聊，所以命人在诗社里面到处悬挂了木牌，只要能将上面缺损的诗句补全，便能去领取一定的奖励。

事不宜迟，她若是想再见萧瑾，现在就要寻了过去。

虽然卫箬衣在，但是她早就听闻过卫箬衣是个不学无术的草包，大字都不识几个，倒是承继了她爹一身的武功。这卫府也是有趣，明明就是武将出身，却偏偏要学旁人附庸风雅，弄个什么对诗对对子的主意出来，不是白白地自己打自己的脸吗？

她虽武学上不如卫箬衣，但诗词歌赋样样都通，怎么也比那传闻之中粗鄙不堪的卫箬衣要强，况且她也听说过，崇安郡主打从很久之前就追着五皇子殿下跑了，若是五皇子殿下对她有意的话，只怕现在两个人早就定亲了。五皇子殿下素来是对卫箬衣不假言辞的，如今卫箬衣不过就是仗着此间主人的身份去痴缠着萧瑾，她正好前去将萧瑾“解救”出来，这一来二去，可不就是说得上话了。

延禧郡主本是想叫着自己的侍女一起的，但是转眸想想，就将侍女留在远处，自己匆忙地抓了一个伺候在院子里的小厮，问明了退思亭在何处，便急急赶了过去。

如今的东川王府处境比较微妙，论实力，他们在几个藩王之中是最弱的。其实此番进京，延禧郡主父王的意思是想与三皇子殿下联姻的。

毕竟三皇子殿下乃是皇后嫡出，若是与他们王府联姻成功的话，他们东川王府则进可支持三皇子殿下，退还可以继续与另外几个王府连成一气。

只是可惜得很，三皇子殿下居然定下了谢家女，那东川王府就要另外寻觅人选。

萧瑾虽然不受陛下待见，但是毕竟是锦衣卫北镇抚司的副指挥使，手里是有实权的人物，而且人家也是正经的皇子，若是与萧瑾联姻的话，有东川王府的相助，再联合其他几个王府，没准可以将一个不受待见的皇子真的推到那个位置上。

可惜萧瑾这人不知道是聪明还是木讷，愣是连一次他们东川王府的邀约都不肯应，每每都找到理由推脱，真是叫人恨得牙根发痒，还拿他一点办法都没有。

这几日，东川王府倒是收到了萧晋安的拜帖，说是要择日拜访。

延禧郡主赶到退思亭前，略整理了一下自己的仪容，这才信步而上，假装出一副偶遇的模样。“我在寻我的侍女，却没想到走到这僻静的地方，见到了五皇子殿下和崇安郡主了。”她笑着说道。

今日萧瑾难得穿了一件浅灰色的素袍，这颜色在他的身上非但不显得暗沉，反而让人如玉雕一般的精致，赵欢歌只看了一眼，心就怦怦地乱跳了起来。

论样貌，燕京城的确无人能出萧瑾之右。

不怪卫箬衣不顾身份地追着他跑了那么多年。

卫箬衣抬眸淡淡看了她一眼。萧瑾也没过多的表情，只是略一颔首。“原来是延禧郡主，有礼了。”他从容地说道，随后就端杯品茶，目光别向了他处。

赵欢歌一下子就尴尬了。

这两个人好像没一个人愿意搭理她的样子。

卫箬衣是此次聚会的主人，这聚会也是以她的名义举办的，她如此待客，不免有点失礼吧。赵欢歌瞪了卫箬衣一眼，发现卫箬衣在剥瓜子。

她的面前已经堆了一小碟的瓜子皮起来，剥好的瓜子仁放在另外一只白瓷盘子里面。

这两个人一个品茶看风景，一个专心剥瓜子，完全是一副和谐得不得了的模样，自己杵在这里，好似非常煞风景和多余。

赵欢歌捏紧了刚刚被她摘下来的牌子，给自己鼓了一下勇气。“适才经过，看到一个牌子上的诗很有趣，就取了下来，五皇子殿下帮忙看看？”

赵欢歌说完之后就将手里捏着的牌子递了出去，用极度渴望的眼神眼巴巴地瞅着萧瑾。她人生得小巧玲珑，瓜子脸，柳叶眉，带着一股子南方女子独有的纤弱与水样的气质，很难有男子忍心拒绝她那种眼神。

“剥了一小盘子了。你尝尝。”这时候，卫箬衣将自己面前剥好的那一小盘子瓜子也朝萧瑾的面前推了一下，巧笑倩兮，“这是我专门叫人替你特制的，都是按照你的口味。看看味道可还好？”

“嗯。”萧瑾这才转眸，看着卫箬衣笑了起来，他捻了一粒饱满的瓜子放在了嘴里，“很香。”他点头赞道。卫箬衣真会胡扯，这不就是街上炒的普通的香瓜子吗？不过就是品质好些，颗粒饱满些罢了！什么为他特制的……不过这话他着实爱听。她再多说几句，他都喜欢。

赵欢歌……

她这是被这两个人彻底无视了？

手依然尴尬地伸着，那写着情诗的木牌在她的指尖，她的手都有点略微发抖。“五皇子殿下！”她不甘心地叫了萧瑾一声。

萧瑾这才好像回过神来，注意到她的存在一样。“哦，延禧郡主，对诗这种事情我并不擅长，你可以找旁人帮你看看。”他直接开口拒绝道。

唉，卫箬衣默默地在心底叹息了一声，太不知道怜香惜玉了，人家延禧郡主那小眼神委屈得都快要红了。

“是啊是啊，延禧郡主还是找旁人帮你看吧。”卫箬衣说道，“我已经叫绿蕊和绿萼去给你拿糕点了，也是按照你的口味专门为你造的。”

“还是你知道我的喜好。”萧瑾笑着说道。

“那是，我与你相识那么多年了。你喜欢喝的茶水、喜欢吃的东西，我都知道。”卫箬衣笑道，媚眼如丝，红唇微微翘起，似是撒娇，又似诱惑，看得萧瑾的心顿时怦怦地乱跳了几拍，口干舌燥的感觉顿时袭来，他赶紧端起了茶杯喝了一大口。

如此牛饮，还真是糟蹋了卫箬衣的好茶了。

这……赵欢歌完全怔住了。

这两个人之间显然流转着说不清道不明的暧昧，怎么与传闻之中五皇子并不待见卫箬衣完全不一样？

这两个人完全就是一副你侬我侬，卿卿我我的模样。

“咦？延禧郡主还在这里啊。”卫箬衣一转眸，故作惊讶地看着尴尬到脸色发青的赵欢歌，说道，“要不你也尝尝这瓜子吧。”说完她将一盘子带着皮的瓜子朝赵欢歌那边推了推，“虽然剩的不太多了，不过真的挺好吃的，这瓜子可是很难炒的，外面很难吃到。我准备了好久，也不过得了这么一盘子而已。”

“我……我就不打扰五皇子殿下和郡主了。”赵欢歌的脸上一阵红一阵白的，她哪里有心思去吃人家的瓜子。

卫箬衣那嘴脸和口气就是分明不想将瓜子给她吃。

她再怎么说也是藩王府的郡主,这点点的傲气还是有的。

“也好,那种情诗还是另外找人帮郡主对出来比较好。”就在赵欢歌转身的瞬间,卫箬衣的声音不疾不徐地传来,“我打从十岁就已经心仪一个人了,整日追着他跑,他的喜好我是最明白清楚的,他想要什么,不想要什么,我也知道。他喜欢的,便是多说两句;不喜欢的,连说上半句话他都会觉得厌烦。郡主现在清楚明白了吗?”

紧紧地将那木牌子攒在手里,赵欢歌暗咬着自己的后槽牙,卫箬衣话都说到这份上了,她若还是不明白,难道她是傻子吗?

萧瑾对她的态度这不是明摆着吗?

卫箬衣的话已经说得够透彻了。

就连半句话都不想再和卫箬衣说,赵欢歌连离开的招呼都不和这两个人说了,直接扭头快步走下了退思亭。

等赵欢歌的身影消失殆尽,卫箬衣这才吐了一口气,朝着萧瑾一伸舌头。“我现在是将东川王府给得罪透了。我不管,将来我要被东川王府追杀的话,你负责!这可都是为了你!”

“好。我负责。”萧瑾的心底简直如同沁了蜜一样的甜,他笑着说道。

“赶紧吃点瓜子压压惊。”卫箬衣说道,随后抬手将刚刚放在萧瑾面前的那盘子已经剥好的瓜子又端了回去。

“你干吗!那是你给我的!”萧瑾抬手去夺,两个人一人捏着盘子的一边互不相让。

“我剥得那么辛苦,凭什么便宜你?”卫箬衣瞪眼,“放手!”

“你既然给了我,便是我的,干吗还要拿回去?你放手才是。”萧瑾哼道。

“哈。我帮你那么大忙,你谢谢都不说一声,还剥削我的劳动成果,凭什么啊?”卫箬衣不甘心地吼道。

“凭我长得帅!”萧瑾脑子里面灵光一闪,开口说道。

卫箬衣顿时怔住了。

趁着她一晃神的瞬间,萧瑾再度将盘子夺了过去,他打开自己的荷包,直接将盘子里面的瓜子仁都倒了进去,随后将空盘子塞回卫箬衣的手里,然后挑眉略带得意地看着她。

“行行行!”手里被塞了一个空盘子,卫箬衣这才回过神来!心底如同一百万头神兽呼啸而过,她一定遇到假的萧瑾了!说好的高冷呢!

“你长得帅你说了算!”卫箬衣无奈地将盘子放回到石头桌子上,叹息说道。

人心不古啊!

就在她摇头叹息的瞬间,萧瑾的面容骤然地在她眼前放大,不知道什么时候他竟是凑了过来。

卫箬衣吓了一大跳,赶紧身子朝后仰。“你干吗?”她惊魂未定地看着萧瑾忽然凑过来的脸庞。

“你真的觉得我长得很帅吗?”萧瑾低声问道。

不知道为什么,卫箬衣的脸刷地一下红了,身周的温度也好似快速地升高。她慌张地从凳子上跳起来。“说话就说话,靠那么近干吗?”骤然有了一种自己好像被人调戏了的感觉,卫箬衣的心跳加快。

“我怕声音大了被人听到。”萧瑾不以为意地轻声说道。

“你有毛病!”卫箬衣狠狠地瞪了萧瑾一眼,随后兔子一样地跳了开去。

见她急急匆匆地起身朝外跑,萧瑾也站了起来,高声问道:“你去哪里?”

“我去找个没毛病的人说说话去!”卫箬衣头也不回地回道。

“我马上就要走了,你不送送我?”萧瑾憋住笑问道。她跑得好快,转眼就已经溜出去好远了。

“慢走,不送!”卫箬衣丢下一句话,一转弯,人就彻底了不见了踪迹。

萧瑾等卫箬衣跑没影了,这才放声笑了起来,她刚刚那样子是害羞了?

果然对付卫箬衣,需要换一种法子!

卫箬衣这一招也着实管用。

从那日侯府的饮宴之后,萧瑾就再没接到过东川王府的请帖。东川王府只是找人送了一份谢礼到北镇抚司衙门交给萧瑾。

东川王府的人并不傻,不会在这种节骨眼上与紫衣侯府的人相争。

饮宴结束不久便是春猎。

140 春猎开始

阳春三月,阳光明媚,万物复苏,野外不知名的野花已经竞相开放,燕京城内外被大自然那无形的手披上了春季独有的姹紫嫣红。

春猎日的到来,让京郊五十里外的大围山行宫变得热闹异常。

这里不光是皇家猎场,更建有牧场,夏季山中泉水引入行宫,清凉的泉水穿宫而过,让整个行宫十分的清爽宜人,所以这里也是皇家的避暑山庄之一。

大围山猎场平日里是不许百姓进入的,周围有围栏为界,如今皇族出猎,更是有羽林卫巡逻。

每隔百十步便有锦旗为号。

白天猎场里面有帐篷休息,夜晚大家便会回到行宫夜宿。

陛下有意展露一下皇族的威风,他病了两年多,春猎这活动也停了好几年,今年在猎场开猎之前他还特别地安排了一段由三千禁军手持长矛与盾牌跳的破阵曲。

卫箬衣算是大开了一次眼界了。

虽然说在现代看过不少大型的团体表演,但是都是在电视上看的,远远没有身临其境的感受。

这种东西只有站在现场才能感受到扑面而来的气势与震撼。

三千禁军动作整齐划一,小伙子一个个身穿黑色的铠甲,腰间和颈间均系着赤红色的腰带和长巾,舞动起来,气势磅礴,呐喊声震撼山岳。长矛反射着阳光,在他们的手里划出一样的弧线,盾牌顿地,脚步踩踏出来的节拍配合着战鼓的鼓点,几乎让所有人都深受震撼。

等破阵曲终了,整个大帐之前一片寂静,陛下先带头叫了一声好,之后掌声雷动。

陛下看起来十分的开心。“众位爱卿,这春猎开始,大家就各显神通吧。”他大手一挥,这春猎的活动算是正式开始了。

虽然他并没说出竞赛的意思,但是到了这里,各府就都憋着劲了。藩王府之间自然是要比的,就是几个皇子之间也是暗自较劲。

卫箬衣再一次看到了传说之中的十二皇子。他被淑妃娘娘带着,完全就是一个糯米团模样的正太。他今日也穿着猎装,头戴金冠,虽然比不得他的哥哥们那般英俊威武,但是也像模像样的,脸上那股子骄傲的劲头叫人真想去掐一下他腮边的软肉。

福顺公主笑吟吟地走到卫箬衣的面前。“怎么样,崇安郡主,要不要比一比啊?”她略带挑衅地问道。

“比什么?”卫箬衣笑问道。

“来了这里还能比什么？自是比谁在今日之内猎到的猎物多!”福顺笑着说道，心底里对卫箬衣却是厌恶至极。

福润今日没来，这可是称了她的心了。福润前些日子就病了，一直被皇后藏在宫里，听说过几天还要送到行宫去修养，看起来病得不轻。最好病死那个臭丫头，永远别回宫才好。

“我哪里敢和公主殿下比呢。”卫箬衣嘿嘿地一笑，“我甘拜下风。”说完她就朝着福顺行了一礼，直接告退。

福顺一怔，她本以为卫箬衣是肯定会接了她的挑衅的，哪里知道卫箬衣竟然是如此的滑头，直接轻飘飘的一句话就认输了。

卫箬衣走后，自是有围着福顺公主拍马屁的贵女前来恭贺她不战而胜，崇安郡主竟是连与她一战的勇气都没有。福顺也只能干巴巴地笑着生生地接下了。

可是她的心底却是半点高兴的情绪都没有，反而有了一种哑巴吃黄连有苦说不出的感觉。

她原本都已经安排好了，自己与卫箬衣比赛，自是肯定要作弊的，也找了人跟着卫箬衣阻她赢过自己。总之该下的绊子，她都下好了，哪里知道人家卫箬衣愣是不接她的招。

卫箬衣又不傻。

福顺那娇娇弱弱的模样，平日里走的都是弱不禁风的路线，今天忽然提出要和她比试了，其中必定有诈!

卫箬衣等春猎结束就要离开燕京城了，自是不会在这个节骨眼上节外生枝。

春猎不过就是一个名头罢了，哪里要她们这些贵女真的去狩猎，不过是男子们之中的明争暗斗。

福顺明明知道自己是那种可以手撕大狗熊的女汉子，却还要和自己比试，不是摆明挖了坑等她去跳吗？她看起来真的有那么蠢？认输而已，又不掉块肉!

别说，福顺还真的挖了坑了……

她原本就是想将卫箬衣引过去，然后摔个人仰马翻，最好是摔断了腿才解恨。

现在卫箬衣不理她，她就只能匆匆地再度找人去将那个为卫箬衣准备好了的坑给填了起来，免得有旁人误入其中，掉进去，再有人追究起这坑的来历，那可就麻烦了。

谢秋燕见到卫箬衣从大帐里面出来，迎了过来。

卫箬衣今天打扮得美极了，一身鲜红色的猎装，她的眼眉本就便艳丽一点，这鲜亮的大红色更是将她衬托得如同朝阳一样夺人眼目，即便很多人再怎么不屑卫箬衣的为人，但是在见到她的时候也忍不住目光相追随。

她的墨发被编成了小辫子随后用一顶金质的小冠束缚在脑后，那小冠带着点男子发冠的样式，但是周围又用极薄的金片打造出不同形状的蝴蝶坠满了整个金冠，只要她一走动，金片晃动，反射着阳光，一片金粼粼的光闪过，金片相互撞击又发出了极其悦耳的声音。

“崇安郡主，要不要与我们一起？”谢秋燕笑问道。她已经是未来的三皇子妃了，所以妆容打扮自是大气自然。

“多谢了。”卫箬衣潇洒地一抱拳，“我自己便好。”她也拒绝了谢秋燕的相邀。

等卫箬衣行过，去牵自己的白马的时候，谢秋燕身侧谢家其他的姑娘不悦地围拢过来。"她神气什么啊，卫府就来了她和卫兰衣，那卫兰衣一直与拱北王妃在一起，看样子压根就不会出去骑马，她难道要一个人去狩猎？也不怕出事情了！"

"就是，咱们已经是给面子邀请她一起了，她却是不领情！咱们谢家为何要与卫家的姑娘走在一起！"

"你们知道什么？"谢秋燕淡淡地一笑，"谢卫均是陛下的肱骨之臣，在外人面前自是要团结的。"

被谢秋燕这么一说，其他的谢家姑娘也就不敢吱声了，心底却是大大的不屑。

谢卫两家不合由来已久，单就在这个时候团结！谢秋燕现在是准皇子妃了，这么说也不过就是刻意地讨好陛下和三皇子殿下罢了。

神气什么？

卫箬衣骑着小白一溜烟跑了出去。

按照萧瑾所说的方位，她朝西跑了一小段，绕过了一个小山坡，果然在山坡的那边看到了骑马静静等候着她的萧瑾。

春日阳光明媚，山坡上绿色倾泻，宛若铺了一层绿色的丝绒毯子。

萧瑾黑衣黑马，模样清正妍丽，微微翘起的眼梢带着一点点说不出的媚色，似有若无，却又不失男子的英武气度。一把黑铁色的大弓背在他的背上，墨发被清风扬起，恣意之中带着一种难以用笔墨描画的洒脱之气。

"等了很久了吗？"排除了"万难"才得以脱身了的卫箬衣一来就吐了一下舌头，"我没想到那么多人在前面拦着我。"

还是萧瑾好，不受人瞩目，自是来去都随自己的心意，不像她，走一步都有人盯着。

"也没有很久。"萧瑾微微地一笑，嘴角的瑰丽瞬间将这春日明媚的太阳都比得黯淡了几分。

卫箬衣的心骤然被笑得怦怦乱跳了两下，忙低下头去，借着拍小白的脖子来掩饰自己微微发烫的脸颊。

最近萧大爷总是朝她露出这样的笑容，完全有点招架不住啊怎么办！

按照她以往的无赖程度，有这样的大美人儿朝她笑，她自然是应该打蛇随棍上，不过这笑的人可是萧瑾啊！萧瑾这两个字就如同魔咒一样，只要一想到，就让卫箬衣隐隐地觉得肉痛。

虽然说现在的剧情大概已经和原著里面走得大相径庭，驴唇不对马嘴了，但是卫箬衣真的很怕万一哪一天萧大爷心情不爽，而她又恰巧作死地招惹了他，那就完了菜了。

好在她马上就要离开燕京城了，等离京之后，不用整天对着萧瑾这样的大美人，大概这花痴也就发不起来了。

原著里面的那位对着萧瑾发花痴的下场还是叫卫箬衣想想就汗毛直竖的。

"小白还是如同以前一样？"萧瑾见卫箬衣低头不语，还是先开口打破了两个人之间的宁静。

她真的很美，萧瑾觉得自己便是站在这里看她一整天大概都不会腻。

蓝天白云，青草依依，佳人骑白马而立，红衣飘然，大概天下再没比眼前的美景更叫他心醉的。

“脾气还是那么大。”卫箬衣回过神来，无奈地笑了笑。小白是她买下的一匹骏马，万里挑一的好，但是唯独一点不好，这马任性得可以，属于牵着不跑，打着倒退的那种贼不靠谱的类型，可偏生对了卫箬衣的胃口。

“你将来若是要当武将的话，小白这般任性可不行。一次两次也就罢了，次次都这样，没准有哪一天你会在小白身上吃亏。”萧瑾正色说道。他从马鞍上摘下了另外一柄长弓递给了卫箬衣。“试试这个。你要离开燕京城，我也没什么好送你的。这把弓应该很适合你用。”

“送我的？”卫箬衣有点吃惊地看着萧瑾。

我的乖乖，萧大爷送东西啊！

卫箬衣抬手将长弓接了过来，顿时就有一种爱不释手的感觉。

这把弓是暗金色的，把手处用兽毛捆住，通体都雕了暗纹，看起来华丽又不张扬，实在是装酷利器啊！卫箬衣抬手用弓弦试了试，居然弹性和韧性都恰到好处，不管她用多大的力气，这把弓都能胜任。这弓的弓胎是用什么材质做的？韧性和强度居然都这么高？卫箬衣暗搓搓地又多加了一把力气，这把弓居然还是没有被她给崩断……

“这是好东西啊！”卫箬衣又惊又喜地看着萧瑾，“还是还给你吧，这东西一定不便宜。”他那么穷……买这样的东西要花多少钱？卫箬衣即便是对兵器没有什么太大的概念，也知道这种东西肯定是价值不菲的。

“你若不喜，便扔了吧。”萧瑾的神色一僵，“我虽然不是什么有钱人，但是送出去的东西断然没有再收回来的道理。”

卫箬衣嘿嘿地一笑。“你别生气，我是很喜欢的，就是怕你花钱太多嘛。”不知不觉的她的声音之中带了几分娇憨之意，就连她自己都没察觉到，“我可舍不得扔，自是要好好地收着。”

萧瑾别开脸，嘴角翘了起来。

“对了，你不是说要帮我驯一下小白的吗？”卫箬衣问道。小白骤然听到卫箬衣叫它的名字，耳朵竖了竖，马眼也转了转。

“这马当真是有点古怪。”萧瑾好奇地说道，“真的有点通人性呢。”

“我就说吧！”卫箬衣笑道，她再度拍了拍小白的脖子。

“试试啊，小白？”萧瑾挑眉对小白说道。

141 现场驯马

小白似懂非懂地看向了萧瑾。

萧瑾哈哈一笑,策马提缰,率先冲了出去。

“小白,咱们上!”卫箬衣将那把弓背好,一提缰绳,小白撒开四蹄,直接追了过去。

小白的速度极快,萧瑾今日骑的黑马也是非同凡响,他又是跃马先跑的,小白的好胜心两下就被激了起来。

“你收紧缰绳,强迫它听你的话!”萧瑾的声音从前方传来。

“啊?”卫箬衣一怔。

“若是想收服它,便要让它知道你才是它的主人!”萧瑾说道。

“哦。”卫箬衣也没多想,反正萧瑾应该不会坑她的,她大力收紧了缰绳。

小白原本跑得恣意,再加上它的脾气被萧瑾的黑马给激了起来,哪里还肯听卫箬衣的话,卫箬衣越是拉缰绳,小白就越是拧着朝前跑。

“她不肯听话啊!”卫箬衣心软,有点舍不得,小白那么漂亮,万一被她力气大给勒坏了怎么办？所以只是勒了一下,见小白不肯屈服也就渐渐地松开了缰绳。

“在战场上,你若是要撤退,但是小白见到敌将的马匹神骏,起了心思要与它一战,你也由着它的性子？要记得是你在骑马,应该是由你去操控它,而非它在操控你！若是你不能叫它完全驯服于你的话,还不如换一匹温顺听话的马。”萧瑾的声音从前面飘来,已经带了几分严苛之意,“你这般心软,心疼它,倒不如将它当个宠物养着,它再这么顽劣不堪,我看也不成什么大气,你不用带它出来了,将它打扮好看圈在家里就是了。”

卫箬衣被萧瑾骂得缩了一下脑袋。

这么凶干什么!

不过转念想想萧瑾说得句句在理。

她买下小白就是看小白有个性,又漂亮还神骏异常,但是如今萧瑾说的毛病,它都有,她是想带着它一起,但是它再这么顽劣下去,最后倒霉的是自己。

“小白!”卫箬衣思及于此,厉声吼了一下,“你若是再这么不听话,我便不要你了!”

小白不屑地打了一个响亮的喷嚏,依然撒开四蹄朝萧瑾追去。

它的速度极快,眼看着就距离萧瑾已经只有一个马身的距离。

“勒住它,叫它停下,若是你做不到的话,就放弃小白,我再给你选一匹马带走。”萧瑾厉声呵斥道,“当断不断,必受其害。”

卫箬衣咬牙,双臂灌力,朝回一拽。

小白顿时吃痛,它长嘶了一声,借以表达它的不满,依然固执地想要追上萧瑾。

卫箬衣再也不肯由着它的性子来了。

萧瑾说得对，当断不断，必受其害，她将来是要上战场的，马若是一点都不听她的话，她还要不要命了？

她这回没有再心软，而是死死地拽着缰绳，缰绳的嚼子深深地卡在了小白的嘴里，顿时勒得它嘴角都崩裂开来。

小白玩命地挣扎了起来，它也不追萧瑾了，而是气恼得戛然停住，原地乱跳，意图将卫箬衣从马背上甩下来。

萧瑾在前面赶紧勒住了马的缰绳，将黑马停住，转而调头回来。

他虽然担心卫箬衣担心得要命，但是也知道这是卫箬衣驯服小白的必经阶段。小白是一匹好马，通人性，懂人言，灵气十足，但是缺点就是脾气太倔，个性太强，不服管理。

萧瑾知道现在小白只是将卫箬衣当成自己的小伙伴，并没真正地将卫箬衣当成自己的主人那般敬畏。若是卫箬衣能真正地让小白信服，才能最终获得小白的忠心。

"双手用力，双腿夹紧小白。莫要让它赢了你！"萧瑾紧张地看着小白和卫箬衣。此时他只能密切关注着，却不能去帮忙，若是他伸手了，小白定然不会再认卫箬衣为主了，到时候就真的要给卫箬衣换一匹马了。

放眼整个燕京城，还真找不出一匹比小白跑得更快的马来。

小白的激烈反抗也激起了卫箬衣的好胜之心。

有之前在大殿里骑黑熊的经验，这回卫箬衣骑小白已经算是驾轻就熟了，况且上次她只是死死地抓住黑熊的皮毛，这一回小白身上有马鞍，有缰绳，已经是比上一次好很多了。只是小白的精力充沛，跳得高、蹦得远，颠簸的幅度可比上次的黑熊要大太多了。

卫箬衣咬牙坚持着，也存了与小白角力的心思。

小白约莫就这样颠簸了快半个时辰的时间，终于渐渐地服气了。

它渐渐地停歇了下来，趋于缓和。

卫箬衣觉得自己的五脏六腑都快要被小白给颠倒过来了。小白渐渐地不颠了，她也跟着松了一口气。

"莫要松懈了！"萧瑾提醒道。

他的话音才落，小白就再度奋力一跃。

这马鬼精鬼精的，居然知道用计！

卫箬衣也不知道哪里来的念头，飞起一拳直接砸在了小白的脖子上，随后就摘下了萧瑾刚刚送她的长弓，故技重施，横过小白的脖子，用弓紧紧地勒住了小白的脖子，随后双臂死死地收紧。

这马的确顽劣，若是不让它吃点亏，它真的不知道谁是它的主人！

卫箬衣已经被小白颠了半个时辰了，若是在这个关头被小白给颠下来，那之前遭的罪就全都白搭了。

那弓的韧性和强度都好得吓人，卫箬衣手臂用力，将弓都拉成了弯月，深深地卡住了小白的脖子。这回小白真的受了教训了，先开始亦是反抗得厉害，但是见卫箬衣丝毫没有放开它的意思，渐渐地它也就心生了畏惧之意。

它挣扎的动作也随着那股子畏惧之意的产生而平复了下来。

直到它完全一动不动地站在原地了,萧瑾一直紧绷着的心这才骤然地放开。“成了!”他面露喜色地看着依然死死勒住小白不放的卫箬衣,“好了好了,它肯听话了,你赶紧放开它吧,再勒下去,它的脖子要被你勒断了。”

“真的吗?”卫箬衣虽然是这么问,但是手上已经卸掉了力气。

小白感觉到脖子上的压力骤然一轻,委屈地低鸣了两声,拿蹄子刨了刨地,却是一动不动了。

“你下马,松开缰绳。”萧瑾说道。

“好。”卫箬衣将弓背在了身后,随后下了马来,依照萧瑾所说,松开了缰绳。小白依然矗立在原地不动,两只大眼睛乌溜溜地看着卫箬衣,只是那眼神之中已经可以见到明显的敬畏之光。

“你叫它走看看。”萧瑾也翻身下了马,三步并成两步地凑到卫箬衣的身边,笑着说道。

“朝前走两步。”卫箬衣试着对小白说道。

小白低鸣了一声,依言朝前迈了两步,也仅仅只有两步,便堪堪地停住了。

“这么听话?”卫箬衣吃惊地看着小白,随后又看了看萧瑾。

“它既然认了你当主人,自是会听你的话。现在你就是撵都撵不走它了。”萧瑾说道。

“真的吗?”卫箬衣抬手摸了摸小白的脖子,刚刚被弓勒住的地方还有血红的痕迹,心疼得她不要不要的,自己的力气刚刚用得太大了。“它不会生我的气吧?”卫箬衣忽然有点担心地问道。

她话音才落,小白便低头用鼻子轻轻地蹭了蹭卫箬衣的手臂。“它这是听懂了?在告诉我它不生气?”卫箬衣顿时瞪大了眼睛,“这也太神奇了!”

“真是一匹好马!”萧瑾心底欢喜,不由赞叹道,“这般通人性!”

“你喜欢就送你好不好?”卫箬衣看着他近乎完美的侧脸,忍不住说道。看起来萧瑾也真的很喜欢小白呢!

“君子不夺人所好。”萧瑾垂眸看着站在他身前的卫箬衣,笑道,“再说它认的主人是你,又不是我。这种马一辈子大概也只会认一个主人了。你送给我,我可用不了它。”

“真的吗?”卫箬衣惊喜地问道,“它一辈子只会认一个主人吗?”

“好马如忠臣良将。”萧瑾笑着抬手去碰触了一下小白的额头,却被小白作势一呲牙。“你看!”萧瑾笑道。

这哪里是一匹马……这分明是一条披着马皮的狗!卫箬衣被刚刚小白的动作给雷到了,先是一阵错愕,随后笑得前仰后合起来。

萧瑾看着卫箬衣的目光益发的柔和。

唯愿此刻长久……他喜欢的姑娘本应该笑得这般恣意,这般透彻,这般无忧无虑。

卫箬衣笑着笑着就有点笑不出来了,垂眸轻轻地抚摸着小白健硕优美的颈项,心底却是思潮起伏。

她的心底有点堵,不知道为什么,就在萧瑾帮她将小白驯好的那一瞬间她是十分开心的,但是过了那股子兴奋的劲头,她的心底竟是有了几分失落之意。

她不知道这样的失落是从何而来的。许是她穿越过来之后就来了燕京城,如今眼看着就要离开了，心底终究有点不舍吧。

“走吧，去射猎。看看你的本事。”察觉到了卫箬衣有了那么一点点的不对劲，萧瑾笑着说道，“不若我们来比赛？”萧瑾并不敢去询问卫箬衣到底是为何忽然有了那么一丝怅然若失的感觉。

他这些天，心底也是日日夜夜地在煎熬，他虽每天都能见到她，但是总觉得这样的日子怎么也不够。他兢兢业业地教她，恨不得将自己会的全部给她。

他不求别的，唯愿她能在她自己选定的路上越走越顺，不要受任何的损伤。

“你与谢秋阳学的都是射中死物，这活的你可射过？”其实萧瑾想问的是她怕不怕血？从军就没有不见血的，她要去的是冰河县，那边土匪成患，若是与土匪短兵相接，她见了血心生畏惧了，也是会出事的。

这春猎倒是一个极好的机会。

卫箬衣收敛回自己的心思，回过神来。“我没有射过活的东西，以前谢秋阳教我，射的都是靶子。”

“射活物与射靶子的区别比较大，你要判断活物奔跑的方向，速度，提前预判，才有很大机会可以射中。”萧瑾说道，“一会去找个野兔子试试。”

这围场之中已经好多年没有人来狩猎了，原本里面蓄养的一些动物如今已经繁殖得子孙兴旺，且膘肥体壮的。萧瑾带着卫箬衣策马前去。“一般动物都有自己的活动范围，你若是想找多点猎物，可以沿着水边走，总能遇到的。”

这围场萧瑾来过几次，所以里面虽然很大，但是他倒也依稀记得一些路。他带着卫箬衣绕过了山坡，去了后面，果然在一炷香的时间之后找到了一条潺潺流过得小溪，溪水是山中融化的冰川沿着山脉缓流而下形成的，水质十分的清澈。沿着溪水两边还开着不知名的野花，便是不来狩猎，只是骑马在这里走走都会觉得十分的心旷神怡。

“看，有蹄印！”萧瑾眼见，指着溪水边被踩踏下去的草苔对卫箬衣说道，“是新鲜的蹄印，看来刚刚有几头鹿经过，咱们去碰碰运气！”说完他就将长弓从背上拿了下来，提在手里，单手提缰策马涉过了才能淹没马蹄的溪水，追着鹿蹄印子而去。

卫箬衣也来了精神，她也学着萧瑾的样子，将他送的那柄暗金色的长弓拿了下来，与萧瑾一前一后，趟过了溪水。

他们才朝前走了不久，就见那边稀疏的树林之中似乎有几头野鹿在闲适地啃嚼着树叶。阳光透过枝头的新叶，斑驳地落在林间空地上，形成一块块的光斑，宛若一道道光束落下。溪水在林间还起了一点点的薄雾，眼前的一切如同仙境一般。

见萧瑾准备搭弓射箭，卫箬衣忽然有点于心不忍起来，她假装鼻子痒，“哈啾”，随后就打了一个大大的喷嚏。

这声音来得突兀响亮，瞬间打破了周遭的平静，顿时就惊扰了那几头在吃树叶的鹿，鹿机敏地跳跃起来，朝着树林的深处而去。

“可是受了风寒？”眼看着要到手的猎物被卫箬衣一个喷嚏给“打”飞了，萧瑾赶紧回眸关切地问道。他的话才问完，就见身后侧那红衣姑娘眼底噙着的狡黠的笑意，他瞬间就明白了，无奈地瞪了她一眼，却也是无声地笑了起来。“你这般心软，可怎么上战场啊。”他落下了手里的弓，无奈地说道。

“那是不一样的。”卫箬衣知道自己被萧瑾看穿了，也不羞恼，只是捂着嘴笑，随后说道，“刚刚你看那些鹿应该是一家子，你杀了鹿爸爸或者鹿妈妈，剩下的岂不是会很伤心？还是算了吧。若是上了战场与适才的情景又不一样了，那里不是你死就是我亡，我自是会狠下心肠来的。我明白的。”

“我看你一点都不明白。”萧瑾听她大言不惭地说得头头是道，长叹了一声，低声说道，“那种生死一瞬间的感觉，你感受过吗？”

“感受过啊！”卫箬衣瞪圆了眼睛，眨了眨说道。

“何时？”萧瑾觉得奇怪，问道。

“好几次呢。”卫箬衣掰着手指头数着，“你记得不记得在破庙，我被流寇头目抓住被用来要挟你吗？你却下令你的手下拿弓对着我！”

萧瑾……他的俊脸瞬间就是一赧，好像是有这么一回事……

“那次不算！”他含糊地盖过。

“哦。那还有呢。我大哥被绑架那一次，我一个人对战那么多绑匪，真是累都累死了。你磨蹭了好久才来。”卫箬衣说道。

萧瑾……那次他已经很快了，不过姑且也算是一次。

“还有与你在别院附近的山上遇到狼群。”卫箬衣笑道，“这些你都忘记了吗？我可是记得好好的。我哪一次软弱过？还有我对战库尔德王，你可见我害怕过？”

萧瑾……

好像说得是啊。

“对了，你说这围场之中会不会有狼群啊？”说到这个卫箬衣就忽然想到一个很严重的问题，问道。

“这是皇家围场！怎么会有大型猛兽？”萧瑾笑道。

“万一有呢？”卫箬衣问道，“你们怎么知道附近的猛兽不会到皇家围场里面来遛弯？”

“围场在陛下前来之前会派人巡查的。”萧瑾笑道，“便是围场里面的禁卫也不敢放松，不能让陛下出事的。即便是有大型猛兽，应该也都被驱逐过了。”

以前猎场里面出过事情，所以后来的君主承继了传统的围猎之外，也定下了一些安全措施来保证前来围场人员的安全，毕竟都是皇亲国戚，这围场不过就是个玩乐的地方，若是真的出事了，那就好事变坏事，反而不美了。

142 猎场惊变

"那岂不是作弊?"卫箬衣笑道,"都说是春猎是为了纪念咱们大梁开国是从马背上来的,让后世子孙世代不忘大梁皇族曾经是部落的一支。如今这春猎纯粹变成了娱乐了,好像也失了原本彪悍的意义了。"

"毕竟安全最重要。"萧瑾说道,"前几代先祖都在春猎的围场上出过大大小小的事情,后来便也定下了这个规矩。况且前来春猎的还有不少贵胄女眷,是要仔细一点才好。"

萧瑾的先祖有几个曾在围场上受伤,回去之后多少都落下了残疾,有运气不好的,还当场毙命,这些死伤的人里面有皇帝,有太子,还有皇子。

"咱们跑这里来,也不知道陛下会不会亲自下场。"卫箬衣笑问道。

"他自然是要亲自下的。不过前呼后拥,排场大得很,那些猎物早就吓跑了,他要是想狩猎,必会有人先将猎物撵出来。"萧瑾的话音才落就听到前山的位置响起了震天号角之声,连成一片,随后隐隐地传来了呐喊之声。

"这是?"卫箬衣朝声音传来的方向看了过去。

"这应该便是陛下要狩猎了,有禁军帮忙先将猎物从林子里撵出来。"萧瑾笑道。

"咱们去看看!"卫箬衣还没见过这个,兴致勃勃地说道。

"好吧,不过你要小心一点。"萧瑾叮嘱道。

两个人策马朝着声音传来的地方奔去,绕过了一个小山头,俯瞰下去,就见山头下的空地上有数百名围场的禁军身穿银色的重型铠甲,从头到脚都包裹在重甲之中,看不清他们的面容。他们骑着一水的黑色骏马,马身的前半部亦是披着银色的重甲,一边呐喊一边策马呼啸而过,在每匹马马鞍的尾部都捆缚着一杆大旗,大旗上是红底,绣着黑色的飞鸟图样,大旗在飞驰的骏马带领下随风招展,猎猎作响,数百人跑过,竟是带着一股子气吞山河的皇家气派。

萧瑾和卫箬衣身处的地势比较高,都有禁军守卫,见来的人是他们两个,便也没人过来驱赶,由着两个人策马在山坡上朝下观看着。

在这般气势庞大的合围之下,数十头野鹿被从树林追赶到了空地上,惊慌失措地撒开蹄子四处慌不择路地乱窜。那数百名禁卫在空地上成扇形散开并不住地前行,将四下逃窜的野鹿朝着一个方向撵去。

卫箬衣抬手挡在眉骨的位置,朝远处看去,见那些鹿被撵去的方向亦是旌旗招展,那边竖起来的便是金色的皇家旗帜了,皇旗在蓝天白云的映衬之下显得尤为壮观。

号角声声传来,气势恢宏如同大片在现实中上映一般。

卫箬衣的热血顿时也被眼前的景象激得腾起,竟也有了一种跃跃欲试的感觉,难怪古人总说逐鹿中原,若非是亲身感受过,当真是不知道这种逐鹿的感觉是如此叫人血脉沸腾。

“在这里看看就是了,莫要过去了,免得被误伤。”萧瑾对卫箬衣说道。

等会陛下开弓,会有不少侍卫同时开弓,用的都是与陛下所用的一模一样的箭,这是避免陛下射不中的尴尬发生。不是每个君王都文武双全的。所以一会皇旗那边会乱箭齐发,若是不小心误入其中,那可真是要命了。这些负责将鹿撵出来的禁卫都身穿重甲也是这个原因,当然他们也不会一直朝前,会提前在距离皇旗还有一段距离的时候散开。

卫箬衣一边听着萧瑾的讲解,一边策马与萧瑾晃晃悠悠地朝那边缓缓靠近,这样能看得再真切一点。

“看到那边的红色旗帜的位置吗?”萧瑾指着远处空地边上插着的一片红旗的位置对卫箬衣解释道,“等禁卫到了那边便要撤了,那些鹿会因为惯有的奔跑习惯继续朝前跑的。”

卫箬衣点头。

“咦!他们怎么冲过了那些红旗的位置?”她先是津津有味地看着,接着便看出来不对劲的地方。那数百名重甲的禁卫竟然没有按照萧瑾所说的那般在红旗标注的位置撤离,反而加快了马速朝前,原本放在马后的盾牌已被这些重甲禁卫都拿在了手里,而那捆在马鞍后面的大旗也被取下,旗杆尖朝前,阳光下,旗杆尖端反射出了太阳的光芒,竟是如同长矛在手一般。数百名重甲禁卫围拢起来,瞬间从扇形变成了一个尖锐的匕首队形,再加上前面奔跑的数十头野鹿,竟是气势骇人。

“不好!”萧瑾的眉头一紧。“他们这是……要刺君!”

他话音才落,卫箬衣就听到耳边有箭矢飞过的声音,她下意识地低头闪过,回眸却见暗箭射向她和萧瑾的居然是在山坡上负责守卫境界的这些禁卫军!

“你们要造反吗?”萧瑾比卫箬衣动作更快,已经用手里的长弓打落了他身侧的数枚暗箭,他厉声吼道。

那些禁卫军显然不会回答萧瑾的问题,他们见不能将卫箬衣和萧瑾在最快的时间射下马背,却是一点都不恋战,而是纷纷策马回头朝着皇旗所在的地方狂奔而去。

什么意思?卫箬衣一脸懵圈,这刺杀的也太儿戏了吧,一击不中就跑?是太看不起她了,还是太看得起她了?

“箭上都喂了毒,小心不要中了。”萧瑾瞥见那些跌落在草地上的箭矢头上闪过的黑色的幽光,出言警告道。

“糟糕了,我爹大概是和陛下在一起!”卫箬衣说道。

“你爹武功高强,作战经验丰富,不会有事。你找个安全的地方躲起来,我去看看。”萧瑾策马朝前,随后转眸对卫箬衣说道。他的黑马甚是神骏,一眨眼的工夫就已经和卫箬衣拉开了距离,可是他的话音才落,就见从一边的树林里面扑出了数十名黑衣蒙面人。

适才这里人多,气息缭乱,萧瑾竟是没在意树林里面竟然埋伏着杀手。

难怪那些禁卫见射不中他们并不恋战,而是直接去援驰前面的重甲禁卫,后招是留在这里了。

随着数十名黑衣蒙面人的出现,一片暗器也随之而来,寒光一片。

不过叫卫箬衣诧异的却是那片暗器是直奔萧瑾而去的,大有一种要在顷刻之中将他弄死的气势。

“小心!”卫箬衣急道。

那些暗器全数招呼到萧瑾那边,却没有半枚是奔着她来的。

这是性别歧视啊!卫箬衣一边暗骂,一边挥舞着手里的长弓策马靠近萧瑾。

“滚开!滚远点!”看出门道了的萧瑾,朝着卫箬衣吼道。

萧瑾与卫箬衣相处多时,知道卫箬衣的性子。

若是他好言出口的话,这家伙定然是还会朝前凑,如果厉声骂她,她跑得比什么都快。

这些暗器完全是朝他招呼过来的,铺天盖地,便是他也应接不暇,若是卫箬衣再来,他必然要分心去照顾她,电光火石之间,他完全忙不过来。

既然暗器都是朝他招呼过来的,那么接下来的那些刺客也必然是冲着他去的。

卫箬衣独自离开显然是最最安全的。

果然被吼了的卫箬衣神色略变,顷刻间就拉住了小白的缰绳。

“还看什么!滚啊!”萧瑾手里的长弓已经抡成了一面墙一样,抵挡了大部分的暗器,但是还有零星的两个暗器在间隙之中冲破了他的防线。萧瑾吃痛,已经知道不好,但是他咬牙忍住,愣是连哼都没哼上一声。好在他穿的是黑色的长袍,便是血从身上沁出来,旁人也不易发现。

“谁要看你!”卫箬衣被骂得心底也是一气,“活该你被人追杀,我去找我爹!”说完她就要调转马头朝前跑去。

小白的速度很快,一眨眼便已经窜出去老远。

耳边嘈杂一片,鼓声、呐喊声震荡着她的耳膜,脚步声、马蹄声凌乱地回响在整个围场的谷地之中,到处都是乱哄哄的,卫箬衣的心比这外界的声音更加纷乱。

她还是不放心地回眸看去。

这一看,卫箬衣的心就骤然缩成了一个团。

萧瑾的黑马似乎是中了暗器了,双腿不住地颤抖,就在卫箬衣回眸的一瞬间,黑马轰然倒地,而马背上的萧瑾虽然已经及时地离开了马背就地一滚,但是在卫箬衣的那惊鸿一瞥之中还是看到了他发白的面容以及深深锁起的眉头。

卫箬衣咬牙。

父亲跟在陛下的身边,应该还有大批的羽林卫跟着,情况不明,可是现在萧瑾这边的情况摆明了是不好。

她瞥见树林里窜出来的蒙面人如同潮水一样一波波地朝萧瑾扑过去,萧瑾刚才因为黑马倒地已经是明显处在了劣势的位置上。

几乎是在须臾之间,卫箬衣便已经调转了小白的方向,重新朝着萧瑾奔去。

她的长刀没有带在身边,不然长刀配战马是最好的杀敌组合,对这些刺客是最最具备杀伤力的。

好在萧瑾送她的长弓被她抓在手里,她将长弓抡圆,姑且先当成长刀用,这弓胎制得极好,韧性十足,被卫箬衣当成长刀之后,打在黑衣人的身上马上就能弹离开来,速度竟是比长刀还要快。

卫箬衣力气本就奇大,一人一马抡圆了长弓冲过来,居然给人一种强烈的压迫感,似乎这红衣姑娘身上带着雷霆万钧之力一样势不可挡。阻在她面前的几个黑衣人顿时被卫箬衣给抡开。

卫箬衣不管三七二十一,冲到了萧瑾的面前,直接探身伸手,抓住了萧瑾的腰带,如同老鹰抓小鸡一样直接将他抓上了马背。被他吼就吼了,反正这家伙不吼人日子大概就过不下去。

“小白,逃命啊!”卫箬衣大吼一声,卫箬衣是一点都不恋战的人。就连萧瑾这样武功高强的人刚刚都已经处在了劣势之中,卫箬衣觉得自己的斤两怎么也没萧瑾的重,所以此时三十六计跑路为上。打不过,咱们跑得过啊!

小白是极通人性的马,虽然听不懂卫箬衣的逃命是何意,但是从主人的语气之中也听得出来主人的焦灼之意。它长嘶一声,撒开四蹄奋力朝前,仅仅是眨眼的工夫便已经朝前冲出了一大段的距离。

卫箬衣还防备着自己与那些人拉开距离之后会有暗器袭来,所以紧张地捏着长弓。她还尽量地压低了自己的身体,萧瑾被她抓了横放在身前的马背上,面孔朝下,卫箬衣这一猫身子,已经是贴在了他的后背上。

他竟然连动都没动一下。

好在那些黑衣人在眼前徒生这样的变故之下竟然有点懵住了,有人朝前追了几步就被人喝止住,却是连暗器都没再放,而是眼巴巴地原地看着卫箬衣带着萧瑾越跑越远。

卫箬衣选择的路是适才他们走过来的山那边。她不知道父亲那边现在情况怎么样了,但是从刚刚的情形来看,这些黑衣人明显是奔着萧瑾来的,要置萧瑾于死地,她就不能带着萧瑾再去那边冒险。

萧瑾约她见面的地方应该是比较偏僻的,而且这附近,卫箬衣也只对那边熟悉一点,没办法,她只能带着萧瑾尽量去走自己认识的路。

在冲出树林的边缘的一瞬间,卫箬衣看到了一队禁卫军的马队经过,约莫有十几个人。

卫箬衣一喜,小白的速度极快,后面的黑衣人应该是没追上来了。所以卫箬衣放缓了马速,朝着那队禁卫军的方向奔了过去。

“喂!”卫箬衣刚开口准备叫住他们,等小白跑得近了,她的目光一瞥,却是紧紧地勒住了小白的缰绳,赶紧再度调转了一个方向,朝着树林的另外一边窜了进去。

宫中禁卫军穿的均是官制的牛皮靴子,靴子上有云纹装饰,煞是精神和漂亮,而刚刚骑马经过的那一队禁卫军穿的却是黑色的皂靴!适才离得远没看清楚,如今近了卫箬衣看得真切,顿时就吓出了一身冷汗来,所以马上策动小白赶紧冲入了树林。

那队人马被卫箬衣一惊之后,也都没看清楚卫箬衣的样子,她就已经掉头朝着树林方向逃跑,那些人只能打眼瞧见卫箬衣是一个红衣白马的贵女,却是没看清楚她的样子,所以这些人也赶紧调转了马头朝着卫箬衣的方向追了过去。

听到身后传来的马蹄声,卫箬衣心下大急,她认得的路已经被堵上了,只能随便选了一个方向跑去。结果越跑树林越是茂密,伸展出来的枝条就越来越多,卫箬衣知道不好了,她似乎跑入了山林深处,而且这边地势也跟着一起抬高,她这是开始朝山上跑去了。

143 她这乌鸦嘴是开光了

枝条和地形阻慢了小白的速度，它现在身上驮着两个人，饶它甚是神骏，此时也显得有点力不从心了。

适才只知道带着萧瑾跑路了，卫箬衣这会子才想起来自从萧瑾被她抓上马背之后就一直没有动弹过。

她猛然回神，刚刚她将身体压得很低的时候似乎闻到了一股血腥气传来。那时候只顾着逃跑了，也没多想，现在卫箬衣才赶紧拍了拍一直被她挂在马背上的萧瑾。

萧瑾竟是动都没动一下。

卫箬衣一着急，将长弓背在背上，随后再度抓住了萧瑾的腰带将他整个人在马背上重新拎了起来。等萧瑾的脸露出来，卫箬衣才知道萧瑾这是已经晕过去了！

卫箬衣……

完了完了！

她回眸看了看后面紧咬着不放的追兵，只能咬牙朝前，不过萧瑾已经这样了，她就不能将人当成布袋子一样挂在马背上了，而是小心地将人调转过来安放在自己的身前，让他靠在自己的身上。卫箬衣一手紧紧地揽住他的窄腰，一手把持着缰绳。现在她觉得自己的骑术完全是在逃命的过程里被逼出来的，简直可以用突飞猛进来形容……幸亏是她力气够大，要是换个姑娘来，带着萧瑾这样一个死沉死沉的男人，别说将人翻过来了，便是抓都抓不住他。

卫箬衣也不知道自己纵马跑了多久，只知道早上的猎场还是晴空如洗，但是现在却已经是滚起了闷雷，树林茂密也看不到天空，但是越跑眼前越是阴暗，想是外面现在大概也已经是阴云密布了。春季的阵雨真是说来就来，没有半点的征兆。

卫箬衣叹息，似乎每次她和萧瑾逃命，不是下雨就是下雪，老天当真是十分应景。

春雷一片片地滚来，由远而近，小白尽量已经闪避开那些伸展出来的树枝，但是还是有不少树枝会打在卫箬衣的身上和脸上，刮得她生疼。

身后的追兵距离与小白也越拉越大，渐渐的，雷声已经将马蹄声掩盖住，但是卫箬衣依然不敢松懈，策马朝前。

等她好不容易奔出了这一大片树林却发现自己已经来到了半山腰上。

脚下已经没了路了，小白是凭着自己的眼力和判断在一片青草和乱石混杂的山坡上奔跑。出了树林就已经能看到天空，一层厚厚的灰黑色云层如同穹盖一般重重地压下，卫箬衣已经在了半山腰上，就好像抬手便能触摸到头顶的黑云一样。云层之中隐隐的有闪电时不时地闪过，瞬间将周遭的大地映得一片雪亮。

卫箬衣不敢在这山腰上停留，这里空阔一片，那边又有树林，实在是遭雷劈的绝佳之地。她正四下张望，看看有没有什么地方可以躲避一下的时候，忽然感觉胸前靠着的人动了一动。

"我的腰间有解毒药，给我一粒。"依靠在卫箬衣身前的萧瑾开口，他的声音极其的虚弱，一句话说完，便是一阵急促的气喘，似乎刚刚那句话已经是费了他不少的力气。

卫箬衣垂眸，他的脸便靠在她的肩膀上，煞白一片已经是没了血色，原本红润的唇如今已经变成青紫色。

"你是中毒了对吧。"卫箬衣适才闻到他身上有血腥之气，应该是被暗器打中了的。卫箬衣现在也顾不得其他，赶紧抬手摸了摸萧瑾的腰间。果然在他腰间的夹袋里面摸到了两个扁平的白瓷瓶子。

"有蓝色云纹的那个里面是解毒药，另外一个里面是金创药。"萧瑾深吸了一口气，吃力地说道。

他已经浑身上下发冷发寒，半点力气都用不出来。

这解毒丸虽然不一定对症，但是却是十分好的，应该可以减轻大部分中毒的症状，只要他能提起真气，应该可以自己将毒逼到一处去。

他苦就苦在为了不让自己毒血攻心，不得不在落马的瞬间封了自己几个大穴道。这药似乎就是针对他这样的习武之人制造的，中毒之后，又封了大穴道，可真的是半点真气都提不起来了，再加上有一枚毒暗器是打在他的穴道上的，瞬间叫他闭气昏迷了过去。

他已经只记得自己落马瞬间发生的事情了，至于后面是怎么到了卫箬衣的马背上，他竟是一点都想不起来。

但是萧瑾明白，若不是卫箬衣打转回去救了他，现在他即便不死也已经沦为阶下之囚了。

"哦哦，好。"卫箬衣赶紧拔开带着蓝色云纹图案的瓷瓶子，将里面的药丸一股脑都倒出来，全数塞入了萧瑾的嘴里。

萧瑾……

"一颗就好。"他嘴里咬着药丸，含糊其辞地说道。

"那你再吐出来！"卫箬衣赶紧抬手去等，萧瑾……他还是吃下去吧，反正一共也就两颗。

萧瑾连嫌弃卫箬衣，顺便别开头的力气都没有了，只能默默地将两颗药丸生吞了下去。

"就这样吧……"萧瑾吞完后，淡然地说道。

"哦。"卫箬衣……她刚刚太着急了，这人也不说清楚，她还以为两颗都要吃呢……"药吃多了不要紧吧。"她才回过神来问道。

"死不了……"萧瑾无奈地说道，力气消耗得有点大，说完后他就再度急促地喘息了片刻，这才缓过来。

"不行了，咱们要找个地方躲避一下。这雨下起来大概也不小。"卫箬衣朝四下张望，急道，"这个地方待久了，我怕咱们两个被雷劈成烤乳猪。那就歇菜了。"

萧瑾……他忽然很想笑，却是没力气笑，只能胸口震动了一下，浑身却是疼得难耐，脸色更白了几分。

都什么时候了,这丫头……

他看了看四周,发现这里他来过。

以前他也来过皇家猎场,只是他不愿意与人为伍,就会一个人找些偏僻没人去的地方溜达。他曾经溜达到这里过。

“后面,绕过去,有一个山洞,可以暂时避上一避。”萧瑾想抬手指一下,却是半点力气都用不出来,只能用眼神瞟了一下方向,“你带我过去。”

“好。”卫箬衣一喜,点了点头,她催动缰绳,策马朝着萧瑾所指示的方向而去。她才带着萧瑾离开那片山坡,就感觉到身周一片雪亮,一道强光闪过,随后便是一声巨大的惊雷炸响在耳边,直将他们两个震得心都在疼。

卫箬衣回眸,就在刚刚他们所在的位置,真的一道雷电劈了下来,将那一片青草愣是打成了焦黑色,便是边上的乱石上也有了青白黑交杂着的落雷痕迹。

幸亏跑得快,不然真的被雷劈了!

卫箬衣觉得自己这破嘴真是不能念叨事情,说什么灵什么!

卫箬衣不敢多想,更不敢再多作停留,赶紧催动小白按照萧瑾所指的路朝山后绕过去。

说是路,其实就是山中的乱石之中勉强找到的能插脚的地方,小白这匹马的神骏在这里彰显得淋漓尽致,它似乎是知道主人正在遭逢大难,所以走得稳健异常,虽然有些地方需要它小跳或者蹿上一蹿,它都尽力地保持着身体的平稳。

就连靠在卫箬衣身上没了什么力气的萧瑾都不得不赞叹了一声:“小白真是好马。”

“你快别说话了,养养精神了。”卫箬衣急道,瞅他那说一句话喘好长时间的样子,卫箬衣都觉得替他憋气。

“你在心疼我?”萧瑾的眉心原本是紧蹙着的,这会子竟是有片刻地舒展开来,他的嘴角微微地上翘,低声问道。

“我在心疼我的马!”卫箬衣没好气地说道,“你要是有力气能自己骑马,它何至于要驮着我们两个!”

卫箬衣倒是想下马去走的,又怕萧瑾这浑身无力的样子独自一个人在马背上会直接滚落下来。

萧瑾的神色微微的一黯,果然是他想多了。

他略抬眸,看着卫箬衣精美的下颌。“为何要回来救我?不是已经叫你走了吗?”他幽幽地问道。

“你问题真多,你救我那么多次了,我有机会自然是要报答你的。”卫箬衣嫌他话多,抬手捂住了他的唇,“你别啰嗦了。”

少女的掌心骤然按在了他的唇上,惹得他心跳乱了几拍,他很想去亲亲她的掌心,可是又怕此等孟浪的举动会将她给吓跑了。

卫箬衣浑身都很紧张,这山路崎岖不平,她担心都担心死了,就怕小白来个马失前蹄,那这两人一马就要一起悲剧了,偏生这位受伤了的大爷还唠叨个没完,还有她爹现在也不知道怎么样了,连带着卫兰衣也和拱北王妃在一起,不知道有没有被别人抓住。虽然她与卫兰衣之间谈不上和谐，但是这种时候，她们都是姓卫的，如果今日围场上这些反贼真是意图弑君的话，卫家作为武将之首，只怕也是首当其冲的。

隔了一会卫箬衣觉得萧瑾没了动静，垂眸一看，他双眸紧闭，脸色苍白。卫箬衣赶紧松开自己捂在萧瑾唇上的手，心底一骇，她力气大，这位萧大爷现在娇弱得和朵花儿一样，别是被她给一不小心捂死了吧……

"萧瑾?"卫箬衣焦灼地叫了他两声。

"嗯?"紧闭双眸的萧瑾缓缓的应了一声。

"妈呀，吓死我了!"卫箬衣骤然悬起来的心这才放了下来，"你刚才干吗装死啊!"

"不是你叫我不要说话的吗?"萧瑾这才睁开了眼睛，略带哀怨地说道。

卫箬衣……

果真是毒舌瑾，自己竟是被怼得哑口无言。

"到底还有多远到你说的地方啊。"卫箬衣忍不住埋怨地问道，"这都走了好久了，眼看着就要下雨了，我淋雨倒没什么，你还受伤着呢。"

萧瑾听得心底一暖，这丫头嘴上硬得很，不过萧瑾看得出来她现在是真的在关心自己。

他有点怔忪地抬眸看着她，良久后才缓缓道："快了，再朝东爬一个小山坡就到了。"

"还要爬一个山坡?"卫箬衣一听就觉得有点泄气，"你没事跑这么偏僻的地方干什么啊。"

"为了避开人群。"萧瑾缓缓道。

"怪胎!"卫箬衣垂眸横了他一眼，"你小时候是不是很孤僻啊?"

萧瑾略一惨笑，却是没再接卫箬衣的话题。

他小时候其实原本一点都不孤僻，他想和大家一起玩，可是条件不允许，母妃在的时候，为了争宠，常常让他浸冷水，只要他一生病，父皇必然会去看他和母妃。一次两次，他可以忍，但是哪里知道母妃对他的手段会越来越多，外面看起来他一点伤都没有，但实际上……

春猎的时候是他为数不多可以完全放松的机会。因为母妃的品阶不足让父皇带她来此，而他身为皇子却是可以一路跟随。

如他这种皇子自是不会有多少人关注着，所以比较他人而言，只要出来了，他自由的时间更多一些。他曾经疯狂地在围场里面找到能逃离这个围场和那个皇宫的路，哪里知道误打误撞就到了这里，那时候他小，不认得方向，只知道乱撞乱跑，这才发现了那个山洞。那次是隔了一天，他沿着记忆之中的原路下山这才被寻他的侍卫找到，回去之后自是被父皇严惩禁足了好久。等他长大了，每次春猎，他都会到那个山洞去看看转转，甚至住上一夜。

那个山洞几乎不会被人发现，因为他每次来都会稍稍地带一点东西过来，离开的时候整理好，等来年再来的时候那些东西除了外面落了很多灰尘之外，丝毫没有被人挪动过的痕迹，可见这里是有多安全了。

他也渴望与人亲近，只是这么多年下来，他已经忘记了与人亲近是个什么滋味了。

如今他靠在卫箬衣的肩膀上，全身心地依靠在她的身上，却有了一种异常定心和舒适的感觉,好像在这个世上,再也不是只有他一个人辛苦地活着一样。

可惜他全身没力气,动不了,不然他真的很想反过来圈住卫箬衣的腰,让她将自己抱得更紧一点。

坚硬的心早就被这个姑娘撕开了一个口子,强行地嵌入他的心底,如今这个姑娘更是将嵌入他心底的那个她给按得更深,更紧,紧得他的心都疼了起来。

他甚至觉得这条路要再长一点才好,这样他才不会被她那么快地推开。

卫箬衣终于找到了萧瑾所说的那个山洞了。

山洞是在半山腰的一个石壁上,门口有老藤半遮半掩,山中的春季要来得晚一点,老藤才发出了一些新芽,嫩嫩的绿色如碧绿的翡翠。若是到了夏季,等树叶全数打开,只怕这山洞就更难寻了。

绝妙的是有一条山溪从洞口的缓冲地带蜿蜒流过,若不是现在雷电交加的,这里的风景一定极美。

144 派上用场的山洞

卫箬衣才从马背上下来，外面就刷的一下下起了暴雨。

卫箬衣也顾不得别的了，直接将萧瑾从马背上拽下来，抱着他躲进了山洞之中。

萧瑾真是又无奈又羞愧，苍白的面容上堪堪地染了一层淡淡的绯色。

遇到一个力大无穷的郡主，真是时时刻刻地在捶打着他所剩无几的自尊心！

“好险好险，老天爷太给面子了。”卫箬衣一边抱着萧瑾朝山洞里避雨，一边念叨着，“不过这山洞里面会不会有蛇啊！”鉴于她的嘴巴最近有点乌鸦，所以卫箬衣念叨了一半就赶紧闭嘴了，其实还有后半句，这山洞不会被其他猛兽给占了吧……这半句被她给吞了回去。

这山洞里面除了有点潮气之外，并无什么不良的气味，更没有野兽身上的腥臊气，所以卫箬衣觉得自己没说出口的那后半句基本上是不可能存在的了。萧瑾也说围场里面几乎没有什么大型的猛兽。

“我带了火折子。”萧瑾低声说道，“那边有个石头台子，你将我放下来。”

“好。”乍一进来，眼睛不太适应，有点看不清里面。这山洞里面原本就暗，再加上外面天色暗沉，里面的光线含混不清，现在卫箬衣倒是适应了，所以依言将萧瑾放下。这山洞不算大，也不过就二十个平方米左右的大小。里面还真有一个天然的石头，表面光滑平整，如同台子一样。

其实这石头台子原本并不平整，而是被萧瑾每年过来打磨成这样的，如今倒像是一个石床一样了。

“那边有个灶膛，我藏了一些木柴在角落里面。”萧瑾看向了东南角落，“你用我身上的火折子去将木柴引着。”

卫箬衣顺着萧瑾所指的方向看去，还真的在东南角落里的地上看到了一大捆码得整整齐齐的木柴。

靠近石床这边有一个用石头垒起来的火塘。

“你这是将这里当家住了？”卫箬衣有点瞠目结舌道。

萧瑾默不作声，卫箬衣就权当他是默认了。

果然是真会玩……有好好的行宫不住，非要跑来这里住山洞……萧大爷的怪癖果然很多很多……

卫箬衣摸了萧瑾身上的火折子，然后找了碎火绒过来引了火，再在火塘里面加了柴，将火塘的篝火引起来，这才出了一口气。幸亏姐们儿在现代的时候出去野炊过，身为女汉子的她生火抓鱼样样都会，不然现在还真的要被这把篝火给难住了。

篝火燃起,不一会就驱散了山洞里面的潮湿之气,也让两个人身上平添了几分融融暖意。

“让我看看你的伤口。”卫箬衣走到萧瑾的身侧,对他说道。

萧瑾睁眼,嗯了一声,并没有拒绝。

他的身前中了两枚暗器,一枚是在左肩附近,还有一枚是在胸口朝下三寸的一处穴道上。

卫箬衣伸手去解萧瑾的衣带,开始倒也不觉得有什么,但是等她将萧瑾的外衣拨开,露出里面被血染了的白色中衣的时候,卫箬衣的手就抖了一下。

萧瑾一直看着卫箬衣,见她的睫毛颤动,以为她是害怕了,于是出言安慰了一句。“没事的,不过就是一点血而已。”

“你会不会很疼啊?”卫箬衣抬起了小脸,眼眉都皱巴都一起去了。血都是黑褐色的,并非是正常的红色,虽然卫箬衣知道那暗器上大概是带毒的,不然萧瑾不至于是现在的样子,但是真的看到这种诡异颜色的血,心还是颤了一下。

心宛若被人重重地捏了一下,萧瑾的眼眶瞬间就有了一种湿润的感觉。

他忙微微地别开脸去,闷声说道:“我不怕疼。”这么多年了,终于有一个人会皱着眼眉问他会不会疼了。

萧瑾现在觉得自己的心更疼了几分,里面溢满了一种酸胀的情绪,叫他完全无所适从。

“不怕疼和不疼是两回事好吗?”卫箬衣颤声说道,她还是深吸了一口气,小心翼翼地揭开了被血都浸透了的中衣。

一具极其漂亮健美的男性身体一点点展露在她的眼前,只是她现在的注意力全数被那两个伤口给吸引去了,却完全忽略了萧瑾本身的漂亮。

有两个血窟窿一样的东西嵌在萧瑾如丝绸一样的皮肤里面,虽然现在已经不流血了,但是隐隐可见血洞里面有铁黑色的金属。

卫箬衣索性将萧瑾的里衣完全扯了下来,萧瑾的衣服又是泥又是血的,已经完全不能看了。

卫箬衣转身去外面,小白就在洞口站着。她从马鞍后的皮囊里面拽出了一件厚实的披风出来,随后又将水囊也一并取了进来。

好在有皮囊挡着,披风没有被雨淋湿了。

这披风是她出来寻萧瑾之前绿蕊替她装入皮囊里面的,两个丫鬟怕她出来冷了,硬是要让她带着,原本她是嫌这披风是鹿皮加棉的,觉得累赘不想带的。如今看来还是带着了。

早知道今天会徒生这样的变故,她就带着卫庚和卫辛一起出来了……她还特地叮嘱了那两个人今天不要跟着她。

卫箬衣打转回来展开披风披在了萧瑾的身上,随后用帕子沾了水囊里面的水将他身前的血迹擦拭干净。

卫箬衣用自己随身携带的小匕首在火上烤了烤,全当是消毒了。

“我帮你将暗器取出来,会很疼的,你可要忍着点好吗?”卫箬衣说道。

“嗯。”萧瑾看着卫箬衣的面容，沉静地应了一声。

其实卫箬衣心底很虚啊，她从没做过这个，但是这暗器是有毒的，一直嵌在身体里面肯定不是回事。她是觉得这两个暗器应该是嵌得不太深，从外面都能看到，所以才敢冒险去取的。

想象和做完全就是两回事。

当匕首烧灼过的刃靠近萧瑾的皮肉的时候，卫箬衣忍不住手抖了一下，她赶紧将手缩了回来，竟是有点下不去手了。

“别怕。”萧瑾忽然开口说道。

卫箬衣抬眸看向了萧瑾。

“你若不将那两个暗器取出来，我更疼。”萧瑾说道。

“那你一定要忍住啊。”卫箬衣一咬牙，心一横说道。

其实就连卫箬衣都已经不太记得自己是怎么快速地将那两颗嵌在皮肉里面的暗器取出来的。她只知道那两个暗器都带着倒刺，取出的时候不可避免地带着萧瑾的皮肉。卫箬衣看得自己的眼角都在直抽抽。

萧瑾只是闭眸躺着，身上半掩着她的披风，脸色惨白，却是连哼都没哼一声。

等暗器取出之后，萧瑾这才缓缓地睁开眼睛，虚弱地说道：“我为了护住心脉，曾点了自己几处大穴，你替我解开。”

“解哪几个地方？”卫箬衣问道。

萧瑾一连串说了六处大穴道，说完之后就又带着一点点的微喘，他被这个毒弄得着实有点虚弱。

“可是穴道解开，万一毒气攻心怎么办？”卫箬衣担心地问道。前些日子她在萧瑾那边已经学了认穴的本事，倒是真没想到第一次施用就是在那个教自己人的身上。

“我已经吃了解毒丸了。”萧瑾很想朝卫箬衣笑上一笑，只是他实在是没什么力气。

“好。”卫箬衣试着给萧瑾解穴，萧瑾教过她这些，不过第一次用，难免有点紧张。点穴并不是什么特别高深的武功，主要是力贯指尖，快准和力道足，就可以点穴和解穴了。卫箬衣天生神力，力道和速度都有，只是这准头就欠缺了，毕竟没有专门练习过，怼了萧瑾好几下才能解开一处穴道。

这姑娘的力气贼大，怼得萧瑾几乎要吐血。

萧瑾心底发苦，若非是他筋骨好，就卫箬衣这几下非要将人给怼骨折了不可，饶是这样他泛着青白的皮肤上也留下了这姑娘“肆虐”过的痕迹，红红紫紫的肿了好几处地方，却是让萧瑾带了一股子宛若被“凌虐”过后那种病态的凄美之感。

卫箬衣也想吐血好吗……她是第一次给人解穴，哪里知道这么难啊……看着萧瑾身上被自己怼伤了的地方，她就十分的愧疚，越是愧疚，这准头就越是有点失了水准。好不容易将萧瑾所有被封的穴道解开，就连卫箬衣都觉得自己出了一身的冷汗，竟是比刚刚给他取暗器还要累人。

穴道一开，毒血就顺着伤口流了出来。

“血是黑的！”卫箬衣连休息的机会都没有，抬手就按住了萧瑾的伤口。她学过急救，如果流血不止的时候就要死死地按住伤口，卫箬衣赶紧抬手“死死”按住。

"帮我……"萧瑾被她按得顿时就疼晕过去了,就连想说的话都没来得及说完。这姑娘的力气忒大,他本就虚弱,这下被按得更是一口气没喘上来。其实他想说的是帮他将毒血挤出来。

帮他……

看着明显是晕过去了的萧瑾,卫箬衣简直要抓狂了……这要怎么帮啊!

她能感觉到自己的掌下还在冒着滑腻腻的液体,她下意识地看了一下,就见自己的指缝附近已经渗出了黑色的血来,凑近了闻闻还带着一股子难闻的腥气。

"萧瑾!"卫箬衣着急地叫了他好几下,怎么帮他啊?这种明显带着毒的血如果止住真的好吗?

卫箬衣急得团团转,稍稍地松开了自己的手看了看,那伤口附近的皮肉都发了黑。

不好了,这种毒血不能留在他的伤口里。

电视剧里面……中毒了大概都是吸出来的吧……脑袋瓜子一片混乱的卫大小姐犹豫了片刻,终于俯下了身子,将嘴抵在了他的伤口上。

可千万别自己也中毒了!卫箬衣小心翼翼地吸着伤口的毒血,只觉得自己嘴里冲进来一股子难以言述的腥气,还隐隐有点辣舌头。

卫箬衣小心地用嘴吸着毒血,不敢让这种毒血在嘴里停留很长时间,赶紧一口口地吐在一边的地上,直吐了好几大口,才见一处伤口的血变成了正常的红色。卫箬衣顿时大喜!果然这次的打开方式是对了!她依葫芦画瓢地将第二个伤口的毒血也这样用嘴吸了出来,等都处理好,卫箬衣就觉得自己有点头晕脑涨的。

勉强地按住伤口,这回将血止住,卫箬衣想起了之前还有一个瓷瓶子,萧瑾说那是止血的金创药。她赶紧将那瓶子取出来,撒了一些在两处伤口,随后又跑去外面,就着洞口垂挂下来的雨水将帕子和手上的血都冲洗干净,再拿水囊里面的干净水替萧瑾将身上的血迹都擦干净。卫箬衣在自己的衣摆上找了干净的地方撕下来,撕成了布条状,将他的伤口缠绕上,这才长长地出了一口气。

她的头越来越晕,浑身也越来越没力气……

卫箬衣抬手摸了摸自己的唇,完了完了,没感觉了……嘴唇似乎还有点微微地肿起……她这嘴最近果然有点乌鸦啊,真是念叨什么中什么!

卫箬衣的眼前也渐渐地有点发黑,随后她就一头栽倒在萧瑾的身侧,不省人事了。

萧瑾幽幽转醒的时候,缓缓睁开眼睛,映入眼帘的便是卫箬衣头顶戴着的那一顶金灿灿的发冠。

毒血清除出去,再加上解毒丸的作用,还有他被封的穴道解开,萧瑾虽然是被卫箬衣给按晕了过去,但是也等于休息了好长的时间,他体内的真气已经能运行自如,他暗自运功试了试,并没有之前真气运行受阻,浑身提不起力气的状况再出现了。别说,那丫头误打误撞地给他吃了两颗解毒丸,效果果真比一颗要来得好很多。晕倒之前,他浑身发冷,如今已经是浑身暖洋洋的,似乎流失掉的力气已经全数回来了。

萧瑾只以为卫箬衣是累极了所以才趴在他的身边睡着了,他淡淡地一笑,垂眸略看了一下自己的身上,伤口已经被她处理得很好。

他抬手摸了摸自己身上捆缚着的布料,丝滑异常,上等的丝绸,应该是她身上的衣服制成的。

眼底的笑意再度扩大，萧瑾的心底也变得暖暖的，似乎一团春水沿着他的血脉也开始缓缓地流动起来，让他浑身都十分的舒畅。

他转眸看了看外面，外面的大雨不知道什么时候停歇了，自己这是晕了多久？萧瑾撑着自己坐了起来，只要毒素褪去，他还没将这点外伤放在眼底。

145 定情之物

萧瑾瞥见那边的火塘里面篝火已经快熄灭了，于是想要下地去再添一些柴火进去，下了雨之后的山中更是轻寒，他怕卫箬衣就这么睡着，要着凉了。

就在他小心翼翼地想要绕过卫箬衣的时候，猛然瞥见了她的脸。

心骤然一紧，萧瑾一把将瘫倒在石台边上的卫箬衣给拉入了自己的怀里。

她的脸色一片煞白，完全没了血色，而唇却是不正常地高高肿起，唇色发黑……她怎么会中毒？

她的浑身冰冷，就如自己刚才一样……

萧瑾瞬间就觉得自己快要没了呼吸，他想都没多想地摸了摸她的脉搏，还好，还在跳动着，虽然微弱了一点，人还活着。萧瑾也顾不得什么男女大防，快速地检查了一下卫箬衣，她身上并没任何受伤的痕迹，这就奇怪了……萧瑾心底更是发慌，他原本怀疑她是中了和自己一样的毒，但是现在看来她并无外伤，没有被暗器伤到，他又检查了一下她的手指，手指完好，并不是因为替自己取暗器的时候受伤所致。

萧瑾低头四下看了看，待看到地上已经干涸了的黑褐色的血迹的时候，他猛然想到了一个可能！

这傻丫头！居然是用嘴帮他将毒给吸出来的！

所以她的唇才会高高地肿起，唇色发黑。

心底顿时掀起了一阵狂潮，揪心，害怕，还有点淡淡的羞涩。萧瑾愣了片刻赶紧去找解毒丸，手碰到瓷瓶子这才想起卫箬衣已经将瓶子里面的解毒丸都给了他。

是了，他吃了所有的解毒丸，此刻他身上余毒已经清了，说明他现在的血液里面应该有点解毒的成分还残存着，他浑身现在暖洋洋的便是最好的证明。萧瑾抓起了卫箬衣丢在一边的匕首，匕首已经处理干净了，他在自己的手上割开了一个口子，随后将流出的血凑到了卫箬衣的唇边。

卫箬衣压根就没了意识，萧瑾的血流到她的唇边就顺着唇缝流在了她的脸颊上。

这样不行！

萧瑾也不及多想，自己狠狠地吸了自己一口血，随后对着卫箬衣已经黑肿了的唇压了下去。舌尖敲开了她的唇缝，他将自己的血渡入了她的口中。她的唇冰冷得可怕，让萧瑾瞬间有一种焦灼的感觉。

他都不敢想如果这个姑娘再也醒不过来，他该怎么办……

他渡了好几口血过去，只恨不得将自己全身的血都换到她的身上去，伤口血止，吸不出来，他就再割开一个，直到自己有点头晕眼花，他才罢休。

等将血渡过去之后，他默默地将自己的真气输入卫箬衣的体内，温暖的真气如同暖流一样从他的掌心注入，渐渐地温暖了她冰冷的血脉。察觉到她体内已经沉寂如同冰川一样的血缓缓地流动起来，萧瑾悬着的心终于稍稍地有点放了下来。

几乎将自己体内过半的真气渡过去，感觉到她的四肢和丹田温暖了起来，萧瑾这才撤了自己的手。

他怕她觉得冷，因为他中毒的时候就觉得自己身上的血都好像结了冰一样，所以他犹豫了片刻，还是解开了她的衣带，小心翼翼地褪去了她的外衣，将仅仅穿着中衣的她再度纳入怀里，用自己的体温去熨帖着她依然冰冷的身体。他将昏迷不醒的卫箬衣紧紧地抱在怀里，疲惫不堪地与她一起躺在了石头床上，拉起了她的披风盖住了自己和卫箬衣，这才摸了摸自己的脸。

他的脸已经一片冰冷潮湿，萧瑾有点怔忪，不知道何时，他竟是泪水抑制不住地悄然流下。自打成年便很少哭的萧瑾今日终于再度尝到了自己泪水的滋味。

他本就受伤失血，又渡了好多给卫箬衣，还损失了自己一半的真气，已经是疲惫至极了，但是他却一点都不敢休息。他紧张地看着被他紧紧揽在怀里的姑娘，生怕自己一个不留神，她便会化成一股青烟从自己的怀抱之中溜走。

眼看着她唇上的肿渐渐地消除，黑色慢慢地褪去，再也支持不住的萧瑾终于昏睡了过去。

卫箬衣做了一个绵长的梦。

梦里好像有人逼着她喝一种很难很难喝的饮料，她拼命地躲着，可是那人却偏偏地要她喝下去，她努力地想要看清那人的容貌，眼前却是一片黑雾迷茫，恨得她牙根发痒，可是偏生那人不知道对她做了什么，她浑身发软发冷，动弹不得。

真是一个噩梦啊。

醒来的卫箬衣睁开眼，映入眼帘的便是萧瑾那张惨白但是依然完美的容颜。他的眉尖轻轻地蹙着，宛若拧了一个抚摸不平的疙瘩。

他的手臂虽然是环绕在她的身上的，但是……卫箬衣惊悚地发现她整个人都半趴在他的身上，她的衣服不知道什么时候已经被蹭开了，外衣落在外面，中衣也半散半落地挂在肩膀上。她的皮肤熨贴在他的肌肤上，就连她的腿都是横在他的腿上，自己的手臂也霸道地揽在了他的窄腰上。

他的身上很暖和，好像是有一股子引力一样引着她紧紧地熨帖着他。

他的皮肤好滑腻，摸在手上宛若有磁力一般。

卫箬衣的脸唰的一下就红了！

可是红了之后就是一片惨白。

完了完了！

她果然是没能抗拒剧情的发展，还是趁着萧瑾虚弱的时候将他给强上了吗？

卫箬衣的脑子瞬间一片空白，整个人都僵住了。

就在此时，外面又想起了一个惊雷，声音大得吓的卫箬衣一个哆嗦。

她欲哭无泪……

不对不对，有了片刻呆滞的卫箬衣很快就回过神来，她记得自己给萧瑾将伤口处理好之后就晕倒在石台子的边上了……

卫箬衣的唇角在不住地抽搐,难道是萧瑾的吸引力太大,就连她迷糊了都不忘记强上了他?

天啊!卫箬衣捂脸!

很快她就又觉得有不对的地方了,她赶紧小心翼翼地掀开了将两个人都紧紧包裹住的披风,朝萧瑾的下半身看了看,他的裤子穿得好好的啊!她又摸了摸自己的裤子,也是穿得好好的……还好还好!

妈呀!这都是什么鬼啊!卫箬衣抱头,忍不住哼了一声。

“醒了?”耳边传来了萧瑾低沉沙哑的声音,卫箬衣一惊,忙不迭地想要起身,她这边一撑起了自己的身体,披风和中衣同时从她的肩膀上滑落了下来。

卫箬衣……

少女的身形修长美好。

卫箬衣的身材尤其的好,自从来了这里,她嫌弃肚兜兜不住她的胸部,所以就自制了如同现代的内衣。绿蕊和绿萼心灵手巧,经过这么长时间的摸索改造,这内衣已经做得不比现代的差多少。

美好的胸部形状被贴合完美的胸衣勾勒得淋漓尽致,鼓鼓胀胀地耸立在纤细的身子上。两根细带微微地嵌入皮肉之中,带着一股吸引人的岌岌可危之感,好像那两根细绳不堪重负即刻便要崩开一样。她的腰肢虽然纤细,但是因为长期习武已经带着一股子属于女性独有的韧性,腹部平坦,皮肤紧实如同丝绒一般。

萧瑾的脸唰的一下就红了起来,他虽然知道非礼勿视几个字,可是……还是没忍住多看了一眼这才赶紧别开头去,只觉得自己有点目眩的感觉,浑身的血脉也在瞬间都奔流了起来。

卫箬衣在萧瑾别开脸的瞬间也回过味来,她手忙脚乱地捞着自己的衣服,身子下意识地朝披风里一钻,却不想再度钻入了萧瑾的怀里。

这……

卫箬衣……

萧瑾……

与适才为她取暖不一样,那时候他心无杂念与旁骛,而现在她那具美丽至极的身躯不住地在他面前晃动,即便是他别开了脸,闭上了眼,也依然深深地印刻在了他的脑海之中。如今那具带着温热的身体再度贴过来,他便如被烫了一下,浑身皮肤都烧了起来。

他想将那人紧紧地纳入怀里,又怕将人吓跑,只能如同挺尸一般僵硬地躺着,就连半根手指都不敢乱动。

每次他想和卫箬衣好好地表达一下自己对她的心意,都会朝着一个诡异的方向前进,九头牛都拉不回来,所以他不敢再随意开口了。

感觉到那熨贴在他皮肤上的人骤然离开,他的心也似乎跟着一空,他能做的只是将眼睛闭得更紧,手紧紧地捏住了自己的裤缝,僵硬着身体一动不动。

卫箬衣七手八脚地将自己的衣衫拉好,捡起了一边的外衣也穿好,心都快要从嗓子眼里跳了出来。

“那个,我不是故意的……”她整理好自己以后都快要哭出来了,完了完了,自己刚刚怎么就忽然朝人家身上一贴了呢,之前还可以推说是自己昏迷了所以发生了什么自己都不知道,可是刚刚大家都是醒着的她还昏了头地贴上去了,万一这位大爷以为她对他尚存有什么不良企图的话,那岂不是跳什么河都洗不清了……

想想原著里面卫箬衣那悲惨的下场,卫箬衣顿时觉得自己浑身的皮肉也在隐隐地作痛。

要知道原著里萧瑾活剐卫箬衣的时候可是在卫箬衣的身上罩了一层渔网,勒紧,让她全身的皮肉都从渔网的洞里被绷得凸出来,再一刀刀地将那些凸出来的皮肉削掉。这样削下来的皮肉大小均匀,还好长时间不死!真不愧是锦衣卫出身的人,这种恶毒的法子都想得出来。

我的妈呀,光是想想都疼得要死啊!

卫箬衣真的要抓狂了。

多大的仇啊!

“萧大爷你别误会啊!”卫箬衣都带着哭腔地说道,“我对你的心思比外面的雨水都干净,不带一点私心杂念。刚刚只是一个意外!意外!明白吗!”要不是萧瑾已经受伤了,她此刻怕是要哭着喊着去抱萧瑾的大腿,死命地摇晃他,最好能将他摇晃到失忆!

意外!

没有一点私心杂念!

果然是这样的……

萧瑾的身子更僵硬了,他死死地闭着自己的双眸,心底那点旖旎羞涩的心思顿时被卫箬衣两句话给驱散得半点踪迹都找不到。

他都已经将自己一整颗心都丢在她的身上了,她却对自己没有半点私心杂念……

真是好笑……

他的眉心再度紧紧地蹙了起来,心底渐渐地弥散开一种难言的酸涩与痛苦。

求而不得,便是这样的心情了吧……

“你中毒了。”良久,萧瑾才深吸了一口气,缓缓地说道。

“哦。”卫箬衣的思绪还如同脱缰的小白一样四蹄飞腾,不知道奔驰在哪一个草原牧场上,随口应了一句,随后回过神来,“啊?”

“你替我将毒液吸出来的时候也中毒了。”萧瑾压制住那全身都泛起的酸意与难受,平静地说道,“所以……”

“所以我才爬到你的身边对不对?”卫箬衣赶紧接了萧瑾的话题说道,“你看我是因为中毒了,所以我做的事情都是没有意识之下的,所以你别生气啊。我虽然抱着你睡了一觉,但是我什么都没对你做!我们之间是清白的!你也是完好无损的!不对,你除了被暗器打中之外,其他地方都是完好无损的!”她急忙表白道。

她晕倒之前,萧瑾还是一副半死不活的样子,所以在她的印象之中,自己在晕倒之前就全身发冷,所以在没了意识的时候自己爬到了萧瑾的身边,本能地找到一个暖和的地方躺着。她压根就没觉得是萧瑾将她抱到了床上去,因为萧瑾这一路因为中毒的缘故连抬起半根手指的力气都没有了。而她却是那个力大无穷的女汉子!

唉,这就有点说得通了……卫箬衣简直要拍自己的大腿了。

萧瑾……

他的神色有点古怪,几乎她的理解有点偏差……

“你身上很冷,我躲不开。”萧瑾试着幽幽地说道。

“对对对,我知道。不对,我那时候不知道!”卫箬衣忙解释,“你也知道人在没有什么意识的时候会本能地找一个比较舒适的地方躺着的。我真的不是故意要轻薄你的！你别生我的气啊。”她解释得乱七八糟,说完自己都觉得自己头大了。

完了,卫箬衣有点泄气地看着萧瑾,他到底听懂了没有?

“可是你……”萧瑾迟疑了一下,“解了我的衣衫……”他故意委屈地说道。

唉！果然晕了就不干好事！卫箬衣在心底深深地唾弃了自己一番！

146 我嫁就是了

萧瑾都不需要刻意地去假装什么委屈之意。他本就虚弱,又渡了一大半的真气给卫箬衣,所以只要喘息两下,眉尖一蹙,便会带着一股子雨打海棠一样的娇弱气质出来,再加上他喂了好多自己的血给卫箬衣再加上之前他伤口流的毒血,他现在脸色白得如同纸一样,简直就和易碎的瓷娃娃没什么区别。

所以萧瑾这么一说,卫箬衣就直在心底骂自己是禽兽。

萧大爷都不能动了,她还趁火打劫!

“我不是故意的!”卫箬衣垂下了头去,丧气地说道,“我真的不是故意的!”

“算了。”萧瑾怔了一会,心底虽然憋屈,但是忽然又有点想笑,看来这姑娘是真的误会了,不过误会就误会了吧,这里除了他和卫箬衣之外就只有小白了,除非小白能口吐人言,所以这个误会只要他不去解释,她便会一直误会下去。

心底又有点淡淡的悲哀之色,他都已经在卫箬衣这边混到需要谎言来换取她的愧疚了……这真是一件叫人伤心的事情。

“算了,都已经发生了,我还能说什么?反正我现在都拗不过你。”萧瑾幽幽地叹息了一声,因为心底的哀色,脸上自然而然地带着几分幽怨之意,看得卫箬衣眉心直抽抽。

“对不起,真的对不起!”卫箬衣站起来,在石头边上成九十度鞠躬,诚挚无比地道歉,脑袋差点磕在石头床的边缘上,吓得萧瑾差点抬手扶住她的前额。

“既然是对不起了,总要付出点代价吧。”萧瑾叹息了一声说道。

卫箬衣……浑身的汗毛都竖了起来!

“什么代价?”她小心翼翼地问道,“只要不要我的命,你说什么就是什么了!”

“我要你的命做什么?”萧瑾很奇怪地看了一眼卫箬衣,他一直都觉得卫箬衣在惧怕他,如今这种感觉更是强烈,难道他的脸已经凶神恶煞到能吓住她的地步?

“不要我的命就好!”卫箬衣长舒了一口气,妈呀,真是吓死她了!她真的很怕这里剧情拐回到原著上去,这位萧大爷觉得自己被轻薄了,所以对她怀恨在心……“那你说吧,只要我好好地活着,叫我做什么补偿你我都乐意。”

“真的?”萧瑾……他还在绞尽脑汁想着怎么将这个姑娘拐带着上路,没想到她自己就直接跳进套子里面来了,简直乖巧得他都要伸手去摸摸她的脑袋了。

“真的,真的,比珍珠都真,只要是我能做到的,你又不会再生我的气了,我保证做好。”卫箬衣赌咒发誓道。

“既然我全身上下都被你看过了,摸过了,你要对我负责!”萧瑾深吸了一口气,鼓足了劲说道。天知道说出这样的话,他也是需要莫大的勇气的!只要能将这个姑娘拐成自己的夫人,别说是什么面子了,就是里子都可以扔了不要了。

他知道自己是死心眼,喜欢了便是喜欢了,没有什么为什么,也不会更改。他全身心地喜欢她,爱她,喜欢得都快将自己的心都掏出来了。

"负责负责!"卫箬衣忙点头,顺着他的话说道,不过片刻之后就怔住了。

她瞪大了眼睛看着萧瑾,石床上的青年模样清正姝丽,眼梢眉尖都有点微微地发红,其他的地方惨白得如同一张上好的宣纸。他也正蹙眉看着自己,黝黑的瞳仁里面似乎有期待,又似乎有懊恼,还带着几分嗔怒。

"啊?负责?"卫箬衣回过神来,呆愣愣地问道,"我怎么负责啊?"

青年的眉尖蹙得更厉害,唇色也益发的白,被掩在披风之下的胸口起伏不定,似乎一口气堵在胸口上不来一样,又似乎被气得不轻,他的黑眸晕开了一层烟雾,如同拢了江南春季的烟雨在其中。

"我负责!我负责!"卫箬衣都要给他跪下了!"我负责还不成吗?你别生气!"别人生气她才不会怕,唯独这位,她真心是怕得要死啊!

"一点都不诚心!"萧瑾别扭地说道。这种逼迫人的事情他虽然常做,但是对的都是那些凶神恶煞的坏人,用的手段也都是强硬到不行的。而今日这种在卫箬衣的面前假装可怜却是第一回。

萧瑾在心底大大地叹息了一声。

不管是什么法子,能拐到她就是好法子。他发现了,卫箬衣真的特别怕他生气,这姑娘吃软不吃硬,所以只要他一表现得比较"娇弱"她便会什么都依着自己。

"苍天在上!我卫箬衣保证诚心地对萧瑾负责!"卫箬衣马上正色说道。

萧瑾别开了自己的脸,在她看不着的地方,他的嘴角不自觉地微微上翘了一下,不行了,他需要平静一下,免得自己一个忍不住先破了功,那就前功尽弃了。

他失败了那么多次,如今是将卫箬衣的脾气秉性摸了一个淋漓尽致,这臭丫头就吃这一套!

"那你要如何负责?"再度转眸,萧瑾的神色已经恢复如常,眉尖依然笼罩着那层似乎是化不开的烟雾一般。

"我……"卫箬衣怔住了,对啊,她要怎么负责?

"我给你的珍珠手钏可还在?"萧瑾见她整个人呆住了,默默地在心底轻叹了一声,低声问道。

"在在在!"卫箬衣赶紧将衣袖撸了起来,那串颗粒饱满的珠串果然被藏在她的衣袖里面。卫箬衣穿的是骑装,袖口是收紧了的,所以手钏被挡在里面看不到。

雪白圆润的珠子在她皮肤的映衬下更加柔和细腻。

"就当这是我给你的信物,算是我已经定下你了。"萧瑾憋住笑,淡淡地说道,"你也给我一样你的东西,将来你便不可嫁给旁人,否则我会拿着这东西找你算账。你要嫁便只能嫁给我了。"

"啊?"卫箬衣一脸呆滞。

萧瑾见她还是那副呆呆的样子,气就不打一处来,他都已经说得这么明白了,这臭丫头是不是故意的!

“你是要气死我吗?”萧瑾故意用力地一拍床板,低吼道,随后他就再度蹙眉,捂住自己的胸口剧烈地喘息起来。

“不是不是!”卫箬衣被吼得一个激灵,终于魂魄归位,“你别生气,我知道了。我答应便是了!”

哎呦,我的老天爷啊!这位大爷可千万别再生气了!

旁人生气不过是伤自己的神,这位大爷生气可是要人家的命啊!

其实想想,如果答应嫁给他大概也没什么不好的地方吧?

至少书里面的萧瑾是个很护短的人,只要成了他的人,她就永远没有被他活剐了的担忧了吧!

卫箬衣的眸光一亮,随后忙不迭地点头。“我嫁你!我答应嫁你还不行吗?”

按照原著里面萧瑾的脾气,那也是个认死理的人,他喜欢的人,他全心维护,他不喜欢的人怎么都到达不了他的心底!

卫箬衣激动得有点风中凌乱了,手脚都在一阵阵地莫名抽筋。

想想原著里面的萧瑾为了他心爱的女主几乎是要将心肝脾肺肾都掏出来摆一排给人挑的主儿,如今这位大爷主动要求自己负责!若是她真的能和这位大爷成为一家人的话,将来何愁身边少一个神级的打手?

虽然她没看过全文,但是在评论区可是徜徉了好久了!评论区里面全是夸赞萧瑾的,顺带着也将原著里面的卫箬衣拉出来口诛笔伐一通,因为与书里的女炮灰同名同姓,卫箬衣也没少在评论区里面和人打嘴炮,不过多半都是觉得好玩吓唬吓唬那些留言的读者,自然讨了人家一顿好骂,她就权当是放松,笑得乐不可支。不过萧瑾在诸多男主的候选名单里面人气那是相当相当高的,甚至还有人哭着喊着作者一定要把萧瑾立为男主,不然就给作者邮寄刀片云云的话也都写上了。

估计后来萧瑾被书里的女主给炮灰了,大概真的有读者要给作者邮寄刀片了吧……

这姑娘前后脸色对比差距太大了!

前一刻还是谨小慎微,吓得战战兢兢,脸色都变了,一副就差要给他跪下的样子了,怎么忽然之间她那双大眼睛却忽然发了光,眨眼就变成了一副满心算计,要将他立即剥皮拆骨吃下肚的样子……

一心一意拐带着卫箬衣的萧瑾此时也有点凌乱了……

他是真的搞不明白这姑娘怎么会前后的态度相差这么大。他费尽心机步步为营地勾搭着这姑娘一步步地踩入他的陷阱里面,怎么现在反而有了一种那姑娘守株待兔,早就等好了他自己费尽心机跳坑的感觉?

见萧瑾看自己的眼神有点发直,卫箬衣忽然捂住了自己的唇,唉她是不是乐极生悲了?

她一个大姑娘将嫁不嫁的挂在嘴边说得轻松平常,如同与人问候“你吃了吗?”一样的愉快,是不是会被萧瑾看不起啊?

她这算是私定终身啊,这可是贵族女子的大忌。

“那个……这样不太好吧?”卫箬衣故作扭捏地低下头来,“总要回去告诉父母的。”心底宛若被一万头神兽再度呼啸而过一样的泥泞不堪!她都这么一大把年纪的人了,居然还要装出这么一副扭捏的模样,真心想吐出两碗老血来。

是啊,总要告诉父母的。

萧瑾的神色略暗,即便他可以不管自己的父皇怎么想的,但是卫箬衣却不能不管卫毅是怎么想的。

如今朝中局势如此的微妙,卫箬衣的终身大事是举足轻重的事情,她花落谁家,便是代表着手握朝中一半兵权的卫家的天平将来会朝谁倾斜。

他想娶卫箬衣哪里是那么容易的事情?

别说是父皇了,便是自己那几个兄弟真的甘心将卫箬衣这么大一个礼物送到自己的怀里吗?

他已经是锦衣卫北镇抚司的副指挥使,如今再将卫箬衣娶回去,即便他没有什么心思参加帝位的争夺,只怕一些有心人士也会在一边推波助澜将他卷入那团含混不清的混水之中。

唉,如果她只是一个普通人家的姑娘那该有多好?

"如果有一天我不是什么皇子,也不是什么锦衣卫的副指挥使,只是一个平凡得不能再平凡的人,你还会愿意说出刚才那样的话吗?"萧瑾幽幽地在心底叹息了一声,缓声问道。他不愿意一辈子被困在那座金碧辉煌的牢笼之中,不愿意自己会变成自己父皇那样的人,或许他将来会放弃所有的东西,他不会是五皇子,不会是锦衣卫的副指挥使,他只会是他,一个平凡的男人,没有背景,没有钱,有的只是爱她的心和真真切切愿意与她共度一生的心意,她还会愿意嫁吗?

唉,你那皇子的身份也好意思拿出来说?卫箬衣都已经懒得去鄙视他了。

瞧瞧这山洞吧!一个真正受待见的皇子需要在春猎的时候自己一个人躲在这种连兔子都不高兴来的地方吗?看看那些柴火码得那叫一个平整!一个金尊玉贵的皇子需要去做这种事情?

可别提了!

不过锦衣卫北镇抚司副指挥的身份还是比较叫人值得跪舔的。

卫箬衣摸了摸自己的手臂,她如今见到的萧瑾都算是比较平和的了,想想他对付原著里面卫箬衣的手段便知道这人骨子里面是有多狠绝。还有自己之前被流寇抓住当人质的时候,他持弓箭对着自己,连眉头都没蹙上半毫,更没有半点犹豫之色,就知道萧瑾其实真的是个黑心肠的家伙,没什么善念的。

不矜持不行,太矜持了,要是将萧大爷给弄生气也不行。卫箬衣真心觉得自己的日子好难!

她承认自己动机不良。此时答应和萧大爷在一起不过就是因为怕自己重蹈原著里面卫箬衣的覆辙,另外萧大爷武功高强,有他在身边也是会不一样的。至于其他的,她还真没想太多了,主要是那一刀刀被剐的场景实在是太触目惊心,实在是让她也想不起许多别的来。

在这个时代,她要继续走下去,也多半走不出与人成亲的框框的,与其找别人,倒不如找一个自己熟悉的。

况且萧瑾还是一个正宗护短的人。

不过刚刚萧瑾问出的那句话着实让卫箬衣有点浑身汗毛直竖的感觉。这叫她怎么回答？如果眼前这位不是在原著里面活剐了她的人，大概她也不会那么惧怕他，敬畏他吧……

见卫箬衣抿唇不语，萧瑾的心便是隐隐地一沉。“我有点累了，你既然已经答应了将来要嫁我，便不能再许了旁人，否则我是不会放过你的。你若是也累了就靠过来休息一下，若是不累的话便想想要给我一个什么信物才好。”他略别过头去，闭上了眼睛。

心中纵然是被她点头答应嫁给自己的喜悦遍布了，但是依然还是有那么一点小小的含混晦涩。

其实，他也明白他那皇子的身份真的不算什么，但是她这么犹豫不言，大概也不是真心地喜欢自己，所以要嫁给他，只是被他逼急了而已。

也好，即便只是逼急了才让她有了那样的言论，至少她肯许诺给自己了，那便好了。

她若是敢出尔反尔，那他发誓，他会一辈子缠着她，她去哪里，他就去哪里，她敢嫁人，他必会毁她姻缘。横竖他的心都丢在她的身上了，若是不将她拉着下水，他绝对不会善罢甘休。哪怕拉着她一起毁灭，他也在所不惜。

要么就笑着一起生，要么就抱着一起死！

他便是这么决绝狠毒的人！

咦？真的睡了？

感觉到躺在石床上的人呼吸渐渐地均匀了，卫箬衣这才探头探脑地看了看萧瑾。他的后脑勺对着自己，只能看到一头乌黑的长发和他拢在自己披风里面的一点肩膀，骨质均匀，秀丽之中亦带着一股子属于雄性特有的力量感和流畅的肌肉线条。

卫箬衣长出了一口气，缓缓地挨着石床的边缘坐下，随后就开始发愣。

刚才她实在是太慌了，所以很多事情都没考虑清楚，例如她中毒了之后真的是在无意识之中对萧瑾做了什么还是醒过来的萧瑾对她做了什么？她似乎都没搞明白……

还有她不是中毒了吗？那现在怎么好像没事了？毒素完全清掉了？

这里就她和萧瑾还有小白，既然她的毒素都能清除掉，那萧瑾身上的毒是不是也清除干净了？

哎呦，卫箬衣越想就越觉得自己的脑子混乱一片，再加上刚才慌乱之中的口不择言，卫箬衣闷哼了一声，苦恼地捂住了自己的脸。

忽然之间，她想到一个很重要的事情。

原著之中的萧瑾之所以对女主那般千依百顺，处处护着书里面的女主，事事为她着想，那是因为原著里面的萧瑾爱惨了女主，可是现在萧瑾竟然主动叫她负责，这到底是为了什么？还那么霸道地不准她嫁给别人，难道真的只是因为她碰巧摸了他还看光了他？抑或是他喜欢上自己了？

猛然之间，卫箬衣被这个念头给雷翻了。

萧瑾会喜欢她？

不会吧……

卫箬衣的嘴角有点抽搐，想想自己刚刚穿越过来的时候，他还警告过自己不许拿着被他抱了的事情要挟他娶自己，三十年河东，三十年河西，这时过境迁，他却拿着自己不小心

"睡"了他的事情来要挟自己只能嫁给他。

世界真奇妙！不看不知道！

卫箬衣一脸呆滞。

越是想,越是觉得自己依然是风中凌乱,而且凌乱到了不堪的地步。

算了,算了,不想了,想那么多也什么用都没有。

卫箬衣纠结了半天决定不去纠结了,不管怎么说,现在她答应嫁萧瑾,将来只要她不给萧瑾头上染绿,应该是没有被剐的忧患了。

这是好事！

善于苦中作乐的卫箬衣终于发掘了一点点的闪光点出来,心情顿时好了许多。

147 这飞醋吃的

不过现在外面是个什么状况,她与萧瑾躲在山洞里面却是一点都不知道。

从她随便带着萧瑾出个树林都能遇到假的禁军来看,外面的情况应该是不好。不管是谁一手策划的这件事情,想来花的精力与时间一定不少,这不像之前几次刺杀,这已经动用了假的禁军了,这是反叛啊!

卫箬衣撑着脑袋想了好久,首先便是排除了自己老爹带头作乱的可能性。如果是自己的老爹的话,他即便要动手,也不会这么小打小闹,而且也不会将家眷都放在燕京城之中,况且现在爹也没反叛的理由啊,他才刚刚消除了陛下对他的戒心。

最有可能的便是藩王的联合反叛了。

如果真是这样的话,那爹的处境就非常的危险,但愿如萧瑾所言,自己的臭爹武功高强,作战经验丰富能护着陛下先躲避一段时间吧……

外面的雨断断续续地下着,山中本就寒峭,雨水带来的潮气袭来,更是叫人觉得浑身发寒,与其在这里坐着漫无边际地胡乱猜想,倒不如先将火生起来,驱驱这洞中的寒气。

从早上到现在,肚子里面一点东西都没吃,火生起来之后,卫箬衣就觉得饿得有点心里发慌。

她回眸看了看石床上的萧瑾,这位萧大爷失血那么多,也是虚弱得很,总要吃点东西才能有力气。

可是山中多雨,走兽应该都躲起来了,她也不敢走远了,怕自己在山里迷路,再加上下雨,多半是不安全的。

卫箬衣走到洞口朝外看了看,瞥见了那条沿着洞口平缓地带蜿蜒而过的溪水,灵光闪现。

可以抓鱼啊!

趁着不下雨的间隙,卫箬衣抄着匕首跑了出去,找了一根树枝折了下来,随后用匕首将树枝上叉出来的枝桠都削掉,再将一端用匕首削成尖的,一个简单的鱼叉便做好了。

卫箬衣脱掉了靴子和袜子,摆在干燥的地方,又将猎装的裙摆提起来掖在腰带上,好在这猎装为了方便骑马裙摆不长,又撕了一大截给萧瑾当了绷带了,所以几乎没什么拖沓的布料垂下。她挽起了自己的裤腿,直到膝盖以上,这才跳着跑入了溪水之中。

唉啊!一进水里,卫箬衣就忍不住打了一个寒颤,快冻死了,这山里的水本就是山顶的积雪所化的,冷得不得了,再加上下雨温度本就低,这水就如同沁了冰雪在里面一样。

卫箬衣咬牙忍了好久才渐渐地适应了下来。

别说,这溪水里面果然是有不少能吃的。只是下过雨了,溪水的流速较快,鱼看起来游动得也比平日里欢实。卫箬衣在小溪里还捡了两个超大的河蚌出来，一个都有脸盆那么大。要是抓不到鱼的话，将这个河蚌烤一烤大概也是能吃饱了的。

溪水边还有不少野生的蒜，卫箬衣刨了几个出来，都是独头的，剁吧剁吧大概能做一个野蒜蓉烤河蚌，卫箬衣简直被自己天才的想法给乐坏了，干得益发起劲。身为吃货，果然只有在吃的时候或者是找吃的东西的时候才会快乐。

萧瑾小憩了片刻之后猛然惊醒，他的确是失血有点多，所以一直都有点疲惫加嗜睡，石洞里面已经重新燃了篝火，比刚才要显得暖和了许多。

萧瑾披着卫箬衣的披风，翻身下了石床，走到了洞口，就见卫箬衣正抓着一根树枝全神贯注地插鱼。

天色暗沉，时不时有闷雷和闪电从低压的云层里面滚过，眼前的一切景致看起来都有点灰蒙蒙的，但是卫箬衣那一身的红衣却在这种如同蒙了一层烟尘的天地之间显得益发的突出了鲜亮。

清水围绕在她如同玉一样的小腿边匆匆流过，荡漾起一层层涟漪，水流冲刷亦是轻轻地溅起了几抹淡淡的水花，如同绽开在她腿边的白莲一般，更衬得她的小腿肤若凝脂。许是水冷的缘故，她的小腿的颜色有点微微地发红。萧瑾一蹙眉，这么冷的天，她还真是不怕冷。

“上来吧。”他开口说道。

“啊？”卫箬衣原本全神贯注地插鱼，手用力戳下去，被萧瑾冷不丁的一开口，顿时吓了一跳，不光鱼叉掉在了水里，就连她也一个重心不稳，差点摔倒在水里，幸亏萧瑾教给她的步法被她急中生智用了出来，不然的话现在非变成一个落汤鸡不可。

她的动作倒将萧瑾吓出一身的冷汗来，他甩开披风，抢身朝前，顾不得风冷水寒，直接落在了卫箬衣的身侧。

卫箬衣……感觉到自己被萧瑾揽入了怀里，触手处都是他光滑的皮肤，披风之下，他没穿上衣……

“水这么冷，你是想要生病吗？”下了水，就连萧瑾都倒抽了一口冷气，冰水激得他浑身都是一颤。萧瑾开口恶声恶气地吼道。他也不由卫箬衣分说，一把将卫箬衣从水里抱了起来，无奈他身上还有伤，一用力便牵动了自己的伤口，身子都摇晃了一下。

“放我下来！”感觉到了萧瑾的虚弱，卫箬衣急道，“你还伤着呢。”

她这一乱动，萧瑾更是重心不稳，他想咬牙忍住，两处伤口崩裂传来的痛楚让他的脸色更加的惨白。

萧大爷还虚弱着呢！卫箬衣直接在他的手里利落地一翻身，挣脱开来，被卫箬衣猛然推了一把。手里一空的萧瑾更是站不稳了，他心底发冷，真气损失大半，又失了那么多血，他现在竟是连一个卫箬衣都治不住了！

“还是我来吧！”卫箬衣反手一扣，揽住了身子摇摇欲坠的萧瑾，毫不费力地将他给打横从水里抱了起来。

萧瑾……

他呆愣愣地看着抱着他赤脚跑得飞快的卫箬衣，莫名地想要捂脸。

一直到被卫箬衣小心翼翼地放在石床上，萧瑾都是一脸地呆滞，目光直勾勾的，整个人都是僵的。

“糟糕了,伤口挣开了。”卫箬衣低头看了看他的身上,急道。

“挣开了就挣开了!”萧瑾气恼道。没面子!太没面子了!他忽然有一种很想要撞墙的冲动。

几次?他被卫箬衣这般抱过几次?

“别闹小孩子脾气啊。我给你重新上药,你别动了。”卫箬衣一把将萧瑾按在了石头床上,萧瑾……

这回他真的抬手捂住了自己的眼睛,他不想看到这个粗鲁的女人!

感觉到她的手在自己的身前不住地划过,她的动作又快又柔,在碰触到他皮肤的时候还会带着一点点的麻痒,渐渐地,萧瑾的耳尖爬上了一点点的嫣红。伤口的疼痛感也随着她的动作渐渐地减轻。

“我冷。”他终于开口幽幽地说道。这个粗鲁的女人,不知道他刚刚沾了水,这石头床又是冷冰冰的吗?他流了那么多血出去……直接将他就这么按在这个石床上……

“是我的不是。我忘记你是光溜溜的了。”卫箬衣忙不迭地道歉。

萧瑾……他才不是光溜溜的……他明明穿了长裤和长靴的。他已经不想开口解释了,耳尖却是更红了几分。

“你等等。”卫箬衣巴巴地跑去洞口捡起了被萧瑾刚刚丢在洞口的披风,再度屁颠地跑回来。她先是将披风半铺在石头床上,随后再度将萧瑾抱起来,小心地放在披风上。

萧瑾完全不想说话,已经十分的自暴自弃。她喜欢抱就随她抱去吧,他也懒得挣扎和逞强了。

“你的靴子和裤子都湿了,赶紧脱下来吧。”卫箬衣拉起披风来准备盖住他的时候,忽然发现他刚刚直接穿着靴子就下了水了。

萧瑾……

“你一个大姑娘,究竟知道不知道羞耻两个字怎么写的?”萧瑾终于忍不住吼道,“若是今日躺在这里的不是我,换个其他男人,你也叫他脱裤子吗?”

被吼得莫名其妙的卫箬衣看了看周围。“这里不是只有你吗?”她问道,“哪里会有什么别人?再说了别的男人死活关我屁事啊?”

一句话莫名地就将萧瑾心底起的刺给抹平了。

没有别人,只有他,别人的死活不关她的事情……萧瑾顿时转开了头去,很想笑,怎么办?

“我自己来。”萧瑾不知道为何,忽然之间感觉到好羞涩,他拉起披风掩盖住自己,随后在披风下面将湿漉漉的靴子和长裤都除去,只留了一条贴身的亵裤在身上。

“我去帮你烘衣服。”卫箬衣默默地在心底叹息了一声,瞥了一眼在石床上老老实实躺着将自己裹得严严实实的萧瑾。

亏得他还要将腿蜷起来才能适应这披风的长度,也是难为他了。

“你会嫁我的吧?”看到卫箬衣找柴火在火塘边上搭了一个简单的架子给他烘衣服,萧瑾忍不住问道。

“等过几年。”卫箬衣回眸看了他一眼,“我总要做出点事情来证明一下自己吧。到那时候你若是还愿意娶我,我就嫁给你。”

说完她就回过了头去。

萧瑾稍稍地拉高了披风的领子,嘴角在领子的掩盖之下朝上形成了一个优美的弧度。

只要她还是她,只要她愿意,等几年他都乐意。

解决了人生之中最大的威胁,卫箬衣也长出了一口气。

她自打来这里,脑袋上就一直悬着两把随时可能掉下来的长剑,一把是萧瑾这个家伙,还有一把就是卫家在几年之后的覆灭。

现在她与萧瑾算是私定终身了,那么问题一下子解决了二分之一,卫箬衣顿时觉得自己肩膀上的担子都轻了许多。

“哎呀,我刚刚捞了两个大河蚌呢。”卫箬衣忽然想起刚刚被她扔在溪水边上的河蚌,于是兴奋地说道,“虽然我没抓到鱼,不过那两个河蚌烤烤大概也够你吃的了。我出去拿来。”说完卫箬衣就起身套上靴子跑了出去。

等那姑娘再度跑回来的时候,一脸的惊喜。“萧瑾,你知道我在河蚌里面发现了什么?”

萧瑾稍稍地将脸从披风里露了一些出来。“难不成是珍珠?”他问道,被卫箬衣的笑容感染着,不知道为什么他也想跟着一起笑。

“真聪明!”卫箬衣将背在身后的手拿了出来,如同献宝一样跑到了萧瑾的身侧,将手里的东西递了过去。

在她的掌心里面躺着一颗圆溜溜的鸽子蛋大小的紫色珍珠,无论是色泽还是圆润程度都堪称完美,尤其这颜色,漂亮得简直叫人挪不开眼睛。

“我发财了!”卫箬衣咧着嘴,哈哈大笑着,一副嘚瑟得不行的模样。

“果然是发财了!”萧瑾的眼眉弯了起来,很肯定地说道。这种颜色,大小,还有光泽度的珍珠便是拿来当贡品都足够耀眼的了。

卫箬衣觉得自己今天一定是踩到狗屎了!刚刚她出去拿匕首将河蚌撬开,准备洗一下然后将河蚌带回来烤着吃,第一只河蚌里面什么都没有,但是第二只河蚌一剖开就看到了包裹在肉膜里面的一颗珠子。

开始她只当是一颗普通的珍珠,不过也是很高兴,但是将珍珠取出来一看,她就傻眼了!这哪里是什么普通珠子,这简直就是极品啊!

“你不是说要我想想给你一个什么信物吗?喏,这个就是了。”卫箬衣笑着对萧瑾说道,“珍珠,紫色的,放眼整个大梁大概也找不出几颗来。”这种天然的紫色珍珠真的很少。

在现代,通过人工手段培育出来的自然是很多,但是现在是古代,哪里有什么人工培育,都是天生地养的,单就这么大的珠子都少见,更何况是紫色的。

“怎么样,够有诚意吧?我已经洗干净了。”卫箬衣头一歪,说道。

萧瑾的脸不由微微一热,他抬手就将那颗珠子拿了过去,放在手里不住地摩挲着,简直有点爱不释手的感觉。不光有诚意,而且有意义,今日是她应了要嫁给自己的日子,这珍珠是她亲手捡的河蚌里面生出来的,又是她亲手剖出来的。

萧瑾将珠子紧紧地握在掌心里面,简直有一种如在梦中的感觉。多少年了,他以后终于不用再一个人孤孤单单地走下去了。

“不喜欢?”卫箬衣见他的脸色有点变幻莫测,也看不出个喜色来,于是有点担心地问道。

“不,很喜欢。”萧瑾垂下了自己的眼帘,因为他不想卫箬衣看到他眼底的光。他怕她会笑话自己。

“喜欢就好。”卫箬衣舒了一口气,“哎呦,我又把河蚌给扔外面了。”粗枝大叶的姑娘这才想起两个人的饭又被她丢在溪水边上,再度风风火火地跑了出去。

趁着卫箬衣跑出去的间隙,萧瑾赶紧拿指腹擦了擦自己已经微微湿润了的眼角。

这颗珠子他回了燕京城之后会找人好好地镶嵌起来做成一个坠子,天天带在身上。

“那边的石头搬开,里面有一个用油纸封住的罐子,里面有调料。”等卫箬衣捧着两个脸盆大小的河蚌回来的时候,萧瑾指着山洞的一角对卫箬衣说道。

他每次来都会打些野味过来烤,所以也都会随身带着调料。这次他却是没带。调料虽然放的时间有点长了,但是密封得不错,应该不会坏。

卫箬衣依言,找到那只罐子,将罐子口的封纸打开,里面果然有盐巴和一些其他的调味料,别的调味料能不能用卫箬衣不知道,但是盐巴是肯定可以用的。

盐是百味之首,有了盐,味道立马就不一样。

卫箬衣喜滋滋地将河蚌架在火上烤着,河蚌的外壳就是天然的锅,她在蚌肉上撒了盐,又撒了厚厚一层的野蒜来去腥。

没过多久,这山洞里面就弥散开一股特有的烤肉香气,即便是萧瑾不算特别饿也被这香气勾得特别去看了河蚌好几眼。

烤河蚌肉并不算是很好吃,因为河蚌肉比较老,不如牡蛎那般嫩,不过在这种条件下这也就算是美味了,鲜度是足够了,只是肉有点硬。

饶是这样,萧瑾也是吃得津津有味。

这是卫箬衣替他做的第一顿饭,他饕餮满足。

“这几个大蚌壳洗干净还能烧点水。”卫箬衣翻了翻那四片厚实坚硬的大蚌壳说道,“我去给你烧点水啊。”

萧瑾看着卫箬衣忙来忙去的身影,心底不由再度泛起了几分蜜意。

似乎他追求的东西,都在今日实现了。

他真是有点感谢那个派出杀手来全力剿杀他的人,若非这样的话,现在他大概也不会与卫箬衣单独相处在这里。

外面又下起了大雨,天色也逐渐地暗沉,看来他们两个势必是要在这山洞里面过夜了的。

萧瑾的衣服卫箬衣早就拿去洗了,现在和裤子一起都烘干了,卫箬衣取来让萧瑾穿上,这山中春夜还是很冷的,能多穿一点是一点,尤其萧瑾还这么的虚弱。卫箬衣用河蚌外壳烧了水,将她马上的两个水囊都灌满刚刚烧开的热水,卫箬衣丢了一个水囊给萧瑾当成热水袋捂着,自己也抱了一个挨着石壁的边缘坐下。

石床肯定是要让给萧瑾的,卫箬衣准备就靠在石壁上对付一晚上就好。看她多高风亮节!

没办法,人品就是好!卫箬衣摊手。

148 思潮起伏

萧瑾虽然是躺在石床上，但是眼神却是不住地朝靠在火塘边石壁上的卫箬衣那边飘。

他几次想开口叫卫箬衣睡到石床上来，但是几次都是话到嘴边了，又被他咽了回去。

卫箬衣毕竟是大姑娘，他即便已经认准了她了，而她也应允了与自己的婚事，可是这种叫人上床来与他同睡的话似乎还是有点说不出口。

她若是这么靠一夜，必定腰酸背疼，哪里能睡得安稳？

"箬衣，我冷。"萧瑾想了想，还是开口说道。

靠在石壁上小憩的姑娘睁开了眼睛。箬衣？这两个字从他嘴里叫出来，还真叫人听得有点历尽千帆的沧桑感。

要知道原著上的萧瑾素来都是连名带姓地叫她，到了后面就连叫都懒得叫了。

所以，卫箬衣麻溜屁颠地跑到了萧瑾身边，将自己怀里抱着的水囊也一股脑地塞在了他的披风下面。

萧瑾……

他要的不是水囊，而是她！

讨厌的水囊！

"还是冷。"他忽闪着一双明媚的眼睛，可怜巴巴地看着卫箬衣。每次他装可怜都会收到意想不到的好处，所以萧瑾觉得这可怜不光要长久地装下去，而且要越装越像。

"还是冷？"卫箬衣抬手摸了摸萧瑾的额头，没有发热啊，而且他身上还是比较暖和的。

"从骨子里面发出来的冷。"萧瑾继续装，随后他干脆将眼睛闭上，将眉头紧紧地蹙在了一起，"算了，许是我中毒太深了，即便是现在吃了解毒丸，依然还有余毒未清，在夜间发作也是正常的。你去休息吧。"他还低低地叹息了一声，"比起白天来，我现在已经好很多了，谢谢你，箬衣。"说完他就翻了一个身，背对着卫箬衣。

这……

卫箬衣为难了，他越是这么说，她倒反而没有了怀疑。

她也中过那毒，知道浑身发冷的滋味。

卫箬衣一咬牙，干脆一屁股坐在石床上，掀开了披风也钻了进去，随后贴在了萧瑾的身后，从他的身后伸出手去将他揽入了怀里。"这样会不会好一点？"她柔声问道。

"箬衣……"萧瑾的心底顿时一荡，一股难言的甜蜜在心底弥散开来，若不是他还要装娇弱博同情，现在萧瑾差点笑了起来。"还是冷。"他继续可怜兮兮地说道。

抱紧点，再抱紧点，萧瑾在心底不住地对卫箬衣说道。

他多想反手将那个抱住他的姑娘纳入怀里，深深地亲吻着她的眼眉，她的唇……

不过这也只是想想罢了。若是他真的这么做了，那姑娘力气贼大，肯定马上就推开他跑了。

还是冷？

卫箬衣为难了。

“那我去将火堆挪到这边来。”卫箬衣想了想说道，她刚要起身就被萧瑾抬手按住了她的手臂。“不必了，挪过来太熏了。就这样吧，也许过一会就好了。”

“好吧。”卫箬衣迟疑了一下，还是再度将他抱入了怀里。

两个人就这样静静地贴在一起。萧瑾悄悄地将卫箬衣的手挪到了自己的心脏的位置。“你放在那边碰到我的伤口了。”他略显得痛苦地说道。

“哦哦，对不起对不起！”卫箬衣不疑有他，赶紧道歉。

真好骗！

怎么这么好骗？

萧瑾在心底大叹。这个姑娘精明的时候精明死，笨的时候也能笨得叫人哭笑不得。这时候，他还是希望卫箬衣笨点好，莫要看出来他的心思才是。

他将她的手挪到自己的心跳的位置是想让她也感受一下自己的心，里面现在满满装的都是她。虽然她不会知道，但是他自己明白。

“你说那些叛贼是什么人？”卫箬衣幽幽地问道。她的气息从他的耳边掠过，带着一点点温热，更带来了一种说不出的麻痒。

萧瑾有点不自在地缩了一下脖子。“现在我也不知道，只有等出去了才能查出来。”

“我好担心我爹啊。”卫箬衣叹息了一声，说道，“不知道他现在怎么样了？”

“他身经百战，就是在战场上摔打出来的，应该不会手忙脚乱。”萧瑾略愣了一下，随后出言安慰道，“没准咱们出去，他都已经带着人平定了叛乱了。”

“哪里有那么容易啊。”卫箬衣继续叹息道，“那些人能弄出这么大的动静来，必有后招的，否则一旦被陛下缓过来，只怕谁都承受不了天子之怒。”

是啊！卫箬衣说得不错，能布局得这么隐秘又这么宏大，必然是本着一击击中的心思。看看那些扑向自己的杀手便知道了。若非是卫箬衣折返回来，他的命多半就交代在那边了。

不过也是奇怪，那些人似乎对卫箬衣十分的特别。

萧瑾不由蹙起了眉头，那些人攻击的目标只有他，而见了卫箬衣一出现，他们好像有点畏首畏尾的。

这不应该啊！

难不成那些人认识卫箬衣，并且与卫箬衣有什么渊源？

萧瑾的身子不由微微地一僵。

莫非策划这次叛乱的人是卫毅？卫箬衣是卫毅最疼爱的女儿，杀手遇到卫箬衣肯定是投鼠忌器的。

所以她才能这么轻松地在那么多人手里将自己救出来？

越是想，便越是觉得有这个可能。

萧瑾的手脚不由真的微微地有点发凉了。

如果策划谋反的人是卫毅,一旦他成功了,绝对不会放过任何一个萧氏族人,那他……

心底一片冰冷,萧瑾努力地想说服自己反叛的人并非是卫毅,但是现在种种迹象却又由不得他不去怀疑。

他相信现在这个抱着自己的姑娘大概是对这件事情丝毫不知情的,因为她大可不必这么大费周折地将自己救出来。

一旦卫毅反叛成功成为天下之主,卫箬衣就是新皇朝最最尊贵的公主,她要什么没有?更何况他这么一个小小的"前朝"皇子……

而他有什么?除了样子大概还能入了她的眼之外,其他真的一文不值。

耳边传来卫箬衣均匀的呼吸声,这姑娘大概是累坏了,竟是睡着了……

相比较于卫箬衣的平静,萧瑾的心底却是掀起了狂潮,冲得他飘摇不定。

萧瑾敛下心神来细细好好地整理了一下自己纷乱的思绪。

此次春猎大典,父皇原本是交给了大哥去操办的,但是架不住宸妃娘娘极力地想将这件事情揽入萧晋安的衣袖之下,最后交办给了萧晋安。

那么问题来了,既然是萧晋安一手操办的春猎事宜,那么整个围场的守卫难道他就没再三检查过吗?

按照惯例来说,围场是由专门的围场禁军看护的,这些人在春猎期间强化的是外围的看守,陛下的安全则是由羽林卫和禁军一起负责,这些则是由燕京城随陛下而来,应该是陛下信得过的人。

那些负责追撵猎物的人便是负责围场的禁军所为,这一部分人是极其容易被收买或者叛变的。

思及于此,萧瑾紧蹙着的眉头倒是稍稍地有点松懈开来,如果按照最好的构想,反叛的只是负责围场守卫的禁军,那父皇现在应该是安全的。

但是如果做最坏的打算,那后果已经是不堪设想了。

围场离燕京城有段不小的距离,有心人士想要在围场动些手脚,的确是十分容易瞒过远在燕京城的人。

感觉到贴在身后的人翻了一个身,原本挂在他胸口的手臂也随着滑落而去,萧瑾也翻了一个身,转过脸来看着卫箬衣。

她睡得还是挺安稳的,纤长浓密的睫毛盖下,在她光洁的脸颊上形成了两道深邃的暗影,她的唇色红红的,即便是不染胭脂也显得比一般的女子要颜色深一些。衣襟因为睡眠的姿势有点稍稍地朝一边扯开,露出了些许颈下的皮肉,在淡淡的篝火光芒映衬之下,显出了别样的匀质细腻。

萧瑾看了好久,心底有点隐隐地发痛,他越看越喜欢,越喜欢就越是挪不开自己的眼睛,只恨不得将这个人干脆揉碎了沁入自己的皮肉之中去算了,骨血都融化在一起了,便不会再分开了吧。

萧瑾知道自己其实在骨子里是个极其没有安全感的人,小时候的遭遇,让他不断地筑起一堵又一堵的心墙。他用淡漠和冷冽来伪装自己,用不在乎的眼神看着周遭的世界,他想离开皇宫,想离开燕京城只是因为他想逃避。

而她的出现热烈而浓墨重彩,总是在不经意的时候敲打着他的心墙,不知道什么时候他的坚固被她一点点地钻开,撕裂,露出了他想用冰冷堆砌起来的最害怕暴露在人前的心思。

他也知道自己有点偏执,喜欢了便会不顾一切。

所以……

他抬手轻轻地碰触了一下她滑腻的脸颊,触手处是一片温热,所以她可千万不要答应了他却又再离开他,他会受不了的。

他会发疯,会发狂,会不顾一切地带着她一起毁灭掉。即便这次反叛的人真的是她的父亲,即便自己将来会沦为阶下囚,死刑犯,她也不能丢弃了他!

泪水止不住地溢出了他的眼眶,才不过短短的一小段时间,他却竟然哭了两次,匪夷所思,却又这么自然而真实地发生了。

她喜欢强悍,那就让着她,她喜欢自己"娇弱"一点,那也随着她,只要她别丢下他独自一个人飞翔就好。

许是被萧瑾的手指抚过,她有点感觉到痒了,于是她抬手摸了摸自己的脸颊,他隔着朦胧的泪眼适时地抬手。卫箬衣没摸到什么异常就再度翻了一个身,这回她主动地又翻回到了萧瑾的身侧,再度主动将手臂搭在了他的腰间。

她不经意的动作有点野蛮,其实弄得他伤口挺痛的,但是他咬牙忍住了,即便是双眸被泪水沁湿了,但是他还是露出了一丝瑰丽的笑容,如雨后最耀眼的一朵玫瑰,静静地开放在风雨之后归于静谧的深夜之中。

他也抬手将她再度朝自己的怀里拽了拽,伤口很疼,尤其在夜间,疼痛感会比在白天放大十倍,可是他甘之如饴,如果不是这次遇袭受伤,他不知道还要再跋涉多少山水才能这样光明正大地将她拥入怀里。痛,才提醒着他是活着的,这些所有的情感都是真实的,并非在虚无缥缈的梦里。

试着轻轻地将唇印在了她的额前,她熟睡着,并没被惊醒。

那滑润的感觉碰触着他的唇,让他的心胸都鼓鼓胀胀的,有一种叫满足的情绪在里面不住地发酵生长,同时也有一种叫不满足的感觉伴随着一起疯涨,他明明想要的更多。

比起拥有她,其实他更渴望的是被她所拥有,最好她能替自己打造出一个全天下最坚固的牢笼将他装入其中牢牢地将他锁在她的心底,不放他离开。

萧瑾的心都在抖着,只有在这样安静无人打扰的深夜之中,面对着熟睡的她,他才会让自己全部的情绪宣泄出来,他对她的深爱,他所有的不安,他的不自信,还有他的自卑……一旦天明,他就会再度披上冰冷的战衣,将自己武装起来,因为他知道,在这个世上,只要他在人前流露出一点点不自信的情绪出来,等待他的便是堕入无尽的深渊之中,跌得粉身碎骨。

他从小就与人不亲厚,曾经他极度渴望母妃的怀抱,可是等待着他的总是一次次的失望甚至是虐待。而如今他被卫箬衣的手蛮横地揽在腰间,心底却生出了几分从来没有过的安全感。好像即便是天都塌下来了,也会有一个人替他撑起一块小小的天地一样。

他的吻悄悄地从她的额头挪到了她的眉心,她身上的味道真好闻,带着一股子叫他熏熏然的感觉,好像会上瘾。

他忍不住伸出了舌尖轻轻在她的皮肤上舔舐了一下,她很干净,皮肤真的如他所想的那样细腻,如同小时候吃过的果子做成的凉糕一样。他记得他曾经很爱吃甜的,但是有次被母妃教训了,说只有小姑娘才喜欢吃甜的,从那以后,他就再也不怎么碰甜食了。如今她的皮肤给他的感觉便和小时候贪嘴时候喜欢的那个凉糕一模一样。他一辈子都记得的。

心底那种不满足如今已经疯狂地生长到盖过了满足的感觉,他浑身紧绷了起来,脚趾都因为骤然而起的兴奋而微微地蜷了起来。他的手指缓缓地滑过了她纤细的腰身,隔着衣服一遍遍描绘着她腰间蜿蜒起伏的曲线,他知道自己想要的更多,他强迫自己稍稍地离开了她的眉心,目光落在了她的唇上。

许是受了惊扰,她的唇已经有点不悦地微微翘起,萧瑾心底顿时一阵紧张,她不会是醒了吧……若是被她发现他对她起了那样的心思,会如何?他屏息静气地默默地观察着她,她的气息并没发生什么变化,萧瑾这才稍稍地安心下来,她并没被自己惊扰醒来。

身子持续地紧绷让他感觉到有点疼,不是伤口,而是某处亟待宣泄,这叫他原本因为失血而苍白的脸蒙上了一层淡淡的绯色,便是眼梢也荡漾出了平时不会有的风情出来,可惜她看不到,不然一定会被那抹风情催得目瞪口呆的,即便是萧瑾自己都不知道他现在的样子有多诱人。

他紧抿着自己的唇,之前不是没有肖想过卫箬衣,也不是没有过欲念,只是那些都没今夜来得这么狂躁这么疯。他浑身的骨头缝好像疼了起来,全身上下都有一种想拉着她缠绵到死的感觉。

因为他怕!

他怕外面反叛的人真的是她的父亲……他怕离开这个山洞,他会与她走向某种不知道结果的境地之中。

这个山洞如同一个坚硬的壳,包裹了他以前受伤的心,如今也包裹住了他与她之间那种岌岌可危、一触即溃的关系。

他怕他真的死了,而她却将他忘记了。

他是想拉着她一起毁灭,可是他也知道真的到了那一刻,他会舍不得……她那么美好,美好得值得他用一切去交换她。

自从成年之后,他很少有某种不可抑制的欲念,而今夜他有了。

他的手滑至她的睡穴之处,犹豫再三,还是终究敌不过自己那蓬勃而至的心思,重重地按了下去,让卫箬衣陷入了更加深沉的睡眠之中。

他知道自己这样很卑鄙,可是他忍不住了,也忍不了了。

他的手指搭在了她的衣带上,轻轻地一勾,那原本就有点松散的衣带便随着他的手指滑落。他的吻终于重重地落在了她的唇上,带着他满心的颤抖、不安还有愧疚……

149 安抚萧大爷

她已经答应要嫁给自己，所以他这样做也不算是过分吧，他一边狠狠地嗜咬着她柔软芬芳的唇，一边不住地安慰自己，说服自己，意图告诉自己，他这么做没有错。他就是想要拥有她，也让她完全地拥有自己，因为他真的很怕。

他的泪水不住地从他紧闭的双眸里面流出，纵横在他的脸颊上，他疯了，他一定是真的疯了……所以才会这样的卑鄙，自私，下流……许是他骨子里就存着这些劣根性，只是一直被他压制着，在这一刻终于不用在努力地憋着，全数爆发了出来。

一方面他沉浸在亲吻噬咬她带来的幸福与满足之中，一方面又为自己的行为深深地感觉到自责和愧疚，这两种情绪同时并存在他的身体里，在他的心间涌动着，弄得他几乎要炸裂开来。

他知道自己的伤口似乎又有点崩开了，但是他不想去管，他的手抚上了她饱满丰腴的前胸，衣服散开，露出了里面奇怪的内衣，绷得她原本就比常人要丰满的肉好像要绽开一样。他揉捏在手里，感觉自己也快要和她的肉一样炸开了。

他的呼吸渐渐不可自已地浓重起来，带着炽热，滚烫。她的唇已经被他噬咬得微微红肿起来，嘴角甚至有点破皮了，他不知道吻一个人应该怎么做，没人教过他，他只是凭着男性侵略本能去做。他的双眸虽然流着泪，但是也变得赤红了起来，他快速地拉开了自己的衣带，褪去了他身上碍事的衣服和裤子，当他赤条条地贴在她身上的时候，他忽然抬手给了自己一个耳光。

他打得很重，重得将自己的嘴角都打得绷裂开来，鲜血不可避免地沿着他的唇角缓缓地流下，带着浓重的血腥气。他将额头抵在她的肩膀上重重地喘着粗气，如同困兽一般。

如果他真的就这么侵犯了卫箬衣，那和禽兽有什么区别……

可是他真的好痛苦啊……

身子如同要炸裂开一样……

他咬牙飞快地将卫箬衣的衣服再度都拉上，在给她系上衣带的时候，他几乎要将自己的唇舌都咬碎，借着这样的痛，他才能压制着心底那种如同狂潮一样一波波袭来的欲念，不至于让自己做出自己会后悔一辈子的事情。

他低头，无奈地看着自己依然迸发着的渴望，将卫箬衣的身子拉入自己的怀里，原本他以为这样冷静一下就可以平息掉那样的念头，以前几次他都是这样的，但是这次真的不同……

越是拥着她，他就越是想要，如果推开她，他又舍不得，因为不知道明天天亮会是一个什么局面……他真的很怕很怕，怕这是他与她相处的最后一夜。

终于,萧瑾咬牙一手揽住卫箬衣的身子,一手探入了自己的身下。

好久,萧瑾才撑着起身去弄水将自己清洗干净,又重新处理了一下自己的伤口,穿上衣裤,再度躺回到卫箬衣的身边。他将依然在熟睡之中的卫箬衣揽入了自己的胸怀之中,轻轻地轻吻着她的额头。

心底充满了愧疚之意,他不住地对自己说,刚刚就权当是已经将自己全数交给她了,即便天明之后不久,他就要身死,至少也为自己活了一回。

“不要负我,也不要忘记了我。”他深深地在她额间再度印下了一吻,心都快要碎开。

他解开了她的穴道,紧张兮兮地看着她,好在她一直睡着,都没有醒来,他这才略带安心地闭上了眼睛。

他也极累,很快便将满脑子乱七八糟的事情抛诸脑后,陷入了沉睡之中。

卫箬衣是被外面的雷声给惊醒的。

她朦朦胧胧地睁开了眼睛,火塘里面的柴燃到了最后才刚刚熄灭,留下一股淡淡的青烟在清晨不算明亮的光线里面袅袅而起。

如果没有外面见鬼的雷声,这将是一个静谧安详的早晨。

天色还是灰蒙蒙的,不过这山洞里面已经有了点光了。她定了定神才想起自己是在哪里,她赶紧看了一下身侧,却发现自己强悍而霸道地将一个脸色苍白的男子按在身子下面。她几乎一半的身子是趴在他身上的,手臂搁在他的胸口,就连一条腿也蛮不讲理地横在他的大腿上。她的彪悍更显得那个被她半压在身子下面的青年带着一种一碰即碎的柔弱气质,瓷器一样的纤细。

卫箬衣顿时……

她一呲牙,刚准备小心翼翼地将手脚都从萧瑾的身上撤离,却觉得自己的唇角有点微微的刺痛。

嘶,不自觉地倒抽了一口气,她蹙眉抬手去碰自己的嘴角。

身子下面的青年似乎发出了一声难耐的声响,卫箬衣顿时瞪大了眼睛,手还没碰到自己的唇就僵在了半空中。

萧瑾睁开了眼睛,映入眼帘的便是卫箬衣一副见鬼了的表情,眼睛瞪得大大的,直勾勾地看着他。

他的心底顿时发虚,难不成他昨天晚上的行径被她发现了啊？不能啊,他已经善后了,毁灭了一切能被她发现的证据。

青年的目光从懵懂到躲闪,卫箬衣顿时起疑,他这是怎么了？

那苍白的脸上浮动了可疑的绯色,卫箬衣见他要将脸别开,忙一把捧住了他的脸颊。“你的脸怎么了？”她问道。

心底顿时一慌,随后萧瑾马上冷静下来。“什么怎么了？”他刻意地让自己的声音变得冷淡,如同寻常一样。他脸上没什么吧……

“你哭过了？”卫箬衣蹙眉,他脸上那浅浅的、纵横混乱的印记明显是泪痕干涸后留下的痕迹,还有他的嘴角怎么绷破了,还有未曾擦去的淡淡血痕残留在唇角。

而自己的唇也有点痛……

“没有!”萧瑾矢口否认,但是还是难掩他眼底流露的那一丝羞赧和慌张。他心虚到了极致,只恨不得赶紧将自己都藏起来才好。

"是我干了什么不该干的事情?"卫箬衣忽然之间很惊悚……她昨天晚上似乎做了一个不该做的梦,梦里她在亲一个人,亲得她有点疼,也亲得那个人很疼,后来那个人都咒骂她的名字了……那个人不会恰巧,刚好就是萧瑾吧……

萧瑾……

这姑娘是不是想反了?

他的心思飞快,索性默默地咬住了自己的下唇,略带委屈地看着她……"我受伤虚弱至极……"他迟疑地说道,脸上的红绯更浓了几分,这种瞪着眼睛说瞎话的感觉还真是……一言难尽!

卫箬衣一拍自己的大腿!恨不得给自己一个耳光!就知道是她!

对着这样瓷娃娃一样的萧大爷她也真能下的了手去!

见她忽然充满了自责和慌乱,萧瑾先是很想笑,不过很快那种想笑的心思便泯灭了下去,心底升起来的也是深深的羞愧。

他不敢让她知道事情的真相,呵呵,他就是这么一个胆小又自卑的人……与她的光明磊落相比,自己简直就是卑鄙到无耻……

她如同白日之光,耀眼夺目,而自己却如同一只藏匿在阴暗之中的蝼蚁,身在黑暗也就罢了,就连内心深处都是那样的阴暗晦涩。

他深深地唾弃自己。

"对不起!"卫箬衣素来敢做敢当,做错了就道歉,她无比诚挚地对萧瑾说道:"我也不知道自己怎么了……总之真的对不起!"

她的举动弄得萧瑾更加无地自容,他只能别开脸去,闷声说了一句:"没事,都过去了!"是啊,都过去了,赶紧过去吧,以后都不要再提及,就让他将这一片泥泞与黑暗都埋葬在他的心底深处,永远不要让她看到自己的不堪与卑鄙。

萧大爷真是大人大量啊!这都能忍?

卫箬衣惊悚了。原著上的萧瑾可是傲娇到连被原著里面的卫箬衣碰一根手指都要恨不得将那根手指生生折断的人。

果然不一样了!

不过她还是不放心地加了一句:"横竖我已经答应将来嫁你了,放心,我会负责的!"唉,卫箬衣就怕要是这位萧大爷哪天筋搭错了回过味来,追着她要杀要砍的,那就麻烦了,她打不过他啊!

所以安抚好萧大爷乃是天下第二要务,天下第一要务是保住自己的小命!好像这两者并不冲突!

卫箬衣看了看外面的天色,依然很不好,她有点茫然。

卫箬衣不知原著里面是不是有这段围场的事件,她知道自她到了这本书里面以后,世界已经发生了翻天覆地的变化。

她转头看着萧瑾,就连这位大爷似乎都有点心仪自己的意思。

卫箬衣不是傻子,她知道萧瑾对她很好,仔细想想,他都救过她多少次了?虽然他对她不假辞令,甚至是呼来喝去的,当时她是很生气,不过转过头来想想,自己的武功之所以能突飞猛进不也因为是他反复折腾的结果吗？

大哥教她招式，口诀，引她进门，而真正带着她领略武术风光无限的却是萧瑾。

他骄傲得很，却能放下身段来一遍遍地教她，若是真的一直厌恶她，何至于做到如此？

况且每次遇难，他都是吼着自己先走，他是真的开骂的，每次都骂得她灰溜溜的，不过却是真正地在回护自己。

“为何这样看我？”心虚的萧瑾在卫箬衣专注的注视下忽然有了一种无所适从的感觉。他的脸颊微红，升起了一种羞愧的烫意。

他想别开头去，可是又怕看不到她，只能咬牙忍着。

他故意将眼神放冷，装出一副他不在乎的样子，又有点嫌弃，其实只有他知道自己心底是有多喜欢这个姑娘。

“你是不是喜欢我？”卫箬衣忽然问道。

萧瑾……

他明显地慌张了一下。

他喜欢得，爱得，都已经爱到骨子里面去了。可是他还是有点怕的。

他下意识地别开头，她都没有说喜欢他的话……他也不想先说……矛盾的心理堵得他半句话都不说不出来，掩在披风下面的手却是捏成了拳头，随后又缓缓地松开。他摸了摸被他藏起来的珍珠，有点飘忽的心忽然定了下来。

她给了他信物了，她答应了要嫁他的。

“喜欢！”艰难地开口，他心慌慌地说出了这两个字，随后脸颊便如同火一样得烧了起来。

所有的忐忑，羞愧，还有期待都在这一刻涌上他的心头，浮动在他的眼底，即便他极力想要掩饰，但是还是从他略带迷离的眸子里倾泻了出来。

果然是喜欢的……

卫箬衣在心底大叹，她是个蠢货啊！怎么会到现在才发现萧大爷是喜欢她的呢？……想想也是自己真的够迟钝的，骄傲如萧大爷，若非是真心地喜欢她，又怎么会忍受她一次又一次地靠近？

萧大爷喜欢她，那她呢？卫箬衣有点茫然了。

她需要静静！

卫箬衣一语不发，起身走到了洞口。

她看着洞口边缘垂挂下来的雨丝，记得以前读书的时候，总有形容雨丝如同断了线的珠子，现在这么看来，还真的十分形象……水珠从檐口的石头上垂挂下来，如同玉珠坠落，雨水将外面的一切都冲刷得一片新亮，绿色更浓，水色更青。

卫箬衣一语不发的举动让萧瑾的心底骤然蒙上了一层暗灰色。

他都已经将心底的话说出来，她是什么意思？

不喜欢他？嫌弃他？

那为何还要答应嫁他……

他的手按在了石床上，不知不觉地用力，指节发白，指甲甚至有点抠入了石缝之中，粗糙的石头磨得他手指生疼，他却浑然不觉。

清晨微光从洞口投射进来,将她的影子温温柔柔地投射在地上。她静静地站在雨帘之前,如同挺拔的青竹,却深深地戳伤了他的心。

一股难言的酸涩从心底深处渐渐地朝四肢百骸散开,他几乎是颤抖着起身,扶着石床的边缘下了地,步履沉重地走到她的身后。他抬起手来想要将她拽过来,拽入自己的怀里,可是手尚未碰触到她的衣服,便骤然停住……他心乱如麻,就连眼前都有点微微地发暗。

身前站着的姑娘转过身来,映入她眼帘的是他苍白的面容和眼底深切的痛,他丝毫没有掩饰他的内心。

卫箬衣的心骤然一抽,有点痛。

"你说过要嫁我的!"他怔怔地看着她,执拗地说道,"你不能反悔!"他的心乱至极,恨不得现在就将她揉碎,融入自己的骨髓之中,可是他又舍不得毁掉她。

感觉到身前的人张开了手臂轻轻地揽住了他的腰身,他浑身一震,顿时僵直在当场。

"你这是什么意思?"他声音沙哑地问道,"调戏我吗?你刚刚走开又是什么意思?是不喜欢我对不对?"

"你话真多!"卫箬衣略带抱怨地说道,她轻轻地拥着他,曼声说道。

"你嫌弃我?"他委屈得心很痛!他恨不得将她推开一边,但是他又舍不得她抱住自己的那种温暖。

"你是不是傻啊!"卫箬衣抬起头来,看着青年已经红了的眼眶,怎么从没发现萧瑾还有这一面,看起来真的很好欺负的样子,不过总是欺负他是不是有点不太厚道?他又气又急又羞的样子还真是好看得不得了!

萧瑾怔住!他真的不知道卫箬衣是什么意思了?

"我要是嫌弃你,还会主动抱住你吗?"卫箬衣叹息道,"你伤在身上,难道脑子也跟着一起伤了?"

身前那抬手揽住他的姑娘巧笑倩兮,漂亮的眼眉好像会发光一样……她略带着一点逗弄他的意思,眼光柔柔的,满满的都是笑意。那笑容如同春日最明媚的阳光瞬间冲破层层阴云,直入他的心底,驱散了弥散在他心底所有负面的情绪,让他在顷刻之间有一种云破日出,光芒万丈的感觉。

"那你……"他抑制不住自己狂跳的心,热切地看着卫箬衣,"你也喜欢我吗?"他小心翼翼地问道。

他已经被她之前的回答伤了千回百回了,他问的时候声音都有点抖。

"喜欢。"卫箬衣大方地点了点头,随后眼底的笑意更浓,如同化不开的醇酒,能将人直接醉死在其中。

萧瑾更是怔住了。

他心底的忐忑不安,随着她这简简单单的两个字说出口,已经是荡然无存。

他浑身都好像要飘了起来,有点晕,更有点感觉不真实!

他全心喜欢的姑娘亲口说喜欢他!

适才还在发酸发痛的心瞬间被一种叫感动和幸福之感填满,堵得他依然有点喘不过气来。

狂喜瞬间袭来，冲撞得他都有点站立不稳。

“真的吗？”良久，他才颤声问道。

“如果我不喜欢你，为什么要冒着生命危险回去救你？”卫箬衣白了他一眼，“你死不死关我什么事情？”

关于喜欢不喜欢萧瑾这个问题，刚刚卫箬衣真的认真地考虑过了。

她觉得她这个人缺点多得很，怕死得要命啊，既然这么怕死的话，还在萧瑾出危险的时候连想都没想就骑着小白回去救他，这已经不是要报恩那么简单的了吧……她应该是喜欢他的，不知道什么时候他已经深深地植入了她的心底，让她时时刻刻都会想起他来。

以前她是觉得因为自己害怕他的缘故，但是既然这么怕他，昨夜只要放任不去救他，冷眼旁观，他这个威胁就自然会有旁人替她除去。

她可不是什么良善的小白花，圣母到要豁出自己的命去救一个她惧怕得不得了的男人……那她不是有病吗？

卫箬衣瞪他的这一个白眼简直将萧瑾瞪得浑身舒畅，他整个人，整颗心都好像要飞了起来。

他用力地将她拉入自己的怀里，反抱住了她，激动的胸口起伏不定，心都跟着怦怦乱跳了起来。

眼底，嘴角，都是满满的笑，萧瑾觉得自己就连头发丝都变得欢快起来。

“你真的喜欢我吗？”他再问了一句。

“喜欢！”得到了她再一次肯定的回答，他笑得嘴都合不拢。“再说一遍可好？”他柔声求道。

卫箬衣……

说好的高冷画风呢？怎么秒变婆婆妈妈的话痨了？还有他笑得好傻！明明生了那么一张春花晓月一样的脸，可是真的笑得叫卫箬衣有点不忍直视的样子。

不过卫箬衣的心底却是升起了一股子蜜意。“你想听多少次？”她将脸埋入了他的怀里，问道。唉，还是不要看他那张笑得萌蠢萌蠢的脸了，免得她一个忍不住扑上去咬两口，还是怕自己吓着萧大爷啊。

“你说多少次，我就听多少次！”萧瑾依然感觉这一切都有点不真实，最好她时时刻刻都在他的耳边说才是。

“那以后我见到你就说一次好不好？”卫箬衣闷笑了起来。

“好。”他傻乎乎地点头。

真好骗啊！卫箬衣继续大叹……

都说恋爱之中的女人智商归零，看来恋爱了的萧大爷大概已经智商欠费了！

“对了，我有没有碰到你的伤口？”卫箬衣有点担心地问道。他抱得她都有点喘不过气来了，肯定压迫到伤口了。

“有，但是不要紧。”萧瑾依然沉浸在喜欢两个字带来的狂喜之中。

“你傻啊！”卫箬衣赶紧推开了他，“伤口再碰坏了怎么办？”

“别！再抱一会！”萧瑾急了，如同孩子一样不让她挣脱开来，再度缠了过来，“我不怕疼！”但是他怕没有她。

150 暗卫寻来

“可是我怕你疼啊！”卫箬衣用力将他推开，正色道，“伤病员就要有伤病员的样子！养好了伤，你想抱多久我都给你抱，这样总可以了吧！”

“好！”他的眼眸笑成了弯月，乖乖巧巧地被卫箬衣扶着重新回到了石头床上。躺好，又看着她解开自己的衣服，检查了一下自己的伤口，他就连眨眼都不舍得眨，生怕自己一眨眼她就凭空消失了一样。

脸红红的，虽然不是第一次被她看到自己的身体，但是在这种表明了心迹的情况下还是第一次，所以他的心跳得差点要从嗓子里蹦出来，想到自己昨夜的孟浪，萧瑾的脸更是红得可怕。

伤口都愈合得不是很好！

卫箬衣瞪了他一眼，他那一脸春情荡漾的模样到底是为什么啊！卫箬衣的心隐隐地一动，眼光不自觉地就溜了一圈萧大爷的双腿之间。咦？好像蛮壮观的样子啊！可惜隔着东西看不到具体的，只能看到一个大概的形状……随后她自己先尴尬和唾弃了自己一下！

禽兽啊！萧大爷都受伤了，她居然还在想着有的没的！

哎哎哎！卫箬衣赶紧若无其事地挪回自己的眸光，再看了他一眼，却发现他全神贯注地看着自己。

卫箬衣……

大窘！她偷瞟他的样子不会也被他看到了吧？

素来厚皮厚脸不知道害羞为何物的卫箬衣如今也忍不住脸一红。她飞快地将金创药给萧瑾换上，又飞快地将他的衣服都弄好，这才尴尬地咳嗽了两下。

哎呦，脸没地方搁了！

卫箬衣在现代都三十岁的高龄了，不是没有过男朋友，以她的条件，就是找个比她小很多岁的小男生也多得是人喜欢，所以不是没开过荤的人，而且她是个在床上很放得开的人，只是因为各种各样的原因，她的那一段感情最后无疾而终。大概是因为她的性格太强势了，男人嘛，有点本事的都喜欢那种小鸟依人的，她理解，所以输给某个小白莲，她也算是服了，因为她是做不到时时刻刻将那个男人当大爷一样伺候着。她有她的事业，不可能做到如同小媳妇一样什么都围着他去转。既然自己与那个男人那么多年的感情都止不住他去劈腿，那这样的男人不要也罢。虽然分手的时候她会不甘心，会心痛，但是绝无半点留恋。

那样的渣男就算是以后哭着回来跪舔她，她都不会给他半根脚趾头。

有些略显得流氓的事情她可真不敢对着萧大爷做，一来他给自己的心理阴影还在，没有完全消除掉，谁知道这位萧大爷以后会不会反悔变卦什么的，男人这种东西都有点靠不太住，尤其是这个时代的男人，允许三妻四妾的，更是不太靠谱；二来看看萧大爷那一脸娇羞的青涩样子，卫箬衣顿觉自己对他有点什么龌龊心思那就是彻头彻尾的混蛋！

不敢啊不敢！

卫箬衣偷瞟他的样子当然被萧大爷给纳入了眼底了，只是他更心虚！生怕她会察觉到昨夜他做了那种见不得人的事情……况且萧瑾自然想不到卫箬衣的彪悍程度到底有多离谱……他只当卫箬衣是不小心眼光朝下瞄了一眼而已，凑巧了。

两个戏精，不约而同地选择忽略刚才发生的事情……

“这雨不知道什么时候停啊！”卫箬衣没话找话道，她嘿嘿地讪笑了两声。

萧瑾……“嗯。”他略点了一下头，掩饰了他的尴尬，手却是悄然地拽住了卫箬衣的衣摆。

柔情蜜意之后是他们两个即将面对的现实，如果时间真的能在这一刻停留住那有多好。他和她在这里，与世隔绝，再没有人来打扰他们，没人找得到他们，安安静静地在这里度过一生，只有他们两个。哦，或许还有他们的孩子……

萧瑾的眼底益发的柔软。

现在能有这么多，他已经很知足了。

“禁军的反叛不知道怎么样了。”萧瑾迟疑了一下，开口问道。

“是啊。”卫箬衣叹息了一声，挨着床边坐下，单手撑在自己的膝盖上，“我爹和我妹妹也不知道怎么样了，真是愁死人了。到底是什么人反叛？你在锦衣卫难道事先一点动向都没发现吗？”

“没有。”萧瑾摇了摇头，如果锦衣卫能发现半点苗头，那些反叛的禁军早就被抓了，还用得着事情演变成这样吗？

“奇怪了，虽然说这围场远离了燕京城，但是弄出这么大的动静，总是有点蛛丝马迹的。”卫箬衣愁道，“如果事先真的一点动静都没有，可见行动的严密，那涉及到的就可能是一个庞大的组织。那些围攻你的人武功不弱，不像是胡乱凑数的。”

萧瑾点了点头，他一直看着卫箬衣，她的神色自若，丝毫没有别的情绪流露出来，他便知道她对这件事情真的是一无所知。如果这次叛乱的是卫府的卫毅，他应该不会将自己的宝贝女儿带来才是。

昨夜他想得太狭隘了，竟是没想到这个，没有什么是比将卫箬衣藏起来更加安全的事情了。依照卫毅对卫箬衣的重视程度，他必不会让卫箬衣冒这个风险，更何况卫箬衣出来找自己，竟是连身边的两个暗卫都没有带，这完全说不过去。卫毅定不会允许这样的事情发生的。

思及于此，他心底的一块重石就卸去了不少的分量。

卫毅不谋反，就依然是大梁朝的肱骨之臣，他与谢园一武一文，都是大梁朝不可或缺的。

只要不是卫毅，便很可能是藩王或者萧晋安了。

说起来，父皇既不立太子，也不分封皇子，这一手着实将那些有点心思的皇子给晒得够呛。若是真的封了一个王有了属地,倒也尘埃落定没有什么好想的了,怕就怕这样无止尽地吊着胃口,吊着吊着,总归有人是耐不住寂寞的。

萧晋安一直以来都对皇位虎视眈眈,这次这个机会如此的绝佳,他不肯放过也是情理之中。

萧瑾的心思很乱,越是去想,就越是厌烦自己的出身。

猛然之间他听到了细微的响动,于是迅速地翻身而起,一把抓住了被卫箬衣靠在石壁边上的长弓,又抓起了箭袋挂在了腰间。

卫箬衣看他身手忽然矫健如同豹子一般,也猛然回神,她也快速地抓起了萧瑾送给她的长弓,搭了一枚羽箭在弓弦上。

两个人屏息静气一左一右地分立在洞口两侧,紧张地看着洞外。

"这不是郡主的小白吗?"洞外传来了卫庚欢欣的声音,"郡主! 属下前来寻找郡主! 您在里面吗?"

卫箬衣放下了手里的长弓,脸上一喜。她刚要出去,就被萧瑾一把扯住。

卫箬衣……萧大爷也太小心了! 自家暗卫的声音她是十分熟悉的,没事她就逗着两个人说话玩儿,能不熟悉吗?

透过半掩盖洞口的老藤间隙,卫箬衣看到外面奔来了一名身穿侯府侍卫衣衫的男子。果然是卫庚!

"是他没错!"卫箬衣笑了起来,从洞口后面的石头闪出,"卫庚,我在这里!"

"郡主!"卫庚骤然见到卫箬衣出现在洞口,脸上也是一喜,俊美的面容上带了几分如释重负的笑容,"属下终于找到郡主了! 卫辛也来了!"卫庚朝后打了一个胡哨,暗处藏匿着的卫辛也蹦了出来。"郡主,要是再找不到您,我们兄弟两个就要抹脖子了!"他也激动异常,脸上又想笑,又有点想哭的样子,真是憋屈得不得了。

外面下着大雨,他们两个浑身湿透,不过脸上却是没有戴上面具,用的是本来的面目。

萧瑾显然也看到了卫庚的样子,顿时心底大堵! 他知道这两个人的存在,两个人整日都跟着卫箬衣,暗地里保护着她,只是他还是第一次见卫庚的真容,之前见他都是戴着易容的。

他真没想到这两个家伙竟然是这么的帅气!

紫衣侯可真是心够大的! 放这样两个帅气的暗卫在自己宝贝女儿的身边,真是不怕出事啊!

卫庚和卫辛一个在明一个在暗地找过来,卫庚先露面就是为了怕有什么埋伏和变故,自打昨天出事之后他们就一直在巡查卫箬衣的踪迹,真是要找得急死了!

卫辛说的找不到卫箬衣他们就要抹脖子可是确有其事的,主子出事,负责主子安全的暗卫难辞其咎!

所以两个人现在见到卫箬衣完好无损地出现在他们的面前,两个人都兴奋得不得了,齐齐地在卫箬衣面前跪下行礼,随后仰头看着卫箬衣,一脸的欣喜。

卫箬衣也开心得不行,直接一手一个将两个人从地上拽了起来。

萧瑾看着卫箬衣扶在他们两个手臂上的手,眸色一阵暗沉。

151 火炮之声

捂住自己的唇角，萧瑾咳嗽了两声，眉头略蹙，果然成功地引起了卫箬衣的注意。

“可是伤口还疼？”卫箬衣转眸，看向了萧瑾，见他脸色依然苍白，眼眉低敛，一副没什么精神的样子，心底便是一紧。

自己的手臂被卫箬衣扶住，萧瑾的唇角这才稍稍地略翘起几分，弯成了一个美好的弧度。“我能撑住的。”他哑声说道。

“先坐一下。”卫箬衣扶着萧瑾在里面的石床上坐下，见他也没什么异样，这才再度看向了自己的两个暗卫。“外面的情况如何，我爹呢？”

“回郡主，属下找来的时候侯爷安然无恙，已经带着陛下身边的羽林卫阻挡叛军了。只是兰衣小姐与拱北王府的人在一起，被人潮冲散，属下出来寻郡主的时候并不知道兰衣小姐是否安好。”卫庚抱拳说道，“侯爷说了，叛乱未定，还请郡主暂时躲避，若有机会逃出围场是最好的，以免落入敌手。”

自己爹无恙就好，卫箬衣悬着的心终于放了下来。“那可知道叛军的首领是谁？”卫箬衣问道。

“似乎是大皇子殿下。”卫庚和卫辛说道，“具体属下也不甚明了。叛乱开始属下们就被侯爷派出来寻郡主了。不过到处都是乔装了的禁卫，现在敌我不分，还请郡主和皇子殿下一定要小心，不要轻易相信了旁人。侯爷已经命从宫里带出来的禁卫和御林军在手臂上捆了明黄色的布带以区分。可是也难保敌人会依葫芦画瓢。”

“你们是说我大哥反叛？”一直沉默的萧瑾蹙眉开口问道。

“不是很确定，但是有人说在叛军之中看到了大皇子的身影。”卫庚抱拳说道，“一切可能要等到尘埃落定之后才能见了分晓。”

“那我父亲那边的压力可大？”卫箬衣问道。

“回郡主的话，原本还好，可是叛军抓了不少皇亲贵胄的妻女作为要挟，就连兰衣小姐也下落不明，所以陛下和侯爷现在有点施展不开手脚。侯爷再三叮嘱，一旦找到郡主，千万要属下们护着郡主，不能让郡主出去冒险，免得乱中出错。”

“嗯。”卫箬衣点了点头，现在这种情况，两眼一抹黑，萧瑾又受伤了，她自然不会轻易地出去嘚瑟，不给自己爹添乱便已经是帮了最大的忙了。“不过你们能找到这里，或许旁人也能找到这里来。这里并不算是安全的。”她有点担忧道。

卫庚和卫辛相互对看了一眼，两个人也觉得郡主说得很有道理。

“我知道有一条路可以出围场。”萧瑾沉思了片刻之后说道，“我们可以走那条路先出去。”

“围场周围不是都有警戒吗？我们要是落到敌人的手里怎么办？”卫箬衣问道。

“那条是小路，我以前迷路的时候走过，人迹罕至，不过要翻过一座山，路很难走，还有一段断崖，一般人不会将那边作为重点的看守地带，因为地势实在是险要得很。”萧瑾说道，“与其坐在这里干等，不如走那条路，如果能出了围场，一来你就安全了，二来可用我的令牌回京去锦衣卫调集人手过来。”

“我父亲应该会找到一条出路回京调集兵马的吧？”卫箬衣说道。

“回郡主，侯爷目前手中兵力不足，又投鼠忌器，只能固守，却不能突破。”卫庚说道，“我们两个人浑水摸鱼出来之后，侯爷应该也派了其他人突破出围场回去调集兵马了，只是属下不知道他们能不能顺利地走出围场。”

就在大家说话的时候，隐隐地传来了几声闷响，声音很远，似雷非雷。

“这是什么声音？”卫箬衣蹙眉。

“不知道，应该是雷声吧。”大家都听到了，卫庚想了想说道。外面现在雷雨不停。

“不对！”卫箬衣神色一变，“我怎么觉得这不是雷声？”她看向了萧瑾。

“的确不太像是雷声。”萧瑾的脸上也是一变。

“我怎么觉得是火炮的声音？”卫箬衣狐疑地说道。

“火炮？”萧瑾的脸色更是差了几分，“你从何得知这个名字的？”

这个时代没有火炮的？卫箬衣窘了一下，仔细想了想，好像是没有啊！不过看萧瑾的样子，似乎他是知道火炮这个东西的。

“我哪里记得！”卫箬衣糊弄道，“好像在哪本书上看到过。”

“哪一本？”萧瑾神色顿时肃穆起来。

这……

“我真的不记得……”卫箬衣意图含糊其辞地掩盖过去，“我看书都没有记性的，就连书是在哪里看的我都不记得了。”

“你们两个出去一下，我有话要和你们郡主说。”萧瑾对卫辛和卫庚说道。

卫庚和卫辛看向了卫箬衣，卫箬衣点了点头，卫庚和卫辛马上抱拳出了山洞。

“外面下着雨呢，有什么大不了的事情要将我两个侍卫赶出去？”卫箬衣知道萧瑾接下来要说的事情一定是与火炮有关，不过表面上她还是在打着哈哈。

“火炮这东西我们大梁曾经有过。”萧瑾正色对卫箬衣说道，“还是开国之初，先祖统一各部的时候用过这种东西，是开国皇后设计制造出来的。火炮虽然杀伤力巨大，但是也常常会炸膛，使用几次之后，也会将自己人炸得死伤无数。后来大梁建立之后，先祖和开国皇后秉承仁爱治国之理念，便命人将火炮全数毁去。原本火炮的设计图就是在皇族的手中，开国皇后设立鸿文馆之后将最后一份设计图藏于其中，并且叮嘱后辈若非是国之将亡，必不得动用这个图纸，开国皇后曾说这种东西本不该出现的，会炸膛便是天谴所致。几代下来，大家对火炮的概念已经十分生疏了，甚至都渐渐地淡忘了还有这么一个东西的存在。你可记得之前有偷盗皇亲贵女贴身衣物的事情发生？”

“记得。”卫箬衣怎么会不记得这个事情？她自己的内衣就被人给偷了，还引来了一众锦衣卫查探，这位萧大爷就亲自来了。“那盗贼嚣张得很，还放出话来要去皇宫偷东西。”

"对!"萧瑾点头,"那日,燕京城警备森严,人手不足就将守卫鸿文馆的人马也一并调集出去。但是后来皇宫安然无恙,可是鸿文馆却是遭了火灾。"

"你是说……"卫箬衣一拍大腿,"你们中计了?"

"我一直都觉得事情十分的蹊跷。鸿文馆存放了很多孤本,所以一贯防火都防得很好,怎么偏偏就那夜走了水呢?"萧瑾神色肃穆,再度点了点头,"所以主动请命去调查了一下鸿文馆失火之后损失物品的清单,其中就有火炮的设计图。适才你一提及这两个字,我便想起了这件事情。如今我更是觉得,之前盗匪横行之事压根就是一个计谋,声东击西,调虎离山。为的就是偷盗鸿文馆的东西,为了怕人察觉,才放火焚烧,以掩盖其目的。你真的确定那声音是火炮的声音吗?你怎么会知道火炮的声音为何种样子的?"

卫箬衣顿时一窘。

"我是胡乱说的。"她讪笑着,唉,这位大爷可千万不要以为是她老爹偷了那个什么开国皇后的设计图吧……"我好想记得看过有书上说火炮的声音就是这样的,那个有点像雷,但又不是雷,所以我就那么顺嘴一扯。"

她说完,心底便在不住地吐槽,你说开国皇后弄什么不好,非要弄出这么个东西来!现在是冷兵器时代,她弄一个火炮出来不是破坏平衡吗?

不过刚刚萧瑾说了,火炮虽然威力巨大,但是会炸膛,伤人伤己,所以卫箬衣觉得后来开国皇后不准后代再动用火炮便是想等以后各方面的制造工艺再升一升,她所说的什么天谴不天谴的一定是说辞。开国皇后虽然设计出这种东西,但是可能因为她不是学这个专业的,这种东西被造出来只是形似,却没真正地弄出火炮的精髓出来,所以炸膛才会变成常态。

卫箬衣知道大梁的子民对开国皇后的迷信程度已经到达了一种近似于膜拜神明的境界,关于开国皇后的传说颇多,就连最后开国皇后与高祖皇帝双双消失都被描绘成为两个人同登仙界。

所以开国皇后说让后世子孙除非在有亡国的危机之中才能使用那个设计图,那她的后世子孙便真的会恪守这个规矩的。

如果真的如萧瑾所说,有人不怕死地将火炮设计图从鸿文馆弄了出来,并且真的造出了这种东西出来,那自己爹岂不是大大的危险了!

血肉之躯,怎么能挡得住火炮这种东西!

刚才那几声巨响之后,好像一直到现在都没有什么动静。这到底是不是火炮啊?

"铸炮要用铁吧?"卫箬衣问道。

"我不知道,没见过。"萧瑾有点茫然,"不过曾经看过一些记载,应该是用铁铸的,还有火药之类的东西。"

"我们走吧。真的不能坐在这里等了。"卫箬衣握拳起身,正色对萧瑾说道,"就依照你刚刚说的来,我爹和你爹的情况现在不明,我们贸然过去就是送死!但是回京搬救兵怎么都是对的。我们能将锦衣卫带来,帮里面的人撕开一个缺口也是好的。"

"嗯。"萧瑾也点了点头,"可是还在下雨,路会更加难行。"他有点担心地看着卫箬衣。

"不管前路有多难,也要朝前啊。"卫箬衣笑着握住了萧瑾的手,"你伤得很重,我其实本是想让你留下的,但是我又想着你一个人在这里我不放心。你愿意和我一起走吗?"

萧瑾的心深深地一动,他垂眸看着卫箬衣拉住自己的手,心底一股暖流升起。

他自是愿意和她一起走,本来他就不准备与她分开,即便是天涯海角,他都愿意和她一路同行。

“我自是要和你一起走的,没有我,你知道路吗?”他缓缓地一笑,眼底绽出了星辉万点,看得卫箬衣稍稍地一怔,有一种看花了眼的错觉。

“你和我说了我不就知道了吗?”卫箬衣一撇嘴,笑道。

“我才不和你说!”萧瑾哼了一声,眼梢一挑,“我带你走。”

不知道为何,卫箬衣总觉得萧瑾那挑眉的傲娇样子帅极了,简直是痞帅痞帅的,撩得她呼吸有点受阻。

萧大爷人生得漂亮,怎么都好看……唉,不能看了!卫箬衣忙别开脸去,再看下去,她都想抬手掐一下他了。

“还在下雨,你的伤……”卫箬衣回了一下神,说道。

“无妨。”萧瑾扯下了原本盖在木柴上的那一大块黑布,“这黑布是油布,水浸不透的。我与你一起用便是了。”

萧瑾的愿望是丰满的,可是现实却是十分骨感的。油布怎么也遮不住两个人,最后还是卫箬衣做主,将油布裹在了萧瑾的身上。他的伤口不能碰水。

萧瑾纵然百般不愿,但是在卫箬衣的坚持下,还是顺从了她的安排。

一行四人朝着萧瑾指出的路出发。

雷雨时而下,时而不下,山路泥泞不堪,这条路比卫箬衣想象之中要难走得多。

原本他们翻一座山也不过就用半天的时间,但是现在足足用尽了一整天。最后一处是萧瑾说的断崖,虽然不是特别高,但是十分的陡峭。好在山中不乏老藤,大家找来老藤结成了绳索,沿着断崖放下,卫辛带着萧瑾最先下到平地。小白被卫箬衣一边安抚着,一边用老藤结成套索,牢牢地套在身体和四蹄上。她与卫庚在上面小心地将小白放了下去,卫辛和萧瑾在下面接着。小白真是通灵气,若是换作其他的马早就挣扎个不停了,小白愣是一动都没动,即便是腿弯的皮都被老藤粗糙的表面给勒坏了,它都没乱动一下。等落了地之后,它比平时还要欢实,等卫箬衣下来,它兴奋地围着卫箬衣直蹦。

真是一匹不知道惧怕为何物的马。

断崖下果然没有守卫。

卫箬衣将卫庚和卫辛留下,与他们约好在前面一处地方等待,自己与萧瑾一起骑上小白朝着燕京城的方向全速冲去。

他们到的时候已经是第二天的清晨了,小白的速度那是没得说。

燕京城一如既往的平静安宁,街市上人来人往,似乎什么都没发生过一样。

卫箬衣先是将萧瑾送去了北镇抚司衙门,自己则快速地回了一趟紫衣侯府。

奶奶有一品诰命在身,原本春猎这种事情她也应该去的,但是奶奶到了春天就不停地咳嗽,所以就留在了家中。

卫箬衣冲进了侯府,将门口的侍卫给吓了一大跳。

她最先进了奶奶的兰香居,却是没有见到老夫人的踪影,便是连她的贴身丫鬟都不见了。

“人呢！”得了消息匆忙赶来的兰姨娘被从兰香居里面出来的卫箬衣抓了一个正着。

“郡主怎么回来了？”兰姨娘一脸的错愕，她看了看周围，“侯爷和兰衣呢？”

“我问你奶奶呢！”卫箬衣吼道。

“老夫人昨儿不是被陛下派来的禁军带着去了围场了吗？”兰姨娘气道，“郡主难道不是从围场而来？”

卫箬衣一听，头皮都炸了。

“那些禁军说来带人你们就放了老夫人与他们同去？”卫箬衣顿时血朝上撞，“他们可曾有什么凭据？”

兰姨娘虽然不知道发生了什么事情，但是看到卫箬衣略显得狰狞的表情也知道不好了。她也有点慌了神。“他们带来了皇后娘娘的口谕，说是宣老夫人前去围场陪伴。老夫人接了口谕也就带着府中一些侍卫跟着一起去了。”

卫箬衣简直要跳脚了，围场那种局面皇后娘娘怎么可能下这种口谕！奶奶这是被人诓骗出京了！

“口谕，口谕，难道没有任何凭据，你们也就信了？”卫箬衣略显得暴躁地说道，“昨天什么时候走的！”她揪住了兰姨娘的衣襟问道。

“昨儿傍晚的时候。”兰姨娘说道。

傍晚的时候！昨天夜里他们连夜从围场赶回来，并没遇到路上有禁军带着侯府的马车啊！

那就是说他们并没有连夜赶路？而是半夜休息了？不会吧！

“老夫人带了多少侯府的侍卫？”卫箬衣问道，“又来了多少禁军！”

“禁军约莫有二十人。”兰姨娘脸色也不好了，她被卫箬衣揪得生疼，“咱们侯府有侍卫五十人跟着。老爷离京之前曾经特别吩咐过，若是老夫人要出门的话，人必须要带得多才行。”

她说完之后就反握住了卫箬衣的肩膀，急道：“郡主，可是围场有变？”她的兰衣呢？为何只有卫箬衣一个人回来了？兰衣在哪里？“你可见过兰衣？”

“围场的确有变，但是你不可声张，将府里所有人都集合起来，我会让阖府上下所有的侍卫送你们去别院暂住。卫兰衣我没见到，但是她和拱北王妃在一起，应该是平安的。”卫箬衣说道，“若非是我或者父亲亲自传的消息，你们切不可再信任何人！切记，莫要声张，只说你们是出去拜佛烧香。事态严重，不要多问！具体等父亲回来，自会和你说明。”

兰姨娘整个人有片刻的时间都是懵的。

她都不知道是怎么被卫箬衣放开，直到卫箬衣叫来管家，召集起所有的侍卫来，她才回过神来，飞快地找人去将梅姨娘和菊姨娘还有卫红衣和卫简衣都找了过来。

不一会，兰香居门前就聚满了人。

梅姨娘带着卫燕，菊姨娘带着卫红衣和卫简衣，卫箬衣简单地将事情讲述了一遍之后，大家都是一阵的慌乱。

“总要收拾收拾东西吧？”菊姨娘急道，“咱们就这么出府？不带点金银珠宝之类的吗？”

“是啊,长姐,咱们总要有点钱财傍身的吧。”卫红衣和卫简衣也吵吵道。

“要什么钱财傍身？紫衣侯府这是倒了吗？你们去别院难道会少你们的吃喝吗？都什么时候了？想的都是什么乱七八糟的?”卫箬衣大吼了一声,她这一声顿时将凌乱的众人给镇住了。菊姨娘、卫红衣和卫简衣都低下了头去,不敢再吱声。

“现在就坐马车走。我已经写了信,你们拿去给孙管事,他自然会安排人保护大家的安全。”卫箬衣说道。

梅姨娘脸色苍白,菊姨娘和兰姨娘原本都已经哭出来了,但是被卫箬衣这么一吼,生是将她们两个的眼泪都给吼得止住了。寒梅苑里面还有竹姨娘那一伙子人,卫箬衣想了想,还是叫人去将他们给带了出来一并塞上了马车。

在卫箬衣的安排之下,大家很快就在侯府侍卫的保护之下从后门悄然地离开了紫衣侯府。

152 求助锦衣卫

将一大家子的人都送走了,卫箬衣这才转身回了侯府。

原本热闹繁华的侯府一下子去了这么多人,好像瞬间变得冷清寂寥。

她一边沿着回廊朝里面走去,一边看着四周熟悉得不能再熟悉得景色,一砖一瓦,一草一木皆与她来时一模一样。侯府硕大,华丽,空阔,现在却从里到外都透着一股暮气沉沉之色,静得有点叫人心寒。

这不过是叫人暂时离府躲避,侯府便已经给人这种凄凉的感觉,若是将来……卫箬衣收敛了心神都不敢想下去。

她的心头忽然浮现出一个词汇,繁华落尽。

是啊,繁华落尽之后,便是无边的落寞。一路行来,她的心底感慨颇深,虽然来这里的时间并不算长,不过一年多的时间,但是似乎她已经将这里当成了自己的家一样,有的时候就连她自己也说不清楚到底在现代的自己是不是真实的,亦或者现在的她才是真实存在的那一个。

孰在梦里,孰在书中,亦或者这些都是她真实的人生……

她竟是一点都不想看到这曾经金碧辉煌的紫衣侯府呈现出现在这般冷清的模样。

绿蕊和绿萼都在围场,她的回澜阁里面只有几个二等丫鬟守着,见她进来,忙不迭地围拢过来行礼。府里的主子们一下子都走空了,这些做下人的自然也是人心惶惶,诸多猜忌,如今乍一见郡主归来,每个人都变得诚惶诚恐,眼巴巴地看着大步走入的卫箬衣。

“替我更衣。”卫箬衣没说什么,只是对在一边行礼的几个丫鬟说道。

“是。”

平日里伺候卫箬衣更衣的事情都是由绿蕊和绿萼负责,卫箬衣即便只说了这四个字,那几个二等丫鬟的心底却好像莫名地平静了下来一样。因为她们的郡主目光沉稳,语气淡然从容。

几个丫鬟学着绿蕊和绿萼的样子打开衣柜。“郡主想要穿哪一套?”

卫箬衣扫了一眼,抬手一指一套黑色的骑装。这是上次梅姨娘过来给她裁衣,她见布料里面有几匹黑色的纱绢丝,一时兴起就求着梅姨娘帮她用这个颜色做了一套骑装。大户人家的贵女若非是遇到了什么事情很少会穿这种黑压压的颜色,一来不怎么讨喜,二来黑色沉暮。卫箬衣之所以会做一套也是觉得萧瑾的衣服多半都是黑色、深蓝色这种暗沉的颜色,所以她也跟着来一套。这套衣服是男子的样子。

卫箬衣有点失笑,她以为自己从没喜欢过萧瑾,其实现在回过头去想想,萧瑾已经默默地影响了她很久很久了,只是她自己没有发现而已。

换上了束胸，再罩上黑色的骑装，秀发在脑后干净利落地扎了一个男人的发髻，卫箬衣扫了一眼镜子中的自己，被这黑色的骑装映衬着，她那张素来嬉皮笑脸玩世不恭的脸上居然也有了几分凌厉之色，倒真有点俊美少年的样子出来。

“看好家。”她抄起了自己的长刀，倒提在手中，又从衣架上取下了一件黑色的狐皮披风，随后对几个二等丫鬟说道，“我去去就会回来。”

“是。”几个二等丫鬟神色肃穆，退到了一边，齐齐地躬身行礼，目送着卫箬衣离开了回澜阁。

比起卫箬衣未来之前她们心底的惶恐，现在倒好像是吃了定心丸一样。

郡主虽然平时一贯没个正形，但是适才离去的背影却是无比的坚定。望着她的背影，几个丫鬟心底不约而同地想起了侯爷，那背影会给人一种莫名的威严与踏实之感。

小白已经由侯府的下人重新刷洗过，牵回马厩休息。卫箬衣心疼小白，本是想去再选一匹马骑走，哪里知道她才叫人选了一匹黑色的骏马出来，单独一个马厩的小白就好像炸了锅一样不住地低声嘶鸣，还用蹄子刨地，骚动不安。

“你是要和我一起去?”卫箬衣抓了几根胡萝卜递到小白的嘴边，小白毫不客气地将胡萝卜叼住，几口嚼掉，随后就再度用鼻子拱着马厩的木门。

“真的要和我一起去?”卫箬衣知道小白有灵气，所以她打开了马厩的门，将小白放了出来。小白一出来就直接冲向了那匹黑色的骏马，前蹄一扬，站立起来，长嘶一声，竟是将那匹黑马吓得后退了好几步。

吓退了黑马的小白这才略显得得意地主动横在了卫箬衣的面前。

“我是怕你累着!”卫箬衣顿时哭笑不得，“你已经驮着两个人跑了一夜了。”

小白抖了抖自己的脖子，好像在和卫箬衣撒娇一样。

“好吧好吧，你要去，就带着你去。”卫箬衣实在是拿小白没办法，于是只能摸着它的脖子安抚道，“不过你可不能关键时刻掉链子啊。”

卫箬衣命人取来马鞍给小白装上，随后翻身上马。小白扬起四蹄，直接从马厩撒欢奔了出去。

体力真好！卫箬衣只能感慨道。

萧瑾给了她两个时辰的时间，如今她赶到锦衣卫北镇抚司才用了一个多时辰。

兹事体大，所以卫箬衣在北镇抚司门前见到了北镇抚司的指挥使秦少阳。北镇抚司门口的广场如今已经被整装待发的北镇抚司锦衣卫塞得满满当当的。

周边的道路已经清理开来，方便锦衣卫马队进出。

春雨停歇，燕京城的街道和屋顶皆被雨水冲刷得透亮。身穿各色飞鱼服的年轻人整齐地站立在广场上，光是一眼看过去便已经觉得锦衣卫气势惊人。

“郡主。”见卫箬衣提刀策马前来，秦少阳先是怔了一下，这丫头女扮男装的样子还真挺好看的，随后他抱拳行礼。萧瑾归来已经将整件事情讲述清楚，所以他也知道卫箬衣是要和他们一起去围场的，不过站在长辈的立场上，他还是要劝说两句。

“见过秦叔叔。”卫箬衣颔首。

“郡主，此去危险，秦某觉得郡主还是不要去冒险了。”秦少阳劝说道。

“秦叔叔，我奶奶被诓骗出府去了围场。那些人手里有我奶奶，想来是要让我父亲分心。”卫箬衣目光坚定，缓声说道，“所以秦叔叔不必相劝，这一次我肯定是要去的，你拦是拦不住我的。即便不和你们一起出城，我也会独自上路，秦叔叔若是真的担心我，便允许我与你们一路同行。彼此有个照应。”

“你那脾气与你父亲一般无二，简直……罢了罢了，你就跟着我们一起吧，我会安排人专门保护你，不然你要是再出什么事情，你那爹可真是饶不了我的。”秦少阳无奈说道。

卫箬衣环顾了一下周围，没见到萧瑾。

“萧大人呢？”卫箬衣问道。

“还在疗伤，一会会出来的。”秦少阳笑道，“还请郡主与副指挥使大人一路同行，我带人先行。”

秦少阳说完之后与卫箬衣道别，带着集合完毕的锦衣卫北镇抚司众人鱼贯从街道离开了燕京城。

“郡主请随属下来。”陈一凡从门里奔了出来，抱拳行礼之后拉住了小白的缰绳，将卫箬衣带进了北镇抚司的衙门里面。

萧瑾已经换过了衣服，在里面等着卫箬衣。

“身上的伤可还好？”卫箬衣柔声问道。穿上了锦衣卫飞鱼服的萧瑾显得更加的英武帅气，肩臂上的龙鱼图案出没云海，带着不凡的气势，就连人看起来都比平时要高大几分。卫箬衣只觉得自己的小心肝怦怦地乱蹦了好几下，真是要被他给帅瞎了好不好。

“重新换了药，应该没什么要紧的了。”青年的面色依然苍白，但是眼梢含笑，比平日多了几分温和之气，变得温文如玉起来，单单的看脸，那端是一副美公子的勾人模样。

陈一凡好奇地看了看自己家头儿，又看了看郡主。嘿！这两个人之间有猫腻啊！

瞅自家头那一脸含春的模样，活像是发了情的猫一样，再看看他看郡主的眼神，那简直是可以拧出水来……啧啧，这还是他认识的那位毒舌冷面的头儿吗？

再瞅瞅郡主，说话那叫一个温柔，一点都不像以前对着自己头儿一言不合就翻白眼，呼来喝去的样子了。

要说这两个人之间没点“奸情”，真的是打死他都不信。

陈一凡傻乐了起来。

花镜堂和冯安相互对看了一眼，陈一凡这又是抽的什么风，怎么自己站在那边傻乐？有心去问，当着萧瑾和卫箬衣的面又不敢造次，只能暂时忍住，反正一会出发了，路上有的是机会问。

“你们秦老大说会找人专门保护我，不会就是你们几个吧？”卫箬衣看了看院子里面的人，笑问道。

“自然就是我们几个啊。当然外面还有五十名小旗与我们一起走。”陈一凡笑道。

“走吧。你下马与我一起坐马车。”萧瑾说道，“让小白也休息休息。”

这……不太好吧……

一贯大咧咧的卫箬衣现在却有点抹不开了。这众目睽睽的，孤男寡女共乘一车……是要被人说闲话的。她虽然许了萧瑾要嫁给他，但是目前还不是公布出去的时候。

“他们都是自己人，断然不会出去乱说。”萧瑾知道卫箬衣的顾虑，“旁人只知有马车从这里出去，却也不会知道马车里是何人，所以你不用担心。毕竟你奔波一夜，总要蓄养点体力的。放心这马车很好,不会有什么颠簸感。更何况你如今穿的是男装,即便被人看到也没什么。”

卫箬衣有点尴尬地看向了陈一凡、花锦堂还有冯安,他们三个一起抱拳行礼。“请郡主放心,留下的皆为心腹之人,断然不会出去嚼舌根子。”

“那好吧。”卫箬衣想了想,也就不再矫情了。她的确连夜赶路,不光是她,小白也需要休息。只有休息好了,等去了围场才能更好地战斗。

“对了,我祖母被人诳走了。”卫箬衣一边下马,一边对萧瑾将详情讲述了一遍。

萧瑾眉心拧成了一团。“你不要过于担心,我会派人出去巡查。”萧瑾对冯安耳语了两句,冯安点头出去。

“你奶奶出门带着的侯府侍卫是那些假禁卫两倍人数都不止,没准路上那些人不小心露出点破绽的话,你奶奶或许可以仗着侯府人多,从叛军手里逃脱。”萧瑾劝慰道,“咱们先上车吧。”

“好。”卫箬衣撩开衣摆上了停在院子中央的那辆不算起眼的黑色马车。进去一看,这马车里面与他们侯府的马车装饰比起来简直可以算得上是寒酸了,但是却是布置得十分舒适,里面铺满了软垫。

不一会萧瑾也钻了进来,在卫箬衣的身侧坐好。他抬手敲打了一下车壁,马车便缓缓地移动起来。

萧瑾倒是一点都不见外,直接靠在了软垫上,修长的双腿交叠在马车里面舒展开来,一副闲适的模样,倒是卫箬衣坐得笔直,目不斜视的。

“对了,燕京城里面竟是连围场的半点消息都没有吗?”卫箬衣问道。

“的确没有。”萧瑾点了点头说道,“若非我们回来,秦大人他们都被蒙在鼓里。”秦少阳与萧瑾是正副指挥使,总要有一个留在燕京城锦衣卫衙门里面,所以萧瑾去了围场,秦少阳就没有去。

“那就奇怪了!”卫箬衣皱眉,“我父亲不可能不派人突围出来送信的。”

“多半要么没有逃脱,要么就是在半路上已经有人将信息劫走。”萧瑾说道,“秦大人已经通知了南镇抚司指挥使和锦衣卫都指挥使大人,他带人先去南大营与南镇抚司汇合,再一起前往围场救驾,一同前去的还有燕京城守备兵马。”

“那都去了,燕京城岂不是空虚了?”卫箬衣担心地问道。

“没有都去。”萧瑾说道,“去的只是一部分,南镇抚司只有一半人马,燕京城守备兵马也是去几成。”

卫箬衣的担心不无道理,究竟是谁反叛目前不得而知,若是藩王所为,真的很怕藩王趁着京畿守备空虚的时候趁虚而入。

“希望我奶奶没事。”卫箬衣长叹了一声,忧心忡忡地说道。

“你现在担心也没用了。”萧瑾劝说道,“不如先休息片刻,养养精神。等冯安那边有了消息,再作计较。”

“冯安靠谱吗?”卫箬衣不放心地问道。

“放心吧。我的人绝对安全。”萧瑾点了点头。

卫箬衣靠着软垫闭目养神起来,其实她心思浮躁,哪里睡得着!

她忽然想到了一个事情！猛地睁开了眼睛。

“他们抓我奶奶无非就是要用我奶奶来威胁我父亲！”卫箬衣一拍大腿说道，倒将同样闭目养神的萧瑾给吓了一跳。

他睁开眼睛静静地看着卫箬衣。

卫箬衣见惊扰了萧瑾，不好意思地讪笑了一下。“我吵到你了吗？真对不起啊。”

“你我如今的关系，还用得着和我说对不起吗？”萧瑾略叹息了一声，“你何须与我这般的客气。”

“我们可以将计就计！”卫箬衣说道。

“什么？”萧瑾蹙眉。

“你们可以假扮成叛军啊，你们抓住我便是了，只要将我带去叛军那边，便可以知道其他女眷被关在何处。卫庚和卫辛说过我爹现在缩手缩脚的便是投鼠忌器的缘故。我爹不是不能打，而是不敢打，不好打！”卫箬衣的眸光晶亮，因为兴奋，脸上都带了一点点的红云，“只要将人救出来，咱们就能将我爹的战斗力解放出来了！那时候还怕什么叛军不叛军的！”

“计策是不错，可是你不能去冒险。”萧瑾先是一怔，随后摇头道，“万一没有探查出女眷的动向，反而将你给陷在了里面岂不是亏大了！”

“可是我去是最合适的。我是崇安郡主啊！即便是我奶奶可能都没有我的分量重。”卫箬衣急道，“我怎么就不能去冒险了？我爹，我奶奶都在险境之中。你放心我不会胡来的。”

“你忘记了我们锦衣卫北镇抚司有精通易容术的人。”萧瑾叹息道，“只要找人假扮成你的样子便是了，无需你亲自前去。”

“可是我不放心。”卫箬衣坚持道。

“你若是真的不放心，便也假扮成叛军。”萧瑾叹息说道，知道她拧得很，“到时候不会白白地自投罗网，看到情况不妙，可以先逃离再作打算。”

“这个主意好！”卫箬衣顿时笑开了眼眉，“可是谁去假扮我呢？”

“花锦堂如何？”萧瑾想了想说道。花锦堂身姿修长带着一点点秀丽的气质，装扮起来糊弄一下与卫箬衣不熟的人倒是可以蒙混过关的。

“可是他比我高啊。”卫箬衣说道。

“缩骨术即可解决这个问题。”萧瑾笑道，“到时候要借你的长刀和小白一用了。”

“嗯。那完全没问题。”卫箬衣点了点头。

“其实让我的暗卫来假扮我更好，他们天天与我在一起，模仿起我来更是惟妙惟肖，就算我家里人大概都看不出什么破绽来。”卫箬衣说道。

萧瑾的眉心一蹙。“你整日与他们形影不离？”

“那可不是。”卫箬衣笑道，“自从父亲将他们两个给了我，自就天天陪着我了。我没事就逗他们两个说话，你不知道他们兄弟两个可有意思了。”

萧瑾的脸色更是难看，心底一阵发堵，他别过脸去。“朝夕相处啊。”似叹非叹地低声说道。

咦？感觉有点不对劲啊？

对感情方面一贯有点迟钝的卫箬衣终于察觉了这马车里面弥散着的浓郁的醋意。

见青年别开了面容,卫箬衣恬不知耻地凑了过来。“你在吃醋吗?”她将脸探到了青年的面前,笑嘻嘻地问道。

“我需要吃你的醋吗?”萧瑾心底发堵,不想和她说话,白了她一眼。

他身边除了福润之外,连个母蚊子都没有,她倒好,天天找两个英俊帅气的暗卫陪着,还没事就逗他们两个说话。

啧啧,逗!怎么就不见她来逗自己说话?

忽然发现萧大爷吃醋的样子还蛮……可爱的!

卫箬衣抬眸扯了扯他的发梢。“喂。”试着用手肘拱了他一下。

“别来闹我!”萧瑾一把将自己的长发从她的魔爪里面拽出,再度别开了脸。他还气着呢。

傲娇病又发了!

好吧,好吧,不闹了。卫箬衣坐直自己的身体,靠在了软垫上。

身边的人没了动静,萧瑾忍不住再度转过来看她,却发现她靠在软垫上开始闭目养神了。

他顿时气得不行!

越想越生气,萧瑾也靠在了软垫上,学着她的样子闭目养神。

可是眼睛一闭,就满脑子都是她没羞没臊地逗着她那两个漂亮的小暗卫说笑的模样,果真是烦躁至极。

卫箬衣偷偷地将眼睛打开了一条缝,透过缝隙去偷看萧瑾,却没想到烦躁得不得了的萧瑾也偷偷地睁开眼睛去看她,两个人的目光就这么尴尬地在空中汇集相遇了。

卫箬衣一个没忍住,扑哧一下笑了起来。

萧瑾却是心底更堵!笑什么笑!很好笑吗?他都醋得要死了,她还傻乐着!简直没心没肺的!

感觉到手臂略一沉,萧瑾再度睁开眼睛,却见某个不知道羞耻的家伙已经巴巴地靠在了他的肩膀上。

“你干吗?”她主动靠过来,他心底的怨气就已经莫名地消失了一半,不过嘴上却是不肯输了阵仗。

“安抚你啊!”那丫头笑眯眯的,晶亮的眼睛弯成了两道弯月,活像一个小狐狸。

“我才不要!”萧瑾白了她一眼。

“真的不要?”卫箬衣摇晃了一下他的手臂,语气放缓。

她的声音柔柔的,带着一点点娇嗔的意思,顿时让萧瑾半个身子都有点麻了。苍白的脸上不知不觉地浮上了一层淡淡的绯红。他的唇动了一下,本是想再度驳她一回的,但是那话却是怎么也说不出口了。

瞪了她片刻,萧瑾颓然长叹了一声:“我怎么会喜欢上你?”他无奈地低喃了一声:“这么不正经,又这么臭无赖!”

卫箬衣……

她是有点不太正经,可是坚决不臭无赖啊!

萧瑾这是诬陷!

153 救出老夫人

好吧，无赖便无赖了吧。

“我在别人面前可是正经得很。”卫箬衣轻轻地哼了一声，眸子里倾泻出一份带着浓浓笑意的光华。随后她的笑意渐止，低叹了一声，便靠在萧瑾的肩头不动了。

“怎么了？”萧瑾察觉到了她情绪的低落，也就收敛了别的心思，柔声问道。

“我好担心。”卫箬衣轻声说道，“总觉得有人在背后搞事情！可是偏偏不知道是谁，那种无力感你明白吗？”就好像明明知道背上很痒，但是就是抓不到，好不容易抓到了，又一痒一大片，恨不得将整个背都蹭一遍那种感觉。

卫箬衣说的的确是让萧瑾心有戚戚焉。最近燕京城发生的事情，看似没有什么关系，但是仔细想来又是一环扣一环的。

可是件件事件都是无头案件，每每查到一定程度，便就进行不下去了。就拿上次宸妃娘娘生辰，宫中遇刺的事件来说，查来查去，却什么都没查出来，只能查到原本的百戏班子中人全数被人杀害，那些进宫的人都是被人顶替冒充的。刑部要结案，锦衣卫这边又查不出什么新的证据，最后是在几个死去的刺客身上发现了库尔德人的徽记还有物品，这才将整件事情都推到了库尔德人的身上。

事情是说得通，库尔德人之前绑架过卫燕，意图要挟卫毅，后被灭国，大梁在库尔德设立监察署，库尔德王又被俘，库尔德人心底咽不下这口气，所以意图行刺，这些的确是讲得通的。但是那些兽类的攻击又与之前自己与卫箬衣在别院遇到的山中野狼很是类似，难道也是库尔德人所为？

马车一路快速地随着马队朝前。

直到傍晚时分才到了一处官驿，准备休息，现在他们已经比秦少阳他们走得快了，毕竟大队人马比不得他们这边轻车快马的。

这里已经离燕京城很远，官驿是建在山口的。因为围场不准寻常百姓进入，所以这条路上并没什么行人，这官驿也是专门为了前去围场狩猎的皇族和官家设立的。平日里几乎没有人来，但是建筑却是十分的庞大，骤然矗立在这荒郊野外的，还显得有点突兀与不自然。

天色暗沉，马队在官驿的门前停住。

陈一凡等刚要翻身下马，就见冯安从官驿里面跑了出来。

“你怎么回来了？”陈一凡奇道。他不是被头儿派出去追查紫衣侯府老夫人的事情了吗？

“赶紧地，告诉郡主，老夫人就在官驿里面，受了点伤，但是没什么大碍。”冯安急三火四地说道。

“什么?”陈一凡亦是一惊,不及多想,赶紧调转马身,朝着马车那边飞驰而去。

马车里面的卫箬衣一听自己的奶奶就在官驿里面,也顾不得许多,直接从马车里蹦了下来,一股脑地朝官驿里面冲去。

“你怎么找到我奶奶的?”卫箬衣一边跑,一边问。

“老夫人洪福齐天,属下是在前面的山坳里面寻得老夫人的。”冯安说道,“老夫人在路上察觉了不对劲的地方,就带着侯府的侍卫与那些人打了起来,哎呀,不是三言两语就能说得清楚的。还请郡主和老夫人见面之后详谈。”

卫箬衣一直都担心奶奶落在人家的手里,现在得知奶奶就在驿站之中,已经是在心底谢天谢地的了。

进了驿站,在冯安的带领下,卫箬衣终于见到了自己的祖母。

祖母身穿着一件墨绿色的披风端坐在堂内,手臂架在披风外面,已经用白色的绷带捆缚着固定住了。老夫人虽然遭难,但是神情却是十分安泰从容,她的拐杖就靠在椅子的边上。见卫箬衣从外面进来,老夫人这才露出了笑意。

“奶奶!”卫箬衣扑了过去,恨不得要将老人前前后后地检查一个遍这才放心,“手臂这是怎么了?您这是怎么逃出生天的?到底都发生了什么?”

“你这丫头,一来就问了这许多的问题,叫我怎么回你?”老夫人笑道。

原来老夫人在府里接了皇后娘娘的口谕之后开始也没多想,也就带着侯府的侍卫和一众丫鬟婆子跟着去了。

可是走到路上却觉得有点不对。

她年轻的时候跟着老侯爷南征北战过,染过西南边陲上的毒疫,虽然后来治好了,但是落下了一个春秋两季咳嗽的毛病。年轻的时候身子底子好,尚能扛得住,等年纪大了,就不行了,这几年更是厉害,病发的时候咳得脑仁都跟着震得疼。

所以近几年,随着卫毅越来越厉害,她地位越来越高,身子却越来越差,也就逐渐地不管闲杂事情,专门精心将养身体。就连府中的事情也都交给别人去管,她只管做一个甩手大掌柜,平日里就伺弄一下她的兰花。

陛下对她甚是关切,皇后虽然是谢家女,但是看在陛下的份上,自己又顶着皇后的头衔,每年春秋都会派人送来平喘润肺的补品,自是知道她有这个毛病。春猎这种事情。她都已经很多年没去了,皇后怎么会忽然下口谕将她传唤到猎场之中去,能有什么大不了的事情要劳动她这个已经被人快要供起来的老妇人?

所以走到半路上,老夫人越想越不对劲,就说自己身子不适,叫人停车。

侯府的老夫人不肯走了,那些禁卫们自是不肯。禁卫的首领便来求见。

老夫人原本也没疑心那禁卫是假装的,只是觉得皇后的口谕有点蹊跷,所以也就顺带着问了一点点关于猎场的事情,那禁卫什么都不说,只是一口咬定了皇后传诏,她不能不从。

老夫人这就脾气上来了,皇后传诏,她自然是不能不从,但是皇后不会无缘无故地传诏,至少给个理由吧,为什么?

那禁卫首领又说不出理由,只是一口咬定皇后口谕。

这就叫老夫人起疑了。

皇后出身谢家,谢家那种人家出来的姑娘怎么便是表面装也要装出一个贤良淑德的样子来,更何况她的身份是皇后,不会无缘无故地做一些无理取闹的事情。

老夫人也是见过世面的人,也就绕着弯子问了几个皇宫的事情,哪里知道那禁卫首领竟是答得驴头不对马嘴。老夫人心底就更是觉得不对了。

一个禁卫首领竟然连皇帝身边的秉笔太监都不知道姓什么,这实在是有点说不太过去了吧,他在宫里是怎么混的?

老夫人也是心思聪慧的人,只是不管闲事很久了,有卫毅那样的儿子,闲事也轮不到她来过问。她年轻的时候与丈夫一起出征,也是个人物。

所以老夫人不动声色,一直到了这驿站之后,她才开始发难。不过老夫人千算万算,却没算出这驿站之中的人竟也是与那些假禁卫一伙的。

虽然侯府侍卫多,但是没架住禁卫与驿站中人里应外合,落了败绩,老夫人许久不曾动过刀剑,身手已经大不如前,勉强地靠着老侯爷教给她的卫家刀法精妙的招式将一条拐杖抡起来才带着人冲出了驿站,逃进山坳之中,借着地形东躲西藏的,也顺带着弄死了不少追杀她的人。一直躲到刚刚冯安带着锦衣卫的人寻了过去,这才抓了余下的几个假禁卫,被冯安带来了这里安置。

冯安这是刚刚要给萧瑾发信号,却发现陈一凡他们已经来了。

老夫人与人打斗的时候手臂受伤了,冯安已经给她简单地处理过,条件简陋,他能做的也就这么多了。

卫箬衣听得心惊肉跳的。

她知道自己奶奶会点武功,却没想到过奶奶的身手还是不错的,人也够机敏,居然能在这种情况下逃脱。这算是叫她长舒了一口气。

老夫人也从冯安那边得知了围场发生的叛乱,如今亦是唏嘘不已,自己与儿子、孙女同时遇险,自己和孙女这算是逃脱了,可是儿子还在围场之中。她差一点便要成了叛军置肘儿子的工具,就是一贯镇定的老人家现在也出了一身的冷汗。

现在她想想自己那已经死去的丈夫生前说的话倒也是有几分道理的。做卫家的媳妇,若是不学点可以傍身保命的东西,将来被人抓住了可怎么办?

年轻的时候她自恃娇贵,嫁给老侯爷之后被老侯爷逼着习武,没少和老侯爷闹过,可后来见老侯爷对自己一心一意的,从无纳妾之意,也就顺了他的意思学了。她这一生都过得尊荣,在家被父兄宠爱,出嫁被丈夫捧在手心里,就是生个儿子是个混世魔王,小时候戳她心窝子,可是等这个混世魔王大了,亦是一个顶天立地的男子汉。她这一生除了丈夫早死这件事情叫她痛苦不已之外,可以说都是过得顺风顺水的,哪里知道临到老了,却真的被自己的丈夫年轻时候说过的话给说中了。

老夫人无限感慨地看着卫箬衣这一身利落的男装,似乎透过她看到了自己丈夫和儿子年轻时候的样子。

老夫人的眼眶不由就有点湿润了。

她用没受伤的手将卫箬衣拉入怀里,拥着自己的孙女,她挥手让所有人都退下。卫箬衣明白奶奶这是有话要和她说了,于是她老老实实地靠在奶奶的身上静静地等着。

“奶奶其实是对不起你的。”老夫人长叹了一声，抚着自己孙女的肩膀说道。

她对卫箬衣的生母一直都是有很大的意见的。

她从没见过这个媳妇，卫毅那臭小子绝口不提，只是一次回来说自己要娶媳妇了，娶的是天下顶好顶好的女人。她就不屑了，天下顶好的女人是个什么样子？追着儿子问，是哪家的姑娘，儿子那时候还卖关子，说等媳妇进门了，她就知道了。

这可是将她给气得不轻，她这个当娘的，居然连要进门的媳妇是谁家的都不知道。

她出身高贵，就怕自己的儿子会弄一个不知所谓的姑娘回来，她找人去查，哪里知道那臭小子却是隐瞒得死死的。

隔了一段时间，卫毅出征，她倒是舒了一口气。那臭小子出去打仗没几年是回不来的，那姑娘的事情没准就随着时间的推移作罢了。

那知道几个月之后，那臭小子居然私自从战场上回来了，连夜敲开家门，带回来一个包裹在他战袍之中的孩子，那孩子便是卫箬衣了。

老夫人乍一见卫箬衣心底别提是个什么滋味了。

气得要死，却也没办法，本是不想管这个来历不明的姑娘，但是看到儿子那张又急又伤心的面容，她的心就软了，将尚在襁褓之中的卫箬衣接了过去，许是血脉相承，她在抱着卫箬衣的时候，心底的那一丝怨气和怒气也就随着整个小小的身子被自己抱住而烟消云散了。

卫毅那次在家里住了好长时间，因为是私自从战场上回来的，那些日子里面老夫人整日提心吊胆的，将家里的奴仆好一顿敲打，万一卫毅私自从战场上回府的事情被谢家人知道了，那整个侯府就都完了。

又过了些年，卫箬衣越来越大，简直便是卫毅小时候的翻版，每每气得她牙根发痒。在卫箬衣小的时候，她也想好好地将卫箬衣教成一个大家闺秀的样子，如她年轻的时候一样，可是只要一想到卫箬衣的娘，再加上卫箬衣的顽劣，她就又有点不想管了。

再加上后来卫毅怎么都不肯再度娶妻，所以她对卫箬衣的感情就十分奇怪。

她亲手带大的孙女，自是疼到骨子里面，但是只要想起她那身份不明的娘亲，她又有点受不了。

所以后来她就干脆放手了，随着卫箬衣自己去变成个什么样子。横竖只要是那臭小子的女儿自是不愁嫁不出去。至于其他的什么，她也管不了许多了。

她对兰姨娘的做法也不是一点都不知道，但是就是因为出于对卫箬衣母亲的厌恶，所以也没有对兰姨娘横加指责。一个没有母亲的孩子，总是要吃点亏的！

后来卫箬衣名声越来越差，她也曾经十分后悔，也寻了人来教导卫箬衣，意图将她拽回来，可是性子都已经那么差了，哪里是说拽就能拽得回来的。

后来她身子越来越差，心情越来越不好，也就不想再去管什么了。

她知道自己不是一个好母亲，一个好祖母，也不是一个好的当家女主人。夫君身死，她也就跟着死去了一半。

如今再将孙女抱在怀里，她的心底便是涌起了与十几年前一样的感觉，眼睛也跟着发酸发涩。这些年她过得糊里糊涂的，总算是这回精明了一次，没将自己的孩子拖入深渊之中。

“奶奶哪里有对不起我？”卫箬衣心底微微地一动，不过嘴上却是柔柔地说道，“奶奶是我的长辈,孝敬奶奶还来不及呢。"

"奶奶一直都因为你母亲的缘故对你教导不多,你如今的样子,奶奶很是欣慰。"老夫人的眼眶已经是隐隐地发红,就连声音也变得有点发堵和暗哑。

卫箬衣聪慧,立马就知道了奶奶的言辞之中是为何意。

她一直都很奇怪,既然祖母很疼爱她,为何还会纵容着兰姨娘那般捧杀她,让她长歪了。如今她终于找到原因了!

其实奶奶对于她也爱中有怨的吧。

卫箬衣的心底发酸,她张开手臂反抱住了祖母。"不管怎么说,奶奶在我的心底一直都是最好的奶奶。不会变。"

"你这孩子!"被卫箬衣一句话说得老夫人差点没绷住,眼泪已经含在眼眶里打转了。

"好孩子,你很好,很像你父亲年轻的时候,不,你比他强,他的嘴没你的甜。"老夫人想起自己的混蛋儿子,也是一肚子的怨怒,忍不住骂道,"那臭小子但凡有你几分知道疼人,我也不会气成这样。"

卫箬衣觉得好笑,却是忍住了,想要叫自己的臭爹嘴甜点,还真的比上天都难。

"我听冯安说你护着五皇子殿下从围场里面逃出来了,回了家,还和他们说了我的事情,所以五皇子殿下才叫他们出来寻我。"老夫人想了想,正色对卫箬衣说道,"你与五皇子殿下之间到底是怎么回事?"

之前卫箬衣年纪小,跟着萧瑾身后胡闹,她这个当祖母的心底不是没意见,卫毅那臭小子什么都不说,她一个老婆子去说什么?横竖他女儿不愁嫁不出去。

但是现在不一样了,她对卫箬衣拢共也就那么一点点的心结,如今也算是打开了,自是不会不管自己的孙女了。

刚刚卫箬衣从外面跑进来,老夫人就知道这个孙女是真的关心自己。脸上的焦灼,眼底的喜色,这些都不是作假便能做得出来的。

所以老夫人也就彻底地释然了。

不管卫箬衣的母亲是什么样的人,但是这姑娘却切切实实是自己一手拉拔大的人。如今这姑娘武功也学得好,样子那更是没得挑,老夫人看自己孙女现在是怎么看怎么顺眼,怎么看怎么喜欢。她穿着男装,虽然是个丫头,但是举手投足都透着老侯爷和卫毅那臭小子年轻时候的样子。

这样的姑娘应该是百家求的,她那性子有点像脱缰的野马,就和她寻回来的那匹马小白一样,这样性子的姑娘如果真的嫁入皇家,规矩都大死个人,怎么得了!

卫箬衣骤然被祖母问起这个事情,虽然是老皮老脸的,但是还是遭不住地脸红了。

老夫人一看这模样,心底就冷了半截子,这是要糟啊!

"唉,这事情,现在不提了。你先和我回京去。"老夫人叹息,"你爹现在在围场平乱,咱们不去给他添麻烦。"

"不行啊。奶奶。"卫箬衣一听,顿时急了,"我这次再回来不光是为了找奶奶,更是为了帮我爹的。"

"你爹干他的事情,你跟着去裹什么乱?"老夫人现在哪里舍得放卫箬衣去涉险,顿时落下了脸来训斥道。

154 我家只有招赘

卫箬衣抓着老夫人的手耍赖一样地直摇晃。“奶奶，我保证不是去裹乱的。奶奶你就放心吧。”

这怎么可能放心的了，自己家里已经有一个孙女陷在围场里面生死不明了，儿子又在抵抗叛军，老夫人怎么会同意再将卫箬衣送到围场里面去。

卫箬衣会耍赖，老夫人也会，耍赖起来，就连卫箬衣这样的老油子都无可奈何，反正不管卫箬衣怎么求，她就是不准卫箬衣去。

“老夫人，五皇子殿下求见。”门外传来了冯安的声音，祖孙两个这才停了掰扯。

“你给我老实点！”老夫人横了卫箬衣一眼，随后正襟危坐，将自己的衣服扯了扯，又拢了一下自己的头发，这才对外高声叫道：“赶紧请五皇子殿下进来吧。”

门打开，身穿金褐色副指挥使飞鱼服的萧瑾缓步而入。

他修眉玉容，长身而立，抱拳行礼。“萧瑾见过老夫人。”

的确是一表人才，这样貌是绝对没得说，放眼燕京城能比萧瑾的容貌还要出挑的男人真是再难找到第二个了，就是自己那个混账儿子年轻时候也就如此这般罢了。不怪自己的孙女心心念念的都是这个人。

这孩子配自己家的孙女身份上是够了，但是坏就坏在他是皇子上。

老夫人即便不怎么多管闲事了，也知道朝中大体的趋势，她出身尊荣，乃是世家的嫡小姐，从小就在这些事情里面打滚，即便年纪大了，只是稍微上点心，也能想明白皇家那点糟心的事情。

太子不立，皇子纷争不断，表面平和，内里暗潮涌动不已，所以皇家的儿子，稍有不慎，便是那样悲催的下场，连带自己的妻儿一起跟着受罪。即便是战战兢兢地躲过了一次一次的劫难，最后呢？还不是一样活在各种规矩里面，自己那孙女散漫野蛮惯了的，哪里受得了？一年两年，她或许可以忍，但是真的能忍得了五年十年吗？

自己的孙女怎么也是金尊玉贵地长大了的，平平安安地找个样貌不凡的男人，宠爱她一生一世便是了，他们这样家世的人已经不需要靠夫家去撑什么场面。卫家到底有多大的家底，旁人不知道，老夫人却是清楚明白得很。

东海之滨的产业累积世代，从高祖时期，卫家的祖先就在暗自经营了，这么多年下来，即便他们紫衣侯府在燕京城混不下去了，东海之滨还有一片天地等着他们。

所以老夫人看向萧瑾的目光便是底气足得很。

“五皇子殿下。”老夫人起身，刚要行礼，就被萧瑾虚扶了一把。“老夫人有伤在身，不必多礼。您是长辈，即便是父皇见了老夫人也十分尊重，瑾不敢让老夫人起身，老夫人赶紧坐下。"

"那老身也就倚老卖老了。"老夫人笑着重新坐了回去,"多谢五皇子殿下派人出来寻找老身,那殿下的手下抓住的假冒禁卫之人,可曾盘问出什么?"

"那些人都是死士出身,"萧瑾说道,"嘴巴硬得很。不过已经有人在处理了,总会有点发现的。"刚刚他就是去处理这个了,只是即便是下了分筋错骨手,那几个假冒的禁卫疼得死去活来的,亦是一声不发。他们意图寻死,却被萧瑾先下了手,搜出了他们身上藏着的毒药。

如今这几个人就关在驿站后面的一个房子里面,锦衣卫管这个叫"熬"。顾名思义,便是煎熬之意,人的意志力再怎么坚强,也会有被疼痛击溃的那一瞬间,锦衣卫整人的手段多的是,就看这几个死士能不能熬得过去了。

即便一个人能硬扛,不代表所有被抓住的人,都能挺过去,总会有人意志力差一点的。

萧瑾不想卫箬衣去后面看到他审讯犯人的样子,那时候的他才是最最真实,最最黑暗的,所以他在后面只待了一会就来了前面。

他的眼眉抑制不住地看向了站在老夫人身后闷闷不乐的卫箬衣。

这不过才分隔一小段时间,怎么她的情绪这么低?

是被老夫人训斥了吗?萧瑾的脑子飞转。

"咳!"老夫人清了一下喉咙,嘿,这小子还真是胆子够大的!当她坐在这里是空气?她好好的一个一品侯夫人还在呢,这小子就敢偷看自己的孙女?即便是皇子又如何?皇子难道不应该更加恪守礼仪了吗?

什么叫非礼勿视明白不?

萧瑾马上收敛回自己的眼眉。"老夫人,瑾已经安排了冯安一路护送老夫人前去你们侯府的别院。若是老夫人觉得身子能受得了的话,可以马上启程。"

这里毕竟靠近围场,不是什么安全的所在,侯府的侍卫又损失不少,现在也不过就剩下区区的八人,其中还有一半人身上是带着伤的。这里的确不能久待。

"好!"老夫人也是个利落之人,当机立断点了点头,回手抓住了卫箬衣的手腕,"老身这就带着崇安郡主与老身一起离开这里。"

她说完就扬眉看着萧瑾。

萧瑾先是心底一空,表情也有了片刻的凝滞,不过很快就恢复如常。

"也好,郡主与老夫人一起走,路上也有个照应。"他点了点头。

这臭小子还算是识趣!老夫人这才略带满意地点了点头。"箬衣啊,既然五皇子殿下都这么说了,你就随着奶奶一起走吧。你爹和你妹妹那边,咱们便是着急也急不来的。咱们不给你爹拖后腿便已经是帮了他了。"老夫人转眸看向了卫箬衣,温和地说道。

这丫头的嘴嘟的,都快能拴驴了。

她知道卫箬衣不愿意,但是她不能让卫箬衣去涉险。

"奶奶,你就让我去吧!"卫箬衣再度求道。

"不准去!"老夫人落下了脸来。

"不是啊……"卫箬衣急道,"我立志从军,若是奶奶因为怕我会遇到危险就不让我去了,那我将来还怎么从军?"

“从军？从什么军？”老夫人眼睛一瞪，“以前我是不想管你，现在可不行了！你一个女孩子家的就好好待在家里面，到外面去从什么军，我不让！将来奶奶给你找一个好人家的男儿招赘进侯府，你们成婚之后就在奶奶的面前和和美美地过日子。咱们侯府不需要一个姑娘家出去挣那份军功！咱们侯府的嫡长女也是金贵的姑娘，断然不外嫁，不出去受旁人家的馊气去！”

卫箬衣的嘴角顿时就抽抽了！

当着萧瑾的面，奶奶这是在干吗？怎么一下子就扯上了出嫁和招赘的事情了？

便是萧瑾的表情都有片刻的僵硬。

招赘！他何等的聪慧，只是一听便知道老夫人这话是说给谁听的了。她是想彻底地告诉所有觊觎卫箬衣的皇子们，断了这个心思吧！卫箬衣作为侯府嫡长女的身份，那只有招赘，没有出嫁！

身为皇子，怎么可能招赘入别人府邸！

只是瞬间，萧瑾的手脚都有点发冷，发僵。

老夫人说这话不是胡乱说的。怕是将来到了卫毅那边，存的也是这个心思吧！

见将卫箬衣给唬住，也将萧瑾给敲打了，老夫人这才放缓了自己脸上的表情。“五皇子殿下，劳烦你安排一下，老身想带着郡主马上动身。”

“是。”萧瑾木然地颔首，抱拳，随后略显僵硬地转身，走出了大堂。

“奶奶！”等萧瑾离开之后，卫箬衣跺脚说道，“您刚才都说的是什么啊！”

“说的是人话，你听不懂吗？”老夫人横了卫箬衣一眼，“皇家的媳妇不好当！”想想她年轻的时候，差点也进入皇家当皇家的媳妇，不过最后还是嫁给了那臭小子的爹。旁人替她惋惜，只有她知道自己嫁得是有多好。

那个红围墙围起来的地方又有什么好的！人人都想进去，却不知道进去了，便没有了自我了。

“奶奶这是为你好，你以后就明白了。”老夫人终究还是不忍过多地苛责卫箬衣，她放缓了声音，将声音压得低低的，柔声说道，“奶奶知道你一直都喜欢五皇子殿下，但是皇家的人对旁人有多少是能真心实意的？他即便将来不参与什么，也会封王，你看看咱们大梁的王爷，又有几个府里不是莺莺燕燕一群的。你受得了？即便他对你好，不招惹一些是非桃花回来，但是皇家的规矩你挨得住吗？算了算了，这里不是谈论这些事情的地方。你与奶奶一起走，等以后你慢慢地体会一下便能明白了。”别说是皇家的规矩了，便是寻常世家里面那些多得吓死人的规矩，也能将卫箬衣给压趴下。老夫人自己的孙女什么脾气秉性，她知道。与其将来嫁出去受气，不如留在家里称王称霸！

卫箬衣听完也在心底长叹，她知道奶奶是对自己好，为自己着想，可是……

想到适才萧瑾离开时候背影的落寞沉寂，她的心好像也跟着一空，若不是被奶奶拽着手腕，她都想跟出去看看了。

被老夫人拽着，卫箬衣就是想跑也好像被绳索给套住了一样。

她无奈地扶着老夫人从屋子里面出来，从侯府带出来的丫鬟婆子也都死了大半，也就剩下了一直伺候老夫人的李嬷嬷和陈嬷嬷两个了。她们随着老夫人一辈子，老夫人习武的时候，她们也跟着学了点，所以虽然也受伤了，但是命却是保下了。

李嬷嬷和陈嬷嬷如今伤口也都包好了，都是小伤，站在外面等着。

侯府的马车已经被毁掉了，萧瑾就将自己来时坐的马车收拾了出来，让给了老夫人。

卫箬衣先是将奶奶扶上了车，随后深深地看了一眼萧瑾。

萧瑾也正好在看她，目光之中暗潮流动，似是有万语千言蕴含在其中不得倾诉一样。

“我……”卫箬衣才刚刚要开口和萧瑾说话，就听到奶奶在车里咳嗽了一声，“箬衣，怎么还不上来？五皇子殿下还有要事要办，咱们切不要耽搁了五皇子殿下的事情了。”

“是。”无奈之中的卫箬衣只能朝车里应了一下，“这就来了。”

她在回眸，萧瑾已经低垂下了他的眼眸，低首抱拳。“瑾恭送老夫人，崇安郡主一路保重。”

不知道为何，心底忽然涌上了一段淡淡的酸意，卫箬衣长叹了一声，明明之前两个人已经是亲密无间的模样，可是现在却变成了这么生分的样子，这种感觉真是叫人一言难尽。

“多谢五皇子殿下的救助，等五皇子殿下凯旋回京，崇安再登门拜谢。”卫箬衣只能依照规矩对萧瑾行礼道。

她是在告诉他，他要平平安安的，等他回京，她会去找他的。

萧瑾一听便知，心底总算是被安抚了一下，便是心气都顺了好多。

“借郡主吉言了。”萧瑾再度抱拳对卫箬衣说道，不过声调之中已经一扫适才的沉暮之意。

卫箬衣的心这才算是放下了，安抚好萧大爷是她这辈子的头等大事！

唉，真是太吓人了！

她撩衣跳上了马车，老老实实地蹲在了老夫人的身侧。

“走吧。”车外的萧瑾对冯安吩咐道，“一路小心一点，机灵一点。”

“是。头儿，你放心吧！”冯安颔首抱拳，翻身上马。

侯府硕果仅存的四个侍卫跟在马车的旁边，其中一人赶车一扬手里的鞭子，鞭子在空中啪的一下打出了一个响儿来，马车缓缓地开始移动。

萧瑾就站在驿站门口，一直到马车和随行之人消失在他的视野之中，他才收敛回自己的目光，转身，寒声对陈一凡说道：“走，再去看看那几个冥顽不灵的人。”

他的语调之中带着几分森然之意，便是陈一凡听了都替那几个人感觉到不好了。这几个人倒霉，偏偏遇到头儿心情不好的时候。

刚刚他在一边看得分明，崇安郡主这是被自己家奶奶给逼得离开了头儿了！看来以后头儿与郡主的路不见得就好走啊。

“你平时话最多的。”老夫人坐在车上，舒服地靠在垫子上。这一路，卫箬衣就和一个闷口的葫芦一样。“怎么现在不说话了？是对着我这老婆子说不出话来？”

“哪能呢？”卫箬衣回神，讪笑道，“我是在担心我爹。”

“你不用替他担心。这点点叛军若是能将他给折腾死了，那之前他早就死在战场上了。”即便是老夫人心底也担心得很，但是嘴上却是十分的硬气。

武将之家的媳妇，若是没点胆色和气度，只怕早就在战战兢兢之中被等待给逼疯了。

就是心底担心得要死，表面上也不能在自己的儿孙面前流露出来。

“奶奶，咱们就不能忌讳点吗？”卫箬衣无奈地摇头。

“忌讳！”老夫人轻笑了一声，“若是他们知道忌讳这两个字，便不会一次次地出征，一次次地留下妻儿父母在家里担惊受怕了。他们都不忌讳，我忌讳什么？”

您老真彪悍！卫箬衣到现在才算是真正领略到了老夫人的真性情！

说真的，她很喜欢自己的奶奶！如今奶奶在她面前不再藏着掖着，这样的性情她更是喜欢。

“奶奶你真的不让我去从军吗？”卫箬衣干脆挽住自己祖母那条没受伤的手臂，将身子靠在她的肩膀上，撒娇道。

“你若是个男孩子，你说要去，我连半个不字都不会说。”老夫人叹息道，“你是个女孩子，你爹爹已经给你争下了这份荣耀了，你已经是郡主了，干吗还要去吃那个苦？女孩子最好的年华不过就那么短短几年的时间，错过了，你将来会不会后悔？”

卫箬衣苦笑，奶奶说得对，女孩子最好的年华匆匆而过，逝去速度之快，等你反应过来就是连尾气都抓不住了。这一点她深有体会。

“我做了一个噩梦啊。”卫箬衣柔声对祖母说道。

“什么噩梦？”老夫人蹙眉。

“我梦见我们侯府风云突变，梦到我们都没有好的下场和结局。”卫箬衣压低了声音说道，“那个梦很真实，真的叫我一身冷汗地醒来，所以奶奶，我们只躺在之前的功绩上是不够的。万一父亲……咱们府里能承继父亲武功的目前只有我了。”

老夫人的脸色略变。

“不过就是一个梦罢了，做不得数的。”老夫人心底忐忑，嘴上却是在安慰道。

卫府树大招风，她也清楚明白，所以孙女之言，对她不是没有冲击力。

“不，奶奶，万一这个梦是真的呢？”卫箬衣正色地扯住了自己奶奶的衣袖，“万一我们都没有时间去我们的主宅所在地呢？亦或者连离开燕京城的机会都没有呢？”

卫箬衣这一句话算是真正地击中老夫人的心了。

卫箬衣说的主宅所在地便是东海之滨，这孩子有了别院的掌管令符，自是有点了解卫府了。

真的会发生那样的事情吗？

便是老夫人现在也有点心底发慌。

“即便是那样，你一个女孩子，又能如何？”老夫人压制住自己纷乱的心思。车外之人是侯府侍卫之中可靠的，所以老夫人倒也不担心她们的对话外露。冯安很懂规矩，马车里面是侯府的女眷，他只是跟着并不朝前凑。

“事在人为啊。”卫箬衣压低声音说道，“若是我能闯出一片天地来，即便是有些人想要动咱们，至少也要掂量掂量吧。我不求能顶天立地地撑起侯府，至少也要让咱们侯府的人有机会和时间等事情真的发生了，能从容离开燕京城。我要的是保住咱们侯府的那一份自尊。”

老夫人的心念摇晃，就和这马车一样飘摇不定。

她活到现在，见过太多世家门阀说倒就倒。

久的不说，便是几年前的普宁侯府，不就是说倒便倒，侯府被抄，男丁被诛杀大半，剩下的流放千里,贬为贱民。女眷全数卖入教坊司。普宁侯夫人不堪屈辱,当众自尽,几个侯府的小姐没死成的,都变成了官妓了。听说还名噪一时,恩客不断,那些男人不过就是图个新鲜,去看看昔日高高在上的贵女们沦落风尘之后是一副什么样的光景。

从那以后,大梁再无普宁侯府一说。

老夫人的眉尖紧蹙。

“不过就是一个梦罢了。”她呆了良久,才缓声说道,“不要当真!”

“万一呢?”卫箬衣急道,“万一这是老天给我的预警呢?”

“这……”被卫箬衣一说,老夫人都有点慌神了,不敬鬼神的事情,她是不敢做的。

“所以奶奶,我不是只知道胡闹的。”卫箬衣见有门了,于是继续劝说道,“奶奶,咱们紫衣侯府为何现在有这种地位,不就是爹和爷爷还有咱们的先祖们拿命换来的吗?我是卫家的子女,流的也是卫家的血,如果我的梦真的是上天和祖先对我们的示警,那我必须要做点什么出来。”

“你说来说去就是想要去找你爹!想要从军是不是?”老夫人被卫箬衣说得心底发慌,不过还是低声地呵斥了她一声,“亦或者你想要去找那个五皇子殿下!”

“我是要去找我爹,是要去从军,五皇子殿下也要去找。”卫箬衣说道,“求奶奶成全!”

“想都别想!”老夫人一口就回绝了。

“奶奶!”卫箬衣的心拔凉拔凉的,她还以为自己劝说得差不多了……哪里知道兜了一大圈,还是回到了原地之中。

“你要去找你爹,你要去建功立业,可以,这是正经事,我不拦着你,但是你要去找五皇子殿下的话,我却是不让!”老夫人正色说道,“你要去也可以!除非你和我发誓,你不和五皇子殿下牵扯不清!将来不嫁入皇家!”

卫箬衣……

这和萧瑾又有什么关系啊!为何奶奶这么抵触萧瑾呢?

算了算了,先蒙混过关再说。

“好了好了,奶奶,我发誓以后我不和五皇子殿下牵扯不清,见到了我对他也是以礼相待。”卫箬衣飞快发誓,心底默默地加了一句,他和我牵扯不清就行了呗!满天神佛,见怪莫怪啊!至于嫁不嫁入皇家的话,也可以说!

“我绝不嫁入皇家!”卫箬衣正色说道。

心底默默地又加了一句,不成亲便是不嫁入皇家,至于其他的,嘿嘿,见仁见智了!

发誓这种事情,是难不倒她的。

155 重返猎场

“你可别说一套做一套才是。”老夫人斜睨了一眼卫箬衣。

其实她也明白自己的孙女是个什么心思。

谁没年轻过?

谁没有说一套做一套的时候?

只是她就是要给卫箬衣提个醒。

很多事情不是小姑娘们想的那么简单的。她极力阻止卫箬衣和萧瑾在一起,不过就是为了敲打敲打她。

有些东西不能碰。

一旦碰了,后面的路怎么走,就真的不是自己能够掌控的了的。

就如她当年一样,若非是嫁给了卫箬衣的爷爷,那就已经入宫了,等待她的人生便不会如同现在这般滋润,自己想做什么就做什么。

卫箬衣赶紧贴在老夫人的身上撒娇。“哪能呢!”

“你啊!算了算了。”老夫人十分嫌弃地将卫箬衣一把推开,“我看你也没个心思在这里。总之你誓言是发了的,所以以后不管怎么样总要掂量掂量今日的话,三思而后行明白吗?”

“知道了,奶奶。”卫箬衣的眸光一亮,“那奶奶的意思是不是我可以去寻我爹了?”

“我若是不让你去,你难道就不会自己跑了去?”老夫人横了卫箬衣一眼,“你以为我不知道你的脾气性子?”

嘿嘿,被自己奶奶给看穿了,卫箬衣不好意思地笑了笑。她赶紧讨好一样地靠在奶奶的身上,伸出自己的爪子,真的在奶奶的肩膀上挠了挠。弄得老夫人哭笑不得,这是什么动作?怎么越看越像个小狗一样的。好好的一个郡主,居然做出这种动作来,老夫人也觉得自己这孙女怕是没救了。她就这样,又怎么能受得了皇家的规矩。

卫箬衣是真的准备将奶奶送过燕京城之后就马上偷偷地溜走。

“与其你自己偷跑,倒不如让你去了。”老夫人长叹了一声。这孩子的性子,就和她爹那是一模一样,自己想着的事情,便是十匹马都拉不回来。算了算了,她要是管得多了,不免成仇。

她反对卫箬衣去找萧瑾的理由也和卫箬衣说明白了。姑娘毕竟大了,又学了她爹的本事,她一个老人家光靠说是拦不住的。况且这丫头还有个混球爹,没准这丫头真的从自己这里跑出去找他了,他知道之后还会拍手叫好。只要她明白皇家的那摊子混水不是好趟的就是了。

老夫人无奈地按了按自己略微有点发疼的脑壳。“奶奶与你说的话皆是肺腑之言，你多少也要听上一听。”

对卫箬衣这样的皮猴子也只能如此了，就如同她生的那个儿子一样。

唉，她好说歹说，儿子都自己有自己的主张。

儿子管不住，只怕这孙女也是管不住的。

孙女与儿子自是不同，儿子身为男子，吃亏也吃不了多大的，可是姑娘家吃亏了，那可就真是实打实的亏。

“我明白奶奶是对我好。”卫箬衣赶紧点头，“皇家的事情咱们能不参与尽量不参与。奶奶你也知道我的志向，我是要保卫家尊严，所以奶奶放心，我断然不会做出任何有损侯府尊严与威仪的事情。”

“算了算了，年轻人总有年轻人的想法。箬衣你有这个心思，奶奶就已经很欣慰了。”老夫人再度长叹，她拍了拍卫箬衣的肩膀，“只要你无论做什么事情都能三思而后行，能将这件事情摆在第一位好好想想，奶奶也没什么话可说的。奶奶是希望你过得平安康泰，若是前路太难，你便回来，哪怕奶奶早点将你送出燕京城也是可以的。”

老夫人说得真切，卫箬衣心底浮起了一阵莫名的感动。

这便是长辈对晚辈说的肺腑之言了。

卫箬衣快马扬鞭，重新赶回驿站的时候，锦衣卫们已经离开了，驿站里外一片空荡荡的。

她寻到了后面，闻到了一股浓重的血腥气。

顺着这股气息，她推开了一间屋子的房门，只是看了一眼，差点没当场吐出来。

里面躺着两个已经不成人形的假冒禁卫。

两个人的腿自膝盖朝下都只有骨头没有皮肉！皮肉被一片片地削下，散落在一边。森然的白骨上沾着血沫子，看起来无比瘆人。

卫箬衣打了一个寒颤，赶紧从那屋子里面退下，拉着小白快速地离开了驿站。

一直跑出去老远，她才深深地吸了一口气，吐出了郁结在心口的一口浊气。

刚刚的场景不知道是不是萧瑾的“杰作”。卫箬衣强压下心头的不适，虽然知道那些人是反叛之人，萧瑾为了获得情报，肯定是会用一些非常手段的，但是一直都记得原著之中的卫箬衣是怎么被萧瑾炮制的，如今再乍一看到这样的景象，卫箬衣的心头总是有点奇奇怪怪的感觉。

甚至身子都有点微微地发寒。

她继续策马前行，一直闷头赶路。

小白的脚程很快，将她带到了与卫庚和卫辛约定好见面的地方。

她还是来晚了，卫庚和卫辛显然已经不在这里了。

难道是被萧瑾叫走了？应该是这样的。

卫箬衣茫然了片刻之后，就再度回神。

他们之前商量过要用卫庚和卫辛假扮自己去套取叛军的信任，继而查到那些被叛军扣押的贵胄们都被关在什么地方。

萧瑾过来一定是和卫庚和卫辛说明了自己的去向了，所以卫庚和卫辛才会离开。

那她该怎么办？

卫箬衣骑着小白沿着围场外围略转了一下。她还是很小心的，怕被叛军看到，所以索性调转了方向跑去了官道。她虽然追不上萧瑾了，但是应该能截住秦少阳所带的大队人马，他们比萧瑾动作要慢上许多。

不出卫箬衣所料，等她绕到官道上之后，很快就看到了远远地行来一大队人马。

锦衣卫的大旗在天空下显得十分夺目耀眼，马蹄声传来，振聋发聩。

卫箬衣拍马迎上，还没靠近就被先头的锦衣卫给阻拦下来。“什么人！”有人高声呵斥道。

卫箬衣身穿男装，手里倒提着长刀，只身匹马。

“还请这位兄弟和你们秦指挥使通报一声，紫衣侯卫府中人在此等候多时。”卫箬衣抱拳对那呵斥他的小旗说道。

“你怎么确定你的身份？”那小旗一听是紫衣侯府中人，也不敢怠慢，高声问道。

“此玉佩乃是侯府之物，递给秦指挥使，他一看便知。”卫箬衣解下了腰间玉佩，扔了过去。

小旗将玉佩接住，马上打马去问。

不消片刻的时间，他就再度回转，身后跟着身穿深紫色飞鱼服的指挥使秦少阳。

秦少阳原本以为来的人是从围场里面突围出来的紫衣侯府众人。哪里知道打马跑近了一看，居然又是卫箬衣！

他诧异得不得了，看了看四周，便也没道明她的身份。

适才她只说自己是紫衣侯府中人，没说自己是崇安郡主，便是不想将自己的身份公布出去。

早上她去寻他，那时候知道他们对话的人少之又少。她又穿了男装，自是不会有人多疑。

“卫公子。”秦少阳抱拳。

果然能在四十岁不到的年纪当上指挥使的人都是有脑子的。卫箬衣原本还担心秦少阳一下子将她给揭穿了，如今倒是放心了。

“秦大人。”卫箬衣也抱拳，“我来助大人一臂之力。”

秦少阳顿时……

乱已经够多的了！他将卫箬衣丢给萧瑾，就是希望萧瑾能将这位小郡主给看住了，现在好玩了，萧瑾跑得没影子了，这位小郡主却是单枪匹马地跑来和他说要助他一臂之力！

这叫什么事情啊！

不过转念想想，秦少阳也就释然，就连五皇子殿下都看不住的人，他也没什么指望……

“多谢卫公子，一会打起来，还请卫公子跟随在秦某左右。”秦少阳心底叹息，表面上却是十分有礼的。他早上事多没注意，现在才一眼看到了斜挂在卫箬衣马鞍边上的一柄暗金色的长弓！

秦少阳先是一怔，随后他很想骂人了！

那不是他之前无意之中得到的那把宝弓吗？

可惜弓在手还没来得及玩上一玩，就被五皇子殿下一眼相中了，愣是缠着他下三盘棋。明明知道他棋下得不怎么样！摆明就是找个理由欺负他，要那把弓！他原本还以为是萧瑾要自己用，嘿，这小子倒是会做人情得很，转手就送给了崇安郡主了！

别开脸，秦少阳假装没看到自己的那把被萧瑾诓骗过去的长弓，心其实是在滴血的。

“好！”卫箬衣点了点头。

她现在摸不清楚萧瑾到底在什么地方，贸然自己进去未免会出危险。

卫箬衣即便没打过仗，但是也在商场厮杀良久了。她很是明白知己知彼的道理。两眼一抹黑就冲进去，无疑就是送死。

但是跟着秦少阳就不一样了。

跟着锦衣卫冲杀进去，不管怎么样，都有个基本的保障。

跟随着秦少阳，卫箬衣与锦衣卫一众人一起进入了围场的范围。

他们才踏入围场禁地，就看到有狼烟升起。

“我们被发现了！”秦少阳看着那白日之下冲天的黑色狼烟，沉声对卫箬衣说道，“卫公子，若是交战起来，不免刀剑无眼，卫公子不如就此打转回去静待消息！”

“我既然来了，就没准备走。”卫箬衣缓缓地一笑，她提了一下手里的长刀，“难道秦大人不想亲眼见识一下卫家刀法的威力吗？”

一点都不想！秦少阳一边腹诽，一边凝眸朝前看，不一会便有前面打头的小旗飞速回报。“报！大人！前面遇到暗沟和暗哨！”

这围场之中树林密布，的确不适宜大部队通行。

现在阻在他们前面的便是一条挖得又深又长的暗沟，这暗沟是依着原本从这里环绕而过的一条小溪挖的。溪水湍急，原本这么多人若是真的要趟过溪水强行朝前，并不困难，但是过了这个暗沟，前面便是一大片树林。树林里面刀枪暗动，隔着暗沟甚至能看到里面时不时有刀剑反射阳光而发出的刺眼亮光。

“先放出锦衣卫独有信号，若是陛下和卫大将军能见到便知道是我们来了！”秦少阳下令道。

“是。”不一会，便有五枚烟花一样的信号弹腾空而起，尾部拖出了五彩的长烟，即便是在白日也能看得清清楚楚，与之前叛军所放的狼烟有异曲同工之妙。

“既然来了，便不能裹足不前。”秦少阳吩咐道，“传令下去，强行渡过暗沟！”

“是！”小旗传令，大部队前行。

不消片刻就听到前面传来了一阵阵哀嚎之声。

“回大人，暗沟之中竟是插有刀片，下有绊子和捕兽夹！”传令的小旗再度跑来，人已经有点狼狈了，“咱们先头渡过暗沟的不少兄弟都着了道儿了！马匹摔倒在暗沟之中，后面的人再度涌上，场面混乱，而且密林之中有暗箭飞出，伤了我们不少人马！”

小旗之后又有一名身穿百户服饰的锦衣卫跑来。“回大人的话，前面发生踩踏！”中箭的人意图后退，后面的人再朝前涌，两厢焦急之下，不少人又摔落马下，还没等靠近密林，前方就已经折损不少了。

“大人，若是密林之中的弓箭手不除，咱们一时半会还是过不去！”百户急道。

秦少阳是北镇抚司的指挥使，平日里抓人查案可以，但是现在这种情况并非是抓人查案，而是真正的一场战斗。听了百户之言，他心底也焦急，知道强行过去必定折损更多！

“可有路能绕行？”秦少阳问道。

这里是进围场的必经之地，围场的行宫就在树林那边的山谷之中，树林之中有一条大路通过，原本这和暗沟的所在是有一张拱桥的，如今拱桥是被毁了。若是不打仗，这里的风光是极其的秀美宜人。

哪里成想，平日里看到的美景，只要利用合理也会变成暗藏杀机之所在。

所以两边并无路可绕行，不然就要爬山了！

这么多人一起爬山，不就等于挂在山壁上等着被当成靶子射吗？

几个千户面面相觑。

秦少阳先下令前面停止前行，并且后退至弓箭够不到的地方，救治伤员，再作计较！他下令将几个千户都叫了过来，还有跟在后面燕京城守备军的几个参将也一并叫了过来。

“大人，不如给我带上一百多个身手好的兄弟，杀进去，将那些放暗箭的小子全数砍了！”一名千户嚷嚷道。

“一百人你确定能够？”久不开口的卫箬衣此时沉沉地问道，“如果一百人不够，难道再来一百人，你们带了多少一百人？够不够给人当靶子的？”

“你说话怎么这么难听！”虽然听说了这黑衣小子是来自紫衣侯府的，但是此时大家心浮气躁，心气都不顺，那千户没好气地就白了卫箬衣一眼。有人暗中扯了一下他的衣袖，因为有人认出了这是崇安郡主女扮男装了。

锦衣卫的千户里面还是有不少人认得卫箬衣的，毕竟之前卫箬衣那么高调地追着萧瑾满街跑，想不认识都难！

只是她今日乍一穿上男装，英姿飒爽，与平日里燕京城见到的那个飞扬跋扈、金尊玉贵的郡主有着天壤之别，所以一时之间，他们也没敢认罢了。

“我知道大家都是锦衣卫，咱们锦衣卫自是与军队不一样，咱们最擅长的是什么？”卫箬衣也不理那人，朗声说道。

“自是抓人！”有人回了一句。

“所以你们擅长的是近战搏斗。如今人家躲在暗处射箭，咱们连靠近都靠近不了，何必要用自己不擅长的去对战别人擅长的？”卫箬衣点了点头，“盾牌带了吗？长矛带了吗？”

几个千户又你看我，我看你，他们平日里威风十足，鲜衣怒马，标准装备是飞鱼服，绣春刀，骏马还有长鞭，哪里会带什么盾牌长矛之类的东西。

“后面的燕京城守军肯定带了盾牌与长矛！”秦少阳说道。

“是，我们是带了盾牌和长矛的！”燕京城守备军的几个参将齐齐地抱拳。他们也看出来秦少阳其实并不会打仗，可是他们似乎也好不到哪里去！毕竟是守备军，又是守备燕京城的，平日里就是站站城楼的，哪里真的有机会真枪真刀地去和人干仗！这里论官职是秦少阳最大，自是他来说话，他们几个参将没有指挥的余地。遇到这种事情，他们现在能想到的也只有强攻，好像比秦少阳也好不了多少。

“那便让带了盾牌的人以盾牌为阵，一步步朝前推移！”卫箬衣说道，“你们这般瞎冲瞎撞正好中了他们的计策了，他们就希望你们如同愣头青一样地冲杀，你们冲得越快死得越多!”

卫箬衣说的话虽然不太好听,但是道理是这个道理。

秦少阳不得不点了点头。

他出身靖国公府,无奈没机会上战场,太平日子过多了,这猛地一来,竟是将之前学的兵书都给忘记了。

倒叫一个紫衣侯府的小郡主给教训了,实在是有点丢面子。

“那暗沟有多深?多宽?”卫箬衣问道。

“深度并不是很深,只是水流很快,而且那些刀片什么的是插在河床上的,陷阱也是下在河水里面的,在对岸也有木桩倒刺,防止战马越过。”从前面回来的一个千户说道,“我们已经有不少马匹和兄弟倒在这个暗沟里面了。”

“若是盾牌阻挡在前,渡过暗沟的机会能有多少?”卫箬衣问道。

“只要有东西遮挡,应该是不怎么难!”有千户沉思了一下说道,“毕竟前面的陷阱已经被我们的人踩了不少,如今阻挡咱们的便是暗沟对面的那一排木桩倒刺了!”

156 卫家长刀再度显露神威

“木桩倒刺什么的就交给我了。”卫箬衣紧了紧衣袖说道。

秦少阳大惊。

“卫公子，你不可……”秦少阳才劝说了一句，就被卫箬衣一眼瞪了过来，他后面要说的话便不自觉地吞回了肚子里面去了。

他久在高位，可以说平日里就是一个眼神都有人惧怕不已，但是就在刚才，他竟是被卫箬衣的眼神看得有点心悸。

崇安郡主气场之强大，便是他这做了好久指挥使的人，也深感压力。

“都来了这里，没有什么可与不可！”卫箬衣缓声说道，“不然我来干什么？观光吗？”

秦少阳蹙眉，这丫头当真是得理不饶人，不知道天高地厚吗？

实在是棘手得很，虽然说她的建议是不错，有盾牌阵阻挡在前，后面的确是可以过了暗沟了。可是举着盾牌又怎么能再有空去搬掉那些木桩倒刺？

“弓箭手可有？”卫箬衣朗声问道。

“有。”人群里站出了一名身穿千户服饰的人，“卑职乃是南镇抚司千户。我们南镇抚司带了大量弓箭手。”南镇抚司是陛下私军，与北镇抚司不一样，北镇抚司负责断案抓人，南镇抚司其实与守备军有点像了，只是他们都是骑兵，弓马是不可少的，盾牌长矛却是不装配。

“好。你带上你的弓箭手就跟在盾牌阵之后。”卫箬衣说道，“一旦到了对岸，由盾牌阵阻挡，你们给我狠狠地将箭都射向密林之中，不管看不看得到密林中人，我只要片刻你们将对面的弓箭手全数压制住就好！我会利用这一会的时间去拆除掉一块木桩倒刺出来，后面的便要看刚刚放话的那位千户了。”卫箬衣说完后将目光瞥向了刚刚放话出来要带着一帮兄弟冲进去杀他们弓箭手的千户大人。

“只要你能拆除暗桩，我便能用最快的速度到达对面密林。”那千户傲然对卫箬衣说道，“近身格斗、拿人是我们的强项了。”

“好！那咱们就这样配合。”卫箬衣笑了起来，也不责怪他的傲慢，“只希望你的本事能与你的言辞一样犀利！”

“你就瞧好吧！”那千户哼了一声，“你一个人如何能拆那些暗桩倒刺？”

“那是我的事情，与你无关，大家各自做好各自的事情就是了！”卫箬衣笑道。

“口气不小！小子你叫什么名字？”那千户问道。

他才问完，就又有人暗中地拽他的衣袖。“谁啊！总拽老子衣袖做什么！”他气道。

“闭嘴！”秦少阳黑着脸，低声呵斥了一声，那千户这才赶紧垂下头去。

"秦大人,您看这样安排可好?"卫箬衣这才抱拳对秦少阳说道。

秦少阳在心底直翻白眼,心道这丫头都已经安排好了,现在才想起来问他可好!唉,这女娃子怎么和她那爹一个模样!算了算了,也算是给他留了面子了。

"好,就按照卫公子所言。"秦少阳只能点了点头,目前的确是找不到比卫箬衣刚才的想法更好的法子了!

不过成功与否的关键就在于卫箬衣能不能在瞬息之中拆除掉一块木桩倒刺出来,让隐匿在盾牌阵后面的锦衣卫快速地通过。

这丫头真的能行?

秦少阳原本是想质疑,不过想了想,他也就作罢了。"我与卫公子一起去。"

"您要坐镇指挥!"卫箬衣朝着秦少阳一抱拳,"还是我去吧。"

秦少阳……都已经被你指挥完了好不好!

"一起去,有个照应!"秦少阳说道,这位可是崇安郡主啊,要是看着情况不妙,他就是拽也要将人拽回来!

见秦少阳这么说,卫箬衣也就不坚持什么了,点了点头。"好!"

按照卫箬衣的部署,很快就将跟在锦衣卫马队后面的燕京城守备军给提了上来,盾牌和长矛一应俱全。

他们虽然没真正地上过战场,但是平日里还是操练过的,对盾牌阵十分的熟悉,三个人一组交替,两块盾牌在下,一块在上,呈品字形拍列成一组,再连成一片,不消片刻,便有一长排的盾牌阵被组合起来。

盾牌阵稳稳地朝前推移,后面跟着的是南镇抚司的弓箭手,刚刚说话的南镇抚司千户亲自带队,在他们的后面便是牵着马紧跟着的北镇抚司马队。

当然不可能只有一百人,卫箬衣让最先冲出去的锦衣卫一人也带一块盾牌,毕竟从暗沟到密林还有一小段距离,能将伤亡降到最低那是最好的!

卫箬衣提刀步行,小白就跟在她的身边寸步不离。

大家按照卫箬衣的方法朝前推进,果然在进入河对岸的射程之后,箭矢袭来,都被品字形的盾牌阵稳稳地阻挡在外,只有零星的羽箭飞入,也被后面的人用刀剑劈开。有盾牌手被射中,很快就有人替换上去,将受伤的人换下来。

如前面的千户所说,暗沟里面大部分的陷阱都已经被之前强行过小溪的锦衣卫马队给踩了,小溪里有不少锦衣卫和战马的尸体,才下过大雨,溪水的确是湍急,但是大家一起走,盾牌又组合起来,简直就是一堵移动的长城一般稳固。

有人不小心踩到陷阱,后面马上就有人将他扶住,再度替换,如此生生不息,这样的暗沟愣是没将盾牌阵给冲散了。

盾牌阵到了木桩倒刺之前。

卫箬衣大喊了一声:"放箭!"她一声令下,隐匿在盾牌之后的弓箭手,早就已经箭在弦上,箭矢斜上,呈一定角度,盾牌阵最上一层盾牌快速地撤离。刷的一声,箭矢从弓弦飞出,如同流星箭雨一般落入了密林之中。

这些南镇抚司的锦衣卫最擅长骑射,角度算得很好,箭雨铺天盖地,顿时将对面的羽箭给吞没了。

与此同时,卫箬衣翻身上了小白,大喊了一声:"冲!"小白扬起了四蹄,竟是原地起跳,带着卫箬衣直接越过了有成年男子肩膀那么高的盾牌墙,稳稳地落在了一排木桩倒刺之前。

卫箬衣力沉长刀,以长刀的刀柄为撬杆,长刀尖端深深地斜插入了一根横着的倒刺之下的泥地之中。

“起!”随着她一声大喝,双臂用力,那被打入地下的木桩倒刺竟是被她连泥带土一并给撬了起来。

秦少阳本是要跟着卫箬衣一起的,不过他哪里知道小白的那匹马居然快如闪电一般。

卫箬衣黑衣白马的已经跃出了人墙,电光火石之间就撬起了一整长条的倒刺出来。倒刺木桩在空中翻滚,卫箬衣用力一蹬,人从小白的身上跃起,长刀横扫,用出了一招卫家刀法,直接在空中将翻滚着的木桩拍向了密林的方向。

卫箬衣身姿宛若蛟龙腾空,看得后面的人热血沸腾,南镇抚司的那位千户激动得差点都要将嗓子给喊破了。“再放箭! 务必掩护好卫公子!”

箭矢再度如雨一样铺天盖地地射出,卫箬衣已经重新落回马背,这才回过神来的秦少阳也跃马而出,横枪替卫箬衣挡落了不少射过来的暗箭。

“还等什么?”他朝身后吼道。

“是!”就在卫箬衣依葫芦画瓢地挑起第二块长木桩的时候,之前夸下海口的那位北镇抚司的千户大人一声大吼,带着他的人跃马而出。

手持盾牌,急如闪电一般从被卫箬衣用长刀挑开的豁口处冲了出去。

锦衣卫北镇抚司的马都是好马,速度奇快,这一下冲进去之后,密林里面便如同炸了锅一样。

卫箬衣又挑开了一大块木桩,后面的锦衣卫跟着呐喊着杀入了密林深处。

秦少阳手提长枪,对卫箬衣一抱拳。“佩服!”崇安郡主的神力他今日算是见识了! 他自问自己是没有那么大的力道能挑飞扎入泥土之中的暗桩! 他飞快地说道,说完之后,他便也跃马横枪的冲入了密林之中,加入了战圈。

反倒是卫箬衣现在有点闲空了下来。

她见大批锦衣卫从她的身后源源不绝地冲杀过去,她反而不着急了。

现在她才感觉自己双臂隐隐地发麻、发酸,不好了! 卫箬衣窘了,她刚刚肾上腺素冲击,力气多大她自己都没个数,现在好像有点脱力的感觉了。

悲摧!

卫箬衣低叹了一声,只希望能赶紧恢复才好。

所以她也不着急,而是骑着小白在后面等候着。

密林之战约莫持续了半个时辰的时间,以锦衣卫和守备军的大获全胜而告终。

才一出征,就打了一个胜仗,大家的脸上都一扫刚刚受阻时候的颓废之色,一个个都变得士气高昂了起来。

等全数将人杀的杀,抓的抓,大家这才簇拥着卫箬衣通过了密林。

密林过后便是一大片山谷开阔之地,行宫的建筑就在山谷之中,亭台楼阁,连成了一片。

“这行宫怕是被人占了!”秦少阳骑在马上从山坡上看了下去,蹙眉道,“若是陛下和卫大将军在行宫的话,刚刚咱们在密林打斗,他们不可能不出来支援咱们!”

157 怎么会是你？

“咱们当务之急便是找到陛下和卫大将军。”卫箬衣差点就将我爹给说出口了，还好及时地改口称卫大将军。

“可惜不知道陛下所在何处！”秦少阳发愁地说道，“适才不是有俘虏，赶紧去问问，陛下和卫大将军现在的位置！”秦少阳对自己的手下说道。

刚才他想别的事情去了，却是将这些锦衣卫的老本行给忘记了。好在还没老糊涂！秦少阳说完之后暗自擦汗。

有锦衣卫千户跃跃欲试地去了。

没过多久便有哀嚎之声隐隐传来。

秦少阳神色自若，不过他还是暗中瞥了卫箬衣一眼，见这位小郡主的表情淡定从容，心底也不由更是佩服起来。

多少人都见不得锦衣卫刑讯，便是听上几声都会吓得脸色苍白。

今日他算是见识了一下这位在燕京城鼎鼎大名的郡主真正的风采了。

他瞥见了被她挂在那匹白马马鞍后面的暗金色长弓，心底长叹，倒也没辱没了那把得来不易的宝弓。

若是说乍一看到这把弓挂在卫箬衣这里，他还在心底十分疼惜好东西被糟蹋了，现在他却有了一种宝刀赠英雄的惺惺相惜之感。

约莫一炷香的时间，有人跑过来禀告。“回大人，有人忍不住招了，陛下和卫大将军是被围困在回马涧的位置。”

“拿地图来！”秦少阳赶紧说道。

围场的地图铺开，秦少阳和卫箬衣一起低头去找回马涧的位置。

“在这里！”秦少阳率先找到，一指地图上标注的位置。

卫箬衣深觉地图画得有点萌萌哒。古代的地图着实有点卡哇伊的感觉。没有现代地图那么清楚明白，不过却是将周边的地形都画了出来。

“这回马涧是在两山中间？”卫箬衣低头研究了一下，随后问道。

“是！”秦少阳点头。

卫箬衣自是和卫燕学了看地图，不过每次看到古代地图都有一种在看卡通片的滑稽感。

自家老爹是会找地方，这里与刚才的密林和暗沟有着异曲同工之妙，皆是只有一条路可以进出。回马涧，顾名思义，应该是马到了那边都会打转回头，显然是易守难攻的地方。

卫箬衣默默地记下了，学着点，将来肯定会用到的。

兵书熟读是一方面，实战经验就是另外一方面了。

自己家老爹显然是身经百战之人，所以才会选定了这么一块地方出来。

从行宫的位置到回马涧，居然要翻过一座山头！

卫箬衣就有点窘了。

既然老爹和陛下被困回马涧，那回马涧前应该是有大批叛军的！

"这行宫大概是空着的。不过为了安全起见咱们还是绕过去，免得有不必要的牺牲。"卫箬衣研究了一下地图之后说道。

"有道理。"秦少阳点了点头。回马涧离这里很远，要走过这个谷地，然后再翻过对面的山头，行宫占地面积很大，最快走过谷地的道路便是穿过行宫的中轴线。既然大家都不确定行宫里面有什么，这种时候还是不要贸然去冒险。秦少阳放出斥候前去探路，又找人问了俘虏到底哪里有伏兵。

俘虏们也支支吾吾说不清楚，秦少阳便知道他们只是被派驻在这里阻击他们的，具体是个什么部署，他们也不会知道。

再问他们是谁的部下，听从谁的指挥，他们都一口咬定是东川王府的。

"不知道五皇子殿下现在在何处？"卫箬衣和秦少阳一致决定绕过行宫，爬山前行，她与秦少阳比肩而行，低声对秦少阳说道。

之前在来路上，卫箬衣已经和秦少阳说了萧瑾去干什么了。

"放心吧，以皇子殿下的机敏程度，应该不会有事。"秦少阳说道。

"陛下被困回马涧，多半的原因便是叛军手里有女眷作为要挟。"卫箬衣叹息道。"即便是我们到了，与陛下里应外合，难道真的不管那些人的死活了吗？"

秦少阳被问得不知道该回点什么。

他也只能长长地叹息一声。

每逢叛乱，最无辜，也是最倒霉的便是手无缚鸡之力的妇孺。

密室之中，一名身穿黑袍的男子长身而立，他的墨发用一根黑色的发带束着自然地在脑后垂落，他的脸上半扣着一张装饰华丽的黑色面具，仅仅露出了形状优美的下颌和两片略显得浅淡的唇。被黑色闪金面具衬着，更显得他肤白如玉，略带着一股子病态的苍白。

"主人！有人抓住了崇安郡主了！"有人敲开了密室的门，"正朝咱们这里送来。"

"什么？"原本隐秘在面具之后波澜不惊的眼眸有了片刻的暗潮，他回过身来，"人已经送到了？"

"是！"

"带我去看看！"那黑衣男子急声说道，与他平日里的寡淡与从容显然有了一些不同。

他朝前走了几步，随后停住，拿起了桌子上放着的半挂黑巾，蒙在了黑色的面具上，至此，他用黑巾将自己露在面具之外的下颌与唇也都挡了起来。

从密室走出，经过一个暗道，逐步朝上，随着一道暗门的打开，外面的光从暗门之外映了进来。光有点刺眼，黑衣男子不由稍稍地眯了一下自己的眼睛。

走出暗门，便是行宫的一隅，一排不起眼的宫舍掩在苍绿之中。那暗门便是隐藏在凉亭之下的。

几个禁军模样的人押着一名身穿男子服饰的窈窕女子，女子的眼睛上蒙着一条黑巾，发丝散乱，将她的脸遮盖住了大半。

黑袍男子一抬手，马上有人会意，去拨开了遮挡在姑娘腮边的乱发，露出了一张艳丽的面容。

真的是她！难怪整个围场遍寻不着她，原来她换了男子的装束。

黑袍男子藏匿在黑巾之下的唇微微翘起、缓缓开口，他的声音沙哑，如同被沙砾打磨过一般。

“崇安郡主，肚子可饿？”

卫庚微微一怔，他虽然看不到，但是也感觉到自己面前是站了人了，而且是个身居高位的人。

他摇了摇头。

他易容术再怎么像郡主，但是这声音却是怎么也都变不像，糊弄糊弄那些小喽啰可以，但是卫庚直觉上站在眼前的这个人怕是不好糊弄的。

他们这一路过来，但凡抓住一个人都要一口咬定是大皇子叛乱。如果眼前的人与郡主相识，那他这骗了一路过来岂不是要前功尽弃了。

黑袍男子再度抬手，马上就有人去揭开了挡在卫庚面前的黑布。卫庚回了一下神，这才看清楚了站在他面前的黑衣人。

身量很高，几乎与他没用缩骨术的时候一样，甚至还要高点，一袭黑袍简单地穿在身上，却是愣被穿出了几分华丽的感觉。他的身上自然地散发出一种与生俱来的贵气，旁人可能感觉不到，但是身为暗卫的卫庚却是感觉得到。他们这些暗卫对于这种东西是最最敏感的。

因为他们最擅长的便是收敛自己的气息，或者是去模仿别人的气息。

感觉到那黑衣人朝他伸出了手，卫庚心底一惊，下意识地偏头躲闪，白玉一样的手修长秀气，指节分明，卫庚只是瞥了一眼便觉得这人保养得甚好。如他们这样的暗卫是万万不会拥有这样一双手的。

“你……”就在卫庚闪避的那一瞬间，黑衣人掩在面具下的眼眸微微地一缩，那抹含在唇角的笑容顿时凝住，他沙砾摩擦一样的声音再度响起，虽然只说了一个字，便已经是带着疑问了。

那手骤然停在空中，随后手飞快地朝卫庚的脸颊边再度探去，适才他是想抬手去轻抚一下卫箬衣的面颊，而现在却是下手去抓她的颈项。

撕拉一下，卫庚脖子边的衣服被扯开，露出了喉结。

他再怎么假装惟妙惟肖，这种东西是掩盖不住的。

“杀无赦！”几乎是从牙缝里面挤出了几个字，那黑衣男子目露凶光。

与此同时，远处的天边腾空而起了几道五彩长烟，“锦衣卫！”黑袍男子几乎是在瞬间蹙眉脱口而出。

趁着他的注意力被那几道五彩长烟吸引过去，几个站在卫庚身后假扮成禁卫的人快速出手袭向了那黑袍男子。

黑袍男子身形急掠，反应快如闪电。

他身后的男子急急闪身朝前，一前一后，两个人已经换了位置。

“你便是幕后之人吧!”萧瑾冷冷一笑,“束手就擒,少吃点苦!”他的手中剑光一闪,直奔那黑袍男子而去。

黑袍男子掩在面具下的面容亦在冷笑。他竟然毫不畏惧地迎着萧瑾而来,哪里知道卫庚顿时身形暴涨,从适才的娇小玲珑恢复了原本的身材,他武功很高,与萧瑾联手,只是两三招便将那黑袍男子制服。

黑袍男子显然没想到萧瑾身边居然还有一个武功这么高的人,倒是大意了。

萧瑾一把掀开了黑袍男子的面纱,露出了一张他熟悉无比的面容。“子雅堂兄?”萧瑾有了片刻的呆愣,失声叫道。那拢在面纱下面的面容赫然是属于萧子雅的。

萧瑾的目光移到了他的双腿之上,萧子雅素来都是依靠着轮椅度日,今日他竟然能站起来了。“你便是这幕后之人?”

“落入你手,可没什么好说的。”萧子雅的脸色虽然灰白,但是神情却是依然不见慌张,“阿瑾,我这么做是要报仇,你若有心,便帮我照顾好玉儿吧。”

报仇?

萧瑾显然有点回不过神来。

“你以为我的腿好好的是怎么忽然瘫痪的?”萧子雅咬牙道,“便是你的好父皇忌惮藩王势力,所以才对藩王之首的拱北王府下手。我废了,再趁机打压拱北王府,让拱北王府这么多年来都一蹶不振。”

“那日被灭门的前太医一家是不是与你有关?”萧瑾沉声问道。

之前他查过这个案子,那大夫一家的老者正是从宫里休辞回家的老太医。萧瑾在翻阅典籍的时候发现,他恰巧是当初萧子雅腿伤之后专门派去医治萧子雅的太医。

今日萧子雅的双腿忽然能站起来,萧瑾自然而然地便想起了那一桩案子。

“不错!”萧子雅淡淡地一笑,“都已经到这种地步了,我也不怕和你说了。他替我治好了双腿,你看你父皇的毒也不是完全无解药的。”

“那五石散的配方是不是他弄出来的?”萧瑾蹙眉厉声问道。

五石散的配方早就失传了,若非浸淫医术多年的杏林高手,谁能再度将五石散的配方重新编译出来?

“是!”萧子雅点了点头。“原本我想垄断五石散的,可惜他不守信用,将那五石散的配方又卖给了萧晋安。”

“所以你才杀了他全家灭口?”萧瑾蹙眉问道。

“背叛我之人,我留他何用,何况他还用我腿疾已经痊愈的事情要挟我!”萧子雅素来淡雅的眼底流过了一丝狠绝,“这种人,我留他何用?”

“那兽群之事与这猎场之事皆是你一人所为?”萧瑾再度问道。

“你也太高看我了。”萧子雅哈哈地一笑,“你忘记我拱北王府的实力已经被你们削弱了吗?这围场的守卫可不是我替换掉的,至于谁有这个能耐,相信你心底已经很清楚了!”

“那当初调虎离山,用肚兜之事将燕京城守卫调集起来,却一把火烧了鸿文馆的可是你?你是不是偷了火炮制造图?”萧瑾咬牙问道。

“哦,这事情?可不是我亲手做的。我只是和萧晋安说了有那么一个东西便是了。”

萧子雅笑道,“你的四皇兄居然连这种龌龊的点子都想得出来!”

“我还有最后一个问题。”萧瑾沉思了片刻说道。

“你问吧。我都已经被你抓住了,便没想过还有什么善终。阿瑾,念在你与我一起长大的份上,也看在你是看着小玉儿成长的份上,我今日与你和盘托出,便是想替小玉儿再搏个一线生机。你可明白?”萧子雅压低了声音,郑重地说道。

“我明白。”

“那你问吧。”

“你适才兴冲冲地出来,是不是因为你将他错认成了卫箬衣?”萧瑾缓声说道。

萧子雅微微地一怔,随后清雅的脸上露出了几分自嘲的笑意,“是啊,我痴心妄想了,也疏忽大意了。我命人到处找卫箬衣,便是不想让她落入萧晋安的手中。落在我的手里,我或许可以保住她的安全,但是落在萧晋安的手中,那便难说了。”

“我明白了,子雅大哥,我只是没想到与你兄弟一场,却落到如此的地步!”萧瑾淡淡地摇了摇头,“你们先将他看押住了。我们突围出去。”

这行宫之中可是埋伏了不少人,大家不敢掉以轻心,都打起了十二分的精神朝外冲。

正在绕行行宫意图朝回马涧进发的秦少阳忽然接到报告。“回大人,前面发现一小队咱们自己人!是副指挥使大人带着陈千户、花千户。从行宫之中突围而出。”

秦少阳和卫箬衣几乎同时一怔,两个人相互对看了一眼,同时提马上前。“赶紧带路!”秦少阳说道。

他与卫箬衣骑马奔至前面小旗所指的位置,果然在行宫的边缘见到了匆忙行来的一小队身穿禁卫和锦衣卫服饰的人。

打头的那位貌不惊人,身穿黑色禁卫制服,等走了近了,他将脸上的面具扯下,露出了原本的容颜,修眉长目,容颜姝丽清正。

萧瑾一眼就看到了骑在白马上的卫箬衣,那样的英姿飒爽,黑衣白马,虽只是这两种极端而单调的颜色,却似乎已经占尽了他眼前所有的光亮与色彩一般。

狂喜之后便是狂怒,她不是被她的奶奶带走了吗?老夫人那般排斥自己,不准许她再度来围场涉险,她怎么就这么不听话,还是跑来了。只是须臾,萧瑾已经算定了卫箬衣是背着家里人偷跑出来的。他虽然心底有点甜甜的,但是总体上还是很生气!她这般任性妄为,可曾想过若是出事了怎么办?

好在她寻到了秦大人,与大部队一起,总算还有点脑子,若是单枪匹马一个人的话,万一落入刚刚那黑衣人的手里,只怕别说那人是拿她来要挟卫毅了,即便是来要挟他,要了他的命去换卫箬衣,他都肯换的。

这丫头实在是胆子大得没边了!

原本乍见萧瑾的一脸喜色在卫箬衣注意到他眼底蕴着的怒气之后就骤然消失了。卫箬衣顿时缩了一下头,她的乖乖,这才分别多久?怎么萧大爷又是怒气一片的样子。她惹他了吗?

“见过指挥使大人!”萧瑾狠狠瞪了卫箬衣一眼,利落地朝秦少阳抱拳行礼。

“副指挥使大人不必多礼!那行宫之中可有什么不妥?”秦少阳得了消息,他们是一路从行宫之中冲杀出来的,他派出的斥候全都看到了,还接应了一把。

"行宫之中藏有乱军的一部分。"萧瑾飞快说道,"还请指挥使大人再调派些人手给属下,属下觉得那些女眷很可能就困在行宫之中。"

卫箬衣朝萧瑾的身后看去,一眼就看到了卫庚顶着一张自己的脸颊站在人群里面。他和卫辛还没来得及去将脸上的易容去除。不过他们两个都是暗卫,最最擅长的便是在人群里面藏匿自己,即便是容光出众,他们也有本事在一群人里面让自己变得毫不起眼。

不过骤然看到一张自己的脸生在一个五大三粗的老爷们身上,卫箬衣觉得自己的心情还是很幻灭的!很想捂脸怎么办?

"秦大人,我和副指挥使大人一起去查。"卫箬衣赶紧自告奋勇道,"只要指挥使大人留下联络官与我们一道,随时便可以掌控我们这边的情况了。"

秦少阳眉心微微一动,这位小郡主有萧瑾看着也好。于是他几乎是不假思索地点了点头。即便刚刚崇安郡主大显身手了一番,但是在秦少阳看来,崇安郡主还是一个大大的烫手山芋,她身份娇贵,一旦在自己的身边出事那后果简直不堪设想,丢给萧瑾最好不过了。

秦少阳又点拨了一千人交给萧瑾,这才带着人马继续朝回马涧前行。

良久,萧瑾才先叹了一口气。"你没受伤吧。"他没话找话说,卫箬衣的样子压根就是一点伤都没有的,她又是和秦少阳在一起的,怎么会受伤。萧瑾不知道刚刚在密林之前卫箬衣已经一马当先冲了出去,显露了一番神威。

要是知道了,只怕现在连要掐死卫箬衣的心思都有了。

"我能有什么事情?"卫箬衣道。

萧瑾粗略地将刚才遇到萧子雅的事情和卫箬衣说了一下,卫箬衣顿时惊得下巴都快要掉下来了。

她仔细想了想,倒是想明白了之前她总觉得有点奇怪的事情。

"你可记得当初我父亲与你从宫里出来,子雅大哥的车坏在了半路上,恰巧被我遇到。我还说怎么会这么巧……如今看来他都是有预谋的!"卫箬衣捂唇道。

"应是如此。"萧瑾神色凝重地点了点头,"咱们别浪费时间了,如今看来这叛乱之人必是萧晋安无疑了。"

"糟糕了。我那个白痴二妹好像和拱北王妃走得很近!"卫箬衣被萧瑾这么一提醒,顿时拍了一把自己的大腿,叫道,"若是他们用我那白痴二妹的命去要挟我父亲……赶紧赶紧,咱们动作快点!"

158 人质

正因为看到了锦衣卫放出的五彩烟雾的信号,所以叛军才抓紧时间作最后一次攻坚,这也算是垂死挣扎了。

叛军虽然控制了驿站,斩断了围场与燕京城之中的联系,但是萧瑾他们将驿站夺回,让锦衣卫大队人马赶来的消息不能及时被送达到围场之中。

原本叛军是将围场围得如同铁桶一样,又占了驿站,所以从围场到燕京城,所有的消息都已经被他们掌控在手中。

卫家老夫人被拐骗到驿站的时候,驿站已经朝着围场方向放出了消息。围场叛军一片欢欣鼓舞,只等卫家的老夫人一到,他们就在阵前将老夫人和卫兰衣推出去,看看卫毅那个王八蛋还怎么死守回马涧。

只要卫毅倒戈,陛下一死,叛军便算是大获全胜了。再加上一群女眷在手,也容不得里面的那些老顽固们不弯腰,到时候拥立新主,改朝换代,都不是什么困难的事情。

哪里知道老夫人这里就生了变故,她在驿站忽然发难,成功逃离,驿站之中的叛军报喜的消息都发出去了,却又被老夫人给跑了,他们也只能先行抓住老夫人,送来围场再作计较。好在萧瑾派出来的冯安找得及时,及时地将困境之中的老夫人给解救出来,同时还将驿站和假冒的禁军一个不留,全数抓住,让他们连消息都没来得及传回去。

叛军这一等老夫人,便已经是耽搁了时间,直到看到了锦衣卫大批人马忽然出现在围场之外,这才顿觉大事不妙,制肘卫毅的人没等来,却等来了那些给他们敲丧命钟的人。围场之中狼烟大作,叛军集合,于是就有了这么一次猛烈的攻击。

在进入围场前面的暗沟和密林阻击锦衣卫人马的那些人也是尽力了的。

暗沟做得很好,木桩倒刺也能有效地阻止马队前行,可是哪里知道卫箬衣这个大BUG在,原本他们以为凭借着这里的埋伏能将锦衣卫困上好一阵子的,却是被卫箬衣的力大无穷给轻松破除掉了。

还有什么障碍能在卫箬衣那种开了挂的怪力面前是有效的?若非是卫箬衣用力拔山兮的力道将那些暗桩拔出,锦衣卫到现在估计还坑在暗沟之中,密林之前。唯有靠前面人不断的堆积尸体,后面的人才能一寸寸地朝前挪进。

果然如同萧瑾所料那般,这行宫里面已经没什么人了。

陈一凡和花锦堂只是遇到了零星的抵抗,之前袭击他们的黑衣人已经全数不见了踪迹,如今抵抗他们的便是那些穿着禁军服饰的叛乱之人。

花锦堂和陈一凡特地找人去搜了那个凉亭,打开了亭子地下的暗门,露出了一条长长的通道。

他们小心翼翼地下去，找到了一个密室，里面关押了大部分的女眷，惊恐地聚在一起。

他留下陈一凡和花锦堂继续搜寻和看押萧子雅，自己则翻身上马，与卫箬衣一起前往回马涧。

“饿死了！”一路上卫箬衣都有气无力的，她面有菜色，可怜巴巴地看着萧瑾。她刚刚用了很大很大的力气，手臂都有了片刻的脱力，现在脱力的症状是好了许多，但是饥饿感袭来，饿得她整个人都有点发慌。

“再忍忍！”深知她毛病的萧瑾不由心底发软，可是他并不知道卫箬衣要来，自是没准备什么吃的东西。

他也知道这丫头能吃得很，随后他马上蹙眉。“你刚刚干什么了？”

“也没干什么啊？”卫箬衣将自己刚刚的经历讲述了一遍，随后成功地发现萧瑾的脸色又黑了。

“别骂我！”卫箬衣一缩头，“情况紧急啊，我不出去，谁能挑得动那些东西？你希望看着你的兄弟们死于非命啊。”

萧瑾……她倒是油滑得很，一句话说得他也没什么可数落她的了。

翻过山头，便看到下面的战场厮杀。

有了锦衣卫的加入，回马涧之中的皇家御林军一改之前的风格，从回马涧的山谷之中冲杀了出来，一马当先的就是挥舞着卫家长刀的卫毅，卫大将军。

“我爹！我爹！”卫箬衣在马上看得分明。

自己的老爹金铠金甲，宛若天神下凡一样，一柄长刀在手，抡得人眼花缭乱。

“小白，我们上！”卫箬衣顿时热血沸腾，也顾不得自己饿得要死要死的，催动了小白，直接就从山坡上冲了下去。

萧瑾……无力地扶额，真是拦都拦不住，刚刚还叫她小心，莫要冲动呢！

无奈之中，他也只能催马前行，小心地护在卫箬衣的身侧。

卫毅素来在军中威望甚高，他这一冲出来，便如同一针强心剂打下去一样。不论是羽林卫还是锦衣卫都是士气大震。他这边才砍翻了几个人，就见一匹白马远远地朝他冲过来，这马有点眼熟？再定睛一看，马上一名身穿黑色男装的人一路斩杀过来，勇不可挡。

卫毅不由哈哈地一笑。“我家宝贝闺女来了！可是比你那儿子有用？”他朝着身边一名身穿银色铠甲的中年男子笑道。

谢园抬眸，不由哼了一声，举手也砍下了一名叛军。“老子这么多年不打架，现在打架也不弱！”他不屑地说道，“老子的儿子修的是文，又不是武！你有本事叫你闺女作首诗来看看！”

“你那三脚猫的功夫，连我闺女衣服角都比不上！作诗是吧？我还有个状元儿子，你服不服？”卫毅不屑地说道，“要不是我处处护着你，你一把老骨头还能在我这里嘚瑟？”

谢园……真的是不想和他说话，明明是并肩作战，非要被他说成是被他护着！烦躁！

谢园一肚子气，只能拿叛军来出，手里长枪一抡，就听到嘎嘣一声，不好了！谢园顿时脸如便秘，他的老腰啊！

他偷眼看了一下杀得起劲的卫毅，咬牙忍住了，断然不能被那个老不死的看了笑话！

“爹！谢叔叔！”卫箬衣已经冲了过来，眼见谢园有点身子摇晃马上横刀替他解了围。

她一脸的诧异，别说，平日里人五人六的谢大学士，穿上铠甲还真有点英气勃勃的样子。

“看吧！我闺女比你厉害！”卫毅哈哈大笑了起来。

谢园……你大爷的！他就是太斯文！所以没好意思骂出来！

谢园瞥见一人快速靠拢过来。“五皇子殿下！”他朗声叫道。

“卫侯爷，谢大学士！”跟随卫箬衣身后的萧瑾飞马而至，他的马不如小白快，所以晚了这一会儿的时间。

“五皇子殿下好！”卫毅不由看了自己女儿一眼，见她神色自若，他也就再没说什么。

卫家两把长刀合在一处，简直便是一道坚不可摧的防线，带着摧枯拉朽的气势一路朝前。

谢园跟在卫毅和卫箬衣的身后，心底大叹，有些事情也不是光嘴硬就能顶回去的。卫家这父女俩的确有万钧不可抵之勇！卫毅那臭小子也就算了，戎马一辈子了，卫箬衣横空出世，真是闪亮到让人能忘记她的性别。

便是萧瑾都兴奋异常！他家的箬衣简直太帅了！那挥舞长刀的背影潇洒恣意，带着一股子抑制不住的飞扬气质。

叛军将领一看这种情形，也明白大势已去。

他们催动战马，战旗指挥朝山谷的一隅汇集收拢。

山谷那边有一条小路连接围场更深之处。

叛军快速地通过了山谷的那条小路。

秦少阳和卫毅很快就兵合一处，刚要追击进入小路，却在路口被卫毅给阻拦住了。

“小心有诈！”卫毅朗声对秦少阳说道。

卫毅身经百战，各种地形利用得是绝对透彻。他们被困回马涧几日，叛军有的是时间在这些山谷通道之中动下手脚。

卫毅刚要派人去探查，就见一群蒙面黑衣人从山谷那边冒了出来。他们手持弓箭，走到山谷边就不再往前。

“你们区区这点人就想阻拦住我们？”卫毅冷哼道。

卫毅刚要抬手下令放箭，却见那些黑衣人朝两边闪开，随后几名身穿华服的贵妇人以及贵女被从里面推了出来。

只是现在她们哪里还有半点往昔的风采，一个个都狼狈不堪，发丝缭乱。她们的手皆被反捆在身后，一个个被推出来之后都站立不稳，扑倒在地。

“慢！”卫毅赶紧下令手下停止放箭。

“你要如何？”卫毅沉声说道。

“看看这是谁？”其中一名黑衣人上前，抓起了一个瘫软在地上的女子，揪着她的长发，强迫她将脸露了出来。

卫箬衣眼尖，一眼就看到了那个被抓住的姑娘是何人。

她虽然痛苦得眼眉都纠结到了一处，连半点往日的风采都没有，但是那眼眉分明就是卫兰衣啊！

“是兰衣！”卫箬衣紧张地一提缰绳，小白感受到了主人的心情，原地骚动地细细踢着自己的蹄子。还是卫毅一抬手，敛下了眼眉。“莫慌！”他沉声说道。

卫箬衣的神色一凛。

虽然卫兰衣与她素来不和，她刚刚来的时候，卫兰衣也没少对她使坏，但是人民内部矛盾归人民内部解决，同样是姓卫的，自是轮不到外人来欺负！

她转眸看向了卫毅。

他已经收掉了之前的笑容，神色凛然严峻。

“你们待如何？”他手里马鞭一指，朗声说道。

“卫老贼，你家的姑娘在我们的手里，你还不赶紧下马束手就擒！”那黑衣蒙面人大笑了起来。

“父亲！”卫兰衣透过已经模糊的双眼隐约地看到了卫毅金铠金甲的影子。她忽然挣扎了起来，声嘶力竭地呼喊道。

可惜她那点声音，几乎没怎么传出来，就已经湮灭在山谷之中。

她不死心地狂叫着，声音沙哑，只是发出了嘶嘶的声音。

她的嗓子怎么了？卫兰衣大骇。

那些黑衣人怕她们有人刚烈，会在阵前乱说，都已经在给她们的水里下了能够致哑的毒药。

所以真是应了那句话，即便卫兰衣现在叫破喉咙，也没人能听得到。

“怎么？卫老贼！你的命换你家姑娘的命，不划算是不是？”那黑衣人见卫毅纹丝不动，于是狞笑了两声，大声说道，“要是再加上她肚子里面的孩子呢？这孩子可是你的外孙，更是皇家的血脉！”

这话一出口，在场众人皆色变。

秦少阳惊骇得看向了卫毅，谢园也眉头深蹙，拧成了一个团。

卫箬衣顿时不知道该说点什么好了……她紧紧地捏住缰绳看向了自己的父亲。

在父亲刚毅的眼神之中，她似乎看到了一丝惊骇、一丝不忍，还有一丝愤怒。

“你不是要尽忠皇家的吗？”那人继续说道，“怎么？都不肯舍命保下皇家血脉吗？你口口声声忠君爱国，忠的又是哪门子的君？”

众人皆面容惊骇。

这话可以说是其心可诛的。

他们这是一定要逼死卫毅才肯罢休啊！

卫箬衣心底发冷，幸亏已经将老夫人救下了，不然的话，一个卫兰衣，再加上一个奶奶，可真是能要了自己的爹的命了。

“你自诩英雄盖世，忠义无双！怎么能眼睁睁地看着你的女儿阵前被处死？肚子里面还带着皇家的血脉？”那人继续说道，“只要你肯自裁，我马上放了你的女儿，保住她肚子里面的皇家子嗣血脉。”

卫毅抿唇不语，不过卫箬衣能感觉到他握着长刀的手在微微地颤抖。

“卫毅老贼，说到底你还是贪生怕死之徒！”那黑衣人用刀缓缓地划过了卫兰衣的衣襟，一直朝下，一用力，腰间的腰带便被锋利的刀刃划开，衣襟顿时随着跌落的腰带而散落开来。

卫兰衣原本已经面如死灰了，她叫又叫不出声，怕得要死，浑身都在发抖，如今衣襟一散，她的精神几近崩溃边缘。

出于本能，即便她害怕得几乎屎尿都要失禁了，但是还是疯狂地挣扎了起来。

“乖乖，别动了！要是动了你的胎气，你肚子里面的孩子掉了，你就不值钱了！”那黑衣男子狞笑道。

卫兰衣浑身一颤，对啊，孩子！事情发展到现在，这孩子是皇嗣血脉，是她的护身符！她不能乱动，不能动了胎气，不能小产，不能没有孩子护身！

“卫老贼！你若是再不自裁！我便剥光了你女儿的衣服，让在场所有人都看看她白嫩嫩的身体，看看她已经大起来的肚子！”那黑衣人见卫毅还是不动，也不免有点心急。他索性用刀将卫兰衣的衣服挑开，寒声说道。

有人不忍看下去，略微地别开了面容。

卫箬衣生平最恨这种自己没本事就拿女人要挟人的混账！

她刚刚穿越过来就被流寇挟持过，那时候萧瑾处理的方式便是完全忽略她。

“神射手出列！”她忽然大喊了一声。

众人皆惊，便是对面的黑衣人也被吓了一跳。

定睛看去，就见对面的人群之中一名身穿黑衣的少年提缰而出，手里提着一柄暗金色的长弓，长弓在手，羽箭已经搭在弓弦上。

箭头森寒，隐隐地反射着阳光，远远地对准了他。

那黑衣人大惊，赶紧一挥手，他身后的黑衣弓箭手也搭弓上弦。

“神射手出列！”卫箬衣再度大吼，“一人对准一个叛贼，杀！”

“你是何人！竟是不顾你们自己人的死活了吗？”那黑衣人大骇，看那黑衣少年眉目如画，在阳光下恣意飞扬，却是带着一股子冲天的怒意，在那股怒意之下，他好像整个人都化成一柄利刃，立于天地之中，汇集了一身的正气昂藏，带着一股子俯仰无愧于天地的气势。

“她们今日为国为君，为天下民安而死，死得其所！至于你们！”卫箬衣恨声说道，“她们的死，你们必用千倍万倍的血去偿还！”

众人被卫箬衣说得心头一热，几名锦衣卫南镇抚司的弓箭手已经与卫箬衣并肩作战过，此时被热血一激，纷纷从人群之中走出，他们搭弓射箭，咬牙瞄准了对面的黑衣人。

便是萧瑾也默默地策马而出，他手里的弯弓如同满月，目光森寒。

“兰衣莫怕！你是卫家女儿！”卫箬衣高声说道，“今日我必不会让你的血白流，你的屈辱白受！我卫家世代为将，断然不会出一个孬种！”

“说得好！”卫毅这才缓声说道，“我卫家没有一个孬种！我卫家人的血是要洒在疆场上的。我卫家的命也是为了大梁才可以抛的！你们是哪里来的魑魅魍魉，妄图以这种卑劣的手段来牵制我卫家之人。你可知道卫兰衣今日真的死在你们的手上，他日我要用你们每一寸皮肉去祭奠她的亡魂，我会放干你们最后一滴血，剐下你们最后一点点肉，让你们也饱尝一下什么是骨肉分离之痛！”

卫兰衣几乎要昏厥过去。

她已经看出来那黑衣白马的少年是她的长姐卫箬衣。

她心底恨得要死，都这种时候，她被当成人质，被喊着要杀要剐还要被羞辱，可是她却站在对面大义凛然地说着风凉话。

若是两个人互相调换一下，她也能如此从容淡定？也能说出这种不知所谓的屁话？什么为了大梁而死，为了家国君王而死！她压根就不想死！

她还那么年轻，她生得那么漂亮，大把年华等着她，大把的荣华富贵在身后招手。

她不能就这么死了！

卫兰衣若不是口不能言，现在已经破口大骂了。

所以她只有拼命地挣扎着，来显示她心中的愤慨惊恐还有不安。

两边弓箭对峙，卫箬衣寒声说道："识相点便放了她们！"

"你们还是怕了对不对？"那黑衣人听卫箬衣这么说，顿时哈哈大笑了起来，"装腔作势谁不会？"

"我只是在给你们一个机会！一个拯救你们自己的机会！"卫箬衣目光坚定，带着一股不容置疑的气概。

她的气势逼人，倒是让对面的黑衣人有了几分恐惧之心。

对面那一排锦衣卫外加这个漂亮的黑衣少年，似乎真的不是开玩笑的。

卫毅此刻也拉开了弓箭，朗声说道："兰衣，你是我卫家的女儿，你放心，我卫毅断然不会让你在阵前受辱！"旁人的弓是对着黑衣人的，而他的弓箭却是对准了自己女儿的心口。

卫箬衣的眉头几不可见地微微动了一下。她几乎很难想象现在卫毅的心情是如何的，她也不敢去想。

举弓箭对着自己的亲生女儿是需要多大的勇气？并非是父亲贪生怕死，而是父亲他不能死！他一死，陛下与藩王之间的短暂的平衡便会被打破，藩王势力会马上盖过皇权。卫毅身死事小，而大梁的未来很可能会陷落入无止尽的内战之中。

到时候生灵涂炭，遍地哀鸿，就不是今天死这几个人能抵消得掉的。

就在剑拔弩张、蓄势待发的时候，有一名太监骑马急奔而来。"圣旨到！"他一路骑马狂奔，一路高声呼喊。

所到之处，所有人皆闪开一条通道供他通过。

159 圣旨到

太监飞马奔至阵前，翻身下马。

他的手里高高地举着一卷明黄色的卷轴。

因为下马下得太急了，人没站稳，险些摔倒在地。

两军阵前，他这般动作不免有点丢分。他自己尴尬地清咳了一声。

“对面的叛军听旨！”那太监清了喉咙之后，朗声说道。

阵前之人皆是一惊。

这圣旨竟是下给叛军的……

对面的黑衣蒙面人显然也是微微地一怔。

“那皇帝老儿倒是好笑！”为首之人随后哈哈笑道，“圣旨下给我们，觉得我们会遵旨吗？”

他这一笑，旁人也跟着笑了起来，轻慢之态溢于言表。

宣旨的太监显得有点尴尬，他手里捧着圣旨不免有点微微发抖，有点没主见地看向了持弓与对面对峙着的卫毅。

“你只要将陛下旨意宣读出来便是了。”卫毅沉声说道，“若是他们不听，便也就多加一条罪状！”

“老子都走到这种地步了，还怕多一条抗旨不遵的罪状吗？”对面黑衣人怪笑了起来。

“到时候你便知道怕还是不怕了！”卫毅丝毫没有受对面的影响，沉声说道，“还请公公马上宣读圣旨！”

“是！”得了卫毅的吩咐，那略显得年轻的公公直了一下自己的腰。

他刚要读圣旨，就见那黑衣人夺过了一把弓，拉弓射箭，羽箭直奔年轻的太监而来。

卫毅的阵前也飞出了一杆羽箭，羽箭急如闪电，竟是直接将那黑衣人放出的冷箭在空中击落。

众人皆惊，便是准备宣读圣旨的太监也脸色发白，双腿发软，那箭是堪堪在他的面前被击落的，距离他也不过就是一臂的距离。

回眸看去，一排弓箭手之中，只有萧瑾弓弦上的箭被射出！

好箭法！

萧瑾这一手一露，顿时博得了一个满堂彩。

原本对方是想要杀杀这边锐气的，哪里知道萧瑾这一出手，反而让这边的士气大振！

卫箬衣……萧大爷果然帅气！

“此番只是小惩大戒！”萧瑾沉声说道，“你若是再对陛下不敬，不好好地将圣旨听完，下一箭便是射中你的左眼！”他一边说一边重新搭弓拉弦，接着他慢条斯理地说道，“我不会一下子弄死你，会慢慢地炮制你。一直到让你后悔自己出现在这个世上为止。”他面容姝丽，原本带着一股子浓墨重彩的艳光，却因为现在他眉目之中的森然和疏离之意让他显得十分的阴沉。

卫箬衣……

对嘛！这才是萧大爷的正确打开方式，之前她遇到的那个一定是个假萧瑾！

唉，虽然萧大爷现在眉目阴沉，但是真的好帅好帅！要不是现在在两军阵前，卫箬衣时刻告诫自己要收敛，此时应该是要冒出星星眼了。

对面的黑衣人气得差点没将手里的弓摔出去，他原意本是想偷袭的，弄死那个传旨的太监，免得他说出来的话会动摇这边人的心思。哪里知道偷袭不成反而被击落，这就有点糗了。

“宣读圣旨！”萧瑾对那年轻的太监说道。

“是！”太监认得萧瑾，知道他是五皇子殿下，忙不迭地抱拳行了一礼，随后马上展开了手里的卷轴，朗声将圣旨上的内容读出。

大家纷纷凝神倾听。

陛下圣旨的意思大概就是只要对面的人肯将手里被抓做人质的贵胄女眷毫发无损地放回来，陛下便下旨不去追击残余的叛军余孽。若是抗旨不遵的话，那他便是将整个大梁都翻过来，也要将所有的余孽一网打尽。

陛下的旨意在于救人！

卫兰衣一听原本一片死气的眸子中顿时就充满了希冀的光芒。

只要这些黑衣人放人，她们便不用死了！

陛下圣旨一出，阵前的两边都是一片气氛凝重。

叛军手里有不少贵胄女眷，陛下不能不救。

藩王在侧，卫毅不能出事，朝中诸多重臣的心也不能寒了。若是他在这个时候执意诛杀叛军，全然不顾朝中重臣的女眷家人的话，即便这些人能理解陛下的所作所为，不免也会在心底埋下一些不安的因素。

这些因素若是被人利用，慢慢发酵，将来都是隐患。

自古帝皇最最忌讳的便是旁人谋逆，但凡抓住谋逆之人都是毫不留情地被诛杀，甚至株连九族。而当今陛下现在下旨，如果那些叛逆们肯将妇孺放回，他便不再追杀这些人，这是需要多宽广的胸襟才能做到。

一时之间，那些家眷被抓的朝中重臣心底充满了感激，只恨不能现在就给陛下鞠躬尽瘁，死而后已。

卫箬衣虽然什么话都没有说，不过也是稍稍地松了一口气，陛下这一手玩得漂亮啊！

他表面下旨不再追究，实际上只要将朝中重臣的心都笼络住，等那些妇孺被放回，即便陛下自己不去查，这些重臣哪里肯善罢甘休！

陛下到时候只要再在一边推波助澜，这些活得比鬼都精的家伙，哪里会放过在这个暗中立功的机会。到时候，不光是锦衣卫，便是禁卫军，御林军，三司，六部，只怕是要穷所有之力去追查谋逆余孽，然后找出各种理由来将人诛杀，不光是为了自己家人出气，更是在陛下面前露脸立功。

对面的黑衣人一听，顿时有点面面相觑。

这是真的还是假的？

谋逆之罪，陛下都肯不再追究？

“你们等等！”为首的黑衣人隔了片刻对这边朗声说道，随后他叫来一个黑衣人耳语了两句，那人飞快地跑开。

“你们动作快点！”刚刚的太监壮了壮胆子，高声说道，“陛下给你们的时间可是不多的！”

“少废话！”为首男人用刀在卫兰衣的脖子上一横，烦躁地说道。

原本他们都是怀着必死之心来的，他们即便都是亡命之徒，但是现在陡然又出现了一丝生机，自是心思纷乱了起来。

能活着，谁想去死！

卫兰衣顿时浑身又抖了起来。

她怕就怕这人被逼急了，会一刀没准头地砍下来。

她肚子里还有皇家子嗣，她是可以当皇子妃的人，这刀剑无眼，如今陛下也说了，只要他们肯放人，陛下就不再追究此事！她要活着！

因为只有她活着，才能享受荣华富贵，才能当皇子妃，将来当皇后！她要活着，因为只有活着，将来她才有机会能将卫箬衣踩在脚下！

她略带怨怒地看向了那远远站着的黑衣白马的卫箬衣。

适才那么危险的时候，她说出的那些话的意思是什么？难道当她是傻子吗？以为她听不出来，她是想要自己去死吗？

说得那么大义凛然！为何她不去死！为何她不去成就卫家的荣耀！为何她不去成就卫家的忠义？

前去报信的黑衣人约莫隔了半个时辰的时间折回，对着那黑衣人头领低语了两句。

黑衣人的眉头一舒！

他立即朗声对这边喊道：“好！我们先放了这些人。至于其他的人，等我们安全撤离了，自然会告诉你们人在哪边！你们不要追过来，若是你们敢追过来，那其他的人便是我们的刀下亡魂！”

“好！”卫毅和卫箬衣几乎是同时松了一口气。卫毅朗声说道：“我们后退一百步，你们放人，等你们离开了，我们过去！”

“希望你卫大将军能说话算话！”那黑衣人狠狠地说道。

“陛下旨意，卫某哪里有不遵守之理！”卫毅冷声说道，随后他下令这边大批人马朝后撤出一百步。

别看只有一百步的距离，有了这一段距离，便已经出了弓箭的射程范围，可以说是极大的让步了。

卫毅这边率人整体后移，那些黑衣人一看有机会可以逃跑，相互对看了一眼，随后一个个抬手将推在阵前的那些女眷全数打晕，随后疾步后撤，消失在了山间的小道之中。

“救人！”等那些黑衣人跑离了，卫毅一声令下，卫箬衣他们已经飞马而出。

将倒在地上的那些女眷抢回，卫毅下令将人送到后面去。

“现在咱们怎么办？”卫箬衣低声问道。

“该我们做的事情已经做完了。”卫毅勒紧了缰绳说道，他转眸看了一眼谢园，“剩下来的事情应该是由谢大人他们来处理了！”

谢园……

打仗的时候就非要拖着他一起来，美其名曰给他一个机会在陛下面前显露一下年轻时候的身手，现在叛军撤去了，善后的事情还要他来！他是欠这卫老混账的吗？

他斯文！他不骂人！不过谢大人还是被堵了一肚子的闲气。

对了！谢园忽然眼珠子一转。

“的确，卫大将军武功盖世，一出马便如定海神针一般。下面的事情自是应该交给我们来处理。卫大将军空闲下来也该去看看家中那位卫姑娘了。啧啧，怎么就有了皇家子嗣了呢！应该是那些乱军为了扰乱咱们的心思胡说的吧！”谢园无比惋惜地说道，“若是这事情是那些乱军凭空捏造的，卫大将军放心，谢某定当当仁不让地替卫家澄清此事！”

卫毅……

160 平乱

谢园你个老不修！哪壶不开提哪壶！

卫毅冷冷地横了谢园一眼，调转马头，随后对卫箬衣说道："你将来老了，切不可和某些人学。为老不尊，简称老不修！"

谢园……他哪里为老不尊了！明明一直混账的都是这个老东西！

"是！"卫箬衣十分正经地点头朗声说道。

谢园……他斯文，他不骂人！他忍！

你个卫毅！谢园亦调转马头，陛下明下圣旨，如果对面放人，这边便不追了。卫毅那老小子都走了，他还杵在这里做甚。

即便再怎么不愿意承认，但是谢园也知道卫毅说得对，叛乱平息之后便有的他们这些当文官的忙了。他估计接下来几个月都没什么好觉睡了。

陛下明里是不追究那些反叛之人，可是暗地里又怎么可能大度到能放下！

萧晋安惶恐地坐在一驾马车之上，马车飞驰，朝着北方而去。

他的舅舅就在北方接应他，只要能逃出这个范围，他便可以随着舅舅一路北上。北地是他们的祖地，他们在北地经营多年，一直都在悄然地发展，所以只要他能逃出去，性命无忧。

原本他无需如现在一般狼狈，只要将所有的事情都推给东川王府就好，之前东川王府朝他抛来了橄榄枝，他便起了这个念头。

东川王府是藩王，他还特地留下了线索，若是事情败露，所有的线索将指向东川王府。他故意在叛军的衣服内侧绣上了东川王府的印记，便是雇那些杀手，用的也是东川王府的名号。

哪里知道萧子雅这个不争气的，先被抓住了，害得他不得不带着宸妃娘娘趁乱出逃。

原本反叛发生之后，他是潜伏在父皇身边，准备找个机会刺杀他的，哪里知道自到了这猎场之后，他与宸妃娘娘便再没机会单独接触过父皇，更不要说能给他端茶倒水了。

"再快点！"萧晋安催促道。

马车的速度明显加快，但是不过多久，马车便急急地停住。萧晋安本就满怀心事地坐在马车里面，这忽然之间停车，差点让他从马车的座位上直接翻滚出去。

"怎么了！"他一肚子气抬手一揭帘布。

等他看出去的时候，后面呵斥人的话便被卡在了喉咙之中。

在他的面前赫然树立起一望无际的龙纹大旗，大旗的样式乃是皇家专用，不远处的山坡之上站满了身穿金色铠甲的大内禁卫军。

山坡的高处，几路人马缓缓地分开，在一杆迎风招展的皇旗之下，一人骑在马上缓缓地走出。

“父……父皇！”等看清楚山坡上走出的人，萧晋安差点没将自己的舌头咬下来。

“逆子！”恒帝面沉如霜，大喝了一声，“还不赶紧滚出来束手就擒！”

“父皇……儿臣……”萧晋安的脑袋里面瞬间便是一片空白，他张口结舌了半天，愣是没想起自己该说点什么……

父皇现在不应该是在围场之中吗？

算算时辰，围场之中应该还在鏖战。怎么父皇会忽然到了这里？

“怎么，还是冥顽不灵吗？”马背上的恒帝双眸一瞪，不怒自威，“宸妃，给朕滚出来！带着你教的好儿子！”

宸妃娘娘坐在后面的马车里也觉得身子一颤。刚刚停车的时候，她已经悄悄地朝外看了，一眼便看到了自己相陪了几十年的男人，这个天下的帝皇站在山坡中央。

她的手死命地搅着帕子，手心之中紧紧地攒着一个瓷瓶子。

等恒帝在外面叫到她的时候，她猛然一惊，手里的瓷瓶子，差点落地。

完了，一切都完了！

宸妃猛然醒悟过来，她终于明白为何在围猎场之中，无人能靠近陛下了，因为围猎场之中的那个陛下是个替身！

无论他们在围猎场之中做成什么样子，真正的恒帝安然无恙。

只是瞬间，宸妃便觉得自己是一个跳梁小丑，本以为是打猎的人，却无奈从一开始便是被围猎的猎物！

谁说他昏庸无能，谁说他文也不管，交给谢家；武也不问，交给卫家，其实大家都错了，无论是谢卫两家，还是他们这些后宫之人，所玩的手腕花样不过都是在陛下允许的范围内……

“陛下。”宸妃颤颤巍巍地从马车里面出来，隔空看着远处的恒帝，高声说道，“陛下，臣妾错了！”

“你到现在才知错，早就晚了！”恒帝冷哼了一声，寒声说道。

“陛下，可否最后告知臣妾，陛下是如何猜到这次围猎有诈？”宸妃娘娘反而定下了心来，她远远地朝着恒帝拜了一下，朗声问道，“即便臣妾要赴死，也希望死得明白一点。”

“你上回寿辰之中百戏兽群发狂，朕便让萧瑾好生地调查了一番。”恒帝缓声说道，“你的亲弟弟久在北地经营，而北地之中有一个部落最善驱使兽族，若非是有人暗中操作，那些马戏用的野兽都已经是驯化好了的，何至于如此发狂！”陛下缓声说道，“况且朕还查到，你在你的衣服上用了一种香，兽族鼻子最是灵敏，那种香料一用，他们便不会主动攻击你。”

“陛下是如何得知的？”宸妃的脸色发白，颤声问道。

“朕当时丢了好多杯子出去，唯独你用的杯子是被野兽们刻意避开的，其他的杯子皆打中了野兽。”恒帝缓缓地说道，“朕年轻的时候也习武，骑射也算是不错的。若是连朕都打不中，那便是那些野兽刻意地闪避了，从那时候，朕便开始怀疑你了。”

原来竟是这么小的事情让陛下怀疑到了自己的头上……

宸妃怔了好一会随后回神。“既然如此,陛下,臣妾可是天生就怕疼,臣妾与陛下几十年夫妻了,臣妾先走一步了。”她说完,一仰脖将手里一直握着的瓷瓶子里面的液体灌了下去。

萧晋安见自己的母妃服毒身亡,肝胆皆裂,他先是呆住了,随后仰天长鸣一声,知道自己已经没有任何退路了,不得不拔剑自刎,血顿时从他的脖子喷了出来,染红了半个马车。

骑在马上的恒帝面无表情地看着自己的妃子与儿子相继死在自己的面前,良久,他才缓缓地说了一声:“回京!”

围场之乱就这般平息了下来。

那些流窜的乱军被锦衣卫派出去的密探一一地找到,全数处死。

而藩王们在这次围猎之中也得了教训,陛下的手腕与心思均是常人所不能及的,再加上文有谢家,武有卫家,谢卫两家乃是两大支柱,与陛下三人一道稳稳地将朝廷撑起来,所以他们一个个的都收了别样的心思。

半年之后,削藩顺利进行,藩王们纷纷交出自己手中的武装,只保留一个藩王的头衔,并且先后举家迁入燕京城居住。

卫毅被封为镇国公,谢园被封为定国公。

再过半年,陛下立三皇子为太子,封萧瑾为永宁亲王。

161 尾声

一声怒吼从陛下的书房之中传出。“萧瑾！你究竟想如何？朕封你为永宁亲王，你为何不受？难道你要抗旨不成？”

大殿里跪着的萧瑾将自己的腰背挺直，毫不畏惧地抬眸看向了坐在龙椅之上的恒帝。

他今天气得肝儿疼，脸色红得好像醉了酒一样。

“父皇息怒。”萧瑾缓声说道。

“息怒？”陛下都要被这个儿子给气笑了，还没见过被封了亲王还拒不肯受的皇子。这臭小子素来忤逆，这是想上天吗？连亲王的头衔都不要，难道他想当皇帝？

做梦，当老子的还没死呢！

“儿臣不肯接受永宁亲王的封号是有原因的。”萧瑾再度拱手说道。

“你给朕说说！说出个一二三来！”恒帝努力地压制着自己的怒气。

“儿臣要入赘镇国公府。”萧瑾说道。

“什么？”恒帝差点没从龙椅上蹦起来，“你个臭小子，你再说一遍？”他表示自己真的老了，完全没听清楚这臭小子说的是什么！

皇子入赘大臣家中，搞笑呢？

“儿臣已经想了整整一年了，如今想明白了。”萧瑾叩首道，“若是儿臣不这般破釜沉舟，箬衣她不肯嫁啊。当初她在她奶奶面前立下誓言，坚决不嫁皇子，儿臣也是被逼无奈，儿臣今生若是不能与箬衣在一起，宁可不要王爷的封号。”

“你……”恒帝抓起了桌子上的镇纸就想要撇过去，砸死这个逆子算了！

但是镇纸还未脱手，恒帝便有点不忍了。

他都已经没了一个儿子了，虽然当时萧晋安死的时候他什么都没说，脸上什么表情都没有，可是他知道那种痛有多深。

“你给我听着！”恒帝气得手都有点哆嗦，“天下不只有卫箬衣一个姑娘！你若是封王，要多少漂亮姑娘都有。”

“天下的漂亮姑娘虽然多，但是卫箬衣只有一个。”萧瑾缓声说道，“父皇，儿臣从小到大都没求过您什么，这回臣求父皇了，儿臣本是想带箬衣一走了之的，但是又觉得这样对箬衣太不公平了，儿臣什么都没了不要紧，可是儿臣不能看着箬衣为了儿臣什么都不要了，还要背负世间骂名。儿臣心疼箬衣，儿臣不能这么自私，思来想去，儿臣唯有入赘这一条路可走，求父皇成全，儿臣愿意长跪不起。”

他不是没想过直接这么带着卫箬衣走，诚如他刚刚所说，这样一走了之，他是潇洒了，但是箬衣呢？

“便是朕现在要了你的命,你也在所不惜?”恒帝沉下了面容,哼道。

“父皇,若是儿臣做错了什么事情,您要了儿臣的命,儿臣二话没有。”萧瑾说道,“但是如今儿臣只是想要和自己喜欢的人在一起,何罪之有?儿臣的命虽然不值钱,但是儿臣却是惜命之人,因为只有儿臣活着,儿臣才有机会能与箬衣相互陪伴一生。”

“哼!”恒帝再度重重地哼了一声,别开了脸去。

大殿之中顿时安静了下来。

片刻之后,恒帝冲着一边的侧门吼道:“还不给朕出来,难道要朕去请你出来啊?”

“来了来了。”侧门应声打开,卫毅穿着朝服从里面小跑了出来。他扫了一眼一脸惊愕的萧瑾,随后撩衣跪在了萧瑾的身侧。

“镇国公……”萧瑾张口结舌地看着卫毅,半晌没反应过来。

“还叫什么镇国公?”卫毅瞪了萧瑾一眼,“改口叫岳父吧!”卫毅也哼了一声,“别指望我给你改口钱!”随后他朝着陛下一抱拳。“臣卫毅参见陛下,陛下万岁万岁万万岁。”

看着萧瑾一脸呆滞的模样,就连恒帝都有点不过眼了,他终于还是将手里的镇纸给扔了出去,砸在了萧瑾身前的地上。“蠢蛋!朕怎么会有你这么一个笨蛋儿子!还愣着干吗?人家镇国公都认了你这个女婿了,你还跟呆头鹅一样!”

萧瑾这才反应过来,欣喜若狂。“岳……岳父。”他一激动差点咬了自己的嘴唇,

卫毅嫌弃地一皱眉。“别以为你叫一声岳父,我便会喜欢你,若不是我家箬衣非你不嫁,我才不会……”

卫毅正要数落萧瑾,恒帝听不下去了,他好好的一个儿子难道还配不上卫家那姑娘了吗?

他轻咳了一声,适时地制止了卫毅再口没遮拦下去,皇家的颜面还是要的,不能让卫毅再这么埋汰下去了。

卫毅回过神来,赶紧住口。

“陛下,”卫毅朝上拱手,“臣年事已高,臣想等箬衣成亲之后,便卸去军中职务,等箬衣有了孩子,臣便在家中含饴弄孙颐养天年了。”

“你……“恒帝显然没想到卫毅会忽然提出这个……

他的目光落在卫毅身上良久,随后又深深地看了一眼萧瑾,欲言又止,片刻之后,他点了点头。“准!”

全局终!